日本古典文學大系
88

# 曾我物語

市古貞次
大島建彦
校注

岩波書店刊行

監修者

高木市之助
西尾實
久松潜一
麻生磯次
時枝誠記

題字　柳田泰雲

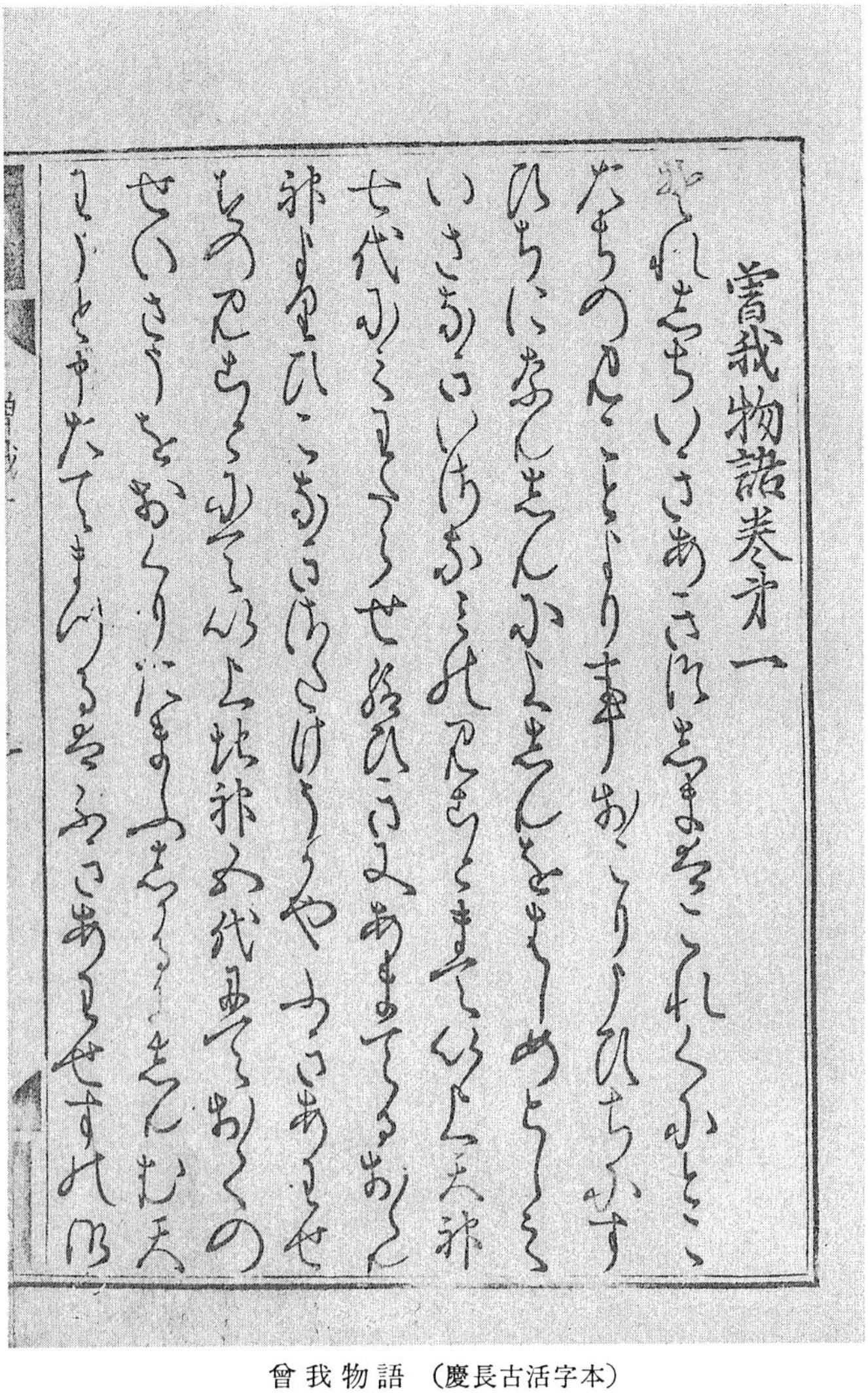

曽我物語巻第一

曾我物語（慶長古活字本）

# 目次

# 解説

## 一

中世は、武家がはじめて政権を握った時代であり、かつ武家と武家との間に、争いが絶え間なくくり返された時代である。そのような時代に、戦を中心とした歴史文学、すなわち軍記物語が生み出されたことは周知のことであるが、また変乱期に、英雄が、武士階級をはじめとする多くの人々の眼に大きく映じ出されてくるのも、当然なりゆきであった。英雄を思う心は、どんな時にも、人間の中に潜んでいるが、個人にあっては少年期において、また時代にあっては混乱した不幸な時代、変革の時代において、特に著しいように思われる。なぜかと言えば、英雄とは、権威に屈することなく、実力を以て自分の道を切り拓いていった人間であり、未来を夢見る少年の心を鼓舞し、あるいは不安な時代に生きて、よるべきものを持たぬ人々に、勇気を与え、新しい権威として望まれる者だからである。

中世の素朴な民衆に数々の英雄の物語が迎えられたのは、一つにはこのような意味からであったろう。軍記物語には、誰でも知っているように、大小の英雄が活躍していた。『保元物語』の為朝、『平治物語』の義平、『平家物語』の清盛などは、その代表的な人物であるが、そういう見方からすれば、軍記物語は、英雄の物語の、ある一時期における集成であるとも、言えないことはない。すくなくとも軍記物語が、英雄の物語へと移行する素地をもっていたことは、見のがせないところであろう。そのほか物語草子類や能・幸若舞などに語り伝えられていた英雄には、源頼光・坂上田村丸があり、畠山六郎重保等があった。しかし、それらの英雄の中で、その事蹟がもっとも人々を感動させ、数多くの伝説を生み出した者としては、まず曾我兄弟と源義経とに指を屈しなければならないだろう。曾我伝説と義経伝説とは、中世英雄伝説を代表するものと言えるが、それらは、かれらの死んだのち間もなく発生し、長い年月の間に成長していったものであることは、だいたい疑いないところであろう。

『曾我物語』は、そういう曾我伝説の淵叢をなした英雄伝記物語なのである。個人の伝記を主として描いているものであって、軍記物語とは一往区別されるべきであるが、また史実に伝説をまじえており、歴史文学的な、語り物的な性質をも多分にもっているのであって、そういう点からすれば、軍記物語の展開というように考えることができる。中でも、『平家物語』のような中世初期の軍記物語のもつ戦記文学的要素と英雄物語的要素とが、南北朝時代前後になって、それぞれにわかれて成長し、前者は『太平記』に、後者は『曾我物語』『義経記』に分化していったと見るべきであろう。後者の系列としては、室町時代に入っては、『俵藤太物語』『百合若大臣』等となり、一方では、義経関係の諸作品や、幸若舞などの曾我物・判官物となって展開していったのである。

## 二

『曾我物語』という作品が、厳密な意味で軍記物に属するかどうか、研究者の意見のわかれるところである。しかし、その成立について考えると、やはり『平家物語』などと同じように、語り物から読み物へという過程をたどることができよう。それが語り物として形成されたという点で、単独の作者だけでなく、多数の伝承者を考えなければならない。

語り物としての『曾我物語』は、東国の地盤に形成されたものと言ってよい。もともと曾我兄弟の敵討は、東国の事件であっただけに、京都の貴族などに対して、それほどの感銘を与えなかったであろう。現にそのことは、『愚管抄』などにもまったく取りあげられることなく、『吾妻鏡』だけに細かに記されているのである。ところで、曾我兄弟についての『吾妻鏡』の記事は、すべて史実のままであったとはきめられない。角川源義氏の「曾我物語の発生」(『国学院雑誌』四十九巻一号、昭和十八年一月)などに説かれたとおり、『吾妻鏡』の方で初期の『曾我物語』を取りいれていたと考えられる。伊東祐親入道の自殺、曾我庄の年貢免除など、『吾妻鏡』の記事の多くは、特に現存の『曾我物語』真字本と一致している。そのような記事によって、『曾我物語』の古態が、ある程度までうかがわれるであろう。また、『吾妻鏡』以後の資料にも、『曾我物語』の形成過程が、かすかながら示されているようである。

盲御前《ごぜ》などの芸能者が、曾我兄弟について語ったことは、いくつかの資料によって知られる。能勢朝次氏の「貞和時代の曾我物語」(『国語国文学研究』十輯、昭和十七年十二月)によると、貞和三年(一三四七)の『醍醐雑記』には、「一、蘇我十郎五郎事、依井中目闇芸□之」とあって、曾我兄弟の系譜などを記しているという。さらに、『七十一番職人歌合』では、鼓をもつ女盲が、「宇多天皇に十一代の後胤、いとうがちやくしにかはづの三郎とて」と語っている。謡曲「望月」では、安田庄司の妻が、やはり盲御前となり、「一万箱王が親の敵討つたる所を謡ひ候べし」といって、幼い兄弟のことを語るのである。そこに引かれた文句は、現行の『曾我物語』のどれにも認められないが、おそらく語られながら流動していたものであろう。曾我兄弟の物語は、盲御前の語り物として伝えられただけでなく、絵解のわざとも結びつけられていた。岡見正雄氏の「絵解と絵巻・絵冊子」(『国語国文』二十三巻八号、昭和二十九年八月)に引かれたように、一休宗純の『自戒集』には、「エトキカ琵琶ヲヒキサシテ、烏帚ニテ、アレハ畠山ノ六郎、コレハ曾我ノ十郎五郎ナント云ニ似タリ」と記されている。そこに出てくる絵解は、男女のどちらであったか、よくわからないが、散所の男とも考えられる。そのほかに、幸若舞と呼ばれる語り物が、多く曾我兄弟のことを取りあげていた。幸若舞の曾我物は、だいたい『曾我物語』の流布本に近いようであり、後藤丹治氏の「曾我物語に関聯して」(『古典研究』五巻十三号、昭和十五年十一月、のち『中世国文学研究』所収)では、幸若舞が流布本から出たと説かれている。しかし、両者の関係については、なおかなりの疑問を残しているように思われる。どちらにしても、男女の語り手が、ともに『曾我物語』の伝承にあずかってきたと見られ、特に女の方が、いくらか重要な意味をもっていたと言えよう。

それでは、語り物として形成された『曾我物語』が、どの時代に書物の形態をとるようになったか。『曾我物語』真字本の巻三には、「平家副二曾我一渡、唐人是披見」と語られている。それによると、先行の『曾我物語』が、現行の真字本以前にも存在したと考えなければならない。いったい、『曾我物語』の成立年時は、諸本の系統によって、かなり異なるものと見られるので、たやすくはきめられない。『保暦間記』を見ると、「爰ニ曾我十郎、同五郎ト云者アリ。伊豆ノ国ノ住人也。十郎ヲバ助成、五郎ヲバ時宗ト申ス。従弟工藤左衛門祐経ヲ打事アリ。…助成ハ新田ノ四郎ガ手ニ懸テ打レヌ。時宗ハ被レ捕テ被レ誅了ヌ。是ヲ曾我物語ト申ス」と記されている。その記事によって、『曾我物語』の原本が、すでに南北朝の初頭には成立していたと言えるであろう。ただし、それがどこまでさかのぼるか、あきらかには言えないのである。そのほかの記録では、『実隆公記』明応六年(一四九七)六月二日の条に、「曾我物語新写本加二一見一」と記されている。また、播磨国明石郡(神戸市垂水区)の大山寺に所蔵される『曾我物語』十巻は、荒木良雄氏の紹介によって知られるとおり、天文八年(一五三九)十一月二日に、明石四郎左衛門長行の寄進を受けたものであった。現存の『曾我物語』の伝本の中で、書写の年月のもっとも古いものであるが、内容の面でかならずしも古いとは言えない。

いったい、多くの研究書では、『曾我物語』の諸本が、真字本・大石寺本・大山寺本・流布本の四種に分けられている。真字本十巻は、特殊な用字を含む変体漢文によるもので、大石寺本十巻は、それを仮字交り文に書き改めたものと言えよう。大山寺本十巻・流布本十二巻は、ともに仮字本であるが、どちらかと言うと、大山寺本の方が、古態をとどめていると考えられる。そこで、荒木良雄氏の「曾我物語三遷論」(『古典研究』六巻十号、昭和十六年十月、のち『中世文学の形成と発展』所収)では、それらの諸本の関係について、かなり思いきった推定が試みられている。すなわち、「曾我物語は、先ず史実を中核に、その周辺にある伝承集成の形をとった、やや煩瑣な原形真名十巻本の成立を見、次にそれを少しく簡約しつつ補訂を加えた、仮名交り十巻本が成り立ち、最後に、それに插話の多くと後日譚とを追加した、仮名十二巻本が出来上ってそれが一般に流布したのだと考えられ、真名本は箱根山僧、大山寺本の属する仮名十巻本は叡山僧、流布十二巻本は浄土宗僧が、それぞれの作者であったろうと推定せられる」というのである。現在までの研究では、そのような荒木氏の所説が、『曾我物語』の成立論の基礎として重んぜられてきた。しかし、いっそう詳細に諸本の検討を進めると、それほど明確に三遷の事実を認めることはできない。さしあたっては、大山寺本もまた、彰考館文庫本・万法寺本・南葵文庫本などとともに、ひろい意味の流布本の系統に含められるであろう。もちろん、大山寺本などの本文は、それぞれに流布本の古態をとどめていると言えるかもしれない。しかし、それらの諸本の一つが、流布本の祖本にあたるとは認められないのである。全体に流布本系の諸本は、何らかの真字本にもとづいて成立したものと考えられる。現行の真字本が、そのままで流布本の祖本にあたるとは言えないが、何らかの意味でその原型を示すと考えられる。現存の伝本を一つの系列としてとらえることはできなくても、それらを真字本系と流布本系とに分けることによって、ある程度までその変遷のあとをたどることもできよう。

## 三

現存の『曾我物語』真字本は、さらに妙本寺本・栄堯本・本門寺本の三種に整理される。妙本寺本とは、天文十五年(一五四六)に僧日助が書写して、安房国安房郡吉浜(千葉県安房郡鋸南町)の妙本寺に寄進したものである。妙本寺から旧飫肥藩主伊東家に伝えられ、昭和十年には重要美術品の指定をも受けている。栄堯本とは、天文二十年(一五五一)に栄堯というものが書写したものである。静嘉堂文庫の蔵本で、色川三中の摸写によるものは、本門寺本の系統に属しているが、大永八年(一五二八)の奥書をもつ真字本と、この栄堯本とによって校合されている。本門寺本とは、天文二十三年(一五五四)に僧日義が書写したもので、駿河国富士郡北山(静岡県富士宮市)の本門寺に伝えられてきた。文化四年(一八〇七)の日堯本は、本門寺本の副本として作られたものである。そのほか、彰考館文庫・静嘉堂文庫・内閣文庫などにも、それぞれ本門寺本を摸写したものが蔵せられている。存採叢書所収の本門寺本は、彰考館文庫蔵の摸写本によるものであった。それらの真字本を仮字交りに改め、くだくだしい叙述を簡略にしたものが、駿河国富士郡上条(静岡県富士宮市)の大石寺に伝えられてきた。その大石寺本を写したものが、東京大学附属図書館・静嘉堂文庫などに伝えられ、生田目経徳氏の標註本や国史叢書にも収められている。日本大学附属図書館蔵の仮字交り本は、全体に大石寺本と同じような本文をもちながら、一部に箱根別当の説法のことばなど、それに欠けた記事をも含んでいる。そのような日大本の研究によって、真字本から仮字交り文となる過程が、いっそうあきらかになるものと期待される。

ところで、『曾我物語』の真字本や大石寺本は、「本朝報恩合戦謝徳闘諍集」という副題をもっていた。そういう語句が、『平家物語』の四部合戦状本などにも出ているが、ひろい意味の軍記物の性格を示したものと見られる。『平家物語』などにも、同じような傾向を認めることができるが、特に『曾我物語』では、深刻な執念に満たされていたようである。そのように考えると、惟喬・惟仁の位争いの一件などは、伊東一族の物語の序曲に、もっともふさわしかったと言えよう。その物語の進行につれて、主人公の兄弟は、「敵不レ懸ニ我等手一、我等身我等命為レ敵捨、成ニ悪霊死霊一被レ祟ニ御霊宮ニ」というように、くり返し強い決意を語っている。そのことばのとおり、兄弟の死後には、ともに御霊神にまつられたのである。すなわち、『曾我物語』の真字本などでは、富士郡六十六郷内の御霊神となって、富士浅間大菩薩の客人宮とあがめられたといい、流布本の方では、それが勝名荒人宮とあがめられたという。近藤喜博氏の「文学と女性と信仰――曾我の物語を中心として――」(『神道学』十七号、昭和三十三年五月)にも示されたとおり、現に富士山麓の一帯には、富士郡鷹岡町厚原の曾我八幡宮など、曾我兄弟をまつる神社がいくつか認められる。そして、『続群書類従』所収の『曾我両社八幡宮弁虎御前観音縁起』でも、『曾我物語』とほぼ同じようなことが語られている。いったい、かれらのような若武者が、深刻な執念をもちながら、無惨な最期を遂げたというだけでも、何か祟りをあらわすのではないかと恐れられたに違いない。しかも、弟の「五郎」という名は、鎌倉権五郎や佐倉宗五郎などと同じように、「御霊」と誤られやすかったと見られる。さらに、かれらの敵討は、五月二十八日の雨の中でおこなわれたという。五月の季節には、さまざまな災厄がおこりやすかっただけに、いっそう御霊の祟りが恐れられたのであろう。福田晃氏の「曾我物語とその周辺」(『日本文学論究』二十三冊、昭和三十八年十二月)では、かれらの敵討が、狩場でおこなわれたことにも注意されている。そのような条件がからみあって、曾我兄弟の御霊が恐れられたために、それを鎮める物語が語られたと見られる。

『曾我物語』の形成について、御霊信仰の方面から考えると、その最初の管理者も、おのずから知られるようである。すなわち、角川源義氏の「語り物と管理者」(『国語国文』十三巻十二号、昭和十八年十二月)などに説かれたように、まず諸国遊行の念仏聖などが、曾我の御霊の消息を語ったものであろう。そのような念仏聖との関係で、特に大磯の虎に注目しなければならない。『曾我物語』の真字本などによると、虎という女は、兄弟の死後に、「禅修比丘尼」となのり、出家の身となって、諸国の霊地をめぐり歩いた。さらに、曾我の女房など、多くの人々が、その跡を慕って、出家の身となったという。柳田国男氏の「老女化石譚」(『郷土研究』四巻五・六号、大正五年八・九月、のち『妹の力』所収)などに示されたように、「とら」と呼ばれる巫女が、かなり多くあらわれ、久しく遊行を続けてきたものであろう。また、曾我兄弟の母は、後に「まんこう」と呼ばれるようになった。その「まんこう」というのも、「とら」と同じような巫女で、やはり遊行を続けていたと考えられる。そのような「とら」や「まんこう」など、さまざまな比丘尼が、時衆の念仏聖と交渉しながら、曾我兄弟の物語を伝承してきたと言えよう。なお、曾我の御霊の消息は、三井寺上座実睿の『地蔵菩薩霊験記』にも記録されていた。すなわち、三河国大浜の法師が、富士の山麓で曾我の亡霊を供養したというのである。そのような曾我の亡霊の供養は、時衆の念仏聖によっておこなわれたが、それが地蔵菩薩の利益とも結びつけられ、さらに三井寺の説経にまで取りあげられたのであろう。それに対して、『曾我物語』の真字本の方は、安居院の唱導とかかわりながら、書物の形態にまとめられたものと考えられる。

『曾我物語』の真字本は、安居院の『神道集』と、何らかの関係をもっていたと言ってよい。両者の関係については、朝倉治彦氏の「神道集と曾我物語と」(『神道宗教』五号、昭和二十八年八月)、塚崎進氏の「曾我物語の背景」(『日本古典鑑賞講座』十二巻)などに論じられてきた。それらの論考によって、両者に共通する用字法・文章・思想などが、いろいろと指摘され、両者に共通する管理者、同一の作者までも、そこに想定されている。しかし、小島瓔礼氏の「神道集と曾我物語との関係」(『国文学ペン』一号、昭和三十九年一月)で、詳細に検討されているように、二つの書物の親近性が、ただちにその同一性を意味するわけではない。『曾我物語』の方でも、上州の地理にあかるかったが、『神道集』などと違って、その地方の神々を取りあげていなかったのである。そうは言っても、伊豆箱根の二所権現の縁起などについては、やはり両者に共通する素材を考えなければならないであろう。『神道集』と『曾我物語』とは、ともに安居院の東国進出にともなって、語り物として形成されたものと考えられる。しかも、両者の成立の基礎は、主要な点で一致しながらも、微妙な点で相違していたと見られる。その複雑な事情について説くことはできないにしても、さしあたって、『曾我物語』の真字本が、箱根山を拠点として成立したことは、認めなければならないであろう。

『曾我物語』の成立について、すでに折口信夫氏の『古代研究』には、「熊野信仰の一分派と見られる箱根・伊豆山二所を根拠とする、瞽巫女の団体の口から語りひろげられ、語りつがれたものらしい」と推測されている。別に、江波凞氏の「曾我物語に就いて」(『国語と国文学』三巻十号、大正十五年十月)では、「流布本の作者は箱根山の僧ではなからうか」と提唱された。そのような江波氏の説をうけて、荒木良雄氏の「曾我物語三遷論」(『古典研究』六巻十号、昭和十六年十月、のち『中世文学の形成と発展』所収)では、「曾我物語原本の成立は、…事件の起った関東の人によってなされ、…箱根山の僧或はそこにいた唱道説教師の輩の手によって成された」と論ぜられたわけである。角川源義氏の「曾我物語ノート」(『日本古典鑑賞講座』十二巻)では、『門葉記』の記事を引いて、安居院聖覚が伊豆箱根の支配権を得ていたと説かれている。そのような資料からも、安居院の説経が、伊豆箱根を中心におこなわれ、『曾我物語』の成立にもあずかったと言えるであろう。その間の事情について、大夫房覚明のような天台声明の徒で、箱根山にとどまったものが、『曾我物語』を作りあげたとも説かれたのである。角川氏の論考とともに、西田長男氏の「神道思想史断章」(『ぐんしょ』八号、昭和三十七年九月)でも、やはり大夫房覚明が、『曾我物語』の作者に擬せられている。そのような天台声明の徒によってまとめられた物語が、さきに挙げた比丘尼などによって語られていたと考えることもできる。なお、箱根山を拠点とする民間文芸は、中島馨氏「箱根山の信仰と文芸」(『国語と国文学』二十四巻十二号、昭和二十二年十二月)、松本隆信氏「箱根本地譚伝承考——慶応義塾図書館蔵一伝本をめぐって——」(『慶応義塾創立百年記念論文集(文学)』、昭和三十三年十一月)、春田宣氏「本地物語の考察——二所権現を中心にして——」(『国学院大学日本文化研究所紀要』七・八号、昭和三十五年九月・三十六年三月)などに説かれている。それらの研究によって、『曾我物語』の形成された基盤も、いっそうあきらかになるであろう。

そのような基盤に形成された文芸は、どのような性格をもっていたであろうか。『曾我物語』の真字本が、関東の地名にくわしかったことは、塚崎進氏の『物語の誕生』に、かなり細かく説かれている。それが語り物としておこなわれるかぎり、特定の宗教家の管理をうけるだけでなく、不特定の大衆の支持を集めなければならない。そこに語られた多くの固有名詞なども、やはり聴衆の感動をよびおこしたものと見られる。いったい、『曾我物語』の全篇を通じて、さまざまな関東武士の活動が、くだくだしいほどに取りあげられていた。そういう意味では、ただ曾我兄弟の物語というよりも、むしろ関東武士の物語として語られていたのである。そのような特色が、流布本の系統では、どれだけの変化を遂げたであろうか。

## 四

ところで、流布本の系統に属しながら、その古態をとどめる写本として、彰考館文庫本・万法寺本・大山寺本・南葵文庫本・戸川本・王堂本などが挙げられ、さらに吉田幸一氏蔵本・静嘉堂文庫の松井簡治氏旧蔵本・岸本由豆流旧蔵本なども加えられるであろう。それらの諸本の中で、万法寺本というのは、奈良県宇陀郡大宇陀町の万法寺に伝えられたもので、清水泰氏の校訂で古典文庫に収められている。大山寺本というのは、改めて言うまでもなく、神戸市垂水区の大山寺に伝えられたもので、荒木良雄氏の校註本によって知られている。王堂本というのは、チェンバレン氏の所蔵から竹柏園の所蔵に移されたもので、穴山孝道氏の校訂で岩波文庫に収められている。さらに、戸川本は、戸川浜男氏の蔵本で、その巻十一だけが、小川寿一氏によって覆製されている。しかし、彰考館文庫本・南葵文庫本など、多くの重要な写本は、現在まで翻刻されていないのである。写本のほかに、古活字本と整版本とが、かなり多く知られている。川瀬一馬氏の『古活字版之研究』には、曾我物語の古活字本として、慶長十年(一六〇五)頃刊行の十行本、慶長後半頃刊行の十一行本、慶長・元和中刊行の十二行本、元和・寛永中刊行の十二行插絵本、寛永中刊行の十二行本の五種が挙げられている。それらの古活字本の中で、もっとも古く刊行された十行本は、川瀬氏の研究によると、「完本管見に入るものなく」というが、現に十二巻分まとまって、東京大学附属図書館青洲文庫と聖心女子大学附属図書館とに蔵せられている。この大系の底本も、青洲文庫蔵の十行本であるが、古本から流布本への過程を示していると言えよう。それについで刊行された十一行本では、安田文庫本と阿波国文庫本のほかに、高木文庫旧蔵の角川源義氏蔵本が伝えられている。そのような古活字本よりも、いっそうひろく流布されているのは、整版本に属する寛永四年(一六二七)刊本、貞享四年(一六八七)刊本などであろう。また、絵入本では、正保三年(一六四六)刊および無刊記の丹緑本をはじめ、寛文三年(一六六三)刊本、寛文十一年(一六七一)刊本、元禄十一年(一六九八)刊本、元禄十四年(一七〇一)刊本などを挙げることができる。そのような流布本が、国民文庫・軍談家庭文庫・国文叢書・有朋堂文庫・日本古典全集などに翻刻されている。それらの活字本の中でも、日本古典全集の『曾我物語』は、正宗敦夫氏や御橋悳言氏などの努力で、かなり厳密な校訂の施されたものである。

ところで、『曾我物語』の展開について、ごく大まかにまとめると、真字本系の十巻本から流布本系の十二巻本へ進んだと言えようか。ただし、流布本の系統でも、万法寺本と大山寺本とは、やはり十巻からできている。しかも、彰考館文庫本などの十二巻本とくらべて、かならずしも古態をとどめているとは言えない。全体として十巻本から十二巻本へ進みながら、別にあらたな十巻本を作りだしたものかもしれない。すでに説かれてきたように、流布本の十二という巻数は、『平家物語』にならったものと考えられる。『平家物語』の灌頂巻では、建礼門院が出家され、安徳天皇や平家一門の菩提を弔われたという。それと同じように、『曾我物語』の巻十二でも、大磯の虎などが出家して、曾我十郎・五郎の後世を弔ったというのである。なお、彰考館文庫本や吉田幸一氏蔵本などで、巻十一にあたる部分が、「孝養巻」と題されているのも、やはり灌頂巻にならったものであろう。どちらにしても、流布本系の諸本は、それぞれに『平家物語』の影響をうけて、現行の巻序にととのえられたと言ってよい。さらに、彰考館文庫本などの写本は、どれも巻頭の目録をもちながら、流布の板本と違って、まだ本文の章段を分けていないのである。本文の章段は、十行古活字本でも、まだ安定しなかったが、十一行古活字本になって、ようやく安定したようである。そのような章段の区分によっても、流布本の形成される過程をうかがうことができる。

真字本から流布本への変遷は、きわめて複雑な経過をたどっている。流布本の記事の中で、どの部分を真字本からうけつぎ、どの部分をあらたにつけ加えたか、慎重に検討しなければならない。伊勢貞丈の『安斎随筆』巻十一などでは、流布本の巻一「惟喬・惟仁位あらそひの事」に、「わが山」という語を使うことから、『曾我物語』の作者は、比叡山の僧であろうと説かれている。さらに、荒木氏の三遷論によると、真字本の「山門」を「わが山」と改めたのは、やはり比叡山の僧であろうと解されている。しかし、本文の注釈でも説いたように、この「わが山」という語が、自分の山の意を離れて、比叡山の意に用いられていたからには、流布本系の作者をきめる証拠とはならない。いったい、惟喬・惟仁の位争いは、恵亮和尚の奇特と結びつけられ、現存の真字本にも取りあげられている。比叡山との因縁も、流布本の系統で、あらたに加えられたわけではないのである。そのような序曲にはじまり、曾我の御霊について語るかぎり、二つの系統の物語に、極端な変化を認めることはできない。ただし、結末の部分にくると、ともに虎の動きなどを取りあげながら、それぞれ違った運び方を示している。その部分の相違などが、さしあたって重要な課題となるであろう。

すでに紹介したように、荒木氏の三遷論の立場では、流布本の作者に浄土宗の僧をあてている。大磯の虎や曾我の母などが、兄弟の死後に、その後世を弔うという物語は、大山寺本に欠けているが、流布本にはそなわっている。そのような部分には、浄土宗の影響が著しく認められるというのである。しかし、そこに取りあげられた浄土宗の教義は、まことに疑わしいものであった。御橋悳言氏の「曾我物語考」(『国漢』三十二―三十四号、昭和十二年二―四月)などに、あきらかに指摘されていたように、『曾我物語』の巻十二は、『平家物語』の灌頂巻にならうとともに、多くの仏書の引用で満たされていた。しかも、そこに引かれた仏書というのは、かなりひろく流布したと考えられるものばかりである。たとえば、「少将法門の事」で、法然の説法を伝えているのは、あきらかに『漢語燈録』・『和語燈録』などから引いたものである。そのような引用は、ただちに浄土宗についての作者の見識を示すものではない。むしろ、流布本の全体を見ると、仏教についての作者の理解は、きわめて浅いものであったとさえ思われる。

もっとも、身辺の書物から雑多な記事を取りいれるのが、流布本の作者の癖であったと言ってよい。『平家物語』については、すでに説いたとおりであるが、『太平記』からは、「杵臼・程嬰が事」「呉越のたゝかひの事」などを取りいれている。『宝物集』などからも、さまざまな記事を取りいれ、物語の中にさしはさんでいる。また、『庭訓往来』の一篇を引いて、そのまま「鎌倉殿、箱根御参詣の事」にしたてている。『和漢朗詠集』や『新撰朗詠集』からも、多くの美辞麗句を引いている。『文選』『史記』『漢書』『貞観政要』『論語』『孔子家語』『白氏文集』など、さまざまな漢籍も、流布本の出典として挙げられる。それらのことばには、直接に原典から引くもののほかに、『明文抄』『壒嚢鈔』などから引くものも、かなり多かったと見られる。つまり、流布本の作者は、それほどの見識ももたないで、ありあわせの知識をとり集めていたと言ってもよい。

そこまで進んでくると、真字本に対する流布本の特色も、ようやくあきらかになるであろう。何よりも注意しなければならないのは、それが東国という地盤から離れ、『神道集』などの世界から離れたことである。塚崎氏の『物語の誕生』にも示されたように、流布本における地理の知識は、まったくよい加減なものであった。巻六の「十郎大磯へゆきたちぎきの事」では、「宿河原・松井田と申所より、大磯にこそゆきにけれ」と記されているが、実際の宿河原(神奈川県川崎市)と松井田(群馬県碓氷郡松井田町)とは、はるかに遠く隔たっていたのである。また、巻八の「屋形の次第五郎にかたる事」でも、上野国と上総国とをとり違えるなど、さまざまな誤りをおかしている。流布本の作者は、関東の事情を知らなかったと言わなければならない。『曾我物語』という作品は、本来の地盤から離れるとともに、本来の性格をも失っていったと見られる。たとえば、大磯の盃論における和田義盛などは、真字本と異なる性格を示している。さらに巻五の「五郎、女に情かけし事」では、「貧は諸道のさまたげ」というような考え方までも示すのである。山下宏明氏の「曾我物語の生成」(『国語と国文学』四十二巻五号、昭和四十年五月)には、「室町中期から末期にかけての、京都或はその周辺の、例えば町衆にその典型が見られるような庶民の世界を、曾我物語の変遷の背景に想起すべきではないか」と説かれている。たしかに、読み物としての『曾我物語』の前提には、町衆の世界とはきめられないまでも、お伽草子の地盤と通ずるものを考えなければならない。そのような地盤に形成された『曾我物語』流布本の性格が、やがて浄瑠璃・歌舞伎などの曾我物にもうけ継がれていくと言えよう。

## 五

流布本『曾我物語』十二巻の構成について見ると、

(一) 曾我兄弟の敵討の原因(巻一・二)
(二) 兄弟の成長(巻三・四)
(三) 敵討の苦心(巻五・六・七・八)
(四) 敵討の成就、兄弟の死(巻九・十)
(五) 後日談(巻十・十一・十二)

というように、五段から成っていると考えられるのであって、曾我兄弟の敵討、十八年にわたる苦心が、主題となっていることは、一往認められてよいであろう。

曾我兄弟の敵討の原因となった、父河津三郎の死は、祖父の伊東入道祐親と工藤祐継・祐経父子との二代にわたる所領争いのもたらしたものであった。中世には諸国の豪族の土地をめぐる争いがきわめて激烈・深刻であって、そのための訴訟は、『吾妻鏡』などを見てもたいそう多かったし、中世の狂言や草子類にもそれがしばしば取りあげられているが、さらに度重なる戦乱や御家騒動にも、こういう争いからおこっている場合がすくなくない。そのような中世に最もありがちな、そうして関心のもたれた事件が、この物語の大切な原因として語られているわけであって、後代の読者にもそれは生きた教訓として、読みとられたのに相違ない。

こういうことから発した曾我兄弟の敵討が、どんなに当時の天下の耳目を聳動させた大事件であったかは、前にも述べたとおり、これを『吾妻鏡』にかなり詳しく取りあげ記載していることからも察せられる。源頼朝が征夷大将軍に任ぜられてから、まだ数年しかたたない頃のことで、人心はかならずしも平穏ではなかった。そういう際に、将軍の威武を示すという意図もあっておこなわれた富士の裾野の狩に、かれの寵臣である祐経が討たれたのであるから、人々の驚き・騒ぎは無理もないことであった。だから事件の発生したのち、主として関東の人士の間に、語り草として伝えられたのであろう。それを前述のように箱根山の僧などがまとめ綴ったのが原作であろうが、物語は本来駿河以東の東国の人々によって語られ、読まれたものであり、のちに京都附近の者が和文化し、説話を増補して、一般に流布させたもののように想像される。そういう成長を推測させる『曾我物語』は、関東武士の面目を発揮していると思われるところが多い。親の敵を討つということは、鎌倉武士の気風によく合致するものであった。源頼朝・同義経らが、平氏を討ったのは、氏と氏との闘争であるが、同時にそれは父義朝の恨みを報ずる敵討にほかならぬのであって、鎌倉幕府の草創、武門政治の発端は、敵討にもとづくとも言えないことはない。このようにして自分たちの地位をきずくことができた武士の間にあって、敵討がどんなに美しく思われたかは、十分想像できることである。本書で、兄弟が英雄化されていることは言うまでもないが、さらにこの兄弟をめぐって、関東武士の溢れるような同情・支援が寄せられているのであった。畠山重忠・和田義盛らが次々に兄弟の命乞いをしているし、狩場では馬具・食糧などを贈っていたわっている。敵討の当夜にしてもかれらのあたたかい援助が描かれているが、特に流布本によれば、祐経の屋形に踏みこんだ兄弟が、急に寝所を変えた祐経を探し出すことができなかったのを、畠山の家来の本田次郎からそれとなく教えられて、本懐を遂げることになっている。そういうところに、武士の面目や敵討に対する共感が、はっきり示されているようであり、関東武士の総意が、兄弟の敵討に凝縮されていると言ってもさしつかえないほどである。

そういう関東武士の代表的人物として、曾我兄弟が、代表的な行為としてかれらの敵討が本書には取りあげられているわけである。兄は色白くして忍耐強く思慮深い、だが一面情にもろくやや優柔不断な人間であるのに対して、弟は色黒く、短気一徹で決断力に富む剛強な人間として描きあげられる。このような対蹠的なものをもつ兄弟が、形影相伴うごとく、一致協力して敵をあくまでねらい続けるのである。兄弟のこまやかな愛情は、随所ににじみ出て、亡き父と生ける母とに寄せる孝心のあつさと相まって、人々を感動させずにはおかない。苦節十八年、一念を貫徹したその鉄のような意志の固さも、武士の共感をさそったことであろう。そういうかれらをめぐって、これに援助を惜しまない武士気質が、よく示されているのである。

流布本『曾我物語』が、構成・詞章の両面にわたって、『平家物語』の影響を著しくうけていることは、前に指摘したとおりであるが、巻一・二の武家の歴史を述べた部分や、後半の諸地の狩場の状況を詳しく記しているあたりは、曾我兄弟の敵討という主題から見れば、やや離れすぎていると言わなくてはならない。そういうことをあえておこなっているのは、『平家物語』の場合と同様に、これが武家の歴史小説的な、軍記物語的な意図を同時にもっていたからであろうと思われる。いわば、『平家物語』が比叡山と密接な関係をもつ者を中心にして、上方で作られた物語であったのに対して、『曾我物語』は、関東における叡山ともいうべき箱根山関係の僧が、御霊を鎮める意味を以て語り出したものであるとともに、源氏の武士生活と曾我兄弟との復讐とを兼ねて描いた、関東の物語なのであった。

『曾我物語』には、京の小次郎が現われてくるほかは、京都とはほとんど縁がなく、もはや公家はその影さえも現わさない。優雅や「あはれ」な情趣に乏しく、粗野・剛健で荒々しいものがこの物語の基調をなしているように感じられる。『平家物語』から展開して、かれの王朝的なものは、すべて拭い去られ、ここに武士の物語が成立したと言うべきであり、そこに『曾我物語』の文学史上の意義が認められなければならない。

しかしこのような武士の物語も、そもそも鎮魂の意図を以て、僧侶の手によって筆録され、語り出されたものであった。それ故、当然のことながら、作者乃至は語り手は、この武士の物語に共感をもちながらも、根柢には御霊信仰があり、民衆への教化があった。宗教色が濃く織り成されていたのである。こういうところに、中世文学の特色が見られるように思われるが、それが流布本になると手当り次第にさらに多くの説話・故事を取りいれて、いっそう内容を雑然たるものにしている。『庭訓往来』の一節が巻四に取りいれられているのは周知のことであるが、物語全体がある意味では往来物に近い性質をもっていたとも言えよう。こうして『曾我物語』は、仏教色とおびただしい説話・故事にわずらわされて、作品の構成に緊密を欠き、今日の読者の感興をそぐことが甚だしいのであるが、そのような仏説と説話は、一面、読者への啓蒙をめざして、作者が取りいれたものであり、当時の読者もまた、これを望んだのであって、中世という時代・社会の流れの中において、この物語を読むことが、大切であろう。よかれあしかれ、中世文学の特質が最もよく示されている作品だと言うことができるのである。

曾我兄弟の物語は、幸若舞の絶好の材料となり、「切兼曾我(一満箱王)」「元服曾我」「和田酒盛(和田)」「小袖曾我(小袖乞)」「剣讃歎」「夜討曾我」「十番切」の七番の曾我物を生み(「和田酒盛」「夜討曾我」「十番切」が特に好んで上演されている)、謡曲にも、「調伏曾我」「元服曾我」「小袖曾我」「夜討曾我」「禅師曾我」をはじめ、「切兼曾我」「伏木曾我」「赤沢曾我」「十番切」「井手詣曾我」「大磯」「追懸時致」「御坊曾我」「箱根曾我」「祝子曾我(文削曾我)」「櫃切曾我」「幽霊曾我」「花見曾我」「和田酒盛」等十数番の曾我物が作られている。これらと『曾我物語』との関係は今後の研究にまたなければならないが、その中の多くは、『曾我物語』の影響をうけて成ったものであろう。特に『富士野往来』は、梶原景時・安達盛長らの書簡という形式で、兄弟の敵討を記したもので、中世から近世へかけて、ひろく流布した往来物であるが、室町初期の成立で、真字本の影響が認められるといわれている。室町時代の戦記にも兄弟のことがしばしば顧みられている。たとえば、『結城戦場物語』の春王・安王が箱根を越える際、安王は曾我兄弟が敵を討って名を挙げたことを話し、「それも五月、今もさ月、それも兄弟、我等も二人、過るも箱根此山なれば、昔も今も相応せり。われもおやのかたきうつて、父の恥を清めん事、何のしさゐのあるべし」と叫んでいる。また、『義貞記』に「親ノ敵ヲ可レ討用意事」として、「曾我十郎・五郎、本望ヲ遂上ハ、誠ニ高名至極ナレバ、聊其難ナシ。但後輩、是ヲ不レ可レ学カト覚。彼面々ハ、運人ニ勝タルニ依テ挙レ名也。若成人之後如レ此送レ年、イカナル横死ニモ逢ナバ、永本意ヲ空クシ、家ノ疵ヲモ可レ付。…即時ニ押寄テ、可レ決二勝負一」と述べている。これは、室町末期の敵を討つ者の心構えを記しているのであるが、このように、敵討といえば必ず人々が引き合いに出すのは、曾我兄弟であった。そうして中世の武家社会にあっては、親の敵は当然討つべきものとされるに至っており、草子類にも多くの復讐談が書かれた。そのような敵討重視の風潮が、『曾我物語』を生むとともに、多くの読者・聴衆をひきつけたのであるが、また逆に、曾我兄弟の物語乃至は『曾我物語』が、敵討を流行させるのに大きな役割をはたし、復讐談の制作に影響を与えているということも、見のがしてはならないであろう。

『曾我物語』は近世に入っても多くの人々に愛読されたらしい。その影響も、浄瑠璃・歌舞伎・浮世草子・赤本・草双紙などすこぶる多方面にわたっているが、特に江戸で作られた文学・芸能に多かったことは、この物語を生み育てた地が関東であったことと深いつながりがあろうし、種々の点で注目すべきことであった。

# 参考文献


【翻刻・注釈】

曾我物語　存採叢書　明18・10
生田目経徳　標註異本曾我物語　明24・9
曾我物語　国民文庫　明44・4
久保得二 青木存義　曾我物語　軍談家庭文庫　明44・10
池辺義象　曾我物語　国文叢書　大1・11
武笠三　曾我物語　有朋堂文庫　大2
大石寺本曾我物語　国史叢書　大3・11
曾我物語　日本古典全集　大15・12
三教書院編輯部編　曾我物語 上下　いてふ本　昭10・7—8
穴山孝道　王堂本曾我物語 上下　岩波文庫　昭14・10—15・3
小川寿一　戸川本曾我物語(巻十一)覆製　昭15・8
荒木良雄　大山寺本曾我物語　昭16・6
清水泰　曾我物語(万法寺本)上中下　古典文庫　昭35・5—35・12
鈴木進　東大本曾我物語と研究 上下　未刊国文資料　昭39・9—41・10

【現代語訳】

中島楽山　曾我物語　武士道の精華　大4・8
藤村作　曾我物語　物語日本文学　昭11・2
漆山又四郎　曾我物語　現代語訳国文学全集　昭13・3
高木卓　義経記・曾我物語　古典日本文学全集　昭36・12

【研究書】

塚崎進　物語の誕生　民俗民芸叢書　昭30・7
岡見正雄 角川源義　太平記・曾我物語・義経記　日本古典鑑賞講座　昭35・2

【論説】

久米邦武　曾我物語と世阿弥　日本及日本人六五二　大4・4
八代国治　正史から見た曾我兄弟の敵討　日本及日本人六五二　大4・4
池辺義象　曾我兄弟　日本及日本人六五二　大4・4
村上専精　曾我物語と庭訓　日本及日本人六五二　大4・4
和田英松　曾我兄弟の欽慕せらるゝ所以　日本及日本人六五二　大4・4
柳田国男　曾我兄弟の墳墓　日本及日本人六五二　大4・4
柳田国男　老女化石譚　郷土研究四ノ五・六(「妹の力」所収)　大5・8—9
幸田露伴　暗黒時代の一文学—曾我物語に就いて—　帝国文学二五ノ三　大8・3
安藤東庵　謡曲及幸若舞の曾我物　謡曲界一〇ノ六　大8・6
佐成謙太郎　曾我物語の著作時代　芸文一〇ノ六・七　大8・6—7
安藤東庵　佐成文学士の『曾我物語の著作時代』を読みて　謡曲界二ノ二　大8・8

| | | | |
|---|---|---|---|
| 佐成謙太郎 | 流布本曾我物語と謡曲の曾我物—安藤東庵氏の説を読みて— | 謡曲界二ノ四 | 大8・10 |
| 大森金五郎 | 曾我兄弟復讐の史実 | 中央史壇二ノ一 | 大10・1 |
| 正宗敦夫 | 曾我物語と史実 | 明星七ノ五（「日本古典文学全集曾我物語」所収） | 大14・12 |
| 中島竦 | 曾我物語は無稽の小説 | 史学五ノ一 | 大15・3 |
| 佐成謙太郎 | 曾我物語と義経記 | 国語と国文学三ノ一〇 | 大15・10 |
| 江波凞 | 曾我物語に就いて | 国語と国文学三ノ一〇 | 大15・10 |
| 江波凞 | 曾我物謡曲の原拠 | 国学院雑誌三二ノ一二 | 大15・12 |
| 御橋悳言 | 曾我物語につきて | 日本古典全集曾我物語 | 大15・12 |
| 山岸徳平 | 仇討文学としての曾我物語 | 日本文学聯講二期 | 昭2・8 |
| 千代延尚寿 | 曾我物語に現れた女性 | 国語教育一四ノ一一 | 昭4・11 |
| 小川寿一 | 曾我物語と仏教文学 | 国語と国文学七ノ六 | 昭5・6 |
| 森末義彰 | 妙本寺本曾我物語の原本に就いて | 国史学二 | 昭7・5 |
| 小川寿一 | 曾我物語の註釈及研究 | 歴史と国文学六ノ六七ノ一 | 昭7・6—7 |
| 高木武 | 曾我物語の展望 | 国語と国文学一〇ノ四（「日本精神と日本文学」所収） | 昭8・4 |
| 御橋悳言 | 流布本曾我物語に原拠あることを論じて物語の典拠ある詩句を挙ぐ | 国語と国文学一〇ノ四 | 昭8・4 |
| 後藤丹治 | 曾我物語に於ける史実の検討 | 国語と国文学一〇ノ四（補訂を加え「中世国文学研究」所収） | 昭8・4 |
| 島津久基 | 幸若の曾我物 | 国語と国文学一〇ノ四 | 昭8・4 |
| 北村公佐 | 曾我物語私考 | 国漢研究五一 | 昭8・6 |
| 小川寿一 | 曾我物語摘釈 | 国漢研究五三 | 昭8・8 |
| 佐成謙太郎 | 室町文芸に於ける義経伝説と曾我伝説 | 国語と国文学一〇ノ一〇 | 昭8・10 |
| 亀田純一郎 | 義経記曾我物語の研究 | 改造社日本文学講座 | 昭9・8 |
| 茂住定次 | 義経記・曾我物語の研究史 | 国語と国文学一二ノ四 | 昭10・4 |
| 坂元雪鳥 | 曾我物語と謡曲 | 能楽二ノ六・七 | 昭10・7—8 |
| 高木武 | 中世文学としての義経記と曾我物語 | 解釈と鑑賞二ノ一 | 昭12・1 |
| 和田正夫 | 曾我物語に就いて—其の研究方面に関して— | 解釈と鑑賞二ノ一 | 昭12・1 |
| 市古貞次 | 曾我物語の插話 | 解釈と鑑賞二ノ一 | 昭12・1 |
| 井畔武明 | 曾我物語孝養巻 | 解釈と鑑賞二ノ一 | 昭12・1 |
| 山岸徳平 | 曾我物語概説 | 解釈と鑑賞二ノ一 | 昭12・1 |
| 御橋悳言 | 曾我物語考 | 国漢三—二四 | 昭12・2—4 |
| 小川寿一 | 曾我物語孝養巻と箱根の本地 | 国語と国文学一四ノ三 | 昭12・3 |
| 佐成謙太郎 | 中世文学としての義経記と曾我伝説 | 解釈と鑑賞二ノ八 | 昭12・8 |
| 岡見正雄 | 物語より記へ | 国語国文七ノ一三 | 昭12・12 |
| 亀田純一郎 | 曾我物語研究の手引 | 古典研究三ノ一〇 | 昭13・10 |
| 小川寿一 | 曾我物語の插絵について | 風俗研究二二一・二二三 | 昭14・1—3 |
| 藤田徳太郎 | 義経記と曾我物語 | 古典研究四ノ六 | 昭14・6 |
| 荒木良雄 | 大山寺本曾我物語をめぐる諸問題 | 国語と国文学一六ノ一一 | 昭14・11 |
| 小川寿一 | 戸川本曾我物語に於ける考察 | 歴史と国文学二三ノ五・六 | 昭15・5—6 |
| 御橋悳言 | 穴山孝道君校訂岩波文庫の曾我物語を読む | 歴史と国文学二三ノ一 | 昭15・7 |
| 小川寿一 | 戸川本曾我物語解説 | 戸川本曾我物語 | 昭15・8 |
| 野村八良 | 曾我物語概説 | 古典研究五ノ一三 | 昭15・11 |
| 金子節常 | 曾我物語成立考 | 古典研究五ノ一三 | 昭15・11 |
| 早川甚三 | 流布本曾我物語に於ける「家」の観念 | 古典研究五ノ一三 | 昭15・11 |
| 橋本実 | 曾我物語に現はれたる武士道 | 古典研究五ノ一三 | 昭15・11 |
| 御巫清勇 | 曾我物語について | 古典研究五ノ一三 | 昭15・11 |

| | | | |
|---|---|---|---|
| 後藤丹治 | 曾我物語に関聯して | 古典研究五ノ一一 (補訂を加え「中世国文学研究」所収) | 昭15・11 |
| 田中允 | 曾我物謡曲について | 宝生一九ノ二 | 昭15・11 |
| 川瀬一馬 | 曾我物としての富士野往来 | 宝生一九ノ二 | 昭15・11 |
| 藤田徳太郎 | 義経記と曾我物語の歌謡 | 日本歌謡の研究 | 昭15・12 |
| 和田正夫 | 流布本曾我物語の本文研究について | 国語と国文学一八ノ一 | 昭16・1 |
| 小林静雄 | 曾我物語と曲舞 | 古典研究六ノ四 | 昭16・4 |
| 荒木良雄 | 曾我物語三遷論 | 古典研究六ノ一〇 (「中世文学の形象と精神」「中世文学の形成と発展」所収) | 昭16・10 |
| 野田寿雄 | 曾我物語と近松 | 古典研究六ノ一〇 | 昭16・10 |
| 早川甚三 | 流布本曾我物語に於ける孝について | 古典研究六ノ一〇 | 昭16・10 |
| 杉本継男 | 曾我物語断想 | 古典研究六ノ一〇 | 昭16・10 |
| 塩田良平 | 曾我物語と倫理 | 古典研究六ノ一〇 | 昭16・10 |
| 橋本実 | 曾我物語と史実 | 古典研究六ノ一〇 | 昭16・10 |
| 藤田徳太郎 | 曾我物語と復讐精神 | 古典研究六ノ一〇 | 昭16・10 |
| 能勢朝次 | 貞和時代の曾我物語 | 国語国文学研究一〇 | 昭17・12 |
| 角川源義 | 曾我物語の発生 | 国学院雑誌四九ノ一 | 昭18・1 |
| 筑土鈴寛 | 歴史と伝説—曾我物語成立考— | 国語と国文学二〇ノ一一 | 昭18・11 |
| 角川源義 | 語り物と管理者 | 国語国文一三ノ一二 | 昭18・12 |
| 中島馨 | 箱根山の信仰と文芸 | 国語と国文学二四ノ一二 | 昭22・12 |
| 大藤時彦 | 虎が雨 | 民俗学研究二 | 昭26・7 |
| 朝倉治彦 | 「白髭」の発生 | 国語国文二一ノ八 | 昭27・8 |
| 谷宏 | 曾我物語覚書 | 聖心女子大論叢二 | 昭27・11 |
| 市古貞次 | 曾我物語・義経記 | 国民の文学古典篇 | 昭28・6 |
| 朝倉治彦 | 神道集と曾我物語と | 神道宗教五 | 昭28・8 |
| 荒木良雄 | 大山寺本曾我物語について | 兵庫史学一 | 昭29・8 |
| 久曾神昇 | 十一巻本曾我物語と穂久邇文庫本 | 国語と国文学三一ノ一二 | 昭29・12 |
| 塚崎進 | 曾我物語伝承論 | 芸文研究四・五 | 昭30・2—11 |
| 荒木良雄 | 曾我兄弟(日本文学の理想像) | 日本文学五ノ四 | 昭32・4 |
| 水原一 | 「わが山」考 | 解釈三ノ一一 | 昭32・11 |
| 近藤喜博 | 熊野比丘尼—続文学と女性と信仰— | 神道学一六 | 昭33・2 |
| 近藤喜博 | 文学と女性と信仰—曾我の物語を中心として— | 神道学一七 | 昭33・5 |
| 松本隆信 | 箱根本地譚伝承考—慶応義塾図書館蔵一伝本をめぐって— | 慶応義塾創立百年記念論文集(文学) | 昭33・11 |
| 鈴木亨 | 曾我物語と二人比丘尼 | 語文(大阪大)一三 | 昭33・12 |
| 近藤喜博 | 神道集について | 神道集(東洋文庫本) | 昭34・12 |
| 角川源義 | 曾我物語ノート | 日本古典鑑賞講座太平記・曾我物語・義経記 | 昭35・2 |
| 塚崎進 | 曾我物語の背景 | 日本古典鑑賞講座太平記・曾我物語・義経記 | 昭35・2 |
| 佐々木巧一 | 寺院と語り物—大夫房覚明を中心に— | 日本古典鑑賞講座太平記・曾我物語・義経記 | 昭35・2 |
| 大島建彦 | 曾我物語の形成 | 国語と国文学三七ノ四 | 昭35・4 |
| 春田宣 | 本地物語の考察—二所権現を中心にして— | 国学院大学日本文化研究所紀要七・八 | 昭35・9—36・3 |
| 岡見正雄 | 瞽女覚書 | 女子大国文二〇 | 昭36・2 |
| 小山弘志 | 曾我もの概観 | 観世二八ノ五 | 昭36・5 |
| 香西精 | 小袖曾我作者と本説 | 観世二八ノ五 | 昭36・5 |
| 山下宏明 | 源平闘諍録管見—其の成立基盤をめぐって— | 国語と国文学三八ノ八 | 昭36・8 |
| 円地文子 | 曾我のこと | 古典日本文学全集義経記・曾我物語 | 昭36・12 |

| | | | |
|---|---|---|---|
| 桐原徳重 | 曾我物語の鑑賞 | 古典日本文学全集義経記・曾我物語 | 昭36・12 |
| 太田善麿 | 曾我物語の出典源「明文抄」 | ぐんしょ一 | 昭37・1 |
| 西田長男 | 神道思想史断章 | ぐんしょ八 | 昭37・9 |
| 福田　晃 | 曾我物語(軍記物語事典) | 解釈と鑑賞二八ノ四 | 昭38・3 |
| 森山重雄 | 在地者の贖罪―曾我物語の意味するもの― | 思想の科学一七 | 昭38・8 |
| 福田　晃 | 曾我物語とその周辺―真名本巻五浅間の狩説話を中心に― | 日本文学論究二三 | 昭38・12 |
| 小島瓔礼 | 神道集と曾我物語との関係 | 国文学ペン一 | 昭39・1 |
| 山下宏明 | 曾我物語(古典文学研究必携) | 国文学九ノ八 | 昭39・6 |
| 森山重雄 | 劇の成立と劇の思想―曾我物について― | 文学三二ノ七 | 昭39・7 |
| 福田　晃 | 曾我兄弟―曾我物語― | 国文学九ノ一四 | 昭39・11 |
| 山下宏明 | 曾我物語流布本成立考序説 | 軍記と語り物二 | 昭39・12 |
| 藤井　隆 | 曾我物語巻五異本の翻刻と研究 | 紀要(帝塚山短大)二 | 昭39・12 |
| 山下宏明 | 曾我物語の生成 | 国語と国文学四二ノ五 | 昭40・5 |
| 桐原徳重 | 曾我物語 | 中世文学研究入門 | 昭40・6 |

# 諸本対照表

一、この表は、『曾我物語』の諸本について、章段の異同を示したものである。諸本を代表するものとして、真字本（本門寺本）・大石寺本・彰考館文庫本・万法寺本・大山寺本・南葵文庫本・十行古活字本（底本）・十一行古活字本・流布本（寛永四年板本）の九種を取りあげた。

一、章段の題目は、おもに流布本によって記し、その他の諸本によって補った。その多少の相違（「伊東次郎と祐経が争論の事」と「祐経が沙汰の事」、「若君の御事」と「若君うしなひ奉りし事」など）は、厳密な区別を施さないで、一本の表現に従うことにした。ある一つの章段が、いくつかの章段を含む場合には、そのような重複の関係を示すために、［　を用いた。また、物語の本筋とかかわりない章段を示すために、（　）を用いた。

一、諸本における章段の異同は、つぎのような符号によって示した。

◎　題目をそなえて、それにあたる本文の全部または大部分をそなえるもの。

〇　題目を欠くが、それにあたる本文の全部または大部分をそなえるもの。

△　題目を欠いて、それにあたる本文の大部分を欠き、その一部分だけをそなえるもの。

△＊　題目をそなえるが、それにあたる本文の大部分を欠き、その一部分だけをそなえるもの（例外に近い）。

×　題目を欠いて、それにあたる本文の全部を欠くもの。

ある一つの章段が、いくつかの章段を含む場合には、どちらかの欄に符号をつけた。なお、真字本・大石寺本の全巻と大山寺本・南葵文庫本の第三巻は、巻頭の題目をもたない上に、本文の章段を分けていない。また、万法寺本・彰考館文庫本・十行古活字本の全巻と大山寺本・南葵文庫本の第三巻を除く部分は、巻頭の題目をもちながら、本文の章段を分けていない。それらの諸本では、流布本にならって、かりに章段の区分を試みた。

一、諸本における巻の名は、「孝養巻」を除いて、算用数字で示した。それらの巻の区分は、」という符号によった。章段の中途で巻のかわる場合は、・という符号によった。

一、備考の欄には、同一または類似の内容をもつ主要な資料を掲げた。そのすべてが、『曾我物語』の出典というわけではない。謡曲にかぎり、類似と断定しかねるものも、（　）に入れて示した。なお、ただ「平家物語」と記したのは、その流布本をさしている。

| 通し番号 | 題目 | 真字本 | 大石寺本 | 彰考館本 | 万法寺本 | 大山寺本 | 南葵文庫本 | 十行古活字本（底本） | 十一行古活字本 | 流布本 |
|---|---|---|---|---|---|---|---|---|---|---|
| 一 | 神代のはじまりの事 | ○[1] | ○[1] | ◎[1] | ◎[1] | ◎[1] | ◎[1] | ◎[1] | ◎[1] | ◎[1] |
| 二 | 惟喬・惟仁の位あらそひの事 | ○ | ○ | ◎ | ◎ | ◎ | ◎ | ◎ | ◎ | ◎ |
| 三 | 小野宮の御事 | ○ | ○ | ○ | ○ | ◎ | ○ | ○ | ○ | ○ |
| 四 | 源氏の先祖の事 | ○ | ○ | ○ | ○ | ◎ | ○ | ○ | ○ | ○ |
| 五 | 寂心他界の事 | ○ | ○ | ○ | ○ | ◎ | ○ | ○ | ○ | ○ |
| 六 | 伊東を調伏する事 | × | × | ◎ | ◎ | ◎ | ◎ | ◎ | ◎ | ◎ |
| 七 | おなじく伊東が死ぬる事 | ○ | ○ | ◎ | ◎ | ◎ | ◎ | ◎ | ◎ | ◎ |
| 八 | 伊東次郎と祐経が争論の事 | ○ | ○ | ◎ | ◎ | ◎ | ◎ | ◎ | ◎ | ◎ |
| 九 | 伊東をうたんとせし事 | ○ | ○ | ○ | ○ | ◎ | ○ | ○ | ○ | ○ |
| 一〇 | 頼朝伊東の館にまします事 | △ | △ | ○ | ◎ | ◎ | ◎ | ◎ | ◎ | ◎ |
| 一一 | 大見小藤太・八幡三郎が伊東をねらひし事 | ○ | ○ | ◎ | ◎ | ◎ | ◎ | ◎ | ◎ | ◎ |
| 一二 | （杵臼・程嬰が事） | △(2) | × | ◎ | ◎ | ◎ | ◎ | ◎ | ◎ | ◎ |
| 一三 | 奥野の狩座の事 | △ | △ | ◎ | ◎ | ◎ | ◎ | ◎ | ◎ | ◎ |
| 一四 | おなじく酒盛の事 | ○ | ○ | ◎ | ◎ | ◎ | ○ | ○ | ◎ | ◎ |
| 一五 | おなじく相撲の事 | ○ | ○ | ◎ | ◎ | ◎ | ◎ | ◎ | ◎ | ◎ |
| 一六 | （費長房が事） | × | × | ◎ | ◎ | × | ◎ | ◎ | ◎ | ◎ |
| 一七 | 河津三郎がうたれし事 | ○[2]・ | ○[2]・ | ◎ | ◎ | ◎ | ◎ | ◎ | ◎ | ◎ |
| 一八 | 伊東が出家の事 | ○ | ○ | ◎ | ◎ | ◎ | ○ | ○ | ◎ | ◎ |
| 一九 | 御房がむまるゝ事 | ○ | ○ | ◎ | ◎ | ◎ | ◎ | ◎ | ◎ | ◎ |

| | | | | | | | | | | |
|---|---|---|---|---|---|---|---|---|---|---|
| 二〇 | 女房曾我へうつる事 | ○ | ○ | ◎」 | ◎」 | ◎ | ◎」 | ◎」 | ◎」 | ◎」 |
| 二一 | 大見・八幡をうつ事 | ○ | ○ | ◎[2] | ◎[2] | ◎」 | ◎[2] | ◎[2] | ◎[2] | ◎[2] |
| 二二 | (泰山府君の事) | × | × | ◎ | ◎ | × | ◎ | ◎ | ◎ | ◎ |
| 二三 | 頼朝伊東におはせし事 | ○ | ○ | ◎ | ◎ | ◎[2] | ◎ | ◎ | ◎ | ◎ |
| 二四 | 若君の御事 | ○ | ○ | ◎ | ◎ | ◎ | ◎ | ◎ | ◎ | ◎ |
| 二五 | (王昭君が事) | △ | △ | ◎ | ◎ | ○ | ◎ | ◎ | ◎ | ◎ |
| 二六 | (玄宗皇帝の事) | ○ | △ | ◎ | ◎ | ◎ | ◎ | ◎ | ◎ | ◎ |
| 二七 | 頼朝伊東をいで給ふ事 | ○ | ○ | ◎ | ◎ | ◎ | ◎ | ◎ | ◎ | ◎ |
| 二八 | 頼朝北条へいり給ふ事 | ○ | ○ | ◎ | ◎ | ◎ | ◎ | ◎ | ◎ | ◎ |
| 二九 | 時政が女の事 | △ | △ | ◎ | ◎ | ◎ | ◎ | ◎ | ◎ | ◎ |
| 三〇 | (橘の由来の事) | △[3]・ | △[3]・ | ◎ | ◎ | △ | ◎ | ◎ | ◎ | ◎ |
| 三一 | 兼隆を聟にとり給ふ事 | ○ | ○ | ◎ | ◎ | ◎ | ◎ | ◎ | ◎ | ◎ |
| 三二 | (牽牛織女の事) | × | × | ○ | ○ | △ | ○ | ○ | ◎ | ◎ |
| 三三 | 盛長が夢見の事 | ○ | ○ | ◎ | ◎ | ◎ | ◎ | ◎ | ◎ | ◎ |
| 三四 | 景信が夢あはせの事 | ○ | ○ | ◎ | ◎ | ◎ | ◎ | ◎ | ◎ | ◎ |
| 三五 | (酒の事) | × | × | ◎ | ◎ | △ | ◎ | ◎ | ◎ | ◎ |
| 三六 | 頼朝謀叛の事 | ○ | ○ | ◎ | ◎ | ◎ | ◎ | ◎ | ◎ | ◎ |
| 三七 | 兼隆がうたるゝ事 | ○ | ○ | ◎ | ◎ | ◎ | ◎ | ◎ | ◎ | ◎ |
| 三八 | 頼朝七騎落の事 | ○ | ○ | ○ | ○ | ○ | ○ | ○ | ◎ | ◎ |
| 三九 | 伊東入道がきらるゝ事 | ○ | ○ | ◎ | ◎ | ◎ | ◎ | ◎ | ◎ | ◎ |
| 四〇 | (奈良の勤操僧正の事) | × | × | ◎ | ◎ | × | ◎ | ◎ | ◎ | ◎ |

| | | | | | | | | | |
|---|---|---|---|---|---|---|---|---|---|
| 四一 祐清京へのぼる事 | ○ | ○ | ◎ | ◎ | ◎ | ◎ | ◎ | ◎ | ◎ |
| 四二 鎌倉の家の事 | ○ | ○ | ◎ | ◎ | ◎ | ◎ | ◎ | ◎ | ◎ |
| 四三 (八幡大菩薩の事) | 4○・ | 4○・ | ◎」 | ◎」 | ○」 | ◎」 | ◎」 | ◎」 | ◎」 |
| 四四 兄弟曾我にてそだちし事 | \| | \| | 3◎ | 3◎ | 3\| | 3\| | 3\| | 3\| | 3\| |
| 四五 九月十三夜名ある月に一万・箱王庭にいで父の事をなげきし事 | ○ | ○ | \| | \| | ○ | ○ | ◎ | ◎ | ◎ |
| 四六 兄弟を母の制せし事 | ○ | ○ | \| | \| | ○ | ○ | ◎ | ◎ | ◎ |
| 四七 九つと十一にてきられんとせし事 | \| | \| | ◎ | ◎ | \| | \| | \| | \| | \| |
| 四八 源太曾我へ兄弟めしの御つかひにゆく事 | × | × | \| | \| | ○ | ○ | ◎ | ◎ | ◎ |
| 四九 母なげきし事 | × | × | \| | \| | ○ | ○ | ◎ | ◎ | ◎ |
| 五〇 祐信兄弟をつれて鎌倉へゆく事 | × | × | \| | \| | ○ | ○ | ◎ | ◎ | ◎ |
| 五一 兄弟を梶原こひ申さるゝ事 | × | × | \| | \| | ○ | ○ | ○ | ◎ | ◎ |
| 五二 由比のみぎはへひきいだされし事 | × | × | \| | \| | ○ | ○ | ◎ | ◎ | ◎ |
| 五三 一人当千の事 | \| | \| | ◎ | ◎ | \| | \| | \| | \| | \| |
| 五四 人々君へまゐりて兄弟をこひ申さるゝ事 | × | × | \| | \| | ○ | ○ | ◎ | ◎ | ◎ |
| 五五 畠山重忠こひゆるさるゝ事 | × | × | \| | \| | ○ | ○ | ◎ | ◎ | ◎ |
| 五六 臣下ちやうしが事にて兄弟たすかりし事 | × | × | \| | \| | ○ | ○ | ◎ | ◎ | ◎ |
| 五七 曾我へつれてかへりよろこびし事 | × | × | \|」 | \|」 | ○」 | ○」 | ◎」 | ◎」 | ◎」 |
| 五八 十郎元服の事 | ○ | ○ | 4◎ | 4◎ | 4◎ | 4◎ | 4◎ | 4◎ | 4◎ |
| 五九 箱王箱根へのぼる事 | ○ | ○ | ◎ | ◎ | ◎ | ◎ | ◎ | ◎ | ◎ |
| 六〇 鎌倉殿箱根御参詣の事 | △ | △ | ◎ | ◎ | ◎ | ◎ | ◎ | ◎ | ◎ |
| 六一 箱王祐経にあひし事 | ○ | ○ | ○ | ◎ | ○ | ○ | ◎ | ◎ | ◎ |

| | | | | | | | | | | |
|---|---|---|---|---|---|---|---|---|---|---|
| 六二 | （眉間尺が事） | × | × | ◎ | ◎ | △ | ◎ | ◎ | ◎ | ◎ |
| 六三 | 箱王曾我へくだりし事 | ○」 | ○」 | ○ | ◎ | ◎ | ○ | ◎ | ◎ | ◎ |
| 六四 | 箱王が元服の事 | 5 ○ | 5 ○ | ◎ | ◎ | ◎ | ◎ | ◎ | ◎ | ◎ |
| 六五 | 母の勘当かうぶる事 | ○ | ○ | ◎ | ◎ | ◎ | ◎ | ◎ | ◎ | ◎ |
| 六六 | 小次郎かたらひえざる事 | ○ | ○ | ◎ | ◎ | ◎ | ◎ | ◎ | ◎ | ◎ |
| 六七 | 母の教訓の事 | ○ | ○ | ○ | ○ | ◎ | ○ | ○ | ○ | ○ |
| 六八 | 大磯の虎思ひそむる事 | ○ | ○ | ◎ | ◎ | ◎ | ◎ | ◎ | ◎ | ◎ |
| 六九 | 平六兵衛が喧嘩の事 | × | × | ◎ | ◎ | ◎ | ◎ | ◎ | ◎ | ◎ |
| 七〇 | 三浦の片貝が事 | × | × | ◎ | ◎ | ◎ | ◎ | ◎ | ◎ | ◎ |
| 七一 | 虎を具して曾我へゆきし事 | × | × | ◎」 | ◎」 | ◎」 | ◎」 | ◎」 | ◎」 | ◎」 |
| 七二 | 浅間の御狩の事 | ○ | ○ | 5 ◎ | 5 ◎ | 5 ◎ | 5 ◎ | 5 ◎ | 5 ◎ | 5 ◎ |
| 七三 | 五郎と源太と喧嘩の事 | × | × | ◎ | ◎ | △ * | ◎ | ◎ | ◎ | ◎ |
| 七四 | 和田より雑掌の事 | × | × | ○ | ○ | △ | ○ | ○ | ◎ | ◎ |
| 七五 | 三原野の御狩の事 | ○ | ○ | ◎ | ◎ | ◎ | ◎ | ◎ | ◎ | ◎ |
| 七六 | 那須野の御狩の事 | 6 ○ • | 6 ○ • | ◎ | ◎ | ◎ | ◎ | ◎ | ◎ | ◎ |
| 七七 | 朝妻の狩座の事 | × | × | ◎ | ◎ | ○ | ○ | ◎ | ◎ | ◎ |
| 七八 | （帝釈と阿修羅とのたゝかひの事） | × | × | ◎ | ◎ | × | ○ | ◎ | ◎ | ◎ |
| 七九 | 三浦与一をたのみし事 | ○ | ○ | ◎ | ◎ | ◎ | ◎ | ◎ | ◎ | ◎ |
| 八〇 | 五郎女に情かけし事 | × | × | ◎ | ◎ | ◎ | ◎ | ◎ | ◎ | ◎ |
| 八一 | （巣父・許由が事） | × | × | ◎ | ◎ | ○ | ◎ | ◎ | ◎ | ◎ |
| 八二 | （貞女が事） | × | × | ◎ | ◎ | × | ◎ | ◎ | ◎ | ◎ |

| | | | | | | | | | |
|---|---|---|---|---|---|---|---|---|---|
| 八三 (鴛鴦の剣羽の事) | × | × | ◎ | ○ | × | ○ | ◎ | ◎ | ◎ |
| 八四 五郎が情かけし女出家の事 | × | × | ◎ | ◎ | ○└ | ◎└ | ◎ | ◎ | ◎ |
| 八五 (呉越のたゝかひの事) | × | × | ◎ | ◎ | × | × | ◎ | ◎ | ◎ |
| 八六 (鶯と蛙の歌の事) | × | × | ◎└ | ◎└ | × | × | ◎└ | ◎└ | ◎└ |
| 八七 大磯の盃論の事 | \| | \| | [6] ◎ | [6] \| | [6] ◎ | [6] ◎ | [6] ◎ | [6] \| | [6] \| |
| 八八 十郎大磯へゆきたちぎきの事 | × | × | \| | ○ | \| | \| | \| | ◎ | ◎ |
| 八九 和田義盛酒盛の事 | △(5) | △(5) | \| | ◎ | \| | \| | \| | ◎ | ◎ |
| 九〇 虎をよびいだす事 | △(5) | △(5) | \| | ◎ | \| | \| | \| | ○ | ○ |
| 九一 (ふん女が事) | × | × | ○ | ◎ | × | ○ | ○ | ◎ | ◎ |
| 九二 (弁才天の事) | × | × | ◎ | ○ | × | ○ | ◎ | ◎ | ◎ |
| 九三 朝比奈虎が局へむかひにゆきし事 | × | × | \| | ◎ | \| | \| | \| | ◎ | ◎ |
| 九四 虎が盃十郎にさしぬる事 | × | × | \| | ◎ | \| | \| | \| | ◎ | ◎ |
| 九五 五郎大磯へゆきし事 | △(5) | △(5) | \| | ○ | \| | \| | \| | ◎ | ◎ |
| 九六 朝比奈と五郎力くらべの事 | × | × | \| | ○ | \| | \| | \| | ◎ | ◎ |
| 九七 虎を具して曾我へゆく事 | ○ | ○ | ○ | ◎ | ○ | ○ | ○ | ○ | ○ |
| 九八 曾我にて虎が名残をしみし事 | ○ | ○ | ◎ | ◎ | ◎ | ◎ | ◎ | ◎ | ◎ |
| 九九 山彦山にての事 | ○ | ○ | ◎ | ○ | ◎ | ◎ | ◎ | ◎ | ◎ |
| 一〇〇 (比叡山のはじまりの事) | × | × | ◎ | ◎ | △ | ◎ | ◎ | ◎ | ◎ |
| 一〇一 (仏性国の雨の事) | × | × | ◎ | ○ | △ | ◎ | ◎ | ◎ | ◎ |
| 一〇二 (嵯峨の釈迦つくりたてまつりし事) | × | × | ◎└ | ○└ | △└ | ◎└ | ◎└ | ◎└ | ◎└ |
| 一〇三 千草の花見し事 | ○ | ○ | [7] ◎ | [7] ◎ | [7] ◎ | [7] ◎ | [7] ◎ | [7] ◎ | [7] ◎ |

| | | | | | | | | | | |
|---|---|---|---|---|---|---|---|---|---|---|
| 一〇四 | 小袖乞の事 | ○ | ○ | ◎ | ○ | ◎ | ◎ | ○ | ◎ | ◎ |
| 一〇五 | (しやうめつ婆羅門の事) | × | × | ○ | ○ | ○ | ◎ | ○ | ◎ | ◎ |
| 一〇六 | (斑足王の事) | × | × | ○ | ◎ | ○ | ◎ | ◎ | ◎ | ◎ |
| 一〇七 | 母の勘当ゆるされし事 | ○ | ○ | ○ | ◎ | ○ | ◎ | ◎ | ◎ | ◎ |
| 一〇八 | 母の形見とりし事 | 7 ○・ | 7 ○・ | ◎ | ○ | ◎ | ○ | ○ | ○ | ○ |
| 一〇九 | (李将軍が事) | (4) △ | × | ○ | ◎ | ○ | ◎ | ◎ | ◎ | ◎ |
| 一一〇 | (三井寺の智興大師の事) | × | × | △ | ◎ | △ | ◎ | ◎ | ◎ | ◎ |
| 一一一 | (泣不動の事) | × | × | × | ○ | × | ◎ | ○ | ◎ | ◎ |
| 一一二 | 鞠子川の事 | ○ | ○ | ◎ | ◎ | ◎ | ◎ | ◎ | ◎ | ◎ |
| 一一三 | 二宮太郎にあひし事 | ○ | ○ | ◎ | ◎ | ◎ | ◎ | ◎ | ◎ | ◎ |
| 一一四 | 矢立の杉の事 | ○ | ○ | ◎」 | ◎」 | ◎」 | ◎」 | ◎」 | ◎」 | ◎」 |
| 一一五 | (箱根の御本地の事) | × | × | 8 ◎ | 8 ○ | × | × | × | × | × |
| 一一六 | 箱根にて暇乞の事 | ○ | ○ | ◎ | ◎ | 8 ◎ | 8 ◎ | 8 ◎ | 8 ◎ | 8 ◎ |
| 一一七 | おなじく別当にあふ事 | ○ | ○ | ○ | ◎ | ◎ | ◎ | ○ | ◎ | ◎ |
| 一一八 | 太刀刀の由来の事 | ○ | ○ | ○ | ◎ | ◎ | ◎ | ○ | ◎ | ◎ |
| 一一九 | 三島にて笠懸をいし事 | ○ | ○ | ◎ | ◎ | ◎ | ◎ | ◎ | ◎ | ◎ |
| 一二〇 | 浮島原の事 | △ | △ | ○ | ◎ | △ | ◎ | △ | ◎ | ◎ |
| 一二一 | 富士の狩場への事 | × | × | ◎ | ◎ | ◎ | ◎ | ◎ | ◎ | ◎ |
| 一二二 | 源太と重保が鹿論の事 | × | × | ○ | ◎ | ◎ | ◎ | ○ | ◎ | ◎ |
| 一二三 | (燕の国旱魃の事) | × | × | △ | △* | △ | ◎ | △ | ◎ | ◎ |
| 一二四 | 新田が猪にのる事 | (8) ○ | (8) ○ | ○ | ◎ | ◎ | ◎ | ○ | ◎ | ◎ |

| | | | | | | | | | | |
|---|---|---|---|---|---|---|---|---|---|---|
| 一二五 | （船のはじまりの事） | × | × | ◎ | ◎ | × | ◎ | × | ◎ | ◎ |
| 一二六 | 祐経をいんとせし事 | ○[8]・ | ○[8]・ | ○ | ○ | ○ | ○ | ○ | ◎ | ◎ |
| 一二七 | 畠山歌にてとぶらはれし事 | × | × | ○ | ○ | ○ | ○ | ○ | ◎ | ◎ |
| 一二八 | 屋形まはりの事 | ○ | ○ | ◎ | ◎ | ○ | ◎ | ◎ | ◎ | ◎ |
| 一二九 | 祐経が屋形へゆきし事 | ○ | ○ | ◎ | ◎ | ◎ | ◎ | ○ | ◎ | ◎ |
| 一三〇 | 屋形の次第五郎にかたる事 | ○」 | ○」 | ◎」 | ◎」 | ◎」 | ◎」 | ○」 | ◎」 | ◎」 |
| 一三一 | 和田の屋形へゆきし事 | ○[9] | ○[9] | ◎[9] | ◎[9] | ◎[9] | ◎[9] | ◎[9] | ◎[9] | ◎[9] |
| 一三二 | 兄弟屋形をかへし事 | × | × | ◎ | ◎ | ○ | ◎ | ◎ | ◎ | ◎ |
| 一三三 | 曾我への文かきし事 | ○ | ○ | ◎ | ◎ | ◎ | ◎ | ◎ | ◎ | ◎ |
| 一三四 | 鬼王・道三郎曾我へかへしし事 | ○ | ○ | ○ | ◎ | ◎ | ◎ | ◎ | ◎ | ◎ |
| 一三五 | （悉達太子の事） | ○ | ○ | ○ | ◎ | ○ | ○ | ◎ | ◎ | ◎ |
| 一三六 | 兄弟いでたつ事 | ○ | ○ | ○ | ◎ | ○ | ◎ | ○ | ◎ | ◎ |
| 一三七 | 屋形〳〵の前にてとがめられし事 | × | × | ○ | ◎ | ◎ | ◎ | ◎ | ◎ | ◎ |
| 一三八 | （波斯匿王の事） | × | × | △ | ◎ | △ | ◎ | ◎ | ◎ | ◎ |
| 一三九 | 祐経屋形をかへし事 | × | × | ○ | ◎ | ○ | ◎ | ◎ | ◎ | ◎ |
| 一四〇 | 祐経うちし事 | ○ | ○ | ◎ | ◎ | ◎ | ◎ | ○ | ◎ | ◎ |
| 一四一 | 王藤内うちし事 | ○ | ○ | ○ | ○ | ○ | ○ | ○ | ◎ | ◎ |
| 一四二 | 祐経にとゞめをさす事 | ○ | ○ | ○ | ◎ | ○ | ◎ | ◎ | ◎ | ◎ |
| 一四三 | 十番ぎりの事 | ○ | ○ | ◎ | ◎ | ◎ | ◎ | ◎ | ◎ | ◎ |
| 一四四 | 十郎が討死の事 | ○ | ○ | ◎ | ◎ | ◎ | ◎ | ◎ | ◎ | ◎ |
| 一四五 | 五郎めしとらるゝ事 | ○ | ○ | ○ | ◎」 | ○ | ◎」 | ◎」 | ◎」 | ◎」 |

| | | | | | | | | | | |
|---|---|---|---|---|---|---|---|---|---|---|
| 一四六 | 五郎御前へめしいだされきこしめしとはるゝ事 | ○ | ○ | ○ | 10 ○ | ○ | 10 ○ | 10 ○ | 10 ◎ | 10 ◎ |
| 一四七 | 犬房が事 | ○ | ○ | ◎ | ◎ | ○ | ◎ | ◎ | ◎ | ◎ |
| 一四八 | 五郎がきらるゝ事 | ○⌞ | ○⌞ | ◎ | ◎ | ◎ | ◎ | ◎ | ◎ | ◎ |
| 一四九 | 伊豆次郎がながされし事 | × | × | ◎⌞ | ◎ | ○⌞ | ◎ | ◎ | ◎ | ◎ |
| 一五〇 | 鬼王・道三郎が曾我へかへりし事 | 10 ○ | 10 ○ | 10 ◎ | ◎ | 10 ◎ | ○ | ◎ | ◎ | ◎ |
| 一五一 | おなじくかの者ども遁世の事 | ○ | ○ | ◎ | ◎ | ◎ | ◎ | ◎ | ◎ | ◎ |
| 一五二 | 曾我にて追善の事 | ○ | ○ | ◎ | ◎ | ○ | ◎ | ◎ | ◎ | ◎ |
| 一五三 | 禅師法師が自害の事 | ○ | ○ | ◎ | ◎ | ◎ | ◎ | ◎ | ◎ | ◎ |
| 一五四 | おなじく鎌倉へめされてきられし事 | ○ | ○ | ○ | ○ | ◎ | ○ | ○ | ○ | ○ |
| 一五五 | 京の小次郎が死する事 | ○ | ○ | ◎ | ◎ | ○ | ◎ | ◎ | ◎ | ◎ |
| 一五六 | 三浦与一が出家の事 | ○ | ○ | ◎⌞ | ◎ | ○ | ◎⌞ | ◎⌞ | ◎⌞ | ◎⌞ |
| 一五七 | 虎が曾我へきたりし事 | ○ | ○ | 孝養 ◎ | ◎ | ◎ | 11 ◎ | 11 ◎ | 11 ◎ | 11 ◎ |
| 一五八 | 曾我の母・二宮の姉虎に見参の事 | ○ | ○ | ○ | ○ | ○ | ◎ | ○ | ○ | ○ |
| 一五九 | 母あまたの子どもにおくれなげきし事 | ○ | ○ | ○ | ○ | ○ | ◎ | ○ | ○ | ○ |
| 一六〇 | 母と虎が箱根へのぼりし事 | ○ | ○ | ◎ | ◎ | ○ | ◎ | ◎ | ◎ | ◎ |
| 一六一 | 鬼の子とらるゝ事 | × | × | ◎ | ◎ | × | × | ◎ | ◎ | ◎ |
| 一六二 | 箱根にての仏事の事 | ○ | ○ | ◎ | ◎ | ◎ | ◎ | ◎ | ◎ | ◎ |
| 一六三 | 別当説法の事 | ○ | △ | ○ | ○ | ○ | ◎ | ○ | ○ | ○ |
| 一六四 | 箱王すみし所みし事 | ○ | ○ | ○ | ○ | ○ | ◎ | ○ | ○ | ○ |
| 一六五 | 貧女が一燈の事 | × | × | ◎ | ◎ | △ | × | ◎ | ◎ | ◎ |
| 一六六 | 菅丞相の事 | × | × | ◎ | ◎ | × | × | ◎ | ◎ | ◎ |

| | | | | | | | | | |
|---|---|---|---|---|---|---|---|---|---|
| 一六七 兄弟神にいはゝるゝ事 | ○ | ○ | ◎」 | ◎」 | × | × | ◎」 | ◎」 | ◎」 |
| 一六八 虎出家の事 | ○ | ○ | ◎[11] | × | △」 | ◎・ | ○[12] | ○[12] | ○[12] |
| 一六九 虎箱根にて暇乞してゆきわかれし事 | ○ | ○ | ○ | × | × | ◎[12] | ◎ | ◎ | ◎ |
| 一七〇 井出の屋形の跡見し事 | ○ | ○ | ◎ | × | × | ◎ | ◎ | ◎ | ◎ |
| 一七一 手越の少将にあひし事 | × | × | ◎ | × | × | ◎ | ◎ | ◎ | ◎ |
| 一七二 少将出家の事 | × | × | ◎ | × | × | ◎ | ◎ | ◎ | ◎ |
| 一七三 虎と少将と法然にあひたてまつりし事 | × | × | ◎ | × | × | ◎ | ◎ | ◎ | ◎ |
| 一七四 虎大磯にとりこもりし事 | △ | △ | ◎」 | × | × | ◎ | ◎ | ◎ | ◎ |
| 一七五 母と二宮の姉大磯へたづねゆきし事 | × | × | ◎[12] | × | × | ◎ | ◎ | ◎ | ◎ |
| 一七六 虎いであひてよびいれし事 | × | × | ◎ | × | × | ◎ | ◎ | ◎ | ◎ |
| 一七七 少将法門の事 | × | × | ◎ | × | × | ◎ | ◎ | ◎ | ◎ |
| 一七八 母と二宮ゆきわかれし事 | × | × | ◎ | × | × | ◎ | ◎ | ◎ | ◎ |
| 一七九 十郎・五郎を虎夢にみし事 | × | × | ◎ | × | × | ◎ | ○ | ○ | ○ |
| 一八〇 虎・少将成仏の事 | ○」 | ○」 | ◎」 | × | × | ◎」 | ○」 | ○」 | ○」 |

備　考

二　平家物語八「名虎」　源平闘諍録八　延慶本平家物語八　長門本平家物語十五　源平盛衰記三十二

三　伊勢物語八十三

三　史記趙世家　太平記十八「程嬰杵臼事」

一六　後漢書方術伝　神仙伝五　蒙求「壺中謫天」「長房縮地」

三・二四　源平闘諍録一　延慶本平家物語四　源平盛衰記十八

二五　西京雑記二　今昔物語集十の五　俊頼無名抄上　唐物語

二六　白氏文集十二「長恨歌」　長恨歌伝

二七—三　源平闘諍録一　延慶本平家物語四　長門本平家物語十　源平盛衰記十八

三　鴉鷺合戦物語二

三三・三四　源平闘諍録一　延慶本平家物語四　源平盛衰記十八　舞の本「夢あはせ」
三五　顕昭古今集註十七　河海抄一　壒嚢鈔六
三七・三八　延慶本平家物語五　長門本平家物語十　源平盛衰記二十—二十二
三九　吾妻鏡寿永元年二月十四日
四〇　雑談集九　宝物集下　太平記二「三人僧徒関東下向の事」
四一　吾妻鏡治承四年十月十九日
四三　源平盛衰記二十三
四八—五三　舞の本「切兼曾我」　謡曲「切兼曾我」
五四—五七　舞の本「切兼曾我」　謡曲「切兼曾我」
六〇　庭訓往来
六〇・六一　舞の本「元服曾我」　謡曲「調伏曾我」
六二　捜神記十一の四　陽明文庫本孝子伝下の二十一　法苑珠林二十七　祖庭事苑「甑人」　今昔物語集九の四十四　宝物集(七巻本)五　三国伝記十一の十七　太平記十三「干将莫耶事」
六三・六四　舞の本「元服曾我」　謡曲「元服曾我」
六四　吾妻鏡建久元年九月七日
六八　(謡曲「大磯」)
七五　吾妻鏡建久四年三月二十一日
七六　吾妻鏡建久四年四月二日
七八　法苑珠林六十四　今昔物語集一の三十　宝物集下
八〇　謡曲「追懸時致」
八一　高士伝上
八五　呉越春秋　平治物語下「呉越戦ひの事」　源平盛衰記十七「勾践夫差事」　太平記四「呉越軍事」
八六　毘沙門堂本古今集註　月刈藻集下
八九—九六　舞の本「和田酒盛」　謡曲「和田酒盛」
九一　雑宝蔵経一の八・九　今昔物語集五の六
九七・九八　(謡曲「櫃切曾我」)
一〇〇　神道雑々集下　太平記十八「比叡山開闢事」　謡曲「白髭」
一〇一　宝物集下
一〇二　今昔物語集六の五　宝物集上　保元物語中「左府御最後付大相国御嘆きの事」　清涼寺縁起
一〇三—一〇八　舞の本「小袖曾我」　謡曲「花見曾我」「小袖曾我」
一〇六　仁王経護国品　宝物集下　三国伝記二の七　壒嚢鈔七
一〇九　漢書李広伝　今昔物語集十の十七　塵袋六
一一〇　今昔物語集十九の二十四　宝物集中　発心集五　三国伝記九　元亨釈書十二
一一三　舞の本「小袖曾我」
一一五　神道集二「二所権現の事」　箱根権現縁起絵巻　いづはこねの御本地
一一六—一一八　謡曲「箱根曾我」
一一六—一一九　舞の本「剣讃歎」
一一八　平家物語剣の巻
一二一　吾妻鏡建久四年五月八日　舞の本「夜討曾我」
一二五　謡曲「藤栄」「自然居士」
一二六　謡曲「伏木曾我」「井手詣曾我」
一二六—一三〇　舞の本「夜討曾我」
一三二　吾妻鏡建久四年五月三十日
一三三・一三四　謡曲「夜討曾我」
一三三—一三七　舞の本「夜討曾我」
一三四　謡曲「禅師曾我」「祝子曾我」
一三九—一四一　舞の本「夜討曾我」　謡曲「十番切」(「幽霊曾我」「赤沢曾我」)
一四〇—一四五　吾妻鏡建久四年五月二十八日
一四二—一四五　舞の本「十番切」　謡曲「十番切」
一四四・一四五　謡曲「夜討曾我」
一四六—一四八　吾妻鏡建久四年五月二十九日　舞の本「十番切」
一五三　謡曲「禅師曾我」「御坊曾我」
一五三・一五四　吾妻鏡建久四年六月一日・七月二日
一五五　吾妻鏡建久四年八月二十日
一五七　謡曲「祝子曾我」
一六三　吾妻鏡建久四年六月十八日
一六五　阿闍世王受決経　宝物集下　壒嚢鈔十一　広疑瑞決集二
一六七　舞の本「十番切」
一六九　吾妻鏡建久四年六月十八日
一七〇　謡曲「伏木曾我」「井手詣曾我」
一七五・一七六　平家物語灌頂巻「大原御幸」　延慶本平家物語十二　長門本平家物語二十　源平盛衰記四十八
一七七　漢語燈録一　和語燈録一　法然上人行状絵図

# 凡例

一、本書の本文は、東京大学附属図書館青洲文庫蔵の十行古活字本を底本としたものである。全体として、できるだけ底本のとおり、忠実に翻刻することにつとめた。底本の落丁の部分は、聖心女子大学附属図書館蔵の十行古活字本によって補った。

一、底本では、巻ごとに目録をおいているが、本書では、それらをまとめて巻頭に掲げた。

一、底本では、章節・段落がないので、底本の目録に従って、章節を設けるとともに、流布本の区分にならって、段落を設けた。そのために、文の中途で行のかわるようなこともある。

一、底本では、句読点がないので、あらたに句読点を加えた。会話または引用の部分には、「　」を使った。その中の会話または引用には、「　」を使い、さらにその中の会話・引用には、『　』を使った。

一、底本の略字・異体字などは、おおむね通用の字体に改めた。「阿弥施」の「施」も、一種の異体字と見て、通用の「陀」に改めた。

一、底本の変体仮名も、おおむね通用の仮名に改めた。ただし変体仮名と同じ形でも、何らかの意義をあらわすと認められるもの(「見えたり」の「見」など)は、すべて漢字として扱った。

一、底本の仮名で、必要と認められるものは、適当な漢字を宛てた。その場合には、原文をふり仮名として残した。

一、底本の漢字で、宛字と考えられる場合でも、本文を改めることなく、その旨を注でことわった。同じ見開きの中で、前に出た宛字については、いちいち注をつけるのを略した。
一、底本の漢字で、難読のものには、（　）に入れたふり仮名をつけた。
一、底本の送り仮名の足りない場合にも、（　）に入れたふり仮名によって示した。
一、底本の仮名遣をそのまま残したが、それが歴史的仮名遣と異なる場合には、歴史的仮名遣を（　）に入れて、右傍に示した。ただし、本文に漢字を宛てた場合には、歴史的仮名遣を示すのを略した。
一、底本では、濁点がないので、日葡辞書・節用集・平家正節、その他の資料によって、清濁を判断して、適当に濁点を加えた。
一、諸本の比較を試みた上で、底本に限って認められる誤り（主として誤刻）は、適当に本文を正して、その旨を頭注にことわった。ここで「諸本」と記したのは、彰考館文庫本・万法寺本・大山寺本・南葵文庫本・流布本などを指す。なお、底本のあきらかな誤りでも、その他の本のいずれかに認められるものは、あえて正すことをしなかった。そのような誤りが、一本から他本へうけつがれたことに、重要な意義を認めるからである。
一、底本の反復符号は、同一語の中では、そのまま残した。それが二語にわたる場合には、適当に本文を改めて、その符号を右傍に示した。
一、頭注・補注では、語句の解釈に重点をおいた。係結びの誤りなど、文法上の誤りは、かならずしもとりあげなかった。また、解釈の参考とするために、できるだけ典拠や類句などを示した。その中で〈　〉を使っているのは、原典における ふり仮名を示すものである。なお、武家の姓氏については、できるだけその根拠地を現行の行政区画で示した。

一、頭注・補注では、真字本・彰考館文庫本・万法寺本・大山寺本・南葵文庫本・流布本などから、できるだけ異文をひいた。それは、あくまで解釈の参考とするためであって、精細な校異を示すものではない。なお、真字本としては、内閣文庫蔵の本門寺本の摸写本を用いた。万法寺本・大山寺本は、それぞれ清水泰氏の『曾我物語(古典文庫)』、荒木良雄氏の『大山寺本曾我物語』によった。大山寺本の清濁については、原本の状態がつかみにくいので、荒木氏の校注本によって記した。そのほかの諸本については、すべて原本のままに引いた。

一、解説では、『曾我物語』の性格・成立などの問題を取りあげた。解説の一と五は、主として市古の執筆により、その二・三・四は、主として大島の執筆によるものである。

一、解説につけた参考文献では、明治以後の単行本・論文の中で、直接に『曾我物語』と関係あるものだけを収めた。曾我兄弟について説いたものでも、直接に『曾我物語』と関係ないものは、おおむね省くことにした。

一、諸本対照表では、『曾我物語』の主要の伝本について、章段の異同を示した。

一、巻末の地図では、主として本書にあらわれる地名を示した。真字本などにあらわれる地名は、かならずしもすべて取りあげていない。

一、本書を作るにあたっては、諸家の研究に負うところがすくなくない。東京大学附属図書館・日本大学附属図書館・聖心女子大学附属図書館・彰考館文庫・内閣文庫・静嘉堂文庫・蓬左文庫・徳川美術館・吉田幸一氏・角川源義氏・塚崎進氏には、貴重な御蔵書の利用をこころよくお許しいただいた。また、鈴木知太郎氏・小川寿一氏・福田耕二郎氏・谷宏氏・鈴木重三氏・山田俊雄氏には、資料の借覧などについて、いろいろとお世話になった。ここに記して、あつく御礼申しあげる。

# 曾我物語

# 目録

## 巻第一



## 巻第二

巻第五



巻第六

一・二 ともに日本国をいう。
三 日本書紀に、天地の開闢と共に現われたといい、古事記に、別天神について現われたという。国土の根源の神。
四 日本書紀の表記による(以下同じ)。古事記では、「宇比地邇」「須比智邇」。男神と女神。それまでは、男女一対でない。流布本に、「うひちにすひちに、男しん女しんとあらはれ」とある。
五 古事記では、「伊邪那岐」「伊邪那美」。国土と諸神とを生んだという。
六 国常立尊、国狭槌尊、豊斟渟尊、埿土煑尊・沙土煑尊、大戸之道尊・大苫辺尊、面足尊・惶根尊、伊弉諾尊・伊弉冉尊。一対二神で一代と数える。
七 天照(あまてらす)大神。皇室の祖神。
八 諸本によって、底本の「にて」を改む。
九 天照大神、正哉吾勝勝速日天忍穂耳尊、彦火瓊瓊杵尊、彦火火出見尊、彦波瀲武鸕鷀草葺不合尊。↓補一。
一〇 第一代の天皇。
一一 一天下の君主。天皇をいう。
一二 真字本に、「治二国土一有二二道一、即文武二道是」とある。そのまま訳すと、「国土を滅し、万民の恐れる計略も、文武の二道に及ぶものはない」となる。
一三 文を好む人々を特に愛されなければ、天下の政務をたすけるものはない。
一四 勇猛な人々をひきぬいて賞されなければ、天下の戦乱を鎮めることはできない。↓補二。
一五 唐朝第二代の帝。李世民。↓補三。
一六 漢朝初代の帝。劉邦。↓補四。

# 曾我物語 巻第一

## (神代《かみ》のはじまりの事)

それ、[一]日域《じちいき》[二]秋津島《あきつしま》は、これ、[三]國常立尊《くにとこたちのみこと》より事おこり、[四]埿土煑《うひちに》・沙土煑《すひちに》、男神《なんしん》・女神《によしん》をはじめとして、[五]伊弉諾《いざなぎ》・伊弉冉尊《いざなみのみこと》まで、以上[六]天神七代にてわたらせ給ひき。又、[七]天《あま》照大神《てるおゝん》より、[八]彦波瀲武鸕鷀草葺不合尊《ひこなぎさたけうがやふきあわせずのみこと》まで、以上[九]地神五代にて、おゝ(ほ)くの星霜《せいさう》をおくりたまふ。しかるに、[一〇]神武《じんむ》天皇《わう》と申(まうし)たてまつるは、葺不合《ふきあわせず》の御子《こ》にて、[一一]一天《てん》の主《あるじ》、百皇《はくわう》にもはじめとして、天下をお(を)さめたまひしよりこのかた、[一二]國土《こくど》をかたぶけ、萬民《ばんみん》のおそるゝはかりこと、文武《ぶんぶ》の二道《だう》にしくはなし。[一三]好文《かうぶん》の族《やから》を寵愛《てうあひ》せられずは、誰《たれ》か萬機《ばんき》のまつりごとをたすけむ。又は、[一四]勇敢《ようかん》の輩《ともがら》を抽賞《ちうしやう》せられずは、いかでか四海《かい》のみだれをしづめん。かるが故《ゆへ》に、[一五]唐《たう》の大宗文皇帝《そうぶんくはうてい》は、瘡《きず》をすひて、戰士《せんし》を賞《しやう》し、[一六]漢《かん》の高祖《かうそ》は、三尺《じやく》の劍《けん》を帶《たい》して、諸侯《しよこう》を制《せい》したまい(ひ)き。しかる間《あひだ》、本朝《ほんてう》にも、中《なか》ごろより、源平兩氏《げんぺいりやうじ》をさだめを(お)かれしよりこのかた、武略《ぶりやく》をふるい(ひ)、朝家《てうか》を守護《しゆご》し、たがひに名《めい》将《しやう》の名《な》をあらはし、諸國《しよこく》の[一]狼藉《らうぜき》をしづめ、すでに四百餘回《よくはひ》の年月《とし》をおくりお《(を)》はんぬ。これ[二]清和《せいわ》の後胤《こうゐん》、又[三]桓武《くわんむ》の累代《るいたい》なり。しかりといへども、[四]皇氏《わうじ》を出《(いで)》て、人臣《じんしん》につらなり、[五]鏃《やじり》をかみ、鋒先《ほこさき》をあらそふ心《こゝろ》ざし、とり〴〵也。

（[六]惟喬《これたか》・惟仁《これひと》の位《くらゐ》あらそひの事）

そも〳〵、源氏《げんじ》といつ[七]ぱ、桓武天皇《くはんむてんわう》より四代の皇子《わうじ》を[八]田村《たむら》の御門《(み)かど》と申《(まうし)》けり。皇子《わうじ》二人おはします。第一、惟喬親王《これたかのしんわう》と申《(まうす)》。帝《みかど》ことに御心《こゝろ》ざしおぼしめして、東宮《とうぐう》にもたて、御位《くらゐ》をゆづりたてまつらばやとおぼしめされける。第二の御子《みこ》をば、惟仁親王《これひとのしんわう》と申《(まうし)》き。いまだいとけなくおはします。御母は[九]染殿の《そめどのゝ》關白忠仁公《くはむばくちうじんこう》の御女《むすめ》也《(なり)》ければ、一門《もん》の公卿《くぎやう》、[一〇]卿相雲客《けいしやううんかく》どもまで愛《あひ》したてまつる。これも又、もだしがたくぞおぼしめされける。かれは[一一]繼體《けいてい》あひふんの器量《きりやう》也。これは、[一二]萬機《ばんき》ふいの臣相《しんさう》なり。これをそむきて、[一三]寶祚《ほうそ》をさづくるものならば、[一四]用捨私《ようしやわたくし》ありて、臣下《しんか》[一五]唇《くちびる》をひるがへすによりて、御位《くらゐ》をゆづりたてまつるべしとて、天安二年三月二日に、二人の御子《みこ》たちをひき具《ぐ》したてまつり、[一六]右近の馬場《ばゞ》へ行幸《ぎやうがう》なる。月卿雲客《げつけいうんかく》、花の袂《たもと》をかさね、玉《たま》の裙《もすそ》をつらね、右近《うこん》の馬場《ばゞ》、供奉《ぐぶ》せらる。この事、[一七]希代《きたい》の勝事《せうじ》、天下の不思議《ふしぎ》とぞ見えし。御子《みこ》たち

一 乱暴。
二 第五十六代清和天皇の皇子貞純親王から源氏が分かれた。後胤は、子孫。
三 第五十代桓武天皇の皇孫高見王から、平氏が分かれた。累代は、代をかさねること。
四 皇族。
五 合戦するさま。
六 ともに第五十五代文徳天皇の皇子。惟仁は、後の清和天皇。二人の皇子が位を争ったことは、平家物語八「名虎」によったのであろう。↓補五。
七 「いふは」の促音化したことば。
八 文徳天皇のこと。
九 藤原良房。その女は、文徳天皇の皇后明子。その邸が、染殿と呼ばれる。
一〇 諸本によって、底本の「けいしやうんかく」を改む。公卿・殿上人。
一一 真字本に、「周文継躰器量」、平家物語に、「守文継躰の器量」とあり、皇位を継いで成法を守る才能。↓補六。
一二 真字本に、「万機無双人相」、平家物語に、「万機輔佐の心操」とある。天下の政務をたすける家臣か。↓補七。
一三 天皇の位。
一四 どちらをとるかの判定が個人によっておこなわれる。
一五 「唇をかへす」と同じ。そしる。彰考館本に、「くちひるをかへすへし、すへからくけいいはをのらせ、そのせうふによりて」とあり、万法寺本・大山寺本でも、ほぼ同じ。
一六 右近衛府に属した馬場。
一七 世にまれな大事件。

も、[一八]東宮《とうぐう》の浮沈《ふちん》、これにありと見へ《(え)》し。されば、さま〴〵の御いのりどもありける。惟喬《これたか》の御いのりの師《し》には、[一九]柿本紀僧正眞濟《かきのもとのきそうじやうしんぜい》とて、[二〇]東寺《とうじ》の長者《ちやうじや》、弘法大師《こうぼうだいし》の御弟子《でし》なり。惟仁親王《これひとのしんわう》の御いのりの師《し》には、[二一]我山《(わが)》の住侶《ぢうりよ》に、[二二]恵亮和尚《ゑりやうくはしやう》とて、[二三]慈覺大師《じかくだいし》の御弟《で》子《し》にて、めでたき上人にてぞわたらせ給ひける。[二四]西塔《さいたう》の[二五]平等坊《びやうどうぼう》にて、[二六]大威徳《いとく》の法《ほう》お《(を)》ぞを《(お)》こなひける。すでに競馬《けいば》は、[二七]十番《ばん》の際《きは》にさだめられしに、[二八]惟喬《これたか》の御方《かた》に、つづけて四番《ばん》かちたまひけり。惟仁《これひと》の御方《かた》へ心《こゝろ》をよせたてまつる人々《びと》は、汗《あせ》をにぎり、心《こゝろ》をくだきて、祈念《きねん》せられける。惟仁《これひと》の御方《かた》へは、右近《うこん》の馬場《ばゞ》より、[二九]天台山平等坊《だいさんびやうどうばう》の[三〇]壇《だん》上へ、御つかひはせかさなること、たゞ[三一]櫛《くし》の齒《は》をひくがごとし。「すでに御方《みかた》こそ、四番つゞけてまけぬれ」と申《(まうし)》ければ、恵亮《ゑりやう》、心うくおもはれて、繪像《ゑざう》の大威徳《いとく》をさかさまにかけたてまつり、三尺《じやく》の[三二]土牛《とぎう》を取《(とり)》て、北《きた》むきにたて、おこなはれけるに、土牛《とぎう》お《(を)》どりて、西《にし》むきになれば、南《みなみ》にとりておしむけ、東むきになれば、西《にし》にとりておしなを《(ほ)》し、[三三]肝膽《かんたん》をくだきてもまれしが、[三四]なを《(ほ)》い《(ゐ)》かねて、[三五]獨鈷《とつこ》を以て、みづから[三六]腦《なづき》をつきくだきて、腦《なう》お《(を)》とり、[三七]芥子《けし》にまぜ、爐《ろ》にうちくべ、黑煙《くろけぶり》をたて、一もみもみ給ひければ、土牛《とぎう》たけりて、聲《こゑ》お《(を)》あげ、繪像《ゑざう》の大威徳《いとく》、利劍《りけん》をさゝげて、ふりたまひければ、[三八]所願成就《しよぐはんじやうじゆ》してげりと、[三九]御心のべ給ふ所《ところ》に、「御方《かた》こそ、六番《ばん》つゞけてかちたまひ候へ」と、御つかひはしりつきければ、[四〇]喜悦《きえつ》の眉《まゆ》をひらき、いそぎ壇《だん》をぞを《(お)》りられける。[四一]ありが

一八 東宮になれるかどうかのけじめ。
一九 紀御園の子。空海の弟子。
二〇 教王護国寺。京都市南区にあり、古く真言道場として重んぜられた。その管主が、長者と呼ばれた。
二一 比叡山延暦寺をさす。↓補八。
二二 円澄・円仁の弟子。↓補九。
二三 円仁。第三世天台座主。
二四 比叡山三塔の一。
二五 諸本によって、底本の「ひやまとうはう」を改む。
二六 大威徳明王を本尊として修する調伏の祈禱。大威徳は、五大明王の一、六面・六臂・六足で、忿怒の相をあらわし、大白牛にのる。
二七 十回かぎり。
二八 惟喬の味方で。惟喬方の勝をいう。
二九 ここでは、比叡山をいう。
三〇 諸本に、「たんしよ」などとある。「壇所」で、修法の壇をたてた所。
三一 たえまなく続くさま。
三二 土製の牛の像。↓補一〇。
三三 誠心をこめて。一心不乱に。
三四 じっとしていられなくて。
三五 両端のわかれない金剛杵(こんごうしょ)。もと武器であったが、仏具となった物。
三六 脳(のう)のこと。真字本には、「取レ脳和レ乳被レ焼二護摩一」とある。乳とは、乳木で、護摩にたく木をいう。
三七 ケシの種。護摩をたくのに用いる。
三八 願いがかなった。
三九 ほっとなさる。他動詞風の言い方。
四〇 喜びをうかべ。
四一 「ありがたかりし」か。↓補一一。

たし瑞相《ずいさう》なり。されば、一惟《これ》人《の》親王《しんわう》、御位《くらい》にさだまり、東宮《とうぐう》にたゝせたまひけり。しかるに、延暦寺《ゑんりやくじ》の二大衆《しゆ》の僉議《せんぎ》にも、「三恵亮《ゑりやう》脳《なづき》をくだきしかば、四次弟《じてい》位《くらい》につき、五そんゐ剣《けん》をふり給へば、六菅丞霊《かんしやうれひ》をたれ給ふ」とぞ申《(まうし)》ける。これによりて、惟喬《これたか》の七御持《ち》僧《そう》眞濟《しんぜい》僧《そう》正《じやう》は、思ひじににぞうせたまい《(ひ)》たる。八御子も、都《みやこ》へ御かへりなくして、比叡山《ひゑいさん》の麓《ふもと》九小《を》野《の》といふ所《ところ》にとぢこもらせ給ひける。頃《ころ》は神無月末《すゑ》つ方《かた》、一〇雪《ゆき》げの空《そら》の嵐《あらし》にさへ《(え)》、しぐるる雲《くも》の絶間《たえま》なく、都《みやこ》にゆきかう《(ふ)》人もまれなりけり。いはんや小野の《おのゝ》御すまひ、おもい《(ひ)》やられてあはれ也。こゝに、一一在五《ざいご》中將在原業平《ありはらのなりひら》、昔《むかし》の御ちぎりあさからざりし人也《(なり)》ければ、一二紛々《ふんぐ》たる雪《ゆき》をふみわけ、なく〳〵御跡《あと》をたづねまい《(ゐ)》りて、見まひ《(ゐ)》らすれば、一三孟冬《まうとう》うつりきたりて、紅葉嵐《こうようあらし》にたゑ《(え)》、一四りういんけんかとうしやくしやくたり。折《をり》にまかせ、一五人目《め》も草《くさ》もかれぬれば、山里《さと》いとゞさびしきに、みな白妙《しろたえ》の庭《には》の面《をも》、跡《あと》ふみつくる人もなし。御子《こ》は、端《はし》ちかく出《(いで)》させ給ひて、南殿《なんでん》の御格子《かうし》三間《げん》ばかりあげて、四《よ》方《も》の山《やま》を御覧《らん》じ、一六めづらしげにや、「一七春《はる》はあをく、夏《なつ》はしげり、秋はそめ、冬はおつる」といふ、一八昭明太子《せうめいたいし》の、おぼしめしつらね、「一九香爐峰《かうろほう》の雪《ゆき》をば、簾《すだれ》をかかげて見るらん」と、御口《くち》ずさみ給ひけり。中將、この有様《ありさま》を見たてまつるに、たゞ夢《ゆめ》のこゝちせられける。ちかくまい《(ゐ)》りて、昔今《むかしいま》の事ども申《(まうし)》うけたまはるにつけても、御衣《ぎよい》の御袂《たもと》、しぼりもあへさせたまはず、二〇鳥飼《とりかひ》の院《いん》の御遊幸《ゆうがう》、二一交野の《かたのゝ》雪《ゆき》の御鷹狩《たかがり》まで、おぼしめし

一「惟仁」にあたる。
二 多数の僧徒の評議。
三 保元物語上・平家物語八などに、よく似た文句がみられる。↓補一二。
四 次の弟。惟仁親王をさす。
五 彰考館本などに、「そんい」とあり、「尊意」にあたる。第十三世天台座主。
六 菅丞相。菅原道真のこと。↓補一三。
七 護持僧。もともと天皇の守護のために祈禱する僧。親王についてもいう。
八 惟喬親王。
九 京都市左京区。旧愛宕郡小野郷。
一〇 雪もようの空が、はげしい風にひえびえとして。
一一 阿保親王の子。六歌仙の一。伊勢物語の主人公とみられる。↓補一四。
一二 入りみだれて降る。
一三 初冬になって。
一四 未詳。↓補一五。
一五 古今集冬に、「山ざとは冬ぞさびしさまさりける人めも草もかれぬとおもへば」とあるのによる。
一六 大山寺本に、「めぐらし」とある。
一七 出典未詳。↓補一六。
一八 梁の太子。文選などの編者。「の」の後に、「選」の脱落か。↓補一七。
一九 白氏文集十六による。↓補一八。
二〇 大阪府三島郡三島町。↓補一九。
二一 大阪府枚方市内。↓補二〇。
二二 古今集雑下・伊勢物語八十三にある。ふと現実を忘れて、夢ではないかと思う。この山里に雪を踏みわけて、お目にかかろうとは思いもしなかった。

出《(いで)》られて、中将かくぞ申されける。

[二二]わすれては夢《ゆめ》かとぞおもふ思ひきや雪《ゆき》ふみはけ《(わ)》て君《きみ》をみんとは

御子《こ》もとりあゐ《(へ)》させたまはで、かへり、

[二三]夢《ゆめ》かとも何《なに》かおもはん世《よ》の中をそむかざりけんことぞくやしき

かくて、[二四]貞觀《ちやうぐはん》四年に、御出家《しゆつけ》わたらせたまひしかば、小野宮《おののみや》とも申《(まうし)》けり。又は、四品宮内卿宮《ほんくないきやうのみや》とも申《(まうし)》けり。文徳《もんどく》[二五]天王、御年《とし》三十にて、崩御《ほうぎよ》なりしかば、第二の皇子《わうじ》、御年《とし》九歳《さい》にて、御ゆづりおう《(を)》けたまふ。清和《せいは》天王の御こと、これなる。後《のち》には、丹波《たんばの》國《くに》[二六]水尾《みづのを》の里《さと》にとぢこもらせたまひければ、水尾帝《みづのをのてい》とぞ申《(まうし)》ける。[二七]皇子《わうじ》あまたおはします。第一を陽成院《やうぜいいん》、第二を貞固親王《ていこしんわう》、第三をていけい[二八]親王《しんわう》、第四を[二九]貞保親王《ていほうしん》、この皇子《わうじ》は、御琵琶《びわ》の上手《じやうず》にておはします。桂《かつらの》[三〇]新王《わう》とも申《(まうし)》けり。心《こゝろ》をかけらる女は、月の光《ひかり》お《(を)》まちかね、[三一]螢《ほたる》を袂《たもと》につつむ、この御子の御ことなり。今《いま》のし[三二]けのこの先祖《せんぞ》なり。第五を貞平親王《ていへいしんわう》、第六お《(を)》貞純親王《ていじゆんしんわう》とぞ申《(まうし)》ける。[三三]六孫王《そんわう》、これなり。されば、かの親王《しんわう》の嫡子《ちやくし》、多田新發意滿仲《たどのしんぼつまんぢう》、その子攝津守頼光《つのかみらいくわう》、次男大和守頼親《じなんやまとのかみらいしん》、三男多田法眼《なんたどのほうげん》とて、[三四]山法師《やまぼうし》にて、[三五]三塔《さんたう》第一の惡僧《あくそう》なり。四郎河内守頼信《らうかわちのかみよりのぶ》、その子伊豫《いよ》入道頼義《らいぎ》、その嫡子《ちやくし》八幡太郎《まんたらう》義家《よし》、その子但馬守義親《たぢまのかみよしちか》、次男河内判官義忠《じなんかわちのはんぐはんよしたゞ》、三男《なん》式部太夫《の》義國《よしくに》、四男《なん》[三六]六條判官爲《でうのはんぐはんため》義《よし》、その子左馬頭義朝《こさまのよしとも》、その嫡子鎌倉惡源太義平《ちやくしかまくらのあくげんだよしひら》、次男中宮大夫《じなんちうぐうのたゆう》新[三七]朝長《ともなが》、三男右近《なんうこん》

[二二] 新古今集雑下に、第三句「うきよをば」、第五句「程ぞくやしき」とある。今の境遇を夢ではないかなどと思ったりしない。むしろ世間から離れないでいた時のことがくやしく思われる。

[二三] 「天皇」にあたる。

[二四] 三代実録貞観十四年七月十一日の条に、惟喬親王の出家のことを記す。

[二五] 「天皇」にあたる。

[二六] 京都市右京区。

[二七] 尊卑分脈では、清和天皇の皇子として、陽成天皇・貞固親王・貞元親王・貞平親王・貞保親王・貞純親王などをあげる。

[二八] 真字本に「貞玄」とあり、「貞元」にあたる。

[二九] 古今著聞集六などによると、管絃に巧みであったとみられる。↓補二一。

[三〇] 「親王」にあたる。

[三一] 後撰集夏では、童が螢を袖につつんで、桂の御子に奉ったという。この御子は、宇多天皇の皇女であるが、貞保親王とまぎれたものか。↓補二二。

[三二] 滋野氏か。↓補二三。

[三三] 正しくは、貞純親王の長子源経基。尊卑分脈によって、その略系を示す。

清和天皇―貞純親王―経基―満仲┬頼光
├頼親
├頼信―頼義―義家┬義親
│├義国
│├義忠
│└為義―義朝┬義平
│├朝長
│└頼朝
└源賢(多田法眼)

[三四] 比叡山延暦寺の僧徒。

[三五] 比叡山の東塔・西塔・横川の総称。

[三六] 実は義親の子。祖父の継子となる。

[三七] 「進」にあたる。

一 本来の姿。↓補二四。
二 諸本によって、底本の「なか」を改む。
三 国司に任命されたことをいう。竹符は、任命の証拠に与えられた割符。
四 武芸の面で技能をあらわしの意か。
五 真字本に、「白浪有㆑声」とある。賊徒の跳梁するさまか。↓補二五。
六 諸本によって、底本の「ちよくめん」を改む。
七 大山寺本に、「せうめい」、流布本に、「しようめい」とあり、「詔命」か。
八 諸本によって、底本の「なく」を改む。
九 「蜂起(ほうき)」か。↓補二六。
一〇 真字本に、「緑林枝枯、吹風音秘」とあり、賊徒鎮定のさま。↓補二七。
一一 真字本に、「背㆓叡慮㆒青葉」とあり、天皇の御心にそむく賊徒。↓補二八。
一二 よくきれる剣。「秋の霜」は、名剣にたとえられ、烈しい武威をあらわす。
一三 真字本に、「乱㆓朝章㆒白浪」とあり、朝廷のおきてをみだす賊徒。↓補二九。
一四 新月から満月までに、半月の状態となるもの。平和な治世をあらわすか。
一五 近衛府の唐名。
一六 「尊重」か、「厳重」か。
一七 真字本に、「青侍秘㆑意」とある。青侍は、「聖旨」にあたるか。
一八 真字本に、「有㆓土外乱㆒」とある。土外は、「都外」をいうか。
一九 公道に反した不正の行為。
二〇 真字本に、「莫㆑不㆓帰伏㆒」とあり、つき従わないものはなかったの意。



衛《ゑの》大将頼朝《しやうよりとも》の上《うへ》こす源氏《げんじ》ぞなかりける。この六孫王《そんわう》よりこのかた、皇氏《わうじ》を出《(いで)》て、はじめて源《みなもと》の姓《しやう》をたまわ《(は)》り、[一]正體《しやうたい》をさりて、[二]ながく人臣《じん〱》につらなり給ひて後《のち》、多田満仲《たゞのまんぢう》より下野守義朝《しもつけのかみよしとも》にいたるまで七代は、みな諸國の[三]竹符《ちくふ》に名《な》をかけ、[四]藝《げい》を將軍《しやうぐん》の弓馬《きうば》にほどこし、家《いゑ》にあらずして、四海《かひ》お《(を)》まもりしに、[五]白波《はくは》なをこゐたり。されば、おの〳〵剣《けん》をあらそふゆへ《(ゑ)》に、たがい《(ひ)》に朝敵《てうてき》に也《(なり)》て、源氏世《げんじよ》をみだせば、平氏《へいじ》[六]勅宣《ちよくせん》お《(を)》もつて、これを制《せい》して、朝恩《てうおん》にほこり、平將國《へいしやうくに》をかたぶくれば、源氏《げんじ》[七]しよめいにまかせて、これを罰《ばつ》して、勲功《くんこう》をきはむ。しかれば、ちかごろ、平氏《へいじ》[八]ながく退散《たいさん》して、源氏《げんじ》を《(お)》のづから世《よ》にほこり、四海《かい》の波瀾《はらん》お《(を)》さめ、一天《てん》の[九]はうきよさだめしよりこのかた、[一〇]りらくりんゐたかいいて、ふく風《かぜ》の聲《こゑ》おだやか也。しかれば、[一一]叡慮《ゑいりよ》をそむくせいらうは、色《いろ》を[一二]雄劔《おうけん》の秋の霜《しも》にお《(を)》かされ、[一三]てこそをみたすはしは、音《おと》を[一四]上弦《しやうげん》の月にすます。これ、ひとゐ《(へ)》に[一五]羽林《うりん》の威風《いふう》、先代《だい》にもこゐ《(え)》て、[一六]うんてうの故《ゆへ》也。しかるに、[一七]せいしお《(を)》ひそめて、[一八]せいとのみだれを制《せい》し、[一九]私曲《しきよく》のあらそい《(ひ)》お《(を)》やめて、[二〇]歸伏《きふく》せらるるはなかりけり。

(伊東《いとう》を[二一]調伏《てうぶく》する事)

こゝに、伊豆《いづの》國の住《ぢう》人、[二三]伊東《いとうの》二郎祐親《すけちか》が孫《まご》、曾我《そがの》十郎祐成《すけなり》、を《(お)》なじく五郎時致《ときむね》といふ者《もの》ありて、將軍《しやうぐん》の陣内《ぢんなひ》もはゞからず、親《をや》の敵《かたき》をうちとり、[二三]藝《げい》を戰場《せんぢやう》にほどこし、名《な》を後代《こうたい》にとゞめけり。由來《ゆらい》をくはしくたづぬれば、[二四]すなはち一家《か》の輩《ともがら》、工藤《くどう》左衛門《さへもん》祐《すけ》經《つね》なり。[二五]たとへば、伊豆國《いづのくに》[二六]伊東《いとう》・河津《かはづ》・宇佐美《うさみ》、この三ケ所《しよ》を[二七]ふさねて、[二八]萳美庄《くすみのしやう》と[二九]號《かう》するの本主《ほんじゆ》は、萳美《くすみの》入道寂心《だうじやくしん》にてぞありける。[三〇]在《ざい》國の時《とき》は、[三一]工藤大夫祐隆《くどうたゆうすけたか》といひけり。男子《なんし》あまたもちたりしが、みな[三二]早世《さうせい》して、[三三]遺跡《ゆいせき》すでにたゐ《(え)》んとす。しかる間《あひだ》、繼《まゝ》女《むすめ》の子をとりいだし、[三四]嫡子《ちやくし》にたてゝ、伊東《いとう》をゆづり、[三五]武者所《むしやどころ》にまひ《(ゐ)》らせ、工藤武者祐《くどうむしやすけ》繼《つぐ》と號《かう》す。又、[三六]嫡孫《ちやくそん》あり、次男《じなん》にたてゝ、河津《かはづ》をゆづり、[三七]河津《かわづ》二郎となのらせ、しかる間《あひだ》、寂心他界《じやくしんたかひ》の後《のち》、祐親《すけちか》思ひけるは、我こそ、[三八]嫡々《ちやく〱》なれば、[三九]嫡子《ちやくし》に、異姓他《いしやうた》人の繼《まゝ》女《むすめ》の子、この家《いへ》にいりて、相續《さうぞく》することそ、[四〇]やすからねと思ふ心《こゝろ》つきにけり。これ、まことに神慮《しんりよ》にもそむき、子孫《しそん》も[四一]たへ《(え)》ぬべき惡事《あくじ》なるをや。たとひ他《た》人なりといふとも、親養《やう》じてゆづる上《うえ》は、[四二]違亂《いらん》の義《ぎ》あるべからず。まして、これは、寂《じやく》心、内々繼女《ない〱まゝむすめ》のもとにかよひて、まうけたる子也。[四三]まことには兄《あに》なり。ゆづりたる上《うへ》、あらそふこと、無益《むやく》のよし、よそ〱にも申《まうし》あひけり。されども、祐親《すけちか》とゞまらで、[四四]對決《たいけつ》度々にを《(お)》よぶといへども、[四五]讓狀《ゆづりぢやう》をさゝぐる間《あひだ》、伊東《いとう》が所領《しよりやう》になりて、河津《かわづ》はまけてぞくだりける。その後《のち》、上《うへ》にしたしみながら、内々《ない〱》安からぬ事にぞ思ひける。されども、

二二 仏の力を頼んで、のろい殺す。
二三 以下の人名は、吾妻鏡などの表記による。真字本には、「伊藤次郎助親」「曾我十郎助成」「同五郎時宗」「宮藤左衛門尉助経」と記す。
二四 真字本に、「芸施㆓当庭㆒」とある。
二五 真字本に、「其敵人即」とある。
二五 その内容を細かにいうと。
二六 真字本に、「大見・宇佐美・伊藤」とある。伊東・宇佐美は、静岡県伊東市内。河津は、賀茂郡河津町。
二七 まとめて。
二八 「久須美」なども記す。↓補三〇。
二九 「号す。かの本主は」か。↓補三一。本主は、領主のこと。
三〇 真字本に、「在俗時」とある。
三一 尊卑分脈の「家次」か。↓補三二。
三二 早く死んで。
三三 あとめ。相続人。
三四 あとつぎ。嗣子。
三五 院の御所を警固する武士の詰所。
三六 嫡子の嫡子。
三七 祐親にあたる。
三八 正統の子孫。
三九 真字本に、「立㆓嫡子㆒、可㆑住㆓伊藤庄㆒」とある。
四〇 おだやかでない。
四一 諸本によって、底本の「たへぬれは」を改む。
四二 秩序をみだすこと。
四三 真字本に、「実同氏、中当㆓叔父㆒」とある。
四四 両者をむきあわせておこなう審判。
四五 所領などを譲るむねを記した文書。

わが力《ちから》にはかなはで、年月お《(を)》を《(お)》くり、一有時《(ある)とき》、祐親《すけちか》、二箱根《はこね》の別當《べつとう》をひそかによびくだしたてまつり、種々《しゆぐ》にもてなし、酒宴《しゆゑん》すぎしかば、三ちかくい《(ゐ)》より、かしこまりて申《(まうし)》けるは、「かねてよりしろしめされて候ごとく、伊東《いとう》をば、嫡々《ちやくく》にて、祐親《すけちか》があひつぎ候べきお《(を)》、を《(お)》もはずの繼女《まゝむすめ》の子きたりて、父《ちゝ》の墓所《はかどころ》、四先祖《せんぞ》の重代《ぢうだひ》の所領《しよりやう》を横領《わうりやう》つかまつる事、よそにて見え候が、あまりにくちお《(を)》しく候間《あひだ》、御心《こゝろ》をもはゞからず、申《(まうし)》いだし候。しかるべくは、五伊東武者《いとうむしや》がふたつなき命《いのち》お《(を)》、たちどころにうしない《(ひ)》候やうに、調伏《てうぶく》ありて見せたまゑ《(へ)》」と申《(まうし)》ければ、別當《べつたう》きゝたまひて、しばらく物ものたまはず、六やゝありて、「このこと、よく〱きゝたまゑ《(へ)》。七一腹《ぶく》一生《しやう》にてこそましまさね、兄弟《きやうだい》なることは八眼前《がんぜん》也。九公方《くばう》までもきこしめしひらかれ、すでに一〇御下知《げぢ》をなさるゝ上は、へだての御うらみは、さる事にて候へども、たちまちに一一害心《がひしん》をおこし、親《おや》のおきてをそむきたまはんこと、しかるべからず。一二神明《しんめい》は、正直《しやうじき》の頭《かうべ》にやどりたまふ事なれば、さだめて天の加護《かご》もあるべからず、一三冥《みやう》の照覽《せうらん》もおそろし。その上《うゑ》、愚僧《ぐそう》は、幼少《ようせう》より父《ちゝ》母《はゝ》の一四塵欲《ぢんよく》をはなれ、師匠《ししやう》の一五かんしんに入《(いり)》て、一六所説《しよせつ》の教法《けうぼう》を學《がく》し、一七圓頓止觀《ゑんどんしくはん》の門《もん》をのぞみ、一八一ねんまいに、稼穡《かしよく》の艱難《かんなん》を思ひ、一度《たび》きる時《とき》、紡績《ばうせき》の辛苦《しんく》をしのぶ。一九三衣《ゑ》を墨《すみ》にそめ、二〇鬢髮《びんばつ》をまろめ、佛《ほとけ》の二一遺願《ゆいぐはん》にまかせ、二二五戒《かい》をたもちしよりこのかた、ものゝ命《いのち》をころすこと、佛《ほとけ》ことにいましめたまふ。されば、二三衆生《しゆじやう》の身の中には、二四三身佛性《じんぶつしやう》とて、

一 これ以下は、真字本にない。
二 今の箱根神社は、古く箱根権現といって、僧徒の奉仕をうけた。別当は、一山の法務を統御する職。↓補三三。
三 そばへよってすわり。
四 先祖から代々伝わる領地。
五 「工藤武者祐継」にあたる。真字本は、最初から「伊藤武者助継」とある。
六 諸本によって、底本の「のたはす」を改む。
七 同じ父母から生まれた兄弟。
八 たしかなことだ。
九 朝廷。
一〇 御判決。
一一 害を加えようとする心。
一二 神は正直な人を護ってくださる。↓補三四。
一三 目に見えぬ神仏が御覧になること。
一四 色声香味触法の六塵の貪欲。
一五 彰考館本・大山寺本に、「かんしつ」とあり、「閑室」か。
一六 仏の説いた教え。
一七 天台宗の法門。↓補三五。
一八 貞観政要論教戒に、「朕毎二一食一便念二稼穡之艱難一、毎二一衣一則思二紡績之辛苦一」とあり、明文抄一に引かれる。「稼穡の艱難」は、農事の苦しみ、「紡績の辛苦」は、糸つむぎの辛さ。↓補三六。
一九 僧の着る袈裟《(けさ)》。
二〇 頭の左右の髪。
二一 のこされた願い。
二二 殺生《(せつしやう)》・偸盗《(ちゆうとう)》・邪淫《(じやいん)》・妄語《(もうご)》・飲酒《(おんじゆ)》の五つの戒め。

三體《たひ》の佛《ほとけ》のまします。しかるに、人の命《いのち》をうばはん事、[二五]三世《ぜ》の諸佛《しよぶつ》をうしなひたてまつるにおなじ。[二六]もろ〳〵もつて、おもい《(ひ)》よらざることなり」とて、箱根《はこね》にのぼり給ひけり。河津《かわづ》は、[二七]なまじい《(ひ)》なる事申出《(まうしいだ)》して、別當《べつたう》、[二八]承引《せういん》なかりければ、その後《のち》、消息《せうそく》をもつて、かさね〳〵申《(まうし)》けれども、なをも《(ほ)》ちい《(ひ)》たまはず。いかがせんとて、ひそかに箱根《はこね》にのぼり、別當《べつたう》に[二九]見參《げんざん》して、ちかくい《(ゐ)》よりて、さゝやきけるは、「[三〇]ものその身にては候はねども、昔《むかし》より[三一]師檀《しだん》の契約《けいやく》あさからで、たのみたのまれたてまつりぬ。祐親《すけちか》が身《み》にを《(お)》きて、一生《しやう》の大事、子々《しゝ》孫々《そん〳〵》までも、これにしくべからず候。[三二]再往《さいわう》に申入《(まうしいれ)》候條《でう》、まことにそのを《(お)》それすくなからず候ゑ《(へ)》ども、[三三]かの方《かた》へかゑ《(へ)》りきこゑ《(え)》なば、かさねたる難儀《なんぎ》、いできたり候べし。さればにや、[三四]浮沈《ふちん》におよび候」と、くれ〳〵申《(まうし)》ければ、はじめは、別當《べつたう》、大《(おほき)》に辭退《じたい》ありけるが、まことに檀那《だんな》の情《なさけ》もさりがたくして、[三五]おろ〳〵領狀《りやうじやう》ありければ、河津《かわづ》、里《さと》へぞくだりける。別當《べつたう》、[三六]そきなき事ながら、檀那《だんな》のたのむと申《(まうし)》ければ、壇《だん》をたて、[三七]莊嚴《しやうごん》して、伊東《いとう》を調伏《てうぶく》せられけるこそ、おそろしけれ。はじめ三日の本尊《ほんぞん》には、[三八]來迎《らいかう》の阿彌陀《あみだ》の三尊《ぞん》、[三九]六道能化《のうけ》の地藏《ちざう》菩薩《ぼさつ》、檀那《だんな》河津《かはづ》次郎が所願《しよぐはん》成就《じやうじゆ》のため、伊東《いとう》武者《むしや》が二《ふた》つなき命を取《(とり)》、來世《らいせ》にては、觀音《くわんおん》・勢至《せいし》、[四〇]蓮臺《れんだい》をかたぶけ、[四一]安養《あんやう》の淨刹《じやうせつ》に引接《いんぜう》し給へ、片時《へんし》も、地獄《ぢごく》におとしたまふなと、[四二]他念《たねん》なくいのれけり。後《のち》七日の本尊《ほんぞん》には、[四三]烏《う》蒭《す》沙《さ》摩《ま》金剛《こんがう》とかう童子《どうじ》、[四四]五大明王の[四五]威驗《いげん》殊勝《しゆせう》なるを、

二三 一切の生物。
二四 法・報・応の三身の因にあたる三種の仏性。↓補三七。
二五 前世・現世・来世の三世にわたる一切の諸仏。
二六 どちらからみても。
二七 言わなくてもよい。なまじっかな。
二八 承知すること。
二九 お目にかかって。
三〇 物の数に入る身ではありませんが。
三一 師僧と檀那との約束。檀那は、もともと施主、さらに信徒をいう。
三二 ふたたび。
三三 まわりまわって伊東方の耳にはいったならば。
三四 栄えるか衰えるかのわかれめ。
三五 不十分ながらも承知なさったので。
三六 気の進まないの意か。大山寺本に、「よきなき」、流布本に、「心うき」とある。
三七 天蓋(てんがい)や幢幡(どうばん)などで飾って。
三八 臨終にあらわれて、極楽浄土に迎える阿弥陀仏と観世音・勢至の二菩薩。
三九 地獄・餓鬼・畜生・修羅・人間・天の六道で、衆生を教化する地蔵菩薩。
四〇 蓮華(れんげ)の形に作った仏菩薩の座。
四一 極楽浄土に迎えとってください。
四二 一心不乱に。
四三 「とかう」の三字衍。烏蒭沙摩と金剛童子とは同体。↓補三八。
四四 五大尊ともいう。不動・降三世・軍荼利(ぐんだり)夜叉・大威徳・金剛夜叉が、それぞれ中央と東西南北に配される。
四五 霊験のすぐれた。↓補三九。

四方《はう》にかけて、紫《むらさき》の袈裟《けさ》を帯《たい》し、種々《しゆぐ》に壇《だん》をかざり、肝膽《かんたん》をくだき、汗《あせ》をものごはず、[一]面《おもて》をもふらず、[二]餘念《よねん》なくこそいのられけれ。昔《むかし》より今《いま》にいたるまで、[三]佛法護持《ぶつぽうごぢ》の御力《ちから》、今《いま》にはじめざる事なれば、[四]七日に満《まん》ずる[五]寅《とら》のなかばに、[六]伊藤《い》武者《むしや》が[七]さかんなる首《くび》を、明王《みやうわう》の劍《けん》の先《さき》につらぬき、壇上《だんじやう》におつると見て、さては[八]威験《いげん》あらはれたりとて、別當《べつたう》、壇《だん》をおりたまふ、おそろしかりし事ども也。

（おなじく伊東《いとう》が死《し》する事）

伊東武者《いとうむしや》、これをば夢《ゆめ》にもしらで、時《とき》ならぬ[九]奥野《おくの》の狩《かり》してあそばんとて、射手《いて》をそろへ、[一〇]勢子《せこ》をもよお《(ほ)》し、[一一]若黨數《わかたうかず》あひ具《ぐ》して、伊豆《いづ》の奥野《おくの》へぞいりにける。[一二]頃《ころ》しも、夏《なつ》の末《すゑ》つ方《かた》、[一三]峰《みね》にかさなる木《こ》の間《ま》より、村〱《(むらむら)》になびくは、さぞと見えしより、おもはざる[一四]風《かぜ》にお《(を)》かされて、[一五]心《こゝ》ち例《れい》ならずわづらい《(ひ)》、心《こゝろ》ざす狩場《かりば》をもみずして、ちかき野《の》邊《べ》よりかゑ《(へ)》りけり。日數《かず》かさなる程《ほど》に、いよ〱おもくぞなりにける。その時《とき》、九つになりける[一六]かないしをよびよせて、身づから手《て》をとり、申《(まうし)》けるは、「いかにおのれ、十歳《さい》にだにもならざるを、見すててしなん事こそ、かなしけれ。生死《しやうじ》かぎりあり、のがるべからず。[一七]なんぢを、誰《たれ》あわ《(は)》れみ、誰《たれ》はごくみてそだてん」と、さめ〲となき

一　よそ見もせず。
二　「他念なく」と同じ。一心不乱に。
三　明王は、悪魔を降伏して、仏法を守護するという。
四　七日の期限に達する。
五　午前四時ごろ。
六　「伊東」にあたる。
七　さかりの。壮年の。
八　霊験。→五七頁注四五。
九　ひろく天城山の東北方の山野をいうか。奥野の地名は、伊東市内に残る。
一〇　狩場で鳥獣を追いたてる人夫。
一一　家来の若侍。
一二　真字本に、「伊藤武者助継、生年申ニ四十三ニ夏比」とある。
一三　彰考館本に、「みねにかさなる木の間より、もりくるおとは山おろし、松はかりなるむら〱に、なひくはさそと見えしより」とあり、万法寺本・大山寺本でも、ほぼ同じ。「むらむらに」は、多くの木立のさまか。「さぞと見えし」は、悪い予感をいうか。
一四　目に見えない悪霊。→補四〇。
一五　気分がわるくなり。病気になって。
一六　真字本に、「金石」とあるが、もともと「かわいい子」の意か。狂言「富士松」に、「かな法師」とある。
一七　おまえをあわれに思い、いつくしみ育てるような人はないであろう。
一八　ここでは、妻をいう。
一九　思いどおりにならない。
二〇　かけがえのないことをいうか。
二一　道理である。もっともである。
二二　この世に深く思いをかけること。

けり。かないしはお《(を)》さなければ、たゞなくよりほかの事はなし。[一八]女房《ばう》、ちかくい《(ゐ)》より、涙《なみだ》お《(を)》を《(お)》さゐ《(へ)》ていひけるは、「[一九]かなわ《(は)》ぬうき世《よ》のならい《(ひ)》なれども、せめて、かないし十五にならんをまち給へかし。さればとて、あまたある子にもあらず、また、[二〇]かけこ有《(ある)》中の身にてもなし。いかがはせん」と、なげきけるこそ、[二一]理《ことはり》なれ。こゝに、弟《おとゝ》の河津《かわづの》次郎祐親《すけちか》が、とぶらひきたりけるが、この有様《ありさま》を見て、ちかくい《(ゐ)》より、申《(まうし)》けるは、「今《いま》をかぎりとこそ、見えさせ給ひて候へ。[二二]今生《こんじやう》の執心《しうしん》を御とゞめ候《(さうらひ)》て、一筋《すぢ》に[二三]後生菩提《ごしやうぼだひ》をねがひ給へ。かないし殿においては、祐親《すけちか》かくて候へば、[二四]後見《こうけん》したてまつるべし。[二五]ゆめ〳〵疎略《そりやく》の義《ぎ》あるべからず。[二六]こゝろやすく思ひたまへ。さればにや、[二七]史記《しき》のことばにも、「[二八]昆弟《こんてい》の子は、なお《(ほ)》し己《をのれ》が子のごとし」と見えたり。いかでかおろかなるべき」と申《(まうし)》ければ、[二九]祐繼《すけつぎ》、これをきき、内《うち》に害心《がいしん》あるをばしらで、大きによろこび、[三〇]かきおこされ、人の肩《かた》にかかり、手《て》をあはせ、祐親《すけちか》をお《(を)》がみ、[三一]やゝありて、くるしげなる息《いき》お《(を)》つき、「[三二]いかに候。たゞ今のおほせこそ、[三三]生前《しやうぜん》にうれしくおぼえ候へ。この頃《ころ》、[三四]何《なに》となく下説《げせつ》について、心よからざる事にてましまさんと存《ぞん》ずる所《ところ》に、かやうにのたまふこそ、返々《(かへすがへす)》も[三五]本意《ほんい》なれ。さらば、かないしをば、ひとゐ《(へ)》に[三六]わ殿《との》にあづけたてまつる。甥《おい》なりとも、實子《じつ》とおもい《(ひ)》、女《むすめ》あまたもちたまう《(ふ)》中《なか》にも、[三七]萬刧《まんこう》御前《ぜん》にあわ《(は)》[三八]せて、十五にならば、[三九]男《おとこ》になし、[四〇]當庄《たうしやう》の[四一]ほんけん[四二]小松《こまつ》殿の[四三]見參《げんざん》にいれ、わ殿の《とのゝ》女《むすめ》

二二 死後に成仏の果をえること。
二三 後楯（うしろだて）となってお助けしよう。
二四 けっしておろそかにするはずはない。真字本では、この後に、「若在㆓疎略義㆒、可㆑蒙㆓三所三島大明神富士浅間大菩薩足柄明神御罰㆒」とある。
二五 安心してください。
二六 紀伝体の史書。漢の司馬遷の著。
二七 礼記檀弓上に、「兄弟之子猶㆑子也」とあり、後漢書安帝紀にも、「礼、昆弟之子猶㆓己子㆒」とある。史記は、「礼記」の誤か。昆弟とは、兄弟の意。
二八 前に「すけつぎ」とあり、ここから「すけつぐ」となる。
二九 抱きおこされ。
三〇 しばらくして。
三一 なんと。どうです。呼びかけのことばに、「候」のついたもの。
三二 命のある間。
三三 真字本に、「実付㆓下説㆒无㆑何」、大山寺本に、「何となくきせつもうすことによつて」とある。下説は下々の噂。
三四 本来の望み。
三五 対等の相手に使う二人称の代名詞。
三六 「まんこう」というのは、後に、曾我兄弟の母の名となる。↓補四一。
三七 結婚させて。
三八 元服をさせ。
三九 この蕭美の庄。
四〇 「本券」ともとれるが、彰考館本などによると、「本家」の誤。↓補四二。
四一 平重盛。その邸が、京都八条の北、堀河の西にあって、小松殿と呼ばれる。
四二 お目どおりをさせ。

とかないしに、この所《ところ》をさまたげなく知行《ちぎやう》[一]せさせせよ」とて、伊東《いとう》の地券文書《ちけんもんじよ》[二]とりいだし、かないしに見せ、「なんぢにじ《(ぢ)》[三]きにとらすべけれども、いまだ幼稚《ようち》なり。いづれも親《をや》なれば、おろか[四]あるべからず。母《はゝ》にあづくるぞ。十五にならば、とらすべし。よく〳〵見おけ。今《いま》より後《のち》は、河津殿《かわづどの》を、叔父《おち》なりとも、まことの親《おや》とたのむべし。心を《(お)》[五]きて、にくまれたてまつるな。祐繼《すけつぎ》も、草《くさ》[六]の蔭《かげ》にて、たちそひまもるべし」とて、文《もん》書母《じよはゝ》が方《かた》ゑ《(へ)》わたし、今《いま》はこころやすしとて、うちふしぬ。かくて、日數《かず》のつもりゆけば、いよ〳〵よわ《(わ)》りはてて、七月十三日の寅《とら》の刻《こく》に、四十三にてうせにけり。あわ《(は)》[七]れなりし例《ためし》なり。弟《おとゝ》の河津《かはづの》次郎は、上《うゑ》[八]にはなげくよしなりしかども、下《した》には喜悦《きえつ》の眉《まゆ》をひらき、箱根《はこね》の別當《べつたう》の方《かた》をぞお《(を)》がみける。一[九]旦猛惡《たんまうあく》は、勝利《せうり》ありといゑ《(へ)》ども、つひには子孫《しそん》にむくうならひ《(ふ)》にて、末《すゑ》いかがとぞおぼえける。やがて、河津《かわづ》が、わが家《いへ》をいで、伊東《いとう》の館《たち》に入《(いり)》かはり、内々《なひ〳〵》存《ぞん》[一〇]ずる旨《むね》ありければ、兄《あに》のため、忠《ちう》[一一]あるよしにて、後《ご》家《け》にも子にもおとらず、孝養《けうやう》[一二]をいたす。七日〳〵のほか、百ケ日、一周忌《いつしゆき》、第《だい》三年にいたるまで、諸善《しよぜん》[一三]の忠節《ちうせつ》をつくす。人これをきき、「神[一四]をまつる時《とき》は、神のますごとくにせよ。つかう《(ふ)》る時《とき》は、生《しやう》につかう《(ふ)》るごとくなれ」とは、論語《ろんご》[一五]のことばなるおや《(を)》と感《かん》じけるぞ、おろかなる。さて、かないしには、こゝろやすき乳母《めのと》をつけてぞ、養《やう》じける。遺言《ゆいごん》[一六]たがへず、十五[一七]にて元服《げんぷく》させ、うすみの工藤祐經《くどうすけつね》と號《かう》す。やがて、女萬刧《むすめまんこう》にあわ《(は)》

一 諸本によって、底本の「ちきやうせさせは」を改む。知行は、土地を支配すること。
二 土地所有の証拠として官府から下した文書。
三 直接に渡すところであるが。
四 ぬかりのあるはずはない。
五 うちとけないで。
六 草葉の陰。あの世をいう。
七 真字本では、この後に、妻子の悲しみを述べる。
八 表面では嘆くふりをしたが、内心では憂いがはれてよろこび。
九 勇猛で悪事をすると、一時は勝利をおさめても、最後には子孫に返報をうける。↓補四三。
一〇 考えること。
一一 まごころをつくすふりをして。
一二 ねんごろに後世を弔う。孝養は、親に対する供養の意から、ひろく供養の意に用いられる。
一三 まごころをつくして、もろもろの仏事をいとなむ。
一四 論語八佾に、「祭如レ在、祭レ神如二神在一」、同為政に、「生事レ之以レ礼、死葬レ之以レ礼、祭レ之以レ礼」とあり、明文抄五には、「祭レ神如二神在一、事レ死如レ事レ生(論―)」とある。神をまつるには、神のおいでになるようにせよ。なくなった親に仕えるには、生きている親に仕えるようであれ。
一五 儒教の経典。孔子の言行の記録。
一六 言いのこしたことばのとおり。
一七 真字本には、「申二十三一、成レ男、名二

せ、その秋、[一八]あひ具《ぐ》して、上洛《しやうらく》し、すなはち、小松殿《こまつ》の見参《げんざん》にいれ、祐經《すけつね》をば、京都《きやうと》にとゞめをき(お)、[一九]わが身《み》は、國《くに》へぞくだりける。その後《のち》、[二〇]かい(ひ)〴〵しき侍《さぶらい》の一人もつけず、[二一]おとなしき物もなし。[二二]所帯《しよたい》におきては、祐親《すけちか》一人して横領《わうりやう》し、祐經《すけつね》には、屋敷《やしき》の一所《しよ》お(を)も配分《はいぶん》せざりけり。まことや、[二三]文選《もんぜん》のことばに、「[二四]徳《とく》をつみ、行《かう》をけぬる事、その善《ぜん》をしらず、されども時《とき》にもちいる(ひ)事あり、義《ぎ》をすて、理《り》お(を)そむくこと、その悪《あく》をしらざれども、時《とき》にほろぶることあり。身のあやうき(ふ)は、勢《いきをい》のすぐる所《ところ》となり、禍《わざわい》のつもるは、[二五]寵《てう》のさかんなるをこゑ(え)てなり」。されども、祐經《すけつね》は、たれお(を)しゆるともなきに、[二六]公所《くしよ》をはなれず、奉行所《ぶぎやうしよ》におきて、[二七]身をうたせ、[二八]沙汰《さた》になれける程《ほど》に、善悪《ぜんあく》を[二九]分別《ふんべつ》して、[三〇]理非《りひ》をまよはず、諸事《しよじ》に[三一]心《こゝろ》をはた(わ)し、手跡《しゆせき》普通《ふつう》にすぎ、和歌《わか》の道《みち》を心《こゝろ》にかけ、[三二]酣暢《かんちやう》の筵《むしろ》に推参《すひさん》して、その衆《しゆう》につらなりしかば、伊東《いとう》の優男《やさをとこ》とぞめされける。[三三]十五歳《さい》より、武者所《むしやどころ》にはんべつて、禮儀《れいぎ》たゞしくして、[三四]男《おとこ》がら尋常《じんじやう》なりければ、[三五]田舎《いなか》侍《さぶらひ》ともなく、こゝろにくしとて、二十一歳《さい》にして、[三六]武者《むしや》の一郎お(を)へて、工藤《くどう》一郎とぞめされける。

（伊東《いとうの》二郎と祐經《すけつね》が争論《さうろん》の事）

乗宇佐美宮藤次助経二」とある。「うすみの」は、彰考館本・万法寺本・大山寺本に、「うさみの」、流布本に、「くずみの」とある。
一八 つれだって、京へのぼり。
一九 祐親自身。
二〇 役にたちそうな武士。
二一 宿老のような頼りになる者。
二二 身に帯びるもの、すなわち領地。
二三 詩文の集大成。梁の昭明太子の撰。
二四 文選三十九、枚叔「奏書諫呉王濞」に、「積レ徳累レ行、不レ知二其善一、有レ時而用。弃レ義背レ理、不レ知二其悪一、有レ時而亡」、同四十六、陸士衡「豪士賦序」に、「身危由二於勢過一、…禍積起二於寵盛一」とある。↓補四四。
二五 諸本によって、底本の「御かん」を改む。
二六 役所。
二七 彰考館本などに、「見えをうたせ」とある。外観を飾ることか。
二八 理非を論じさだめること。さばき。
二九 わきまえて。
三〇 理と非と。道理にかなうかどうか。
三一 気をくばり。↓補四五。
三二 風流の宴席に参って、人数に加わったので。酣暢は、酒を飲み楽しむこと。大山寺本に、「ゆふえん」とある。
三三 真字本に、「自二十四歳年一、候二武者所末座一」とある。↓五五頁注三五。
三四 男ぶりがすぐれていたので。
三五 田舎武士にも似ず、おくゆかしい。
三六 武者所の筆頭。「一郎」は、「一﨟」にあたる。

かくて、二十五まで、[一]給仕《きうじ》おこたらざりき。こゝに、おもはずに、[二]田舎《いなか》の母《はゝ》、[三]一期《ご》つきて、形見《かたみ》に、父《ちゝ》があづけおきし讓狀《ゆづりじやう》をとりそへて、祐經《すけつね》がもとへぞのぼせたりける。祐經《すけつね》、これを[四]披見《ひけん》して、「[五]こはいかに、伊豆《いづ》の[六]伊《い》藤といふ所《ところ》をば、祖父《おうぢ》入道寂心《だうじやくしん》より、父《ちゝ》伊東《いとう》武者《むしや》祐繼《すけつぎ》まで、三代相傳《だいさうでん》の所領《しよりやう》なるを、何《なに》によつて、叔父《をぢ》河津《かわづの》二郎、相《さう》續《ぞく》して、この八か年《ねん》が間《あひだ》、知行《ちぎやう》しける。いざや[七]冠者《くわじや》ばら、[八]四季《き》の衣《ころも》がへさせん」とて、[九]暇《いとま》を申《(まうし)》けれども、[一〇]御氣色最中《きしよくさいちう》なりければ、[一一]左右《さう》なく暇《いとま》をたまわ《(は)》らざりけり。さらばとて、[一二]代官《だいくはん》をくだして、[一三]催促《さいそく》をいたす。伊東《いとう》、これをきゝ、「祐親《すけちか》より外《ほか》に、またく他《た》の[一四]地頭《ぢとう》なし」とて、[一五]冠者《くわじや》ばらを[一六]放逸《はういつ》に追放《ついはう》す。京よりくだる者《もの》は、田舎《いなか》の[一七]子《し》細《さい》をばしらで、いそぎにげのぼり、一﨟《らう》にこのよしをうつたふ。「[一八]その儀《ぎ》ならば、祐《すけ》經《つね》くだらん」とて、[一九]いでたちけるが、[二〇]案者第《あんじやだひ》一の者《もの》にて、心《こゝろ》をかへて思ひけるは、人の[二一]僻事《ひがこと》するといふをききながら、われ又くだりて、おとらじ、まけじとせん程《ほど》に、[二二]まさる狼藉《らうぜき》ひきいだし、[二三]兩方得替《りやうはうとくたい》の身《み》となりぬべし、その上、道理《だうり》をもちながら、[二四]親《おや》方《かた》にむかひ、[二五]意趣《いしゆ》をこめん事、[二六]詮《せん》なし、祐經《すけつね》ほどの者《もの》が、[二七]理運《りうん》の沙汰《さた》にまくべきにあらず、田舎《いなか》より[二八]かの仁《じん》をめしのぼせて、[二九]上裁《じやうさい》をこそあふがめとおもひ、あたる所《ところ》の道《だう》理《り》、[三〇]さしつめ〳〵、[三一]院宣《いんぜん》を申《(まうし)》くだし、小松殿《こまつどの》の御狀《じやう》をそへ、[三二]檢非違使《けんびいし》をもつて、伊東《いとう》を京都《と》にめしのぼせ、[三三]事《こと》のちきやうなる時《とき》こそ、田舎《いなか》にて、[三四]横紙《よこがみ》をもやぶり、[三五]ちや

一 そば近く仕えること。
二 祐継の妻。
三 一生が終わって。
四 ひらいて見て。
五 これはどうしたことか。
六 「伊東」にあたる。
七 諸本によって、底本の「くわしや」を改む。若い家来ども。
八 よいくらしをさせようということ。
九 願ったが。
一〇 主君の寵愛のさかんな時。
一一 たやすく。
一二 代理人。
一三 領地を返すようにうながす。
一四 在地の荘園の支配者。↓補四六。
一五 諸本によって、底本の「くわしやはゝ」を改む。
一六 勝手きままに追いはらう。
一七 こまかな事情。
一八 そのようなわけならば。
一九 諸本によって、底本の「いてたちけるは」を改む。出発の支度をしたが。
二〇 思慮のある者。
二一 まちがったこと。
二二 それ以上の乱暴をひきおこし。
二三 所領から離れる身。
二四 恩義を蒙り、親として仰ぐべき人。
二五 恨みを含むこと。
二六 無益である。
二七 諸本によって、底本の「りこん」を改む。道理にかなっていること。
二八 あの人。祐親をさす。
二九 上位の人の裁決。
三〇 つぎつぎと。↓補四七。

うちやくどもいひけれ、院宣《いんぜん》をなし、かさねて[三六]からくめされければ、一門《もん》はせあつまり、案者《あんじや》・口《くち》[三七]きよりあひ、と[三八]もなひ談《だん》するといへ共《(ども)》、道理《だうり》は一《ひと》つもなかりけり。祐《すけ》繼存生《つぎぞんじやう》[三九]の時《とき》より、執心《しうしん》ふかくして、いかにもこの所《ところ》を、祐親《すけちか》が拜領《はいりやう》[四〇]にせんと、多年心《たねんこゝろ》にかけ、すでに十餘年知行《よねんちぎやう》の所《ところ》なり。一期《ご》の大事と、金銀《きんぎん》をとゝのへ、ひそかに奉行《ぶぎやう》所《しよ》へそのぼ[四一]せける。まことや、文選《もんぜん》のことばに、「青蠅《せいよう》[四二]も、すひしやうをけがさず、邪論《じやろん》も、くの聖《ひじり》をまどはず」とは申せども、奉行《ぶぎやう》のめづるも、理《ことはり》也。漢書《かんじよ》[四三]を見るに、「水《みづ》[四四]いたつてきよければ、底《そこ》に魚《うほ》すまず。人いたつてせんなれば、內《うち》に徒《と》もなし」と見えたり。さればにや、奉行《ぶぎやう》、まことに寶《たから》おもくして、祐經《すけつね》[四五]が申狀《(まうし)じやう》、たゝざる事こそ、無念《むねん》なれ。月[四六]はあきらかならんとすれども、浮雲《ふうん》これをおほひ、水《みづ》はすまんとすれども、泥沙《でいしや》これをけがす。君賢《きみけん》なりといへども、臣《しん》これをけがす理《ことはり》によつて、本券《ほんけん》[四七]、箱《はこ》の底《そこ》にくちて、むなしく年《とし》月をおくる間《あひだ》、祐經《すけつね》、鬱憤《うつぷん》[四八]に住《じう》して、かさねて申狀《(まうし)じやう》を奉《ぶ》行所《ぎやうしよ》にさゝぐ。その狀《じやう》にいわ《(は)》く、

伊豆國《いづの》の住《じう》人伊東工藤《いとうくどう》[四九]一郎平《たいらのすけつね》祐經、かさねて言上《ごん》[五〇]、

はやく、御[五一]裁許《さいきよ》をかうぶらんと欲《ほつ》する子細《しさい》の事。右件《みぎくだん》[五二]の條《でう》、祖父《おうぢ》[五三]楠美入道寂心《くすみのにうだうじやくしん》他《た》[五四]界《かい》の後《のち》、親父伊東武者祐繼《しんぶいとうむしやすけつぎ》、舍弟祐親《しやていすけちか》[五五]、兄弟《きやうだひ》の中、不和《ふわ》なるによつて、對決度々《たいけつどゞ》にを《(お)》よぶといへども、祐繼《すけつぎ》、當腹寵愛《たうぶくてうあひ》[五六]たるによつて、安堵《あんど》[五七]の御くだし文《ぶみ》をたまはつて、

三一 上皇の仰せをうけて出す文書。
三二 今の裁判官と警察官とを兼ねた職。
三三 「事の治定《(ぢぢ)》《(やう)》なる」か。↓補四八。
三四 無理をもおし通し。↓補四九。
三五 「打擲」で、無法の意か。
三六 「かたく」か。↓補五〇。
三七 弁舌の巧みな人。
三八 彰考館本などに、「とも」がなく、「内談する」と解される。
三九 存命。生存。
四〇 いただこう。↓補五一。
四一 「のぼす」は、地方から京へおくる。
四二 文選五十一、王子淵「四子講徳論」に、「青蠅不レ能レ穢二垂棘一、邪論不レ能レ惑二孔墨一」とある。↓補五二。
四三 紀伝体の史書。後漢の班固の撰。
四四 漢書東方朔伝に、「水至清則無レ魚、人至察則無レ徒」とある。↓補五三。
四五 祐経の訴状が通らないのは。
四六 淮南子斉俗訓に、「日月欲レ明、浮雲蓋レ之、河水欲レ清、沙石濊レ之、人性欲レ平、嗜欲害レ之」とある。↓補五四。
四七 地券文書をいうか。
四八 つもるいきどおりを心にもって。
四九 「一﨟」にあたる。
五〇 申しあげること。
五一 裁決して許可すること。
五二 右にあげたこと。
五三 諸本によって、底本の「かうち」を改む。
五四 死去。
五五 実の弟。
五六 今の妻の腹から生まれた子。
五七 領地の所有権を確認する公文書。

すでに數《す》ケ年をへお《(を)》はんぬ。こゝに、祐繼《すけつぎ》、[一]一期《ご》かぎりの病《やまひ》の床《ゆか》にのぞむきざみ、河津《かわづの》二郎、日《ひ》ごろの意趣《いしゆ》をわすれ、たちまちにとぶらひきたる。その時《とき》、祐經《すけつね》は、生年九歳也《しやうねんきうさい(なり)》き。叔父《おぢ》河津《かわづの》二郎に、[二]地《ぢ》券文書《けんもんじよ》、母《はゝ》ともにあづけお《(お)》きて、八か年《ねん》の春《はる》秋お《(を)》を《(お)》くる。親方《おやかた》にあらずは、[三]しこうのしんと申《(まうす)》べきや。[四]所詮《しよせん》、世《よ》の[五]けいにまかせ、[六]憲《けん》法《ばう》の上裁《じやうさい》をあふがんと欲《ほつ》す。よつて、[七]誠惶誠恐《せいくわうせいけう》、[八]言上《ごんぜう》[九]件《くだん》のごとく。

[一〇]仁安二年三月日　　平祐經《たいらのすけつね》

とかきて[一一]さう〱。ししよに、此狀《じやう》を披見《ひけん》ありて、[一二]さしあたる道理《だうり》にわづらい《(ひ)》けるよと、人々《びと》よりあひ、内談《なひだん》す。まことに、祐經《すけつね》が申狀《(まうし)じやう》、一として僻事《ひがこと》なし。これは裁許《さいきよ》せずは、[一三]憲法《けんばう》にそねまれなん。又、伊東寳《いとうたから》をのぼせて、萬事奉行《ばんじぶぎやう》をたのむといふ。しかれども、祐經《すけつね》は、[一四]左右《さう》なく理運《りうん》たる間《あひだ》、奉行所《ぶぎやうしよ》のはから い《(ひ)》として、[一五]よの安堵《あんど》の狀《じやう》二かきて、[一六]大《おう》宮の[一七]令旨《りやうじ》をそへ、[一八]りやうへくださる。伊東《いとう》は、半分也《はんぶん(なり)》ともたまわ《(は)》る所《ところ》、奉《ぶ》行《ぎやう》の[一九]御恩《おん》とよろこびて、[二〇]本國《ほんごく》ゑ《(へ)》ぞくだりける。[二一]書《しよ》はことばをつくさず、ことばは心《こゝろ》をつくさずといへども、[二二]一郎は、ことばをうしなひ、十五より、本所《ほんじよ》にまい《(ゐ)》り、日夜朝暮《やてうぼ》、給仕《きうじ》をいたし、今年《ことし》八年か九年《ねん》かとおぼゆるに、かさねて御恩《おん》こそかうぶらざらめ、先祖所領《せんぞしよりやう》を半分《はんぶん》[二三]めさるゝ事そも[二四]なに事ぞ、「[二五]源《みなもと》にごれる時《とき》は、きよからんお《(を)》のぞみ、

一　臨終の病の床につく時。
二　前出。→六〇頁注二。
三　「祗候の臣」か。→補五五。
四　結局。
五　「経」で、常の道をいうか。
六　おきて。法度。
七　心からおそれかしこまること。
八　諸本によって、底本の「うんせう」を改む。
九　右のとおり。証文などの結びの句。
一〇　一一六七年。六条朝。
一一　「さゝぐ。公所(くしよ)に」か。公所は、役所をいう。→補五六。
一二　まのあたり疑いない道理。
一三　流布本に、「そむきなん」とある。
一四　文句なく道理にかなっているので。
一五　彰考館本・大山寺本に、「わよの」とある。「和与」で、和解をいう。
一六　諸本によって、底本の「おう最」を改む。藤原多子。→補五七。
一七　三后などの仰せだされた文書。
一八　彰考館本に、「両方(りやうばう)」とあり、万法寺本・大山寺本でも、ほぼ同じ。
一九　恩賞として領地を賜わること。
二〇　生国。
二一　易経繫辞上に、「書不レ尽レ言、言不レ尽レ意」とある。
二二　「一﨟」にあたる。
二三　取りあげられる。
二四　いったいどうしたことか。
二五　諸本によって、底本の「のみ」「ゆるめる」を改め、「のぞみ」「ゆがめる」とする。明文抄四に、「濁二其源一而望二流清一、曲二其形一而欲二影直一(家

形《かたち》ゆがめる時《とき》は、影《かげ》のどかならんをおもふ」と、[二六]かたに見えたり、父祐繼《ちゝすけつぎ》が世には、伊東《いとう》かやうによもわけじ、今《いま》なんぞ半分《はんぶん》の主《ぬし》たるべきや、これひとゑ《(へ)》に親方《をやかた》ながら、伊東がいたす所《ところ》なり、わが身《み》こそ、京都《きやうと》にすむとも、[二七]せんこはみな、弓矢《ゆみや》とりのいこんなり、いかでか、この事[二八]うらみざるべきとて、ひそかに都《みやこ》をいでゝ、[二九]駿河國高橋《するがのくにたかはし》といふ所《ところ》にくだり、[三〇]きつかひ・船越《ふなこし》・おきの・蒲原《かんばら》・入江《いりゑ》の人々、[三一]外戚《げしやく》につきて、親《した》しかりければ、二百四人よりあひて、祐親《すけちか》うちて、[三二]領所《りやうしよ》を一人して進退《しんだい》せんと思ふ心、つきにけり。此儀《ぎ》、[三三]神慮《しんりよ》もはかりがたし。たとへば、さしあたる道理《だうり》は、[三四]顯然《けんぜん》たりといへども、昔《むかし》の恩《おん》をわすれ、たちまちに悪行《あくぎやう》をたくむ事、[三五]いとう昔《むかし》お《(を)》も思ひ、[三六]てんしゆか古《いにしへ》もたづぬべき。第一に叔父《おぢ》なり、第二に養父《やうぶ》也、第三に舅《しうと》なり、第四に[三七]烏帽子親《ゑぼしをや》なり、第五に一族中《ぞくちう》の[三八]老者《らうしや》なり、[三九]かたゞゞもつて、おろかならず。かやうに思ひたつぞ、を《(お)》そろしき。いかにも思慮《しりよ》ある人に[四〇]候や。あまつさへ[四一]地領《りやう》をうば《(は)》わん事、不可思議《ふかしぎ》なり。祐親《すけちか》、これをかへりきゝて、嫡子《ちやくし》[四二]河津《かはつ》三郎祐重《すけしげ》、次男《じなん》[四三]伊藤《い》九郎祐清《すけきよ》、そのほか一門老少《もんらうせう》よびあつめ、用心《ようじん》きびしくしけれわ《(ば)》、力《ちから》におよばず。これや、[四四]富貴《ふき》にして、善《ぜん》をなし安《(やす)》く、貧賤《ひんせん》にして、工《こう》をなしがたしと、今《いま》こそ思ひしられたり。その後《のち》、伊東《いとうの》二郎、此事ありのまゝに京都《きやうと》へうつたへ申《(まうし)》て、ながく祐經《すけつね》を[四五]本所《ほんじよ》へ[四六]入《(いれ)》たてずして、[四七]年貢所當《ねんぐしよたう》におきては、[四八]芥子《けし》ほどものこらず、横領《わうりやう》する間《あひだ》、祐經《すけつね》、身《み》のおき所《どころ》な

語)」とある。↓補五八。
二六「家語(ごけ)」の誤で、孔子家語をさす。↓補五九。
二七 万法寺本・南葵文庫本に、「せんそはゆみやとりのいゑなり」とある。
二八 恨まないでいられようか。
二九 静岡県清水市内。
三〇「きつかひ」は、吉川(きつかわ)で、船越・入江とともに、清水市内。蒲原は、庵原郡蒲原町。「おきの」は、「おきつ」の誤で、清水市興津か。↓補六〇。
三一 母方の親戚。姻戚。
三二 領地を一人で思うままにしよう。
三三 神のお心も推しはかりかねる。
三四 あきらかである。
三五 彰考館本などに、「はいこう」、万法寺本に、「しこう」とある。「沛公」で、漢の高祖か。
三六 未詳。「天授」で、提婆達多か。
三七 元服する者に烏帽子をきせる親。
三八 長老。
三九 どちらにせよ、ひととおりでない。
四〇 彰考館本などに、「へきにや」、流布本に、「べきものをや」とある。
四一「他領」か。↓補六一。
四二 吾妻鏡に、「河津三郎祐泰」、尊卑分脈に、「祐道(河津三郎)」とある。
四三「伊東」にあたる。
四四 後漢書馮衍伝に、「蓋富貴易ㇾ為ㇾ善、貧賤難ㇾ為ㇾ工也」とある。
四五 諸本によって、底本の「と」を改む。
四六 ここでは、本来の居所、本国の意。
四七 領主に納める米・雑物。
四八 けし粒。ごく微細なもののたとえ。

くして、又、京都《と》にかへりのぼり、ひそかに住《ちう》す。[一]伊東《いとう》に、祐經《すけつね》はなやまされ、本意《ほんい》をわすれ、祐經《すけつね》が妻女《さいぢよ》とりかへし、相模國《さがみの》の住《ぢう》人土肥《といの》[二]二郎實平《さねひら》が嫡子《ちやくしや》[三]彌太郎遠平《とうひら》にあわ《(は)》せけり。國《くに》には又、ならぶ者《もの》なくぞ見えたり。されども、[四]「功賞《こうしやう》なき不義《ふぎ》の富《とみ》は、禍《わざわひ》の媒《なかだち》」と、[五]左傳《さでん》に見えたり。されば、ゆく末《すゑ》いかがとぞおぼへ《(え)》し。工藤《くどう》[六]一郎は、なまじい《(ひ)》の事をいひいだして、叔父《おぢ》に中《なか》[七]をたがはれ、夫妻《ふさい》のは《(わ)》かれ、[八]所帯《しよたひ》はうばわ《(は)》れ、身《み》をおきかねて、[九]膽《きも》をやきける間《あひだ》、給仕《きうじ》も[一〇]疎略《そらく》になりにけり。さればにや、[一一]御氣色《きしよく》もあしく、[一二]傍輩《はうばい》も、側目《そばめ》にかけければ、[一三]積鬱《せきうつ》たゑすかと思ひこがれて、ひそかに本國《ほんごく》にくだり、大見庄《おうみのしやう》に住《ぢう》して、[一四]年《とし》ごろの郎等《らうどう》に、[一五]大見《おうみの》小藤太、八幡《やはたの》三郎をまねきよせて、なく／＼さゝやきけるは、「おの／＼、[一六]つぶさにきけ。相傳《さうでん》の所領《しよりやう》を横領《わうりやう》せらるゝだにも、安からざるに、[一七]結句《けつく》、女房《ばう》までとりかへされて、土肥彌《といのや》太郎にあはせらるゝ條《でう》、[一八]くちお《(を)》しきとも、あまりあり。今《いま》は命《いのち》をすてゝ、矢一《やひと》ついばやとおもふなり。[一九]あらわ《(は)》れては、せんことかなう《(ふ)》まじ。われ又、[二〇]便宜《びんぎ》をうかがはゞ、人に見しられて、本意《ほんい》をとげがたし。さればとて、とゞまるべきにもあらず。いかゞせん、おの／＼[二一]さりげなくして、[二二]狩《かり》すなどりの所《ところ》にても、[二三]便《びん》をうかがい《(ひ)》、矢一《やひと》ついんにや、もし[二四]宿意《しゆくい》をとげんにおきては、重恩《ちうおん》、[二五]生々世々《しやう／＼せゝ》にも、報《ほう》じてあまりあり。いかがせん」と[二六]ぞくどきけり。

二人の郎等《らうどう》きき、[二七]一同《どう》に申《(まうし)》けるは、[二八]「これまでも、おほせらるべからず。弓矢《ゆみや》をとり、

一 主語が文中で転換する。↓補六二。
二 頼朝を助けた著名な武将。土肥は、神奈川県足柄下郡真鶴町・湯河原町。
三 「弥太郎」にあたる。
四 明文抄四・佩文韻府に、「無レ功之賞、不レ義之富、禍之媒也(左伝)」とある。
五 春秋左氏伝。春秋の注釈書。
六 「一臈」にあたる。
七 仲わるくさせられ。
八 領地。
九 腹をたてたので。
一〇 おろそかに。
一一 主君のご機嫌もわるく。
一二 仲間も、よそよそしくしたので。
一三 彰考館本などに、「せきうつたえ す」、流布本に、「せきうつたえがたく」とあり、つもる恨みの絶えないでの意。
一四 多年召しつかう家臣。
一五 諸本によって、底本の「おうみのきた藤太やはたのみし」を改む。大見・八幡は、静岡県田方郡中伊豆町か。
一六 こまかにくわしく。
一七 とどのつまり。結局。
一八 残念だといっても、いいたりない。
一九 人に知れては射ることもできまい。
二〇 よい機会をねらえば。
二一 そんなそぶりをみせないで。
二二 魚をとること。漁。
二三 諸本に、「便宜(びんぎ)」とある。
二四 諸本によって、「とげん」の後に、「に」を補う。かねての望みをはたすような時には。
二五 何度生れかわっても報じきれない。
二六 しきりに説いた。

世《よ》をわたると申せども、[二九]萬死《ばんし》一生《しやう》は、一期《いちご》一度《ど》と《ゝ》こそうけたまわれ《(は)》。されば、ふるきことばにも、「[三〇]功《こう》はなしがたくして、しかもやぶれやすき、時《とき》はあひがたくして、しかもうしなひ安し」。このおほせこそ、[三一]面目《めんぼく》にて候へ。[三二]是非《ぜひ》命《いのち》にを《(お)》きては、君《きみ》にまひ《(ゐ)》らする」とて、おの〳〵[三三]座敷《ざしき》をたちければ、たのもしくぞ思ひける。伊東《いとう》は、いさゝか此儀《ぎ》をしらざるこそ、かなしけれ。

## ([三四]佐《すけ》殿、伊東《いとう》の館《たち》にましますの事)

かくて、隙《ひま》をうかがう《(ふ)》程《ほど》に、その頃《ころ》、兵衛佐《ひやうへのすけ》殿、伊東《いとう》の館《たち》にまし〳〵けるに、相模《さがみの》國《くに》の住《ぢう》人[三五]大庭平太景信《おうばのへいだかげのぶ》といふ者《もの》あり。一門《もん》よりあひ、酒《さか》もりしけるが、[三六]申《(まうし)》けるは、「われらは、昔《むかし》は、源氏《げんじ》の郎等《らうどう》也《(なり)》しかども、今《いま》は、平家《へいけ》の御恩《おん》をもつて、妻子《さいし》をはごくむといへ共《(ども)》、古《いにしへ》の[三七]こう、わするべきにあらず。いざや、佐殿《すけどの》の《ゝ》、いつしか流《る》[三八]人として、[三九]徒然《とぜん》にましますらん。一夜《や》、[四〇]宿直《とのい》申《(まうし)》て、なぐさめたてまつり、後日《ごにち》の[四一]奉公《ほうこう》に申さん」「[四二]もつともしかるべし」とて、一門《もん》五十餘《よ》人、いでたちたり。[四三]人別《べつゝ》筒一あてぞもちける。これをきゝ、[四四]三浦《みうら》、鎌倉《かまくら》、土肥《といの》二郎、岡崎《おかざき》、本間《ほんま》、澁谷《しぶや》、糟屋《かすや》、松田《まつだ》、土屋《つちや》、曾我《そが》の人々、思ひ〳〵に出《(いで)》たちけり。さる程《ほど》に、近國《きんごく》の侍《さぶらひ》、きゝつたへ、「われもいか

二七 口をそろえて。
二八 おっしゃるまでもございません。
二九 危なかった命をやっと助かること。
三〇 史記淮陰侯伝に、「功者難㆑成而易㆑破、時者難㆑値而易㆑失」とある。
三一 名誉。
三二 どちらにしても私どもの命のことは、あなた様にさしあげます。
三三 着座の場所。古くは、板張りの室に、畳や茵(しとね)などを敷いてすわった。
三四 兵衛佐源頼朝をさす。兵衛佐は、兵衛府の次官。
三五 後の「懐島平権守景信」と同人。正しくは「景義」。↓一一七頁注二一。大庭は、神奈川県藤沢市内。
三六 諸本によって、底本の「申けるか」を改む。
三七 功か。流布本に、「事」とある。
三八 頼朝は、平治の乱後、伊豆国蛭が小島(静岡県田方郡韮山町)に流された。
三九 することがなく退屈なさま。
四〇 貴人のもとに泊まって仕えること。
四一 主君に仕えることから、功績のあることをいう。
四二 たいそうよかろう。
四三 めいめいに酒を入れた竹筒を一つずつもっていた。↓補六三。
四四 諸本によって、底本の「みうらの」の「の」を除く。曾我まで神奈川県下の地名。岡崎・土屋は、平塚市内。本間は、厚木市内。渋谷は、大和市近辺。糟屋は、中郡伊勢原町。松田は、足柄上郡松田町。曾我は、小田原市内。

でかのがるべき。いざやまい《(ゐ)》らん」とて、[一]相模國に《さがみのくにゝ》は、[二]大庭《をうば》が舎弟《しやてい》三郎、[三]俣野《またのの》五郎、[四]さこしの十郎、[五]山内瀧口《うちたきぐちの》太郎、おなじく三郎、海老名源《あびなのげん》八、荻野《おぎの》五郎、駿河國《するがの》には、[六]竹下孫《たけのしたのまご》八、合澤彌《あひざわのや》五郎、吉川《きつかわ》、船越《ふなこし》、入江《いりゑ》の人々、伊豆國《いづのくに》には、[七]北條《ほうでうの》四郎、おなじく三郎、[八]天野藤内《あまのゝとうない》、狩野工藤五《かののくとうご》をはじめとして、[九]むねとの人々五百人、伊豆《いづ》の伊東《いとう》へぞうつりける。伊東《いとう》、大きによろこびて、[一〇]内外《なひげ》の侍《さぶらい》、一面《めん》にとりはらい《(ひ)》、なを《(ほ)》せばかりなんとて、[一一]壺《つぼ》に假屋《かりや》お《(を)》うちいだし、大幕《をうまく》ひき、上下二千四五百人の客人《きやくじん》を、一日一夜《や》ぞもてなしける。土肥《といの》二郎、これを見て、[一二]「雜掌《ざつしやう》は、百人二百人までは安し。すでに二三千人の客人《きやくじん》を一人にあづくる事、[一三]無骨《ぶこつ》なり」といふ。伊東《いとう》、これをきき、「河《かは》津《づ》と申《(まうす)》小郷《せうがう》を知行《ちぎやう》せし時《とき》にも、[一四]いづれの誰《たれ》に、わがおとりてふるまひし。ましてや、萳美庄《くすみのしやう》をふさねてもち候間《あひだ》、かねてうけたまわる《(は)》ものならば、[一五]などや面々《めん〱》に引出物《ひきでもの》申さであるべき。これほどの事、[一六]何《なに》かはくるしかるべき」とて、山海《さんかい》の珍物《ちんぶつ》にて、三日三夜《や》ぞもてなしける。又、海老名源《あびなのげん》八の申《(まうし)》けるは、「かかるよりあひにまいる《(ゐ)》べしと存《ぞん》じて候はば《ゝ》、國より[一七]勢子《せこ》の用意《ようい》して、[一八]音《おと》にきこゆる[一九]奥野《おくの》にいり、[二〇]物頭《ものがしら》に馬《むま》あひつけ、[二一]鏑《かぶら》のとを《(ほ)》なりさせざるが、無念《むねん》なり」といひければ、伊東《いとう》、これをきゝ、「祐親《すけちか》を人と思ひてこそ、[二二]兩三日《(が)》國《こく》の人々うちよりて、あそびたまう《(ふ)》らめ。左右《さう》なく、座敷《ざしき》にて、勢子《せこ》のねがひやうこそ、[二三]こゝろせばけれ。それ〱、河津《かわづの》三郎、勢子《せこ》[二四]もよお《(ほ)》して、鹿《しゝ》

一 真字本に、「武蔵・相模・伊豆・駿河、西四箇国大名達、伊豆奥野狩遊、打㆓超伊豆国㆒、入㆓伊藤館㆒」とあって、その姓名をあげない。
二 名は景親。大庭は、前出。↓六七頁注三五。
三 名は景久(尚)。俣野は、神奈川県横浜市戸塚区・藤沢市。
四 万法寺本に、「さうらの十郎」とあり、佐原十郎義連か。佐原は、神奈川県横須賀市内。
五 山内は、神奈川県鎌倉市内。海老名は、高座郡海老名町。荻野は、厚木市内。
六 竹下・合沢は、静岡県駿東郡小山町。吉川以下は、前出。↓六五頁注三〇。
七 名は時政。頼朝の挙兵を助けて、鎌倉幕府の執権となった。北条は、静岡県田方郡韮山町。
八 天野は、静岡県田方郡伊豆長岡町。狩野は、田方郡修善寺町・天城湯ケ島町。
九 「宗とある」の意。おもだった。
一〇 邸の内外の侍の詰所。
一一 中庭。
一二 「雜餉」とも書く。饗応のための飲食物。
一三 ぐあいがわるい。
一四 自分は、どこの誰にも劣るふるまいをしなかった。
一五 めいめいに贈り物をしないではすまされない。引出物は、饗宴の時に主人から来客に贈る物。

いさせ申せ」といひけるぞ、伊東《いとう》の運《うん》[二五]のきわ《(は)》めなる。河津《かわづ》は、もとより穏便《おんびん》[二六]のものにて、心《こころ》の内《うち》には、殺生《せつしやう》[二七]を禁《きん》ずる人なりければ、いかにもして、此度《たび》の狩《かり》を申《(まうし)》とゞめなば、よからましとおもへども、おほき侍《さぶらい》の中《なか》にて、親《をや》の申事《(まうす)》なれば、力《ちから》[二八]およばで、座敷《ざしき》をたち、われ[二九]と勢子《せこ》をぞもよお《(ほ)》しける。「おさ《(を)》なきものわ《(は)》、馬《むま》にのりていでよ。大人《をとな》は、弓矢《ゆみや》をもて」とふれければ、蒲美庄《くすみのしやう》ひろくして、老若《らうにやく》に三千四五百人ぞいでたりける。かれらを先《さき》として、三が國《こく》の人々、われも〳〵とうちいでたり。伊東《いとう》・河《かわ》津《づ》が妻女《さいぢよ》、數《かず》の女房《にようばう》ひきつれて、南《みなみ》の中門《もん》にたちいでて、うち出《(いで)》ける人々を見おくりける。中《なか》にも、河津《かわづ》三郎は、餘《よ》の人にもまがわ《(は)》ず、器量骨柄《きりやうこつがら》[三〇]すぐれたり。「此うちのた[三一]いしんといひたりとも、あしからじ。子ながらも、優《ゆう》[三二]に見ゆるものかな。たのもし」とのたまひければ、河津《かはづ》が女房《ねうばう》、これをきき、「弓矢《ゆみや》[三三]とりのものいでの姿《すがた》、女《おんな》見おくる事、詮《せん》なし。内《うち》にいらせたまへ」といひければ、げにもとて、おの〳〵内《うち》にぞ入《(いり)》にける。神無《な》月十日あまりに、伊豆《いづ》の奥野《おくの》へいりにけり。

### (大見《おうみ》・八幡《やはた》が伊東《いとう》ねらひし事)

こゝに、祐經《すけつね》が二人の郎等《らうどう》大《おう》見・八幡《やわた》は、これをきゝ、かやうの所《ところ》こそ、よき便宜《びんぎ》

一六 すこしもさしつかえない。
一七 狩場で鳥獣を追いたてる人夫。
一八 うわさにきこえた。
一九 前出。→五八頁注九。
二〇 組の頭に馬をひかせ。物頭は、弓組などの足軽の頭。
二一 鏑矢を遠く鳴りひびかせないのが。鏑は、鏃(やじり)の一種で、蕪(かぶら)の形につくり、その中をからにして、いくつかの穴をあけ、矢にとりつける物。
二二 彰考館本に、「両三ケ国(りやうさんかこく)」、万法寺本に、「りやう三かこくの」、大山寺本に、「三かこくの」とあり、「両三ケ国の」の誤。
二三 器量が小さい。
二四 かり集めて。
二五 運命の限界。
二六 おだやかな。
二七 生物を殺すこと。五戒の一。
二八 しかたなく。
二九 自分で。
三〇 才能品位。
三一 万法寺本に、「たいしやう」、流布本に、「大しやう」とある。
三二 すぐれて。
三三 武士の出立。

なれ、いざや、われら、[一]たよりをねらわ《(は)》んと、おの〳〵、[二]柿《かき》の直垂《ひたゝれ》に、[三]鹿矢《しゝや》さけたる竹箙《たけゑびら》とりてつけ、[四]白木《しらき》の弓《ゆみ》のいよげなるをうちかたげ、勢子《せこ》にかきまぎれ、ねらう《(ふ)》所《ところ》ぐ々わ《(は)》、一日は[五]柏峠《かしはがたうげ》、熊倉《くまくら》、二日は荻窪《おぎがくぼ》、椎澤《しいがさは》、三日は長倉《ながくら》がわたり、朽木澤《くちきがさは》、赤澤峰《あかざはがみね》をはじめとして、七日が間《あひだ》、つきめぐりてぞねらひける。しかれども、[六]伊《い》藤、國《くに》一番《ばん》の大名《みやう》にて、[七]家《いへ》の子郎等《こらうどう》おを《(ほ)》かりければ、たやすくうつべきやうぞ、なかりける。

## ([八]杵臼《しよきう》・程嬰《ていゑい》が事)

この者《もの》どもが、[九]心をつくしける有様《ありさま》にて、昔《むかし》をおもふに、[一〇]大國《こく》に、[一一]かうめひ王《わう》といふ國王《こくわう》あり、國《くに》をあらそいて《(ひ)》、[一二]ならびの國《くに》の王《わう》と軍《いくさ》し給ふ事、度々《たび〳〵》なり。しかるに、かうめい王《わう》、たゝかいまけて《(ひ)》、自害《じがひ》におよばんとす。時《とき》に、杵臼《しよきう》・程嬰《ていゑい》とて、二人の臣下《しんか》あり。かれらをちかづけて、[一三]「なんぢらは、さだめて、我とともに自害《じがい》せんとぞおもふらん。これ、まことに[一四]しゆんろ、のがるゝ所《ところ》なし。さりながら、われ、[一五]一人の太子《たいし》に、屠岸賈《とがんか》といひて十一歳《さい》になるを、故郷《ふるさと》にとゞめおきぬ。われ自害《じがい》の後《のち》、[一六]雑兵《ざうひやう》の手《て》にかかりて、[一七]命をむなしくせん事、くちおし《(を)》ければ、なんぢら、いかにもしてのがれいでゝ、この子をはごくみそだてゝ、敵《かたき》をほろぼし、[一八]無念《むねん》の散《さん》ぜよ」とのたまひけれ

一「便宜」と同じ。よい機会。
二 真字本に、「柿直垂小袴」とある。柿は、柿色。直垂は、もと庶民の平服で、後に武家の礼服となった。方領（かくえり）で、紋がなく、袖くくりがある。五カ所に、組緒の菊綴（きくとじ）・胸紐がつく。普通は、長袴とともに用いられる。
三 真字本には、「鹿矢差二竹笛〈シッコッ〉一我身近昇付」とある。鹿矢は、狩に用いる矢。「さけたる」は、彰考館本などによると、「さしたる」の誤。竹箙は、竹で作った、矢を盛って負う道具。
四 真字本に、「打二負白木檀〈マユミ〉一」とある。「白木の弓」は、白く削ったままの弓。「うちかたげ」は、うちかつぎ。
五 伊東から大見へ通う峠。以下の地名は、みな奥野の周辺で、伊東市内か。荻・赤沢の地名は、伊東市内に残る。
六「伊東」にあたる。
七 将軍または大名の家臣の総称。「家の子」は、主君と血縁関係のあるもの。郎等は、主君と血縁関係のないもの。
八 ともに春秋時代晋の人。この物語は、史記趙世家から出て、太平記十八「程嬰杵臼事」にもとられた。真字本の二にも、この二人の名が引かれる。
九 気をもんだ。
一〇 中国(シナ)をいう。それに対して、日本を「小国」という。
一一「孝明王」か。史記の「趙朔」にあたる。太平記に、「智伯」と誤る。
一二 隣国の王。史記によると、大夫屠岸賈が、趙朔を攻め殺したという。太平記では、趙盾・智伯の争いと説く。

ば、二人の臣下《しんか》、[一九]異議《いぎ》におよばずして、城《しろ》のうちをしのびいでにけり。國王《こくわう》、こゝろやすくして、自害《じがい》したまい(ひ)けり。さて、二人の臣下《しんか》、都《みやこ》にかへり、太子《たいし》を[二〇]いざあひいだして、養《やう》じけるぞ、[二一]無慙《むざん》なる。敵《かたき》の大王《わう》、これをきゝつたへ、「末《すゑ》の世には、わが敵《かたき》なり。かの太子、おなじく二人の臣下《しんか》、ともに、首《くび》をとりてきたらん者《もの》には、[二二]勳功《くんこう》は所《しよ》望《まう》によるべし」と、國々《くにぐ》に[二三]宣旨《せんじ》を下されけり。この宣旨《せんじ》にしたがつて、かの人々に心《こゝろ》お(を)かけ、[二四]いかにもとあやしみおもわ(は)ぬ者《もの》はなし。[二五]しかれども、[二六]一所《いつしよ》のすまい(ひ)かなわ(は)で、所《ところ》あるいわ(は)、とを(ほ)き里《さと》にまじはり、ふかき山にこもりて、身をかくすといへども、所《ところ》なくして、二人よりあひ、いかがせんとぞなげきける。程嬰《ていゑい》申(まうし)けるは、「われらが、君《きみ》を養《やう》じたてまつるに、敵《かたき》こわ(は)くして、國中《こくちう》にかくれがたし。[二七]されば、われら二人がうちに、一人、敵《かたき》の王《わう》にゐ(い)でつかゑ(へ)ん。さる物とて、つかう(ふ)とも、心《こゝろ》をゆるす事あらじ。さいわ(は)ひ、われ、[二八]きくわくといひて、十一歳《さい》になる子を、一人もちたり。さいわ(は)ひ、これも、若《わか》君《ぎみ》と同年《どうねん》也。[二九]これを[三〇]太子《し》と號《かう》して、二人が中、一人は山にこもり、一人は討手《うつて》にきたり、主従《しうぐ》二人をうち、首《くび》をとり、敵《かたき》の王《わう》にさゝげなば、いかでか心《こゝろ》ゆるさざるべき。その時《とき》、敵《かたき》をやす〳〵とうちとるべし」といひければ、杵臼《しよきう》申(まうし)けるは、「いのちながらゑ(へ)て後《のち》に、事《こと》をなすべき[三一]こらへのせいは、とを(ほ)くしてかたし。今《いま》、太子《たいし》とおなじく死《し》せんは、ちかくして安し。しかれば、杵臼《しよきう》は、[三二]こらへのせい、すくなき者《もの》なり。や

一三 諸本によって、底本の「なんちゝ」を改む。
一四 彰考館本などに、「しゆんし」とある。「順路」で、正しい筋道か。
一五 史記によると、屠岸賈は、趙朔を殺した逆臣の名。また、趙朔の死後に、その妻が男子を生んだという。
一六 身分のいやしい兵卒。
一七 命を失う。死ぬ。
一八 「無念の」は、諸本に、「無念を」とあり、その音訛。くやしい気持をはらせ。→補六四。
一九 異論をいわないで。同意して。
二〇 諸本に、「いざなひ」とあり、その音訛。→補六五。
二一 ふびんである。
二二 恩賞は望みどおりにしよう。
二三 天皇の仰せを宣べ伝える公文書。
二四 流布本に、「いかにもしてあやしみもとめんと思はぬものはなかりけり」とある。
二五 彰考館本・万法寺本に、「しかれは」とある。
二六 一カ所に住むことができないで。
二七 諸本によって、底本の「さされは」を改む。
二八 漢字不明。
二九 史記によると、わが子ではなく他人の子を身がわりにたてたという。
三〇 「太子」にあたる。
三一 諸本によって、底本の「こゝへのせい」を改む。忍耐する性質をいうか。
三二 諸本によって、底本の「ここへのせい」を改む。

すきにつき、われまづしぬべし。程嬰《ていゑい》は、敵方《てきはう》にいでんことをいそぎ給へ」とぞ申《(まうし)》ける。その後《のち》、程嬰《ていゑい》、わが子《こ》のきくわくをちかづけて、「[一]いかにや、なんぢ、くわ《(ほ)》しくきけ。われらは、主君《しゆくん》の[二]大子《し》をかくしたてまつる。すでにわれ〱、なんぢらまでも、かたきに[三]とらはれて、[四]犬死《いぬじに》をせん事、うたがひなし。しかれば、なんぢを太子《し》といつはりたてまつりて、首《くび》をとるべし。うらむる事なくして、御命《いのち》にかわ《(は)》りたてまつりて、君《きみ》お《(を)》も[五]安全《あんぜん》ならしめよ。親《おや》なればとて、[六]そひはつべきにもあらず。[七]來世《らいせ》にてむまれあふべし」と申《(まうし)》ければ、きくわく、[八]きゝもあへず、涙《なみだ》をながして、しばしは返事せざりけり。父《ちゝ》、この色《いろ》を見て、「[九]未練《みれん》なり。なんぢ、[一〇]はや十歳《さい》にあまるぞかし。弓矢《ゆみや》とる者《もの》の子《こ》わ《(は)》、[一一]胎《はら》の内《うち》よりも、ものの心《こゝろ》はしるぞかし」といさめければ、きくわく、このことばにはぢて、[一二]いひけるわ《(は)》、ことばこそ無慙《むざん》なる、「[一三]辭退《じたい》申《(まうす)》べきにあらず。まことに、それがしは、命《いのち》一つにて、君《きみ》と父《ちゝ》との[一四]孝行《かう〱》にさゝげ申さん事、をしからざるものをや、なげきの中《なか》のよろこび也」といひもあへず、涙《なみだ》にむせびける。父《ちゝ》、これをきゝ、子ながらも、[一五]優《ゆう》につかい《(ひ)》たることばかな、いまだお《(を)》さなきものぞかし、まことにわが子《こ》なり、[一六]成人《せいじん》の後《のち》、お《(を)》しといふもあまりあり、よは《(わ)》き心《こゝろ》の見ゑ《(え)》なば、もし未練《みれん》にもやと思ひければ、ながるゝ涙《なみだ》をおしとゞめ、「弓矢《ゆみや》の家《いゑ》にむまれて、君《きみ》のために命《いのち》をすつる事、なんぢ一人にもかぎらず、最後《さいご》未練《みれん》にては、君《きみ》の御ため、

一　なんと。呼びかけのことば。
二　「太子」にあたる。
三　諸本によって、底本の「とゝはれて」を改む。
四　無益に死ぬこと。
五　彰考館本・大山寺本に、「あんおん」、万法寺本・南葵文庫本に、「あんをん」とあり、「安穏」で、無事をいう。
六　いつまでもそばにいることはできない。
七　あの世でいっしょに生まれよう。
八　すっかり聞かないで。
九　思いきりがわるい。
一〇　もう十歳をこえているのだぞ。
一一　諸本によって、底本の「はゝのうち」を改む。母の胎内。
一二　彰考館本に、「いひけることばぞむざんなる」とある。
一三　おことわりすることはできない。
一四　親に仕えることであるが、ここでは、君に仕えることをも含めていう。
一五　けなげに言ったものだな。
一六　諸本によって、底本の「せつして」を改む。

父《ちゝ》がため、なか[一七]〳〵見ぐるしとて、一命《めい》を損《そん》にすべき也」といひければ、きくわく、涙《なみだ》お《(を)》を《(お)》さへて、「かほどには、ふかく思ひさだめて候へば、いかでおろかなるべき。さりながら、さしあたる父母《ちゝはゝ》の御わかれ、いかでかをしからでそろ[一八]べき。こゝろやすくおぼしめせ。最後《さいご》におきては、おもひさだめて候」と申《(まうし)》ければ、父《ちゝ》も、こゝろやすくぞおもひける。さて又、二人よりあひ、内談《なひだん》するやう、「まづ今《いま》、君《きみ》の御ために、うたるべき命《いのち》はやすく、のこりとゞまりて、敵《かたき》をうち、太子《し》世にたて申さん事、[一九]おもきが上《うへ》の大事なり。いかゞはせん。ながらへ、功《こう》をなす事、堪忍《かんにん》[二〇]しがたし。われ、まづしなん」とて、杵臼《しよきう》は、十一歳《さい》のきくわくをつれて、山にこもり、討手《うつて》をまちける心《こゝろ》のうち、無慙《むざん》といふもあまりあり。その後《のち》、程嬰《ていあい》、敵《かたき》の王《わう》のあたりにゆき、「めしつかはれむ」と申《(まうす)》。敵王《てきわう》きゝ、この者《もの》、身《み》をすて、面《おもて》[二一]をよごし、は《(わ)》れにつかふべき臣下《しんか》にあらず、さりながら、世かはり、時《とき》うつれば、さもや[二二]と思ひ、かたわ《(は)》らにゆるしおくとはいへども、なを《(ほ)》害心《がいしん》におそれて、ゆるす心《こゝろ》なかりけり。いひあはせたる事なれば、「われ、今《いま》、君王《くんわう》につかへて、二心《ごゝろ》[二三]なし。うたがひ事《(こと)》[二四]は《(わ)》りなれども、世界《せかい》[二五]をせばめられ、恥辱《ちじよく》[二六]にかへて、たすかるなり。なを《(ほ)》[二七]し、もちい《(ひ)》たまはずは、主君《しゆくむ》の太子《たいし》、臣下《しんか》の杵臼《しよきう》もろともに、かくれい《(ゐ)》たる所《ところ》を、くわ《(は)》しくしれり。討手《うつて》をたまわ《(は)》つてむかひ、かれらお《(を)》うち、首《くび》をとりてみせまい《(ゐ)》らせん」といふ。その時《とき》、國王《こくわう》、和睦《くわぼく》[二八]の心《こゝろ》をなし、數千《すせん》

一七 彰考館本に、「中々みくるしく、一命をそんずべき也」とあり、かえって見ぐるしく、一命をむだにすることであろうの意。
一八 諸本に、「候べき」とある。「そろ」は、「そうろう」の転。運歩色葉集に、「候〈ソウ〉」とある。
一九 重大の上にも重大なことである。
二〇 こらえきれない。
二一 面目を失い。名誉を傷つけ。
二二 そうであるかもしれない。
二三 主君にそむこうとする心。
二四 「理」にあたる。道理。
二五 住む範囲。
二六 諸本によって、底本の「ちよくかへて」を改む。恥とひきかえにして。
二七 それでもやはり。「なほ」を強めていう。
二八 仲なおりの気持。

人《にん》の兵《つわもの》をさしそへ、かれらかくれい《(ゐ)》たる山へを《(お)》しよせ、四方《はう》をかこみ、[一]閧《とき》の聲《こゑ》お《(を)》ぞあげたりける。杵臼《しよきう》は、[二]思ひまうけたることなれば、しづまりかへりて、音《おと》もせず。程《てい》嬰《あい》、すゝみいで申《(まうし)》けるは、「これは、かうめい王《わう》の太子《たいし》[三]屠岸賈《とがんか》やまします。程嬰《ていあい》、討手《うつて》にまい《(ゐ)》りたり。雑兵《ざうひやう》の手《て》にかかりたまはんより、いそぎ自害《じがひ》し給へ。のがれたまふべきにあらず」と申《(まうし)》ければ、杵臼《しよきう》たちいで、「若君《わかぎみ》のましますこと、かくし申《(まうす)》べきにあらず。まちたまへ。御自害《じがひ》あるべし。さりながら、今日《けふ》の大將軍《ぐん》の程嬰《ていあい》は、昨日《きのふ》までは、[四]まさしき相傳《さうでん》の臣下《しんか》ぞかし。[五]一旦《たん》の依怙《あこ》に住《じう》すとも、つい《(ひ)》にわ《(は)》、天罰《てんばつ》ふりきたり、と《(ほ)》をからざるに、[六]うせなん果《はて》を見ばや」とぞ申《(まうし)》ける。程嬰《ていあい》、これをきゝ、「[七]時世《ときよ》にしたがう《(ふ)》ならひ、昔《むかし》わ《(は)》、[八]さもこそありつらめ、今《いま》又、かわ《(は)》る折節《おりふし》なり。さればにや、君《きみ》も、御運《うん》もつきはて、[九]命《めい》もつづまりたまふぞかし。[一〇]いたづらごとにかかはりて、命《いのち》うしない《(ひ)》たまわ《(は)》んより、兜《かぶと》お《(を)》ぬぎ、弓《ゆみ》の弦《つる》お《(を)》はづし、降參《かうさん》したまへ。古《いにしへ》の情《なさけ》をもつて、たすくべし」とぞいひける。十一歳《さい》のきくわく、討手《うつて》は父《ちゝ》よとしりながら、かねてさだめしことなれば、[一一]父重代《ちゝぢうだい》の劒《けん》お《(を)》よこたへて、たかき所《ところ》にはしりあがり、「いかに、人々、きゝ給へ。かうめい王《わう》の太子《たいし》として、臣下《しんか》の手《て》にかかるべき事にもあらず。又、臣下心《しんかこゝろ》がはりも、うらむべきにもあらず。たゞ[一二]前業《ぜんごう》つたなけれ。さりながら、その家《いゑ》ひさしき郎等《らうどう》ぞかし。程嬰《ていあい》、出《(いで)》給へ。[一三]日《ひ》ごろのよしみに、今《いま》一度《ど》見參《げんざん》せん」といひけ

一 合戦の開始にあたって発する叫び声。味方の士気を高め、敵陣に開戦を告げるためのもの。
二 予期した。
三 諸本によって、底本の「とてか」を改む。
四 まぎれもなく代々仕えてきた臣下。
五 一時は敵を頼りにしてすごしても。依怙は、頼ること。
六 死んでゆく最後を見たいものだ。
七 時勢に応じて生きる世の常で。
八 そうであったかもしれないが。
九 命も短くおなりになったのだぞ。
一〇 むだなこと。
一一 父祖から代々伝わった剣。
一二 前世の業因がよくない。彰考館本などに、「ぜんごうこそいやしけれ」とある。仏教では、前世の悪業の結果として、現在の不幸な状態がおこると考えられた。
一三 ふだん親しかった縁で。

れば、程嬰《ていゑい》、わが子《こ》のふるまひお《を》見て、こゝろやすくを《お》もへども、[一四]しのびの涙《なみだ》ぞすすみける。兵《つわもの》あやしくや見るらんと、を《お》つる涙《なみだ》お《を》を《お》しとゞめ、「人々、これをきゝたまへ。國王《こくわう》の太子《たいし》とて、優《ゆふ》につかい《ひ》たることばかな。[一五]かうこそ」といひけるが、さすが[一六]恩愛《おんない》のわかれ、[一七]つゝみかねたる涙《なみだ》の袖《そで》、しぼりもあへず、[一八]よそのあわ《は》れお《を》もよほしつゝ、あひしたがふ兵《つはもの》、さしあたりたる道理《だうり》なれば、ともに感《かん》ぜぬはなかりけり。その後《のち》、太子《たいし》、[一九]高聲《かうしやう》にいはく、「われはこれ、かうめい王の子、生年《しやうねん》十一歳《さい》。父《ちゝ》一所《しよ》にむかへたまへ」といひもはてず、劍《けん》をぬき、つらぬかれてぞ、ふしぬ。杵臼《しよきう》、おなじくたちよりて、「御けなげにも、御自害《じがい》候物かな。それがしも、おひつきたてまつらん」とて、腹《はら》十文字《もんじ》にかきやぶり、太子《たいし》の死骸《しがひ》にまろびかゝりて、ふしける有様《ありさま》、[二〇]みるにことばもおよばれず、無慙《むざん》なりし例《ためし》なり。さて、二人が首《くび》お《を》とり、帝王《ていわう》にさゝぐ。[二一]叡覧《ゑひらむ》ありて、喜悦《きゑつ》の眉《まゆ》をひらきたまふ。今《いま》は、うたがふ所《ところ》なく、程嬰《ていゑい》に[二二]心《こゝろ》お《を》ゆるし、一の大臣《じん》に[二三]いわ《は》い《ひ》たも《ま》ふ、御運《うん》のきはめとぞ[二四]おぼゑ《え》べし。さて、隙《ひま》お《を》うかがひ、敵《てき》王をうつ事、いとやすし。すみやかに、主君《しゆくん》の[二五]屠岸賈《とがんか》をとりたて、二度國《たびくに》をひらく事、[二六]案《あん》のうちなり。さればにや、もとのごとく、程嬰《ていゑい》をさう[二七]臣《しん》にたてらるによつて、杵臼《しよきう》、きくわくのために、[二八]追善《ついぜん》その數《かず》をしらず。かくて、三年《とせ》に、國《くに》こと〴〵くしづまりをはりて後《のち》、程嬰《ていゑい》、君《きみ》に暇《いとま》お《を》こい《ひ》ていわ《は》く、「は《わ》れ、杵臼《しよきう》に[二九]契約《けいやく》して、[三〇]命《いのち》を君《きみ》にすつるこ

一四 ひそかな涙がこぼれた。
一五 彰考館本に、「誰《たれ》もかうこそ」、万法寺本に、「たれもかうこそ」とあり、誰もこうありたいものだの意。
一六 親しい親子の別れ。恩愛は、親子などの愛情。
一七 かくしきれない。
一八 他人にあわれと思わせては。
一九 声をはりあげて。
二〇 諸本によって、底本の「みなに」を改む。見ても、ことばに言いあらわせない。
二一 御覧になって、喜びの色をうかべられた。
二二 諸本によって、底本の「ころ」を改む。
二三 かしずきなさる。
二四 中世には、動詞の連用形から「べし」に接続する例がみられる。彰考館本・南葵文庫本に、「おぼえし」、万法寺本に、「おほえける」、流布本に、「おぼえける」とある。
二五 諸本によって、底本の「とかく」を改む。
二六 考えのとおりである。
二七 彰考館本に、「左大臣《さだいじん》」、万法寺本に、「さだいじん」、大山寺本に、「ひだりの大臣」とある。
二八 死者の冥福のために、仏事をいとなむこと。
二九 約束して。
三〇 どちらが早く、君のために、命を捨てるか、きそいあった。

と、遅速《ちそく》をあらそひしなり。御位《くらい》[一]、これまでなり。今《いま》は、おもひおく事なければ、杵臼《しよきう》[二]が草《くさ》の蔭《かげ》にての心《こゝろ》もはづかし。自害《じがい》つかまつらん」と申《(まうす)》。帝《てい》王、おほきになげきて、これをゆるすことなし。されども、隙《ひま》お《(を)》はからひ、しのび出《(いで)》て、杵臼《しよきう》[三]が塚《つか》の前《まへ》にゆき、「君《きみ》の御位《くらい》、思ふまゝなり。いかにもうれしくおもひたまふらん。われ又、かくのごとし。古《いにしへ》の契約《けいやく》わすれず」といひて、腹《はら》かきき《ゝ》り、うせにけり。あはれなりし例《ためし》なり。大見《み》[四]・八幡《やわた》が、主《しう》のために、命《いのち》お《(を)》かろんじて、伊東《いとう》をねらひし心《こゝろ》ざし、これにはすぎじとぞおぼえたり。

## （奥野《おくの》の《ゝ》狩《かり》の事）

さても、両三が國《こく》の人々は、をの《(お)》〳〵奥野《おくの》にいり、方々《はう〳〵》より勢子《せこ》お《(を)》入《(いれ)》て、野干《やかん》[五]お《(を)》かりける程《ほど》に、七日がうちに、猪《いのしゝ》六百、鹿《かのしし》[六]千頭《せんかしら》、熊《くま》三十七、鼯鼠《むさゝび》三百、そのほか、雉《きじ》、山鳥《どり》、猿《さる》、兎《うさぎ》、貉《むじな》、狐《きつね》、狸《たぬき》、豺《さい》[七]、大[八]かめの類《たぐひ》にいたるまで、以上その数《かず》二千七百あまりぞ、と[九]ゞめられける。今《いま》は、さのみ野干《やかん》お《(を)》ほろぼして、何《なに》に《ゝ》かせんとて、おの〳〵[一〇]柏峠《かしはがたうげ》にぞうちあがり、この程《ほど》の雑掌《ざつしやう》[一一]は、伊東《いとう》一人して、暇《ひま》なかりければ、「もたせたる酒《さけ》、人々《ひと〳〵》の見参《げんざん》にいれざるこそ、本意《ほんい》[一二]なけれ。いざや、山陣《ぢん》[一三]とりて、頼朝《よりとも》に、今《いま》

一 御位は、これまでに定まった。
二 杵臼があの世で思うことにも、きまりがわるい。
三 諸本によって、「が」を補う。
四 太平記に、「今ノ保ト義鑑房ト討死ス。古ヘノ程嬰・杵臼が振舞ニモ劣ルベシトモ云ガタシ」とある。この場合には、適切な例とはいえない。
五 狐の異名であるが、ひろく野獣をさすか。↓補六六。
六 鹿。「しし」は、食肉用の野獣で、「ゐのしし」「かのしし」と区別された。
七 山犬。
八 狼。↓補六七。
九 うちとめられた。
一〇 前出。↓七〇頁注五。
一一 前出。↓六八頁注一二。
一二 諸本によって、底本の「ほんいなかれ」を改む。残念である。
一三 山に陣営をかまえて。↓補六八。
一四 献とは、盃の回数を数えることば。饗応の時には、肴の膳に盃を出し、三杯飲ませて下げるのが、一献にあたる。
一五 諸本によって、底本の「ようはす」を改む。
一六 前出。↓六六頁注二。流布本では、ここから「おなじくさかもりの事」となる。
一七 諸本によって、底本の「けけふ」を改む。
一八 着座の場所。↓六七頁注三三。
一九 秩序を乱されること。
二〇 前出。↓六七頁注三五。真字本の「懐島平権守景義」とも同人。

[一四]一献《こん》すすめたてまつらん」「しかるべし」とて、むねとの人々五百餘《よ》人、峠《たうげ》にを《(お)》りい《(ゐ)》て、[一五]用意《ようい》す。

[一六]土肥《といの》二郎が申《(まうす)》、「[一七]今日《けふ》の御酒《さか》もりは、かねて[一八]座敷《ざしき》の御さだめあるべし。わかき方々《かたがた》の[一九]御違亂《いらん》もや候べき」。[二〇]大庭平太《ばのへい》、「これ、[二一]芝居《しばい》の座敷《ざしき》、誰《たれ》お《(を)》上下とさだむべき。年寄《としより》の盃《さかづき》は、[二二]海老名殿《あびなどの》よりはじめ、[二三]若殿《わかとの》ばらは、[二四]瀧口殿《たきぐちどの》よりはじめよ。この人は、いづかたにぞ」と申《(まうし)》ければ、[二五]弟《おとゝ》の三郎きき、「兄《あに》にて候ものは、[二六]熊倉《くまくら》の北《きた》の脇《わき》に、鹿《しゝ》の候《(さうらひ)》つるお《(を)》、目《め》にかけ、ふかいりして、いまだ見えず候。家俊《いへとし》こそまひ《(ゐ)》りて候へ」。[二七]土屋《つちや》が申《(まうし)》けるは、「三郎殿こそ、瀧口殿《たきぐちどの》よ。兄弟《きやうだい》中に、[二八]誰《たれ》お《(を)》かわきてへだつべき。その盃《さかづき》、三郎殿《どの》よりはじめよ」といふ。大庭《ば》きゝ、「瀧口殿《たきぐちどの》は、年《とし》こそわかけれども、[二九]さる人ぞかし。今《いま》きたるといふお《(を)》、すこしの間《あひだ》、またぬか。[三〇]左右《さう》なく肴《さかな》あらすな」とて、奥《おく》野《の》の山口方《ぐちがた》へむかひやり、瀧口《たきぐち》を《(お)》そしとまつ所《ところ》に、瀧口《たきぐち》は、熊倉《くまくら》の北《きた》の脇《わき》お《(を)》[三一]すぐるに、[三二]埒《らち》の外《そと》に、[三三]熊《くま》の大王《わう》を見つけて、元山《もとやま》へいれじと、平野《ひらの》にを《(お)》ひくだす所《ところ》に、瀧口《たきぐち》、大なる[三四]伏木《ふしき》に馬《むま》をのりかけ、まつさかさまに[三五]はせたお《(ふ)》す。たお《(ふ)》るゝ馬《むま》をかへり見ず、弓《ゆみ》のもとを、[三六][三七]左右《さう》の[三八]鐙《あぶみ》にのりかかり、草葉《くさば》かくれに、[三九]矢《や》ごろすこしのびたりけるを、[四〇]三人ばりに、[四一]十三束《ぞく》の大の[四二]鏑矢《かぶらや》つがい《(ひ)》、拳上《こぶしうへ》にひきかけ、[四三]ひやうどはなつ。ひやうどとを《(ほ)》なりして、[四四]右《みぎ》の折骨《をりぼね》二《ふた》つ三つ、[四五]はらりといいければ、鏑《かぶら》はわれて、さつとちりければ、

二一 芝生にすわること。↓補六九。
二二 海老名源八季貞。↓六八頁注五。
二三 若い侍たち。
二四 滝口は、清涼殿の東北方の滝口につめて、宮中の警衛にあたる武士。ここでは、山内滝口太郎。↓六八頁注五。
二五 山内三郎家俊。
二六 前出。↓七〇頁注五。
二七 前出。↓六七頁注四四。
二八 わけ隔てしなくてもよい。
二九 相当の人物であるぞ。
三〇 みだりに肴に手をつけるな。
三一 諸本によって、底本の「すくなに」を改む。
三二 馬場の周囲の柵。
三三 大きな熊。
三四 たおれ伏した木。
三五 走らせころばせる。
三六 彰考館本などに、「をこし」とあり、「おこし」の意。
三七 彰考館本などに、「めて」とあり、「馬手」で、右方をいう。
三八 鞍の両脇にさげ、乗手の足をふみかける物。
三九 矢を射るのに都合のよい距離。
四〇 二人でおしまげ、他の一人で弦を張るほどの強い弓。
四一 一束は、親指を除く四本の指の幅。
四二 鏑をつけた矢。↓六八頁注二一。
四三 矢が風をきって飛ぶ音をあらわす。
四四 真字本に、「右井荒〈アハラ〉骨」とある。折骨は、肋骨。とくに馬の三頭(さんず)に高くあらわれた骨をいう。
四五 骨を射通す音をあらわす。

鏃《やじり》は、岩《いわ》にがしとあたる。熊《くま》わ《(は)》、[一]手《て》お《(を)》を《(お)》ひ、瀧口《たきぐち》に[二]たけりてかかる。勢子《せこ》の者《もの》ども、これお《(を)》見て、四方《はう》へばつとぞにげたりける。瀧口《たきぐち》、この矢《や》をつがい《(ひ)》、しぼり返して、[三]月の輪《わ》お《(を)》はすしろに、いをかけていければ、熊《くま》わ《(は)》、すこしもうごかず、矢《や》二つにて、[四]とゞまりける。その後《ゝち》、勢子《せこ》の者《もの》どもよびよせ、熊《くま》を[五]かかせて、人々のおりい《(ゐ)》たる峠《たうげ》にうちのぼり、いそぎ馬《むま》よりおり、「御肴《さかな》たづね候とて、ふかいりつかまつり、[六]遅参《ちさん》申《(まうす)》なり。御免《めん》候へ」といひ、笠《かさ》お《(を)》もぬがず、[七]靫《うつぼ》をもとかず、[八]行縢《むかばき》ながら、[九]弓杖《ゆづゑ》つきてたちたり。[一〇]吉川《きかわの》四郎、俣野《またの》に[一一]いくみてありけるが、これを見て、「瀧口殿《たきぐち》は、[一二]きゝしより、見ましておぼゆる物かな。あはれ、男《をとこ》かな」とほめければ、座敷《ざしき》に[一三]い《(ゐ)》わづらい《(ひ)》たり。まことに[一四]氣色顔《きしよくがほ》にて、[一五]何事《なにごと》がな、力業《ちからわざ》して、なを《(ほ)》ほめられんとおもへ共《(ども)》、芝《しば》居《い》のことなれば、かなわ《(は)》でありけるを、弟《おとゝ》の瀧口《たきぐち》三郎と[一六]船越《ふなこし》十郎がい《(ゐ)》たりける間《あひだ》に、[一七]あをめなる石《いし》の、たかさ三尺《じやく》ばかりなるをよりて、もたせばやと思ひければ、する〳〵とあゆみけるを見て、弟《おとゝ》の家俊《いへとし》、たたんとす。膝《ひざ》お《(を)》を《(お)》さへて、[一八]はつたとにらみて、「弓矢《ゆみや》の座敷《ざしき》を[一九]かたさるとは、わがい《(ゐ)》たる家《いへ》を出《(いで)》て、他所《たしよ》にい《(ゐ)》わたり、その家《いへ》に人をおくをこそ、座敷《ざしき》かたさるとはいへ。これ、ここなる石《いし》の、二人が間《あひだ》にありて、[二〇]つまりやうのにくさにこそ」といひ、右《みぎ》の手《て》お《(を)》さしのべて、後《うしろ》ざまへを《(お)》しければ、大石《せき》がを《(お)》されて、谷《たに》へどうどおちゆく。海老名源《あびなのげん》八、これを見て、[二一]東《とう》八か國《こく》の中《なか》に、男子《おのこ》も

一 傷を負い。
二 あらあらしくほえて。
三 彰考館本に、「月のわをはずしろにいをかれて」、万法寺本に、「月のわをはなしにいをられて」、大山寺本に、「つきのわをはずぎはまでいこみければ」、南葵文庫本に、「月のわをはすしろにいられて」、流布本に、「月のわをはづさじとゐをかけていければ」とある。「月の輪」は、熊の喉にある半月形の白毛。「はすしろに」は、未詳。「い」は、「胆」で、胆嚢か。
四 うちとめられた。
五 かつがせて。
六 おくれてまいったのです。
七 矢を盛って背に負う道具。
八 狩などの時に、腰から脚のあたりをおおう毛皮。
九 弓を杖について。
一〇 彰考館本に、「吉川二郎」、万法寺本に、「よしかはの二郎」、大山寺本に、「きつかは」、流布本に、「きつかはの三郎」とある。↓六五頁注三〇。
一一 「い組みて」か。
一二 実際に見ると、評判よりもすぐれているように感じられる。
一三 いづらく思っていた。
一四 得意そうな顔。
一五 何事でも、強い力を出すこと。
一六 船越は、前出。↓六五頁注三〇。
一七 青みがかった。
一八 強くにらみつけるさま。
一九 傍に避ける。
二〇 ふさがる様子。

ちたらん人は、瀧口殿《たきぐちどの》《(を)》およびて、[二二]ものあやかりにせよ、器量《きりやう》といひ、弓矢《ゆみや》とりてわ《(は)》、[二三]樊噲《はんくわい》・張良《ちやうりやう》なり。あはれ、侍《さむらひ》や」とほめられ、いよ〳〵[二四]氣色《きしよく》をまし、[二五]老《をい》の末座敷《ばつざしき》よりすすみいで、申《まうし》けるは、「たゞ今《いま》の盃《さかづき》も、さる事にて候へども、あまりに[二六]もどかしくおぼえ候。大なる盃《さかづき》《(を)》おもつて、一《ひとつ》づゝ御まはし候へかし」と申《まうし》ければ、「瀧口殿《たきぐちどの》の《ゝ》おほせこそ、を《(お)》もしろけれ」とて、伊東《いとうの》二郎貝《かひ》といふ貝《かい》をとりいだし、この貝《かい》は、日本《ぼん》一二番《ばん》の貝《かい》とて、院《ゐん》へまひ《(ゐ)》らせたりしを、公家《くげ》には、貝《かい》を御もちい《(ひ)》なき事なれば、武家《ぶけ》にくださる、[二七]大郎貝《かひ》をば、[二八]秩父《ちゝぶ》にくださる、[二九]提子《ひさげ》五つぞ入《(いり)》ける、二郎貝《がい》をば、[三〇]三郎にくださる、[三一]新介《しんすけ》たまはりて、土肥《といの》二郎にとらする、[三二]殿上《てんじやう》をゆるされたる器物《うつはもの》とて、祕藏《ひさう》してもちけるを、折節《おりふし》、河津《かわづの》三郎、土肥《とい》の聟《むこ》になりてきたりしを、引出《ひきで》物にしたりけり。[三三]内《うち》はおのれなりに、外《そと》は[三四]梨子《なし》地にまきて、[三五]いそなりにめおさしたり、提子《ひさげ》三つぞ入《(いり)》ける、これをとりいだし、瀧口《たきぐち》がもとよりはじめて、三度《ど》づゝぞまはしける。五百餘《よ》人のもちたる酒《さけ》なれば、酒《さけ》の不足《ふそく》はなかりけり。後《のち》には、[三六]亂舞《らんぶ》して、おど《(を)》りはねてぞ、あそびける。海老名源《あびなのげん》八、盃《さかづき》ひかへて、申《(まうし)》けるは、「これは、めでたき世の中《なか》を、[三七]夢現《ゆめうつ》ともさだめがたく、昔《むかし》がたりにならん事こそ、かなしけれ。[三八]老少不定《らうせうふぢやう》とひながら、わかきは、たのみあるものを、若殿《わかとの》ばらのやうに、まいう《(ひ)》たはんとおもへども、膝《ひざ》ふるい《(ひ)》、聲《こゑ》もたゞず、[三九]りうせきが、塚《つか》よりいでて、[四〇]はんらうが、茫然《ばうぜん》とせし

二一 関東八ヵ国。相模・武蔵・安房・上総・下総・常陸・上野・下野。
二二 滝口殿と同じになるようにせよ。
二三 ともに漢の高祖の功臣。
二四 得意になり。
二五 彰考館本に、「おいのすへざに」、万法寺本に、「おひのばつざに」とあり、年寄側の末座にの意。
二六 おそくて、はがゆく。
二七 「太郎貝」にあたる。
二八 秩父庄司畠山重能か。
二九 酒を注ぐ容器。銚子《ちようし》の一種。
三〇 万法寺本に、「みうら」とある。三浦介義明か。
三一 義明の子義澄か。
三二 清涼殿にのぼること。
三三 自然のままで。
三四 蒔絵の一種。梨の実の皮のように、金銀の粉をまき、斑にしあげたもの。
三五 未詳。磯の形に模様をつけたのか。
三六 舞いくるって。
三七 夢とも現実とも区別しがたく。
三八 人の命数は、老若とかかわりなく、定まりないこと。
三九 博物志十に出て、蒙求「玄石沈湎」に引かれる。劉玄石は、千日の酒に酔って葬られ、二、三年の後に醒めたという。「りうせき」は、「劉玄石」か。
四〇 晋書劉伶伝に出て、蒙求「劉伶解醒」に引かれる。劉伶、字は伯倫、妻に諫められても、なお酒に酔ったという。「はんらう」は、「伯倫」にあたる。「はうせん」は、晋書の「頽然」にあたるか。

やうに、酒《さけ》[一]もれや、殿《との》ばら。あはれ、[二]きみかくありし時《とき》は、これほどの盃《さかづき》二三十のみしかども、座敷《ざしき》にふす程《ほど》の事はあらねども、老《をひ》[三]のきはめやらん、腰膝《こしひざ》のたた《ゝ》ざるこそ、かなしけれ。白居易《はつきよい》[四]が昔《むかし》、おもひ出《(いで)》られたり。

## （おなじく相撲《すまう》の事）

秀貞《ひでさだ》[五]がわかざかり、鷹狩《たかがり》[六]、川狩《かわがり》[七]のかへり[八]足《あし》には、力業《ちからわざ》、相撲《すまふ》[九]がけこそ、おもしろけれ。わかき人々、相撲《すまう》とりたまへ。見てあそばん。見物《けんぶつ》[一〇]には、上やあるべき」といひければ、伊豆國《いづのくに》の住《ぢう》人、三島入道將監《みしまのにうだうしやうげん》[一一]、い《(ゐ)》[一二]だけだかになりて、「石《いし》ころばかしの瀧《たき》口殿《ぐちどの》と合澤彌《あひざはのや》[一三]五郎殿、いでてとりたまへ。これこそ、あひごろ[一四]の力《ちから》ときけ。さもあらば、入道《にうだう》いでて、行司《ぎやうじ》[一五]にたたん」といふ。瀧口《たきぐち》きゝて、「坂東《ばんどう》[一六]八か國《こく》に、つよき者《もの》はなきか。かほどの小男《こおとこ》に、相手《あいて》にさゝる[一七]ゝは、馬《むま》の上《うへ》、[一八]かちだちなりとも、脇《わき》にはさみたゝむに、[一九]はたらかさじ」といひければ、彌《や》五郎きゝて、「伊豆《いづ》、駿河《するが》、武藏《むさし》、相模《さがみ》に、つよき物はなきか。瀧口《たきぐち》がせいと[二〇]力《ちから》をうらやむは。下臈《げらう》[二一]のところにこそ、器《き》量《りやう》によりて、荷《に》をばもて、侍《さむらひ》は、せいちい《(ひ)》さく、力はよわけれども、鎧《よろい》一領《りやう》[二二]にしかる者《もの》なし。弓《ゆみ(お)》をしはり、矢《や》かきおひ、よき馬《むま》にうちのりて、戦場《せんぢやう》にかけいでて、思ふ

一 酒を盃に満たして飲めよ。
二 彰考館本に、「さかり成〈なり〉し」、万法寺本・大山寺本に、「さかりなりし」、南葵文庫本・流布本に、「わかくありし」とある。
三 極端に老いたためか。
四 唐の詩人白楽天。白氏文集三十五「病中詩序」に、「余蒲柳之年、六十有八、冬十月甲寅旦、始得二風痺之疾一、体癏目眩左足不レ支、蓋老病相乗レ時而至耳」とある。
五 正しくは「季貞」で、海老名源八の名。海老名荻野系図に、「季定(海老名源八権守尾張守・東鑑作源三季貞)」とある。そのことばが続く。
六 鷹を使って鳥獣をとらせること。
七 川で魚をとること。
八 帰る時の足ついで。
九 すもうをとること。
一〇 すもうにまさる見物(みもの)はない。
一一 三島は、静岡県三島市。
一二 ぐっと背のびして。
一三 前出。↓六八頁注六。
一四 同じほど。
一五 勝負の判定をする役。
一六 関東八カ国。↓七八頁注二一。
一七 指名される。
一八 徒歩。
一九 動かすまい。
二〇 彰考館本に、「いきおひ」とある。「勢」か。また、「背」か。
二一 身分の低い者の間では、その能力によって、荷物をもつのだ。

敵《かたき》にひつくみて、兩馬《りやうば》が間《あひだ》におちかさなり、[二三]膽《きも》まさりて、腰《こし》の刀《かたな》をぬき、下《した》にふしながら、大の男《おとこ》をひつかけ、[二四]草摺《くさずり》をたゝみあげ、急所《きうしよ》を隙《ひま》なくさして、はねかへし、を《(お)》さへて、首《くび》をとる時《とき》は、大の男《おとこ》も、[二五]ものならず」と、[二六]あざわらひてぞ申《(まうし)》ける。瀧口《たきぐち》、[二七]たまらぬ男《をとこ》にて、「首《くび(を)》おとるか、[二八]とらるゝか、力《ちから》は、外《ほか》にも[二九]あらばこそ。いざや、老《おい》の御肴《さかな》に、力《ちから》くらべの腕相撲《うでずまう》一番」といふまゝに、座敷《ざしき》をたち、[三〇]直垂《ひたたれ》をぬぎ、「何程《なにほど》のことの候べき。[三一]しや肋骨《あばらぼね》二三枚《まひ》、つかみやぶりて、すつべきものを」とて、つつといでけり。彌《や》五郎も、「こゝろへ《(え)》たり。物〳〵し。[三二]力拳《ちからこぶし》のこらへん程《ほど》は、[三三]命《いのち》こそかぎりよ」といひ、座敷《ざしき》をたつ。一座《ざ》の人々、これを見て、[三四]あはや、事《こと》こそいできぬと見る程《ほど》に、ちかくにありける合澤《あひざは》、申《(まうす)》やう、「あまりはやし、瀧口《たきぐち》殿。相撲《すまふ》は、[三五]小童《こわらんべ》、冠者《くはじや》ばらに、まづとらせて、[三六]とりあげたるこそ、おもしろけれ。おとなげなし、瀧口《たきぐち》殿《どの》。とゞまり給へ」と[三七]ひきすへ《(ゑ)》たり。吉川《きかわ》、これを見て、「彌《や》五郎殿《どの》も、まづおさへよ。合澤《あひざは》が弟《をとゝ》の[三八]彌《や》七殿《どの》に、いでよ」といふ。すこし辭退《じたい》にを《(お)》よびしを、船越《ふなこし》ひきたてて、[三九]たづなとりかへ、いだしけり。年《とし》にを《(お)》きては、十五なり。姿《すがた》を物《もの》にたとふれば、まだ聲《こゑ》わかき鶯《うぐひす》の、谷《たに》よりいづるもかくやらん。「誰《たれ》をか相手《あひて》にさすべき」と、座敷《さしき》を見まはしければ、「瀧口《たきぐち》が弟《をとゝ》の三郎、いでよ」といふ、[四〇]ことばの下《した》より、いでにけり。年《とし》にを《(お)》きて、十八なり。いづれも、相撲《すまふ》は上手《じやうず》なれば、おの〳〵さしよりて、[四一]つ

二三 おさえつけられる者はない。
二四 気力がすぐれて。
二五 鎧の胴の下に垂れた物。
二六 たいしたことはない。
二七 たか笑いして。
二八 がまんできない。
二九 諸本によって、底本の「とゝるゝ」を改む。
三〇 ないはずだ。
三一 前出。↓七〇頁注二。
三二 そいつの肋骨。「しや」は、相手をののしる気持をあらわす。「しゃ面(つら)」などと使われる。
三三 力を入れた拳のもつ間は。
三四 命の続くまでよ。
三五 あれ。事のおころうとする時に出す声。
三六 こどもや若者ども。
三七 だんだん上の者がとるようにするの意か。
三八 ひきたててすわらせた。
三九 彰考館本に、「弥七との、いてよ」とある。「に」は、衍字か。
四〇 ふんどしにする布。「たづな」という布は、馬の手綱ばかりでなく、さまざまな用途にあてられたらしい。方言のタナ・タンナなどともつながる。↓補七〇。
四一 言いおわるとすぐに。
四二 相撲四十八手の一に、「爪取」というのがあり、古今相撲大全「四十八手名目」に、「捻十二、撤拃(つまどり)」とある。ただし、ここでは、着物の褄(つま)を手に取ることか。

まどりしたる有様《ありさま》は、春《はる》まちかねてさく梅《むめ》の、雪《ゆき》をふくめるごとくなり。[一]われ人、力《ちから》はしらねども、雲《くも》ふきたつる山風《かぜ》の、松《まつ》と櫻《さくら》に音《をと》たてゝ、鳥《とり》もおどろく梢《こずへ》かと、[二]諸《しよ》人、目《め》をこそさましけれ。彌《や》七は、力《ちから》おとりなれども、[三]手合《てあひ》はましてぞ見えにける。三郎は、力《ちから》まさりけれ共《(ども)》、くまんとのみにて、[四]さしつめむすべば、すてゝぬけ、なぐれば、かけてまわり《(に)》しは、[五]桃華《たうくわ》の節會《せちゑ》の鷄《にはとり》の、心をくだき、羽《は》を[六]つがひ、勝負《せうぶ》をあらそふ鷄《とり》あわ《(に)》せも、これにはすぎじとぞ見えける。老若《らうにやく》、座敷《ざしき》にこらへかね、「あはれ、うき世《よ》の[七]見ごとや」と、上下しばらく[八]のゝめきて、東西《とうざい》さらにしづまらず。されども、彌《や》七は、[九]地さがりへおしかけられ、[一〇]とゞろはしりて、[一一]そ首《くび》をつかれ、つい《(ひ)》に彌《や》七ぞ、まけたりける。兄《あに》の彌《や》六、つつといで、三郎を[一二]はたとけて、[一三]あふのきざまにうちにける。瀧口《たきぐち》、無念《むねん》に思ひて、弟の三郎が、いまだおきざる先《さき》に、おどり出《(いで)》、大力《ぢから》なりければ、彌《や》六は、[一四]手《て》にもたまらず、まけにけり。兄《あに》の彌《や》五郎、弟《おとゝ》二人を[一五]まかして、やすからずにおもひ、[一六]袴《はかま》の腰《こし》、とくをおそしとひききり、たづな二筋《すぢ》ゑ《(え)》[一七]りあわ《(は)》せ、[一八]つよくお《(を)》さめ、はしりいで、[一九]ちか〲とさしあひて、[二〇]力《ちから》ひきて見れば、大の男《おとこ》が、ふんばりて、すこしもうごかざれば、[二一]一定《ぢやう》、われもまけぬべし、まことや、相撲《すまふ》は、力《ちから》によらず、手《て》だにまされば、[二二]みぎわまさりの相手《あひて》をうつものをとおもひいだして、合澤《あひざは》、右《みぎ》の拳《こぶし》をにぎりかため、瀧口《たきぐち》、[二三]鬢《びん》のはづれ、[二四]きれてのけと、うちければ、瀧口《たきぐち》、うたれ

一 自分も相手も。
二 多くの人が、びっくりした。
三 勝負の手はじめ。相撲伝書に、「手合といふは、相撲初発、声を発し、練り合事也」とある。
四 近よってくみあうと。
五 三月三日の桃の節供に、鶏あわせといって、鶏を蹴あわせる遊戯をした。
六 組みあわせ。
七 見るべきこと。見物(みもの)。↓補七一。
八 声高くさわいで。
九 地面の低い所。
一〇 足音高く走って。義経記三「頼朝謀叛により義経奥州より出給ふ事」に、「とどろかけにて歩ませける」とある。
一一 首をのしっていうことば。
一二 ぱっと蹴って。
一三 あおむきに。
一四 こらえきれないで。
一五 負かされて。
一六 袴の腰あたりを結ぶ紐。
一七 よりあわせ。
一八 しっかりと身につけて。
一九 出あって。
二〇 力をぬいて。
二一 きっと。たしかにきまったさま。
二二 彰考館本・万法寺本に、「みきわまてまさる」とあり、きわだってまさるの意か。
二三 頭の左右の髪。
二四 切れてうせよ。
二五 手をおろして、たたきあった。
二六 諸本によって、底本の「ひへに」を改む。

て、左右《さう》の拳《こぶし》をうちかへす。その後《のち》、まけじ、おとらじと、[二五]手《て》をはなちて、はりあひける。今《いま》は、相撲《すまう》はとらで、[二六]ひとへに[二七]當座《たうざ》の口論《こうろん》とぞ見えける。兩方《りやうはう》、[二八]さへむとする所《ところ》に、彌《や》五郎、隙《ひま》なく、つつと入《(いり)》、瀧口《たきぐち》が[二九]小股《こまた》をかいて、[三〇]はなじろにおしするたり。彌《や》五郎は、[三三]廣言《かうげん》[三一]いきお《(ほ)》ひし瀧口《たきぐち》、[三二]あゐ《(へ)》なくまけしかば、しばらく相撲《すまふ》ぞなかりける。何《なに》しつる瀧口《たきぐち》にかちて、百千番《ばん》のまけも物ならず、これにかつこそうれしけれ、者《もの》なりともと思ふ所《ところ》に、[三四]葛山《かつら》又《の》七いでて、手《て》にも[三五]たまらずまけて後《のち》、[三六]究竟《くきやう》の相撲《すまふ》五番までかちて、たちたる有様《ありさま》は、勢《いきおひ》あまりてぞ見えける。こゝに、相模國《さがみの》の住《ぢう》人、[三七]柳《やぎ》下小六郎《したのこ》いでて、合澤彌《あひざはや》五郎をはじめとして、よき相撲《すまふ》六番《ばん》かつ。駿河國《するがの》の住《ぢう》人、[三八]竹《たけの》下孫八《したのまご》出《(いで)》て、小《こ》六をはじめとして、よき相撲《すまふ》九番《ばむ》[三九]うつて、いらんとする所《ところ》に、大庭《おうば》が舍弟《しやてい》の俣野《またのゝ》五郎いでて、孫《まご》八をはじめとして、よき相撲《すまう》十番うちければ、「いでゝとらん」といふ者《もの》なし。[四〇]駿河國高橋忠六《するがのくにたかはしのちう》、「いざやとらん」といふ。側《そば》にありける海老名秀貞《ゑびなのひでさだ》、「これこそ、俣野《またのゝ》五郎よ。[四一]道理《だうり》にて、うちけるぞや」。景久《かげひさ》きゝ候《(さうらひ)》て、「相撲《すまふ》が、[四二]たえてなからんにこそ」といひければ、[四三]土屋平太《つちやのへいだ》、これをきゝ、「俣野《またの》も、手《て》一つ、われも、手《て》一つ、[四四]臆《おく》してばし、まけゝるか。[四五]かれ體《てい》の相撲《すまう》をば、十人ばかり[四六]一《ひと》つかみにて、[四七]物をぬぎおき、たづなかきまふ《(う)》け、まくれば、[四八]のりこえ、うつれば、いれかへ、[四九]息《いき》をもつがせず、隙《すき》をもあらせず、せめたお《(ふ)》せ」「この儀《ぎ》おもしろし」と

二七 その場の口争い。
二八 さえぎろう。防ごう。
二九 股をかついで。
三〇 鼻白むさまに。気おくれするように。
三一 いさみたった。
三二 あっさりと。
三三 口にまかせて憚らず言った。
三四 葛山は、静岡県駿東郡裾野町か。
三五 諸本によって、底本の「たらす」を改む。
三六 きわめてすぐれた。
三七 柳下は、神奈川県小田原市鴨宮。
三八 前出。↓六八頁注六。
三九 投げうって。
四〇 彰考館本に、「駿河国」から「とらん」までの部分がない。高橋は、前出。↓六五頁注二九。
四一 彰考館本・万法寺本・南葵文庫本に、「たうりにて、かちけるぞや」とあり、勝ったのも、道理であるよの意。
四二 まったくないのであろうか。
四三 諸本によって、底本の「つちやのへいいた」を改む。↓六七頁注四四。
四四 気おくれでもして。「ばし」は、副助詞「は」に強意の助詞「し」のついたもの。
四五 俣野のような相撲とりに対しては。
四六 一かたまりになって。
四七 あらかじめ裸になり、ふんどしをつけて、準備をととのえて。
四八 諸本によって、底本の「のりこそ」を改む。
四九 休む暇を与えないで。

て、十人ばかりならびい《(ゐ)》て、まくれば、つつと出《(いで)》、うつれば、はねこへ《(え)》、せめけれども、[一]究竟《くきやう》の上手《じやうず》の大力《ちから》なれば、つゞけて、二十一番かちけり。その時《とき》、[二]土肥《とひの》二郎實《さね》平《ひら》、座敷《ざしき》をたち、[三]つま紅《ぐれなひ》に、日いだしたる扇《あふぎ》をひらきて、俣野《またの》をしばしあをぎ《(ふ)》て、「よき御相撲《すまふ》かな。あはれ、實平《さねひら》が年十四五もは《(わ)》かくわ《(は)》、いでてとらばや」といふ。俣野《またの》きて、「何《なに》かはくるしかるべき。いで給へ。一番《ばん》とらん。相撲《すまふ》は、年《とし》により候はず」といひければ、土肥《とい》は、[四]なまじゐ《(ひ)》に、ことばをかけて、[五]おの〳〵といはれて、とるよりほかに、ことばもなし。[六]伊東《いとふ》は、三浦《うら》にしたしく、河津《かはづ》は、土肥《とい》が聟《むこ》なり、土肥《とい》が今日《こんにち》の恥辱《ちじよく》は、この一門《もん》にはなれじとおもへば、[七]伊東《いとうの》二郎が嫡子《ちやくし》河津《かわづの》三郎祐重《すけしげ》をば、父《ちゝ》伊東《いとう》より[八]人おもくおもひければ、[九]無《む》二無三のあそびなれども、「いでゝとれ」といふ人なし、[一〇]老《おひ》の末座《ばつざ》にありけるが、座敷《ざしき》をたちて、舅《しうと》の土肥《といの》二郎にさゝやきけるは、「今《こん》日の御酒《さか》もりには、[一一]老若《らうにやく》のきらい《(ひ)》なく候に、[一二]などや祐重《すけしげ》一番ともうけたまはり候はず。[一三]むなしくかへり候はゞ、わかき物の[一四]おひすけしたるにて候。[一五]御はからい《(ひ)》候へ。一番《ばん》とり候はん」といひければ、實平《さねひら》きゝて、俣野《またの》がことば、[一六]にが〳〵しさにぞ、とらんといふらん、さりながら、聟《むこ》をまかしては、面目《めんぼく》なしとや思ひけん、返事《へん》にもおよばで、[一七]赤面《せきめん》してぞい《(ゐ)》たりける。父《ちゝ》伊東《いとう》、これをきゝ、子《こ》ながらも、力《ちから》はつよき物を、とらせ見ばやと思ひけれども、ためらふ折節《おりふし》、此ことばをきゝ、「[一八]神妙《しんべう》に申《(まうし)》たり。

一　きわめてすぐれた相撲の名人。
二　前出。↓六六頁注二。
三　扇の縁を紅色に染めて、そのまん中に日の丸を描いたもの。
四　しなくてもよいのに。なまじっか。
五　彰考館本に、「ほい〳〵と」、大山寺本に、「にく〳〵」、南葵文庫本に、「ほんい〳〵と」、流布本に、「おめ〳〵と」とある。
六　吾妻鏡治承四年十月十九日の条に、「祐親法師聟三浦次郎義澄」とある。
七　「河津三郎祐重」から「老の末座にありけるが」に続くはずであるが、その人物についての説明を插んでいる。
八　人々が重んじたので。
九　ほかにない遊び。
一〇　諸本によって、底本の「おひはつさ」を改む。↓七九頁注二五。
一一　老若の差別はありませんのに。
一二　どうしてか私に一番とるようにともおっしゃってくださいません。
一三　何もしないで。
一四　「おひすけ」は、「おいそげ」で、老いぼれたさまをいうか。
一五　彰考館本・南葵文庫本・流布本によって、「候」を補う。
一六　おもしろくないので。
一七　顔をあからめて。恥じいるさま。
一八　よくも言った。神妙は、殊勝なさま。
一九　お出あいください。
二〇　おおよそ。流布本に、「う」を「か」と誤ったために、「常のことぞかし。手相撲の」と誤解された。

出《(いで)》てとれ」といひければ、直垂《ひたゝれ》ぬぎおき、しろきたづな二筋《すぢ》よりあはせ、かたくお《(を)》さめて、いでんとす。伊東方《いとうがた》の者《もの》出《(いで)》て、「御相撲《すまふ》にまい《(ゐ)》らん。俣野殿《またの》」といふ。景久《かげひさ》きいて、腹《はら》をたて、「相撲《すまう》はこれに候ぞ。[一九]いであはせ候へといふは、常《つね》のこと。[二〇]総《そう》じて、相撲《すまう》の座敷《ざしき》にて、左右《さう》なく相手《あひて》の名字《みやうじ》よぶ事なし。氏《うぢ》といひ器量《きりやう》といひ、河津《かわづ》にやまくべき。[二一]小腕《こがひな》おしをりすつべきものを」と、わらひていづるを見れば、[二二]菩薩《ぼさつ》なりにして、色《いろ》あさぐろく、丈《たけ》は六尺二分《しやくにぶん》、年《とし》は三十一にぞなりにける。俣野《またの》が姿《すがた》は、[二三]さしかた肩《かた》にして、[二四]かを骨《ほね》あれて、首《くび》ふとく、頭《かしら》[二五]すこし、[二六]裾《すそ》ふくらに、[二七]後《うしろ》の折骨《をりほね》、臍《ほぞ》の下《した》へさしこみ、[二八]力士《りきじ》なりにして、丈《たけ》は五尺八分《しやくぶん》、年《とし》は三十二なり。さしより、[二九]つまどり、ひし〳〵として、を《(お)》しはなれ、河津《かわづ》思ひけるは、俣野《またの》はきゝつるににず、さしたる力《ちから》にてはなかりけり、今日《けふ》、人々のおほくまけけるは、酒《さけ》にゑひけるか、臆《おく》しける故《ゆへ》なり、今度《こんど》は、[三〇]手《て》にもたつまじきものお《(を)》と思ひけるが、心をかへて思ふやう、さすが俣野《またの》は、相撲《すまふ》の[三一]大番《おふばん》つとめに、都《みやこ》へのぼり、三年の間《あひだ》、京にて相撲《すまふ》になれ、[三二]一度不覚《どふかく》をとらぬ者《もの》なり。その故《ゆへ》、院《ゐん》・内《うち》の御目《め》にかかり、日本《ぼん》一番《ばん》の名《な》をゑ《(え)》たる相撲《すまう》なり。今《いま》こゝもとにて、[三三]物手《て》なくまかさん事は、[三四]かへりていふかひなしとおもへば、二度目《どめ》にはさしより、左右《さう》の腕《かひな》をつかむで、左手《ゆんで》・右手《めて》にを《(お)》[三五]はします、[三六]雑人《ざう》の上《うへ》に[三七]かけ、膝《ひざ》をつかせて、いりにけり。俣野《またの》は、[三八]たゞもいらずして、「こゝなる木《き》の根《ね》にけつまづきて、[三九]不覚《ふかく》

二一 小腕(こうで)。
二二 菩薩のようなやさしい姿。菩薩は、菩提薩埵の略。大慈悲心をもって仏道に入り、みずから菩提を求め、さらに衆生を導く行者をいう。
二三 いわゆるいかり肩か。今昔物語集二十四の五十二に、「指肩」とある。
二四 彰考館本などに、「かまほね」とある。「かまぼね」で、あごの骨の意。
二五 諸本によると、「ちひさく」の誤。
二六 下半身がふとくて。
二七 腹筋の発達したさまをいうか。折骨は、腰骨。→七七頁注四四。
二八 力士のような強そうな姿。力士は、金剛力士で、仏法の守護神をさす。
二九 前出。→八一頁注四一。
三〇 てごたえもないであろうに。
三一 「大番つとめ」は、諸国の武士が交代で京へ上り、宮廷警護の役を勤めること。ここでは、相撲節会のために、相撲人として召されたか。
三二 流布本に、「一度も」とある。
三三 彰考館本などに、「ものけなく」とある。むぞうさに。
三四 かえってまずい。
三五 彰考館本に、「をしまわして」、万法寺本・南葵文庫本に、「をしまはして」、大山寺本に、「おしまはし」とある。
三六 下賤の者。
三七 彰考館本・大山寺本に、「おしかけて」、万法寺本に、「をしかけ」とある。
三八 おとなしくひっこまないで。
三九 うっかりして負けてしまった。

のまけをぞしたりける。いざや、今《いま》一番《ばん》とらん」といふ。大庭《おうば》、これをきゝ、はしりより、「[一]げに〳〵、これに木《き》の根《ね》あり。まん中《なか》にて、勝負《せうぶ》したまへ」といひければ、伊東《いとふ》申《(まうし)》けるは、「河津《かわづ》が膝《ひざ》、すこしなが[二]れて見え候。[三]ねきりの相撲《すまう》[四]ならばこそ、意趣《いしゆ》[五]もあらめ。たゞ[六]一座《ざ》の一興《いつけう》に[七]まけ申《(まうし)》て、おもしろし。出《(いで)》あひ申せ」といひければ、河《かわ》津《づ》は、[八]やがてぞいでにける。保野《またの》も、いでんとしけるを、一族《ぞく》ども、「いかにとるとも、かつまじきぞ。たゞ此《(この)》まゝにて、入《(いり)》たまへ。論《ろん》の相撲《すまふ》は、勝負《せうぶ》なし。かちたるには、まさるぞかし。この度《たび》まけなば、二度《ど》のまけなるべし」といひければ、保野《またの》がいふやうは、「河津《かわづ》は、力《ちから》はつよくおぼゆれども、相撲《すまふ》の[九]故實《こじつ》は候はず、[一〇]御覧《らん》ぜよ」といひすてゝ、なを《(ほ)》もいでんとする所《ところ》を、しばしとゞめていひけるは、「河津《かわづ》が[一一]手合《てあひ》をよく見れば、[一二]御分《ごぶん》に[一三]みぎわまさりの力《ちから》なり。かれ[一四]體《てい》の相撲《すまふ》をば、左右《さう》の手《て》をあげ、[一五]爪先《つまさき》をたてゝ、[一六]上手《うはて》にかけてまち給へ。敵《てき》も上手《うはて》に目《め》をかけて、[一七]のさ〳〵とよる所《ところ》を、小臂《こひぢ》をうちあげ、ちがい《(ひ)》さまに[一八]よついをとり、足《あし》をぬきてはねまはれ。大力《ちから》も、はねられて、[一九]足《あし》のたてどのうく所《ところ》を、[二〇]すてゝ[二一]足《あし》をとりて見よ。[二二]くみてはかなふまじきぞ。もし又、[二三]くまでかなはずは、[二四]うちがらみに、[二五]しはとかけて、[二六]髻《もとどり》をおちをはかせ、一《ひと》はねはねて、[二七]しとゝうて。なんでう《(ふ)》[二八]七はなれ八はなれは、見ぐるしきぞ。侍《さぶらひ》相撲《すまふ》と申《(まうす)》は、[二九]よるかとすれば、勝負《かちまけ》あり。あまりにはやきも、見わけられず。又、かやうの

一 なるほど、いうとおりに。
二 ぐらぐらして。
三 本業のすもうとりをいうか。
四 諸本によって、底本の「ならははこそ」を改む。
五 恨みが残るかもしれない。
六 その座の一つのおもしろさ。
七 彰考館本に、「まけ申ても、なをおもしろし」、万法寺本・南葵文庫本に、「まけ申て、なをおもしろし」とある。
八 そのまま、すぐに。
九 古来のしきたりに通じていること。
一〇 諸本によって、底本の「御らんせ」を改む。
一一 勝負の手はじめ。↓八二頁注三。
一二 あなた。二人称の代名詞。
一三 前出。↓八二頁注二二。
一四 あのような相撲とり。「体(てい)」は、卑しんでいうことば。
一五 足の指先を上にむけて。
一六 上手にかまえて。
一七 平気なふうで。↓補七二。
一八 相撲今昔物語四に、「背〈うしろ〉をとるを四つ井とい丶、前を取を嚢〈ふくろ〉といふ」とある。「よつい」は、まわしの背面で丁字形になったところ。
一九 うき足だつ。
二〇 「素手で」か。
二一 彰考館本などに、「とあし」とある。「取足」の意か。
二二 組んではならないぞ。
二三 組まずにいられなければ。
二四 差手の方の足を相手の内股にかけ、体をそらせながらひねり倒すことで、

[三〇]ひね物をば、わづらひなくのしよりて、[三一]小首《こくび》ぜめにせめて、背《せ》をこゞ[三二]めて、まはる所《ところ》を、[三三]大さか手《て》に入《いれ》て、かいひねつて、けすてゝ見よ。まつさかさまにまけぬべし」と、こま〳〵とおしへ《を》ければ、「こゝろへ《え》たり」とていであひけり。[三五]をしへのごとく、爪先《つまさき》をたてゝ、腕《かひな》をあげ、隙《すき》あらばとねらひけり。河津《かわづ》は、[三六]前後相撲《ぜんごすまふ》は、これがはじめなれば、[三七]やうもなく、する〳〵とあゆみより、俣野《またの》が、ぬけんとあひしら[三八]ふ所《ところ》を、右《みぎ》の腕《かひな》をつつとのべ、[三九]又野《の》が前《まへ》[四〇]ほろをつかんでさしのけ、[四一]あらくもはたらかば、たづなも腰《こし》もきれぬべし。しばらく有《あつ》て、[四二]むずとひきよせ、目《め》よりたかくさしあげ、半時《はんとき》ばかり有《あり》て、横《よこ》さまに片手《かたて》をはなちて、しとゝうつ。又野《の》は、やがておきな《ほ》をり、「相撲《すまふ》にまくるは、常《つね》のならい《ひ》、なんぞ御分《ぶん》が片手業《かたてわざ》」。河津《かわづ》いひけるは、「以前《ぜん》も、かちたる相撲《すまう》を、御論《ろん》候間《あひだ》、今度《こんど》は、[四三]まつ中にて、片手《かたて》をもつてうち申《まうし》たり。いまだ[四四]御不審《ふしん》や候べき。御覧《らん》じつるか、人々《ひと〴〵》」といふ。大庭《ば》、これを見て、童《わらは》にもたせたる太刀《たち》を《お》[四五]つとり、するりとぬきて、とむでかかる。座敷《ざしき》、にわ《は》かにさはぎ《わ》、ばつとたつ。伊東方《いとふがた》による物もあり、大庭《ば》が方《かた》による者《もの》もあり。兩方《はう》[四六]さゝへ《へ》んとおりふさがり、銚子《てうし》・盃《さかづき》ふみわり、酒肴《さけさかな》を[四七]こぼす。[四八]雑兵《ざうひやう》三千餘《よ》人までも、軍《いくさ》せんとて[四九]ひしめきけり。兵衞佐殿《ひやうへのすけどの》、此よし御覧《らん》じ、「いかに頼朝《よりとも》が情《なさけ》すてゝ、仇《あた》[五〇]をむすびたまふか。大庭《おふば》の人々」とおほせられければ、大庭平太《ばのへいだ》うけたまはり、「田舎《いなか》すまひの物ども、出仕《しゆつし》な

「かけそり」ともいう。↓補七三。
二五 「じはと」で、「じわりと」の意か。
二六 地面に倒し。彰考館本・万法寺本に、「もとゝりにちをはかせ」とある。
二七 さっと、はげしく投げうて。
二八 大山寺本に、「あまた離るれば」とある。
二九 寄るかと思うと、すぐ勝負がつく。
三〇 老巧の者。
三一 彰考館本・万法寺本に、「さしよりて」とある。
三二 相手の首に手をかけて攻めること。
三三 かがめて。
三四 相手の手を逆にとって、ぐっとひねって、蹴たおしてみよ。
三五 この相撲のとり方は、だいたい真字本と符合する。↓補七四。
三六 後にも先にも。
三七 わけもなく。
三八 相手になる。
三九 「俣野」にあたる。後の例も同じ。
四〇 ふんどしの前の方。
四一 乱暴に動けば。
四二 勢いよく、力をこめて。
四三 ま中。まん中。
四四 お疑いになることがありましょうか。
四五 あわてて取り。
四六 防ごうといっぱいつめかけ。
四七 ひっくり返す。
四八 身分の低い兵士。
四九 おしあって騒ぎたてた。
五〇 害をなさるのか。

れ候はで、かゝる狼藉《らうぜき》をつかまつり候。相撲《すまふ》はまけても、恥《はぢ》ならず、はれ(わ)[一]が方人《かたふど》はいふべからず、一々《いち》にしるし申《(まうす)》べきぞ。後日《ご》にあらそふな」といかりければ、大庭《おふば》のしづめたまふ上《うへ》はとて、しづまりけり。伊東《いとう》は、もとより意趣《いしゆ》なしとて、やがて面々《めん》[二]にこそしづまりけれ。これや、瓊瑤《けいよう》[三]はすくなきをもつて奇《き》也とし、磧礫《せきれき》はおほきをもつていやしとす。人おほしといへ共《(ども)》、景信《かげのぶ》[四]がことば一《(ひとつ)》にてぞ、しづまりける。かゝる所《ところ》に、祐經《すけつね》が郎等《らうどう》ども、かれらにまじはり、うかゞひけるが、あはれ、事のあれかし、まぢかにせめよりて、うたんとするよしにて、伊東殿《いとうどの》をおつさま[五]にいを(お)とさむとて、さゝやきける。七日が間《あひだ》、夜晝《よるひる》つきてうかがへども、しかるべき隙《ひま》なくして、狩座《かりくら》[六]すでにすぎければ、おの〳〵、むなしくかへらん[七]とす。小藤太《ことうだ》申《(まうし)》けるは、「さても、一[八]郎殿の御心《こゝろ》をつくして、今《いま》や〳〵とまちたまふらん。いたづらにかへらん事[九]こそ、くちをしけれ。いざや、おもひきり、とにもかくにもならん」といひければ、八幡《やわた》三郎申《(まうし)》けるは、「しばらく功《こう》[一〇]をつみて見給へ。いかでかむなしからん。[一一]

## (費長房《ひちやうばう》[一二]が事)

[一三]ふるきを思ふに、昔《むかし》、大國《たいこく》[一四]に、費長房《ひちやうばう》といふ物あり。仙術《せんじゆつ》[一五]をならひゐ(え)て、[一六]くらき所《ところ》

一　自分の味方ということにかかわりなく。彰考館本に、「わかかたふ人とは」、万法寺本に、「わかかたうどには」とある。
二　めいめいに。
三　明文抄三に、「瓊瑤以レ寡為レ奇、磧礫以レ多為レ賤(葛氏外篇)」とある。瓊瑤は、彰考館本・万法寺本に、「せきよう」、大山寺本に、「けきよう」と誤る。美しい玉は、すくないから珍しがられ、川原の小石は、多いから卑しまれる。何でもすくないものが尊ばれるというたとえ。
四　大庭平太の名。
五　後から追うように。易林本節用集に、「追様」とある。
六　きそって狩をすること。「狩競べ」の意という。
七　諸本によって、底本の「かかへらん」を改む。
八　「一臈」にあたる。
九　諸本によって、底本の「いつくに」を改む。
一〇　年功を重ねて。努力を続けて。
一一　どうしてかいなく終わるであろうか、きっとうまくいくにちがいない。
一二　この物語は、後漢書方術伝・神仙伝五にあり、蒙求「壺中謫天」「長房縮地」に引かれる。それらによると、費長房は、汝南の人であったという。
一三　八幡三郎のことばが続く。
一四　中国(シナ)。↓七〇頁注一〇。
一五　仙人のおこなう神変自在の術。
一六　習ったかぎりでは、はっきりわか

もなかりしが、天《てん》にあがる術《じゆつ》をならはずして、いまだむなしく[一七]凡夫《ぼんぶ》にまじはりありきけり。ある時《とき》、[一八]所用《しよやう》の事あつて、[一九]長安《ちやうあん》の市《いち》に出《(いで)》て、商人《あきびと》にともなひしに、ある老《らう》人、たゞ人ならずと、目《め》をはなさで見るに、この老人《らうじん》、傍《かたはら》にゆき、腰《こし》なる壺《つぼ》をおろし、その壺《つぼ》に腰《こし》に壺《つぼ》をつけて、[二〇]この者《もの》、市《いち》にまじはりける。[二一]知音《ちいん》は、しる理《ことはり》にて、この者《もの》、たゞ人ならずと、目《め》をはなさで見るに、この老人《らうじん》、傍《かたはら》にゆき、腰《こし》なる壺《つぼ》をおろし、その壺《つぼ》にいで入《(いり)》にけり。さればこそ、仙《せん》人なれとて、その人の家《いへ》につきてゆきぬ。費長房《ひちやうばう》、かの仙人《せんにん》につかゑ《(へ)》んとて、三年までぞつかへける。ある時《とき》、老人《らうじん》いひていわ《(は)》く、「なんぢ、いかなる心《こゝろ》ざし有《(あり)》て、三年《ねん》まで、[二二]一《ひと》ことばもたがへず、われらにつかへけるぞや」。費長房《ひちやうばう》きゝて、「われ、仙術《せんじゆつ》をならふといへども、天《てん》にあがる事をしらず。老人《らうじん》の壺《つぼ》にいで入《(いり)》たまふ事をお《(を)》しへ給へ」といひければ、「やすきことなり。わが袖《そで》にとりつけ」といふ。すなはち、とりつきければ、二人ともに、かの壺《つぼ》のうちへとびいりぬ。この壺《つぼ》のうちに、[二三]めでたき世界《せかひ》有《(あり)》、月日の光《ひかり》は、空《そら》に[二四]やはらぎ、[二五]四方《よも》に四季《しき》の色《いろ》をあらはし、百二十丈《じやう》の[二六]宮殿楼閣《くうでんろうかく》あり、天《てん》にて[二七]聖衆《しやうじゆ》まひあそぶ。[二八]鳧《かも》・雁《がん》・鴛鴦《をし》の聲《こゑ》やはらかにして、池《いけ》には[二九]弘誓《ぐぜい》の船《ふね》をうかべり。よく〳〵見めぐりて、「今《いま》はいでん」といふ。すなわ《(は)》ち、つくと思へば、老人《らうじん》、竹《たけ》の杖《つゑ》をあたへて、「これをつきていでよ」といふ。すなわち、時《とき》の間《ま》に、[三〇]をしみつといふ所《ところ》にいたりぬ。この杖《つゑ》をすてければ、すなはち龍《りう》となりて、天《てん》にあがりぬ。費長房《ひちやうばう》は、鶴《つる》にのりて、天《てん》にのぼりけり。これも、功《こう》を[三一]つもる故《ゆへ》なり。

らないこともなかったが。
一七 普通の人。
一八 流布本には、「せうよう」とあり、商用の意か。
一九 中国の旧都。今の陝西省西安にあたる。
二〇 ある老人をさす。彰考館本・万法寺本・南葵文庫本に、「これも」とある。
二一 よく心を知りあっている人。ここでは、仙術を習った費長房であったから、仙術に通じた老人を見わけることができたというのであろう。
二二 すべて言うとおりにして。
二三 すばらしい。
二四 やわらかにさし。
二五 四方に四季の色、すなわち春夏秋冬の様子をあらわすことは、異郷の景観の類型として、中世の草子などに多く記されている。↓補七五。
二六 宮殿(きゆうでん)・たかどの。運歩色葉集に、「宮殿〈クウデン〉楼閣」とある。
二七 極楽浄土の諸菩薩。
二八 彰考館本に、「ふかんゑんあふ」、南葵文庫本に、「ふかんゑんわう」、流布本に、「かうがんゑんわう」とある。
二九 衆生を済度しようとする菩薩の弘大な誓願。それが、人を乗せて渡す舟にたとえられ、弘誓の船と呼ばれる。
三〇 万法寺本に、「すいす」、南葵文庫本に、「すい〳〵」とある。「睢水(すゐすゐ)」で、泗水の支流か。
三一 彰考館本・万法寺本・南葵文庫本に、「つめる」とある。

三年《ねん》までこそなくとも、まちて見よ」とぞ申《(まうし)》ける。

(河津《かはづ》がうたれし事)

「さらばこの[一]かへり足《あし》をねらひてみん」「しかるべし」とて、道《みち》をかへて、先《さき》にたち、[二]奥野《をくの》の口《ゝくち》、赤澤山《あかざわやま》の麓《ふもと》、八幡《やはた》山の境《さかい》にある[三]切所《せつしよ》をたづねて、椎《しい》の木《き》三本《ぼん》、[四]小楯《こだて》にとり、一《いち》の[五]射翳《まぶし》には大見小《あふみのこ》藤太、二の射翳《まぶし》には八幡《やはたの》三郎、[六]手だれなれば、[七]あまさじ物をとて、たちたりけり。おの〳〵まちかけける所《ところ》に、一番《ばん》にとを《(ほ)》るは、[八]波多野右馬允《はだののむまのぜう》、二番にとを《(ほ)》るは、大庭《おふばの》三郎、三番にとを《(ほ)》るは、海老名源《あびなのげん》八、四番《ばん》は、土肥《といの》二郎、[九]後陣《ごちん》はるかにひきさがりて、流《る》人兵衛佐殿《ひやうへのすけどの》ぞとを《(ほ)》られける。敵《かたき》ならねば、みな[一〇]やりすごし、このつぎに、伊東《いとう》が嫡子河津《ちやくしかわづの》三郎ぞきたりける。[一一]おもしろくこそ出《(いで)》たちたれ。[一二]秋《あき》野《の》のすりつくしたる間々《あい〳〵》に、ひき柿《がき》したる直垂《ひたゝれ》に、斑《まだら》の行縢《むかばき》[一三]裾《すそ》たぶやかにはきなし、[一四]鶴《つる》の本白《もとじろ》にてはぎたる白《しら》こしらへの鹿矢《ししや》、[一五]筈高《はずだか》におい《(ひ)》なし、[一六]千段籐《せんだんどう》の弓《ゆみ》まん中《なか》とり、[一七]萌黄裏《もよぎうら》つけたる竹笠《たけがさ》、[一八]こがらしにふきそらせ、[一九]宿月毛《さびつきげ》の馬《むま》の[二〇]五臓《ざう》大なるが、尾髪《おかみ》あくまでちゞみたるに、[二一]梨子地《なしぢ》にまきたる[二二]白覆輪《しろふくりん》の鞍《くら》に、[二三]連著鞦《れんじやくしりがひ》の[二四]山吹色《やまぶきいろ》なるをかけ、[二五]銜《ふくみ》轡《ぐつわ》、紺《こん》の手綱《たづな》をいれてぞのりたりける。馬《むま》もきこゆる名馬《めいば》なり、主《ぬし》も[二六]究竟《くつきやう》の馬《むま》のりに

一 帰る時の足ついで。
二 奥野・赤沢は、前出。↓七〇頁注五。八幡山は、伊東市八幡野の近辺か。
三 山路などの難所。運歩色葉集に、「切所・殺所・節所(セッショ)」とある。
四 かりの楯。
五 鳥獣を待ちうけて射るために、身を隠すようにしたもの。↓補七六。
六 腕きき。技芸のすぐれた者。
七 射のこしはしないぞ。
八 波多野は、神奈川県秦野市。
九 本隊の後方にひかえた軍勢。
一〇 後から来るのを前へ行かせ。
一一 諸本によって、底本の「おもそ」を改む。
一二 秋野の模様をさまざまに摺りだし、間々に柿渋を引いてある。↓補七七。
一三 裾をゆったりと。
一四 鶴の羽の本の白いもので作った。
一五 矢筈が高く肩ごしに見えるさま。
一六 重籐(しげどう)の弓の本筈(もとはず)・末筈(うらはず)に、斜十文字に籐を巻いたもの。
一七 萌黄(もえぎ)、青と黄との間色。
一八 烈しい風の吹くままにそり返らせ。
一九 馬の毛色。赤褐色を帯びた月毛。
二〇 肝心脾肺腎の五つの臓腑。流布本に、「五寸(いっき)あまりの」とある。
二一 蒔絵の一種。↓七九頁注三四。
二二 銀で前輪と後輪とをふちどった鞍。
二三 組緒に総を並べてつけた鞦。鞦とは、馬の尻などにかける緒をいう。
二四 黄金色。
二五 かがみの部分がなくて、橘金(たちばながね)に水附(みずつき)をつけた轡。↓補七八。

て、伏木《ふしき》・悪所《あくしよ》をきらはず、二七さしくれてこそあゆませけれ。折節《をりふし》、二八のりがへ一騎《き》もつかざれば、一の射翳《まぶし》の前《まへ》をやりすごす。二の射翳《まぶし》の八幡《やわた》三郎、もとよりさは《(わ)》がぬ男《をのこ》なれば、「二九天《てん》のあたへをとらざるは、かへりて咎《とが》をうる」といふ、ふるきことばを思ひいで、三〇すはい損《そん》ずべき。射翳《まぶし》の前《まへ》を三一三段《たん》ばかり、左手《ゆんで》の方《かた》へやりすごして、大の三二とがり矢《や》さしつがひ、三三よつぴき、しばしかためて、ひやうどはなす。おもひもよらでとを《(ほ)》りける河津《かわづ》、のりたる鞍《くら》の後《うしろ》の三四山形《がた》をいけづり、行縢《むかばき》の三五着際《きどは》を前《まゐ》へつつとぞいとお《(ほ)》しける。河津《かわづ》もよかりけり。弓《ゆみ》とりなを《(ほ)》し、矢《や》とつてつがひ、馬《むま》の鼻《はな》をひつかへし、四方《はう》を見まわ《(は)》す。「三六知者《ちしや》はまどはず、仁者《じんしや》はうれゐ《(へ)》ず、勇者《よふしや》はおそれず」と申せども、三七大事のいた手《で》なれば、心《こゝろ》はたけく思へ共《(ども)》、三八性根《しやうね》次第《しだひ》にみだれ、馬《むま》よりまつさかさまにを《(お)》ちにけり。後陣《ごぢん》にありける父《ちゝ》伊東《いとうの》二郎は、これをば夢《ゆめ》にもしらずぞくだりける。頃《ころ》は神無月《(かんなづき)》十日あまりの事なれば、山《やま》めぐりけるむら時雨《しぐれ》、三九ふりみふらずみさだめなく、四〇たつより雲《くも》のたゑ《(え)》〴〵に、ぬれじと駒《こま》をはやめて、手綱《たづな》四一かひ《(い)》くる所《ところ》に、一の射翳《まぶし》にありける大見《あふみの》小《こ》藤太、まちうけてゐたりけれども、四二験《しるし》なし。四三左《ひだり》の手《て》のうちの指《ゆび》二つ、前《まへ》の四四鞍《しほで》の根《ね》にいたてたり。伊東《いとう》は、さるふるつわ《(は)》物にて、敵《てき》に二つの矢《や》をいさせじと、大事の手《て》にもてなし、右手《めて》の鐙《あぶみ》に四五おりさがり、馬《むま》を小楯《こだて》にとり、「山賊《やまだち》ありや。先陣《せんちん》はかへせ、後陣《ごちん》はすすめ」とよばはりければ、先陣《せんちん》・後陣《ごぢん》、われを《(お)》とらじとすゝめど

二六 きわめて力強い。
二七 手綱をゆるめて。
二八 乗りかえるために用意した馬。
二九 明文抄一に、「天予不レ取反受二其咎一、時至不レ行反受二其殃一（漢書）」とある。天の与える福を取らないと、かえってその罰を受ける。↓補七九。
三〇 十一行古活字本・流布本によって、底本の「すはいそんはいそんすへき」を改む。正しくは「何かはいそんずべき」か。↓補八〇。
三一 六間を一段という。
三二 先の鋭くとがった矢。
三三 十分に引き、しばらくしぼって。
三四 鞍の前輪・後輪の山形になった所。
三五 着た所のそば。
三六 論語子罕に、「知者不レ惑、仁者不レ憂、勇者不レ懼」とある。
三七 ひどい重傷。「大事の手」も同じ。
三八 おいおいに正気を失い。
三九 降ったり降らなかったり。後撰集冬に、「神無月ふりみふらずみ定めなき時雨ぞ冬の始めなりける」とある。
四〇 彰考館本などに、「たちよる」とある。
四一 たぐる。
四二 かいがない。うまくあたらない。
四三 真字本に、「射二劉左中指二一、射二手切手綱繙一、前輪鞖〈シヲテ〉根射二留篠隠程一」とある。
四四 鞍の前輪・後輪の左右につける紐。
四五 諸本によって、底本の「おりあかり」を改む。

も、所《ところ》しも悪所《あくしよ》なれば、[一]馬《むま》のさくりをたどる程《ほど》に、二人の敵《かたき》はにげのびぬ。[二]隈《くま》もなくまちけれども、[三]案内者《あんないしや》にて、[四]おもはぬしげみ、道《みち》をかへ、大見庄《あふみのしやう》にぞいりにける。あや《(ふ)》うかりし命《いのち》也。伊東《いとう》は、河津三郎《かわずの》がふしたる所《ところ》にたちよりて、「手《て》は大事なるか」ととひけれども、音《をと》もせず。おしうごかして、矢《や》をあらくぬきければ、いよ〱前後《ぜんご》もしらざりけり。河津《かわづ》が首《かうべ》を、父伊東《ちゝいとう》が膝《ひざ》にかきのせ、涙《なみだ》をおさへて申《(まうし)》けるは、「こは何《なに》と也《(なり)》ゆく事ぞや。おなじあたる矢《や》ならば、など祐親《すけちか》にはたゝざりけるぞ。齢《よはひ》かたぶき、今日明日《けふあす》をもしらざるうき身《み》なれども、わ殿《との》をもちてこそ、[五]公方私《くばうわたくし》こゝろやすく、後《のち》の世かけても、たのもしく思ひつるに、[六]あへなく先《さき》だつ事のかなしさよ。今《いま》より後《のち》、誰《たれ》をたのみて有《(ある)》べきぞ。なんぢをとゞめを《(お)》き、祐親先《すけちかさき》だつものならば、おもひおく事よもあらじ。[七]老少不定《らうせうふでう》のわかれこそかなしけれ」とて、河津《かわづ》が手《て》お《(を)》とり、懐《ふところ》にひき入《(いれ)》、くどきけるは、「いかに[八]定業《でうごう》なり共《(とも)》、矢一《やひと》つにて、ものもいはで、しぬる者《もの》やある」といひて、おしうごかしければ、その時《とき》、祐重《すけしげ》、くるしげなる聲《こゑ》にて、「かくは度々《たび〲》おほせらるれども、誰《たれ》ともしりたてまつらず候」といふ。土肥《といの》二郎《らう》申《(まうし)》けるは、「御分《ごぶん》の枕《まくら》にしたまふは、父伊東《ちゝいとう》の膝《ひざ》よ。かくのたまふも、伊東殿《いとうどの》。今《いま》又かやうに申《(まうす)》は、土肥《といの》二郎實平《さねひら》なり。敵《てき》やおぼゑ《(え)》たまふ」ととひければ、やゝあつて、目《め》を見ひらき、「祐親《すけちか》を見まい《(ゐ)》らせんとすれ共《(ども)》、今《いま》、それもかなわ《(は)》ず。誰々《たれ〲》も、ちかく[九]御いり

一　彰考館本には、「馬のあしあと」とある。馬の通る道をいうか。「さくり」とは、馬を駆けさせるために、馬場に掘った溝をいう。
二　行きとどかない所もなく。ぬかりもなく。
三　土地の事情をよく知っている者。
四　彰考館本に、「おもはぬしげみに」、万法寺本に、「おもはぬしけみに」、南葵文庫本に、「思はぬしけみに」、大山寺本・流布本に、「思はぬしげみの」とある。
五　公私ともに。公事についても、私事についても。
六　はかなく。
七　人の命数は定めなく、年齢の老少とかかわりないこと。ここでは、子が先に死んで、親が後に残ることをいう。
八　定まった業報。ここでは、前世の所行によって、早く死ぬように定まっているというのである。
九　おいでになりますか。

候か。御名殘《なごり》こそお《(を)》しく候へ」とて、父《ちゝ》が手《て》にとりつきにけり。[一〇]伊《い》藤、涙《なみだ》をおさへて申《(まうし)》けるは、「[一一]未練《みれん》也。なんぢ、敵《かたき》はおぼへ《(え)》ずや」といふ。「工藤《くどう》[一二]一郎こそ、[一三]意趣《いしゅ》あるものにて候へ。それに、たゞ今《いま》、大見《あふみ》と八幡《やわた》こそ見え候《(さうらひ)》つれ。あやしくおぼへ《(え)》候。[一四]したがい《(ひ)》候《(さうらひ)》ては、祐經《すけつね》在京《ざいきやう》して、[一五]公方《くばう》の御意《ぎよい》さかりに候なる。しかれば、殿《との》の《ゝ》御ゆくゐ《(へ)》いかゞと、[一六]よみぢのさはり共《(とも)》なりぬべし。面々《めん〱》たのみたてまつる。をさなひ《(い)》者《もの》までも」といひもあへず、[一七]奥野《おくの》の《ゝ》露《つゆ》ときへ《(え)》にけり。[一八]無慙《むざん》なりける有樣《ありさま》かな、申《(まうす)》[一九]はかりぞなかりける。伊東《いとう》は、あまりのかなしさに、しばしは、膝《ひざ》をおろさずして、顔《かを》に顔《かほ》をさしあて、くどきけるこそあわ《(は)》れなれ。「[二〇]や、殿《との》、きけ、河津《かはづ》。たのむ方《かた》なき祐親《すけちか》をすて《ゝ》、いづくへゆきたまふぞ。祐親《すけちか》をもつれてゆき候へ。母《はゝ》や子どもをば、誰《たれ》にあづけてゆきたまふ。情《なさけ》なの有樣《ありさま》や」となげきければ、土肥《といの》二郎も、河津《かわづ》が手《て》をとり、「實平《さねひら》も、子《こ》とては遠平《とおひら》ばかりなり。御身《おんみ》をもちてこそ、[二一]月日のごとくたのもしかりつるに、かやうになりゆきたまふ事よ」と、なきかなしむ事かぎりなし。國々《くに〲》の人々も、おなじく一所《ひとつところ》にあつまりゐて、袖《そで》をぞぬらしけり。[二二]さてあるべきにあらざれば、[二三]むなしきかたちをかゝせて、家《いゑ》にかへりければ、女房《ばう》をはじめとして、[二四]あやしのしづの男《を》、しづの女《め》にいたるまで、なげきの聲《こゑ》、[二五]せんかたもなし。さても、かの河津《かはづの》三郎祐重《すけしげ》に、男子《なんし》二人有《(あり)》。兄《あに》は、[二六]一萬《まん》とて、五《(いつつ)》なり、弟《おとゝ》は、[二七]箱王《はこわう》とて、三《(みつ)》になりにける。母《はゝ》、思

一〇「伊東」にあたる。
一一 思いきりがわるい。
一二「一臈」にあたる。
一三 恨みをふくむこと。
一四 彰考館本に、「もしたがいて候か」とある。
一五 朝廷のおぼしめしもたいそうよいそうです。
一六 あの世へ行くさまたげ。「よみぢ」は、あの世へ行く道。
一七 奥野で死んだこと。奥野の縁で、露ということばを使う。
一八 いたわしい。
一九「いふ」「申す」につく「はかり」は、まだ名詞として用いられ、連濁をおこしていなかった。
二〇 おい。呼びかけのことば。
二一 非常に貴いもののたとえ。
二二 そのままにおくわけにはゆかないので。
二三 なきがらをかつがせて。
二四 身分の低い、賤しい男女。
二五 どうしようもない。
二六 後の十郎祐成。
二七 後の五郎時致。

ひのあまりに、二人の子《こ》どもを左《さ》右の膝《ひざ》にすへ《(ゑ)》おきて、髪《かみ》かきなで、なく〳〵申《(まうし)》ける
は、「胎《はら》の内《うち》の子だにも、母《はゝ》のいふ事をばきゝしるものを、ましてなんぢら、五《(いつつ)》や三つ
になるぞかし。十五、十三にならば、親《おや》の敵《かたき》をうち、わらはに見せよ」となきければ、
弟《おとゝ》は、きゝしらず、[一]手《て》ずさみして、あそびゐたるばかりなり。兄《あに》は、死《し》したる父《ちゝ》が顔《かほ》
を[二]つく〴〵とまぼりて、わつとなきしが、涙《なみだ》をおさへて、「いつか[三]おとなしくなりて、
父《ちゝ》の敵《かたき》の首《くび》きりて、人々《ひとぐ》に見せまい《(ゐ)》らせん」と、なきしかば、[四]しるもしらぬもおしな
べて、袖《そで》をしぼらぬ人はなし。なを《(ほ)》も、[五]名残《なごり》をしたひかね、三日までぞを《(お)》きたりけ
る。[六]黄泉幽冥《くわうせんゆうめい》の道《みち》は、一度《ひとたび》さりて、二度《たび》とかへらぬならひなれば、[七]力《ちから》を《(お)》よばず、なく
〳〵おくりいだし、[八]夕《ゆふべ》の煙《けぶり》となしにけり。女房《ばう》、一つ煙《けぶり》とならんと、かなしみけり。
伊東《いとうの》二郎申《(まうし)》けるは、「[九]恩愛《おんあひ》のわかれ、夫妻《ふさい》のなげき、いづれかおとるべきにはあらね
ども、うき世のならひ、力《ちから》を《(お)》よばず候。[一〇]親《おや》におくれ、夫妻《ふさい》にわかるゝ度《たび》ごとに、命《いのち》を
うしなふものならば、生老病死《しやうらうびやうし》もあるべからず。わかれは人ごとの事なれども、[一一]思ひ
すぐれば、おのづから、わするゝ心《こゝろ》のあるぞ[一二]とよ。うきにつけても、[一三]身をまたくして、
[一四]後生菩提《ごしやうぼだい》をとぶらい《(ひ)》たまへ」と、さま〴〵になぐさめければ、「まことに理《ことはり》なれども、
さしあたりたるかなし[一五]さなれば」とて、[一六]もだへ《(え)》こがれけり。「夫《おっと》のわかれは、昔《むかし》も今《いま》
も、おもき所《ところ》なり。わかれの涙《なみだ》、袂《たもと》にとゞまりて、かわ《(は)》く間《ま》もなし。[一七]後先《あとさき》をもしらぬ、

一 手あそびして。手でもてあそんで。
二 じっと見つめて。
三 おとならしくなって。成人して。
四 知りあいの者も、そうでない者も、みなすべて。
五 なごりを惜しむことがつきないで。
六 あの世、冥土をいう。黄泉は、地下にわき出る泉。幽冥は、かすかに暗い所の意。
七 しようがなく。
八 火葬にしたことをいう。
九 愛する者と別れること。ここでは、主として親子の別れをさすか。
一〇 真字本に、「後ㇾ親、後ㇾ子、別ㇾ妻、別ㇾ夫毎ㇾ度、淵瀬投ㇾ身、仕㆓自害㆒、置㆓世中㆒且候㆓留者㆒」とある。
一一 もの思いが過ぎると。
一二 ということよ。さらに転じて、「よ」の意味ともなる。
一三 生きながらえて。
一四 死後に成仏の果をえること。
一五 彰考館本・万法寺本・流布本によって、底本の「なされは」を改む。
一六 思い悩んで恋い慕った。
一七 分別のない。
一八 普通ではない。妊娠していることをいう。
一九 剃髪しよう。尼になろう。

お《（を）》さなき物共にうちそへて、身さへ[一八]たゞならず。[一九]様《さま》をかゑ《（へ）》んと思へ共《（ども）》、尼《あま》の身にて[二〇]産《さん》所《ところ》の體《てい》も、見ぐるし。又、淵川《ふちかは》へしづまんと思ふにも、[二一]この身にて死し《しゝ》ては、罪《つみ》ふかゝるべしときけば、とにもかくにも、女の身ほど、心うきものはなし」とくどきたてゝ、おきふしに、なくよりほかの事ぞなき。一日片時《へんし》も、たゞ[二二]しのぶべき身にてなかりしが、[二三]あけぬくれぬとする程《ほど》に、[二四]五七日にもなりにけり。

[二五]父伊東二郎《ちゝいとうの》、[二六]さかさま事なれども、かの菩提《ぼだい》をとぶらはんがために、出家《しゆつけ》して[二七]六道《だう》にあてゝ、[二八]三十六本《ぼん》の[二九]率塔婆《そとば》を[三〇]造立供養《ざうりうくやう》したてまつる日、[三一]聽聞《ちやうもん》の貴賤男女《きせんなんによ》、[三二]數《かづ》をつくして、[三三]來會《らいくわい》する所に、五つに也《（なり）》ける一萬《まん》が、父《ちゝ》の[三四]墓目《ひきめ》に鞭《むち》をとりそへて、「これは父《ちゝ》の物」とて、ひつさげければ、母《はゝ》よびよせて、「なき人の物《もの》をば、もたぬ事ぞ。みな〳〵すてよ。[三五]ゆく末《すゑ》はるかの者《もの》ぞかし。なんぢが父《ちゝ》は、佛《ほとけ》になりたまひて、極樂淨土《ごくらくじやうど》にましますぞ。わらはも、つゐ《（ひ）》にはまい《（ゐ）》るべし」といひければ、一萬《まん》よろこびて、「佛《ほとけ》とは、何《なん》ぞ。極樂《ごくらく》とは、いづくにあるぞや。[三六]いそぎましませ。われもゆかん」とせめければ、母《はゝ》は、いひやる方《かた》なくして、率塔婆《そとば》の方《かた》に指《ゆび》をさし、「かれこそ、それよ」といひければ、一萬《まん》、弟《おとゝ》の箱王《はこわう》が手《て》おひ《（を）》き、「いざや、父《ちゝ》のもとに[三七]まゐらん」と、いそぎけれども、箱王《はこわう》は、三《（みつ）》になりければ、[三八]あゆむにはかもゆかず、いそぐ心に、弟《おとゝ》をすて、率《そ》塔婆《とば》の中《なか》をはしりめぐり、むなしくかへりて、母《はゝ》の膝《ひざ》の上《うへ》にたふれふして、「佛《ほとけ》の中《なか》

二〇 彰考館本などに、「さんじょ」とあり、産所・産屋をいう。流布本には、「すぐさん」と誤っている。
二一 産婦が死ぬと、血の池地獄に落ちると信ぜられた。
二二 こらえられる。
二三 夜があけたり日がくれたり。
二四 三十五日目。死後七日目ごとに、死者の供養をおこなう。
二五 流布本では、ここから「いとうがしゅつけの事」となる。
二六 順序の逆になること。親が子の菩提をとむらうことをいう。
二七 一切の衆生が、善悪の業因に応じて到るべき六種の世界。すなわち、地獄・餓鬼・畜生・修羅・人間・天。
二八 真字本に、「三十六万本」とある。
二九 梵語の「stūpa」にあたる。もともと仏舎利の奉安のために築いた塔。後には、死者の供養のために立てる板。その上部が、塔形となっている。
三〇 造りたてて、死者の霊にたむける。
三一 説法をきく。
三二 数のかぎりをつくして。残らず。
三三 集まってくる。
三四 朴(おほ)や桐(きり)などで作った中空の鏃(やじり)。蟇目のついた矢を射ると、高く鳴りひびくので、妖魔をおどすのに用いられた。
三五 お前たちは将来の長い者であるよ。
三六 いらっしゃい。
三七 諸本によって、底本の「まらん」を改む。
三八 はかどらないで。

にも、わが父《ちゝ》はましまさず」とてなきければ、乳母《めのと》も、共になきゐたり。その日の說《せつ》法《ばう》[一]のみぎりより、一萬《まん》がふるまい(ひ)にこそ、貴賤袂《きせんたもと》をぬらしけれ。四[二]十九日には、八[三]塔《たふ》を供養《くやう》す。

(御[四]房《ばう》がむまるゝ事)

そのつぎの日、女房《ねうばう》、產《さん》をぞしたりける。此程《ほど》のなげきに、產《さん》はいかゞとおもひしに、つ[五]ゝがなく男子《なんし》にてぞ有(あり)ける。母《はゝ》申(まうし)けるは、「をのれ(お)は、果[六]報《くわほう》すくなき者《もの》かな。今《いま》すこしと[七]くむまれて、などや父《ちゝ》をも見ざりける。蜉[八]蝣《ふゆう》といふ蟲《むし》こそ、朝《あした》にむまれ、夕《ゆふべ》に死《し》するなれ。なんぢが命《いのち》、かくのごとし。わらはも、尼《あま》になり、山々寺々《やまくてらぐ》の麓《ふもと》にとぢこもり、花《はな》をつみ水《みづ》をくみ、佛《ほとけ》にそなへたてまつり、なんぢが父《ちゝ》の孝[九]養《きやうやう》にせんとおもへば、身[一〇]にはそへざるぞ。ゆ[一一]めゆめうらむべからず」とて、やがてすてむとせし所《ところ》に、河津《かわづの》三郎が弟《おとゝ》、伊東《いとう》九郎祐清《すけきよ》といふ者《もの》あり。一人も子《こ》をもたざりければ、この事をきゝ、女[一二]房《ばう》いそぎきたりて、「まことや、今《いま》のおさ(を)なひ(い)人をすてんとおほせらるゝ、いかでかさる事あるべきぞ。な[一三]き人の形《かた》見にも、罪《つみ》ふかかるべし。又、善惡《ぜんあく》の事も、[一四]それを節《ふし》と思へば、折々《おりく》に[一五]おもひいだすになるものを。しかも、男子《なんし》にてましませば、

一 所または時。
二 死後四十九日目。仏説によると、中陰の満ちる日で、死者が果報を感じて、三界・六道に生ずる日という。そのために、僧を招いて、仏事をおこなう。
三 成仏の因とするために、釈迦仏の霊塔八所に供養すること。八大霊塔名号経にみえる。
四 吾妻鏡建久四年六月一日の条に、「有二五郎弟僧一。父河津三郎夭亡之後、当二于五ケ日一所レ生也。而伊東九郎祐清妻収二養之一。祐清加二平氏一。北陸道合戦之時、被二討取一之後、其妻嫁二武蔵守義信一。件僧同相従、在二武蔵国府一」とある。
五 無事に。
六 因果の応報。とくに、しあわせのよいことをいう。
七 早く生まれて。
八 「かげろう」という虫。朝に生まれ夕に死ぬというので、はかないことのたとえに引かれる。淮南子説林訓に、「蜉蝣朝生而暮死、而尽二其楽一」とある。蜉蝣は、蜉蝣と同じで、「かげろう」をいう。
九 後世を弔おう。
一〇 そば近くおかない。
一一 きっときっと。
一二 祐清の妻。
一三 彰考館本・南葵文庫本に、「なき人のためも」、万法寺本に、「なき人のためにも」とあり、流布本には、「なき人のかた見にも見もし給はず、すて給

わらはに[一六]たびたまへ。やしなひたてて、[一七]一家《か》の形見《かたみ》にもせん」といひければ、「この身の有様《ありさま》にて、身にそふる事、思ひもよらず候。さやうにおぼしめさば」とて、とらせけり。やがて、こゝろやすき乳母《めのと》をつけて、養育《やういく》す。名《な》をば、御房《ぼう》とぞいひける。

(女房《ねうぼう》、曾我《そが》ゑ《(へ)》うつる事)

さる程《ほど》に、[一八]忌《いみ》は八十日、産《さん》は三十日にも也《(なり)》にけり。[一九]百か日にあたらん時《とき》、かならず尼《あま》になりぬべしとて、袈裟衣《けさころも》を用意《やうい》しけるを、伊東入道《いとうにうだう》つたへきゝて、人して申《(まうし)》けるは、「まことや、姿《すがた》をかへんとしたまふなり。子《こ》どもをば、誰《たれ》には[二〇]ごくめとて、さやうにはおもひたまふぞ。おひ《(い)》おとろへたる祖父《おうぢ》・祖母《うば》をたのみたまふかや。それ、さらにかなふべからず。三郎なければとて、お《(を)》さなき者《もの》どもあまたあれば、[二一]つゆほどもおろかならず、ひとへに祐重《すけしげ》が形見《かた》とこそ思ひたてまつれ。いかなる有様《さま》にても、[二二]身をやつさずして、をさなき物共を[二三]。されば、今《いま》さらに、[二四]うとき方《かた》へましまさば、われも人も、見たてまつる事もかなふまじ。相模《さがみの》國[二五]曾我《そがの》太郎と申《(まうす)》は、[二六]入道《にうだう》にも所縁《しよゑん》ある者《もの》にて候。折節《をりふし》、この程《ほど》、[二七]年《とし》ごろの妻女《さいぢよ》におくれて、なげきいまだはれやらず候とうけたまはり候。それへやりたてまつるべし。身づから、心《こゝろ》をもなぐさみ給へ。[二八]入道《にうだう》があ

はん事」とある。
一四 彰考館本に、「そのおりふしと思へば」、万法寺本に、「そのおりふしと思へは」、南葵文庫本に、「そのをりふしとおもへは」とあり、その時のことと思うとの意か。
一五 彰考館本に、「思ひ出す物を」、万法寺本に、「おもひ出すなる物を」とある。
一六 ください。
一七 伊東一族の記念。
一八 死後八十日、産後三十日たった。この忌は、喪中《(もちゆう)》に忌みつつしむこと。
一九 死後百日目にも、仏事をおこなう。
二〇 育てよ。
二一 すこしもおろそかに思わないで。伊東が河津の妻に対する気持。
二二 様子をかえないで。
二三 この後に、彰考館本・大山寺本では、「はごくみ給へ」、万法寺本・南葵文庫本に、「はこくみたまへ」とあり、流布本では、「そだて人となし給へ」とある。
二四 親しくない。
二五 曾我は、前出。↓六七頁注四四。
二六 祐親にとってもゆかりのあるもの。真字本には、「相模国住人申㆓曾我太郎助信㆒、為㆓入道㆒候㆓姉子㆒甥、鹿野前大介殿御孫子、御為亦従父〈イトコ〉」とある。
二七 長年つれそった妻と死にわかれて。
二八 祐親の扱い。真字本には、「彼助信、御為御一門、世少者共置㆓隔心㆒不㆓思候㆒」とある。

たりなれば、へだての心《こゝろ》はあらず」と、こまぐ〵にいひて、やがて、人をつけ、きびしくまぼりければ、尼《あま》になるべき隙《ひま》もなし。すなはち、入道《にうだう》、曾我《そがの》[一]太郎がもとへ、此よしをくはしく文《ふみ》にかきて、つかはしければ、祐信《すけのぶ》、文《ふみ》を[二]披見《ひけん》して、大《(おほき)》によろこび、やがて、つかひとうちつれ、伊東《いとう》へこして、子共もろともにむかへとりて、かへりけり。いつしか、かゝるふるまひは、かへすぐ〵もくちお《(を)》しけれども、心《こゝろ》ならざる事なれば、うらみながらも、月日をぞを《(お)》くりける。これをもつて、昔《むかし》を思ふに、[三]せいぢよは、夫《おつと》のために、[四]禁獄《きんごく》にとめられ、[五]はくゐいは、夫《おつと》におくれ、[六]夷《あびす》のすみかになれしも、心《こゝろ》ならざるうらめしさ、今《いま》さら、おもひしられたり。

一「太郎」にあたる。
二 ひらいて見て。
三 未詳。
四 牢獄に監禁され。
五 未詳。楚の平王の夫人で伯嬴(はくえい)という女が、呉王の闔閭に迫られて、それを退けたと伝えられるが、かならずしも適当でない。
六 諸本によって、底本の「ゑいす」を改む。異民族をさす。
七 和漢朗詠集下「山寺」に、「三千世界眼前尽、十二因縁心裏空」とある。江談抄四・十訓抄下などに、この句は、都良香が、竹生島の弁才天から教えられたと伝える。三千世界は、三千大千世界で、広大無辺な世界をいう。仏教思想によると、須弥山(しゅみせん)を中心に、日月や四大洲などを含めて、一世界が

# 曾我之物語　巻第二

## （大見《あふみ》・八幡《やわた》をうつ事）

[七]三千世界《ぜんせかひ》は、眼《まなこ》の前《まへ》につき、十二因縁《いんゑん》は、心の裏《うち》にむなし。[八]うき世《よ》にすむも、すつるも、やすからぬ命《いのち》、いつまでながらへて、あらましのみにくらさまし。伊東入道《いとうにうだう》は、何《なに》につけても、[九]身のゆくゐ《（へ）》、あぢきなくして、子息《しそく》の九郎祐清《すけきよ》をよびよせ、「[一〇]入道《にうだう》がいきての孝養《けうやう》とおもひ、大見《あふみ》・八幡《やわた》が首《くび》をとりて見せよ」といひければ、「[一一]うけたまはりぬ。この間《あひだ》も、[一二]内々《ないく》案内者《あんないしや》をもつて、見せ候へば、[一三]他行《たぎやう》のよし、申《（まうし）》候。もしかへり候はば、つげしらすべきよし、申《（まうす）》者《もの》の候によつて、まち候。[一四]あまし候まじ」とて、座敷《さしき》をたちぬ。幾程《いくほど》なくして、「きたりぬ」とつげければ、[一五]家《いゑ》の子郎等《こらうどう》八十餘《よ》人、[一六]直兜《ひたかぶと》にて、[一七]狩野《かの》といふ所《ところ》へを《（お）》しよせたり。八幡《やわたの》三郎、[一八]さる者《もの》にて、「[一九]おもひまうけたり。いづくへかひくべき」とて、したしき者《もの》ども十餘《よ》人、こめおきたりしが、矢《や》どもうちちらし、[二〇]さしつめひきつめ、[二一]とりぐさんぐにいける。やにわ《（は）》に、敵《かたき》あまたい

できあがる。その千倍を小千世界、そのまた千倍を中千世界、そのまた千倍を大千世界と名づける。十二因縁とは、過去・現在・未来にわたる三世輪廻《（りんね）》のさまを十二にわけて説いたもの。すなわち、無明・行・識・名色・六処・触・受・愛・取・有・生・老死という十二の因果関係をさす。この句の意は、竹生島からながめると、ひろびろとした世界が、眼前にすっかり見え、因果からおこる迷いが、心中にさっぱりなくなったというのである。

八　在家のままでいても、出家の身となっても、悩みのつきない命であるが、いつまで生きながらえて、あてにならない心頼みだけですごすことであろうか。

九　自分の将来が、なさけなく思われて。

一〇　祐親の生前に心から仕えること。孝養ということばは、今生・後生を通じて使われる。↓六〇頁注一二。

一一　承知しました。

一二　事情をよく知っている者。

一三　よそへ出かけること。

一四　討ちもらしはしませんよ。

一五　家臣の総称。↓七〇頁注七。

一六　甲冑に身をかためて。

一七　前出。↓六八頁注八。

一八　ぬけめのない者。

一九　かねて覚悟していた。

二〇　つぎつぎと弓に矢をつがえてひきしぼり。

二一　めいめいひどく射た。

おとし、矢種《やだね》[一]つきしかば、さしあつまりて、「主《しゆう》のために命《いのち》すつる事、つゆほどもおし《(を)》からず。所詮《しよせん》[二]、のぞみたりぬ」といひて、さしちがへ〳〵、のこらずしにけり。八《や》幡《わた》は、腹《はら》を十文字《もむじ》にかきやぶり、三十七にてうせにけり。すなわち《(は)》、大見小藤太《をうみのことう》がもとへおしよせたり。この者《もの》は、もとより、心《こゝろ》[三]さがりたるものにて、八幡《やわた》がうたるゝをきゝて、とるものとりあへず[四]、おちたりしを、狩野境《かのざかい》におひつめて、からめとりて[五]、川《かわ》の端《はた》にて、首《くび》をはねたり。九郎は、二人が首《くび》をとりて、父入道《ちゝにうだう》に見せければ、ゆゆ[六]しくもふるまひたりとぞ感《かん》じける。曾我《そが》にありける河津《かわづ》が妻女《さひじよ》も、よろこぶ事かぎりなし。祐清《すけきよ》は、入道《にうだう》がいきど[七]をり《(ほ)》おや《(を)》め、兄《あに》が敵《かたき》をうちし孝行《かう〳〵》、一かたならぬ忠《ちう》とぞ見えける。さても[八]、八幡《やわたの》三郎が母《はゝ》[九]は、蕑美入道寂心《くすみのにうだうじやくしん》が乳母子《めのとご》なり。八旬《しゆん》[一〇]にあまりけるが、のこりとゞまりて、おもひのあまりにくどきけるは、「御主《しう》のために、命《いのち》をすつる事は、本望《ほんまう》[一一]なれ共《(ども)》、この亂《らん》のをこり《(お)》をたづぬるに、すぎにし親《おや》のゆづり[一二]をそむきたまひしによつて也。しかるに、寂心《じやくしん》、世にましませし時《とき》、公達《きんだち》あまたなみすゑて[一三]、酒宴《しゆゑん》なかばの折節《おりふし》、もちたまひつる盃《さかづき》の中へ、空《そら》より大きなる鼬《いたち》[一四]一《(ひとつ)》ゐ《(い)》[一五]りて、御膝《ひざ》の上《うへ》にとびおりぬと見えしが、いづくともなくうせぬ。希代《きたい》[一六]の不思議《ふしぎ》なりとて、やがてかん[一七]がへさするに、「大《(おほき)》なる表事《へうじ》[一八]、つゝしみたまへ」と申《(まうし)》たりしを、さしたる祈禱《きたう》もなくて、すぎたまひぬ。幾程《いくほど》なくして、寂心《じやくしん》は、かくれさせたまひけり。されば[一九]にや、白《しら》[二〇]

一　射るべき矢がすべて射つくされたので。
二　つまるところ。
三　心の劣った。
四　ほかのことはさしおいて、そっと逃げのびた。
五　とらえ縛って。
六　立派に行動した。
七　腹だちを止め。
八　この八幡三郎の母の昔語りは、真字本にない。
九　諸本によって、底本の「はら」を改む。
一〇　八十歳。
一一　もとからの望み。
一二　なくなった親の譲ったもの。
一三　並べおいて。
一四　夜行性の肉食獣。その道切りを忌むなど、さまざまな俗信と関係をもつ。
一五　彰考館本・流布本に、「おち入て」とある。
一六　世にまれな。
一七　「勘へ」にあたる。陰陽師などに古例や吉凶を調べさせ、それについての意見をさしださせるのである。
一八　「表示」とも記す。しるし。兆候。
一九　平家物語四「鼬の沙汰」参照。
二〇　「法王」は「法皇」にあたる。王堂本に、「後しら河の法わう」とあり、その方がよい。第七十七代後白河天皇は、譲位の後も、院政をとったが、清盛のために、鳥羽の離宮におしこめられた。
二一　城南の離宮。京都市伏見区内。

河法王《かわのはう》も、[二一]鳥羽《とば》の離宮《りきう》にわたらせたまい(ひ)し時《とき》、大きなる鼬《いたち》まい(ゐ)りて、なきさわぎけり。[二二]博士《はかせ》に御たづねありければ、「三日のうちに御よろこび、又は御なげき」とぞ申《(まうし)》ける。[二三]それにあわ(は)せて申《(まうす)》ごとく、つぎの日、御子[二四]高倉宮《たかくらのみや》、御謀叛《むほん》あらはれ、[二五]奈良路《ならぢ》にてうたれさせたまひぬ」。

## ([二六]泰山府君《たいさんぶくん》の事)

かやうの事をもつて、昔《むかし》を思ふに、[二七]大國に大王あり。樓閣《ろうかく》をすき給ひて、あけくれ、宮殿《くうでん》をつくりたまふ。中にも、[二八]上かう殿《でん》と號《かう》して、[二九]梁《うつばり》は、金銀《きんぐ》なり。軒《のき》に、珠玉《しゆぎよく》・[三〇]瓔《よう》珞《らく》をさげ、壁《かべ》には、[三一]しやうれの[三二]華鬘《けまん》をつけ、内《うち》には、瑠璃《るり》の[三三]天蓋《てんがひ》をさげ、四方《しはう》に、瑪《め》瑙《なう》の幡《はた》をつり、庭《には》には、珊瑚《さんご》・[三四]琥珀《くはく》を[三五]しきみて、ふく風《かぜ》、ふる雨《あめ》のたよりに、[三六]沈麝《ぢんじや》のにお(ほ)[三七]ひにたゝゐゝり。山を[三八]つきては、[三九]亭《ちん》をかまへ、池《いけ》をほりては、船《ふね》をうかべ、水《みづ》にあそべる鴛鴦《ゑんわう》の聲《こゑ》、ひとへに[四〇]淨土《じやうど》の莊嚴《しやうごん》におなじ。[四一]人民《にんみん》こぞりて圍繞《いねう》す。佛菩薩《ぶつぼさつ》の[四二]影《よう》向《がう》も、これにはしかじとぞ見えし。されば、大王《わう》、玉樓金殿《ぎよくろうきんでん》にいたり、常《つね》に遊覽《ゆうらん》す。ある時《とき》、[四三]大講堂《かうだう》の柱《はしら》に、鼬《いたち》二つきたりて、なきさわぐ事、七日なり。大王《わう》、あやしみたまひて、博士《はかせ》をめして、うらなはしむるに、かんがへて、[四四]奏聞《そうもん》す。「この柱《はしら》のうちに、

二一 ここでは、陰陽博士にあたる。平家物語に、「陰陽頭安倍泰親」とある。
二二 そのように判じて言ったとおり。
二三 後白河法皇の第二皇子、以仁(もちひと)王。
二四 京都から奈良へ通う道。
二五 中国山東省の泰山の神。人の寿命をつかさどる。この物語は、真字本にない。
二六 中国(シナ)。→七〇頁注一〇。
二七 未詳。「号して」の後に、彰考館本では、「たかさ廿ちやうのかうろうをたてたまふ、はしらはあかゝね、けた」とあり、南葵文庫本でも、ほぼ同じ。
二八 棟をうける物。
二九 仏像や仏殿などを飾る物。珠玉や貴金属を編んで作る。
三〇 彰考館本・南葵文庫本に、「しやこ」とあり、硨磲(しゃこ)という貝か。
三一 仏殿の内陣を飾る物。多くは金・銅で、花鳥などを透彫りにする。
三二 仏像などの上にかざすきぬがさ。
三三 琥珀(こはく)。
三四 いっぱいに敷きつめ。
三五 沈香(じんこう)と麝香(じゃこう)。ともに香料。
三六 彰考館本に、「にほひをたゝへたり」とある。
三七 築いては。
三八 庭に設ける風雅な建物。あずまや。
三九 極楽浄土の装飾。
四〇 人々がことごとくとりまく。
四一 かりの姿をあらわすこと。
四二 説教や講義をする大きな堂。
四三 天子に申しあげる。

七尺《しやく》の人形《ぎやう》あり。大王の形《かたち》をこと〳〵くつくりうつして、[一]調伏《てうぶく》の壇《だん》をたて、[二]幣帛《へいはく》・供《ぐ》具《ゞ》をそなへたり。わりて見たまへば、[三]とうい七百人あり。ほろぼすべし」といふ。すなはち、[四]大王上人に申《まうし》て、[五]めでたき聖《ひじり》を請《しやう》じたてまつり、かの柱《はしら》、はり(わ)て見たまふに、[六]たがはず、すさまじきといふもあまりあり。やがて、壇《だん》をやぶり、[七]勘文《かんもん》にまかせて、いろ〳〵の[八]しよ人をあつめ、その中に、あやしきをめしとり、[九]拷問《がうもん》しければ、こと〳〵白状《はくじやう》す。よつて、七百人の敵《てき》をこと〳〵くめしとり、三百人の首《くび》をきりたまひぬ。のこり四百人きらんとする時《とき》、天下暗闇《てんかくらやみ》になりて、夜晝《よるひる》の境《さかひ》もなくして、色《いろ》をうしなふ。人民《にんみん》、道路《だうろ》にたを(ふ)れふす。大王、おどろきていは(わ)く、「はれ(わ)、つゆほどのはたくし(わ)ありて、かれらの首《くび》をきる事なし。下《しも》として上《かみ》をあざける[一〇]下國上《じやう》いましめ、後《のち》の世を思ふ故《ゆへ》なり。もし又、われに私《わたくし》あらば、天これをいましむべし。これをはからん」とて、三七日、飲食《おんじき》をとゞめて、[一一]高床《たかゆか》にのぼり、足《あし》の指《ゆび》を爪《つま》だてゝ、「一命《めい》、こゝにてきえなん。もしあやまり無《なく》は、[一二]諸天《しよてん》あはれみたまへ」と[一三]祈誓《きせい》して、[一四]仁王經《にんわうぎやう》をかゝせられけり。[一五]三七日に滿《まん》ずる時《とき》、[一六]七星《しやう》、[一七]眼前《げんぜん》とあまくだりみえたまふ。やゝ有《あり》て、日月[一八]星宿《しやうしゆく》、[一九]光《ひかり》をやは(わ)らげたまふ。さればこそ、[二〇]まつる事に、横儀《わうぎ》はなかりけれとて、のこる四百人をもきりたまひぬ。こゝに、博士《はかせ》、又參內《さんだい》して奏《そう》す。「大敵《たいてき》ほろびはて、御位長久《くらゐちやうきう》なるべき事、[二一]餘儀《よぎ》なし。されども、調伏《てうぶく》の[二二]大行《ぎやう》、その效《かう》のこりて、おそろし。[二三]所詮《しよせん》に、

一　仏の力を頼んで、のろい殺すこと。
二　神に捧げる物と何かを供える器。
三　「東夷」で、敵兵をいうか。
四　彰考館本に、「大くう上人とて」、万法寺本・南葵文庫本に、「大くう上人と申て」とある。
五　すぐれた高僧をお招きして。
六　博士の言ったとおりで、恐ろしいといっても、たりないほどである。
七　「勘へ」た結果をまとめた文書。↓一〇〇頁注一七。
八　彰考館本・南葵文庫本に、「しよくにん」、万法寺本に、「しよく人」とある。
九　苦痛を与えて、自白を強いたので。
一〇　「下剋上」にあたる。下の者が上の者をおかすこと。
一一　万法寺本に、「大ゆか」とある。↓補八一。
一二　もろもろの天上界の神。
一三　祈りをこめて誓いをたてて。
一四　仁王般若経。↓補八二。
一五　二十一日目の満願の日になる。
一六　北斗七星。
一七　万法寺本・流布本によって、「あま」の後に、「くだり」を補う。目の前に天からくだり。↓補八三。
一八　星座。二十八宿にわかれる。
一九　「和光」の意。威徳の光をやわらげ、かりの姿をあらわすこと。
二〇　政治に不正はなかった。↓補八四。
二一　絶対である。
二二　重大な行為。
二三　諸本によって、底本の「しかせん

[二四]あまくだりたまふ七星《しやう》をまつり、しやうかう殿《でん》に寶《たから》をつみ、一時《とき》にやきすてゝ、災難《さいなん》のうたがひをとゞむべし」と申《(まうし)》ければ、左右《[二五]さう》にを《(お)》よばずとて、たちまちに上件《[二六]くだん》の[二七]やうしやくをくり、諸天《しよてん》を請《しやう》じたてまつりて、かの殿《でん》どもをやきすてられにけり。さてこそ、今《いま》の世《よ》までも、[二八]鼬《いたち》なきさわげば、つゝしみて水《みづ》をそゝくまじなひ、[二九]この時《とき》によりてなり。されば、七百人の敵《てき》ほろび、七星《しやう》眼前《がんぜん》にくだり、光《ひかり》をやはらげたまふ事、[三〇]七難即滅《なんそくめつ》、[三一]七福即生《ふくそくしやう》の[三二]明文《めいもん》にかな[三三]ひぬるを《(を)》や、今《いま》の[三四]泰山府君《たいさんぶくん》のまつりこれなり。大王、かの殿《でん》をやき、まつる事をしたまひて、御位[三五]長生殿《ちやうせいでん》にさかへ《(え)》、春《はる》秋をわすれて、不《ふ》老門《らうもん》に、日月の影《かげ》、しづかにめぐり、[三六]ふく風《かぜ》、枝《ゑだ》をならさず、ふる雨《[三七]あめ》、塊《つちくれ》をうごかさで、永久《ゑいきう》の御代《よ》にさかへ《(え)》たまひけるとかや。めでたかりし例《ためし》なり。

（頼朝《よりとも》、伊《[三八]い》藤にを《(お)》はせし事）

そも〳〵、兵衛佐《ひやうへのすけ》殿、御代《よ》をとりたまひては、伊東《いとう》・北條《ほうでう》とて、左右《[三九]さう》の翼《つばさ》にて、い[四〇]づれ勝劣《せうれつ》有《(ある)》べきに、北條《ほうでう》の末《すへ》はさかへ《(え)》、伊東《いとう》の末《すゑ》はたへ《(え)》ける、由來《ゆらい》をくはしくたづぬるに、頼朝《よりとも》十三の歳《とし》、伊豆國《いづの》にながされてを《(お)》はしけるに、かの兩人をうちたのみ、年月をおくりたまひけり。しかるに、伊東二郎《いとうの》に、女《むすめ》四人あり。一《ひと》つは、相模國《さがみのくに》の住《ぢう》人

に」を改む。↓補八五。
二四 諸本によって、底本の「あまりくたり」を改む。
二五 とやかくいうまでもない。
二六 上にかかげた事項。
二七 彰考館本・南葵文庫本・流布本に、「ようしゆく」とあり、「曜宿」か。七曜と二十八宿とで、星まわりをいう。
二八 今日まで、このような民俗が伝えられている。↓補八六。
二九 この時からおこったのである。
三〇 七つの災難が即座になくなること。七難について、易林本節用集に、「日月失レ度、時節返逆二十八宿失レ度、大火焼レ国、大木漂没、大風吹殺、天地国土亢陽炎天、四方賊来」とある。
三一 七つの福徳が即座に生ずること。七福について、易林本節用集に、「无病、端正、身香衣浄、肥躰、多々人饒、所説粛用、自然衣服」とある。
三二 事理のあきらかな文章。↓補八七。
三三 あっている。
三四 「泰山府君(ぶくん)」の意。↓補八八。
三五 和漢朗詠集下「祝」に、「長生殿裏春秋富、不老門前日月遅」とある。長生殿は、中国驪山(りざん)の宮殿の名。不老門は、中国洛陽の宮門の名。
三六 論衡是応に、「五日一風、十日一雨、…風不レ鳴レ条、雨不レ破レ塊」とある。風雨の穏やかな太平のさま。
三七 諸本によって、底本の「あ」を改む。
三八 「伊東」にあたる。
三九 両者があいまって、役にたつさま。
四〇 どちらも優劣のないはずであるが。

三浦介《みうらのすけ》[一]が妻《め》なり。二には、工藤《くどう》[二]一郎祐經《すけつね》にあい具《(ひ)ぐ》[三]したりしをとり返し、土肥彌太郎《といのや》[四]にあわ《(は)》せけり。三四は、いまだ伊東《いとう》がもとにぞありける。中にも、三は、美人《びじん》のきこゐ《(え)》あり。佐殿《すけどの》きこしめして、潮《しほ》[五]のひる間《ま》のつれ〴〵と、[六]しのびて褄《つま》をかさねたまふ。頼朝《よりとも》、御心ざしあさからで、年《ねん》月をおくりたまふ程《ほど》に、若君《わかぎみ》一人いできたまふ。

## (若君《わかぎみ》の御事)

佐殿《すけどの》、よろこびおぼしめして、御名《な》をば、千鶴御前《せんづるごぜむ》とぞつけたまひける。つら〴〵往事《わうじ》[七]思ふに、舊主《きうしゆ》[八]がすまひし、古風《こふう》のかほ《(う)》ばしき國《くに》なれ共《(ども)》、勅勘《ちよくかむ》[九]をかふ《(う)》むりて、ならわ《(は)》[一〇]ぬ鄙《ひな》のすまひの心《こゝ》ちぞ有《(あり)》つるに、この物いできたるうれしさよ、十五にならば、秩《ちゝ》[一一]父《ぶ》・足利《あしかゞ》の人々、三浦《みうら》・鎌倉《かまくら》・小山《を》・宇都宮《うつのみや》[一二]あひかたらひ、平家《へいけ》にかけあわ《(は)》[一三]せ、頼朝《よりとも》が果報《くわほう》の程《ほど》をためさんと、[一四]もてなし思ひかしづきたまふ。かくて、年月をふる程《ほど》に、若君《わかぎみ》三歳《さい》になりたまふ春《はる》の頃《ころ》、伊東《いとう》、京よりくだりしが、しばししらざりけり。ある夕暮《ゆうぐれ》に、花園《その》[一五]山を見て[一六]いりければ、折節《おりふし》、若君《わかぎみ》、乳母《めのと》にいだかれ、前栽《せんざい》[一七]にあそびたまふ。祐親《すけちか》、これを見て、「かれは誰《た》そ」ととひけれども、返事にもおよばず、にげにけり。あやしくおもひて、すなはち、内《うち》にゐ《(い)》り、妻女《さい》にあひ、「三《(みつ)》ばかりの子《こ》のもの[一八]ゆ

一 名は義澄。↓八四頁注六。
二 「一臈」にあたる。
三 夫婦になっていた。
四 名は遠平。↓六六頁注三。
五 諸本によって、底本の「しほののひる…」を改む。失意の境涯で、することもないのにまかせて。
六 ひそかに契りを結びなさる。
七 過去のこと。
八 真字本には、「先祖通跡、旧徒住境、古風馥〈カウハシキ〉国」とある。この東国は、もともと源氏のおこった国で、先祖の遺徳も伝わっているというのである。
九 勅命によるとがめ。
一〇 慣れないいなかずまい。
一一 真字本に、「嘆二合秩父・足利・三浦・鎌倉・新田・大胡・千葉・河超・江戸・笠井・小山・宇津宮・相馬・佐貫人共一」とある。秩父は、埼玉県。足利は、栃木県。三浦・鎌倉は、神奈川県。小山・宇都宮は、栃木県。
一二 仲間にして。
一三 むかって戦わせ。
一四 大切に思い育てられる。
一五 真字本に、「見二廻前載一」とある。花園山は、前栽にあたり、地名ではあるまい。
一六 彰考館本に、「見入けれは」、南葵文庫本に、「みいれけれは」とある。
一七 草木の植えこみ。
一八 何となく普通でない。非凡そうな。
一九 真字本には、継母ということはない。
二〇 よい機会に出あって。

ゝしきをいだき、前栽《せんざい》にてあそびつるを、「誰《た》そ」ととへば、かへり事もせでにげつるは、誰《たれ》にや」ととふ。繼母《まゝはゝ》[一九]の事なりければ、折《おり》[二〇]をゑ《(え)》て、「それこそ、御分《ぶん》の在京《ざいきやう》の後《あと》に、[二一]いつきかしづきたまふ姫君《ひめぎみ》の、わらわ《(は)》が制《せい》するをきかで、[二二]いつくしき殿《との》してまうけたまへる公達《きんだち》よ。[二三]御ためには、めでたき孫《まご》御前《ぜん》よ」と、[二四]お《(を)》こがましくいゝ《(ひ)》なしけるこそ、まことに末《すゑ》[二五]もたへ《(え)》、所領《しよりやう》にもはなるべき例《ためし》なり。されば、「讒臣《ざんしん》[二六]は國《くに》をみだし、妬婦《とふ》は家《いゑ》をやぶる」といふことば、思ひしられて、あさましかり[二七]ける。祐親《すけちか》、これをきゝ、大《(おほき)》に腹《はら》をたて、「親《おや》のしらざる聟《むこ》やある。誰人《たれひと》ぞ。今《いまゝ》までしらぬ不思議《ふしぎ》さよ」といかりければ、繼母《まゝはゝ》は、[二八]うつたへすましぬるよとうれしくて、「それこそ、世にありて、まことにたより[二九]まします流人《にん》、兵衛佐殿《ひやうへのすけどの》の若君《わかぎみ》よ」とて、嘲弄《てうろう》[三〇]しければ、いよ〳〵腹《はら》をたて、「女《むすめ》[三一]もちあまりて、を《(お)》き所《どころ》なくは、乞食《こつじき》[三二]非《ひ》人などにはとらするとも、今時《いまどき》、源氏《げんじ》の流《る》人聟《にんむこ》にとり、平家《へいけ》にとがめられては、いかゞあるべき。「毒《どく》[三三]の蟲《むし》をば、頭《かしら》をひしぎて、脳《なう》をとり、敵《かたき》の末《すゑ》をば、胸《むね》をさきて、膽《きも》をとれ」とこそいひつたへたれ。[三四]詮《せん》なし」とて、郎等《らうどう》よびよせて、若君《わかぎみ》いざなひいだし、伊豆國《いづの》[三五]松川《まつかは》の奥《おく》をたづね、と[三六]ゝきの淵《ふち》に柴《ふし》[三七]づけにしたてまつりけり。情《なさけ》なかりし例《ためし》也。これや、文選《もんぜん》のことばに、「[三八]しやうにみちては、瑞《ずい》を豐年《ほうねん》にあらはし、丈《ぢやう》にありては、禍《くわ》をはんとくにあらわ《(は)》す」。まことにあまれ[三九]るふるまい《(ひ)》は、ゆく末《すゑ》いかゞとぞおぼえける。あまつさへ、北《きた》

二一 大切に育てなさる。
二二 立派な殿御を作って生みなさった。
二三 あなたにとっては、結構なお孫様ですよ。
二四 ばかばかしくこしらえて言った。
二五 子孫。
二六 事実をまげて他人を悪くいう臣下がいると、国の乱れるもとになり、むやみに他人をねたむ女がいると、家の滅びるもとになる。→補八九。
二七 あきれたことであった。
二八 うまく訴えたものだ。
二九 頼みがいのありなさる。
三〇 あざけりなぶったので。
三一 余計にもって。
三二 人数に入らぬ乞食(こじき)。
三三 真字本に、「毒蛇砕レ脳見レ髄、敵末切レ首奪レ魂」とある。わざわいの種をすっかり滅して、少しも残すなというたとえ。→補九〇。
三四 しかたがない。
三五 伊東市内の松川。→補九一。
三六 伊東市鎌田。→補九二。
三七 簀巻(すまき)などにして、水の中に投げ入れること。本来は、柴を束ねて水の中に漬け、魚を集めて捕えること。
三八 文選十三、謝恵連「雪賦」に、「盈レ尺則呈二瑞於豊年一、袤レ丈則表二沴於陰徳一」とあり、明文抄一に引かれる。「しやう」は「尺(しゃく)」、「ありては」は「あまりては」、「はんとく」は「陰徳(いんとく)」の誤。雪のことに託して、人の報いをいう。→補九三。
三九 分をこえた。

の御方《かた》をもとりかへし、おなじき國《くに》の住《ぢう》人[一]江間小《あまのこ》四郎にあわ(は)せけり。名殘《なごり》おし(を)かりつる衾《ふすま》[二]の下《した》をいでたまひて、おもはぬ新枕《にいまくら》[三]、[四]かたしく袖《そで》にうつりかはりし御涙《なみだ》、さこそと思ひやられたり。これも、祐親《すけちか》が、平家《へいけ》へおそれたてまつると思へども、[五]わうきう・董賢《とうけん》ふん、三百たるにも、楊雄《やうゆう》・仲舒《ちうじよ》ふんか、その門《かど》につまびらかにせんにはしかずと見えたり。

（王昭君《わうぜうくん》が事）[六]

昔《むかし》、漢《かん》の王昭君《わうぜうくん》と申せし后《きさき》を、[七]胡國《ここく》の夷《あびす》にとられ、胡國《ここく》へこへ(え)たまひしに、名殘《なごり》の袖《そで》[八]はきがたくして、なげきかなしみけるに、王昭君《わうぜうくん》が、[九]なげきあまりに、「身づからがしきし褥《しとね》[一〇]に、わが姿《すがた》をうつしとゞめて、しきたまへ。われ、夢《ゆめ》にきたりて、あふべし」とちぎりける。漢王《かんわう》かなしみて、かの褥《しとね》を枕《まくら》にして、なきふしたまひしかば、夢《ゆめ》ともなく、又現《うつゝ》ともなく、きたりて、折々《をりく》あひにけり。かの昭君《せうくん》が、胡《こ》國への道《みち》すがら、涙《なみだ》にくるゝ[一一]四方《よも》の山共(とも)、里《さと》ともわけかねて、袖《そで》のひる間《ま》もなかりけり。思ひのあまりに、[一二]舊栖《きうせい》をかへりみて、[一三]「蒼波路《さうはみち》とを(ほ)くして、はかう山《さん》ふかし」と詠《えい》じつゝ、[一四]漢宮萬里《かんきうばんり》の旅《たび》の空《そら》、今《いま》のおもひにしられたり。佐殿《すけ》も、若君《わかぎみ》うしなはれさせたまひし

一 江間は、静岡県田方郡伊豆長岡町。↓補九四。
二 寝る時に、身体をおおう夜具。
三 男女の始めての交り。
四 片袖を敷いて、ひとり寝る。
五 文選五十三、李蕭遠「運命論」に、「王莽董賢之為二三公一、不レ如三楊雄仲舒之閒二其門一也」とある。「わうきう」は、「王莽(わうまう)」で、漢の平帝を殺して、その国を奪った権力者。董賢は、漢の哀帝に愛された美男子。「ふん」は、「之(の)」の誤。「三百」は、「三公」で、天子を補けて天下を治める官。楊雄・仲舒は、ともに漢の儒者。「ふんか」も、「之(の)」の誤。「つまびらかに」は、「閒(しづかに)」の誤。↓補九五。
六 前漢の元帝の宮女。↓補九六。
七 北方の異民族。匈奴(きようど)をいう。
八 「わきがたく」か。↓補九七。
九 「なげきのあまりに」か。↓補九八。
一〇 坐る時や寝る時に、下に敷く物。
一一 「四方の山、野とも」か。↓補九九。
一二 もとのすみか。
一三 和漢朗詠集下「行旅」に、「蒼波路遠雲千里、白霧山深鳥一声」とある。「はかう」は、「白霧(はくむ)」の誤。↓補一〇〇。
一四 和漢朗詠集下「王昭君」に、「胡角一声霜後夢、漢宮万里月前腸」とあり、真字本にも引かれる。↓補一〇一。
一五 未詳。↓補一〇二。
一六 美人のねや。
一七 「うらみ」か。↓補一〇三。
一八 唐の第六代の皇帝。↓補一〇四。

御心《こゝろ》、[一五]くわらくの子をうしなひ、かなはぬわかれの袖《そで》の涙《なみだ》、[一六]紅閨《こうけい》につらなりし[一七]かぎりなり。

（[一八]玄宗皇帝《げんそうくわうてい》の事）

されば、[一九]あかぬ北《きた》の御方《かた》の御名残《なごり》は、玄宗皇帝《げんそうくわうてい》、[二〇]楊貴妃《やうきひ》と申せし后《きさき》、[二一]安祿《あんろく》山軍《いくさ》のために、[二二]夷《えびす》に下《(くだし)》たまふ。御思ひのあまりに、[二三]蜀《しよく》の[二四]方士《ほうじ》をつかはしたまふ。[二五]方士《ほうじ》[二六]神通《じんづう》にて、[二七]一天三千世界《ぜんせかい》をたづねまわ《(は)》り、[二八]太眞《しん》ゑんにいたる。[二九]蓬萊宮《ほうらいきう》これ也。こゝにきたつて、[三〇]玉妃《ぎよくひ》にあひぬ。此所《ところ》にいたりてみれば、浮雲《ふうん》かさ也《(なり)》、人跡《じんせき》のかよふべき所ならねば、簪《かんざし》をぬきて、[三一]扉《とぼそ》をたゝく。[三二]雙鬟童女《さうくわんどうによ》二人出《(いで)》て、「しばらくこれにまちたまへ。玉妃《ぎよくひ》は、[三三]おとのごもれり。たゞし、いづくより、いかなる人《ひと》ぞ」ととふ。「唐《とう》の[三四]太子《たいし》のつかい《(ひ)》、蜀《しよく》の方士《ほうじ》」とこたへければ、内《うち》にゐ《(い)》りぬ。[三五]時《とき》に、雲海沈々《うんかいちんく》として、洞天《とうてん》に日《ひ》くれなんとす。悄然《せうぜん》として、まつ所《ところ》に、玉妃《ぎよくひ》いでたまふ。これ、すなわ《(は)》ち楊貴妃《やうきひ》なり。右左《みぎひだり》の女《をんな》七八人。[三六]方士《ほうじ》[三七]揖《いつ》して、[三八]皇帝安寧《くわうていあんねい》をとふ。方士《ほうじ》、こまかにこたふ。いひお《(を)》はりて、玉妃《ぎよくひ》、證《しるし》とや、簪《かんざし》を[三九]わきて、方士《ほうじ》に[四〇]たぶ。その時《とき》、方士《ほうじ》、「これは、世《よ》の常《つね》に有《(ある)》もの也。[四一]支證《しゝやう》にたゝず。[四二]叡覽《あいらん》にそなへたてまつらんに、いかなる[四三]密契《みつけい》かありし」。玉妃《ぎよくひ》、

一九 諸本によって、底本の「あらぬ」を改む。
二〇 もと寿王の妃、玄宗の寵妃となる。
二一 胡人。玄宗にそむき、乱をおこす。↓補一〇五。
二二 異国に下しなさった。
二三 中国四川省の方面。
二四 神仙の術をおこなう人。道士。
二五 諸本によって、底本の「ほうか」を改む。
二六 何事でも自由にできる不思議な力。
二七 あらゆる所。一天は、一天下。三千世界は、前出。↓九九頁注七。
二八 「太真院」か。↓補一〇六。
二九 蓬萊山の宮殿。神仙のすみか。
三〇 帝王の妃。楊貴妃をさす。
三一 扉《(とびら)》。
三二 頭に二つのまげを結った女の子。
三三 おやすみになっている。
三四 万法寺本に、「てんし」とある。
三五 長恨歌伝に、「于レ時雲海沈々、洞天日晩、瓊戸重閫、悄然無レ声」とある。雲海沈々は、雲の横たわる海が静まりかえるさま。洞天は、神仙の住むところの空。悄然は、ものさびしいさま。
三六 万法寺本に、「はうしを」、南葵文庫本に、「ほうしを」とある。
三七 手をこまぬきながら、頭をさげて。
三八 やすらかなこと。
三九 彰考館本に、「さきて」とある。
四〇 彰考館本など、「あたふ」とある。「たぶ」ならば、賜うの意。
四一 お会いしたことの証拠にならない。
四二 皇帝に御覧になっていただこう。
四三 秘密の約束。

しばらく案《あん》じて、「天寶《ぼう》[一]十四年の秋七月七日[二]の夜《よ》、天にありて、ねがはくは比翼《ひよく》の鳥《とり》、地《ち》にありて、ねがわ《(は)》くは連理《れんり》の枝《えだ》、天長地久《てんちやうちきう》にして、つくる事なからんと、しらず[三]、奏《そう》せんに、御うたがい《(ひ)》あるべからず」とい《(ひ)》ゝて、玉妃《ぎよくひ》さりぬ。方士《はうじ》かへりまい《(ゐ)》りて、皇帝《くわうてい》に奏聞《そうもん》す。「さること有《(あり)》、方士《はうじ》あやまりなし」とて、飛車《ひしや》[四]にのり、わが朝尾張國《てうをわりの》にあまくだり、八劔明神《やつるぎのめう》[五]とあらはれたまふ。楊貴妃《やうきひ》は、熱田明神《あつたのみやう》[六]にてぞわたらせたまひける。蓬萊宮《ほうらいきう》、すなわ《(は)》ちこの所《ところ》とぞ申《(まうす)》。兵衛佐殿《ひやうへのすけどの》は、若君《わかぎみ》、北《きた》の御方《かた》御ゆくゑ《(へ)》、しらせたてまつる者《もの》なかりしかば、なぐさみたまふ事もなかりけり。

(頼朝《よりとも》[七]、伊東《いとう》をいでたまふ事)

あまつさへ、佐殿《すけどの》をも、夜討《ようち》にしたてまつらんとて、郎等《らうどう》をもよほしける。こゝに、祐親《すけちか》が次男《じなん》伊東《いとうの》九郎祐清《すけきよ》といふものあり。ひそかに佐殿《すけどの》へまい《(ゐ)》り、申《(まうし)》けるは、「親《おや》にて候祐親《すけちか》こそ、ものにくるい《(ひ)》候《(さうらひ)》て、君《きみ》をうちたてまつらんとつかまつり候へ。いづくゑ《(へ)》も御しのび候へ」と申《(まうし)》ければ、頼朝《よりとも》きこしめし、ちやうさい[八]王《わう》が、害《がい》にあひしも、いつはることはしらでなり、ゑみ[九]のうちに刀《かたな》をぬくは、ならひなり、人の心《こゝろ》しりがたければ、君臣父子《くんしんふし》、[一〇]いをもつてを《(お)》そるべし、[一一]いはんや、うたんとするは、親《おや》な

一 七五五年。安禄山の乱のおこった年。
二 白氏文集十二「長恨歌」に、「七月七日長生殿、夜半無レ人私語時、在レ天願作二比翼鳥一、在レ地願為二連理枝一、天長地久有レ時尽、此恨綿綿無二絶期一」とある。「比翼の鳥」は、雌雄の鳥が、おのおの一目一翼で、一体となって飛ぶもの。「連理の枝」は、両株の枝が、たがいに連なって、木理の通じたもの。ともに男女の深い契りのたとえ。
三 真字本に、「人不レ知レ之」、彰考館本に、「人これをしらす」とある。
四 空を飛ぶ車。
五 名古屋市熱田区の八剣神社。
六 名古屋市熱田区の熱田神宮。海道記などでは、それが蓬萊宮にあたるといい、渓嵐拾葉集・楊貴妃物語などでは、さらに楊貴妃をまつるともいう。
七 この物語は、吾妻鏡治承四年十月十九日・寿永元年二月十五日の条に出ている。↓補一〇七。
八 長寿王か。長寿王本起経によると、長寿王は、闘争をきらって、梵摩達哆のために殺されたという。彰考館本に、「張菜王」、大山寺本に、「ちやうせいわう」とある。
九 白氏文集四「天可レ度」に、「笑欣々、笑中有レ刀潜殺レ人」とある。うわべは柔和で、内心は陰険なこと。↓補一〇八。
一〇 彰考館本に、「猶以《なをもつて》」、大山寺本に、「なほ以て」、南葵文庫本に、「なをもつて」とある。

り、つげしらするは、子なり、かた〲[一二]、不審《ふしん》におぼゑ《(え)》たり、いかさま[一三]、われをたば[一四]かるにこそとて、うちとけたまふ[一五]事もなし。「まことに思ひかけられなば、いづくへゆきてものがるべきか。されども、左右《さう》なく自害《じがひ》するにおよばず、人手《で》にかゝらんよりは、なんぢ、はやく頼朝《よりとも》が首《くび》をとりて、父入道《ちゝにうだう》に見せよ」とおほせられければ、祐清《すけきよ》うけたまはりて、「おほせのごとく、かたらひがたき[一六]人の心《こゝろ》にて候。蜂《はち》[一七]をとりて、衣《ころも》の首《くび》にかへして、親子《しんし》の心《こゝろ》にたがひし[一八]も、いつわ《(は)》るたくみなり。君《きみ》おぼしめすも、御理《ことわり》、まことの御心《こゝろ》ざしとはおぼしめさずして、いしやうのはう[一九]、もつとも御うたがひ、理《ことわり》なり。かたじけなくも、不忠《ふちう》申《(まうし)》候はゞ、當國《たうごく》二所大明神《みやうじん》[二〇]の御罰《ばち》をかうぶり、弓矢《ゆみや》の冥加《みやうが》[二一]ながくつき、祐清《すけきよ》が命《いのち》、御前《ぜん》にてはて候《(さうらひ)》なん[二二]」と申《(まうし)》ければ、佐殿《すけどの》きこしめし、大きに御よろこびありて、「かやうにつげしらする心《こゝろ》ざしならば、いかにもよきやうにあひはからい《(ひ)》候へ」とおほせければ、祐清《すけきよ》うけたまはりて、「藤《とう》九郎盛長《もりなが》[二三]、彌《や》三郎成綱《なりつな》をば、君《きみ》御座《ざ》[二四]のやうにて、しばらくこれにおかれ候べし。君《きみ》は、大鹿毛《かげ》[二五]にめされて、鬼武《をにたけ》ばかりめし具《ぐ》し、北條《ほうでう》へ御しのび[二六]候へ」と申《(まうし)》おきて、「御討手《うつて》もやまい《(ゐ)》り候はん、事をのばし候はん」とて、いそぎ御前《ぜん》をたちにけり。

一二 まして。
一三 どちらにしても。
一三 きっと。
一四 謀り欺く。
一五 気をゆるしなさる。
一六 親しく交りがたい。
一七 船橋本孝子伝下の十二・今昔物語集九の二十などに出ている。伊尹の子伯奇は、継母のたくらみによって、父との仲をさかれた。継母は自分の袖に蜂を入れておき、伯奇にそれを取らせたので、子が母を犯そうとするのかと疑われたという。「かへして」は、彰考館本・万法寺本・南葵文庫本に、「かくして」とある。
一八 諸本によって、底本の「たかはし」を改む。
一九 彰考館本に、「異状の法」、大山寺本に、「てい王がはう」とある。「異常の報」か。
二〇 この国の伊豆山権現と箱根権現。伊豆山は、静岡県熱海市内。
二一 戦争における神仏の加護。
二二 終わることでしょう。
二三 延慶本平家物語に、「野三刑部成綱・足立藤九郎盛長」、源平盛衰記に、「野三刑部盛綱・藤九郎盛長」、源平闘諍録に、「定綱・盛長」、真字本に、「盛長・盛綱」とある。盛長は、安達藤九郎、盛綱は、佐々木三郎か。
二四 おいでになること。
二五 真字本に、「云㆓大鹿毛㆒御馬、云㆓鬼武㆒召㆓具舎人計㆒」とある。
二六 ひそかに逃げてください。

（頼朝《よりとも》、北條《ほうでう》へいでたまふ事）

佐《すけ》殿も、ひそかにまぎれ[一]いでさせたまふ。頃《ころ》は、八月下旬《げじゆん》の事なるに、露《つゆ》ふきむすぶ風《かぜ》の音《おと》、[二]わが身一《みひと》つにものさびしく、野邊《のべ》にすだく[三]蟲《むし》の聲《こゑ》、折《おり》からことにあわ《(は)》れなり。[四]有明《ありあけ》の月だにいまだいでざるに、いづくをそこともしらねども、道《みち》をかへて、田面《たのも》をつたひ、草《くさ》をわけつゝ、道《みち》すがらの[五]御祈誓《きせい》には、「[六]南無正《なむしやう》八幡《まん》大菩薩《ぼさつ》の[七]御記文《きもん》に、われ[八]末世《まつせ》に、源氏《げんじ》の身となりて、東《とう》國に住《ぢう》して、夷《えびす》をたい《(ひ)》らげんとこそちかい《(ひ)》ましませ。しかるに、[九]人すたれ、氏《うぢ》ほろびて、[一〇]正統《しやうとう》ののこり、たゞ頼朝《よりとも》ばかりなり。今度《こんど》、榮華《えいぐわ》をひらかずは、誰《たれ》有《(あつ)》て、家《いへ》をおこさんや。世すでに[一一]澆季《げうき》に[一二]のぞみ、人[一三]後胤《こういん》なし。[一四]しからずは、當《たう》國の匹夫《ひつぷ》はやく頼朝《よりとも》が運《うん》をひらかせて、東夷《とうい》をしたがへしめたまへ。となし、ながく本望《ほんまう》をとげしめたまへ」と、御祈誓《きせい》、[一五]夜《よ》もすがらなり。[一六]感應《かんおう》にや、幾《いく》程《ほど》なくして、御代《よ》につきたまひにけり。さても、北條《ほうでうの》四郎時政《ときまさ》がもとにおはせし也。[一七]一向《かう》かれをうちたのみ、年月をおくりたまふ。

（時政《ときまさ》が女《むすめ》の事）

一 混乱に乗じて外へ出なさる。
二 「自分だけに」という意味の歌ことば。
三 集まって鳴く。
四 夜明けに空に残る月。
五 神仏に祈って、誓いをたてられること。
六 源氏の氏神にあたる八幡神をいう。南無は、仏菩薩の名などにかぶせて、帰依の心をあらわす。正八幡は、もと大隅正八幡宮をさしたが、その他の八幡神にも用いられる。大菩薩は、神仏混淆のために、八幡神につけられた称号。
七 縁起を記した文章。八幡宮の縁起は、神道集一に載せられ、真字本にも引かれている。
八 仏法の衰える末の世。
九 源氏の一族が衰亡して。
一〇 正しい血統。
一一 末世。
一二 諸本によって、底本の「のみ」を改む。
一三 子孫。
一四 真字本に、「縦広窺二東国一難レ事、授二当国土民計一、断二運墳腹一、除二愁苦悲一、取二愛子敵伊藤入道首一、手二向我子後生身代一」とある。匹夫は、土民にあたり、身分の卑しい者をいう。
一五 夜どおし。
一六 信心が神霊に通じること。
一七 ひたすらに。

又、かの時政《ときまさ》に、女《むすめ》三人有《(あり)》。一人《ひとり》は、先腹《せんばら》[一八]にて、二十一なり。二三は、當腹《たうはら》[一九]にて、十九・十七にぞなりにける。中《なか》にも、先腹《せんばら》二十一は、美人《びじん》のきこへ《(え)》有《(あり)》。ことに父《ちゝ》、不便《ふびん》に思ひければ、妹《いもふと》二人よりは、すぐれてぞおもひけり。さる程《ほど》に、その頃《ころ》[二〇]、十九の君《きみ》、不思議《ふしぎ》の夢《ゆめ》をぞ見たりける。[二一]たとへば、いづくともなく、たかき峰《みね》にのぼり、月日を左右《さう》の袂《たもと》におさめ《(を)》、橘《たちばな》[二二]の三《(みつ)》なりたる枝《えだ》をかざす[二三]と見て、思ひけるは、男子《おのこゞ》の身なりとも、みづからが、月日をとらん事あるまじ、ましてや、女の身として、おもひもよらず、まことに不思議《ふしぎ》の夢《ゆめ》なり、姉御《あねご》はしらせたまふべし、とひたてまつらんとぞ、いそぎ朝日《あさ》[二四]御前《ぜん》の方《かた》にうつり、こまぐとかたりたまふ。姉《あね》二十一の君《きみ》、くわし《(は)》くきゝて、「まことにめでたき夢《ゆめ》なり。われらが先祖《せんぞ》は、今《いま》に觀音《くはんおん》をあがめたてまつる故《ゆへ》、月日《つき》を左右《さう》の袂《たもと》にをさめたり。又、橘《たちばな》をかざす事は、本説《ほんせつ》[二五]めでたき由來《ゆらい》あり」とて、景行天皇《けいかうてんわう》[二六]の御事をぞおもひいだしける。

## (橘《たちばな》の事)

そもぐ、橘《たちばな》といふ木實《このみ》のはじまりは、「仁王[二七]十一代《だひ》の御門《(み)かど》垂仁天皇《すいにんてんわう》[二八]の御時《とき》よりぞいできける」と、日本紀《につぽんぎ》[二九]は見え、しかるに、この橘《たちばな》は、常世《とこよ》[三〇]の國《くに》より、三まい《(ゐ)》らせた

一八 先妻の子。
一九 今の妻の子。
二〇 この夢のことは、真字本にない。
二一 その内容を細かにいうと。
二二 柑子(こうじ)・蜜柑(みかん)の類。
二三 髪にさす。
二四 時政の長女政子にあたる。真字本には、「万寿御前」と出ている。政子が朝日・万寿と呼ばれた証拠はない。いずれも、中世に人気のあった名。御前は、女に対する敬称。
二五 根拠のすばらしい。
二六 第十二代の天皇。垂仁天皇の皇子。
二七 「人皇」にあたる。神代と区別して、神武天皇以降の歴代をいう。
二八 崇神天皇の皇子。
二九 日本書紀のこと。日本書紀垂仁天皇九十年の条に、「天皇、命二田道間守一、遣二常世国一、令レ求二非時香菓(ときじくのかぐのみ)一」とある。非時香菓は、橘にあたる。古事記中にも、同様な記事がみられる。
三〇 遠く離れた海のかなたの国。不老不死の仙郷とも考えられた。

り。折節《おりふし》、后《きさき》懐妊《くはいにん》し、かの橘《たちばな》をもち給ひて、懐胎《くわいたい》のなやみたえて、御心《こゝろ》[一]すゞしかりけり。されば、かやうの物《もの》もありけるよと、朝夕《てうせき》ねがひたまへ共《(ども)》、わが國になき木《この》實也《み(なり)》ければ、[二]力《ちから》なし。こゝに、[三]間守《けんしゅ》といふ大臣《じん》あり、このねがい《(ひ)》をきゝ、「やすき事なり。異國《いこく》にわたり、とりてまい《(ゐ)》らせん」といひて、たちければ、君《きみ》、よろこびおぼしめして、「さては、いつの頃《ころ》に、歸朝《きてう》すべき[四]」と、[五]宣旨《せんじ》ありければ、「五月には、かならずまい《(ゐ)》るべし」と申《(まうし)》て、わたりぬ。その月をまてども、見えずして、六月になりて、「われはとゞまりて、人して橘《たちばな》を十まい《(ゐ)》らせ、なを《(ほ)》たづねてまい《(ゐ)》るべし」とて、とゞまりけれども、橘《たちばな》のまい《(ゐ)》る事を、后《きさき》、おほきによろこびたまひ、もちい《(ひ)》たまふ。その徳《とく》によりて、皇子《わうじ》御誕生《たんじやう》あり。[六]御位《くらゐ》をたもちたまふ事、百二十年なり。景行天皇《けいかうてんわう》の御事、これなり。その大臣《じん》の袖《そで》[七]の香《か》に、橘《たちばな》のうつりきたりけるを、[八]猿丸《さるまる》大夫《ゆう》が歌《うた》に、

[九]五月《(さつき)》まつ花橘《たちばな》の香《か》をかげば昔《むかし》の人の袖《そで》の香《か》ぞする

とよみたりけり。わが朝《てう》に、たち花うへ《(ゑ)》そめける事、この時《とき》よりぞはじまりける。又、橘《たちばな》に、[一〇]盧橘《ろきつ》といふ名《な》あり。去年《こぞ》の橘《たちばな》におほひしておけば、今年《ことし》の夏《なつ》まであるなり。その色《いろ》、すこしくろきなり。「盧《ろ》」の字《じ》を「くろし」とよめばなり。さても、この二十一の君《きみ》、女性《しやう》ながら、[一一]才覺《さいかく》人にすぐれしかば、かやうの事をおもひいだしけるにや。げにも、景行帝《けいかうのみかど》、橘《たちばな》をねがひ、誕生《たんじやう》ありし事[一二]、幾程《いくほど》なくて、[一三]若君《わかぎみ》いできたり、頼朝《よりとも》

一 さっぱりした。

二 どうにもならない。

三 田道間守(たじまもり)をいう。古事記には、「三宅連等之祖、名多遅摩毛理」とある。

四 諸本によって、底本の「へう」を改む。

五 天皇の仰せを宣べ伝える公文書。

六 日本書紀によると、景行天皇の治世六十年という。

七 諸本によって、底本の「そかに」を改む。

八 三十六歌仙の一で、平安初期の人ともいうが、その伝記はよくわからない。ただ猿丸の名だけが、人丸と並んで、ひろくもてはやされている。

九 古今集夏の「よみ人しらず」の歌。五月を待って咲く花橘の香をかぐと、昔なじみの人の袖の香がして、なつかしく思われるの意。

一〇 枇杷(びわ)または金柑(きんかん)の異名。本草綱目「金柑」に、「此橘生時青盧色、黄熟則如レ金、故有二金橘盧橘之名一、盧黒名也」とある。

一一 知恵のはたらき。

一二 彰考館本・南葵文庫本に、「ことく」、王堂本に、「ごとくに」とある。

一三 後の頼家と実朝。

一四 天下。国内。

一五 三国遺事一に、妹の文姫が姉の宝

の御後《あと》をつぎ、[一四]四海《かひ》をお《(を)》さめたてまつる。されば、[一五]この夢《ゆめ》をいゝ《(ひ)》おどして、かい《(ひ)》とらばやとおもひければ、「この夢《ゆめ》、かへす〴〵おそろしき夢《ゆめ》なり。よき夢《ゆめ》を見ては、三年《とせ》はかたらず。あしき夢《ゆめ》を見ては、七日のうちにかたりぬれば、おほきなる[一六]つゝしみあり。いかゞすべき」とぞおどしける。十九の君《きみ》は、いつはりとはおもひもよらで、「さては、いかゞせん。[一七]よきにはからひてたびてんや」と、大きにおそれけり。「されば、かやうに、あしき夢《ゆめ》をば轉《てん》じかへて、難《なん》をのがるゝとこそきゝてさぶらへ」とありければ、「さらば、[一八]うりかふといへば、のがるゝなり。うりたまへ」といふ。「轉《てん》ずるとは、何《なに》とする事ぞや。みづからこゝろへ《(え)》がたし。はからひたまへ」とありければ、「さらば、[一八]うりかふといへば、のがるゝなり。うりたまへ」といふ。かう《(ふ)》者《もの》のありてこそ、うられ候へ、目《め》にも見えず、手《て》にもとられぬ夢《ゆめ》の跡《あと》、[一九]現《うつゝ》に誰《たれ》かかう《(ふ)》べしと、思ひわづらふ色《いろ》見えぬ。「さらば、この夢《ゆめ》をば、わらはかい《(ひ)》とりて、御身の難《なん》をのぞきたてまつらん」といふ。「[二〇]身づからがもとより主《ぬし》、あしくとても、うらみなし。[二一]御ためあしくは、いかゞ」といひければ、「さればこそ、[二二]うりかふといへば、轉《てん》ずるにて、主《ぬし》も身づからも、[二三]くるしかるまじ」と、[二四]まことしやかにこしらへければ、「さらば」とよろこびて、うりわたしけるぞ、後《のち》に、くやしくはおぼえける。このことばにつきて、二十一の君《きみ》、「何《なに》にてかかい《(ひ)》たてまつらん。もとより[二五]所望《しよまう》の物なれば」とて、北條《ほうでう》の家《いゑ》につたわ《(は)》る[二六]唐《から》の鏡《かゞみ》をとりいだし、[二七]唐綾《からあや》の[二八]小袖《こそで》一かさねそへわたされけ

姫の夢を買いとったという。夢を買いとるということは、宇治拾遺物語「夢買人事」などに語られ、夢買長者などの昔話としても伝えられる。柳田国男氏「初夢と昔話」(『昔話と文学』所収)など参照。
一六 忌みつつしむこと。不幸などをいう。
一七 適当に処置してくださいよ。
一八 一方が「売る」といい、他方が「買う」というと。
一九 現実に誰が買おうか。
二〇 彰考館本・南葵文庫本に、「みつからはもとよりぬし、あしくとても、うらみなし」、万法寺本に、「みつからかもとより、よしあしとても、うらみなし」、大山寺本に、「わらははもとより、あしくとても、うらみなし」、流布本に、「みづからが事は、もとよりうらみなし」とある。自分はもともと夢を見た当人であるから、悪い結果となっても、恨むことはないの意か。
二一 あなたにとって。
二二 諸本によって、底本の「うりかふも」を改む。
二三 さしつかえあるまい。
二四 いかにも本当らしく作りごとを言ったので。
二五 望むところ。
二六 中国から渡来した鏡。
二七 中国から渡来した浮織の綾。綸子(りんず)の類。
二八 袖の小さい着物。素襖・直垂などの袖の大きいものに対していう。

一 諸本によって、底本の「わかかたと」を改む。
二 諸本によって、「君…おもひければ」を補う。
三 うきたって落ちつかない。
四 ちょっとしたついでに手紙でしらせたい。
五 みにくい女。
六 最後まで愛しなさる。
七 書いた文字。
八 姉の姫の乳母か。
九 八幡の神使か。
一〇 大空。

り。十九の君《きみ》、なのめならずによろこびて、[一]わが方《かた》にかへり、「日ごろの所望《しよまう》かなひぬ。この鏡《かゞみ》の主《ぬし》になりぬ」とよろこびけるぞ、おろかなる。この二十一の君[二]をば、父ことに不便《ふびん》におもひければ、この鏡《かゞみ》をゆづりけるとかや。さる程《ほど》に、佐殿《すけどの》、時政《ときまさ》に女《むすめ》あまたあるよしきこしめし、伊東《いとう》にてもこりたまはず、[三]上《うは》の空《そら》なるものおもひを、[四]風《かせ》のたよりにおとづればやとおぼしめし、内々《ないく》人にとひ給へば、「當腹《たうはら》二人は、ことのほか[五]惡《あく》女なり。先腹《せんばら》二十一の方《かた》へ、御文《ふみ》ならば、たまはりてまい《(ゐ)》らせん」と申《(まうし)》ける。伊東《いとう》にて物おもひしも、繼母《まゝはゝ》ゆへ《(ゑ)》なり。いかにわろくとも、當腹《たうはら》をとおぼしめしさだめられて、十九の方《かた》へ、御文《ふみ》をぞあそばしける。藤《とう》九郎盛長《もりなが》は、これをたまはりて、つく〴〵おもひけるは、當腹《たうはら》共は、事のほか惡女《あくじよ》のきこへ《(え)》あり、君《きみ》[六]おぼしめしとげん事あるべからず、北條《ほうでう》にさへ、御仲《なか》たがはせたまひては、いづかたに御いりあるべき、果報《くわほう》こそ、おとりたてまつるとも、[七]手跡《しゆせき》は、いかでかおとりたてまつるべきとて、御文《ふみ》を二十一の方《かた》へとぞかきかへける。さて、[八]少將《せうしやう》の局《つぼね》して、まひ《(ゐ)》らせたりけり。姫君《ひめぎみ》御覧《らん》じて、おぼしめしあわ《(は)》する事有《(あり)》、この曉《あかつき》、[九]しろき鳩《はと》一つとびきたりて、口《くち》より金《こがね》の箱《はこ》に文《ふみ》をいれてふきいだし、わらわ《(は)》が膝《ひざ》の上《うへ》におき、[一〇]虚空《こくう》にとびさりぬ、ひらきて見れば、佐《すけ》殿の御文《ふみ》なり、いそぎ箱《はこ》にお《(を)》さむるとおもへば、夢《ゆめ》なり、今現《いまうつゝ》に文《ふみ》見る事、不思議《ふしぎ》さよとおぼしめして、うちおきぬ。その後《のち》、文《ふみ》の數《かず》かさなりければ、夜《よ》な〳〵

しのびて、褄《つま》[一一]をぞかさねたまひける。かくて、年月をくり(お)たまふ程《ほど》に、北條《ほうでう》の四郎時政《ときまさ》、京《さやう》よりくだりけるが、道《みち》にてこの事をきゝ、ゆゝ[一二]しき大事いできたり、平家《へいけ》へきこへ(え)てはいかならんと、大きにさ[一三]わぎ思ひけり。さりながら、しづかにものを案《あん》ずるに、時政《ときまさ》が先祖《せんぞ》上總守《かづさのかみ》[一四]なをたか(ほ)は、伊豫殿《いよどの》[一五]の關東下向《くはんとうげかう》の時《とき》、聟《むこ》にとりたてまつりて、八幡殿《まんどの》[一六]以下《いげ》の子孫《しそん》いできたり、今《いま》に繁昌《はんじやう》、年《とし》ひさし。

（兼隆聟《かねたかむこ》[一七]にとる事）

かやうの昔《むかし》を案《あん》ずるに、あしざまにはあらじとおもひけれども、平家《へいけ》の侍《さぶらい》に、山木《やまきの》判官《はんぐわん》兼隆《かねたか》といふ者《もの》を同道《どうだう》[一八]してくだりけり。道《みち》にて、何《なに》となき事のついでに、「御分《ぶん》を時政《ときまさ》が聟《むこ》にとらん」といひたりしことばのちがひなば、「源氏《げんぢ》の流人《るにん》、聟《むこ》にとりたり」とうつたへられては、罪科《ざいくわ》[一九]のがれがたし、いかゞせんと思ひければ、伊豆《いづ》[二〇]の國府《こう》につき、かの目代《もくだい》[二一]兼隆《かねたか》にいひあわせ(は)、しらず顔《がほ》にて、女《むすめ》とりかへし、山木《やまき》判官《はんぐわん》にとらせけり。されども、佐殿《すけどの》にちぎりやふか[二二]ゝりけん、一夜《よ》をもあかさで、その夜《よ》のうちに、にげいでゝ、ちかくめしつかい(ひ)ける女房《ねうばう》一人具《ぐ》して、ふかき叢《くさむら》をわけ、足《あし》にまかせて、あしびきの[二三]山路《ぢ》をこへ(え)、夜《よ》もすがら、伊豆《いづ》[二四]の御山にわけ入(いり)給ひぬ。ちぎりくちずは[二五]、

一一 契りを結びなさった。褄は、着物の裾の両端。
一二 容易でない。
一三 驚きあわてた。
一四 真字本に、「上野守直方」とある。尊卑分脈によると、直方は、「大夫尉上総介従五上」、その女子は、「源頼義朝臣室」とある。
一五 伊予守源頼義。平忠常の乱、前九年の役に、東国に下った。
一六 八幡太郎源義家。
一七 平家の一族、和泉守信兼の子。山木の館にあって、山木判官という。山木は、静岡県田方郡韮山町。
一八 連れだって。
一九 処罰。
二〇 静岡県三島市内。
二一 国守の代理として、任国に赴き、事務を扱うもの。兼隆は、伊豆国の目代であった。
二二 縁が深かったのであろうか。
二三 「山」にかかる枕詞。
二四 静岡県熱海市の伊豆山権現。箱根とともに、二所権現と称せられた。真字本には、「主従三人女房達、伊豆御山入二聞性坊一。申二彼聞性房一、即今密厳院是。彼坊主申二卿律師一、兵衛佐殿御師匠」とある。
二五 夫婦の縁がなくならなければ。

[一]出雲路《いづもじ》の神《かみ》のちかひは、[二]妹背《いもせ》の中《なか》はかわ《(は)》らじとこそ、まぼりたまふなれ。たのむめぐみのくちせずは、[三]末《すゑ》の世かけて、もろともにすみはつべしと、いのりたまひけるとかや。

[四]そも〳〵、出雲路《いづもぢ》の神《かみ》と申《(まうす)》は、昔《むかし》、[五]けいしやうといふ國に、男《おとこ》を伯陽《はくやう》、女を遊子《ゆうし》とて、夫婦《ふうふ》の物有《(あり)》けるが、月に共《(とも)》なひて、夜《よ》もすがら、ぬる事なくして、道《みち》にたち、夕《ゆふべ》には、東《とう》山の峰《みね》に[六]心《こゝろ》をすまし、月《つき》のおそくいづる事をうらみ、暁《あかつき》は、晴天《せいてん》の雲《くも》に[七]うそぶき、くもりなき夜《よ》をよろこび、雨雲《あまぐも》の空《そら》をかなしみて、年月をおくりしに、伯陽《はくやう》九十九の年《とし》、[八]死門《しもん》にのぞまむとせし時《とき》、遊子《ゆうし》にむかひ申《(まうす)》やう、「われ、月に共《(とも)》なひて、めづる事、世《よ》の人にこへ《(え)》たり。一人《ひとり》なりとも、月を見る事、を《(お)》こたらざれ」といひければ、遊子《ゆうし》、涙《なみだ》をながして、「なんぢ、まさにしなば、われひとり月を見る事あるべからず。もろともにしなん」とかなしめば、伯陽《はくやう》かさねて申《(まうす)》やう、「[九]偕老同穴《かいらうとうけつ》のちぎり、百年《ひやくねん》にあたれり。月を形《かた》見に見よ」とて、[一〇]つい《(ひ)》にはかなくなりにけり。ちぎりしごとく、遊子《ゆうし》は[一一]内《うち》にいる事もなくして、月《つき》にともなひありきしが、これもかぎりありければ、つい《(ひ)》にはかなくなりにけり。されども、夫婦《ふうふ》もろともに月に心《こゝろ》をとめし故《ゆへ》に、[一二]天上《てんじやう》の果《くわ》をうけ、二の星《ほし》なるとかや、[一三]牽牛織女《けんぎうしよくぢよ》これなり。また、[一四]さいの神《かみ》とも申《(まうす)》なり。[一五]道祖神《だうそぢん》ともあらはれ、夫婦《ふうふ》の中をまぼりたまふ御ちかひ、たのもしくぞおぼえける。

一 京都市上京区今出川幸神町の出雲路道祖神社。源平盛衰記七に、「都賀茂川原西、一条北辺におはする出雲路の道祖神」とある。
二 夫婦。
三 後の世にわたって、いつまでもいっしょにくらそう。
四 この物語は、真字本にない。流布本には、「けんぎうしょく女（ぢょ）の事」の一節をたてる。鴉鷺合戦物語二に、同様な記事がみられる。→補一〇九。
五 鴉鷺合戦物語に、「瓊」とある。
六 心の汚れを清め。
七 詩歌を吟じ。
八 死のうとした。
九 夫婦の堅い約束。生きては、ともに老いるまで連れそい、死んでは、同じ穴に葬られるの意。詩経邶風に、「死生契闊、与レ子成レ説、執二子之手一、与レ子偕老」、また、同王風に、「穀則異レ室、死則同レ穴」とある。易林本節用集に、「偕老同穴（カイラウトウケツ）、毛詩夫婦堅約之義」とある。
一〇 命が絶えた。
一一 諸本によって、底本の「うちいる」を改む。
一二 天に上るというむくい。
一三 彦星と織姫。七夕にまつられる星。
一四 正しくは「さへの神」。邪霊の侵入を防ぎ、行路の安全を守る神。さらに、男女の縁を結ぶ神とも信ぜられた。
一五 行路の安全を守る神で、「さへの神」と習合されている。→補一一〇。
一六 前出。→四九頁注一六。史記高祖

又、つたへきく、一六漢《かん》の高祖《かうそ》、はうやう山《さん》といふ山《やま》にこもり給ひしに、こうろ大子もろともに、一七紫雲《しうん》を一八しるべしとて、ふかき山路にわけいりし心《こゝろ》ざし、これにはすぎじとぞ見えし。さて、佐殿《すけどの》へひそかに人をまい《(ゐ)》らせ、かくと申させたまひしかば、鞭《むち》をあげてぞ、のぼりたまい《(ひ)》ける。目代《もくだい》はたづねけれども、なを《(ほ)》山ふかく入《(いり)》たまひければ、力《ちから》およばず、北條《ほうでう》は、しらず顔《がほ》にて、年月をぞを《(お)》くりける。伊東《いとう》がふるまひにはかはりたるにや、一九果報《くわほう》のいたすところなり。

## 二〇（盛長《もりなが》が夢《ゆめ》見の事）

こゝに、二一懐島平権守景信《ふところじまのへいごんのかみかげのぶ》といふ者《もの》あり。この程《ほど》、兵衛佐殿《ひやうへのすけどの》、伊豆《いづ》の御山にしのびてましますよしつたへきゝ、「かやうの時《とき》こそ、二二奉公《ほうこう》をばいたさめ」とて、二三一夜宿直《やとのい》にまい《(ゐ)》りけり。藤九郎盛長《もりなが》も、おなじく宿直《とのゐ》つかまつる。夜半《やはん》ばかりに、二四うちおどろきて、申《(まうし)》けるは、「今夜《こんや》、盛長《もりなが》こそ、君《きみ》の御ために、めでたき御二五示現《じげん》をかうぶりて候へ。御耳《みみ》を二六そばたて、御心をしづめ、たしかにきこしめせ。君《きみ》は、二七矢倉嶽《やぐらがだけ》に御腰《こし》をかけられしに、二八一品房《いつぽんばう》は、金《こがね》の大瓶《たいへい》をいだき、二九實近《さねちか》は、御疊《たゝみ》をしき、三〇也《(なり)》つなは、銀《しろかね》の折敷《おしき》三一に、金《こがね》の御盃《さかずき》をする《(ゑ)》、盛長《もりなが》は、銀《しろかね》の銚子《てうし》に、御盃《さかづき》三二まい《(ゐ)》らせつるに、君《きみ》、三度《ど》三三きこしめ

一六 本紀に、「高祖即自疑、亡匿隠二於芒碭山沢巌石之間一。呂后与レ人倶求常得レ之。高祖怪問レ之、呂后曰、季所レ居常有二雲気一。故従往常得レ季」とある。「はうやう山」は、芒碭《ぼうとう》山。「こうろ大子」は、「后呂大后」で、呂后《りよこう》にあたる。
一七 諸本によって、底本の「しこん」を改む。
一八「しるべとして」の誤か。「しるべ」は、道の案内をするもの。→補一一一。
一九 生まれつきさずかったしあわせ。
二〇 前出。→一〇九頁注二三。この物語は、源平盛衰記十八・舞の本「夢あはせ」などにもみられる。
二一 さきに、「大庭平太景信」として出る。→六七頁注三五。真字本などに、「懐島平権守景義」とある。懐島は、神奈川県茅ケ崎市。→補一一二。
二二 功績をたてよう。→六七頁注四一。
二三 貴人のもとに泊まって仕えること。
二四 はっと目をさまして。
二五 神仏が霊験を示すこと。
二六 傾けて。
二七 神奈川県足柄上郡南足柄町。足柄峠の北にあたる。
二八 真字本に、「伊保房」とある。
二九 未詳。
三〇「成綱」にあたる。真字本に、「盛綱」、彰考館本・大山寺本に、「成綱」、万法寺本・南葵文庫本・流布本に、「なりつな」とある。→一〇九頁注二三。
三一 薄く削った板で作った盆。
三二 さしあげた。
三三 お飲みになって。

されて後《のち》は、箱根《はこね》御參詣《さんけい》ありしに、左《ひだり》の御足《あし》にては、[一]外濱《そとのはま》をふみ、右《みぎ》の御足《あし》にては、[二]鬼界島《きかいがしま》をふみたまふ。左右の御袂《たもと》には、月日を[三]やどしたてまつり、小松《こまつ》三本頭《ぼんかしら》にいたゞき、南《みなみ》むきにあゆませたまふと見たてまつりぬ」と申《(まうし)》ければ、佐殿《すけどの》、きこしめして、大きによろこび給ひて、「頼朝《よりとも》、この曉《あかつき》、[四]不思議《ふしぎ》の靈夢《れいむ》をかうむりつるぞや。虛空《こくう》より山鳩《ばと》三きたりて、頼朝《よりとも》が[五]髻《たぶさ》に巢《す》をくい《(ひ)》、子をうむと見つるなり。これ、[六]しかしながら、八幡《まん》大菩薩《ぼさつ》のまぼらせたまふと、たのもしくおぼゆる」とおほせられければ、

## (景信《かげのぶ》が夢《ゆめ》あはせ事)

景信《かげのぶ》申《(まうし)》けるは、「盛長《もりなが》がゝ示現《じげん》にを《(お)》ゐ《(い)》ては、景信《かげのぶ》[七]あはせ候はん。まづ、君《きみ》、矢倉嶽《やぐらがだけ》にましく\けるは、御先祖《せんぞ》[八]八滿殿《どの》のゝ御子孫《しそん》、[九]東《とう》八か國を[一〇]御屋敷所《やしきどころ》にさせたまふべきなり。御酒《さけ》きこしめしけるとみつるは、理《ことはり》なり。[一一]當時《たうじ》、君《きみ》の御有様《ありさま》は、[一二]無明《むみやう》の酒《さけ》によわ《(は)》せ給ふなり。しかれば、ゐひはつい《(ひ)》にさむるものにて、「[一三]三木《みき》」の三文字《もんじ》を[一四]かたどり、ちかくは三月、とお《(ほ)》くは三年《ねん》に、御ゐひさむべし。

一　陸奥湾に沿った津軽半島の海辺をいう。特に善知島(うとう)の伝説で知られている。その地名は、「率土浜(そつとのひん)」という語につながるものか。
二　ひろく薩摩南方の諸島をさすともいうが、延慶本平家物語によると、鹿児島県大島郡の硫黄島にあたるようである。罪人を島流しにした所。
三　おいれして。
四　神仏の示される不思議な夢。
五　髪を頂で束ねたところ。
六　まったく。すべて。
七　夢あわせをしよう。夢を考えあわせて、吉凶をうらなおう。
八　「八幡殿」にあたる。
九　関東八カ国。↓七八頁注二一。
一〇　お屋敷とする場所。
一一　ただ今。
一二　無明が本心をくらますさまを酒にたとえている。無明とは、一切諸法の真理にくらいこと。
一三　酒の異名。以下に詳しく説く。
一四　うつし。

## ([一五]酒《さけ》の事)

又、酒《さけ》は、[一六]忘憂《ばうゆう》の徳《とく》あり。さるにより、數《かず》の異名《いみやう》候。中《なか》にも、「[一七]三木《みき》」と申《(まうす)》事は、昔《むかし》、[一八]漢《かん》の明帝《めいてい》の時《とき》、三年[一九]旱魃《かんばつ》しければ、水《みづ》に[二〇]う《(ゑ)》へて、人民《みん》を《(お)》ゝ《(ほ)》く死《し》す。御門《(み)かど》、大きになげきたまひて、天にいのりたまへども、驗《しるし》なし。いかゞせんとかなしみたまひける。その國の傍《かたはら》に、[二一]せきそといふいやしき民《たみ》あり。かれが家《いゑ》の園《その》に、桑《くわ》の木《き》三本《ぼん》ありけるに、水鳥《みづとり》、常《つね》におい《(ゐ)》てあそぶ。主《ぬし》あやしみて、ゆきて見れば、かの木《き》の[二二]うろに、竹《たけ》の葉《は》を《(お)》ゝ《(ほ)》へる物《もの》あり。とりのけて見るに、水《みづ》なり。なめてみれば、美酒《びしゆ》也。すなわ《(は)》ち、これをとりて、國王《こくわう》にさゝぐ。しかれば、一度《ど》口《くち》につくれば、七日餓《うゑ》をわするゝ徳《とく》あり。御門《(み)かど》、感《かん》じおぼしめして、水鳥《みづとり》のを《(お)》としを《(お)》きたる羽《は》をとりて、[二三]餓死《うゑじに》の口《くち》にそゝきたまへば、死《し》人こと〴〵くよみがへり、うゑたる物は、力《ちから》をゑ《(え)》、めでたし共《(とも)》、いふはかりなし。すなわ《(は)》ち、せきそをめして、一國の守《かみ》に任《にん》ず。桑《くわ》の木《き》三本《ぼん》より出《(いで)》きたればとて、「三木《みき》」と申《(まうす)》なり。さても、この酒《さけ》は、いかにしていでくるぞとたづぬれば、せきそが子に、[二四]くわうりといふものあり。繼母《まゝはゝ》、ことにすぐれて、これをにくみ、毒《どく》をいれてくわ《(は)》せける。されども、くわうり、繼母《まゝはゝ》のならひと[二五]おもひなずらへて、さらにうらむる心《こゝろ》なくして、この木《き》のうろにいれを《(お)》き、竹《たけ》の葉《は》を《(お)》ゝ《(ほ)》い《(ひ)》ておきたりける

一五 景信のことばの続き。酒についての説明は、真字本にない。

一六 彰考館本に、「忘レ憂〈うれへをわする〉の徳」とある。下学集に、「忘憂物〈バウイウブツ〉酒異名也、飲レ酒則忘レ憂也」とある。

一七 「み」は、美称で、「き」は、酒の古語。顕昭古今集註十七・河海抄一などにも、これと近い説がみられるが、壒嚢鈔六には、「昔シ漢朝ニ劉石ト云者アリキ。継母ニ合テケルカ、其継母、我ガ実子ニハ能飯食セ、孤子ニハ、糟糠ノ飯ヲ与ヘケリ、劉石是ヲ不レ得レ食為、家近所ニ、木ノ股ノ有ケルニ、棄置ケリ、自然ニ雨水落積、漸乱テ後芳バシカリシハ、劉石試レ之其味妙ナリ。仍竹葉ヲ折テ指覆、其心ヲ以テ、酒ヲ作テ、国王奉リシカ、味ヒ比无為、褒美ニ預リ、献賞ヲ蒙テ、家富ミケル也。是ニ依テ、酒ヲ竹葉ト云々」とある。

一八 後漢の第二代の皇帝。

一九 ひでり。

二〇 乏しくて。

二一 彰考館本に、「石祚」とある。

二二 うつろ。穴。

二三 彰考館本に、「飢死〈うへしに〉の人民の口に」、流布本に、「うへて死〈し〉するもののくちに」とある。

二四 彰考館本に、「荒里」とある。

二五 思いくらべて。

が、はじめいれたる飯《いゝ》は、[一]麹《こうじ》となり、後《のち》にいれける飯《いひ》は、天《てん》よりくだる[二]雨露《うろ》のめぐみをうけて、くちて美酒《びしゆ》とぞなりける。[三]「毒薬變《どくやくへん》じて、薬《くすり》となる」とは、この時《とき》よりのことばなり。又、酒《さけ》をのみて、[四]風《かぜ》のさる事三寸なれば、「三寸《みき》」ともかけり。これは、「風妨《ふうばう》」[五]家隆卿《かりうのきやう》のいゝ《(ひ)》けるなり。[六]馬《むま》の寸《す》を「き」といへば、その故《ゆへ》もあるにや。又、[七]「風《かぜ》のさまたるく義《ぎ》なり。また、ある者《もの》の家《いゑ》に、杉《すぎ》三本《ぼん》あり。その木《き》のしたゞり、岩《いは》の上《うへ》にを《(お)》ちたまり、酒《さけ》となるといふ説《せつ》あり。その時《とき》は、「三木《みき》」とかくべきか。又、[八]しん心ほうにいわ《(は)》く、[九]「新酒《しんしゆ》百薬長《やくちやう》たり」ともかけり。[一〇]漢書《かむじよ》には、「せきそ、みきをゑ《(え)》て、天命《てんめひ》をたすく」とかけり。又、[一一]慈童《じどう》といひし者《もの》は、七百歳《さい》をゑ《(え)》て、[一二]彭祖《はうそ》と名《な》をかへし仙人《せんにん》、[一三]菊水《きくすい》とてもてあそびけるも、この酒《さけ》なり。これは、[一四]法華經普門品《ほけきやうふもんぼん》の[一五]二句《く》の偈《げ》をきゝし故《ゆへ》に、菊《きく》の下ゆく[一六]水《みづ》、不死《ふし》の薬《くすり》と也《(なり)》けるを、この仙人《せんにん》はもちひけるとかや。[一七]大《(おほ)》やけにも、これをうつして、[一八]重陽《てうやう》の宴《ゑん》とて、酒《さけ》に菊《きく》をいれてもちひたまふ。上《うゑ》よりくだる雨露《うろ》のめぐみ、下《した》にさしくる月日の光《ひかり》、あまねく君《きみ》の御めぐみにもれたる品《しな》はなきにこそ、たかきも、いやしきも、酒《さけ》はいわい《(は)(ひ)》にすぐれ、神も[一九]納受《なうじう》、佛《ほとけ》も[二〇]憐愍《れんみん》あるとかや。君《きみ》もきこしめされつる三きのごとくに、すぎにしうきをわすれさせ給ふ。日本國《ぼんこく》を[二一]したがへさせたまひし。左右の御足《あし》にて、外濱《そとのはま》と鬼界島《きかひがしま》をふみ給ひけるは、[二二]秋津洲《あきつしま》のこりなく、したがへさせたまふべきにや。左右の御袂《たもと》に、月日をや

一 米・麦・豆などを蒸してねかせ、これに麹菌を繁殖させた物。
二 雨と露。すばらしい恵みのたとえ。
三 平治物語(古活字本)下「頼朝義兵を挙げらるゝ事」に、「毒薬変じて甘露となる」とある。
四 顕昭古今集註に、「酒ハ霧ニ三寸ヲフセグ」とある。風とは、風の病で、邪気にあたっておこる病気。
五 藤原家隆(いえたか)。鎌倉初期の歌人。
六 馬のたけを計るのに、四尺以上を何寸(き)と数える。↓補一一三。
七「風をさまたぐる」か。↓補一一四。
八 彰考館本・南葵文庫本に、「医心方〈いしんほう〉」とある。医心方は、丹波康頼撰の医書。この語は、同書にない。
九 漢書食貨志に、「酒百薬之長」とある。
一〇 班固撰の史書。この語は、同書にない。
一一 周の穆王(ぼくおう)の侍童。罪を得て酈県(れきけん)に流され、そこで菊水を飲んで、不老不死の身となる。この物語は、太平記十三「竜馬進奏事」・謡曲「菊慈童」などにもある。
一二 殷の大夫。七百余歳(八百余歳とも)の長寿を保った。↓補一一五。
一三 中国河南省の南陽酈県にある川。この川に、菊の露がしたたり落ち、その水を飲むと、長生きするという。
一四 観音経にあたる。
一五 万法甚深最頂仏心法要下によると、同経の「慈眼視衆生、福寿海無量」という文句をさす。

どしたまひけるは、主上《しゆしやう》・上皇《しやうくわう》の[二三]御後見《こうけん》にをゐ《(お)(い)》ては、うたがひあるべからず候。小《こ》松《まつ》三本頭《ぼんかしら》にいたゞきたまへるは、[二四]八幡《まん》三所の[二五]擁護《おうご》[二六]あらたにして、[二七]千秋萬歳《せんしうばんぜい》をたもちたまふべき[二八]御相《さう》なり。又、南《みなみ》むきにあゆませ給ひけるは、主上《しゆしやう》[二九]御在位《ざいゐ》の、[三〇]大極殿《だいこくでん》の南面《なんめん》にして、[三一]天子《てんし》の位《くらい》をふみたまふとこそうけたまはり候へ。御運《うん》をひらきたまはむ事、これにおなじ」と申《(まうし)》ければ、佐殿《すけ》よろこびたまひて、「景信《かげのぶ》があわ《(は)》するごとく、頼朝《よりとも》、世《よ》にいづる事あらば、夢《ゆめ》あわ《(は)》せの[三二]へんとうあるべし」とぞおほせられける。

（頼朝《よりとも》謀叛《むほん》の事）

さる程《ほど》に、まことに謀叛《むほん》の事有《(あり)》。[三三]たとへば、[三四]さんぬる平治元年《へいぢぐはん》、[三五]右衛《ゑ》門督《もんのかみ》藤原《ふぢはらの》信《のぶ》頼卿《よりのきやう》、[三六]左馬頭《さまのかみ》源《みなもとの》義朝《よしとも》をかたらい《(ひ)》て、[三七]梟悪《けうあく》をくわ《(は)》たつ。しかれば、清盛《きよもり》、これを[三八]追《つい》罰《ばつ》し、件《くだん》の族《やから》を[三九]配流《はいる》せしよりこのかた、源氏《げんじ》退散《たひさん》して、平家《へいけ》繁昌《はんじやう》す。されば、朝恩《てうおん》にほこりて、叡慮《ゑいりよ》をなやましたてまつる事、古今《ここん》にたぐい《(ひ)》なし。あまつさへ、その身、[四〇]一人師範《しはん》にあらずして、かたじけなくも、大政《じやう》大臣《じん》の位《くらゐ》をけがす。かくのごとく、[四一]近衛《こんゑの》太將《しやう》、左右に兄弟《きやうだい》あひならぶ事、凡人《ぼんにん》にをゐ《(お)(い)》て、先例《せんれい》になしといへども、はじめてこの義《ぎ》をやぶる。又、[四二]佛餉《ぶつしやう》の田苑《でんおん》をとゞめ、神明《しむめい》の國郡《ぐん》をくつ返し、わが朝《てう》六十餘《よ》

一六 諸本によって、底本の「くゆ」を改む。
一七 朝廷。
一八 陰暦九月九日の節供。
一九 うけいれること。
二〇 あわれむこと。
二一 「…たまふべし」か。↓補一一六。
二二 日本国の異称。
二三 後楯となって助けてくださること。
二四 八幡宮の三柱の祭神。応神天皇・神功皇后・姫大神をさすという。
二五 まもること。
二六 あらたかで。
二七 千万年。長寿を祝することば。
二八 相は、物にあらわれた吉凶。
二九 「御在位の時」か。↓補一一七。
三〇 大内裏(だいだいり)の北部中央の正殿。
三一 大極殿の中央の高御座(たかみくら)。
三二 「纏頭(てんとう)」で、褒美に与える物。↓補一一八。
三三 その内容をくわしく言うと。
三四 過ぎさった。
三五 後白河上皇の寵臣。
三六 為義の長子。頼朝の父。
三七 ひどい悪事。
三八 討手をさしむけて討ちとり。
三九 流罪に処した。
四〇 天子の模範となる者。↓補一一九。
四一 「近衛大将」にあたる。真字本に、「至二子息等一、為二近衛大将一、兄弟相二並左右一」とある。↓補一二〇。
四二 真字本に、「留二仏陀田苑一、倒二神明寄所一」とある。「仏餉の田苑」は、いわゆる仏餉田で、仏供の料となる田。

州《しう》のうち、三十餘國《よ》は、かの一族領《ぞくりやう》す。又、[一]三公《こう》九卿《きやう》の位《くらい》、[二]月卿雲客《げつけいうんかく》の官職《くはんしよく》、大略《たひりやく》この一門《もん》ふさぐ。かやうのおごりのあまりにや、さしたる科《とが》もなきに、臣下《しんか》[三]卿相《けいしやう》、おほく罪科《ざいくわ》にを《(お)》こなひ、あまつさへ、[四]法皇《ほうわう》を鳥羽殿《とばどの》におしこめたてまつり、天下をわがまゝにする。つら〳〵、舊記《きうき》をおもへば、[五]楊國忠《やうこくちう》が叡慮《ゑいりよ》にそむき、[六]安祿山《あんろくざん》が[七]朝章《てうしやう》をみだりし悪行《あくぎやう》も、かくのごとくの事はなし。[八]人臣皇事《しんわうじ》をうばはざるほかは、これ體《てい》の悪《あく》行《ぎやう》、異國《いこく》にもいまだ先例《せんれい》をきかず。いはんや、我朝《(わが)てう》にを《(お)》ゐ《(い)》てお《(を)》や。かかりければ、後《ご》白河院《しらかわのゐん》の第《だい》二の皇子《わうじ》[九]高倉宮《たかくらのみや》を、[一〇]源《げん》三位入道頼政《みにうだうよりまさ》、謀叛《むほん》をすゝめたてまつる。治承《ぢせう》四年《ねん》四月二十四日の曉《あかつき》、諸《しよ》國の源氏《げんじ》に[一一]院宣《いんぜん》をくださる。御つかひは、[一二]十郎藏人行家《くらんどゆきいゑ》なり。おなじき五月八日に、行家《ゆきいゑ》、伊豆國《いづの》につき、兵衛佐殿《ひやうへのすけどの》に院宣《いんぜん》をつげたてまつる。院宣《いんぜん》の[一三]案《あん》をかき、やがて常陸國《ひたちの》にくだり、[一四]志太《しだの》三郎先生義憲《せんじやうよしのり》にこの由《よし》をふれ、信濃國《しなのゝ》にくだり、[一五]木曾義仲《きそよしなか》にも見せけり。

（[一六]兼隆《かねたか》がうたるゝ事）

これによつて、國々《くに〴〵》の源氏《げんじ》、謀叛《むほん》をくわ《(は)》たて、思ひ〳〵に案《あん》をめぐらす所《ところ》に、頼朝《よりとも》はやく、平家《へいけ》の侍《さぶらい》に、和泉判官兼隆《いづみのはんぐわんかねたか》、當國山木《たうごくやまき》が館《たち》にありけるを、おなじく八月十

一　公卿（くぎょう）をさす。中国の呼称を日本にもあてはめて使う。↓補一二一。
二　月卿は、公卿で、雲客は、殿上人。
三　公卿と同じ。
四　後白河法皇。↓一〇〇頁注二〇。
五　楊貴妃の従兄。玄宗の朝廷で権力をふるった。
六　前出。↓一〇七頁注二一。
七　朝廷のおきて。
八　真字本に、「王位」とある。
九　以仁王。↓一〇一頁注二四。
一〇　以仁王を奉じて平氏を討とうとしたが、戦いに敗れて平等院で自害した。
一一　真字本に、「宮令旨」とあり、その方がよい。宮の仰せによる文書。
一二　為義の子。平氏の追討に加わったが、義経にくみして、和泉で殺された。
一三　下書。
一四　為義の子。行家と同様に、義経にくみして、伊賀で討たれた。志太は、茨城県稲敷郡江戸崎町附近。
一五　為義の孫。平氏を追って京都に入り、一時は横暴を極めたが、範頼・義経のために敗れ、近江粟津で戦死した。
一六　吾妻鏡治承四年八月十二日の条に、「可レ被レ征二兼隆一事、以二来十七日一、被レ定二其期一」とあり、平家物語五「早馬」などにも、同様な記事がみられる。兼隆は、前出。↓一一五頁注一七。

七日の夜《よ》、時政父子《ときまさふし》をはじめとして、[一七]佐々木《さゝきの》四郎高綱《たかつな》、伊勢《いせ》の[一八]加藤次景廉《かとうじかげかど》、[一九]景信以下《かげのぶいげ》の[二〇]郎従《らうじう》らをさしつかはして、うちとりをはんぬ。これぞ、合戰《かつせん》のはじめなりける。こゝに、相模國《さがみのくに》の住人《ぢう》[二一]大庭《おふばの》三郎景親《かげちか》、平家《へいけ》の重恩《ぢうおん》を報《はう》ぜんために、當國《たうごく》[二二]石橋山《いしばしやま》にを《(お)》い《(ひ)》かけ、[二三]さん〲にたゝかふ。これのみならず、武藏《むさし》・上野《かうづけ》の兵《つわもの》ども、我おとらじとはせむかひて、ふせぎたゝかふ。その中に、[二四]畠山重忠《はたけのしげたゞ》は、父重能《ちゝしげよし》・叔父有重《おぢありしげ》、折節《おりふし》、平家《へいけ》の勘[二五]當《かんだう》にて、京都《きやうと》にめしおかるゝ最中《さいちう》なれば、その科《とが》[二六]をもはらし、國土《ど》の狼藉《らうぜき》をもしづめんとむかひけるが、[二七]三浦黨《みうらたう》、頼朝《よりとも》の謀叛《むほん》に與力《よりき》[二八]せんとて、はせむかひけるが、鎌倉《かまくら》の[二九]由比《ゆい》といふ所《ところ》にてゆきあひ、さん〲にたゝかひけるが、重忠《しげたゞ》うちをと《(お)》されて、希有《けふ》[三〇]の命《いのち》いきて、武州《ぶしう》にかへりけり。その後《のち》、[三一]江戸《えど》・[三二]葛西《かつさい》をはじめとして、武藏國《むさしのくに》のものども一千餘騎《よき》、三浦《みうら》へおしよせ、[三三]身命《しんみやう》をすてゝたゝかい《(ひ)》ければ、三浦《みうら》うちまけて、今《いま》は、[三四]大介《すけ》一人になりにけり。年《とし》九十餘《よ》になりけるが、子孫《しそん》にむかい《(ひ)》て申《(まうし)》けるは、「兵衛佐殿《ひやうゑのすけどの》の[三五]浮沈《ふちん》、今《いま》に有《(あり)》。おのれら一人も、しにのこりたらば、[三六]みつぎたてまつれ」と申《(まうし)》を《(お)》ゐ《(い)》て、腹《はら》きりをわ《(は)》んぬ。さても、伊東入道《いとうのにうだう》は、もとより佐殿《すけどの》に意趣《いしゆ》ふかき者《もの》なりければ、一合戰《かつせん》とはせむかひけるが、たのみし畠山《はたけ》うちをと《(お)》されぬときゝて、伊豆《いづ》の御山《やま》よりかへりにけり。

[三七]佐殿《すけどの》、[三八]無勢《ぶせい》たるによつて、心《こゝろ》はたけくおもはれけれ共《(ども)》、此合戰《かつせん》かなふべしとは見え

一七 近江源氏の一族。佐々木は、滋賀県蒲生郡安土町。高綱の父秀義が、相模の渋谷氏に寄食した。
一八 その父景貞が、伊勢から伊豆に下ったという。
一九 前出。→六七頁注三五。
二〇 家臣。郎等と同じ。
二一 前出。→六八頁注二。
二二 神奈川県小田原市早川西南の山地。
二三 ひどく。
二四 畠山氏は、もと武蔵国秩父に拠り、また同国畠山に住んだ。畠山は、埼玉県大里郡川本村。
二五 不興を蒙ること。
二六 罪科。
二七 三浦氏。神奈川県横須賀市衣笠に拠る。
二八 加勢しよう。
二九 神奈川県鎌倉市の海岸部。
三〇 不思議に命が助かって。
三一 東京の旧名として知られるが、旧豊島郡の一部で、今の皇居を中心とした地。
三二 東京都旧南葛飾郡、すなわち墨田・江東・葛飾・江戸川の各区にわたる地域。
三三 身体と生命。身命(しんめい)。
三四 三浦大介義明。
三五 栄えるか、衰えるかという境。
三六 お助け申しあげよ。
三七 流布本では、ここから、「よりとも七きおちの事」とある。
三八 軍勢がすくない。

ざりける。されども、[一]土肥《といの》二郎、[二]岡崎惡四郎《おかざきのあく》、佐々木《さゝきの》四郎、命《いのち》を(を)おしまず、たゝかひけるその隙《ひま》に、佐殿《すけどの》のがれ給ひて、[三]杉《すぎ》山に入(いり)給ひぬ。[四]北條《ほうでうの》三郎宗時《むねとき》、[五]佐那田與一《さなだのよ》もうたれけり。佐殿《すけ》、七騎《き》にうちなされ、[六]大はらは(わ)になりて、大木の中《なか》にかくれ、その曉《あかつき》、山《やま》をしのびいで、[七]安房國《あわの》りうさきへは(わ)たりたまふとて、海上《かいしやう》にて、三浦《みうら》の人々、[八]和田小太郎義盛《わだのこよしもり》にゆきあひて、船《ふね》共をこぎよせ、たがい(ひ)に合戰《かつせん》の次第《しだい》をかたる。義盛《よしもり》は、[九]衣笠《きぬかさ》の軍《いくさ》に、大介《すけ》うたれし事どもかたりければ、土肥《とい》・岡崎《おかざき》は又、石橋山《いしばしやま》の合戰《かつせん》に、與《よ》一がうたれし事どもをかたり、たがい(ひ)に鎧《よろい》の袖をぞぬらしける。さて、安房國《あわの》にわたり、それより上總《かづさ》にこへ(え)、[一〇]千葉介《ちばのすけ》をあひ具《ぐ》して、次第《しだい》にせめのぼり給(たまひ)て、相模《さがみの》國鎌倉《かまくら》の館《たち》にぞつきたまひける。これよりして、武士《ぶし》共、關東《くはんとう》に歸伏《きぶく》[一一]せざるはなかりけり。されば、平家《へいけ》おどろきさはぎ(わ)、たび〳〵討手《うつて》をむかはすといへども、あるいは[一二]鳥《とり》の羽音《はおと》をきゝて、しりぞく者《もの》もあり、又は、戰場《せんぢやう》にこらへずして、鞭《むち》にてうちおとさるゝもあり。これ、普通《ふつう》の儀《ぎ》にあらず、たゞ[一三]天命《てんめい》のいたす所《ところ》也。昔《むかし》、[一四]周《しゆう》の文王《ぶんわう》、[一五]いしんちうをうたんとせしに、東天《とうてん》に雲《くも》さへ(え)て、雪《ゆき》のふる事、一丈餘《ぢやうよ》也。[一六]五車馬《しやめ》にのる人、門外《もんぐわい》にきたりて、その事をしめししかば、文王《ぶんわう》、かつ事をゑ(え)たり。かるが故《ゆへ》に、[一七]逆臣《げきしん》、程《ほど》なく[一八]はいしやうして、天下《てんか》、すなわ(は)ちおだやかなり。

一 前出。→六六頁注二。
二 名は義実。三浦義明の弟。岡崎は、前出。→六七頁注四四。
三 石橋山の南方の地名か。ここで、頼朝は伏木のほらに隠れて、梶原景時の情で危うく助かった。
四 北条時政の子。
五 名は義忠。岡崎義実の子。佐那田は、神奈川県秦野市内。
六 「大童(おほわらは)」にあたる。もとどりがとけて、髪が乱れたさま。
七 真字本に、「安房国北郡狩〈ウレ〉島」とある。吾妻鏡治承四年八月二十九日の条にも、頼朝の一行が、「安房国平北郡猟島」に着いたという。猟島は、千葉県安房郡鋸南町の竜島。
八 三浦義宗の子。和田は、神奈川県三浦市内。
九 神奈川県横須賀市内。
一〇 名は常胤。千葉は、千葉市。
一一 心をよせて従わない者はなかった。
一二 平家の大軍が、富士川の西岸に陣どっていたが、水鳥の羽音を夜襲とまちがえて、あわてて都へ逃げかえった。
一三 人の力ではどうすることもできない天の命令。
一四 周の祖。武王の父。この物語の出典、未詳。
一五 殷の紂(ちゅう)王か。
一六 彰考館本に、「五車二馬」とある。
一七 君にそむく臣。
一八 「敗傷」か。彰考館本・万法寺本・大山寺本に、「はいしや」、流布本に、「はいぼく」とある。

## (一九伊東《いとう》がきらるゝ事)

さても、不忠《ふちう》をふるまひし伊東入道《いとうのにうだう》は、いけどられて、聟《むこ》の二〇三浦介義澄《みうらのすけよしずみ》にあづけられけるを、前《ぜん》日の罪科《ざいくわ》のがれがたくして、めしいだし、二一よろいするといふ所にて、首《かうべ》をはねられける。二二最後《さいご》の十念《ねん》にもおよばず、二三西方浄土《さいほうじやうど》をもねがはず、先祖相傳《せんぞさうでん》の所領《しよりやう》、伊東《いとう》・河津《かわづ》の方《かた》をみやりて、二四執心《しうしん》ふかげに思ひやるこそ、二五無慙《むざん》なれ。

## (奈良《なら》の二六勤操僧正《ごんざうそうじやう》の事)

これや、延暦年《えんりやくねん》中に、奈良《なら》の勤操僧正《ごんざうそうじやう》、二七大旱魃《だいかんばつ》に、雨《あめ》のいのりのため、大和國《やまとの》二八布留社《ふるのやしろ》にて、二九藥草喩品《やくさうゆぼん》を一七日三〇講《かう》ぜられける。いづく共《(とも)》なく、はらは《(お)》一人きたりて、毎《まい》日、御經《きやう》を聽聞《ちやうもん》しける。三一七日に滿《まん》ずる時《とき》、「何《なに》物にや」と、御たづね有《(あり)》ければ、「われは、この山の三二小龍《せうりう》なり。七日の聽聞《ちやうもん》によつて、三三安樂世界《あんらくせかひ》にむまれ候《(さうらひ)》なんうれしさよ」とて、三四隨喜《ずひき》の涙《なみだ》をながしけり。その時《とき》、僧正《そうじやう》いはく、「龍《りう》は、雨《あめ》を三五心《こゝろ》にまかするものなれば、雨《あめ》をふらし候へ」とのたまへば、「三六大龍《りう》のゆるしなくして、我《(わが)》はからい《(ひ)》にて、也《(なり)》がたく候へども、さりながら、三七後生菩提《ごしやうぼだい》を御たすけ給ひ候はゞ、身はうせ候とも、

一九 真字本に、「為二兵衛佐殿一不忠伊藤次郎助親入道、以二三浦介義澄一被レ召、難レ遁二前日罪科一、其上参被二首召一、申二其由一、腹昇切失」とある。吾妻鏡寿永元年二月十四日の条によると、祐親は恩赦にあずかりながら、自殺を遂げたという。→補一〇七。
二〇 義明の子。→八四頁注六。
二一 「鐙摺(あぶずり)」の誤か。鐙摺は、神奈川県三浦郡葉山町。
二二 臨終にあたって、十度阿弥陀仏の名号を唱えること。
二三 阿弥陀仏の極楽浄土。
二四 深く心にかけるように。
二五 罪を犯して恥じないものである。
二六 底本の「そうしや」を改め、「僧正(そうじやう)」とする。秦氏。三論宗の僧で、石淵僧正ともいう。天長四年、七十歳で寂した。この物語は、真字本にない。雑談集九に、類話がみられる。
二七 大ひでり。
二八 奈良県天理市の石上(いそのかみ)神宮。
二九 法華経第五品。衆生を草木に、仏法を雨にたとえて、衆生の成仏を説く。
三〇 説教なさった。
三一 七日の期限に達する。
三二 彰考館本に、「小竜(せうりう)」、万法寺本に、「こりう」とある。「青竜」ではあるまい。
三三 極楽浄土をさす。
三四 心からありがたく感じて流す涙。
三五 思うままにする。
三六 「小竜」に対していう。
三七 死後に成仏の果をえること。

雨《あめ》をふらし候はん」と申《(まうす)》。「[一]左右《さう》にやを《(お)》よぶ。[二]追善《ついぜん》あるべし」と、[三]御領状《りやうじやう》ありしかば、すなわ《(は)》ち雷《いかづち》となりて、天にあがり、雨《あめ》のふる事、二時《とき》ばかりなり。され共《(ども)》、この龍《りう》、その身くだけて、五所《ところ》へぞおちにけり。僧正《そうじやう》あはれみたまひて、かの龍《りう》のを《(お)》ちける所《ところ》にして、[四]一日經《きやう》を書寫《しよしや》せられけり。その後《うち》、かの僧正《そうじやう》の夢《ゆめ》に、[五]御とぶらひにより、すなはち[六]蛇身《じやしん》を轉《てん》じて、佛道《ぶつだう》を成《じやう》ずと見えたり。さて、かの五所《ところ》に、五つの寺《てら》をたてて、今《いま》にたへ《(え)》せづ《(ず)》、[七]勤行《ごんぎやう》とこしなへ也。かの五所《ところ》の寺號《じがう》をば、[八]龍門寺《りうもんじ》、龍《りう》せん寺《じ》、龍《りう》しよく寺《じ》、龍《りう》ほう寺《じ》、龍《りう》そん寺《じ》、これなり。紀伊國《きのくに》・大和《やまと》兩《りやう》國にあり。かやうの畜類《ちくるい》だにも、後生《ごしやう》をばねがうぞ《(ふ)》かし。伊東入道《いとうのにうだう》は、最後《さいご》の時《とき》にも、後生菩提《ごしやうぼだい》をねがはぬぞ、おろかなる。これをもつて、すぎにし事を案《あん》ずるに、親《おや》のゆづりをそむくのみならず、[九]現在《げんざい》の兄《あに》を[一〇]調伏《てうぶく》し、もつまじき所領《しよりやう》を横領《わうりやう》せし故《ゆへ》、天《てん》これをいましめけるとぞおぼえたり。されば、[一一]惡《あく》は一旦《たん》の事なり、小利《せうり》ありといへども、つゐ《(ひ)》には正《しやう》に歸《き》して、道理《だうり》道《みち》をゆくとかや。總《そう》じて、頼朝《よりとも》に[一二]敵《てき》したる物こそおほき中《なか》に、[一三]まのあたりに誅《ちう》せられける、[一四]因果《いんぐわ》のがれざる理《ことはり》を思へば、[一五]昔《むかし》、天竺《ぢく》に大王有《わう(あり)》、たつとき上人を[一六]歸依《きゑ》せんとて、國〳〵をたづねけるに、ある時《とき》、いみじき上人ありとて、むかひをつかはしたまふに、此王《わう》、朝夕《あさゆふ》、碁《ご》をこのみ給ひて、人をあつめてうちたまふ。「上《しやう》人まい《(ゐ)》り給ひぬ」と申《(まうし)》ければ、[一七]碁《ご》にきりてしかるべき所有《ところ(あり)》けるを、「きれ」とのたまひけるに、この上人《しやうにん》

一 とやかくいうまでもない。
二 死者の冥福のために善事をおこなうこと。
三 御承諾になったので。
四 多勢が集まって、一日で一部の経を書きおえること。頓写ともいう。
五 御追善と同じ。
六 竜蛇の身から転じて、成仏の果をえる。
七 仏前で読経・回向(えこう)などをすること。
八 竜門寺は、奈良県吉野郡竜門村にある。その他の四寺について、彰考館本には、「竜禅寺・竜食寺・竜宝寺・竜尊寺」とあてられているが、いずれも所在未詳。
九 真実の。
一〇 仏の力を頼んで、のろい殺し。
一一 悪事は一時のことであって、いくらか利益をおさめても、結局は正義にかなわないで、道理がおこなわれる。
一二 諸本によって、「に」を補う。
一三 ただちに成敗された。
一四 因果の応報からのがれられない道理。
一五 この物語は、宝物集下・太平記二「三人僧徒関東下向事」にもある。賢愚経四の曇摩苾提の物語ともつながるか。
一六 威徳を信じて、それに頼ろう。
一七 碁で「きる」とは、相手の石と石との連絡をたつこと。

の首《くび》をきれとの宣旨《せんじ》と[一八]きゝなして、すなわ《(は)》ち聖《ひじり》の首《くび》をうちきりぬ。大王、夢《ゆめ》にもしりたまはで、碁《ご》うちはてゝ、「その上《しやう》人、こなたえ《(へ)》」との給ふ。「宣旨《せんじ》にまかせて、きりたり」と申《(まうす)》。大王《わう》、大きにかなしみ、佛《ほとけ》になげきたまふ時《とき》、佛《ほとけ》のたまはく、「昔《むかし》、國王《わう》は、蛙《かいる》にて、土中《どちう》にありし也。上《しやう》人、もとは田《た》をつくる[一九]農《のふ》人なり。しかる間《あひだ》、田《た》をかへすとて、心《こゝろ》ならず、[二〇]唐鋤《からすき》にて、蛙《かいる》の首《くび》をすききりぬ。その因果《いんぐわ》のがれずして、きられけり。因果《いんぐわ》は、かやうなるものをや」とのたまへば、國王《こくわう》、未來《みらひ》の因果《ゐんぐわ》をかなしみて、をゝ《(お)(ほ)》くの心《こゝろ》ざしをつくして、かの苦《く》をまぬかれたまひけるとかや。人《ひと》は、たゞ[二一]むくひ《(い)》をしるべきなり。

([二二]祐清《すけきよ》、京へのぼる事)

伊東《いとうの》九郎にをゐ《(お)(い)》ては、[二三]奉公《ほうこう》の者《もの》にて、死罪《しざい》を[二四]なだめられ、めしつかはるべきよし、おほせくだされしを、「不忠《ふちう》の者の《ものゝ》子、面目《めんぼく》なし。その上《うへ》、石橋《いしばし》山の合戦《かつせん》に、まさしく君《きみ》をうちたてまつらんとむかいし《(ひ)》身、命《いのち》いきて候とも、人にひとしくたのまれたてまつるべしとも存《ぞん》ぜず。[二五]さあらんにをゐ《(お)(い)》ては、首《くび》をめされん事こそ、ふかき御恩《おん》たるべし」と、のぞみ申《(まうし)》けるも、[二六]やさしくぞおぼえける。この心《こゝろ》なればや、君《きみ》をもおとし

一八 聞いてそれと思って。

一九 農民。

二〇 柄の曲がって刃の広い鋤。牛馬にかけて、田畑をすき返すのに用いる。

二一 因果の応報。果報。

二二 吾妻鏡寿永元年二月十五日の条には、伊東九郎について、「被レ加二不意誅殺一」とあるが、何かの誤であろう。同建久四年六月一日の条には、「祐清加二平氏一、北陸道合戦之時、被二討取一」と出ている。平家物語七「篠原合戦」をみると、「伊東九郎祐氏」という人物が、俣野五郎景久、斎藤別当実盛などとともに、都に逃げのぼって、平家方に加わったという。↓補一〇七。

二三 主君に仕えて、功績のあった者。

二四 ゆるされ。

二五 そういうわけならば。

二六 けなげに。殊勝に。

たてまつりけると、今《いま》さらおもひしられたり。君《きみ》きこしめされ、「申上《(まうしあぐる)》ところの辭儀《じんぎ》[一]、餘儀《よぎ》[二]なし。しかれども、忠《ちう》の者《もの》をきりなば、天の照覽《せうらん》[三]もいかゞ」とて、きらるまじきにぞさだまりける。九郎、かさねて申《(まうし)》けるは、「御免《めん》[四]候はゞ、たちまち平家《へいけ》へまいり《(ゐ)》、君《きみ》の御敵《かたき》と也《(なり)》まいら《(ゐ)》せ、後矢《うしろや》[五]つかまつるべし」と、再三《さいさん》申《(まうし)》けれ共《(ども)》、御もちい《(ひ)》なく、「たとひ敵《かたき》となるといふとも、頼朝《よりとも》が手《て》にては、ゐ《(い)》かでかきるべき」とおほせくだされければ、力《ちから》およばず、京都《きやうと》にのぼり、平家《へいけ》に奉公《ほうこう》いたしける。北陸道《ほくろくだう》の合戰《かつせん》の時《とき》、加賀國《かゞの》篠原《しのはら》[六]にて、齋藤別當《さいとうべつたう》[七]一所《しよ》に討死《うちじに》して、名《な》を後代《こうたい》にとゞむ。よき侍《さぶらひ》のふるまい《(ひ)》、弓矢《ゆみや》[八]の義理《ぎり》、これにしかじと、お《(を)》しまぬ者《もの》はなかりけり。

（鎌倉《かまくら》の家《いへ》の事）

さて、佐殿《すけどの》、北《きた》の御方《かた》とりたてまつりし江間《ゑまのこ》[九]小四郎もうたれけり。跡《あと》[一〇]を北條《ほうでう》四郎時《とき》政《まさ》にたまはり、さてこそ、江間《ゑまのこ》小四郎とも申《(まうし)》けれ。このほか、うたるゝ侍《さぶらい》共、相模《さがみの》國には、波多野《はだのゝ》[一一]右馬允《むまのぜう》、大庭《おふばの》[一二]三郎、海老名《ゑびなの》[一三]源八《げん》、荻野《おぎのゝ》[一四]五郎、上總國《かづさのくに》には、上總介《かづさのすけ》[一五]、み[一六]ちの國《くに》には、秀衡《ひでひら》[一七]が子どもをはじめとして、國々《くにぐ》の侍《さぶらい》五十餘《よ》人ぞうたれける。又、平家《へいけ》には、八島大臣殿《やしまのをゝいどの》[一八]、右衛門督清宗《ゑもんのかみきよむね》[一九]、本三位中將重衡《ほむ》[二〇]《みのちうじやうしげひら》を先《さき》とし、あるひ《(い)》は、きら

一 「辭儀《(じ)》」の訛。挨拶。
二 やむをえない。
三 御覧になること。
四 おゆるしがありますならば。
五 敵に通じて、味方の後から射る矢。
六 石川県加賀市片山津町。
七 名は実盛。武蔵国長井、今の埼玉県大里郡妻沼町の住人。→補一二二。
八 武士の正しい道。
九 真字本に、「江馬次郎」とある。→一〇六頁注一。
一〇 真字本に、「子息少者、北条小四郎義時、申預被レ免、則義時為二元服子一、後云二江馬小次郎一則是」とある。普通義時が、「江間小四郎」と呼ばれる。
一一 吾妻鏡治承四年十月十七日の条に、その自殺の記事がある。→九〇頁注八。
一二 前出。→六八頁注二。
一三 前出。→六八頁注五。
一四 前出。→六八頁注五。
一五 平広常。→補一二三。
一六 「陸奥《(みちのく)》」と同じ。
一七 陸奥平泉にあり、義経を助けて、頼朝と争った。その子泰衡は、義経を攻め殺したが、頼朝に攻め滅ぼされた。
一八 平宗盛。清盛の子。
一九 諸本によって、底本の「よきむね」を改む。宗盛の子。
二〇 清盛の子。
二一 前出。→一二二頁注一五。
二二 武田信義の子。一条は、山梨県甲府市。
二三 未詳。小田は、山梨県東山梨郡牧丘町か。

二四 前出。→一二二頁注一四。
二五 無実の罪で地位をおとされること。
二六 自分でつくった業のために、自分の身に受ける報い。
二七 貞観政要論慎終に、「漢文辞二千里之馬一、晋武焚二雉頭之裘一」とある。漢の文帝・晋の武帝が、ともに奇異をしりぞけたことをいう。→補一二四。
二八 人民の裕福なさま。→補一二五。
二九 中国の想像上の鳥。聖徳の天子のしるしとして現われるという。
三〇 中国の想像上の獣。聖人の出現にあたって現われるという。
三一 神奈川県鎌倉市雪ノ下の鶴岡八幡宮。
三二 鶴岡八幡宮の下宮。→補一二六。
三三 真字本に、「蘋蘩礼茂二社壇一、奉幣神器盛二翼誓一」とある。蘋蘩は、浮草と白蓬で、神に供える物。社壇は、神をまつる所。翼誓は、誓願を助けてなしとげさせること。→補一二七。
三四 仏菩薩が仮に神として現われること。
三五 天子の身体の敬称。
三六 垂迹に対して、その本体の仏菩薩。
三七 阿弥陀仏と観音・勢至の二菩薩。
三八 神仏のすがた。
三九 三論宗の僧、大安寺別当。
四〇 諸本によって、「の」を補う。
四一 「三衣の袂に」の意。三衣は、僧の着る衣、すなわち、大衣と七条と五条。
四二 諸本によって、底本の「てんこ」を改む。
四三 世の中がおだやかに治まること。

れ、自害《じがひ》する族《やから》、しるすにを(お)よばず。源氏《げんじ》には、御舎弟《しやてい》三川守《(みかは)のかみ》範頼《のりより》、九郎判官《はんぐはん》義經《よしつね》、[二一]木曾義仲《よしなか》、甲斐國《かいのくにゝ》には、[二二]一條《でうの》二郎忠頼《らうたゞより》、[二三]小田入道《おだのにうだう》、常陸國《ひたちのくに》には、[二四]志太《しだの》三郎先生《せんじやう》をはじめとして、以上二十八人、かれこれうたるゝ者《もの》、百八十餘《よ》人なり。「このうちに、[二五]冤貶《ゑんへん》の者《もの》は、わづか三人なり。一條《でうの》二郎、三川守《(みかは)のかみ》、上總介《かづさのすけ》なり。このほかは、みな[二六]自業自得果《じごうじとくくわ》なり」とぞのたまひける。さて、鎌倉《かまくら》に居所《きよしよ》をしめて、郎從《らうじう》以下《いげ》軒《のき》をならべ、貴賤《きせん》袖《そで》をつらねけり。これや、[二七]政要《せいよう》のことばに、「漢《かん》の文王《ぶんわう》は、千里《せんり》の馬《むま》を辭《じ》し、晉《しん》の武《ぶ》王は、雉頭《ちとう》の裘《かはごろも》をやく」とは、今《いま》の御代《よ》にしられたり。[二八]民《たみ》の竈《かまど》は、朝夕《ちやうせき》の煙《けぶり》ゆたかなり。賢王世《けんわうよ》にいづれば、[二九]鳳凰翼《ほうわうつばさ》をのべ、賢臣國《けんしんくにゝ》にきたれば、[三〇]麒麟蹄《きりんひづめ》をとぐといふ事も、この君《きみ》の時《とき》にしられたり。めでたかりし御事なり。

## (八幡《まん》大菩薩《ぼさつ》の事)

そも〳〵、八幡《まん》大菩薩《ぼさつ》を、かたじけなくも、[三一]鶴岡《つるがおか》にあがめたてまつる。これを[三二]若宮《わかみや》と號《かう》す。[三三]蘋蘩《ひんぱむ》の禮《れい》、社壇《しやだん》にしげく、奉幣《ほうへい》、にんわうのせきしやうなり。その[三四]垂迹《すいじやく》三所に、仲哀《ちうあい》・神功《じんぐう》・應神《おうじん》三皇《くわう》の[三五]玉體《ぎよくたひ》也。[三六]本地《ほんぢ》をおもへば、[三七]彌陀《みだ》三尊《ぞん》の[三八]聖容《しやうよう》、[三九]行敎和尙《ぎやうけうくわしやう》[四〇][四一]の三衣《ゑ》の袂《たもと》をあらはし給へり。[四二]百皇鎭護《くわうちんご》のちかい(ひ)をおこして、[四三]一天靜謐《てんせいひつ》のめぐみまします。まことにこれ、本朝《ほんてう》の宗廟《そうべう》[一]として、源氏《げんじ》をまもりたまふとかや。現世安穏《げんぜあんおん》[二]の方便《ほうべん》[三]は、観音《くわんおん》[四]・勢至《せいし》、神力《じんりき》をうけ給ふ。後生善處《ごしやうぜんしよ》[五]の利益《りやく》は、無量壽佛《むりやうじゆぶつ》[六]のちかひをほどこしたまふ。あふぎても信《しん》ずべきは、もつともこの御神《かみ》なり。父左馬頭《ちゝさまのかみ》のために、[七]勝長壽院《せうちやうじゆいん》を建立《こんりう》したまふ。今《いま》の大御堂《みだう》、これなり。そのほか、堂舎《だうじや》・塔婆《たうば》を造立《ざうりう》したまふ。佛像經巻《ぶつざうきやうぐはん》を敬崇《きやうそう》[八]す。征罰《せいばつ》[九]の心《こゝろ》ざし、逸早《いつさう》[一〇]にして、善根《ぜんごん》[一一]も又、莫大《ばくたひ》なり。壽永《じゆゑい》二年《ねん》九月四日に、い《(ゐ)》ながらせゐ[一二]将軍《しやうぐん》の院宣《ゐんぜん》をかうぶり、建久元年《けんきうぐはん》[一三]十一月七日に、上《しやう》洛《らく》して、大納言《なごん》に補《ふ》し、おなじき十二月五日に、右大將《しやう》に任《にん》ず。されば、籌策《ちうさく》[一四]を帷帳《いちやう》のうちにめぐらし、かつ事を千里《り》の外《ほか》にゑ《(え)》たり。げにや、はるかに伊豆國《いづの》に流罪《るざい》せられ給ひし時《とき》、かゝるべしとは誰《たれ》か思ひけん。一天四海《かい》をしたがへ、なびかぬ草木《くさき》もなかりけり。まことや、史記《しき》[一五]のことばに、「天下安寧《てんかあんねい》なる時《とき》は、刑錯《けいしやく》をもちい《(ひ)》ず」とは、今《いま》こそ思ひしられたり。平家繁昌《へいけはんじやう》の折節《おりふし》、誰《たれ》かは此一門《もん》をほろぼすべきとは思ひける。さても、伊豆《いづ》の御山《み》にて夢物語《ゆめがたり》、おなじくあわ《(は)》せたてまつりし物、勧賞《けんじやう》[一六]にあづかり、藤九郎盛長《もりなが》、上野《かうづけ》の總追捕使《そうついぶし》[一七]になさる。景信《かげのぶ》は、若宮《わかみや》[一八]の別當《べつたう》、神人總官《じんにんそうくはん》を給《(たまはる)》上《うへ》に、[一九]大庭《ば》の御廚《みくりや》は、先祖《せんぞ》には、代々《だいゞ》あまたにわかたれし、今度《こんど》は、一圓《ゑん》[二〇]たまはりける。このほか、莊園《しやうゑん》五六ケ所たまひて、朝恩《てうおん》にほこりける。さても、先年《せんねん》、河津三郎《かわづの》をうちたりし工藤《くどう》[二一]一郎祐經《すけつね》は、左衛門尉《さへもんのぜう》になりて、伊東《いとう》をたまわ《(は)》る。そのほか、所領《りやう》あま

一　先祖のみたまや。
二　この世で、やすらかにくらすこと。
三　衆生を導く巧みな手段。
四　万法寺本に、「くはんおん・せいしの」、大山寺本に、「くわんおん・せいしの」とある。
五　後の世に、よい所に生まれること。
六　阿弥陀仏の衆生を救うための誓い。
七　神奈川県鎌倉市雪ノ下にあった寺。
八　あがめ尊ぶ。
九　罪ある者を討って、罰を与えること。
一〇　いちはやくの意か。流布本に、「はやくすみやかにして」とある。
一一　よい果報をまねくよい行為。
一二　彰考館本に、「征夷将軍〈せいゐしやうぐん〉」、大山寺本に、「せいいしやうぐん」、南葵文庫本に、「せいゐしやうくん」、流布本に、「せいゐしやうぐん」とある。
一三　吾妻鏡によると、建久元年十一月七日に、頼朝が洛中に入り、同月九日に、大納言に補し、同月二十四日に、右大将に任じたという。真字本には、「建久元年庚戌十一月七日、鎌倉殿在㆓御上洛㆒、…同月十四日、補㆓大納言㆒、同年十二月、任㆓右近衛大将㆒」とある。
一四　史記高祖本紀に、「運㆓籌策帷帳之中㆒、決㆓勝於千里之外㆒、吾不㆑如㆓子房㆒」とあり、明文抄二に引かれる。将軍の陣営で計略をねって、千里の遠方で勝利をおさめるの意。
一五　史記周本紀に、「成康之際、天下安寧、刑錯四十余年不㆑用」とあり、明文抄一に引かれる。刑錯は、刑を廃し

た拜領《はいりやう》[二二]して、隨分《ずいぶん》[二三]きり者《もの》にて、晝《ちう》夜、君《きみ》の御側《そば》さらで祗候《しこう》[二四]す。され共《(ども)》、傷《きず》[二五]をかうむる鳥《とり》は、天《てん》にあがりて、翼《つばさ》をたゝくといへども、又、地におつるおもひあり。鉤《つりばり》をふくむ魚《うを》は、ふかき淵《ふち》にいりて、尾《を》をふるといへども、つい《(ひ)》には陸《くが》にあがるうれへあり。祐經《すけつね》も、かやうに果報《くわほう》いみじくて、公方《くぼう》[二六]・私《わたくし》[二七]、おどろをさかさまにひくといへども、敵《かたき》有《(ある)》身は、ゆく末《すへ》のがれがたくして、つい《(ひ)》にうたれにけるこそ、無慙《むざん》[二八]なれ。

ての意。
一六 功労を賞して、官位を授けること。
一七 ここでは、守護の別称。守護は、治安維持のために国ごとにおかれた職。
一八 八幡若宮の頭で、神人全員を総轄する役。
一九 大庭は、前出。→六七頁注三五。御厨は、神供の料を貢る土地。神領。
二〇 ある区域の全体。
二一 「一薗」にあたる。
二二 主君からいただいて。
二三 主君に愛されて、権威のある者。権臣。
二四 おそばに奉仕する。
二五 文選十五、張平子「帰田賦」に、「仰飛㆓纖繳㆒、俯釣㆓長流㆒、触㆑矢而斃、貪㆑餌呑㆑鉤、落㆓雲間之逸禽㆒、懸㆓淵沈之魦鰡㆒」とあり、それによるものか。
二六 公私ともに。
二七 傍若無人のさまか。「おどろ」は、いばらなどの茂った所。
二八 いたましい。

# 曾我之物語　巻三

（[一]九月名月《めい》にいでて《ゝ》、一萬《まん》・箱王《はこわう》、父《ちゝ》の事なげく事）

そも〳〵、伊豆國《いづの》赤澤山《あかざわやま》の麓《ふもと》にて、工藤左衛門尉祐經《くどうさへもんのぜうすけつね》にうたれし、河津《かわづの》三郎が子二人あり。兄《あに》をば、一萬《まん》といひて、五つになり、弟《おとゝ》は、箱王《はこわう》といひて、三つにぞ也《（なり）》にける。父《ちゝ》に[二]おくれて後《のち》、いづれも母《はゝ》につき、繼父曾我《まゝちゝそがの》太郎がもとにそだちける。やう〳〵成人《せいじん》する程《ほど》に、父《ちゝ》が事をわすれずして、なげきけるこそ、[三]無慙《むざん》なれ。人のかたれば、兄《あに》もしり、弟《おとゝ》もしり、こひしさのみにあけくれて、つもるは涙《なみだ》ばかりなり。心のつくにしたがい《（ひ）》て、いよ〳〵わするゝ暇《ひま》もなし。われら二十に也《（なり）》、父《ちゝ》をうちけん左衛門尉《さへもんのぜう》とやらんをうちとりて、母《はゝ》の御心《こゝろ》をもなぐさめ、父《ちゝ》の[四]孝養《けうやう》にも報《ほう》ぜんと、[五]いそがはしきは月日なり。[六]數《かず》ならぬ身にも、日數《かず》のつもれば、はやうき事どもにながらへて、九・[七]七《（ここのつ）》《（ななつ）》にぞなりにける。折節《おりふし》、九月十三夜《や》の、まことに名《な》ある月ながら、[八]隈《くま》なき影《かげ》に、兄弟《きやうだい》、庭《には》にいでて《ゝ》あそびけるが、五つつれたる[九]雁《かり》がねの、西《にし》にとびけるを、一萬《いちまん》が見

一　陰暦九月十三夜の月。八月十五夜の月に対して、後の月という。
二　死にわかれて。
三　いたましい。
四　後世を弔うこと。↓六〇頁注一二。
五　気のせかれる。
六　一人前の数に入らない幼い身。
七　真字本に、「比何、人王八十一代安徳天王御宇、養和元年辛丑年、新歳年立返、一万成レ九、筥王成レ七」とある。
八　くもりのない月の光。
九「雁が音」で、雁そのものをさす。
一〇　一列。
一一　遊び仲間。
一二　同類。
一三「ということよ」から転じて、「よ」くらいの意。
一四　いなくなったのも、敵のせいだよ。
一五　彰考館本・万法寺本・大山寺本などによると、「あはれや」の後に、かなりの脱落があったとみられる。ここでは、彰考館本から引いておく。―「我らいつまて」とて、夜のふくるまてそ、なきゐたる。乳母〈めのと〉は、これをほのきゝて、「いとけなき御心に、古殿〈こどの〉の御事をおぼしめすいとをしさよ」と、なみたくみけるか、夜のふけゆけは、いさないて、「おの〳〵、うちに」といひけれは、此人々、門のほかまてにけ出て、心のゆく〳〵泣〈なき〉あきて、袖にて顔〈かほ〉をしのこい、なにとなきていにもてなし、内にそ入にける。されとも、ねられぬなかき夜

て、「あれ御覧《らん》ぜよ、箱王《はこわう》殿。雲《くも》ゐの雁《かり》の、いづくをさしてかとびゆくらん。[一〇]一《ひと》つらも離《はな》れぬ中《なか》のうら山《(やま)》しさよ」。弟《おとゝ》きゝて、「なにかはさほどうらやむべき。われらが[一一]ともなふ物どもも、あそべば、共にうちつれ、かへれば、つれてかゐ《(へ)》るなり」。兄《あに》きゝて、「さにはあらず。いづれもおなじ鳥《とり》ならば、鴨《かも》お《(を)》も鷺《さぎ》をもつれよかし。空《そら》とべども、[一二]おのれがともばかりなる事ぞ[一三]とよ。五つあるは、一つは父《ちゝ》、一《ひと》つは母《はゝ》、三つは子共にてぞ有《(ある)》らん。わ殿《との》は弟《おとゝ》、われは兄《あに》、母《はゝ》はまことの母《はゝ》なれども、曾我殿《そがどの》、まことの父《ちゝ》ならで、こひしとおもふその人の、[一四]ゆくゐ《(へ)》も敵《かたき》のわざぞかし。[一五]あわ《(は)》れや」「親《おや》の敵《かたき》とやらんが首《くび》の骨《ほね》は、石《いし》よりもかたきものかや」ととへば、兄《あに》がききて、袖《そで》にて弟《おとゝ》が口《くち》をおさへ、「[一六]かしかまし、人やきくらん、聲《こゑ》たかし、かくす事ぞ」といへば、箱王《はこわう》きゝて、「いころすとも、首《くび》をきるとも、[一七]かくしてかなふべきか」「さはなきぞとよ、それまでも[一八]しのぶならひ、心《こゝろ》にのみ思ひて、[一九]上《うへ》は物をならへとよ。[二〇]能《のう》は稽古《けいこ》によるなるぞ。われらが父《ちゝ》は、弓《ゆみ》の上手《じやうず》にて、鹿《しし》をも鳥《とり》をも射《い》給ひけるなるぞ。あはれ、父《ちゝ》だにましまさば、馬《むま》をも鞍《くら》をも用意《ようい》して[二一]たびなまし。さあらば、を[二二]犬《いぬ》・[二三]笠懸《かさかけ》をも射《い》ならい《(ひ)》なん。われらよりお《(を)》さなき物も、[二四]世にあれば、馬《むま》にのり、もの射《い》る、見るもうらやまし」とくどきければ、箱王《はこわう》きゝてぞ、「父《ちゝ》だにましまさば、身づからが弓《ゆみ》の弦《つる》くひきりたる鼠《ねずみ》の首《くび》は、[二五]射《い》させまい《(ゐ)》らすべきものを、はらだちや」といへば、兄《あに》、「それ

の、まくらにちかききり〳〵す、庭のこのはの雨のをとに、夢見るほともまとろまて、かねきく空に、明はてぬ。次の日にもなりしかは、一万、をとゝをちかつけて、「や殿、かまへて弓〈ゆみ〉射〈い〉ならひ給へ。われも、射ならふへし。男は、弓に過たる能なしと、母御も乳母も申にや」。箱王きゝて、「男こそ候へ、我らは、いまたわらんべなり」「おさなくより、よく射ならひてこそ、男にても、上手〈じやうず〉に成へけれ」「おさなくとても、いならはゝ、ほしきすゝめ、しとゝもとるへきか」「それは、物の数ならす。ちいさき物は、人の目をもい、堅〈かたき〉物をは、石かねをもとをすそとよ」「さては、我らか心にかくる」。―以下、本文に続く。

一六 やかましい。

一七 隠していられようか。

一八 こらえる。

一九 うわべでは。

二〇 弓矢の技能は練習によるのだよ。

二一 くださるであろう。

二二 彰考館本などに、「いぬ」、流布本に、「いぬおふ物」とある。犬追物は、騎射の一。竹垣に囲まれた馬場で、三十六騎の武士が三手に分かれ、百五十匹の犬を追いかけて、蟇目(ひきめ)の矢で射る。↓補一二八。

二三 騎射の一。射場に高く綾藺(あやゐ)笠をかけて、遠方から蟇目の矢で射る。

二四 世間で重んぜられていれば。

二五 射させてさしあげるであろうに。

よりもにくきものこそあれ」「誰《たれ》なるらん、[一]ま丶が子《こ》、身づからがのりつる[二]竹馬《たけむま》うち候《(さうらひ)》つる事か」「その事にてはなきぞ、父《ちゝ》をうちけるものゝにくさに、[三]月日のおそき」といへば、「ならはずとても、弓矢《ゆみや》とる身が、弓《ゆみ》いぬ事や候べき」。兄《あに》がきゝて、うちわらひ、「わ殿、さやうにいふ共《(とも)》、[四]てなれずしては、いかゞ候べき。見よ」とて、竹《たけ》の小弓《こゆみ》に、篦《の》[五]は薄《すゝき》なる笹矧《さゝはぎ》[六]の矢《や》さしつがひ、兄《あに》、障子《しやうじ》[七]をかなたこなたに射《い》とお《(ほ)》し、「いつかは、われら十五・十三に也《(なり)》、父《ちゝ》の敵《かたき》にゆきあひ、かやうに心《こゝろ》のまゝに射《い》とを《(ほ)》さん」。箱王《はこわう》きゝて、「[八]さることにては候へ共《(ども)》、大事の敵《てき》、弓《ゆみ》にては、とお《(ほ)》くおぼえたるに、かやうに首《くび》をきらん」とて、障子《しやうじ》の紙《かみ》をひききり、たか〴〵とさしあげ、側《そば》なる木太刀《きだち》をとりなを《(ほ)》し、二つ三つにうちきりて、すてゝたちたる[九]眼《まなこ》ざし、人にかはりてぞ見えたりける。

(兄弟《きやうだい》を母《はゝ》の制《せい》[一〇]せし事)

乳母《めのと》、これをしのび見て、おそろしき人々のくわ《(ほ)》たてかな、後《のち》はいかにとおもひければ、いそぎ母上《はゝうゑ》にぞかたりける。母上《はゝうへ》、大きにおどろき、かれらを[一一]一間所《まどころ》によびければ、箱王《はこわう》、[一二]い《(ゐ)》なを《(ほ)》らざるに、障子《しやうじ》のやぶれたるをしかりたまふべきと心へ《(え)》て、「障《しやう》

一　乳母。
二　葉のついた竹を馬になぞらえて、またがって遊ぶ物。
三　月日のたつのがおそい。
四　熟練しないでは。
五　矢柄《(やがら)》。
六　笹竹で作った。
七　彰考館本に、「しやうしを」、万法寺本に、「あかりしやうじを」、大山寺本に、「あかりしやうじを」、南葵文庫本に、「あかりしやうしを」、流布本に、「あにがしやうじを」とある。あかり障子で、今のような障子をいう。
八　もっともではありますが。
九　目つき。
一〇　とどめた。
一一　一つの室。
一二　きちんと坐り直さないうちに。

子《じ》をば損《そん》じ候はず、よその童《わらんべ》がやぶりて候を、乳母《めのと》がこと〳〵しく申《(まうし)》て」といひければ、母《はゝ》、涙《なみだ》をながし、「障子《しやうじ》の事にてはなきぞとよ。なんぢら、たしかにきけ、わ殿《との》[一三]ばらが祖父《おうぢ》伊東《いとう》といひし人は、君《きみ》の若君《わかぎみ》をころしたてまつるのみならず、謀叛《むほん》[一四]の同意《どうい》たりしによつて、きられたてまつりし上は、なんぢらも、その孫《まご》なればとて、首《くび》をもと[一五]めうしな足《あし》お《(を)》もがれたてまつるべし。平家《へいけ》の公達《きんだち》をば、胎《はら》の内《うち》なるをだにも、もとめうしなわ《(は)》る丶ぞかし。今《いま》より後《のち》、[一六]ゆめ〳〵思ひもより、いひもいだすべからず。あさましき事也。いまだ上《かみ》[一七]もしろしめされぬに、御ゆるしありて、しらず顔《がほ》にて、御たづねもなきとおぼゆるなり。[一八]かまへて、あそぶとも、門《かど》より外《ほか》へいづべからず。なんぢらうちつれあそぶを、物の隙《ひま》よりしのび見るに、[一九]いさみおごる時《とき》は、身づからが心《こころ》もともにいさましく、[二〇]うちしほ《(を)》る丶ものを。親《おや》にもそはぬみなし子の、そだつゆくゑ《(へ)》の無慙《むざん》さよ。後《うしろ》[二一]にたちそひ見るぞとよ。乳母《めのと》は、かくともしらせぬぞ。ちかくより候へ」とて、二人が袖《そで》をとり、ひきよせ、小聲《こごゑ》にいふやう、「まことや、さしもおそろしき世の中《なか》に、悪事《あくじ》思ひたつとな。さやうの事、人々きかれなば、よかるべきか。上様《うへさま》の御耳《みゝ》にいりなば、めしとられ、[二二]禁獄《きんごく》、死罪《しざい》にもを《(お)》こなはれなん、おそろしさよ」とぞ制《せい》しける。一萬《いちまん》は、顔《かほ》うちあかめ、[二三]うちかたぶきてゐたり。箱王《はこわう》は、うちわらひ、「乳母《めのと》が申《(まうし)》[二四]なしとおぼえたり。さらに[二五]後先《あとさき》もしらぬ事なり」と申《(まうし)》ければ、母《はゝ》きゝて、「今《いま》より

一三　おまえたち。「わ殿」の複数形。

一四　謀叛に心をあわせたので。

一五　探して殺されるのだよ。

一六　決して思いついたり、言いだしたりしてはならない。

一七　将軍もご存じない。

一八　決して。

一九　勢いにまかせてふるいたつ。

二〇　諸本によると、「うちしほる丶」の後に、いくらかの脱落がみられる。彰考館本には、「をみる時は、みつから か袖も、ともにしほる丶」、万法寺本には、「をみるときは、わらはかそてもともにしほる丶」、大山寺本には、「を見る時は、わらはがそでもともにしをる丶」、流布本に、「をみる時は、わらはが心もともにたもともしほる丶」とあって、「ものを」に続く。

二一　つきそい。

二二　獄中に拘禁しておくこと。

二三　首をかたむけて。

二四　それらしく言うこと。

二五　何もかも。

後《のち》、一おもひもよらざれ。かまへて〳〵」といひてたちぬ。その後《のち》は、二よそ目《め》をしのびて、三おとゝいはかたりけれども、人にはさらにしらせざりけり。ある日のつれ〳〵に、友《とも》の童《わらんべ》もなく、軒《のき》の松風《まつかぜ》、耳《みみ》にとゞまり、四くれやらぬ日は、一萬門《まんかど》にいでゝ、人目《め》をしのび、さめ〳〵となきけり。箱王《はこわう》もおなじくいでけるが、兄《あに》が顔《かほ》をつく〳〵と見て、「何《なに》をおもひたまへば、兄子《あに(こ)》は、むかひの山《やま》を見て、さのみなかせたまふぞや」といふ。兄《あに》がきゝて、「五さればこそとよ、何《なに》とやらん、ことのほかに、父《ちゝ》のおもかげ思ひ出《(いで)》られて、こひしくおぼゆるぞ」といひければ、「おろかにわたらせたまふ物かな、おもひたまふとも、父《ちゝ》のかへりたまふまじ。かへりたまへ。童《わらんべ》どもの、又まい《(ゐ)》り候に、六囃子物《はやしもの》してあそび候はん」とて、うちつれてかへる時《とき》もあり。また、七ある夕暮《ゆふぐれ》に、夜《よ》にちかき、軒端《のきば》の雨《あめ》のものあはれなる折節《をりふし》に、箱王《はこわう》、門《かど》にたちいでゝ、涙《なみだ》にむせぶ八時《とき》は、一萬《いちまん》、袖《そで》を九ひかへつゝ、「何《なに》をおもひ給へば、四方《も》の梢《こずゑ》に目《め》をかけて、さのみなかせたまふぞや」「一〇おぼえぬ父《ちゝ》ごとやらんのこい《(ひ)》しきは、かやうに一一心のすごきやらん。兄《あに》ごは、何《なに》とかを《(お)》はする」とて、さめ〳〵とこそなきい《(ゐ)》たれ。一萬《まん》、弟《おとゝ》が手《て》をとりて、「おぼえず、しらぬ父《ちゝ》をこい《(ひ)》しといはんより、いとお《(ほ)》しとのみおほせらるゝ母《はゝ》に、いざやまい《(ゐ)》らん」とて、袖《そで》をひきてぞいりにける。これも、人目《め》をしのばんとて、たがひに一二いさめいさめられて、一三心ばかりとおもへども、さすがお《(を)》さなき心《こゝろ》にて、しのぶよ

一 思いついたりするな。
二 他人に見られないように気を配って。
三 弟兄(おとゝえ)の意。兄弟。
四 暮れてしまわない。
五 そのことですよ。「されば」は、相手のことばを受けて、答えをする時に用いられる。「とよ」は、前出。↓一三三頁注一三。
六 囃子詞(はやしことば)の入った歌謡。日葡辞書に、「Fayaximono」に注して、「多人数で調子をそろえて演ずる歌舞」とある。
七 彰考館本に、「在(ある)夕暮の」、万法寺本に、「あるゆふくれの」、南葵文庫本に、「あるときは夕くれの」とある。
八 声をのどにつまらせて泣く。
九 ひきとめては。
一〇 記憶のない父上とかいう方。
一一 ものさびしくて、心動かされるさま。
一二 戒めあって。
一三 心の中だけで思って、おもてにあらわさないように。
一四 驚きおそれるさま。
一五 しみじみと感動をおこさない者はなかった。
一六 諸本によって、底本の「おもひつれは」を改め、「おひいづれば」とする。よい竹は、芽を出した時から、まっすぐである。栴檀は、芽を出した時から、よい香りがする。立派な人物は、おさない時から、人なみすぐれて

そ目《め》の隙々《ひまぐ》の、もるゝを見きく人ごとに、一四舌《した》をふり、一五あはれをもよお《(ほ)》さぬはなかりけり。一六良竹《れうちく》は、おひいづればすぐなり、栴檀《せんだん》は、二葉《ば》よりかほ《(う)》ばしとは、かやうの事にしられたり。されば、つい《(ひ)》に敵《かたき》を思ふまゝにうち、名《な》を一七萬天《ばんてん》の雲《くも》ゐにあげ、威勢《いせい》一八一天《てん》にあまれり。一九あはれにも、いみじきにも、申《(まうし)》つたへたるは、此人々の事なり。

## (二〇源太《げんだ》、兄弟《きやうだい》めしの御つかひにゆきし事)

かくて、三年《みとせ》の春《はる》秋のすぐる程《ほど》もなかりけり。はやくも、一萬《まん》十一、箱王《はこわう》九にぞなりにける。その頃《ころ》、かれらが身の上《うへ》に、おもはぬ不思議《ふしぎ》ぞいできたる。故《ゆへ》をいかにとたづぬるに、二一鎌倉殿《かまくらどの》、侍《さぶらい》どもにおほせられけるは、「保元《ほうげん》の合戰《かつせん》に、二二爲義《ためよし》、二三義朝《よしとも》にきられ、平治《へいじ》のみだれに、義朝《よしとも》、二四長田《おさだ》にうたれしより此《(この)》かた、おごりし平家《へいけ》をこと〳〵くほろぼし、天《てん》下を心のまゝにする事、われらが先祖《せんぞ》におきては、頼朝《よりとも》にまさる二五果報《くわほう》者《しや》あらじ」とおほせくだされければ、御前祗候《ぜんしこう》の侍《さぶらひ》ども、一同《どう》に、「二六さん候」と申上《(まうしあげ)》ければ、伊豆國《いづの》の住人《ぢうにん》工藤左衞門祐經《くどうさへもんすけつね》、かしこまつて申《(まうし)》けるは、「おほせのごとく、二七四海《かい》しづまり、二八きうたう二九狼煙《らうゑん》たゝざる三〇所《ところ》に、まぢかき三一御膝《ひざ》の下《した》におきて、おさ《(を)》なく候へ共《(ども)》、末《すへ》の御敵《てき》となるべき者《もの》こそ、一二人候へ」と申《(まうし)》ければ、御前《まへ》にありける侍《さぶらひ》ども、

いるというたとえ。栴檀は、南天竺に産するという香木の名。「栴檀は、二葉よりかうばし」は、観仏三昧海経六譬品の説にもとづいて、保元物語下「義朝幼少の弟悉く失はるる事」・平家物語一「殿下乗合」・太平記十六「正成首送二故郷一事」などにも使われたことわざ。

一七 天下全体。

一八 天下全体。

一九 いじらしいことにも、すばらしいことにも。

二〇 真字本には、兄弟が頼朝に召されたということはない。舞の本と謡曲とに、「切兼曾我」があって、このことを伝える。源太は、梶原景季で、景時の子にあたる。

二一 頼朝。

二二 清和源氏。義親の子。保元の乱に敗れて、その子義朝に斬られた。

二三 為義の子。平治の乱に敗れて、尾張国に逃れ、長田忠致に殺された。

二四 長田庄司忠致。尾張国知多郡内海の住人。

二五 しあわせ者。

二六 「さに候」の転。さようでございます。

二七 天下。

二八 彰考館本に、「九島〈うた〉」、万法寺本に、「九島」とあるが、未詳。

二九 のろしがたたない。戦争がない。

三〇 諸本によって、底本の「こゝろに」を改む。

三一 おそば。

しるもしらざるも、誰《た》が身の上《うへ》やらんと、目《め》をあわ《(は)》せ、[一]拳《こぶし》をにぎらざるはなかりけり。君《きみ》きこしめされて、[二]御氣色《きしよく》かはり、「頼朝《よりとも》こそしらね、何物《なに》ぞ」と、御たづねありければ、祐經《すけつね》うけたまはりて、「先年《せんねん》きられまい《(ゐ)》らせ候ひし伊東入道《いとうのだう》が孫《まご》、五つや三《み》つにて、父河津《ちゝかわづ》におくれ、繼父《まゝ》曾我太郎《そがの》がもとに養《やう》じを《(お)》きぬ。成人《せいじん》の後《のち》、御敵《てき》とやなり候べき。[三]身にも又、[四]野心《やしん》ある物にて候」と申《(まうし)》あげたりければ、君《きみ》きこしめし、「不《ふ》思議《しぎ》なり。祐信《すけのぶ》は、随分《ずいぶん》こゝろやすきものに思ひつるに、末《すゑ》の敵《てき》をやしなひおくらん不思議《ふしぎ》さよ。いそぎ[五]梶原《かぢはら》めせ」とてめさるゝ。源《げん》太景季《かげすゑ》、御前《まへ》にかしこまりければ、「いそぎ曾我《そが》にくだり、伊東入道《いとうのにうだう》が孫《まご》どもをかくしおくよしきこゆ。いそぎ[六]具足《ぐそく》してまい《(ゐ)》るべし。もし[七]異議《いぎ》におよばゞ、それにて首《かうべ》をはねよ」とぞおほせくだされける。景季うけたまはり、御前をまかりたち、いそぎ曾我へぞむいたりける。祐信《すけのぶ》が屋形《やかた》ちかくなりしかば、使者《ししや》をたてゝ、「曾我殿《そがどの》やまします。君《きみ》の御つかひに、景季《かげすゑ》まい《(ゐ)》りたり」といはせければ、祐信《すけのぶ》、何事《なに》なるらんと、「[八]おもひよらざる御いりめづらし」といひければ、景季《かげすへ》も、しばらく[九]辭退《じたい》して、「さん候、上《うへ》よりの御つかひ」とばかりいひて、[一〇]面目《めんぼく》なき事なれば、左右《さう》なくいひもいださず。やゝありて、「御ため[一一]ゆゝしき事ならぬおほせをかうぶりて候。その故《ゆへ》は、故伊東殿《こいとうどの》の孫養育《まごやうゆく》のよし、君《きみ》きこしめして、「頼朝《よりとも》が末《すへ》の敵《てき》なり。いそぎ具《ぐ》してまい《(ゐ)》るべし」との御つかひをかうぶり、まい《(ゐ)》

一 緊張したさま。
二 お顔色。
三 自分(祐経)に対しても。
四 「野心」ならば、よくないたくらみであるが、彰考館本などに、「やう」とあり、わけ、子細の意であろう。
五 源太景季をさす。
六 ともなって。
七 承諾しないで、かれこれ言うならば。
八 思いがけないおいで。
九 へりくだりひきさがって。
一〇 あわせる顔がない。
一一 彰考館本などに、「ゆゝしからさる」とあり、あまりかんばしくないの意であろう。

りて候」と申《(まうし)》ければ、祐信《すけのぶ》、一二とかくの返事《へんじ》にもを《(お)》よばず、一三やゝありて、「世間《せけん》になげきふかき者《もの》をたづぬるに、祐信《すけのぶ》にすぐべからず。をさなき者《もの》二人候い《(ひ)》し、五つ・三つにてうしなひ候。一四そのおもひいまだはれざるに、一五かれらが母《はゝ》におくれ候《(さうらひ)》ぬ。一六一《(ひと)》かたならぬ思ひのあさからざりしに、一七かれらが母《はゝ》も、夫《おつと》におくれ、子をもちたるよしきゝ候らい《(ひ)》、しかも、したしく候上《うへ》、うしなひし子ども、おなじ年《とし》にて候。されば、人のなげきお《(を)》も、われらがおもひをも、かたりなぐさまんと一八おもひ、おさへとり、今年《ことし》は、この者《もの》ども、十一・九にまかりなり候。ことのほか一九けなげに候間《あひだ》、實子《じつし》のごとく養《やう》じたてゝ、この頃《ごろ》、かやうのおほせをかうぶり候べしとこそ存《ぞん》じ候はね。子《こ》に縁《えん》なき者《もの》は、人の子《こ》をも養《やう》ずまじき事にて候《(さうらひ)》ける」とて、袖《そで》を顔《かほ》におしあてけり。景季《かげすゑ》も、まことに理《ことはり》とぞを《(お)》もひける。

（母《はゝ》なげきし事）

やゝ有《(あり)》て、「つれてまい《(ゐ)》るべし。さりながら」とて内《うち》にいり、かれらが母《はゝ》に申《(まうし)》けるは、「故伊東殿《こいとうどの》、君《きみ》に御敵《てき》とてうせたまひし、その孫《まご》とて、二人の二〇お《(を)》さなき者《もの》どもをまい《(ゐ)》らせよとの御つかい《(ひ)》に、梶原殿《かぢわらどの》のきたれり」といひければ、母《はゝ》はきゝもあへず、

一二 何とかいう返事もできないで。
一三 しばらくたって。
一四 子どもを失った悲しみ。
一五 祐信の先妻。
一六 妻子をともに失った、ひととおりでない悲しみ。
一七 一万・箱王の母。
一八 万法寺本に、「おもひをゝさへけり」、大山寺本に、「思ひ、たび／＼使をこし、むかへ取り」とある。
一九 かいがいしく。殊勝で。
二〇 諸本によって、底本の「おなき」を改む。

「[一]こゝろうや、これは何《なに》となりゆく世《よ》の中ぞや、夢《ゆめ》とも現《うつゝ》ともおぼえず。げに[二]夢《ゆめ》ならば、さむる現《うつゝ》もありなまし。うき身の上《うへ》のかなしきも、かれら二人をもちてこそ、よろづうさもなぐさみつれ。身のおとろふるをばしらで、いつか成人《せいじん》して、[三]おとなしくもなりなんと、月《つき》日のごとくたのもしく、後《のち》の世《よ》かけておもひしに、きられまい《(ゐ)》らせて、その後《のち》、うき身は何《なに》とながらへん。たゞもろともに具足《ぐそく》して、とにもかくにもなしたまへ」となきかなしむ、その聲《こゑ》は、門《かど》のほとりまできこへ《(え)》ける。[四]げにや園生《そのふ》にうへ《(ゑ)》し紅《くれなひ》の、こがるゝ色《いろ》のあらわ《(は)》れて、よそに見えしぞ、あはれなる。[五]たゐ《(へ)》ぬ思ひのあまりにや、母《はゝ》は、二人の子共を左右《さう》の膝《ひざ》にすゑおき、髪《かみ》かきなでて《ゝ》くどきけるは、「祖父伊東殿《おうぢいとうどの》、君《きみ》に情《なさけ》なくあたりたてまつりし故《ゆへ》に、その孫《まご》とて、なんぢらをめさるゝぞや。いかなる罪《つみ》のむくひ《(い)》にて、人こそおほけれ、御敵《てき》となりぬらんこゝろうさよ。さりながら、なんぢらが先祖《せんぞ》、東《とう》國にをゐ《(お)(い)》て、誰《たれ》にかはおとるべき、しらぬ人あるべからず。君《きみ》の御前《まへ》なりとも、おそるゝ事なく、最期《さいご》の所《ところ》にて、[六]いふかひなくしてかなふまじ。さしも[七]いさみし親祖父《おやおうぢ》の、世にありし故《ゆへ》にこそ、御敵《をんてき》ともなりたまい《(ひ)》しか。いとけなくとも、おもひきりて、[八]臆《おく》する色《いろ》あるべからず、けなげに」と申せども、涙《なみだ》にこそむせびけれ。「げにやかなはぬ事なれども、なんぢらをとゞめを《(お)》き、そのかはりに、はら《(わ)》はいでて《ゝ》、いかにもなりなば、こゝろやすかりなん」となき

一 情ないことだ。
二 夢ならば、正気にかえる現実もあるであろうに。中世の慣用句で、新拾遺集雑中にも、「夢ならばさむる現もあるべきをうつつながらの夢ぞはかなき」(雲雅僧正)とある。
三 大人(おとな)らしく。
四 「紅は園生に植ゑても隠れなし」とは、義経記二「鏡の宿吉次が宿に強盗の入る事」・謡曲「安宅」「頼政」などにみられることわざ。紅は、紅花(べにばな)、園生は、物を植える園。すぐれた物は、どこにおいても、目につくという意。ここでは、園生に植えた紅のように、思いこがれる色のあらわれやすいことをいう。
五 あまりにも思いにたえかねるためか。
六 意気地なくしてはならない。
七 元気のあった。
八 気おくれする。
九 下男下女などをさす。
一〇 叫喚地獄と大叫喚地獄で、ともに八熱地獄のうちに数えられる。罪深い亡者が、熱湯や猛火に苦しめられ、大声で泣きさけぶ所。その中でも、苦痛のもっともはげしい所が、大叫喚地獄にあたる。
一一 尽きるはずはない。
一二 旅に出かけること。
一三 世話する。
一四 絹織物の一種。地質が緻密で、華美なものとされた。建武以来追加の「禁制条々(貞治六十二)」に、「一精好

けれぱ、二人の子どもは、きゝわけたる事はなけれども、たゞなくよりほかの事ぞなき。[九]いやしき賤《しづ》にいたるまで、なきかなしむ事、[一〇]叫喚《けうくわん》・大叫喚《けうくはん》のかなしみも、これにはすぎじとぞおぼゐ《(え)》し。時《とき》うつりければ、景季《かげすゑ》、つかひをもつて、母《はゝ》の方《かた》へ申《(まうし)》けるは、「御名殘《なごり》、理《ことはり》と存《ぞん》じ候へ共《(ども)》、御思ひはつ[一一]くべきにあらず、とく〳〵」とせめければ、祐信《すけのぶ》、「うけたまはり候」とて、うれしからざる出立《いでたち》[一二]をいそぎける。母《はゝ》も、今《いま》をかぎりの事なれば、[一三]介錯《かいしやく》するぞ、あはれなる。一萬《まん》が装束《しやうぞく》には、[一四]精好《せいがう》の[一五]大口《くち》、[一六]顕紋紗《けんもんしや》の[一七]直垂《ひたたれ》お《(を)》ぞきたりける。箱《はこ》王には、紅葉《もみぢ》に鹿《しか》かきたる[一八]紅梅《かうばい》の小袖《こそで》に、大口《おふくち》ばかりきせたりける。かやうに介錯《かひしやく》せん事も、今《いま》をかぎりにてもやと、後《うしろ》にめぐり、前《まへ》にたち、つく〴〵とこれを見るに、一萬《まん》がきたる小袖《こそで》の紋《もん》、[一九]こゝろへ《(え)》ぬものかな。さて、箱王《はこわう》が小袖《こそで》の色《いろ》、[二〇]あだなる朝顔《あさがを》の花の上露《うはつゆ》、時《とき》の間《ま》も、のこる例《ためし》はなきものを。さても、[二一]ぬれてや、鹿《しか》のひとりなくらんも、うき身の上《うへ》の心ちして、いよ〳〵袖《そで》こそぬれまされ。古《いにしへ》はなにとも見ざりし衣裳《いしやう》の紋《もん》、今《いま》は目《め》[二二]にたちて、思ひのこせる事もなし。やがてかへるべき道《みち》だにも、さしあたりたるわかれはかなしきに、かへらん事は[二三]不定《ふぢやう》なり。見[二四]み《ゝ》ゐ《(え)》ん事も、今《いま》ばかりぞとおぼえば、[二五]肝魂《きもたましゐ》も身にそはず。一萬《まん》おとなしやかに、「あまり御[二六]なげき候《(さうらひ)》そ。御おもひを見たてまつれば、[二七]道《みち》やすかるべしともおぼえず。もしきられまい《(ゐ)》らせば、[二八]前世《ぜんぜ》の事とおぼしめせ」といひければ、箱王《はこわう》、「兄《あに》のお

大口、織物小袖不レ可レ着」とある。
一五 大口の袴。裾口の大きく広い袴。武家時代には、直垂や水干の下に用いられた。
一六 いろいろの模様を織り出した紗。運歩色葉集に、「顕紋紗〈ケンモンシヤ〉(有浮紋)」とある。
一七 前出。↓七〇頁注二。
一八 表が紅梅色で、裏が蘇芳(すおう)色の小袖。小袖は、前出。↓一一三頁注二八。
一九 納得がゆかない。
二〇 はかない朝顔の花の上におく露が、一時の間でも、残るためしはないのに。住吉物語に、「朝顔の花の上なる露よりもはかなきものは」、謡曲「源氏供養」に、「朝顔の露、稲妻の影、いづれかあだならぬ」などとあるように、朝顔と露とは、ともにはかないもののたとえに引かれる。
二一 新古今集秋下に、「下紅葉かつちる山の夕時雨ぬれてや鹿のひとりなくらむ」とあるのによる。
二二 きわだって見えて。
二三 さだめない。
二四 見たり、見られたりする。たがいに見る。
二五 心も落ちつかない。
二六 お嘆きなさるな。
二七 彰考館本に、「すゐの道」、万法寺本・南葵文庫本に、「すゐのみち」、流布本に、「よみぢ」とあり、冥途をさす。
二八 前世からの因縁。

ほせらるゝごとく、御なげきを御とゞめ候へ。おなじ[一]御なげきながら、[二]敵《てき》をいたしたる事も候はず。その上《うへ》、いまだお《(を)》さなく候へば、御ゆるしも候べし。佛《ほとけ》にも[三]御申《(まうし)》候へ」。まことに[四]げに〳〵しく申《(まうす)》につけても、いよ〳〵名殘《なごり》ぞお《(を)》しかりける。[五]さりともとはおもへども、[六]まさしき御敵《てき》なり。かへらん事は、不定《ふぢやう》也。とどまりい《(ゐ)》て、物おもはん事も、かなしければ、一所《ひとゝころ》にて、[七]いかにもならんと、いでたちけるぞ、あはれなる。祐信《すけのぶ》、これを見、大《(おほき)》に制《せい》しける。「さりとも、きらるゝまでは有《(ある)》まじ。誰々《たれ〳〵》も、よきやうに[八]申《(まうし)》なしたまはば、[九]いかさま、とお《(ほ)》き國に《ゝ》ながしおかれぬとおぼえたり。さやうなりとも、命《いのち》だにあらば」となぐさめを《(お)》きて、二人の子《こ》共をいざなひいでける、心《こゝろ》の中《うち》こそあわ《(は)》れなれ。母《はゝ》は、梶原《かぢわら》が見るをもはゞからず、[一〇]ことのなのめの時《とき》こそ、恥《はぢ》も人目《め》もつつまるれ、まことのわかれになりぬれば、[一一]かちはだしにて、乳母《めのと》もろともに、庭上《ていしやう》にまよひいでて《ゝ》、「しばらく、[一二]や、殿《との》、一萬《まん》。とゞまれや、箱王《はこわう》。わが身は何《なに》となるべき」と、聲《こゑ》お《(を)》しまずなきかなしみければ、上下男女《なんによ》もろともに、「今《いま》しばらく」となきかなしむ有様《ありさま》、たとふべき方《かた》もなし。あるいは、馬《むま》の口《くち》にとりつき、あるいは、直垂《ひたたれ》の袖《そで》をひかへければ、景季《かげすゑ》も、たけき武士《もののふ》とは申せ共《(ども)》、涙《なみだ》に[一三]せきあへず、[一四]「よしなき御つかひうけたまはりて、かゝるあはれを見るかなしさよ」とて、[一五]直衣《なをし》の袖《そで》を顔《かほ》におしあてて《ゝ》なきけり。母《はゝ》は、なお《(ほ)》もとゞまりかねて、門《かど》の外《ほか》までま

一　彰考館本などに、「御かたき」とあり、その方がよい。
二　てむかいをしたわけではありません。彰考館本に、「手を出したる事にても候はす」、万法寺本に、「てをいたしたるにても候はす」、大山寺本に、「まさしくてをいだしたる事にても候はず候」、流布本に、「われ〳〵てをいだし、御てきつかまへる身にてもなし」とある。
三　お願いしてください。
四　もっともらしく。
五　いくら何でも。「きらるるまではあるまじ」の省略。
六　あきらかな。
七　死んでしまおう。
八　とりなして言ってくださるならば。
九　いかにも。なるほど。
一〇　通り一ぺんの場合には、恥も人目も自然に気にかかって、遠慮するが。
一一　はだしで歩いて。
一二　やい。呼びかけのことば。
一三　せきとめきれないで。こらえかねて。
一四　関係のない。しなくてもよい。
一五　「直衣」ならば、貴人の平服であるが、彰考館本などに、「ひたゝれ」とあり、その方がよい。↓七〇頁注二。

どひいでて、かれらが後姿《うしろすがた》をみおくり、なくよりほかの事ぞなき。子共も、後《うしろ》のみ見かへりしかば、駒《こま》をもいそがず、後《あと》に心《こゝろ》はとゞまりけり。たがひのおもひ、さこそとおしはかられて、あわ《(は)》れなり。母《はゝ》は、子《こ》どもの後《うしろ》も見えず、とを《(ほ)》ざかりゆきければ、すなわ《(は)》ちたを《(ふ)》れふしにけり。女房《ばう》たち、いそぎひきたて、やう／＼介錯《かいしやく》して、なく／＼内《うち》にぞいりにける。[一六]持佛堂《ぢぶつだう》にまい《(ゐ)》り、くどきけるは、「[一七]大慈《ち》大悲《ひ》の誓願《せいぐはん》、[一八]かれたる草木《くさき》にも、花さき實《み》なるとこそきけ。などや、かれらが命《いのち》をもたすけたまはざらん。これ、幼少《ようせう》の古《いにしへ》より、[一九]ふかくたのみをかけたてまつる。毎《まい》日に三巻《ぐはん》[二〇]普門品《ふもんぼん》を《(お)》こたらざるしるしに、かれらが命《いのち》をたすけたまへ」と、[二一]もだへ《(え)》こがれけるぞ、無慙《むざん》なる。[二二]せめての事にや、佛《ほとけ》にむかい《(ひ)》てくどきけるは、「げにや、かれらが父のうたれし時《とき》、[二三]いかなる淵瀬《ふちせ》にも入《(いり)》なんと、思ひこがれしに、かれらを世にたてんとおもひて、[二四]つれなく命《いのち》ながらへ、[二五]あかぬすまひのこゝろうかりつるも、ひとへに子どものためぞかし。きられまい《(ゐ)》らせての後《のち》、一日片時《へんし》の程《ほど》も、身は誰《た》がためにお《(を)》しかるべき。ねがはくは、われらが命《いのち》もとり給ひて、かれら一所《しよ》にむかへとりたまへ」と、聲《こゑ》もお《(を)》しまずなきい《(ゐ)》たり。まことや、身に思ひのある時《とき》は、科《とが》もましまさぬ神佛《かみほとけ》をうらみたてまつり、なきてはくどき、うらみてはなき、[二六]ふししづみけるこそ、[二七]せめての事とはおぼえける。

一六 自分の護持仏や先祖の位牌を安置してある堂。
一七 一切衆生に楽を与えて、かれらから苦を除こうと、仏菩薩が誓い願うこと。ここでは、観世音菩薩の誓願についていう。
一八 梁塵秘抄二に、「よろづの仏の願よりも、千手の誓ひぞ頼もしき、枯れたる草木も忽ちに、花咲き実生ると説いたまふ」とあり、平家物語二「卒都婆流」にも引かれ、第四句が「花さき実なるとこそきけ」とある。
一九 諸本によって、底本の「たみの」を改む。
二〇 法華経の第二十五品で、観音経ともいう。
二一 ひどく苦しみながら恋い慕う。
二二 ほかはかなわなくても、せめてこれだけはということ。
二三 一思いに死んでしまおう。
二四 彰考館本などに、「つれなき」とあり、あじけないの意。
二五 おもしろくないくらし。不満な生活。
二六 悲しみにしずんだ。
二七 思うようにならなくても、せめてこれだけでもということ。

## (祐信《すけのぶ》、兄弟《きやうだい》つれて、鎌倉《かまくら》へゆきし事)

さて、祐信《すけのぶ》は、梶原《かぢはら》もろともにうちつれて、駒《こま》をはやむるとはなけれども、夜にいりて、鎌倉《かまくら》へこそつきにけれ。今夜《こんや》は、一はるかにふけぬらんとて、景季《かげすゑ》が屋形《やかた》にとゞめを《(お)》きたり。祐信《すけのぶ》は、二人の子どもちかくい《(ゐ)》て、こよひばかりと思ふにも、のこりを《(お)》ゝ《(ほ)》しくぞおもわ《(は)》れける。二名殘《なごり》の夜《よ》はもあけやすき、三隈《くま》なき軒《のき》をもる月も、思ひの涙《なみだ》にかきくもり、鶏《とり》とおなじくなきあかす、心《こゝろ》のうちこそ無慙《むざん》なれ。四早天《さうてん》に、源太左衛門《げんださへもん》、五御所《しよ》へまい《(ゐ)》りければ、祐信《すけのぶ》、はるかに六門《かど》おくりして、「かれらが事は、七一向《かう》にたのみたてまつる。いかにもよきやうに申《(まうし)》なされ、八郎等《らうどう》二人ありとおぼしめし候へ」と、まことに九思ひいりたる有様《ありさま》、あわ《(は)》れにて、源《げん》太も、一〇不便《ふびん》におぼえて、「げにや、子ならずは、何《なに》事にか、これほどのたまふべき。一一人の親《をや》の心は闇《やみ》にあらねども、子《こ》を思ふ道《みち》にまよふとは、げに理《ことはり》とおぼえて、景季《かげすへ》も、子どももあまたもちたる身、一二さら〳〵人の上《うへ》共《(とも)》存《ぞん》じ候はず」とて、一三しのびの涙《なみだ》をながしけり。「心《こゝろ》のおよぶ所《ところ》は、一四等閑《とうかん》あるべからず候。こゝろやすくおもひたまへ」とていでければ、たのもしくぞ思ひける。

一五その後《ゝち》、景季《かげすへ》、御前《まへ》にかしこまりければ、君《きみ》御覧《らん》じて、「昨日《きのふ》は、まい《(ゐ)》らざりける

一 ひどく時が過ぎたからというので。
二 彰考館本に、「なこりの夜半の明〈け〉《あ》やすく」、万法寺本に、「なこりのよはのあけやすく」、大山寺本に、「なごりのよはのあけやすく」とある。
三 彰考館本・万法寺本・南葵文庫本に、「くまなく」とあり、行きとどかぬ所なくの意。
四 早朝。
五 将軍のおられる所。
六 門口から見送って。
七 ひたすらに。
八 家臣。
九 考えこんでいる。
一〇 かわいそうに。
一一 後撰集雑一に、「人の親の心は闇にあらねども子を思ふ道に迷ひぬるかな」(藤原兼輔)とある。
一二 決して。
一三 人知れず流す涙。
一四 なおざりにしないつもりです。
一五 流布本では、ここから、「きやうだいをかぢはらこひ申さるゝ事」となる。

ぞ。祐信《すけのぶ》は、異議《いぎ》にやを《(お)》よびける」「いかでか、お《(を)》しみ申《(まうす)》べき。ゆふべ、景季《かげすゑ》がもとまで具足《ぐそく》して候《(さうらひ)》つるを、夜ふけ候間《あひだ》、あくるをまち申《(まうし)》て候。[一六]したがひ候《(さうらひ)》ては、母《はゝ》や曾我《そがの》[一七]大郎がなげき、申《(まうす)》におよばず。[一八]かわ《(は)》ゆき有様《さま》を見てこそ候へ。おなじおほせにて、戦場《せんぢやう》にして、一命《いちめい》をすて候はん事は、[一九]物の数《かず》とも存《ぞん》じ候まじ。かやうに[二〇]難儀《なんぎ》の事こそ候はざりしか」と申《(まうし)》ければ、君《きみ》きこしめされて、「さぞ母もお《(を)》しみつらん。おなじ科《とが》とはいひながら、いまだお《(を)》さなき者《もの》どもなり。なげきつるか」とおほせられければ、この御ことばに[二一]とりつき、かしこまつて申《(まうし)》けるは、「かやうに申《(まうす)》事、おそれおほく候へども、母《はゝ》が思ひ、あまりに不便《ふびん》なる次第《しだい》に候。いまだお《(を)》さなき者《もの》どもに候へば、成人《せいじん》の程《ほど》、景季《かげすへ》にあづけさせたまひ候へかし」と申《(まうし)》ければ、君《きみ》きこしめされて、「なんぢが申《(まうす)》ところ、理《ことはり》とおもへ共《(ども)》、伊東入道《いとうのにうだう》に、情《なさけ》なくあたられし事を、きゝもおよびぬらん。三歳《ざい》の[二二]若《わか》をうしなはれ、あまつさへ女房《ばう》さへとりかへされて、なげきの上《うへ》に、恥《はぢ》を見、その上《うへ》、[二三]由比《ゆひ》の小坪《こつぼ》にて、頼朝《よりとも》をうたんとせしうらみ、[二四]條々《でう〲》、たとへてやるかたなし。せめて、伊豆國《いづのくに》一國の主《ぬし》にもならばやと、あけくれ思ひいのりしは、たゞ伊東《いとう》に[二五]あたりかへさんとねがひしぞかし。されば、かの者《もの》の末《すへ》といはんをば、[二六]乞食《こつじき》非《ひ》人《にん》なりとも、[二七]かけてみんとはおもはざりき。いはんや、かれらは現在《げんざい》の孫《まご》なり。しかも、[二八]嫡孫《ちやくそん》なり。いそぎ誅《ちう》して、若《わか》が[二九]孝養《けうやう》に報《ほう》づ《(ず)》べし。頼朝《よりとも》うらむべからず」とおほせ

一六 それにつきましては。
一七 「太郎」にあたる。
一八 かわいそうな。
一九 意に介するほどのもの。
二〇 容易でない。

二一 すがりつき。頼りにして。

二二 こども。千鶴御前をさす。
二三 由比は、神奈川県鎌倉市内、小坪は、逗子市内の海岸。その地で、伊東が頼朝を討とうとしたことは、未詳。
二四 一ヵ条ごとに、思いのはらしようもない。
二五 しかえししよう。
二六 人数に入らぬ乞食(こじき)。
二七 彰考館本・万法寺本・南葵文庫本に、「いけて」、大山寺本に、「いきて」とあり、生かしての意。「かけて」ならば、全然の意。
二八 嫡子の嫡子。
二九 後世を弔うこと。

くだされければ、かさねて申《(まうす)》におよばで、御前《ぜん》をまかりたちにけり。「時《とき》をうつさず、由比《ゆひ》の濱《はま》にて害《がい》せよ」とうけたまはりて、宿所《しゆくしよ》にかへり、祐信《すけのぶ》、おそしとまちうけて、「かれらが命《いのち》いかに」ととふ。「さればこそとよ、再三申《さいさん(まうし)》つれども、故伊東殿《こいとうどの》の不忠《ふちう》、はじめよりをはりにいたるまで、御物語《ものがたり》ありて、若君《わかぎみ》の草《くさ》の陰《かげ》にておぼしめす所も有《(あり)》、この人々をきりて、御追善《ついぜん》に報《ほう》ぜんと、御意《ぎよい》の上《うへ》、力《ちから》を《(お)》よばず」といひければ、祐信《すけのぶ》、たのみし力《ちから》つきはてゝ、「今《いま》は、かなふまじきにや」とて、二人の子《こ》どもをちかづけて、装束《しやうぞく》ひきつくろい《(ひ)》、鬢《びん》の塵《ちり》うちはらひ、「なんぢ、いかなるむくいにて、乳《ち》のうちにして、父《ちゝ》におくれ、重代《ぢうだい》の所領《しよりやう》にはなれ、命《いのち》だにも、十五・十三にもならず、きらるゝのみにあらず、母《はゝ》にも又、思ひをさづくる事の不思議《ふしぎ》さよ。祐信《すけのぶ》も、なんぢらにおくれて後《のち》、千年《ちとせ》をふるべきか。髻《もとどり》きり、後世《ごせ》ねんごろにとひてとらすべし。今生《こんじやう》こそ、宿縁《しゆくゑん》うすくとも、來世《らいせ》には、かならず一《(ひとつ)》蓮《はちす》にむまれあふべし」と、涙《なみだ》にむせびけり。子どもきゝ、「祖父子《をうぢ(こ)》の御事により、われらお《(を)》さなけれ共《(ども)》、ゆるされず、きられん事、力《ちから》におよばず。さりながら、殿《との》の御恩《おん》こそ、ありがたく思ひたてまつり候へ。御遁世《とんせい》、ゆめ〳〵あるまじき事なり。母御《はゝご》の御おもひ、いよ〳〵を《(お)》もかるべし。それをなぐさめてたまはり候へ。それならでは」とばかりにて、なくよりほかの事ぞなき。景季《かげすへ》が妻女《さいぢよ》も、女房《ばう》たちひきつれ、中門《ちうもん》にいで、ものごしにかれらが

一　ただちに。
二　殺せ。
三　景季はまだか。
四　そのことですよ。→一三六頁注五。
五　二度も三度も。
六　あの世で。
七　若君の恨みをはらし、その霊を慰めようと。
八　お考え。
九　衣服のよそおいをととのえ。
一〇　頭の左右の髪。
一一　乳のみ子の間。
一二　代々伝わる領地。
一三　彰考館本・南葵文庫本に、「つくる」、万法寺本に、「かくる」、大山寺本に、「さする」とある。
一四　出家して。髻は、髪を頂に束ねた所。
一五　弔ってやろう。
一六　うまれつきの因縁。
一七　極楽浄土の同じ蓮の上にともに生まれよう。
一八　「祖父御」にあたり、おじい様の意。
一九　曾我祐信をさす。
二〇　決して決して。
二一　そのほかには、何の望みもありませんの意。
二二　ここでは、女くらいの意。
二三　表門の内にある門。

ことばをたちきゝて、「げにや、二四さる物の子《こ》どもとはきこゑ《(え)》たり。二五優《ゆふ》におとなしやかにいひつることばかな。よそにてきくだにも、あわ《(は)》れに無慙《むざん》なるに、いかに今《いまゝ》までとりそだてぬる母《はゝ》や乳母《めのと》のおもふらん。二六かたわ《(は)》なる子《こ》をさへ、親《おや》はかなしむならひぞかし。二七弓《ゆみ》とりの子の七つにて、親《おや》の敵《かたき》をうちけると申《(まうし)》つたへたる事も、かれらがおとなしやかなるにて思ひしられたり。弓《ゆみ》とりの子《こ》なり」とて、涙《なみだ》にむせびければ、二八およぶもおよばざるも、みな袂《たもと》をぞしぼりける。

## (由《ゆ》比《い》の二九みぎはへひきいだされし事)

やゝ有《(あり)》て、景季《かげすへ》きたり、「時《とき》こそうつり候へ」といひければ、祐信《すけのぶ》、かれらをいでたゝせ、由比濱《ゆひのはま》へぞいでける。今《いま》にはじめぬ鎌倉中《かまくらぢう》のこと〳〵しさは、かれらがきらるゝみんとて、三〇門前市《もんぜんいち》をなす。源《げん》太が屋形《やかた》も、三一濱《はま》のおもて程《ほど》とを《(ほ)》からで、ゆく程《ほど》に、三二羊《ひつじ》のあゆみなを《(ほ)》ちかく、命《いのち》も三三際《きは》になりにけり。すでに敷皮《しきがわ》うちしきて、二人の者《もの》ども三四なを《(ほ)》りにけり。今朝《けさ》までは、さり共《(とも)》、源《げん》太や申《(まうし)》たすけんと、たのみし心もつきはて、かれらにむかひ申《(まうし)》けるは、「母《はゝ》が方《かた》に、思ひおく事やある」ととふ。「たゞ何《なに》事も、三五御こゝろへ《(え)》候《(さうらひ)》て、おほせられ候へ。たゞし、最期《さいご》は、御お《(を)》しへ候《(さうらひ)》しごとく、三六おもひき

二四 相当な者。立派な武家。
二五 立派に落ちついて。
二六 人なみでない。
二七 武士。
二八 手近にいる者も、そうでない者も。

二九 水際。なぎさ。
三〇 人の群れあつまるさまをいう。漢書鄭崇伝に、「臣門如レ市、臣心如レ水」、本朝文粋六、橘直幹「申二民部大輔一状」に、「堂上如レ華、門前成レ市」とある。平家物語一「吾身栄花」などに、このかたちで出ている。
三一 浜の方面の意で、由比ケ浜をさす。
三二 屠所(としよ)にひかれる羊の歩みで、死に近づくことをいう。摩訶摩耶経上に、「譬如下旃陀羅駆レ牛就二屠所一歩々近中死地上、人命疾二於是一」とあることから出て、源氏物語浮舟・保元物語下「義朝幼少の弟悉く失はるる事」などにも引かれる。
三三 かぎり。
三四 きちんとすわった。
三五 おはからいくださって。
三六 覚悟して。

一 思いきりのわるいこと。
二 私と同じあなたのお気持です。
三「たてまつって」の転。彰考館本・南葵文庫本に、「たてまつらて」、万法寺本・流布本に、「たてまつりて」とある。
四 彰考館本に、「いかに、ゃ殿、箱王殿、見くるしきそ、出し時、母の仰られつる」、万法寺本に、「いかに、やとの、はこわうとの、みくるしきそ、いてしとき、はゝのおほせられつる」、南葵文庫本に、「いかに、やとの、はこわう殿、見くるしきそ。出しとき、はゝのおほせられつる」、流布本に、「はゝのおほせられし事わすれ給ふか」とあり、「をや」または「おや」に続く。「おほせられしをや」で、おっしゃったのにの意か。ただし、流布本では、「おやおふぢ」で、「親祖父」と解される。
五 からからとたか笑いして。
六 坐ってよりかかり。
七 今に始まったこと。
八 和漢朗詠集下「文詞付遺文」に、「遺文三十軸、軸々金玉声、竜門原上土、埋レ骨不レ埋レ名」とあり、源平盛衰記三「澄憲の御請文」には、「骨縦埋二竜門之土一、名可レ留二鳳闕之雲一」とある。前者は、白氏文集二十一「題二故元少尹集後一」の一節で、元稹が竜門に葬られた時に、白楽天がその遺文を讃えたもの。竜門とは、洛陽の西南の山。
九「掌（たなごころ）」にあたる。てのひら。

りて、未練《みれん》[一]にも候はざりしとばかり、御かたり候へ」「箱王《はこわう》はいかに」ととへば、「[二]おなじ御心《こゝろ》なり。今《いま》一度《たび》見たて[三]まつて」といひもあへず、涙《なみだ》にむせび、ふかくなげく色《いろ》見えけり。一萬《まん》これを見て、「[四]おほせられしをや。祖父《をうぢ》の孫《まご》ぞと思ひ出《(いだ)》して、おもひきるべし。かまへて、母《はゝ》や乳母《めのと》がこと、おもひいだすべからず。さやうなれば、未《み》練《れん》の心《こゝろ》いでくるぞ。「たゞ一すじ《(ぢ)》におもひきれ」とおし《(を)》へたまい《(ひ)》し事、わすれたまふかや。人もこそみれ」といさめければ、箱王《はこわう》、このことばにやはぢけん、顔《かほ》おしのごひ、[五]あざは《(わ)》らひ、涙《なみだ》を人に見せざりけり。貴賤《きせん》、お《(を)》しまぬ者《もの》はなかりけり。曾我《そがの》太郎も、この色《いろ》を見て、今《いま》はこゝろやすくて、敷皮《しきがは》にい《(ゐ)》[六]かかり、鬢《びん》の塵《ちり》うちはらひ、こゝろしづかに介錯《かひしやく》し、「いかになんぢら、よく〳〵きけ。[七]はじめたる事にはあらね共《(ども)》、弓矢《ゆみや》の家にむまるゝ物は、命《いのち》よりも名《な》をばお《(を)》しむ物ぞとよ。「[八]龍門原上《れうもんげんしやう》の骨《ほね》をばうづめども、名《な》をば雲井《くも》にのこせ」といふことば、かねてきゝおきぬらん。最期《さいご》見ぐるしくは見えねども、心《こゝろ》をみださで、目《め》をふさぎ、[九]たな心《(こころ)》をあわ《(は)》せ、「彌陀如來《みだによらひ》、われらをたすけたまへ」と祈念《きねん》せよ」。一萬《まん》きて、「いかにいのり候とも、たすかる命《いのち》にても候はぬものを」といひければ、「そのたすけにてはなし。別《べち》のたすけぞとよ。御分《ぶん》[一〇]の父《ちゝ》、一所《しよ》にむかへとり給ふべき誓願《せいぐはん》のたすけぞとよ。たのみ候へ」といひければ、「[一一]申《(まうす)》にやおよぶ。故郷《こきやう》をいでしより、おもひさだむる事なれば、何《なに》に心《こゝろ》をのこすべき。

父《ちゝ》にあひたてまつらんたのみこそ、うれしく候へ」とて、西《にし》[一二]にむかひ、おの〳〵ちい(ひ)さき手《て》をさゝげて、「南無《なむ》[一三]」とたからかにきこへ(え)ければ、堀彌太郎《ほりのや》[一四]、太刀《たち》ぬき、ひき[一五]そばめ、二人が後《うしろ》にちかづきて、兄《あに》をまづきらんは、順次《じゆんし》[一六]なり、しかれども、弟《おとゝ》見て、おどろきなんも、無慙《むざん》なり、弟《おとゝ》をきるは、逆《ぎやく》なりと、おもひわづらひ、たちたりしを、祐信《すけのぶ》、思ひにたへかねて、はしりより、とりつき、「しかるべくは[一七]、打物《うちもの》[一八]をそれがしにあづけられ候へ。われらが手《て》にかけて、後生《ごしやう》をとぶらはむ」と申(まうし)ければ、「御はからひ[一九]」とて、太刀《たち》をとらせけり。祐信《すけのぶ》とりて、まづ一萬《まん》をきらむとて、太刀《たち》さしあげみれば、折節《おりふし》、朝日《あさ》かゝやきて、しろくきよげなる首《くび》の骨《ほね》に、太刀影《たちかげ》のうつりて見えければ、左右《さう》なくきるべき所《ところ》も見えざりけり。祐信《すけのぶ》、たけき物のふ[二〇]と申せども、打物《うちもの》をすてゝ、くどきけるは、「なか〳〵思ひきりて、曾我《そが》にとゞまるべかりしものを、これまできたりて、うきめを見ることのくちおし(を)さよ。しかるべくは、まづそれがしをきりて後《のち》に、かれらを害《がひ》したまへ」となげきければ、見物《けんぶつ》の貴賤《きせん》、「理《ことはり》かな。幼少《ようせう》よりそだてゝ、あわ(は)れみ給へば、さぞ不便《ふびん》なるらん」と、とぶらはぬ[二一]者《もの》はなかりけり。

一〇 あなたの父親と。
一一 申すまでもない。
一二 西方極楽浄土をさす。
一三 仏菩薩に対する帰依の心をあらわすことば。
一四 吾妻鏡元暦二年六月二十一日の条などに、「堀弥太郎景光」、平家物語十一「能登殿最期」に、「堀弥太郎親経」とみえる。平治物語(古活字本)下「牛若奥州下りの事」によると、金売吉次の後の名という。
一五 身にひきつけ。
一六 彰考館本・南葵文庫本・流布本によって、底本の「ゆしんし」を改む。次第にしたがうこと。万法寺本に、「じゆんぎ」とある。
一七 できることなら。そうしてもよければ。
一八 うちきたえた武器。ここでは、太刀をさす。
一九 よろしくおはからいください。
二〇 「武士(もののふ)」にあたる。
二一 同情しない。

(人々、君《きみ》へまい《(ゐ)》りて、こひ申さるゝ事)

こゝに、[一]梶原平三景時《かぢはらへいざうかげとき》、ちかくよりて、祐信《すけのぶ》に申《(まうし)》けるは、「御なげきを見たてまつるに、おしはかられておぼゆるなり。しばらくまちたまへ。[二]一《(ひと)》はし申《(まうし)》てみん」といひければ、彌《いや》太郎、おほきによろこびて、しばらく時《とき》をうつしける。まことに景時《かげとき》、[三]さしきりて申されんには、[四]かない《(ひ)》つべしと、人々たのもしくぞ思ひける。景時《かげとき》、御前《まへ》にかしこまりければ、君《きみ》御覽《らん》ぜられて、「梶原《かぢわら》こそ、例《れい》ならず[五]訴訟顔《そせうがほ》なれ」「さん候。曾《そ》我《がの》太郎が養子《やうし》の子《こ》ども、たゞ今《いま》、濱《はま》にて誅《ちう》せられ候。あはれ、[六]それがしに、御あづけもや候へかし。景時《かげとき》が申狀《(まうし)じやう》、[七]きこしめしいれらるべきと、[八]あまねく思ひ候ものをや」と申《(まうし)》ければ、君《きみ》きこしめして、「今朝《けさ》より、源太《げんだ》申《(まうし)》つれ共《(ども)》、あづけず。なんぢ、うらむべからず」とおほせくだされければ、力《ちから》およばず、御前《ぜん》をまかりたちけり。つぎに、[九]和田左衞門義盛《わだのさへもんよしもり》、御前《まへ》にかしこまり、「景時《かげとき》が親《をや》子、申《(まうし)》てかなはざる所《ところ》を、義盛《よしもり》、かさねて申《(まうし)》あぐる條《でう》、[一〇]かつうは、その[一一]おほそれすくなからず候へども、人をたすくるならひ、[一二]さのみこそ候へ。義盛《よしもり》、御大事に[一三]まかりたちて、度々なりといへ共《(ども)》、[一四]わきては、[一五]衣笠城《きぬかさのじやう》にて、御命《いのち》にかはりたてまつり、御世にいでさせたまひ候《(さうらひ)》ぬ。その[一六]忠節《ちうせつ》に[一七]申《(まうし)》かへて、曾我《そが》の子どもをあづかりおき候はば、[一八]生前《しやうぜん》の御恩《おん》と存《ぞん》じ候べし」と申さ

一　景季の父。源義経や結城朝光を讒したことで知られているが、この物語では、悪人のような性格はみられない。
二　一端。ひととおり。
三　しきりに思いきって。
四　きっとうまくゆくであろう。
五　訴えようとする顔つき。
六　私に預けてでもくださいよ。
七　お聞きいれなさるだろう。
八　みな誰でも。
九　前出。↓一二四頁注八。
一〇「かつは」の延。一方ではの意。普通には、二つ並べて使われる。
一一　諸本に、「おそれ」とある。
一二　そればかりのことです。
一三　立ちあって。「まかり」は、謙譲の意をあらわす。
一四　とりわけ。特に。
一五　前出。↓一二四頁注九。
一六　君につくすみさお。
一七　願って引きかえていただき。
一八　生きている間。
一九　彰考館本に、「追放《ついはう》」、万法寺本に、「つゐはう」とある。
二〇　義盛の一生の大事で、これに及ぶものはないでしょう。
二一　任せてください。

れければ、君《きみ》きこしめされて、「かの者《もの》どもの事は、きらでかなふべからず」とおほせくだされければ、義盛《よしもり》、かさねて申されける、「もとより、罪《つみ》かるくして、[一九]追罰《ついばつ》せらるべきを、申《(まうし)》あづかりては、御恩《おん》と申《(まうし)》がたし。重罪《ちようざい》の者《もの》を給《(たまはり)》てこそ、おきてをそむく御恩《おん》にては候へ。[二〇]義盛《よしもり》が一期《ご》の大事、何事《なにごと》かこれにしかん」と、さしきりて申されたりしかば、君《きみ》も、まことに難儀《なんぎ》におぼしめしけるが、しばし、御思案《しあん》にを《(お)》よび、「御分《ぶん》の所望《しよまう》、何《なに》をかそむきたてまつるべき。しかれども、この事にをゐ《(お)(い)》ては、頼《より》朝《とも》に[二一]さしを《(お)》きたまへ。伊東《いとう》が情《なさけ》なかりしふるまひ、たゞ今報《いまほう》ぜん」とおほせられければ、義盛《よしもり》、力《ちから》におよばずして、御前《ぜん》をまかりたゝれけり。そのつぎに、[二二]宇都宮彌三《うつのみやのいや》郎朝綱《ともつな》、おもひけるは、[二三]面々《めん／＼》申《(まうし)》かなへられずして、まかりたゝれぬ、さりながら、あまたの力《ちから》、もしもやと存《ぞん》じ、御前《まへ》に祗候《しこう》す。君《きみ》御覧《らん》ぜられて、「今日《けふ》の[二四]訴訟《そせう》人は、かなふべからず。別《べち》に、おもふ子細《しさい》あり」とて、御氣色《きしよく》あしかりければ、申《(まうし)》いだすにおよばず、退出《たいしゆつ》せられにけり。又、[二五]千葉介常胤《ちばのすけつねたね》、座敷《ざしき》に[二六]い《(ゐ)》かはりて、かしこまつて、「人々の申されてかなはざる所《ところ》を申上《(まうしあぐ)》る條《でう》、[二七]まことてうたうのあとをたづね、れいきのをゝひにて候へ共《(ども)》、[二八]龍《れう》の鬚《ひげ》をなで、虎《とら》の尾《を》をふむも、事による事にて候へば、今日《けふ》の人々の訴訟《そせう》御きゝいれ候はゞ、[二九]かしこまり存《ぞん》ずべきよし、[三〇]かた／″＼[三一]申《(まうす)》げに候」と申《(まうし)》あげければ、君《きみ》きこしめし、「御分《ぶん》の事、[三二]身にかへてもあまりあり。それをいか

二二 宇都宮氏は、今の宇都宮市に住み、代々二荒神社社務職などを襲った。
二三 おのおの願いを聞きいれられないで。
二四 訴えをおこす人。
二五 前出。→一二四頁注一〇。
二六 かわってすわり。
二七 彰考館本に、「まことに鳥道《(てうだう)》のあと尋《(たづね)》、霊亀《(れい)》の尾《(を)》を引《(ひ)》にゝて候へとも」、万法寺本に、「まことにたつね、れいきのおゝひくにて候へとも」とある。大山寺本には、「まことにてうだうのあとをたづね、れいきのをを」とあり、「ふむも」に続く。南葵文庫本に、「まことにてうたうのあとをたつね、れいきのおくをひくにて候へとも」、流布本に、「まことにてうだうのあとをたづね、れいぎのおくひにて候へども」とある。「鳥道の跡を尋ね、霊亀の尾を引く」で、むだな苦労をすることをいうか。
二八 本朝文粋十三、大江匡衡「供養浄妙寺願文」に、「栄余二於身一、賞過二於分一、如レ履二虎尾一、如レ撫二竜鬚一」とあり、平家物語三「法印問答」・太平記十二「兵部卿親王流刑事付驪姫事」などにも引かれる。危険をおかすことのたとえ。→補一二九。
二九 恐縮するであろう。
三〇 それにつけても。
三一 申すようです。万法寺本に、「申けるに候」とある。
三二 自分の身と取りかえても足りない程である。自分の身よりも大事に思う。

にといふに、頼朝《よりとも》、[一]石橋山《いしばしやま》の合戦《かつせん》にうちまけて、たゞ七騎《き》になりて、杉山《すぎやま》をいでて、[二]ゆきの浦《うら》につき、すでに自害《じがひ》におよびし時《とき》、數千騎《すせんぎ》にて、[三]合力《かうりよく》せられたてまつり、今《いま》は世をとる事、ひとへに御分《ぶん》の恩《おん》ぞかし。その故《ゆへ》、わするべきにあらず。されども、伊豆《いづ》の伊東《いとう》がうらめしさは、しりたまひぬらん」とおほせありて、その後は、御返事《へん》もなし。常胤《つねたね》、かさねて申されけるは、[四]「おそれ存《ぞん》じ候事なれども、それがしにかぎらず、今日《こんにち》の訴訟人《そせうにん》、[五]時《とき》にとりての御大事、誰《たれ》か身命《しんみやう》をおしみ、不忠《ふちう》をおもひたてまつる者《もの》の候べき。その御心《こゝろ》ざしに、[六]御免《めん》わたらせおはしまして、かれらを御たすけ候べし」「さても、かれらが祖父《をうぢ》は、[七]不忠《ふちう》の者《もの》にはあらざるをや」「さてこそ、[八]御慈悲《じひ》にて、御たすけ候へとは申せ」[九]「奈落《ならく》にしづむ[一〇]極重《ごくぢう》の罪人《ざいにん》をば、慈悲《じひ》の佛《ほとけ》だにも、すくひたまはづ《(ず)》とこそきけ」。[一一]常胤《つねたね》うけたまはりて、[一二]「地藏薩埵《ぢざうさつた》の第《だい》一の誓願《せいぐはん》には、[一三]無佛世《むぶつせ》界《かひ》の[一四]衆生《しゆじやう》をすくはんとこそ、ちかひのふかくましますなれ」。君《きみ》きこしめし、「されば、地藏《ぢざう》は、いまだ[一五]正覺《しやうがく》なり給はずとこそきけ」「かやうの惡人《あくにん》をすくひつくして、正覺《しやうがく》あるべしとうけたまはる。それは、慈悲《じひ》にてましまさずや」。君《きみ》きこしめし、「まことにそれは、佛《ほとけ》の御法《のり》のことば、[一六]如來《によらい》にあひて、とひ給へ。かれらは、[一七]世上《せじやう》の政道《せいたう》也。きらではかなふべからず」とて、御氣色《きしよく》あしく見えければ、その後《のち》は、物をも申さず。御前《まへ》に祇候《しこう》の人々も、力《ちから》をおとし、いかゞせんとぞおもはれける。

一 前出。→一二三頁注二二。
二 彰考館本に、「由城」、万法寺本に、「ゆうき」、大山寺本に、「ゆふき」とある。結城の浦で、千葉市寒川にあたるか。
三 加勢をお受けして。
四 恐縮に存じますことですが。
五 その時にあたっての。
六 おゆるしくださって。
七 流布本に、「ちう」とある。
八 慈は、楽を与えることで、悲は、苦を除くこと。
九 梵語の「Naraka」にあたり、地獄をさす。
一〇 きわめて重い。
一一 諸本によって、底本の「つたね」を改む。
一二 地蔵菩薩。釈迦仏が入滅してから、弥勒仏が出世するまで、無仏の世界に住して、六道の衆生を化導するという。薩埵は、菩提薩埵の略で、菩薩と同じ。
一三 仏のおわさない世界。釈迦仏が入滅してから、弥勒仏が出世するまでの期間をさす。延命地蔵菩薩経に、「無仏世界度二衆生一」とある。
一四 一切の生物。
一五 仏の正しいさとり。
一六 仏にむかって。如来は、仏の尊称。
一七 諸本によって、底本の「せうやう」を改め、「世上(せじやう)」とする。出世間の仏法に対して、世間の政道をいうか。

（畠山《はたけ》[一八]重忠《のしげたゞ》こい《(ひ)》ゆるさるゝ事）

こゝに、武藏國《むさしのくに》の住人《ぢう》、畠山《はたけ》庄司《のしやうじ》二郎重忠《しげたゞ》、在鎌倉《ざいかまくら》[一九]して、筋違橋《すぢかひばし》[二〇]にありけるが、この事をきゝ、とるものもとりあへず、いそぎ御前《まへ》にまい《(ゐ)》られける。君《きみ》御覽《らん》ぜられて、「重忠《しげたゞ》めづらし」とおほせくだされければ、「さん候」[二一]とて、ふかくかしこまり、やゝありて、申されけるは、「伊東《いとう》が孫《まご》どもを、濱《はま》にてきられ候なる。いまだおさ《(を)》なく候へば、成人《せひじん》の程《ほど》、重忠《しげたゞ》に御あづけ候へかし」。君《きみ》きこしめし、「存知《ぞんぢ》[二二]のごとく、伊東《いとう》がふるまひ、條々《でう〳〵》[二三]のむね、わするべきにあらず。かれらが子孫《しそん》におきては、いかにいやしき者《もの》なりとも、たすけおかんとはおぼえず。これらはまさしき孫《まご》[二四]ながら、嫡孫《ちやくそん》ぞかし。頼朝《よりとも》が末《すへ》の敵《てき》となるべし。されば、誅《ちう》してもたらざる物を。頼朝《よりとも》うらみ給ふべからず」とおほせられければ、「かなはじとの御諚《ぢやう》[二五]、かさねて申《(まうし)》あぐる條《でう》、おそれにて候へども、成人《せいじん》の後《のち》、いかなるふるまい《(ひ)》候とも、重忠《しげたゞ》[二六]かゝり申《(まうす)》べし。その上《うへ》、一期《ご》[二七]に一度《ど》の大事をこそと存《ぞん》じ候《(さうらひ)》て、つねには訴訟《そせう》を申さず候へ。これればかりをば、御免《めん》わたらせたまへ」と申されければ、君《きみ》のおほせには、「かれらが先祖《せんぞ》の不忠《ふちう》、みな〳〵存知《ぞんじ》の事、何《なに》とてかほどにのたまふ。この事かなへぬおこたり[二八]に、武藏國《むさしのくに》二十四

一八 前出。→一二三頁注二四。
一九 鎌倉に滞在して。
二〇 「筋替《すじかえ》橋」とも書く。神奈川県鎌倉市雪ノ下にある。畠山重忠の宅趾は、その西南方にあたる。
二一 「さに候」の転。さようでございます。
二二 承知のとおり。
二三 個条ごとのおもむき。
二四 たしかな孫であるとともに。
二五 仰せ。おことば。
二六 お引きうけいたしましょう。
二七 一生に一度の大事を訴えよう。
二八 謝罪。詫び。

一　世間の評判もどうかと思われ。
二　彰考館本に、「給て候」、万法寺本に、「たまはり候」、流布本に、「給はりて候」とある。
三　さしあげ。
四　世の人の納得することもあるのです。
五　坐ったままで身の丈を高くそびやかして。すさまじい勢いになって。
六　押し籠められ。
七　万法寺本・南葵文庫本・流布本に、「あやうく」、大山寺本に、「あやふく」とある。
八　池禅尼。忠盛の後妻で、清盛の継母。
九　事態が険悪に。
一〇　よくないようだ。
一一　諸本によって、底本の「つしんて」を改む。
一二　攻めほろぼされた。
一三　後の世。
一四　言い出した。
一五　王者としての道。

郡《ぐん》をたてまつらん」とおほせくだされしぞ、まことにかたじけなくはおぼえける。重《しげ》忠《たゞ》うけたまはり、「御諚《ちやう》を《(お)》もむき、かしこまり存《ぞん》ずれども、國《くに》をたまはり、かれらを誅《ちう》せられては、世[一]のきこへ《(え)》、重忠《しげたゞ》が恥辱《ちじよく》にて候べし。それがしがもとまい《(ゐ)》[二]りて候所領《しよりやう》をまい《(ゐ)》[三]らせあげ、かれらをたすけ候《(さうらひ)》てこそ、人[四]のおもわく《(は)》も候へ」と申されければ、君《きみ》御返り事にもおよばざりけり。重忠《しげたゞ》、い《(ゐ)》[五]だけだかになりて、「おそれおほき申事《(まうしごと)》にて候へ共《(ども)》、平治《へいぢ》の亂《らん》に、義朝《よしとも》うたれたまひき。その御子として、清盛《きよもり》に[六]とりこめられ、すでに御命《いのち》[七]あやしくわたらせたまひしに、池殿《いけどの》[八]申されしによつて、たすかりまし〳〵ぬ。その御よろこびをおぼしめしより、かれらを御たすけ候へかし」。君《きみ》御顔色《がんしよく》かはり、事[九]あしく見えければ、しばらく物も申されず。[一〇]あしざま也、申《(まうし)》すごしぬると存《ぞん》じて、たゞつゝ[一一]しんでありける。やゝしばらくありて、君《きみ》いかゞおぼしめしけん、御扇《あふぎ》をさつとひらき、「げに〳〵重忠《しげたゞ》のたまふごとく、平家《へいけ》の一門《もん》、頼朝《よりとも》に情《なさけ》をかけ、たすけを《(お)》きて、頼朝《よりとも》に退治《たいぢ》[一二]をせられぬ。そのごとく、かれらをたすけおきて、末代《まつだひ》[一三]に頼《より》朝《とも》ほろぼされぬとおぼゆる。されば、かれらをば、一々《いち〳〵》にきりて、由比濱《ゆいのはま》にかくべし」と、あららかにこそおほせけれ。重忠《しげたゞ》も、申《(まうし)》[一四]かゝりたる事なれば、ことばもたがはず、のびあがり、「さん候。ほろびし平家《へいけ》の悪行《あくぎやう》、いかばかりとかおぼしめす。佛法《ぶつぼう》にもおそれず、王法《わうぼう》[一五]にもしたがはず、官《くはん》をとゞめ、職《しよく》をうばひ、子孫《しそん》につたはるといへども、よこしまなる沙汰《さた》、天《てん》これをゆるさゞるによつて、自滅《じめつ》す。[一六]政道順義《せいたうじゆんぎ》にして、まつり事専《せん》[一七]ならば、末代《まつだい》までも、いかでかたえ候べき。たゞ神慮《しんりよ》にそむかで、[一八]よこさまなることさへ候はずは、位《くらゐ》は[一九]轉輪聖王《てんりんじやうわう》とひとしかるべし」と申されければ、[二〇]御寮《れう》きこしめして、「忠《ちう》をたかく感《かん》じ、科《とが》をふかくいましむる事、よこしまなるべきにや」「その儀《ぎ》にては候はず、たゞ御慈悲《じひ》わたらせたまへとこそ候へ。御敵《てき》の末《すへ》、不《ふ》忠《ちう》のいたり、[二一]陳《ちん》じ申《(まうす)》にはを《(お)》よばず。さりながら、いとけなく候へば、成人《せいじん》の程《ほど》、御あづけ候へかし。かたじけなくも、君《きみ》の御恩《おん》にほこり、[二二]榮華《えいぐわ》に[二三]そなふる事、世《よ》の人にすぐれたり。されば、重忠《しげたゞ》が訴訟《そせう》、何《なに》事もかなふべしと、人々存《ぞん》ずる所《ところ》に、御ゆるされなくは、命《いのち》いきても、無益《むやく》也。御前《まへ》にて、首《くび》をめされ候へ。それかなはずは、[二四]淺間菩薩《せんげんぼさつ》も、[二五]御照覽《せうらん》候へ。重忠《しげたゞ》自害《じがひ》つかまつり候べし。[二六]ものその身にては候はずとも、それがし御前《ぜん》にてうせぬときゝ候はゞ、自害《じがひ》とは申《(まうし)》候はじ。一門《いちもん》はせあつまり、[二七]御不審《ふしん》のなげきを申《(まうし)》あげ候べし。しからば、今日《けふ》の訴訟人《そせうにん》、さだめて同意《どうい》ありぬべし。さあらんにとりては、諸國《しよこく》のわづらい《(ひ)》とこそ存《ぞん》じ候へ」。君《きみ》きこしめし、「さやうの儀《ぎ》にいたりては、頼朝《よりとも》[二八]さわぐべきにあらず、たゞ[二九]天《てん》の照覽《せうらん》に身をまかせ候べし」とて、御返事もなかりけり。

一六 法令が道義にしたがって。
一七 彰考館本に、「賢〈けん〉ならは」、万法寺本に、「しゅんならは」、大山寺本に、「けんならば」、流布本に、「もつはらならば」とある。
一八 彰考館本に、「横儀〈わうぎ〉たにも」、万法寺本に、「あふぎたにも」、大山寺本に、「よこさまのおんさただに候はずは」とある。横儀は、勝手なふるまいをさす。
一九 世界を支配する帝王の理想像。三十二相を備え、輪宝を転じて、四方を降伏するという。
二〇 貴人または貴人の子息の敬称。ここでは、頼朝をさす。
二一 釈明いたすまでもありません。
二二 諸本によって、底本の「ゑいり」を改む。
二三 「そなはる」との混用。
二四 静岡県富士宮市にある浅間神社。古く富士浅間大菩薩と呼ばれた。
二五 御覧になってください。
二六 物の数に入る身ではありませんでも。
二七 御嫌疑をうけたことについての嘆願。
二八 騒ぎをおこすつもりはない。
二九 中国古代の思想で、天地万物の主宰者を天という。

## （臣下《しんか》[一]ちやうしが事）

重忠《しげたゞ》かしこまつて、「おそれ存《ぞん》ずる次第《しだひ》にて候へども、昔《むかし》、大國《こく》に太王《わう》[二]あり、武勇《ぶゆう》の臣下《しんか》をあつめて、千《せん》人愛《あひ》[三]し、玉《たま》の冠《かぶり》、金《こがね》の沓《くつ》をあたへて、めしつかふ。その中《なか》の臣《しん》下《か》に、ちやうしといふ賢人《けんじん》[四]あり。大王《わう》これをめし、「[五]このおほせをたもつて、七珍萬《しちんまん》[六]寶《ぼう》、一つとして不足《ふそく》なる事なし。しかるに、ならびの國《くに》[七]の市《いち》に、寶《たから》の數《かず》[八]をうるなり。なんぢ、かの市《いち》にゆきて、わが倉《くら》のうちに、なからん寶《たから》をかい《(ひ)》てきたるべし」とて、おほくの寶《たから》をあたへぬ。ちやうし、これをうけとり、かの市《いち》にゆきて見るに、王宮《わうくう》の寶《たから》に、一つとしてもれたる[九]物《もの》なし。しかれども、王宮《わうくう》、善根《ぜんごん》[一〇]ながくたへ《(え)》てなかりけり。これをかい《(ひ)》とらんと思ひて、たもつ所《ところ》の財寶《ざいほう》を、かの國のひ人[一一]どもをあつめて、ことぐ〵くほどこし、手《て》[一二]をむなしくしてかへりぬ。大王《わう》[一三]とひていわ《(は)》く、「かひとる所《ところ》の珍寶《ちんぼう》いかに、みん」とのたまふ。その時《とき》、ちやうしこたへていわ《(は)》く、「王宮《くう》の寶《ほう》藏《ざう》を見るに、金銀珠玉《きんぐ〵しゆぎよく》をはじめとして、不足《ふそく》なる事なし。されども、善根《ぜんごん》のなかりしかば、かひとりぬ」とこたふ。大王《わう》、歡喜《くわんぎ》[一四]して、「その善根見《ぜんごん》む」とのたまふ。ちやうしがいはく、「かの國《くに》の貧者《ひんじや》をあつめ、もつ所《ところ》の寶《たから》をとらせぬ」とこたふ。大

一　彰考館本に、「張士」とあるが、漢字未詳。
二　「大王」にあたる。
三　彰考館本などに、「寵愛〈てうあい〉し」とある。
四　諸本によって、底本の「せんにん」を改む。
五　彰考館本などに、「我此位をたもちて」とあり、その方がよい。
六　七珍(しっちん)は、七宝ともいう。法華経によると、金・銀・瑠璃(るり)・硨磲(しゃこ)・碼碯(めのう)・真珠・玫瑰(まいかい)の七種であるが、そのほか経文によって、かなり違っている。ロ氏文典には、金銀・瑠璃・玻璃・硨磲・瑪瑙・真珠・玫瑰をあげ、また後の二つのかわりに珊瑚・琥珀をおくともいう。万宝(まんぼう)は、多くの宝。七珍万宝と続けて、あらゆる宝をあらわす。
七　隣国。
八　多くの宝。
九　足りない物はない。
一〇　よい報いを受けるはずのおこない。
一一　彰考館本に、「ひん人」、大山寺本に、「ひんにん」とある。次頁にも、「ひん人」「貧人」とあり、「非人」よりも、むしろ「貧人」にあたる。
一二　何ももたないで。てぶらで。
一三　諸本によって、底本の「とつて」を改む。
一四　よろこんで。もともと、仏法にふれておこす宗教上の体験で、自然に畏敬の念をおこし、忘我の境に入るような喜びをいう。

王《わう》、不思議《ふしぎ》に[一五]思ひしかども、賢人《けんじん》のはからふ事なりしかば、さてのみすごしたまふ。その頃《ころ》、國の兵《つわもの》[一六]おこりて、大王《わう》を[一七]かたぶく。合戰《かつせむ》にうちまけて、ならびの國《くに》にうつりぬ。その時《とき》、千人《せんにん》の臣下《しんか》、さしも愛《あひ》せし恩《おん》をすてて、一度《ど》ににげうせにけり。王一人《にん》になりて、すでに自害《じがひ》におよびける時《とき》、ちやうしが、しばらくおさへていわ《（は）》く、「まち給へ。この國《くに》の市《いち》にてかい《（ひ）》おきし善根《ぜんごん》、たづねてみん」とてゆく。その寶《たから》をゑ《（え）》たりし貧《ひん》人の中《なか》に、[一八]しはうといふ[一九]武勇《ぶゝう》の[二〇]達者《たつしや》也。ふかき心《こゝろ》ざしを感《かん》じ、おほくの兵《つわもの》をかたらひ、この王《わう》のために、城郭《じやうくわく》をこしらへ、しばらくひきこもりぬ。時《とき》あつて、運《うん》をひらき、二たび國にかへりたまふ。これひとへに、ちやうしがかい《（ひ）》おきし善根《ぜんごん》の故《ゆへ》と、國《こく》王感《かん》じたまふ。[二一]一人當千《たうぜん》といふ事、この時《とき》よりはじまりける。その時《とき》、もとにげうせし千《せん》人の臣下《しんか》、又いでて、「つかゑ《（へ）》ん」といふ。大王きゝたまひて、「又事《こと》あらば、にげぬべし。あたらしき臣下《しんか》をめしつかふべし」とのたまふ。ちやうしいさめて、「はじめたる臣下《しんか》を、心《こゝろ》しりがたし。たゞもとにげうせし臣下《しんか》を、めしつかひたまへ。[二二]人心《こゝろ》ありて、二度《ど》の恩《おん》をわすれんや」といふ。大王《わう》、理《ことはり》を案《あん》じて、にげうせし臣下《しんか》を、こと〴〵くたづねいだして、[二三]めしつかふ。時《とき》に又、國《くに》おほきにおこりて、王《わう》の都《みやこ》をかたぶく。かへりきたる所《ところ》の臣下《しんか》、[二四]二度《ど》の忘恩《ばうおん》をはぢて、身をすて、命《いのち》をお《（を）》しまず、ふせぎたゝかふ。されば、[二五]かつ事を千里《せんり》の外《ほか》にゑ《（え）》、位《くらひ》を永久《えいきう》にたもち給ふと申《（まうし）》つたえ《（へ）》

一五 諸本によって、底本の「思ひしかも」を改む。
一六 こぞって立ちあがって。叛乱をおこしたことをいう。
一七 攻めほろぼす。
一八 彰考館本に、「志房」とあるが、漢字未詳。
一九 「武勇（ぶゆ）」と同じ意。色葉字類抄に、「武勇〈ブユウ〉」とある。
二〇 よく通じた人。達人。
二一 一人で千人を相手にすること。涅槃経純陀品に、「譬如乙人王有二大力士一、其力当レ千、更無甲レ有下能降二伏之一者上、故称二此士一人当千一」とある。
二二 彰考館本に、「人心あり、いかてかニたたひの恩をわすれんや」、大山寺本に、「ひとこゝろあり、いかでふたたびの恩を忘れんや」、南葵文庫本に、「人心あり、いかて二たひのおんをわすれんや」とある。「二度の恩」は、二度にわたって召し使われること。
二三 諸本によって、底本の「めしかふ」を改む。
二四 二度の恩を忘れて、国王に背くこと。
二五 史記高祖本紀のことばによる。↓一三〇頁注一四。

て候。かれらも、[一]さる物の子にて候へば、御恩《おん》をわすれたてまつるべきにあらず。つい《(ひ)》には、御用《よう》にこそたち申《(まうし)》候はんずれ」。君《きみ》きこしめし、「それも、臣下《しんか》たつときにあらず。ちやうしが賢《けん》によつて也」「さらば、それがしをちやうしとおぼしめし、かれらを臣下《しんか》に[二]なずらへて、御たすけ候はゞ、後《のち》の[三]御せんどにもや、たち候ひなん。[四]君《きみ》君《く》たる時《とき》は、臣禮《しんれい》をもつてし、臣臣《しんく》たる時《とき》は、君《きみ》あはれみをのこすとこそ、見えて候へ」。頼朝《よりとも》、「かれら、何《なに》の禮《れい》か有《(あり)》し」。重忠《しげたゞ》うけ給《(たまはつ)》て、「御たすけ候はゞ、いかでか、その禮《れい》なかるべき。君《きみ》御ゆるしなくは、われ〳〵までも、[五]果《くわ》におごるべきにあらず。[六]さあらんにとりては、[七]あはざる訴訟《そせう》なりとも、一度《ど》は、[八]などや御免《めん》なからん」「[九]理《り》をやぶる法《はう》はあれども、法《はう》をやぶる理《り》はなし。罪科《ざいくわ》といひ、法《はう》といひ、いかでか、かれらのがるべき」。重忠《しげたゞ》も、申《(まうし)》かゝりたる事なれば、身をも命《いのち》をもおし《(を)》まず、高聲《たかごゑ》になりて申《(まうし)》けるは、「國《くに》をほろぼす[一〇]てんけんも、[一一]さんせはきかずとこそ、うけたまはりて候へ。[一二]釋迦如來《しやかにょらい》の昔《むかし》、善惠仙人《ぜんゑせんにん》と申せし時《とき》、道《みち》をつくりたまふ[一三]中間《ちうげん》に、[一四]燃燈佛《ねんどうぶつ》をとを《(ほ)》りたまふ。道《みち》あしくして、わづらい《(ひ)》たまふ時《とき》に、仙人《せんにん》、泥《でい》の上《うへ》にふしたまひて、御髪《ぐし》をしき、佛《ほとけ》をとお《(ほ)》したてまつる。[一五]さつたい王子《わうじ》は、う《(ゑ)》へたる虎《とら》に、身をあたへ、[一六]尸毘《しび》大王は、[一七]鳩《はと》のはかりに、身をかくる。これらみな、[一八]末代《まつだひ》の衆生《しゆじやう》をおぼしめす、御慈悲《じひ》の故《ゆへ》ぞかし。[一九]なかんづく、諸國《しよこく》をお《(を)》さめたまふ事、[二〇]理非《りひ》をたゞし、情《なさけ》を旨《むね》とし、あわ《(は)》

一 立派な武士の子。
二 思いくらべて。
三 彰考館本・万法寺本に、「御せん」、大山寺本に、「御用」、南葵文庫本に、「御よう」とある。「御せんど」で、御大事の用をいうか。日葡辞書に、「Xendo. Nanguino coto」とある。
四 君主が君主としての徳を積むならば、臣下はこれに礼をもって仕え、臣下が臣下としての分を守るならば、君主はこれにあわれみをくだす。↓補一三〇。
五 結果。
六 そのような場合には。
七 理にあわない。
八 おゆるしいただけないはずはない。
九 ロ氏文典に、格言として引く。道理が法規のために破られることはあるが、法規が道理のために破られることはない。法の力の強いことをいう。
一〇 彰考館本に、「天眼」とあるが、未詳。「天元」で、君主の意か。
一一 彰考館本に、「讒〈ざん〉せは」とあるが、未詳。
一二 明文抄二に、釈迦の前生について、「曾為二摩納仙人一、将二金銭一於婦人辺買レ花、供二養燃燈仏一」とある。
一三 色葉字類抄に、「中間〈チウゲン〉」とあり、「時剋分」と注する。
一四 過去の世に出て、釈迦に未来成仏の予言を授けたという仏。彰考館本に、「燃燈仏〈ねんとうぶつ〉」とをりたまふ」、万法寺本に、「ねんとうふつとおり給ふ」、大山寺本に、「ねんとうぶつの通り給ふ

れみを本《ほん》としたまふべきに、これほど面々《めん〱》の申《(まうす)》、かれらを御たすけなくは、人たのみすくなくおもひたてまつるべし。重忠《しげたゞ》が一期《ご》の二一太事とおぼしめし、たすけおかれ候へかし」と、まこと二二おもひきりたる氣色《けしき》で、佛法二三世法《ぶつぼうせほう》、唐土天竺《たうどてんぢく》の事まで、二四ひきかけ〱、申されければ、君御思案有《しあん(あり)》て、「まこと此人は、二五内《うち》には五戒《かひ》をまもり、外《ほか》には仁義《じんぎ》を本《ほん》とす、賢人《けん》ぞかし。此重忠《しげたゞ》をうしなひなば、神のめぐみにそむき、天下もおだやかなるまじ」と思召《(おぼしめし)》ければ、「さらば、此者《もの》共たすけ候へ。たゞし、御分《ぶん》一人にはあづけぬぞ。二六今日《けふ》の訴訟《そせう》人どもに、こと〲くゆるす」とおほせくだされけり。御前祗候《しこう》の侍《さぶらい》ども、おもはずに、あつとぞ感《かん》じける。げにや、重忠《しげたゞ》、身にかへて申さるゝ一人には、御ゆるしもなくて、「今日《けふ》の訴訟《そせう》人どもに」と、おほせくださるゝ有《(あり)》がたさよ。されば、天下の主《ぬし》ともなりたまふと、重忠《しげたゞ》、感《かん》じ申されけるとかや。

（曾我《そが》へつれてかへり、よろこびし事）

その後、畠山《はたけ》重忠《のしげたゞ》、二七成清《なりきよ》をよび、「おさなき人々の事、やう〱に申《(まうし)》あづかり候《(さうらひ)》ぬ。はや〱御かへり候へ。曾我《そが》に、こゝろもとなく思ひ給ふべし。二八見參《げんざん》にいれたく候へ共《(ども)》、御前《ぜん》に候間《あひだ》」といひおくりければ、曾我太郎《そがの》、二九是非《ぜひ》をわきまへかねて、たゞ、

に」、流布本に、「ねんどうぶつとをり給ふに」とある。
一五 彰考館本に、「薩〈つき〉棰」、万法寺本・大山寺本・流布本に、「さつた」とある。「薩埵」にあたり、釈迦の前生の名の一。三宝絵詞上・私聚百因縁集一の二などには、七匹の子を養う虎のため、薩埵王子がわが身を与えたという。
一六 釈迦の前生の名の一。三宝絵詞上・私聚百因縁集一の二などには、鳩を追いかける鷹のため、尸毘王が自分の肉を与えたという。
一七 鳩のとまる横木。
一八 末の世の一切の生物。
一九 その中で。とりわけ。
二〇 道理にかなっていることとそうでないことをあきらかにして。
二一 「大事」にあたる。
二二 かたく決心した。
二三 仏法に対して、俗世間のおきて。
二四 あれこれと関係をたどって。
二五 内は、仏教の方面、外は、仏教以外の方面、主として儒教の方面をさす。五戒は、仏教の禁戒。→五六頁注一二。仁義は、儒教の道徳で、愛情をもって道理にかなうこと。
二六 今日訴えた者どもすべての願いを聞き入れる。
二七 榛沢六郎。重忠の郎等。
二八 お目にかかりたく。「いれたく」は、彰考館本に、「入度〈たく〉」、万法寺本・南葵文庫本に、「いりたく」、大山寺本に、「入り申したく」とある。
二九 どうしてよいかわからなくて。

「かしこまり存《ぞん》ずる」とばかりぞ申《(まうし)》ける。さて、二人の子どもの馬を先《さき》にたて、曾我《そが》へかへりける心のうち、たとゑ《(へ)》んかたなし。母《はゝ》が宿所には、これをばしらで、たゞなくばかりなる所《ところ》へ、人々、「かへりたまふ」とつげければ、母をはじめて、よろこぶ事かぎりなし。一萬《まん》が乳母《めのと》、月さへといふ女房《ばう》、庭上《ていしやう》にはしりむかひ、馬の口《くち》をとり、「君たちの御かへり」といはんとて、あまりにあは《(わ)》てて、「馬《むま》たちのかへりたまふぞや」とよばはりけり。兄弟《きやうだい》の人々、馬《むま》よりおり、母が方《かた》にゆきければ、一門《もん》はせあつまり、よろこびの見参《げんざん》[一]、隙《ひま》もなし。されば、頼朝《よりとも》御いきどを《(ほ)》りふかく、御あはれみのあまねき事は、「[二]めいてんの君《きみ》は、時《とき》に蔽壅《へいよう》の累《るい》をなし、しゆんゑんの臣《しむ》は、しば〳〵しんしの[三]かなしみをいだく」とは、文選《もんぜん》のことばなるお《(を)》や、いまさら思ひしられたり。

一 対面の敬語。

二 文選五十五、陸子衡「演連珠」に、「明哲之君、時有㆓蔽壅之累㆒、俊乂〈シュンガイ〉之臣、屢抱㆓後時之悲㆒」とあるのによる。「めいてん」は、「明哲」の誤で、事理にあきらかで賢い人。「蔽壅の累」は、おおいふさぐというわずらい。「しゆんゑん」は、「俊乂」の誤で、すぐれて賢い人。「しんしのかなしみ」は、「後時のかなしみ」の誤で、時におくれるという悲しみ。

三 諸本によって、底本の「かなみし」を改む。

# 曾我物語 巻第四

## (十[四]郎元服《げんぶく》の事)

光陰《くわういん(を)》[五]おしむべし、時《とき》人をまたざる理《ことはり》、隙《ひま》[六]ゆく駒《こま》、つながぬ月日かさなりて、一萬《まん》は十三歳《さい》になりにける。身の不祥《ふせう》[七]なるに、また、公方《くばう》[八]をはゞかる事なれば、ひそかに元《げん》服《ぶく》して、繼父《まゝちゝ》[九]の名《な》をとり、曾我《そがの》十郎祐成《すけなり》となのりける。

## (箱王《はこわう》、箱根《はこね》へのぼる事)

母《はゝ》、弟《おとゝ》の箱王《はこわう》をよびよせてのたまひけるは、「わ殿《との》は、箱根《はこね》[一〇]の別當《べつたう》のもとへゆき、法師《ほうし》になり、學問《がくもん》して、親《おや》の後世《こせ》とぶらへ。ゆめ〱、男《おとこ》[一一]うらやましくおもふべからず。世《よ》をのがるゝ身なれば、綾羅錦繡《れうらきんしう》[一二]の袖《そで》も、衣《ころも》[一三]におなじ。十善帝王《ぜんてい》[一四]も、身をすて、人に對《たい》するに、所《ところ》なし。うきもつらきも、世《よ》の中《なか》は、夢《ゆめ》ぞとおもひさだむべし。つた

四 真字本では、兄弟が斬られようとしたことはなく、その前のくだりから、十郎の元服に続けている。

五 顔氏家訓勉学に、「光陰可レ惜」とあり、古詩源九、陶淵明「雑詩」に、「歳月不レ待レ人」とある。ともに、月日の早く過ぎさるさまをいう。

六 荘子知北游に、「人生二天地之間一、若二白駒之過一レ郤、忽然而已」とあり、明文抄四に、「左伝」として引かれる。史記留侯世家や漢書魏豹伝・同張良伝にも、その類句がみられる。白い馬が壁の隙を通りすぎるように、月日の早く過ぎてしまうさまをいう。

七 不幸。不運。

八 将軍頼朝。

九 曾我太郎祐信。

一〇 前出。→五六頁注二。

一一 元服して一人前となった男。

一二 美麗な衣服をさす。綾はあや、羅はうすぎぬ、錦はにしき、繡はぬいとりをいう。

一三 万法寺本に、「すみのころも」、流布本に、「こけのころも」とある。僧の着る衣。

一四 前世に十善を修めた報いで、天子に生まれた者をいう。十善とは、殺生・偸盗・邪婬・妄語・綺語・悪口・両舌・貪欲・瞋恚・邪見または愚癡の十悪をおかさないこと。

へきく大目連《もくれん》[一]せしは、母《はゝ》のお《(を)》しへたまひし御ことばを、耳《みゝ》の底《そこ》にたもちたまひてこそ、[二]五百大阿羅漢《あらかん》にはこへ《(え)》たまひし。かまへて法師《ほうし》となりて、父《ちゝ》の跡《あと》をも、わらわ《(は)》が後生《ごしやう》をもたすけたまへ」と申されければ、箱王《はこわう》、身に思ふ事あるとおもひけれども、「うけたまはり候」とぞいひける。母《はゝ》よろこびて、生年《しやうねん》十一歳《さい》より、箱根《はこね》にのぼせ、年《とし》月をおくりける程《ほど》に、箱王《はこわう》、十三にぞ也《(なり)》にける。十二月下旬《じゆん》の頃《ころ》、かの坊《ばう》の[三]稚兒《ちご》・[四]同宿《だうじゆく》、二十餘《よ》人ありける者《もの》[五]どもの末《すへ》まで、親《おや》・したしき方《かた》より、面々《めんく》に[六]音信《いんしん》どもありけるに、[七]「くだれ」とかきたる文《ふみ》も有《(あり)》、あるひ《(い)》は[八]元三《ぐはんざん》の装束《しやうぞく》に、師《し》の御坊《ばう》へのおくり物《もの》そゑ《(へ)》たる文《ふみ》もあり、あるひ《(い)》は父《ちゝ》の文《ふみ》、母《はゝ》の文《ふみ》、伯父《おぢ》・伯母《をば》の文《ふみ》などとて、二つ三つよむ稚兒《ちご》もあり、五つ六つよむ稚兒《ちご》も有《(あり)》ける中《なか》に、箱王《はこわう》は、たゞ母《はゝ》の文《ふみ》ばかりに、[九]から〲装束《しやうぞく》そゑ《(へ)》ておくりける。よろづうらやましくて、文袂《ふみたもと》に入《(いれ)》、傍《かたはら》にゆき、なきしほ《(を)》れて、ある稚兒《ちご》にあひていひけるは、「人はみな、父母《ちゝはゝ》の文《ふみ》、したしき方《かた》の御文《ふみ》とて、よみ給ふに、われはたゞ、母《はゝ》の御文《ふみ》ばかりにて、父《ちゝ》とやらんの御文《ふみ》はしらず。何《なに》とかゝれたるものぞや。見せたまへ。十郎殿《どの》と[一〇]二宮殿《みやどの》は、何《なに》とやらん、この程《ほど》は、[一一]かきたへ《(え)》とひたまはず。曾我殿《そがどの》はましませども、一度《ど》のことづてにもあづからず、一月に一度《ど》也《(なり)》とも、父《ちゝ》の御文《ふみ》とて、「學問《がくもん》よくせよ、[一二]不用《ふよう》するな」なんどといはれたてまつらば、いかばかりか、うれしくおそろしくもありなまし。いつよりもうらめしきは、年《とし》の暮《くれ》、

一 万法寺本に、「たいもくせんし」、流布本に、「大もくれんそんじや」とある。目連は、目犍連といい、釈迦十大弟子の一。もと六師外道に仕えたが、後に仏弟子となって、神通第一と称せられた。「せし」は、「禅師(ぜんじ)」か。
二 釈迦の弟子の五百人の阿羅漢。阿羅漢は、小乗仏教の修行者の最高位で、功徳の具わった学者の称号。
三 俗体のままで給仕などをする少年。
四 同輩の僧。同じ僧坊に住み、同じ師匠に仕える者。
五 もと、「ありける」で切れ、「歳末〈さいまつ〉とて」となって、下に続いたものか。↓補一三一。
六 おとずれ。たより。
七 真字本に、「或下レ里取レ年云有レ文、或年明云二疾下一在レ文」とある。
八 枳園本節用集に、「元三〈ぐわんざん〉(正月一日也、年之元、月之元、日之元故云)」とある。もと正月一日の意であるが、三が日の意に用いられたらしい。平治物語上「清盛六波羅上著の事」に、「元日元三の儀式」、平家物語四「厳島御幸」に、「元日元三の間」とある。
九 かろうじて。やっと。
一〇 姉聟の二宮太郎。
一一 たえて。いっこうに。
一二 乱暴するな。
一三 新年の祝賀のことば。「あらたま年の」は、彰考館本に、「改年〈かいねん〉の」、万法寺本・大山寺本・南葵文庫本に、「かいねんの」、流布本に、「あらたまの年〈とし〉の」とある。「あらたまる」から

こい(ひ)しくみたきものは、父《ちゝ》の御文《ふみ》なり」とて、さめ〳〵とぞなきける、心《こゝろ》なき稚兒《ちご》も、理《ことはり》とやおもひけん、ともに涙《なみだ》をながしけり。されば、箱王《はこわう》は、[一三]あらたま年《とし》の祝言《しゆうげん》をもわすれ、あたらしき春《はる》の朝拜《てうはひ》[一四]をも、ものならずおもひこがれて、晝夜《ちうや》は、權現《ごんげん》にまい(ゐ)り、「[一五]南《な》無歸命頂禮《きみやうちやうらい》、ねがはくは、父《ちゝ》の敵《かたき》をうたしめたまへ」と、あゆみをはこびけるぞ、無慙《むざん》なる。

## (鎌倉殿《かまくらどの》、箱根《はこね》御參詣《さんけい》の事)

[一六]御感應《かんおう》にや、[一七]おなじき正月十五日に、鎌倉《かまくら》殿、[一八]二所《ところ》御參詣《さんけい》とぞきこへ(え)ける。箱王《はこわう》、これをきゝ、年來《ねんらい》のいのりの功《こう》[一九]つもり、神慮《しんりよ》の御あわ(は)れみに[二〇]しかじとぞ、よろこびける。[二一]げにや、「[二二]九層《きうそう》の臺《うてな》は、累土《るいど》よりおこり、千里《せんり》の行《かう》は、一歩《ぽ》よりはじまる」といふ老子《らうし》のおしへ(を)も、功《こう》はつもりて、つい(ひ)に事をなすものお(を)と、たのもしくぞおもひける。工藤祐經《くどうすけつね》は、きり者《もの》にてあるなれば、さだめて御供《とも》にはまい(ゐ)り候はんを、見しらん事よとよろこび、その日をまちし心《こゝろ》のうち、たゞ千年《せんねん》をおくるばかりなり。つたへきく、[二三]北洲《ほくしゆう》の命《めい》も、千年《ちとせ》のかぎりをたもつなり。それもかぎりあればにや、つながぬ日數《ひかず》かさなりて、その折節《おりふし》にもなりにけり。御供《とも》の人々には、[二四]和田《わだ》、畠山《はたけ》、川越《かはごへ》、高坂《たかさか》、江《ゑ》

枕詞の「あらたまの」にかわったもの。
一四 本来は、天皇が百官の拝礼を受ける儀式。一般に元朝の儀礼をいう。
一五 帰命頂礼は、「南無」の漢訳で、仏の教えに従い、仏の足を頂いて拝むという意。真字本では、ここで箱根権現の本地について説く。
一六 信心が神霊に通じたのか。
一七 真字本では、「文治三年戊申正月十五日」とある。
一八 伊豆山・箱根の二所権現。
一九 功徳(くどく)。
二〇 万法寺本に、「これにしかし」とある。
二一 諸本によって、「げ」を補う。
二二 老子下に、「九層之台起二於累土一、千里之行始二於足下一」とあり、明文抄四に引かれる。九階の高殿を作るのも、わずかの土を積みあげることから始まり、千里の旅路を行くのも、足もとの一歩を踏みだすことから始まる。大きな事業も、小さな行為から始まるの意。
二三 北倶盧洲(ほつくるしゆう)の略。その住人は、千年の寿命を保つという。→補一三二。
二四 諸本によって、底本の「はたわたけ山」を改め、「和田(わだ)畠(はたけ)山」とする。和田・畠山・江戸・宇都宮は、前出。→一二四頁注八・一二三頁注二四・同注三一・一五一頁注二二。川越は、埼玉県川越市。高坂は、埼玉県東松山市内。豊島は、東京都北区内か。小山は、栃木県小山市。山名は、群馬県高崎市内。里見は、群馬県群馬郡榛名町。

戸《と》、豊島《ゝしま》、玉井《たまのゐ》、小山《おやま》、宇都宮《うつのみや》、山名《な》、里《さと》見の人々をはじめとして、以上三百五十餘《よ》騎《き》、[一]花《はな》をお《(を)》り、紅葉《もみぢ》をかさね、[二]装束《しやうぞく》ども、[三]綺羅天《きらてん》をかかやかし、陣頭《ぢんとう》に[四]雲《くも》をおほい《(ひ)》、[五]水干《すいかん》、[六]淨衣《じやうゑ》、白直垂《しろひたたれ》、[七]布衣《ほひ》、[八]權勢《けんせい》あたりをはらひ、[九]行粧目《かうさうめ》をおどろかす。を《(お)》よそ、[一〇]中《ちう》間《げん》・雜色《ざつしき》にいたるまで、[一一]けしきに色《いろ》をつくす。後陣《ごぢん》の警固《けいご》の武士《ぶし》、甲胄《かつちう》をよろひ、弓《ゆみ》箭《や》を帯《たい》する[一二]隨兵《ずいびやう》、上下につがひ、左右《さう》の[一三]帯刀《たちはき》、二行《ぎやう》にならび、[一四]御調度懸《おんてうづがけ》の人、左手《ゆんで》、右手《めて》にあひならぶ。御むかへの[一五]伶《れい》人は、[一六]伎樂《ぎがく》をとゝのへ、羅綾《られう》の袂《たもと》をひるがへす。御前《まへ》の舞《まい》人は、[一七]雞婁《けいろう》をうつて、[一八]舞行《ぶかう》の踵《くびす》をそばだつ。君《きみ》のめさるゝ御船《ふね》は、大船《せん》あまたくみあわ《(は)》せ、[一九]幔幕《まんまく》をひき、沈《ぢん》のにほひ、四方《よも》にみつ。これや、[二〇]諸佛《しよぶつ》の弘誓《ぐぜい》の船《ふね》も、かくやとおもひしられたり。侍《さぶらひ》どものゝのりける船數《ふなかず》、百艘《そう》にを《(お)》よべり。いづれも、[二一]屋形《やかた》お《(を)》うちたりける。無雙《ぶさう》の武具《ぶぐ》をたてならべ、しづまりかへり、こぎつれたり。上代《だい》はしらず、末代《まつだい》かゝる見物《けんぶつ》あらじと、貴賤群集《きせんくんじゆ》お《(を)》ぞなしける。[二二]大衆《だいしゆ》、稚兒《ちご》たちをひきつれ、船《ふな》つきまで、御むかひにまい《(ゐ)》る。船《ふね》より社頭《しやとう》までは、[二三]四方輿《はうごし》にぞめされける。神《しむ》前《ぜん》には、[二四]禰宜《ねぎ》・神主《かんぬし》、幣帛《へいはく》を[二五]大床《ゆか》にさゝげ、別當《べつたう》・[二六]社僧《しやそう》は、經《きやう》の紐《ひぼ》を[二七]玉《たま》の甍《いらか》にとき、神樂男《かぐらおのこ》は、[二八]銅拍子《とびやうし》をあわ《(は)》せて、拜殿《はいでん》に祗候《しこう》す。しかのみならず、臨時《りんじ》の[二九]陪從《ばいじやう》、當座《たうざ》の神樂《かぐら》、[三〇]朝倉《あさくら》がへしのうたひものは、[三一]拍子《ひやうし》の甲乙《かうおつ》をしらべて、[三二]れいはんしよさいの儀《ぎ》をかへりまうす。[三三]神感《しんかん》のおこるを嚴重《げんでう》にして、[三四]掲焉《けちゑん》も莫大《ばくたひ》なり。耳目《じぼく》のおよぶ所《ところ》、[三五]こく

一　美しくよそおうさま。↓補一三三。
二　以下は、庭訓往来八月十三日の条による。↓補一三四。
三　美しくよそおうさま。
四　雲のように多く集まるさま。
五　狩衣をさらに簡便にした物。
六　白色の狩衣。
七　布製の狩衣。
八　勢いがはげしくて、近よりにくいさま。↓補一三五。
九　いでたちのよそおい。
一〇　ともに下僕をいう。↓補一三六。
一一　美しく飾りたてる。↓補一三七。
一二　将軍の前後をまもる武士。
一三　太刀を帯びて従う武士。
一四　弓矢などをもって従う者。↓補一三八。
一五　音楽を奏する人。
一六　音楽。↓補一三九。
一七　鼓の一種。紐で首にかける物。
一八　舞いながら、かかとをあげて、爪先でたつ。
一九　幕の一種。縦幅を中心とした物。
二〇　諸仏の衆生を救おうとする大きな誓いが、人を運ぶ船にたとえられる。
二一　船に屋根の形をとりつけてあった。
二二　多くの僧徒。
二三　輿の一種。四方に簾をかけた物。
二四　神職の一種。神主の下につく。
二五　神社の簀子(すのこ)縁。
二六　神社に奉仕した僧侶。
二七　玉の甍で葺いた寺。
二八　楽器の一種。↓補一四〇。
二九　「陪従(べいじゆう)」と同じで、神楽に従

ちんにいとまあらず。[三六]高察《かふさつ》あふぐのみにぞおぼえける。

(箱王《はこわう》、祐經《すけつね》にあひし事)

箱王《はこわう》は、[三七]御奉幣《ほうへい》の時《とき》までも、人一人もつれず、[三八]介錯《かいしやく》の僧《そう》一人あひ具《ぐ》し、御座所《ざどころ》の後《うしろ》にかくれい(ゐ)て、御供《とも》の人々を、「かれは誰《た》そ、これはいかに」と、くわ(は)しくとひければ、この僧《そう》、鎌倉《かまくら》の案内者《あんなひしや》にて、大名《みやう》・小名《せうみやう》の[三九]こさいしりたれば、おし(を)へけり。され共(ども)、いまだ祐經《すけつね》をばあかさず。あわ(は)れ、とはばやとおもへども、あやしくおもはれじとて、のこりの人を[四〇]とひまはす。「君《きみ》の左《ひだり》の一座《さ》は誰《た》そ」「かれこそ、秩父重忠《ちゝぶのしげたゞ》よ」「右《みぎ》の一座《さ》はいかに」「これぞ、三浦義盛《みうらのよしもり》よ」「さて、そのつぎは誰《たれ》人ぞ」「[四一]里見源《さとみのげん》太といふ人よ」「さて、そのつぎは」「[四二]豊島冠者《としまのくはんじや》といふ人なれ」「たゞ今《いま》、ものおほせらるゝは、誰《たれ》やらん」「これこそ、當時《たうじ》きこゆる梶原平三景時《かぢはらへいざうかげとき》とて、侍《さぶらひ》どもの、[四三]鬼《おに》うらめに思ふ者《もの》よ」「又、右手《めて》の方《かた》に、すこしひきのきて、[四四]半装束《はんしやうぞく》の數珠《じゆず》もちて、[四五]香《かう》の直垂《ひたたれ》きたるは、いかなる人にてあるやらん」「かれこそ、御分《ぶん》たちの一門《もん》、今伊東《いまいとう》の主《ぬし》、工藤《くどう》左衞門《さへもん》祐經《すけつね》よ。御分《ぶん》の父《ちゝ》河津《かわづ》殿《どの》とは、從兄弟《いとこ》也。御前《まへ》さらぬきり者《もの》」とぞお(を)しへける。さては、それにてありけるよ。[四六]この事思ひよりて、いふやらん、しりぬ

事した地下(げじ)の楽人。↓補一四一。
三〇 神楽歌の「朝倉」。↓補一四二。
三一 拍子の本末(もとすゑ)をあわせて。
三二 庭訓往来に、「賽㆓礼奠㆒致㆓如在之儀㆒」とある。↓補一四三。
三三 庭訓往来に、「神感之興、厳重之態」とある。↓補一四四。
三四 庭訓往来に、「誠以掲焉也」とある。掲焉は、いちじるしいさまであるが、「結縁」と誤解されたものか。
三五 庭訓往来に、「不㆑遑㆓禿筆㆒」とあり、自分の文章にあらわせない意味。↓補一四五。
三六 諸本によって、底本の「かふく」を改め、「あふぐ」とする。庭訓往来に、「只仰㆓高察㆒而已」とあり、御推察いただくばかりであるの意。
三七 将軍が神前に幣帛をささげること。
三八 かいぞえ。つきそい。
三九 「のこさず」か。↓補一四六。
四〇 彰考館本に、「とひまはる」とある。
四一 前出。↓一六三頁注二〇。
四二 前出。↓一六三頁注二四。平家物語四「源氏揃」に、摂津国の住人として、「手島の冠者高頼」をあげている。
四三 彰考館本・大山寺本に、「おにこゝめ」とある。「ここめ」も、「おに」と同じく、一種の妖怪で、類聚名義抄に、「醜女〈ココメ シコメ〉」「魔〈ココメ〉」とある。
四四 玉の半数が水晶、残りが瑪瑙等でできた数珠。全水晶の本装束に対する。
四五 香染。丁字(ちやうじ)の煮汁で染めた物。黄ばんだ薄赤色をしている。
四六 兄弟が祐経を敵としてねらうこと。

れども、何事《なに》かあらんと、一おもひこなして、いふやらんと、いつしか胸《むね》うちさはぎ(わ)、おもひよらざるやうにて、「この者《もの》は、よき男《おのこ》にてありけるや。二三十二三にぞなるらん。みづからが父《ちゝ》にやにたる」ととふ。「すこしもにたまはず。まさしき兄弟《きやうだひ》さへ、にたるはすくなし。まして、従兄弟《いとこ》ににたる物はなし。年《とし》こそ、河津《かわづ》殿のうたれ給ひし程《ほど》なれ、そのましまさば、四十あまりの人なるべし。これよりはるかに丈《たけ》たかく、骨《ほね》ふとくして、前《まへ》より見れば、胸《むね》そり、後《うしろ》より見れば、うつぶき、側《そば》よりみれば、三四角《かく》なる大男《おとこ》にてましませしが、四馬《むま》の上《うへ》、かちだち、ならぶ人なし。ことに五鹿《しゝ》の上手《じやうず》にて、力《ちから》のつよき事、四五か國には、ならぶ人なき大力《ぢから》なり。されば、相模《さがみの》國の住《ぢう》人大庭《ばの》三郎が弟《おとゝ》、六又野《のゝ》五郎景久《かげひさ》とて、相撲《すまふ》にまけざる大力《ぢから》を、伊豆《いづ》の奥野《おくの》の狩場《かりば》にて、片《かた》手《て》をはなちて、相撲《すまふ》に三番《ばん》かちてこそ、いとゞ名《な》をあげたまひしか。それを最後《さいご》にて、かへりさまに、あへなくうたれたまひき。大力《ぢから》と申せ共(ども)、死《し》の道《みち》には、力《ちから》およばず」とぞかたりける。箱王《はこわう》は、父《ちゝ》が昔《むかし》をつくぐ\ときゝて、今《いま》さらなる心《こゝ》ちして、しのびの涙《なみだ》にむせびけり。やゝありて、はれ(わ)、此間《あひだ》いのりしねがひの、かなふにこそ有(ある)べし。うかがひよりて、七便宜《びんぎ》よくは、一刀《かたな》さし、いかにもならんと思ひさだめて、「御坊《ばう》は、これにましませ。八法師《ほうし》こそよらね、童《わらんべ》は、ちかくよりても、くるしからず。九山寺《やまでら》にすめばとて、人を見しらぬはむげ也。ちかくよりて、みしらん」とて、赤地《あかぢ》の

一 あなどって。見くびって。

二 真字本に、「三十一二」とある。

三 真字本に、「四方〈ヨハウナル〉」とある。

四 騎馬の戦いと徒歩の戦い。

五 草鹿(くさじし)の略。一種の騎射。その的は、草の中に伏した鹿の形に作られている。

六 「股野」にあたる。

七 よい機会ならば。

八 法師はそばに寄れないが。

九 真字本に、「在二山寺一、无下不レ見二知人一、无二云甲斐一」とある。「むげなり」は、あまりにひどいの意。

錦《にしき》にて、柄鞘《つかさや》まきたるまもり刀《がたな》を、脇《わき》にさしかくし、大衆《しゅ》の中《なか》をぬけいでて《ゝ》、祐經《すけつね》が後《うしろ》ちかくぞ、ねらひよりける。祐經《すけつね》も、しばしの[一〇]冥加《みゃうが》やありけん、[一一]梶原《かぢはら》三郎兵衛《びゃうへ》をへだてて《ゝ》、箱《はこ》王をみつけて、これなる童《わらんべ》の[一二]眼《まなこ》ざし、河津《かわづの》三郎ににたる者《もの》かな、まことや、この御山《やま》に、伊東《いとう》が孫《まご》の有《(あり)》ときけば、もしこれにてもやあるらんと、目《め》をはなさず、まもりければ、左右《さう》なくよらざりけり。祐經《すけつね》、なを《(ほ)》よく〳〵見れば、眼《まなこ》の[一三]見かへし、[一四]顔魂《かほたましゐ》、すこしもたがふ所なし。祐經《すけつね》は、[一五]念誦《ねんじゅ》[一六]はてて《ゝ》後《のち》、大衆《しゅ》の中《なか》へたち入《(いり)》て、「伊東入道《のにうだう》が孫《まご》、この御山に候ときく。いづくの坊《ばう》に候ぞや。名《な》をば何《なに》と申《(まうす)》ぞ」ととひければ、有《(ある)》僧《そう》申《(まうす)》やう、「御名《な》をば、箱王殿《はこわうどの》と申《(まうし)》て、別當《べったう》の坊《ばう》にまし〳〵候」「この頃《ごろ》は、里《さと》に候か、これに候か」とい《(ひ)》ければ、「これにこそ」とて、東西《とうざい》を見めぐらし、「[一七]長絹《ちゃうけん》の直垂《ひたたれ》に、松《まつ》に藤《ふぢ》をぬい《(ひ)》て、萌黄《もへぎ》の絲《いと》にて、[一八]菊綴《きくとぢ》して、こなたむきにたちたまふこそ」とお《(を)》しへければ、さればこそとおもひ、[一九]本座《ほんざ》にかへり、箱王《はこわう》をまねきければ、ねがふ所《ところ》とよろこびて、祐經《すけつね》が膝《ひざ》ちかくぞよりける。左《ひだり》の手《て》にて、箱王《はこわう》が肩《かた》をおさへ、右《みぎ》の手《て》にては、髪《かみ》をかきなでて《ゝ》、「[二〇]あつぱれ、父《ちゝ》にに給ふものかな。今《いま》ま《ゝ》で見たてまつらざる事の[二一]本意《ほい》なさよ。わ殿は河津殿《かわづどの》の《ゝ》子息《しそく》ときくは、まことか。兄《あに》は男《おとこ》になりたまふか。曾我《そがの》太郎は、[二二]いとを《(ほ)》しくあたりたてまつるか。しらざる者《もの》の《ゝ》、なれ〳〵しく、かやうに申《(まうす)》とばしおもひたまふな。御分《ぶん》の父《ちゝ》河津殿《かわづどの》とは、[二三]従兄弟子《いとこ》な

一〇 目に見えない神仏の加護。
一一 景時の子。三浦系図に、「景茂(三郎兵衛尉)」、平家物語九「三草勢揃」に、「三郎景家」とある。
一二 目つき。
一三 見かえすさま。
一四 精悍そうな顔つき。
一五 念仏誦経。心に仏を念じて、口に経を唱えること。
一六 諸本によって、底本の「いてゝ」を改む。
一七 一種の絹で、美しいつやのある物。
一八 衣服の縫目に平たい紐を菊の花のように結んでつけた物。
一九 もとの座。
二〇 ほめたたえる時に使うことば。「あはれ」から転じた形。
二一 残念さ。思うようにならないさま。
二二 真字本に、「奉二糸惜一」とある。
二三 彰考館本・大山寺本・流布本に、「いとこなり」、万法寺本に、「いとことなり」とある。

り。殿《との》ばらにも、したしき者《もの》とては、祐經《すけつね》ばかり也。見たてまつれば、昔《むかし》の思ひいでられて、今《いま》さらあわれ(は)に存《ぞん》ずるぞ。いそぎ法師《ほうし》になり、[一]別當《べつたう》につぎたまへ。弟子《でし》おほしといふとも、祐經《すけつね》ほどの[二]方人《かたうど》もちたる人あらじ。[三]便宜《びんぎ》をもつて、上様《さま》へも、よきやうに申(まうし)、[四]寺門《じもん》の訴訟《そせう》あらば、申(まうし)達《たつ》すべし。今《いま》より後《のち》は、いかなる大事なり共(とも)、心《こゝろ》をおかづ(ず)、おほせられよ。かなへたてまつるべし。わ殿《との》ゝ兄《あに》ゝにも、かやうに申(まうす)とつたへたまへ。父《ちゝ》にもそはで、いかにたよりなくましますらん。[五]行縢《むかばき》、乗馬《のりむま》などの用《よう》の時《とき》は、うけ給はるべし。身貧《ひん》にして、他人《たにん》にまじはらんより、したしければ、つねにとひ給へ。まことや、ふるきことばに、「[六]たつときはいやしきがそねみ、智者《ちしや》をば愚人《ぐにん》がにくむ。[七]さいちよは千歳《せんざい》にたへ(え)ず、むくわひは千劫《せんがう》たへ(え)ず」と申(まうし)つたへたり。さても、見参《げんざん》のはじめに、折節《おりふし》、[八]引出物《ひきでもの》こそ[九]なけれ、又むなしからんも、無念《むねん》なり。これを」とて、懐《ふところ》より[一〇]赤木《あかぎ》の柄《つか》に[一一]胴金《どうがね》入(いれ)たる刀《かたな》一腰《こし》とりいだし、箱王《はこわう》にこそとらせけれ。何《なに》となくうけとれ共(ども)、箱王《はこ》は、涙《なみだ》にむせびけり。便宜《びんぎ》よくは、一刀《かたな》さんとおもへども、目《め》をはなさず、その上《うへ》、大の男《おとこ》、つねに刀《かたな》に手《て》をおきければ、[一二]なましひなる事をしいだし、小腕《こがひな》とられて、人にはらはれ(わ)じと、おもひとゞまりぬ。たゞいふこととては、「[一三]さん候」とばかり也。「[一四]卒爾《そつじ》の見参《げんざん》こそ、所存《しよぞん》のほかなれ。さりながら、よろこびいりて存《ぞん》じ候。里《さと》くだりのついでには、わ殿《との》の兄《あに》十郎殿《どの》とうちつれて、きたり候へ、

一 真字本に、「継二筥根別当一」とあり、彰考館本に、「へつたうつき給へ」とある。
二 ひいきする人。助ける人。
三 よい機会に。
四 寺の訴えごと。この寺門は、三井寺ではない。
五 狩などの時に、腰から脚のあたりをおおう毛皮。
六 韓詩外伝八に、「夫貴者則賤者悪レ之、富者則貧者悪レ之、智者則愚者悪レ之」とある。自分よりすぐれた者を憎むことをいう。
七 彰考館本に、「さいほうはせんかうにたつす」、万法寺本に、「さいようはせんさいにたえす、むくわひはせんかうにたえす」、流布本に、「さいしよはせんざいにたえず、むくひはぜんがうにたえず」とある。よくわからないが、「罪障は千歳に絶えず、報いは千劫に絶えず」の意味か。
八 主人から来客に贈る物。
九 諸本によって、底本の「なかれ」を改む。
一〇 花櫚(かりん)などの赤木の材で作った柄。赤木の柄の刀は、鍔のない腰刀(さすが)である。
一一 刀の鞘や槍の柄の中ほどにはめる環状の金具。
一二 しなくてもよい。
一三 さようでございます。

かへすぐ〵」といひて、たちにけり。箱王《はこわう》、力《ちから》にを《（お）》よばず、とゞまりぬ。日くれければ、もしやと便宜《びんぎ》をうかがひけれども、宵《よひ》の程《ほど》は、御前《まへ》に祗候《しこう》しをれば、夜ふけて、まかりいづる所をうかゞい《（ひ）》けれども、庭上《ていしやう》に、[一五]兵《つわもの》いらかをなす。[一六]火《ひ》は天《てん》の眼《め》のやうなれば、かへりて、わが身をかくさんとたちしのぶこゑ[一七]、人までの事は、思ひもよらず。左衛門尉《さへもんのぜう》が宿坊《しゆくばう》と御前《ごぜん》との間《あひだ》なる石橋《いしばし》のほとりに、[一八]徘徊《はいくわひ》しまちけれども、[一九]鰭板《はたいた》の陰《かげ》に、郎等《らうどう》共たちかこみ、前後左右《ぜんごさう》にありければ、それもかなはで、暁《あかつき》におよぶまで、心《こゝろ》をつくしねらへども、すこしの隙《ひま》なければ、いたづらに夜をあかす、心《こゝろ》のうちぞ、無慙《むざん》なる。つぎの日は、君《きみ》の[二〇]御下向《げかう》の船《ふね》にめされ、[二一]滄海《さうかひ》をわたりたまふ。箱王《はこわう》は、船出《ふなで》まで、[二二]人目《め》がくれにまじはりて、敵《かたき》の後《うしろ》を見おくれば、侍《さぶらい》ども、思ひ〳〵の屋形船《やかたぶね》にて、御供《とも》申《（まうす）》。箱王《はこわう》は、左衛門《さへもん》が船《ふね》のうちのみ見おくりて、なくよりほかの事ぞなき。かの[二三]松浦佐用姫《まつらさよひめ》が、[二四]雲井《くも》の船《ふね》を見おくりて、石《いし》となりけん昔《むかし》、おもひやられて、むなしく坊《ばう》にかへりけり。その後《ゝち》、いよ〳〵この事のみ心にかゝりて、一字《じ》もわすれじと思ふ經文《きやうもん》をもうちすてゝ、晝夜《ちうや》權現《ごんげん》にまい《（ゐ）》り、「今度《こんど》こそ、むなしく候とも、つゐ《（ひ）》には、わが手《て》にかけ給へ」と、いのり申《（まうす）》ぞ、あはれなる。

一四 にわかな。突然の。
一五 真字本に、「随兵成㆑垣、門前人如㆑市集」とあり、彰考館本に、「ていしやうに、つわもの数〈す〉十人いちをなす」、万法寺本に、「ていしやうに、つはものともいちをなす」、大山寺本に、「ていじやうに、つはもの数十人いちをなし」、南葵文庫本に、「ていしやうに、つわものす十人いちをなす」とある。「いらかをなす」は、甍のように重なりあうとも解されるが、やはり「いちをなす」の誤か。→一四七頁注三〇。
一六 真字本に、「篝火如㆓天星㆒」とある。「天の眼」ならば、星ではなくて、太陽をさすらしい。宇治拾遺物語「鬼に瘤とらるゝ事」に、「火をてんのめのごとくにともして」、譬喩尽一に、「燈火〈ともしび〉日輪〈てんのめ〉の如〈ごと〉し」とある。
一七 彰考館本などに、「うゐは」とある。
一八 あてもなく歩きまわり。
一九 家の内を外から見えないように覆いかくす薄い板。板塀の類。
二〇 「下向」とは、神仏に参って帰ることをいう。
二一 青海原〈あおうなばら〉。ここでは、芦の湖をさすか。
二二 人目につかないように。
二三 大伴狭手彦の妻。万葉集・肥前国風土記などによると、新羅にむかう夫と別れを惜しみ、山に登って領巾〈ひれ〉を振りつづけ、そのまま石になったと伝えられる。
二四 雲のある所、遠く離れた所をいう。

## (眉間尺《みけんじやく》が事)[一]

この心《こころ》にて、ふるきをおもへば、昔《むかし》、大國《こく》に、楚《そ》[二]しやう大王あり。后《きさき》あまたもちたまふ中《なか》に、[三]とうやう夫人《ぶ》と申《(まうす)》后《きさき》、御身つね〴〵[四]おとりければ、鐵《くろがね》の柱《はしら》[五]にむつれつゝ、御身をひやしけるが、程《ほど》なく、懐妊《くわいにん》したまひける。大王《わう》きゝ[六]給へて、位《くらひ》をゆづるべき王子《わうじ》もなかりつるに、誕生《たんじやう》也《(なり)》たまはん事よと、よろこび[七]給《(たまひ)》けれども、三年《ねん》まで、むまれたまはず。大王《だいわう》、不思議《ふしぎ》におぼしめし、博士《はかせ》をめし、御たづねありければ、「まことに、君《きみ》の御寶《たから》をうみたまふべし。さりながら、人にてはあるべからず」と申《(まうす)》。「何物《なにもの》なるべき」と、おぼつかなくてまち給ふ所《ところ》に、博士《はかせ》の申《(まうす)》ごとく、人にてはあらで、鐵《くろがね》[八]のまるかせをうみたまひけり。大王《わう》これをとり、莫邪《ばくや》[九]をめし、劒《つるぎ》につくらせたまひければ、光世《ひかりよ》にこへ《(え)》、[一〇]驗《しるし》あらたなる名劒《めいけん》にてありける。大王賞玩《わうしやうくわん》[一一]し、晝夜《ちうや》身をはなしたまふ事なし。しかるに、この劒《つるぎ》、つねに汗《あせ》をぞかきける。不思議《ふしぎ》なりとて、又博士《はかせ》をめし、うらなはせたまふ。[一二]勘文《かもん》にて、申《(まうし)》あげけるは、「すぎにし金《かね》は、雌劒《しけん》・[一三]雄劒《おうけん》とて、劒《つるぎ》二つつくり、これ夫婦《ふうふ》なり。雄劒《おうけん》ばかりまい《(ゐ)》らせて、雌劒《しけん》をかくす故《ゆへ》に、妻《つま》をこひて、汗《あせ》をかき候。これをめし、そへておかるべし」と奏聞《そうもん》申《(まうし)》ければ、すなわ《(は)》ち、その鍛冶《かぢ》をめされける。鍛冶《かぢ》、家《いゑ》をいづるとて、妻女《さいぢよ》にあひて申《(まうし)》ける

一 この物語は、捜神記十一の四・陽明文庫本孝子伝下の二十一・法苑珠林二十七・祖庭事苑「甑人」の項などに載っている。わが国でも、今昔物語集九の四十四・宝物集(七巻本)五・三国伝記十一の十七・太平記十三「干将莫耶事」などに採られた。ただし、それらの記事は、かならずしも一致していない。ここでは、執念の例として引かれた。真字本にはない。
二 捜神記・孝子伝・三国伝記・太平記などには、「楚王」とする。彰考館本に、「楚のしやう王」、南葵文庫本に、「楚商王」とある。
三 漢字未詳。
四 「ほとをりければ」で、熱が出たので、ほてったのでの意。↓補一四七。
五 馴れ親しんでは。抱きついては。竹夫人と称して、竹籠を抱くように、鉄の柱を抱いて、身をひやしたもの。
六 「給ひて」の訛。
七 諸本によって、底本の「けれ給とも」を改む。
八 かたまり。今昔物語集に、「鉄精」とあり、三国伝記・太平記では、精霊のように解されている。
九 刀工の名。捜神記・孝子伝に、「干将莫邪」とあり、三国伝記・太平記では、「干将」が夫の名、「莫邪」が妻の名と分かれている。
一〇 霊験のいちじるしい。
一一 大事に取りあつかい。
一二 占いの結果などについて、意見をまとめた文書。

は、「われかくしを《(お)》きたる劔《つるぎ》、たづね給ふべきにぞ、めさるらん。一四とりいだすまじければ、さだめてせめころされなんず。一五かの劔《つるぎ》は、南山《なんざん》の一六そこもとにうづみおきたる。わが三歳《ざい》の男《なん》、成人《せいじん》の後《のち》、ほり出《(いだし)》てとらせよ」といひを《(お)》きて、王宮《わうくう》へまい《(ゐ)》りぬ。一七陳《ちん》じ申《(まうし)》ければ、一八拷問《がうもん》の後《ゝち》、つい《(ひ)》にせめころされにけり。さて、鍛冶《かぢ》が一九子、二〇二十一歳《さい》にして、母のお《(を)》しへにしたがひ、かの劔《つるぎ》ほりいだしてもちけり。されども、王威《わうい》をおそれて、里《さと》へはいでず、山《やま》にかくれゐたりける。ある時《とき》、君王《くんわう》の夢《ゆめ》に、二一眉《まゆ》の間《あひ》一尺《しやく》ある者《もの》きたり、われをころすべし、その名《な》を眉間尺《みけんじやく》といふと見えたり。王、この夢《ゆめ》におそれて、「かやうの者《もの》あらば、二二からめてもまい《(ゐ)》らせよ」と、國〳〵に宣旨《せんじ》をくださる。「二三勲功《くんこう》は、こう《(ふ)》によるべし」とぞきこへ《(え)》し。こゝに、二四伯仲《はくちう》といふ者《もの》、眉間尺《みけんじやく》がもとにゆき、「なんぢが首《くび》、おほくの二五功《こう》におほせられたり。しかるに、なんぢがために、君王《くんわう》は、まさしき親《おや》の敵《かたき》ぞかし。さぞ、うちたくぞ思ふらん。わがためにも、又おもき敵《かたき》なり。おのれが首《くび》をきりて、われにかせ。件《くだん》の劔《つるぎ》、ともにもちてゆき、大王《わう》にちかづき、うたん事やすかるべし。されば、御分《ぶん》が首《くび》をかりて、二六本意《ほんい》をとぐるにおきては、われとても、二七遅速《ちそく》の命《いのち》、王《わう》のためにうしなひなん」といひければ、眉間尺《みけんじやく》きて、「父《ちゝ》の敵《かたき》、うたんにおきては、わが命《いのち》、何《なに》かおし《(を)》かるべき。二八かまへて」といひて、みづから首《くび》をかきを《(お)》として、いだしけり。されども、件《くだん》の劔《つるぎ》の先《さき》をくひきりて、口《くち》にふくみ

一三 下文とあわせて、底本の「たうけん」を改む。→補一四八。
一四 取りだきないつもりであるから、きっと責め殺されるであろう。「んず」は、「んとす」から転じた助動詞。
一五 捜神記に、「出レ戸望二南山一、松生二石上一、剣在二其背一」とある。
一六 その所。
一七 自分の考えを言いはったので。
一八 肉体を苦しめて自白を強いること。
一九 諸本によって、「子」を補う。
二〇 彰考館本・南葵文庫本に、「十さい」、万法寺本に、「十一さい」とある。
二一 太平記に、「面貌尋常ノ人ニ替テ長ノ高事一丈五尺、力ハ五百人ガ力ヲ合セタリ。面三尺有テ眉間一尺有ケレバ、世ノ人其名ヲ眉間尺トゾ名付ケル」とある。
二二 彰考館本などに、「からめても、きりてもまいらせよ」とある。「からむ」は、捕えること。
二三 恩賞は望みどおりにしよう。「こう」は、「請ふ」の意。
二四 捜神記に、「客有二逢者一」、孝子伝に、「忽然逢二一客一」、太平記に、「父干将ガ古ヘノ知音ナリケル甑山人(客一人)来テ」とある。
二五 彰考館本などに、「くんこう」とある。
二六 本来の望みを遂げる場合には。
二七 遅いと早いとの違いはあっても、限りのある命。
二八 きっと仇を討ってください。

て、もちたりけり。伯仲《はくちう》は、剱《つるぎ》にとりそへ、王宮《わうくう》にささぐ。大臣《じん》に見せられければ、「夢《ゆめ》にたがはず、眉《まゆ》の間《あひだ》一尺《しやく》ある首《くび》。又、剱《つるぎ》も、わがもちたる剱《つるぎ》に、つゆもたがはず」とて、君王《くんわう》、よろこびたまふ事かぎりなし。されども、此首《くび》の勢《いきおひ》、いまだつきず、眼《まなこ》を見ひらきたり。大王《わう》、いよ〳〵おそれたまひて、「さらば、釜《かま》に湯《ゆ》をわかしてによ」とて、大《(おほき)》なる釜《かま》にこの首《くび》を入《(いれ)》て、三七日ぞ、にたりける。しかれ共《(ども)》、なを《(ほ)》眼《め》をふさがず、あざは《(わ)》らひて有《(あり)》ければ、その時《とき》、伯仲《はくちう》申《(まうす)》やう、「これは大王《わう》の御敵《てき》なれば、王《わう》を見たてまつらんとの執情《しうじやう》[一]により、勢《いきおひ》のこりおぼえ候。何《なに》かはくるしく候べき。一目《め》[二]見えさせたまひて、かれが念《ねん》[三]をもはらさせたまへかし」と申《(まうし)》たりければ、君王《くんわう》きこしめし、「さらば」とて、端《はし》ちかくいでさせたまひて、釜《かま》のほとりにちかづきたまふ。その時《とき》、眉間尺《みけんじやく》が首《くび》を見《み》せ申《(まうす)》時《とき》に、かの首《くび》、口《くち》にふくみおきし剱《つるぎ》の先《さき》を、王《わう》にふきかけければ、すなはち、大王《だいわう》にとびつき、首《くび》をうちおとす。伯仲《はくちう》はしりより、大王《わう》の首《かうべ》をとり、眉間尺《みけんじやく》がにらるゝ釜《かま》の中《なか》へうちいれたり。王《わう》の首《くび》も、勢《いきをひ》おとらで、眉間尺《みけんじやく》が首《くび》とくい《(ひ)》あい《(ひ)》けり。その時《とき》、伯仲《はくちう》、山《やま》にて約束《やくそく》せし事なれば、「われも、大王《わう》に野《や》[四]心《しん》ふかし。このためぞかし」といひもはてず、わが首《くび》をかききり、釜《かま》の中《なか》へなげいれたり。この三の首《くび》、釜《かま》の中《なか》にて、一日一夜ぞ、くひあひける。つい《(ひ)》には、王《わう》の首《くび》、まけにけり。その後《ゝち》、二の首《くび》も、威勢《いせい》おとろへにけり。執心《しうしん》の程《ほど》ぞ、おそろしき。さて、

一 深く思いこむこと。万法寺本・流布本などに、「しうしん」とある。
二 お会いになって。
三 執念。思い。
四 害しようとする心。
五 彰考館本・南葵文庫本に、「三わうのつか」、万法寺本・流布本に、「三わうの三つつか」とある。
六 深く思いこみ。
七 文選二、張平子「西京賦」に、「流長則難レ竭、柢深則難レ朽」とあり、明文抄四に引かれる。柢は、木の根をさすことばであるが、願いの意味に転じて用いられている。
八 彰考館本・南葵文庫本に、「おにをこめさるものはなかりけり」、万法寺本に、「おそれをこめさるものはなかりけり」、流布本に、「さこそといはぬはなかりけれ」とある。
九 京へのぼり、戒を受けなければならない。受戒は、僧侶となるために、

戒律を守ることを誓《ちか》う儀式。

一〇 彰考館本・南葵文庫本では、「たまふべし」の後に、「なれは」はなく、万法寺本には、それに代わって、「されは」とある。流布本では、「給ふべきなれば」と続く。「されば」から、「なれば」と誤られたものか。

一一 真字本に、「童上、物具共見苦有憚」とある。「ものくきよらでかなふまじ」は、彰考館本に、「物のくきよからてかなふへからす」、万法寺本に、「ものゝくきよらかてかなふまし」、南葵文庫本に、「ものゝくきよからてかなふへからす」、流布本に、「もの〳〵しくきようてかなふまじ」とあり、「物具(もののぐ)きよからでかなふまじ」にあたるか。髪を垂れた童子の姿でおのぼりになる場合に、身のまわりの道具が美しくなければならないでしょうの意。

一二 諸本によって、底本の「けれ又」を改む。

一三 髪を剃り、僧の姿となって。

一四 よろしくおはからいください。

一五 諸本によって、底本の「を」を改む。

一六 山から里へ言いやるので、「いひくだしけり」という。

一七 明日の朝。

一八 彰考館本に、「敵(かたき)をうたはやとおもはゝ」、大山寺本に、「かたきをうたばやと思はば」、南葵文庫本に、「かたきをうたはやとおもはゝ」とある。

一九 ひたすらに。

この三の首《くび》を、三の塚《つか》につきこめて、[五]三王塚《わうつか》とて、今《いま》にありとぞつたへける。今《いま》の箱《はこ》王《わう》も、いまだいとけなき者《もの》なれども、親《おや》の敵《かたき》に[六]心《こゝろ》をそめ、晝夜《ちうや》わすれぬ心《こゝろ》ざし、これにもおとらじとぞ見えける。これや、文選《もんぜん》のことばに、「[七]ながれ長《ちやう》じては、すなはちつきがたく、ねがひふかくしては、すなわ《(は)》ちくちがたし」と見えたり。されば、此人々の成長《せいちやう》の末《すへ》、[八]おにとほめざるはなかりけり。

## (箱王《はこわう》、曾我《そが》へくだりし事)

さる程《ほど》に、年《とし》月すぎゆきければ、十七にぞなりける。ある時《とき》、別當《べつたう》、箱《はこ》王をちかづけて、「御分《ぶん》は、はや十七になり給へば、[九]上洛《しやうらく》し、受戒《じゆかひ》をしたまふべし[一〇]なれば、[一一]垂髪《すいはつ》にてのぼりたまはゞ、ものくきよらでかなふまじ。[一二]それ又、大事なり。これにて、[一三]髪《かみ》をおろして、のぼるべし」とのたまひければ、身におもひのあるものをと思ひながら、「[一四]御はからひ」とぞ申されける。「さらば」とて、大衆《しゆ》に[一五]ふれ、出家《しゆつけ》の用意《ようい》有《あり》。母《はゝ》の方《かた》へも、[一六]いひくだしけり。すでに[一七]明旦《みやうたん》とぞさだまりける。箱王《はこわう》、つく〴〵と思ひけるは、われ法師《ほうし》になりたりとも、折節《おりふし》につけて、[一八]この事思ひおもはば、罪《つみ》ふかかるべし、[一九]一向《かう》に思ひきり、男《おとこ》になりて、本意《ほんい》をとぐべし、そのみぎりになりては、後悔《こうくわひ》すとも、かなふまじ、このことを、十郎殿といひあわ(は)せて、とにもかくにもさだめんと案《あん》じ、人にもしらせずして、たゞ一人夜にまぎれて、曾我《そが》の里《さと》へぞくだりける。「[一]山月《さんげつ》東《ひがし》に、前途《せんど》をさして、しかもおもひを労《らう》ず、邊雲秋《へんうんあき》すゞしくして、こうくわをおなじくして、しかも魂《たましゐ》をけす」といふ、[二]藤原篤茂《ふぢはらのとくぼ》が餞別《せんべつ》の詩《し》、今《いま》さらおもひいでられて、曾我《そが》の里《さと》にぞつきにける。十郎が乳母《めのと》の家《いゑ》にたちいりて、十郎をよびいだし、[三]對面《たいめん》しければ、「いかにしてましますぞや。明日《みやうにち》は、[四]一定出家《ぢやうしゆつけ》のよし、きゝつる間《あひだ》、のぼりて見たてまつらんと存《ぞん》ずる所《ところ》に、くだり給ふうれしさよ」といひければ、箱王《はこわう》きゝて、「[五]のび〳〵の御心《こゝろ》なるべしとおもひつるに、すこしもたがはず。かやうの事、[六]きは〳〵と、かねてより御さだめ候へかし。すでにあけなば、事《こと》さだまるべし。[七]うちのびて、[八]道ゆくべきにあらず。よくぞまい(ゐ)り候(さうらひ)ける。[九]御左右《さう》をまちまい(ゐ)らせなば、むなしく髪《かみ》をそられなん。それにつきては、一年《とせ》、鎌倉《かまくら》殿箱根參詣《はこねさんけい》の時《とき》、祐經《すけつね》御供《とも》せしを見そめしより、すこしもわするゝ隙《ひま》なし。たとへ法師《ほうし》になりて候とも、この[一〇]悪念《あくねん》は、はれ候まじ。[一一]一念無量劫《ねんむりやうがう》となる事、今《いま》にはじめざる事にて候へば、おもひわづらい(ひ)て、まかりくだりて候。さだめて、御のぼり候はんと存《ぞん》じ候(さうらひ)しかども、その儀《ぎ》も候はず。申(まうし)あわ(は)せてこそ、[一二]とにもかくにもなり候はめ。もし又おぼしめしすてさせたまはゞ、[一三]りのついでに上洛《しやうらく》して、[一四]わが山にて髪《かみ》そりおとし、膚《はだへ》を墨《すみ》にそめかくし、足《あし》にまか

一 新撰朗詠集下「餞別」に、「山月東昇、指二前途一而労レ思、辺雲秋冷、問二後会一而消レ魂」とある。彰考館本などでは、「山月東に」の後に、「のほりて」とある。「こうくわ」は、「後会(こうくわい)」の誤で、後にあうことをいう。「すゞしくして」「おなじくして」は、それぞれ原詩の「冷」「問」を読み誤ったもの。
二 従五位上図書頭。詩人。
三 彰考館本・大山寺本・南葵文庫本では、この部分に、十郎のもの思いのさまが語られている。
四 かならず。きっと。
五 のどかな。のんびりした。
六 きわやかに。きっぱりと。
七 彰考館本に、「なきたまひて」、大山寺本に、「泣き伏し給ひて」とある。
八 はかどるはずはない。日葡辞書によると、「Michigayuqu」は、「Facagayuqu」と同じ意。
九 おしらせ。お便り。
一〇 悪事を思っていること。
一一 源平盛衰記三十八「小宰相局」に、「繫念無量劫」、太平記十一「越前牛原地頭自害事」に、「一念五百生、繫念無量劫」とある。いささか妄想をいだくと、無量劫にわたって、その報を受けるの意。一念は、きわめて短い時間。無量劫は、きわめて長い時間。
一二 諸本によって、「かくにも」を補う。
一三 彰考館本・万法寺本・南葵文庫本に、「りさんのつゐてに」、大山寺本に、「りさんついでに」、流布本に、「此つ

せて、[一五]頭陀乞食《づだこつじき》して、一期《ご》の程《ほど》、親《おや》の後世《ご》、ねんごろにとぶらひたてまつるべし。はや〳〵また、男《おとこ》になり、[一六]御あらましの御事、[一七]かなはぬまでも、つかまつるべきか。是非《ぜひ》の御返事をう[一八]け給はりきるべし。身の浮沈《ふちん》、今《いま》に候なり。なまじゐ(ひ)にまかりくだりて、帰山《きさん》もみぐるし。あとにいかばかり、さはぎ(わ)候はん。夜もふけゆき候」とせめければ、やゝありて、「祐成《すけなり》が心《こゝろ》をみんとて、かやうにのたまふか。[一九]烏帽子《ゑぼし》をきせんことこそ、本意《ほんい》なれ。思案《しあん》におよばず」といふ。箱王《はこわう》きゝて、「さほどおぼしめしさだむること、などや、かねてよりうけたまはり候はぬや。それがし、まかりくだり候はずは、御左右《さう》あるまじきにや」といひければ、十郎きゝて、「この事は、内々別当《なひ〳〵べつたう》もしりたまはぬ事あらじ。夜《よ》あけてのぼらむと存《ぞん》じ候(さうらひ)しに、うれしくもくだり給ひける」といひければ、箱王《はこ》申(まうし)けるは、「母《はゝ》や師匠《ししやう》の御心《こゝろ》にちがはん事、[二〇]いかゞすべきなれ共(ども)、いづかたの御事も、一旦《たん》の事とおぼえたり」といひければ、十郎ききて、「その科《とが》をば、祐成《すけなり》にまかせよ。[二一]いかにも申(まうし)ゆるすべし」。夜《よ》もあけければ、「いざや」とて、馬《むま》にうちのり、たゞ二騎《き》、曾我《そが》を出(いで)て、[二二]北條《ほうでう》へこそゆきにけれ。

## [二三](箱王《はこわう》が元服《げんぶく》の事)

ゐでに」とある。離山のついでにの意か。
一四 比叡山延暦寺をさす。↓五一頁注二一。
一五 衣食住の欲望をはらいのける修行。僧が食を乞いあるき、野宿して修行すること。
一六 前から心あてにしておられること、祐経を討とうとすることをさす。
一七 及ばずながら。
一八 きっぱりとうかがいましょう。
一九 元服させること。
二〇 どうしようもないが。
二一 彰考館本・南葵文庫本に、「申なたむへし」、大山寺本に、「申しなだむべし」とある。お願いして荒だてないようにしてやろうの意。
二二 前出。↓六八頁注七。
二三 吾妻鏡建久元年九月七日の条に「入レ夜故祐親法師孫子祐成(号二曾我十郎一)、相二具弟童形一(号二筥王一)。参二北条殿一。於二御前一令レ遂二元服一。号二曾我五郎時致一。賜二竜蹄一疋一(鹿毛)。是祖父祐親法師者、雖レ奉レ射二一品一、其子孫事、於レ今者不レ及二沙汰一。祐成又相二従継父祐信一、在二曾我庄一。依二不肖一雖レ未レ致二官仕一。常所レ参二北条殿一也。然間今夜儀強不レ及二御斟酌一云々」とある。

さき〴〵もつねにこへ《(え)》[一]て、あそぶ所《ところ》なりければ、時政《ときまさ》見参《げんざん》して、「いかに、めづらしや」と、[二]色代《しきだい》しければ、十郎、[三]笏《しやく》とりなを《(ほ)》し、申《(まうし)》けるは、「弟《おとゝ》にて候童《わらは》を、母《はゝ》が箱根《はこね》へのぼせて、法師《ほうし》になさんとつかまつり候へば、世に[四]不用《ふよう》にて、[五]學問《がくもん》の名字《みやうじ》をもきかず、あまつさへ、[六]鹿《しゝ》・鳥《とり》くはでかなはじと申《(まうし)》候間《あひだ》、[七]堅固《けんご》の[八]いたづら者《もの》、おしへ《(を)》にしたがはざらん弟子《でし》をば、はやく父母にかへすべきといふことばにつき、里《さと》へおひくださるゝ折《おり》をゐ《(え)》て、男《おとこ》にならんとつかまつり候を、母《はゝ》にて候者《もの》、曾我《そがの》太郎など、しきりに制《せい》し候間《あひだ》、したしき[九]三浦《みうら》の人々、伊東《いとう》の方《かた》さまにてと存《ぞん》じ、あひ具《ぐ》してまいり《(ゐ)》て候。たとひ道《みち》のほとりにて、頭《かしら》をきりて候とも、御前《まへ》にてと申《(まうし)》候はゞ、[一〇]その身の勘《かん》[一一]當《だう》は候まじ」と申《(まうし)》ければ、「まことに、面々《めん〳〵》の御事、[一二]見はなし申《(まうす)》べきにあらず。しかれば、[一三]よそにても、さあらば、無念《むねん》なるべし。もつ共《(とも)》本望《ほんまう》也。[一四]時政《ときまさ》が子《こ》と申さん」とて、髪《かみ》をきり、烏帽子《ゑぼし》をきせて、曾我《そがの》五郎時致《ときむね》となのらせける。[一五]鹿毛《かげ》なる馬の、[一六]五臓《ざう》ふとくたくましきに、[一七]白覆輪《しろふくりん》の鞍《くら》おかせ、黒絲《くろいと》の[一八]腹巻《はらまき》一領《りやう》そへて、ひかれけり。「つねにこへ《(え)》て、あそび給へ。さだめて、母《はゝ》の心《こゝろ》にはちがひたまふべし」と、色代《しきだひ》して、かへりけり。

一 出かけていって。
二 挨拶。会釈。
三 彰考館本・大山寺本・南葵文庫本に、「あふぎ」とある。笏は、束帯などの時にもつ道具であるから、ここにはふさわしくない。
四 不埒で。乱暴で。義経記一「牛若鞍馬入の事」に、「こゝろも不用になり、学問をも怠りなんず」などとある。
五 学問の名目や文字。すなわち、学問そのものをさす。今昔物語集三の二十五に、「仏法ノ名字」とある。
六 肉食せずにはいられない。
七 疑いのない。まったくの。
八 わるさをする者。いたずらっ子。
九 大山寺本に、「みうち」とある。
一〇 彰考館本・万法寺本に、「さのみの」、大山寺本に、「さ程に母の」、南葵文庫本に、「さのみ」とある。
一一 とがめを受けること。
一二 お見すてすることはできない。
一三 よそでても、元服されるならば、残念なことであろう。
一四 元服の時に、烏帽子をかぶらせ、烏帽子名をつける人は、烏帽子親と呼ばれ、その子との間に、親子の縁を結ぶのである。
一五 体の毛の褐色で、たてがみ・尾・膝より下の毛の黒い馬。
一六 身体のたくましいものをいう。五臓は、肝・心・脾・肺・腎の五つの内臓。彰考館本などに、「五さうふとなるに」とある。
一七 銀で、前輪と後輪とをふちどった

（母《はゝ》の勘當《かんだう》かうぶる事）

箱根《はこね》の別當《べつたう》、これをばしらで、箱王《はこわう》をたづねけるに、閨《ねや》の枕《まくら》も衾《ふすま》もかはらで、主《ぬし》は見えざりければ、いそぎ曾我《そが》へ人をくだしたづねけれども、「これにもなし」とこたへければ、別當《べつたう》、大きにさはぎ《（わ）》、方々《はうぐ》をたづねたまふぞ、おろか也。その後《のち》、十郎は五郎とうちつれて、曾我《そが》へかへりぬ。内《うち》の者《もの》どもみて、「箱王殿《はこわうどの》を男《おとこ》になし、十郎殿《どの》のつれまい《（ゐ）》らせてまし〳〵たり」といひければ、母《はゝ》きゝて、「別當《べつたう》の、物さは《（わ）》がしくたづねたまひけるぞや。十郎、昨日《きのふ》より見[一九]えざるといひつるが、弟《おとゝ》が法師《ほうし》になるをみんとて、箱根《はこね》へのぼりけるかや。稚兒《ちご》にてよりもわろきやらん」。「男《おとこ》になりたる」といふを、「法師《ほうし》になりたる」ときゝまがひ[二〇]、[二一]いつもの所《ところ》にいで、「これへ」とのたまへ共《（ども）》、[二二]身の科《とが》により、五郎、左右《さう》なく内《うち》へもいらざりけり。母まちかねて、いそぎみんとて、障子《しやうじ》をあけければ、男《おとこ》になりてぞい《（ゐ）》たりける。母思ひのほかにて、二目共見《め（とも）》ず、障子《しやうじ》を[二三]ひきたて、「これは夢《ゆめ》かや、現《うつゝ》かや、こゝろうや、今《いま》より後《のち》、[二四]子とも母共《はゝ（とも）》思ふべからず。[二五]かりそめにも見えず、音《おと》にもきかざらん方《かた》へ[二六]まどひゆけ。[二七]何《なに》のいさましさに、男《おとこ》にはなりたるぞや。十郎が有様《さま》を、うらやましくおもふか。一匹《ひき》もちたる馬をだにも、[二八]けならかにかはづ《（ず）》、一人具《ぐ》したる下人にだにも、四季《き》折節《おりふし》に[二九]扶持《ふち》をもせ

鞍。

一八 腹に巻き、背で合わせるようにした鎧。

一九 彰考館本などに、「見えず」とある。

二〇 聞きちがえ。

二一 真字本に、「先々自二筥根一下時料不レ敷レ人置取二出莚一敷二畳上一」とあり、彰考館本・南葵文庫本に、「れいのところにたゝみしかせ」、万法寺本に、「いつものところにたゝみしかせ」、大山寺本に、「いつもの処にたゝみしかせよ」とある。

二二 彰考館本に、「身のとかにはゝかり」、大山寺本に、「身のとかを恥ちて」、南葵文庫本に、「身のとかにはゝかりて」とある。

二三 引いて閉じて。

二四 真字本に、「有レ親不レ可レ思、童亦持レ子不レ思」とあり、彰考館本・南葵文庫本に、「ことも見ましや、をやありとも思ふへからす」とある。

二五 彰考館本に、「目に見す」、大山寺本に、「めにも見す」、南葵文庫本に、「めにみす」とある。

二六 あてもなく迷ってゆけ。

二七 真字本に、「何厳〈イツクシミニ〉成レ男」とあり、何がすばらしいというので、元服をしたのかの意。

二八 彰考館本に、「けなたゐかに」、万法寺本に、「けなたらかに」、南葵文庫本に、「けなたやかに」、流布本に、「けなだらかに」とある。毛なだらかにの意か。

二九 従者に給与する米。

ず、あけくれ見ぐるしげにて、目《め》もあてられず。世《よ》にある人々の子どもを見る時《とき》は、一誰《たれ》かはおとるべきとおもふにも、涙《なみだ》の隙《ひま》はなきぞとよ。おもひしらずして、物にくるふか、うらめしや。法師《ほうし》になりぬれば、二上臈《らう》も下臈《らう》も、乞食頭陀《こつじきづだ》をしてもくるしからず。又、三下臈《らう》なれども、智恵才覺《ちへさいかく》あれば、法師《ほうし》にそしりなし。十郎だにも、男《おとこ》になせし事のくやしくて、入道《にうだう》せよかしとおもふ《(う)》たる所《ところ》に、くちお《(を)》しの有様《ありさま》や。四「善《ぜん》を見てはよろこび、悪《あく》を見てはおどろけ」とこそいゐ《(へ)》。あはれ、河津殿《かわづどの》ほど、罪《つみ》ふかき人はなし。後世とぶらふべき人々は、御敵《てき》とてほろびはてぬ。たま〳〵もちたる子どもさへ、孝養《けうやう》すべき物一人もなし。まことに末《すへ》のたえなば、五まのあたりの本領《ほんりやう》を六よそにみん七もかなしくて、八もしやとおもふたのみに、兄《あに》は男《おとこ》になしたれども、親《おや》の跡《あと》をこそつがざらめ、名《な》をさへかへて、曾我《そがの》十郎なんどといわ《(は)》るゝも、九くちお《(を)》しし。一人の子は、父死《ちゝし》して後《のち》、むまれしかば、すてんとせしを、叔父伊東《おぢいとうの》九郎が養育《やういく》せしが、それも平家《へいけ》へまい《(ゐ)》りたまひて後《のち》は、思ひかけざる一〇武藏守義信《むさしのかみよしのぶ》、とりて養育《やういく》して、今《いま》は、越後國《えちごのくに》の一一國上《くがみ》といふ山寺《やまでら》にありときけども、父をもみず、母《はゝ》にもしたしまねば、思ひいだして、一返《べん》の念佛《ねんぶつ》を申《(まうす)》こともあらじ。それはたゞ他人《た》のごとし。かの子をこそ法師《ほうし》になして、父《ちゝ》の孝養《けうやう》をもさせんと思ひしに、かやうになりゆく事のかなしさよ。しかも、わするゝことはなけれども、心《こゝろ》ならずに、しのびてこそすごせ、今《いま》は、誰《たれ》にか、

一 万法寺本・南葵文庫本に、「たれにかはおとるへき」とあり、世にある人の子の誰にも劣りはしないだろうの意。

二 彰考館本・南葵文庫本では、「下臈も」はない。上臈・下臈の区別は、僧侶の年功の差による。

三 彰考館本・南葵文庫本に、「下らふとものうちさいかくあれは、ほうしにそのとかなし」、万法寺本に、「げらうなれ共、なうちゑさいかくあれは、ほうしにそのしるしなし」、大山寺本に、「げらふどものうげいさいかくあれば、法師にそのさまたげなし」とある。下臈であっても、智恵のはたらきがあると、法師に悪口は言わない意か。

四 文選三十七、孔文挙「薦禰衡表」に、「見レ善若レ驚、疾レ悪若レ讐」とある。彰考館本に、「ぜむを見てはおとろき、あくを見てはあたとせよ」、万法寺本に、「せんをみてはよろこひ、あくをみてはしりそけ」、大山寺本に、「ぜんをみてはおどろがごとく、あくをみてはあたりの如くせよ」とある。

五 眼前の旧来の領地。

六 他人のものとして見る。

七 彰考館本に、「いかゝとよそよりいはれ」、南葵文庫本に、「いかゝとよそよりいわれ」とある。

八 もしかしたらその領地を継がせることができるかと思う望みのために。

九 彰考館本・万法寺本に、「くちをし」、大山寺本に、「こゝろうし」、南葵文庫本に、「くちおし」とある。

一〇 真字本に、「武蔵守源茂信朝臣」と

後《のち》の世をもとはるべき。あはれ、か丶るうき身の生《しやう》をかゆるならば、一二昔《むかし》よりなどやなかるらん。それ、「一三良薬《らうやく》は口《くち》ににがくして、しかも病《やまひ》に利《り》あり。忠言《ちうげん》は耳《みゝ》にさかひて、しかも行《かう》を利《り》せり」と申《（まうす）》ことばのあるなるぞ。よく〳〵案《あん》じても見たまへ」と、なく〳〵くどきければ、五郎物ごしにき丶て、なきゐたりけるが、兄《あに》の方《かた》にかへりて、申《（まうし）》けるは、「たゞ今《いま》の母《はゝ》のおほせられし事ども、一々《いち》にその一四いわれ（は）ありておぼえ候。死《し》し給へる父《ちゝ》をかなしみて、孝養《けうやう》をいたさんとすれば、いきてましますの一五不孝《ふけう》をかうぶる事、これまことに一六ひたうの故《ゆへ》なり。身の罪《つみ》の程《ほど》こそ、しられて候へ。あまねく人のしらざる先《さき》に、髪《かみ》きり候はん」と申《（まうし）》ければ、十郎いひけるは、「母の御勘當《かんだう》は、かねてより一七おもひまうけしことなり。さればとて、昨日《きのふ》男《おとこ》になりて、今日《けふ》又入道《にうだう》するにおよばず。人こそあまたしらず共《（とも）》、まづ北條殿《ほうでうどの》のおもはれん事も、一八かろ〴〵しゝ。かつうは、物ぐるはしきにもにたり。一九ししやうの事にてはあらじ。いざや、いづかたへもゆきて、なぐさみ候はん」とて、うちつれてぞ、出《（いで）》にける。あそぶ所《ところ》は、二〇三浦介《みうらのすけ》義澄《よしずみ》は、伯母聟《をばむこ》なり、二一土肥《とひの》二郎が嫡子彌太郎《ちやくしいや》も、伯母聟也《をばむこ（なり）》、二二平六兵衛《へいびやうへ》は、從姉妹聟《いとこむこ》、北條殿《ほうでう》は、烏帽子親《ゑぼしおや》、二宮《のみやの》太郎は、姉聟《あねむこ》なれば、かれらがもとにかよひつ丶、二三日、四五日づ丶ぞあそびける。たま〳〵曾我《そが》にかへりて、五郎は不孝《ふけう》の身なれば、十郎がもとにかくれゐて、母のこひしき折々《おりく》は、物の隙《ひま》より見たてまつれども、わが身は

して出る。↓補二六三。
一一 新潟県西蒲原郡分水町の国上寺。義経記七「判官北国落の事」にも挙げられた著名な霊場。
一二 万法寺本・大山寺本・南葵文庫本・流布本などに、「ならひ」とある。
一三 孔子家語六本に、「良薬苦㆑口而利㆓於病㆒、忠言逆㆑耳而利㆓於行㆒」とあり、明文抄四に、「後漢書」として引かれる。よい薬は飲みにくいが、病気にきくもので、よいことばは聞きづらいが、役にたつものだの意。忠告は喜ばれないことをいう。
一四 言われるわけ。
一五 不孝者としての勘当。下学集態芸門に、「日本俗、以㆓不孝二字㆒為㆓勘当之義㆒」とある。
一六 彰考館本に、「ひんだう」、万法寺本・大山寺本・南葵文庫本に、「ひんたう」とある。貧道（ひんだう）は、修行の面で貧しいこと。普通には、僧侶が自分を卑下していう時に用いられる。
一七 予期した。
一八 彰考館本・万法寺本・南葵文庫本に、「かろ〳〵し」、大山寺本に、「めんぼくあるまじ」とある。
一九 彰考館本に、「しじうのこと」、万法寺本に、「しゝうの事」、大山寺本に、「始終のかんだう」、南葵文庫本に、「してうの事」とあり、一生の勘当の意。
二〇 前出。↓八四頁注六。
二一 前出。↓六六頁注二。
二二 三浦義澄の子義村。

一見へ《(え)》じとかくれける。「されば、人界《にんがひ》にむまるゝとはいへども、二白駒《はつく》の隙《ひま》をすぐるにたり。三老少不定《らうせうふぢやう》のならひなれば、かれもは《(わ)》れらも、おくれ先《さき》だつならひ、四むなしかるべきこそ、無念《むねん》なれ。時致《ときむね》も、法師《ほうし》になるべき身の、男《おとこ》になりて、母の勘當《かんだう》をかうぶるも、たゞこの故《ゆへ》なり。いかにも、とくいそぎたまへ」と申《(まうし)》ければ、祐成《すけなり》も、「さぞ思ひ候へ。さりながら、いま一人も人をかたらふべし」。

## （小《こ》二郎かたらひゑ《(え)》ざる事）

「誰《たれ》にや」ととふ。「五京《きやう》の小《こ》二郎とて、河津《かわづ》殿《どの》在京《ざいきやう》の時《とき》、人にあひなれて、まうけたまふ子なり。かれをよびよせて、かたらはん」といひければ、五郎きゝて、「よく〱六御ためらい《(ひ)》候へ。七一腹《ぶく》一生《しやう》の兄《あに》ならば、いかに臆病《おくびやう》に候共《(とも)》、罪科《ざいくわ》のがれがたくて、同意《どうい》すべし。かれは、別《べち》の事。いかで左右《さう》なく、大事をおほせいだされん。おさ《(を)》八まりがたくおぼえ候。九御契約《けいやく》にはすぐべからず候へ共《(ども)》、もしきゝいれずは、わろき事やいできなん。一〇橘《たちばな》は、淮北《わいほく》に生《しやう》じて、枳殼《からたち》となり、水土《すいど》の事なればなり。へだてのあれば、兄弟《きやうだい》なりとも、心《こゝろ》をおくべき物をや」といひければ、十郎きゝて、「さりとも、その儀《ぎ》はあらじ。男《おとこ》といはるゝ程《ほど》の者《もの》が、異姓他人《いしやうたにん》なり共《(とも)》、うちたのまんに、きかざ

一 見られまい。
二 時の速く過ぎさるさま。↓一六一頁注六。
三 前出。↓九二頁注七。
四 真字本に、「助経若病死、不レ懸二我等手一事、可二口惜一」とある。
五 真字本に、「申二此京小次郎一、為二此等一一腹兄。自二河津三郎一先、伊豆国々司源三位入道頼政嫡子伊豆守仲綱乳母子、云二左衛門尉仲成一人、被レ下二国司代一程、時威付、鹿野介、我孫子取レ聟。如レ是経二年月一程、男子一人儲。申二男子一、今京小次郎是、申二女子一、今渋美地頭二宮太郎婦妻是。此左衛門尉仲成、国得替上時、可レ引二具妻子一思レ由、祖父鹿野介、不レ斜糸惜、不レ放レ身思上、母折節在二病悩一、追可レ奉レ申、不レ及レ力、預二外戚祖父一上洛、其後、成二河津三郎婦妻一、送二年月一程、男子三人儲、今十郎助成、五郎時宗、伊藤禅師是」とある。
六 落ちついてください。
七 同じ父母から生まれたもの。
八 納得しにくく思われます。真字本に、「大覚二領状一不レ候」とある。
九 万法寺本に、「御けいしやく」、大山寺本・流布本に、「御しあん」とある。「御契約」とすると、味方にするのにこしたことはありませんがの意。
一〇 説苑十二に、「江南有レ橘、斉王使二人取一レ之。而樹二之於江北一生不レ為レ橘乃為レ枳、所二以然一者何、其土地使二之然一也」とある。淮北は、淮河以北の地。「事なればなり」は、「異なればな

る事やあらん。まして、[一一]一腹《ふく》の兄弟《きやうだい》にて、いかでか同心《どうしん》せざるべき」とて、小二郎《こ》をよびていふやう、「かねても、大かたしりたまひぬらん。此事をおもひたちて候。されば、一期《ご》の大事なれば、たゞ二人してとげがたし。三人よりあふものならば、やすかるべし」といひければ、小二郎《こ》きゝて、おほきにさは《(わ)》ぎ、「この事、いかゞおもひたまふ。當代《たうだい》さやうになりては、親《おや》の敵《かたき》、その數《かず》ありといへども、勝負《せうぶ》を決《けつ》する事なし。たゞ[一二]上意《じやうい》をおもくして、[一三]肩《かた》をならべ、膝《ひざ》をくむ次第《しだい》なれば、これを恥《はぢ》ともいわ《(は)》ずして、所領《しよりやう》をもつ折節《おりふし》なり。當時《たうじ》、さやうの事する者《もの》は、[一四]剛《かう》の者《もの》とはいはで、[一五]しれ者《もの》とこそ申せ。まことに、敵《かたき》をまのあたりにを《(お)》きて、見たまふ事の[一六]めざましくは、京都《きやうと》にのぼり、いかにもして、[一七]本所《ほんじよ》の末座《すへざ》につらなりて、[一八]院内《いんなひ》の御見参《げんざん》にもいり、[一九]冥加《みやうが》あらば、御氣色《きしよく》をうかゞい《(ひ)》、[二〇]院宣《ゐんぜん》・令旨《りやうじ》を申《(まうし)》くだし、[二一]鎌倉殿《かまくらどの》につけたてまつり、敵《てき》を本《ほん》所《じよ》にめしのぼせ、[二二]記錄所《ろくしよ》にて問答《もんどう》し、敵《てき》人をまかし、所領《しよりやう》を心《こゝろ》にまかすべし。[二三]君敵《くんてき》となりてはかなふべからず。古人《こじん》のことばにも、「[二四]徳《とく》をもつて人にかつ者《もの》はさかへ《(え)》、力《ちから》をもつて人にかつ物は、つい《(ひ)》にほろぶ」と見えたり。その上《うへ》、さばかり果報《くわほう》めでたき左衛門尉《さへもんのぜう》を、おの〳〵の[二五]分限《ぶげん》にて、うたん事はかなふまじ。とまりたまへ」といひすてゝ、たちにけり。兄弟《きやうだい》の人々は、大事をばいひきかせ、ことばにもかけず、座敷《ざしき》をけたてられぬ。あきれはてゝい《(ゐ)》たりける。やゝありて、五郎申《(まうし)》けるは、「さればこ

り」の意。
一一 同じ母から生まれること。↓注五。
一二 将軍の命令。
一三 対等に交際する。
一四 すぐれて強い者。
一五 愚かな者。ばか者。
一六 思いどおりにならなくてくやしいならば。心外ならば。
一七 真字本に、「本所列二蔵人所一」とある。本所は、蔵人所をいう。ここでは、武家に対して、公家、朝廷をさすか。
一八 真字本に、「入二院内見参一」とある。もともと「院・内」で、上皇と天皇とをいったものであろう。
一九 目に見えない神仏の加護。
二〇 真字本に、「院宣々旨」とある。院宣は、上皇・法皇の仰せを伝え、宣旨は、天皇の仰せを伝え、令旨は、皇太子、三后などの仰せを伝える文書。ここでは、宣旨の方がよい。
二一 真字本に、「奉レ著二鎌倉殿一」とある。著は、いいつける、命ずる意。
二二 真字本に、「為二記録所問註一」とある。記録所は、朝廷におかれ、訴訟を裁く所。問註は、原告と被告とを調べて、両者の陳述を記すこと。
二三 真字本に、「公敵」、彰考館本に、「大てき」、万法寺本に、「御てき」、大山寺本に、「てき」、流布本に、「てうてき」とある。
二四 後漢書魯恭伝に、「以レ徳勝レ人者昌、以レ力勝レ人者亡」とあり、明文抄四に、「要覧」として引かれる。
二五 身分。分際(ぶんざい)。

そ、今《いま》はよき事あらじ、日本《ぽん》一[一]の不覺悟人《ふかくご》[二]にて有《(あり)》ける物。所知荘園《しよちしやうゑん》[三]の敵《てき》ならばこそ、訴訟《そせう》をもいたさめ。不思議《ふしぎ》の事をいひつるものかな。金《かね》[四]をこゝろみるは火《ひ》なり。人をこゝろみるは酒《さけ》なり。[五]かの者《もの》は、酒《さけ》をだにのみぬれば、何《なに》事がないはんとおもふ者《もの》なり。それ、大海《かひ》[六]のほとりの猩々《しやうぐ》は、酒に著《ちやく》して、血《ち》をしぼられ、滄海《さうかい》の底《そこ》の犀《さい》は、酒《さけ》をこのみて、角《つの》をきらるゝ也。かやうの理《ことはり》をしりながら、いひつる事こそくやしけれ。一定《ぢやう》、二宮《のみやの》太郎にいひつる[七]ことおぼえたり。それ、曾我殿《そがどの》にかたりなん。さあらば、母《はゝ》もしりたまふべし。かれこれもつて、祐經《すけつね》にしられ、かへりてねらはれん事、うたがひなし。かゝる大事こそ候はね。第一、上へきこしめされては、死罪《しざい》[八]・流罪《るざい》にもおこなはれ、身をいたづらにせんことの無念《むねん》さよ。いざや、この事もれぬ先《さき》に、小《こ》二郎が細首《ほそくび》うちおとし、九萬《まん》[九]九千の軍神《ぐんしん》[一〇]の血まつり[一一]にせん。われらがしたるとは、誰《たれ》かしるべき」といかりければ、十郎きゝて、「さればとて、かほどの大事、いかでかもらすべき。罪《つみ》[一二]のうたがひをばかろくし、功《こう》のうたがひをばおもくせよ。よろこぶ[一三]時《とき》は、みだりに無功《ぶこう》を賞《しやう》し、いかる時《とき》は、みだりに無罪《むざい》をころす。これは、大《(おほき)》なるあやまり也。佛《ほとけ》もふかくいましめたまふ。こゝろへ《(え)》[一四]べし」といひければ、五郎きゝ、「これは無罪《むざひ》をころすにては候はず。かゝる不覺人《ふかく》、有罪《うざい》とも、無罪《むざい》とも、ことばにたゝざる奴《やつ》めをば、いそぎ暇《いとま》[一五]をくれ候べきにて候」と申《(まうし)》ければ、「いかで、他人《たにん》に、

一 この上ないさまをいう。
二 臆病者。卑怯者。諸本に、「不覚人〈ふかくじん〉」とある。
三 領地。
四 壒嚢鈔六に、「後漢書云、試レ金以レ火、試レ人以レ酒」とあり、五常内義抄にも、同じように引かれる。「こゝろみる」は、本性をためしてみるの意。
五 真字本に、「咹人、酒三渡飲、云二何事哉一思俗〈ヤカラ〉候」とある。
六 義経記四「土佐坊義経の討手に上る事」に、「猩々は血を惜しむ。犀は角を惜しむ、日本の武士は名を惜しむ」とある。猩々は、酒を好む人面獣身の怪物。その血をとって、猩々緋に染めるという。犀は、象についで巨大な獣。その角をとって、解熱剤に使った。
七「いひつると」か。↓補一四九。
八 真字本に、「被二禁獄流罪一」とある。
九 彰考館本に、「九まん八千」、万法寺本・南葵文庫本に、「九まん八せん」、大山寺本に、「九万八千」とある。九万八千は、夜叉神の数。
一〇 戦勝を祈る神。
一一 犠牲の血で神を祭ること。「釁(キン)」の訳語か。大森志郎氏「血祭り考」(『史潮』一)参照。
一二 書経大禹謨に、「罪疑惟軽、功疑惟重」とある。罪のあきらかでない者は軽く罰し、功のあきらかでない者は重く賞するの意。
一三 諸本によって、底本の「みたりに」「みやうし」を改めて、「みだりに」「賞(しやう)し」とする。貞観政要論

かくとはいふべき。これも、たゞ、われらを世にあれと思ひてこそ、一六いひつらめ。さらば、一七口《くち》をかためよ」とて、おひつきて、「たゞ今申《いま(まうし)》つる事は、たはぶれごとなり。まことし顔《がほ》に、人にかたりたまふな。もしきこゆるものならば、ひとへに一八御邊《へん》の所爲《しよい》と存《ぞん》じ、ながくうらみたてまつるべし。かへすぐ\」といひければ、「さうけたまはる」とて、さりぬ。この約束《やくそく》ありながら、小《こ》二郎思ひけるは、よそへもらさばこそあ一九しからめ、母に見參《げんざん》して、この事をくわ《(ほ)》しくかたる。母《はゝ》、きゝもあへず、十郎をよびければ、五郎、先《さき》にこころへ《(え)》て、「この事とおぼえたり。時致《ときむね》も、身をかくし、御供《とも》してきゝ候はん」とて、十郎とつれて、母《はゝ》のあり所《どころ》へきたり、ものごしにきけば、母《はゝ》、女房《ばう》たちをとお《(ほ)》くのけて、なくなくのたまひけるは、「まことか、殿《との》ばらは、さばかりおそろしき世の中《なか》に、謀叛《むほん》をおこさんとのたまふなるか。はら《(わ)》はや二宮《のみや》の姉《あね》をば、何《なに》となれとおもひて、かゝる悪事《あくじ》をば、思ひたちたまふぞ、死《し》したる親《おや》のみにて、いきたるわれは親《をや》ならずや。二〇箱王《はこわう》が男《おとこ》になるにて、一定悪事《ぢやうあくじ》せんときく。わ殿《との》がすか二一してこそ、男《おとこ》にはなしつらめ。わ殿《との》、無用《むよう》の事くわ《(ほ)》たてつるものかな。恥《はぢ》は家《いゑ》の病《やまひ》にて、末代《まつだい》うせずと二二申《(まうせ)》ども、事《こと》にこそよれ。世《よ》にあらんとおもはゞ、二三恥《はぢ》をしのびて、益《やく》をかうぶれとこそ申せ。げにや、河津殿《かわづどの》のうたれし時《とき》、わらはおもひにたへかねて、いひし事を二四ききもちたまふか。一旦《たん》はさこそ思ひしか。狩場《かりば》へうちいで給ふに、四五

求諫に、「喜則濫賞二無功一、怒則濫殺二無罪一」とあり、明文抄二に引かれる。↓七五頁注二四。
一四 本来ならば、「心得《(ここ)(ろう)》べし」。
一五 殺そうとする気持をいう。
一六 諸本によって、底本の「いひつゝめ」を改む。
一七 他に口外させるな。彰考館本に、「くちをひそめん」、万法寺本に、「くちかためせん」、大山寺本に、「くちをひそめて」、流布本に、「くちをかためん」とある。
一八 あなた。敬意を含む二人称代名詞。
一九 「あしからめ」に続けて、彰考館本には、「はゝにしらせたてまつりてとゝめさせせんと思ひ、やかて」とあり、万法寺本などでも、だいたい同じ。
二〇 真字本に、「筥王成レ男出来時、一定思二僻事出来一、勘当追出」とある。
二一 欺き誘って。
二二 諸本によって、「ずと」を補う。
二三 恥をこらえて、利益をうけよ。彰考館本に、「はぢをすてゝ、かはうとせよ」、万法寺本に、「はちをしのんて、ほときをかうふる」、大山寺本に、「はぢをしのびて、かんにんせよ」とある。名誉よりも実利を重んずる考え。
二四 彰考館本に、「きゝをきてましますかや」、万法寺本に、「きゝたもち給ふか」、大山寺本に、「聞きはさみてましまます」、南葵文庫本に、「きゝおきてましますかや」、流布本に、「きゝたもち給ふか」とあり、聞きおぼえていらっしゃるかの意。

百騎《き》の中《なか》に、すぐれて見えしが、かへりさまに、[一]ひきかへたりしかなしさ、火《ひ》にも水《みづ》にもしづまんとおもひしに、五つや三つになりしを、左右《さう》の膝《ひざ》にすへ《(ゑ)》、「二十《はたち》にならざる先《さき》に、親《をや》の敵《かたき》をうちて見せよ」と、わらはいひし時《とき》、箱王《はこわう》はきゝもしらず、わ殿《との》はいひつる、「[二]おとなしくなりて、父《ちゝ》の敵《かたき》の首《くび》をきらん」といひしこそ、おほくの人をばなかせしか。それをわすれずして、母《はゝ》がいひし事なればとて、かやうにおもひたち給ふかや。[三]うたてさよ。かへすぐ〵もとまりたまへ。この頃《ごろ》は、昔《むかし》の世にもにず、平家《へいけ》の世《よ》には、伊豆《いづ》・駿河《するが》にて、敵《てき》うちたる人も、武蔵《むさし》・相模《さがみ》・安房《あわ》・上總《かづさ》へもこえぬれば、日數《かず》つもり、年《とし》へだたりぬれば、[四]さてのみこそあれ。當代《たうだい》には、いさゝかも悪事《あくじ》をする者《もの》は、[五]蝦夷《あぞ》が千島《ちしま》へいたりても、その科《とが》のがれず、又したしき者《もの》までも、その科《とが》のがれがたし。女《おんな》とて、[六]所《ところ》にもおかれず。おさ《(を)》なければとて、たすかる事なし。かやうに、さしもきびしき世《よ》の中に、いかで悪事《あくじ》を思ひたちたまふぞ。なんぢら十一・九になりし時《とき》、祖父《おうぢ》伊東《いとう》の御敵《てき》とて、めしいだし、すでにきらるべかりしを、畠山《はたけやま》殿、「[七]自然《しぜん》の事あらば、[八]かかり申《(まうす)》べし」とて、あづかり申《(まうし)》、命《いのち》どもをたすけられしぞかし。數《かず》ならぬわらわ《(は)》が事は、さてを《(お)》きぬ。重忠《しげたゞ》の大事をば、いかゞしたまふべき。わらはがいきたらん程《ほど》は、目《め》をふさぎ、恥《はぢ》をもよそにしてましませ。こゝろうき目《め》を見せたまふな。殿《との》ばら、今《いま》までありつけ[九]ざるこそ、心《こころ》にかかり候へども、何《なに》事[一〇]もおもふやう

一　様子をかえた。
二　成人して。
三　情ないことよ。
四　そのままである。
五　蝦夷の住む千島の意で、千島列島をさす。天正十八年本節用集に、「夷千島〈エツカ／チシマ〉、又云毛人島」とある。
六　遠慮されない。義経記五「静吉野山に棄てらるゝ事」に、「女なりとも、所にな置きそ、唯放逸に当れ」などとある。
七　もし万一のことがあるなら。
八　担当いたしましょう。
九　諸本によって、底本の「ありつるさる」を改む。真字本には、「各々干レ今不二有付一、佐様御二独々一事、僻事」とある。「ありつく」は、身をかためさせるの意。
一〇　諸本によって、底本の「を」を改む。
一一　母の立場としては。
一二　真字本に、「男女、思縁、失二佐様心一」とある。
一三　かいのない。無益な。
一四　気をもませないだろう。
一五　自他ともに仏果を成就するように、みずから修めた功徳を他に回らすこと。ここでは、死者の冥福を祈ること。

にあらねばぞとよ。[一一]わらわ《(は)》が身にては、はゞかりあれども、[一二]男《おとこ》は、おもはしき物にだにあへば、さやうに[一三]詮《せん》なき心《こころ》はうするぞや。あはれ、父《ちゝ》だにましまさば、はらは《(わ)》に、[一四]心《こころ》はつくさせじ。いかなる人の聟《むこ》にもなり、おもひとゞまりて、念佛《ねんぶつ(を)》おも申《(まうし)》、父《ちゝ》にも[一五]回向《ゑかう》、[一六]わらはをもたすけよ。論語《ろんご》にいはく、[一七]「きはめておとろふる時《とき》は、かならず又さかんなる事あり」と申《(まうす)》に、[一八]などや、方々《かたぐ》のさのみ申《(まうす)》事のかなはざらん、かなしさよ。箱王《はこわう》、いかに男《おとこ》にならんといふとも、[一九]御分《ぶん》としてとゞめんに、左右《さう》なく男になるべからず。あはれ、げにかなはぬ事なれ共《(ども)》、わらはは死《し》して、父だにいきてましまさば、いかなる不思議《ふしぎ》を思ひたつとも、父《ちゝ》の命《めい》をばそむかじ。二宮《のみや》の女《むすめ》、いかなる有様《ありさま》を思ひたつとも、はらは《(わ)》がうちくどきいはんに、などかきかで候べき。男子《なんし》のために、母親《はゝおや》は何《なに》にもたゝず」とて、さめぐ〳〵と[二〇]なきたまふぞ、あわれ《(は)》なれ。十郎、ながるゝ涙《なみだ》を直垂《ひたたれ》の袖《そで》にておしとゞめ、[二一]つしんでゐたりける。やゝありて、母《はゝ》のたまひけるは、「此事を小《こ》二郎大《(おほき)》におどろき、[二二]制《せい》させんとて、きかせたるぞ。さればとて、小《こ》二郎うらみたまふな。人にしらすなとて、みづからが口《くち》をかためつるぞ。「それほどの大事を左右《さう》なくかたり申《(まうす)》は、この殿《との》[二三]ばらかへりきゝては、あしざまにおもひ候はんずれども、[二四]人々の祖父《おうぢ》こそあらめ、さのみ末々《すゑぐ》までたえせん事、不便《ふびん》なりとおぼしめされ、君《きみ》より御たづね有《(あり)》て、先祖《せんぞ》の所領《しよりやう》を[二五]安堵《あんど》するか、しからずは、別《べつ》の御[二六]恩《おん》をかう

一六 万法寺本に、「われらがごせをもたすけよかし」とある。
一七 史記平準書に、「物盛則衰、時極而転」などとあるが、論語については未詳。
一八 彰考館本に、「なとやかた〳〵のさのみ〳〵うきことのかはらさるらむ」、万法寺本に、「なとやらん、かた〳〵のさのみうき事のかはらさらん」、大山寺本に、「などやかたぐ〳〵のさのみにうき事のかはらざるらん」、南葵文庫本に、「なとやかた〳〵のさのみにうき事のかわらざるらん」とある。それらの諸本によると、どうして、お前たちにとって、そんなにつらいことが続くのだろう、悲しいことだの意となる。
一九 彰考館本に、「御ぶんあにとして」、万法寺本・南葵文庫本に、「御ふんあにとして」、大山寺本に、「兄として」とある。
二〇 万法寺本に、「なき給ふこそあはれなれ」、流布本に、「なき給ふぞあはれなる」とある。
二一 「つっしんで」とよんだものか。
二二 母にとどめさせよう。彰考館本・南葵文庫本に、「せいせさせん」、万法寺本に、「せいせん」とある。
二三 伝え聞いたならば。
二四 お前たちの祖父はとにかくとして、そのようにひたすら子孫まで絶えるようにすること。
二五 もとのまま賜わる。
二六 領地を賜わること。

ぶり候はゞ、おの〳〵までも、面目《めんぼく》にて候べし」と申《（まうし）》てたちつる。それも、殿ばらをおもひてこそ、いひつらめ。[一]ゆめ〳〵いきどお《（ほ）》りたまふべからず。理《り》をまげて、おもひとまりたまへ」とのたまひければ、十郎、「うけたまはりぬ。たゞし、此事は、何《なに》となきたはぶれに申《（まうし）》つるを、まことし顔《がほ》に申されつらん[二]不覺《ふかく》さよ。かつうは、御推量《すひりやう》も候へ。當時《たうじ》、われらが姿《すがた》にて、思ひもよらぬ事」とてたちければ、五郎も[三]足《あし》ぬきしてたちけるが、十郎に申《（まうし）》けるは、「さればこそ申《（まうし）》つれ、小《こ》二郎をうしなふべかりつるものを、たすけおきて、かゝる大事をもらされぬる事こそ、やすからね。[四]心《こゝろ》にかゝらん事をば、ためらい《（ひ）》候はず、逸早《いつさう》にすへべき物を。[五]あはれみ胸《むね》をやくとは、かゝる事をや申《（まうす）》べき。今《いま》はかなはじ。われらが所爲《しよい》とおぼさめ」とて、[六]息《いき》つぎゐたる。「さても、此事思ひとゞまるべきやうに、妻子《つまこ》もちて、[七]安堵《あんど》せよとおほせられつるこそ、耳《みゝ》にとゞまりて、あわ《（は）》れにこそ候へ。[八]さむき者《もの》は、尺玉《しやくぎよく》をもむさぶらで、たんかをおもひ、うへ《（ゑ）》たる者《もの》は、千金《せんきん》をもかへりみずして、一食《じき》を美《び》す。身に思ひのあれば、[九]かへりみずして、[一〇]所領所帯《しよりやうしよたい》も、のぞみなし。たゞ思ふ事こそ、いそがはしくは存《ぞん》ずれ。男《おとこ》の心とゞまるものは、妻子《つま》にすぎずといへども、は《（わ）》れら討死《うちじに》の後《のち》、のこりとゞまりて、[一一]山野にまじはらんも不便《ふびん》なり。又、男女《なんによ》のならひ、わかき子一人もいできたらば、われ法師《ほうし》になるべき身なれ共《（ども）》、このためにかやうになりぬれば、さだめたる妻《つま》もつべか

一 決して決して。
二 おぼつかなさ。
三 ぬき足と同じで、音を立てないように足を抜きあげて歩くこと。
四 気にかかることをば、ぐずぐずしないで、思いきってかたづけなければならないのに。「すへべき」の「へ」は、衍字か。↓補一五〇。
五 人にかけた情が、身のあだとなる。↓補一五一。
六 ほっとしていた。
七 家に落ちつけ。
八 明文抄四に、「寒者不レ貪二尺玉一思二端褐一、飢者不レ願二千金一而美二一食一（曹植表）」とあり、佩文韻府に、「曹植望恩表」として、ほぼ同じことばがみられる。尺玉は、一尺の珠玉。「たんか」は、端褐《たんかつ》で、一反の粗服をいう。
九 流布本に、「ばんじをかへりみずして」とある。
一〇 領地財産。
一一 浮浪の身となることをいう。
一二 遊女。和名抄に、「遊女（宇加礼、一云阿曾比」とある。
一三 まちがったこと。
一四 かかりあいになる。
一五 静岡市内で、安倍川の西岸の古駅。
一六 沼津市内で、黄瀬川の東岸の古駅。
一七 遊女。日葡辞書に、「Yûcun Qeixei」とある。
一八 なじみになって。
一九 深く思いこむこと。↓補一五二。
二〇 流布本に、「あるかなきかのごとし。いまあれはあるやうなり」とある。

らず。[一二]あそびなんどは、夫《おつと》の[一三]ひが事[一四]かゝるまではあらじ。されば、[一五]手越《てごし》・[一六]黄瀬川《きせがわ》のほとりにて、さりぬべき[一七]遊君《ゆうくん》あらば、[一八]あひなれてかよひ給へ。しかも、道《みち》のほとりなり。敵《てき》をうかがふべきたよりも、しかるべし」と申《(まうし)》ければ、「[一九]執心《しうしん》、後生《ごしやう》のため、しかるべからず。一日も命《いのち》あらんかぎりは、心《こころ》しづかに念佛《ねんぶつ》申《(まうし)》て、後生《ごしやう》をねがふべし。は《(わ)》れらが命、[二〇]今《いま》あればあるが、たゞ今《いま》も便宜《びんぎ》よくは、うちいでなん。阿彌陀佛《あみだぶつ》」と申《(まうし)》て、すぎゆきける心《こゝろ》のうちこそ、無慙《むざん》なれ。

(大磯《おほいそ》[二一]の虎《とら》[二二]思ひそむる事)

されば、[二三]しうれんのせいつきずして、[二四]大磯《おふいそ》の長者《ちやうじや》の女虎《むすめとら》といひて、十七歳《さい》になりける[二五]傾城《けいせい》を、祐成《すけなり》の、年《とし》ごろおもひそめて、ひそかに三年《みとせ》ぞかよひける。これや、ふるきことばに、「[二六]うつしゑ《(え)》たりや楊妃《やうひ》らうの靨《えくぼ》を、なしあらはせりにんみんあをきたる唇《くちびる》を」なんど思ひいだして、折々情《おりくなさけ》をのこしける。五郎も、影《かげ》のごとく、[二七]寸《すん》もはなれずして、もろともにとおり《(ほ)》けり。これもたゞ、[二八]敵《かたき》の便宜《びんぎ》をねらはんためとぞ見えし。あわ《(は)》れなる有様《ありさま》、心《こゝろ》ざしの程《ほど》、無慙《むざん》といふもあまりあり。ある時《とき》、敵左衞門尉《かたきさへもんのぜう》、伊豆《いづ》より鎌倉《かまくら》へまいゐ《(ゐ)》りける折節《おりふし》、曾我兄弟《そがきやうだい》、大磯《おほいそ》にありけるが、五郎みつけて、十郎につげた

二一 神奈川県中郡大磯町。
二二 この女については、吾妻鏡建久四年六月の条に、「曾我十郎祐成妾大磯遊女(号レ虎)」「故曾我十郎妾(大磯虎)」とある。これと同名の女性をめぐって、「虎が石」などの伝説が、各地に分布している。それによって、虎と称する多くの巫女が、諸国を遊行していたと考えられる。柳田国男氏「老女化石譚」(『妹の力』所収)など参照。
二三 「執恋(しうれん)の情(せい)」か。真字本に、「不レ違二乃往過去契一、有二随縁真如甲斐一」とあり、流布本に、「しうぢやく身をはなれず、おんせいつきずして」とある。
二四 真字本によると、民部権少輔基成の乳母子の宮内判官家長が、平治の乱のために東国に落ちのび、平塚宿の夜刃王(夜叉王)という傾城に通って、三虎御前という女子をもうけた。大磯宿の長者で菊鶴という傾城が、その三虎御前を養ったという。長者は、宿場の遊女の長をさす。↓補一五三。
二五 「傾国」と同じく、美人の意味で、おもに遊女をさす。漢書外戚伝に、「北方有二佳人一、絶世而独立、一顧傾二人城一、再顧傾二人国一」とある。
二六 新撰朗詠集上「雨」に、「写得楊妃湯後靨、摸成任氏汗来昬」とある。楊妃は、楊貴妃。「にんみん」は、「任氏」の誤。↓補一五四。
二七 寸時。万法寺本に、「すんふんも」、流布本に、「時のまも」とある。
二八 敵に出あう好機。

りければ、「かやうの便宜《びんぎ》をねらはんためにこそ、年來《ねんらひ》これへもかよひつれ。[一]砥上原《とがみのはら》こそ、よき原《はら》なれ。いざや、おい《(ひ)》つき、矢《や》一ついん」とて、弓《ゆみ》おしはり、矢《や》かきおひ、馬《むま》にうちのり、おひつき見れば、[二]江間《えまの》小四郎うちつれて、五十騎《き》ばかりにて、うちかこみあゆませければ、「左右《さう》なく二騎《き》かけいりて、うたん事もかなふまじ。一期《いちご》の大事にてありければ、し損《そん》じ、[三]はられんより、たゞ何《なに》となくとを《(ほ)》らんとおもふは、いかに」といふ。時致《ときむね》も、「かうこそ」とて、うちつれて、とを《(ほ)》りけり。「これよりかへらば、人もあやしと思ふべし。ついでに三浦《みうら》へとお《(ほ)》り候へ」とて、はるかにひきさがりて、あゆませゆく程《ほど》に、かれは鎌倉《かまくら》へゆきぬ。兄弟《きやうだい》は、三浦《みうら》へこそゆきにけれ。

## [四](平《へい》六兵衛《びやうへ》が喧嘩《けんくわ》の事)

こゝに、[五]十郎が身にあてて、おもはざる不思議《ふしぎ》こそ出《(いで)》きけれ。故《ゆへ》を[六]いかにとたづぬるに、三浦平《みうらへい》六兵衛《びやうへ》が妻女《さいぢよ》は、[七]合澤《あひざは》の土肥《といのや》彌太郎が女《むすめ》なり。此人々とは從姉妹《いとこ》なり。やう幼少《ようせう》より、叔母《おば》に養《やう》ぜられて、[八]伊《い》藤にありける程《ほど》に、十郎と一所にそだちけり。やう〳〵成人《せいじん》する程《ほど》に、十郎、かれにしのびて、情《なさけ》をかけたりける。たがひの心《こゝろ》ざしふかければ、家《いゑ》に[九]もとりすへ《(ゑ)》、まことの妻《つま》にもさだむべかりしを、敵《かたき》をうたんとおもひけ

一 神奈川県藤沢市鵠沼《くげぬま》附近。
二 北条義時。→一二八頁注一〇。
三 彰考館本に、「人にわらはれじ」、万法寺本に、「人にわらはれし」、大山寺本に、「人に笑はるべし」、南葵文庫本に、「人にわらわれし」、流布本に、「わらはれんより」とある。
四 この物語は、真字本にない。平六兵衛は、三浦義澄の子義村。
五 十郎の身にとって。
六 諸本によって、底本の「いかにに」を改む。
七 彰考館本・万法寺本・南葵文庫本に、「さかみの」、大山寺本に、「相模の国」とある。「相模」を「相沢」と誤ったもの。
八 「伊東」にあたる。
九 迎えおき。

る間《あひだ》、家《いゑ》をわすれて、たゞ女《おんな》のもとへぞかよひける。かくて、日数《かず》をふる程《ほど》に、[一〇]父《ちゝ》、これをばしらずして、平《へい》六兵衛《びやうへ》にあわ《(は)》すべしとてこい《(ひ)》けり。しのぶことなりければ、しらで、成人《せいじん》の女《むすめ》、一人《ひとり》おくべきにあらずとて、三浦《みうら》へやりにけり。女又、「かゝる事有《(あり)》」といふべきにあらねば、十郎が方《かた》へ、しのびて文《ふみ》をやり、くわ《(は)》しくとふ。されども、[一一]けは〳〵しく、まことの妻《つま》ともたのまざりければ、うらみの袖《そで》しほ《(を)》るゝのみにて、[一二]親《おや》にはからわ《(は)》れて、力《ちから》およばずして、[一三]義村《よしむら》が方《かた》へゆきにけり。されども、心《こゝろ》ざしのふかければ、ある時《とき》、義村《よしむら》が在京《ざいきやう》の隙《ひま》に、しのびて十郎がもとへ文《ふみ》をつかはしけり。従姉妹《いとこ》の文《ふみ》也《(なり)》ければ、祐成《すけなり》みて、くるしからずと思ひけれども、留守《るす》の間《あひだ》は、しかるべからずとて、返事もせざりけり。[一四]人の口《くち》のはかなさは、義村《よしむら》にしらせたりけり。不思議《ふしぎ》に思ひ、内々《なひく》たづねきかばやとおもふ程《ほど》に、京都《きやうと》の御用《よう》すぎて、鎌倉《かまくら》へまい《(ゐ)》りけるに、曾我《そが》の人々は、三浦《みうら》よりかへりさまに、[一五]腰越《こしごえ》にてゆきあひけり。兄弟《きやうだい》の人々《ひとぐ》は、三浦《みうら》の殿ばらとはしらで、馬鞍《くら》見ぐるしとおもひければ、傍《かたわら》へ駒《こま》うちよせ、郎等《らうどう》人々をとを《(ほ)》さんとす。平六兵衛《へいびやうへ》は、曾我《の》十郎と見て、[一六]日ごろの便宜《びんぎ》をよろこび、郎等《らうどう》二三騎《ぎ》ありけるを、はるかの後《あと》にのこしおき、[一七]むねとの者《もの》六七騎《き》あひ具《ぐ》して、この人々のかくれい《(ゐ)》たる船《ふね》の陰《かげ》におしよせ、「まことや、御分《ぶん》は、義村《よしむら》が在京《ざいきやう》の間《あひだ》にきく事あり」と、にが〳〵しくいひかけたり。されども、十郎《らう》こともせず、[一八]あざは《(わ)》らひ、

一〇 彰考館本に、「是をはしらて、平六ひやうへあひくすへしとて、をやにこいけり」、南葵文庫本に、「これをはしらて、へい六ひやうへあいくすへしとて、おやにこいけり」とある。平六兵衛の方から求婚したのである。

一一 彰考館本・万法寺本・南葵文庫本に、「けに〳〵しく」、大山寺本に、「げにげにしくも」とある。「げに〳〵しく」ならば、まことらしくの意。「けばけばしく」ならば、きわだっての意となる。

一二 彰考館本に、「をやのはからう事なれは」、南葵文庫本に、「おやのはからふ事なれは」とある。

一三 平六兵衛の名。

一四 彰考館本・南葵文庫本に、「人のくちのさかなさは」、万法寺本に、「人のくちさかなさは」、大山寺本に、「ある人のくちのさがなきは」とあり、人はあしざまに言うものでの意。

一五 神奈川県鎌倉市西部。

一六 近来のよい機会。

一七 おもだった家来。

一八 からからと笑い。

「いかさま、人の讒言《さんげん》とおぼえ候。よく〳〵たづねきこしめし候へ。[一]かやうの次第《しだひ》、見參《げんざん》に入《(いり)》、ぢきにうけたまはり候所《ところ》、所縁《しよゑん》のしるしと存《ぞん》ずる也。たとへ身にあやまりあり共《(とも)》、一度《ど》は御[二]免《めん》にやかうぶるべき」とぞいひける。五郎は、義村《よしむら》が大きにいかりたる氣色《きしよく》を見て、[三]靫《うつぼ》より大の[四]雁股《かりまた》ぬきいだし、矢先《やさき》を義村《よしむら》にあて、たゞ一矢《や》とおもふ顔魂《かほたましゐ》、さしあらはれたり。義村《よしむら》、五郎が勢《いきおひ》を見て、まことに[五]大剛《かう》のお《(を)》この物也、[六]命勝負《いのちせうぶ》しては、損《そん》なり、後日をこそと思ひしづめて、何《なに》となき[七]辭儀《じんぎ》にいひなして、しづまりぬ。この人々、[八]ことよは《(わ)》くも見えなば、すなはち[九]ちうちもちがへべき體《てい》なりしかども、五郎も、おもひきりたる色《いろ》見えければ、そのまゝとを《(ほ)》りにけり。[一〇]身をかろくして、名《な》をおもくすれば、十分《ぶん》にしぬべき害《がい》をのがるゝとは、かやうの事をいふべきにや、不思議《ふしぎ》なりし事共なり。

## ([一一]三浦《みうら》の片貝《かたかひ》が事)

又、此人々の伯母聟《おばむこ》に、[一二]三浦別當《みうらのべつたう》といふ者《もの》あり。片貝《かたかひ》といひて、優《ゆふ》なる美女《び》をめしつかひけり。別當《べつたう》、お《(を)》り〳〵情《なさけ》をかけたりしを、女房《ばう》きゝ、[一三]やすからずに思ひ、淵川《ふち》にも身をしづめんといひければ、「いかでか、[一四]かれら體《てい》の者《もの》に思ひかへたてまつるべき。

一 このような事情をば、お目にかかり、直接にうかがいますことは、縁者につらなるための好意と存じます。
二 おゆるしいただけるでしょうか。
三 矢を盛ってせおう道具。
四 二股になった鏃(やじり)のついた矢。
五 すぐれて強い愚か者。
六 彰考館本・南葵文庫本に、「かりの」、万法寺本に、「ちきの」、大山寺本に、「ちの」、流布本に、「いま」とあって、定まらない。「命勝負」ならば、命がけの勝負か。
七 挨拶。
八 弱そうに。
九 たがいに刺し違えそうな。彰考館本に、「ちかへぬへき」、万法寺本に、「うちもちかへき」、大山寺本に、「あてもおとすへき」、流布本に、「うちはたすべき」とある。↓七五頁注二四。
一〇 出典未詳。
一一 この物語も、真字本にない。
一二 三浦介義澄。義村の父。
一三 心おだやかでないことに。
一四 あのような者。
一五 ほんの一時の気まぐれに、所在ない気分を慰めているのです。
一六 思いの色の表にあらわれるさまをいう。
一七 彰考館本に、「うつりこゝろを」、万法寺本・流布本に、「うつる心を」とある。浮気心をいうか。

[一五]月まつ程《ほど》の夕《ゆふ》まぐれ、風《かぜ》のたよりのつれ〴〵をなぐさむにこそ。今《いま》より後は、おもひすてぬべし。心やすく」といひけれ共《（ども）》、なをも《（ほ）》思ひとゞまらで、[一六]うづみ火《び》の下《した》にこがるゝたきもののにほひは、よそにあらはれて、[一七]心《こゝろ》を此まゝにて、[一八]事《こと》をかぎらんとおもひつゝ、十郎に[一九]いひあはせんとて、いそぎ人をつかはし、十郎をよびよせけり。いつとなく、[二〇]ゆきむつぶる事なれば、伯母《おば》は十郎を傍《かたはら》にまねきよせ、「これに、片貝《かたかい》とて、めしつかふ女《おんな》あり。かたち・心ざま・品《しな》[二一]、世にこへ《（え）》たり。一人《ひとり》あれば、[二二]いかなる事もこそとおぼつかなくおぼゆれば、[二三]風《かぜ》のたよりのおとづれに、[二四]まつには音《おと》するならい《（ひ）》なり。何かはくるしかるべき。曾我《そが》へ[二五]具足《ぐそく》し給へかし」とかたりければ、[二六]親方《おやかた》のいふ事なり、[二七]かねてもかやうの事とは夢《ゆめ》にもしらで、「[二八]さうけたまはりぬ」といふ。女房《ばう》、やがて片貝《かたかひ》をよびいだして、しか〳〵とかたる。十郎は、曾我《そが》にさして[二九]用《よう》の事有《（あり）》ければ、その夜をまつまでもなく、暮《くれ》ほどにかへりけり。この事、別當《べつたう》が郎等《らうどう》ども、ほのきゝて、片貝《かたかひ》を曾我《そが》へとりてゆくぞとこゝろへ《（え）》て、伊澤平藏《いざわのへいざう》、深瀬源《ふかせのげん》八、難波《なんばの》太郎を先《さき》として、むねとの者《もの》七八人よりあひて、「不思議《ふしぎ》をふるまひたまふ祐成《すけなり》かな。これほどの事、別當《べつたう》に申《（まうす）》までもあるべからず。いざやゆきて、かの女うばひかへさん」「しかるべし」とて、馬ひきよせ〳〵うちのりて、三浦《みうら》をうちいでつ、[三〇]ふ川《かわ》のはたにて、おひつきたり。かれら、[三一]片手矢《かたてや》をはめて、[三二]矢筈《やはず》をとり、[三三]あますまじとて、[三四]思ひか

一八 関係を断とう。
一九 話しあおう。
二〇 出かけて仲よくする。彰考館本に、「ゆきむつふ」、万法寺本に、「ゆきむつふるゝ」とある。
二一 人がら。
二二 どんなことがおこるかもしれないと気がかりに思われるので。
二三 何かのついでに思いを伝えること。
二四 新古今集恋三に、「きくやいかにうはの空なる風だにも松に音する習ひありとは」とある。「松」と「待つ」とをかけていう。
二五 連れていらっしゃいよ。
二六 ここでは、伯母をさす。
二七 彰考館本に、「かねてのしさいもしらす」、南葵文庫本に、「かねてのしさいをもしらす」とある。
二八 承知しました。
二九 大山寺本に、「ひまのいる事」とある。
三〇 彰考館本に、「ふなかは」、万法寺本に、「(つ)ふな川」、大山寺本に、「つぶら川」、南葵文庫本に、「ふなかわ」、流布本に、「つぶながは」とある。所在未詳。
三一 一本の矢。二本の矢を一手という。
三二 矢の上端の弦を引きかける所。
三三 討ちもらすまい。
三四 彰考館本に、「をつかけたり」、万法寺本に、「をひつきたり」、大山寺本に、「おつつきたり」、南葵文庫本に、「おつかけたり」、流布本に、「おひつきたり」とある。

けたり。十郎、何事《なにごと》とはしらねども、子細《しさい》ありとこゝろへ《(え)》て、馬《むま》よりおりたち、弓《ゆみ》とりなを《(ほ)》し、「何《なに》事にや」ととふ。此者《もの》ども、[一]かけ見れば、片貝《かたかひ》はなし。されども、[二]いひかゝりたる事なれば、ふるまひしかるべからず、たづねてまい《(ゐ)》らんためなりとて、すでに[三]事實《ことじつ》に見えけり。はじめおはりを《(を)》もしらず、敵《てき》は又、伯母《をば》の若黨《わかたう》なり。うちちがへても、[四]詮《せん》なし。いかにもして、のがればやとおもひければ、みづから弓《ゆみ》をなげ出《(いだ)》し、「[五]陳《ちん》ずるにはにたれども、[六]身におきて、事《こと》をおぼへ《(え)》ず。[七]さもあれ、[八]ひが事ありとも、かやうにはあるまじ。しづまりたまへ。別《べち》に思ふ子細《しさい》ありて、[九]降《かう》をこひ申《(まうす)》なり。人の讒言《さんげん》[一〇]自然《しぜん》の時《とき》、おもひしるべし」といひければ、伊澤平三《いざはの》、「おほせのごとく、人の讒言にてもやあるらん。まさしく片貝《かたかひ》を具足《ぐそく》して、御こしとこそきゝつる。さもあらねば、あらたむるにおよばず。その上、[一一]御陳法《ちんばう》の上は、かさねて申《(まうす)》べからず」とて、みな三《み》浦《うら》にかへりけり。十郎は、[一二]ちゞに腹《はら》をきり、うちちがへても、[一三]あかず思ひけれども、父のために[一四]そなへておきたる命《いのち》、おもはざることに、はつべきかと思ひ、自害《じがひ》をのがれけるこそ、無慙《むざん》なれ。[一五]漢朝《かんてう》の[一六]呉王夫差《ごわうふさ》は、越王勾踐《ゑつわうこうせん》のために、[一七]みふんみつのみて、命をつぎ、[一八]會稽山《くわいけい》に、二度恥《たびはぢ》をきよめけるも、今《いま》の十郎が心《こゝろ》におなじ。無慙《むざん》といふも、ことばにあまり、あわれ《(は)》といふも、涙《なみだ》にたゝざりけり。別當《べつたう》、これをたづねきゝ、涙《なみだ》をながし、のたまひけるは、「おもひわするゝかと案《あん》じつるに、いまだ心《こゝろ》にかけらる

一　彰考館本に、「をつき是は」、万法寺本に、「をいつきみれは」、大山寺本に、「おひつきて見れは」、南葵文庫本に、「おつきみれは」、流布本に、「おつかけみれば」とある。
二　根もないことを言いかけた。言いがかりをつけた。
三　大山寺本に、「らうぜきに及ぶ」とある。
四　しようがない。
五　釈明する。
六　自身としては、事件に思いあたらない。
七　「さもあらばあれ」の略。ともかく。
八　まちがいがあっても、このようにしないでよかろう。
九　降参をお願いするのだ。
一〇　何かある時。
一一　御弁明。御釈明。
一二　さまざまに。
一三　あきたりないように。
一四　とっておいた。
一五　中国。
一六　呉越は、ともに春秋時代の国名。この両国の戦争については、巻五「呉越のたゝかひの事」参照。
一七　彰考館本・南葵文庫本に、「ふんすい」、万法寺本に、「もんすい」、大山寺本に、「りすい」とある。勾践が夫差の石淋をなめたことをさすか。
一八　中国浙江省紹興県にある山。夫差が勾践を囲んだ所。「会稽の恥をきよむ」とは、敗戦のために屈辱をうけた恨みをはらすこと。

ゝや。十郎よべ」とて、よばせけり。[一九]あやまたずかへりきたりぬ。三浦別當《みうらのべつたう》、對面《たいめん》して、「さても、これなる者《もの》共の、きゝは《(わ)》けたることもなくて、[二〇]不思議《ふしぎ》のふるまひしつるらん。まつたく、それがしはしらず候。もしいつはり[二一]申さば、[二二]二所大權現《ごんげん》も、御覽《らん》候へ、[二三]弓矢《ゆみや》の冥加《みやうが》、たちどころにたへ《(え)》なんずるに、おもひだによらざる事なり。たとひ[二四]面々《めんめん》のあやまり、十分《ぶん》にありといふとも、いかでか、かやうの[二五]沙汰《さた》をばいたすべき。それほどのことに、まよふべき身ならず。かねてもしり給ひぬらん。[二六]腹《はら》い給へ」とて、片貝《かたかい》をよびいだし、十郎にとらせけり。つつしんで申《(まうし)》けるは、「おほせまでも候はず。[二七]御意《ぎよひ》とは存《ぞん》ぜず。その上、身にあやまり候はねば、[二八]無念《むねん》と申《(まうす)》べきにもあらず。[二九]さるにとりては、くるしく候はぬ」とて、片貝《かたかい》をば、別當《べつたう》のもとにすておき、曾我《そが》の里《さと》ゑ《(へ)》ぞかへりにける。かの郎等《らうどう》ども、ふかく[三〇]勘當《かんだう》しけるとかや。この事をくはしくとひければ、女のわざにてぞ有《(あり)》ける。されば、嫉妬《しつと》の女は、前後《ぜんご》をわきまへずして、家《いゑ》をうしなふたとへ、今《いま》にはじめずといへども、かほどの大事いできなんとはしらで、いひあわ《(は)》せけるぞ、まことの嫉妬《しつと》にて有《(あり)》ける。別當《べつたう》は、しかしながら、[三一]向顔《かうがん》せざるまでとて、女と離別《りべつ》しける、理《ことはり》とぞきこえし。さても、十郎がこゝへのがれけるにて、左傳《さでん》のことばを思ふに、「[三二]身に思ひのあらん時《とき》は、よろづ恥《はぢ》をすてゝ、害《がひ》をのがれよ」となり。[三三]あひあふ心なるとかや。

一九 まちがいなく。
二〇 考え及ばないような。
二一 万法寺本などによって、底本の「申さはは」を改む。
二二 伊豆山権現と箱根権現。
二三 戦争における神仏の加護。
二四 めいめい。
二五 指図。
二六 「腹癒(い)る」は、怒りがとける意。流布本に、「思ひやり給へ」とある。
二七 あなたのお考え。
二八 残念。
二九 万法寺本に、「さるによりては、くるしからず候」とある。
三〇 罪を勘(かん)えて法に当てたこと。罪に応じた処分をしたのである。
三一 顔をあわせない。
三二 左伝とあるが、未詳。前に「恥をしのびて、益をかうぶれ」とある。↓一八三頁注二三。
三三 それにあてはまる。

## (虎《とら》[一]を具《ぐ》して、曾我《そが》へゆきし事)

かくて、月日をおくりけるが、さだむる妻《つま》もつべからずとて、たゞ虎《とら》が情《なさけ》ばかりにひかれて、折々《おり〳〵》かよひなれける。たがひの心ざしのふかさは、たゞふつくん[二]にもおとらず、千代《(ちよ)》萬世《よろづ(よ)》とぞちぎりける。そも〳〵、此虎《とら》と申《(まうす)》は、母は、大磯《おほいそ》の長者《ちやうじや》、父《ちゝ》は、一年《とせ》東《あづま》にながされし、伏見《ふしみの》[三]太納言《なごん》實基卿《さねもとのきやう》にてぞまし〳〵ける。男女《なんによ》のならい《(ひ)》、旅宿《りよしゆく》のつれ〴〵、一夜の[四]わすれがたみなり。されば、虎《とら》が心ざま、尋常《じんじやう》[五]にして、和歌《わか》の道《みち》に心《こゝろ》をよせ、人丸《まる》・赤人《あか》の跡《あと》をたづね、業平《なりひら》・源氏《げんじ》の物語《がたり》に情《なさけ》[六]をたづさへ、春《はる》は、花の梢《こずへ》[七]にちりまがふ霞《かすみ》がくれの天《あま》つ雁《かり》、雲《くも》ゐの上《うへ》に心《こゝろ》をのこし、秋《あき》は、月の前《まへ》にくもらぬ時雨《しぐれ》の夜嵐《あらし》に、あけゆく雲《くも》のうき枕《まくら》、鹿《しか》の音《ね》ちかき蟲《むし》の聲《こゑ》、あはれをもよほす小田《をだ》[八]守《もり》の、庵《いほり》さびしさまでも、心《こゝろ》[九]をやらぬ方《かた》はなし。すみもさだめぬ世の中《なか》の、うつりかはるもうらめしく、[一〇]こひの暮《くれ》とやいつはりを、たのみ顔《がほ》なるうら情《なさけ》、むかひていふもさすがなり。さてまたいつと夕《ゆふ》[一一]つ方《かた》、五月はじめのことなるに、南面《みなみおもて》の御簾《みす》ちかくたちいでゝ、こし方《かた》ゆく末《すへ》の事ども、つく〴〵おもひつらぬるに、まことに男《おとこ》の心《こゝろ》ほど、たのみすくなき物はなし、[一二]げにあさからずちぎりしも、むなしかりける妹背《いもせ》の中《なか》、た

**一** この物語も、真字本にない。
**二** 彰考館本に、「たゝふんくん」、大山寺本に、「たくぶんくん」、南葵文庫本に、「たゝふんくん〈卓文君〉」、流布本に、「ふつくん」とある。「卓文君」ならば、前漢の才女で、司馬相如のもとへ逃げて、その妻となったという。
**三** 「太納言」は、「大納言」にあたる。真字本によると、虎の父は、宮内判官家長という。→一八七頁注二四。
**四** 親の死後にのこされた子。
**五** すぐれたさま。
**六** 心をかたむけ。
**七** 散りみだれる。
**八** 田の番人。
**九** 心を慰めない所はない。
**一〇** 恋の暮というのか、うそをあてにしそうな心の中の情。
**一一** 「言ふ」と「夕」とをかける。
**一二** まったく深く約束したのに、それがだめになった男女の仲。
**一三** 彰考館本に、「ものにとをきをめつらしとし、ゝはまれなるをたつとし」、万法寺本に、「ものはとをきをめつらしとし、ゝはまれなるをたつとしとす」、大山寺本に、「はしめはとほきよりいたるをめで、めづらしとしらばまれにみるを以てたつとし」、南葵文庫本に、「物はとをきをめつらしとし、しはまれなるをたつとし」、流布本に、「ものはとをきをめづらし、としはまれなるをたつとしとす」とある。底本で、「と」は上につき、「し」は「事」

のみし末《すゑ》もいつしかに、かはりはてぬることのはかな。さて又、いつのおなじ世《よ》に、あひてうらみをかたるべき。げにや、昔《むかし》をおもふに、「[一三]ものはとお《(ほ)》きをめづらしと、しはまれなるをたつとしとす」といへども、何《なに》とてさのみ[一四]うときやらんと、涙《なみだ》にむせぶ夕暮《ぐれ》に、五月雨《(さみだれ)》の風よりはるゝ雲《くも》の絶間《たえ》、[一五]それとしもなきほとゝぎす、たゞ一聲《こゑ》にきゝ[一六]たへ《(え)》ぬ、うき身の上《うへ》もかくやらんと、古歌《こか》を思ひいでゝ、

[一七]夏山《なつ》になくほとゝぎす心《こゝろ》あらばものおもふ身に聲《こゑ》なきかせそ

とうちながめて、たちたる所《ところ》に、十郎、三浦《みうら》よりかへりけるが、たゝずみたる縁《えん》の際《きわ》に、駒《こま》うちよせ、廣縁《ひろえん》におりたち、「いかにや、[一八]程《ほど》はるかに、見参《げんざん》にいらざる、[一九]こゝろもとなきよ」とて、鞭《むち》にて簾《すだれ》うちあげ、たちいりければ、虎《とら》は返事もせずして、内《うち》に入《(いり)》ぬ。祐成《すけなり》、こゝろへ《(え)》ずおもひ、「[二〇]情《なさけ》は人のためならず、[二一]無骨《ぶこつ》の所《ところ》へまい《(ゐ)》りたり。又こそまい《(ゐ)》らめ」とて、駒《こま》ひきよせ、のらんとす。虎《とら》、いそぎたちいでゝ、「さやうにはおもひたてまつらず。この程《ほど》、[二二]かきたへ《(え)》たまへる[二三]うらめしといひ、よろづ世の中の[二四]あぢきなくて、涙のこぼるゝ[二五]顔《かを》ばせのはづかしくて」と、うちわらい《(ひ)》て、袖さしかざし、「申《(まうす)》べき事のさぶらふ。しばしや」とて、直垂《ひたたれ》の袖《そで》にとりつきたる。心よは《(わ)》くも、祐成《すけなり》は、ひかるゝ袖《そで》にたちかへり、「さぞおぼすらん。此程《(このほど)》は、[二六]たつ名《な》のよそにやもるゝと、[二七]粗略《そりやく》はなきを、何《なに》となく[二八]うちまぼられける、[二九]本意《ほい》なさよ」と、こま〳〵とか

をさすか。
一四 疎遠なのだろう。
一五 それとさだかではない。
一六 聞こえなくなった。
一七 古今集夏に、「夏山になくほとゝぎす心あらば物思ふわれにこゑなきかせそ」とある。「声なきかせそ」は、声を聞かせてくれるなの意。声を聞くと、いっそうもの思いに誘われる。
一八 長い間。
一九 彰考館本などに、「心もとなさよ」とある。
二〇 沙石集二・太平記六「赤坂合戦事付人見本間抜懸事」・同二十六「四条縄手合戦事付上山討死事」など、多くの書物にみられることわざ。他人に情をかけておくと、自分によい報いが返ってくるの意。
二一 ぐあいのわるい。
二二 すっかりおいでにならない。
二三 彰考館本に、「うらめしき」、万法寺本に、「うらめしさよといひ」、大山寺本・南葵文庫本に、「うらめしさ」、流布本に、「うらめしさといひ」とある。
二四 つまらなくて。おもしろくなくて。
二五 顔つき。顔色。
二六 浮き名が立ってよそにもれるか。
二七 おろそかにすること。
二八 彰考館本・南葵文庫本・万法寺本に、「うちまきれける」、大山寺本に、「打過ぎける」、流布本に、「うちまきれつる」とある。「うちまぎれける」は、事が多くて忙しかったの意。
二九 残念なことよ。

たりて、「今宵《こよひ》は、こゝにとゞまりつゝ、一枕《まくら》の上《うへ》の睦言《むつごと》を、夢《ゆめ》にも二さぞと思へ共《(ども)》、三さして所望《しよまふ》の子細《しさい》あり。五いざさせ給へ」といざない《(ひ)》、のりたる馬にうちのせ、曾我《そが》の里《さと》ゐ《(へ)》ぞかへりける。日ごろ、六世になし物の君を思ふとて、内々《なひく》母の制《せい》したまふよし、七ほのきゝければ、幾程《いくほど》あるまじき身の、心ぐるしくおもはれたてまつらじとて、母がもとより北《きた》につくりたる家あり、こゝにかくしを《(お)》きぬ。祐成《すけなり》、この程《ほど》、はるかに母《はゝ》を見たてまつらず、まい《(ゐ)》りて見まい《(ゐ)》らせんとて、沓《くつ》・八行縢《むかばき》、いまだぬがざるに、母の方《かた》へぞ出《(いで)》ける。祐成《すけなり》を見給ひて、「いかにや、はるかにこそおぼゆれ。九中〳〵《(なかなか)》、御房《ばう》、かやうにあらば、みんとも思ひよらじ。いきて、わらわ《(は)》が一〇孝養《けうやう》に、つねに見え給へ。わ殿の父、うたれ給ひて後《のち》は、ひとへに形《かた》見と思ひ、いとおしく《(ほ)》も、たのもしくも思ふぞとよ。箱《はこ》王と申せしわる物は、不孝《ふかう》にして、ゆくゐ《(へ)》もしらず。わ殿《との》は何を一一不審《ふしん》して、此程《ほど》はるかに見えたまはぬぞ」とくどき給ひけり。後《のち》に思ひあはすれば、一二そひはつまじきにて、かやう也《(なり)》とあわ《(は)》れ也《(なり)》。十郎うけ給《(たまはり)》て、一三無慙《ざん》の子やと御覧《らん》ぜんも、今幾程《いまいくほど》とあわ《(は)》れにて、「何《なに》となく、したしき方にあそび候」とて、扇《あふぎ》を取なを《(ほ)》し、しのぶ涙は、隙《ひま》もなし。母又おほせられけるは、「これほどに一四こと〳〵しく、親に一五おもはれて何にかはせん。せめて五日に一度《ど》は見え給へ」と有《(あり)》ければ、十郎涙をおさへ、「うけたまはりぬ」とて、まかり立《(たち)》にけり。虎《とら》をば、その夜とゞめを《(お)》きけり。

一 男女の閨(ねや)の中での語らい。
二 そのとおりにみたいものだ。
三 特に。
四 彰考館本に、「よしなき」、万法寺本・流布本に、「しよようの」、大山寺本に、「用ある」とある。「所用の子細」で、行かなければならないわけをさすか。
五 さあいっしょにいらっしゃい。
六 おちぶれた身で遊君に思いをかける。
七 うすうす聞いたので。
八 腰から脚のあたりをおおう毛皮。
九 いかにも。本当に。
一〇 親孝行。
一一 不快に思って。
一二 最後までつきそっていられない。
一三 罪をおかしながら、心に恥じない。
一四 彰考館本・大山寺本・南葵文庫本に、「うと〳〵しくて」、万法寺本に、「うと〳〵しく」とあり、疎遠であっての意。
一五 彰考館本に、「こゝろもとなくおもはれて」、大山寺本に、「心もとなく思はれて」、南葵文庫本に、「心もとなくおもはれて」とある。

# 曾我物語 第五巻

## (一六淺間《あさま》の御狩《かり》の事)

一七刑鞭蒲《けひべんがま》くちて、螢《ほたる》むなしくさり、諫鼓苔《かんここけ》ふかうして、鳥おどろかぬ御世、しづかなるにより、頼朝《よりとも》は、晝夜《ちうや》の遊覽《ゆうらん》に、月日のゆくをわすれさせたまひけり。ある時《とき》、一八梶原《かぢはら》をめして、「さしたる事もなきに、國〳〵の侍《さぶらひ》をめすにおよばず、近國《きんごく》の方々《かた〴〵》、一九ありあはんにしたがひて、用意《ようい》あるべし。信濃《しなの》の國《くに》淺間野《あさまの》をからせてみん」とおほせくだされけり。景時《かげとき》うけ給《(たまはり)》て、このよしあひふれけり。面々《めん〳〵》の支度《したく》、二〇分々《ぶん〳〵》の大事とぞ見えし。曾我《そがの》五郎きゝて、兄《あに》に申《(まうし)》けるは、「信濃《しなの》の淺間《あさま》をからるべきにて、近國《きむごく》の侍《さぶらい》にふれられ候。あはれ、御供《とも》申《(まうし)》て、便宜《びんぎ》をうかゞい《(ひ)》候はばや。かやうの所《ところ》こそ、よき間《ま》もありぬべく候へ。二一おぼしめしたち候へ」と申《(まうし)》ければ、「いかゞせん、信濃《しなの》まで御供《とも》つかまつり候はば、われらが中《なか》に、馬《むま》の四五匹《ひき》もありてこそ、思ひたゝめ」といふ。「かやうに思召《(おぼしめし)》候はば、この事、一期《いちご》の間《あひだ》、かなふべからず。おそれいりて候

一六 長野県、群馬県にまたがる火山の名。
一七 和漢朗詠集下「帝王」に、「刑鞭蒲朽螢空去、諫鼓苔深鳥不レ驚」とある。罪人を打つ鞭が用いられないので、その蒲はむなしく朽ちて、螢となって飛びさり、帝王に訴える鼓も用いられないので、苔が深く生えて、鳥が驚くこともないの意。帝王の善政をたたえることばで、源平盛衰記十「丹波少将上洛」などに引かれている。
一八 真字本では、頼朝の問に答えて、梶原や畠山が、狩庭の遊は罪業でないと論ずる。それに続けて、「鎌倉殿召二梶原一、其義諸国侍共触二申其由一、聞レ音見二浅間腰離山三原狩倉共一被レ仰、景時承レ之触二廻鎌倉内一」とある。
一九 そこにいるままに。
二〇 それぞれの分に応じた。
二一 決心してください。

へども、あしき御心《こゝろ》へ《(え)》と存《ぞん》じ候。君《きみ》につかへ、[一]御恩《おん》かふ《(う)》むり、[二]いみじき身にても候はば、馬《むま》をもひかせ、[三]のりがへをも具《ぐ》して、[四]美々《びゞ》しく候べし。かやうの事おもひたつ身は、恥《はぢ》をもおもふべからず、[五]榮華名聞《ゑいぐわみやうもん》は、世にありての事にて候。ただ、蓑笠《みのかさ》・[六]粮料《らうれう》もちたる者《もの》、四五人めし具《ぐ》し、姿《すがた》をかへて、は《(わ)》ら沓《ぐつ》しばりはき、弓矢《ゆみや》はこと〴〵し、太刀《たち》ばかりにて、[七]雑人《ざうにん》にまじはり、宿々《やどく》にて、便宜《びんぎ》をうかゞふにはしくべからず。曾《そ》我《が》には、三浦《みうら》・北條《ほうでう》にて、いつものごとくあそぶらんとおぼしめし候《(さうらひ)》なん」と申《(まうし)》ければ、「しかるべし」とて、いでにけり。その日ばかりは、馬にぞ[八]のりたり。まことにおもひいりたる姿《すがた》、あはれにぞ見えし。鎌倉殿《かまくらどの》は、[九]武藏國《むさしの》關戸《せきど》の宿《しゆく》につかせたまふ。「旅宿《りよしゆく》のならひ、ぬす人に馬《むま》とらるゝな。あやしき者《もの》あらば、かたくとがむべし」など、用心《ようじん》きびしかりければ、[一〇]寸《すん》の間《ま》もなかりけり。兄弟《きやうだい》の人々は、よもすがらまどろむ程《ほど》の枕《まくら》にもうちねずして、こゝやかしこに徘徊《はいくわい》して、あかしけるこそ、無慙《むざん》なれ。あければ、[一一]入間《いるま》の久米《くめ》にて、[一二]追鳥狩《おひとりがり》ぞありける。この人々も、勢子《せこ》の者《もの》どもにまじはり、[一三]かり杖《づゑ》ふりたてゝ、[一四]心《こゝろ》もおこらぬ鳥《とり》をたて、[一五]落葉《おちば》に目《め》をばかけずして、もしもたづぬる人もやと、[一六]岡《おか》の遠見《とをみ》たちまじはり、こゝやかしこにねらへども、敵《かたき》は馬《むま》にてはせめぐり、かれらはかちなる上《うへ》、弓矢《ゆみや》もたざれば、むなしくよそ[一七]目《め》ばかりにて、その日もくれてはてにけり。[一八]入間《いるま》川の宿《しゆく》に、その夜は、つかせたまふ。國〴〵の人々まい《(ゐ)》

一　所領をいただき。
二　立派な身分。
三　乗りかえるための馬。
四　はなやかでしょう。
五　富貴や名誉を気にかけるのは、仕官している身のことです。
六　食料。
七　身分の低い者。
八　彰考館本に、「乗〈のつ〉たりける」、南葵文庫本に、「のりたりける」、流布本に、「のつたりける」とある。
九　真字本に、「出二鎌倉中一、打二超気幸坂一、過二柄沢飯田一、著二武蔵国関戸宿一」とある。関戸は、東京都南多摩郡多摩町。古く霞の関ともいって、鎌倉街道の要地であった。この道筋のことは、宴曲の「善光寺修行」にもうたわれる。
一〇　わずかの隙。
一一　真字本に、「久米野入野」、彰考館本に、「入間の久米野」、大山寺本・南葵文庫本に、「いるまのくめの」とある。久米野は、東京都東村山市久米川から埼玉県所沢市久米にわたる地域。
一二　勢子に鳥を追わせて、馬の上からこれを射ること。吾妻鏡建久四年三月二十五日の条に、「於二武蔵国入間野一、有二追鳥狩一」とある。
一三　鳥獣を駆りだすのに用いる杖。
一四　その気にもなれない。
一五　彰考館本に、「おち草」、大山寺本に、「おちくさ」、南葵文庫本に、「をち草」とあり、鳥を追い落とした草むら。
一六　高い所にたつ見はりの者。
一七　見て見ぬふりをすること。

りて、[一九]辻《つぢ》がためきびしかりければ、此人々は、夜まはりの者《もの》にかきまぎれ、「御用心《ようじん》候へ。他國《たこく》より、盗賊《たうぞく》あまたこして候なる。宿々《しゆくしゆく》の番《ばん》の人々、[二〇]うちとけたまふべからず」と、太刀《たち》[二一]ひきそばめ、屋形《やかた》屋形をいひめぐる。見しりたる人なければ、[二二]あわ《(は)》れよきかとうちうなづき、祐經《すけつね》が屋形《やかた》へぞしのびいる。不運《ふうん》のきはめにや、折節《おりふし》、[二三]新田《にったの》三郎客《きやく》人にて、[二四]若黨《わかたう》あまた[二五]たちへだて、馬《むま》見て、庭《には》にたちたりしが、笠《かさ》の内《うち》、あやしと見いれ、[二六]たちのけば、また便宜《びんぎ》あしくて、「これは、御前《ぜん》へまい《(ゐ)》り候[二七]雑色《ざつしき》なり。かへりてまひ《(ゐ)》らん」と[二八]陳《ちん》じて、足早《あしばや》にこそ出《(いで)》にけれ。畠山重忠《はたけやまのしげたゞ》、御前《ぜん》よりかへられけるに、ゆきあひたり。[二九]あはやとおもひ、松明《たひまつ》のかげへぞしのびける。雑色《ざつしき》、燈火《ともしび》をふりたてて、「何者《なにもの》ぞ」ととがめにけり。重忠《しげたゞ》ききて、「[三〇]とがめず共《(とも)》の者《もの》ぞ」とのたまへば、ものをもいはで、すぎにけり。姿《すがた》ばかりにて、[三一]見しりたまひつると、後《のち》には思ひしられける。重忠《しげたゞ》、この人々の屋形《やかた》へ消息《せうそく》あり。「御心《こゝろ》ざしども、あはれにおぼえ候。わざとくわ《(は)》しくは申さず候。後楯《うしろだて》にはなり申《(まうす)》べし。[三二]御用意《ようい》こそ候らめ」とて、[三三]粮物《らうぶつ》すこしおくられけり。この人々は、返事いひがたくして、「たゞかしこまり存《ぞん》じ候」とばかりいひて、かへしける。かくるゝとはすれども、しかるべき人はしりけり。よろづ、よそ目《め》をしのぶ事なれば、その夜《よ》も、むなしくあけにけり。つぎの日は、[三四]大倉《をうくら》・[三五]兒玉《こだま》の宿々《しゆくしゆく》にて、便宜《ひんぎ》をうかゞい《(ひ)》けれども、[三六]七黨《なゝたう》の人々、用心《ようじん》きびしくしければ、そ

一八 埼玉県狭山市入間川。
一九 貴人の出入などに、道筋や辻などを警固すること。
二〇 油断なさってはならない。
二一 手もとに引きよせ。
二二 さあよい機会だ。彰考館本に、「あはやよきか」、万法寺本に、「あはやよきは」、大山寺本に、「よきぞ」、南葵文庫本に、「あはれよきは」、流布本に、「あはれよきぞ」とある。
二三 新田太郎義重の子義範か。
二四 家来の若侍。
二五 間に立てて。
二六 退いたので。その主語は祐経。
二七 雑役を勤める下僕。彰考館本に、「御雑色〈ざうしき〉」、万法寺本に、「御さうしき」とある。伊京集に、「雑職〈ザウシヤ〉(小舎人職或作レ色)」とある。
二八 いいわけして。
二九 「あっ」。驚いた時などに出す声。
三〇 とがめなくてもよい者だ。
三一 曾我兄弟と知っていらっしゃった。
三二 自分でも心づかいしていらっしゃるでしょう。
三三 食物。
三四 埼玉県比企郡菅谷村大蔵。
三五 埼玉県児玉郡児玉町。
三六 諸本によって、底本の「なくたう」を改む。党とは、地方の豪族を中心にできあがった武士の集団。武蔵の七党とは、丹・私市《きさいち》・児玉・野与・猪俣・横山・村山の七党。真字本では、細かに豪族の名を挙げるが、流布本では、ただ「ばんの人々」とある。

の日もうたで、くれにけり。その夜《よ》は、上野國《かうづけのくに》[一]松井田《まついだ》の宿《しゆく》につきたまふ。その夜《よ》、それにてねらへども、[二]山名《な》・[三]里《さと》見の人々、宿直《とのゐ》にまい《(ゐ)》り、用心隙《ようじんひま》なくて、うつべきやうはなかりけり。あくれば、[四]信濃《しなの》と上野《かうづけ》との境《さかひ》なる碓氷《うすゐ》の南《みなみ》の坂《さかの》下につきたまふ。その夜も、兩《りやう》國の御家人《けにん》あつまりて、辻々《つじ〱》をかため、しらざる者《もの》をとがむれば、よりてうつべきやうもなし。つぎの日は、碓氷峠《うすいがたうげ》にうちあがりて、[五]矢立明神《やたてのみやう》に[六]上矢《うわや》をまい《(ゐ)》らせ、御狩《みかり》はじめわたらせたまひけり。[七]朝倉山《あさくらやま》に影《かげ》ふかく、露《つゆ》ふきむすぶ風《かぜ》の音《おと》、[八]まつばかりとや[九]たはぶらん。又たちのこるうす雲《ぐも》の、峰《みね》よりはるゝ朝《あさ》ぼらけ、梢《こずへ》まばらの遠里《とをざと》は、[一〇]小野の里《をのゝさと》にやつゞくらん。所々《ところ〲》の高草《たかくさ》の、下に聲《こゑ》ある谷《たに》の水《みづ》、岩間《いはま》〱につたひきて、勢子聲《せこごゑ》、かり杖《づへ》、音《をと》しげく、折《おり》から心《こゝろ》すごくぞ、からせ給ひける。[一一]野《の》守《もり》も、おどろくばかりなり。さる程《ほど》に、はれたる空《そら》、にはかにかきくもり、[一二]なる神《かみ》おびたゝしくして、雨《あめ》かきくれてふりければ、鎌倉殿《かまくら》をはじめとして、みな〱[一三]とゞこほり、興《けう》をうしなひ、花やかなりし姿《すがた》ども、おもひのほかにひきかへて、[一四]茅草《ちくさ》の蓑《みの》、菅《すげ》の小笠《おがさ》、かはりはてたるむら雨《さめ》に、袂《たもと》はしほ《(を)》れ、裾《すそ》はぬれ、上下ともに露《つゆ》けき色《いろ》、[一五]無興《ぶけう》といふもあまりあり。その日は、碓氷《うすい》にかへりたまひぬ。旅宿《りよしゆく》の盗人《たうじん》あるべしとて、國々《くに〲》の侍《さぶらい》、まい《(ゐ)》りあつまり、辻々《つじ〱》をぞかためける。

一 群馬県碓氷郡松井田町。
二 前出。↓一六三頁注二四。
三 前出。↓一六三頁注二四。
四 真字本に、「信濃与上野境打㆓超碓井山㆒、付㆓沓懸宿㆒」とある。碓氷は、群馬県碓氷郡松井田町から長野県北佐久郡軽井沢町へ通う峠。沓懸は、軽井沢町沓掛。坂下は、松井田町坂本か。
五 軽井沢町誌をみると、峠部落の熊野神社の末社にあたる矢立明神には、梶原源太が上矢を奉納したと伝えられる。これと同じ型の伝説が、ひろく各地で知られている。それについては、土地の境界を定めるために、神に祈って弓を射たことからおこったものと説明されている。柳田国男氏『木思石語』参照。
六 上差の矢。箙(えびら)の表にさし添える矢。普通には、鳴鏑(なりかぶら)に雁股(かりまた)をすげた一対の矢を用いる。
七 未詳。碓氷峠の熊野神社の裏山が、「長倉山」と呼ばれるのと、何か関係あるか。
八 「松」と「待つ」とをかける。
九 彰考館本・大山寺本・南葵文庫本に、「たくふらん」、万法寺本に、「おとすらん」とあり、ともに、音をたてているであろうの意。
一〇 小野は、多く山間の地名として知られる。遠里小野は、住吉附近の歌枕であるが、ここでは、特定の地点をさすとは限らない。
一一 野の番人。
一二 雷鳴がはげしくて。

(五郎[一六]と源《げん》太と喧嘩《けんくわ》の事)

曾我《そが》の人々は、雑人《ざうにん》[一七]にやまぎるゝと、ふるき蓑《みの》に、編笠《あみがさ》ふかくひきこみて[一八]、太刀脇《たちわき》はさみ、とを《(ほ)》る所《ところ》に、折節《おりふし》、源太左衛門景季《げんださへもんかげすへ》、三浦《みうら》の屋形《やかた》より返るに、十文字《もんじ》[一九]にゆきあひぬ。此人々は、源《げん》太と見なし、笠《かさ》をふかくかたぶけ、眦《まじり》[二〇]にかけてぞとお《(ほ)》りける。源《げん》太、これをひかへつつ[二一]、「これなる者《もの》どものあやしさよ、とゞまれ」とぞとがめける。十郎たちかへり、笠《かさ》の下より、「和田殿《わだどの》[二二]の雑色《ざつしき》[二三]也」といふ。「それは何《なに》とてしのぶぞや[二四]。名《な》をば何《なに》といふぞ」「藤源次《とうげんじ》と申《(まうす)》者《もの》なり。和田《わだ》殿、御[二五]所《しよ》ゐ《(へ)》まい《(ゐ)》られ候《(さうらひ)》つる暇《ひま》をはかり、御[二六]屋形《やかた》の次第《しだい》を見物《けんぶつ》つかまつり候。義盛《よしもり》かへる時《とき》になり候間《あひだ》、いそぎかへり候」といふ所に、梶原《かぢわら》が雑色《ざつしき》すゝみいでゝ、「藤源次《とうげんじ》は、それがし見しりて候。これは、あらぬ[二七]者《もの》にて候」といひければ、「さればこそ[二八]、あやしかりつれ。まづうちとゞめよ」とて、ひしめき[二九]けり。五郎、こらへ[三〇]ぬ男《をのこ》にて、太刀《たち》とりなを《(ほ)》し、「こと〳〵し、雑《ざう》人に目《め》はかくまじ。源太《げんだ》が駒《こま》のむ[三一]かふ《(う)》脛《づね》[三二]なぎおとさんに、よもこらへじ。を《(お)》ちん所《ところ》をさしころし、腹《はら》きるまで」とつぶやきて、兄《あに》をおしのけ、かゝりけり。十郎、「しばし」ととゞむる時《とき》、折節《おりふし》、義盛《よしもり》は、御前《ぜむ》よりかへり給ひしが、源太《げんだ》が聲《こゑ》のたかければ、何《なに》事にやとて、たちよりたり。「これは、和田殿《わだどの》の御内《うち》の者《もの》[三三]」といふ聲《こゑ》、十郎祐成《すけなり》と

一三 彰考館本・南葵文庫本に、「とゝこをりしほれて」、万法寺本に、「ぬれしほれて」、大山寺本に、「しをれはてゝ」とある。
一四 ちがや。「千草」ではなかろう。
一五 興がさめること。
一六 この物語は、真字本にない。
一七 身分の低い者に入りまじってわからなくなるかもしれない。
一八 引いて中に入れて。
一九 縦横に交叉して。
二〇 横目で見て。眦は、目じり。
二一 ひきとめては。
二二 和田左衛門義盛。
二三 雑役を勤める下僕。↓一九九頁注二七。
二四 お前はどうしてそんなに人目をさけているのか。彰考館本・万法寺本では、「何とて」の後に、「さのみ」とある。
二五 将軍の御居所。
二六 かりのおすまいの並び方。
二七 違っている。別の。
二八 思っていたとおりだ。
二九 おしあって騒ぎたてた。
三〇 がまんできない。
三一 脛の前面。
三二 横ざまに切りはらって落としたならば。
三三 諸本によって、底本の「との」を改む。

[一]きゝなし、よく見れば、[二]案《あん》にもたがはず、兄弟《きやうだい》の人々、を《(お)》もわ《(は)》ぬ姿《すがた》に身をやつし、[三]おもひいれたる心《こころ》ざし、見るに涙《なみだ》ぞこぼれける。「あの[四]冠者《くわじや》ばらは、義盛《よしもり》が内《うち》の者《もの》にて候。[五]奇怪《きくわい》なり。[六]まかりしされ」といかられければ、この人々、しにたき所《ところ》にてあらざれば、傍《かたはら》にこそしのびけれ。源《げん》太は、その後《ゝち》、駒《こま》うちよせ、[七]大かたに色代《しきだひ》して、たがひに屋形《やかた》へぞかへりにける。「さても、源《げん》太が勢《いきをひ》はいかに」。五郎ききて、「鬼神《おにかみ》なりとも、御首《くび》は、あやう《(ふ)》くこそおぼえしか」。十郎きゝて、「身におもひだになくは、いふにおよばず。[八]心《こゝろ》のものにかゝりては、いかでかさやうの事あるべき。源《げん》太うたん事は、いとやすし。は《(わ)》れらが命《いのち》もいきがたし。さては、梶原《かぢはら》をうたんとて、心《こゝろ》をつくしけるか。[九]向後《きやうこう》は、こゝろへ《(え)》給ひて、身を[一〇]たばゐ《(ひ)》、命《いのち》をまつたくして、[一一]心《こゝろ》をとげたまふべし。返す〴〵」といひながら、夜ふくるまでぞ、ゐたりける。

[一二]夜半《やはん》ばかりに、数《す》十人の聲《こゑ》して、「まさしくこのほとりなり。[一三]こなたにめぐれ。かしこをたづねよ。聲《こゑ》なたかくせそ」とて、物の具音《ぐおと》しきりなり。五郎きゝて、「晝の梶原《かぢはら》が遺恨《いこん》にて、[一四]いたづらなる者《もの》ども、討手《うつて》に[一五]おこせりとおぼえたり」。十郎きゝて、「しづまり候へ。[一六]楚忽《そこつ》の沙汰《さた》あるべからず。[一七]内《うち》の體《てい》も見ぐるし。まづ燈火《ともしび》をけせ」とて[一八]下知《げぢ》し、今《いま》やとまちかけたり。五郎は、太刀《たち》おつとつて、すでに屋形《やかた》をいでんとす。十郎、袖をひかへて、「しづまりたまへ。晝《ひる》こそあらめ、夜《よる》なれば、一方《ばう》うちやぶり

一 聞いてそれと思い。
二 思ったとおり。
三 深く考えこんでいる。
四 元服した少年の意から、転じて若い家来の意。
五 不都合である。
六 後へひきさがれ。
七 ひととおりの挨拶をして。「大かたに」は、彰考館本に、「大方の」、万法寺本・南葵文庫本に、「おほかたの」とある。
八 彰考館本・万法寺本・南葵文庫本に、「心に物のかゝりては」とある。
九 今から後は。
一〇 よく守り。
一一 彰考館本に、「本意〈ほんい〉」、万法寺本・南葵文庫本に、「ほんい」とある。
一二 流布本では、ここから「わだよりのざつしやうの事」となる。
一三 諸本によって、底本の「なこた」を改む。
一四 取るにたらぬ。つまらない。
一五 よこした。
一六 かるはずみな扱い。
一七 家内の様子。
一八 いいつけ。

て、し[一九]のばん事いとやすし。たとひ何《なん》十人きたるといふとも、まづ一番《ばん》をきりふせよ。二番《ばん》つゞきて、よもいらじ。[二〇]まして三番《ばん》[二一]しらむべし。たとひのりこえきり入共《（いるとも）》、裾《すそ》を[二二]なぎふせよ。かまゑ《（へ）》て、御分《ぶん》はなるゝな。[二三]へだてられてはかなふまじ。いそぎて、外《ほか》へはいづべからず。隙間《すきま》[二四]をまもりて、もろともにいで、のがればのがるべし。もし又、[二五]のがれがたくは、さしちがへてはしぬるとも、[二六]雑兵《ざうひやう》の手《て》にばしかゝるな」といひつゝ、脇《わき》にたちよりて、[二七]「今《いま》やいる」と[二八]まちかけたり。きたる者《もの》ども、[二九]おもはずに、しづまりかへりて、音《おと》もせず。不思議《ふしぎ》なりとて、きく所《ところ》に、ひそかに門《かど》をたゝきけり。人をいだして、「誰《た》そ」ととふ。「和田殿《わだどの》よりの御つかひなり。晝《ひる》の喧嘩《けんくわ》、あやうく《（ふ）》こそ見えしか、御心《こゝろ》ざしに、おもはず袖《そで》をこそしぼり候《（さうらひ）》つれ。わざとこなたえ《（へ）》は申さず候。御用意《ようい》こそとは存《ぞん》ずれども、國よりもたせ候」とて、「樽《たる》[三〇]二三、粮米《らうまひ》[三一]そへて」といふ聲《こゑ》きけば、義盛《よしもり》の郎等《らうだう》に、[三二]志戸呂源《しどろのげん》七が聲《こゑ》ときゝ、いそぎ十郎たち出《（いで）》て、返事にもおよばず、「[三三]かしこまりいり候。まかりかへり候はゞ、まい《（ゐ）》り申《（まうす）》べし」とてかへしけり。さて、酒《さけ》どもとりちらし、つれたる者《もの》どもにものませ、夜《よ》もあけがたになりぬれば、雑《ざう》人にまじはらんとて、蓑笠《みのかさ》・藁沓《わらぐつ》しばりはき、夜とともにいでし心《こゝろ》ざし、草《くさ》の陰《かげ》なる[三四]父聖靈《ちゝしやうれう》も、あわ《（は）》れとやおもひ給ふらん、こゝろぼそさはかぎりなし。

一九 かくれる。
二〇 諸本によって、底本の「よして」を改む。
二一 ひるむであろう。尻ごみするであろう。
二二 横さまに斬りはらって倒せ。
二三 二人の間を遠ざけられてはならないぞ。
二四 注意して。
二五 のがれがたいならば。
二六 身分の低い兵。
二七 今にも入ってくるか。
二八 待ちうけている。
二九 意外に。
三〇 酒樽。
三一 食糧の米。
三二 志戸呂は、静岡県榛原郡金谷町。
三三 恐れいります。
三四 父のみたま。

## （三原野《みはらの》の《ゝ》御狩《かり》の事）[一]

その日は、おなじ國の三原野《みはらの》をからるべきにてぞありし。を《（お）》の〳〵花[二]をおり《（を）》、出《（いで）》たちけるは理也《ことはり（なり）》。日本國《ぼんごく》に名《な》をしらるゝ程《ほど》の侍《さぶらひ》、まい《（ゐ）》りつどひければ、天下においてのはれ[三]、何《なに》かはこれにまさるべき。すでに君《きみ》御出《いで》ありければ、御供《とも》の人々は申《（まうす）》におよばず、見物《けんぶつ》の貴賤《きせん》、野山《のやま》もゆるぐばかりなり。梶原源太《かぢはらげんだ》、馬かけまはし、「誰《たれ》も[四]を《（お）》ろかはあるまじけれども、今《こん》日の御狩《みかり》、御前《ぜん》にを《（お）》きて、高名《かうみやう》の人々は、勲功《くんこう》[五]あるべし。忠節《ちうせつ》[六]をはげませとの御諚《ぢやう》」とて、はせめぐる、ある[七]、あたり[八]をはらひてぞ見えし。近年《きんねん》[九]からざる野《の》なりければ、鹿数《かせぎかず》[一〇][一一]をつくす。老若家《らうにやくいゑ》[一二]をわすれて、われも〳〵と、君《きみ》の御見参《げんざん》にまい《（ゐ）》る。その日午《むま》の刻《こく》[一三]に、また空《そら》にはかにくもり、神《かみ》なりて、雨《あめ》やう〳〵こぼれ、笠《かさ》をうるほす。大將殿《たいしやうどの》、景季《かげすへ》をめして、「昨日《きのふ》、淺間野《あさまの》の雨《あめ》は、さておきぬ。又、三原野《みはらの》の《ゝ》雨《あめ》こそ、無念《むねん》なれ。歌《うた》一首《しゆ》」とおほせくだされければ、源太《げんだ》うけ給《（たまはつ）》て、とりあへず、

昨日《きのふ》[一四]こそあさまはふらめ今日《けふ》はたゞみはらなきたまへ夕立《ゆうだち》の神

と申《（まうし）》ければ、鎌倉《かまくら》殿、御感《かん》のあまりに、碓氷《うすひ》の麓《ふもと》五百餘町《よちやう》の所《ところ》をぞたまはりける。なる神《かみ》も、この歌《うた》にやめ[一五]でたりけん、[一六]すなはち雨《あめ》はれ、風《かぜ》やみければ、いよ〳〵源太《げん》が

一　吾妻鏡建久四年三月二十一日の条に、「将軍家為レ覧二下野国那須野、信濃国三原等狩倉一、今日進発給」とある。大日本地名辞書では、信濃国三原ということから、「長倉、枯井、塩野など朝間の裙野ならん」と考えている。しかし、真字本には、「見二三原狩倉共一、三箇日有二御逗留一、浅間麓離山、小松手向、那城松原、年行三子沢、甲賀三郎諏方自二維縵国一被レ出神出山奥、置部松原、借屋戸、縵持坂、見二処々一珍重」とある。それによると、この三原野は、群馬県吾妻郡嬬恋村に属するか。
二　美しくよそおって。↓補一三三。
三　「褻（け）」に対して、はれがましいこと。改まったこと。
四　おろそか。粗略。
五　ここでは、功労に対する褒賞。
六　ひとえに忠義をつくせという仰せ。
七　彰考館本に、「或（あるいは）」、大山寺本に、「気色」、南葵文庫本に、「けしき」、流布本に、「ていびゞしさ」とある。
八　勢いがはげしくて近よりにくく。
九　狩をしない。↓補一三五。
一〇　鹿の古称。その角が枠（かせ）に似ているから、「かせぎ」という。
一一　あるだけ全部とれる。
一二　諸本によって、底本の「らうやく」を改む。
一三　諸本によって、底本の「こくにに」を改む。
一四　夕立の神にむかって、雨の晴れるのを祈る歌。「浅間」に「朝間」をか

面目《めんぼく》、これにはしかじとぞ、人々申《(まうし)》あはれけり。君も、まことに、御こゝろよげにわたらせたまひければ、御前祗候《しこう》の侍《さぶらい》ども、[一七]御眦《まなじり》にかゝらんとおもはぬ者《もの》はなかりけり。されども、曾我兄弟《そがきやうだい》の人々は、君の御前《ぜん》をもしらず、[一八]野干《やかん》に心《こゝろ》をもいれず、その人ばかりをぞたづねける。雑人《ざう》にまじはり、馬にものらざれば、一日に一度《ど》、よそながら見る日も有《(あり)》、たゞむなしくのみぞ、日をおくりける。さても、御狩《みかり》の人々は、日のくるゝをも、時《とき》のうつるをもしらずして、かりけるに、[一九]馬の刻《こく》ばかりに、狐《きつね》なきて、北《きた》をさしてとびさりけり。人々これをとゞめむとて、[二〇]矢筈《やはづ》をとりておつかけたり。君御覧《らん》ぜられ、かれらをめし返し、「秋野の狐《のゝきつね》とこそいへ、夏《なつ》の野に狐《きつね》なく事、不思《ふし》議《ぎ》也。たれか候、歌《うた》よみ候へ」とおほせくだされければ、祐經《すけつね》うけたまはりて、「まことに源《げん》太が歌《うた》には、なる神めでてゝ、雨《あめ》はれ候《(さうらひ)》ぬ。これにも歌《うた》あらば、くるしかるまじ。誰々《たれ〴〵》も」と申されければ、大名《みやう》・小名《みやう》、我も〳〵と案《あん》じ、詠《えい》じけれども、よむ人なかりけり。こゝに、武藏國《むさしのくに》の住《ぢう》人[二一]愛甲三郎《あひきやうの》、[二二]い《(ゐ)》だけだかになり、[二三]うかべる色《いろ》見えければ、源《げん》太左衞門《さへもん》、[二四]「いかさま、愛甲《あいきやう》がつかまつりぬと見えて候。はや〳〵」と申《(まうし)》ければ、やがて、

[二五]夜《(よ)》るならばこう〳〵とこそなくべきにあさまにはしる晝狐《ひるきつね》かな

と申《(まうし)》たりければ、君きこしめして、「[二六]神妙《しんべう》に申《(まうし)》たり。まことに狐《きつね》に[二七]おほせて、[二八]けつけう

けて、「夕立」と対にしている。「みはらなきたまへ」は、流布本によると、「みはらしたまへ」とあり、「三原」に「見晴らす」ことをかけている。
一五 感心したのであろう。
一六 諸本によって、底本の「なすはち」を改む。
一七 お目にとまろう。
一八 狐の異名。→補六六。
一九 「午《(うま)》の刻」にあたる。
二〇 矢筈を弦にあてて、いつでも射られるようにかまえて。
二一 小野氏系図では、横山一族に、「季隆(愛甲三郎)」とある。愛甲は、神奈川県厚木市内で、相模国に属する。
二二 ぐっと背のびをして。
二三 歌が思いうかんだ。
二四 いかにも。ほんに。
二五 夜ならば、狐がこんこんと鳴いてくるはずであるが、このような昼間に、それがあさましくも浅間に走り出たことであるよ。「来う〳〵」に狐の鳴声をかけ、あさましいさまに「浅間」をかけている。真字本に、「狐鳴走通、梶原不㆓聞敢㆒、鳴㆓浅間㆒昼狐哉口遊、信濃国住人海野小太郎行氏不㆓聞敢㆒、忍夜来可㆑云付、手人々感㆑之詠耶、忍ヒテモ夜コソコウトイウヘキニアサマニナケルヒルキツ子カナ」とあり、梶原と海野との連歌として伝えられている。
二六 殊勝に。
二七 責めをおわせて。
二八 万法寺本・流布本に、「きつけう」とあり、吉凶の意。

あるべからず」とて、上野國《かうづけの》[一]松井田《まついだ》三百餘町《よちやう》をぞ給《(たまはり)》ける。さて、[二]木賊原《とくさがはら》より[三]伏屋《ふせや》にいたるまで、しづかにかりくらし給ひ、まことにきこゆる名所《めいしよ》なり、げにや[四]所《ところ》の名《な》にしおふ、木賊原《とくさがはら》の夕月《ゆふ》は、嵐《あらし》や[五]みがきいでぬらん。伏屋《ふせや》にちかき軒《のき》の山、[六]有《(あり)》とは見えて見えざるは、もし又雲《くも》やかゝるらん。空《そら》すみわたる折《おり》からや、くるゝもお《(を)》しくぞ思召《(おぼしめし)》ける。そも〳〵、夏野《なつ》に狐《きつね》のなきたる例《ためし》にて、昔《むかし》を思ふに、[七]在中將業平《ざいちうじやうなりひら》、姿《すがた》よからん女をもとめんとおもひしに、伏見《ふしみ》の山荘《さんざう》より都《みやこ》へゆきけるに、[八]木幡《はた》山のほとりにて、[九]よしある女にゆきあひぬ。とかくいひよりて、かたらい《(ひ)》具《ぐ》していに《ゝ》けり。かくて、しばし日《ひ》ごろへて、うちうせぬ。いかなる事にかとしたへ共《(ども)》、かなはずして、思ひのあまりに、かの女の常《つね》にすみける所を見れば、

[一〇]出《(いで)》ていなば心《こゝろ》かろしといひやせん身の有様《ありさま》を人《ひと》のしらねば

と、この歌《うた》をかきを《(お)》きぬ。いかなる事やらんとおもひて、すぎゆきける夕暮《ゆふぐれ》に、[一一]ふるされ色《いろ》きたる女《おんな》一人きたりて、文《ふみ》を前《まへ》にを《(お)》きぬ。とりて見れば、ありし女の文《ふみ》なり。

[一二]今《いま》はとてわすれやすらん玉《たま》かづら面影《おもかげ》にのみいとゞ見えつゝ

とかける。男《おとこ》、やがてかへしに、

[一三]おもふかひなき世なりけり年月《とし》をあだにちぎりてわれやすまひし

かやうにかきてやりけるが、なを《(ほ)》あやしくて、つかひのかへるにつきて、みづからゆ

一 前出。→二〇〇頁注一。
二 この地名は、浅間山の附近に見あたらない。信濃国薗原は、木賊の産地として知られるが、今の長野県下伊那郡阿智村にあたる。
三 この地名も、浅間山の付近に見あたらない。前記の信濃国薗原には、伏屋という所があると伝えられる。
四 木賊という名がついている。
五 物を磨くのに木賊を使う。夫木抄二十に、「とくさかるそのはら山の木の間よりみがきいでぬる秋の夜の月」とある。
六 伏屋に生えている帚木《(ははきぎ)》は、遠くからよく見えるのに、近く寄ると見えなくなったという。新古今集恋一に、「薗原や伏屋におふる帚木のありとはみえてあはぬ君かな」とある。
七 在原業平は、平安初期の歌人で、伊勢物語の主人公といわれる。同書では、このように狐と契ることはない。お伽草子「木幡狐」に、三位の中将がきしゆ御前という狐と契ったという。
八 京都府宇治市木幡。
九 わけのある。
一〇 出ていったならば、軽薄だというだろうか。わが身の様子を他人は知らないから。伊勢物語二十一に、「…世のありさまを人は知らねば」とある。
一一 古びて色あせた装束の意か。流布本に、「ふるざれいろ」とある。
一二 今となっては、あなたは私を忘れているだろう、私の方では、あなたのお姿が、なおさら目の前にちらついて

きて見れば、女のきたりつるふるされ色《いろ》、次第《しだひ》にうすくなりて、木幡山《わた》の奥《おく》に入《(いり)》ぬ。いよ〳〵あやしくて、つゞきわけいりみれば、ふるき墓《はか》の中《なか》に、塚《つか》のありけるに、おひ《(い)》たる狐《きつね》、わかき狐《ゝつね》、あつまりい《(ゐ)》たるが、此文《ふみ》のかへり事を見て、なきい《(ゐ)》たり。やゝありて、人影《かげ》のしければ、おほかりつる狐《きつね》ども、すなはち女になりにけり。塚《つか》と見えつる所《ところ》は、いみじき家になり、内《うち》よりわかき女《おんな》出て、「これゑ《(へ)》」といひけり。不思議《ふしぎ》におもひながら、いりぬ。女いであひ、さま〴〵にもてなし、「今宵《こよひ》はこれに」といへば、とゞまりぬ。女のふるまひ、有様《ありさま》、つゆほども昔《むかし》にたがはず。夜あけぬれば、女、「は《(わ)》れも故郷《ふるさと》にかへりなん」といふ。「故郷《こきやう》とはいづくぞ」ととへば、「一四和歌浦《わかのうら》より、一五玉津島明神《たまつしまのみやうじん》の御つかひなり。御有様《ありさま》しらんとて、きたれり。今《いま》より後《のち》も、しのびてきたるべし」とて、一六かきけつやうにうせにけり。

一七わかれをば誰《たれ》かあはれといはざらむ神《かみ》も宮居《みやゐ》はおもひしれかし

その後《ゝち》も、一八と《(ほ)》をりけれども、人にはしられざりとなん。伊勢物語《いせものがたり》の一九祕事《ひじ》をいふなるをや。

## (二〇那須野《なすの》の御狩《かり》の事)

ばかりいる。「玉かづら」は、面影にかかる枕詞。伊勢物語二十一に、「人はいさ思ひやすらん…」とある。

一三 愛してきたかいもない二人の仲であった。長い年月の間、私は浮いた心で契りを結んでくらしてきたのであろうか。伊勢物語二十一に、同じかたちで出る。

一四 和歌山市南部の海岸。

一五 和歌山市和歌浦の玉津島神社。和歌の神として仰がれる。

一六 神仏の仮の姿がみえなくなることをいうきまり文句。「かきけつ」は、「かきけす」と同じ意味。

一七 典拠未詳。別れをあわれといわない者はない。神も宮居のわびしさを思いしってほしいの意か。その意味がつかみにくい。

一八 諸本に、「かよひけれども」とある。

一九 秘密の事。

二〇 栃木県北部の原野。

さて、君、宇都宮彌三郎《うつのみやのいや》[一]をめして、「信濃《しなの》の[二]御狩《かり》とはいへども、下野《しもつけ》の那須野《なすの》にまさる狩場《かりば》[三]なし。つゐ《（い）》でに、かの野をからせて御覧《らん》ぜん」とおほせられければ、朝綱《ともつな》うけ給《（たまは）》りて、御まうけ[四]のために、暇《いとま》申《（まうし）》て、宇都宮《うつのみや》ゐ《（へ）》ぞ返りける。烏帽子《ゑぼし》[五]子の権守《ごんのかみ》がもとをこしら[六]ゐ《（へ）》て、君を入《（いれ）》たてまつる。板鼻《いたはな》[七]の宿《しゆく》より宇都宮《うつのみや》へいらせおはします。かの那須野《なすの》ひろければ、無勢《ぶせい》にてはかなふべからずとて、「面々《めんめん》にまい《（ゐ）》らせよ」[八]とふれければ、おほせにしたがひて、和田左衛門《わだのさへもん》、千人まい《（ゐ）》らす。畠山《はたけ》も千人、川越《ごえ》[九]・小《を》山《やま》も千《せん》人あて、武田《たけだ》[一〇]・小笠原《おがさはら》五百人、澁谷《しぶや》[一一]・糟屋《かすや》も五百人、土肥《とひ》[一二]・岡崎《おかざき》も五百人、松《まつ》[一三]田《だ》・河村《かはむら》三百人、分々《ぶんぶん》にしたがひて、東《とう》[一四]八ケ國の侍《さぶらい》ども、思ひ〳〵にまひ《（ゐ）》らせければ、すでに十萬《まん》人におよびけり。那須野《なすの》ひろしと申せども、いづくに所《ところ》有《（あり）》とは見えざりけり。曾我の人々は、勢子《せこ》の者《もの》共にかきまぎれ、人目《ひとめ》[一五]がくれにまはりけり。されども、[一六]よそ目《め》しげみの草《くさ》の原《はら》、わきてしらるゝ[一七]夕風《ゆふかぜ》の、誰《たれ》ともさだかにわきまへず、青竹《あをたけ》[一八]おろしの狩場《かりば》にて、左衛門尉祐經《さへもんのぜうすけつね》は、つれたる牝鹿《めが》に目《め》をかけて、くだりさまにおとせしを、一目《め》見たりしばかりにて、その日もむなしくくれにけり。無念《むねん》といふもあまりあり。

一 名は朝綱。
二 彰考館本に、「御原野」、万法寺本・南葵文庫本に、「御はら」、大山寺本に、「みはら」とある。
三 大山寺本・流布本に、「かりくらは」とある。狩座《（かりくら）》も、狩場の意。
四 御準備。
五 烏帽子親からみて、元服させた子をいう。↓一七六頁注一四。
六 設備をととのえて。
七 群馬県安中市内。
八 勢子をさしだせ。
九 ともに前出。↓一六三頁注二四。
一〇 武田は、山梨県韮崎市。小笠原は、山梨県中巨摩郡櫛形町。
一一 ともに前出。↓六七頁注四四。
一二 ともに前出。↓六七頁注二一・同注四四。
一三 松田は、前出。↓六七頁注四四。河村は、神奈川県足柄上郡山北町。
一四 前出。↓七八頁注二一。
一五 人目にかからぬようにかくれて。
一六 他人の見る目の多い、草木の繁った。「しげみ」に、二つの意味をもたせている。
一七 草をわけて吹くので、それと知られる。
一八 真字本に、「青竹落狩倉」とあり、那須野の奥とみられるが、未詳。

## （朝妻狩座《あさづまかりくら》[一九]の事）

[二〇]御寮《れう》は、青竹《あをたけ》おろしの屋形《やかた》にいりたまひぬ。更《かう》[二一]たけ、世人《よひと》[二二]しづまりけれども、御酒《しゆ》宴《あん》ありけり。朝綱《ともつな》、御氣色《きしよく》[二三]にまい(ゐ)らんとて、とり〲[二四]の曲《きよく》ども申(まうし)、御つれ〲なぐさめたてまつりけり。君、御盃《さかづき》をひかへさせ給ひける時《とき》、鹿《しか》の音《ね》かすかにきこゆる。「いづくぞ」と、御たづねありければ、「板鼻《いたはな》のほとり」と申(まうす)。君きこしめし、「古《いにしへ》の歌人《か》も、「鹿《しか》[二五]の音《ね》ちかき秋の山ごへ(え)」とこそよみし[二六]。夏野《なつ》に、鹿《しか》のなくこそ不思議《ふしぎ》なれ」とおほせくだされければ、朝綱《ともつな》、かしこまつて申(まうし)けるは、「さる事の候。昔《むかし》、保《ほう》[二七]昌《しやう》といひし人、丹後國《たんごのくに》に下(くだり)たまふ。かの國に、朝妻《あさづま》とて、日本《ぼん》一の狩座《かりくら》有(あり)。その山《やま》の鹿《しか》は、夕《ゆふべ》よりも夜にいれば、山《やま》[二八]にはすまで、渚《なぎさ》にくだりて、数《かず》をつくしてならびふす。その隙《ひま》に、山へ勢子《せこ》をいれて、夜中《ちう》[二九]にひきまはし、海《うみ》には船《ふね》をうかべ、暁《あかつき》におよび、ひろき濱《はま》におひ出し、思ひ〲にいとる。海《うみ》に入(いる)をば、櫓櫂《ろかひ》にてうちとらんとす。保《ほう》昌《しやう》、これをきゝ、朝妻《あさづま》に陣《ちん》をとり、射手《いて》を三百人そゑ(へ)、勢子《せこ》を山《やま》にいれ、あくるをおそしとまちける所に、夜半《はん》ばかりにおよび、鹿《しか》の聲《こゑ》きこえけり。折節《おりふし》、和泉式部《いづみ》[三〇]をめし具《ぐ》したりければ、鹿《しか》の音《ね》をきゝて、

　理《ことはり》[三一]やいかでか鹿《しか》のなかざらむ今宵《こよひ》ばかりの命《いのち》とおもへば

一九 京都府与謝郡伊根町か。
二〇 貴人またはその子息の敬称。ここでは、頼朝をさす。
二一 夜がふけ。更とは、一夜を五つに分けた呼び名。
二二 彰考館本などに、「よ」はない。流布本に、「夜しづかにして、人しづまり」とある。衍字または脱落か。
二三 御機嫌をうかがおう。
二四 さまざまな興味あること。
二五 未詳。藤谷和歌集に、「露はらふ蔦の下ぶし夢たえて鹿の音近き宇津の山道越(イ)」とある。
二六 彰考館本などに、「よみしか」、流布本に、「よみしに」とある。
二七 藤原保昌。平安中期の武将。丹後、大和、摂津などの守を歴任。盗賊袴垂を威伏させたことで知られる。
二八 諸本によって、底本の「やう」を改む。
二九 とりかこみ。
三〇 平安中期の歌人。藤原保昌の妻として丹後に下った。
三一 後拾遺集雑三に、「丹後国にて保昌の朝臣あすかりせんといひける夜鹿のなくをきゝてよめる」という詞書につづけて、この和泉式部の歌が出ている。もっともなことで、鹿が鳴かないはずはない、今夜だけの命と思うので。

とよみたりければ、保昌《ほうしやう》、歌《うた》の理《ことはり》にめで、その日の狩《かり》をとゞめたまふ。心なき鹿《しか》のおもひをあはれみ、道心[一]をおこし給ふ。三百人の郎等《らうだう》まで、道心《だうしん》をおこし候となり。これにも、なを《(ほ)》あきたらで、すぎにし[二]鹿《しか》のために、六萬本《まんぼん》の卒塔婆《そとば》[三]をかき供養《くやう》し、六萬《まん》人《にん》の僧《そう》を請《しやう》じて、かの菩提《ぼだい》[四]をとぶらひたまひけるとかや。それよりして、「朝妻《あさづま》の狩《かり》座《くら》を末代《まつだい》[五]とゞむべし」との御判《はん》[六]を申《(まうし)》くだされ、もろともに判形《はんぎやう》[七]をそへて[八]おかれければ、今《いま》にいたるまで、狩場《かりば》にはならずと申《(まうし)》つたえ《(へ)》たり。されば、この野の鹿《しか》も、明日《あす》の命《いのち》をやかなしみて、なき候らん」と申《(まうし)》ければ、頼朝《よりとも》きこしめし、「それは、[九]平氏《へいじ》の一類《るい》にて、かやうの善事《ぜんじ》をなしけるにや。我、源氏《げんじ》の正統《しやうとう》[一〇]也。いかでか、これをしらざらむ」とて、その日の御狩《かり》をとゞめたまふのみならず、「末代《まつだひ》までも、この野に狩《かり》をとゞむべし」と、朝綱方《ともつなかた》へ御判《はん》をくだされけり。これ、ひとゑ《(へ)》に保昌《ほうしやう》の例《れい》をひかるゝにこそと、感《かん》じ申さぬはなかりけり。これも、殺生《せつしやう》を禁《きん》じ給ふにや。

（帝釋《たいしやく》[一一]・修羅王《しゆらわう》たゝかひの事）

昔《むかし》をおもふに、天帝釋《たいのしやく》[一二]、阿修羅王《あしゆらわう》が軍《いくさ》にせめまけ給《(たまひ)》て[一三]、須彌山《しゆみせん》[一四]をさしてにげのぼりたまふ。この山けはしとは申せ共《(ども)》、帝釋《たいしやく》の眷屬《けんぞく》[一五]、恒沙《ごうじや》[一六]のごとくのぼらんとす[一七]。こゝ

一 仏道に帰依する心。
二 死んでしまった。
三 前出。↓九五頁注二九。
四 成仏の果をえること。
五 永久にやめよ。
六 御裁決の旨を記した文書。
七 書判《かきはん》。
八 諸本によって、底本の「おそへて」を改む。
九 保昌。実は藤原氏の一族であるが、「平井」を「平氏」と誤ったものか。
一〇 正しい血筋。
一一 この物語は、法苑珠林六十四・雑阿含経四十六にあり、今昔物語集一の三十・宝物集下などに引かれている。帝釈と修羅王と戦ったということは、ほかにも多くの経にみられるとおりである。帝釈は、帝釈天のこと。須弥山《しゆみせん》の頂の忉利天《とうりてん》の主で、喜見城に住む。梵天とともに、仏法を護る神。修羅王は、阿修羅王で、阿修羅道の主をいう。正法を滅そうとして、梵天帝釈と戦う。
一二 帝釈天のこと。梵語では、「Sakra devānām indra」という。「諸天の帝王たる釈羅」の意で、「天帝釈」とも訳される。「天台の釈」ではない。
一三 攻められ負けなさって。
一四 仏教の世界観によると、世界の中心に聳えたつという高山。
一五 従者。
一六 「恒河沙」の略。恒河は、今のガンジス川。その沙《すな》のように、数知れないさまをいう。

に、金翅鳥《こんじ》[一八]の卵《かひご》おほくして、このたゝかひのために、ふみころされぬべし。されば、わが命はうばはるゝとも、いかでか殺生《せつしやう》をほ《(を)》[一九]かさんとて、帝釋《たいしやく》、須彌《しゆみ》を出《(いで)》て、鐵圍山《てつちせん》[二〇]といふ山にかかりたまふに、阿修羅王《あしゆらわう》、かへつておふぞとこゝろへ《(え)》て、にげにけり。その軍《いくさ》にまけにけり。これも、殺生禁《せつしやうきん》じ給ふ徳《とく》によりて、軍《いくさ》にかちたまひけるとかや。此君も、鹿《しか》の命《いのち》をあはれみ、狩座《かりくら》をとゞめたまふ。いかでか、その徳《とく》なかるべきとぞ申《(まうし)》ける。

## （三浦與一《みうらのよ》[二一]をたのみし事）

あけぬれば、君、鎌倉《かまくら》へいり給ふ。兄弟《きやうだひ》の人々も、なく〳〵曾我にぞかへりける。げにや日本國名將軍《ほんごくめいしやうぐん》の貴邊《きへん》[二二]にして、こゝにしのび、かしこにまはり、命《いのち》をすて、身をお《(を)》しまで、敵《かたき》を思ふ心中、やさし[二三]といふもあまりあり。無慙《ざん》なりしたしなみ[二四]なり。又、鎌倉《かまくら》殿、梶原《かぢわら》をめされて、おほせくだされけるは、「侍《さぶらい》どもに、暇《いとま》とらすべからず。狩場《かりば》おほしといへども、富士《ふじ》野にまさる所なし。ついでにからん」とおほせられければ、景季《かげすへ》、この旨《むね》を披露《ひろう》[二五]す。曾我五郎《の》、此事をきゝ、兄《あに》に申《(まうし)》けるは、「われらが最後《さいご》こそ、ちかづき候へ。しろしめされ候はずや。國〳〵の侍《さぶらひ》ども返さずして、富士《ふじ》野を

一七 諸本によって、底本の「ほのらん」を改む。
一八 梵語で、「Garuda」といい、漢字をあてて、「迦楼羅《かるら》」という。仏典にみえる想像上の鳥。須弥山の四海を飛び、竜を取って食う。金色の翼をもち、如意珠をいただき、常に火炎を吐くという。今昔物語集では、金翅鳥のかわりに、蟻となっている。
一九 彰考館本に、「犯《ぼん》せん」、万法寺本に、「ほうせん」、南葵文庫本に、「いたさん」、流布本に、「おかさん」とある。
二〇 須弥山を中心とする一小世界の最外囲にあるという鉄山。
二一 工藤介茂光の子。→二一二頁注八。
二二 おそばの意か。一般には、二人称の代名詞として使われる。
二三 けなげである。殊勝である。
二四 心がけ。覚悟。
二五 公に発表する。

御狩《かり》あるべきにて候なる。ながらへて思ふもくるしし。思召《おぼしめし》さだめ候へ」といひければ、祐成《すけなり》きゝて、「うれしき物かな。今度《こんど》は、一程《ほど》ちかければ、馬一匹《むまびき》づゝだにあらば、二さしあらわ《は》れて、御供《とも》申《まうす》べし」。時致《ときむね》いふやう、「つら〳〵事を案《あん》ずるに、隙《ひま》をもとめて、便宜《びんぎ》をうかゞい《ひ》候へばこそ、今《いま》ゝまで本意《ほんい》をばとげざれ。今度《こんど》にをゐ《お》《い》ては、一筋《ひとすじ》におもひきり、便宜《びんぎ》よくは、御前をもを《お》そるべからず、御屋形《かた》をもはゞかるべからず、夜《よる》ともいはず、昼《ひる》ともきらはず、とをく《ほ》はいおとし、ちかくはくみて、勝負《せうぶ》せん。三身をあるものにせばこそ、隙《ひま》をもうかゞい《ひ》、四所《ところ》をもきらはめ。もし損《そん》ずるものならば、五悪霊《あくりやう》・死霊《しりやう》となりて、命《いのち》をうばふべし。六なまじい《ひ》なる命いきて、あけくれ思ふもかなし。今度《こんど》いでなん後《のち》、二度《たび》かへるべからず、おもひきりて候は、いかゞ思召《おぼしめし》候」。祐《すけ》成《なり》きゝ、「七子細《しさい》にやおよぶ。それがしも、かくこそおもひさだめて候へ」とて、を《お》の〳〵出《いで》たちけるぞ、あはれなる。すでに、鎌倉殿《かまくらどの》、御いでまし〳〵ければ、此人々は、三浦《みうら》の伯母《おば》のもとへぞゆきける。八こゝに、三浦《みうらの》与一といふ者有《もの（あり）》。九平六兵衛《へいびやうへ》が一腹《ぷく》の兄《あに》なり。父は、一〇伊東工藤《いとうくどう》四郎なり。与一が母は、伯母《をば》也。いづかたもしたしかりければ、一一むつびけるも理《ことはり》也。十郎、弟《おとゝ》にいひけるは、「かの与《よ》一、たのみてみん。さりとも、いなとはいはじ」。五郎きゝ、「小二郎にも、御こり候はで」とはいひながら、もしやとおもひけれ共《ども》、与《よ》一がもとにゆき、この程《ほど》、久しく対面《たいめん》せざるよしいひしかば、「め

一　距離が近いので。
二　かくれないで。表に出て。
三　身を大切にするならば。
四　場所がらをも憚るであろう。
五　怨みをもって、祟りをあらわす死人の魂。
六　あってかいない。生きていなくてもよい。
七　あれこれいうまでもない。
八　真字本に、「申二彼三浦余一一、平六兵衛義村一腹兄、父鹿野宮藤四郎茂光、余一母為二曾我人共一伯母。付二何方一親間、委云昵」とある。
九　前出。→一七九頁注二二。
一〇　工藤介茂光にあたる。
一一　親しくした。

づらし」とて、酒《さけ》とり出《(いだ)》しすゝめけり。盃《さかづき》二三返《べん》すぎければ、十郎、ちかくい《(ゐ)》より、「これへ参《さん》ずる事、別《べつ》の子細《しさい》にはあらず、大事を申《(まうし)》あわ《(は)》せんためなり」といふ。與一《よ》きゝ、「何《なに》事なるらん。たとひいかなる大事なりとも、うちたのみおほせられんに、いかでかそむきたてまつるべき。有《(あり)》のまゝに」といひければ、十郎、小聲《こごゑ》になりて、「かねてもきこしめさるらん。われらが身に、おもひありとは、見る人しりて候。しかるに、敵《かたき》は、大勢《ぜい》にて候に、貧《ひん》なる童《わらは》二人して、ねらへ共《(ども)》かなはず。御分《ぶん》たのまれたまへ。我ら三人、よりあふものならば、いかで本意《ほんい》をとげざるべき。親《をや》の敵《かたき》をちかくを《(お)》きておもふが、せんかたなさに、申《(まうし)》あわ《(は)》せんとて、まい《(ゐ)》りたり。たのまれたまへ」といひければ、與一、しばらく案《あん》じて、「この事こそ、[一二]ふつつとかなふまじけれ。思ひとゞまりたまへ。當世《たうせい》は、昔《むかし》にもにず、さやうの惡事《あくじ》する者《もの》は、片時《へんし》も[一三]たちしのぶ事なし。されば、親《おや》の敵《かたき》、子《こ》の敵《かたき》、[一四]宿世《しゆくせ》の敵《かたき》と申せ共《(ども)》、うちとる事なし。ましてやいはん、[一五]御供《とも》つかまつりたる者《もの》を、狩場《かりば》にても、旅宿《りよしゆく》にても、[一六]あやまりては、[一七]ひとまどもを《(お)》つべきものか。今度《こんど》はおもひとまりて、[一八]私《わたくし》ありきをねらひ給へ。その上《うへ》、祐經《すけつね》は、君《きみ》の[一九]御きり者《もの》にて、先祖《せんぞ》の伊東《いとう》を[二〇]安堵《あんど》するのみならず、莊園《しやうゑん》を[二一]知行《ちぎやう》する事、數《かず》をしらず。敵《かたき》ありと存《ぞん》じ、用心《ようじん》きびしかるべし。なまじい《(ひ)》なる事つかまつりいだし、面々《めんく》のみならず、母《はゝ》や曾我太郎《の》、[二二]まどひ者《もの》になし給ふな。まげておもひとゞまり、いかにも

一二 かならず。決して。彰考館本に、「つんと」、万法寺本に、「中々」、大山寺本に、「さる程に」とある。
一三 かくれる。
一四 前世の因縁によって定められた敵。
一五 将軍に従っている。
一六 「あやまりて」は、「あやめて」と同じで、傷つけての意。真字本に、「討勝」とある。
一七 「ひとまど」は、「ひとまづ」と同じで、一往(いちおう)の意。真字本に、「延二一歩二」とある。平家物語七「一門都落」では、熱田本に「一歩」とある部分が、覚一本に「一まども」、流布本に「一先づも」となっている。
一八 私用であるくこと。
一九 主君に愛されて、権威のある者。
二〇 領地の所有権を認められる。
二一 土地を支配する。
二二 落ちつき所のない者。

して、[一]御不審《ふしん》ゆるされたてまつり、奉公《ほうこう》をいたし、先祖《せんぞ》の伊東《いとう》に安堵《あんど》したまへ。面々《めん〱》の有様《ありさま》にて、當《たう》御代に、敵討沙汰《かたきうちさた》、とゞめ給へ」と、大きにおどろき申《（まうし）》ければ、十郎きゝて、「[二]いとお《（ほ）》しの人や。こゝろみんとていひつるを、[三]まことし顔《がほ》に制《せい》するぞや。今時《いまどき》、われらが身にては、おもひもよらず。馬《むま》もたざれば、狩場《かりば》も見たからず。ゆめ〱披露《ひろう》あるべからず」と、口《くち》をかため、たゝむとす。五郎は、[四]たまらぬ男《をのこ》にて、「ことにはじめのことばにはにず。おもへば、おそろしさに、辭退《じたい》したまふか。[五]史記《しき》のことばをばきゝたまはずや。蛇《じや》は、わだかまれども、[六]生氣《しやうげ》の方《かた》にむき、[七]鷺《さぎ》は、[八]太歳《たひさい》の方《かた》をそむきて巣《す》をひらき、燕《つばめ》は、[九]戊己《つちのへつちのと》に巣をくひはじめ、比目魚《かれい》は、湊《みなと》にむかひ[一〇]方《かた》たがひす。鹿《しか》は、[一一]玉所《ぎよく》にむかひてふし候なる。かやうの獸《けだもの》だにも、[一二]分《ぶん》にしたがふ心《こゝろ》はあるぞとよ。面《おもて》ばかりは人にて、魂《たましゐ》は畜生《ちくしやう》にてあるものかな」といひすてゝ、たちにけり。與一は、五郎に惡口《あつこう》せられて、いかにもならばやと思ひしが、は《（わ）》れは一人、かれらは二人也、その上《うへ》、五郎は、きこゆる大力《ぢから》なり、小腕《がひな》とられて、かなふべからず、[一三]所詮《しよせん》、此事、鎌倉《かまくら》殿に申《（まうし）》あげて、かれらをほろぼさん事、[一四]力《ちから》もいらでと思ひしづまりぬ。さて、かれら、はるかにゆきつらんと思ふ時《とき》、いそぎ馬に鞍《くら》おかせうちのり、鎌倉《かまくら》へこそまい《（ゐ）》りけれ。此事、兄弟《きやうだひ》は、夢《ゆめ》にもしらでぞゐたりける。[一五]こゝに、和田義盛《わだのよしもり》は、鎌倉《かまくら》よりかへりけるに、[一六]てこし川にてゆきあひたり。與一を見れば、顔《かほ》の氣色《けしき》

一　将軍の嫌疑を蒙ること。
二　かわいそうな人だ。あわれみ、さげすむことば。
三　まことしやかな顔つきでとめるのか。
四　がまんできない。
五　史記とあるが、未詳。酉陽雑俎十六に、「蛇蟠向ㇾ王、鵲巣背㆓太歳㆒、燕伏㆓戊巳㆒、虎旧衝破、乾鵲知ㇾ来、猩猩知ㇾ往」とある。五常内義抄に、「史記云、蛇ハワダカマレルニ王相生気方向、鷲ハ戊巳日巣ヲツクラズ」とある。
六　陰陽道で、十二支を十二カ月と八卦の方位にあてはめ、その人とその年にとって吉にあたる方角を定めたもの。
七　酉陽雑俎によると、「鵲（かささぎ）」の誤か。
八　陰陽道で、木星の精を太歳神といい、略して太歳ともいう。毎年、その年のえとの方角に遊行する。
九　酉陽雑俎によると、「戊巳（つちのえみ）」の誤か。「戊已」のままで、東北および西南をさすか。方位に対する五行の配当は、かならずしも確定していない。
一〇　陰陽道の説で、外出の時に、天一神（なかがみ）のいるという方角を避けること。
一一　彰考館本に、「玉女（ぎよくによ）」、万法寺本・南葵文庫本に、「きよくによ」、大山寺本に、「ぎよくによ」とある。玉女は、仙女であるが、また女蘿（ひかげのかずら）をもいう。
一二　身のほど。分際。
一三　結局。
一四　彰考館本に、「我が力もいらて」、

かはり、駒《こま》の足《あし》なみはやかりければ、義盛《よしもり》、しばらく駒《こま》をひかへ、「いづくへぞ」といふ。與一、ものをもいはで、駒《こま》をはやめけるが、やゝありて、「鎌倉《かまくら》へ」とばかりこたふ。「さても、鎌倉《かまくら》には、何《なに》事のおこり、三浦《みうら》には、いかなる大事の出《(いで)》き候へば、それほどにあはて《(わ)》たまふぞや。いづかたの事なりとも、義盛《よしもり》、はなるべからず。御分《ぶん》又、かくすべからず」とて、與《よ》一が馬の手綱《たづな》をとり、隙《ひま》なくとひければ、與《よ》一申《(まうす)》條《でう》、「別《べち》の子細《しさい》にては候はず。曾我《そが》の者《もの》共がきたり候《(さうらひ)》て、親《おや》の敵《かたき》うたんとて、[一七]義直《よしなを》をたのみ候間《あひだ》、「かなふまじき」と申《(まうし)》て候へば、五郎と申《(まうす)(を)》[一八]おこの者《もの》が、さんぐ〵に悪口《あつかう》つかまつり候。[一九]當座《たうざ》に、いかにもなるべかりしを、かれらは二人、それがしはたゞ一人候《(さうらひ)》し間《あひだ》、かなはで、かやうの子細《しさい》、上《うゑ》へ申《(まうし)(い)》ゐれて、かれらを[二〇]うしなはんため、鎌倉《かまくら》へいそぎ候」といひければ、和田《わだ》、これをきゝ、しばらく物をもいはず。やゝありて、[二一]「や、殿《との》、與一殿、弓矢《ゆみや》を取《(とる)》も、とらざるも、[二二]男《おとこ》と首《くび》をきざまるゝ程《ほど》の者《もの》が、いざや、しにゝゆかんとうちたのまんに、辭退《じたひ》する程《ほど》の族《やから》をば、人とはいはで、[二三]犬野干《いぬやかん》とこそ申せ。なかんづく、[二四]弓矢《ゆみや》の法《はう》には、命《いのち》をば[二五]塵芥《ぢんがひ》よりもかろくして、名《な》をば[二六]千鈞《せんきん》よりもおもくせよとこそいふに、侍《さぶらひ》の命《いのち》は、今日《けふ》あれば、明日《あす》までもたのむべきか。きくべしとてこそ、かほどの大事をいひきかせつらめ。しかも、したしき中ぞかし。[二七]あたる道理《だうり》をいひきかせていはゞ、[二八]領状《りやうじやう》して、かなはじとおもはゞ、後《のち》に辭退《じたひ》するまでぞ。左右《さう》な

万法寺本に、「われらかいのちもいかて」、大山寺本に、「わがちからもいるべからず」、南葵文庫本に、「わかちからも入へからす」とある。
一五 真字本に、「云二鐙摺一処、和田殿入二三浦一、此程旅疲為レ入二湯風露一労二御身一、出二富士野一出二御友一、奉レ引二具畠山殿一、二人打烈、其勢二三十騎勢御、奉二行合一」とある。
一六 神奈川県逗子市内の田越《(たごえ)》川にあたる。
一七 三浦与一の名。
一八 ばか者。
一九 その場で、何とでもしなければならないのに。
二〇 殺す。
二一 おい。呼びかけのことば。
二二 大山寺本に、「をとことうまるゝ程の者」とある。
二三 犬畜生。
二四 武士のおきて。
二五 太平記六「楠出二張天王寺一事付隅田高橋幷宇都宮事」に、「戦場ニ臨デ命ヲ棄ル事塵芥ヨリモ尚軽クス」とある。塵芥は、ちりあくた。
二六 三万斤。重い目方をいう。
二七 あてはまる。
二八 承知して、よくないだろうと思ったら、後で辞退するまでのことだ。

く[一]鼻《はな》をつき、あまつさへ、上へ申さんとな。それほどの大事、心にかくる上《うへ》は、[二]穏便《おんびん》の者《もの》にてこそ、當座《たうざ》も、わ殿《との》が命をばたすけを《お》け。上様《さま》へ申《まうし》あぐるとき〻ては、[三]一やりもやらじ。命《いのち》おしく《を》は、とゞまりたまへ。命《いのち》ありてこそ、京《きやう》へも、鎌倉《かまくら》へも申給《まうしたま》はめ。義盛《よしもり》が[四]わかざかりならば、その座敷《ざしき》にてもうつべきぞ。よく〳〵[五]申《まうし》あげて、うしなひたまへ。君《きみ》も、一旦《たん》は、しかりと思召《おぼしめす》とも、したしき者《もの》〻事、あしざまに申さんを、神妙《しんびやう》なりとて、たのもしくはおぼしめさじ。その上《うへ》、かれらをうしなひたまふとも、親類《しんるい》おほければ、御身いかでか安穏《あんおん》なるべき。孔子《こうし》のことばにも、[六]「善《ぜん》人にまじはれば、蘭麝《らんじや》の窓《まど》にいるがごとし、そのかを《ほ》ばせのこり、悪人《あくにん》にまじはれば、かきよの肆《いちぐら》に入《いる》がごとし、くさき事のゝこれる」と見えたり。御身におきては、おなじ道《みち》をもゆくべからず。心《こゝろ》をかへして見たまふべし。[七]朝恩《てうおん》にほこる敵《かたき》を目《め》の前《まへ》にを《お》きて、見るも[八]めざましくてこそ、いひつらめ。この事、訴訟《そせう》申《まうし》て、いかほどの[九]勲功《くんこう》にかあづかるべき。武藏《むさし》・相模《さがみ》[一〇]には、此殿ばらの一門《もん》ならぬ者や候。かく申《まうす》義盛《よしもり》も、[一一]むすぼる〻は、しりたまはずや。昔《むかし》の御代とだにおもはゞ、など[一二]や矢《や》一とぶらはざるべき。當《たう》御代なればこそ、おそれをなし、敵《かたき》をば、[一三]すぐにを《お》きたれ。かれらが心中をおしはかられて、あはれ也」とて、雙眼《さうがん》に涙《なみだ》をうかめければ、義直《よしなを》、つく〴〵きゝて、あしかりなんとやおもひけん、「これも、[一四]一旦《たん》のことにてこそ候へ。此上《うへ》は、[一五]とかくの子細《しさい》に

一 面とむかって怒り。特に主君が譴責勘当することを「鼻を突く」という。文明本節用集に、「突鼻〈ハナヲツク〉(日本世話、嗔見追出義歟)」とある。
二 おだやかな者であるから。
三 すこしも放さないだろう。
四 若くて血気のさかんなさま。
五 大山寺本に、「あんじて」とある。
六 孔子家語六本に、「与二善人一居、如レ入二芝蘭之室一、久而不レ聞二其香一。即与レ之化矣。与二不善人一居、如レ入二鮑魚之肆一。久而不レ聞二其臭一。亦与レ之化矣」とある。十訓抄五には、「顔氏家訓には、与二善人一居如レ入二芝蘭之室一、久而自芳也。与二悪人一居如レ入二鮑魚之肆一、久而自臭也」とある。善人と交われば、その感化を受けて、知らずに善人となり、悪人と交われば、その感化を受けて、知らずに悪人となるという意。「蘭麝の窓」は、「芝蘭之室」にあたる、蘭花や麝香のよい香のただよう家の意。「かきよの肆」は、「鮑魚之肆」にあたり、乾魚を売る店の意。彰考館本に、「鮑魚の黴」、流布本に、「はうきよのいちくら」とある。
七 朝廷の恩であるが、ここでは、将軍家の恩をいう。
八 心外で。
九 功労による恩賞。
一〇 諸本によって、底本の「にはは」を改む。
一一 親類の縁につながる。
一二 矢一つ射ないではいられない。
一三 そのままにしておくのである。

およばず」とて、駒《こま》の手綱《たづな》をひきかへす。その後《のち》は、四方山《よも》[一六]の物語《ものがたり》して、三浦《みうら》へうちつれてかへりけり。この事、年《とし》ごろ、佛神《ぶつじん》にいのり申せし感應《かんおう》[一七]にや。しからずは、いかでか、この事のがるべき。不思議《ふしぎ》なりしふるまひ也。されば、たゞ人は、信《しん》[一八]を宗《むね》とし、神明《しんめい》をもつぱらにすべきお《(を)》や。今《いま》にはじめぬ事なれ共《(ども)》、ありがたかりしめぐみなり。

## (五郎[一九]、女に情《なさけ》かけし事)

さても、此人々は、三浦《みうら》よりかへりさまに、「大磯《いそ》にうちよりて、虎《とら》に見参《げんざん》せん」といひければ、「しかるべく候。此度《たび》いでて、ながきわかれにてもや候べからん。思[二〇]ひいだして、一返《ぺん》のとぶらひも、はかりがたき事にて候ぞかし。まことに[二一]おもひきられぬ道《みち》にて候。時致《ときむね》も、化粧坂《けはいざか》[二二]の下《した》に、しりたる者《もの》の候。五日・十日をへて、ゆく道《みち》にても候はず。この度《たび》いでなん後《のち》は、又あひみん事かたし。明日《みやうにち》、まい《(ゐ)》[二三]りあひ申さん」とて、うちわかれにけり。さて、五郎は、一夜《よ》をあかし、拂曉《ふけう》[二四]に鎌倉《かまくら》をいでて、腰越《こしごえ》[二五]より片瀬《かたせ》[二六]の宿《しゆく》へぞとお《(ほ)》りける。折節《おりふし》、梶原源《かぢはらげん》太左衛門《さへもん》、十四五騎《き》にて、かの宿《しゆく》におり[二七]い《(ゐ)》たりしが、五郎がとを《(ほ)》るを見て、「申《(まうす)》べき子細《しさい》候、しばしとゞまり給へ」とて、足輕《あしがる》[二八]

一四　一時のこと。
一五　かれこれと言いたてるまでもない。
一六　さまざまの。
一七　信心が神仏に通ずること。
一八　流布本に、「五じやうをむねとし、しんめいをもつはらにうやまふべきものをや」とある。五常は、儒教の説で、人の守らなければならない五つの道。一般に仁・義・礼・智・信をさす。宗は、主とすること。神明は、神をいう。
一九　巻五の中で、これ以下の物語は、真字本にない。化粧坂の女も、真字本に出てこない。
二〇　大山寺本に、「思ひいでていつへんのねんふつのとふらひもあらまほしく候」とある。
二一　彰考館本に、「誠〈まこと〉におもひきられぬは此道〈みち〉にて候」、万法寺本に、「まことにおもひきらぬは此みちにて候」、南葵文庫本に、「まことにおもひきれともきられぬはこのみちにて候」とある。此道は、男女の道をさす。
二二　神奈川県鎌倉市の扇ケ谷から梶原・深沢あたりに出る坂。
二三　行きあいましょう。
二四　彰考館本に、「暁〈あかつき〉」とある。「ふけう」も、「ふつげう」と同じで、夜明け方をいう。日葡辞書に、「Fuqeô, fuqiô」とある。
二五　神奈川県鎌倉市の西部。
二六　神奈川県藤沢市の南部。
二七　さがっていたが。
二八　平常は雑役に使われ、戦時には歩兵となる下人。

をはしらしむ。五郎、かねてきく事ありければ、「[一]さしたる急事《きうじ》の候。後日に、見参《げんざん》に入《(いる)》べし」とて、とお《(ほ)》りにけり。さだめて、五郎はとゞまるらんと、片瀬川《かたせがわ》を[二]かけわたし、むかひの岡《おか》に駒《こま》うちあげて見ければ、はるかに[三]うちのびぬ。「この者《もの》は、何《なに》とこゝろへ《(え)》て、かやうにはふるまふらん」とて、駒《こま》をしづめて、[四]うつてゆく。時致《ときむね》は、馬《むま》の息《いき》やすめんと、[五]平塚《ひらつか》の宿《しゅく》におりい《(ゐ)》て、しばらくありける所《ところ》へ、景季《かげすへ》、うつてきたる。「これにひかへたるは、曾我《そがの》五郎がのりたる馬《むま》[六]ごさんめれ」とて、縁《ゑん》の際《きわ》に、駒《こま》うちよせける氣色《けしき》、[七]いかりあまりければ、[八]のりがへ五六騎《き》、馬《むま》よりおり、[九]廣縁《ひろゑん》にあがる。五郎、これをきゝて、あしかりなんとやおもひけん、いそぎ内《うち》にぞいりにける。

源《げん》太、此上《うへ》は、たづぬるにおよばずとて、手綱《たづな》[一〇]か《(い)》ひくり、とを《(ほ)》りけり。五郎、物《もの》ごしにきゝ、世《よ》におごり、又人もなげなる奴《やつ》かな、はしりいでゝ、一太刀《ひとたち》きり、いかにもならばやと思ひけれども、此二十餘年《よねん》、お《(を)》しかりつる命《いのち》は、景季《かげすへ》が爲にはあらず、祐《すけ》經《つね》にこそとおもひて、とゞまりけり。これや、論語《ろんご》にいわ《(は)》く、「[一一]事をとげんには、いさまずして、萬事《よろづ》をとがめざれ」とは、今《いま》の五郎が心なるをや。見きく輩《ともがら》は、「五郎が[一二]不覺《ふかく》なり」といひけれども、敵《かたき》の祐經《すけつね》をうち、ひきすへ《(ゑ)》られし時《とき》、君の御返事をば申さで、まづ源《げん》太にむかひ、「わ君《ぎみ》は、年《とし》ごろ、時致《ときむね》に[一三]意趣《いしゅ》あり。今《いま》は、時致《ときむね》が身に、おもふ事なし。[一四]本意《ほんい》をとげよ〳〵」といひければ、景季《かげすへ》、御前《ぜん》をまかりたち、五郎あ

一　これといった急を要すること。
二　馬で走って渡り。
三　逃げのびた。
四　馬を走らせてゆく。
五　神奈川県平塚市。
六　「にこそあるめれ」のつまったもの。謡曲には、多く「ごさめれ」とある。
七　度を過ごして怒ったので。
八　乗換えの馬を預かる侍。
九　殿舎の外側の縁。
一〇　左右の手でたぐり。
一一　諸本によって、底本の「とかされ」を改め、「とがめざれ」とする。論語八佾に、「成事不ㇾ説、遂事不ㇾ諫、既往不ㇾ咎」とあり、それを誤ったものか。
一二　卑怯未練なこと。
一三　恨みをふくむこと。
一四　もとからの心。
一五　道理に過ぎる程に当然と。
一六　論語子罕に、「歳寒然後、知㆓松柏之後㆒彫也」とあり、文選十、潘安仁「西征賦」に、「勁松彰㆓於歳寒㆒、貞臣見㆓於国危㆒」とある。霜のおりた後にも、常緑樹が色を変えないように、世の乱れた時にも、忠臣は操を守りつづけて、その真価をあらわすものである。
一七　わずかの間もなく、ただちに。
一八　平家物語八「太宰府落」に、「大事のなかに小事なし」、平治物語(古活字本)上「源氏勢汰への事」に、「大事の前の小事」とある。
一九　敗北の恥辱をいう。↓一九二頁注一八。「呉越のたゝかひの事」参照。

りける程《ほど》は、まい《(ゐ)》らざりけり。時致《ときむね》は、和田《わだ》・畠山《はたけやま》、左右《さう》に座《ざ》してありける方《かた》を見やりて、ゑみをふくみける、[一五]理《ことはり》すぎてぞおぼえける。これや、[一六]松柏《せうはく》は、霜《しも》の後《ゝち》にあらはれ、忠臣《ちうしん》が、世のあやう《(ふ)》きにしらるゝとは、今《いま》こそおもひしられたれ。[一七]しばらくもなかりけり、「時致《ときむね》、平塚《ひらつか》の宿《しゆく》にては、さこそおもひつらめ、[一八]大事ありて、小事《せうじ》なし、身におもひあれば、萬事《ばん》をすて、平塚《ひらつか》の宿までにげたりし、[一九]會稽《くわいけい》の恥《はぢ》を、たゞ今《いま》[二〇]すゝぐ」と申《(まうし)》あゑ《(へ)》り。「思ふ事だになかりせば、源《げん》太命《いのち》あやう《(ふ)》し」とぞ沙汰《さた》しける。そも〳〵、この意趣《いしゆ》をたづぬれば、化粧坂《けわひざか》の下に、遊君あり、時致《ときむね》、情《なさけ》をかけ、あさからず思ひしに、ひく手《て》あまたの事なれば、梶原《かぢはら》が、[二一]濱出《はまいで》してかへりさまに、此女のもとにうちよりて、夜と共にあそびけり。曉《あかつき》、かへるとて、いかゞしけん、腰《こし》の刀《かたな》をわすれ出《(いで)》けるを、女の[二二]美女《びじよ》をしてを《(お)》くるとて、

[二三]いそぐとてさすが刀《かたな》をわするゝはおこしものとや人の見るらん

景季《かげすへ》、馬にのりながら、[二四]左手《ゆんで》の鐙《あぶみ》をいまだふみもなを《(ほ)》さず、返事をぞしける、

[二五]形《かた》見とてを《(お)》きてこし物そのまゝにかへすのみこそさすがなりけれ

その頃《ころ》、源《げん》太左衛門《さへもん》は、歌道《かだう》には、[二六]定家《ていか》・家隆《かりう》なりともとおもひしなり。さても、此歌《うた》のおもしろさよとおもひそめて、景季《かげすへ》[二七]みゝなれけり。[二八]よそのことわざなど、たわぶ《(は)》れければ、女ひきこもり、五郎一人にもかぎらず、[二九]出仕《しゆつし》をとゞめけり。これをばしら

二〇 きよめる。
二一 浜に出て遊ぶこと。
二二 女中。貞丈雑記四に、「女にひじやうげすと云事旧記にあり。ひじやうは非上と書、今なかゐと云に同じ。げすははしたの事也。ひじやうは御食物などを内々にて調る事などをもする也。ひじやうを美女と書たる旧記もあり、又ひぢよう、又ひぢう、又ひでうと書たるもあり、何れも同事也。又未女〈ビジョ〉とも有」とある。
二三 急ぐからといって、それにしても、刀を忘れるのは、くれた物かと、人が見るでしょうよ。副詞の「さすが」を「刺刀(さすが)」にかけ、「おこしもの」を「お腰物」にかけている。
二四 左の鐙を踏み直さないで、きちんと馬に乗らない間に。
二五 形見と思って置いて来たのを、そのままに返すとは、さすがに立派なものだ。「こし物」を「腰物」にかけ、「さすが」を「刺刀」にかけている。
二六 定家・家隆であっても、決して負けないぞ。定家・家隆は、ともに新古今集の撰者。
二七 彰考館本に、「通ひなれけり」、万法寺本に、「かよひなれける」、大山寺本に、「しげ〳〵とこそかよひけれ」、南葵文庫本に、「かよひなれけり」とある。
二八 他人の言動。他の男の噂をして、女を困らせたか。大山寺本に、「ひごろのことわざあるまじきなと」とある。
二九 人前へ出ることをやめた。

で、五郎ある時《とき》、かのもとにゆき、たづねけれども、あはざりけり。何《なに》[一]によりけるやとあやう《(ふ)》く、友《とも》の遊君にとひければ、「梶原源太《かぢはらげん》殿のとりておかれ、餘《よ》[二]の方《かた》へは思ひもよらず」といひければ、五郎きゝて、ながれをたつる[三]あそび者、たのむべきにはあらね共《(ども)》、世に有《(ある)》身ならば、源《げん》太には思ひかへ[四]られじと、身一《(ひとつ)》[五]のやうに思ひけり。「貧《ひん》[六]は諸道《しよだう》のさまたげ」とは、おもしろかりけることばかな、人をも、世をもうらむべからずとて、此歌《うた》をよみを《(お)》きて、いでぬ。

[七]あふと見る夢《ゆめ》路にとまる宿《やど》もがなつらきことばにまたもかへらんとかきて、ひきむすびておきたりけり。五郎かへりて後、この女《おんな》、たちいでて見れば、むすびたる文《ふみ》有《(あり)》。取《(とり)》あげて見れば、日ごろなれにし五郎が手跡《しゆせき》なり。歌《うた》をつく〴〵見て、文顔《ふみかほ》におしあて、さめ〴〵となきつゝ、友《とも》の遊君に、「御覧《らん》ぜよや、人々。恥《はぢ》ともしらで、はづかしや。日本《ぼん》我朝《てう》は、みづ[八]のおの里《さと》として、神明光《しんめいひかり》[九]をやはらげ、天《あま》[一〇]の岩戸《いはと》にとりこもらせ給ひし時《とき》、「あらおもしろ[一一]」といひそめたまふ、この三十一字《じ》の故《ゆへ》ぞかし。

## [一二](巣父《さうふ》・許由《きよゆう》が事)

一 何のためかと気がかりで。
二 他の客。
三 遊女の境涯をいう。「ながれをたつる」とは、遊女の道を守ること。
四 愛情を移されないだろう。
五 孤独を感じたさま。
六 狂言「箕潜」・竹斎・世話尽などにも出ている近世風のことわざ。貧乏は、何をするのにも妨げになるの意。
七 新拾遺集恋四に、「逢ふと見る夢もむなしくさめぬればつらきうつつにまたなりにけり」とある。彰考館本などでも、第四句「つらきうつゝに」とある。恋しい人に逢うと見る夢の中で泊まる宿があればよいのに、それもないので、つらいこの世にまたも帰ってくるのだろうの意。彰考館本などには、この歌と並べて、「つらからん人はいつまて(も)つらからんうらむる我もいつをいつまて」とある。
八 「瑞穂(みづほ)の国」で、日本国をさす。
九 日の神。天照大神。
一〇 高天原にあったという岩屋。
一一 古語拾遺によると、天岩屋戸の前で、「阿波礼、阿那於茂志呂、阿那多能志、阿那佐夜憩、飫憩」と歌ったというが、これは三十一字の歌ではない。
一二 許由・巣父は、ともに中国古代の隠士。晋の皇甫謐の高士伝上に、「許由字武仲、陽城槐里人也。…堯譲二天下於許由一、…由於レ是遁耕二於中岳潁水之陽箕山之下一。…堯又召為二九州長一。由不レ欲レ聞レ之、洗二耳於潁水浜一。時其友巣父牽レ犢欲レ飲レ之、見二由洗レ耳問二

[一三]昔《むかし》、さる例《ためし》あり。[一四]大國《こく》に、[一五]潁川《えいせん》といふ川《かわ》あり。巣父《さうふ》といふ者《もの》、黄《き》なる牛《うし》をひきてきたる所に、許由《きよゆう》といふ[一六]賢人《けんじん》、此川の端《はた》にて、左《ひだり》の耳《みゝ》をあらひゐたり。巣父《さうふ》、これを見て、「なんぢ、何によりて、左《ひだり》の耳《みゝ》計《(ばかり)》をあらふにや」とい《(ひ)》ければ、許由《きよゆう》こたへていはく、「われは、此國にかくれなき賢人《けんじん》なり。わが父《ちゝ》、九十餘《よ》にして、[一七]老耄《らうもう》きはなし。われいまだ幼少《ようせう》なり。されば、[一八]神拝《じんばい》・政事《まつりごと》みだりにして、あるかひなき身なれば、都《みやこ》をいでぬ。[一九]此程《ほど》、きゝつる事、みな左《ひだり》の耳《みゝ》なれば、よごれたるなり。それをあらふにや」といひけり。巣父《さうふ》きゝて、「さては、此川、七日にごるべし。よごれたる水《みづ》[二〇]かひて、益《えき》なし」とて、牛《うし》をひきてかへりしが、又たちかへり、「さては、なんぢは、いづくの國にゆき、いかなる賢王《けんわう》をかたのむべき」ととふ。「[二一]賢臣二君《けんしん(じくん)》につかへず、貞《てい》女兩夫《ぢよりやうふ》にまみえず」と也。されば、[二二]首陽《しゆやう》山に蕨《わらび》を《(を)》おりてすぎけるとぞ申《(まうし)》つたへたる。

## ([二三]貞《てい》女が事)

[二四]又、貞女兩夫《てひぢよりやうふ》にまみえざるとは、大國《こく》に、[二五]しそうといふ王有《(あり)》。[二六]かんはくといふ臣下《しんか》をめしつかひ、ある時《とき》、かんはく、むすびたる文《ふみ》をおとしたり。王《わう》御覧《らん》じて、「いかなる文《ふみ》ぞ」と、御たづねありければ、「は《(わ)》れ、[二七]宮仕《きうじ》暇《ひま》なくて、日數《かず》をを《(お)》くり、家《いゑ》にか

其故一。…巣父曰、子若処二高岸深谷一、人道不レ通。誰能見レ子、子故浮游欲レ聞レ求二其名誉一、汚二吾犢口一。牽レ犢上レ流飲レ之」とある。
一三 化粧坂の遊君のことばの続き。
一四 中国(シナ)。↓七〇頁注一〇。
一五 中国河南省にある川。
一六 聖人につぐ徳のある人。
一七 かぎりなくおいぼれる。
一八 祭政ともに筋道にはずれて。
一九 ここでは、天下を譲ろうとしたことが明記されていない。
二〇 飲ませて。
二一 史記田単伝に、「忠臣不レ事二二君一、貞女不レ更二二夫一」とあり、明文抄二・平家物語九などに引かれる。保元物語下・義経記二などには、ここと同じ形で出ている。賢臣は、一旦君を定めたからには、他の君には仕えない。貞女は、一旦夫を定めたからには、他の男に逢わない。賢臣は、流布本によると、「けんじん」とあり、賢人にあたるか。
二二 中国山西省にある山。伯夷・叔斉は、この山に隠れ、蕨を食って、ついに餓死したという。許由・巣父とは、特に関係はない。
二三 この物語は、典拠未詳。
二四 化粧坂の遊君のことばの続き。
二五 彰考館本に、「師具宗」とあるが、漢字未詳。
二六 彰考館本に、「漢白《かんはく》」とあるが、漢字未詳。
二七 彰考館本に、「宮仕《みやつかへ》」とある。あるいは「給仕」か。

へらず候。こゝろもとなしとて、[一]妻《さい》のもとよりくれたる文《ふみ》」と申《(まうす)》。なを《(ほ)》あやしみ、「[二]叡《えい》覧《らん》あらん」と、宣旨《せんじ》有《(あり)》。かくすべき事ならねば、[三]叡慮《えいりよ》にさゝぐ。「この文《ふみ》の主《ぬし》、よびて見せよ」とおほせくだされければ、宣旨《せんじ》そむきがたくて、この女をよびて見せたてまつる。王《わう》御覧《らん》じて、おしとゞめおきたまふ。かんはく、[四]やすからずにおもひけれども、かなはず。女も、王宮《わうくう》のすまい《(ひ)》、ものうくて、たゞ男《おとこ》の事のみ、思ひなげきければ、王《わう》、おどろきおぼしめす。時《とき》の關白《くわんばく》[五]りやうはくといふ者《もの》をめし、「此事いかゞせん」ととひたまふ。「さらば、[六]かれが男《おとこ》のかんはくを、かたわ《(は)》になしてみせたまへ。[七]おもひはさめぬべし」と申《(まうし)》たりければ、「しかるべし」とて、耳鼻《みゝはな》をそぎ、口《くち》をさきて見せたまふ。女、われ故《ゆへ》、かゝるうき目《め》にあふよとなげき、いよ〳〵ふししづみかなしみければ、又臣下《しんか》にとい《(ひ)》たまふ。「さらば、かんはくをころしてみせ給へ」と申《(まうし)》ければ、やがて、ふかき淵《ふち》にしづめられけり。女きゝて、[八]思ひすこしなを《(ほ)》ざりにし、「かの淵《ふち》みん」といひけり。大王《わう》、はや思ひすてけりとよろこびて、大臣《じん》・公卿《くぎやう》もろともに、かの淵《ふち》にのぞみ、[九]管絃遊宴《くわげんゆうゑん》してあそびたまふ時《とき》に、此女、みぎはに出《(いで)》、[一〇]やすらふとぞ[一一]見えし、淵《ふち》にとびいりて、しにけり。大王をはじめとして、[一二]あへなさかぎりなくて、むなしくかへりたまひけり。

一 彰考館本に、「妻〈め〉」とある。
二 御覧になろう。王自身の動作に尊敬語を使う。
三 諸本によって、底本の「ゑいりう」を改む。王の心をいう。
四 おもしろからず。不安に。
五 彰考館本に、「良白〈りやうはく〉」とあるが、漢字未詳。
六 あの女の夫。
七 夫に対する思い。
八 深く思いこむのをいくらかやめて。「なほざり」は、おろそかなさま。
九 音楽や酒宴をして。
一〇 立ちどまる。
一一 万法寺本に、「見えしか」、流布本に、「みえしが」とある。
一二 あじきなさ。

（鴛鴦《おし》の一三剱羽《つるぎば》の事）

一四幾程《いくほど》なくして、この淵《ふち》の中に、あかき石《いし》二いできたり、いだきあわ（は）せてぞありける。「これ、不思議《ふしぎ》なり。かんはく夫婦《ふうふ》の姿《すがた》なるをや」と、人申（まうし）ければ、大王《わう》きこしめし、なを（ほ）もありし面影《をもかげ》のわすれがたくて、又官《くはん》人もろともに、かの淵之（ふち（の））ほとりに行《ぎやう》幸《がう》なり、叡覧《ゑいらん》ありければ、申（まうす）にたがはず、まことに石《いし》二有（あり）。不思議《ふしぎ》に思召（おぼしめす）所に、かの石《いし》の上《うへ》に、鴛鴦《おし》鳥一つがひあがりて、一五鴛鴦《ゑんわう》の衾《ふすま》の下なつかしげにたはぶれけり。これも、かれらが精《せい》にてもやと御覧《らん》じけるに、此鴛鴦《おし》とびあがり、一六思羽《おもひば》にて、王《わう》の首《くび》をかきおとし、淵《ふち》にとびいりうせにけり。それよりして、思羽《おもひば》をば剱羽《つるぎば》とも申（まうす）なり。

（五郎が情《なさけ》かけし女出家の事）

一七貞女兩夫《ていぢよりやうふ》にまみえずとは、この女《をんな》の事なり。いかなる貞女《ていぢよ》か、二人《ふたり》の夫《おつと》に見へ（え）し、いかなる身にてか、一八ひく手《て》あまたにむまれつらん。さらぬだに、一九われら風情《ふぜい》の者《もの》は、二〇欲心《よくしん》にすまひすると、いひならはせり。「二一士《し》は己《をのれ》をしる者《もの》ゝために、容《かたち》をつくろふ」と、文選《もんぜん》のことばなるをや。われ又、二二かひぐ〳〵しくなければ、景季《かげすへ》がまことの妻女《さいぢよ》になる

一三 鴛鴦・孔雀などの尾の両脇にある羽。剣の光に似ているので、剣羽といい、また思羽ともいう。

一四 やはり化粧坂の遊君のことばで、「貞女が事」の続き。

一五 男女が睦まじく夜具に共寝するさま。鴛鴦は、夫婦仲のよいたとえに引かれる。

一六 剣羽と同じ。↓注一三。

一七 化粧坂の遊君のことばの続き。↓二二一頁注二一。

一八 さそう人の多いさま。

一九 自分などのような者。みずからへりくだる意をあらわす。

二〇 愛欲の心にとらわれる。「すまひする」は、彰考館本に、「住〈ぢう〉する」、万法寺本・南葵文庫本・流布本に、「ぢうする」とある。

二一 史記刺客伝に、「士為㆓知㆑己者㆒死、女為㆓説㆑己者㆒容」とあり、文選四十一、司馬子長「報任少卿書」には、「士為㆓知㆑己者㆒用、女為㆓説㆑己者㆒容」とある。

二二 頼むかいもないから。

べき身にてもなし、來世《らいせ》こそ[一]つゐ《(ひ)》のすみかなれ。その上《うへ》、歌《うた》には、神も佛《ほとけ》も[二]納受《なふじう》し、慈悲《じひ》をたれたまふ。されば、[三]花になく鶯《うぐいす》、水《みづ》にすむ蛙《かわづ》だにも、歌《うた》をばよむぞかし。いわ《(は)》んや、人として、いかでかこれをはぢざるべき」とて、この歌《うた》をよみて、

[四]数《かず》ならぬ心《こゝろ》の山のたかければ奥《おく》のふかきをたづねこそいれ

[五]すつる身になを《(ほ)》おもひ出となるものはとふにとはれぬ情《なさけ》なりけり

まことや、「[六]天人の婬《いん》せざる所は、禍《わざわひ》ありて、しかも禍《わざはひ》なし」と、[七]東方朔《とうばうさく》がことば、思ひしられて、しかるべき[八]善知識《ぜんちしき》をたづね、生年《しやうねん》十六歳《さい》と申《(まうす)》に出家《しゆつけ》して、諸國を修行《しゆぎやう》して、後には、大磯《おほいそ》の虎《とら》がすみ家をたづね、[九]道心に行《ぎやう》じて、いづれも八十餘にして、[一〇]往生《おふじやう》の素懐《そくはひ》をとげにけり。有《(あり)》がたかりし心ざしとぞきゝし。源《げん》太左衛門景季《さへもんかげすへ》は、此事をきゝて、もとより此女の心《こゝろ》ざま、[一一]尋常《じんじやう》にして、歌《うた》の道《みち》にも[一二]やさし。今《いま》は、曾我之《(の)》五郎こそ敵《かたき》なれ。行《(ゆき)》あはん所にて、本意《ほんゐ》お《(を)》達《たつ》せんと思ひければ、さてこそ、平塚《ひらつか》の宿まではおひたりけれ。その時《とき》、景季《かげすへ》勢《いきおい》、[一三]又ならぶ人やあるべきなりしか共《(ども)》、富士《ふじ》野裾《すそ》野にては、まことに[一四]男《おとこ》がましくも見えざりしぞかし。されば、「人は世に有《(あり)》とも、よく〳〵思慮《しりよ》有《(ある)》べき物を」とて、みな人申《(まうし)》あわ《(は)》れけり。五郎も、此の事をつたえ《(へ)》きゝて、やさしくも、又こゝろもとなくもぞ思ひける。これによりて、いよ〳〵[一五]身を身とも、世を世共《(とも)》しらで、[一六]思ふ事のみいそぎけるは、理《ことはり》すぎてぞ、あはれなる。

一　最後に落ちつく所。
二　聞きいれ。
三　古今集仮名序に、「花になくうぐひす、みづにすむかはづのこゑをきけば、いきとしいけるもの、いづれかうたをよまざりける」とあるが、鶯や蛙が、みずから歌をよむとはいわない。
四　数ならぬ身でも、心は山のように高いので、奥深く尋ねて仏道に入ろう。
五　世捨人となっても、やはり思い出の種となるのは、問うにも問いかねる、あの人の情のことである。
六　典拠未詳。天人の婬欲にふけらないのは、かえって不幸を招き、しかも不幸にならないの意か。禍福の測りしれないことを説き、遊女の身のために、かえって仏門に入れたというのか。
七　前漢の人。弁舌文章に長じ、諧謔を好み、奇行が多い。伝説の面では、仙術をよくする方士として知られる。
八　人を導いて仏道に入らせる高僧。
九　「同心」にあたるか。↓補一五五。
一〇　現世を去り浄土に行って生まれようという平素のねがい。
一一　立派であって。
一二　すぐれている。
一三　並ぶ人のない様子であったが。
一四　「をこがましくぞ見えたりしぞかし」か。↓補一五六。
一五　わが身も世間体も考えないで。
一六　敵を討とうとすること。
一七　春秋時代の中国で、ながく敵対しあった二つの国。呉は江蘇省南部により、越は浙江省北部を占めた。呉越の

（呉越《ごあつ》のたゝかひの事）[一七]

そも〱、五郎が、富士野《ふじ》にて、會稽《くはいけい》[一八]の恥《はぢ》をきよむといひける由來《ゆらい》をくはしくたづぬるに、昔《むかし》、異朝《いてう》に、呉國《ご》・越國《あつ》とて、ならびの國あり。呉國王《ごこくわう》をば、闔閭《かうりよ》[一九]の子にて、呉王夫差《ごわうふさ》[二〇]といひ、越國《あつこく》の王《わう》をば、大帝《たいてい》[二一]の子にて、越王勾踐《あつわうこうせん》[二二]とぞいひける。しかるに、かの兩王、國《くに》をあらそひ、たゝかひをなす事たえず。有時《(ある)》は、呉王《ご》をほろぼし、有時《ある》は、越王《あつわう》を退治《たひぢ》し、有時《(ある)とき》は、親の敵《かたき》となり、有時《(ある)とき》は、子の仇《あた》と也《(なり)》、義勢《ぎせい》[二三]はなはだしく、累年《るひねん》[二四]におよぶ。爰《(ここ)》に、越王《あつわう》の臣下《しんか》に、范蠡《はんれい》[二五]といふ武勇《ぶよう》[二六]の達者《たつしや》あり、かれをまねきよせていわ《(は)》く、「今《いま》の呉王《ご》は、まさしき親《おや》の敵《かたき》也。これをうたずして、いたづらに年をを《(お)》くりて、あざけりを天下にのこす事、父祖《ふそ》の恥《はぢ》[二七]を九泉苔《きうせんこけ》[二八]の下にはづかしむる事、うらみつくしがたし。されば、越國《あつ》のつわ《(は)》物もよお《(ほ)》し、呉國《ご》へうちこえ、呉王《ごわう》をうちほろぼし、父祖《ふそ》のうらみを報《ほう》ぜんと思ふなり。なんぢは、しばし國《くに》にとゞまりて、社稷《しやしよく》[二九]をまもるべし」とのたまひければ、范蠡《はんれい》申《(まうし)》けるは、「しばらく愚意《ぐい》[三〇]をもつて事をはかるに、今越《いまあつ》の力《ちから》にて、呉王《ごわう》をほろぼさん事、すこぶるかたかるべし[三一]。その故《ゆへ》は、まづ兩《りやう》國《ごく》の兵《つわもの》をかぞふるに、呉國《ご》には、二十萬《まん》騎あり、越《あつ》の國《くに》は、はつか[三二]十萬騎《まんぎ》也、小《せう》[三三]をも

戦いのことは、後漢の趙曄の呉越春秋に詳しく、平治物語下「呉越戦ひの事」・源平盛衰記十七「勾践夫差事」・太平記四「呉越軍事」などに取りあげられている。以下、太平記に近い。

一八 前出。↓一九二頁注一八。

一九 春秋時代の呉王。越王勾践と戦い、傷ついて死んだ。

二〇 闔閭の後をついで、呉王となり、越を伐って、父の仇を報じた。後に、勾践に敗れて自殺した。

二一 彰考館本に、「死帝」とある。勾践の父の名「允常」の誤か。

二二 允常の後をついで、越王となり、闔閭を破ったが、夫差に捕えられた。後に、范蠡と計って、呉を滅した。

二三 みせかけの勢い。負けん気。

二四 年をかさねること。

二五 勾践の功臣。呉を滅して後に、野に下って、富豪となり、陶朱公という。

二六 武勇にすぐれた人。↓一五七頁注一九。

二七 彰考館本などに、「尸〈かばね〉」とある。

二八 あの世。文選十二「海賦」の李善注に「地有㆓九重㆒故曰㆓九泉㆒」とある。

二九 国家。もともと社は土地の神、稷は穀物の神。古く国を建てるにあたって、君主がそれらの神を祭ったという。

三〇 自分の考えでこの事を推し測ると。

三一 むずかしいだろう。

三二 「わづか」の意。

三三 孟子梁恵王上に、「小固不㆑可㆓以敵㆑大」とある。少ない人数で、多くの人数と戦ってはならないの意。

つて、大に敵《てき》せざれとなり。その上《うへ》、呉王《ごわう》の臣下《しんか》に、[一]伍子胥《ごししよ》とて、智ふかうして[二]才《さい》たかき、[三]人を付《(つく)》る勇士《ゆうし》あり。かれがあらん程《ほど》は、呉王《ごわう》をほろぼさん事、かなふべからず。[四]麒麟《きりん》は、角《つの》に肉《しゝ》ありて、たけき形《かたち》を[五]あらはさず、[六]潜龍《せんれう》、[七]三冬《とう》に[八]うづくまつて、[九]一陽來《やうらい》復《ふく》の天《てん》をまつ。しばらく兵《つはもの》を[一〇]伏《ふく》して、武《ぶ》をかくし、時《とき》をまちたまへ」といさめければ、越《あつ》王、これをもちい《(ひ)》ず、大《(おほき)》にいかつて、「軍《いくさ》の勝負《せうぶ》は、勢《せい》の多少によらず、たゞ時《とき》の運《うん》により、又は大將《しやう》のはかりことによるなり。されば、呉《ご》と越《あつ》とのたゝかひ、度《(ど)》々《ど》におよび、[一一]雌雄《しゆう》を決《けつ》すること、なんぢこと〳〵くしれり。つぎに、伍子胥《ごししよ》があらん程《ほど》は、かなはじといはゞ、我つゐ《(ひ)》に父祖《ふそ》の敵《かたき》をうたずして、うらみを[一二]謝《しや》せん事有《(ある)》べからず。いたづらに伍子胥《ごししよ》がしぬるをまたば、生死《しやうじ》かぎりあり、老少《らうせう》さだまらず、伍子胥《ごししよ》とわれと、いづれをか先《さき》としらん。これ、[一三]しかしながら、なんぢが愚心《ぐしん》なり。はれ《(わ)》又、兵《つわもの》をもよお《(ほ)》す事、さだめて呉《ご》國へきこゆらん。事のびば、かゑ《(へ)》つて呉王《ごわう》にほろぼされん時《とき》に、くゆとも、益《えき》あるまじ」とて、越王《あつわう》十一年《ねん》二月上旬《じゆん》の頃《ころ》、十萬騎の兵《つわもの》を率《そつ》して、呉《ご》國へぞよせたりける。呉王《ごわう》、これをきゝ、「小敵《せうてき》[一四]あざむくべきにあらず」とて、みづから二十萬騎《ぎ》の勢《せい》を率《そつ》して、呉《ご》と越《あつ》との境《さかひ》、[一五]夫椒縣《ふせうけん》といふ所にはせむかふ《(う)》て、[一六]後《うしろ》には會稽山《くはひけいざん》をあて、前《まへ》には[一七]こせんといふ大川をへだてゝ、陣《ぢん》をとり、敵《てき》を[一八]はからんがために、三萬騎をいだして、のこる[一九]十萬騎《まんぎ》をば、後《うしろ》の山にかくしを《(お)》きけり。越王《あつわう》、夫椒《ふせう》

一 楚の名族の出身。夫差に仕えて、楚王を討ち、父の仇を報じた。後に夫差を諫め、きかれないで自殺した。
二 彰考館本に、「才〈さい〉たかく」、流布本に、「さいたかき事のみならす」とある。
三 王堂本に、「人をなつくる」、流布本に、「人をつくる事あめのふるがごとし、かくのごときの」とある。「つくる」は、従わせる意か。
四 聖人の出る前に現われるという想像上の獣。
五 諸本によって、「あら」を補う。
六 潜んでいて、まだ天に昇らない竜。
七 冬季三カ月。
八 諸本によって、底本の「うつかまつて」を改む。
九 冬が去り春が来ること。
一〇 潜伏させて。
一一 戦って勝負をきめる。
一二 むくいる。
一三 すべて。
一四 彰考館本に、「嘲〈あざける〉へからす」とある。
一五 江蘇省呉郡にある。
一六 会稽山を背にして。↓一九二頁注一八。
一七 彰考館本に、「古仙〈こせん〉」とある。
一八 欺く。
一九 彰考館本に、「十七万騎〈ぎ〉」、流布本に、「十七万ぎ」とある。
二〇 「わづか」の意。
二一 心をあわせて。
二二 彰考館本に、「馬筏〈むまいかだ〉をくみて」、

縣《けん》にのぞみて、敵《かたき》を見るに、[二〇]はつか二三萬騎《まんぎ》にはすぎざりけり。おもはず小勢《ぜい》なりとて、十萬騎《ぎ》の兵《つわもの》を[二一]同心《どうしん》にかけいださせ、[二二]筏《ゐかだ》をくみて、馬《むま》うちわたす。呉《ご》の兵《つわもの》、かねてより敵《かたき》を難所《なんじよ》にお《(を)》びきいれて、のこさずうたむとさだめし事なれば、わざと一戰《せん》にもおよばずして、夫椒縣《ふせうけん》の陣《ぢん》をひき、會稽山《くわいけいざん》にひきこもる。越《あつ》の兵《つわもの》、かつにのり、にぐるをおふ事、三十餘里。[二三]ついの陣《ぢん》を一陣《ぢん》にあわ《(は)》せて、馬の息《いき》きるゝ程《ほど》ぞ、おふ《(う)》たりけり。つぎに、呉《ご》の兵《つわもの》、思ふ程《ほど》、敵《かたき》を難所《なんじよ》にお《(を)》びきいれて、二十萬騎の兵《つわもの》、四方の山よりうつていず《(づ)》。越《あつ》王勾踐《こうせん》を中に[二四]とりこめ、一人ももらさじとせめたゝかふ。越《あつ》の兵《つわもの》は、今朝《けさ》のたゝかひに[二五]と《(ほ)》をがけお《(を)》し、馬人ともにつかれたる上《うへ》、小勢《ぜい》なりければ、呉國《ご》の大勢《ぜい》にかこまれて、一所にうちより、ひかへたり。すゝみてかゝらんとすれば、[二六]敵嶮《てきけん》岨《そ》にさゝへて、[二七]矢じりをそろゑ《(へ)》て、まちかけたり。しりぞいて[二八]はらはんとすれば、[二九]鉾《ほこ》先《さき》にはまれり。され共《(ども)》、越《あつ》王踐《せん》は、[三〇]かたきをやぶり、かたきをくだく事、大勢《ぜい》にこえたる人なりければ、事ともせず、かの大勢《ぜい》の中にかけいりて、[三一]十文字《もんじ》にかけやぶり、[三二]おひまはして、一所にあわ《(は)》せて、三所にわかる、四方《はう》をはらい《(ひ)》、八方《ばう》にあたり、百度《たび》千度《たび》のたゝかひに、勝劣《せうれつ》なし。しかりとはいへども、多勢《せい》に無勢《ぶせい》なれば、つゐ《(ひ)》に越王《あつわう》うちまけて、三萬騎《ぎ》にうちなされけり。されば、越王《あつわう》こらゑ《(へ)》ずして、會稽《くわいけい》山にうち上《(のぼり)》て、うちのこされたる勢《せい》を見るに、わづかに三萬騎に也《(なり)》にけり。馬《むま》にはなれ、矢種《だね》

万法寺本に、「馬いかたをくみて」とある。強い馬と弱い馬を適当に並べて、たがいに助けあうようにしながら、川を渡らせたのである。

二三 彰考館本に、「四墜」、万法寺本に、「しつい」、流布本に、「つぎ」とある。太平記に、「四隊」とある。

二四 とり囲み。

二五 遠方まで馬を走らせ。

二六 けわしい所で踏みとどまって。

二七 みなで弓をひきしぼって。

二八 追い払おう。

二九 彰考館本に、「鋒鍔をさゝえて透〈すき〉なし、進退〈しんたい〉爰〈ここ〉にきわまれり」、万法寺本に、「ほこさきをさゝへてすきなし、しんたいこゝにきはまれり」とある。進むことも退くこともできなくなったさまをいう。

三〇 彰考館本に、「賢をやふり、利〈り〉をくたく事、王勢に超〈こえ〉たる」とあり、万法寺本に、「かたきをやふり、里をくたく事、王せいにこえたる」とある。太平記には、「破レ堅摧レ利事、項王ガ勢ヲ呑、樊噲勇ニモ過タリケレバ」とあって、堅固な甲冑を破り、鋭利な刀剣を砕くさまは、楚王項羽の勢いにもまさっていたの意か。

三一 縦横に敵陣にかけいって破り。

三二 彰考館本に、「巴〈は〉の字に追〈ひを〉まはし」、万法寺本に、「八のじをひまはし」とあり、巴〈ともえ〉のように、めまぐるしく追いまわすさま。巴は、鞆〈とも〉の表にかく模様で、水が沸いて外方へめぐるかたちをあらわす。

こと〴〵くつき、鉾《ほこ》お《(を)》れければ、一戦《せん》にもおよびがたし。隣國《りんごく》の諸侯《しよこう》は、一かつ事を兩方にうかがひて、いづかたとも見えず、ひかへたりしが、二呉《ご》王の軍《いくさ》に利《り》ありと見て、三こと〴〵く呉《ご》王の勢《せい》にぞくわ《(は)》りける。今《いま》は三十萬騎《まんぎ》になりて、かの山をかこむ事、四稲麻竹葦《とうまちくい》のごとく、越《あつ》王かなはじとやおもひけん、五油幕《ゆまく》のうちにいり、つわ《(は)》者をあつめていわ《(は)》く、「われ、運命《うんめい》すでにつきて、今《いま》このかこみにて、腹《はら》をきるべし。これ、まつたく軍《いくさ》の科《とが》にあらず、天《てん》、は《(わ)》れをほろぼせり。うらむべきにあらず。たゞ范蠡《はんれい》がいさめこそはづかしけれ。したがひて、六臣《しん》が御心ざしを報《ほう》ぜざるこそ、無念《むねん》なれ。さりながら、七重恩《ぢうおん》、生々世々《しやうぐせゝ》に報《ほう》じがたし。とても、これほどの心《こゝろ》ざしなれば、あけなば、もろともにかこみを出《(いで)》て、呉《ご》王の陣《ぢん》にかけ入《(いり)》て、屍《かばね》を八軍門《ぐんもん》にさらし、九再生《さいしやう》に報《ほう》ずべし」とて、鎧《よろひ》の袖をぬらしたまへば、兵《つわもの》も、一途《づ》に一〇思ひさだまる勢《せい》を見て、「一一今までの舊好《きうかう》、餘儀《よぎ》なし」とぞ同《どう》じける。さて、一二王鼫與《わうせきよ》とて、八歳《さい》になる最愛《さいあひ》の太子ありけり。よびいだして、「なんぢ、いまだ幼稚《ようち》なり。敵《かたき》にいけどられて、うき目《め》をみん事、くちお《(を)》し。なんぢを先《さき》だてゝ、心やすく討死《うちじに》して、一三九泉《きうせん》の苔《こけ》の下《した》、一四三途《づ》の露《つゆ》の底《そこ》までも、父《ふ》子《し》の恩愛《おんあひ》、すてじと思ふなり。いそぎころすべし」といひければ、太子、何《なに》心もなくてぞありにける。又、一五随身《ずいしん》の重器《てうき》をつみかさねて、こと〴〵く一六やきうしなはんとす。時に、越《あつ》王の一七左將軍《しやうぐん》に、一八大夫種《たいふしゆ》といふ臣下《しんか》在《(あり)》、すゝみいでて申《(まうし)》けるは、「一九生《しやう》をまつた

一 両軍の間で勝負をうかがって。
二 諸本によって、「が」を補う。
三 諸本によって、底本の「こと〳〵」を改む。
四 法華経方便品に、「又能善説㆑法、如㆓稲麻竹葦㆒充㆓満十方刹㆒」とある。稲・麻・竹・葦が群生するように、大軍が幾重にも取りかこんで並ぶさま。
五 油を引いた野戦用の天幕。彰考館本に、「帷幕〈いばく〉」、太平記には、「惟幕〈ヰバク〉」とある。
六 彰考館本に、「臣下〈しんか〉か心さし」、万法寺本・流布本に、「しんか心さし」とあり、「御」は誤。
七 臣下からうけた重い恩義。
八 陣営の門。
九 再びこの世に生まれること。
一〇 彰考館本などに、「思ひさためらるゝ」とあり、決心されたの意。
一一 「今までの古いよしみで、やむをえない」と賛成した。
一二 勾践の子。
一三 あの世。→二二五頁注二八。
一四 死人のたどる道。
一五 身近にもっていた大切な宝物。
一六 諸本によって、底本の「やきうしなはんとそ」を改む。
一七 左方の軍隊の将軍。
一八 正しくは、「大夫種(しょう)」。越王の功臣。後に、勾践に疑われて自殺した。大夫は、卿(けい)の下、士の上に位する官。
一九 生きられるだけ生きて、自然に死ぬのを待つ。

くして、命《めい》をまつ事、とを《(ほ)》くしてかたし。[二〇]死《し》をかろくして、節《せつ》をのぞむ事は、ちかくしてやすし。しばらく重器《てうき》をやき、太子をころさん事をとゞめたまへ。我、[二一]無骨《ぶこつ》なりといへども、呉王《ごわう》をあざむきて、君王《くんわう》の死《し》をすくひ、本《ほん》國にかへり、二度《ふたたび》、大軍《ぐん》をおこし、此恥《はぢ》をすゝがんと存《ぞん》ずるなり。しかるに、今、此山《やま》をかこみ、一陣《ぢん》をはる左將《さしやう》軍《ぐん》は、[二二]太宰嚭《たいさいひ》といふ臣下《しんか》なり。かれは、わが古《いにしへ》の朋友《ほうゆう》なり。誠に[二三]血氣《けつき》の勇士《ようし》といひながら、心《こゝろ》に欲《よく》あり。又、呉《ご》王も、[二四]智《ち》あさくして、はかり事みじかし。[二五]色《いろ》に婬《いん》して、道《みち》にくらし。されば、君臣《くんしん》共に、あざむくにやすき所なり。今《いま》、このたゝかひにまくる事も、范蠡《はんれい》がいさめをもちい《(ひ)》給わ《(ほ)》ぬによりて也。ねがはくは、君《くん》王、しばらく臣下《しんか》に計事《はかりこと》をゆるして、[二六]敗軍《はいぐん》數《す》萬の死《し》をすくひ給へ」と、涙をながして、申《まうし》ければ、越《ゑつ》王、さしあたる理《り》におりて、[二七]「今《いま》より後《のち》、大夫種《たひふしゆ》がことばにしたがふ」とて、重器《てうき》をもやかず、太子をもころさざりけり。大夫種《たいふしゆ》よろこびて、兜《かぶと》をぬぎ、旗《はた》をまき、會稽山《くわいけいざん》よりおり、「越《ゑつ》王の勢《せい》、すでにつきて、呉《ご》の軍門《ぐんもん》にくだる」とよばはりければ、呉《ご》のつわ《(は)》者三十萬騎、かち時をつくりて、[二八]萬歳《ばんぜい》のよろこびをぞとなへける。大夫種《たひふしゆ》は、すなはち、[二九]此ゑ門《もん》にいりて、「つゝしんで、[三〇]呉上將軍《ごじやうしやうぐん》のけしゆつことに屬《ぞく》す」といひて、[三一]膝《しつ》行頓首《かうとんしゆ》して、太宰嚭《たいさいひ》が前《まへ》にひざまづく。太宰嚭《たいさいひ》あわれ《(は)》に思ひ、[三二]顔色《がんしよく》とけて、「越《ゑつ》王の命《いのち》をば[三三]申《まうし》なだむべし」とて、大夫種《ふしゆ》をつれて、呉《ご》王の陣《ぢん》にわたり、此よしかくといふ。

二〇 あっさりと死んで、みさおを守ろうと思う。
二一 彰考館本に、「不肖〈ふせう〉」、万法寺本に、「ふせう」とある。不肖は、とるにたらないこと。
二二 呉の太宰として、越の賄賂〈わいろ〉を受け、夫差に説いて、勾践を助けた。太宰は、後に、勾践のために殺された。太宰は、百官を統べて、一国を治める官。
二三 血気にはやり威勢のよい者。仁義の勇者に対する者。
二四 深謀遠慮に対するさま。
二五 女の色に迷って、仁義の道をわきまえない。
二六 諸本によって、底本の「さいくん」を改む。
二七 彰考館本に、「おれて」、万法寺本に、「おそれて」、流布本に、「をれて」とある。
二八 「万歳〈ばんざい〉」と同じく、いつまでも栄えるようにという祝いのことば。
二九 彰考館本に、「呉〈ご〉の懐門〈くわいもん〉」、太平記には、「呉ノ轅門〈ヱンモン〉」とある。轅門は、陣営の門。戦陣などで、車を並べて、轅〈ながえ〉をむきあわせて、門のようにしたので、轅門という。
三〇 「呉の上将軍の下執事に属す」で、太宰の侍者に取りつぎを乞うことば。上将軍は、上級の将軍。下執事は、下級の執事。「属す」は、つき従う意。
三一 膝ではって進み、頭を地につけて。
↓補一五七。
三二 顔つきをやわらげて。
三三 取りなして許していただこう。

呉王《ごわう》、かれらを見て、大《(おほき)》にいかりていはく、「呉《ご》と越《あつ》とのたゝかひ、今《いま》にかぎらずといへども、[一]時《とき》にゐ《(い)》たりて、勾踐《こうせん》[二]とらはれ、ひが事となれり。是、天《てん》[三]のわれにあたへたるにあらずや。なんぢ、しりながら、かれをたすけよといふ。あゑ《(へ)》て忠烈《ちうれつ》[四]の臣《しん》にはあらず」とて、さらにもちい《(ひ)》たまはず。太宰嚭《たひさいひ》、かさねて申《(まうし)》けるは、「臣《しん》、不肖《ふせう》なりといへども、かたじけなくも、将軍《しやうぐん》の號《かう》をゆるされて、此[五]たゝかひにも一陣《じん》たり。しかれば、はかりことをめぐらし、大敵《てき》をやぶり、命《めい》をかろんじて、[六]かつ事を決《けつ》せり。これ、ひとへに臣《しん》が大[七]しんの功《こう》ともいゝ《(ひ)》つべし。君王《くんわう》のために、天下《てんか》の太平《たひへい》をはかるに、あに一日も忠《ちう》をつくす心をあらわ《(は)》さざらんや」。時《とき》に、呉王《ごわう》、「つら〳〵、[八]せいをはかるに、越王《あつわう》、たゝかひまけて、力《ちから》つきぬとはいへども、のこるつは者、いまだ三萬騎《ぎ》あり。これみな、こ[九]へいてつきの勇士《ようし》なり。御方《みかた》は、おほしといゑ《(へ)》ども、昨日《きのふ》の軍《いくさ》につかれて、前後をうしない《(ひ)》、敵《かたき》は、小勢也《ぜい(なり)》といへども、心《こゝろ》ざしを一にして、しかも、のがれぬ所をしれり。これや、[一〇]窮鼠《きうそ》かへりて猫《ねこ》をくらひ、[一一]闘雀人《とうじやくにん》をおそれずといふべきにや。もしかさねてたゝかはば、御方《みかた》には、あやしみをゝ《(お)(ほ)》かるべし」との給へば、太宰嚭《たいさいひ》が、「たゞ越《あつ》王をたすけて、[一二]一てんの地《ち》をあたへ、[一三]此下臣《しん》となすべし。しからば、呉越《ごあつ》兩國《ごく》のみならず、[一四]齊《せい》・楚《そ》・趙《てう》の三が國、こと〴〵く[一五]朝《てう》せずといふこと有《(ある)》べからず。これぞ、[一六]根《ね》はふかうして、葉《は》をかたくする道《みち》也」と、理《ことはり》をつくしければ、呉《ご》王きゝお《(を)》

一 彰考館本・万法寺本に、「いまにぁたりて」とある。
二 彰考館本・万法寺本に、「とらはれ人となれり」とある。
三 諸本によって、底本の「あらやす」を改め、「あらずや」とする。↓九一頁注二九。
四 ひたすらに忠誠をつくす臣下。
五 諸本によって、底本の「たかかひ」を改む。
六 勝利をきめた。
七 彰考館本に、「丹心」、万法寺本に、「たむしん」、太平記にも、「丹心」とある。丹心は、「赤心」で、まごころ。
八 彰考館本に、「是非〈ぜひ〉」とあり、善悪の意。
九 彰考館本に、「逞兵鉄騎」、太平記にも、「逞兵鉄騎〈テイヘイテツキ〉」とあり、たくましい兵、勇猛な騎兵をいう。
一〇 塩鉄論詔聖篇に、「窮鼠齧レ狸」とある。追いつめられて必死になると、弱者も強者を苦しめることのたとえ。
一一 出典未詳。日葡辞書に、「Tôjacu fitoni Vogizu」とある。
一二 彰考館本に、「一田」、太平記に、「一畝」とある。
一三 彰考館本に、「呉の臣下」、太平記に、「呉ノ下臣」とある。
一四 春秋戦国時代の国名。斉は山東省。楚は湖北省近辺。趙は山西省・河北省。
一五 「朝す」は、朝廷に参内すること。
一六 「根は」は、諸本に、「根を」とぁる。老子下に、「有レ国之母、可ニ以長久一。是謂ニ深レ根固レ柢、長生久視之道一」

はりて、[一七]欲《よく》にふける心をたくましくして、「さらば、會稽《かわいけい》山のかこみをとき、越王《ゑつわう》をたすくべし」とぞさだめける。太宰嚭《たひさいひ》、いそぎ大夫種《たひふしゆ》にかたる。大《(おほき)》によろこびて、越《ゑつ》王《わう》につげければ、士卒《しそつ》[一八]色をなお《(ほ)》し、「[一九]萬事をいで、一生《しやう》にあふ事、ひとへに大夫種《たいふしゆ》が智謀《ちぼう》によれり」とぞよろこびける。さる程《ほど》に、つわ《(は)》者共《(ども)》、みな國にかへる。太子《たいし》の王鼫與《せきよ》には、大夫種《たいふしゆ》をつけて、本《ほん》國へかへし、我は、[二〇]素車《そしや》にのりて、越の國の[二一]璽綬《じどう》を首《くび》にかけ、いやしくも呉《ご》王の下臣《しん》と稱《せう》して、軍門《ぐんもん》にくだりたまひにけり。あさましかりし次第《しだい》なり。されども、なを《(ほ)》し呉《ご》王[二二]心《こゝろ》ゆるしやなかりけん。「[二三]君子《くんし》、刑《けい》人にちかづかず」とて、あへて勾踐《こうせん》に面《おもて》をまみえ給はず。あまつさへ、[二四]典獄《てんごく》の官《くわん》に下されて、[二五]きやうこうゐきうして、[二六]枯蘇城《こそじやう》へ入《(いり)》たまふ。その姿《すがた》見る人、袖《そで》をぬらさぬはなかりけり。げにや、昨日《きのふ》までは、越《ゑつ》國の大王として、[二七]何か心をたづさへし。弓矢を帯《たい》する身とて、今日《けふ》は、かゝる目《め》にあふべしとは、誰かしるべきとて、涙をながさぬはなかりけり。越《ゑつ》王、[二八]かの所に入《(いり)》ぬれば、[二九]手械足枷《てがせあしがせ》をいれ、首《くび》に綱《つな》をさし、土《つち》の籠《ろう》にぞこめられける。夜明《(あけ)》、日暮《(くる)》れども、日月の光《ひかり》をもみず、[三〇]冥暗《めいあん》のうちに、年月をを《(お)》くりむかへし涙の露《つゆ》、さこそは袖《そで》につもるらめ、おもひやられてあわ《(は)》れ也。さる程《ほど》に、國にとゞめおきし范蠡《はんれい》、この事をきゝ、[三一]うらみ骨髄《こつずひ》にとお《(ほ)》りて、忍びがたし。あはれ、いかにもして、我君を本國《ほんごく》に返したてまつりて、もろともに計事《(はかりこと)》をめぐらし、會稽《くわいけい》の恥《はぢ》をき

とある。深根固柢とは、根本を堅固にすること。
一七 思うままに欲にうちこんで。
一八 安心した顔つきになり。
一九 「万事」は、彰考館本・流布本・太平記に、「万死〈ばんし〉」とある。貞観政要論君道に、「出二万死一而遇二一生一」とあり、かならず死ぬと思われたのに、あやうく助かるという意。
二〇 白木づくりの車。罪をあがなうために、飾りをつけなかった。
二一 天子の印とそれを帯びる組紐。
二二 気を許すこと。油断。
二三 公羊伝襄公二十九年に、「君子不レ近二刑人一、近二刑人一則軽レ死之道也」とある。罪人に近づくと、危害を加えられるかもしれないからである。
二四 刑務所の役人。
二五 彰考館本に、「行幸〈ぎやうかう〉駅駈して」とあり、王堂本に、「日にゆく事一ゑきにくして」とある。太平記には、「日ニ行事一駅駆シテ」とある。一日に一駅ずつ進むさまをいうか。
二六 呉の都城。江蘇省蘇州府。
二七 何にも心を用いなくてよかった。「何か」は、彰考館本などに、「何にか」とある。
二八 枯蘇城をさす。
二九 罪人の手足にはめて、自由に動けないようにする道具。
三〇 くらがり。
三一 淮南子人間訓に、「怨レ之憯二于骨髄一」とある。心の底から恨むさま。

よめばやと、肺肝《はいかん》[一]をくだきてぞ、かなしみける。在時《(ある)》、范蠡《はんれい》、計事《(はかりこと)》をもつて、身[二]をやつし、籠《かご》に魚を入《(いれ)》て、みづからこれをにない《(ひ)》、商人《あきびと》のまねをして、呉國《ご》をぞめぐりける。城《じやう》のほとりにて、勾踐《こうせん》の御所をひそかにとひければ、人是をくわ《(は)》しくをしゐ《(へ)》けり。范蠡《はんれい》うれ敷《(しく)》て、かの獄《ごく》ちかく行《(ゆき)》けれ共《(ども)》、警固《けいご》隙もなかりければ、魚《うを》あきなふよしにて、ちかづきよりて、一行《かう》[三]の書《しよ》を魚《うを》の腹《はら》の中に入《(いれ)》て、獄中《ごく》にいれたり。勾踐《こうせん》、あやしみおもひて、魚の腹《はら》をひらきて見れば、書有《(あり)》。ことばにいわ《(は)》く、「西伯《せいはく》[四]とらはれ羑里《ゆうり》。てう〳〵しははしかしよに。みな王覇《わうは》たる。敵《てき》に死《し》をゆるす事なかれ」とぞかきたりける。筆勢《ひつせい》、文章《ぶんしやう》の體《てい》、まが[五]はぬ范蠡《はんれい》がわざなり。さればにや、いまだうき世にながらへて、我ために肺肝《はいかん》[六]しけりと、心ざしの程《ほど》、あわ《(は)》れにも、又たのもしくもぞおもひける。一[七]日片時《へんし》のながらへも、うらめしかりつるに、范蠡《はんれい》がいさめをうけて、今さら、命《いのち》をもお《(を)》しくおもわ《(は)》れけり。かゝる所《ところ》に、敵《かたき》の呉王《ごわう》、にわ《(は)》かに石淋《せきりん》[八]といふ病《やまひ》をうけて、心身《しんじん》[九]とこしなへに悩亂《なうらん》す。巫覡《ふげき》[一〇]いのれ共《(ども)》、験《しるし》なく、醫師《いし》治《ぢ》すれども、いへ《(え)》ずして、露《ろ》命すでにあやう《(ふ)》かりけり。爰《(ここ)》に、他《た》國より名醫《めいゝ》きたりて、「この病《やまい》、まことにおもしといへども、醫術《いじゆつ》およびがたきにあらず。もしこの石淋《せきりん》をなめて、五[一一]味《み》のやうをしる人あらば、その[一二]心《こゝろ》をうけて療治《れうぢ》せんに、すなわ《(は)》ちいゆべし」と申《(まうし)》ければ、「誰か、此石淋《せきりん》をなめて、あぢはひのやうをしるべきか」ととふに、左右の近臣《きんしん》、みなあ

一 心のありたけをつくして考えて。
二 みすぼらしい姿にかえ。
三 一くだりの手紙。魚の腹に手紙を入れることは、宇治拾遺物語「清見原天皇と大友皇子と合戦の事」などにある。
四 「西伯囚二羑里一。重耳走レ翟。皆以為二王覇一。莫二死許一レ敵」にあたる。西伯(周の文王)は、殷の紂王のために、羑里にとらえられたが、後に王者となった。重耳(晋の文公)は、驪姫の讒を恐れて、翟にのがれたが、後に覇者となった。君も、敵に死を許してはならないの意。→補一五八。
五 まちがいない。
六 彰考館本に、「肝〈きも〉をやきけり」、太平記に、「肺肝ヲ尽シケリ」とある。
七 ほんのしばらく生きているのも。
八 腎臓や膀胱に砂石の生ずる病。
九 いつまでももだえ苦しむ。
一〇 神と人との感応を媒介する者。その男を覡といい、女を巫という。
一一 甘(あまし)・酸(すし)・鹹(しおはゆし)・苦(にがし)・辛(からし)の五種の味。
一二 そのあじわいに応じて。
一三 討たれるはずであったが。
一四 公然とゆるされること。
一五 いつの日を待つことができようか。そのほかの機会はないであろう。
一六 「石淋を」の訛。→補六四。
一七 太平記に、「平愈〈ヘイユウ〉シテゲリ」と

ひかへり見て、なむる者《もの》なし。勾踐《こうせん》、これをきゝたまひ、「われ、會稽山《くわいけいさん》にかこまれ、すでに誅《ちう》[13]せらるべかりしを、今《いまゝ》までたすけを《(お)》かれて、天下の赦《しや》[14]をまつ事、ひとへに君《くん》王《わう》の厚恩《かうおん》なり。今《いま》、われ、これをもて報《ほう》ぜずは、いつの日をか[15]期《ご》せん」とて、ひそかに石淋《せきりん》[16]の取《(とり)》てなめ、そのあぢわ《(は)》い《(ひ)》お《(を)》醫師《いし》につげければ、醫師《いし》すなはちあぢわ《(は)》い《(ひ)》をきゝて、療治《りやうぢ》をくわ《(は)》ふるに、呉王《ごわう》の病《やまひ》、たちまちに平癒《へいゆう》[17]す。呉《ご》王、大《(おほき)》によろこびて、「人[18]、心あり、死《し》をたすけずは、いかでか今謝心《いましやしん》あらん」とて、越王《あつわう》を土《つち》の籠《ろう》よりいだし、[19]あまつさへ越《あつ》の國をあたへ、「本《ほん》國に返したまふべし」と宣下《せんげ》[20]せられけり。こゝに、呉《ご》王の臣下《しんか》に、伍子胥《ごししよ》といふ者《もの》在《(あり)》、呉王《ごわう》の前にて申《(まうし)》けるは、「天のあたへ[21]をとらざるは、かへつて、その咎《とが》をうると見えたり。此時、越《あつ》の國をとらずして、勾踐《こうせん》を返したまはん事、千里[22]の野邊《べ》に、虎《とら》をはなつがごとし」といさめける。呉《ご》王もちい《(ひ)》ずして、勾踐《こうせん》を本《ほん》國に歸されけるぞ、運《うん》[23]のきはめとおぼえける。越王《あつわう》[24]よろこびて、車《くるま》[25]の轅《ながゑ》をめぐらし、いそぎ國にぞかへりける。道[26]のほとりに、蛙《かわづ》おほくあつまりて、路頭《ろとう》[27]お《(を)》ふさぐ。勾踐《こうせん》[28]、これを見て、「勇士《ようし》をゐ《(え)》て、素懐《そくわい》[29]を達《たつ》すべき瑞相《ずいさう》、めでたし」とて、車《くるま》よりおりて、是をお《(を)》がみてと《(ほ)》をられけるが、はたしていふごとく、本意《ほんゐ》をとげ給ひにけり。不思議《ふしぎ》なる奇瑞《きずひ》[30]也。さて、越《あつ》王、國にかへり、故郷《こきやう》を見るに、いつしか三年にあれはてゝ、鳥[31]、松桂《せうけい》の枝《えだ》にすくひ、狐《きつね》、蘭菊《らんぎく》の草むらにかくる。はらふ人なき閑庭《かんてい》[32]には、

ある。平癒(へいゆ)は、病気の治まること。
一八 勾践に情があり、自分の死を助けてくれないならば、こうして今、お礼をする気持はおこらないだろう。
一九 その上に。
二〇 仰せごとを宣べ下した。
二一 史記越世家には、「范蠡曰」として、「且夫天与弗レ取。反受二其咎一」とある。
→九一頁注二九。
二二 太平記のほかに、源平盛衰記十七「大場早馬」に、「千里の野に虎を放ちたる」、義経記二「義経陵が館焼き給ふ事」に、「獅子虎を千里の野辺に放つ」とある。危険なものを野放しのままにして、大きなわざわいのもとをつくることのたとえ。
二三 運命のわかれめ。
二四 諸本によって、底本の「よりこひて」を改む。
二五 車のむきをかえ。
二六 勾践が蛙を拝したことは、貞観政要議征伐・韓非子内儲説上などにみえ、源平盛衰記・太平記にも引かれる。
二七 みちのほとり。
二八 諸本によって、底本の「こせん」を改む。
二九 平素のねがいをはたすことのできるめでたいしるし。
三〇 不思議なめでたいしるし。
三一 鳥は、流布本に、「ふくろふ」、太平記に、「梟」とある。白氏文集一「凶宅」に、「梟鳴二松桂枝一、狐蔵二蘭菊叢一」とある。
三二 ものしずかな庭。

落葉《らくよう》みちて、蕭々《せう〳〵》[一]たり。越《あつ》王歸給《(かへりたまひ)》ぬと聞《(きき)》ければ、かくれい《(ゐ)》たる范蠡《はんれい》、太子の王鼫與《せきよ》を宮中《きうちう》に入奉《(いれたてまつる)》。又、越《あつ》王の后西施《きさきせいし》[二]といふ美《び》人あり。これぞ、呉《ご》國にきこゆるなんこく・[三]南威《なんい》・とうい・西施《せいし》とて、四人の美《び》人有《(あり)》ける中にも、西施《せいし》は、顔色《がんしよく》世にすぐれ、嬋娟《せんげん》[四]たる顔《かほ》[五]ばせ、たぐひなかりしかば、越王《あつわう》、ことに寵愛《てうあひ》して、しばしも傍《かたはら》をはなし給はざりき。越王《あつわう》、呉王《ごわう》にとらはれし程は、その難《なん》をのがれんがために、身をそばめ[六]、かくれい《(ゐ)》たまひしが、越王《あつわう》かへり給ふとき〻、よろこびて故宮《こきう》にまい《(ゐ)》りたまふ。此三年を待《(まち)》わびしおもひに、雪《ゆき》の膚《はだへ》[七]、しは〳〵おとろへたる御容《かたち》、いとゞは《(わ)》[八]りなくおぼえたり。よその袂《たもと》までも、しほ《(を)》る〻計《(ばかり)》なり。越《あつ》王、此顔《かを》ばせに、いよ〳〵心[九]をそへ給ひけり。理《ことはり》とぞ見えける。爰《(ここ)》に、呉《ご》王よりつかひ有《(あり)》。越《あつ》王おどろきて、范蠡《はんれい》をいだしてきくに、「我君、婬《いん》[一〇]のこのみ、色をを《(お)》[一一]もくして、美《び》人を尋《(たづぬる)》事、天下にあまねし。しかれども、西施《せいし》がごとくの顔色《がんしよく》をゑ《(え)》ず。越《あつ》王の古《いにしへ》、會稽《くわいけい》山をいでし時、一言《げん》の約束《やくそく》有《(あり)》、わすれたまふべきにあらず。はや〳〵西施《せいし》を呉《ご》のこきう[一二]へ冊入《しやくじう》[一三]し奉り、貴妃《きひ》[一四]の位《くらゐ》にそなゑ《(へ)》ん」との使《(つかひ)》[一五]なり。越《あつ》王聞《(きき)》、「われ、呉《ご》王にとらわ《(は)》れ、耻《はぢ》をわすれ、石淋《せきりん》をなめて、命をたすかりし事も、たゞかの西施《せいし》に偕老《かひらう》[一六]の契りをむすびし故《ゆへ》なり。されば、西《せい》施《し》を他《た》國へつかはさん事、かなふべからず」といふ。范蠡《はんれい》申《(まうし)》けるは、「誠に君王《くんわう》の展《てん》[一七]したる思ひをはる〻に[一八]、臣《しん》[一九]か心なしまさるにはあらね共《(ども)》、もし西施《せいし》をお《(を)》しみ給はゞ、

一 ものさびしいさま。
二 勾践が夫差に献じた美女。
三 彰考館本に、「南国、南威、東威、西施〈せいし〉」とある。南威の名は、戦国策に出て、宝物集下などに引かれる。
四 たおやかに美しい。易林本節用集に、「嬋娟〈センゲン〉」「嬋娟〈タヲヤカ〉」とある。
五 顔のさま。
六 傍へよけて。
七 皺がよって。
八 やるせなく。たえがたく。
九 愛情を加えなさった。
一〇「婬〈いん〉を」の訛。→補六四。
一一 諸本によって、底本の「色をもくして」を改む。色は、情欲。
一二 彰考館本に、「後宮〈こうきう〉」、太平記に、「後宮〈コウキユウ〉」とある。
一三 彰考館本に、「冊入したてまつり」、王堂本に、「かしづき入たてまつり」、太平記に、「奉二冊入〈カシヅキイレ〉二」とある。
一四 女官の位の一。
一五 諸本によって、底本の「吏」を改む。
一六 諸本によって、底本の「かひらう契り」を改む。→一一六頁注九。
一七「展転〈てん〉の思ひ」で、ふしまろび思いなやむこと。→補一五九。
一八「はかるに」で、推測するとの意。→補一六〇。
一九「臣心かなしまざる…」か。→補一六一。
二〇 彰考館本に、「午儀」とあるが、「平儀」で、平和な状態か。流布本に、「ぎへい」とあり、「二たびおこりて」と続き、太平記には、「軍〈イクサ〉」とある。

呉越《ごゑつ》のへいき[二〇]、二度やぶれて、此國をとらるゝのみならず。西施《せいし》をもうばはれ、社稷《しやしよく》[二一]をもかたぶけらるべし。つら〳〵、是をはかるに、呉王《ご》、婬《いん》[二二]のこのみ、色にまよふ事、うたがひなし。國《くに》[二三]つい《(ひ)》へ《(え)》、民《たみ》そむかん時《とき》にを《(お)》よびて、つわ《(は)》者をおこし、呉《ご》をせめられんに、かつ事、立所《(たちどころ)》[二四]なるべし。さらば、夫人《ふじん》[二五]の御契、長久《ちやうきう》ならん」と、涙をながしてくどきければ、越王《ゑつ》、「我、前《さき》に范蠡《はんれい》がいさめをもちい《(ひ)》ずして、呉王《ご》にかこまれ、命つきなんとす。今又、かのいさめきかずは、さだめて天の照覧《せう》[二六]にもそむきなん」とて、西施《せいし》を呉國《ご》へぞ送られける。たがひのわかれの袖《そで》、愁歎《しうたん》[二七]にのこるといふもあまりあり。されど共《(ども)》、范蠡《はんれい》がいさめをたがへず、一人の太子をもふりすて出《(いで)》たまふ御心も、たゞ末《すへ》の世を思ひたまふ故《ゆへ》なり。さりながら、一かたならぬわかれのかなしさ、たとゑ《(へ)》ん方《かた》もなし。さて、かの西施《せいし》は、一度《たび》[二八]ゑめば、百《もゝ》の媚《こび》有《(あり)》、一度宮中《たびきうちう》に入《(いり)》ぬれば、呉王《ご》、心をまどはす。呉王《ご》は、おもひよりも心あくがれて[二九]、婬樂《ゐんらく》[三〇]をこのみて、夜ともしらず、遊宴《ゆうゑん》をもつぱらとして、國のあやうきをもかへり《(ゑ)》みず、誠に范蠡《はんれい》がいさめたがはずと見えける。爰《(ここ)》に、呉王《ご》の臣下伍子胥《しんかごししよ》、これをなげき、呉王《ご》をいさめていわ《(は)》く、「君みずや、殷《いん》[三一]の紂王《ちうわう》は、妲己《だんき》[三二]にまよひて、世をみだし、周《しゆ》[三三]の幽《ゆう》王は、褒姒《ほうじ》[三四]を愛《あひ》して、國をかたぶけられし事、とをき《(ほ)》にあらず」と、度々いさめけれ共《(ども)》、あへて、これをきかず。有時《(ある)》、呉王《ごわう》、西施《せいし》[三五]に宴《ゑん》せんとて、群臣《くむしん》[三六]をあつめ、枯蘇臺《こそたひ》[三七]にして、花に酔《ゑい》[三八]をすゝめ

二一 国家。↓二二五頁注二九。
二二 「婬を」の訛。↓補六四。
二三 おとろえ。
二四 たちまちであろう。
二五 天子の妃。ここでは、西施をいう。
二六 神仏の御覧になること。
二七 なげきかなしむこと。
二八 白氏文集十二「長恨歌」に、「回レ眸一笑百媚生」とある。一度でも笑うと、多くの媚態があらわれるの意。
二九 魂が身にそわないで。
三〇 太平記に、「夜ハ終夜ラ婬楽ヲノミ嗜デ、世ノ政ヲモ不レ聞、昼ハ昼日遊宴ヲノミ事トシテ、国ノ危ヲモ不レ顧」とある。↓補一六二。
三一 殷の最後の王。酒色にふけり、虐政をおこない、周の武王に滅ぼされた。
三二 「妲己《(だっき)》」の訛。紂王の寵愛あつく、婬楽・残忍をきわめたが、武王のために殺された。彰考館本に、「妲姫」、万法寺本に、「たつき」、太平記に、「妲妃《(ダッキ)》」とある。
三三 周の第十二代の王。暗愚な王で、申侯と犬戎に攻め滅ぼされた。
三四 幽王の后。容易に笑わず、烽火をあげて、諸侯を集めると、はじめて笑った。後に戦乱にあたり、烽火をあげても、諸侯を集められなかったという。
三五 西施のために。
三六 諸本によって、底本の「くむしつ」を改む。
三七 枯蘇山のそばに、闔閭が築いたという三百丈の高台。
三八 よい機嫌に酔った。

けるが、[一]さしも玉《たま》をしき、金《こがね》を大[二]うする瑤階《ようかひ》[三]をのぼるとて、裙《もすそ》[四]をたかくかゝげ[五]て、ふかき水《みづ》をわたる時《とき》のごとくにせり。人是をあやしみ、その故《ゆへ》をとへば、「此枯蘇臺《こそたい》、今越王《あつわう》にほろぼされ、草《くさ》ふかく、露《つゆ》しげき地《ち》とならん事とを《(ほ)》からず。は《(わ)》れ、もしそれまで命《いのち》あらば、昔《むかし》の跡《あと》みんに、袖よりあまる[六]荊棘《けいきよく》[七]の露ふかかるべき行末《すへ》の秋、思へば、いか様にしてわたらん」とぞ申《(まうし)》ける。君王をはじめて、聞《(きく)》者、奇異《きい》のおもひをなせり。はたして思ひあわ《(は)》せられけり。又、有時《(ある)》、伍子胥《ごししよ》、青蛇《せいぢや》のごとくなる劍《つるぎ》をぬきて、呉《ご》王の前にを《(お)》きて、いふやう、「此劍《つるぎ》をとぐ事、邪《じや》をしりぞけ、敵《てき》をはらはんためなり。つら〱、國のかたぶくべき基《もとい》を尋《(たづぬる)》に、みな西施《せいし》よりおこれり。されば、これにすぎたる大敵《てき》なし。ねがはくは、西施《せいし》が首《かうべ》をはねて、社稷《しやしよく》[八]のあやう《(ふ)》きをたすけん」といひて、齒《は》がみをしてぞ、立《(たつ)》たりける。げにや、忠言《ちうげん》[九]は、耳《みゝ》にさかふならひなれば、呉《ご》王、大《(おほき)》にいかり、眼《め》の前《まへ》にを《(お)》きて、國かたぶくといふとも、[一〇]かろく我をやそむかん。まして、今邪《じや》路に入《(いる)》事、其數《かず》[一一]ならず。是、ひとへに怨敵《おんてき》[一二]のかたらい《(ひ)》をうけたりとおぼえたり。さあらんにをゐ《(お)(い)》ては、是非《ぜひ》[一三]をお《(を)》かさざる先《さき》に、伍子胥《ごししよ》を誅《ちう》せらるべきにぞさだめける。伍子胥《ごししよ》、あへて是をいたまず[一四]、「我[一五]、君臣《しん》の朝恩《てうおん》をすつべきにあらず。國《くに》みだれば、一番に出《(いで)》て、呉王《ごわう》のために、屍《かばね》をさらすべき身也。越《あつ》王のつわ《(は)》者の手《て》にかゝ覽《(らん)》より、君《くん》王の手《て》にかかり、しなん事、恨《(うらむ)》べきにあらず。たゞし、君、臣《しん》がいさめをきか

一 彰考館本に、「…時、伍子胥も、威儀を直〈なほ〉〈く〉して出けるか」、太平記に、「…処ニ、伍子胥威儀ヲ正シクシテ参タリケルガ」とある。
二 彰考館本に、「鏤〈ろう〉する」、流布本に、「ちりばむる」、太平記に、「鏤〈チリバ〉〈メタル〉」とある。
三 美しい階段。
四 裳のすそ。裳は、男子の礼装では、表袴の上に着用したもの。
五 諸本によって、底本の「かけて」を改む。
六 こぼれる。
七 いばら。本朝文粋一「河原院賦」に、「強呉滅兮有二荊棘一、姑蘇台之露瀼々」とあり、和漢朗詠集下「故宮」に引かれる。
八 国家。→二二五頁注二九。
九 孔子家語六本に、「忠言逆レ耳、而利二於行一」とある。よいことばは、聞きづらい。→一七九頁注一三。
一〇 かるがるしく。
一一 ひととおりでない。
一二 仇敵の仲間入りの相談。
一三 是と非とであるが、ここでは、非だけの意で、よくないことをいう。
一四 恐れいらないで。
一五 私の方で天子の恩を捨てることはできない。

ずして、[一六]いかりをひろくして、我に死《し》をあたふる事、天すでに君をすつるはじめなり。君、越《ゑつ》王にほろぼされて、[一七]刑戮《けいりく》の罪《つみ》にふせられん事、三ケ年をすぐべからず。ねがはくは、わが兩眼《がん》を[一八]うがちて、[一九]此東門《とうもん》にかけて、其後、首《かうべ》をはねたまへ。[二〇]一雙眼《さうまなこ》[二一]かれずして、待申《(まうす)》べし。君《きみ》、勾踐《こうせん》にほろぼされんを見て、はら《(わ)》わ《(は)》ん」と申《(まうし)》ければ、吳王《ご》、いよ〳〵いかりをなして、つゐ《(ひ)》に伍子胥《ごししよ》をきられけり。無慙《むざん》なりし有様也。しかれ共《(ども)》、吳《ご》王、[二二]後悔先《こうくはひさき》にたゝざる理《ことはり》、おもひあわ《(は)》せられけり、伍子胥《ごししよ》ねがひしごとく、二の眼《まなこ》をぬきて、[二三]東門にかけをき《(お)》たり。しかうして後、惡事《あくじ》いよ〳〵つもれ共《(ども)》、伍子胥《ごししよ》が果《はて》を見て、あゑ《(へ)》ていさむる臣下《しんか》もなし。あさましかりし有様なり。越《ゑつ》國の范蠡《はんれい》、是をきゝ、時すでにゐ《(い)》たりぬとよろこびて、みづから二十萬騎のつわ《(は)》者を[二四]卒《そつ》してむかひけり。折節《ふし》、吳王《ごわう》は、[二五]晉《しん》の國そむくと聞《(きゝ)》て、兵《つわもの》を[二六]卒《そつ》し、かの國へむかはれたる隙なりしかば、ふせぐ兵《つわもの》、一人もなし。范蠡《はんれい》、先《(まづ)》王宮《わうくう》へみだれ入《(いり)》、西施《せいし》を取返し、越《ゑつ》の王宮《わうくう》へかへし入《(いれ)》奉り、すなはち、枯蘇城《こそじやう》をやきはらふ。齊《せい》・楚《そ》の兩國も、越《ゑつ》王に心ざしを通《つう》ずる子《し》細《さい》ありければ、三十萬騎《ぎ》の兵《つわもの》を出し、范蠡《はんれい》が勢《せい》に力《ちから》をぞあわ《(は)》せける。吳王《ごわう》、これをきゝ、大《(おほき)》におどろき、晉《しん》の國のたゝかひをさしをき《(お)》て、此國にひき返し、越《ゑつ》王にたゝかひをなす。されども、越《ゑつ》・齊《せい》・楚《そ》のつわ《(は)》者[二七]雲霞《うんか》のごとく、前よりき[二八]を《(ほ)》へば、後《うしろ》よりは、晉《しん》の國の强敵《がうてき》、かつにのりて、おつかけたり。吳王《ごわう》、大敵《てき》に前後をつゝまれて、のが

一六 たいそう怒って。
一七 死罪に処せられる。
一八 くりぬいて。
一九 彰考館本に、「呉の東門〈とうもん〉」、太平記に、「呉ノ東門」とある。
二〇 一対の眼、すなわち両眼。彰考館本に、「一双〈さう〉の眼〈まなこ〉」、万法寺本・流布本に、「一さうのまなこ」、太平記に、「一双ノ眼」とある。
二一 生きたままで。
二二 今昔物語集三十一の二十三に、「後ノ悔前ニ不立ズト云譬」、義経記七「直江の津にて笈探されし事」に、「後悔先に立つべからず」などとある。
二三 諸本によって、底本の「こう門」を改む。
二四 諸本によって、底本の「そんして」を改む。ひきいての意。
二五 春秋戦国時代の国名。山西省を中心に、河北省から河南省にかけて。
二六 諸本によって、底本の「そんし」を改む。
二七 多く集まるさま。
二八 きそって攻めると。

るべき方なかりければ、死《し》をかろうしてたゝかふ事、三日三夜也。すなわ《(は)》ち、范蠡《はんれい》、あら手《て》を入《(いれ)》かへて、息《いき》をもつがせず、せめける程《ほど》に、呉《ご》王のつわ《(は)》者、三萬餘人うたれしかば、はつかに[一]百餘《よ》人になりにけり。呉《ご》王、みづからあひたゝかふ事、三十二ケ度也。夜半におよびて、百餘《よ》人のつわ《(は)》者、六十騎になり、枯蘇《こそ》山にのぼりて、越《あつ》王の方《かた》へ使を立《(たて)》て、「君《くん》王、昔《むかし》、會稽《くはひけい》山にくるしめをき《(お)》、越《あつ》王勾踐《こうせん》が命をたすけし事、わす[二]れべきにあらず。みづからが臣下《しんか》と也《(なり)》、今《いま》、此[三]亂《らん》のおこす事、ひとへにたすけし重恩《ちうおん》にあらずや。我も、今より後《のち》、越王《あつわう》のごとく、又君《くん》王の[四]玉趾《ぎよくし》をいたゞかん。君、もし會稽《くわひけい》の恩《おん》を忘《(わすれ)》ずは、今日《けふ》の死《し》をたすけ給へ」と、ことばをつくしけり。越王《あつわう》、是をきゝて、古《いにしへ》の我思ひ、今の人のかなしみこそ思ひしられて、呉《ご》王をころすにおよばず、その死《し》をすくはん事を思ひわづらい《(ひ)》給へり。范蠡《はんれい》、是を聞《(きき)》、大《(おほき)》にいかり、越《あつ》王の前にきたり、[五]面《おもて》を《(を)》おかして申《(まうし)》けるは、古《(いにしへ)》は、天、越《あつ》を呉《ご》にあたへたり。しかるに、今は、又呉《ご》を越《あつ》に[六]ほどこす。すぎにし方のあたへを、呉《ご》王とらずして、此害《がい》にあひ、越《あつ》又、かくのごとく害《がひ》に[七]あわ《(は)》れむ事。君臣《くんしん》共に肝《きも》をくだきて、呉王《ごわう》をう[八]る事、二十ケ年の春秋、あにおもひしらざらんや。君非《ひ》をおこなふ時、したがはざるは忠臣《ちうしん》なり」といひすてゝ、呉王《ごわう》の使いまだ歸らざるに、范蠡《はんれい》、みづからせめ[九]鼓《つゞみ》を打《(うち)》て、兵をすゝめ、つゐ《(ひ)》に呉《ご》王をいけどりにして、軍門《ぐんもん》の前にひきいだす。范蠡《はんれい》が年《とし》月ののぞみ、いきどお《(ほ)》

一「わづかに」と同じ。
二 諸本に、「わするへきにあらす」とある。↓七五頁注二四。
三「此乱を」の訛。↓補六四。
四 お足をいただこう。臣下となろうの意。
五 相手の意にさからうのを憚らないで諫めて。
六 与える。
七 彰考館本に、「あはん事」、万法寺本に、「あはんことを」、流布本に、「あはん事うたがひなし、ごわうがいをあはれむ事」とある。
八 彰考館本・万法寺本に、「はかる」、太平記に、「謀〈ハカ〉ル」とあり、討とうと企てること。
九 敵に攻めかかる合図にうち鳴らした太鼓。
一〇 両手を後手に縛って、面を前方にさし出すこと。
一一 小さい旗を上部につけたほこ。
一二 彰考館本に、「大〈おほき〉に笑〈ゑむ〉」、万法寺本に、「大きにわらふ」とある。
一三 深く思いこむこと。
一四 憎みそしらない。
一五 前出。↓一九二頁注一八。
一六 彰考館本に、「覇者の盟主」、万法寺本に、「はんじやうの地のぬし」、流布本に、「はしやのめいしゆ」、太平記

り、さこそと思ひやられたれ。呉王《ごわう》は、すでに面縛《めんばく》[一〇]せられて、呉《ご》の東門《とうもん》をとおり(ほ)たまひけるに、呉王《ごわう》の忠臣伍子胥《ちうしんごししよ》がいさめかなはずして、首《かふべ》をはねられし時《とき》の兩眼《りやうがん》、幢《はたほこ》[一一]にかけたりしが、呉王《ご》の果《はて》をみんとて、三年までかれずして、見ひらきてありしが、呉《ご》王面縛《めむばく》せられ、かの一雙《さう》の眼《まなこ》の前《まへ》をわたりけるを見て、みづからうごきはたらきて、[一二]わろ(ら)ふ氣色《けしき》見へ(え)けり。執情《しうじやう》[一三]の程《ほど》ぞおそろしき。呉王《ご》、かれに面《おもて》をあわ(は)せん事、さすがはづかしくや思ひけん、袖を顔《かほ》におしあて、首《かふべ》をかたぶけて、とを(ほ)りたまふぞ、いたはしき。數萬のつは者、これを見て、脣《くちびる》[一四]を返さぬはなかりけり。さて、かの伍子胥《ごししよ》が眼《まなこ》、呉《ご》王の果《はて》を見送《おくり》て、霜の日影《かげ》にとくるがごとく、時の間《ま》にきえてうせにけるぞ、無慙《むざん》なる。すなわ(は)ち、呉《ご》王夫差《ふさ》をば、典獄《てんごく》の官《くはん》に下されて、會稽山《くわひけい》の麓《ふもと》にて、つい(ひ)に首《かうべ》をはねたてまつる。あはれなりし例《ためし》とぞ申《まうし》つたえ(へ)ける。されば、古《いにしへ》より今《いま》にいたるまで、俗《ぞく》の諺《ことわざ》に、「會稽《くはいけい》[一五]の恥《はぢ》をきよむ」とは、此事をいふなるべし。さて、越王《あつわう》は、呉《ご》國を取《とる》のみならず、隣《りん》國までしたがへ、いしやのちしゆ[一六]となりしかば、其功《こう》を賞《しやう》じて、范蠡《はんれい》をば、萬戸《こ》[一七]の首領《しゆれう》になさんとし給ひしか共《ども》、范蠡《はんれい》、かつて祿《ろく》をうけず、「大[一八]名の下には、久居《きうきよ》すべからず。功《こう》[一九]なり名《な》とげて、身しりぞくは、天の道也」とて、つい(ひ)に、名お(を)かへ、陶朱公《とうしゆこう》[二〇]といはれて[二一]、五湖《こ》[二二]といふ所に身をかくし、世をのがれて、釣《つり》して、白頭《はくとう》[二三]の翁《おきな》となりて、後には、行方《ゆきがた》しらずとぞ申《まうし》つたえ(へ)ける。有人《ある》のいはく、

に、「覇者ノ盟主」とある。「覇者の盟主」は、武力・権謀を用いて政治をとる諸侯の頭。

一七 彰考館本に、「万戸の綏続になさん」、万法寺本に、「ばんこのしうけうになさん」、流布本に、「はんここうにほうぜん」、太平記に、「万戸侯ニ封ゼン」とある。万戸侯は、一万の戸数のある土地を領有する諸侯。

一八 史記越世家に、「范蠡以為」として、「大名之下難二以久居一」とある。彰考館本に、「大名〈たいめい〉の下には、久しく居すへからす」、万法寺本に、「大めいの下には、久しくきえすへからす」、流布本に、「大めいのしたにはひさしくをるべからず」、太平記に、「大名ノ下ニハ久ク不レ可レ居ル」とある。名誉ある地位に長くとどまるのは、人のねたみをうけてよくないの意。

一九 老子上に、「金玉満レ堂、莫二之能守一。富貴而驕、自遺二其咎一。功成名遂身退、天之道」とある。十分に功績をたて、名誉をえた後に、その地位を退いて身を守るのは、天の道にかなっている。

二〇 史記越世家に、「止二于陶一、…自謂二陶朱公一、…致レ貲累二巨万一」とある。

二一 諸本によって、底本の「いされて」を改む。

二二 諸本によって、底本の「五ゑつ」を改む。五湖は、江蘇・浙江二省にわたる太湖とも、太湖附近の五湖とも、湖南省北部の洞庭湖ともいうが、あきらかでない。

二三 白髪の老人。

「越《ゑつ》王は、會稽《くはいけい》の恥《はぢ》をすゝぎ、運《うん》[一]のひらき、世にさかふ也。今の時宗[二]は、恥《はぢ》をすゝぐといへ共《(ども)》、一命をうしなふ也。たとへにもなるべからず」とぞ申《(まうし)》ける。又、有《(ある)》者のいはく、「此人々、弓矢を取《(とつ)》ての勢《いきおひ》、打物[三]を取《(とつ)》てのふるまひ、呉越《ごゑつ》のたゝかひにはまされるものかな」と感《かん》ずる人もおほかりけり。聞《(きく)》人、「理《ことはり》」とぞ申《(まうし)》ける。

## [四]（鶯《うぐひす》・蛙《かわづ》の歌《うた》の事）

扨《(さて)》も、「花[五]になく鶯《うぐひす》、水《みづ》にすむ蛙《かわづ》だにも、歌[六]をばよむ物を」といひけるは、仁王[七]八代御《(み)》門孝元《かどかうげん》[八]天王の御時、大和國《の》の葛城《かづらき》[九]山、高間《かうげん》[一〇]寺といふ所に、一人の僧《そう》ありけるが、又もなき弟子《でし》を先《さき》だてて、ふかくなげきゐたり。つぎの年の春、かの寺の軒端《のきば》の梅の木ずへ《(ゑ)》になく鶯《うぐひす》の聲を聞《(きけ)》ば、「初陽毎朝來《しよやうまいてうらい》[一一]、不相還本栖《ふさうげんほんせい》」となきける。文字《もんじ》にうつせば、歌なり。

[一二]初春《はつはる》の朝《あした》ごとにはきたれどもあわ《(は)》でぞかへるもとのすみかに

と、鶯《うぐひす》[一三]のまさ敷《(しく)》よみたる歌ぞかし。また、蛙《かわづ》[一四]の歌よみけるとは、良定《よしさだ》、住吉に忘草をたづねゆきしに、かの女房《ばう》にはあはずして、[一五]あくがれ立《(たち)》たりし時《とき》、蛙《かはづ》、その前をはひとをる跡《あと》を見れば、歌《うた》あり。

一「運を」の訛。→補六四。
二「時致」にあたる。
三 打ちきたえた武器、刀、槍など。
四 この物語は、毘沙門堂本古今集註に、「日本記云」として収められ、月刈藻集下に、「二条為世卿曰ク」として収められる。鶯の歌については、謡曲「白楽天」にも語られる。
五 前出。→二二四頁注三。
六 諸本によって、底本の「歌はを」を改む。
七「人皇」にあたる。
八「天皇」にあたる。
九 大阪府と和歌山県との境にある山。修験道の霊場。
一〇 葛城山の東麓、奈良県御所市高天《(たかま)》にあった寺。
一一 毘沙門堂本古今集註に、「初陽毎朝来、不相還本誓」とある。
一二 毘沙門堂本古今集註に、「ハツ春ノアシタコトニハキタレトモアヒカヘラサルモトノチカヒヲ」とある。謡曲「白楽天」・月刈藻集では、底本と同じ。いつも初春の朝には来ているが、あわないでもとのすみかに帰ってゆく。
一三 毘沙門堂本古今集註に、「恠思テネタル夜ノ夢ニ告テ云、我ハ汝カ弟子ナリ生テカヘテ鳥ト成テ此ニ来レリト云ケリ、是ヲ日本記ニハウクヒス童ノ歌ト云也」とある。
一四 毘沙門堂本古今集註に、「日本記云、紀良定住吉ノ浦ニ行テワスレ草ヲ尋ケルニ美女ニアヘリ。来春ヲ契テ尋来リケルニ、女ハナシ。ツク〳〵トヲル所

[一六]住吉《すみよし》の濱《はま》のみるめもわすれねばかりそめ人にまたとはれけり

是又、[一七]蛙《かはづ》のまさしくよみし歌なり。

ニ、カヘルノ浜ヲアユミトホルヲ見ニ、其跡歌ナリ」とある。良定は、月刈藻集に、「貫之ヵ四代祖壱岐守紀良貞」とあるが、未詳。住吉は、大阪市住吉区。忘草は、やぶかんぞう。

一五 うかれ出た。

一六 毘沙門堂本古今集註に、「スミヨシノハマノミルメモワスレネハカリニモ人ニ又トハレヌル」、月刈藻集に、「住吉ノ浜ノミルメモ忘ネハカリソメ人ニマタトハレヌル」とある。住吉の浜で逢ったことも忘れないので、かりそめに知った人に、ふたたび訪問をうけた。海藻の「海松(みる)」に「見る目」をかけたもの。

一七 毘沙門堂本古今集註に、「此ヲ日本記ニハカハツ女ノ歌ト云リ」とある。

# 曾我物語　巻第六

## ([一]大磯《いそ》の盃論《さかづきろん》の事)

さても、十郎祐成《すけなり》は、三浦《みうら》より曾我《そが》へかへりけるが、さだめなきうき世のならひ、つく〴〵と案《あん》ずるに、明日富士野《みやうにちふじ》にうち出《(いで)》て、かへらん事は不定《ふぢやう》[二]なり、此三四年情《なさけ》をかけてあさからぬ虎《とら》に暇《いとま》こはんとて、宿河原《しゆくがわら》[三]・松井田《まついだ》[四]と申所《(まうす)ところ》より、大磯《いそ》にこそゆきにけれ。折節《おりふし》、鎌倉殿《かまくら》めしにしたがひて、近國《きんごく》の大名《みやう》小名《みやう》、うちつれてとおり《(ほ)》けり。十郎、虎《とら》が宿所にたちよりてありけるが、心をかへて思ひけるは、國〳〵の侍《さぶらい》おほくとをる《(ほ)》折節《おりふし》、ながれをたつる[五]あそび者《もの》、われならぬ情《なさけ》もやと、心にふしが[六]おもはれて、しばらく駒《こま》をひかへつゝ、内《うち》の體《てい》をぞきゝい《(ゐ)》たり。折節《おりふし》、虎《とら》が帳臺《ちやうだい》[七]には、友《とも》の遊君《ゆうくん》あまたなみい《(ゐ)》て、物語《がたり》しける中に、虎《とら》が聲《こゑ》して、「たゞ今《いま》のぼる人々は、いづくの國の誰《たれ》ぞ」といふ。「きゝたまはずや、先陣《せんぢん》[八]は、波多野右馬助《はだのむまのすけ》[九]。後陣《ごぢん》[一〇]は、横山藤馬允《よこやまのとうまのぜう》[一一]」とぞ申《(まうし)》けれ。虎《とら》きゝて、「まことや、孔子《くじ》[一二]のことばかや、「耳《みゝ》[一三]のたのしみ所《ところ》に、つゝしむ

一　このことは、真字本にない。流布本に、「十郎おほいそへゆきて、たちぎゝの事」とある。
二　さだまらない。
三　神奈川県川崎市の宿河原で、松井田から離れる。
四　前出。↓二〇〇頁注一。
五　諸本によって、底本の「たつつる」を改め、「たつる」とする。↓二二〇頁注三。
六　大山寺本に、「心おかれて」、流布本に、「心もとなくおもはれて」とある。「ふし」は、不審にあたるか。
七　台のようになって、帳《とばり》を垂れた室。家の奥にあって、寝所に用いられた。文明本節用集に、「帳台《チヤウダイ》(或作二帳内一倭俗奥室)」とある。
八　本陣の前にたつ隊。
九　右馬助は、彰考館本に、「右馬丞《むまのぜう》」、万法寺本に、「むまのせう」、大山寺本に、「うまのじよう」、南葵文庫本に、「むまのぜう」とある。↓九〇頁注八。
一〇　本陣の後につく隊。
一一　横山は、多摩川の南につらなる丘陵。東京都八王子市・南多摩郡。
一二　孔子《こうし》をさす。
一三　抱朴子酒誡に、「目之所レ好不レ可レ従也。…心之所レ欲不レ可レ恣也」とあり、明文抄四に引かれる。気分のよい時には、特に警戒せよという戒め。↓補一六三。
一四　腹にまき、背であわせる鎧。
一五　彰考館本・万法寺本・南葵文庫本

べからず、心《こゝろ》おこる所《ところ》に、ほしいまゝにならはざれ」とは申せども、あわ《(は)》れ、げに、此殿《との》ばらの馬・鞍《くら》・鎧《よろい》・腹卷《はらまき》[一四]をわらはにくれよかし」。女房《ばう》たちきゝて、「あはぬ御ね[一五]がひ、何《なに》[一六]の御用《よう》ともしらざるにや」と。「祐成《すけなり》にまい《(ゐ)》らせ、おもふ事を」とばかりいひて、涙《なみだ》をうかべけり。友《とも》の遊君《ゆうくん》きゝて、不思議《ふしぎ》やな、思ふ事は何《なに》なるらんとあやしみながら、とふべきにあらず、敵《かたき》うちて後《のち》こそ、この事よとは思ひあわ《(は)》せられけり。されば、此人も、かねてよりしりけるよとは申《(まうし)》あひけり。祐成《すけなり》、物《もの》ごしにきゝて、いかでかこれほど情《なさけ》ふかき者《もの》に、たちぎきしたりとおもはれては、後《のち》のうらみのこるべし、それほどにおもひなば、こぬこそ[一七]と思ひつゝ、しらざる[一八]體《てい》にもてなし、駒《こま》の口《くち》をしばしひかへ、何《なに》となく廣縁《ひろゑん》におり、行縢《むかばき》[一九]ぬぎて、鞭《むち》にて簾《すだれ》お《(を)》うちあげて、内《うち》にいりぬ。虎《とら》も、やがていでゝ、いつよりむつましくかたりより、あかぬ世[二〇]の中《なか》の夢《ゆめ》か現《うつゝ》かとおもひゐたりける所《ところ》に、おもひのほかなる事こそ出《(いで)》きたりける。

[二一]由來《ゆらひ》をたづぬるに、和田義盛《わだのよしもり》、一門《もん》[二二]百八十騎《き》うちつれ、下野へとを《(ほ)》りけるが、子どもにあひていふやう、「都《みやこ》の事はそかぎり[二三]あり、田舎邊《いなかへん》には、黄瀬川《きせがわ》[二四]に龜鶴《かめづる》[二五]、手越《てごし》[二六]に少將《せうしやう》[二七]、大磯《いそ》に虎《とら》とて、海道《かひだう》一の遊君《ゆうくん》ぞかし。一獻《こん》[二八]すゝめて、とを《(ほ)》らばや」「しかるべく候」とて、長《ちやう》の方《かた》ゑ《(へ)》つかひをたてゝ、かくぞいわ《(は)》せける。なのめならず[二九]によろこびて、遠侍《とをさぶらい》[三〇]の塵《ちり》とらせ、「義盛《よしもり》、これへ」と、請《しやう》じけり。虎《とら》におとらぬ女三十餘人《よにん》いで

に、「にあはぬ」、大山寺本に、「ところもあはざる」とある。

一六 何のお役にたつとも判りませんが。

一七 彰考館本などに、「こぬにこそ」とあり、来ないのにの意。

一八 知らないようにとりつくろい。

一九 腰から脚のあたりをおおう毛皮。

二〇 「あかぬも世の中の夢か現か」か。「世の中」は、男女の仲。↓補一六四。

二一 流布本では、ここから「わだのよしもりさかもりの事」となる。

二二 大山寺本・舞の本「和田酒盛」によると、「九十三騎」という。底本でも、後に「九十三騎」とある。

二三 「そのかぎりあり」か。↓補一六五。

二四 前出。↓一八七頁注一六。

二五 吾妻鏡建久四年五月二十八日の条に、「祐経、王藤内等所ㇾ令ㇾ交会ㇾ之遊女、手越少将、黄瀬川之亀鶴等」とあり、曾我物語八・九にも、この二人の遊女の名が出てくる。

二六 前出。↓一八七頁注一五。

二七 吾妻鏡に現われる遊女。↓注二五。

二八 酒宴。貞丈雑記七に、「旧記に殿中御一献又は一献の時などゝあるは、酒宴の時と云事也。たゞ一度酒をすゝむる儀にはあらず(一献二献と云とは別なり)」とある。

二九 ひととおりでなく。

三〇 彰考館本・南葵文庫本に、「さふらひ」、万法寺本に、「さふらひところ」、大山寺本に、「ざしき」とある。侍・侍所は、武士の詰所。その中で主殿に近いものは、内侍に対して遠侍という。

たゝせ、座敷《ざしき》ゐ《(へ)》こそはいだしけれ。朝比奈《あさいなの》[一]三郎義秀《よしひで》、古郡《ふるこほり》[二]左衛門《さへもん》、種氏《たねうぢ》[三]を先《さき》として、八十餘《よ》人い《(ゐ)》[四]ながれ、すでに酒宴《しゆゑん》ぞはじまりける。され共《(ども)》、虎《とら》は、座敷《ざしき》へ出《(いで)》ざりける。義盛《よしもり》、こゝろへ《(え)》ず思ひて、「この君《きみ》[五]たちも、さる[六]事《こと》なれども、虎《とら》御前《ぜん》の見参《げんざん》のためなり。などや見え給はぬ。義盛《よしもり》[七]あしくやまい《(ゐ)》りて候」といひければ、母《はゝ》きゝて、「この程《ほど》、[八]こゝろはづ《(わ)》らはしくて」といひながら、座敷《ざしき》をたち、虎《とら》が方《かた》へゆきて、「などやおそくいでたまふ。とく〳〵」といひおきて、母は、座敷《ざしき》に出《(いで)》、「たゞ今《いま》、虎《とら》はまい《(ゐ)》り候」といひけり。義盛《よしもり》、盃《さかづき》[九]おさへて、今《いま》やとまてども、見えざりけり。中〳〵はじめより、「[一〇]心《こゝ》ち例《れい》ならで」といひなば、よかるべき物を、「たゞ今《いま》」といふによりて、義盛《よしもり》、氣《き》を損《そん》じ、「御心にそむく事あらば、まかりたちて、後日にまい《(ゐ)》るべし」といふ。母《はゝ》きゝかねて、又座敷《ざしき》をたち、「何《なに》とていでたまはぬぞや。時《とき》[一一]世にしたがふならい《(ひ)》、おもはぬ人になるゝも、さのみこそ候へ。うらめしの御ふるまひや」とてたゝずむ。虎《とら》は又、十郎が心《こゝろ》[一二]をかねて、衣《きぬ》ひきかづき、うちふしぬ。母《はゝ》は、此心を見かねて、「いかにやは君《きみ》、昔《むかし》[一三]のふん女が事をばしり給はずや。さやうの事だにもありしぞかし。なを《(ほ)》もいでまじくは、[一四]六字《じ》の名號《みやうがう》も御覽《らん》ぜよ、[一五]生々世々《しやうぐせゝ》まで不孝《ふけう》ぞ」といひすてゝ、座《ざ》敷《しき》へ出《(いで)》にけり。

一 和田義盛の子で、豪力の勇士として知られる。朝比奈は、千葉県安房郡千倉町。
二 義盛の子、新左衛門尉常盛にあたるか。古郡は、山梨県都留市内か。
三 彰考館本に、「同種氏〈たねうち〉」、万法寺本に、「おなしくたねうち」、大山寺本に、「同しきたねうち」、南葵文庫本に、「おなしきつねうち」とある。古郡左衛門と別人か。
四 席をつらねてすわり。
五 遊女。
六 結構ではあるが。
七 来てわるかったのか。
八 気分がふさいでいて。
九 盃をひかえて。
一〇 病気で気分がすぐれないで。
一一 時勢に従う世の常で、いやな人になじむのも、何でもありません。
一二 気がねして。
一三 彰考館本に、「分女」とある。
一四 仏に誓っていうが。「六字の名号」は、南無阿弥陀仏という称号。
一五 何度も生まれかわるまで勘当するぞ。

(一六辯才天《べんざいてん》の御事)

そも〳〵、ふん女《によ》とたとへにひきける由來《ゆらひ》をたづぬれば、昔《むかし》、大國《こく》一七流沙《りうさ》の水上《みなかみ》に、ふん女といへる女《おんな》あり。天下《てんか》にきこゆる一八長者《ちやうじや》也。金銀珠玉《きんぐしゆぎよく》のみにあらず、一九七珍萬寶《ちんまんぼう》、四方《ほう》の藏《くら》にあまりける。しかれども、いかなる二〇前業《ぜんごう》にや、一人の子なし。かなしみて、いのれども、かなはず。ある時《とき》、二一おもはざる懷妊《くわゐにん》す。よろこびのうち、苦惱《くなう》いふ計《(はかり)》なし。され共《(ども)》、いできたるべきうれしさに、物《もの》の數《かず》ともおもはざりけり。日數《かず》つもる程《ほど》に、二二産《さん》の紐《ひも》をとく。みれば、人にはあらで、二三かひ子《(こ)》を五百うみたり。「これはいかに、一なりとも、不思議《ふしぎ》の事ぞかし。五百人までむまるゝ事、たゞ事にあらず。縁《えん》なき子《こ》をしい《(ひ)》ていのるによりて、天のにくみをかうぶるとおぼえたり。かへりなば、いかなる物にて、親《おや》をも損《そん》じ、人お《(を)》も害《がひ》すべきやらん。その上《うへ》、二四胎卵濕化《たひらんしつけ》のうち、卵生罪《らんせうつみ》ふかしととかれたり。おくべからず」とて、箱《はこ》に入《(いれ)》て、流沙《りうさ》の波にながしすてけり。不思議《ふしぎ》なる例《ためし》也。はるかの川の末《すへ》に、二五れうかんといふ所に、二六きよはくといふ二七貧道無縁《ひんだうむゑん》の老《らう》人あり。あけくれ、この川《かは》の二八鱗《うろくづ》をすなどり、二九身命《しんみやう》をたすかる者《もの》あり。折節《おりふし》、釣《つり》する所《ところ》へ、此箱《はこ》ながれよりたり。とりあげ、ひらきて見れば、卵《かひご》なり。何者《なにもの》ゝ子《こ》やらんと思ひ、家にとりて返り、妻《つま》にかくといふ。女、これをみて、「を《(お)》そろしや、いかな

一六 五百の卵から生まれた子が、かれらを捨てた母とめぐりあう物語は、雑宝蔵経一の八・九から出て、今昔物語集五の六にも引かれる。このことは、真字本にない。流布本には、「ふん女か事」とあり、後に「べんざいてんの事」となる。弁才天は、音楽・弁才をつかさどる神。後に、吉祥天と混同され、福徳・財宝の神として、弁財天と称せられる。
一七 中国からインドに通ずる陸路にある砂漠。川の名と考えられた。
一八 ここでは、ただ金持の意。↓一八七頁注二四。
一九 あらゆる宝。↓一五六頁注六。
二〇 前世における善悪の所行。
二一 彰考館本などに、「おもはすに」、流布本に、「おもはざるに」とある。
二二 出産する。「産の紐」は、妊婦の腹帯をさす。
二三 卵《(たまご)》。
二四 仏教では、その生まれ方によって、生物を四種に分け、それを四生という。胎生は獣の類、卵生は鳥の類、湿生は虫の類、化生は変化のものにあたる。
二五 彰考館本などに、「りうかん」とあるが、未詳。
二六 彰考館本に、「魚白《〈ぎよはく〉》」、万法寺本に、「きよくはく」とあるが、未詳。
二七 仏道の修行に励むこともなく、仏菩薩と因縁を結ぶこともない。↓二六一頁注二九。
二八 もとは鱗《(うろこ)》の意で、魚をいう。
二九 生活する。

る者《もの》にかへりなん。主《ぬし》も様《やう》[一]ありてこそすてつらん。いそぎ元《もと》の川《かは》にいれよ」といふ。「たゞおき候へ。かやうなる物には、不思議《ふしぎ》もこそあれ。たとひ僻事《ひがごと》[二]ありとも、われらは、齢幾程《よわひいくほど》有《(ある)》べきならねば、様《やう》を見よ」とて、物《もの》につゝみ、あたゝかにしておきたりければ、程《ほど》もなく、[三]いつくしき男子《なん》にかへりぬ。われ、古《いにしへ》より、一人も子のなき事をなげきに思ふに、しかるべきあはれみにやとよろこびて、又見れば、かへり〳〵て、五百人にぞかへりそろひける。ひとつをすてて、一《(ひとつ)》をやしなはん事、うらみあり。[四]もだしがたくて、とりあつめ、やしなひけるに、[五]一つもつゝがなく、成長《せいちやう》しけるぞ、不思議《ふしぎ》なる。夫婦《ふうふ》二人の時《とき》だにも、[六]渡世《とせい》かなひがたし。此者《もの》どもをそだてける程《ほど》に、[七]朝夕《あさゆふ》の世路《せいろ》にわびければ、こゝやかしこに徘徊《はいくわひ》し、命《いのち》をたすからんとする程《ほど》に、心《こゝろ》ならず[八]猛悪《まうあく》になり、おもはずも、欲心《よくしん》に住《ぢう》す。[九]瞋恚《しんい》を旨《むね》として、[一〇]驕慢《けふまん》にあまりければ、[一一]外道《げだう》にもちかづきけり。ある時《とき》、かれらいひけるは、「我ら一人ならず、餓死《がし》におよべり。さればとて、いたづらに身をすつべきにあらず、この川上《かわかみ》に、ふん女とて、長《ちやう》者《じや》あり。財寶《ざいほう》を藏《くら》に[一二]おきあまる。いざやゆきて、うちやぶらん。寶《たから》は[一三]とりあきぬべし」といひければ、一人がいふやう、「さる事なれども、それほどいみじき[一四]果報者《くわほうしや》を、われらいやしき[一五]貧力《ひんりき》にて、寶《たから》をうばはん事、思ひもよらず、かへつて身《み》の仇《あた》となりぬべし、案《あん》じたまへ」といふ。今《いま》一人《にん》がいふやう、「さらば、外道《げだう》どもをかたらい《(ひ)》、かれ

一 わけ。
二 不都合なこと。
三 端正な。
四 そのままにしておけないで。
五 一つ残らず無事に。
六 生活がたちにくい。
七 毎日の生活の道に困ったので。
八 たけく悪いさま。
九 いかり。いきどおり。
一〇 おごって人をあなどること。
一一 仏教以外の邪教を奉ずる者。
一二 あまるほどにおく。
一三 十分にとれるだろう。
一四 しあわせのよい者。
一五 とぼしい力。
一六 神変自在。
一七 「阿修羅」の漢訳。↓二一〇頁注一一。
一八 たたかいあらそうこと。
一九 仲間をあつめ。
二〇 生きかわり死にかわり、迷の世界をめぐること。諸悪を武具にたとえる。
二一 悪の果を招く悪事や悪念。
二二 彰考館本に、「自業自得〈じごうじとく〉」、万法寺本に、「しこうとつくわ」、南葵文庫本に、「じこうしとく」、流布本に、「とんよく」とある。自業自得は、みずからつくった業のために、みずからその報いをうけること。
二三 鎧の胴の右脇の隙をふさぐ物。
二四 因果応報の理を否定する邪見。
二五 道理にくらくおろかなこと。
二六 甲冑とともに用いた毛皮製の沓。
二七 きわめて大きな不正な見識。

らが[一六]神通《づう》の力《ちから》をかりて、やぶりてみん」「しかるべし」とて、[一七]非天外《ひてんげ》道といふ物のもとへやりたりければ、もとより[一八]闘諍修羅《とうじやうしゆら》をこのむ物なりければ、[一九]同類《どうるい》をもよほし、うちたちける。装束《しやうぞく》には、[二〇]流轉生死《るてんしやうじ》の鎧直垂《よろひびたゝれ》に、[二一]惡業煩惱《あくごうぼんなう》の籠手《こて》をさし、[二二]とくの[二三]脇楯《わいだて》に、[二四]因《いん》果撥無《くわはつぶ》の脛當《すねあて》し、[二五]愚痴暗蔽《ぐちあんぺい》の[二六]綱貫《つなぬき》はき、[二七]極大邪見《ごくだいじやけん》の鎧《よろい》に、[二八]誹謗《ひばう》三寶《ぼう》の[二九]裾金物《すそかなもの》をぞうちたりける。[三〇]三界無安《がいむあん》の[三一]白星《しらほし》の兜《かぶと》に、[三二]六趣輪廻《しゆりんゑ》の頰當《ほうあて》し、貪欲《とんよく》心[三三]ゐ《(い)》の刀《かたな》をさし、[三四]邪見放《じやけんはう》逸《いち》の太刀《たち》をはき、[三五]殺生偸盗《せつしやうちうたう》の大弓《ゆみ》に、[三六]破戒無慙《はかいむざん》の弦《つる》をかけて、[三七]苦患無明《くげんむみやう》の箙《えびら》には、[三八]諸《しよ》法愛著《ほうあいぢやく》の矢數《やかず》をさし、[三九]四顚倒《てんたう》の馬のふとくたくましきに、[四〇]四苦《く》八苦《く》の鞍《くら》をおきてぞのりたりける。そのほか、[四一]異類異形《いるゐいぎやう》の[四二]ちた外道《げだう》ども、おもひ〳〵の装束《しやうぞく》にいろ〳〵の旗《はた》さゝせ、數《かず》をしらずぞあつまりける。城中《じやうちう》には、しづまりかへりて、音《おと》もせず。され共《(ども)》、用心《ようじん》きびしくて、たやすく入《(いる)》べきやうはなかりけり。時《とき》をうつして、[四三]ゆらへたる。かのふん女は、おなじく福者《ふくしや》といひながら、三寶《ぼう》をあがめ、仁義《じんぎ》を[四四]みだらで、いふはかりなき賢《けん》人なり。いかでか驗《しるし》なかるべき。諸天《しよてん》、これをあはれみて、ふん女を[四五]渇仰《かつがう》したまひける。かくては、いかゞあるべきとて、[四六]死生不知《ししやうふち》の外道《げ》ども、お《(を)》めきさけびて、みだれ入時《(いる)とき》に、惡魔降伏《あくまがうぶく》の[四七]四天・十二天《てん》、[四八]影向《やうがう》なりて、四角《かく》四方《はう》をまもり給ふ。四天《てん》は、もとより甲冑《かつちう》をよろひ、弓箭《きうせん》をはなさぬ勇士《ゆうし》なれば、[四九]面《おもて》もふらで、さゝへ給ふ。[五〇]火天《くわてん》、猛火《みやうくわ》をはなし、風天《ふうてん》、風《かぜ》をふかせ、おの〳〵城《じやう》をまもりたまふ。中にも、

二八 仏法僧をそしること。
二九 鎧の袖や草摺の端に打つ金物。
三〇 この世は苦悩ばかりであって、安楽ではないこと。三界は、凡夫の生死往来する世界で、欲界・色界・無色界をいう。
三一 兜にうつ銀や白鑞(しろめ)の鋲。
三二 諸本によって、底本の「六しゆりん」を改む。地獄・餓鬼・畜生・修羅・人間・天の六道をめぐって、生まれかわり死にかわること。
三三 「瞋恚」で、いかりをいう。
三四 勝手きままなこと。
三五 生物を殺し、盗みをすること。
三六 戒を破って、良心に恥じないこと。
三七 苦しみなやみ、真理にくらいこと。
三八 あらゆる事物にとらわれること。
三九 四つの誤った考え。↓補一六六。
四〇 仏説にいう数々の苦。↓補一六七。
四一 人間でない、あやしい姿。
四二 彰考館本に「懶惰〈だら〉外道共」、万法寺本に、「いてたちけだうとも」、流布本に、「しもげだうども」とある。
四三 ためらった。
四四 みださないで。万法寺本・南葵文庫本に、「みたらす」、流布本に、「みださぬ」とある。
四五 慕い仰ぎなさった。
四六 命しらず。
四七 仏法を護る数々の神。↓補一六八。
四八 神仏の姿をあらわすこと。
四九 顔を横にもむけないで。
五〇 火天・風天・水天は、ともに十二天に属する。↓補一六八。

水天《すひてん》は、弓矢《ゆみや》をまもらんとちかひたまふなれば、數《かず》の眷屬《けんぞく》をひきつれ、[一]妙觀《めうくはん》みつちの旗《はた》さゝせ、ことにすゝみて見えたまふ。その日の御裝束《しやうぞく》には、[二]九ほん正覺《しやうがく》の鎧直垂《よろいびたたれ》、[三]相好莊嚴《さうがうしやうごん》の籠手《こて》をさし、[四]上求菩提《じやうぐぼだひ》の[五]膝鎧《ひざよろひ》、[六]下《げ》化衆生《ゝしゆじやう》の脛當《すねあて》し、[七]二《じ》求《ぐ》兩願《りやうぐわん》の綱貫《つなぬき》はき、[八]大悲《ひ》だいじゆらの頰當《ほうあて》し、[九]無數方便《むしゆはうべん》の赤絲《あかいと》の鎧《よろひ》に、[一〇]紫磨黃金《しまわうごん》の裾金物《すそかなもの》をうちける、[一一]萬《まん》德圓滿《どくゑんまん》の月、[一二]まかうにうちたる、[一三]畢竟空《ひつきやうくう》しくの[一四]四方白《はうじろ》の兜《かぶと》を[一五]猪首《いくび》にき、[一六]五劫思惟《こうしゆい》の[一七]嚴《いか》物《もの》づくりの太刀《たち》はき、[一八]首楞嚴定《しゆれうごんぢやう》の刀《かたな》さし、[一九]くわしや三昧《さんまい》の[二〇]月弓《ゆみ》に、[二一]實相般若《じつさうはんにや》の弦《つる》をかけ、[二二]智德無量《ちとくむりやう》の矢數《やかず》を、[二三]隨類化現《ずひるいけげん》の箟《はこ》にさして、[二四]はたかにおひなし給《(たまふ)》。もとより手《て》なれたる大蛇《じや》、後《うしろ》よりはひかゝり、左右《さう》の肩《かた》に手《て》をを《(お)》き、兜《かぶと》の上に頭《かしら》を[二五]もたし、兩眼《りやうがん》の光《ひかり》あきらかにして、時々《ときぐ》雷《いなづま》四方《はう》にちり、紫《むらさき》の舌《した》の色《いろ》あざやかにして、折々《おりぐ》火焔《くわゑん》をふきいだす勢《いきおひ》、天《てん》にあまる。今《いま》の代に、兜《かぶと》の[二六]龍頭《たつがしら》をうつ事、此時《とき》よりもはじまりける。

床几《しやうぎ》に腰《こし》をかけ、のたまひけるは、「[二七]大阿修羅王《あしゆらわう》がたゝかひのこはきも、佛力《ぶつりき》にはかなはず。ましてやいはん。かれらがいさみ、蟻《あり》の[二八]たけりとおぼえたり。城中《じやうちう》しづまれ」とぞ下知《げち》しける。こゝに、城《しろ》のうちより武者《むしや》一人すゝみ出《(いで)》て申《(まうし)》けるは、「たゞ今《いま》よせきたる兵《つわもの》は、いづくの國《くに》の何者《なにもの》ぞ。又、いかなる[二九]宿意《しゆくい》あるぞ。くわ《(は)》しくなのれ」といひける。五百人の兵《つわもの》きゝて、「[三〇]かれらには、親《おや》もなし。氏《うぢ》もなし。むまるゝ所《ところ》をしらざれば、[三一]なにじやう誰《たれ》となのるべき。朝夕《あさゆふ》おもふ事とては、寶《たから》のほしきばかりなり。

一 彰考館本に、「妙観察智〈めうくわんざつち〉」、南葵文庫本に、「めうくわんさつち」とある。「妙観察智」で、仏の四智の一をさす。仏鬼軍に、「妙観察智の幡さして」とある。
二 南葵文庫本・彰考館本に、「久遠正覚〈くをんしやうがく〉」、万法寺本に、「くおんしやうかく」とある。「久遠正覚」で、遠い昔に開いた正しいさとり。
三 仏の顔つきの貴くおごそかなさま。
四 上にむかってさとりを求めること。
五 股と膝をおおう物。
六 下にむかって衆生を教化すること。
七 衆生の楽と長命とを求めること。
八 彰考館本に、「大悲代受苦〈だいひだいしゆく〉」、万法寺本に、「大ひたいしゆく」、南葵文庫本に、「大ひ大しゆく」とある。「大悲代受苦」で、大悲の菩薩が衆生にかわって地獄の苦をうけること。
九 数えきれない衆生を導く手段。
一〇 紫色をおびた精良の黄金。
一一 多くの徳の十分にそなわるさま。
一二 兜の鉢の前面。
一三 彰考館本に、「畢竟空寂〈ひつきやうくうしやく〉」、南葵文庫本に、「ひつきやうくうしやく」とある。「畢竟空寂」で、つまるところ、万物は実体のないこと。
一四 鉢の四方に銀か白鑞を張った兜。
一五 兜をあおむけにかぶるさま。
一六 阿弥陀が長い間考えたこと。
一七 いかめしくみえる作りにした太刀。
一八 堅固にして諸法を摂すること。
一九 彰考館本に、「火生三昧〈くわしやうざんまい〉」、万法寺本・南葵文庫本に、「くわしや

いそぎ蔵《くら》お《(を)》ひらき、財寶《さいはう》をあたへよ。我ら、思ふほどとりてかへらん」といひける。「こゝろへ《(え)》ぬことばかな。人により、分《ぶん》にしたがひ、氏《うじ》も、名字《みやうじ》もあるものを、[三二]猛悪《まうあく》の身《み》が不思議《ふしぎ》なり。申せ」といひければ、「とひては何にしたまふべき。さりながら、此上《かみ》よりながれきたる五百人の[三三]流人《るにん》なり。[三四]いはれんものもなければ、人しらず。いそぎ寶《たから》をほどこして、かへすべし」と申《(まうし)》けり。ながれきたる兵《つはもの》といふを、ふん女、つく〲きゝて、あやしくおもひ、櫓《やぐら》の下《した》にあゆみいでて、「五百人の殿《との》ばら、ちかくよりたまへ。たづぬべき事あり」といひければ、一人、塀《へい》の際《きは》によりたり。「そも〲、「ながれきたる」とおほせられつることばについて申《(まうす)》ぞとよ。姿《すがた》は何《なに》にてながれけるぞ」「寶《たから》をばいださで、[三五]むつかし」とはいひながら、「われらが昔《むかし》、いかなる者《もの》かうみけん。五百の[三六]卵《かひご》にて、水上《みなかみ》よりながれけるを、人とりあげて、そだてける」といふ。さればこそとおもひ、「その卵《かひご》は、何《なに》に入《(いり)》けるぞや」「玉《たま》の手箱《てばこ》に入《(いり)》、上には[三七]銘《めい》をかきし也」「銘《めい》をば何《なに》とかきたるぞ」「[三八]はうしやうろうの箱《はこ》とかけり」「さては、うたがふ所《ところ》なし。これは、そなたの[三九]支證《しせう》なり。[四〇]こなたよりの證據《せうこ》には、「もしこの卵《かいご》つゝがなく成長《せいぢやう》あらば、たづねこよ。ふん女」とかきて、判《はん》をおし、箱《はこ》の底《そこ》に入《(いれ)》たりしが、[四一]刹《せつ》那《な》も膚《はだへ》をはなさじと、首《くび》にかけてもちたり」とて、懐《ふところ》よりもとりいだす。「さては、うたがふ所《ところ》なし。なんぢらは、みづからが子どもなり」と、戸《と》をひらきて、出《(いで)》ければ、

う三まい」とある。「火生三昧」で、不動の身から火炎を出し、心を一事に集めること。
三〇 「槻弓」で、槻の木で作った弓。
三一 真実のさまをみぬく智慧。
三二 智と徳とがはかりしれないさま。
三三 仏が類に従って姿をあらわすこと。
三四 「筈高」か。↓補一六九。
三五 よせかけ。
三六 兜の前につける竜の頭の形の物。
三七 前出。↓二一〇頁注一一。
三八 勢いよく叫ぶこと。
三九 かねてのうらみ。
三〇 万法寺本・南葵文庫本に、「われら」とある。
三一 「なんでふ」と同じ。どうしての意。
三二 どうして猛悪の身となったかの意。
三三 彰考館本に、「牢人〈らうにん〉」、万法寺本に、「らう人」とある。
三四 諸本によって、底本の「なけければ」を改めて、「なければ」とする。彰考館本・南葵文庫本に、「あはれむものなければは」、万法寺本に、「あはれむ人なければは」、流布本に、「いはれなければ」とある。
三五 わずらわしい。面倒である。
三六 諸本によって、底本の「かひ」を改む。
三七 器物などにその来歴を記したもの。
三八 彰考館本に、「坊城楼」とある。
三九 事理を支えるだけの証拠。
四〇 諸本によって、底本の「こたな」を改む。
四一 きわめて短い時間。

尾花《をばな》のごとくさゝへたる鉾剣《ほこつるぎ》をもすてにけり。母も子共のなつかしさに、剣《つるぎ》の刃《やいば》をわすれ、かれらが中にたち入《いり》て、見まはしければ、兵《つはもの》も、兜《かぶと》をぬぎ、弓矢《ゆみや》をよこたへ、おの〳〵大地にひざまづく。いつしか母《はゝ》はなつかしく、おもひの涙《なみだ》うかびければ、なみゐたりける兵《つわもの》の中《なか》を、かなたこなたにゆきめぐり、かれもか、これもかといふ露《つゆ》の袖のにほひもかをばしく《う》、あわれみ《は》あわれ《は》むよそほひは、[一]見る目《め》もすゝむ涙《なみだ》なり。たけくいげにや、[二]恩愛《おんあい》の中《なか》ほど、かなしき事あらじ。[三]夜叉羅刹《やしやらせつ》をだにもしたがへて、城中《じやうちう》にいざなさめる武士《もののふ》も、母《はゝ》一人のことばに、皆々《みな〳〵》なびくぞあわれ《は》なる。かくて、[四]親子《こ》のむつび、ねんごろなり。

[五]後《のち》には、ふん女、大辯才天《べんざいてん》とあらはれたまふとかや。五百人の人々は、[六]五百童子《どうじ》となり、その一は、[七]印鎰《いんやく》あづかり、神《かみ》とあらはれたまふ。はうしやうろうの箱《はこ》をも、その中《なか》に[八]もたしたまふ。一切衆生《さいしゆじやう》のねがひをこと〴〵くみて[九]、[一〇]安樂世界《あんらくせかい》にむかへむとちかひたまふ。「[一一]かやうに[一二]たけき弓《ゆみ》とりも、母《はゝ》にはしたがふならひぞかし。[一三]何《なに》とて、虎《とら》は、母《はゝ》にしたがはざるや」とぞいひける。虎《とら》は、なをも《ほ》涙にむせび、「[一四]ながれをたつる身ほど、かなしき事はなし。夫《つま》の心《こころ》をおもひしれば、母《はゝ》の命《めい》にそむく。又、母《はゝ》にしたがへば、[一五]時《とき》の綺羅《きら》にめづるににたり。とにもかくにも、わがおもひ、みだれそめける黒髪《くろかみ》の、あかぬ情《なさけ》のかなしさよ。いかなる罪《つみ》のむくいにて、女の身と

一 見る者にも涙のこぼれるさまである。
二 愛情にひかれる親子の間。
三 夜叉は、猛悪な鬼神で、捷疾鬼ともいう。羅刹も、暴悪な魔性で、食人鬼、速疾鬼と訳される。ともに毘沙門天に仕える八部鬼衆に属する。
四 親しみ。
五 流布本では、ここから「べんざいてんの事」となる。
六 未詳。法華経五百弟子受記品などによるか。
七 正印と蔵のかぎ。
八 彰考館本に、「持〈ぢ〉し給ふ」、万法寺本に、「ちし給ふ」とある。
九 みたしての意。彰考館本に、「満〈みち〉て」、万法寺本に、「みてゝ」とある。
一〇 極楽浄土。
一一 虎の母が、ふん女の物語をふまえて、虎を戒めることば。
一二 諸本によって、底本の「たけさ」を改む。
一三 流布本では、ここから「あさいな、とらがつぼねへむかひにゆきし事」となる。
一四 遊女の身。→二二〇頁注三。
一五 諸本によって、底本の「めくる」を改めて、「めづる」とする。時の権勢に従って機嫌をとる。
一六 五障は、女のもっている五つの障礙(しようげ)。法華経提婆達多品に、「又女人身、猶有二五障一。一者不レ得レ作二梵天王一、二者帝釈、三者魔王、四者転輪聖

はむまれけん。さればにや、[一六]五障《しやう》三従《せう》とときゝ給ひけるぞや」とて、さめ〴〵となきゐたり。十郎、この有様《ありさま》をみて、「何《なに》かはくるしかるべき。[一七]一献《こん》の程《ほど》の隙《ひま》、[一八]いだしたまへかし。母《はゝ》の命《めい》そむきなば、[一九]冥《みやう》の照覧《せうらん》もおそろし」と申《まうし》ければ、虎《とら》は、これにもしたがはで、たゞなくよりほかの事はなし。義盛《よしもり》、これをばしらずして、「何《なに》とて、虎《とら》はおそきやらん」とて、[二〇]一さいに興《けう》をうしない《ひ》けり。母《はゝ》もまた、まちかねけるにや、「曾我《そがの》十郎殿《どの》ましますが、さてや、いでかね候らん」。和田《わだ》は、これをきゝて、「こゝろへ《え》ぬふるまひかな。[二一]われこそいでゝ、対面《たいめん》せざらめ、ながれの遊君をふ[二二]さぐべきか。まことに僻事《ひがこと》なり。[二三]四郎左衛門《さへもん》、朝比奈《あさいな》はなきか。御むかひにまいれ《ゐ》」といふ。四百余人《よにん》の殿ばらも、はや事いできぬと、[二四]色《いろ》めきける。祐成《すけなり》があり所《どころ》ちかければ、義盛《よしもり》がことば、手《て》にとるやうにぞきこえける。「不思議《ふしぎ》やな。おもはぬ最後《さいご》のいできたるぞや。身におもひのあれば、千金万玉《せんきんばんぎよく》よりもおし《を》き命也。され共《ども》、[二五]のがれぬ所は、力《ちから》なし。[二六]いたづらなるしにして、五郎にうらみられんことこそ、思ひやられてかなしけれ。さりながら、かやうの所《ところ》は、神も佛《ほとけ》もゆるし給へ」と観《くわん》じて、烏帽子《ゑぼし》おしなを《ほ》し、[二七]直《ひた》垂《たれ》の露《つゆ》むすびて、肩《かた》にかけ、[二八]伊東重代《いとうぢうだひ》の[二九]赤銅《しやくどう》づくりの太刀《たち》を二三寸《ずん》ぬきかけ、片膝《かたひざ》おしたて、一方《ばう》の戸《と》をひらき、「こと〳〵し、三浦《みうら》の者ども、何《なん》十人もあれ、一番《ばん》にいらん朝比奈《あさいな》が[三〇]諸膝《もろひざ》なぎふせ、つゞかん奴《やつ》ばら、[三一]物の数《かず》にやあるべき、伊東《いとう》の手《て》なみ見

王、五者仏身」とある。すなわち、女人は、梵天・帝釈天・魔王・転輪聖王・仏身となることができないという。三従は、女の従うべき三つの道。儀礼喪服から出て、明文抄三に、「婦人三従者也。幼従二父兄一、嫁従レ夫、夫死従レ子(同)」と引かれ、日葡辞書にも、「Sanxô, Miçuno xitagai」、すなわち家にあっては父に従い、嫁しては夫に従い、老いては子に従わなければならないという。
一七 酒宴をするくらいの間。→二四三頁注二八。
一八 諸本によると、「いで給へかし」とある。
一九 目にみえない神仏の御覧になること。
二〇 彰考館本に、「一座〈ざ〉に」、万法寺本に、「一ざに」、大山寺本に、「座敷も」、南葵文庫本に、「さしきに」とある。
二一 曾我十郎が自分で出て、あわないにしても。
二二 ひとり占めにしてよいものか。
二三 義盛の子、金窪四郎左衛門尉義直。
二四 緊張したさまをみせた。
二五 のがれられないのは、仕方がない。
二六 無益な死に方をして。
二七 直垂の袖くくりの緒の垂れた端。
二八 伊東家に代々伝わった。
二九 赤銅で装飾した太刀。赤銅は、銅に金・銀を加えた合金。
三〇 左右の膝。
三一 大したことはないだろう。

せん。おそし」とこそはまちかけたり。虎《とら》も、この有様《さま》をみて、げにや、冥途《めいど》よりきたるなる[一]獄卒《ごくそつ》の[二]おつたつる[三]道だにも、主君《しゆくん》・師匠《ししやう》の命《めい》にはかはるぞかし。ましてや、夫婦《ふう》恩愛《おんあひ》のちぎりあさからずとは、古今《いにしへいまゝ》までもつたへきくなるものを、後《のち》の世までもはなれじと思ひきりて、まぼり刀《がたな》、[四]衣《きぬ》の褄《つま》にとりくゝみ、[五]三浦《みうら》の人々、いかにいさみみだれ入《(いる)》とも、何となくたちまはり、よき隙《ひま》に、義盛《よしもり》を一刀《かたな》さし、いかにもならんと、たゞ一筋《すぢ》におもひさだめ、[六]祐成《すけなり》ちかくゐより、今《いま》やとまつぞ、あわ《(は)》れなる。時《とき》うつりにければ、和田《わだ》、いよ〳〵腹《はら》をたて、「いかに、朝比奈《あさいな》はなきか。御むかひにまい《(ゐ)》れ。[七]無骨《ぶこつ》の訴訟《そせう》もくるしかるまじ」とぞいかりける。義秀《よしひで》きゝかね、座敷《ざしき》をたち、虎《とら》がむかひにゆきけるが、つく〴〵案《あん》ずるやう、十郎といふも、伊東《いとう》の[八]嫡々《ちやくちやく》たり、心[九]も又、たてきりたり、はじめよりいださで、かやうになりては、よもいださじ、我又、あらくいかりて[一〇]出《(いだ)》さんも、恥辱《ちじよく》也、所詮《しよせん》、難《なん》なきやうにうちむかひて、[一一]すかさばやと思ひければ、しづかにあゆみいりけるが、此殿《との》ばら兄弟《きやうだい》は、[一二]身こそ貧《ひん》なりとも、心《こゝろ》は貧《ひん》にあらばこそ、[一三]楚忽《そこつ》に入《(いり)》て、細首《ほそくび》うちおとされ、あしかりなんと思ひ、扇《あふぎ》、[一四]笏《しやく》にとりなお《(ほ)》し、かしこまりて、「これに、曾我《そがの》十郎殿《どのゝ》の御いりのよし、父にて候者《もの》うけたまはり、御むかひのために、義秀《よしひで》をまい《(ゐ)》らせられて候。何《なに》かはくるしく候べき。御出《(いで)》ありて、親にて候者に、御對面《たひめん》や候べき。それに又、それがし一期《ご》に一度《ど》の所望《しよまう》の候。

一 地獄で亡者を責めたてる鬼。
二 「おひたつる」の音便。彰考館本に、「をいたつる」、大山寺本に、「てつぢやうをもておつたてゝ行く」、南葵文庫本に、「てつちやうをもつておつたてゝゆくなる」とある。
三 彰考館本に、「中有〈ちう〉の道〈みち〉」、万法寺本・南葵文庫本に、「ちうゝのみち」とあり、人が死んで次の生を受けるまでの間をいう。
四 着物の端にとりつつみ。
五 義盛の一党。
六 祐成に近くよりそってすわり。
七 不作法な訴え。
八 正統の子孫。
九 心ばえもすぐれている。万法寺本に、「又心たてもいかゝ」とある。
一〇 彰考館本・南葵文庫本に、「いたさらんも」とあり、それによるべきであろう。出さないのもの意。
一一 なだめて、いうことをきかせたい。
一二 その身は貧乏であっても、心は貧弱ではない。
一三 かるはずみに。きわめて強い。
一四 諸本によって、底本の「しやくに」を改め、「しやくに」とする。笏のようにもち直し、威儀をただして。笏は、束帯の時に、右手にもつ物。

[一五]御前《ぜん》の事、ゆかしき事に、義盛《よしもり》おもひ候が、[一六]御座《ざ》を存知《ぞんち》して、義秀《よしひで》申《(まうし)》とゞめて候。しかるべくは、もろともに御いでありて、父《ちゝ》が所望《しよまう》をもやしなひ、[一七]義秀《よしひで》も、面目《めんぼく》あるやうに御はからい《(ひ)》候へ、[一八]一向《かう》たのみたてまつり候。さりながら、御心《こゝろ》にちがひ候はゞ、まかりかへり候べし」と、障子《しやうじ》ごしにいひければ、十郎きゝて、「たのむ」といふに、[一九]やはらぎて、「[二〇]左右《さう》にやを《(お)》よぶ、朝比奈殿《あさいなどの》、いかでか異議《いぎ》におよぶべき。たちたまへや、御前《ぜん》。祐成《すけなり》もいでん」とて、烏帽子《ゑぼし》の[二一]筒《つゝ》おしたて、直垂《ひたゝれ》の[二二]衣紋《ゑもん》ひきつくろい《(ひ)》、虎《とら》を先《さき》にたてゝ、を《(お)》の〱三人出《(いで)》たり。さてこそ、なみゐたりける人〱も、いきたる心《こゝ》ちはしたりけれ。まことに、義秀《よしひで》のふるまい《(ひ)》、[二三]優《ゆふ》なるものかな、座敷《ざしき》に事もおこらず、虎《とら》もいでゝ、[二四]十郎も心《こゝろ》をやぶらで、事すぎにける。これや、[二五]せようろんに、「國のまこと興貴《こうき》する事は、諫臣《かんしん》にあり、家《いゑ》のまさにさかんにたつとうする事は、諫子《かんし》によつてなり」と、かやうの事をや申《(まうす)》べき。朝比奈《あさいな》なかりせば、よしなき事いでき、十郎もうたれ、和田《わだ》にも、人おほくほろびなん。[二六]深淵《しんゑん》にのぞんで、薄氷《はくへう》をふむがごとく、あや《(ふ)》うかりし事なり。

[二七]義盛《よしもり》、ゑみをふくみ、「十郎殿のまし〱けるや。よその人のやうに、[二八]隔心《きやくしん》候ものかな。御いりをしりたてまつらば、最前《さいぜん》より申《(まうす)》べかりつる物を。これへ〱」と請《しやう》じける。十郎、笏《しやく》とりなを《(ほ)》し、「[二九]さん候。[三〇]もつとも御目《め》にかゝり候べきを、御存知《ぞんじ》のご

一五 虎御前。
一六 十郎殿のおいでになるのを。
一七 流布本に、「かなへ」とある。
一八 ひたすら。
一九 おだやかな気持になって。
二〇 とやかくいうまでもない。
二一 長くてうつろな部分。
二二 着物の襟をあわせた部分。「衣紋ひきつくろひ」は、装束をととのえるさま。
二三 殊勝な。すぐれた。
二四 彰考館本・万法寺本に、「十郎か心をも」、大山寺本に、「十郎が心も」とある。
二五 明文抄二に、「国之将レ興、貴在二諫臣一、家之将レ興、貴在二諫子一(臣範)」とあり、金句集には、「代要論」として引かれる。彰考館本に、「世要論〈せいようろん〉、国〈こく〉の将〈まさ〉に興貴〈こうき〉する事は諫臣〈かんしん〉にあり、家〈いへ〉の将〈まさ〉に盛貴〈じやうき〉する事は諫子〈かんし〉によつてなりと」とある。ここでは、「将興、貴」を読み誤っている。
二六 詩経小雅に、「戦戦兢兢、如レ臨二深淵一、如レ履二薄氷一」とある。危険な立場にあるさま。
二七 流布本では、ここから「とらがさかづき十郎にさしぬる事」となる。
二八 へだてる心。隔意。
二九 さようでございます。
三〇 もちろん。

とく、[一]異體《いてい》の無骨《ぶこつ》に、斟酌《しんしやく》をいたし候《さうらひ》ぬ」。[二]本意《ほんい》にあらざるよし、[三]色代《しきだい》して、左手《ゆんで》の疊《たゝみ》にな を《（ほ）》りける。虎《とら》も、座敷《ざしき》にさだまりければ、盃前《さかづきまへ》にぞを《（お）》きたりける。義盛《よしもり》、虎《とら》をつく〴〵見て、「[四]きゝしは物《もの》ゝ數《かず》ならず、かゝる者《もの》もありけるよ。[五]十郎が心《こゝろ》をかねていでざるさへ、やさしくおぼゆるにや、それ〳〵」といふ。何《なに》となく盃《さかづき》とりあげ、その盃《さかづき》、和田《わだ》のみて、祐成《すけなり》にさす。その盃《さかづき》、義秀《よしひで》のみて、面々《めんめん》にくだし、[六]おもひざし、おもひどり、その後《のち》は[七]亂舞《らんぶ》になる。こゝに、またはじめたる土器《かはらけ》、虎《とら》が前《まへ》にぞおきける。とりあげけるを、今《いま》一度《どゝ》としゐ《（ひ）》られて、うけてもちける。義盛《よしもり》、これをみて、「いかに御前《ぜん》、その盃《さかづき》、いづかたへもおぼしめさん方《かた》へ、おもひざししたまへ。これぞ、まことの心《こゝろ》ならん」とありければ、[八]七分《ぶん》にうけたる盃《さかづき》に、[九]心《こゝろ》をちゞにつかひけり。和田《わだ》にさしたてまつらん事、[一〇]時《とき》の賞玩《しやうくはん》のいかんなし、されども、祐成《すけなり》の心《こゝろ》の[一一]はづかしさよ、[一二]ながれをたつる身なればとて、人《ひと》を内《うち》にを《（お）》きながら、座敷《ざしき》にいづるは、本意《ほんゐ》ならず、ましてや、この盃《さかづき》、義盛《よしもり》にさしなば、[一三]綺羅《きら》にめでたりとおもひたまはんもくちお《（を）》し、祐成《すけなり》にさすならば、座敷《ざしき》に事おこりなん、かくあるべしとしるならば、はじめよりいでもせで、内《うち》にていかにもなるべきを、二度《たび》思ふかなしさよ、よし〳〵、これも[一四]前《ぜん》世の事、もしおもはずの事あらば、和田《わだ》の[一五]前《まへ》さがりにさしたまふ刀《かたな》こそ、わらはが物《もの》よ、[一六]さゆる體《てい》にもてなし、うばい《（ひ）》とり、一刀《かたな》さし、とにもかくにもと思ひさだめて、

一 普通と違った不作法のために、遠慮をいたしておりました。
二 自分の本来の気持。
三 挨拶して。
四 聞いたよりもすばらしい。
五 諸本によって、底本の「十郎こゝろかねて」を改む。十郎の心を憚っての意。
六 特に相手をきめて、酒の盃をさし、またそれをもらうこと。伊勢六郎左衛門尉貞順記に、「一おもひさしと申事、やくそくして盃をさす事なり。くてんにあり。一おもひかへしと申は、人の盃をいたゝきて、又其人にさすことを申也。一おもひ取といふ事、人の呑たまふ盃をこひ取たまはる事也」とある。
七 舞いくるうこと。豊明節会（とよのあかりのせちえ）の後などに、殿上人などが、今様などを歌い舞ったが、そのことを乱舞といった。
八 盃の七分目。
九 さまざまに思案した。
一〇 彰考館本に、「時の賞翫〈しやうくわん〉のかるゝところなし」、万法寺本に、「ときのしやうぐはんのかるゝところなし」、大山寺本に、「ときのしやうぐわんよぎなし」、南葵文庫本に、「時のしやくわんのかるゝところなし」、流布本に、「ときのしやうくはんいぎなし」とある。時につれてもてはやすのはやむをえないの意。
一一 すぐれているので、気のおかれるさま。
一二 遊女の身。→二二〇頁注三。

一三 時の権勢に従って機嫌をとっている。
一四 前の世からきまったこと。運命。
一五 前のさがるさま。
一六「さふる」と同じで、ささえる、とめる意。
一七 義盛と祐成と両者をうかがうさま。
一八 自分にささないはずはない。
一九 理不尽なように思われる。
二〇 不作法。
二一 いきりたって。
二二 声をはりあげたので。
二三 緊張した。
二四 からからと笑って。
二五 流布本では、ここから「五郎おほいそへゆきし事」となる。
二六 諸本によって、底本の「我會」を改む。
二七 心に念じながら、仏の名号や経文を唱えること。
二八 諸本によって、底本の「君遊」を改む。彰考館本に、「君《(きみ)》」、万法寺本に、「きみ」、流布本に、「ゆうくん」とある。
二九 前出。→二四二頁注七。
三〇 はなやかな緋色の革で、札《(さね)》をとじあわせた略式の鎧。

一七義盛《よしもり》一目《め》、祐成《すけなり》一目《め》、心《こゝろ》をつかひ、案《あん》じけり。和田《わだ》は、一八は《(わ)》れにならではと思ふ所《ところ》に、さはなくて、「ゆるさせたまへ、さりとては、思ひの方《かた》を」とうちわらい《(ひ)》、十郎にこそさゝれけれ。一座《ざ》の人々、目《め》を見あわせ《(は)》、「これはいかに」と見る所《ところ》に、祐成《すけなり》、盃《さかづき》とりあげて、「身の給《(たまは)》らん事、一九狼藉《らうぜき》にたる。これをば御前《まへ》に」といふ。義盛《よしもり》きひ《(い)》て、「心ざしの横《よこ》どり、二〇無骨《ぶこつ》なり。いかでかさるべき。はや〱」と色代《しきだい》也。さのみ辭《じ》すべきにあらず、十郎、盃《さかづき》取あげ、三度《ど》ほす。義盛《よしもり》、二一ゐだけだかになり、「年《とし》ほど、物うき事はなし。義盛《よしもり》が齡《よはひ》、二十だにもわかくは、御前にはそむかれじ。たとい《(ひ)》一旦《たん》きらわる《(は)》ゝ共《(とも)》、かやうの思ひざし、よそへはわたさじ。南無阿彌陀佛」と、二二高聲《かうしやう》也《(なり)》ければ、ことのほかにて、にが〱しく見えければ、九十三騎《き》の人々も、義秀《よしひで》の方《かた》をみやりて、事《こと》やいできなんと二三色《いろ》めきたる體《てい》、さしあらはれける。十郎、もとよりさはが《(わ)》ぬ男《おのこ》にて、何程《なにほど》の事か有《(ある)》べき、事いできなば、何《なん》十人もあれ、義盛《よしもり》とひきくみて、勝負《せうぶ》をせんずるまでとおもひきり、二四あざわらい《(ひ)》てぞい《(ゐ)》たりける。

二五こゝに、五郎時致《ときむね》、二六曾我にゐたりけるが、父のために法華經《ほけきやう》よみて、本尊《ほんぞん》にむかひ、二七念誦《ねんじゆ》しけるが、しきりに胸《むな》さわぎしけり。心へ《(え)》ぬ今《いま》の胸《むな》さわぎや、いかさま、祐成《すけなり》の大磯《いそ》へこし給ひぬるが、東國《とうごく》の武士《ぶし》、富士《ふじ》野へうちいづる折節《をりふし》なり。ながれの二八遊君ゆへ《(ゑ)》、事しいだし給ふにやと、こゝろもとなく思ひければ、二九帳臺《ちやうだい》にはしりいり、三〇緋威《ひおどし》の腹巻《はらまき》とつてひきかけ、[一]伊藤重代《ぢうだい》の四尺《しやく》六寸《すん》の[二]赤銅《しやくどう》づくりの太刀、十文字《もんぢ》にむすびさげ、鞍《くら》おくべき暇《ひま》なければ、[三]膚背《はだせ》馬にうちのりて、二十餘町《ちやう》のその程《ほど》、たゞ[四]一馬場《ばゞ》にかけとを《(ほ)》し、門外《もんぐわゐ》を見わたせば、長者《ちやう》の門《もん》のほとり、鞍《くら》を《(お)》き、馬一二百匹《びき》ひつたてたり。[五]侍《さぶらひ》所には、物《もの》の具《ぐ》の音《おと》しきりにして、たゞ今《いま》、事いできぬとぞ見えける。いるべき所《ところ》なくして、門《もん》の外《そと》をめぐり、日《ひ》ごろ、祐成《すけなり》にゆきつれてとお《(ほ)》りし[六]かん小路にめぐり、竹垣《たけがき》をくゞり、虎《とら》が居所《ゐどころ》にこそつきにけれ。「十郎殿は、いかに」ととへば、「和田殿《わだどの》と盃《さかづき》を論《ろん》じて、たゞ今事《いまこと》出《(いで)》きぬ」と申《(まうす)》。さればこそと思ひ、[七]透垣《すいがき》をはねこへ《(え)》、兄《あに》のい《(ゐ)》たりける後《うしろ》の障子《しやうじ》をへだて立《(たち)》けり。時致《ときむね》、これにありとしられんために、[八]弁《かうがひ》にて、障子《しやうじ》ごしに、袴《はかま》の[九]着際《きぎは》をさしければ、十郎、「誰《た》そ」ととふ。五郎、小聲《こごゑ》になりて、「時致《ときむね》、これにあり」といふ。十郎きゝて、萬騎のつわ《(は)》者を後《うしろ》にもちたるよりたのもしくぞ思ひける。義盛《よしもり》の聲《こゑ》して、「上もなくふるまふものかな」ときこえける。祐成《すけなり》の御事ぞと心ゑ《(え)》て、何事もあらば、障子《しやうじ》一重《ゑ》ふみやぶりて、とび出《(いで)》て、一の太刀にて義盛《よしもり》、二の太刀《たち》にて朝比奈《あさいな》、そのほかの奴《やつ》ばら、何《なん》十人もあれかし、物の數《かず》にてあらばこそと思ひきり、四尺《しやく》六寸の太刀《たち》、杖《つゑ》につきてたつ。忍びかねたる在様《(ありさま)》は、[一〇]刀八毘沙門《びしやもん》の悪魔《あくま》を[一一]降伏《がうぶく》したまふかとぞおぼえける。[一二]夕日脚《あし》の事なれば、太刀影《たちかげ》の障子《しやうじ》にすきて見えければ、朝比奈《あさいな》、これを見て推量《すひりやう》し、まことや、かれら兄弟《きやうだい》は、兄《あに》が座敷《ざしき》

一 「伊東」にあたる。
二 赤銅で装飾した太刀。→二五一頁注二九。
三 鞍をおかない馬。裸馬。
四 馬場を一かけするように、休みなくかけとおし。
五 侍の詰所。→二四三頁注三〇。
六 「間小路」で、ぬけ道か。彰考館本に、「閑小路」、万法寺本に、「うらみち」、流布本に、「ほそみち」とある。
七 間の透いてみえるように、竹や板をあらく組んで作った垣。
八 刀の鞘にはさむ篦《へら》のような物。髪をかきあげたりするのに用いる。
九 着ている所のそば。
一〇 「兜跋《とばつ》毘沙門」にあたる。毘沙門天は、四天王の一で、北方を守護する神。その変化身として、外敵を撃退する力をもつという。宝冠を頂き、特殊な鎧を着たその姿は、西域の兜跋国の大王を模したものという。
一一 神通力で悪魔などを従えること。
一二 夕方の日ざし。
一三 何のかいもないだろう。
一四 彰考館本に、「異姓他人〈いしやうたにん〉」、大山寺本に、「いじやうたにん」、万法寺本に、「いしやうたにん」、南葵文庫本に、「一しやうたにん」とある。「異姓他人」で、縁のない他人の意。
一五 紅の地色に、月の形をあらわした。彰考館本に、「つまくれなゐに」、万法寺本に、「つまくれなひに」、大山寺本に、「みなくれなゐに」とある。
一六 めいめいに。

にある時《とき》は、弟《おとゝ》が後《うしろ》に立《(たち)》そひ、弟《おとゝ》が座敷にある時は、兄《あに》が後《うしろ》にあるものを。いかさま、五郎は、後《うしろ》にありとおぼえたり。さしたる事もなきに、大事ひきいだして、一三何《なに》の詮《せん》かあ覽《(らん)》。又、一四いつしやう他人《たにん》にもあらざるなり。何《なに》となき體《てい》にもてなし、座敷をたゝばやと思ひければ、一五紅《くれない》に月いだしたる扇《あふぎ》ひらき、「何《なに》とやらん、御座敷《ざしき》しづまりたり。うたゑ《(へ)》や、殿ばら、はやせや、まはん」とて、すでに座敷《ざしき》を立《(たち)》ければ、一六面々《めん〳〵》にこそはやしけれ。義秀《よしひで》、一七拍子《ひやうし》をうちたてさせ、一八「君が代は千代《(ちよ)》に八千代《(ちよ)》をさゞれ石《いし》の」とし一九お《(を)》りあげて、「巌《いはほ》となりて苔《こけ》のむすまで」と、二〇ふみしかくまふ《(う)》てまはりしに、

二一五郎がたちたる前の障子《しやうじ》をひきあけ見れば、案《あん》にたがはず、時致《ときむね》は、二二四天王をつくり損《そん》じたるさまにて、二三ふみしかりてぞたちたりけれ。朝比奈《あさいな》、二四あやまたず、狂言《きやうげん》に取《(とり)》なして、「是にも、客人《きやく》ましますぞや。こなたへいらせ給へ」とて、二五草摺《くさずり》一二間《げん》、二六むずととりてひきければども、すこしもはたらかず。二七磐石《ばんじやく》二八なり共《(とも)》、義秀《よしひで》が手《て》をかけなば、うごかぬ事あるべきかと思ひ、力《ちから》にまかせ、ゑいや〳〵とひきけれ共《(ども)》、五郎物《もの》ともおもはねば、ひくともなく、ひかるゝ共《(とも)》なく、二九あざわらい《(ひ)》てぞ立《(たち)》たり。大力《ちから》にひかれて、三〇横縫草摺《よこぬひくさずり》こらへず、一度《ど》にきれて、三一朝比奈《あさいな》は、後《うしろ》へ、どうどたお《(ふ)》れければ、五郎は、すこしもはたらかで、三二二王だちにぞたちたり。さて、五郎時致《ときむね》は、三三みぎはまさりの大力《ちから》と、よその人までしりける。まことや、此者父河津《かはづの》三郎は、東八ケ國にきこゆる又三四

一七 歌舞の調子をとらせ。そのために、二枚の板を用いる。
一八 和漢朗詠集下「祝」に、「わがきみは千代に八千代にさゞれ石の巌となりて苔のむすまで」とある。
一九 声を細くしなわせ張りあげて。
二〇 彰考館本・万法寺本に、「ふみちかへ」、大山寺本に、「踏みちがへて」とあり、足をふみちがえて舞うさま。
二一 流布本では、ここから「あさいなと、五郎ちからくらべの事」となる。
二二 作りそこないの四天王の像のように。四天王は、前出。→補一六八。
二三 踏みはだかって。舞の本「和田酒盛」の「ふんじかつて」と同じか。
二四 即座に、たわむれごとのようにとりつくろって。
二五 鎧の胴の下に垂れて、腰から下をおおう部分。前後左右に一枚ずつ垂れる。その一枚が、五段の板から成る。草摺一二間は、その一二段の板をいう。
二六 急に力をこめて。
二七 動かない。
二八 大きな岩。
二九 からからと笑って。
三〇 草摺を鎧の胴につける糸。
三一 諸本によって、底本の「あさない」を改む。
三二 仁王の像のように、いかめしく立っていた。仁王は、仏法を守護する神で、寺門の左右におかれる。
三三 きわだってすぐれた大力。→八二頁注二二。
三四 「股野」にあたる。

野の五郎に、片手《かたて》をはなちて、相撲《すまふ》に三番《ばん》かちてこそ、大力《りき》[一]のおぼえは取《(とり)》たりしが、その子なるをや、力《ちから》くらべはかなふまじ、[二]すかさんものお《(を)》とうちわらひ、「是ゑ《(へ)》〱」と請《しやう》ずれば、「あまりの辭退《じたひ》は[三]いこく人《じん》、[四]異體《いてい》は御免《めん》候へ」といふ〱、座敷に出《(いで)》けるが、もちたる太刀と草摺《ずり》にて、末座《ばつざ》なる人々の首《くび》まはり、[五]側顔《そばかほ》をうちなぐり、さしこえ〱行《(ゆき)》すぎて、朝比奈《あさいな》が下なる[六]疊《たゝみ》になお《(ほ)》りける、[七]座敷《ざしき》にあまりて見えたり。朝比奈《あさいな》、いそぎ座敷を立《(たち)》て、義盛《よしもり》の前に在《(あり)》ける盃《さかづき》を五郎が前《まへ》にぞを《(お)》きたりける。時致《ときむね》、盃《さかづき》取あげて、酌《しやく》にたちたる朝比奈《あさいな》に[八]色代《しきだい》して、「御盃の前後は、[九]遲參《ちさん》の無禮《ぶれい》、御免《めん》あれ。御盃《さかづき》はたまはり候」とて、三度までこそ[一〇]ほしたりけれ。その盃《さかづき》、[一一]朝比奈《あさいな》取《(とり)》、「[一二]はるかに久《(ひさしう)》候御盃《さかづき》、[一三]思ひどり申さん」とて、元《もと》の座敷になを《(ほ)》りけり。五郎も、[一四]酌《しやく》に手《て》をかけ、「[一五]ちかくもまい《(ゐ)》らぬ御酌《しやく》に、時致《ときむね》たたん」と[一六]ゆるぎたつ。[一七]四郎左衞門《さへもん》、座《ざ》をたつて、「それがし、是に候」とて、銚子《てうし》にとりつけば、五郎もしばし色代《しきだひ》す。義盛《よしもり》、これを見て、「客《きやく》人の御酌《しやく》、しかるべからず。それ〱」と有《(あり)》ければ、[一八]つねうぢ、酌《しやく》にぞたちける。朝比奈《あさいな》、盃《さかづき》とりあげ、三度《ど》ほし、その盃《さかづき》を虎《とら》のみて、義盛《よしもり》にさす。その時、五郎、扇《あふぎ》、[一九]笏《しやく》にとりなを《(ほ)》し、「今しばらくも候べけれども、曾我に[二〇]さしたるいそぐ事の候。後日に[二一]おそれ申さん」とて、兄《あに》もろともに立《(たち)》ければ、虎《とら》も、おなじくたちにけり。一座も、[二二]無興至極《ぶけうしごく》にして、和田《わだ》は、鎌倉《かまくら》へとを《(ほ)》りければ、此人々はうちつ

一　評判。
二　なだめよう。
三　彰考館本に、「異国〈いこく〉人」とあり、無礼者をいうか。また、「一刻人」と同じで、頑固者をいうか。流布本には、「ぶれいなり」とある。
四　普通と変わった様子。
五　横顔。
六　今のうすべり、ござのような敷物。
七　その座を圧して。
八　挨拶して。
九　おくれて参ること。
一〇　飲みほした。
一一　諸本によって、底本の「あさない」を改む。
一二　ずいぶん久しぶりの御盃。
一三　前出。→二五四頁注六。
一四　酌をしようとして。
一五　ちかごろ、さしあげない。
一六　よろよろと立ちあがる。
一七　前出。→二五一頁注二三。
一八　未詳。前出の「種氏」と同じか。→二四四頁注三。
一九　笏のようにもち直し。→二五二頁注一四。
二〇　さしあたっての急ぎの用。
二一　おわびの意か。
二二　まったく興味のさめたさま。

れて、曾我《そが》へとてこそ返りけれ。

## （曾我にて虎《とら》が名殘《なごり》お《(を)》しみし事）

是や、[二三]名翼《めいよく》は、昊天《かうてん》にあそべ共《(ども)》、小澤《せうたく》にうつり、九そうのうれへにあひ、黿鼉《げんだ》は、深淵《しんゑん》の底《そこ》をたもて共《(ども)》、淺渚《せんしよ》に出《(いで)》て、ほこうのうれへにあそふと見えたり。十郎も、身に思ひの有物《(あるもの)》ぞかし、[二四]よしなき女《をんな》のもとにて、[二五]おもはずの難《なん》にあはんとしけるぞ、くちお《(を)》しき。人ごとに心[二六]ゑ《(え)》べき事也。祐成《すけなり》は、虎《とら》を具《ぐ》して、曾我にかへり、つねにすみける所にかくしおき、いつよりもこま〱と物語しけり。「此度、御狩《かり》の御供《とも》申《(まうし)》、を《(お)》もはずの[二七]峰《お》ごしの矢《や》にもあたり、くち木、むもれ木《ぎ》共《(とも)》なるならば、[二八]身こそ貧《ひん》にむまれめ、[二九]鬢《びん》なる塵《ちり》の見ぐるしさよと、人《ひと》のいはんもくちお《(を)》し。髮《かみ》けづりてたび候へ」といひければ、虎《とら》は、何《なに》としもおもはで、數《かず》の櫛《くし》を取《(とり)》ちらし、しばらく髮《かみ》をぞけづりける。十郎は、女の膝《ひざ》にふしながら、虎《とら》が顔《かほ》をつく〲見て、祐成《すけなり》を[三〇]むつましとみんも、是ぞかぎりなるべきとおもへば、ながるゝ涙を見て、「例《れい》ならぬ御涙《なみだ》、心もとなさよ。何《なに》なるらん」ととひければ、「今にはじめぬ事とはいひながら、うき世の中のさだめなさよ。此程《ほど》の萬[三一]あぢきなく、何《なに》事もこゝろぼそくおぼゆれば、[三二]あだにちぎり、おな

二三 貞観政要論政体に、「鴻鵠保二河海一、厭而徙之二小沢一則有二矰丸之憂一。黿鼉保二深淵一、厭而出之二浅渚一必有二釣射之憂一」とあるのによる。彰考館本に、「鴻鵠は海河の中を保とも、小沢〈せうたく〉に移〈うつ〉て必〈かならず〉九矰の憂〈うれへ〉にあひ、黿鼉は深淵〈しんゑん〉の底〈そこ〉を保とも、浅渚に出て必〈かならず〉釣射〈こうしや〉の憂〈うれへ〉にあふ」とある。名翼は、すぐれた鳥で、原典の鴻鵠〈こうこく〉にあたり、おおとり、くぐいをさす。昊天は、大空のことで、原典の河海とは違う。「九そう」は、「弓矰」で、弓、いぐるみをいう。「いぐるみ」は、矢に糸をつけて鳥を射る道具。黿鼉は、おおすっぽん、わにの一種をいう。浅渚は、深淵に対して、あさいみぎわをいう。「ほこう」は、「捕鉤」で、針にかけて、とらえることか。「あそふ」は、「あふ」の誤。

二四 くだらない。

二五 予想しない災難。

二六 彰考館本に、「心得〈う〉べき」とある。→七五頁注二四。

二七 峰をこして飛んでくる流れ矢。

二八 身の貧に生まれたのはやむをえないとしても。

二九 頭の左右の髪。

三〇 親しい者として。

三一 情なく。

三二 「あだにちぎり」は、諸本によると、「あだにちぎりし」の誤か。そうすると、いいかげんに約束した二人の仲が、世に知られるようになるのも、どうしたものかの意。

じ世の、名のたつ程《ほど》も、いかにやとおもへば、[一]心に涙のこぼるゝぞ。げにや、たのまぬ身のならひ、[二]かこつ命も、露《つゆ》の間《ま》も、[三]いまはしくこそおもはるれ」「げにも、さ様に思ひたまはば、此度の御狩《かり》、思召《(おぼしめし)》とゞまり給へかし。[四]君にしらるゝ宮《みや》づかひの隙なきわざにも候はず。とゞまり給へ」といひければ、「おもひたつ御供《とも》なり。[五]何事かは」といひながら、かほどふかく思ふ中、思ひしらせず出《(いで)》なば、[六]情《なさけ》の色もたえぬべし。せめて夢ほど、此事をしらせばやと思へども、女は、[七]かひなき物なれば、あかぬわかれのかなしさに、とゞめんために、母《はゝ》にもや語《(かたり)》ひろめん。此度は、思ひさだめたるもの故《ゆゑ》に、[八]かなはぬ事を母きゝて、[九]おもひの種《たね》ともなりぬべし。又は、五郎もうらみなん。おもひきりたる一大事、女《をんな》にさぞといはん事、あしかるべしとおもひきり、何としもなくたはぶれけり。しのぶとすれど、その色のあやしく思ひたてまつり、「[一〇]おぼつかなし」といい《(ひ)》ければ、ふかきおもひの切《せつ》なるに、束《つか》の間《ま》も、おもひあわ《(は)》する事なくて、[一一]はてぬる物ならば、後のうらみもふかゝるべし。よし、おもひでに、[一二]一《(ひと)》はしをいひてや、心をやすむると、「身の有様を思ふには、[一三]うきがすまひの詮《せん》なくて、世にはすまじのその故《ゆへ》を、いかにといひてしらすべき。さればにや、祖父《おうぢ》入道の謀叛《むほん》によりて、きられまいら《(る)》せし孫《まご》なれば、君にもめしつかはれ、[一四]御恩《おん》かうぶる事もなし。まして、先《せん》祖《ぞ》の本領《ほんりやう》は、[一五]年月よそにみなす上《うへ》、馬の一匹《ぴき》も[一六]なだらかにかはず、又、父のためとて、

一 彰考館本・南葵文庫本に、「すそろに」、大山寺本に、「すぞろに」とある。「すずろに」と同じで、何となくの意。
二 「かこつ命も」は、彰考館本などに、「かこついのちの」とある。はかない命と嘆きかなしむ、そのしばしの間もの意。
三 不吉に。
四 主君に知られて、奉公の暇のないということでもありません。祐成が仕官の身でないことをいう。
五 何でもないことだ。
六 愛情の真味。
七 ふがいない。
八 決心を止められない。
九 心配のもと。
一〇 気がかりだ。
一一 死んでしまう。
一二 少しばかりいったら安心するか。
一三 つらいくらしをするのもしかたがなくて。
一四 所領をいただく。
一五 他人のものとして手をつけかねる。
一六 余裕をもって。のどかに。
一七 あるともいえないように頼りない。
一八 なりゆき。次第。
一九 人と並びたつ。
二〇 諸本によって、底本の「たとり」を改む。
二一 行く先々で食を乞いながら、仏道を修行すること。
二二 諸本によって、底本の「いれしや」を改む。霊験のいちじるしい神社。

經卷《きやうまき》の一部《ぶ》もかゝず、[一七]有《(あり)》としもなきうき身の[一八]仕儀《しぎ》、人にみゆるもはづかしく、[一九]面《おもて》ならぶる[二〇]たよりもなし。されば、此度、御狩《かり》よりもかへりなば、出家《しゆつけ》をとげ、墨《すみ》の衣《ころも》にそめかへて、[二一]頭陀乞食《づだこつじき》して、靈《れい》佛[二二]靈社《れいしや》に參《(まゐり)》、父《ちゝ》の後世をもとぶらひ、[二三]我身をもたすからんと思ひ候也。世に在《(あり)》とも、夢幻《まぼろし》の[二四]ごとく、[二五]はう心をのこすべきにあらず。[二六]花山法皇《ほうわう》だにも、[二七]萬乘《ばんぜう》の位《くらゐ》をさりて、[二八]山林《りん》にまじはりたまふぞかし。ましてや、[二九]貧道無縁《ひんだうむゑん》の祐《すけ》成《なり》が、何に命もお《(を)》しかるべき。今度《こんど》の御供《とも》を最後《さいご》に、二度《たび》返らじとおもへば、あかぬわかれの道すてがたくて」と申《(まうし)》ければ、虎《とら》きゝもあへず、十郎が膝《ひざ》になきかゝり、しばしは物《もの》もいはざりけり。やゝ有《(あり)》て、「うらめしや、とはずはしらせじと思召《(おぼしめす)》かや。誠、は《(わ)》らはは大磯《おほいそ》の君、[三〇]あさましき物の子なれば、[三一]まことの道《みち》をもおぼしめさじなれ共《(ども)》、[三二]女の身のはかなさ、身にかへてもとこそ思ひたてまつれ。[三三]見えそめしより、などや覽《(らん)》、思ひの色の深草《ふかくさ》や、忍ぶの袖にすり衣《ごろも》、わすれたてまつるたよりなし。御心ざしはしらねども、[三四]御かねことのたがふをば、いつはりに又なるらんと、心《こゝろ》をつくしまたれしに、さやうにおもひたち給はば、我《(わ)》らわ《(は)》も、おなじく髮《かみ》をおろし、墨染《すみぞめ》の衣《ころも》に身をやつし、ひとつ庵《いほり》に[三五]あらばこそ、別《べち》に庵室《あんじつ》ひきむすび、衣《ころも》をすゝぎてまい《(ゐ)》らせん。香《かう》をそなへたまはば、花をつみ、薪《たきゞ》をひろい《(ひ)》給《(たまは)》ば、水《みづ》をむすび、[三六]一《(ひとつ)》蓮《はちす》の縁《ゑん》をもねがはん。[三七]そのむつびをも、いなとのたまはば、山寺に修《しゆ》行して、[三八]よそながら見たてまつ

二三 自分の後世をも助かろう。
二四 彰考館本・万法寺本・南葵文庫本に、「ことし」とある。
二五 「放心」で、外界の事物に心をうばわれるさまか。
二六 第六十五代の天皇。藤原道兼に謀られて、十九歳で出家した。
二七 天子の位。
二八 仏道の修行をさす。
二九 仏道の修行に励むこともなく、仏菩薩と因縁を結ぶこともない。貧道というのは、僧侶が自分を卑下していうことば。荒木良雄氏の説によると、作者が僧徒であったために、不用意にそれを自称語としたのであろうという。
三〇 賤しい。
三一 真剣な恋の道。
三二 頼りない女の身としては。
三三 逢いはじめた時から、どうしたものか、恋しく思う気持がつのって、こらえきれずに思い乱れ、お忘れすることはできない。「忍ぶの袖にすり衣」は、しのぶずりの衣をふまえながら、こらえきれない気持をあらわす。「しのぶずり」とは、福島県信夫(しの)郡からとれる忍草で、もじれたような模様を布に摺りつけたもの。
三四 お約束のことば。
三五 ありはしない。
三六 極楽で同じ蓮華の上で生まれあうこと。
三七 そのようになれなれしくふるまうのをも、いけないとおっしゃるならば。
三八 離れたままで。

らん。それも、はゞかり思召《おぼしめ》さば、きゝ給へ、身《み》[一]をなげ、一日片時《へんし》もわかれたてまつる事あらじ」とて、涙にむせびけり。十郎が膝《ひざ》の上も、虎《とら》が涙《なみだ》にうくばかりなり。袖《そで》も[二]ところせばくぞおぼえし。十郎、つくづくと案《あん》ずるに、是ほどおもひいりたる心ざし、つゆほどもしらせずして、こゝろづよくかくしとげぬる物《もの》ならば、ながきうらみとなりぬべし。[三]もしたちかへらぬならい《ひ》あらば、思ひいだして、念佛《ねんぶつ》をも申《まうす》べし。さればとて、人にもらすなといはん事を、[四]あだにやすべき。その上《うへ》、日數《かず》なければ、しらせばやと思ひ、「此事、母《はゝ》にだにもしらせたてまつらで、今まですぎしかど、御身の心ざし[五]切《せつ》にして、しらせたてまつるぞ。もらし給《たまふ》べからず。誠の道心にもあらず、出家遁世《とんせい》にてもなし。年ごろ、祐成《すけなり》が身に思ひ有《あり》とはしり給《たまひ》ぬ覽《らん》。その本意《ほんゐ》[六]をとげんと思へば、此度いでて後《のち》、二度《たび》返るまじければ、あひみん事も、今宵《こよひ》計《ばかり》也。さてしも、何となく申《まうし》ちぎりて、時の間と思《おも》へ共《ども》、三年《とせ》に也《なり》ぬ。おもひでもなくて、はてん事こそ、無《む》念《ねん》なれ。御心《こゝろ》ざしの程《ほど》[七]こそ、有《あり》がたくおもひたてまつれ。面々《めんめん》[八]ごときの人は、祐成風《すけなりふ》情《ぜい》の貧者《ひんじや》、たのむ所《ところ》なし。何《なに》[九]によりてか、露の情《なさけ》もあるべきに、三年《みとせ》の間《あひだ》の顔《かほ》ばせの、かはらぬ色《いろ》は常磐山《ときはやま》[一〇]、を《お》のれなきてや、うきお《を》しる。情《なさけ》にひかれて、身の程《ほど》を、はぢずわすれし中なれば、前世の事といふはかりにて、すぎにし事のはづかしさよ。奉公《ほうこう》[一一]の身ならねば、御恩《おん》の時と[一二]もいはず、廻船《くわいせん》[一三]の身ならねば、利《り》のあらん折《をり》ともいはず、

一 彰考館本などに、「髪〈かみ〉をさけて、一日片時〈へんし〉もきかれたてまつる事あらし」、万法寺本に、「かみをさげて、一日へんしをきかれたてまつることあらし」、大山寺本に、「かみをもさげて、一日へんしもあるべからず」、南葵文庫本に、「かみさけて、一日もきかれたてまつる事あるへからす」とあり、有髪の俗体のままで、わずかの間でもお耳にとまることはしないつもりだの意。

二 彰考館本に、「所も所も」、万法寺本に、「ところも」とある。

三 もし帰ってこないということがあれば。

四 むなしくすることはできない。

五 ねんごろなので。

六 敵討の本望。

七 諸本によって、底本の「ほとこと」を改む。

八 あなたがたのような遊女にとっては。

九 何のためにしても、わずかな情をかけるはずはないのに。

一〇 拾遺集秋に、「紅葉せぬときはの山に住む鹿はおのれなきてや秋を知るらむ」とある。自分からつらく思うさまをたとえる。

一一 主君に仕える身。

一二 にもかかわりなくの意か。

一三 貨物などを運ぶ船をもつ身。「懐銭」で、金持の意とも考えられるが、彰考館本には、「廻船」とあてている。

思ひでなき事を思ひいだしたまはん事よ」とて、さめ〳〵となきけり。虎《とら》も、此ことばをきゝて、又うちふして、なくよりほかの事ぞなき。やゝ有《(あり)》て、を《(お)》きなを《(ほ)》り、「そも、これは、何となり行《(ゆく)》事どもぞや。これほどの大事《じ》、一四はかなき女《をんな》の身なり共《(とも)》、いかでか人にもらすべき。一人まします母にだにもきかせたてまつらず、ふりすてゝ、心づよくおもひたち給はん事、数《かず》ならぬわらは申《(まうす)》とも、とゞまり給《(たまふ)》べきか。何《なに》ゝつけても、あかぬわかれの道こそ、かなしみてもあまりあれ。かやうの大事、一五心を《(お)》かず、しらせ給ふこそ、返々《(かへすがへす)》もうれしけれ。さても、此年《とし》月の御なじみ、いつの世にかはわするべき。思ふにかなはぬ事なれ共《(ども)》、御物《もの》の具《ぐ》のみぐるしきを見まい《(ゐ)》らする折節《ふし》は、一六人々しき身なりせば、などやたよりにもなりたてまつらざらんと、一七しづ心をつくし、あかしくらしつるに、世をすてゝ、いづくともなくならんとおほせらるゝをこそ、身のを《(お)》き所なかりしに、思ひもよらぬながきわかれ路とならんかなしさよ」とて、聲《こゑ》もお《(を)》しまずなきゐたり。十郎も、せん方なくして、「あまりななげき給ひそ。人々きゝ候べし。名殘《なごり》は誰《たれ》もおなじ心ぞ」となぐさめつゝ、「是を形見《かたみ》に」とて、「祐成《すけなり》にそふと思召《(おぼしめ)》せ」とて、鬢《びん》の髪《かみ》をきりてとらせぬ。虎《とら》は、涙もろ共にうけ取《(とり)》、一八膚《はだ》のまもりにふかくおさめ、物をもいはでふししづみぬ。十郎も、おなじ枕に一九うちかたぶき、涙《なみだ》にむせぶ計《(ばかり)》也。日もすでにくれければ、今宵《こよひ》ばかりの名殘《なごり》ぞと、思ひやるこそかなしけれ。

一四 取るにたりない。
一五 隔てなくうちとけて。
一六 世間なみの人らしい。
一七 賤しい身で気をもみ。
一八 肌につける守袋(まもりぶくろ)。
一九 諸本によって、底本の「うちかたふく」を改む。頭をかたむけて、もの思いにしずむさま。

[一]千代《(ちよ)》を一夜にかさねても、明《(あけ)》ざれかしとおもはるゝ。頃《ころ》さへ、五月のみじか夜の有明《ありあけ》[二]なれば、宵《よひ》の間《ま》の、またるゝ程《ほど》もなければや、出《(いづ)》ると見れば、そのまゝに、[三]かたぶく空《そら》もうらめしく、[四]八聲《こゑ》といふも、鷄《にはとり》の、夜《よ》やしり[五]ふるとあけやすく、夢見る程《ほど》もまどろまで、東《ひがし》にたなびく横雲《よこ》の、[六]東雲《しのゝめ》しらむうき枕《まくら》、又[七]睦言《むつごと》のつきなくに、[八]きぬ〴〵になる曉《あかつき》の、涙に床《とこ》もうきぬべし。たがひの名殘《なごり》、心中《(こころのうち)》、さこそと思ひしられたれ。なお《(ほ)》しも、[九]虎《とら》はうちふして、[一〇]きへ《(え)》いるやうに見えしかば、十郎、[一一]かれをいさめんとて、「暇《いとま》申《(まうし)》て、祐成《すけなり》は、後生《しやう》にてまい《(ゐ)》りあはん」とて[一二]おどろかせば、を《(お)》きなを《(ほ)》りたるばかりにて、ものいふまではなかりけり。今《いま》をかぎりのわかれなり。後《のち》の世までの形見《かたみ》とて、十郎きたりける[一三]目結《めゆひ》の小袖《こそで》に、虎《とら》が[一四]紅梅《こうばい》の小袖《こそで》にきかへて、「心《こゝろ》のあらば、[一五]うつり香《が》よ、しばしのこりて、[一六]うきわかれ、なぐさむ程《ほど》も、面影《おもかげ》の、きかへし衣《ころも》にとまれかし。たがひの名殘《なごり》つきせず」と、又もろ共にうちふしぬ。「幾萬代《いく(よろづよ)》をかさねても、名殘《なごり》つくべきにあらず。祐成《すけなり》も、途《みち》までおくりたてまつるべし。[一七]日こそたけ候へ」とて、[一八]葦毛《あしげ》なる馬に[一九]貝鞍《かひくら》をか《(お)》せ、道三郎《だう》、門《もん》のほとりにひかへたり。「此馬鞍《くら》、[二〇]かへし給ふべからず。此三年《とせ》かよひしに、馬《むま》はかわ《(は)》れど、鞍《くら》かはらず。鞍《くら》はかはれども、馬《むま》かはらず。今日《けふ》を最後《さいご》のわかれなれば、とゞめを《(お)》きて、ながき形見《かたみ》ともおもひたまふべし。たゞし、馬《むま》は生有《しやう(ある)》ものにて、かわ《(は)》る事あり、鞍《くら》をばうしなはでもちたまへ」といふ

一 「千代」は、「千夜」にあたる。千夜をかさねて一夜にあてても、明けないでほしい。夜がどれだけ長くてもよいという気持。伊勢物語二十二に、「秋の夜の千夜を一夜になせりともことば残りてとりや鳴きなん」とある。
二 有明の月。おそく出て、夜明けになっても、空に残っている月。陰暦の十六夜以後にあたる。
三 月が沈もうとする。
四 夜明けにたびたび鳴く鶏は、「八声の鳥」と呼ばれる。
五 彰考館本・万法寺本・南葵文庫本に、「しりぬる」とある。
六 夜明けになる。
七 男女の閨の中でのかたらい。古今集雑体に、「むつごともまだつきなくに明けぬめりいづらは秋の長してふ夜は」、宴曲拾菓集「金谷思」に、「まだ睦言も尽きなくに、明けぬと急ぐ衣々の」とある。
八 男女のあい別れること。
九 諸本によって、底本の「とらうちはふして」を改む。
一〇 深く悲しんで気を失う。
一一 慰めよう。
一二 目をさまさせると。
一三 目のような形をいくつも散らしたしぼり染の小袖。小袖は、袖の小さいふだん着。
一四 表が紅梅色で、裏が蘇芳(すおう)色をした小袖。
一五 着物に移り残った香。
一六 つらい別れの慰められる程にも、

〳〵、馬《むま》にぞのせたりける。

## 二一 （山彦山《やまひこやま》にての事）

「祐成《すけなり》もを《(お)》くるべし」とて、馬《むま》に鞍《くら》おかせ、うちのりて、「二二中村《なかむら》どを《(ほ)》りにゆくべし。大道は、馬鞍《むまくら》見ぐるし。二三君を祐成《すけなり》が思ふとは、みな人しられたり。供《とも》の者どもも、二四かひ〳〵しからず」とて、うちつれてこそを《(お)》くりけれ。曾我《そが》と中《なか》村の境《さかひ》なる山彦《ひこ》山の峠《たうげ》までを《(お)》くりきて、十郎、爰《(ここ)》に駒《こま》をひかへ、今少《いま(すこし)》もを《(お)》くりたくは候へ共《(ども)》、かならず今朝《けさ》よりいでんとさだめしかば、さだめて五郎もきたらん。名残《なごり》はつくべきにあらず、此世にてあひみん事も、今計《いま(ばかり)》ぞと思へば、やる方《かた》なくして、涙にむせぶばかりなり。二五お《(を)》ちこちのたつきもしらぬ山中の、道《みち》もさやかに見えわかず。かの二六松浦佐用姫《まつらさよひめ》が二七ひれふし姿《すがた》は、石《いし》になりける、それは昔《むかし》の事ぞかし。今《いま》のわかれのかなしさよ。駒《こま》ちか〳〵とうちよせ、手《て》に手《て》を取《(とり)》くみ、涙にむせぶばかりなり。やゝ有《(あり)》て、「祐成《すけなり》が、心中《(こころのうち)》、おしはかり給へ。これにて、年《とし》をおくるべきにもあらず。たゞ一筋《すぢ》に二八浄土《じやうど》の縁《えん》をむすばん。來世《らいせ》をふかくたのむぞ」と、心づよくも思ひきり、ひかふる袖《そで》をひきわけて、なく〳〵立《(たち)》わかれけり。げにや、二九かんかんの床《ゆか》の上には、はるかにちぎりを千年《ねん》の鶴《つる》に

たがいの面影が、着かえた衣にとどまってほしい。

一七 日が高くなります。

一八 馬の毛色の名。白い毛に黒色・濃褐色などのさし毛のあるもの。

一九 青貝などで模様をすって飾った鞍。

二〇 諸本によって、底本の「かくし」を改む。

二一 曾我から中村へこえる道中の山。

二二 神奈川県足柄上郡中井町を通る道筋。当時の大道は、海岸よりを通っていた。

二三 遊女。虎をさす。

二四 頼りにならない。

二五 遠近の見当さえもわからない山中。古今集春上に、「をちこちのたつきも知らぬ山中におぼつかなくも喚子鳥かな」とあるのによる。

二六 大伴狭手彦の妻。万葉集・肥前国風土記などに、新羅に行く夫と別れを惜しみ、山に登って領巾〈ひれ〉を振りつづけ、そのまま石になったと伝える。

二七 彰考館本に、「ひれふりし」とある。「領巾〈ひれ〉振りし」を「ひれ伏し」と誤ったのであろう。

二八 ともに極楽浄土に生まれあおう。

二九 出典未詳。彰考館本に、「含函の床の上には、遙〈はるか〉にちきりを千年の鶴〈つる〉にむすひ、沈麝〈ぢんじや〉の莚〈むしろ〉の上には、遠齢〈ゑんれい〉を万劫〈まんごう〉の亀〈かめ〉にきして」とある。「かんかん」は、万法寺本・大山寺本に、「かんかい」とあり、未詳。沈麝は、沈香と麝香。全体で、いつまでもと契るさまをいう。

むすび、沈麝《ちんじゃ》の筵《むしろ》の上には、とを《(ほ)》く齢《よわひ》を萬劫《ごう》の龜に期《き》して、ちぎりしかども、のがれぬわかれの道は、力《ちから》におよばず。たがひに[一]心をかへりみ、坂《さか》中に[二]やすらい《(ひ)》ひかへたり。かすかに見えし姿《すがた》も見えずなりければ、そなたの空《そら》のみかへり見る。[三]あしびきの山のあなたのこい《(ひ)》しさは、何《(いづ)》れもおなじ心にて、現《うつゝ》ともなき涙の袖、夢のごとくにうちわかれにけり。思ひのあまりに、虎《とら》が馬の口《くち》ひかへたる道《だう》三郎に、なく〳〵いひけるは、「祐成《すけなり》を見たてまつらんも、今ばかりの名殘《なごり》なり。何事も、こま〴〵といひたかりつるを、涙にくれていひもせず、とりわけ[四]暇《いとま》こひたまへるに、返事せざりし心もとなければ、今一度よびたてまつりてたび候へ。物一言《こと》申さん」といひければ、道《だう》三郎、「たゞ世《よ》の常《つね》の出家遁世《とんせい》にてもなし」とて、さしてもさは《(わ)》がざりけるが、[五]なのめならざるたがひのなげきを見て、あわれ《(は)》におもひ、いそぎはしりかへり、はるかに行《(ゆき)》たりける十郎よび歸し、もとの峠《たうげ》にうちあがり、駒《こま》をひかへ、「何事ぞ」ととひければ、虎《とら》は、涙に目《め》もくれて、[六]思ひまうけしことのはの、いつしか今はうせはてて、鞍《くら》の[七]前輪《は》に打《(うち)》かゝり、きえ入《(いる)》様に見えしかば、十郎も、[八]わきたる事はなくて、なく計《(ばかり)》にてぞ在《(あり)》ける。やゝありて、虎《とら》、息《いき》の[九]下にいひける、「いつとなく、[一〇]さぞとちぎらぬ夕暮も、駒《こま》の足《あし》なみ、轡《くつわ》の音《をと》のする時は、もしやと思ふ折〳〵の、[一一]その人となくすぎゆけば、その夜は、むなしく床《とこ》にふし、鳥の音《ね》に[一二]たゝへつゝ、我涙おつる枕の上《うへ》より、あくる思

一 彰考館本などに、「うしろ」とあるのがよい。
二 ためらいとどまっている。
三 「山」にかかる枕詞。
四 祐成が別れをつげなさったのに、返事もしなかったのが気になるので。
五 ひととおりでない。
六 かねて考えておいた。
七 鞍の前部の輪形に高くなった所。
八 彰考館本に、「いひ分たる」、万法寺本に、「いひわけたる」、大山寺本に、「いひいだしたる」、南葵文庫本に、「いゝをきたる(わきていふへき)」、王堂本に、「思ひわきたる」、流布本に、「わきていふべき」とある。
九 諸本によって、底本の「に下」を改む。
一〇 来ると約束していない。
一一 祐成ではなくて。
一二 彰考館本・万法寺本に、「たくへつゝ」とあるのがよい。つけてもの意か。
一三 妨げられ。
一四 おとずれるついで。
一五 現実の別離。
一六 自分のものにならないで。
一七 生きのびる。「すくす」は、彰考館本に、「つぐ」、万法寺本・南葵文庫本に、「つく」、流布本に、「のぶる」とある。
一八 色・声・香・味・触の五種の欲情のはかないことは、春の花のようだ。
一九 人間世界。
二〇 はかないわが身のたとえ。
二一 この物語は、真字本にはない。同

ひを[一三]さへられ、夕《ゆふべ》の鐘《かね》の聲《こゑ》には、くるゝ[一四]たよりをまちなれて、ほされぬ袖のそのまゝに、はかなかりけるちぎりかな。三年《みとせ》の夢の程もなく、[一五]わかるゝ現《うつゝ》になりにけり。さて、いつの世にめぐりあひ、かかるおもひの又もや」と、聲《こゑ》もお《(を)》しまずなきい《(ゐ)》たり。

「祐成、身の上をつく〴〵思ふに、罪《つみ》のふかきぞしられたる。いとけなくして、父におくれ、本領《ほんりやう》だに[一六]あたりつかず、母《はゝ》一人のはぐく《ゝ》みにて、[一七]身命《しんみやう》をすぐすといへ共《(ども)》、有《(ある)》かひもなし。此三年、御身にだにもあひなれて、あかぬ別のかなしさ、なげきの中のなげきなれ。[一八]五欲《よく》の無常《むじやう》は、春《はる》の花、[一九]娑婆《しやば》は、かりのやどりなり。[二〇]秋の紅葉《もみぢ》の影《かげ》ちりて、草葉《ば》にすがる露の身の、後生とぶらひてたび給へ」とて、東西《とうざい》へ打わかれけるにて、

## ([二一]比《ひ》叡山《ゑいさん》のはじまりの事)

昔《むかし》を思ふに、天地すでにわかち、國いまださだまらざる時は、[二二]人壽《じゆ》二萬歳《さい》をたもちける。[二三]迦葉尊者《かせうそんじや》は、西天《さいてん》に出世《しゆつせ》したまふ。[二四]大聖釋尊《しやうしやくそん》は、其[二五]教義《けうぎ》をゑ《(え)》て、[二六]都率《とそつ》天に住《ぢう》し給ふ。「は《(わ)》れ、[二七]八相成道《はつさうじやうだう》の後《のち》、[二八]遺教流布《ゆひけうるふ》の地、何《(いづ)》れの所にかあるべき」と、この[二九]南閻浮洲《あんぶしう》をあまねく飛行《ひぎやう》して御覧じけるに、[三〇]遠々《ゑん〳〵》たる大海の上に、「[三一]一切衆生《いつさいしゆじやう》、悉有佛《しつうぶつ》、如來常住《によらいじやうぢう》、[三二]無有變易《むうへんい》」。立《(たつ)》波の聲あり。「此波《なみ》のと[三三]ゞまらん所、一の國となりて、

じ物語が、神道雑々集下・太平記十八「比叡山開闢事」・壒嚢鈔十四・謡曲「白髭」にみられる。

二二 太平記などに、「第九ノ減劫人寿二万歳ノ時」とある。

二三 迦葉仏。過去七仏の第六位。

二四 釈迦仏。

二五 彰考館本に、「授記〈しゅき〉」、万法寺本・南葵文庫本に、「しゅき」、太平記に、「授記〈ジュキ〉」、壒嚢鈔十四に、「授記」とある。授記は、未来のさとりについて、予言を授けること。

二六 欲界六天の第四位。

二七 釈迦が衆生をすくうために、この世で示した八つの相。諸説があるが、下学集によると、生天都率下天・託胎・出胎・出家・降魔・成道・転法輪・入滅をさす。

二八 釈迦の遺した教え、すなわち仏教。

二九 南贍部洲〈なんせんぶしゅう〉、南閻浮提〈なんえんぶだい〉ともいって、須弥山の南方にある洲。ここでは、人間世界。

三〇 ひろくはてしないさま。彰考館本に、「遠々〈をん〳〵〉たる」、王堂本に、「まん〳〵たる」とある。

三一 涅槃経師子吼菩薩品の句。あらゆる生物は、すべて仏となるべき性質をそなえている。仏はつねに存在して、変化することはないの意。

三二 「無有変易」の後には、万法寺本・南葵文庫本に、「と」、流布本に、「かくのごとく」とある。

三三 彰考館本などに、「流〈なが〉れ〈れ〉と〻まらん」とある。

[一]われ、佛性《しやう》をひろめ通《つう》ずべき靈地《れいち》たるべし」とて、はるかの十萬里の滄《さう》海を[二]しのぎてゆくに、葦《あし》の葉《は》一うかみたる所に、此波ながれとゞまりぬ。今の比叡《ひえい》山の麓《ふもと》、[三]大宮權《みやごん》現《げん》のまします[四]波《は》止《し》土《ど》濃《の》これなり。さればにや、「波《なみ》とゞまり、土《つち》こまやかなり」とかけり。かく御覽《(お)》じをきて、釋尊《しやくそん》、天《てん》にあがり給《(たまふ)》。されば、[五]葦原《あしはら》の中國《なかつ》と申《(まうし)》ならはせるは、此一葉《は》の葦《あし》の故《ゆへ》とかや。日本《ぼん》我朝《てう》は、葦《あし》の葉を表《へう》するとぞ申《(まうし)》ならはせる。其後、人壽《じゆ》百歳《さい》の時《とき》、[六]悉達《しつだ》太子と生《しやう》じて、八十年の春《はる》の比《(ころ)》、[七]頭北面西右きうくわ、[八]跋提《ばつだひ》の波《なみ》ときえたまふ。され共《(ども)》、佛は、常住《じやうぢう》にして、[九]むゐん法界《ほうかひ》の妙體《めうたい》なれば、昔《むかし》、葦《あし》の葉《は》の島《しま》となりし中國《なかつくに》を御覽じける時、[一〇]鸕鷀草葺不合尊《うがやふきあわせずのみこと》の御世なれば、佛法《ぶつぽう》の名字《みやうじ》を人しらず。こゝに、[一一]さゞなみや[一二]志賀《しが》の浦《うら》のほとりに、釣《つり》をする老翁《らうおう》あり。釋尊《しやくそん》、かれにむかひて、「翁《をきな》、もし此所の主《ぬし》たらば、この地をわれに得《(え)》させよ。[一三]佛法結界《ぼうけつかひ》の地となすべし」との給へば、翁《おきな》、こたえ《(へ)》て申さく、「われ、人壽《じゆ》六萬歳《さい》のはじめより、此所の主《ぬし》として、このみづ海の七度まで、葦原《あしはら》に變《へん》ぜしをも、まさに見たりし翁《おきな》也。されば、此地結界《ちけつかひ》となるならば、釣《つり》する所うせぬべし」と、ふかくお《(を)》しみ申せば、釋尊《しやくそん》、力《ちから》なくして、今は、[一四]寂光土《じやつくはうど》にかへらんとし給ふ時に、東方《とう》より、[一五]淨瑠璃世界《じやうるりせかひ》の藥師《やくし》、忽然《こつぜん》と出《(いで)》たまひて、「よきかな、はや佛法《ぶつぽう》をひろめ給へ。は《(わ)》れ、人壽《じゆ》八萬歳《さい》のはじめより、この所の主《ぬし》たれど、老翁《らうおう》、いまだは《(わ)》れをしらず。何《なん》ぞこの山をお《(を)》しみ申《(まうす)》べき。[一六]はやし

一 彰考館本に、「我仏法〈ぶっぽう〉を弘通〈ぐつ〉すべき」、万法寺本に、「わかふつほうこうつうすへき」、南葵文庫本に、「わかふつほうをくつうすへき」とある。
二 のりこえて。
三 日吉山王七社の一。
四 大宮の前を流れる谷川をいう。
五 日本国の古称。
六 釈迦の出家以前の名。
七 「右きうくわ」は、彰考館本に、「右脇臥〈うけうくわ〉」、南葵文庫本に、「うけうくわ」、万法寺本に、「うきやうくわ」とある。頭を北に、面を西にむけ、右脇を下にして臥すこと。釈迦の涅槃のさま。
八 中インドの川の名。
九 「むゐん」は、彰考館本に、「無辺〈むへん〉」とある。広大無辺で諸法を含みもつ世界のすぐれた姿。
一〇 彦火火出見尊の子。神武天皇の父。
一一 「志賀」の枕詞のように使われる。「さゞなみ」は、琵琶湖西南部の古称。
一二 滋賀県大津市の湖岸部。
一三 魔障を入れないように、区画を設けた土地。
一四 法身仏の住む浄土。
一五 衆生の病患を救う仏。その浄土を浄瑠璃世界という。
一六 彰考館本に、「はや開闢〈かいびやく〉し給へ」、万法寺本に、「はやかいひやくしたまへ」、南葵文庫本に、「はやかいひやくし給へ」とある。
一七 釈迦の滅後に、五期の五百歳が数

給へ。われも、この山の王となりて、ともに後五百歳[一七]まで佛法《ぶつぽう》をひろむべし」とて、二[一八]佛東西にさりたまふ。其時《とき》の老翁《らうわう》は、今《いま》の[一九]白髭《しらひげの》明神にてまし〱ける。東方よりの如來は、[二〇]中堂《だう》の藥師《やくし》にてぞまし〱ける。釋迦《しやか》、藥師《やくし》の東西に歸り給《(たまひ)》き。今の十郎と虎《とら》がゆきわかるゝには、たがひぬる心なるをや。「[二一]蝸牛《くわぎう》の角《つの》の上《うへ》に、何事をかあらそふ。石火《せきくわ》の光《ひかり》のうち、此身をよせつらん。名殘《なごり》の道《みち》つくべからず、後世には、參《(まゐり)》あはん」[二二]と、「道《だう》三郎が心もはづかし」とて、思ひきりてぞわかれける。虎《とら》は、峠《たうげ》にひかへて、祐成の後姿《うしろすがた》、かくるゝまで見送《(みおくり)》ける。[二三]さてしもあらねば、なく〱大磯《いそ》にぞかへりける。母のもとに入《(いり)》しかば、友《とも》の遊君《ゆうくん》ども、[二四]廣縁《ひろゑん》に出《(いで)》て、「思ひかけざる今の御入かな。いつとなき山路のさびしさ、おし計《(はかり)》て」などとたはぶれけれ共《(ども)》、虎《とら》は、馬よりおるゝとおなじく、衣《きぬ》[二五]ひきかづき、打ふしぬ。[二六]君どもあつまりて、「何《なに》とて、これ程御なげき候やらん。十郎殿にすてられおはしますか」と、さま〴〵なぐさめけれども、かくといふべき事ならねば、たゞ打ふしなきゐたり。[二七]人々うたれて後にこそ、かくとは申《(まうし)》きかせけれ。道《だう》三郎申《(まうし)》けるは、「[二八]殿も、今朝《けさ》は物へ御出《(いで)》有《(ある)》べきにて候。いそぎ御暇《いとま》を申さん」といふ。虎《とら》は、かれをちかくよびよせて、「三年が程《ほど》、なれにしなんぢにさへ、別《(わかれ)》なん事のかなしさよ」とて、袖を顔《かほ》におしあてゝ、さめ〴〵となきければ、道《だう》三郎、返事にもおよばず、涙をながしける。「昔《むかし》が今にいたるまで、[二九]主従《しうじう》の縁《ゑん》あさか

えられる。後五百歳とは、その第五の五百歳、すなわち末法の時期をいう。

一八 釈迦と薬師。

一九 滋賀県滋賀郡志賀町の白髭神社。猿田彦神をまつるという。

二〇 比叡山延暦寺の本堂、いわゆる根本中堂。

二一 和漢朗詠集下「無常」に、「蝸牛角上争㆓何事㆒、石火光中寄㆓此身㆒」とある。前句は、荘子則陽による。かたつむりの角の上で、何のために争うのか、石をうって火花の出る間に、身をよせているにすぎない。人生とは、そのようなものだの意。

二二 彰考館本・万法寺本・南葵文庫本に、「と」がなく、流布本に、「といふうちにも」とある。

二三 彰考館本に、「けにや道〈だう〉三郎か待〈まち〉居〈ゐ〉たるも心さしとて」、万法寺本に、「けにやとらまちいたるも心さしとて」、大山寺本に、「今は道三郎が待つも心なしとて」、南葵文庫本に、「けにやとう三郎かまちゐたるも心なしとて」とある。

二四 幅の広い縁側。

二五 頭の上からかぶり。

二六 遊女ども。

二七 大山寺本に、「十郎」とある。

二八 祐成。

二九 一般に親子は一世の契り、夫婦は二世の契り、主従は三世の契りという。

らぬ事ぞ。かまへて思ひわするな。二世までも縁《えん》はくちせぬ物ぞ」といへば、道《だう》三郎、暇《いとま》こひていでにけり。心ざしは、二世までもつきせじとおぼえけり。

(佛性國《ぶつしやうこく》の雨《あめ》の事)[一]

されば、縁《えん》によりて、佛果《くわ》[二]をうる事をおもへば、昔《むかし》、佛性國《ぶつしやうこく》に、血《ち》の雨ふりて、國土《ど》紅《くれなゐ》なり。御門《(み)かど》、大《(おほき)》におどろかせ給ひて、博士《はかせ》[三]をめして、御たづね有《(あり)》ければ、占形《うらがた》[四]をひき、申《(まうし)》けるは、「今宵《こよひ》、不思議《ふしぎ》の子をうむ者《もの》有《(あり)》。尋《(たづね)》いだして、とを《(ほ)》き島《しま》にすてらるべし」と申《(まうし)》ければ、舍衛城《しやゑじやう》[五]の中に、其夜、產《さん》したる物、千餘《よ》人也。其中よりゑ《(え)》らび出《(いだ)》して、口より焰出《ほのを(いづ)》るをうみたる者有《(あり)》。則、是を人蟒《まふ》[六]とぞ名付《(づけ)》ける。これ、不思議《ふしぎ》の者とて、官人《くはん》[七]に仰付《(おほせつけ)》て、遠嶋にすてけり。然《(しかる)》に此人蟒《まふ》、漸《(やうやう)》成人《せいじん》する程に、たけき鬼の姿《すがた》に也《(なり)》けり。此嶋に來《(きたる)》物をば、もらさずくらふ。又、國に罪有《つみ(ある)》者を此島《しま》にながせば、是をも取《(とり)》てくらふ。七萬二千人までぞくらい《(ひ)》ける。其罪盡難《つみ(つくしがた)》し。佛、是をあはれみ給《(たまひ)》て、阿難尊者《なんそんじや》[八]を遣奉《(つかはしたてまつり)》て、善知識《ぜんちしき》[九]たち、引導《いんだう》[一〇]し給《(たまひ)》けるとかや。人蟒《まふ》、阿難《あなん》を七度見奉《(たてまつり)》し結縁《けちえん》[一一]に、七度《ど》天上《じやう》に生じて、佛果《くわ》をゑ《(え)》たり。か様の縁《えん》を思ふには、かれらが後世も、など[一二]や一蓮《(ひとつ)はちす》にのらざ覧《(らん)》。賴敷《(たのもしく)》ぞおぼえし。扨《(さて)》、十郎が心のたけき事、

一 この物語は、真字本にない。同じ物語が、宝物集下にある。仏性国は、宝物集に、「同国(舎衛国)」とある。
二 修行の因によってえるさとりの果。
三 学者。ここでは、陰陽などの博士。
四 占にあらわれたかたち。
五 中天竺の舎衛国の都城。この国で、釈迦が説法教化したという。
六 蟒は、大蛇の意。
七 役人。
八 釈迦の十大弟子の一人。
九 人を導き仏道に入らせる高徳の僧。
一〇 迷う者を導き仏道に入らせること。
一一 仏道の縁を結ぶこと。
一二 極楽で同じ蓮華の上に生まれるだろう。
一三 親子夫婦などの愛情。→補一七〇。
一四 みずから進んで、危地に入るたとえ。→補一七一。
一五 身を捨てる。
一六 恩愛の道。
一七 前出。→補一六七。
一八 親・兄弟・妻子などと生別・死別する苦しみ。
一九 仏教の書物と仏教以外の書物。
二〇 この物語は、真字本にない。「嵯峨の釈迦」は、京都市右京区嵯峨清涼寺(しようりようじ)の本尊で、三国伝来の霊像として知られる。由来は、今昔物語集六の五・宝物集上・保元物語中「左府御最後」・清涼寺縁起などに伝えられる。
二一 摩耶夫人。釈尊がその母の為に忉利天に上ったことは、経律異相七・今昔物語集二の二などに伝えられる。

四方《はう》にもこえしか共《(ども)》、さしあたりたる[13]恩愛《おんあひ》の道、まよふならひ也。[14]夏の蟲、とんで火《ひ》に入《(いり)》、秋の鹿の、笛《ふゑ》に心をみだし、[15]身をいたづらになす事、たかきも、いやしきも、力《ちから》およばぬは、[16]此道なり。[17]八苦《く》の中《なか》にも、[18]愛別離苦《あひべつりく》ととかれたり。[19]内典《でん》・外典《げでん》にも、ふかくいましめたる。

([20]嵯峨《さが》の釋迦《しやか》つくりたてまつりし事)

五郎、待遠なる折節、十郎來りて、「此者送《(おくり)》しとて、今まで時をうつしぬ。いかに不思議《ふしぎ》に思ひ給《(たまひ)》けん」と申《(まうし)》ければ、「何かは苦敷《(くるしく)》候べき。昔も、さる事の候。釋尊《しやくそん》、母[21]の報恩《ほうおん》のために、[22]忉利《たうり》天に上りたまふ。[23]帝釋《たいしやく》聞《(きき)》給ひて、[24]毗首羯磨《びしゆかつま》といふ天人を下給《(くだしたまふ)》。[25]う天王悅《(よろこび)》て、[26]赤栴檀《しやくせんだん》にて、如來を作奉《(つくりたてまつり)》、[27]何《(いづ)》れをうつしたる姿《すがた》共《(とも)》見えずぞ作《(つくり)》ける。う天王《わう》、悅《(よろこび)》の餘《(あまり)》に、毗首羯磨《びしゆかつま》を留《(とめ)》られければ、「我は是、[28]善法《ぜんぼう》の大工《く》也。とゞまるべからず」とて、つゐ《(ひ)》に天[29]に上りぬ。其像《ざう》を[30]玄奘《げんじやう》三藏《ざう》ぬすみ取《(とり)》て、[31]此國に渡《(わたし)》、おほくの衆生を[32]濟度《さいど》し給《(たまふ)》。今の嵯峨《さが》の釋迦《しやか》、是也。ましてや、人間として、いかでか恩愛《おんあひ》思はざるべき」。十郎聞《(きき)》て、「大《(おほき)》にたがふ[33]心かな。う天王は、[34]利益方便《りやくほうべん》の戀也。[35]薄地凡夫《はくぢぼんぶ》、[36]輪廻《りんゑ》の執着《しうぢやく》也。[37]一にあらじ」と笑《(わらひ)》て、各《(おのおの)》富士野の出立《ゝ(いでたち)》をぞ急《(いそぎ)》ける。

二二 六欲天の第二位。須弥山の頂上にある。その中央に、帝釈天が住む。
二三 梵天とともに仏法を護る神。
二四 帝釈天に属して、工芸を司る神。
二五 憍賞弥国優塡(うてん)王。増一阿含経二十八によると、仏の帰らないのを憂えて、重病にかかった。群臣が仏像を作らせると、その病は癒えたという。
二六 牛頭(ごず)栴檀。インドの牛頭山に産する。赤い材質で、よい香気を放つ。
二七 どちらが本物かわからないように。
二八 善法堂で、須弥山頂の喜見城外の西南角にある堂。
二九 諸本によって、「に」を補う。
三〇 唐代の僧。法相宗の開祖。三蔵法師は、経・律・論の三蔵に精通した僧。今昔物語集などによると、この仏像を盗みとったのは、玄奘三蔵ではなくて、鳩摩羅焔(くまらえん)三蔵であるという。
三一 彰考館本に、「我朝〈わがてう〉に渡〈わた〉り給ひしに、ひるは三蔵〈さんざう〉をおゐて、夜は三蔵〈さんざう〉にをはれ、此国に来り」とあり、万法寺本・南葵文庫本でも、ほぼ同じ。
三二 煩悩を脱して安楽の地に至らせること。
三三 彰考館本に、「こひの心」、万法寺本・南葵文庫本に、「こいの心」とある。
三四 「衆生利益の方便」で、衆生に利益を授ける手段。→補一七二。
三五 果報のうすい凡夫。→補一七三。
三六 「三途輪廻」で、地獄・餓鬼・畜生の三悪道をめぐること。→補一七四。
三七 諸本によって、「に」を補う。

# 曾我物語　巻第七

## (千《ち》[一]草《くさ》の花見し事)

「それ、[二]まよひの前《まへ》の是非《ぜひ》は、是非《ぜひ》ともに非《ひ》なり。[三]夢《ゆめ》のうちの有無《うむ》は、有無《うむ》ともに無《む》也。されば、われらが身の有様《ありさま》、[四]あればあるが[五]間也。夢《ゆめ》のうき世に、何をか現《うつゝ》とさだむべき。されば、[六]刹那《せつな》の榮華《ゑいぐわ》にも、心をのぶる理《ことはり》を思へば、無爲《むゐ》の快樂《けらく》におなじ。いざや、最後《さいご》のながめして、しばしの思ひをなぐさまん」とて、兄弟《きやうだい》共に庭《には》におりて、草《くさ》もうへ《(ゑ)》を《(お)》きし千草《ちくさ》のさかへ《(え)》たるを見るにも、名殘《なごり》ぞお《(を)》しかりける。「心のあらば、草木も、いかであはれをしらざるべき」と、かなたこなたにやすらい《(ひ)》けり。[七]これによそへ、ふるき歌《うた》を見るに、

[八]故鄕《ふるさと》の花のものいふ世《よ》なりせばいかに昔《むかし》のことをとはまし

[九]今《いま》さら思ひいでられて、情《なさけ》をのこし、あはれをかけずといふ事なし。五郎きいて、一草《そう》木《もく》も、心なしとは申《(まうす)》べからず。釋迦如來《しやかによらひ》、[一〇]涅槃《ねはん》にいらせ給ひし時《とき》は、心なき植《うへ》木の枝《えだ》

一　いろいろの草。
二　迷いの前で是非をいっても、迷っているから、是非ともに非にあたる。
三　夢の中で有無をいっても、夢のことであるから、有無ともに無にあたる。
四　彰考館本に、「今日〈けふ〉あれ共、明日〈あす〉をたのます」、大山寺本に、「けふあれども、あすをたのまず」とある。その時かぎりのさまをいう。
五　彰考館本・大山寺本・南葵文庫本では、「あたなる」とあって、「夢の(うき)世」に続く。「あたなる」が「間也」と誤られたものか。
六　彰考館本に、「せつなのゑいくわをのふれは、まんせいことはり」、大山寺本に、「せつなのえいぐわをのぶれば、ばんざいのりあり」とある。ここでは、文意が変わって、わずかの期間の栄華にも、のびのびしている道理を思うと、自然のままの楽しみと変わらないということになる。
七　これによせて。万法寺本では、ここで、兄弟が花づくしの問答をおこない、十郎が卯の花を取りあげながら、次の歌を思いだすのである。
八　後拾遺集春下の出羽弁の歌で、平家物語三「少将都帰」にも引かれる。故郷の花がものを言う世であったならば、何といって昔のことを尋ねようか。
九　彰考館本・大山寺本には、「今さら」の上に、「と」の一字がある。
一〇　苦悩を解脱した境地、死をいう。↓補一七五。
一一　老少とかかわりなく、命数の定め

葉《は》にいたるまでも、なげきの色《いろ》をあらはしけり。我らがわかれをお《(を)》しみ候やらん。いかでかしり候べき」とて、草《くさ》をわければ、卯《う》の花《はな》のつぼみたる、一房《ふさ》おちたりけり。十郎、これを取《(とり)》あげて、「いかに、み給へ、五郎殿。[一一]老少不定《らうせうふぢやう》のならひ、今《いま》にはじめぬ事なれ共《(ども)》、おひ《(い)》たる母はとゞまり、わかきは《(わ)》れらが先《さき》だち申さん事、これにひとしきものを。ひらきたるはとゞまり、つぼみたるはちりたるとや。[一二]名《な》にしおふ[一三]忘草《わすれぐさ》ならば、名殘《なごり》をわすれてやちりつらん。それは、昔《むかし》、[一四]住吉《すみよし》に、[一五]諸神《しよじん》[一六]影向《やうがう》なりける事有《(あり)》。御かへりをとゞめたてまつらんとて、この花をうへ《(ゑ)》て、忘草《わすれぐさ》と名《な》づけ給ひけるなり。歌《うた》にも、

[一七]もみぢては花さく色《いろ》を忘草《わすれぐさ》ひとつ秋《あき》ながら二まちの頃《ころ》

そのわすれ草《ぐさ》は、[一八]紫苑《しおん》とこそきゝて候へ」とて、なを《(ほ)》草《くさ》むらにわけいりければ、[一九]ふかみ草《ぐさ》のさかりさきたるを見て、「卯《う》の花は、つぼみてだにもちるに、この花の思ふ事なげにさかりなるや。いかにさくとも、[二〇]二十日草《ぐさ》、さかりも日數《かず》のあるなれば、花の命もかぎり有《(あり)》。あわ《(は)》れ、身にしる心かな」と涙ぐみければ、五郎きゝて、「此草《くさ》の事は、[二一]花ひらきおちておなじく、一城《じやう》の人たぶらかすがごとしと見えたり。これは、[二二]樂府《がふ》のことばなり。又、歌《うた》にも、

[二三]名《な》ばかりはさかでも色《いろ》のふかみ草花《ぐさはな》さくならばいかでみてまし

ないこと。
一二「忘れる」という名をもつ。
一三 萱草(かんぞう)の異名。今昔物語集三十一の二十七に、「萱草ト云フ草コソ、其レヲ見ル人思ヲバ忘ルナレ」とある。このことは、彰考館本などにない。
一四 大阪市住吉区。住吉神社の所在地。住吉に忘草を植えたことは、巻五「鴬・蛙の歌の事」にもみられる。
一五 南葵文庫本・流布本によって、底本の「ししん」を改む。
一六 神仏が一時あらわれること。
一七 蔵玉和歌集「忘草」に出る。紅葉になると、花のさく色を忘れる萱草について、一つの秋ながら、二つの色を待ち望むことだ。↓補一七六。
一八 キク科の多年草。今昔物語集三十一の二十七に、萱草とくらべて、「紫苑ト云フ草コソ、其ヲ見ル人心ニ思ユル事ハ不忘ザナレ」とある。
一九 南葵文庫本・流布本によって、底本の「わかみくさ」を改む。牡丹の異名。
二〇 牡丹の異名。
二一 白氏文集四「牡丹芳」に、「花開花落二十日、一城之人皆如レ狂」とある。↓補一七七。
二二 漢詩の一体。もと楽府という役所で作られた歌の体。
二三 蔵玉和歌集「不加見草」に出る。名だけは深見草というから、花が咲かなくても、色深く見られようが、花が咲くならば、何とかして見たいものだ。↓補一七八。

と口《くち》ずさみければ、十郎きゝて、「此歌《うた》は、いまださかざる時《とき》も、いろふかき草《くさ》とこそよみたれ。さかりの花にも、[一]心やたがふべからん」とたはぶれけるにも、あはれのこさぬことのはゝなかりけり。[二]無慙《むざん》なりし心《こゝろ》ざしどもなり。「さても、われらが思ひたつ事、母《はゝ》につゆほどもしらせたてまつるべきか。はからい《(ひ)》候へ」といひければ、時致《ときむね》きゝ、「おもひもよらぬ御事なり。これほどおもひさだめざる前《さき》はしらず、[三]今《いま》はいかでか變《へん》じ候べき。その上《うへ》、人の子が謀叛《むほん》おこしていで候はんに、その親《おや》きゝて、いそぎしにて、ものを《(お)》もわ《(は)》せよとて、よろこぶ母《はゝ》や候べき。それがしは、たゞ御形見《かたみ》を給《(たまはり)》て、最後《さいご》まで身にそへ、こなたよりも又[四]まい《(ゐ)》らせて、まかりいでんとこそ存《ぞん》じ候へ」。十郎きゝて、「まことに此儀《ぎ》しかるべし。さらば、そのついでに、[五]御分《ぶん》が勘當《かんだう》をも[六]申《(まうし)》ゆるしてみん」とて、母《はゝ》の方《かた》へぞ出《(いで)》たりける。

[七]十郎、御前《まへ》にかしこまり、[八]扇笏《あふぎしやく》に取《(とり)》、申《(まうし)》けるは、「[九]奉公《ほうこう》をいたし、御恩《おん》かうぶるべき身にては候はね共《(ども)》、[一〇]末代《まつだひ》の物語《ものがたり》に、富士《ふじ》野御狩《かり》の御供《とも》におもひ立《(たち)》て候。おそれ入《(いり)》たる申事《(まうしごと)》にて候へ共《(ども)》、[一一]御小袖を一つかしたまはり候へ」と申《(まうし)》ければ、母きゝて、「[一二]君臣《きみしん》をつかふに、禮《れい》をもつてし、臣《しん》君につかふるに、忠《ちう》をもつてす」と、論語《ろんご》のうちにさぶらふぞや。[一三]何《なに》の忠《ちう》によつてか、御感《かん》もあるべき。御恩《おん》なくは、無益《やく》なり。あはれ、此度《たび》の御供《とも》は、おもひとゞまり給へかし。いかにといふに、[一四]伊東殿父《いとうどのちゝ》、奥野《おくの》の狩場《かりば》より、

一 歌の趣があてはまるだろう。
二 いたわしかった。
三 思いさだめたからには、変えることができません。
四 形見をさしあげて。
五 同輩などに対して使う二人称の代名詞。そなた。
六 彰考館本・大山寺本に、「申てみん」とある。許していただくようにお願いしてみよう。
七 流布本では、ここから「こそでごひの事」となる。
八 笏のようにもち直し。→二五二頁注一四。
九 彰考館本に、「別〈べ〉してほうこうをいたされは、御かんたうかうふるへしとはそんし候はねとも」、大山寺本に、「べつしてほうこうをいたしざれば、ぎよかん当かうぶるべしとは存じ候はねども」とあり、特に狩場でお仕えしなければ、おとがめをうけるだろうとは思っていませんがの意。ここでは、文意が変わったものと思われる。
一〇 後の世までの物語の種。
一一 母上のめされる小袖。小袖は、袖の小さいふだん着。
一二 論語八佾に、「君使レ臣以レ礼、臣事レ君以レ忠」とある。主君は礼儀にかなうように家臣を使い、家臣は忠誠をこめて主君に仕える、それが主従の道である。
一三 どのような忠誠によって、おほめをうけることがあろうか。
一四 伊東武者祐継。

病《やまひ》づきてかへり、幾程《いくほど》なくて、しにたまひぬ。御分《ぶん》の父《ちゝ》、河津殿《かわづどの》、狩場《かりば》にて[一五]うたれ給ひ、かゝる事どもをおもひつゞくるに、狩場《かりば》ほどうき所なし。しかも、謀叛《むほん》の者《もの》ゝ末《すへ》、上《うへ》にも御ゆるしなきぞかし。又、馬鞍《くら》見ぐるしくて、[一六]物《もの》を見れば、かへりて人にみらるゝものを。思ひとゞまりて、したしき人々の方《かた》にてなぐさみたまへ。かやうに申せば、小袖《こそで》をお《(を)》しむににたり。よくはなけれ共《(ども)》、[一七]紋柄《もんがら(お)》をもしろければ」とて、[一八]秋の野にすりつくしぬい《(ひ)》たる練貫《ねりぬき》の小袖《こそで》一つとりいだしてたびにけり。かしこまつて、障《しやう》子《じ》のうちにてきかへ、わが小袖をばうちをきて《(お)》いでぬ。なき後《あと》の形見《かたみ》にとぞおもひおきたりける。五郎は[一九]不孝《ふけう》の身にて、兄《あに》が方《かた》に、むなしくなきゐたり。よく〳〵物《もの》を案《あん》ずるに、母の不孝《ふけう》をゆるされずして、しなん事こそ無念《むねん》なれ。[二〇]推参《すひさん》して見ばや。いきたる程《ほど》こそおほせらるゝとも、死《し》して後《のち》、くやみ給はん事、うたがひなし。おもひきり申《(まうし)》てみんとて、母の方へはいでたれども、さすがに内《うち》へは入《(いり)》ゑ《(え)》ず、廣縁《ひろゑん》にかしこまり、障子《しやうじ》をへだてて、「そも、[二一]誰《たれ》が御子にて候はん、時致《ときむね》にも、[二二]めしかへの御小袖一つたまはりて、[二三]狩場《かりば》のはれにき候はん」。母きゝ《はゝ》て、「誰《た》そや、きたりて小袖《こそで》一《(ひとつ)》といふべき子こそもたね。十郎は、たゞ今《いま》とりていでぬ。京《きやう》の小二郎は、奉公《はうこう》の者《もの》なり。二の《の》宮《みや》の女房《ばう》、又かやうにいふべからず。禪師法師《ぜんじほつし》とて、乳《ち》のうちよりすてし子は、叔父《おち》養育《やういく》して、越後《ゑちご》にあり。又、箱王《はこわう》とて、[二四]わろ物のありしは、勘當《かんだう》して、ゆく末《すへ》しらず。

[一五] 南葵文庫本に、「うたれたまひぬ」、流布本に、「うたれ給ひぬ」とある。
[一六] 物を見に行くのは、かえって人に見られて、恥をかくようなものだ。
[一七] 文様のがら。
[一八] 秋の野のさまを摺りだして、いろいろの草花を縫いとった練貫の小袖。彰考館本・大山寺本に、「秋の野すりたる小袖」、万法寺本に、「あきのにすりつくしたるこそて」、南葵文庫本に、「秋の野すりたるねりぬきの小袖」、流布本に、「秋〈あき〉の野〈の〉にくさづくしぬふたる、ねりぬきのこそで」とある。練貫は、生糸を経(たて)、練糸を緯(よこ)とした絹織物。練糸は、灰汁(あく)などで煮てやわらかにした絹糸。
[一九] 不孝者として勘当をうけた身。↓一七九頁注一五。
[二〇] 自分の方からおしかけて参ること。
[二一] 私も御子でございます。
[二二] 着がえのための。
[二三] 彰考館本に、「かりはへまかりいて候はん」、大山寺本に、「かりはへまかりいてん」とある。「狩場のはれ」とは、狩場という「はれ」の場をいうか。
[二四] 真字本に、「陋〈エセ〉者」、彰考館本・万法寺本に、「ゑせ物」、大山寺本に、「えせ物」、流布本に、「わるもの」とある。「えせ者」は、「似而非者」で、悪者の意に近い。

これはたゞ、武藏《むさし》・相模《さがみ》の若殿《わかとの》ばらの、貧《ひん》なるわらはをわらはんとて、かくのたまふとおぼえたり。しかも、[一]留守居《るすゐ》の體《てい》見ぐるし。はや門《かど》の外《ほか》へいで候へ」と、ことのほかにぞいひける。時致《ときむね》[二]おもひきりたる事なれば、「その箱《はこ》王がまい《(ゐ)》りて候」「それは、誰《た》がゆるしを《(お)》きたるぞ。女親《おんなおや》とて、いやしみさぶらふか、さやうには候まじ。とても、かやうに[三]あなづらるゝ身、七代《だひ》まで不孝《ふけう》するぞ。對面《たひめむ》思ひもよらず」とぞいひける。五郎は、ゆるさるゝ事はかなはで、[四]結句《けつく》、後《のち》の世までと、ふかく勘當《かんだう》せられて、前後《ぜんご》をうしなひ、[五]物おもひはてゝぞい《(ゐ)》たりけり。やゝありて、小聲《こゞゑ》になりて申《(まうし)》けるは、「かやうの身にまかりなりて、かさねて申入《(まうしいる)》べき事、上《かみ》までもおそれにて候へば、女房《ばう》たち、心《こゝろ》ある人あらば、きこしめせ。人の親《おや》のならひ、[六]ぬすみする子はにくからで、繩《なわ》つくる物をうらむるは、常《つね》の親《をや》のならひにて候ぞや」。母きゝて、[七]「さやうならん者《もの》を、わ殿《との》が母《はゝ》にして、は《(わ)》らわ《(は)》がやうなる者《もの》をば、親《おや》となおもひそとよ。人のことばをおもくせず、ことばをかへす、うき子《こ》かとよ」「御ことばをおもくして、御返事を申さじとてこそ、御前の人々には申《(まうし)》候へ」「さやうに申せば、かへり事にてはなきか。[八]一念《ねん》の瞋恚《しんい》に、倶胝劫《くていこう》のせんこをやき、刹那《せつな》の怨害《おんがひ》には、無量《りやう》の苦報《くほう》をまねく。きけば、[九]いよ〳〵腹《はら》ぞたつ。その座敷《ざしき》たちて」とのたまふ。「おそれながら、[一〇]普門品《ふもんぼん》をばあそばし候はずや」「[一一]いかなる觀音《くはんおん》のちかひにも、そむく者《もの》ゆるし候へとはときたまはぬぞ」。

一 主人の外出中に家を守るさま。
二 かたく心にきめた。
三 かるくみられる。
四 かえって。それどころか。
五 「物をもいはでゐたりける」か。↓補一七九。
六 盗みするわが子を憎まないで、その子を縛った他人を恨む。↓補一八〇。
七 そのようなものわかりのよい者をお前の母にするがよい。私のような者を親と思うなよ。↓一三三頁注一三。
八 二十五三昧式・六道講式に、「一念瞋恚、焼二倶胝劫之善根一、刹那怨害、招二無量生之苦報一」とある。きわめて短い時間のいかりうらむことのために、きわめて長い時間のよい報いをうける種をなくしてしまい、きわめて短い時間のうらみ害することのために、はかりしれない時間の苦しみの報いをうけると聞くので。↓補一八一。
九 彰考館本・大山寺本に、「心のはたらくに」とある。
一〇 法華経の第二十五品。観音経。
一一 万法寺本に、「くはんおんの、なんちかふけうゆるせとおほせらるゝ、さやうのきやうもんは候ましきそ」とある。
一二 流布本では、ここから「しやうめつばらもんの事」となる。類似の物語が、舞の本「小袖曾我」にある。真字本には、「生滅婆羅門向レ父放レ矢、大地破忽成二八獄栖守一」とある。
一三 彰考館本・大山寺本に、「かうしやうばらもん」、舞の本「小袖曾我」に、「くわうしやうはらもん」とある。今

[一二]「きこしめされ候へ。昔《むかし》、天竺《てんぢく》に、[一三]しやうめつ婆羅門《ばらもん》といふ人あり。物の命《いのち》を千《せん》日千ころして、惡王《あくわう》にむまれんといふ願《ぐはん》をおこし、はや[一四]九百九十日に、九百九十九の生《いき》物《もの》をころし、千日に滿《まん》ずる日、[一五]西山《せいざん》にのぼりて見れ共《(ども)》なし。[一六]玉江《ぎよつかう》にくだり、船《ふね》にのり、海中《かひちう》にいでて、[一七]比翼《ひよく》の龜《かめ》を一つとりて、害《がひ》せんとす。母《はゝ》、これをかなしみて、渚《なぎさ》にいでて見れば、波風《なみかぜ》たかくして、雲《くも》の[一八]雷電《らいでん》おびたゝしく、その中《なか》に、婆羅門《ばらもん》、龜を害《がひ》せんとす。母《はゝ》、これを見て、「その龜《かめ》はなせ。なんぢが父《ちゝ》の命日ぞ」。婆羅門《ばらもん》きゝて、「[一九]忌《き》日ならば、[二〇]沙門《しやもん》をこそ供養《くやう》せめ」といひて、おさへてころさんとす。龜《かめ》涙をながして、「[二一]我《が》八十年後《ご》、我不墮地獄《がふだぢごく》、大慈《じ》大悲故《ひこ》、必生安樂國《ひつしやうあんらくこく》」とぞなきける。母、これをきゝ、「なんぢ、龜《かめ》のことばきゝしれりや」「しらず」とこたふ。「龜《かめ》は、罪《つみ》ふかき物にて、[二二]萬劫《まんごう》の罪障《ざいしやう》をへて、成佛《じやうぶつ》すべきに、[二三]今劍《いまつるぎ》にしたがはば、又[二四]劫《こう》をへかへすべきかなしさよと也。ねがはくは、その龜《かめ》をはなして、みづからをころし候へ」といふ。「まことに龜《かめ》の命にかはり給ふべきにや」といひもはてず、龜《かめ》を海上《かひしやう》になげいれ、すなはち劍《つるぎ》をぬき、母にむかふ時《とき》、天神地神も、これをすて給へば、大地《ち》さけは《(わ)》れて、[二五]奈落《ならく》にしづむ。母《はゝ》をころさんとする子《こ》の命《いのち》をかなしみて、心ならずに母《はゝ》はしりむかひ、婆羅《ばら》門《もん》が髻《もとどり》をとり給へば、すなはち頭《かしら》はぬけて、母の手《て》にとゞまり、その身は[二六]無間《むけん》にしづみけり。され共《(ども)》、龜《かめ》お《(を)》はなせし力《ちから》によりて、[二七]佛果《ぶつくわ》をゐ《(え)》、法華經《ほけきやう》の[二八]普門品《ふもんぼん》を、[二九]婆羅門身《ばらもんしん》

昔物語集三の三十五・宝物集下に、「香姓婆羅門」の名がみられる。
一四「九百九十九日」の誤。↓補一八二。
一五 未詳。
一六 未詳。↓補一八三。
一七 雌雄一対の亀。
一八 かみなりといなずま。
一九 命日のことであるが、ここでは、特に祥月命日をいうか。
二〇 僧に物を供えて冥福を祈ろう。
二一 自分が八十年の後に地獄に堕ちることなく、仏の大きな慈悲によって、安楽の浄土に生まれよう。↓補一八四。
二二 彰考館本に、「一万こうを へ」、万法寺本に、「一まんごうへて」、大山寺本に、「一まんごふをへ」とある。
二三 ここで剣の先にかかったならば。彰考館本には、この前に、「すてに九千九百九十九こうをへぬ、いま一こうをふるへきに」とある。
二四 彰考館本に、「おほくのこう」、大山寺本に、「多くのごふ」、万法寺本・南葵文庫本・流布本に、「たこう」とある。
二五 地獄。
二六 無間地獄。阿鼻(あび)地獄ともいう。五逆などの大悪を犯した者が、剣樹・刀山などの苦しみをうける地獄。
二七 成仏して。↓補一八五。
二八「普門品に」か。↓補一八六。
二九 法華経普門品に、「応下以二婆羅門身一得度者、即現二婆羅門身一而為中説法上」とある。婆羅門は、インド四姓中の最高の地位を占める僧侶。

ととかれたる。かやうの子をだにも、親《おや》はあわ《(は)》れむならひにて候物を」。母《はゝ》きゝて、「や[一]、殿、それも、母《はゝ》がいふ事をきゝて、龜《かめ》をはなちてこそ、成佛《じやうぶつ》はしたまへ。なんぢ、何《なに》となく我《(わ)》らわ《(は)》がおし《(を)》へをきかざるぞ」「わろき子をおもふこそ、まことの親の御慈悲《じひ》にては候へ。又、母のあはれみのふかきには、事ながく候へ共《(ども)》、有《(ある)》[二]國の王《わう》、一人の太子のなき事をなげき、天にいのりし感應《かんのふ》[三]にや、后懐妊《きさきくはひにん》し給ふ。國王《わう》のよろこびなのめならず。され共《(ども)》、三年までむまれたまはず。公卿僉議《くぎやうせんぎ》[四]ありて、博士《はかせ》[五]をめしてたづねたまふ。勘文《かんもん》[六]にいはく、「御位《くらゐ》は轉輪聖王《てんりんじやうおふ》[七]たるべし。たゞし、御産《さん》はたひら[八]かなるまじ」と申《(まうす)》。后《きさき》きゝたまひて、「賢王《けんわう》の太子、いかでむなしくすべき。みづからが腹《はら》をさきやぶりて、王子《わうじ》をつゝがなく[九]とりいだすべし」との給ふ。大王《わう》、大《(おほき)》になげきて、ゆるしたまはず。后《きさき》、「さらば、干死《ひじに》[一〇]にせん」とて、食事《しよくじ》をとゞめ給ひしかば、力《ちから》なく、大臣《じん》におほせつけて、御腹《はら》をさかれにけり。そのなかばに、后《きさき》おほせられけるは、「太子の誕生《たんじやう》はいかに」ととはせたまふ。「御つゝがなし」と申せば、よろこび給ふ色《いろ》見えて、うちゑみたるまゝ、御年《とし》十九にて、はかなくなりたまひぬ。さて、この太子、御位《くらゐ》につきたまひしが、母の御心《こゝろ》ざしをかなしみ、御菩提《ぼだひ》[一一]のため、三年胎内《たひない》にしてくるしめたてまつりし日數《かず》千日にあてゝ、千間《せんげん》[一二]に御堂《みだう》をたてたまひけり。今《いま》[一三]の慈恩《じおん》寺《じ》これ也。日本《ぼん》[一四]には、西《にし》の寺《てら》なり。さればにや、后《きさき》すなはち成佛《じやうぶつ》したまふ時《とき》に、こん[一五]

一 呼びかけのことば。
二 出典未詳。
三 信心が神霊に通ずること。
四 多数の評議。
五 陰陽道に通じた学者。
六 古例や吉凶を調べ、それについての意見をまとめた文書。
七 身に三十二相をそなえ、天から輪宝をえて、天下を従えるという王。
八 無事に。
九 無事ではないだろう。
一〇 餓死。
一一 極楽に往生して仏果をえられること。
一二 間は、柱と柱との間をいう。
一三 続日本後紀承和十一年四月の条などによると、滋野貞主が、その自宅を西寺の別院として、唐の慈恩寺にならって慈恩院と名づけたという。ただし、この物語の慈恩寺は、インドの寺でなければならない。
一四 日本では、慈恩寺にあたるのが、西寺であるの意か。西寺は、京都市下京区の寺。桓武天皇の勅によって、東寺とともに建立された。このことばは、彰考館本・大山寺本にない。王堂本に、「日本の西大寺はこの御寺をうつされたるなり」とある。
一五 万法寺本に、「かのてらくやうなかばに、しうんたなひきしよふつやうかうしたまひ、てんにこゑありてぶつくわをせうするとありけり」とある。「こん蓮台」は、「紫雲(しうん)蓮台」の誤か。蓮台は、仏菩薩の座。来迎は、臨

蓮臺《れんだひ》をかたぶけ、來迎《らいかう》したまふ。そのし[一六]こんになぞらへて、藤《ふぢ》をおほくうへ《（ゑ）》られたり。さてこそ、藤《ふぢ》の名所《めいしよ》にはいりたりけれ。母親の慈悲《じひ》は、かやうにぞ候へ」。母きゝて、「[一七]お《（い）》ひたるみづから、あわ《（は）》ぬお《（を）》しへのむつかしくて、腹《はら》をもさきて、し[一八]にうせよと。なんぢも、母《はゝ》と見ず、わらわ《（は）》も、子ともおもはぬまで」とて、障子《しやうじ》あららかにたて給ふ。たゞ今《いま》[一九]はてずは、永劫《やうごう》[二〇]をふる共《（とも）》、かなふまじければ、五郎う[二一]ちふてゝ、

## （斑足王《はんぞくわう》[二二]が事）

「仁王經《にんわうぎやう》[二三]の文《もん》をば御覽《らん》じ候はずや。昔《むかし》、天羅國《てんら》[二四]に、王《わう》一人まします。太子有《（あり）》、名《な》をば斑足王《はんぞく》といふ。外道羅陀《げだうらだ》[二五]の教訓《けうくん》に付《（つき）》て、千人の王《わう》の首《くび》をとり、塚《つか》の神《かみ》にまつり、その位《くらゐ》をうばひ、大王《わう》にならんとて、數萬《すまん》の力士《りきじ》・鬼王《きわう》をあつめて、東西《ざい》南北、遠國《おん》近國《きんごく》の王城《わうじやう》に、おしよせ〳〵からめとり、すでに九百九十九人の王を取《（とり）》、今《いま》一人たらで、「いかゞせん」といふ。ある外道《げだう》お《（を）》しへていわ《（は）》く、「これより北《きた》ゑ《（へ）》一萬里ゆきて、王あり、名《な》を普明王《ふみやうわう》といふ。これを取《（とり）》て、一千人にたすべし」といふ。やがて、力士《りきじ》をさしつかはし、かの王《わう》をとりぬ。今は、千人《せんにん》にみちぬれば、一度《ど》に首《くび》をきらんとす。こゝに、普明王《ふみやうわう》、合掌《がつしやう》していわ《（は）》く、「ねがはくは、われに一日の暇《いとま》をゑ《（え）》させよ。故里《ふる》

終にあたって、阿弥陀仏や諸菩薩があらわれて、極楽浄土へ迎え取ること。
一六 彰考館本に、「紫雲〈しうん〉」、万法寺本・大山寺本・南葵文庫本に、「しうん」とあり、その誤か。
一七 彰考館本に、「老〈おひ〉たるみつからにあかれ」、万法寺本に、「おひたるわらわがあはさる」、大山寺本・流布本に、「おいたるみづからがあはぬ」、南葵文庫本に、「をひたるみつからかあはぬ」とある。老いた自分の無理な教訓がうるさくての意か。
一八 彰考館本に、「しにうせはや、むつかしや」、万法寺本に、「しにうせへとな」、大山寺本に、「しにうせばや、むつかしや」、南葵文庫本に、「しにうせよとおもふか」、流布本に、「しにうせよとな」とある。
一九 彰考館本に、「かなはすは」、万法寺本に、「かなはすしては」、流布本に、「ゆるし給はずしては」とある。
二〇 きわめて長い年代。
二一 ふてくされて。やけになって。
二二 この物語は、真字本にない。仁王経護国品から出て、宝物集下・三国伝記二の七・壒嚢鈔七などにとられている。
二三 仁徳ある帝王が般若波羅蜜を受持する功徳を説く経文。
二四 彰考館本に、「天竺〈てんぢく〉」、大山寺本・流布本に、「てんぢく」とある。
二五 仏法以外の邪法を信ずる羅陀という者。

かへり、[一]三寶《ぼう》を頂戴《ちやうだひ》し、[二]沙門《しやもん》を供養《くやう》して、[三]闇路《やみぢ》のたよりにせん」といふ。やすき間の事とて、一日の暇《いとま》をとらす。その時、王宮《くう》にかへり、百人の僧《そう》を請《しやう》じて、[四]過去《くわこ》七佛の法《ほう》より、[五]般若波羅蜜《はんにやはらみつ》を講讀《かうどく》せしかば、その第一の僧《そう》、普明王《ふみやうわう》のために[六]偈《げ》をとく。「[七]劫《ごう》燒終訖《せうしゆこつ》、乾坤洞燃《けんこんとうねん》、須彌巨海《しゆみこかひ》、都爲灰煬《といけやう》」とのべ給ふ。普明《ふみやう》王、此文《もん》をききて、[八]四諦《たひ》十二因縁《ゐんゑん》をゑ《(え)》たり。[九]ほんけむくうをさとる。さればにや、斑足王《はんぞくわう》、[一〇]諸法皆空《しよほうみなくう》の道理《だうり》を聴聞《ちやうもん》して、たちまちに惡心《あくしん》をひるがへして、取《(とり)》こむる千《せん》人の王《わう》にいわ《(は)》く、「面々《めん〳〵》の科《とが》にはあらず。我外道《げだう》にすゝめられ、惡心《あくしん》をおこす。不思議《ふしぎ》のいたりなり。今《いま》は、たすけたてまつるべし。いそぎ本《ほん》國にかへり、般若《はんにや》お《(を)》修行《しゆぎやう》して、佛道《ぶつだう》をなしたまへ」とて、すなはち、道心《だうしん》を《(お)》こし、[一一]無生法忍《むしやうはうにん》をゑ《(え)》たりと見えたり。これも、普明王《ふみやうわう》をゆるしてこそ、ともに[一二]佛果《ぶつくわ》をゑ《(え)》たまひしか」。母聞《(きき)》て、「そのごとく、佛果《くは》を證《しやう》して、おほくの人をたすくべき。なんぢ、などや法師《ほうし》になりて、わらはをばすくはぬぞ。まことや、「[一三]を《(お)》もきにしたがつて、道《みち》とを《(ほ)》ければ、やすむ事、地《ち》をゑ《(え)》らばず。家貧《ひん》にして、親《おや》おいたる時は、官《くはん》をゑ《(え)》らばずして、つかへよ」とこそ、ふるきことばにも見えたれ。何とて、は《(わ)》らわ《(は)》がいふ事をきかざるぞ」。五郎も、思ひきりたる事なれば、ゐなお《(ほ)》りかしこまつて、「ただ御ゆるし候へ」とのみぞ申《(まうし)》い《(ゐ)》たりけれ。十郎は、我所にて、五郎をまて共《(ども)》、見えざりけり。あまりにおそくて、又母の方《かた》へ行《(ゆき)》て見れば、五郎、内《うち》まではいりゐ《(え)》ず、

一 仏・法・僧をいただきささげ。
二 僧侶に物を供えて回向(ゑこう)して。
三 冥途におけるたのみ。
四 仁王経に、「依㆓過去七仏法㆒」とある。過去七仏は、毘婆尸(びばし)・尸棄(しき)・毘舎浮(びしやぶ)・迦葉(かしよう)・拘留孫(くるそん)・拘那含牟尼(くながんむに)・釈迦牟尼。
五 般若は、真理を達観する智慧。それによって、生死の此岸を渡り、涅槃(ねはん)の彼岸に到りつくこと。
六 仏徳・教理を讃える詩で、四句から成る。ここでは、仁王経護国品の偈。
七 諸本によって、底本の「とうらん」を改め、「洞燃(とうねん)」とする。劫火に焼けて、天地はむなしくなり、須弥山も大海も、すべて灰になってしまうの意。
八 ともに、因果関係についての説。四諦は、迷悟両界の因果を説くための四つの実相、すなわち苦・集・滅・道。十二因縁は、前出。→九九頁注七。
九 「法眼空(ほふげんくう)」にあたる。宇宙間の万物を観察すると、すべて因縁によっておこる仮の相であるの意。
一〇 法眼空と同じような意味。
一一 諸法が生滅することはないとの真理をさとり知ること。
一二 さとりの結果。それをえることは、「仏果を証す」という。
一三 孔子家語致思に、「負㆑重渉㆑遠、不㆑択㆑地而休、家貧親老、不㆑択㆑禄而仕」とある。韓詩外伝一にも、同じようなことばがみられる。

廣縁《ひろゑん》になきしほ(を)れてゐたり。あまりに無慙《むざん》におぼえて、障子《しやうじ》をひきあけ、かしこまつて、五郎が申(まうす)理《ことはり》、つく〴〵ときゝい(ゐ)たり。やゝありて、「それがし、兄弟《きやうだい》あまた候へ共(ども)、身の貧《ひん》なるによりて、所[一四]〻のすまひつかまつる。たゞ、あの殿《との》一人こそ、つれそひては候へ。祐成《すけなり》を不便《ふびん》におぼしめされ候はゞ、御慈悲《じひ》をもつて、御ゆるし候へかし。御子とても、御身にそふ物、われら二人ならでは候はぬぞかし」。母《はゝ》きゝて、「[一五]意《こゝろ》にあふ時《とき》は、胡越《こゑつ》もらんていたり。あはざる時《とき》は、骨肉《こつにく》もてきしやうたり。智者《ちしや》[一六]の敵《てき》とはなるとも、愚者《ぐしや》の友《とも》とはなるべからず。位《くらゐ》[一七]のたかゝらぬをなげかざれ、知《ち》のひろからぬをばなげくべし」とは、漢書《かんじよ》のことばならずや」。十郎うけ給(たまは)りて、「それは、さる事にて候へ共(ども)、観經《くはんぎやう》[一八]の文《もん》を見るに、「諸佛念衆生《しよぶつねんしゆじやう》[一九]、衆生不念佛《しゆじやうふねん》、父母常念子《ぶもじやうねんし》、子不念父母《しふねん》」ととかれて候。この文《もん》を釋《しやく》すれば、「佛は衆生《しゆじやう》をおぼしめさるれども、衆生《しゆじやう》は、佛《ほとけ》をおもはず」とこそ見えて候へ。親《おや》として、子をおもはぬはなきものをや」。母きゝて、「なんぢらは、親のよきを申(まうし)あつむるかや。いで又、みづから、子の孝行《かうく》なる事をいひてきかせん。孟宗《まうそう》[二〇]は、雪《ゆき》のうちに筍《たかんな》をゐ(え)、王祥《しやう》[二一]は、氷《こほり》の上に魚《うを》をゐ(え)、[二二]くわけんは、眼《まなこ》をぬき、おんせうは、耳《みゝ》をやき、ちそくは、足《あし》をきる、せんめむは、舌《した》をぬき、くわそくは、歯《は》をほどこし、くはふめいは、身をあたえ(へ)、めうしき、子をころす。これみな、孝行《かうく》のためならずや。「扁鵲《へんじやく》[二三]も、鍼藥《しんやく》をしやうぜざる病《やまひ》を治《ち》せず。け

一四 別々に住んでおります。
一五 漢書鄒陽伝に、「意合則胡越為二兄弟一、由余子臧是矣。不レ合則骨肉為二讎敵一、朱象管蔡是矣」とある。文選三十九、鄒陽「獄中上書自明」には、「兄弟」のかわりに、「昆弟」とあり、明文抄三に引かれる。胡越は、北方の国と南方の国。「らんてい」は、「昆弟(こんてい)」で、兄弟の意。骨肉は、親子・兄弟などの血族。「てきしやう」は、「讐敵(しうてき)」で、あだかたきの意。↓補一八七。
一六 壒囊鈔二に、「智者ノ敵トハ成ル共、愚者ヲ友トセサレト云也」、五常内義抄に、「漢書云、智者敵トハ成トモ、愚者友トハ不成云ヘリ」とある。
一七 諸本によって、「なげかざれ、知(ち)のひろからぬを」を補う。
一八 諸本によって、底本の「くはんきや」を改む。観無量寿経の略。
一九 観無量寿経になく、偽経によるか。
二〇 二十四孝の一。雪の中で祈って、母のために筍(たけのこ)を得た。
二一 二十四孝の一。氷の上に寝て、継母のために魚を得た。
二二 以下の孝子名は、五常内義抄にも引かれるが、未詳。↓補一八八。
二三 塩鉄論相刺に、「扁鵲不レ能レ治下不レ受二鍼薬一之疾上、賢聖不レ能レ正下不レ食二諫諍一之君上」とあり、明文抄一では、「諫諍」を「善言」として引かれる。扁鵲は、春秋時代の名医。「しやうぜざる」は、「承ぜざる」か。「けんしやう王」は、「賢聖」にあたるか。「善言の」は、「善言を」の意。↓補六四。

んしやう王《わう》も、善言《ぜんげん》のきかざる君《きみ》をばもちい《(ひ)》ず」とこそ申せ。人のことばをきかざる者、何の用《やう》にかたつべき。その上《うへ》、一不孝《ふけう》の者《もの》をば、おなじ道をも行《(ゆく)》べからず。いそぎ出《(いで)》よ」といひける。祐成《すけなり》、かさねて申《(まうし)》けるは、「一旦《たん》二の御心をそむき、法師《ほうし》にならざるは、不孝《ふけう》にて候へ共《(ども)》、父母に心ざしのふかき事、法師《ほうし》によるべからず、三僧俗《そうぞく》の形《かたち》にはよるべからず。時致《ときむね》、箱根《はこね》に候《(さうらひ)》し時、法華經《ほけきやう》を一部《ぶ》よみおぼえ、父《ちゝ》の御ために、はや二百六十部讀誦《ぶどくじゆ》す、毎日《まい》、六萬返《べん》の念佛《ねん》おこたらずし、父《ちゝ》に四回向《ゑかう》申《(まうす)》とうけ給《(たまはり)》候へば、五大地をいたゞきたまふ堅牢地神《けんろう(ぢじん)》も、地《ち》のを《(お)》もき事はなし。六不孝《ふかう》の者《もの》のふむ跡《あと》、骨髓《こつずひ》にとを《(ほ)》りて、かなしみたまふ也。一つは、七かの御跡《あと》をとぶらひ、一つは、御慈悲《じひ》をもつて、八祐成《すけなり》に御ゆるし候へかし。父《ちゝ》に幼少《ようせう》よりおくれ、したしき者は、身貧《ひん》に候へば、目《め》もかけず、母ならずして、誰《たれ》かあはれみ給ふべきに、か様《(やう)》に御心つよくましませば、立《(たち)》よる陰《かげ》もなきまゝに、乞食《こつじき》とならん事、不便《ふびん》におぼえ候ぞや」。あわ《(は)》れ、げに九今《いま》をかぎりと申《(まうす)》ならば、いかゞやすかるべきを、申《(まうす)》事ならねば、一〇しのびの涙に目《め》もくれて、しばらくは物もいはざりけり。なを《(ほ)》も、「ゆるす」とのたまはねば、十郎、いかりて見ばやとおもひて、もちたる扇《あふぎ》をさつとひらき、一一大きに目《め》を見いだし、「とてもかくても、いきがひなき一二冠者《くわじや》、ありても何にかあふべき。御前にめし出し、細首《ほそくび》うちおとして、見參《げんざん》にいれん」と、大聲《こゑ》一三をさゝげ、座敷を立《(たつ)》。女房《ばう》たちおどろき、「い

一 万法寺本・南葵文庫本・流布本によって、底本の「行へすから」を改め、「行べからず」とする。彰考館本に、「ふかうのものとはおなし道をもゆかすとこそきけ」、大山寺本に、「ふかうの者とは、おなじみちをも行かずとこそきけ」とある。

二 彰考館本などに、「の」がない。

三 彰考館本などには、「僧〈そう〉の中にもあくそうあり、在家〈けざい〉の中もほさつあり、そうぞくにはよるべからず」、万法寺本に、「そうのなかにもあくそうあり、さいけの中にもほさつあり、そうぞくのへたては候まし」、大山寺本に、「そうの中にもあくそうあり、ざいけの中にもぼさつあり、そうぞくにはよるべからず」、南葵文庫本に、「そうのうちにもあくそうあり、さいけのうちにもほさつあり、そうぞくのかたちにはよるへからす」とある。

四 功徳を積んで、冥福を祈る。

五 大地を捧げて、これを堅める地神。孝行な者を守るという。五常内義抄に、「父母仕者忠孝アレバ、現世勝利如此。何況後生善処。金剛密迹哀ヲナシ、堅牢地神其身戴云ヘリ」、義経記一「常盤都落の事」に、「親の孝養する者をば、堅牢地神も納受ある」とある。ここでは、五郎が不孝でないことをいう。

六 彰考館本に、「され共、おやのかんだうかふむる物のふむは、こつすいにとをりてかなしとの給ふなれば」、大山寺本に、「されども、おやのかんだうをかうむるもののふむは、こつずゐ

かにや」とて、取《(とり)》つく[一四]袖《そで》にひかれて、板敷《いたじき》あらくふみならし、いかりければ、母もおどろき、すがりつき、「物にくるう《(ふ)》か、や、殿《との》。身貧《ひん》にして、おもふ事かなはねばとて、現在《げんざい》の弟《おとゝ》の首《くび》をきる事や有《(ある)》。それほどまではおもはぬぞ。しばし、や、殿」とて、取《(とり)》つきたまふ。[一五]事こそよけれとおもひければ、「たすけ候はん。御ゆるし候へ」といふ。母《はゝ》、「さらば、ゆるす。とゞまり候へ」との給へば、その時、十郎、いかりをとゞめて、聲《こゑ》をやわ《(は)》らかにして、座敷になを《(ほ)》り、かしこまりい《(ゐ)》たりけり。五郎も、[一六]うらみの涙《なみだ》のひきかへて、うれしさのしのびの涙しきりにして、前後をさらにわきまへず。

（勘當《かんだう》ゆるす事）

やゝありて、十郎、座敷を立《(たち)》、「御ゆるしあるぞ、時致《ときむね》。こなたへ参《(まゐり)》候へ」。五郎は、しほ《(を)》るゝ袖《そで》にしのびかね、しばしは[一七]いでこそかねたりけれ。しばらくありて、時致《ときむね》、袖《そで》うちはらひ、[一八]顔《かほ》を《(お)》しのごひ、いでければ、十郎もうれしく、あわ《(は)》れにて、うちかたぶきゐたり。兄弟《きやうだい》共に、物をもいはで、さめ〴〵となきい《(ゐ)》たり。母、此在様《(ありさま)》をみて、「げにや、親《をや》子の中《なか》ほど、あはれなる事なし。年《とし》おい、身貧《ひん》にして、人数《かず》ならぬわら

にとほりてかなしとのたまふなれば」とある。ここで、「不孝の者」というのも、不孝のために勘当された者をさす。「骨髄にとほりて」とは、深く心底にしみこんでの意。
七 父のなきあと。
八 祐成の面目にかけて。彰考館本・大山寺本には、「祐成に」がない。
九 これきりで逢えないといったとすると、どんなにかたやすく許していただけるであろうに。
一〇 ひそかに流す涙のために何もわからなくなって。
一一 きっと目を見ひらいて。
一二 彰考館本・大山寺本に、「五郎め」とある。冠者は、気軽に若者を呼ぶのに使われる。
一三 あげて。出して。彰考館本に、「あけて」、南葵文庫本に、「あけ」、流布本に、「いだし」とある。
一四 彰考館本に、「袖をふりきり」、大山寺本に、「そでをふりきり」とある。
一五 よい都合である。
一六 彰考館本に、「うらみのなみた引〈ひき〉かへて」、万法寺本に、「かきりのなみたいつしかひきかへて」、大山寺本に、「うらみのなみだひきこうで」、南葵文庫本に、「うらみのなみたひきかへて」、流布本に、「うらみのなみだをひきかへて」とある。
一七 母の前に出ることができずにいた。
一八 涙をふきとり。

はがことば一つをおもくして、[一]なきしほ《(を)》るゝ無慙《むざん》さよ。[二]かたわ《(は)》なる子をだにも、親は[三]かなしむならひぞかし。いかでにくかるべき。たゞよかれとおもふ故《ゆへ》なり」と[四]いひもわかで、母《はゝ》も涙をながしけり。その後《のち》、兄弟《きやうだひ》の者共、かしこまりい《(ゐ)》たるを、母、つく〴〵とまもり、[五]いつしかの心《こゝ》ちして、「なんぢ、みづからを[六]おろかにやおもひけん。十郎があり所をみするに、五郎[七]ありといふ時は、心やすし。なしときけば、心もとなくて、わらはも立《(たち)》て見しぞとよ。此三年が程《ほど》、うちそはで、うらめしくおもはれ、つく〴〵見るに、[八]直垂《ひたゝれ》の衣紋《ゑもん》、袴《はかま》の[九]着際《きどは》、[一〇]烏帽子《ゑぼし》の座敷にいたるまで、[一一]父の思ひ出され、昔《むかし》に袖ぞしほ《(を)》れける。さても、五郎は、箱根《はこね》にてもきゝつ覧《(らん)》。十郎は、いかにして、經文《きやうもん》をばしりけるぞや」。祐成《すけなり》うけ給《(たまはり)》て、「[一二]馬やせて、毛《け》ながく、いばゆるに力《ちから》なし。人貧《ひん》にして、智《ち》みじかく、ことばいやし。何によりてか、たふとくも候べき」。女房《ばう》たちきゝて、「[一三]勸學院《くはんがくゐん》の雀《すゞめ》とかや」と申《(まうし)》ければ、うちゑみて、「それ〳〵、酒《さけ》のませよ」と在《(あり)》ければ、種々《しゆ〴〵》の肴《さかな》、盃《さかづき》取《(とり)》そへて、二人の前にを《(お)》きたりける。母《はゝ》取《(とり)》よせ、のみ給ひて、その盃《さかづき》、十郎のむ。その盃《さかづき》を、五郎三度ほしてを《(お)》きければ、その盃、母とりあげて、「この三年《ねん》、[一四]不孝《ふけう》の事、たゞ今《いま》ゆるしたるしるしに、この盃《さかづき》、[一五]おもひどりにせん。たゞし、親と師匠《ししやう》に盃さすは、かならず肴《さかな》のそふなるぞ。當時《たうじ》、鎌倉《かまくら》には、[一六]秩父《ちゝぶの》六郎が[一七]今様《やう》、[一八]梶原源《かぢはらげん》太横笛《よこぶゑ》と聞《(きく)》[一九]。されども、他《た》人なれば、見もし、きゝもせられればこ

一 彰考館本に、「きわうのやうなる物とものなきしほるゝ」とあり、万法寺本・大山寺本でも、ほぼ同じ。
二 人なみでない。
三 かわいく思う。
四 道理をわけていうこともできずに。
五 いつのまにか、こんなことになったという気がして。
六 子どもをなおざりにすると思ったであろう。
七 諸本によって、底本の「殿」を改む。
八 直垂の着つけ方。↓七〇頁注二。
九 着た様子。
一〇 大山寺本に、「ゑぼしつき、ざしきにゐたるふぜいまで」、南葵文庫本に、「ゑほしつき、さしきにゐたるまて」とあり、脱落か。
一一 彰考館本に、「ちゝにすこしもたかはねは、むかしぞ思ひいてたまふ」とあり、大山寺本でも、ほぼ同じ。南葵文庫本には、「ちゝのおもさしおもひいたされて、そゝろに袖そしほれける」とある。
一二 世俗諺文に、「朝野簽載云、人貧智短、馬痩毛長」とある。馬がやせると、毛ばかりのび、力なくいななくように、人は貧しいと、智慧も鈍く、ことばも卑しくなる。
一三 宝物集上に、「勧学院の雀は蒙求を囀る」とあり、義経記六「静鎌倉へ下る事」にも、同じことわざが使われる。勧学院は、藤原冬嗣の建てた私学。蒙求は、唐の李瀚著、中国の上代から南北朝までの有名な人物の言行を記す。

そ。わ殿は、箱根《はこね》に有《(あり)》し時、舞《まひ》の上手《じやうず》と聞《(きき)》しなり。わすれずは、まい《(ひ)》候へかし」。十郎、腰《こし》より横笛《よこぶえ》取《(とり)》いだし、二〇平調《ひやうでう》に音《ね》とり、「いかに〳〵、おそし」とせめければ、しばし辞退《じたい》におよびけるを、十郎、はやしたてゝまちければ、五郎、扇《あふぎ》をひらき、かうこそうたひて、まひたりけれ。

二一君が代は千代に一度《たび》い《(ゐ)》る塵《ちり》の白《しら》雲かゝる山となるまで

と、おし返し〳〵、三返《べん》ふみてぞまひたりける。そのまゝ、拍子《ひやうし》をふみかへて、

二二わかれのことさらかなしきは
親《おや》のわかれと子のなげき
ふをふ《(う)》のおもひ今兄弟《きやうだい》
いづれを思ふべき
袖にあまれるしのび音《ね》を
返してとゞむる關《せき》もがな

と、二三二返《へん》せめにぞふみたりける。母は、昔《むかし》を思ひいづれば、二四かれらは、さても、うき命《いのち》ちかきかぎりの涙の露、おもはぬよそ目《め》に取なして、袖《そで》の返しにまぎらかし、しばしまひてぞ入《(いり)》たりける。かくて、酒《さけ》もすぎければ、十郎かしこまつて、「今度、御狩《みかり》にまかり出《(いで)》、兄弟《きやうだい》中に、いかなる高名《かうみやう》をもつかまつり、おもはず御恩《おん》にもあづかり候は

いつも見なれ聞きなれたことは、自然におぼえるというたとえ。五郎の兄なので、自然に経文をおぼえたという。
一四 親の勘当。↓一七九頁注一五。
一五 前出。↓二五四頁注六。
一六 畠山重保。
一七 七五調四句から成る歌謡。
一八 景時の子景季。
一九 うわさされる。↓補一八九。
二〇 十二律の一。基音の壱越(いちこつ)より二律(一音)上にあたる。
二一 後拾遺集賀に、「三条院みこのみやと申しける時、帯刀(たちはき)の陣の歌合によみ侍りける、大江嘉言(よしこと)」という詞書で、この歌が出ている。梁塵秘抄一・新撰朗詠集下にもとられている。千年に一度だけ地におちつく塵が積もって、白雲のかかる高い山となるまで、君が代は続くことであろうの意。
二二 義経記五「静吉野山に棄てらるゝ事」に、「別れの殊に悲しきは、親の別れ子の別れ、勝れてげに悲しきは、夫妻の別れなりけり」とあるのも、同じ歌謡か。第四句は、「いづれをわきてか思ふべき」で、どれも区別なく悲しく思われるの意。↓補一九〇。
二三 彰考館本に、「二へんふみてそまひたりける」とあり、万法寺本・大山寺本でも、ほぼ同じ。
二四 彰考館本に、「かれかいく程あるへきなこりそとおもふなみたのしけけれは」とあり、大山寺本でも、ほぼ同じ、万法寺本には、「かれらはいつまてとおもふなみたのしけけれは」とある。

ば《ゝ》、卒塔婆《そとば》の一本《ぼん》をも心やすくきざみ、父聖靈《しやうりやう》にそなへたてまつらばやと存《ぞん》じ候」。母《はゝ》きゝたまひて、「[一]などやらん、此度《たび》[二]の道心《だうしん》、心もとなくおぼゆるぞや。[三]よき程《ほど》にもさぶらはば《ゝ》、思ひとゞまり給へかし。さりながら、[四]もしやののぞみもあはれなり。女房《ばう》たち」との給へば、[五]しろき唐綾《からあや》に鶴の丸《まる》所〳〵にぬい《(ひ)》たる小袖《こそで》一つとりいだし、「十郎にもとらせぬるぞ。うしなはで返し候へ。十郎は、つねに小袖をかりてかへさず。これは、曾我《そが》殿の[六]みたる小袖《こそで》也。二度《ど》とも見えずは、又例《れい》の子どもにとらせたりとおもはれんもはづかし。[七]小袖《こそで》をした[八]ゝめておくべし。かまへて〳〵、とくかへりたまへ」とありければ、「うけたまはり候」とて、[九]練貫《ねりぬき》の損《そん》じたるにぬぎかへ、「みぐるしく候へども、人にたび候へ」とて、かへりにけり。小袖《こそで》の用《よう》はあらねども、[一〇]たがひの形見《かたみ》のかへ衣《ごろも》、袖《そで》なつかしくうちを《(お)》きける。さても、兄弟《きやうだい》、座敷をたちければ、母見を《(お)》くり、のたまひけるは、「すぎにし頃《ころ》、十郎、小袖をかり、二度ともみせず、いかなるあそび者《もの》にもとらせぬるよとおもひしに、さはなくして、弟《おとゝ》の五郎にきせけるや。又ちかき頃《ころ》、[一一]大口《くち》・直垂《ひたたれ》したてて《ゝ》とらせしを、これも二度《ど》と《ゝ》もみせざりしが、道《だう》三郎にきせたりと思へば、是も弟《おとゝ》にきせけるぞや。[一二]兄弟《きやうだい》をば、野の末《すへ》、山の奥《おく》にもつべかりけるぞや。父には、いとけなくしておくれ、一人の母《はゝ》にわ《(は)》、不孝《ふけう》せられ、貧《ひん》なれば、したしきにもうとく、有《(ある)》かなきかに[一三]世になし者《もの》、誰《たれ》やの人かあわ《(は)》れむべき」とて、

一　どういうわけか。
二　彰考館本に、「こんとのたひのみち心もとなく候そよ」、大山寺本に、「こんどのたびのみち心もとなく候ぞや」とある。「道心」を続けて、「だうしん」と読み誤ったものか。
三　相当のことでしたら。
四　彰考館本に、「かやうに聞〈きけ〉はあはれなり」、万法寺本に、「またさやうにきけはあはれなり」、大山寺本に、「かやうにきけばあはれなり」、流布本に、「いしやうののぞみもあれば、こそでをしむににたり」とある。
五　真字本では、十郎に対して、「連銭付取㆓出浅黄小袖㆒賜」、五郎に対して、「取㆓白唐綾小袖㆒被㆓投出㆒」、彰考館本に、「一つはからあやのしろき小袖とり出し、五郎にかし給へり」、大山寺本に、「白きからあやのこそで取出し、五郎に貸し給へり」とある。唐綾は、中国から伝来した綾織物。「鶴の丸」は、翼をひろげた鶴の形をまるくかいた紋所。白小袖は、華美なものとされた。
六　彰考館本に、「見給へる」、大山寺本に、「みたまへる」、南葵文庫本に、「見たまひたる」とある。
七　彰考館本に、「べちのこそてを」、大山寺本に、「べつのこそでを」とある。
八　用意しておこう。
九　生糸を経〈たて〉、練糸を緯〈よこ〉として織った織物。→二七五頁注一八。
一〇　彰考館本に、「たかひのかたみのためとそおもひける」とあり、大山寺本

涙をはら〳〵とながし給ひければ、その座に有《(あり)》し女房《ばう》たち、袖をぞぬらしける。さて、兄弟の人々は、我方にかへり、此小袖《こそで》を中《なか》にを《(お)》き、「うれしくも推参《すいさむ》一四しつる物かな。たゞ今《いま》ゆるされずしては、多生《たしやう》一五をふる共《(とも)》かなふまじ。いきて二度かへる様《(やう)》に、小袖《こそで》返せとおほせられつるこそ、おろかなれ。何しにかへせとはいひつらん、神《かみ》ならぬ身のかなしさよと、後悔《こうくわい》し給はん事、今一六のやうにおぼえたり」とて、うちかたぶきてなきゐたり。「われら、世にありて、心のまゝに、親の孝養《けうやう》をもいたさば、是ほどまでおもはぬ事もありなまし。この三年こそ、不孝《ふけう》の身にては候へ。それさへこひ敷《(しく)》おもひたてまつる。有時《(あるとき)》は、物ごしにも見たてまつりてなぐさみしに、たゞ今御ゆるしをかうぶり、一日だにもなくて、いでん事こそかなしけれ。しに給へる父を思ひて、孝養《けうやう》一七せんとすれば、いき給へる母に、物をおもわ《(は)》せたてまつる。されば、われらほど、親《おや》に縁《ゑん》なき物はなし。後一八の世までつきせぬ、手跡《しゆせき》にすぎたる形見なし。いざや、我ら一筆づゝ、わすれ形見《がたみ》のこさん」とて、墨《すみ》すりながし、かくばかり、

一九「今日《けふ》出《(いで)》てめぐりあはずは小車《をぐるま》のこのは《(わ)》のうちになしとしれ君

祐成生年廿二、後の世の形《かた》見」とぞ書《(かき)》ける。

二〇「ちゝぶ山《やま》おろす嵐《あらし》のはげしさに枝《ゑだ》ちりはてゝ葉《は》はいかにせん

五郎時致《ときむね》、生年《しやうねん》二十、親《おや》は一世と申せ共《(ども)》、かならず、浄土《じやうど》にて参《(まゐり)》あふべし」とこそか

でも、ほぼ同じ。万法寺本に、「たかひのかたみにそおもひむけたる」、南葵文庫本に、「たかいのかたみにぬきかへ」とある。

一二 大口袴。↓一四一頁注一五。

一三 どこへいっても、兄弟はほしいものであるよ。

一三 世間をはばかる者。

一四 おしかけて参上した。

一五 真字本に、「隔二多生曠劫一、争再奉レ見」とある。幾度も生きかわり長い時を経ても、許されることはないだろうの意。↓補一九一。

一六 目に見えるようである。

一七 敵を討つことをさす。

一八 後の世までつきることのない形見として、手跡にまさるものはないの意。↓補一九二。

一九 諸本によって、第五句は、底本の「ありとしれ君」を改む。「このは」は、「この輪」で、輪廻をあらわす。今日出かけて、ふたたび逢うことがなければ、車の輪の廻るように生きかわり死にかわるこの世にないものと知ってください。

二〇 ちゝぶ山(父)を吹きおろす風が烈しかったので、枝(兄弟)もすっかり散って、後に残る葉(母)はどうしてくらすことであろうか。「ちゝ」に、「父」を、「葉は」に、「母」をかける。真字本には、「定メナキウキ風イト、思シレトハルヘキ身ノトハンタヒニハ」とある。その他の諸本では、底本と同じで、第三句だけ、「はげしきに」とある。

きたりける。おの〱、箱《はこ》にいれて、「われらうたれぬとき丶たまはば、母《はゝ》、此所に[一]まろび入《(いり)》て、ふししづみたまふべし。いざや、御[二]まふ《(う)》けせん」とて、疊《たゝみ》しきなを《(ほ)》し、[三]めんらうの塵《ちり》うちはらひ、まづ見たまふやうにとて、[四]さしいりの障子《しやうじ》の際《きは》にぞを《(お)》きたりける。「[五]むなしき人をば、常《つね》の所よりはいださず。我ら、死《し》人におなじ」とて、馬屋のあれ間《ま》よりいでたりける。最後《さいご》の文にこそ、かやうの事までかきにける。かくて出《(いで)》けるが、「いざや、今《いま》一度、母《はゝ》を見たてまつらん」とて、暇乞《いとまごひ》にぞいでける。母の給ひけるは、「かまへて、人といさかひし給ふな。世に有《(ある)》人は、貧《ひん》なる者をば、[六]おこ《(を)》がま敷《(しく)》思ひあなづるべし。さやうなりとも、とがむべからず。三浦《みうら》・土肥《とい》の人々は、さやうにはあらじ。その人々にまじはり、ありき給へ。心《こゝろ》のはやるまゝに、人の[七]あひつけたる鹿《しゝ》、いたまふべからず。[八]公方《くばう》の御ゆるしもなきに、弓矢もたずとも、いでたまふべし。謀叛《むほん》の者《もの》の末《すへ》とて、とがめらるゝ事《こと》もやあらん。いかにも、事《こと》すごしたまふな。年《とし》ごろ、にくまれずして養《やう》ぜられたる曾我《そが》殿に、大事かけて、うらみうけ給ふな」と、こま〲とぞお《(を)》しへける。五郎は、きゝても[九]色にいださず、十郎は、かやうのお《(を)》しへも、今《いま》をかぎりと[一〇]おもひ、心《こゝろ》の色《いろ》のあらわ《(は)》れて、涙《なみだ》ぐみければ、いそぎ座敷をたちにけり。五郎も、名殘《ごり》の涙おさへかね、[一一]よそ目《め》にもてなしけるが、[一二]妻戸《つまど》の[一三]閾《とざい》につまづきて、うつぶしにたふれけれども、人目《め》に[一四]もらさじとて、「色《いろ》ある小鳥《ことり》の、東より

一 ころげこんで。
二 母を迎える準備をしよう。彰考館本・大山寺本に、「まうけせん」とある。
三 万法寺本に、「めたう」、南葵文庫本に、「めんさう」とある。「めだう(馬道)」から「めんだう」「めんらう」と転じたもの。ここでは、長廊下か。
四 入り口。
五 真字本に、「十郎申、取㆓出無人㆒自㆓常門㆒不㆑出有㆑事、我等今如㆓無人㆒、出跡少弟共出入事可㆑労、自㆓馬屋後垣闕㆒出」とある。「むなしき人」は、死人。「あれ間」は、破れたすき間。↓補一九三。
六 ばかにして見さげるであろう。
七 自分にひきつけた。矢を射るのに、都合のよいさまをいう。
八 真字本に、「不㆑入㆓上見参㆒、不㆑持㆓弓矢㆒可㆑在」とある。公方は、ここでは、将軍をさす。将軍のお許しもうけていないのだから、弓矢をもたないで出てもよいだろう。
九 そしらぬふりをして。
一〇 彰考館本などに、「思ふいろのあらはれて」とある。
一一 よそ事のようにとりつくろったが。
一二 家の端の方の開き戸。
一三 しきみ。しきい。彰考館本・大山寺本・流布本に、「しきゐ」、万法寺本に、「さい」とある。饅頭屋本節用集に、「閾〈イキ〉」とある。
一四 彰考館本に、「いれし」、大山寺本に、「かけじ」とある。

西《にし》の木末《ずへ》につたい《(ひ)》しを、目《め》にかけ、おもはずの不覺《ふかく》なり」とて、うちわらい《(ひ)》ける。母、是を見たまひて、「今日《けふ》の道、思ひとゞまり候へ。門出《かど(いで)》あしし」とありければ、五郎たちかへり、「馬にのる物はおち、道《みち》ゆく者《もの》はたふる。みな[一五]人ごとの事也。これはとて、とゞまり候はんには、道ゆく者《もの》候はじ」と、うちつれてこそいでにけれ。五郎は、なを《(ほ)》母の名殘《ごり》をしたい《(ひ)》かね、今一度とやおもひけん、[一六]「扇《あふぎ》のみぐるしく候」とて、かへりにければ、母、これをば夢《ゆめ》にもしらずして、「折節《ふし》、扇《あふぎ》こそなけれ、わろけれ共《(ども)》」とて、たびにけり。時致《ときむね》、これも形《かた》見の數《かず》とおもひ、母《はゝ》の給《(たまはる)》よとおもへば、扇《あふぎ》さへなつかしくて、ひらきて見れば、霞《かすみ》に雁《かり》がねをぞかきたりける。折《おり》にふれなば、夏《なつ》山の、しげる梢《こずへ》の松《まつ》の風、五月雨雲《(さみだれぐも)》の晴間《はれま》より、[一七]遠《とを》里小野の里《さと》つゞき、われらが道《みち》のゆく末《すへ》も、あらはるべきに、さはあらで、[一八]其色《いろ》たがふも、理《ことはり》なり。うき身の故《ゆへ》と案《あん》ずれば、

　[一九]おなじくは空《そら》に霞《かすみ》の關《せき》もりて雲路《ち》の雁《かり》をしばしとどめん

是は、[二〇]爲世卿《ためよのきやう》のよみし歌ぞかし。[二一]我かぎりの道をなげけ共《(ども)》、誰一たんとゞむる者《もの》もなきに、扇《あふぎ》心のあるやらん、[二二]「しばし」といふことのはのよまれたり。十郎が供《とも》には道《だう》三郎、五郎が供《とも》には鬼王《おにわう》、そのほか四五人めし具《ぐ》して、うち出《(いで)》ける在樣《(ありさま)》、母は、乳母《めのと》ひきつれ、廣縁《ひろゑん》にたち出《(いで)》、見おくり、さまぐ\にぞいひける。「[二三]直垂《ひたゝれ》のき樣《やう》、[二四]行縢《むかばき》のひ

一五 誰にでもありがちなことである。
一六 真字本に、「候二御前一扇、此扇取替賜候」とある。「扇のみぐるしく候」の後には、彰考館本に、「一ほん」、万法寺本に、「一ほん給へ」、大山寺本に、「いつぽん」とある。
一七 住吉附近の歌枕だが、普通名詞に転用したものか。→二〇〇頁注一〇。
一八 その様子が違うのも、つらい身の上からいうと、もっともである。
一九 続千載集春上に、「おなじくは空に霞の関もがな雲ぢの雁をしばしとゞめむ」(前大納言為世)とある。彰考館本などにも、第三句が、「せきもかな」となっている。おなじことならば、空に霞の関がほしいものだ。北へ帰る空の雁をしばらくとめておきたいの意。「霞の関」とは、霞のたちこめたさまを関所に見たてていう。
二〇 二条為世。鎌倉後期の歌人。続後撰集・続千載集の撰者。
二一 我々が最後の旅に出るのを嘆いていても、誰も一言もとめるものはないのにの意。→補一九四。
二二 彰考館本に、「しはしといふことばあるにやと思ひよせてそ出にける」とあり、大山寺本でも、ほぼ同じ。万法寺本に、「しはしとよめるうたそある…」、流布本に、「しばしといふことのはのありけるかな」とある。
二三 直垂の着つけ方。彰考館本に、「ひたたれのゑもん」、大山寺本に、「ひたたれのえもん」とある。
二四 腰から脚のあたりをおおう毛皮。

きあわせ《(は)》、馬のり姿《すがた》、手綱《たづな》の取《(とり)》やう、十郎は、父ににたれども、[一]器量《きりやう》は、[二]はるかのおとりなり。五郎は、烏帽子《ゑぼし》の座敷[三]、矢のおひ様《やう》、弓のもち様《やう》にいたるまで、父《ちゝ》[四]にはすこしにたれども、これも、はるかのおとり也。山寺にてそだちたれども、色《いろ》くろく、[五]下種《げす》しくみゆる。十郎は、[六]里《さと》にすみしかととも、色《いろ》しろく、[七]尋常《じんじやう》なり。わが子と思ふ故《ゆへ》にや、いづれもきよげなる者共かな。いかなる大將軍《ぐん》といふ共《(とも)》、はづかしからじ物を。あわれ《(は)》、世にあらば、誰にかはおとるべき。おなじくは、かれらを父《ちゝ》もろともに[八]見るならば、いかにうれしくありなん」と、さめ〴〵となきけり。女房《ばう》たち、これを見て、「[九]物忩《(へ)》の御門出《かどいで》に、御涙いまはし」と申《(まうし)》ければ、「誠に、かれら貧《ひん》なる出立《(いで)たち》、す[一〇]ゞろなる事ども思ひつらねられて、袖《そで》のみ昔《むかし》にぬれ侍ふぞや。げに〳〵[一一]千秋萬歳《せんしうばんぜい》とさかふべき子共の門出《かどいで》、[一二]うれしくもいひいだしたまふものかな。此度、御狩《かり》より歸りなば、上の御免《めん》かうぶり、[一三]本領《ほんりやう》こと〴〵く安堵《あんど》して、おもひのまゝなるか[一四]へるさをまつべき」とて、いそぎ内《うち》にぞ入《(いり)》にける。後《のち》におもひあわ《(は)》すれば、これぞ最後《さいご》のわかれなりけりと、思ひいでられてあはれなり。

### [一五](李《り》將軍《しやうぐん》が事)

一 諸本によって、底本の「きよう」を改む。容姿の意。
二 彰考館本に、「はるかにをとれり」、万法寺本に、「はるかにおとりなり」、大山寺本に、「はるかにおとれり」、南葵文庫本に、「はるかにをとるなり」とある。
三 彰考館本に、「きゝは」、大山寺本に、「きぎは」、南葵文庫本に、「きやう」とある。→二八四頁注九・一〇。
四 彰考館本に、「いつくまても、ものふりときふせい、父にたかはす」、大山寺本に、「いづくまでもものふときふぜい父にたがはず」とある。
五 いやしく。
六 「里にすみしかども」か。→補一九五。
七 すぐれている。
八 彰考館本に、「見るとおもはは」とあり、万法寺本・大山寺本・南葵文庫本でも、ほぼ同じ。
九 どこかへお出かけになるのに、涙をお流しになるのは不吉である。
一〇 彰考館本に、「むかしの事共思ひ出て、そゝろに袖のぬるゝそや」とあり、大山寺本でも、ほぼ同じ。「すゞろ」「そゞろ」は、わけもないさま、あてもないさまをいう。
一一 いつまでも栄えるはずの。千秋万歳は、長寿を祝うきまり文句。
一二 彰考館本・大山寺本・南葵文庫本に、「いしくも」、万法寺本に、「いみしくも」とある。
一三 もとの領地をすべてそのまま賜わ

さても、鎌倉殿《かまくら》は、[一六]合澤原《あひざはがわら》に御座のよしきこえしかば、この人々も、駒《こま》に鞭《むち》をそへて、いそぎける。道にて、十郎いひけるは、「名殘《ごり(を)》おしかりつる故《ふる》里も、一筋《すぢ》に思ひきりぬれば、心の[一七]ひきかへて、先ゐ《さき(へ)》のみぞいそがれ候ぞや」。時致《ときむね》きゝて、「さん候。思ふ程は現《うつゝ》、すぐれば夢にて、心のまゝに[一八]本意《ほんゐ》をとげ、[一九]うき世を夢《ゆめ》になしはてゝ、はやく浄土《じやうど》にむまれつゝ、こひしき父、名殘《なごり(を)》おしかりつる母、かく申《(まうす)》我らまで、[二〇]一蓮《ひとつはちす》の縁《えん》とならん」とて、[二一]ひつかけ〳〵うちてゆく。やゝありて、十郎申《(まうし)》けるは、「われらが有様《さま》を、物にたとふれば、[二二]寒苦鳥《かんくてう》ににたり。いかにといふに、大唐《たう》[二三]しくう山《さん》に、雪《ゆき》ふかふ《(う)》して、春秋をわかざる山《やま》なり。その山《やま》に、頭《かしら》は二つ、身は一つある鳥在《(あり)》。かの山《やま》には、あをき草なければ、くふべき物なし。されば、その頭右《かしらみぎ》をとらんとし、右《みぎ》の頭《かしら》は左《ひだり》をと覽《(らん)》とする。かなしみの涙を餌食《あじき》として、命をのぶる鳥《とり》[二四]也。われらも、敵《てき》の手《て》にやかゝらん、敵《てき》をや手《て》にかけんと思ふ、うき身のながらゐ《(へ)》て、[二五]いつまで物をおもはまし。此度は、さり共《(とも)》」と申《(まうし)》ければ、五郎聞《(きき)》て、「よは《(わ)》き御たとへ仰《(おほせ)》候。何によりてか、むなしく敵《てき》の手《て》にかゝり候べき。本意《ほんゐ》をとげて後《のち》は、しり候はず、それは、[二六]ともかくも候ひなん、事ながく候へ共《(ども)》、昔《むかし》、大國《こく》に、李將軍《りしやうぐん》とて、たけくいさめる武《ぶ》[二七]勇《よう》の達者《たつしや》あり。一人の子のなき事、天にいのる、あわ《(は)》れみにや、妻《さい》女懷妊《くわいにん》す。將軍《しやうぐん》よろこぶ所に、女房《ねうばう》いふやう、「いきたる虎《とら》の肝《きも》こそねがひなれ」。將軍《しやうぐん》、やすき事とて、

って。
一四 帰途。
一五 漢書李広伝に、李広という将軍が、石を虎と見て、矢を射とおしたという。ここでは、その李広の父。類似の物語が、真字本の四にある。↓補一九六。
一六 静岡県駿東郡小山町。「藍沢」「鮎沢」とも書く。吾妻鏡建久四年五月八日の条に、「将軍家為レ覧二富士野藍沢夏狩一、令レ赴二駿河国一給」とある。
一七 反対になって。
一八 敵討の望み。
一九 このつらい世をはかないものと過ごしてしまって。
二〇 極楽浄土で同じ蓮華に生まれよう。
二一 急がせながらかけてゆく。
二二 彰考館本・万法寺本に、「かんこ鳥〈てう〉」、大山寺本に、「かんことり」、流布本に、「めいみやうてう」とある。寒苦鳥は、大雪山に住み、寒苦を訴えるという鳥で、歌林良材集・平家物語九「生ずきの沙汰」などに引かれる。命々鳥（めいみようちよう）は、共命鳥（ぐみようちよう）と同じで、雑宝蔵経三の三十一に出ている。
二三 未詳。
二四 彰考館本に、「ごうの鳥」、万法寺本・大山寺本に、「ごうてう」、南葵文庫本に、「ごう鳥」とある。「業鳥」で、悪業のために悪報を受けた鳥。
二五 諸本によって、底本の「いまゝて」を改む。
二六 何とでもなるでしょう。
二七 武勇にすぐれた者。↓一五七頁注一九。

おほくの兵《つはもの》をひきつれ、野邊《べ》にいでゝ、虎《とら》を[一]かりけるに、かへつて、將軍《しやうぐん》、虎《とら》にくはれてうせぬ。のりたりける[二]雲上龍《うんしやうれう》、鞍《くら》の上《うへ》むなしくしてかへりぬ。女房《ねうばう》あやしみて、「將軍《しやうぐん》、虎《とら》にくわ《(は)》れけるや」ととへば、龍《れう》、涙をながし、膝《ひざ》をお《(を)》り、[三]なけ共《(ども)》かなはず。わが胎内《たひない》の子は、父を害《がい》する敵《てき》なり、むまれおちなばすてんと、日數《かず》をまつ所に、[四]月日に關守《せきもり》なければ、程《ほど》なくむまれぬ。見れば男子《なんし》なり。いつしか、すつべき事をわすれ、[五]とり上《(あげ)》、名《な》[六]をかふりよくと付《(つけ)》て、もてなしけり。名將軍《めいしやうぐん》の子にて、胎内《たひない》より、父《ちゝ》虎《とら》にくはれけるを、[七]やすからずに思ひ、敵取《かたき(とる)》べき事をぞおもひける。[八]光陰《くわうゐん》矢のごとし。かふりよく、はや七歳《さい》にぞなりにける。ある時《とき》、父重代《ちゝぢうだい》[九]の刀をさし、[一〇]角《つの》の槻弓《つきゆみ》に、神《じん》[一一]通《づう》の鏑矢《かぶらや》をとりそへ、馬屋におり、父ののりてしにける雲上龍《うんしやうれう》にいはく、[一二]「なんぢ、馬《むま》の中《なか》の將軍《しやうぐん》なり。しかるに、父の敵《かたき》に心ざしふかし、父《ちゝ》のとられける野邊《べ》に、われを[一三]具足《ぐそく》せよ」といふに、[一四]黄《き》なる涙をながして、[一五]高聲《かうしやう》にいばへ《(え)》けり。かふりよく、大きによろこびて、かの龍《れう》にのり、馬《むま》にまかせて行《(ゆく)》程に、千里の野邊《べ》にいでゝ、七日七夜ぞたづねける。八日の夜半《はん》におよびて、ある谷間《たにあひ》に、けだ物おほくあつまりねたり。その中《なか》に、[一六]臥長《ふしたけ》一丈《ぢやう》あまりなる虎《とら》の、兩眼《れうがん》は日月をならべたるやうにて、紅《くれなひ》の舌《した》をふり、[一七]ふしければ、[一八]肝魂《きもたましい》をうしなふべきに、さる將軍《しやうぐん》の子なりければ、これこそ父《ちゝ》の敵《てき》よと、矢《や》とつてさしつがい《(ひ)》、[一九]よひきてはなつ。あやまたず、虎《とら》の左《ひだり》の眼《まなこ》にいたてたり。

一 諸本によって、底本の「かりけりに」を改む。
二 きわめてすぐれた馬を竜馬という。周礼八に、「馬高八尺為レ竜」とある。
三 彰考館本に、「さてとらにくわれ給ぬとしり、なけきかなしみ給しか共〈ども〉、かいぞなき」とあり、大山寺本でも、ほぼ同じ。
四 年月の早くたつさま。
五 介抱してうませ。
六 万法寺本に、「かうそとかうす」とある。漢字不明。
七 おもしろくないことに。
八 月日の早く過ぎるたとえ。
九 代々伝わった刀。
一〇 角の筈をつけ、槻〈つき〉の木で作る弓。
一一 神通は、神頭〈じんどう〉と同じで、一種の鏃〈やじり〉をいう。篦口〈のぐち〉は小さいが、それから太くなり、つぎに細くなって、また太くなる物。鏑矢は、鏑をつけた矢。→六八頁注二一。
一二 彰考館本に、「汝〈なんぢ〉むまのうちの竜〈りう〉なり、我等〈ら〉は人の中のしやうくん也」とあり、万法寺本・大山寺本でも、ほぼ同じ。
一三 連れてゆけ。
一四 「血の涙」に近い。多く動物の涙についていう。
一五 高い声でいないた。
一六 彰考館本に、「ふしたけ二ひろはかりなる」とあり、大山寺本でも、ほぼ同じ。臥長は、うずくまった動物の体の長さをいう。
一七 彰考館本に、「かうりよくに懸〈かけ〉

すこしよは《(わ)》ると見えければ、かうりよく、馬《むま》よりとんでおり、腰《こし》の刀《かたな》をぬき、虎《とら》をきらんと見ければ、虎《とら》にてはなし。年《とし》へたる石《いし》の、苔《こけ》むしたるにてぞありけり。かやうの心ざしにて、つゐ《(ひ)》に敵《かたき》をうつ。今《いま》の世に、[二〇]石竹《せきちく》といふ草《くさ》、かふりよくが[二一]いける矢《や》なりとぞ申《(まうし)》つたへたる。されば、弓《ゆみ》とりの子は、七歳《さい》になれば、親《おや》の敵《かたき》をうつとは、この心なり。心《こゝろ》ざしにより、石《いし》にも矢《や》のたち候ぞや。この心を歌《うた》にもよみけるとぞ、

[二二]虎《とら》と見ている矢の石《いし》にたつものをなどわがこひのとを《(ほ)》らざるべき」

十郎きゝて、「や、殿、歌《うた》はさやうなりとも、[二三]祐成《すけなり》にあひての物語、「などわが敵《かたき》うたであるべき」とかたれかし」「げにや、折《おり》による歌《うた》物語、[二四]あしく申《(まうし)》ておぼゆるなり。歌《うた》はともあれ、かくもあれ、この度は、敵《てき》うたん事やすかるべし。[二五]老少不定《らうせうふぢやう》のならひなれば、[二六]我らは悪霊《あくりやう》とも也《(なり)》て、とるべきにや」とたはぶれて、鞭《むち》をうちて[二七]ぞ、いそぎける。

## （[二八]三井寺大師《でらだいし》の事）

十郎は、「[二九]足柄《あしがら》をこへ《(え)》てゆかん」といふ。五郎は、「箱根《はこね》をこゑ《(え)》ん」といふ。いはれあり。此三四年、[三〇]別當《べつたう》のよび給へ共《(ども)》、男《おとこ》になりける面目《めんぼく》なさに、見参《げんざん》にいらず、ついでにうちよりて、御目《め》にかゝるべし、最後《さいご》の暇《いとま》をも申さんとて参《(まゐり)》たりと思召《(おぼしめさ)》ば、[三一]聖教《せうぎやう》

り、くわんとす、ふつうのものの子なりせは」、大山寺本に、「かうりよくにかかる、ふつうのもののこなりせば」、南葵文庫本に、「かうりよくをくはんとす、ふつうのものなりせは」とある。

一八 おおいに驚きおそれるさま。

一九「ヨッピキテ」とよみ、よく引いて、十分に引きしぼっての意。

二〇 ナデシコ科の草。↓補一九七。

二一 諸本によって、底本の「いかける」を改む。

二二 甲子夜話続九に、「卜詞」として、「思ふには石に立矢も有物をなど我恋の徹らざるべき」とある。虎と思って射る矢が石に通るのに、私の心をこめた恋が通らないはずはない。

二三 祐成にあわせての物語であるから、下の句を直して語れという。

二四 まちがえて言ったように思われる。

二五 老少とかかわりなく命数の定めないこと。

二六 死んでも悪霊となって、敵を殺そうというので、御霊信仰のあらわれ。

二七 諸本によって、「て」を補う。

二八 三井寺は、滋賀県大津市の園城寺。三井寺大師は、ここでは智興をさす。この物語は、真字本にない。同じような物語が、今昔物語集十九の二十四・宝物集中・発心集五・三国伝記九・元亨釈書十二などに出ている。

二九 神奈川県足柄上郡、箱根の北。当時の要路に、足柄路と箱根路とがある。

三〇 箱根の別当。↓五六頁注二。

三一 仏教の典籍。

の一巻《くわん》、陀羅尼《だらに》[一]の一返《べん》なりとも、とぶらい《(ひ)》給ふべき善知識《ぜんちしき》[二]なり。その上、師《し》の恩《おん》をおもくすれば、[三]法《ほう》にあづかる例《ためし》あり。ちかき頃《ころ》の事にや、園城寺《おんじやう》[四]に、智興《ちかう》[五]太子とて、めでたき上人《しやう》わたらせたまひけり。顯密有験《けんみつうげん》[六]の高僧《かうそう》とは申せ共《(ども)》、いまだ肉身《にくしん》をはなれ給はざりける故《ゆへ》に、重病《ちやうびやう》に《(を)》おかされて、苦痛《くつう》[七]なう覽わきまへ難し。則《(すなはち)》、晴明《せいめい》[八]をよびてうらなはせけるに、「定業《ぢやうごう》[九]かぎりにて、たすかりたまふ事あるべからず。たゞし、おほきなる御弟子《でし》の中に、法恩《ほうおん》をおもくし、命をかろくして、師《し》の御命にかはるべき人ましまさば、[一〇]まつりかゑ《(へ)》ん」と申《(まうす)》。上《しやう》人は、苦痛《くつう》のまゝに、誰とはのたまはね共《(ども)》、御目《め》をあげて、御弟子《でし》を見まはしたまふ。ならびゐたまふ御弟子《でし》二百餘人なれども、われかはらんと仰《(おほせ)》らるゝ方《かた》一人もなし。目《め》をみあわ《(は)》せ、赤面《せきめん》したまふ色《いろ》あらはれにけり。うたて[一一]かりし御事也。爰《(ここ)》に、證空阿闍梨《せうくうあじやり》[一二]と申《(まうし)》て、十八になり給ふが、末座《ばつ》よりすゝみ出て、「は《(わ)》[一三]れ、法恩《ほうおん》のあわ《(は)》れみ、つくしがたし。何にか報《ほう》じ奉るべき。は《(わ)》れらが命《いのち》なりとも、かはりたてまつる身なりせば、よろこびの上《うへ》のよろこび、何《なに》事かこれにしかんや。はや〳〵」とて、墨染《すみぞめ》の御袖《そで》をかきあわ《(は)》せ給ひて、晴明《せいめい》が前にひざまづき給ふ。上人きこしめし、なやめる御眦《まなじり》に、御涙をうかべさせたまひて、御顔《かほ》をふりあげ、本尊《ほんぞん》の御方《かた》を御覽じけるは、證空《せうくう》の命を御おし《(を)》みありて、御身はいかにもと[一四]思召《(おぼしめさ)》るゝ御顔《かほ》ばせのあらわ《(は)》れたり。これ又、御慈悲《じひ》の御心中とぞ見えける。證空《せうくう》、かさねて申されけ

一 呪または真言ともいう。梵語の長句を翻訳しないで、そのまま読誦するもの。
二 人を導いて仏道に入らせる高僧。
三 諸本によって、「ば」を補う。
四 滋賀県大津市の三井寺のこと。
五 「太子」は、「大師」にあたる。寺門伝記補録十五に、「阿闍梨智興」として、「智興、奥州人、蓮昭供奉弟子、証空阿闍梨之父師也、安和三年二月二十六日、礼二行誉律師一入二壇灌頂于千光院一、時年五十七、臘三十八、讃衆二十四人」とある。
六 顕教と密教とにわたって、祈禱の効験のある。顕教とは、教義のあきらかな仏教。密教とは、深密幽遠であって、如来の神力を離れてうかがい知られない仏教。真言宗では、自宗だけを密教とする。
七 「悩乱」にあたる。もだえ苦しむこと。
八 安倍晴明。平安中期の著名な陰陽師。寛弘二年卒、年八十五。
九 果報を受ける時期のきまった業。
一〇 かわるように祈ろう。今昔物語集十九の二十四に、「其ノ人ノ名ヲ祭ノ都状ニ注シテ申代ヘ試ミム」とある。
一一 情なかった。
一二 万法寺本に、「こざうせうあじやり」とある。寺門伝記補録十五に、「阿闍梨証空(常住院)」として、「証空、智興阿闍梨弟子、常住院始祖也。…正暦二年十一月十四日、拝二権僧正智観一受職灌頂」とある。そこには、泣不動

るは、「ふかく思ひさだめて候。變《へん》ずべきにも候はず。その上《うへ》、上人の苦惱《くなう》み奉るに、刹那《せつな》の隙もお《(を)》しくこそ候へ。一五御心にまかすべきにあらず。いそぎ法會《ほうゑ》をおこなひ、まつりをいそがれ候へ。たゞし、一六八《(はつ)》旬《しゆん》にあまる母をもちて候。今一度、今生《こんじやう》の姿《すがた》見み一七ゝ《(え)》つりを候《(さうらひ)》て、歸り参《(まゐる)》べし。待《(まち)》たまふべし」とて、出《(いで)》たまふ。證空《せうくう》をあわ《(は)》れといはぬ者はなし。其後、母のもとにゆき、此事くわ《(は)》敷《(しく)》語《(かたり)》たまふ。母聞《(きき)》もはてず、證空《せうくう》の袖に取《(とり)》つき、「思ひもよらず、師匠《ししやう》の御恩《おん》ばかりにて、母があわ《(は)》れみをばすてたまふべきか。御身をのこし、みづからさきだちてこそ、一八順次《じゆんし》なるべけれ。思ひもよらぬ例《ためし》」とて、證《せう》空《くう》の膝《ひざ》にたふれかゝり、涙《なみだ》にむせぶばかりなり。證空《せうくう》は、母の心を取しづめて、「よく〳〵きこしめせ、師匠《ししやう》の御恩徳《おんどく》に、何をかたとへ候べき。はかなきおほせとぞおぼえて候へ」「はかなき母がうみおきてこそ、たふとき師匠《ししやう》の恩徳《おんどく》をもかうぶり給へ。母一九はゝの恩《おん》、大海《かい》よりもふかしとは、誰《たれ》やの者《もの》かいひそめける」「二〇親《おや》は一世《せ》、師《し》は三世《ぜ》、あさきあわ《(は)》れみなり。しらせたまふらん」「何《なに》とて、情《なさけ》はましまさぬぞ。今日《けふ》の命をしらぬ身の、恥《はぢ》をば誰《たれ》かかくすべき。かなふまじ」とて、取つきたり。「きゝたまはずや、二一淨飯《じやうぼん》大王《わう》の御子二二悉達《しつだ》太子《たいし》は、一人おはします父《ちゝ》大王《わう》をふりすてゝ、二三阿羅邏仙人《あららせんにん》に二四給仕《きうじ》し給ひしぞかし」「それは、いきての御わかれ、これは、死《し》すべきわかれなり。たとへにもなるべからず」「御ことばのおもきとて、たゞ今かくれたまふ師匠《ししやう》をやころした

の説話をも記している。
一三 万法寺本に、「われはゝのたいないをいて、ひんはつをまろくして、かたしけなくもいやしき身に、さんゑをたいする事ひとへにをんとくにあらすや、その御おんを思ふに、あさ夕のなみたつきかたし、さいはいならぬいのちあり、あいかはりたてまつらん、みよろひをきところなし」とある。
一四 自分の身はどうなってもよい。
一五 上人の御心にまかせて止めてはならない。
一六 八十歳をこえた。
一七 「みみゆ」とは、見もし見られもすること。
一八 次第にしたがうこと。
一九 心地観経報恩品に、「慈父恩高如二山王一、慈母恩深如二大海一」、童子教に、「父恩者高レ山、須弥山尚下。母徳者深レ海、滄溟海還浅」とある。親の恩の広大であることのたとえ。
二〇 童子教に、「師者三世契、祖者一世眤」、毛吹草に、「おや子は一世、しは三世、ふうふは二世のちきり」とある。
二一 中インド迦毘羅衛国の王。釈迦の父。
二二 釈迦の出家以前の名。
二三 数論《(すろん)》派の学匠で、毘舎離城の近くに住んでいたという。
二四 そば近くにいて雑用をつとめなさったのだよ。

てまつるべき」「まことに、みづから物[一]ならずは、暇《いとま》をこひても、何《なに》かせん。七生《しやう》[二]まで不孝《ふけう》ぞ」といふ〳〵、[三]まろび給ひける。證空《せうくう》、[四]進退《しんだひ》こゝにきはまり、師匠《ししやう》の恩徳《おんどく》を報《ほう》じたてまつらんとすれば、母の不孝《ふけう》、[五]永劫《やうごう》にも[六]うかびがたし。身のを《(お)》き所なかりければ、母の御前にひざまづき、「不孝《ふけう》の仰《(おほせ)》、かなしみてもあまりあり。[七]奈落《ならく》のせめ、いつをか期《ご》せん。此世は、かりのやどりなり。未來《みらい》こそ、まことのすみかにて候へ。師匠《ししやう》の命にかはりたてまつらば、御むかひにも参《(まゐる)》べし。さあらば、[八]一《(ひとつ)》蓮《はちす》の縁《えん》にも、[九]などかはならで候べき。おぼしめしきり候へ」とて、名殘《なごり》の袂《たもと》をひきわくる。母《はゝ》は、なを《(ほ)》もしたひかね、「さらば、みづからをもつれ、一蓮《ひとつはちす》の縁《えん》になしたまへや。すてられて、老《おひ》の身の、何となるべき」と、もだえかなしみたまふ。阿闍梨《あじやり》は、母《はゝ》をなだめかね、かやうならんと思ひなば、なか〳〵申《(まうし)》いだすまじかりつるものを、又は、[一〇]母暇《いとま》申さずとも、思ひさだむべかりつることを、心よは《(わ)》くて、かやうにうき目《め》を見る事よ。お《(を)》しみ給ふも、理《ことはり》也。たゞ一人ある子なり。月とも星《ほし》とも、われをならでは、たのみ給はぬ御事なり。一日片時《へんし》も、みたてまつらぬだに、[一一]心《こゝろ》もとなくて、[一二]隙なき行法《ぎやうぼう》の間《あひだ》は、心《こゝろ》ならず見たてまつる事なし。おそき時《とき》は、杖《つゑ》にすがりきたり給ひて、ひざまづき、後《うしろ》にたち、夏は扇《あふぎ》をつかひ、冬はあたゝむるやうに[一三]したゝめたまふ。「是、しかるべからず」と申せば、「幾程《いくほど》なきみづからが心にまかせてくれよ」と仰《(おほせ)》ければ、上人も、

一 物の数でないとすると。
二 七たび生まれかわるまで不孝者として勘当するぞ。→一七九頁注一五。七生は、この世に生まれかわることのできる限界。
三 その場にたおれなさった。
四 詩経大雅に、「進退維谷」とある。前に進むことも、後に退くこともできないで、どうすることもできない窮地をいう。
五 きわめて長い年月。
六 流布本に、「のがれがたし」とある。
七 地獄の責苦は、いつのがれられるともわからない。
八 極楽で同じ蓮華に生まれる縁。
九 ならないはずはない。
一〇 南葵文庫本に、「母に」、流布本に、「はゝに」とある。
一一 気がかりで。
一二 南葵文庫本に、「きやうほうのひまなきあひたは、心も心ならす、見たてまつる事、おそき時」、流布本に、「ひまなききやうほうのあひだにさへ、心ならずおもひ見たてまつる事なし、まみゆる事おそきときは」とある。行法は、仏法の修行。
一三 用意なさる。

あはれみありて、「心《こゝろ》にまかせよ」と、御慈悲《じひ》あるによつて、片時《へんし》もはなれたまふ事なし。われ又、御あわれ《(は)》みの[一四]もだしがたさに、暇《ひま》をはからひ、見たてまつらんと、かよひしぞかし。げにも、今《いま》わかれたてまつりなば、さこそかなしくましまさめとおもへば、涙もせき[一五]あへず。まことに、みづからうせなば、[一六]やがてもたえいりしにたまふべき心ざしなれば、たつもたゝれず、ぬるもねられず、[一七]黯然《あんぜん》として、なくばかりなり。なを《(ほ)》しも、母は、[一八]ひかへたる袂《たもと》をはなさで、よりかゝり、なきしづみたまひければ、袖《そで》ひきわけがたくて、[一九]たな心をあわ《(は)》せ、「みづからが申《(まうす)》理《ことはり》、よく〳〵きこしめし候へ。お《(を)》しみおぼしめさるゝ御事、[二〇]僻《ひが》事とは存《ぞん》じ候はず。さりながら、かねても申しゝごとく、此世は、夢幻《ゆめまぼろし》とすみなしたまへ。佛と申《(まうす)》事、ほかになし。わがなす[二一]胸《むね》のうちにあきらかなる。[二二]月輪《ぐわちりん》のくもらぬをさとりと申《(まうし)》、うづもるゝをまよひと申《(まうし)》候。されば、佛《ほとけ》は、[二三]衆生善悪《ぜんあく》へだてなきよし、ときおかせおはします物を。さあらば、親《おや》と也《(なり)》、子となり、師《し》と也《(なり)》、弟子《でし》となり、是皆《みな》一心《しん》の願《ぐはん》により、[二四]山河《さんが》大事、こと〳〵く[二五]阿字《あじ》の一字《じ》にこそお《(を)》さまりて候へ」といかりければ、母、ひかへたる袖をすこしゆるしける所《ところ》に、[二六]棄恩入無爲《きおんにうむい》、眞實報恩者《しんじつほうおんしや》の理《ことはり》をつぶさにときければ、母、涙をおさへて、「さらば」とて、ゆるしけり。證空《せうくう》嬉敷《(うれしく)》て、急《(いそぎ)》坊《ばう》にかへりけり。孝行《かう〳〵》の程《ほど》ぞたのもしき。

[二七]晴明《せいめい》おそしと、まちし事なれば、七尺《しやく》に床《ゆか》をかき、五色の幣《へい》をたてならべ、[二八]金錢散《きんせんさん》

一四 そのまま放っておきにくいさま。
一五 せきとめきれない。
一六 そのまま気を失って死なれるような。
一七 悲しくて心のふさぐさま。
一八 ひきとめた。
一九 「手の心」の意で、「掌」にあたる。てのひら。
二〇 まちがったこと。
二一 思う。心情をあらわす。
二二 真如の月。絶対の真理を明月にたとえる。
二三 流布本に、「しゆじやうに」とある。
二四 「山河大地」にあたる。南葵文庫本に、「せんか大地」、王堂本に、「さんが大地」、十一行古活字本に、「さんか大地」とある。御橋悳言氏の説によると、「三箇大事」にあたり、一心三観について説いたものという。
二五 𑖀字。宇宙一切の本来不生不滅の玄理で、仏教深淵の教義をあらわす。
二六 法苑珠林二十二に、「清信士度人経云、…口説偈云、流転三界中、恩愛不㆑能㆑脱、棄㆑恩入㆓無為㆒、真実報㆑恩者」とある。恩愛を棄てて無為に入るならば、真実に恩徳に報ずるものであるの意。無為とは、有為に対して、生滅変化しない絶対の境地をいう。
二七 流布本では、ここから「なきふどうの事」となる。
二八 金銭をまき散らして供養すること。

供《ぐ》、數《かず》の菓子《くわし》をもりたて、證空《せうくう》を中《なか》にすへ《(ゑ)》て、晴明《せいめい》、[一]禮拜恭敬《らいはいくぎやう》して、數珠《じゆず》[二]はら〳〵とおしもみ、上は[三]梵天帝釋《ぼんでんたいしやく》、[四]四大天王、下は[五]堅牢地神《けんらうちじん》、[六]八大龍王《りうわう》まで[七]勸請《くわんじやう》して、すでに祭文《さいもん》におよびければ、[八]護法《ごわう》のわたると見えて、いろ〳〵の金錢幣帛《きんせんへいはく》、あるひ《(い)》は空《そら》にまひあがりて、まひあそび、あるひ《(い)》は壇上《だんじやう》をどりまはる。繪像《ゑざう》の大聖不動明王《しやうふどうみやうわう》は、利《り》劍《けん》をふり給ひければ、その時、晴明《せいめい》、座をたつて、數珠《じゆず》、證空《せうくう》の頭《かうべ》をなで、「[九]平等《びやうどう》大慧《ゑ》、[一〇]一乘妙典《ぜうめうでん》」といひければ、すなはち、上《しやう》人の苦惱《くなふ》さめて、證空《せうくう》にうつりけり。やがて、[一一]五體《たい》より汗《あせ》をながし、[一二]五蘊《ごうん》をやぶり、[一三]骨髓《こつずひ》をくだく事、いふにおよばず。是を見る人《ひと》、晴明《せいめい》が[一四]奇特《きどく》の[一五]たう《(ふ)》とき、證空《せうくう》の心ざしの有《(あり)》がたさに、いろ〳〵の袖《そで》しぼるばかりなり。さて、證空《せうくう》の方《かた》よりは、煙《けぶり》たちて、苦惱《くなふ》しのびがたかりしかば、年來《(としごろ)》たのみたてまつる繪像《ゑざう》の不動明王《ふどうみやうわう》をにらみたてまつり、「はれ《(わ)》、二なき命《いのち》を[一六]めしとりて、屍《かばね》を壇上《だんじやう》にとゞむ。[一七]正念《しやうねん》に住《ぢう》して、[一八]安養淨刹《あんやうじやうせつ》にむかへとり給へ。[一九]知我心者《ちがしんしや》、即身成佛《そくしんじやうぶつ》、あやまり給ふな」と、一心の願《ぐはん》をなしければ、明王《みやうわう》、あはれとやおぼしけん。繪像《ゑざう》の御眼《まなこ》より、紅《くれなひ》の御涙はら〳〵とながさせ給ひて、「なんぢ、たう《(ふ)》とくも法恩《ほうおん》をおもくして、一人の親《おや》をふりすて、[二〇]命《めい》にかはる心ざし、[二一]報《ほう》じてもあまり有《(あり)》。われ又、いかでかなんぢが命《いのち》にかわ《(は)》らざるべき。行者《ぎやうじや》をたすけん。[二二]かたいしゆくのちかい《(ひ)》は、[二三]地藏《ちざう》薩埵《さつた》にかぎらず。うくる苦惱《くなふ》を見よ」と、あらたに靈驗《れいげん》あらはれければ、明王《みやうわう》の御

一　恭敬は、つつしみうやまうこと。「礼拝」などの語と熟して用いられる。
二　諸本に、「さら〳〵と」とある。
三　仏法を護る神。↓二一〇頁注一一。
四　四天王。↓補一六八。
五　大地を捧げて、これを堅める地神。
六　諸本によって、底本の「八大りうくう」を改む。難陀・跋難陀《(ばつなんだ)》・娑羯羅《(しやがら)》・和修吉《(わしゆきつ)》・徳叉迦《(とくしやか)》・阿那婆達多《(あなばだつた)》・摩那斯《(まなし)》・優鉢羅《(うはつら)》の八体の竜王。
七　神仏の来臨を乞うて。
八　陰陽師に使役される一種の鬼神。
九　法華経見宝塔品に出る。平等の真理を得て、それを衆生に及ぼそうとする仏の智慧。
一〇　一乗の理をあきらかにする妙経、すなわち法華経。一乗は、成仏のための唯一の教法。身分や性質と関係なく、平等に最高の仏果に達しえられる法門。
一一　筋・脈・肉・骨・毛皮。または、頭・首・胸・手・足。または、両手・両足・首。あわせて全身をいう。
一二　人間の身心を形成する五つの要素。すなわち、色・受・想・行・識をいう。
一三　ひどく苦しむさま。
一四　不思議なしるし。
一五　「たふとさ」か。↓補一九八。
一六　南葵文庫本に、「ししやうのためにすて〻」、流布本に、「しめいにほうず、めしとらしめ」とある。
一七　万法寺本に、「りんしうせうねんにして」とある。正念は、往生を信じて、一心に念仏すること。

頂《いただき》より、猛火《みやうくわ》[二四]ふすぼりいで、五體《たい》をつゝめたまふ。たう《（と）》としとも、かたじけなし共《（とも）》いひがたし。すなはち[二五]、證空《せうくう》が苦惱《くなふ》とゞまりけり。智興《ちこう》上人もたすかり給ふ事、在難《（ありがた）》かりし例《ためし》なり。されば、三井寺に泣不動《なきふどう》とて、寺の重寶《てうほう》の其一也。ながさせ給《（たまひ）》し御涙紅《くれない》にして、御胸《むね》までながれかゝりて、今《いま》にあるとぞ承《（うけたまはり）》つたへたる。師匠《ししやう》の御恩《おん》は、かやうにこそおもき事にて候へ。

## （鞠子川《まりこがわ》[二六]の事）

「寺《てら》をしのびいで候《（さうらひ）》し時《とき》、權現《ごんげん》[二七]に御暇《いとま》をも申さず、まして、師匠《ししやう》にかくとも申さざりし事[二八]、今にそのおそれのこりておぼえ候」と申《（まうし）》たりければ、十郎も、「さこそ」とて、箱根路にぞかゝりける。鞠子《まりこ》河わたりけるが、手綱《たづな》かひ《（い）》くり申《（まうし）》けるは、「わ殿三《（みつ）》、祐成五《（いつつ）》の年より、廿餘の今まで、此川《かわ》を一月に四五度づゝもわたりつ覽《（らん）》。いかなる日なれば、今渡《（わたり）》はてん事のあわ《（は）》れさよ。などや覽《（らん）》、いつよりも、此川の水にごりて候。心もとなし」といひければ、五郎申様《（まうすやう）》、「皆《みな》人の冥途《めいど》[二九]にを《（お）》もむく時は、物の色かはり候。我らが行《（ゆく）》べき道、曾我《そが》を出《（いづる）》は、娑婆《しやば》[三〇]を別るゝにて候。此川《かはゝ》は、三途川《づかは》[三一]、湯坂《ゆざかの》[三二]峠《たうげ》は、死出《しで》[三三]の山、鎌倉《かまくら》[三四]殿は、閻魔《ゑんま》[三五]王、御前祗候《しこう》[三六]の侍共は、獄卒《ごくそつ》[三七]阿防羅刹《あはうらせつ》、左衛門尉《さへもんのぜう》[三八]は、

一八 極楽浄土。
一九 勝軍不動明王四十八使者秘密成就儀軌に出る。わが心を知る者は、この肉身のままで仏となる。
二〇 万法寺本・南葵文庫本に、「しのめい」、流布本に、「しめい」とある。
二一 ひととおりの報いでは足りない。
二二 「我代受苦」か。↓補一九九。
二三 地蔵菩薩。
二四 はげしい火がくすぶり出て、身体中をおおいかくされた。↓補二〇〇。
二五 南葵文庫本・流布本によって、底本の「すはち」を改む。
二六 酒匂川。富士山の東麓から出て、神奈川県小田原市内で相模湾へ入る。
二七 箱根権現。
二八 諸本によって、「し」を補う。
二九 死後の世界。↓補二〇一。
三〇 この世。現世。
三一 冥途にあるという川。十王経などによると、亡者は二七日目にこの川を渡って、奪衣婆に衣を奪われるという。
三二 諸本によって、底本の「ゆさかのたけ」を改む。神奈川県足柄下郡箱根町。湯本から芦湯を経て、二子山の北西をめぐり、箱根権現に至る山道。
三三 冥途にあるという山。亡者は初七日にこの山にかかり、獄卒に鉄棒で打たれるという。
三四 源頼朝。
三五 地獄におちる有情の審判をする王。
三六 つつしんで側近に奉仕すること。
三七 地獄で罪人を責める鬼。
三八 工藤祐経。

[一]善知識《ぜんちしき》、箱根《はこね》の別當《べつたう》は、[二]六道能化《のうけ》地藏菩薩《ちざうぼさつ》と念《ねん》じ奉《(たてまつる)》。此川《かわ》の水《みづ》、色かはると見えてこそ候へ」とて、駒打入《こま(うちいれ)》けるが、やゝ有《(あり)》て、十郎、

[三]五月雨《(さみだれ)》に淺瀬《あさせ》もしらぬ鞠子川波《まりこがわなみ》にあらそふわが涙《なみだ》かな

五郎聞《(きき)》て、[四]歌の體惡《たひ(あしく)》や思ひけん、[五]行縢鼓《むかばきつゞみ》うちならし、かくぞ詠《ゑい》じける、

[六]わたるよりふかくぞたのむ鞠子《まりこ》川親《おや》の敵《かたき》に逢瀬《おほせ》とおもへば

か様《(やう)》におもひつらね、とを《(ほ)》る所は[七]阿彌陀のいんしゆ、[八]かさまてら、[九]湯本《ゆもと》の宿《しゅく》を打すぎ、湯坂峠《ゆさかのたうげ》に駒《こま》をひかへ、[一〇]弓杖《ゆんずへ》つきて、申《(まうし)》けるは、「人生《(うまれ)》て、三ケ國にてはつるとは、理《ことはり》也。我むまるゝ所は伊豆國《づの》、そだつ所は相模國《さがみの》、最後所は駿河國《するがの》富士野裾《すそ》野の露ときへ《(え)》なん不思議《ふしぎ》さよ」。五郎聞《(きき)》て、「其最後《さいご》所が大事にて候ぞ。心へ《(え)》給へ」といさむれば、古里の名殘《ごり》やおし《(を)》かりけん、我方《かた》の空《そら》をはる〴〵とながむれば、たゞ雲《くも》のみうすけぶり、[一一]いづくをそこ共《(とも)》しらねども、「煙《けぶり》少《(すこし)》見えたるは、もし曾我にてや候覽《(らん)》」。道《だう》三郎、これを歸見《(かへりみ)》て、「煙《けぶり》はよそにて候。それよりも南のくろき森《もり》に、雲のかゝりて候こそ、曾我《そが》にて候へ」と申《(まうし)》ければ、古き事共の思出《(おもひいで)》られて、

[一二]曾我林霞《そがはやしかすみ》なかけそ今朝《けさ》ばかり今《いま》をかぎりの道《みち》とおもへば

とうちながめ、涙ぐみけり。五郎、此有様《ありさま》を見て、[一三]此心に同心《どうしん》しては、はか〴〵しきことあらじ、いさめばやとおもひければ、しかり聲《ごゑ》になりて、「殿こそ、[一四]大磯《いそ》・小磯《こいそ》

一 人を導いて仏道に入らせる高僧。
二 六道にあって衆生を教化する地蔵菩薩。六道とは、地獄・餓鬼・畜生・修羅・人間・天の六つの世界。
三 第二句は、真字本に、「アサ瀬モミエヌ」とある。五月雨のために浅瀬もわからない鞠子川を渡るにつけて、その波とくらべられるほどにわが涙を流すことである。
四 彰考館本・大山寺本に、「ことば」、万法寺本に、「うたのおもむき」、流布本に、「うたのこゝろ」とある。
五 行縢を鼓のように音たてて鳴らし。行縢は、腰から脚のあたりをおおう毛皮。
六 舞の本「小袖曾我」には、祐成の歌として、下の句が、「明日は敵に逢瀬ならまし」とある。鞠子川を渡るにあたって、深く頼みとする心がおこることである。この川の瀬のように、やがて敵に逢う瀬(機会)があると思うと。
七 諸本によって、底本の「阿弥施」を改め、「阿弥陀」とする。未詳。
八 彰考館本・大山寺本に、「かまとまり」とあるが、未詳。神奈川県小田原市の風祭(かざまつり)にあたるか。
九 神奈川県足柄下郡箱根町。湯本温泉の所在地。
一〇 弓を杖としてついて。
一一 どこが曾我ともわからないが。
一二 曾我林に今朝だけは霞をかけるなよ。これが最後の旅路で、故郷の見納めと思うから。第三句は、彰考館本に、「今朝しはし」、大山寺本に、「けさし

や故《ふる》里をながめたまへ。時宗一五においては、思ふ事こそ、いそがはしく候へ」とて、駒《こま》ひきよせ、かけいだし、二町《ちやう》計《ばかり》かけとお《ほ》りぬ。十郎、興《けう》さめておもひながら、駒《こま》かけいだし、おひつきけり。五郎又、ひきさがりくどきけるは、「人界《がい》に生《しやう》をうくる物、誰かは後《あと》の名殘《なごり》おし《を》からで候べき。鬼王《おにわう》・道《だう》三郎が心をも、一六御かね候へかし。かれらをば、曾我へ返し候べし。此事かなひて候はば、申《まうす》におよばず。し損《そん》ずる物ならば、此人々が、一七こゝにては歌をよみ、かしこにては詩《し》を詠《えい》じて、しもたてぬ事なんどあざけらんも、くちお《を》し。いかばかりとか思召候《おぼしめし》」と申《まうし》ければ、理《り》にせめられて、其後、歌をもよまず、横目《よこめ》をもせで、うちける程《ほど》に、一八大崩《くづれ》にこそ付《つき》けれ。

## 一九（二宮《のみやの》太郎にあひし事）

道の末《すゑ》をみわたしければ、馬《むま》のり五六騎出來《いできたる》。十郎見て、「二宮《のみや》殿とおぼえたり。いざや、此事二〇一《ひと》はし語覽《かたらん》」といふ。五郎聞《きき》て、餘《あまり》の事なれば、返事もせず。やゝ在《あり》て申《まうし》けるは、「いかでか様《やう》の大事、聟《むこ》にはしらせ二一候べき。異姓他人《いしやうた》にては候はずや。いかなる人か、世になき我らが死《しに》に行《ゆく》とかたらはんに、二二同意《どうい》する物や候べき。對面《たいめん》計《ばかり》にて、御とを《ほ》り候へ」。十郎聞《きき》て、「御分《ぶん》の心をみんとてこそ」と二三雜談《ざうたん》して、間《あひ》ちかくな

ばし」とある。
一三 この気持にあわせたら、うまくゆくことはなかろう。
一四 ともに神奈川県中郡大磯町。
一五 「時致」にあたる。
一六 諸本に、「御はち候へかし」とある。
一七 彰考館本に、「爰〈こゝ〉にては歌〈うた〉をよみ、かしこにては詩〈し〉を詠〈えい〉し給ひしか、しそんし給ひぬるよと、あざけり申さんもくちをし」とあり、大山寺本でも、ほぼ同じ。万法寺本に、「こゝにてはうたよみ、かしこにては詩〈し〉をつくり給ひしか。その心にてしそんしたまひぬると、人もこそおもひ候へ、くちあそひこそくちおしけれ」とある。
一八 神奈川県足柄下郡箱根町。駒が嶽の西にあたる。
一九 名は義実。兄弟の姉聟。
二〇 いちおう。
二一 諸本によって、底本の「しらす」を改む。
二二 相談をしても。
二三 冗談をいって。

一 挨拶する。
二 狩場。
三 彰考館本・大山寺本に、「ふうき」とある。風邪の気味。
四 彰考館本に、「犬《いぬ》笠懸《かさかけ》をもいて」とあり、万法寺本・大山寺本でも、ほぼ同じ。犬・笠懸は、ともに騎射の種類。→一三三頁注二二・二三。
五 彰考館本に、「かやうの御かりばありかたき見物《けんぶつ》、末代《まつだい》の物かたりと存《ぞん》し候て」とあり、大山寺本でも、ほぼ同じ。「有がたし」は、「有がたき」の誤か。世にも珍しい意。
六 馬は山では引かせてゆきましょう。→補二〇二。
七 用意しておく肴。万法寺本・大山寺本・南葵文庫本・流布本に、「まうけのさかな」とある。
八 真字本に、「而程、五乞レ暇行別二彼方此方一、五郎送二一町許一、二宮太郎友童道々言伝、申二姉御前一、昨日一昨日候二思立一、参可レ申レ暇候、夕部俄思立候、今朝罷出候程、不レ申レ暇候、懸レ心候、是非返様疾々其可レ参候、時宗申委申、二宮太郎乞レ暇引返、後思合、是最後別、二宮折々挿レ袖、佐二宮女房、亦不レ返思レ道、委言告、常語出被レ泣」とある。彰考館本などにも、二宮の姉に伝言を頼むことが語られる。万法寺本では、その後に、「さても、われらうちしにして、かたみとも二のみやへをくりなは」と続く。
九 姉の気持として、自分が男の子であったら、いっしょに死ぬところであ

りければ、此人々、馬よりおり、弓取なお《(ほ)》し、[一]色代《しきだひ》す。「人々、いづくへゆきたまふぞや」「鎌倉殿《かまくら》、富士野御狩《かり》と承《(うけたまはり)》、[二]狩座《かりくら》の體《てい》見まいら《(ゐ)》せて、末代《まつだひ》の物語にと思ひ立《(たち)》て、まかり出候《(いで)》」と申《(まうす)》。義實《よしざね》聞《(きき)》て、「あわれ《(は)》、人々、無用《やう》の見物《けんぶつ》かな。馬・鞍《くら》み苦《(ぐる)》しくての見物、然《(しかる)》べからず。是より歸《(かへり)》給へ。其《(それ)》がしをも、御供《とも》と申されつるを、みぐるしさに、[三]風氣《かざけ》のよし、梶原《かぢはら》が方《かた》へ申《(まうし)》て遣《(つかはし)》候ぞ。面々《めんく》も、たゞ是よりかへり給ひて、二宮《のみや》に逗《とう》留《りう》し、[四]笠懸《かさかけ》などいて、あそび給へ」と申《(まうし)》ければ、十郎、「もつ共《(とも)》かしこまり存《(ぞんじ)》候へ共《(ども)》、か[五]様《(やう)》の事、有《(あり)》がたし、見物と存《(ぞんじ)》、すでに思ひ立《(たち)》候。[六]馬は山をばひかせ候べし。歸《(かへり)》には參《(まゐり)》、しばし逗留《とうりう》仕《(つかまつり)》候べし。[七]まふ《(う)》け肴《さかな》御用意《ようい》候へ」と申《(まうし)》ければ、「此上《うへ》は、御かへりをこそ待申《(まちまうす)》べし」とて、馬引《(ひき)》よせ打《(うち)》のり、東西へ打《(うち)》わかれけり。たゞ世《よ》の常《つね》とは思へ共《(ども)》、是ぞ最後なりける。[八]扨《(さて)》も、我ら打死《(うちじに)》の後、形見ども送《(おくり)》なん。其時、[九]男子《おのこゞ》なりせば、一道にこそなるべきに、女の身のかなしさは、それこそかなはずとも、道より最後《さいご》のことつてだにもなかりつるようらみ給はん事、うたがひなし。心ざしの程こそ、無慙《むざん》なれ。

## 一〇（矢立《やたて》の杉《すぎ》の事）

「[一一]とてもすつべき命、遅速《ちそく》おなじ事也。[一二]さりぬべき便宜《びんぎ》もこそあらめ、一時も急《(いそげ)》や」とて、駒《こま》をはやめてうつ程《ほど》に、[一三]矢立《たて》の杉《すぎ》にぞつきにける。この杉《すぎ》と申《(まうす)》は、もとは湯本《ゆもと》の杉《すぎ》といひけるを、九州《きうしう》に[一四]阿蘇《あそ》の平権守《ごんのかみ》とて、[一五]虎狼臣《こらうしん》あり。[一六]九國をうちしたがへて、[一七]きちやうする事、四か年也。軍《いくさ》する事、五十餘度也。其時、生年七十二歳《さい》也。あまつさへ天下をなやまし奉覽《(らん)》とて、[一八]國をもよを《(ほ)》すきこえ在《(あり)》ければ、[一九]六孫《そん》王の御時、其討手《うつて》のために、關東《くはんとう》の兵をめされて上《(のぼり)》しに、此杉《すぎ》のもとにおりい《(ゐ)》て、いのりけるは、「九州《きうしう》に下《(くだり)》、権守《ごんのかみ》を打《(うち)》したがへ、難なく都に歸上《(かへりのぼ)》り、名を後代《こうたい》にあぐべくは、一の矢うけ取給へ」とて、各《(おのおの)》いけるに、一人もい損《そん》ぜず。扨《(さて)》、筑紫《つくし》にくだり、合戰《かつせん》するに、難《なん》なく打《(うち)》かつて、かへりのぼりぬ。其時よりして、矢立《やたて》の杉《すぎ》と申《(まうし)》けり。「門《かど》出めでたき杉とて、上下旅《たび》人、心有《(ある)》もなきも、この木《き》に[二〇]上矢《うはや》をまい《(ゐ)》らせぬはなし。いはんや、我ら、思ふ事ありて行《(ゆく)》物ぞかし。いかで、上矢《うはや》をまい《(ゐ)》らせざ覽《(らん)》」とて、十郎、一の枝にとゞむ。五郎は、二の枝にぞいたてたる。何となくゐ《(い)》留《(とどめ)》けれ共《(ども)》、十郎は、宵《よひ》にうたれ、五郎は、朝《あした》きられにけり。此[二一]瑞相《ずひさう》あらわ《(は)》れて、一二の枝《あだ》のへだて、不思議《ふしぎ》也とて、思ひあわ《(は)》せける。さて、駒《こま》をはやめてうつ程に、箱根の御山に[二二]ぞ付《(つき)》にける。

るが。
一〇「矢立の杉」は、諸国に多く伝えられている。↓二〇〇頁注五。ここでは、神奈川県足柄下郡箱根町湯本にあったもの。新編相模国風土記稿二十七に、そのことを記している。↓補二〇三。
一一 いずれ死なければならないのは、おそかれはやかれ同じことである。
一二 これという好機もないことだから。
一三 諸本によると、底本の脱落。十一行古活字本・流布本によって、「にぞ」から「湯本の杉」までを補う。↓補二〇四。
一四 未詳。真字本に、この人の名は出てこない。そのかわりに、「申㆓此杉㆒、仁明天王御子文徳天王御弟申㆓柏原宮㆒太子、為㆑鎮㆓東夷㆒下㆓奥州㆒時、為㆓権現法楽㆒、上矢鏑射㆓立此杉㆒通後、人々覚㆑之、必懸㆓此道㆒程人、奉㆓上矢㆒有㆑習」などとある。
一五 残忍非道の臣か。↓補二〇五。
一六 九州。
一七「知行(ちぎやう)する」の誤か。彰考館本に、「住〈ぢう〉する」、大山寺本・南葵文庫本に、「ちきやうする」、流布本に、「ちやうずる」とある。
一八 国中の人を集めるという評判。
一九 源経基。↓五三頁注三三。
二〇 上差の矢。↓二〇〇頁注六。
二一 きざし。前兆。
二二 諸本によって、底本の「そに」を改む。

# 曾我物語　巻第八

## (箱根にて暇乞《いとまごひ》の事)

抑《(そもそも)》[一]、かの箱根山と申《(まうす)》は、關東《くはんとう》第一の靈《れい》山なり。後《うしろ》には、高山《かうざん》峨々《がゞ》[二]とつらなりて、眞《しん》[三]如《によ》の月影《かげ》をやどす。前には、生死《しやうじ》[四]の海漫々《まん〳〵》[五]として、波煩惱《ぼんなう》[六]の垢《あか》をすゝげば、無始《むし》[七]の罪《ざい》障《しやう》も消滅《せうめつ》すとおぼえたり。本地《ほんぢ》[八]文殊師利菩薩《もんじゆしりぼさつ》[九]、衆生を化度《けど》[一〇]し給へば、有爲《うい》[一一]の都《みやこ》となづけたり。されば、一度縁《えん》をむすぶ物は、ながく悪所におとさじとちかひたまふ事、頼敷《(たのもしく)》ぞおぼえける。此人々は、御前《まへ》にまい《(ゐ)》り、「歸命頂禮《きみやうちやうらひ》[一二]、ねがはくは、淨土《じやうど》にむかへとりたまへ。時致《ときむね》十一より、此御山にまい《(ゐ)》り、今《いま》にいたるまで、毎日《まひ》に三卷《ぐはん》づゝ、普門品《ふもんぼん》[一三]おこたらずよみたてまつるも、たゞこのためなり。あはれみ給へ」と念誦《ねんじゆ》[一四]して、別當《べつたう》の坊《ばう》へぞゆきたりける。

行實《ぎやうじつ》[一五]、やがて出《(いで)》あひたまひて、古《いにしへ》今の物語し給ふ。「男《おとこ》[一六]になり給へばとて、昔《むかし》にかはりて思ふべきにあらず、御身[一七]こそよそがま敷《(しく)》し給へ、面々《めん〳〵》の心中《しんぢう》、はじめよりくわ《(は)》

一 真字本に、「申二当山三所権現一、関東守護霊神」とある。
二 角だってそびえるさま。
三 宇宙万物にそなわる、平等無差別の実体。真如の理が迷いを破ることは、明月が闇を照らすことにたとえられる。
四 生死流転の苦の深いことは、海にたとえられる。
五 はてしなくひろがるさま。
六 衆生の心身をなやまし、迷界につなぎとめる一切の妄念。
七 限りない前世から犯してきた罪。
八 仏菩薩がかりに神とあらわれたという観念にもとづいて、その真実身をいう。彰考館本・万法寺本では、箱根の本地を説くために、継子の苦難の物語を語っている。
九 釈迦の左に侍して、智慧を司る菩薩。
一〇 教化・済度なさるので。
一一 因果によって生ずる現象の世界。
一二 前出。→一六三頁注一五。
一三 法華経第二十五品。観音経。
一四 心に仏を念じ、口に経文を唱えて。
一五 流布本では、ここから、「おなじくべつたうにあふ事」となる。筥根山縁起に、「同年(治承四年)、行実改二座主職一号二別当一」とある。
一六 還俗して元服されたからといって。
一七 あなたの方ではよそよそしくされるが。
一八 身分にふさわしくない望み。
一九 「時致」にあたる。

しくしりて候ぞ。あわ《(は)》れにのみこそおもひ奉れ。いかでかうらみ申《(まうす)》べき。人にたのまるゝ事は、在家《ざいけ》出家によるべからず、愚僧《ぐそう》も、年だにわかく候はゞ、などかはたよりにならざるべき」とて、墨染《すみぞめ》の袖を顔《かほ》におしあて、さめぐ\となき給へば、十郎承《(うけたまはり)》、「御意は、かしこまり入《(いり)》候へ共《(ども)》、さらに[一八]野心《やしん》の候はず。[一九]時宗も、其後、やがてまかり上り、男《おとこ》になりて候[二〇]おこたりをも申《(まうす)》べきにて候《(さうらひ)》しを、母には不孝《ふけう》せられ候《(さうらひ)》ぬ。[二一]又、おそれをなし奉る故《ゆへ》、今におそなはり候」。別當《べつたう》聞《(きき)》給ひ、「祈禱《きたう》は頼敷《(たのもしく)》おもひ給へ。千騎萬騎の[二二]方人《かたふどゝ》と思召《(おぼしめせ)》」とて、酒《さけ》取出《(とりいだ)》して、[二三]三三九度《ど》すゝめ給ひつゝ、

「[二四]何《なに》をもつてか、方々《かたぐ\》の門出《かどいで》いはわ《(は)》ん」とて、[二五]鞘卷《さやまき》一腰《こし》とりいだし、十郎に[二六]ひかれけり。「此刀《かたな》と申《(まうす)》は、[二七]木曾義仲《よしなか》の[二八]三代相傳《さうでん》とて、三の寶《たから》有《(あり)》。第一に、龍王《りうわう》作の長刀《なぎなた》、第二に、[二九]雲おとしといふ太刀、第三に、此刀也。名をば微塵《みぢん》といふ。[三〇]とを《(ほ)》らぬ物なければなり。されば、此三の寶《たから》を祕藏《ひさう》してもたれたり。御子[三一]清水《きよみづ》御曹司《ざうし》、鎌倉《かまくら》殿の聟《むこ》になり給ひて、國の大將軍《ぐん》給《(たまはり)》て、海道《かひどう》をせめ上り給ひ候よしきこえければ、かの寶《たから》をいのりのためとて、此御山へまい《(ゐ)》らせらる。[三二]寶殿《ほうでん》の事は、一向別當《かうべつたう》の計《(はから)》ひたるによりて、是を御分《ぶん》にたてまつる。[三三]高名《かうみやう》し給へ」とて、ひかれけり。五郎には、[三四]兵庫鎖《ひやうごくさり》の太刀《たち》を一ふりとりいだし、ひかれけり。「此太刀《たち》と申《(まうす)》は、[三五]昔頼光《むかしらいくはう》の御時、大國《こく》よりぶ[三六]あく大夫《ゆふ》といふ[三七]莫耶《ばくや》をめし、三ケ月につくらせ、一月にみがかせ、二尺《しやく》八寸《すん》にうちいだす。

二〇 謝罪。おわび。
二一 大山寺本に、「ごばうさまへも、そのおそれをなし奉り候て、今は参らず候」とある。「おそなはる」は、おそくなること。
二二 味方。
二三 献盃の礼。三献ずつ三度やりとりすること。
二四 流布本では、ここから「たちかたなのゆらいの事」となる。箱根別当が曾我兄弟に名剣を授けたことは、平家物語剣の巻・舞の本「剣讃歎」にも語られる。↓補二〇六。
二五 鍔(つば)のない短刀。太刀にそえてさした物。
二六 引出物とされた。
二七 前出。↓一二二頁注一五。
二八 三代にわたってうけつぐこと。
二九 万法寺本・大山寺本に、「くもおち」とある。「蜘蛛威し」「蜘蛛怖ぢ」か。
三〇 どんな物でも微塵に刺し通す。
三一 「清水(しみづの)御曹司」の誤。義仲の子が、清水冠者と号した。↓補二〇七。
三二 神宝を納めておく殿舎。
三三 武功をたててください。
三四 帯取に銀の兵庫鎖をつけた太刀。兵庫鎖は、もと兵庫寮で作られた鎖で、組緒のようになった精巧な物。
三五 平安後期の武将。満仲の子。
三六 彰考館本・万法寺本に、「武碇大夫」とある。未詳。
三七 名刀工の名から転じて刀工をいう。易林本節用集に、「鏌鋣〈バクヤ〉(作剣者也)」とある。↓一七〇頁注九。

祕藏《ひさう》ならぶ物なくしてもたれける。在時《(ある)とき》、[一]この太刀《たち》を枕にたてられし時、にわ《(は)》かに[二]雨風ふきて、この太刀《たち》をふきうごかしければ、[三]刃風《はかぜ》に、側《そば》なりける草紙《さうし》三帖《でう》が紙《かみ》數七十枚《まひ》きれたりけり。頼光《らいくわう》、[四]てうかとなづけてもたれたり。それより、[五]河内守頼信《かはちのかみよりのぶ》のもとへゆづられぬ。それにての不思議《ふしぎ》に、この太刀《たち》をぬかれければ、[六]四方《はう》五段《たん》ぎりの蟲《むし》も、翼《つばさ》もきれおちにければ、[七]蟲《むし》ばみとぞつけられける。それより、[八]頼義《らいぎ》のもとへゆづられたり。それにての不思議《ふしぎ》には、折々《おりく》御所中震動《しよぢうしんどう》して、人死《(しに)》うする事、度々なり。有時《(ある)とき》、雷電《らいでん》はげしくして、御所中さは《(わ)》がし。この太刀《たち》、[九]おのれとぬけ出《(いで)》て、大地一丈《ぢやう》が底《そこ》に入《(いり)》、かかる惡事仕《(つかまつる)》大蛇《じや》の[一〇]尾頭《おかしら》九尋《いろ》ありけるを、四つにこそはきりたりける。其後よりぞ、御所中の狼藉《らうぜき》もとゞまりける。あやしみて、跡《あと》を[一一]尋《(たづね)》たづねてみ給へば、かゝる不思議《ふしぎ》をしたりければ、毒蛇《どくじや》となづけて、もたれたり。それよりして、[一二]八幡殿《まんどの》へゆづられける。それにての不思議《ふしぎ》には、その頃《ころ》、[一三]宇治《うぢ》の橋姫《はしひめ》の、あれて人を[一四]とると。ある夕暮に、[一五]八滿殿《どの》、宇治《うぢ》へまいら《(ゐ)》れけるに、人の申《(まうす)》にたがはず、川《かは》の水《みづ》波しきりにして、十八九計《(ばかり)》なる美《び》女一人、橋《はし》の上にあがりて、八滿殿《どの》を馬《むま》よりいだきおろし、川《かは》の中《なか》へいれんとす。かの太刀《たち》、おのれとぬけ出《(いで)》て、橋姫《はしひめ》の弓手《(ゆん)で》の腕《かひな》をきりを《(お)》とす。力《ちから》およばず、川《かは》へとびいりぬ、それより、宇治《うぢ》の狼藉《らうぜき》もとゞまりけり。然《(しかれ)》ば、此太刀《たち》、姫切《ひめきり》とな付《(づけ)》て、もたれたり。其よ

一 諸本によって、底本の「二の」を改む。
二 彰考館本に、「南風〈みなみかせ〉」、万法寺本に、「なんふう」とある。
三 刃からおこる風。
四 漢字未詳。
五 満仲の子。頼光の弟。
六 五段四方の範囲内。段は、長さの単位で、六間にあたる。
七 虫を喰(は)む物の意。
八 頼信の子。義家の父。
九 自分から。
一〇 尾から頭まで九尋。尋(ひろ)は、両手をひろげた時の長さで、六尺にあたる。
一一 彰考館本・万法寺本に、「たつねみ給へは」、南葵文庫本に、「たつねてみ給へは」、流布本に、「たづねてみ給へば」とある。
一二 八幡太郎義家。頼義の子。
一三 京都府宇治市の宇治橋の女神。古今集恋四に、「さむしろに衣かたしき今宵もやわれを待つらん宇治の橋姫」とよまれ、以後の歌論書などに多く取りあげられている。平家物語剣の巻などでは、鬼女のおもかげを示している。
一四 「とるといふ」の意か。彰考館本に、「とるよしきこゆる」、万法寺本に、「とるといふ」、大山寺本に、「とる」、流布本に、「とりけり」とある。
一五 「八幡殿」にあたる。
一六 義家の孫。義親の子。
一七 不思議なしるし。
一八 この太刀より六寸ばかり長い。
一九 わけのある。

り、[一六]六條判官爲義《ろくでうのはんぐはんためよし》のもとへゆづられたる。それにての[一七]奇特《きどく》には、[一八]この太刀《たち》に六寸《すん》ばかりまさりたる太刀をたてそへてを《(お)》かれたり。夜に入《(いり)》ぬれば、きりあひける。判官《はんぐはん》、此よしきゝ給ひて、かねてより[一九]様《よう》あるものをとて、五夜までこそ立《(たて)》そゑ《(へ)》ておかれけれ。五夜の間、隙なくたゝかひて、六夜と申《(まうす)》に、我寸《すん》にまさりたるを、やすからずとや思ひけん、あまる六寸《すん》をきりおとす。されば、[二〇]友切《ともきり》となづけて、もたれたり。源氏重代《げんじぢう》にもつたふべかりしを、保元《ほうげん》の合戰《かつせん》に、爲義《ためよし》きられたまひ、[二一]嫡子左馬頭義朝《ちやくしさまのかみよしとも》の手《て》へ渡《(わたり)》けるに、[二二]佛法守護《ぶつぽうしゆご》の佛とて、[二三]鞍馬《くらま》の毘沙門《びしやもん》に[二四]こめたまふ。されども、[二五]すぎにし合戰《かせん》に、父をきり給ひしかば、[二六]多聞《たもん》もうけずや思召《(おぼしめし)》けん、合戰《かせん》に打まけ、東國さしてを《(お)》ち給ふ。[二七]尾張《おはりの》國知多郡野間《ちたのこほりのま》の内海《うつみ》といふ所にて、[二八]相傳《さうでん》の家人[二九]鎌田兵衞正清《かまだびやうへまさきよ》が舅《しうと》、[三〇]長田《をさだの》四郎忠《たゞ》致《むね》にうたれたまひて後、つたふべき人なかりしに、義朝《よしとも》の末《すへ》の子[三一]九郎判官《はんぐはん》殿、いまだ牛若殿《うしわかどの》にて、[三二]鞍馬《くらま》の東光坊《とうくはうばう》のもとに、[三三]學《がく》文しておはしけるが、いかにして聞《(きき)》給ひけん、折〳〵、毘沙門《びしやもん》にまい《(ゐ)》り、「歸命頂禮《きみやうちやうらい》、ねがはくは、父義朝《よしとも》の太刀、此御山にこめられて候。父《ちゝ》の形見に、一目《め》見せしめ給へ」と、祈念《きねん》申されければ、多聞《たもん》、あわ《(は)》れとやおぼしけん、この太刀《たち》をくだしたまふと、[三四]夢想《むさう》をかうぶり、よろこびの思ひをなし、いそぎまい《(ゐ)》りて見たてまつり給へば、現《うつゝ》に御戸《と》ひらき、此太刀あり。ぬすみいだし、ふかくかくしをき《(お)》て、十三になりたまひける年《とし》、相傳《さうでん》の郎等《らうどう》、[三五]奥州《おふしう》の秀衡《ひでひら》をたのみ、

二〇 平家物語剣の巻には、「獅子ノ子」が「小烏」を切って、「友切」と名づけられたという。舞の本「剣讃歎」では、「寸なし」が「枕がみ」を切ることになっている。

二一 為義の子。頼朝などの父。

二二 彰考館本に、「へいしのらんに」、万法寺本に、「へいしのかせんに」、大山寺本に、「へいぢのらんに」、南葵文庫本に、「へいじのみたれに」、とあり、「仏法守護の」に続く。

二三 京都市左京区の鞍馬寺の本尊毘沙門天。

二四 彰考館本・万法寺本に、「まいらせられしか」、大山寺本に、「参らせらる」、南葵文庫本に、「まいらせらる」とある。

二五 保元の乱後、義朝は父為義を斬らせた。

二六 毘沙門天。

二七 愛知県知多郡美浜町。吾妻鏡などにも、「野間内海」と記され、野間庄に属する内海村の意。

二八 代々仕えてきた家来。

二九 藤原通清の子。兵衛尉。

三〇 平治物語下などに、「長田庄司忠致」とある。野間庄の庄司。

三一 源義経。

三二 平治物語(古活字本)下では、鞍馬の東光坊阿闍梨蓮忍の弟子で、禅林坊阿闍梨覚日という者に学んだという。

三三 「学問」にあたる。

三四 夢の中に神仏の示現があって。

三五 藤原秀衡。奥州平泉によった武将。

商人《あきんど》にともなひて、くだり給ひけるに、[一]美濃《みの》國垂井《たるい》の宿にて、商人《あきうど》の寶《たから》をとらんとて、夜討《うち》のおほく入《(いり)》たりしか共《(ども)》、[二]おきあふ者もなかりしに、牛若殿《うしわかどの》一人おきあひ、[三]究竟《くつきやう》のつわ《(は)》者十二人きりとゞめ、八人に[四]手《て》をおほせて、おほくの強盗《がうだう》おつ返す、[五]高名《かうみやう》したる太刀也とて、奥州《おうしう》まで祕藏《ひさう》せられけるに、十九の年《とし》、[六]兵衞佐殿《ひやうへのすけどの》謀叛《むほん》をおこしたまふときこしめし、鎌倉《かまくら》に上り、見《げん》參にいり、幾程《いくほど》なくして、西國の大將軍《ぐん》にて、[七]發向《はつかう》せられけるに、今《こん》度の合戰《かつせん》に[八]うちかたせ給へとて、此御山へ[九]まい《(ゐ)》らせられたまひて候。[一〇]自《し》然《ぜん》に僻《ひが》事し出候《(いだしさうらひ)》て、上《かみ》より御たづねあらば、[一一]法師《ほうし》が御邊《へん》にたてまつりて、狼藉《らうぜき》なりと、御不審《ふしん》あらん時《とき》は、京にのぼり、[一二]四條町《でうまち》にてかひとりたるよし申さるべし。御分《ぶん》男《おとこ》になり給へば、[一三]今は見參《げんざん》には入《(いり)》たくはなけれども、心ざしをおもひやられて、あはれなるぞとよ。祈禱《きたう》賴敷《(たのもしく)》思ひたまへ。此法師《ほつし》が息《いき》のかよはん程《ほど》は、[一四]明王《みやうわう》せめたてまつらんに、何のうたがひかあるべき」とのたまひける。時致《ときむね》承《(うけたまはり)》て、「おほせかたじけなけれ共《(ども)》、さらに野心《やしん》の儀《ぎ》は候はず。御不審《ふしん》の條《でう》、もつともにて候へども、おそれ奉《(たてまつり)》てまい《(ゐ)》らぬなり。狩場《かりば》よりのかへりにわ《(は)》、參《(まゐる)》べく候。又は、[一五]おぼしめしあわ《(は)》する事も候《(さうらひ)》なん」とて、まかりたち、[一六]さらぬ體《てい》にはもてなせども、今《いま》をかぎりなれば、しのびの涙をながしける。別當《べつたう》も、緣《えん》までたち出《(いで)》たまひて、はる〴〵見送《(おくり)》つゝ、名《な》殘《ごり》お《(を)》しくぞおもわ《(は)》れける。兄弟の人々は、[一七]こ《(ま)》馬に鞭《むち》をあげて、いそがれける程《ほど》に、[一八]三《み》

一 岐阜県不破郡垂井町。義経が強盗を退治した場所について、義経記二「鏡の宿吉次が宿に強盗の入る事」では、近江国鏡の宿、謡曲「烏帽子折」では、美濃国赤坂宿、舞の本「烏帽子折」では、同国青墓宿とある。
二 起きて出あう。
三 きわめて強い勇士。
四 傷を負わせて。
五 手柄をたてた。
六 源頼朝。
七 目的地にむかって出発されたが。
八 諸本によって、底本の「うちかたさせ給へ」を改む。
九 奉納なさいました。
一〇 たまたま不都合なことでもおこって。
一一 この法師があなたに太刀・刀をさしあげて、道理にはずれていると、不審に思われるような時は。
一二 当時の四条は、繁華の地であったと考えられる。
一三 もうお目にかかりたくはないが。彰考館本・万法寺本に、「うたてけれとも」とある。
一四 明王に無理にお祈りするならば。「明王」の後に、大山寺本では、「に」、その他の諸本では、「を」とある。
一五 思いあわせなさる。
一六 なにげない風にふるまうが。
一七 「駒」にあたる。
一八 静岡県三島市。三島大明神の所在地。
一九 騎射の一種。射場に綾藺《あやい》笠を

島《しま》ちかくなり、

(三嶋にて[一九]笠懸《かさかけ》いし事)

十郎、道にて申《(まうし)》けるは、「たゞ今《いま》の別當《べつたう》の御ことば、ひとへに[二〇]御託宣《たくせん》とおぼえたり。其上、我らに權現《ごんげん》より劒《つるぎ》一づつ給《(たまはり)》候上《うへ》は、今度《こんど》敵《かたき》をうたん事、うたがひ有《(ある)》べからず」とよろこびて、三島《みしま》大明神の御前にこそつきにけれ。此人々、[二一]疊紙《たたふがみ》をはさみ、七番づつの笠懸《かさかけ》をいて、[二二]法樂《ほうらく》したてまつり、敵《かたき》の事、心《こゝろ》のまゝにぞいのられける。「[二三]まこと、思ふ事かなはずは、我ら敵《かたき》の手《て》にかけて、足柄《あしがら》を東へ二度返したまふべからず、南無三嶋大明神」とぞ念《ねん》じける。皆《みな》人、神《かみ》や佛《ほとけ》にまい《(ゐ)》りては、あるひ《(い)》は[二四]壽《じゆ》命長遠《ちやうおん》といのり、[二五]諸病悉除《しよびやうしつじよ》とこそいのるに、此人々のあけくれは、「父のため、命をめせ」とのみ申《(まうし)》けるこそ、無慙《むざん》なる。かやうの事共をも、最後の文《ふみ》にくわ《(は)》しくかきて、富士《ふじ》より曾我《そが》へぞ返しける。母《はゝ》みたまひて、[二六]五つや三つより思ひよりけるとも[二七]しられける。

[二八]さても、[二九]御寮《れう》は、[三〇]浮島原《うきしまが》に御座のよしうけたまはり、曾我兄弟も、[三一]急《(いそぎ)》おつ付《(つきたてまつり)》奉ぬ。其夜、それにて、便宜《びんぎ》をねらへ共《(ども)》、用心隙《ようじんひま》もなかりければ、力《ちから》なし。[三二]その夜も、そこにてうかゞへども、北條殿の警固《けいご》にて、隙《ひま》もなし。

高くかけ、それに遠矢を射るもの。
二〇 箱根権現のおつげ。
二一 折りたたんで懐中に入れておく紙。それを串に挟んで立て、笠懸のように射たのである。
二二 神仏を慰めるためのわざをたむけ。
二三 彰考館本に、「今度〈こんど〉もこの事かなわすは、われらをかたきの手〈て〉にかけ給へ。それもかなわすは、八ケ国〈かこく〉の大明神〈みやうじん〉うせさせ給ぬと、ふだをたてひろうせんと申けるそ、せめての事とはおほへける」とあり、万法寺本でも、ほぼ同じ。大山寺本・南葵文庫本でも、それに近いが、「足柄を…」という文句を加える。
二四 命が長くなること。
二五 薬師本願功徳経の「衆病〈しゆびやう〉悉除」から転じたもの。万病がすべてなくなること。
二六 十郎五歳、五郎三歳の幼時から。
二七 万法寺本・南葵文庫本によって、底本の「しらけれる」を改む。彰考館本・大山寺本・流布本に、「しられけり」とある。
二八 流布本では、ここから「うきしまがはらの事」となる。
二九 貴人または貴人の子息の尊称。ここでは、頼朝をさす。
三〇 静岡県駿東郡原町から吉原市にかけて。愛鷹山の裾にひろがる原野。
三一 彰考館本・万法寺本・南葵文庫本・流布本など、以下に浮島原についての故事を記す。
三二 脱文か。→補二〇八。

(富士野[一]の《ゝ》狩場《かりば》への事)

御寮[二]《れう》は、合澤[三]《あひざは》の御所にまし〳〵ける。梶原源太左衛門《かぢはらげんたさへもん》をめして、おほせくだされけるは、「昨日《きのふ》の狩場《かりば》より、富士野はひろければ、勢子[四]《せこ》すくなくてはかなふまじ。そのよし、あひふれよ」。うけたまはりて、人々にふれ、射手《いて》をそろへけり。まづ武藏國《むさしの》には、畠山庄司《はたけのしやうじ》次郎重忠《しげたゞ》、三浦《みうら》和田左衛門義盛《さへもんよしもり》、三浦介義澄[五]《みうらのすけよしずみ》、下總國《しもおさの》には、千葉介[六]《ちばのすけ》、相模《さがみの》古郡[七]《ふるこおり》左衛門兼忠《さへもんかねたゞ》、武田[八]《たけだの》太郎信義《のぶよし》、下野國《の》には、宇都宮[九]《うつのの》彌三郎朝綱《ともつな》、横山[一〇]《よこの》藤馬允《まのぜう》、相模國《さがみの》に、松田[一一]《まつだ》、川村之《(の)》人々を先《さき》として、以上、三百餘人なり。若《わか》侍には、畠山[一二]《はたけの》二郎重保《しげやす》、梶原源太左衛門景季《かぢはらげんたさへもんかげすへ》、朝比奈[一三]《あさいなの》三郎義秀《よしひで》、同《(おなじ)》く彦《ひこ》太郎、御所[一四]《の》太郎、毛利[一五]《もりの》五郎、林[一六]《はやしの》四郎、小山[一七]《をの》三郎、葛西[一八]《かさいの》六郎、板垣[一九]《いたがきの》彌二郎、本間彦[二〇]《ほんまのひこ》七、澁谷[二一]《しぶやの》小五郎、愛甲[二二]《あひきやうの》三郎をはじめとして、四百五十餘人なり。總《そう》じて、弓もち、馬にのる侍《(さぶらひ)》、三百萬騎[二三]もあるらんと見えし。其後、勢子[二四]《せこ》を山へ入《(いれ)》けるに、東は足柄《あしがら》の峰《みね》をさかひ、北は富士野裾《すそ》野をかぎり、西は富士《ふじ》川を際《きは》として、ひきまわ《(は)》されけり。勢子《せこ》は、雲霞《うんか》のごとし。峰《みね》にのぼり、谷《たに》にくだり、野干[二五]《やかん》を平野《ひらの》におひくだし、思ひ〳〵にいとゞめけり。御寮《れう》のその日の御装束《しやうぞく》には、羅綺[二六]《らき》の重衣《てうい》の富士松《ふじまつ》の、風折[二七]《かざおり》したる立烏帽子《たてゑぼし》、御狩衣《かりぎぬ》は柳[二八]《やなぎ》色、大紋[二九]《もん》の

一 吾妻鏡建久四年五月十五日の条に、「藍沢御狩、事終入二御富士野御旅館一」とある。
二 貴人の敬称で、頼朝をさす。
三 前出。→二九一頁注一六。
四 狩場で鳥獣を追いたてる人夫。
五 前出。→八四頁注六。
六 前出。→一二四頁注一〇。
七 その前には、彰考館本に、「かいの国〈に〉には」、万法寺本に、「かいのくにゝは」とある。→二四四頁注二。
八 前出。→二〇八頁注一〇。
九 前出。→一五一頁注二二。
一〇 彰考館本・万法寺本では、ここに、その名がない。→二四二頁注一一。
一一 ともに前出。→二〇八頁注一三。
一二 諸本によって、底本の「わたけ山」を改む。「二郎」は、彰考館本などに、「六郎」とある。→一二三頁注二四。
一三 前出。→二四四頁注一。
一四 未詳。→補二〇九。
一五 毛利は、神奈川県厚木市内か。
一六 林は、未詳。
一七 前出。→一〇四頁注一一。
一八 前出。→一二三頁注三二。
一九 板垣は、山梨県甲府市内。
二〇 前出。→六七頁注四四。
二一 前出。→六七頁注四四。
二二 前出。→二〇五頁注二一。
二三 彰考館本に、「三万き」、万法寺本・大山寺本に、「一二万騎」、南葵文庫本に、「一二万人」とある。
二四 諸本によって、底本の「せせこ」を改む。

指貫《さしぬき》に、[三〇]熊《くま》の皮《かは》の[三一]行縢《むかばき》、[三二]芝打長《しばうちなが》にめし、[三三]連銭葦毛《れんぜんあしげ》なる馬の五尺《しやく》にあまりたるに、白鞍《しろくら》おかせ、[三四]厚總《あつぶさ》の鞦《しりがひ》かけてぞめされたる。御劔《けん》の役《やく》、[三五]江戸《あどの》太郎、御笠《かさ》の役《やく》は、[三六]豊島《としまの》新五郎、沓《くつ》の役《やく》は、小山《おの》五郎、御敷皮《しきがわ》、[三七]金子《かねこの》十郎なり。そのほか、一人當千《たうぜん》の兵《つわもの》六七百人、御馬まはりと見えたりし。其中に、ことにすぐれて見えたりしは、[三八]五郎丸《まる》なり。[三九]萌黄威《もよぎおどし》の胴丸《どうまろ》に、一尺《しやく》八寸《すん》の大刀さし、四尺《しやく》八寸《すん》の太刀をはき、鐵《くろがね》の棒《ばう》の、三人してもちけるを、本《もと》かろげにつきて、御馬の先《さき》にぞたちたりける。御陣《ぢん》の左右《さう》には、和《わ》田《だ》・畠山《はたけ》、何《(いづれ)》も鷹《たか(を)》おぞすへ《(ゑ)》させける。[四〇]馬《むま》うちしづかにして、又ならぶ人なくぞ見えし。そのほか、數千騎の出立《(いでたち)》、[四一]花《はな》をお《(を)》り、月をまねく粧《よそおひ》、ひろき富士野も、所なく見えし。かくて、山より鹿共おほくおひおろし、思ひ〳〵に[四二]とゞめて、御寮《れう》の御見參にぞ入《(いれ)》にける。畠山《はたけの》六郎重保《しげやす》、左手《ゆんで》右手《めて》に[四三]あひ付《(つけ)》て、鹿《しか》二頭《かしら》とゞむ。宇都宮《うつの》は、五頭《かしら》、一條《でう》・板垣《いたがき》、五頭《かしら》、武田《たけだ》・小山《おやま》の人々も、五頭《かしら》こそとゞめけれ。其狩場《かりば》の[四四]物數《かず》は、此人々とぞきこえし。爰《(ここ)》に、葛西《かさいの》六郎清重《きよしげ》、日のくれ方《がた》にいたるまで、鹿一頭《かしら》もとゞめずして、勢子《せこ》にもるゝ鹿《しか》もやと、しげみ〳〵に、目《め》をかけてまはりける折節、左手《ゆんで》のしげみより、鹿一頭《かしら》いできたる。ねがふ所と見わたせば、[四五]矢《や》ごろにすこしのびたり。鐙《あぶみ》に鞭《むち》を打そへて、くだりさまにぞおとしける。すでに[四六]二三段《だん》ぎりちがへて、弓《ゆみ》うちあげて、ひかんとする所に、おもはぬ岩石《がんぜき》に馬をのりかけて、四足《あし》一にたてかねて、わなき

二五 狐の異名。↓補六六。
二六 諸本によって、底本の「てい」を改め、「重衣《(いて)》」とする。薄絹・綾織の生地に、から松の模様をつけた物。↓補二一〇。
二七 諸本によって、底本の「かさおりに」を改め、「風折《(かざおり)》したる」とする。筋かいに頂を折りふせた立烏帽子は、風折烏帽子という。
二八 彰考館本・万法寺本・南葵文庫本に、「とくさいろ」とある。
二九 大きな模様のついた指貫の袴。
三〇 彰考館本に、「ふたけの」、万法寺本に、「あきふたつけの」、南葵文庫本に、「あきふたけの」とある。
三一 腰から脚のあたりをおおう毛皮。
三二 端が地面に触れるように長く。
三三 葦毛に灰色の円い斑点のある馬。
三四 厚く太い総を垂らした鞦。鞦は、馬の頭・胸・尾にかける緒。
三五 前出。↓一二三頁注三一。
三六 前出。↓一六三頁注二四。
三七 金子は、東京都調布市内。
三八 頼朝に仕えた童。↓三六二頁注六。
三九 もえぎ色の糸で綴じた胴丸。胴丸は、「どうまる」で、鎧の一種。
四〇 馬に乗ってゆくこと。
四一 きらびやかな装束。↓補一三三。
四二 射とめて。
四三 ひきつけて。
四四 獲物の多いもの。
四五 矢を射るのに都合のよい距離。
四六 彰考館本に、「三四反《(たん)》きりはせよせ」とある。一段は、六間をいう。

てこそ立《(たち)》たりけり。おろすべきやうもなく、又のぼすべき所もなく、進退《しんだひ》爰《(ここ)》にきはまれり。[一]上下萬民《ばんみん》、これを見て、たゞ、「それ〳〵を」とぞ申《(まうし)》ける。今は、馬人もろともに、微塵《みぢん》になるとぞ見えたりける。清重《きよしげ》、手綱《たづな》をしづかに取《(とり)》、[二]とねりなしをむすびおき、[三]かゞみの鞭《むち》を打[四]そへて、[五]二つ一《(ひとつ)》のすて手綱《たづな》はちて、後《うしろ》におりたつたり。馬は、手綱《たづな》をすてられて、[六]まなごと共におちて行《(ゆく)》。主《ぬし》は、つきたる弓の本《もと》、岩角《いわかど》に[七]ゑりたてゝ、しばしこらへて、たちなを《(ほ)》る。諸《しよ》人、[八]目をこそすましけれ。「[九]のりたり、おりたり、すへたりや、こらへたり」と、しばしなりもしづまらず。[一〇]君の、御感《かん》のあまりにや、[一一]常陸國《ひたちの》小栗庄《おぐりのしやう》三千七百町《ちやう》下されけり。時の面目《めんぼく》、[一二]日の高名《かうみやう》、何《なに》事か是にしかんと、感《かん》ぜぬ人こそなかりけれ。

[一三]かゝる所に、上《うへ》のしげみより、鹿一頭《かしら》出來《(いできた)》り、梶原源太《かぢはらげん》ひかへたる左手《ゆんで》をとつてぞくだりける。景季《かげすへ》、[一四]さいわ《(は)》ひにやと悦《(よろこび)》て、[一五]鹿矢《しゝや》を打つがひ、よつぴいてはなつ。[一六]を《(お)》つさま、[一七]筋《すぢ》ちがひに首《くび》を[一八]かけずつつとぞいぬきたる。され共《(ども)》、鹿は物《もの》ともせず、思ふしげみにとびくだり、二の矢をとつてつがひ、鞭《むち》うちくだす所に、伏木《ふしき》に馬《むま》をのりかけて、足並《あしなみ》みだるゝ所《ところ》に、おりたちて馬[一九]ひつたつ。其隙に、畠《はたけ》山《の》六郎重保《しげやす》、[二〇]はせならべて、よつぴいてはなつ。源《げん》太には、[二一]したゝかにいられぬ。鹿《しゝ》は、すこしも[二二]わ《(ほ)》たらかず、二つの矢《や》にてぞと[二三]ゞまりける。重保《しげやす》、馬打よせ見る所に、源《げん》太が馬もかけよせ

一　誰もかれもの意。
二　未詳。
三　鏡鞍などと対になった鞭か、かがみという蔓草でしたてた鞭か。
四　彰考館本・万法寺本に、「しらせ」とある。
五　一か八かで手綱をはなすことか。↓補二一一。
六　「真砂《(まさご)》」と同じ。細かい砂。
七　彫《(ゑ)》り立てて、穴をあけ立てて。
八　じっと見つめた。
九　彰考館本に、「のりたるや、おりたるや、すてたりや、こらへたり」、万法寺本に、「のりたるや、おりたるや、すてたるや、こらへたるや」、大山寺本に、「のりたりや、おりたりや、こらへたりや、すてたりや」、南葵文庫本に、「のりたりや、こへたりや」とある。
一〇　彰考館本に、「御料《〈れう〉》御覧《〈らん〉》せられて」とある。
一一　茨城県真壁郡協和村。
一二　当日における名誉。
一三　流布本では、ここから「源太《〈げんだ〉》としげやすがしゝろんの事」となる。
一四　彰考館本に、「さいはいと」、万法寺本に、「さいわひと」、大山寺本に、「さいはひと」とある。
一五　狩に使う矢。
一六　後を追うようにして。易林本節用集に、「追様《〈ヲツサマ〉》」とある。
一七　「筋かひ」と同じ。はすかい。
一八　さわりなく。さまたげられないで。
一九　彰考館本・万法寺本に、「ひきたつ

て、「その鹿《しゝ》は、景季《かげすへ》がとゞめて候ぞ」。重保《しげやす》聞《(きき)》て、「心へ《(え)》ぬ事をのたまふものかな。鹿《しゝ》は、重保《しげやす》が矢《や》一《(ひとつ)》にてとゞめたる鹿を、[二四]誰人か主《ぬし》有《(ある)》べき」。源《げん》太、弓取《(とり)》なを《(ほ)》し、あざわらひて申《(まうす)》やう、「[二五]狩場《かりば》の法《はう》さだまれり。一の矢、二の矢《や》の[二六]次第《しだひ》あり。[二七]矢目《やめ》は二もあらばこそ、一二の論《ろん》もあるべけれ」。景季《かげすへ》も、まさしくいつる物をとて見れば、げにも矢目《やめ》は一ならではなかりけり。さりながら、[二八]おさへてとらるゝものならば、時の恥《ち》辱《じよく》におもひければ、源《げん》太、大《(おほき)》にいかりお《(を)》なし、「勢子《せこ》の奴《やつ》ばらはなきか。よりて此鹿《しゝ》とれ」。重保《しげやす》も、駒《こま》打よせ、「雑《ざう》人はなきか。重保《しげやす》がとゞめたる鹿《しゝ》の[二九]皮《かは》たて」。源《げん》太も、さる者なりければ、少《(すこし)》もひるむ氣色《けしき》はなし。「臆《おく》したる奴《やつ》ばらかな。景季《かげすへ》がとゞめたる鹿の皮《かは》たて、[三〇]かきてとれ」。重保《しげやす》、さらぬ體《てい》にて、駒《こま》かけまはし、「雑色《ざうしき》どもは、など鹿をばとらぬぞ」と、はや事實《じつ》なる[三一]詰論《つめろん》なり。源《げん》太、手綱《たづな》かひ《(い)》くり、駒《こま》打よせ、小《こ》聲になりていふやう、「[三二]戀路《こひぢ》にまよふかくし文、やる者《もの》こそ主《ぬし》候よ」。重保《しげやす》聞《(きき)》て、「やさしくのたまふたとへかな。[三三]思ひの色の數、よまでむなしく返すには、返しゐ《(え)》たるぞ、主《ぬし》となる」。源《げん》太うちわらひ、「[三四]吉野《よしの》・立田《たつた》の花紅葉《もみぢ》、さそふ嵐《あらし》は主《ぬし》ならずや」。重保《しげやす》聞《(きき)》て、「[三五]いはれずや、さそふ嵐《あらし》も其まゝに、つい《(ひ)》に[三六]つれてゆかばこそとの給ふ。[三七]立田の川波《なみ》に、ちりて雲《くも》は花の雪《ゆき》、紅葉《もみぢ》の錦渡《にしき(わたり)》なば、中やたえなん、さりながら、[三八]ながれてとまる所こそ、誠の主《ぬし》とを《(お)》もはるれ」「げに故有《ゆへ(あり)》てきこえたる。波にもつれてゆ

る」、大山寺本・流布本に、「ひつたつる」、南葵文庫本に、「ひきおこす」とある。
二〇 馬を並べ走らせて。
二一 ひどく。
二二 動かないで。
二三 射止められた。
二四 ほかに主のあるはずはない。
二五 一般に山村の民俗は、猪狩には留矢を重んじ、鹿狩には初矢を重んずる。
二六 順序。
二七 矢のあたった跡。
二八 無理に。
二九 切り取れ。
三〇 かついで。
三一 おしつめての議論。
三二 恋の道に迷って、ひそかに文をやる者が、主となるのですよ。初矢を射た者が、獲物を取ることのたとえ。
三三 彰考館本などによって、底本の「夜まて」を改め、「よまで」とする。思いの色を現わした文の数々を読まないでそのまま返すが、返事をえた者は主となるのだ。留矢の方が、獲物を取るというたとえ。↓補二一二。
三四 吉野の花、竜田の紅葉を誘って散らす嵐。初矢を射た者をいう。
三五 道理にあわぬことだ。
三六 いっしょにゆくはずはない。彰考館本・大山寺本に、「との給ふ」はない。
三七 古今集秋下に、「竜田川紅葉みだれて流るめり渡らば錦中やたえなむ」とある。↓補二一三。
三八 留矢を射た者をいう。

かばこそ。[一]かゝる堰《いせき》も、主《ぬし》なるべき」「堰《いせき》も、[二]とゞめはてばこそ。ながれてとまる[三]水《みな》門《と》こそ、誠の主とはおぼえたれ」。源《げん》太、此ことばをうちすてて、「ふけ行《(ゆく)》月のかたぶくをも、ながむる者こそ主《ぬし》となれ」。重保《しげやす》聞《(きき)》て、たからかに打笑《(わらひ)》、「世界《せかひ》をてらす日月を、主《ぬし》とのたまふ、[四]過分《くわぶん》也」「過分《くわぶん》は、人による物を、[五]御分一人《ぶんひとり》に歸《き》すかと」。重保《しげやす》、[六]たまらぬ男《をのこ》にて、「一人《ひとり》に歸《き》すか、歸《き》せざるか、手並《てなみ》の程を見せん」とて、すでに矢をこそぬき出《(いだ)》す。源《げん》太も、[七]しらまぬ者《もの》なれば、[八]「案《あん》の内《うち》よ」といふまゝに、すでに[九]中差《なかざし》ぬき出《(いだ)》す。梶原《かぢはら》が郎等《らうどう》はいふにおよばず、[一〇]時の綺羅《きら》ならぶ物なかりしかば、しるもしらぬもおしなべて、梶原方《かぢわらがた》へぞはせよりける。三浦《みうら》の人々《びと》も、これを見て、源《げん》太に[一一]意《い》趣《しゆ》有《(ある)》上は、[一二]秩父方《ちゝぶがた》へは所縁《そゑん》なり、みはなすまじとて、はせよりける。[一三]いけの人、[一四]兒玉《こだま》の人々は、梶原方《かぢはらがた》へぞより來ける。[一五]みま・[一六]本間《ほんま》の人々は、秩父方《ちゝぶがた》へぞ[一七]與力《よりき》する。駿河國《するがの》の人々は、梶原方《かぢわらがた》へぞよりにける。伊豆國《いづのくに》の人々は、北條殿《ほうでうどの》を先《さき》として、秩父方《ちゝぶがた》へぞはせよりける。安房《あわ》と上總《かづさ》の侍は、二つにはれ《(わ)》てよりにける。常陸《ひたち》・下總《しもおさ》の人々は、秩父方《ちゝぶがた》え《(へ)》ぞあつまりける。東八ケ國のみにあらず、日本《ぼん》國中にしらるゝ程の侍、[一八]魚鱗《ぎよりん》にかさなり、[一九]鶴翼《くわくよく》につらなりて、[二〇]ひたひしめきにひしめきける。畠《はたけ》山殿は、はじめよりしり給ひしが、いかゞ思われ《(は)》けん、しらぬよしにてぞまし〳〵ける。頼朝《よりとも》、これを御覽じて、「あれ〳〵、義盛《よしもり》、しづめ候へ」と仰《(おほせ)》下されければ、和田殿、兩陣《りやうぢん》の

一 彰考館本に、「とむるゐせきそ」、大山寺万法寺本に、「とゝむる木そ」、南葵文庫本に、「かゝるゐせきぞ」、「かゝるかたそ」とある。堰は、川水を引くためにせきとめた所。
二 最後までとめるはずはない。
三 最後にゆきつく所をさす。
四 分に過ぎている。
五 「帰すかと」の後に、「よ」の脱落か。獲物をお前一人の物にさせないぞの意。→補二一四。
六 こらえられない。
七 ひるまない。
八 思っていたとおりだ。
九 上差《(うわざし)》に対して、箙の中にさす矢。中差には、戦闘のための征矢《(そや)》をさしたらしい。
一〇 当時の威勢のさかんなさま。
一一 恨みをふくむこと。
一二 畠山重忠・重保父子とは縁者である。
一三 「池辺《(いけのべ)》」で、栃木県宇都宮市内か。→補二一五。
一四 児玉は、埼玉県児玉郡児玉町。
一五 神奈川県愛甲郡愛川町三増《(みませ)》か。
一六 前出。→六七頁注四四。
一七 加勢する。
一八 魚の鱗を並べたように、中央を敵陣に近く進めた陣形。源平盛衰記三十五に、「木曾義仲は、魚鱗の戦とて、魚の鱗をならへたる如、さきは細く、中ふくらにこそ立たりけれ」とある。
一九 鶴の翼をひろげたように、両翼を敵陣に近く進めた陣形。源平盛衰記三

間《あひ》へ馬かけ入《(いれ)》、「上意にて候ぞ。鹿論《ろん》[二一]の事、たがひにその理《り》あり。所詮《しよせん》[二二]、鹿をば上へめされ候。兩人御前へまいら《(ゐ)》れよとの御諚《ちやう》にて候」と、大音聲《をんじやう》にていひ、その後《のち》、勢《せ》子《こ》をめし、かの鹿《しゝ》をかかせ、六郎と源《げん》太と引つれ、御前さして參《(まゐら)》れけり。扨《(さて)》こそ、兩《りやう》陣《ぢん》はやぶれにけり。あやうか《(ふ)》りし事也。さればにや、君の御めぐみあまねく、御あはれみのふかくして、事《こと》しづまりぬ。

[二三]曾《そ》我《が》の人々は、あわ《(は)》れ、事のいできたれかし、方人《かたふど》[二四]する風情《ふぜゐ》にて、ねらひよりて、一刀ささんとて思ひける。かくて、日もくれ方《がた》になりしかば、今日《けふ》をかぎりと、かたぶく日影《かげ》をお《(を)》しみける。

[二五]こゝに、伊豆《いづの》國の住人[二六]新田四郎忠綱《たゞつな》、いまだ鹿にあはずして、おちくる鹿をあひ待《(まつ)》所に、幾《いく》年ふる共《(とも)》しらざる猪《いのしゝ》が、[二七]ふし草かゝ十六つきたるが、主《ぬし》をばしらぬ鹿矢《(しし)》ども、四五《(よついつつ)》立《(たつ)》たりしが、大きにたけつてかけまはる。たとへば、養由《やうゆう》[二八]が術弓《じゆつきう》[二九]、李廣《りくはう》[三〇][三一]しんへんも、およぶべしとは見えざりけり。ちかづく者《もの》を[三二]たければ、[三三]おちあふ物もなくして、いたづらに中をあけてぞとを《(ほ)》しける。忠綱《たゞつな》、これをさいわ《(は)》ひとかけよせけり。御前ちかうなりければ、「よしや、新田《につた》、よしや、忠綱《たゞつな》」とぞおほせ下されけり。人もこそおほき中《なか》に、かやうの御諚《ぢやう》かうむる事、生前《しやうぜん》の面目《めむぼく》、何事か是にしかんと存《ぞん》ずる間《あひだ》、鐵銅《てつどう》をまろめたる猪《しゝ》なりとも、[三四]あまさじ物をとおもひければ、大の鹿矢《しゝや》をぬきいだし、

十五に、「一条忠頼は、鶴翼の戦とて、鶴の羽をひろげたるが如くに、勢をあばらに立成て、小勢を中に取籠んとぞ構たる」とある。
二〇 ひたすらに押しあい騒ぎたてた。
二一 鹿についての論議。
二二 結局。
二三 流布本では、ここから「ゐんのくにのかんばつの事」となり、一つの物語を語って、「曾我の人々は」に続く。
二四 味方に加わる様子。
二五 流布本では、ここから「につたがしゝにのる事」となる。
二六 真字本に、「新田四郎忠経」、彰考館本に、「新田〈にった〉の四郎忠経〈たゞつね〉」とある。一般に、「仁田(にたんの)四郎忠常」として知られる。仁田は、静岡県田方郡函南村。
二七 大山寺本に、「くさりかかり十六附きたりしが」、流布本に、「ふし草かく十六つきたるが」とあるが、未詳。
二八 養由基。春秋時代の楚国の人で、弓の名人として知られる。
二九 不思議な力をもった弓。
三〇 前漢の武帝に仕えた将軍。
三一 彰考館本に、「神箭〈しんせん〉」、万法寺本・大山寺本・南葵文庫本に、「しんせん」とあり、不思議な力をもった矢。
三二 あれ狂うのでの意か。彰考館本などによると、「かけければ」で、ひっかけるのでの意。
三三 出あう。
三四 とりにがすまいに。

たゞ一矢にとひきてはなつ所に、矢よりも先《さき》にとび來《(きたり)》、のりたる馬を主《(ぬし)》ともに中[一]にすくうてなげあげ、おちばかけんとする所に、かなはじとや思ひけん、弓も手綱《たづな》も打すてて、[二]むかふ様《(う)さま》にぞのりうつる。され共《(ども)》、さか様《(さま)》[三]にこそのりたりけれ。鹿《(しし)》[四]はのられて、腹《はら》をたて、馬をかしこえ《(へ)》かけたお《(ふ)》し、雲霞《かすみ》[五]にわけいりて、虚空《こくう》をとんでまはりしは、周《しう》[六]の穆王《ぼくわう》、釋尊《しやくそん》の教法《けうぼう》をきかんと、八匹《ひつ》[七]の駒《こま》に鞭《むち》をあげ、萬里の道、刹那《せつな》にとび付《(つき)》しも、是にはいかでまさるべき、新田は、[八]ならひし綱《つな》の様《やう》、腰《こし》もきれよとはさみつけ、尾筒《おづゝ》[九]を手綱《たづな》に取《(とり)》、樂《らく》[一〇]天のつたえ《(へ)》し三頭《かしら》[一一]、王良《りやう》[一二]が祕《ひ》せし手綱《たづな》、是なりけりと、こらゑ《(へ)》けれ共《(ども)》、せん方《かた》なくぞ見えたりけり。鹿《(しし)》は、いよ〳〵[一三]たけりをかき、木《き》の下《もと》、草《かや》の下、岩《いわ》、岩石《がんぜき》をきらはずして、宙《ちう》[一四]にとつてまはりしかば、烏帽子《ゑぼし》・竹笠《たけがさ》・沓《くつ》・行縢《むかばき》、一度にきれておちにけり。大[一五]は《(わ)》らわ《(は)》になりて、たゞを《(お)》ちじとばかりぞこらへける。大《(おほき)》にたけきい《(ゐ)》[一六]の鹿《(しし)》も、あまた手《て》[一七]はおひぬ。新田が威《い》にやおされけん、御前ちかき枯株《かれくゐ》[一八]に、つまづきよは《(わ)》る所に、あやまたず腰《こし》の刀《(かた)》なをぬき、胴中《どうなか》につきたて、肋骨《あばらぼね》二三枚《まい》かききりければ、鹿《(しし)》は、四足《そく》を四五寸《すん》土にふみ入《(いれ)》て、[一九]立ずくみにこそなりにけれ。新田は、急《(いそぎ)》とびおりて、數《かず》のとゞめをさす。上下の狩《かり》人、これを見て、「前代未聞《ぜんだいみもん》のふるまひかな。を《(お)》もしろくもとゞめたり。のりものりたり、こらへたり」と、感《かん》ぜぬ物こそなかりけれ。君も、此よし御覽じて、「狩場《かりば》の内の高名《かうみやう》は、是にしかじ」と、御感在《かん(あり)》。[二〇]富士の

一「宙」にあたり、空中の意。
二 面とむかって。
三 諸本によって、「に」を補う。
四「しし」とよみ、ここでは猪の意。
五 諸本によって、底本の「かすす」を改め、「霞(かすみ)」とする。自由に飛びまわるさま。
六 周の五代の王。穆天子伝や列子三などによると、神仙の道を好み、八頭の駿馬で、あまねく天下をめぐったという。竹書紀年や拾遺記などに、西王母との交渉を伝えていたが、万法甚深最頂仏心法要下に、「周穆王乗二八疋駒一遊二行一閻浮提一時、飛二当霊山会上御説法観音品時分一也」とあり、三国伝記一・太平記十三「竜馬進奏事」などでも、釈迦との交渉を説いている。
七 明文抄一に、「周穆王八駿、赤驥、盗驪、白犠、渠黄、華騮、緑駬、騟輪、山子(物名)」とあり、その他の諸書にも、さまざまな名を伝えている。
八 扱いなれた手綱。
九 尾の根のふくれた部分。
一〇「伯楽(はくらく)」の誤で、馬を相する名人の名。
一一「三頭(さんづ)」の誤で、馬の後脚の上部の骨か。
一二 馬を御する名人で、孟子などにみえる。文選十五、張平子「思玄賦」に、「命二王良一掌二策駟一兮」とある。
一三 恐ろしそうにほえ。
一四 彰考館本に、「ちうをとひて」、万法寺本に、「ちうにあかりて」、南葵文庫本に、「なかをとんて」、流布本に、

下方《(しも)がた》にて、五百餘町を給《(たまはり)》にけり。勢《いきほひ》あまりてぞ見えし。されども、此鹿《(しし)》は、富士《ふじ》の裾《すそ》、[二一]かくれいの里と申所《(まうす)》の、山の神にてぞまし〳〵ける。凡夫《ぼんぶ》の身のかなしさは、夢にもこれをしらずして、とゞめにけり、御とがめにや、やがて、その夜、曾我《の》十郎にうちあひ、あまた手《て》を《(お)》ひ、あやう《(ふ)》かりし命、幾程《いくほど》なくて、[二二]田村判官《たむらのはんぐはん》が謀叛同意《むほんどうゐ》のよし、讒言《ざんげん》せられて、うたるべかりしを、[二三]重保《しげやす》に付《(つき)》申《(まうし)》ひらき、御目《め》にかゝらんとて、參《さん》じける折節、[二四]めしの御馬はなれたりしが、御庭《には》せばしとはせまはる。日本一の荒《あら》馬なれば、を《(お)》ひまはす人々、是を見て、「よしや、新田、とれや、忠綱《たゞつな》、縄《なわ》をかけよ、あやまちすな」と、聲々《こゑ〴〵》によばはりて、庭上騒動《ていしやうさうどう》す。新田が郎等《らうどう》、門外《もんぐはい》にあつまりて、

「我らが主《しう》、たゞ今からめとらるゝぞや。主《しう》のうたるゝをすてゝ、いづくまでのがるべき」とて、[二五]思ひきりたる兵二三十人[二六]ぬきつれて、御前さしてきつて入《(いる)》。新田が運《うん》のきわ《(ほ)》め也。御所方《がた》の人々、是を見て、「新田《にった》が謀叛《むほん》誠也。あますな、方々《かた〴〵》」とて、[二七]日番・當番《たうばん》の人々出《(いで)》あひて、火出《ひ(いづ)》る程《ほど》こそたゝかひけれ。御所方《しよがた》の人々、あまたうたれしかば、新田が陳法《ちんばう》[二八]のがれずして、廿七にてうたれけり。不便《ふびん》なりし事どもなり。これも、[二九]しかしながら、富士の裾《すそ》野のゝ《(ゐ)》いの鹿《(しし)》のとがめなりと、舌《した》をまかぬはなかりけり。

[三〇]梶《かぢ》原源《げん》太左《さ》衛《へ》門《もん》景季《かげすへ》は、[三一]いまだ鹿《(しし)》にあはずして、おちくる鹿《(しし)》を待《(まち)》かけつゝ、かけならべ、よつぴきてはなつ。され共《(ども)》、上《うへ》をはるかにいこしてとお《(ほ)》しけり。景季《かげすへ》、とりあ

「ちうにとんで」とある。
一五 髪がとけてばらばらになって。
一六 「猪」にあたる。
一七 負傷した。
一八 枯れた木の株。
一九 立ったまま動けなくなった。
二〇 静岡県吉原市内。
二一 「隠猪」か、「隠居」か、未詳。
二二 未詳。
二三 彰考館本に、「重忠〈しげたゞ〉」、万法寺本に、「しけたゝ」、大山寺本に、「重忠」、南葵文庫本に、「ちゝふのしけたゝ」とある。重保は、重忠の子。
二四 将軍のお乗りになる馬。
二五 死を決した。
二六 いっしょに刀をぬいて。
二七 「非番」にあたる。当番でない者。
二八 弁明。申しひらき。
二九 まったく。すべて。
三〇 流布本では、「にったがしゝにのる事」につづいて、「ふねのはじまりの事」をおき、ここから「すけつねをゐんとせし事」となる。底本には、「ふねのはじまりの事」にあたる部分はない。
三一 彰考館本に、「鹿ろんの後〈のち〉、物かしらみうしなひかゐたるところに」、万法寺本に、「しかろんのゝちは、ものかしらにもあはてひかへたるところに」、南葵文庫本に、「しかろんののち、しかをまちけれとも、物かしら見うしなひ、あきれてひかへたる所に」とある。どちらにしても、「いまだ鹿にあはずして」というのは、前の鹿論とくらべると、理にあわない。

へずかくこそ申《(まうし)》けれ。

一夏《なつ》草のしげみが下《した》をゆく鹿《しか》のそての横《よこ》矢はいにくかりける

君聞《(きこし)》めして、二神妙《しんべう》なりとて、是も富士《ふじ》の裾《すそ》野百餘町お《(を)》ぞたまはりけり。人々、これを見聞《(きき)》て、「鹿《(しし)》いはづし、歌よみてだに、恩賞《おんしやう》にあづかる。まして、よくとゞめた覽《(らん)》輩《ともがら》はいかに」とぞ申《(まうし)》ける。御寮《れう》は、左衞門尉《さへもんのぜう》祐經をめして、「不審《ふしん》なる事あり、用《よう》心《じん》せよ」とおほせ下されければ、かしこまり存《(ぞんじ)》候よしを申《(まうし)》ける。こゝに、梶原源《かぢはらげん》太景季《かげすへ》、三侍の所司《しよし》にて、四總奉行《そうぶぎやう》なる上《うへ》、五はざ《(わ)》ん第一の者《もの》にて、上の御諚《ちやう》をうけたまはり、曾我の人々をちかづけて申《(まうし)》けるは、六「神妙《しんべう》に御供《とも》申されて候。奉公《ほうこう》は、いづれもおなじ事、御宿《やど》に、大事の御物《もの》の具《ぐ》あり。七留守《るす》の御宿直《とのゐ》申されよ。いか樣《(さま)》、今度鎌倉へいらせまし／＼て、八御免《めん》かうぶりたまふべし。奉公《ほうこう》心に入《(いれ)》られよ」と申《(まうし)》ければ、祐《すけ》成《なり》、是非《ぜひ》におよばずして、「かしこまりいり候。よき樣《やう》に御申《(おんまうし)》候へ。たのみたてまつる」とぞ、返事しける。源《げん》太、かさねて申《(まうす)》やう、「九御給仕《きうじ》によりて、本領子細《ほんりやうしさい》あらじと存《ぞん》じ候」といひてこそ、かへりにけれ。時致《ときむね》、これをきゝて、「あはれ、源《げん》太、われ／＼を一〇すかさんとおもひたる氣色《きしよく》のさしあらはれたる奴《やつ》かな。一一蛇《じや》は一寸《すん》を出《(いだ)》して、其大小《せう》をしり、人は一言《ごん》をもつて、その賢愚《けんぐ》をしる。一二狐《きつね》の子は、子狐《ぎつね》より、父《ちゝ》が一三孫《そん》をつぎて、此一四冠者《くわじや》が面《つら》のしろさよ。一五いつの奉公《ほうこう》によりてか、御氣色《きしよく》もよかるべき。さだ

一 第四句は、彰考館本に、「めてのよこ矢《や》は」、万法寺本・南葵文庫本に、「めてのよこやは」とある。夏草の繁みの下を行く鹿の右から横に射る矢は、うまくゆかない。鹿が左の方から来るのに、右の方から射ることをいうか。→補二一六。
二 彰考館本に、「ゆんてをめてとよむ事、はつれ矢《や》かくさんためか、とりあへすおもしろし」とあり、万法寺本でも、ほぼ同じ。
三 鎌倉幕府の侍所《(さむらいどころ)》の次官。
四 侍所・問注所《(もんちゅうじょ)》の所司とともに、政務を預かった奉行人の長。
五 彰考館本に、「わさん」とある。「和讒」で、讒言をいう。
六 殊勝に。
七 主君のお出ましの間、お宿を守ってつめていなさいよ。
八 おゆるしをいただくことでしょう。
九 そば近くお仕えするために、もとからの領地をいただくことは、むずかしくないだろうと思います。
一〇 だましてなだめよう。
一一 金句集に、「又(養性)云、蛇出二一寸一知二其大小一、人出二一言一知二其長短一」とある。一部を見ると、全体がわかるの意。
一二 「狐の子はつらじろ」で、子の親に似ることのたとえとする。→補二一七。
一三 血統をひいて。
一四 若者。
一五 いつ御奉公をしたというので、御機嫌のよいことがあろうか。

めて、御寮《れう》の仰《(おほせ)》には、其冠者《くわじや》ばらは、誰がゆるして、狩場《かりば》へはいでけるぞ。よく〳〵すかしを《(お)》きて、首《くび》をきれとの御諚《ちやう》か、流罪《るざい》せよとの仰《(おほせ)》にてぞあるらん。げにや、ふることばを案《あん》ずるに、國[一六]の賢《けん》をもつて興《こう》し、へつらひをもておとろう《(ふ)》。君《きみ》[一七]は忠《ちう》もて安《あん》じ、いつはりをもてあやう《(ふ)》し。人は、たくみにしていつはらむよりも、[一八]つたなふ《(う)》して[一九]まことあるにはしかず。この者《もの》ゝふるまい《(ひ)》・ことば、世《よ》のわづらひともなりぬべし。其上《うへ》、奉公《ほうこう》申《(まうす)》べきためならず。あわ《(は)》れ、身におもひだになかりせば、此冠者《くわじや》が面《つら》、一太刀きつてなぐさまんずる物お《(を)》」とぞ申《(まうし)》ける。さて、兄弟《きやうだい》は、見えがくれに[二〇]つれつはなれつ、心《こゝろ》をつくしねらひけるこそ、無慚《むざん》なれ。十郎がその日の装束《しやうぞく》には、萌黄《もゑぎ》[二一]にほひの裏《うら》うちたる竹笠《たけがさ》、村千鳥《むらちどり》[二二]の直垂《ひたゝれ》に、夏毛《なつげ》[二三]の行縢《むかばき》脇《わき》ふかくひきこうで[二四]、鷹《たか》[二五]うすべうの鹿矢《しゝや》、筈高《はづだか》[二六]にとつてつけ、重籐《しげどう》[二七]の弓《ゆみ》のまん中とり、葦毛《あしげ》[二八]なる馬に、貝鞍《かひくら》[二九]を《(お)》きてぞのりたりけり。五郎が其日の装束《しやうぞく》には、薄紅《うすぐれなひ》にて裏打《うら(うつ)》たる平紋《ひやうもん》[三〇]の竹笠《たけがさ》、まぶかにき[三一]て、唐貲布《からさいみ》[三二]に、蝶《てう》を三つ二《ふた》つ所〳〵につけたる直垂《ひたゝれ》に、紺小袴《こんこはかま》、秋毛《げ》[三三]の行縢《むかばき》、たぶや[三四]かにはきくだし、鶴《つる》[三五]の本白《もとじろ》の征矢《そや》、筈高《はづだか》におひなし、二所籐《(ふたところ)どう》[三六]の弓《ゆみ》のまん中取《(とり)》、鹿毛《かげ》[三七]なる馬に、蒔繪《まきゑ》の鞍《くら》[三八]をきてのりたり。はるかにとを《(ほ)》く敵を見付《(つけ)》て、十郎につげ、たがひに、心をかよはしけり。人は皆《みな》、鹿に心を入《(いれ)》、いかにもして、上の見參《げんざん》に入らんと、峰《みね》にのぼり、谷《たに》に下《ゝ》り、野をわけ、里をたづねけれ共《(ども)》、よそ目《め》いかゞと思ひし

一六 潜夫論実貢に、「国以レ賢興、以レ諂衰、君以レ忠安、以レ忌危」とある。
一七 諸本によって、底本の「きゝみ」を改む。
一八 諸本によって、底本の「つたなふくして」を改む。
一九 諸本によって、底本の「まうと」を改む。
二〇 連れだったり離れたり。
二一 萌黄色の下の方を薄くぼかした物。
二二 千鳥のむらがった模様。
二三 鹿の夏毛で作った行縢。夏から、鹿の毛が黄色になり、斑が鮮明に出る。
二四 「ひきこみて」の音便。
二五 尾白鷲の羽の真中と上下に薄黒い模様のある物。
二六 矢筈が高く肩ごしにみえるさま。
二七 籐を繁く巻いた弓。
二八 白毛に黒などのさし毛のある馬。
二九 青貝などで模様をすって飾った鞍。
三〇 「狂文」とも書く。一寸おきほどにさまざまな色で彩った模様。
三一 目のかくれるほど深く。
三二 彰考館本・南葵文庫本・流布本などによって、底本の「かゝさいめ」を改む。唐織の目の粗い麻布。
三三 鹿の秋毛で作った行縢。鹿の秋毛は、夏毛よりも濃い色をしている。
三四 あまるほどに。
三五 鶴の羽の本の白いもので作った戦陣用の矢。
三六 間をおいて二所ずつ籐をまいた弓。
三七 茶褐色で、たてがみなどの黒い馬。
三八 「鞍をきて」か。↓補二一八。

に、勢子《せこ》をやぶりて、鹿《(しし)》こそ三頭《かしら》いで來《(きたり)》けれ。是はいかにと見る所に、かの祐經《すけつね》こそ、[一]おつすがい《(ひ)》てはおとしけれ。その日《ひ》の裝束《しやうぞく》、花やかなり。[二]浮線綾《ふせんれう》の直垂《ひたたれ》に、[三]大斑《まだら》の行縢《むかばき》に[四]切斑《きりう》の矢おい《(ひ)》、[五]吹寄籐《ふきよせどう》の弓のまん中取《なか(とり)》、金紗《きんしや》にて裹《うら》うちたる[六]浮紋《うきもん》の竹笠《たけがさ》、嵐《あらし》にふきなびかせ、くろき馬のふとくたくましきに、[七]白覆輪《しろふくりん》の鞍《くら》おきてぞのりたりける。[八]馬もきこふる名馬《めいば》なり、主《(ぬし)》も[九]究竟《くつきやう》ののり手《て》なり。[一〇]三ある鹿にへだたりぬ。[一一]馬のかけ場《ば》もよかりける。十郎、これを見て、「此鹿は、[一二]埒《らち》の外《ほか》に、勢子《せこ》をやぶりておちきたるにや、おつかへしてたてまつ覽《(らん)》」とて、[一三]十三束《ぞく》の大の中差《ざし》とりてつがひ、[一四]矢所《やどころ》おほしといへども、[一五]奥野《おくの》の狩《かり》のかへり様《(さま)》に、父のいられけん鞍《くら》の山形《がた》の端《はづれ》、行縢《むかばき》のひきあわ《(は)》せ、[一六]むくゐ《(い)》のしらするうらみの矢《や》、[一七]餘《よ》の所をばいふべからず。[一八]いかなる金山鐵壁《きんざんてつぺき》とも、心《こゝろ》ざしのなどかとを《(ほ)》らざらんと、左手《ゆんで》になしてぞくだりける。五郎も、おなじく中差《ざし》とりてつがひ、左衛門尉《さへもんのぜう》が首《くび》の骨《ほね》に目《め》をかけ、大磐石《だいばんじやく》をかさねたりといふとも、などかきつてすてざらんと、[一九]鞭《むち》に鐙《あぶみ》をもみそへて、[二〇]右手《めて》にあひつけはせならべ、三有鹿《(みつある)》と左衛門をまん中にとりこめ、矢先《やさき》を左衛門《さへもん》にさしあてゝ、ひかんとする所に、祐經がしばしの運《うん》やのこりけん、祐成《すけなり》がのりたる馬を、[二一]おもはぬ伏木《ふしき》にのりかけて、まつさかさまにころびけり。あやまたず弓の本《もと》をこして、馬の頭《かしら》におりたつたり。五郎は、これをしらずして、矢筈《はづ》を取《(とり)》[二二]たちあがりける。兄《あに》の有様《ありさま》一目《め》見て、[二三]目《め》もくれ、心《こゝろ》もきえ

一　彰考館本・南葵文庫本・流布本によって、底本の「おとしけれ」を改め、「おとしけれ」とする。追いすがっては落としたの意。
二　文様を浮織にした綾。
三　鹿の夏毛の白斑の大きく鮮明な物。
四　鷹の尾の白い羽に数条の黒い斑のある物ではいだ矢。
五　籐を二個ずつ寄せて巻いた弓。
六　浮出した模様か。
七　銀または銀色の金属で縁どった鞍。
八　彰考館本に、「きこゆる」とある。
九　きわめてすぐれた。
一〇　諸本によると、脱文。↓補二一九。
一一　馬の走りまわる場所。
一二　まわりの柵。
一三　十三束の長さの中差の矢。一束は、指四本の幅をいう。↓三一四頁注九。
一四　矢を射あてる場所。
一五　前出。↓五八頁注九。
一六　返報。
一七　彰考館本に、「よのところへはめをやらす」、万法寺本に、「よのところにはめをやらし」、南葵文庫本に、「よの所には目をやらて」、大山寺本・流布本に、「よのところをばいべからず」とある。
一八　「…なりとも」か。↓補二二〇。
一九　平家物語四「宮御最期」・太平記二十九「小清水合戦事」などに、「鞭・鐙をあはせて」とある。馬に鞭をあてながら鐙をふみけるのである。
二〇　右手にひきつけて馬を並べ走らせ。
二一　彰考館本などに、「を」がない。

にけり。この隙に、敵《かたき》は、はるかにはせのびぬ。鹿をも、人にいられけり。五郎、むなしく引返し、急《(いそぎ)》馬《むま》よりおりたつて、兄《あに》を[二四]介錯《かひしやく》しける心《こゝろ》の内こそかなしけれ。「あはれ、げに我ら程、敵《かたき》に縁《えん》なき者《もの》あらじ。たゞ今《いま》は、さりともとこそおもひしに、馬《むま》つよかりせば、かやうにはなりゆかじ。[二五]これも、たゞ貧《ひん》よりおこる事なり。人《ひと》をうらむべきにもあらず。かなはぬ命《いのち》ながらへて、物をおもはんよりも、自害《じがひ》して、[二六]悪霊《あくりやう》死霊《しりやう》にもなりて、本意《い》をとげん」とぞかなしみける。十郎、是を聞《(きき)》て、「しばらくまちたまへ。それ[二七]泰山《たいざん》の霤《らい》は、石《いし》をうがつ。うんてくの綂《つるべのなわ》は、幹《いげた》をたつ。水《みづ》は、石鑽《いしのみ》にあらず。索《なは》は、木《き》の鋸《のこぎり》にあらず。せんひのしからしむる所なり。[二八]たゞ心をのべて、功《こう》をつみ給へ。今宵《こよひ》は命を待《(まち)》たまへ」とて、馬ひきよせ[二九]うちのりけり。

[三〇]其後は、人々いかに見るらんとて、十郎かくれば、五郎ひかへ、五郎ゆけば、十郎とゞまり、よそ目《め》をも[三一]つゝみけりは、時《とき》うつり、事のびゆきければ、その日も、すでにくれなんとす。畠山《はたけ》殿は、程《ほど》ちかくましませば、兄弟《きやうだひ》の有様《あり》をつく〴〵と御覧《らん》じて、今まで本意《ほんゐ》をとげぬぞや、あわれ《(は)》、平家《へいけ》の御代とおもはば《ゝ》、などか矢一《や(ひとつ)》とぶらはざ覧《(らん)》。[三二]當君《たう》の御代には、かやうの事もかなはず、重忠《しげたゞ》も、わかき子共を[三三]もちぬれば、人の上《うへ》ともおもはずして、まこと無慙《むざん》におぼえたり。梶原《かぢはら》[三四]觸状《ふれぢやう》には、明日、鎌倉《かまくら》へ入らせたまふべきなれば、今宵《こよひ》、うたではかなふまじ、此よししらせんと思ひ給へども、

二二 彰考館本・万法寺本に、「たちあかるところにて」、大山寺本に、「たちあがらんとする所にて」、南葵文庫本に、「たちあかる所にて」、流布本に、「たちあがりけるが」とある。

二三 目もくらみ。

二四 介抱した。

二五 彰考館本に、「貧〈ひん〉は諸道〈しよだう〉のさまたけ」とあり、万法寺本に、「ひんはしよたうのさまたげ」とある。

二六 怨みをもち、祟りをする死者の魂。

二七 文選三十九、枚叔「上書諫呉王」に、「太山之霤穿レ石、殫極之綂断レ幹、水非二石之鑽一、索非二木之鋸一、漸靡使二之然一也」とあり、明文抄五に引かれる。「うんてく」「せんひ」など、この文章を誤読したもの。泰山からしたたる水のしずくが石に穴をあける。使いふるした釣瓶の縄が井桁の木を断ちきる。水は石の錐でなく、縄は木の鋸でないが、しだいにくずしてそのようにさせる。↓補二二一。

二八 ただ心をのびやかにして、ながく苦労を重ねなさい。

二九 諸本によって、底本の「うのりけり」を改む。

三〇 流布本では、ここから「はたけ山歌にてとふらはれし事」となる。

三一 「つゝみければ」か。↓補二二二。

三二 源頼朝をさす。

三三 大山寺本・南葵文庫本・流布本によって、底本の「もちぬれは」を改む。

三四 廻状。布告書。

人々あまた有《(あり)》ければ、歌にてぞとぶらい《(ひ)》給ひける。

　[一]まだしきに色《いろ》づく山の紅葉《もみぢ》かなこの夕暮《ぐれ》をまちて見よかし

と[二]ながめ給ひて、涙《なみだ》ぐみたまひけり。折節《ふし》、梶原源太左衛門《かぢわらげんさへもん》がちかうひかへたりしが、「何事にや、曾我の殿《との》ばらに、「まだしきに色《いろ》づく」と詠《えい》じたまふは、心ゑ《(え)》ず」。重忠《しげたゞ》聞《(きき)》て、「夏山に夕《ゆふ》日影《かげ》ののこる風情《ふぜい》、初紅葉《はつもみぢ》にずや。この夕暮《ゆうぐれ》こそ、なを《(ほ)》もうつりゆかば、誠《(まこと)》秋にやなりゆかん」。源《げん》太は、なを《(ほ)》もことばあり顔《がほ》なりしを、君よりいそぎめされしかば、[三]かけとを《(ほ)》るとて、「重忠《しげたゞ》の御歌の不審《ふしん》のこりて」といひながら、はせつきければ、人々聞《(きき)》て、「今《いま》にはじめぬ梶原《かぢはら》が和讒《わざん》[四]とはいひながら、ことにかかり[五]て見えぬるをや」と申《(まうし)》あひける。重忠《しげたゞ》おほせけるは、「[六]「命《いのち》をやしなふ物は、病《やまひ》の先《さき》に薬《くすり》をもとめ、代をお《(を)》さむる物は、みだれの先《さき》に賢《けん》をならふ」と、[七]さんふろんに見えたり。其《(それ)》までこそなくとも、かやうのゐ《(え)》[八]せ者《もの》をちかくめしつかひて、末《すへ》の世いかゞ」とぞ仰《(おほせ)》ける。其後、曾我の人々を近づけて、「今夜、重忠《しげたゞ》が所へましませ。歌の物語申さん」との給へば、かしこまり存《(ぞんずる)》よし、返《へん》事して、十郎、弟《おとゝ》にいひけるは、「畠《はたけ》山殿は、情《なさけ》をもて、はや、[九]この事をしりたまひけるぞや。「[一〇]耳《みゝ》を信《しん》じて、目《め》をうたがふ物は、耳《みゝ》の常《つね》の弊《へい》なり。たつとみて、ちかづくをいやしむる者《もの》は、人の常《つね》の情《なさけ》」と、[一一]抱朴子《はうぼくし》に見えたり。されば、歌の心はいかに」ととへば、「しらず」といふ。十郎は、

一 まだ夏のことで早いのに、山の紅葉が色づくことだ。この夕暮を待って、夕日にかがやく美しさを見るがよい。夕暮を待てという心。
二 歌をお詠みになって。
三 彰考館本に、「やかてといひてとをりにけり」とある。
四 讒言(ざんげん)。
五 気にかかって。
六 潜夫論思賢に、「養レ寿之士、先レ病服レ薬、養レ世之君、先レ乱任レ賢」とあり、明文抄三に、「養レ寿之士、先レ病服レ薬、治レ世之君、先レ乱任レ賢(潜夫論)」とある。人の健康も、国の政治も、ふだんから誤りのないように、気を配っていなければならないの意。
七 彰考館本に、「せんふろ」とある。「潜夫論(せんぷろん)」の誤。潜夫論は、後漢の王符の撰。儒教主義の立場で、当時の弊政を論じた書。
八 心のねじけた者。
九 敵討の本意。
一〇 抱朴子広譬に、「貴レ遠而賤レ近者、常人之用情也。信レ耳而疑レ目者、古今之所患也」とあり、明文抄三に、「貴レ遠而賤レ近者、人之常情。信レ耳而疑レ目者、俗之恒敝(抱朴子)」とある。大山寺本に、「みゝを信じてめをうたかふ者は、そくの常のれいなり、遠きをたつとみ近きをいやしむる者は、人のつねのなさけなり」とある。近くのことを軽んじて、遠くのことを重んずる愚かさをいう。
一一 晋の葛洪の撰。神仙の法を説き、

萬《よろづ》に情《なさけ》ふかくして、歌《うた》の心をゑ《(え)》たり。「「思ふ事あらば、今宵《こよひ》かぎり」とつげ給ふぞや。君は明日、[一二]伊豆の國府《こう》、明後日、鎌倉《かまくら》へいらせましますよし、其きこえ有《(あり)》。おもひさだめたまふべき」といふ。「めづらしくも思ひさだめ候べきか」「[一三]申《(まうす)》にやおよぶ」とぞ申《(まうし)》ける。元來剛《ぐはんらいこう》なる[一四]時宗が、重忠《しげたゞ》にいさめられ、いよ〳〵今宵《こよひ》をかぎりとぞさだめける。かねてより思ひさだめし事なれ共《(ども)》、さしあたりての心ぼそさ、思ひやられて無《む》慙《ざん》なる。日暮、君、[一五]井出《いで》の屋形へ入《(いり)》給ひしかば、國〳〵の大名・小名《せうみやう》、御供《とも》してぞかへりける。曾我の兄弟も、人なみ〳〵に、柴《しば》の庵《いほり》へぞ歸《(かへり)》ける。

## (屋形まはりの事)

道《みち》にて、十郎が申《(まうす)》やうは、「御所は、屋形へかへりたまふべし。二人つれてわ《(は)》、人もあやしく思ひなん。祐成《すけなり》計《(ばかり)》ゆきて、屋形《やかた》の案内《あんない》見てかへらん」とて、太刀ばかりもたせ、屋形《やかた》屋形〳〵をめぐりけり。思ひ〳〵の幕《まく》の紋《もん》、心〳〵の屋形《やかた》の次第《しだひ》、なか〳〵ことばもおよばれず。爰《(ここ)》に、[一六]二つ木瓜《もつかう》の幕《まく》打《(うち)》たる屋形《やかた》あり。誰《た》が幕《まく》やらん、これは、我らが家《いへ》の紋《もん》也、ちかき頃《ころ》は、伊東《いとう》の一門《もん》、御敵と也《(なり)》ほろびぬ、伊東《いとう》となのる物なければ、此幕《まく》打《(うつ)》べき者《もの》なし、誰《たれ》なるらんと、不思議《ふしぎ》にて立《(たち)》より、幕《まく》のほころびより見い

道徳・政治を論じた書。

一二 静岡県三島市。

一三 言うまでもない。

一四 「時致」にあたる。

一五 静岡県富士宮市内。運歩色葉集に、「藺手屋形(曾我)」とある。吾妻鏡建久四年五月十五日の条に、「藍沢御狩、亥終入二御富士野御旅館一」とある。

一六 木瓜を二つ並べた紋。工藤家(伊東家)の嫡流の紋か。

庵に木瓜
(曾我氏の家紋として知られる)
—沼田頼輔氏『日本紋章学』より—

れて見れば、敵左衛門《かたきさへもん》が屋形なり。これはいかに、[一]一《(ひとつ)》木瓜《もつかう》の幕《まく》をこそうつべきに、心《(え)》へぬ物かな、まことや、人[二]人《々》にあらず、しるをもつて人とし、家家《いゑ〳〵》にあらず、いづくをもつてか家《いへ》とす、つぐべきをばつがで、[三]すゞろなる曾我のなにがしとよばれぬる上《うへ》は、家《いへ》の紋《もん》[四]入《(いる)》べからず、祐經《すけつね》は、誠《(まこと)》とやらん、われ〳〵が先祖《せんぞ》の知行《ちぎやう》せし所領《しよりやう》をし[五]るによりて、かやうに也《(なり)》ゆくものをや、あわ《(は)》れ昔《むかし》、かやうにはなかりし物お《(を)》と、見入《(いれ)》てとを《(ほ)》りけるに、

[六]祐經が嫡子犬房《ちやくしいぬばう》[七]見つけて、「たゞ今、此前を十郎殿とお《(ほ)》り候」。左衛門きゝて、「[八]玉《たまの》井《いの》十郎か、[九]横山《よこやまの》十郎か」ととふ。「曾我《の》十郎殿」といふ。「これわ《(は)》、祐經《すけつね》が屋形にて候。立《(たち)》より給へ」といはせければ、祐成《すけなり》、すこしもはゞからず、屋形《やかた》のうちへ入《(いり)》見れば、[一〇]手越《てごし》の少將《せうしやう》は、左衛門尉《さへもんのぜう》が君と見えたり。[一一]黄瀬《きせ》川の龜鶴《かめづる》は、[一二]備前《びぜんの》國吉備《きび》津宮《つみや》の王《わう》藤内《とうない》が君と見えたり。嫡子犬房《ちやくしいぬばう》に酌《しやく》とらせ、酒盛《さかもり》しける折節《ふし》也。幾《いく》程の榮華《えいぐわ》なるべき、今宵《こよひ》の夜半に[一三]引《(ひき)》かゑ《(へ)》ん事の無慙《むざん》さよと思ひながら、座敷にぞなを《(ほ)》りける。祐經《すけつね》、敷皮《しきがは》[一四]をさりて、「これへ」といふ。十郎、「かくて候はん」とて、おしのけゐたり。祐經が[一五]初對面《しよたいめん》のことばぞこはかりける。「誠や、殿原《(とのばら)》は、祐經《すけつね》を敵《かたき》との給ふなる。夢〳〵もちい《(ひ)》たまふべからず。人の讒言《さんげん》なりとおぼえたり。[一六]さしあたる道理《だうり》にまかせて、人の申《(まうす)》も理《ことはり》なり。伊東《いとう》は、[一七]嫡々《ちやく〳〵》なる間《あひだ》、祐經《すけつね》こそもつべき所を、面〳〵《めん〳〵》祖父《おうぢ》伊東《いとう》殿横領《わうりやう》し、

一　工藤家の庶流の紋か。
二　壒囊鈔一に、「非二家々一以レ継為レ家、非二人々一以レ知為レ人云本文アレハ」とある。彰考館本などに、「いつくを」以下、「つくをもつて家〈い〉とす」とあり、人は道を知らなければ、人とはいわれない、家は跡を継がなければ、家とはいわれないの意。ただし、「知る」を、領地を占める意に通わせたものか。
三　何の根拠もない。
四　必要でない。
五　占める。領有する。
六　流布本では、ここから「すけつねが屋かたへゆきし事」となる。
七　元服前のために、幼名で呼ばれる。
八　玉井は、埼玉県熊谷市内。
九　横山は、前出。↓二四二頁注一一。
一〇　前出。↓二四三頁注二七。
一一　前出。↓二四三頁注二五。
一二　吾妻鏡建久四年五月二十八日の条に、「有二備前国住人吉備津宮王藤内者一、依レ与二于平家家人瀬尾太郎兼保一、為二囚人一被二召置一之処、属二祐経一謝二申無レ誤之由一之間、去廿日返二給本領一帰国、而猶為レ報二祐経之志一、自二途中一更還来、勧二盃酒於祐経一、合宿談話之処、同被レ誅也」とある。吉備津宮は、岡山県御津郡一宮町の吉備津彦神社。
一三　変わった姿となる。
一四　ゆずって。
一五　真字本に、「左衛門尉有二酒狂一、初対面詞広量」とある。
一六　まのあたりの。
一七　正統の子孫。

一所をもわけられざりしかば、一旦《たん》はうらむべかりしを、[一八]第一養父《やうふ》なり、第二に叔父《おぢ》なり、第三に烏帽子親《ゑぼしおや》也、第四に舅《しうと》なり、第五《だひ》に一族《ぞく》の中の老者《おとな》なり、一方《かた》ならざるによりて、こらへてすぎしに、是はたゞ、[一九]「たかきにのぞみのぼらざれ、いやしきをそしり笑はざれ」といふ[二〇]本文《ほんもん》をすてゝ、われらを[二一]員外《いんぐはひ》に思ひたまふ故《ゆへ》なり。面々《めんく》の父《ちゝ》河津《かはつ》殿、奥《おく》野の狩場《かりば》かへりにうたれ給《たまひ》ぬ。[二二]獵師《れうし》おほき山なれば、[二三]峰《お》ごしの矢《や》にやあたり給ひけん。又は、伊豆《いづ》・駿河《するが》の人々、おほくうちより、相撲《すまふ》とりて、あそび給ひけるに、[二四]股野《またのゝ》五郎と勝負《せうぶ》をあらそひ、當座《たうざ》にて喧嘩《けんくわ》におよびしを、御[二五]寮《れう》の御成敗《せいばひ》によりしづまりぬ。さやうの[二六]宿意《しゆくひ》にてもや、うたれ給ひけんを、在京《ざいきやう》したる祐經《すけつね》にかけて[二七]、申されけるなれども、さらにしらず。あまつさへ、[二八]祐經が郎等《らうどう》ども、あまたうしなひぬ。其時分《ぶん》、やがて[二九]對決《たひけつ》をとげたりせば、のがるべかりしを、幾程《いくほど》なくして、當《たう》御代となりて、面々《めむく》したしき人々、みな[三〇]御敵《かたき》とて[三一]そんし給《たまひ》ぬ。たゞ祐經《すけつね》一人になりて、つい《ひ》に[三二]此事さんだんせずしてやみぬ。しかれば、たゞ祐經《すけつね》がしたるになりて、年月をへ候。これ、[三三]不祥《ふしやう》といふもあまり有《あり》。よく聞《きき》たまへ、十郎殿《どの》」。祐成《すけなり》聞《きき》て、とかくいふにおよばず、たゞ[三四]つしんでい《ゐ》たり。「これなる客人《きやくじん》をばしりたまふにや」「今日はじめて、見參《げんざん》にいり候へば、いかでか見しりたてまつるべき」「あれこそ、備前國《びぜんの》吉備津宮《きびつみや》の王藤内《わうとうない》とて、さる人なるが、今年《ことし》七年、君の御不審《ふしん》をかうぶり、所領《しよりやう》めされてありつ

一八 巻一「伊東二郎と祐経が争論の事」に、同じような文句がみられる。→六五頁。
一九 諸本によって、底本の「ちかきにのそみのほうされは」を改む。
二〇 漢籍に伝えられた典拠となるような文句。ただし、この出典未詳。
二一 数に入らぬものと。
二二 諸本によって、底本の「れし」を改む。
二三 峰ごしに飛んできた矢。
二四 前出。→六八頁注三。
二五 将軍のおさばき。
二六 かねてのうらみ。
二七 関係をつけて。
二八 巻二「大見・八幡をうつ事」参照。
二九 両者をむきあわせておこなう審判。
三〇 頼朝の敵というので。巻二「伊東がきらるゝ事」など参照。
三一 真字本に、「被二亡失一」、万法寺本に、「めん〳〵給ぬ」、大山寺本に、「しゆつし給ひぬ」、流布本に、「ながらへ給はぬ」とある。「卒(つそ)し給ひぬ」の訛か、その誤か。
三二 あれこれ言わないで。日葡辞書では、「Sandan. Fome cataru」に注して、「一般には、物事を話したり、語ったりするのに用いられる」とある。「讃歎」か、「讃談」か。
三三 不幸。不運。
三四 「つゝしんで」にあたる。彰考館本・南葵文庫本に、「つゝしんて」、大山寺本・流布本に、「つゝしんで」とある。

るを、この三が年、祐經とりつぎ申《(まうし)》つる間《あひだ》、御免をかうぶり、[一]所領《しよりやう》に安堵《あんど》して、[二]蒲原《かんばら》までくだり給ひぬるが、祐經《すけつね》に名殘《なごり(を)》おしまんとて、かへりたまふ。かやうに、他人《た》にだにも、[三]申《(まうし)》うけたまはれば、したしくなるぞかし。まして、殿原《(とのばら)》と祐經《すけつね》は、[四]從兄弟甥《いとこおひ》といふ者《もの》なれば、今《いま》は親《おや》ともおもふべし。[五]便宜《びんぎ》しかるべく候はゞ、上様《さま》へ申入候《(まうしいれさうらひ)》て、[六]奉公《ほうこう》をも申《(まうし)》、一所給《(たまは)》りて、[七]馬の草かひ所《どころ》をもしたまへ。殿《との》ばらは、祐經《すけつね》がおもひたてまつるやうにはおもひたまはじ。北條《ほうでう》は、つねにこえてあそびたまへ共《(ども)》、何《なに》をうらみてか、さらに伊豆《いづ》へは見えたまはず。[八]しもたてぬ賢人《けんじん》せんよりも、われらに[九]むつびて、わかき者《もの》どもにそむかれずしてましませ。面々《めん〳〵》の馬の様《やう》を見るに、やせよは《(わ)》り候。伊東《いとう》に[一〇]こ(ま)馬どももあまた候へば、[一一]のりつけてのり給へ。なましひに人のいふ事について、祐經《すけつね》うたんとおもひ給はん事、今生《こんじやう》にてはかなふまじ。曾我殿《との》ばら」とぞ[一二]廣言《くわうげん》しける。いかゞ思ひけん、ことばをかへていひけるは、「[一三]醉狂《すひきやう》のあまり、[一四]言失《ごんしつ》つかまつるとおぼえたり。今《いま》よりはじめて、たがひの遺恨《いこん》をたやして、親子《おやこ》の[一五]契たるべし」とて、盃《さかづき》とりよせ、客人《きやくじん》なればとて、王藤内《わうとうなひ》にはじめさせ、その盃《さかづき》、[一六]めづらしさとて、十郎にさす。其盃《さかづき》、少將《せうしやう》にさす。その盃《さかづき》、祐經にさす。その盃《さかづき》、[一七]龜鶴《かめづる》にさす。その盃《さかづき》を十郎にさす。酒《さけ》を[一八]八分《ぶん》にうけて、思ひけるは、にくき敵の廣言《くわうげん》かな、身不肖《ふせう》なり、何事かあるべきと、[一九]おもひこなし、初對面《しよたひめん》にさん〴〵にいひつるこそ、[二〇]奇怪《きくはい》なれ、[二一]この

一　もとのままに所領を認められて。
二　静岡県庵原郡蒲原町。
三　お頼みをうけると。
四　祐成・時致の祖父祐親と、祐経の父祐継とが、兄弟の関係にある。祐成・時致は、祐経の従兄弟の子になる。
五　都合のよい機会でもあれば。
六　彰考館本に、「ほうこうをも一所〈し〉に申給て」とあり、万法寺本でも、ほぼ同じ。
七　彰考館本に、「馬〈む〉かい所〈ところ〉ともし給へ」とある。
八　彰考館本に、「したてぬ賢人〈けんじん〉たてし給はんより」、万法寺本に、「したてぬけんしんだてより」、流布本に、「しもたてぬけんじんがほせんよりも」とある。「しもたてぬ」は、穴山氏の注に、「為も立てぬ」か、荒木氏の注に、「師も立てぬ」かという。
九　親しくして。
一〇　「駒(こま)」にあたる。
一一　乗りならして。
一二　口にまかせて遠慮なく言った。
一三　酒に酔って正気を失うこと。
一四　諸本によって、底本の「こんせつ」を改む。言いすぎ。失言。
一五　彰考館本に、「やくあるへし」、万法寺本に、「むつひあるへし」、大山寺本に、「思をなすへし」、南葵文庫本に、「やくそくあるへし」とある。
一六　諸本によって、底本の「めくらしさ」を改む。→補二二三。
一七　諸本によって、底本の「さかへき」を改む。

君どもが耳《みゝ》こそ、東《とう》八か國の侍の聞《(きく)》所、日《ひ》ごろは親《おや》の敵、たゞ今は[二二]日《ひ》の敵《かたき》、[二三]襖《あを》に衣《ころも》をかさねても、のがすべきにあらず、あはれ、うけたる盃《さかづき》、敵の面《おもて》に[二四]いつかけて、一刀《かたな》さし、いかにもならばやと、千度百度《(ちたびももたび)》すゝめども、心をかへて思ふやう、まてしばし、兄弟《きやうだひ》といひながら、祐成《すけなり》・時致《ときむね》は、父の敵《かたき》に心ざしふかくして、一所《ところ》にてともかくにもと契《(ちぎり)》しに、心《こゝろ》はやりのまゝに、祐成《すけなり》いかにもなるならば、五郎むなしくからめられ、うらみん事こそ不便《ふびん》なれ、こゝはこらふる所とおもひしづめて、とゞまりしは、情《なさけ》ふかくぞおぼえける。左衞門尉《さへもんのぜう》、神《かみ》ならぬ身のかなしさは、我を心《こゝろ》にかくるとは、夢にもしらずして、「十郎殿《どの》、盃《さかづき》いかにほし給《(たまは)》ぬ。[二五]御前《ぜん》たち、あまたましませば、肴《さかな》待《(まち)》たまふとおぼえたり。[二六]今様《いまやう》うたい《(ひ)》たまへ」といひければ、二人の君、扇拍子《あふぎひやうし》をうちながら、

[二七]蓬萊山《ほうらいさん》には千年《ちとせ》ふる
千秋萬歳《せんしうばんぜい》かさなれり
松の枝には鶴《つる》すみ
巖《いはほ》の上《うへ》には龜《かめ》あそぶ

といふ[二八]一聲《せい》を返し、二返《へん》までこそうたひけれ。其時、盃《さかづき》とりあげて、三度《と》までこそほしたりけれ。その土器《かはらけ》祐經《すけつね》こうて、「方々《かたぐ》は何《なに》とかおもひたまふらん、しらねども、

一八 盃の八分目。
一九 思いおとし。
二〇 けしからん。
二一 この遊君どもに聞かれると、関東八ヵ国の侍どもに知られることになる。真字本に、「此君共見聞、日本国侍共有二見聞処一」とある。
二二 当面の敵。
二三 真字本に、「襖衣此喩」、彰考館本に、「あをに衣をかさぬるは、むねんの上のちしよく也」とある。「襖に衣」のたとえは、神道集十・謡曲「草子洗」などにも出る。襖は、袷または綿入の衣。それに衣を重ねるというので、同じような物事の重なることをあらわしたか。それから転じて、どのようなことをしてもの意になったか。
二四 真字本に、「投懸」、彰考館本・万法寺本に、「一かけ」、大山寺本に、「ゆつかけて」、南葵文庫本に、「なけかけ」、流布本に、「うちかけて」とある。一かけあびせての意か。
二五 遊君をさす。
二六 平安時代に新しくおこった歌謡。七五調四句から成る。
二七 諸本によって、底本の「かされり」を改め、「かさなれり」とする。朗詠九十首抄の今様に、「ヤ蓬萊山にはヤ千とせふる、ヤ万歳千秋かさなれりム、ヤ松の枝にはつるすくひム、いわおかそはにはヤかめあそふ」とある。めでたいことばをつらねた。↓補二二四。
二八 うたい方の名。謡曲の一声に近いか。

今日《けう》よりして、親子《しんし》の契約《けいやく》有《(ある)》べし。[一]あの童《わっぱ》めを弟《おとゝ》とおぼしめされ、なんぢも兄《あに》と思ひたてまつれ。他人《たにん》の悪《(あし)》からんは、うらみにあらず。したしき中《なか》のうときをば、神明《しんめい》もにくみたまふ事なれば、今《いま》より後《のち》、たがひにはゞかりあるべからず。この御盃《さかづき》たまはりて、いはひ候はん。たゞし、所望《しよまう》候ぞや。十郎殿は、[二]亂拍子《らんびやうし》の上手《ず》ときけども、いまだ見ず。一《(ひとつ)》まひ給へ。一《(ひとつ)》は客人《きやくじん》のため、一《(ひとつ)》は祐經《すけつね》がいわひ《(は)》の[三]あやにく、いかゞあるべき。御前《ぜん》たち、[四]おもしろくさふらふ《(う)》、はや〳〵」とせめければ、犬房《いぬばう》、はやしぞたてたりける。祐成《すけなり》、[五]子細《しさひ》におよばずして、もちたる扇《あふぎ》さつとひらきて、[六]「君がすむ龜《かめ》のふか山の瀧《たき》つ瀬《せ》は」といふ一聲《せい》を上《(あげ)》て、しばしまい《(ひ)》けるが、[七]父に心《こゝろ》をかよはして、とやせん、かくやせんと、おもひみだるゝ[八]舞《まひ》の手《て》に、夜ふけば入《(いり)》候べき道、[九]つがひはづさん、長舞《ながまひ》に、爰《(ここ)》よりいり、かしこにめぐらん、かしこはつまり、こゝはかよひ路《ち》、しのびていらば、音《をと》はたゝじ、入共《(いるとも)》しらじ、[一〇]さす腕《かいな》、袖の返しに目《め》をつかひ、半時《はんし》ばかりぞまひたりける。座敷につらなる人々は、[一一]見しるしるしのなきまゝに、興《けう》をもよほす計《(ばかり)》也。君どもをはじめとして、はやすもおぼえぬ風情《ふぜい》なり。かくて、十郎[一二]まい《(ひ)》りければ、祐經、盃《さかづき》[一三]思ひかへしとて、十郎にさしたりければ、十郎とりあげ、三度《ど》ほして、扇《あふぎ》とりなをし《(ほ)》、かしこまつて申《(まうし)》けるは、「今宵《こよひ》は、是に御宿直《とのい》申《(まうし)》たく候へども、北條殿に申《(まうし)》あわ《(は)》する子細《しさい》候。[一四]いかさま、明日まいり《(ゐ)》て、つね〴〵宿直《とのゐ》申《(まうす)》べし」

一「わっぱ」は、童子をののしっていうことば。ここでは、犬房をさす。
二 鼓などで奏する一種の拍子。または、それにあわせる舞をいう。
三 ぐあいが悪く、期待にそむくさま。彰考館本に、「あやにく也」、万法寺本・大山寺本に、「あやにくなり」、南葵文庫本に、「あひにくなり」とある。
四 諸本によって、底本の「おもしろし」を改む。
五 とやかく言うこともできないで。
六 新後撰集賀に、「君がすむ亀のをを山の滝つ瀬は千代を心にさぞまかすらむ」とある。「亀のふか山」は、「亀のを山」の誤で、京都市右京区嵯峨にある山。↓補二二五。
七「父」は、「千々(ち)」にあたる。いろいろと心をまわして。
八 舞の所作。
九「番」で、木戸の蝶番(ちょうがい)か。↓補二二六。
一〇 彰考館本に、「よき道〈みち〉かなと、さすかいなのたより」と続き、万法寺本でも、ほぼ同じ。
一一 諸本によって、底本の「しるの」を改め、「しるしの」とする。「見しる」は、彰考館本などに、「見わくる」とある。
一二 舞いながら入ったので。
一三「思ひざし」に対し、盃を返すこと。
一四 きっと。
一五 考え深い者。
一六 諸本によって、「垣(き)が」を補う。
一七 聞くはずはない。

と、暇《いとま》こふ《(う)》ていでにけり。祐成《すけなり》、[一五]案者《あんじや》第一の男《おのこ》なり、敵何《なに》とかいふらんと思ひ、小柴《こしば》[一六]垣《がき》にたちかくれきく事はしらず、王藤内《わうとうない》、「この殿《との》ばらの父をば、まことうちたまひけるか」ととふ。左衛門尉《のぜう》きゝて、「今《いま》わ《(は)》、かれが[一七]きかばこそ。以前《いぜん》、[一八]つぶさに申《(まうし)》つる様《やう》に、われら嫡孫《ちやくそん》にてもつべき所領《しよりやう》を、かれらが祖父《おうち》に横領《わうりやう》せられぬ。それがし在《ざい》京《きやう》ながら、田舎《いなか》の郎等《らうどう》どもに申《(まうし)》つけて、かれらが父河津《ちゝかわづの》三郎といひし者《もの》うたせしなり。人もやさぞしりて候らん。この者《もの》どもの子孫《しそん》、皆謀叛《みなむほん》の者《もの》、君にうしなはれたてまつり、今祐經《いますけつね》一人にまかりなる。しかれども、君不便《ふびん》の物におぼしめされ、[一九]先祖《せんぞ》の所《しよ》領拝領《りやうはひりやう》の上《うへ》は、[二〇]祐經《すけつね》にせばめられ、おもひながらぞ候らん。かれが此比《(ころ)》[二一]分限《ぶげん》にて、祐經《すけつね》[二二]におもひかゝ覽《(らん)》は、[二三]蟷螂《たうらう》が斧《をの》を取《(とり)》て、隆車《りうしや》にむかひ、蜘蛛《ちちう》が網《あみ》をはりて、鳳凰《ほうわう》をまつ風情《ふぜい》也。あわ《(は)》れなる」とぞ申《(まうし)》ける。王藤内《わうとうなひ》聞《(きき)》て、「それこそ僻《ひが》事よ。[二四]世に在《(ある)》人は、所領財寶《しよりやうざいほう》に心がとまり、思ふ事はとゞこう《(ほ)》るなり。されば、[二五]寸《すん》の金《かね》をきる事なし。貧《ひん》なる侍《さぶらひ》と鐵《くろがね》とは、あなづらぬ物をや。何とやらん、悪様《(あしざま)》に仰《(おほせ)》つる時に、しきりに目《め》をかけ、奉《(たてまつり)》、刀《かたな》の柄《つか》に手《て》をかけ、片膝《かたひざ》おしたてつる時、事出來《こと(いでき)》ぬと見えしが、されども《(ども)》、色《いろ》にはすこしもいださず。よき兵かな」とぞほめたりける。左衛門尉《さへもんのぜう》、これを聞《(きき)》、「何程の事かつかまつるべき。[二六]龍《りよう》ねぶりて、本體《たい》をあらはす。人ゐ《(ひ)》いて、本心《ほんしん》をあらはす。[二七]思ふ事こそいはれ候へ。南無阿彌陀佛」とぞ申《(まうし)》ける。[二八]後におもひあわ《(は)》すれば、

一八 こまかにくわしく。
一九 祐経が、頼朝の恩寵によって、先祖の所領をうけついだからには。
二〇 兄弟が、祐経のために肩身せまく思いながら過ごしているだろう。
二一 この頃の身分。
二二 諸本によって、「に」を補う。
二三 文選四十四、陳孔璋「為㆓袁紹㆒檄㆓予州㆒文」に、「欲㆘以㆓蟷蜋之斧㆒禦㆗隆車之隧㆖」、明文抄四に、「運㆓蟷蜋之斧㆒、禦㆓隆車之墜㆒(家―)」とある。世話尽に、「蟷螂〈たうらう〉の斧〈をの〉」とともに、「蜘蛛〈ちちう〉の網〈あみ〉」とある。舞の本「夜討曾我」には、「たうらうがをのとかや、ちちうがあみにあひおなじ」とある。かまきりが両足をあげて、大きな車にむかい、くもが網をはって、鳳凰をとらえようとする。弱者が身の程を知らず、強敵に立ちむかうことのたとえ。
二四 彰考館本に、「世にある人は、しよりやう、さいほうに心かとゝまりて、思ふ事をはとけね共、ひらうの物は、おもひをく事かなくて、中〳〵事をはとくる也」とある。↓補二二七。
二五 彰考館本に、「すんのかねにて尺〈しやく〉の木をはきれ共、尺〈しやく〉の木にて寸のかねをきる事なし」とあり、万法寺本・南葵文庫本でも、ほぼ同じ。
二六 壒嚢鈔六に、「文集云、竜眠尓㆓本体㆒、人酔顕㆓本心㆒」とある。
二七 酔ったまぎれに思うことが言われるものだ。
二八 諸本によって、底本の「後の」を改む。

これや最後の念佛《ねんぶつ》と、あわれ《(は)》にぞおぼえし。十郎、かくいふをたちきゝて、すなはち、屋形への内《うち》にはしりいり、いかにもならばやとおもひしか共《(ども)》、[一]五郎にうき身のお《(を)》しまれて、たゞむなしくてかへりける、心の内こそ、無慙《むざん》なれ。そも〳〵、たゞ今《いま》のことば共《(ども)》、よく〳〵思へば、たゞ王藤内《わうとうなひ》がいはすることば也。今夜は、[二]おちばおとさんと思ひつれども、今《いま》のことばの奇怪《きくはひ》なれば、一の太刀《たち》には左衛門、二の太刀《たち》には王藤内《わうとうない》とおもひさだめて、屋形《やかた》よりこそかへりけれ。

[三]五郎、兄《あに》をまちかねて、心もとなくして、たゝずみける所《ところ》へ、十郎きたりて、「いかにまちどを《(ほ)》なるらん」。五郎きゝて、「さらぬだに、人を待《(まつ)》はかなしきに、[四]おろかにやおぼしめす」「祐成《すけなり》も、さ存《ぞん(ず)》づるを、敵左衛門《かたきさへもん》が屋《や》形へよび入《(いれ)》られ、酒《さけ》をこそのみたりつれ」「さて、いかに候《(さうらひ)》ける。便宜《びんぎ》あしく候《(さうらひ)》けるか」「いふにやおよぶ。[五]亂舞《らつぶ》の折節、[六]あわれ《(は)》とおもひしかども、御分《ぶん》一所にこそと存《ぞん》じて、こらへつる心ざし、おしはかりたまへ」。五郎も聞《(きき)》て、[七]「御ふちはさる事にて候へども、これ程よりつかずして、[八]心をつくす。便宜《びんぎ》よく候はゞ、御うち候べき物を。さりながら、一太刀づゝとも〴〵にきりたく候ぞかし。其屋形の次第《しだひ》、道《みち》すがらの様、御覧《らん》じ候《(さうらひ)》けるにや」「其ため、所〳〵案内《あんない》は、よく見おき候《(さうらひ)》ぬ。ただし、屋形の数《かず》おほくして、見しりたる人は、[九]打《(うち)》たにこそ候《(さうらひ)》つれ」。扇《あふぎ》ひらきてこそはかぞへけれ。「まづ、君の御屋形にならべて

一 五郎のためにの意か。
二 逃げるならば逃がそう。
三 流布本では、ここから「やかたのしだい五郎にかたる事」となる。
四 おろそかにお思いになるのか。
五 即座の興によって舞うこと。
六 さあ討とうと思ったが。
七 「御扶持」で、お助けになることの意か。
八 彰考館本などに、「心をつくすかたき」とある。
九 屋形を構えた。
一〇 下山まで、山梨県下。↓補二二八。
一一 前出。↓一六三頁注二四。
一二 石山は、群馬県佐波郡赤堀村か。
一三 「やまかた」は、大山寺本に、「山田」とあり、甘楽郡甘楽町白倉の山田氏か。
一四 黒戸は、千葉県木更津市内。姉崎は、市原市内。
一四 本田は、埼玉県大里郡川本村。榛沢は、大里郡岡部村。
一五 前出。↓三一四頁注一三・一四。
一六 小沢は、神奈川県川崎市内か。山口は、埼玉県所沢市。丹は、児玉郡神川村。
一七 前出。↓二四二頁注一一。
一八 栃木県宇都宮神社に奉仕した紀氏・清原氏の子孫。
一九 埼玉県大里郡岡部村。
二〇 彰考館本に、「かさい、玉〈たま〉の井、にしたう」とある。↓補二二九。
二一 金子は、東京都調布市。村山は、西多摩郡瑞穂町。
二二 彰考館本に、「小川〈をかは〉、村岡〈むらをか〉、

りしは、北條《の》四郎時政《まさ》、御一門《もん》に、[一〇]一條《でう》・板垣《いたがき》・逸見《へんみ》・武田《たけだ》・小笠原《おがさわら》・南部《なんぶ》・下山《しも》・[一一]山名《な》・里見《さとみ》の人々、[一二]石山《いし》・やまかた・梶原《かぢわら》、屋《や》形ならべて候なり。東《ひがし》には、和田《わだ》・畠《はたけ》山・[一三]黒戸《くろど》・姉崎《あにさき》・[一四]本田《ほんだ》・榛澤《はんざは》・[一五]池邊《いけのべ》・兒玉《こだま》・[一六]小澤《おざわ》・山口《やま》・丹《たん》・[一七]横山《よこ》・[一八]紀清《きせい》の兩黨《りやうたう》・[一九]岡《おか》部《べ》・[二〇]はんさう・[二一]金子《かねこ》・村山《むらやま》・[二二]むらおり・なかさや・おかはら・[二三]比企《ひき》・中條《ちうでう》・三田《みた》・むろの人々、屋形《やかた》をならべてさふ《(う)》らふなり。常陸《ひたちの》國には、[二四]佐竹《さたけ》・山内《やまの》・志太《しだ》・同地《どうち》・鹿《か》島《しま》・行方《なめかた》・こくは・宍戸《しゝど》・森山《もり》・ちゝわの殿ばら、下總《しもおさの》國には、[二五]千葉介常胤《ちばのすけつねたね》・相馬《さうまの》二郎師胤《もろたね》・武石《たけしの》三郎胤盛《たねもり》・國分《こくぶの》五郎胤通《たねみち》・東《とうの》六郎胤兼《たねかね》・葛西《かさいの》三郎清重《きよしげ》・あふ・猿島《さしま》・大原・小原《はら》、屋形をならべ候なり。上野《のくに》國には、[二六]伊北《いほう》・伊南《いなん》・廳北《ちやうほく》・廳南《ちやうなん》・印東《いんどう》・金《かな》岡《おか》・小寺《こでら》・深栖《ふかず》・山上《やまがみ》・大こし・大室《むろ》、上總《かづさの》國には、[二七]桐生《きりう》・黒川《くろ》・多胡《たんご》・片山《かた》・新田《にった》・園田《そのだ》・玉村《たまむら》、安房《あわの》國には、[二八]安西《あんざい》・神餘《かなまる》・東條《とうでう》、信濃《しなのゝ》國には、[二九]内藤《ないとう》・片桐《かたぎり》・くろた・すわう・さいたう・村上《かみ》・井上・高梨《たかなし》・海野《うんの》・望月《もちづき》、屋形《かた》をならべて候也。下野《の》國には、[三〇]小山《お》・宇都宮《うつのみや》・結城《ゆうき》・長沼《ながぬま》・氏家《うぢいへ》・鹽谷《しほのや》・木村《きむら》・皆河《みな》・あしから・まのたの人々、屋形をならべ候《(さうらひ)》ぬ。相模《さがみの》國には、[三一]座間《ざんま》・本間《ほんま》・土屋《つちや》・愛甲《あひきやう》・土肥《といの》二郎父子《ふし》・糟屋藤五《かすやのとう》・澁谷《しぶや》・さとう・波多野右馬丞《はだのゝむまのぜう》・岡崎《をかざき》・三浦《みうら》の人々、[三二]伊豆《いづの》國には、入江《いりゑ》・藁科《わらしな》・吉川《きつかは》・船越《ふなこし》・大森《もり》・葛山《かつら》、遠江《とうたうみの》國には、いしあま・しとつ、三川《(みかは)の》國には、[三三]設樂《しだら》・中條《ちうでう》、尾張《おはりの》國には、[三四]大宮司《ぐうじ》・宮《の》四郎・關《せきの》太郎、[三五]美濃《みのゝ》國には、高嶋《たか》・まつ井、

なるさや、おりはら」とある。→補二三〇。

二三 比企は、埼玉県比企郡。中条は、熊谷市内。三田は、東京都青梅市内。「むろ」は、彰考館本に、「ひろた」とあり、埼玉県北埼玉郡川里村か。

二四 「ちゝわ」まで、おおむね茨城県下。→補二三一。

二五 小原まで、相馬・葛西を除いて千葉県下。→補二三二。

二六 印東まで、千葉県下。以下、大室まで、おおむね群馬県下。→補二三三。

二七 玉村まで、群馬県下。→補二三四。

二八 安西・神余は、千葉県館山市内。東条は、安房郡鴨川町。

二九 望月まで、長野県下。→補二三五。

三〇 「まのた」まで、栃木県下。→補二三六。

三一 三浦まで、神奈川県下。→補二三七。

三二 彰考館本には、「いつの国には、くすみ、かさみ、なんてう、ほうてう、するかの国には」とあり、「入江」以下に続く。→補二三八。

三三 設楽は、愛知県南設楽郡・北設楽郡。中条は、豊田市近辺か。

三四 彰考館本に、「大宮司末則の弟、宮の四郎、せき太郎、たかいの六郎」とある。→補二三九。

三五 彰考館本に、「美濃《〈みのゝ〉》国には、とき、遠《〈をと〉》山、やまたの次郎重広《〈しげひろ〉》、川辺太郎重ふさ、近江国には高島、いま津」とあり、「山本」以下に続く。→補二四〇。

近江國《あふみの》には、山本《もと》・柏木《かしわぎ》・たつい・錦織《にしごり》・佐々木黨《さゝきとう》、屋形をならべ候也。[一]當番《たう》の人々には、結城《ゆうきの》七郎・河越《ごえ》・高坂《たかさか》・大胡《おうご》・おしむろ・難波《なんばの》太郎・上總介《かづさのすけ》父子《ふし》、屋形をならべし也。[二]坂東《ばんどう》八か國、[三]海道《かいだう》七か國のみにあらず、[四]三年《みとせ》の大番《わうばん》、訴訟人《そしようにん》と[五]いふ程の者《ものゝ》の屋形、雲霞《うんか》のごとくなり。さて、君の御座所をばまん中に、四角《かく》四面《めん》に[六]瑠璃《るり》をのべ、[七]五十九間にかざられたり。面々《めん〳〵》おもひ〳〵の屋形《やかた》づくり、いろ〳〵の幕《まく》の紋《もん》、金銀《きんぐ》を[八]ちりばみてこそかざられけれ。[九]およそ屋形《やかた》の數、二萬五千《せん》三百八十餘間《けん》也。總《そう》じて上下の屋形の數《かず》、十萬《まん》八千間《げん》、軒《のき》をならべて[一〇]小路をやり、甍《いらか》をならべて打《(うち)》たりけり。東《ひがし》にそうたるは、梶原平三景時《かちはらへいざうかげとき》、西《にし》のはづれは、左衞門尉祐經《ぜうすけつね》が屋形《かた》なり。[一一]幾程《いくほど》とこそおもひけん」。五郎聞《(きき)》て、「さて、客人《きやくじん》は、いづくの國、いかなる人にて候《(さうらひ)》ける」「備《び》前國《ぜんの》の住人吉備津宮《きびつのみや》の王藤内《わうとうない》、手越《てごし》の少將《せうしやう》、黄瀬《きせ》川の龜鶴《かめづる》をならべおきて、酒盛《さかもり》なかばなりしによび入《(いれ)》、祐成《すけなり》も、まひをまふ程の事なりつるに、[一二]面《おもて》にあてて《ゝ》、廣言《くはうげん》どもしつる無念《むねん》さよ。一刀《かたな》さし、[一三]いかにもとおもひつるを、わ殿《との》に命が《(を)》おしまれて、手に《ゝ》にぎりたる敵《かたき》をのがしつるこそ、無念《むねん》なれ」。五郎聞《(きき)》て、「是や、[一四]寶《たから》の山に入《(いり)》て、手をむなしくする風情《ふぜい》なり。うれしくも、御こらへ候ものかな。あまし候べきにも候はず、南無阿彌陀佛」とぞ申《(まうし)》ける。

一 彰考館本に、「当番〈たうばん〉の人々は、しゝとのひやうへ」とあり、「結城」以下に続く。→補二四一。
二 関東八ヵ国。→七八頁注二一。
三 東海道に沿った七ヵ国。ここでは、近江・美濃・尾張・三河・遠江・駿河・伊豆をいう。→補二四二。
四 大番とは、諸国の武士が京都に上って、宮廷の警固にあたること。一般に三年交替であったが、頼朝の時代から六ヵ月または三ヵ月となった。
五 彰考館本・万法寺本に、「いふほとに」とある。
六 瑠璃をしいて。瑠璃は、七宝の一。
七 五十九間にわたって。一間は、柱と柱との間をいう。家を数えるにも使われる。
八 流布本に、「ちりばめて」とある。
九 彰考館本に、「せう〳〵のやかたはしらす、むねとの屋形〈たか〉の数〈ずか〉は」とあり、万法寺本・大山寺本・南葵文庫本でも、ほぼ同じ。
一〇 彰考館本などに、「らち」とあり、周囲の柵をいう。
一一 彰考館本に、「いくほとゝ思ひてとをりつるそ」とあり、万法寺本でも、ほぼ同じ。大山寺本に、「かゝるえいくわもこのくれはかりそと思ひつれ」とある。
一二 面とむかって。
一三 諸本によって、底本の「いにもと」を改む。
一四 大きな利益が得られるのに、何も得られないで帰ること。→補二四三。

# 曾我之物語　巻第九

## （和田の屋形へ行《ゆき》し事）

「來《きたつ》てしばらくもとゞまらざるは、[一五]有爲轉變《うゐてんぺん》の里《さと》、さりて二度かへらざるは、[一六]冥《めい》途隔生《ときやくしやう》のわかれなり。[一七]哀傷戀慕《あいしやうれんぼ》のかなしみ、今にはじめぬ事なれ共《ども》、日本《ぼん》國に我ら程物《もの》おもふ者あらじと案《あん》ずるに、おとらずなげきをする者の有《ある》べきこそ、不便《ふびん》なれ」。五郎聞《きき》、「[一八]誰やの者《もの》か、われらにまさりて候べき」「[一九]さればこそとよ、備前《びぜん》の王藤内《おふとうない》が、七年御不審《ふしん》をかうぶり、此度、[二〇]安堵《あんど》の御下文《くだしぶみ》を給はるといふ使、先《さき》にくだり、かくといはゞ、國にとゞまる親類《しんるい》あつまり、よろこびあはん所《ところ》に、又人くだりて、うたれぬといふならば、さこそなげかんず覽《らん》と、[二一]ふかきことばを案《あん》ずるに、[二二]人としてのふ有物《あるもの》は、天の加護《かご》により、人としてさい在者《あるもの》は、なげきによると見えたり。されば、王藤内《をうとうない》たすけばやとは思へども、[二三]雜言《ざうごん》あまりに奇怪《きくはい》なれば、祐成《すけなり》にを《お》きては[二四]あますべからず。御分《ごぶん》もらすな」と申《まうし》ければ、「うけたまはる」とぞいひける。「かくて、夜

一五 事物の移り変わって、しばらくもとどまらない境界。有為とは、因縁の和合によって生ずる、この世の一切の現象をさす。「里」が、流布本に、「さとり」とあるのは誤。

一六 あの世に生まれかわり、この世から離れてゆく別れ。「隔生」は、大山寺本に、「けんしやう」、流布本に、「くはうせん」とある。

一七 諸本によって、底本の「あひしゆう」を改め、「哀傷〈あいしやう〉」とする。悲しみいたみ、恋いしたうこと。いずれも切実な感情。

一八 どのような者が。

一九 そのことですよ。

二〇 土地の所有権を承認した幕府の公文書。

二一 彰考館本に、「古〈ふる〉き」、万法寺本に、「ふるき」、大山寺本に、「古き」とある。

二二 彰考館本に、「人としてほうあるは、天の運〈うん〉により、人としてさいあるは、人のなげきによる」、万法寺本に、「人としてほうあるは、てんのかごにより、人としてけんあるは、人のなげきによる」、大山寺本に、「人としてほうあるは、天のかんによる、人としてさいあるは、人のなげきによる」、南葵文庫本に、「人としてむくひ在は、天のかこによる、人としてさいあらは、なけきによる」とある。「ほう」は、「報」で、「さい」は、「災」か。

二三 種々の悪口。

二四 討ちもらさないぞ。

のふけん程《ほど》またんも、はるかなり。いざや、和田殿の屋形へゆき、最後《さいご》の對面《たいめん》せん」「しかるべし」とて、二人うちつれ、義盛《よしもり》の屋形《や》へぞ行《ゆき》ける。やがて、義盛《よしもり》出《いで》あひて、「いかに殿《との》ばらたち、[一]はるかにこそ存《ぞん》ずれ。狩座《かりくら》の體《てい》、これがはじめにてぞましますらん。何とか思ひたまひけん。[二]見物《けんぶつ》には上《うへ》やあるべき」。十郎、[三]扇笏《あふぎしやく》にとりなお《ほ》し、かしこまつて、「さん候。かやうの事は、めづらしき見事、末代《まつだい》の物語に、[四]あの冠者《くわじや》に見せ候はんため、二三日の用意《ようい》にて、まかりいで候が、あまりのおもしろさに、[五]斧《をの》の柄《ゑ》のくつるをわすれ、曾我《そが》へ人を[六]こ《お》して候、その程と存《ぞん》じて、參《まゐり》て候」といひければ、和《わ》田《だ》きゝて、[七]なんでう《ふ》その儀《ぎ》有《ある》べき、日ごろの本意《ほんい》をとげんとするが、[八]一家《か》の見はてに、義盛《よしもり》に今一度對面《たいめん》せんとてぞきたりぬらんと、あわ《は》れに思ひければ、「さぞおぼす覽《らん》、あまた見て候だにも、おもしろく候。まして、わかき人々のはじめて見たまはんに、さぞ思召覽《おぼしめすらん》。うれ敷《しく》も來たまふ物かな。かねてよりしり奉《たてまつり》なば、はじめより申《まうす》べかりつるを」とて、酒《さけ》とり出《いだ》し、すゝめられけり。盃二三度《ど》めぐりて後、和田のたまひけるは、「[九]あひかまひて、[一〇]せばよくし給へ。し損《そん》じなば、一家《か》の恥辱《ちじよく》なるべし。後楯《うしろだて》にはなり申《まうす》べし。頼《たのも》しく思ひ給へ」とて、盃《さかづき》さゝれけり。折節《をりふし》、梶原源《かぢはらげん》太、屋形の前をとお《ほ》りけるが、かくいふを聞《きき》つけて、「何事ぞや、和田《わだ》殿。曾我の人々に、「せばよくせよ」とおほせられつる、不審《ふしん》なり。[一一]御耳《みゝ》にや入《いれ》候べき」といふ。和田《わだ》殿きゝて、こ

一 久しぶりに。
二 これ以上の見物はないだろう。
三 笏のようにもち直し。→二五二頁注一四。
四 時致をさす。
五 述異記(漢魏叢書)に、「信安郡石室山、晋時王質伐レ木至、見二童子数人棊而歌一、質因聴レ之。童子以二一物一与レ質、如二棗核一。質含レ之、不レ覚レ饑。俄童子謂曰、何不レ去。質視、柯尽爛。既而帰去、已無二復時人一」とある。「斧の柄の朽つ」は、長い時のたつたとえ。
六 遣わしました。
七 どうしてそのようなことがあろう。
八 一族の見納めに。
九 よく用心して。
一〇 何かするからには、うまくしてください。
一一 将軍に申しあげようか。
一二 悪者。
一三 釈明してみよう。
一四 何となく語った。
一五 兄弟が御狩と聞いて。
一六 前出。→一八七頁注一六。
一七 前出。→二九一頁注一六。
一八 遊女に与える贈物。
一九 遊女は気がねせらるるものだ。「道の者」は、芸能を職とする者で、遊女をもいう。「はづかし」は、自分の劣っているのを感じて気おくれするさま。
二〇 このことのほかには。
二一 声をはりあげたので。
二二 おもしろいこと。「逸興」かもしれない。易林本節用集に、「一興《ケウ》」、

はいかに、[一二]曲者《くせもの》とお《(ほ)》りけるよ、さりながら[一三]陳《ちん》じてみんとおもひければ、「[一四]自然《しぜん》の物語、何とき丶て、御分《ごぶん》、御耳《みゝ》にいれんとはのたまふぞ。この面々《めん〳〵》、われにしたしき事、上にもしろしめされたり。其《(それ)》に付《(つき)》、「[一五]御狩《かり》と承《(うけたまはり)》、かならずめしはなけれども、末代《まつだい》の見《けん》物《ぶつ》に、しのびて御供《とも》つかまつり候。わかき物のならい《(ひ)》、[一六]黄瀬川《きせ》にて、女《をんな》どもとあそびて候《(さうらひ)》しが、[一七]君合澤《あひざは》の御所に御入のよし承《(うけたまはり)》、いそぎまい《(ゐ)》り候《(さうらひ)》し間《あひだ》、[一八]引出物《ひきで》をせず候。かへりに何にても候へ、とらせん」と申《(まうし)》候間《あひだ》、「[一九]道《みち》の者《もの》ははづかしきぞ。引出物《ひきでもの》せばよくせよ、し損《そん》じなば一家《か》の恥《はぢ》ぞ」と申《(まうし)》つるが、[二〇]この事ならでは、何申《なに(まうし)》たりともおぼへ《(え)》ず、急《(いそぎ)》御申《(まうし)》ありて、義盛《よしもり》うしなひ給へ」と、[二一]高聲也《かうしやう(なり)》ければ、景季《かげすへ》も、「[二二]一興《けう》にこそ申《(まうし)》候へ。何とてか、和田殿は、それがしにあひ給へば、よしなき事にも、[二三]角《かど》をたててのたまふらん。これはくるしからぬ事なり」とて、そらわらひしてとを《(ほ)》りけり。和田《わだ》のなを《(ほ)》も[二四]和讒《わんざん》の者《もの》にて、何とかいふと思ひ、しばしたゝずむ。これをばしらで、こたまひけるは、「[二五]水《みづ》をよくおよぐ者はむもれ、馬によくのる物《(もの)》はを《(お)》ち、[二六]日はちう中にうつる、月はみつるにかたぶく、[二七]高天《かうてん》にせくぐまれ、厚地《かうち》にぬき足《あし》せよとあるをや。この者《もの》は、十分《ぶん》にすぎて、いかゞぞとおぼゆる」。五郎、是をきゝて、「[二八]御陳法《ちんばう》をもちい《(ひ)》ず、[二九]とを《(ほ)》る者《もの》ならば、何程の事すべき。[三〇]しや細首《ほそくび》ねぢきりて、すて候べきを」と申《(まうし)》ければ、梶原《かぢはら》たちきゝて、まことや、此者は、[三一]朝比奈《あさいな》に[三二]みぎはまさりの大力《ちから》、[三三]お《(を)》この者

下学集に、「逸興」とある。
二三 事をあらだてて。
二四 讒言する者。
二五 淮南子原道訓に、「夫善游者溺、善騎者墮、各以二其所一レ好、反自為レ禍」とある。「むもれ」は、彰考館本に、「をほれ」とある。得意な面で失敗することのたとえ。
二六 易経豊卦象伝に、「日中則昃、月盈則食。天地盈虚、与レ時消息、而況於レ人乎、況於二鬼神一乎」とあり、淮南子道応訓にも、「日中而移、月盈而虧」とある。「ちう中に」は、彰考館本に、「中なかに」、万法寺本に、「なか中に」、大山寺本に、「ちうなるに」、南葵文庫本に、「はん天に」とある。日は中天にのぼると傾きはじめ、月は満月になると欠けはじめる。繁栄をきわめると、衰亡にむかうことのたとえ。
二七 文選三、張平子「東京賦」に、「跼二高天一、蹐二厚地一」とある。高い天に対して背をかがめてあるき、厚い地に対して音をたてないであるけ。栄華をきわめても、注意を怠らないことのたとえ。→補二四四。
二八 言いわけされたのを聞かないで。
二九 彰考館本などに、「申とをる物ならは」とあり、上まで申したてるならば。
三〇 あいつの細首。「しや」は、ののしる時のことば。
三一 前出。→二四四頁注一。
三二 きわだってすぐれた大力。→八二頁注二一。
三三 おろか者。

と聞《(きき)》たり、こゝにて、喧嘩《けんくわ》し出《(いだし)》、勝負《せうぶ》せんよりも、上《かみ》へ申《(まうし)》あげて、我力《ちから》もいらでうしなはん事、やすかるべしと思ひさだめて、聞《(きか)》ざるよしにて、歸《(かへり)》にけり。和田のたまひけるは、「今しばらくも候《(さうらひ)》て、こまかに物語申《(まうし)》たけれ共《(ども)》、源《げん》太と申《(まうす)》曲者《くせもの》が、御前《まへ》にまい《(ゐ)》りつるが、いか様《やう》にか申《(まうし)》あげ候はんずらん。あひかまへてし損《そん》じたまふな」といひおきて、和田《わだ》は、御前ゑ《(へ)》ぞ参られける。この人々は、屋形にかへる。夜のふくるを待《(まち)》けるが、やゝありて、十郎申《(まうし)》けるは、「件《くだん》の梶原《かぢはら》が、御分《ごぶん》がいひつる事を立きゝけるが、いか様《(さま)》、大勢にてよせぬとおぼゆる。屋形をかへん」といひければ、五郎聞《(きき)》て、「源《げん》太ほどの奴《やつ》、何《なん》十人も候へ、一一にきりふせなん」と申《(まうす)》。十郎きゝて、「身に大事だになくは、いふにおよばず。たゞそれがしにまかせ候へ」とて、

### (兄弟屋形《やかた》をかゆる事)

[一]柴《しば》の庵《いほり》をひきはらい《(ひ)》、おもはぬ所《ところ》へよりい《(ゐ)》つゝ、時を待《(まつ)》こそあはれなる。是をばしらで、源《げん》太百餘人の兵者《(つはもの)》ひきつれて、人々の屋形ゑ《(へ)》ぞおしよせたる。されども、人はなかりければ、「[二]日本《ぼん》一の不覺《ふかく》人、かやうにあるべしとおもひしにたがはず、人にてはなかりけり」と、[三]廣言《かうげん》してかへりしは、[四]お《(を)》こがま敷《(しく)》ぞ見えし。これや、[五]鼠《ねずみ》ふかく穴《あな》

一 粗末な仮の宿。
二 この上ない卑怯者。「日本一」は、中世の流行語。
三 口にまかせて憚らず言って。
四 出すぎて。小癪《(こしやく)》に。
五 荘子応帝王に、「鳥高飛、以避二矰弋之害一、鼷鼠深穴二乎神丘之下一、以避二熏鑿之患一」とある。彰考館本に、「鳥〈とり〉高〈たか〉くとひて、そうさいの害をさけ、ねすみふかく穴〈あな〉をほりて」、大山寺本に、「鳥〈とり〉高〈たか〉くとひて、そうよくのかいをさけ、ねすみは深くあなをほりて、くんしやの上をのかる」とある。「さうめい」は、「矰弋(ソウヨク)」にあたり、矢に糸をつけて鳥を射ること、すなわち射ぐるみをさす。「くんきん」は、「熏鑿(クンサク)」にあたり、火でくすべ掘りうがつことをいう。鳥は空高く飛ぶことによって、射ぐるみで射られるのを避ける。はつかねずみは社壇の下に穴を深く掘ることによって、火でくすべられ掘りとられるのを避ける。それぞれに身を守る方法を知ることのたとえ。

をほりて、くんきん害《がひ》をのがれ、鳥《とり》たかくとんで、さうめい害《がひ》をさけるとは、かやうの事なり。[六]あやしかりし事なり。

## ([七]曾《そ》我《が》へ文かきし事)

扨《(さて)》、兄弟の人々は、ふけゆく夜はをまちかねて、十郎いひける、「いざや、この暇《ひま》に、幼少《ようしやう》よりの思ひし事をくわ《(は)》しく文《ふみ》にかきて、曾我へまい《(ゐ)》らせん」「しかるべし」とて、おの〳〵文《ふみ》をかきける。「我ら五つや三つよりして、父敵《てき》にうたれし事、忘隙《(わするるひま)》なくて、七・九《(ななつ)(ここのつ)》と申せしに、月の夜に出《(いで)》て、雲《くも》井の雁《かり》がねを見て、父《ちゝ》をこひ、明《(あくれ)》ば、小弓に小《こ》矢をとりそへて、障子《しやうじ》を[八]いとを《(ほ)》し、敵《てき》の命に[九]なずらへ、かれをうたん事をねがひなきしを、母の制《せい》し給ひし事、又、父《ちゝ》の戀敷《(しき)》時《とき》は、[一〇]一ま所にて、二人はかたりてなぐさめども、人々にはい《(は)》わざりし也。祐成《すけなり》は、十三にて元服《げんぷく》し、五郎は、十一より箱根にのぼり、學問《がくもん》せしに、十二月の末《すへ》つ方《かた》、里〳〵よりの[一一]衣裳音物《いしやうゐんぶつ》取《(とり)》そへ〳〵送《(おくり)》しに、箱《はこ》王が里《さと》よりはおくり物もなし。まして、父《ちゝ》の文もなし。あけくれ、たゞ父《ちゝ》をこひしく思ひ、權現《ごんげん》へまい《(ゐ)》り、敵《かたき》をみんといのりしに、程なく、御前にて祐經《すけつね》を見そめし事、不思議《ふしぎ》なりとて、法師《ほうし》になるべかりしが、[一二]此事によりて、たゞ一人夜にまぎれ、

六 彰考館本に、「あやうかりし事そかし」、万法寺本・南葵文庫本に、「あやうかりし事なり」、大山寺本に、「あやふかりし事どもなり」とある。

七 吾妻鏡建久四年五月三十日の条に、「祐成時致最後送書状等於二母之許一、被二召出一之処、自二幼稚一以来欲レ度二父敵一之旨趣悉書二載之一」とある。

八 諸本によって、底本の「いととをし」を改む。

九 くらべ。

一〇 「一間所」で、一つの室か。「人間所」で、人のいない室か。

一一 一般に「音物《(いんもつ)》」という。贈物。

一二 親の敵を討つこと。

曾我へにげくだりしなり。男《おとこ》になりて、母の御勘當《かんどう》かうぶりし事、いでし時《とき》、たがひの形見《かたみ》たまはりまい《(ゐ)》らせをきて《(お)》いでし事、信濃《しなのゝ》のみ狩《かり》に、かちにてくだりねらひし事、虎《とら》に契《(ちぎり)》をこめし事、[一]鞠子《まりこ》川、[二]湯坂峠《ゆざかのとうげ》、[三]箱根寺、[四]大崩《くづれ》までの有様《ありさま》、[五]矢立《やたて》の杉《すぎ》にての事ども、今《いま》の様《やう》におぼえたり。おもふ事どもくわ《(は)》しくかき、[六]命《いのち》をば父に回向《ゑこう》申《(まうし)》、[七]讀誦《どくじゆ》の經文《きやうもん》をば母にたむけたてまつる。[八]親《をや》は一世《せ》のちぎりと申せども、是を形見《かたみ》にて、來世にてまい《(ゐ)》りあはん」と、おなじ[九]心《こゝろ》にかきとゞめければ、大《(おほき)》なる巻《まき》物一つづつぞかきたりける。十郎はことばの末《すへ》、五郎にかはりたるは、大磯《いそ》の虎《とら》の事也。五郎がことばの、十郎にかはりたるは、箱根《はこね》の別當《べつたう》の事なり。[一〇]さては、いづれもおなじ文章《ぶんしやう》也。あわ《(は)》れにこそおぼえし。

## (鬼王・道《だう》三郎歸《(かへり)》し事)[一一]

さて、鬼王・道《どう》三郎をよびて、「なんぢ、いそぎ曾我へかへるべし。小袖をば、上[一二]へまい《(ゐ)》らせよ。馬鞍《むまくら》わ《(は)》、曾我《そが》殿にたてまつれ。[一三]自然《しぜん》の時《とき》は、[一四]御前《ぜん》にかはりまい《(ゐ)》らせべきよし、随分《ずひぶん》心にかけしを、[一五]父の敵《てき》に心ざしふかくして、先《さき》だち申《(まうす)》こと、無念《むねん》に存《(ぞんじ)》候へ共《(ども)》、おそれながら、二人の子どもの形見に御覧候へ。五つ・三つよりして、左右《さう》の

一 前出。↓二九九頁注二六。
二 前出。↓二九九頁注三二。
三 箱根権現。今の箱根神社と一体。
四 前出。↓三〇一頁注一八。
五 前出。↓三〇二頁注一〇。
六 命を捨てて、父の冥福を祈る。
七 万法寺本・南葵文庫本・流布本によって、底本の「としゆ」を改む。声をたてて経文を読むこと。
八 前出。↓二九五頁注二〇。
九 諸本によって、底本の「こゝろと」を改む。
一〇 そのほかは。
一一 兄弟の従者。
一二 彰考館本に、「母〈はゝ〉」、大山寺本に、「母」とある。
一三 彰考館本に、「しせんの事の出来〈いてき〉たらは」、大山寺本に、「しせんの事もいてきたらは」とあり、万一の事がおこったならば。
一四 お前にたって命を捨てようと思いましたが。彰考館本に、「ゆみやのさきにとそんせしに」、万法寺本に、「御せんにもかはりまいらすへきと、ずいぶん心にかけ候ひしを」、大山寺本に、「おんうまのさきにとこそ存せしに」、南葵文庫本に、「御まへにかはりまいらすへきと、すいふん心にかけ候しを」、流布本に、「御せんどにかはりまいらせ候べきよし、ずいぶん心にかけしを」とある。↓七五頁注二四。
一五 父の敵を討とうと深く思いこんで。
一六 肌身につけた守札。
一七 頭の左右側面の髪。

御膝《ひざ》にて、そだてられまい《(ゐ)》らせし御恩《おん》、わすれがたくこそ存《ぞん》じ候へ。[一六]わ《(は)》だのまもりと、[一七]鬢《びん》の髪《かみ》をば、弟《おとゝ》共の形見に御覧じ候へとて、[一八]二宮殿にまい《(ゐ)》らせよ。弓と矢は、なんぢらにとらするぞ。なき後《あと》の形見《かたみ》に見候へ。鞭《むち》と[一九]弓懸《ゆがけ》をば、二人の乳母《めのと》が方へやるべし。沓行縢《くつむかばき》は、もりそだてし二人が[二〇]守《もり》にとらせよ。夜もこそふくれば、是をもちておち候へ」と在《(あり)》ければ、二人の者共、[二一]次第《しだい》の形見をうけ取《(とり)》て、申《(まうし)》けるは、「我ら、相模《さがみ》を出《(いで)》しより、自然《しぜん》の事候はゞ、君より先《さき》に命をすて、[二二]死出《しで》・[二三]三途《さんづ》の御供《とも》とこそ存《ぞん》じ候に、[二四]下郎をば命《いのち》をお《(を)》しむ者《もの》と思召《(おぼしめし)》、か様に、承《(うけたまはり)》候、たゞ具《ぐ》せられ候へ。[二五]ゆゝしき御用《よう》までこそたち申さずとも、心ざし計《(ばかり)》の御供《とも》」と申《(まうし)》ければ、十郎きゝて、「おの〳〵が思ひよる所、誠に[二六]神妙《しんびやう》也。かやうなる者《もの》どもを、[二七]世になければ、[二八]恩《おん》をもせで、はなれん事こそ無念《むねん》なれ。うき世の中、何事もおもふやうならば、いかでかなはぬ事あらん。[二九]しくんは三世《ぜ》の縁《えん》あり。來世にて此恩《おん》をば報《ほう》ずべし。たゞ此形見《かた》どもをこと〳〵く曾我へとゞけた覧《(らん)》には、最後の供《とも》にまさりなん。狩場《かりば》に事出來《(いで)》ぬと聞《(え)》なば、物思ふ子ども待《(まち)》たまへる母の、わが子どもやらんとなげき給はんに、急《(いそぎ)》まい《(ゐ)》りて、此よしかくと申《(まうす)》べし。今少《(すこし)》もとくいそげや」とありければ、道《だう》三郎、承《(うけたまはり)》て、「歸《(かへり)》候まじ、きこしめせ、君をば乳《ち》のうちより、それがしこそ[三〇]取あげ[三一]奉《(たてまつり)》ては候へ。されば、[三二]九夏三伏《きうかさんぷく》のあつき日は、扇《あふぎ》の風をまねき、[三三]玄冬素雪《げんとうそせつ》のさむき夜は、衣をかさねて、膚《はだえ》をあたゝ

一八 姉聟。→三〇一頁注一九。
一九 弓を射る時に、指を傷つけないために使う革の手袋。
二〇 子守。
二一 順次。順を追って伝えたの意か。流布本には、「忍(しの)び」とある。
二二 死出の山。→二九九頁注三三。
二三 三途の川。→二九九頁注三一。
二四 身分の低い者。
二五 めざましいお役にはたちませんでも。
二六 感心である。
二七 世に栄えていないので。
二八 これという給与をも与えないで。大山寺本に、「させる恩をもふちせずして」、南葵文庫本に、「おんをもきせず」とある。
二九 「しくん」は、彰考館本に、「主君(しゅくん)」、南葵文庫本に、「しゅくん」、流布本に、「師君(しくん)」とある。主君か、また師君か。→二九五頁注二〇。
三〇 南葵文庫本・流布本によって、底本の「こう」を改む。
三一 手にかけてお育てした。「取上ぐ」は、多く出産または元服の場合にいう。
三二 夏の暑い季節。九夏は、夏の九十日間。三伏は、夏の極暑の期間。天正十八年本節用集に、「三伏(サンプク)(夏至後第三庚為二初伏一也。第四庚為二中伏一也、立秋後初庚為二末伏一也、合三伏也)」とある。→補二四五。
三三 冬の雪の降る季節。玄は、黒色で、五行説によると、冬にあたる。素雪は、白雪をいう。→補二四五。

めまい《(ゐ)》らせ、[一]膽心《きも》も盡《(つくし)》そだて、[二]月とも、星共《ほし(とも)》、明暮は[三]見あげ、みくだし、賴《(たのみ)》たてまつり、御世にもいでさせ給《(たまひ)》候はゞ、誰やの物にかおとるべき。たのも敷《(しく)》も、いとお《(ほ)》しくも思ひ奉《(たてまつり)》、今まで[四]影形《かげかたち》のごとく、付《(つき)》そひまい《(ゐ)》らせたる[五]驗《しるし》に、情《なさけ》なくおちよと承《(うけたまはる)》。たとひまかりかへりて候とも、千年《せんねん》萬年をたもち候べきか。たゞ御供《とも》にめし具《ぐ》せられ候へ」とて、いとけなき子の親の跡《あと(を)》おしたふごとくに、聲もお《(を)》しまずなきい《(ゐ)》たり。兄弟《きやうだひ》の人々も、心《こゝろ》よは《(わ)》くぞ見えける。いかにもしてかへすべき物をと、聲《こゑ》をたかくして、「いかに[六]未練《みれん》なり。君臣《くんしん》の禮《れい》[七]もだしがたけれども、心にしたがふをもつて、孝行《かうく》とせり。其上、つい《(ひ)》にそひはつまじき身なれば、名殘《なごり》のお《(を)》しき事、つくべきにあらず。いそぎ出《(いで)》候へ」とて、[八]あららかにこそうけ給《(たまは)》る。鬼王《わう(ゐ)》[九]いなを《(ほ)》り、かしこまつて申《(まうし)》けるは、「それがしも、母の胎内《たいなひ》をいで、[一〇]竹馬《ちくば》に鞭《むち》をあてしより、君につきそひ申《(まうし)》、成人《せいじん》の今《いま》にいたるまで、片時《へんし》もはなれたてまつることなし。其驗《しるし》にや、おちよとの仰《(おほせ)》こそ、誠に御うらめしくは候へ。すてられまい《(ゐ)》らせて後、[一一]何にかゝりて、片時《へんし》のながらへも有《(ある)》べき。うき身のはてか」とて、さめ〴〵となきい《(ゐ)》たり。心《こゝろ》ざしのまこと、なじみのひさしさ、たがひにかたりかたれば、身のうきにつけても、夜やあけ、日や暮《(くれ)》む。「すでに明方《(あけがた)》ちかくなる物を、いそげや、なんぢら、はやくも行《(ゆけ)》」と、かさね〴〵せめければ、二人の者どもいひかねて、「御供申《とも(まうす)》べき命、[一二]いづくもおなじつい《(ひ)》のすみか、を《(お)》[一三]

一　彰考館本に、「やすきこゝろもなくそたてまいらせ」、万法寺本に、「心をつくしそたてまいらせ」とある。
二「月よ星よとながむる」で、大切に思ってかわいがることをいう。
三　成長したさまをたしかめるために、見あげたり見おろしたりする。
四　影の形にたちそうように。
五　報いとして。万法寺本に、「しるしもなく」とある。
六　思いきりがわるい。
七　そのままにしておけないが。
八　万法寺本・南葵文庫本に、「あららかにこしらへけり」、流布本に、「あらゝかにこその給ひける」とある。
九　きちんと坐りなおし。
一〇　竹馬に乗って遊んだ幼い頃から。
一一　何を頼って、しばらくも生きながらえていられようか。
一二　諸本によって、底本の「いつくく」を改め、「いづく」とする。「つい」は、彰考館本に、「露」とあり、どこも同じように、はかない仮の世の意。
一三　どちらにしても、おくれるか、先だつかという道であるから、私どもが先だってお供しましょう。道芝は、露の縁語。彰考館本に、「をくれさきたつみちしるへ、いさや我等《〈われら〉》申さん」、大山寺本に、「おくれさきだつみちのしるべ、いざやおんいとま申さん」とある。
一四　たがいに袖をひきあい交わらせて。
一五「時致」にあたる。
一六　諸本によって、「これ」を補う。

くれ先《さき》だつ道芝《しば》の、かはらぬ露のぬれ衣、はらひて、御供《とも》申さん」とて、二人が一四袖を ひきちがへ、すでに刀をぬかんとす。時宗、一五はやくも座敷を立《(たち)》、二人が間におしいり て、涙とともにいひけるは、「誠になんぢらが心ざし切《せつ》也。しかりとはいへ共《(ども)》、我ら、 一六これほどに、一七篇目《へんもく》をたてて、制《せい》するをきかで、一八狼藉《らうぜき》をいたす物ならば、一九浅間《せんげん》大菩薩《ぼさつ》も 御覧ぜよ、二〇未來永劫《みらいやうごう》二一不孝《ふけう》すべし。我らに命をすつるといふとも、故郷《こきやう》へ形見をつけず は、ながく二二心ざしにうくべからず。此上は、制《せい》するにをよ《(お)》ばず」と、あらかにこそ 語《(かたり)》けれ。二三あかぬは君のおほせなり。二四次第《しだひ》の形見を給《(たまはり)》て、曾我へとてこそかへりけれ。 たがひの心の内、さこそはかなしからめと、思ひやられてあわ《(は)》れなり。

（二五悉達《しつだ》太子の事）

これや、二六悉達《しつだ》太子の、十九にて、二七菩提《ぼだひ》の心《こゝろ》ざしをおこし、二八檀特山《だんどくせん》に入《(いり)》たまひしに、二九車匿舎人《しやのくとねり》、三〇犍陟駒《こんでいこま》を給《(たまはり)》、王宮《わうくう》へかへりしおもひ、今《いま》さらにおもひしられたり。三一鞍《くら》の上《うへ》むなしき駒《こま》の口《くち》を引《(ひき)》、故里《ふる》へとはいそげども、心《こゝろ》は後《あと》にぞとゞまりける。五月雨《さみだれ》の 雲間《ま》もしらぬ夕暮《ゆふぐれ》に、いづくおそ《(を)》三二ことをもしらねども、そなたばかりをかへりみて、涙《なみだ》 とともにあゆみける、心《こゝろ》のうちぞ、無慙《むざん》なる。

一四 箇条をたてて。筋を通して。
一八 乱暴なこと。
一九 誓いをたてることば。浅間大菩薩は、静岡県富士宮市の浅間神社。
二〇 きわめて長い年代。
二一 勘当しよう。不孝は、もともと親子についていうが、それから転じて、ここでは主従についていう。↓一七九頁注一五。
二二 志としてうけいれられない。
二三 どんなに無理でも、いやと思わないのは、主君の命令である。舞の本「小袖曾我」に、「あかぬは君の御諚」、お伽草子「物くさ太郎」に、「あはぬは君のおほせ」とある。
二四 前出。↓三三九頁注二一。
二五 釈迦の出家以前の名。釈迦は、インドの迦毗羅《(かび)》《(ら)》城の浄飯《(じやう)》《(ぼん)》王の子として生まれた。
二六 平家物語十「三日平氏」に、「むかし悉達太子の檀特山に入せ給ひし時、しやのくとねりがこんでい駒を給はて、王宮にかへりしかなしみ」とある。
二七 諸本によって、底本の「ほたひい」を改め、「菩提《(ぼだ)》《(ひ)》」とする。仏の道を求める心。彰考館本に、「菩提《〈ぼた)》《い〉》心」、南葵文庫本に、「ほたひしん」とある。
二八 北インドの犍駄羅《(がん)》《(だら)》国にある山。
二九 太子につきそった御者の名。
三〇 太子の乗った馬の名。「金泥駒」とも書く。
三一 主人を乗せない馬。
三二 兄弟のありかをさす。

[一]さても、この人々は、「郎等《らうどう》共はこしら[二]へかへしぬ、今は、思ひおく事もなし。いざや、最後の出立《いでたち》[三]せん」「しかるべし」とて、十郎が其夜の衣裳《いしやう》に、しろき帷子《かたびら》[四]の腋《わき》[五]ふかくかきたるに、村[六]千鳥の直垂《ひたゝれ》の袖《そで》をむすびて、肩《かた》にかけ、一[七]寸斑《すんまだら》の烏帽子懸《ゑぼしかけ》[八]をつよくかけ、黒鞘巻《くろざやまき》[九]・赤銅《しやくどう》づくりの太刀をぞもちたる。おなじく五郎が衣裳《いしやう》には、袷《あはせ》の小袖の腋《わき》ふかくかきたるを、狩場《かりば》の用《やう》にやしたるらん、唐貲布《からさゆみ》[一〇]の直垂《ひたたれ》に、蝶《てふ》を三二《(みつふたつ)》所〳〵にかきたるに、紺地《こんぢ》の袴《はかま》のく[一一]ゝりゆるらかによせさせ、袖《そで》をばむすびて、肩《かた》にかけ、平紋《ひやうもん》[一二]の烏帽子懸《ゑぼしかけ》をつよくかけ、赤木《あかぎ》[一三]の柄《つか》の刀をさし、源氏重《げんじぢう》代の[一四]友切肩《ともきりかた》に打かけ、まことに[一五]すゝめる姿《すがた》、ふきうが[一六]昔《むかし》ともいひつべし。たのもしともあまりあり。十郎、松明《たいまつ》ふりあげて、「こなたへむき候へや、時致《むね》。あかぬ顔《かほ》ばせ見参《げんざん》せん」といふ。五郎きゝて、敵《てき》にあひ、刹那《せつな》の隙もあるまじければ、これこそ、最後《さいご》の見参のためなるべし。誠に、祐成《すけなり》を兄《あに》と見たてまつらんも、今計《(ばかり)》かと思ひければ、兄が顔《かほ》をつく〴〵とまもり[一七]けり。十郎も又、弟《おとゝ》をみんも、これをかぎりとおもひければ、松明《たいまつ》さしあげ、つく〴〵見、涙ぐみけり。たがひの心の内、おしはかられてあわ《(は)》れなり。「今はこれまで候。御いそぎ候へ」とて、五郎、先《さき》にすゝみけるを、十郎、袖をひかへて、「女《をんな》どもあまたあるべきぞ。太刀のふりまはし心へ《(え)》候へ。罪《つみ》つくりに、手《て》[一八]ばしかくるな。後日の沙汰《さた》[一九]も、はゞかり有《(あり)》」といひければ、「左右《さう》[二〇]にやおよび給ふ」とて、足早《あしばや》

一 流布本では、ここから「きやうだい出〈でい〉たつ事」となる。
二 なだめすかし。
三 よそおい。
四 裏をつけない衣服。
五 腋の下を縫わないで、十分にあけてある。いわゆる闕腋《(けってき)》をさす。
六 千鳥のむらがった模様。
七 一寸ごとに斑に染めた模様。
八 烏帽子の上からかける紐。
九 黒の鞘巻。↓三〇五頁注二五。
一〇 唐織の目のあらい麻布。
一一 裾口のくくりをゆったりと結び。
一二 一寸おきほどにさまざまな色で彩った模様。
一三 花櫚《(かりん)》等の赤木の材を柄にした刀。
一四 前出。↓三〇七頁注二〇。
一五 彰考館本に、「たいまつうちふり、すゝみてこそはいてたりけれ」、大山寺本に、「たいまつふり立てゝ、進みてこそは出でたりけれ」とある。
一六 「ふきうか昔」は、万法寺本に、「むきしかむかし」とあるが、未詳。
一七 見まもった。
一八 手をば下すな。殺したりするな。
一九 評判。
二〇 とやかくおっしゃるまでもない。

にこそ急《(いそぎ)》ける。

## (屋形〳〵にてとがめられし事)

爰《(ここ)》に、[二一]座間《ざんま》と[二二]本間《ほんま》と、[二三]屋形《やかた》数《す》十間《けん》、むかひあひてぞ打《(うち)》たりける。かの兩人が郎等《らうどう》、篝《かゞり》をあまた所にたかせ、木戸《きど》を[二四]ゆひかさね、辻《つじ》をかため、とを《(ほ)》るべき様こそなかりけれ。いかゞせんと[二五]やすらふを見て、「何者《なに》ぞや。是ほどに夜ふけてとを《(ほ)》るは。ことに其[二六]體事《ていじ》がま敷《(しく)》出立《(いでたち)》たり。あやしや。とを《(ほ)》すまじ」とぞとがめける。「くるしからぬ者也。これも用心《やうじん》のかたち、[二七]人をこそとがむべけれ」「いや、[二八]誰にてもましませ。[二九]五つ以後のかよひ、かなふべからずとの御を《(お)》きてなり。とを《(ほ)》すまじき」とぞさゝ[三〇]ゑ《(へ)》ける。十郎うちむかひて、「御とがめ有《(ある)》まじき物なり。是は、[三一]土屋《つちや》殿より[三二]愛甲殿《あひきやうどの》への御つかひ也。とを《(ほ)》し給へ」といひければ、「さらばとを《(ほ)》せ」とゆるしけり。爰《(ここ)》をばすぎぬれど、いまだいくつの木戸《きど》、幾重《いくゑ》の關《せき》、警固《けいご》をかとを《(ほ)》るべき。事むつかしき折節かなと、足早《あしばや》にゆきけるに、[三三]千葉介《ちばのすけ》が屋形の前をぞとを《(ほ)》りける。こゝにも、木戸《きど》を[三四]きぶくたてゝ、[三五]半裝束《しやうぞく》の警固《けいご》の物數十人、これも、篝《かゞり》をたきてぞかためける。「何物《なに》なれば、これほど夜ふけてとを《(ほ)》る覽《(らん)》。[三六]やるまじき」とぞとがめける。五郎うちよりて、「[三七]御内方《うちがた》の

二一 前出。↓三三一頁注三一。
二二 前出。↓六七頁注四四。
二三 彰考館本に、「むかひあひたる屋形〈かた〉の前〈まへ〉をとをりける」、大山寺本に、「むかひたる屋形の前を通りける」とある。
二四 幾重にも構え。
二五 立ちどまる。
二六 ことごとしくよそおっている。
二七 人を見て咎めなければならない。
二八 誰でいらっしゃっても。
二九 午後八時以後に通行してはならない。
三〇 さまたげた。
三一 前出。↓六七頁注四四。
三二 前出。↓二〇五頁注二一。
三三 前出。↓一二四頁注一〇。
三四 きびしく。万法寺本に、「ふかく」とある。
三五 「番装束」か。
三六 通さないぞ。
三七 御家来衆。

者《もの》なり。くるしからず」とてうちより、木戸《きど》をおしひらく。「一おさへてとを《(ほ)》るは、様《やう》二あり。我らがしらぬ人あるまじ。御内方《がた》とは誰なるらん。名字《みやうじ》をなのれ」とぞとがめける。「我らは、名字《みやうじ》もなき者《もの》なり。とお《(ほ)》し給へ」といひければ、「三御内方《うちがた》へとは、大四やう也。五やわ《(は)》かとを《(ほ)》る」と六廣言《くわうげん》して、木戸《きど》をあらくぞおしたてたる。五郎は、木戸《きど》をたてられて、大きにいかつていひけるは、「七くるしからねば、とを《(ほ)》る也。八くるしき者のふるまひを見よ。これこそ、さる所へ强盗《がうどう》にいる者《もの》よ。とゞめんと思はん奴《やつ》ばらは、くみとゞめよ。手《て》にはかけまじき物お《(を)》」といひければ、番の者共、是を聞《(きき)》、「夜番の兵士《ひやうじ》は、何《なに》の用《やう》ぞや、かやうの狼藉《らうぜき》しづめんため也。打とゞめよ」とおひかけたり。五郎も、「心ゑ《(え)》たりや、こと〳〵し。かかりてみよ」といふまゝに、太刀取なを《(ほ)》し、待《(まち)》かけたり。十郎、少《(すこし)》もさは《(わ)》がず、しづ〳〵と立歸《(たちかへり)》、「是は、さらにくるしからぬ者にて候。九廳南《ちやうなん》殿より北條殿へ、大事の御物《もの》の具《ゝぐ》の候、取《(とり)》に參《(まゐり)》候が、夜ぶかに候間、人をつれて候へば、わかき者にて、酒《さけ》にゑい《(ひ)》候《(さうらひ)》て、一〇雜言《ざうごん》申《(まうし)》候。たゞそれがしに御免《めん》候へ」と、うち笑《(わらひ)》てぞいひたりける。御免《めん》といふに、一一かつにのり、「一二さればこそとよ、不審《ふしん》也。其儀《ぎ》ならば、ことやすし。廳南殿《ちやうなんどの》へたづね申《(まうす)》べし。その程《ほど》まちたまへ」とぞいかりける。十郎聞《(きき)》て、かかる一三勝事《せうし》こそなけれ、さりながら、一四陳《ちん》じてみんと思ひければ、此者《もの》共、いかりけるその中へ、なが〳〵とたちまじはり、「御分《ごぶん》たち、われ

一　無理に。
二　何かわけがある。
三　万法寺本には、「みうちかたとは」とある。
四　大まかである。
五　どうして通れようか。
六　口にまかせて憚らず言って。
七　さしつかえないから。
八　自暴自棄になっていうことば。
九　前出。↓三三一頁注二六。
一〇　種々の悪口。
一一　勝った勢いに乗り。
一二　そのことですよ。
一三　一大事。大変なこと。また、「笑止（せうし）」で、困ったことか。易林本節用集に、「勝事〈シヨウシ〉笑止(同)」とある。
一四　弁解してみよう。
一五　前出。↓一五一頁注二二。
一六　彰考館本に、「おやま」、万法寺本に、「お山〈やま〉」、大山寺本に、「をやま」とある。栃木県小山市か。
一七　年とって、物のわかった。頭だった。
一八　走り使いなどの雑役をする下男。
一九　見まもった。

〳〵をば見しり給はずや。聴南殿《ちやうなん》の御内《うち》に、彌源《げん》次・彌源《いやげん》太とて、兄弟の馬屋の者也。いつぞや、[一五]宇都《うつ》宮殿《どの》、[一六]北山への御出《(いで)》の時、見参《げんざん》に入候《(いりさうらひ)》しをば、わすれ給ひ候や」といふ。其中《なか》に、[一七]を《(お)》となしき[一八]雑色《ざうしき》あゆみ出《(いで)》て、十郎が顔《かほ》をつく〴〵[一九]とまもりけり。祐成《すけなり》、[二〇]こはしとおもへば、松明《たひまつ》すこし脇《わき》へまはし、眼《め》をすこし[二一]すがめてい《(ゐ)》たりけり。此者ども、よく〳〵まぼりて、「誠に思ひ出《(いだ)》したり、[二二]片瀬《かたせ》よりせきとのへ御かへりに、よりあひたるやうにおぼゆるぞや」。十郎、事《こと》こそよけれとおもひければ、「さぞかし、殿《との》ばら、其時《とき》の酒盛《さかもり》には、[二三]座敷の[二四]くるひ人ぞかし。わすれ給ふか」といひければ、「げに、その人にてまし〳〵けり。わ殿《との》は、[二五]人をばの給へども、[二六]二王舞《にわうまひ》をばしたまはぬか」。側《そば》なりける男《おとこ》が、「これ程の[二七]知音《ちいん》にてまし〳〵けるや。御つかひなるに、いそぎとお《(ほ)》したまへ」といふ。「あわ《(は)》れ、にごり酒《ざけ》一桶《をけ》あらば、いかなる御使なりとも、[二八]得手《あて》の二王舞《まひ》を所望《しよまふ》申さぬか。一番見たし」といひければ、十郎聞《(きき)》て、「[二九]おなじ御心也。さりながら、後日にまい《(ゐ)》りあはん」とて、[三〇]よそ目《め》にかけてぞとを《(ほ)》りけり。此者ども打よりて、「あやまちしたりけん。とお《(ほ)》り給へや、人々」とて、木戸《きど》をひらきておし出《(いだ)》す。兄弟の人々は、[三一]鰐《わに》の口をのがれたる心《こゝ》ちして、十郎いひけるは、「かやうの所にては、いかにも[三二]降《かう》をこふべきに、御分《ごぶん》の雑言《ざうごん》こゝろへ《(え)》ず。[三三]孔子《くじ》のことばをば聞《(きき)》給はずや。「[三四]事を見ては、いさむ事なかれ。大事の前に、少事なし」とこそ見え候へ。[三五]身ながら

二〇 てごわい。
二一 横目を使って。
二二 彰考館本・大山寺本に、「かたせのしゆくにて」、万法寺本に、「かたせよりせきとへ御かへりのとき」、南葵文庫本に、「かたせよりせきとへ御かへりに」、流布本に、「かたせよりせきどへ御かへりに」とある。片瀬は、神奈川県藤沢市内。「せきとの へ」は、「関戸(せきど)への」か。関戸は、東京都南多摩郡多摩町。
二三 彰考館本などに、「さしき一の」、流布本に、「ざしきの一の」とある。
二四 なみはずれてさわぎまわる人。
二五 人のことをおっしゃるが。
二六 力士舞と同じで、金剛力士に仮装して舞うものか。
二七 知己。親友。
二八 得意。
二九 私と同じ御心だ。
三〇 よそながら見て。
三一 危険な所からのがれ出るという意味のことわざ。義経記七「平泉寺御見物の事」などにもみられる。
三二 へりくだってあやまる。
三三 孔子(こう)。論語八佾の「遂事不ㇾ諫」を誤ったものか。↓二一八頁注一一。「孔子のことば」とあるが、出典未詳。
三四 大事にあたって、血気にはやってはならない。大事を前にしては、小事にかまっていられない。↓二一九頁注一八。
三五 自分ながら。

も、よくこそ陳《ちん》じぬれ。是や、[一]富樓那《ふるな》の辯舌《べんぜつ》にて、[二]くわうのいきどお《(ほ)》りをやめけるも、今にしられたり」とぞ申《(まうし)》ける。

（[三]波斯匿王《はしのくわう》の事）

抑《(そもそも)》、富樓那《ふるな》の辯舌《べんぜつ》にて、[四]くは《(わ)》うのいかりをやめける來歷《らいれき》を尋《(たづぬ)》るに、昔《むかし》、釋尊《しやくそん》、[五]靈山《れうぜん》にて法《ほう》をときたまひしに、波斯匿王《はしのくわう》、[六]聞法結緣《きゝほうけちゑん》のために、まい《(ゐ)》らせられたり。富樓那《ふるな》尊者《そんじや》と申《(まうす)》は、辯舌《べんぜつ》第一の佛弟子《ぶつでし》にてまし〳〵けり。然《(しかれ)》ども、かの[七]くわうの臣下《しんか》の子也。教法《けうぼう》に[八]心をそめて、[九]くわうの方《かた》をだに見やり給はざりける。[一〇]くわう、いかりをなしていわ《(は)》く、「[一一]扨《(さて)》も、尊者《そんじや》は、みづから佛前《ぶつぜん》に有《(あり)》つるを、つゐ《(ひ)》にそれとだにも見られざりつる奇怪《きくわい》さよ。此度、參《(まゐら)》む時《とき》は、[一二]其色みすべし」とて、[一三]幸臣數《かうしんかず》あひ具《ぐ》し、[一四]怨敵《おんでき》をふくみて、まい《(ゐ)》られける時、富樓那尊者《ふるなそんじや》は、路中にて行あひたまい《(ひ)》、「いかに尊者《そんじや》、いづくゑ《(へ)》」ととふ。尊者《そんじや》聞給ひて、ことのほかに[一五]恭敬《くぎやう》して、「すぎにし佛《ほとけ》の御說法《せつぽう》の時、君まい《(ゐ)》り給ひしか共《(ども)》、[一六]法門歡喜《はうもんくわんぎ》のみぎり、身をわすれ、他《た》をしらざりし事なれば、其禮《れい》さらになかりしなり」。くわうは、いまだ[一七]眞俗《しんぞく》のこり、[一八]是非《ぜひ》にたづさはり給ひき。それまた、理《ことはり》なきにあらず。御いきどを《(ほ)》り[一九]もだしがたし。王宮《わうくう》よりの[二〇]御たくみ、さぞと

一 釈迦の十大弟子の一人で、雄弁家。
二 万法寺本に、「はしの丶わう」、流布本に、「はしのくわう」とある。→注三。
三 中インドの憍薩羅(きょうさつら)国舎衛城の王で、深く仏教に帰依した。
四 万法寺本に、「わう」とある。
五 霊鷲山(りょうじゅせん)ともいう。中インドの摩掲陀(まかだ)国王舎城の東北にあたる。
六 万法寺本に、「もんぼうけちゑん」とあるのが正しい。仏法を聴聞して、成仏・得道の因縁を結ぶこと。
七 万法寺本に、「の丶わう」とあるのは、「のくわう」の誤。
八 深く心をよせて。
九 万法寺本に、「のくわう」とある。後の「くわう」についても同じ。
一〇 ここは、万法寺本に、「王」とある。
一一 何の挨拶もしないのを怒ることば。
一二 怒った様子をあらわそう。
一三 気に入った家来。
一四 恨みの気持。
一五 つつしみうやまって。
一六 仏法を聴き信心を得て喜ぶこと。
一七 万法寺本に、「しんぞくにのこり」とある。真俗の差別から離れることなくの意か。真俗は、出世間と世間。
一八 是非の差別にとらわれなさった。
一九 そのままにしておけない。
二〇 万法寺本に、「たくらみ」とある。
二一 真如の理。
二二 宇宙万物にそなわる、常住不変、平等無差別の実体。
二三 精神を一点にあつめ、雑念をしり

しられて、急《(いそぎ)》まい《(ゐ)》りたる。「誠に[二一]この理《ことはり》わきまへ給ふにや。[二二]眞如《しんによ》、[二三]禪定《ぜんぢやう》の時《とき》は、[二四]無二《むに》亦《やく》無《む》三ととかれてこそ候へ。さるにを《(お)》きて、自《じ》もなく他《た》もなく、[二五]法界平等《ほうかひびやうどう》なり。何者《もの》か有《(あり)》て、[二六]しやうとも又正《しやう》ともへだてん。[二七]萬法《ぼう》一如《によ》にして、[二八]阿字本不生《あじほんふしやう》の觀《くわん》お《(を)》なし給へ」としめしたまひければ、くわう、なを《(ほ)》しも邪《じや》に入《(いり)》て、「みづからがことばいたづらになりて、無禮《ぶれい》にひとしく候べきにや」。いよ〳〵いかりをたかくして、尊者《そんじや》の理《り》に[二九]うけ候はず。これひとへに[三〇]驕慢瞋恚《けうまんしんゐ》の[三一]外道《げどう》と、あさましくこそおぼえけれ。その時、富樓那《ふるな》、「[三二]にやくいしきたんが、ひおんしんしやうくが、かやうの人は、まさに邪道《じやだう》を行《ぎやう》じて、如來《によらひ》を見る事かなふべからず」とこそとかれて候へ。色《いろ》にふける、ことばにたづねんは、[三三]無縄自縛《むじやうじばく》かん〳〵と見えたるをや」。くわう、なを《(ほ)》[三四]うけ給はて、「其縄《なわ》は《ゝ》誰《たれ》かいたしける」「其心にかへりてたづね給へど、ほかにはなし」とのたまひける所《ところ》に、くわう、[三五]一理《り》をうけて、恭敬禮拜《くぎやうらひはい》して、[三六]佛果《ぶつくは》に成《ぜう》じたまふ。すなはち、尊者《そんじや》ひき具《ぐ》し、靈山《れうぜん》にまい《(ゐ)》り給ふ。「げにや、[三七]本文《ほんもん》に、「私《わたくし》の心《こゝろ》ざしをわすれ、誠の恭敬《くぎやう》によつて、波斯匿王《はしのくわう》も、[三八]方便《はうべん》の教化《きやうけ》によれる、かへす〴〵[三九]私《わたくし》なし」とこそしめされてこそ候へ。たゞし、梶原《かぢはら》といふ曲者《くせもの》の屋形の前、いかゞすべき。我らを見しりたる者なり。されども、帰るべき道《みち》にもあらず。[四〇]浮沈《ふちん》、こゝにきわ《(は)》まれり。運《うん》にまかせよ」とてとを《(ほ)》る。案《あん》のごとく、[四一]辻《つじ》がための兵數十人、[四二]長具足《ながぐそく》たてならべ、誠にきびしく見えたり。

ぞけ、絶対の境地に達するための瞑想。
二四 一つだけで類がない。↓補二四六。
二五 法界は、ひろく限りない法の世界、全世界という意味にもなる。法界平等利益で、仏の慈悲の功徳が、全世界の衆生に差別なく与えられること。
二六 万法寺本・流布本に、「じやとも」とあり、「邪とも」の意。
二七 あらゆる存在は一体であって、真如に帰すること。
二八 阿字は、梵語の第一字母で、あらゆる存在の根元をさす。↓補二四七。
二九 聞きいれない。
三〇 驕りあなどり、怒りうらむこと。
三一 仏教以外の教えを奉ずる者。
三二 金剛般若経に、「若以レ色見レ我、以二音声一求レ我、是人行二邪道一、不レ能レ見二如来一」とある。形や声によって仏を求める者は、ま違った道を修める者で、仏にあうことはできない。↓補二四八。
三三 縄がなくてみずから縛られるさま。↓補二四九。
三四 「うけこはで」か。↓補二五〇。
三五 一つの道理を認めて。
三六 成仏のあかしをえられた。万法寺本に、「ふつくわをせうし給ふ」とある。
三七 典拠となる文書。
三八 衆生を教え導く手段。
三九 万法寺本に、「わたくしをこそしめされて候へ」」とある。
四〇 諸本によって、底本の「ふひん」を改む。
四一 警固のため道筋や辻々におく兵士。
四二 槍・長刀など。

せん方《かた》なくして、南無二所権現《しよごんげん》[一]、たすけ給へ」と祈念《きねん》して、しらぬ様《やう》にてとお《(ほ)》りける。されども、神慮《りよ》の御たすけにや、とがむる者もなかりけり。「すはや[二]、よきぞ」とさゝやきて、足早《あしばや》にこそとお《(ほ)》りけれ。たゞ事ならずとぞ見[三]へ《(え)》ける。

## (祐經、屋形《やかた》をかへし事)

すでに祐經《すけつね》が屋《や》形ちかくなりて、こゝぞといへば、うちうなづきて、すでに屋《や》形へいらんとしける時《とき》、十郎、弟《おとゝ》が袖《そで》をひかへて、「われ〳〵、敵《てき》に打あひなば、刹那《せつな》の隙《ひま》も有《(ある)》まじ。今こそ最後《さいご》の際《きわ》なれ。心《こゝろ》しづかに念佛《ねんぶつ》せよ」といひければ、「しかるべし」とて、兄弟《きやうだひ》、西にむかひ手《て》をあわ《(は)》せ、「[四]臨命終《りんみやうじう》の佛たち、親《をや》のために回向《ゑかう》する命[五]、諸尊《しよそん》もしりたまはん。[六]安樂世界《あんらくせかひ》にむかへたまへ」と祈念《きねん》して、屋形《やかた》の内へぞいりにける。されども、[七]王藤内《わうとうない》が申《(まうす)》様《やう》にしたがひ、祐經《すけつね》、おもはざる所に屋形をかへたりければ、たゞむなしく土器《かはらけ》ふみちらして、人一人もなかりけり。是はいかにと、松明《たひまつ》ふりあげ見れば、屋形《やかた》もを《(お)》なじ屋形《やかた》、座敷も宵《よひ》の所なり。人はおほくふしたれども、狩《かり》につかれ、酒《さけ》にゑい《(ひ)》ふしたりければ、「誰《た》そ」ととがむる者もなし。この人々は、力《ちから》なく屋《や》形をたちいでゝ、天《てん》にあふぎ、地にふし、かなしみけるぞ、理《ことはり》なり。「敵に縁《ゑん》

一　伊豆山権現と箱根権現。

二　さては。

三　万法寺本・南葵文庫本・流布本によって、底本の「て」を改む。

四　念仏行者の臨終にあたって来迎《(らいこう)》するという阿弥陀仏。

五　彰考館本に、「心のうち、ほとけはしり給らん」、大山寺本に、「ねんぶつは知り給ふらん」とある。諸尊は、多くの仏たちをさす。

六　極楽浄土。

七　曾我兄弟を侮ってはならないと言ったことをさす。

なき者を尋《(たづぬる)》に、我らにはすぎじ。今宵《こよひ》は、八さりともとおもひしに、九あましぬるこそ、一〇さなき物故《ゆへ》に、口お《(を)》しけれ。かやうにあるべしとしるならば、曾我へかへすまじきに、世間《せけん》に披露《ひろう》せられんこそ、かなしけれ。自害《じがひ》してうせなん」とて、たちたりける。

一一されども、御屋形の東のはづれは、秩父《ちゝぶ》一二の屋《や》形なりけり。折節、本田二郎《ほんだの》一三、小具足《こぐそく》一四さしかため、一五夜まはりの番也《ばん(なり)》しが、庭上《ていしやう》に、「今宵《こよひ》もあましけるよ」と、小聲《こ》にいふ音《おと》しけり。いかさま、伊豆《づ》・駿河《するが》の盗賊《とうぞく》の奴《やつ》ばらにて有覽《(あるらん)》、打とゞめ、高名《かうみやう》せんと思ひ、太刀の鍔元《つばもと》、二三寸《ずん》一六すかし、足早《あしばや》にあゆみよりけるが、心をかへて思ふやう、一七一定《ちやう》、曾我の殿原の、日《ひ》ごろの本意とげんとて、夜晝《よるひる》つけめぐりつる、さやうの人にてもやと、障子《しやうじ》の隙《すき》より、忍びてみれば、案《あん》一八にもたがはず、兄弟は、敵のかへたる屋形《やかた》をしらで、あきれてこそはゐたりけれ。いたはしく思ひて、左衛門尉《さへもんのぜう》がふしたる屋形の妻戸《つまど》一九を、ひそかにおしひらき、何共《(とも)》物をばいはずして、扇《あふぎ》をいだしてまねきたり。五郎、此よしきつと見て、本田《ほんだ》がわれらをまねきつるは、様《やう》こそあれと思ひ、松明脇《たひまつわき》二〇にひきそばめ、廣縁《ひろゑん》二一にづんどあがり、「何事《なに》ぞや、本田殿《ほんだ》」とさゝやきければ、本田《ほんだ》、小聲《こごゑ》になりて、「夜陰《いん》二二の名字《みやうじ》は詮《せん》なし。二三波にゆらるゝ沖《をき》つ船《ふね》、二四しるべの山はこなたぞ」と、いひすててこそしのびけれ。「二五そこともしらぬ夜の波《なみ》、風をたよりの湊《みなと》いり、心あるよ」とたはぶれて、屋形《やかた》の内《うち》へぞ入《(いり)》にける。兄弟《きやうだひ》ともに立そひて、松明《たいまつ》ふりあげ、

八 いくら何でも、きっと敵を討つぞ。
九 とり逃した。
一〇 郎等を曾我へ帰したために。
一一 流布本では、ここから「すけつねうちし事」となる。吾妻鏡建久四年五月二十八日の条に、「子剋、故伊東次郎祐親法師孫子、曾我十郎祐成・同五郎時致、致三推二参于富士野神野御旅館一、殺二戮工藤左衛門尉祐経一」とある。
一二 畠山重忠をさす。
一三 本田は、前出。→三三一頁注一四。
一四 手足につける籠手(こて)、臑当(すねあて)、脇楯(わいだて)などをいう。
一五 諸本によって、底本の「さしつちかため」を改む。
一六 大山寺本に、「くつろげ」、南葵文庫本に、「ぬき」とある。太刀を抜きかかるさま。
一七 たしかに。
一八 思ったとおりに。
一九 両開きになった板戸。武士の家では、正式の出入口であったとみられる。
二〇 手もとにひきよせて。
二一 ずっと。易林本節用集に、「寸斗〈ドズン〉」とある。
二二 夜中に名字を呼ぶのは無益である。
二三 迷っている兄弟をさす。
二四 めざす祐経をさす。
二五 どこともわからない夜の波の上で、それとなく知らせる風をたよりに、めざす湊へ入るのは、深い心がこもっているよ。波・風・湊は、みな船の縁語。

一 ひき離して。
二 「時致」にあたる。
三 おろそかな。冷淡な。
四 争いたたかえば。
五 「すずろき」「そぞろき」と同じ。何となく心がはやって。
六 心を迷わす酒。
七 遊女。
八 真字本に、「合㆓親敵㆒事、喩㆓優曇花㆒、復三千年一度云㆓花蕨実成㆒西王母苑桃耶、是争可㆑倍」とある。「西王母〈せいわうぼう〉」は、諸本に、「せいわうぼ」とあって、仙女の名にあたる。漢武帝内伝・列仙伝等によると、西王母という仙女が、漢の武帝に仙桃を進めたという。その仙桃について、三千年に一度、花が咲き実がなると伝えられる。優曇華も、三千年に一度だけ、花が咲くという植物。希有な物のたとえに引かれる。→補二五一。
九 絶好の機会を感謝して利用する意。
一〇 胸さき。
一一 立派なもので。

よく見れば、本田《ほん》がお《(を)》しへにたがはず、敵は、こゝにぞふしたりける。二人が目《め》と目《め》を見あわ《(は)》せ、あたりを見れば、人もなし。左衛門尉《さへもんのぜう》は、手越《てごし》の少将《せうしやう》とふしたり。王藤《おふとう》内《なひ》は、畳《たゝみ》すこし引[一]のけて、亀鶴とこそふしたりけれ。十郎、敵を見つけて、弟《おとゝ》にいひけるは、「わ殿は、王藤内《おうとうなひ》をきり給へ。祐経《すけつね》をば、祐成《すけなり》にまかせてみよ」とぞいひたりける。時[二]宗聞《(きき)》て、「[三]おろかなる御ことばかな。我〳〵幼少《やうせう》より、神佛にいのりし事は、王藤内《わうとうなひ》をうたんためか。かの物は、にがすべし。[四]たてあわ《(は)》ゞ、きるべし。祐経《すけつね》お《(を)》こそ、千太刀も百太刀も、心のまゝにきるべけれ。はやきり給へ。きらん」とて、す[五]ぞろきてこそ立《(たち)》たりけれ。果報《くわほう》めでたき祐経《すけつね》も、[六]無明《むみやう》の酒《さけ》にゑい《(ひ)》ぬれば、敵《てき》のいるをもしらずして、前後もしらでぞふしたりける。二人の君共[七]をば、衣《きぬ》におしまき、畳《たゝみ》よりを《(お)》しおろし、「を《(お)》のれ、聲たつな」といひて、松明側《たいまつそば》にさしを《(お)》き、十郎、枕にまはりければ、五郎は、後《あと》にぞめぐりける。二人の君ども、はじめより、しりたりけれども、あまりのおそろしさに、音《おと》もせず。兄弟《きやうだひ》の人々は、祐経《すけつね》を中《なか》にを《(お)》きて、を《(お)》の〳〵目《め》と目《め》を見あわ《(は)》せて、うちうなづきてよろこびけるぞ、あわ《(は)》れなる。「[八]三千年に花さき實《み》なる西王母《せいわうぼう》の園《その》の桃《もゝ》、優曇華《うどんげ》よりもめづらしや。[九]優曇華《うどんげ》をば、をがみてたお《(を)》るといふなれば、それにたとふる敵なれば、お《(を)》がみてきれや〳〵」とて、よろこびける。さて、二人が太刀を左衛門尉《のぜう》にあててはひき、引《(ひき)》てはあて、七八度こそあてにけれ。

やゝありて、時致《ときむね》、此年月のおもひ、たゞ一太刀にとおもひつる氣色《けしき》あらわ《(は)》れたり。十郎、これを見て、「まてしばし、ねいりたる物をきるは、死人をきるにおなじ。おこさんものを」とて、太刀《たち》のきつ先《さき》を、祐經が心もと[一〇]にさしあて、「いかに左衛門殿《さへもんどの》、晝《ひる》の見參《げんざん》に入《(いり)》つる曾我の者共まい《(ゐ)》りたり。われら程の敵《てき》をもちながら、何《なに》とてうちとけてふしたまふぞ。を《(お)》きよや、左衛門《さへもん》殿」とおこされて、祐經も、よかりけり[一一]、「心へ《(え)》たり。何程《なにほど》の事あるべき」といひもはてず、を《(お)》[一二]きさまに、枕元《もと》にたてたる太刀をとらんとする所《ところ》を、「やさしき[一三]敵のふるまい《(ひ)》かな。を《(お)》[一四]こしはたてじ」といふまゝに、左手《ゆんで》の肩《かた》より右手《めて》の脇《わき》の下《した》、板敷《いた》までもとを《(ほ)》れとこそは、きりつけけれ。五郎も、「ゐ《(え)》[一五]たりや、おふ《(う)》」との[一六]ゝしりて、腰《こし》[一七]の上手《うはて》をさしあげて、疊板敷《たゝみいた》きりとを《(ほ)》し、下[一八]もちまでぞうち入《(いれ)》たる。理《ことはり》なるかな、源氏重代友切《げんじぢうだいともきり》[一九]、何物かたまるべき。あ[二〇]たるにあたる所、つゞく事なし。「我幼少《ようせう》よりねがひしも、是ぞかし。[二一]妄念《まふねん》[二二]はらへや、時致《むね》。わすれよや、五郎」とて、心《こゝろ》[二三]のゆく〳〵、三太刀づゝこそきりたりけれ。無慙《むざん》なりし有様《ありさま》なり。後《あと》[二四]にふしたる王藤内《おうとうない》、[二五]ねおびれて、「詮《せん》[二六]なき殿《との》ばらの夜ち[二七]うのたはぶれかな。あやまちしたまふな。人たがひしたまふな。人々をば見しりたり。後[二八]日にあらそふな」とはいひけれども、刀をだにもとらずして、[二九]たかばひにしてぞ、にげたりける。十郎おひかけて、「晝《ひる》のことばにはにざる物かな。いづくまでにぐるぞ。あますまじ」とて、

一二 起きるとともに。
一三 殊勝な。
一四 彰考館本に、「おこさし物を」、大山寺本に、「おこさじものを」とある。
一五 しめた。うまくいった時に、思わず口にすることば。
一六 大声をあげて。
一七 祐経の腰の上の方をさし通したままでもちあげて。
一八 嬉遊笑覧に、「根太掛〈ねだかけ〉なるべし」とある。床下の横木を支える渡し木。
一九 前出。↓三〇七頁注二〇。
二〇 彰考館本に、「きるとつらなるところはなかりけり」、大山寺本に、「きるところつらなるはなかりけり」とあり、刀に触れると、すべて断ちきられたの意。
二一 みだりに執着する心。
二二 彰考館本に、「はらせや」、万法寺本に、「はらさんや」、大山寺本に、「はれよ」とある。
二三 気のすむままに。
二四 流布本では、ここから「わうとうないをうちし事」となる。↓三二四頁注一一。
二五 寝ぼけて。
二六 かいのない。
二七 彰考館本に、「夜中」を消して、「夜討〈ようち〉」とあり、大山寺本に、「ようち」とある。
二八 真字本に、「後日沙汰吃、不レ諍」とある。
二九 尻を高くあげながら這って。

左の肩《かた》より右の乳《ち》の下かけて、二つにきりて、おしのけたり。五郎はしりより、左右《さう》の高股《たかもゝ》[一]二《(ふたつ)》にきりて、おしのけたり。四十あまりの男《おとこ》なりしが、時《とき》の間《ま》[二]に、四つになりてぞ、うせにける。にがすべかりつる物、かひ《(い)》[三]ふしてはにげずして、なましい《(ひ)》[四]なることをいひて、四つになるこそ、無慚《むざん》さよ。五郎、王藤内《おふとうない》が果《はて》を見て、一首《しゆ》とりあへずよみたりける。

[五]馬《むま》はほゑ《(え)》牛《うし》はいななくさかさまに四十の男《おとこよ》四つになりけり

「よく〳〵つかまつり候かな。一期詠《ごゑい》じても、これ程こそよみ候はんずれ。詩歌《しゐか》[六]にを《(お)》いては、時宗、集《しう》[七]にもめとゝなん[八]。思ふ本意《ほんゐ》をばとげぬ。今ははゞかることなし」と、高聲《たかごゑ》にいひちらし、どつとわらい《(ひ)》て、出《(いで)》けるが、

(祐經《すけつね》にとゞめさす事[九])

十郎いひけるは、「祐經にとゞめをさゝざりけるか。とゞめは、敵《かたき》を打《(うつ)》ての法《ほう》也。實檢《じつけん》[一〇]の時、とゞめのなきは、敵うちたるにいらず」「さらば、とゞめをさし候はん」とて、五郎たち歸《(かへり)》、刀《かたな》をぬきとりておさへ、「御邊《ごへん》の手《て》よりたまはりて候刀《(かた)》な、たしかに返したてまつる。とらずと論《ろん》じ給ふな」とて、柄《つか》も拳《こぶし》もとを《(ほ)》れ〳〵とさす程《ほど》に、

一 股の上の方。
二 二つに斬られ、また二つに斬られて、四つになったのである。
三 身体を低くして一散に逃げないで。
四 言わなくてもよいことを言って。
五 馬はいななかないでほえ、牛はほえないでいななくように、さかさまの世の中で、四十の男が、馬牛と同じ四つになった。
六 諸本によると、「しうか」で、「秀歌」にあたるか。
七 「時致」にあたる。
八 諸本によると、「めされなん」の誤。ここでは、「とゝめなん」の誤刻とも考えられる。
九 人を殺す時に、その喉を刺して息を絶つこと。真字本に、「喉留〈トゞメ〉」とある。
一〇 実情を検査すること。

あまりにしげくさしければ、口《くち》と耳《みゝ》と一つになりにけり。扨《(さて)》こそ、後に人の申《(まうし)》けるは、「宵《よひ》に惡口《あつこう》せられしその[一一]ねたに、[一二]わざと口《くち》をさかるゝ」とぞ申《(まうし)》ける。幼少《ようせう》より、[一三]敵《かたき》をみんと、箱根に祈誓《きせい》申《(まうし)》、御前にて祐經を見そむるのみならず、一腰《こし》の刀《かたな》を﨟《(え)》たる、今《いま》とゞめをさしたる刀《かたな》、是也。權現《ごんげん》の御めぐみとて感《かん》じける。さすがにはなれぬ一門の中、あわれ《(は)》とや思ひけん、「我、[一四]過去《くわこ》の宿業《しゆくがう》といひながら、[一五]一念《ねん》の瞋恚《しんい》により、敵御方《みかた》とはへだたるなり。[一六]慚愧懺悔《ざんぎさんげ》の力《ちから》により、[一七]六根《こん》の罪障《ざいしやう》を消滅《せうめつ》し、[一八]因果《いんぐわ》の輪廻《りんゐ》をたゞ今つくしはてゝ、[一九]一念《ねん》の菩提心《ぼだひしん》あやまりたまはで、[二〇]一蓮《(ひとつ)はちす》の縁《ゑん》となし給へ。阿彌陀佛」と[二一]回向《ゑかう》して、屋《や》形をこそいでたりけれ。十郎は、庭上《ていしやう》にたちて、五郎をまち﨟《(え)》ていひけるは、「われなのりて、人々にしられん」「もつとも」とて、大音聲《おんじやう》にてのゝしりける。「とを《(ほ)》からん人は、音《おと》にもきけ。ちかからん物は、目《め》にも見よ。伊豆國《いづの》の住人[二二]伊藤二郎《の》祐親《すけちか》が孫《まご》、曾我十郎《の》祐成《すけなり》、おなじく五郎時致《ときむね》とて、兄弟の者《もの》ども、君の屋形の前《まへ》にて、親《おや》の敵、一家《か》の工藤《くどう》左衛門尉祐經《のぜうすけつね》を打取《(うちとり)》、まかりいづる。我と思はん人々は、打とゞめ高名《かうみやう》せよ」といへ共《(ども)》、晝《ひる》の狩座《かりくら》につかれければ、音《おと》もせず。小柴垣《こしばがき》のもとにおどり《(を)》より、なを《(ほ)》聲をあげて、よばはりけれども、東西南北に音《おと》もせず。三浦《みうら》の屋形《やかた》には、かねてよりしりたれば、わざと出《(いづる)》者もなし。つぎの屋形《やかた》にきゝつけて、[二三]榛澤《はんざは》・あかさは・柏原《かしはばら》をはじめとして、[二四]むねとの者《もの》共、いでんとする所を、重忠《しげたゞ》聞《(きき)》、

一一 ねたましく思うこと。「ねたし」の語幹の名詞に転じたもの。
一二 ことさらに。故意に。
一三 諸本によって、底本の「かたきを」を改む。
一四 前世のむくい。
一五 ごく短い時間のいかり。
一六 過去の罪業(ざいごう)を恥じてうちあけること。
一七 六根の作用によっておこる罪障。六根は、眼・鼻・耳・舌・身・意の六つ。罪障は、罪業によるさわり。
一八 因果の道理によって、敵味方となっためぐりあわせを、ただ今ことごとく終えて。
一九 ごく短い時間でも仏の道を求める心を、あやまりなく御覧になって。
二〇 ともに極楽浄土に生まれる機縁。彰考館本に、「一仏〈つぶ〉しゃうとのえん」、大山寺本に、「いちぶつじゃうどのえん」とある。
二一 死者の冥福を祈って。回向は、自己の修めた功徳を他にめぐらして、自他ともに仏道を成就しようとすること。
二二 「伊東」にあたる。
二三 彰考館本に、「はんさわ、あかさか、かしわはら」、万法寺本に、「はんさい、あかさか、かし井はら」、大山寺本に、「はんさい、あはつ、あかさは、かしはばら」とある。榛沢は、前出。↓三三一頁注一四。「あかさは」は、「あかさか」か、未詳。柏原は、埼玉県狭山市。
二四 「宗とある」の意。おもだった。

「餘《（あまり）》なさわぎそ。[一]一定《ちやう》、曾我の人々が、本意《ほんい》をとぐるとおぼえたり。いかに嬉敷《（うれしく）》思ふらん。心しづかによくさせよ[二]。さらぬだに、わかき者は、心さはぎ《（わ）》て、し損《そん》ずる事ありぬべし。しづまり候へ」と在《（あり）》ければ、出《（いづる）》者こそなかりけれ。兄弟の人々は、しばしやすらひ[三]、敵をまて共《（ども）》、なかりければ、十郎いひけるは、「いざや時宗[四]、ひとまづおちて、今《いま》一度母《はゝ》にあひたてまつり、おもふ事をも語申《（かたりまうし）》、なを事のびば[五]《（は）》、髻《もとどり》きり、いかな覽《（らん）》野の末《すへ》、山の中にも閉籠《へいろう》し[六]、父の孝養《けうよう》[七]をもせん。それかなはずは、心しづかに念佛《ねん》申《（まうし）》、自害《じがい》するまで」といひければ、五郎きゝ、あまりのにくさに音《をと》[八]もせず、やゝありて、「此仰《（おほせ）》こそ、條々《でうく》[九]しかるべしともおぼえず候へ。弓矢取《（とる）》物のならひには、入道かりそめにも一足《あし》もにぐるといふ事、くちおし《（を）》き事にて候。命《いのち》のおし《（を）》き物こそ、山林《さんりん》に閉籠《へいろう》[一〇]し候はんずれ。幼少《ようしやう》よりおもひし事はとぐるなり。何事を思ひのこして、おち候べき。母に對面《たひめむ》の事、科《とが》[一一]をたてまつるべきためか。させる[一二]孝養報恩《けうようほうおん》こそをくら《（お）》ざらめ、科《とが》もなき母《はゝ》さへいたまれ[一三]、「子どものゆき方しらぬ事あらじ」とぞ[一四]せめとわ《（は）》れ、禁獄《きんごく》[一五]死罪《しざい》にもおこなはれば、我ら[一六]がいださずしてかなふまじ。なましひににげかくれて、かしこゝよりから[一七]めいだされ、あまつさへ諸國《しよこく》の侍《さぶらひ》どもに、「幾程《いくほど》の命《いのち》おし《（を）》みて、曾我の物どもが髻《もとどり》きり、乞食《こつじき》をす」と、沙汰《さた》[一八]せられん事わ《（は）》はづかし。其上、一旦《たん》かくれゐ《（え）》たりといふとも、東は奥州外濱《おうしうそとのはま》[一九]、西は鎮西鬼界島《ちんぜいきかいがしま》[二〇][二一]、南は紀伊路熊《きいのぢくま》[二二]

一 たしかに。
二 思うままに敵を討たせよ。
三 とどまり。
四 「時致」にあたる。
五 生きのびるならば。
六 万法寺本・南葵文庫本に、「とちこもり」、流布本に、「とぢこもり」とある。
七 死後の仏事供養。
八 返事もしないで。
九 どの点からみても、もっともであるとは思われません。
一〇 万法寺本に、「とちこもらめ」、南葵文庫本に、「とちこもり候へし」、大山寺本・流布本に、「とぢこもり候はんずれ」とある。
一一 罪を負わせ申しあげようとするのか。万法寺本に、「とかをかけたてまつるへきためか」、流布本に、「とがをかけたてまつるべきためか」とある。
一二 これという孝養報恩を送らないまでも。
一三 彰考館本に、「めされてまいり」、万法寺本に、「めしいたされ」、大山寺本に、「めされて」、流布本に、「いためられ」とある。
一四 諸本によって、底本の「せめてわれ」を改む。
一五 獄中に拘禁しておくこと。
一六 万法寺本に、「われらいでずして」、南葵文庫本に、「我ら出すして」とある。
一七 しばられてひき出され。
一八 うわさされる。
一九 諸本によって、底本の「そものは

野山《のさん》、北は越後の荒海《あら》までも、君[二三]の御息《いき》のおよばぬ所あるべからず。天《てん》にか[二四]けり、地《ち》にいらざらん程は、一[二五]天《てん》四海《かひ》の内に、鎌倉《かまくら》殿の御権威《けんい》のおよばざる事なし。たゞ羅[二六]網《らまう》の鳥《とり》、つ[二七]りをふくむ魚《うを》のごとし。眞實《しんじち》のおほせともおぼえず。時宗におきては、むかふ敵《てき》あらば、太刀《たち》の目[二八]釘《めくぎ》のこ[二九]らゑ《(へ)》ん程は、命《いのち》こそかぎりなれ」と申《(まうし)》ければ、十郎きゝて、「わ殿《との》が心みんとてこそいひたれ、祐成《すけなり》が心も、かねてよりしりぬらん。一足《あし》もひき候まじき」とかたらい《(ひ)》、よする敵をまちかけたり。

## ([三〇]十番ぎりの事)

さる程《ほど》に、夜討《ようち》の時《とき》、おそろしさに聲《こゑ》もたてざりし二人の君どもが、「御所中《しよちう》に、狼[三一]藉人《らうぜきにん》有《(あり)》て、祐經《すけつね》もうたれたり。王藤内《おふとうない》もうたれたる」と、聲々《こゑぐ》にこそよばはりけれ。鎧《よろい》・兜《かぶと》・弓《ゆみ》矢・太刀、馬《むま》よ、鞍《くら》よと、ひ[三二]しめきあは《(わ)》つる程《ほど》に、具[三三]足《ぐそく》一領《りやう》に、二三人とりつきて、ひきあふ物もあり、つなぎ馬にのりながら、う[三四]ちあふる物もあり。そ[三五]れがし、かれがしとのゝしる音《をと》は、たゞ六[三六]種震動《しゆしんどう》にもおとらず。ややありて、武者《むしや》一人いできて、申《(まうし)》けるは、「何物なれば、わが君の御前にて、かゝる狼藉《らうぜき》をばいたすぞ。なのれ」とぞいひける。十郎打むかひて、「以前《いぜん》なのりぬれば、さだめてきゝつらん。

二〇 ま」を改む。↓一一八頁注一。
二一 九州。
二二 前出。↓一一八頁注二。
二三 「きのぢ」の訛。
二三 真字本に、「不レ懸二鎌倉殿御気一候二処耶一」とある。
二四 万法寺本に、「あかり」とある。
二五 ここでは、日本全国をさす。
二六 鳥をとる網。↓三七〇頁注三。
二七 釣針。万法寺本に、「つりはり」とある。↓三七〇頁注三。
二八 刀剣の身が柄から抜けないようにさす釘。
二九 こわれないでもつ。

三〇 吾妻鏡建久四年五月二十八日の条に、「爰祐経、王藤内等所レ令二交会一之遊女、手越少将、黄瀬川之亀鶴等叫喚。此上、祐成兄弟討二父敵一之由発二高声一。依レ之諸人騒動。雖レ不レ知二子細一、宿侍之輩者皆悉走出。雷雨撃レ鼓、暗夜失レ燈殆迷二東西一之間。為二祐成等一多以被レ疵、所レ謂平子野平右馬允、愛甲三郎、吉香小次郎、加藤太、海野小太郎、岡辺弥三郎、原三郎、堀藤太、臼杵八郎、被二殺戮一宇田五郎已下也」とある。
三一 乱暴者。
三二 騒ぎたててあわてる。
三三 甲冑一具。
三四 鞭でうち、鐙(あぶみ)であおる。
三五 誰、彼と騒ぐ。
三六 大地の震動するさま。仏の説法にあたって、動・起・涌・震・吼・撃の六種に震動するという。

かくいふ者《もの》は、いかなる物ぞ」「これは、武藏國《むさしの》の住人《ぢうにん》[一]大樂平《たいらくのへい》右馬助《むまのすけ》」となのる。祐《すけ》成《なり》聞《(きき)》て、「[二]薫蕕《くんゆ》は、人物《もの》おなじくせず、梟鸞《けうらん》は、翼《つばさ》をまじへず、我らにあひて、[三]かやうの事は、過分《くわぶん》なり。これこそ、曾我の物共よ。敵《てき》打《(うち)》て出《(いづ)》るぞ。とゞめよ」といひて、おひかけたり。右馬助《むまのすけ》、ことばにはにず、[四]かひふつてにげけるが、[五]押付《おしつけ》のはづれに、[六]胛《かひがね》かけてうちこまれ、太刀を杖《つへ》にて、ひきしりぞく。二番に、これらが姉聟《あねむこ》[七]横山黨《たう》[八]愛甲《あひきやうの》三郎となのりて、おしよせたり。五郎うちむかひ、いひけるは、「[九]紫燕《しえん》は、柳《りう》樹《じゆ》の枝《えだ》にたわぶ《(は)》れ、白鷺《はくろ》は、蓼花《れうくわ》の陰《かげ》にあそぶ。かやうの鳥類《ちやう》までも、おのれが友《とも》にこそまじわ《(は)》れ。[一〇]御分《ごぶん》たち、相手《あひて》には不足《ふそく》なれども、人をゑ《(え)》らぶべきにあらず。時致《ときむね》が手並《てなみ》の程見よ」とて、紅《あけ》に[一一]そまはりたる友切《ともきり》、[一二]まつこうにさしかざし、電《いなづま》のごとくに、とんでかゝる。かなはじとや思ひけん。すこしひるむ所《ところ》を、すゝみかかりて打《(うち)》ければ、五郎が太刀うけはづし、左手《ゆんで》の小腕《こがひな》をうちおとされて、ひきしりぞく。三番に、駿河國《するがの》の住人[一三]岡部《おかべの》彌三郎、十郎にはしりむかひて、左《ひだり》の手《て》の中指《なかゆび》二つ打おとされてにげけるが、[一四]御所《しよ》の御番の内にはしり入《(いり)》、「敵は二人ならではなく候。いたくな御さわぎ候《(さうらひ)》そ」と申《(まうし)》ければ、「[一五]神妙《しんびやう》に申《(まうし)》たり。[一六]いしくも見たり」とて、[一七]高名《かうみやう》の御意にぞあづかりける。四番《ばん》に、遠江國《とうたうみの》の住人《ぢうにん》[一八]原《はらの》小次郎、きられて、ひきしりぞく。五番《ばん》に、[一九]御所《しよ》の黑彌《くろや》五となのりおしよせ、十郎におつたてられ、小鬢《こびん》きられて、ひきしりぞく。

一 大楽は、東京都八王子市内か。↓補二五二。

二 文選五十四、劉孝標「弁命論」に、「薫蕕不レ同レ器、梟鸞不レ接レ翼」とあり、明文抄四に引かれる。薫蕕は、よいにおいとわるいにおい。梟鸞は、ふくろうと霊鳥。君子と小人とは同じ所にいられないというたとえ。

三 咎めだてするのは分に過ぎている。

四 「かいふして」か。↓補二五三。

五 鎧の押付板。鎧の背の上部にある。

六 肩胛骨。かいがら骨。↓補二五四。

七 彰考館本・大山寺本に、「よこちの太郎」とある。「よこち」は、未詳。横山党は、武蔵七党の一。

八 前出。↓二〇五頁注二一。

九 燕は柳の枝をぬって飛びかい、鷺は蓼の花の近くで遊ぶ。それぞれ分に応じた相手があることのたとえ。

一〇 諸本によって、底本の「こふんたそ」を改む。

一一 彰考館本・流布本によって、底本の「そまいりたる」を改む。

一二 諸本によって、底本の「まつこそに」を改む。ま正面にの意。

一三 真字本に、「岡部五郎」、彰考館本・大山寺本に、「原〈らは〉の小三郎」とある。岡部は、静岡県志太郡岡部町。

一四 御座所の中庭か。↓補二五五。

一五 殊勝に。けなげに。

一六 殊勝に。けなげに。形容詞「いし」の連用形。

一七 てがらをたてたというおほめ。真字本に、「付二高名札一」とある。

一八 真字本に、「原三郎」、彰考館本に、「しとの小次郎」、大山寺本に、「みどろの六郎」とある。原は、静岡県掛川市内か。
一九 彰考館本に、「御所〈としよ〉の近習〈きんしう〉くろやの弥五郎」、大山寺本に、「こしよのきんしゆくるやの弥五郎」とある。未詳。
二〇 真字本に、「加藤太郎」とある。加藤次景廉の一門か。↓一二三頁注一八。
二一 真字本に、「船超党橘河小次郎」とある。↓六五頁注三〇。
二二 股の上部。
二三 前出。↓三三一頁注二九。
二四 犬が四つ這いになるように倒れる。
二五 真字本に、「鎮西住人宇田五郎」とある。宇田は、未詳。
二六 彰考館本・大山寺本に、「同〈おな〉しく六郎」とある。臼杵は、宮崎県臼杵郡か。
二七 前出。↓三三一頁注二八。
二八 「面(おもて)もふらで」で、顔を横にもむけないでの意。↓補二五六。
二九 君子集に、「顔曰、少人以㆑財為㆑宝、君子以㆑友為㆑鏡焉」とある。
三〇 とやかくいうまでもない。
三一 横目で見て。
三二 刀のうちあう音。
三三 鎧の胴の胸板と肩上とをつなぐ紐。
三四 吾妻鏡建久四年五月二十八日の条に、「雷雨撃㆑鼓、暗夜失㆑燈」とある。
三五 大雨の降るさま。
三六 この部分の記事は、諸本によって異なる。↓補二五七。

六番《ばん》に、伊勢國《いせの》の住人[二〇]加藤彌《かとうや》太郎せめ來て、五郎が太刀うけはずし、二の腕《うで》きりほ《（お）》とされて、ひきしりぞく。七番《ばん》に、駿河國《するがのくに》の住人[二一]船越《ふなこしの》八郎おしよせ、十郎に[二二]高股《たかもゝ》きられて、ひきしりぞく。八番に、信濃國《しなのの》の住人《ぢうにん》[二三]海野《うんの》小太郎行氏《ゆきうぢ》となのりて、五郎にわたりあひ、しばしたゝかひけるが、膝《ひざ》をわられて、[二四]犬居《いぬゐ》にふす。九番に、[二五]伊豆國《いづの》の住人宇田《うだの》小四郎おしよせ、十郎にうちあひけるが、いかゞしけん、首《くび》打おとされて、廿七歳《さい》にてうせにけり。十番《ばん》に、[二六]日向國《ひうがの》の住《ぢう》人臼杵《うすきの》八郎おしよせ、五郎にわたりあひ、まつかうわられて、うせにけり。此つぎに、安房國《あわの》の住《ぢう》人[二七]安西《あんざいの》彌七郎なのりて、「敵はいづくにあるぞや」とてたちける。十郎うちむかひて、「人々、やさしく、[二八]おりてふかで、討《うち》死にしたるは見つらん。愚人《ぐにん》は、銅《あかがね》をもつて鏡《かゞみ》とす。[二九]君子《くんし》は、友《とも》をもつて鏡《かゞみ》とす。ひくな」といひて、うちあひける。彌《や》七も、さる者《もの》なり、「[三〇]左右《さう》にやおよぶ」といひもあへず、とんでかかる。十郎、足《あし》をふみちがへ、[三一]側目《そばめ》にかけて、[三二]ちやうどうつ。肩先《かたさき》より[三三]高紐《たかひも》のはづれへ、切先《きつさき》を打こまれ、ひきしりぞくとは見えしかど、それも、その夜にしにゝけり。頃《ころ》しも、[三四]五月廿八日の夜なりければ、くらさはくらし、[三五]ふる雨は、車軸《しやぢく》のごとくなり。敵《てき》はいづくに有《（ある）》ぞや」とて、はしりめぐる所を、小柴垣《こしばがき》にたちかくれて、いづるをちやうどきりては、陰《かげ》にひきこもり、むかふ者《もの》をば、はたときる。きられてひきしりぞく物を後陣《ごぢん》にうけとりて、御方《みかた（うち）》打する所《ところ》もあり。[三六]二人の物ども、よばはりけるは、「武藏・相模《さがみ》の[一]はや物どもは、いかに。これも重代《ぢうだい》、是も重代《ぢうだひ》と思ふ太刀と刀《かたな》の鐵《かね》の程《ほど》をも見せよかし。敵は十人ある、二十人あると、後日に沙汰《さた》する[二]な。われら兄弟《きやうだひ》計《(ばかり)》ぞ。火《ひ》をいだせ。そのあかりにてなのりあはん。[三]むげなる物どもかな」とよばはりければ、[四]御厩《むまや》の舍人《とねり》とくたけといふ物、傘《からかさ》に火《ひ》をつけてなげ出《(いだ)》す。これを見て屋形〳〵より、われおとらじと、雜人《ざうにん》の、蓑《みの》に火《ひ》をつけてなげだす。二千間《せんげん》の屋形より松明《たひまつ》いだしければ、[五]萬燈會《まんどうゑ》のごとし、白晝《はくちう》にもにたり。かれら二人は、[六]素《す》膚《はだ》にて敵にあはんとはしりまはる有様《ありさま》、小鷹《こたか》の鳥《とり》にあふがごとし。かゝる所に、武藏《むさしの》國の住人[七]新開荒《しんかひのあら》四郎となのりかけて、すゝみ出《(いで)》て申《(まうし)》ける、「敵《てき》は何《なん》十人もあれ、それがし一人にやこゆべき。いであへや、對面《たひめん》せん」とぞいひける。十郎うちむかひて、「[八]やさ敷《(しく)》きこゆる物かな、「[九]大匠《たひしやう》にかはりてつかゐる物は、かならず手《て》をやぶる」とは、文選《もんぜん》のことばなるおや《(を)》。ひくな」といひて、とんでかゝる。[一〇]ことばは、主の恥《はぢ》をしらず、「御免《めん》あれ」とてにげけるを、十郎、[一一]しげくおひかけたり。あまりににげ所なくして、小柴垣《こしばがき》をやぶりて、[一二]たかばひにしてにげにける。つぎに、甲斐國《かひの》の住人《ぢうにん》に、[一三]市河黨《いちかはとう》に、別當《べつたうの》二郎、すゝみ出《(いで)》て申《(まうし)》けるは、「いかなる[一四]しれ者《もの》なれば、君の御前にて、かかる狼藉《らうぜき》をばいたすぞ、なのれ、きかん」といふ。五郎申《(まうし)》けるは、「[一五]事《こと》あたらしき男《おとこ》のとひ様《やう》かな。曾我の冠者《くわじや》ばらが、親《をや》の敵うちていづると、幾度《いくたび》いふべ

一 血気さかんな者。
二 諸本によって、「な」を補う。
三 この上なく卑怯な。
四 真字本に、「御馬屋舍人時武」とある。
五 万燈を点じて供養する法会。
六 真字本に、「抜二太刀一推二当額一走廻、只小鷹㲉鶵為二追立々々一不レ異」とある。
七 彰考館本に、「しんかいの次郎さね光〈み〉」とある。新開は、埼玉県大里郡豊里村。→三六六頁注三。
八 殊勝に。
九 文選四十六、陸士衡「豪士賦序」に、「代二大匠一斲者、必傷二其手一」とある。上手な大工のまねをして木を削ると、かならずけがをするもとである。名人上手のまねをしてはならないの意。→補二五八。
一〇 むやみにことばに出すのは、当人の恥となるのもかえりみないで。
一一 彰考館本に、「手ちかく」、万法寺本・大山寺本に、「てしけく」とある。てきびしくの意か。
一二 尻を高くして這って。
一三 真字本に、「一河別当次郎」とある。市河は、山梨県西八代郡市川大門町。
一四 愚か者。
一五 改まった。
一六 真字本に、「親敵宿世敵不レ嫌二陣頭一為レ師」とある。
一七 真字本に、「別当次郎宗光」、彰考館本に、「へつたう二」、万法寺本に、「へつたう二郎さねみつ」、大山寺本に、

きぞ。臆《おく》して耳《み丶》がつぶれたるか。[一六]親《おや》の敵《かたき》は、陣《ぢん》の口《くち》をきらはず。さて、か様に申《(まうす)》は誰《たれ》人ぞ。きかん」といふ。「是は、甲斐國《かひの》の住人市河黨《いちかはとう》の別當大夫《べつたうのたゆふ》が次男《じなん》、[一七]別當《べつたうの》次郎定《さだ》光《みつ》」とぞこたえ《(へ)》ける。五郎きゝて、「わ殿《との》は盗人《ぬすびと》よ。[一八]御坂《みさか》・かた山・都留《つる》・坂東《ばんどう》にこもりい《(ゐ)》て、京鎌倉《きやうかまくら》に奉《(たてまつる)》年貢《ぐ》[一九]御物《みもつ》の[二〇]兵士《ひやうじ》すくなきを、遠矢《とを》にいておひ《(お)》をとし、片《かた》山里の[二一]下《げ》種《す》人の[二二]たてあはざるを、夜打《(ようち)》などにし、物《もの》とるやうはしりたりとも、恥《はぢ》有《(ある)》侍《さぶらひ》によりあひ、[二三]はれの軍《いくさ》せんことは、いかでかしるべき。今《いま》、時致《ときむね》にあひてならへ。おし《(を)》ゑ《(へ)》ん」とて、をどりかかりて打《(うつ)》太刀に、[二四]高股《たかもゝ》きられて、ひきしりぞく。是らをはじめとして、兄弟二人が手《て》にかけて、五十餘人ぞきられける。[二五]手《て》あ《(お)》ふ物は、三百八十餘《よ》人なり。數々《かずく》出《(いづる)》松明《たひまつ》も、一度にきへ《(え)》て、元《もと》の闇《やみ》にぞなりにける。人はおゝ《(ほ)》くありけれども、此人々の氣色《けしき》を見て、こゝやかしこに[二六]むらだちて、よする物こそなかりけれ。

([二七]十郎が打死《(うちじに)》の事)

やゝしばらく有《(あり)》て、伊豆國《いづの》の住人、[二八]新田《の》四郎に、十郎うちむかひ、「いかに曾我《の》十郎祐成《すけなり》か」「[二九]むかひ誰《た》そ」「新田《の》四郎忠綱《たゞつな》よ」「さては、御分《ごぶん》と祐成《すけなり》は、たゞしき親類《しんるい》なり」「その儀《ぎ》ならば、たがひに後《うしろ》ばし[三〇]見るな」「左右《さう》におよばず。今夜、いまだ[三一]尋常《じんじやう》

「へつたうし」、流布本に、「へつたう二郎」、南葵文庫本に、「べつたうの次郎」とある。
一八 御坂は、山梨県東八代郡御坂町から南都留郡河口湖町に通ずる峠。「かた山」は、未詳。都留は、北都留郡上野原町の近辺。坂東は、東山梨郡大和村から大月市に通ずる峠。↓補二五九。
一九 南葵文庫本に、「御と丶のへ〈調〉物」とある。「貢物(みつきもの)」にあたるか。
二〇 警護の武士。
二一 万法寺本に、「けすとく人」、南葵文庫本に、「けすとくにん」とある。身分の賤しくて富んだ人。
二二 戦い争わない。
二三 はれがましい。
二四 股の上部。
二五 負傷する。彰考館本に、「てをおふする」、大山寺本に、「ておうする」とある。
二六 群がり立って。
二七 吾妻鏡建久四年五月二十八日の条に、「十郎祐成者、合二新田四郎忠常一被レ討畢」とある。
二八 彰考館本に、「新田〈にった〉の四郎そいてあふたる」、大山寺本に、「につたんしらうそいてあふたる」とある。新田四郎は、前出。↓三一五頁注二六。
二九 彰考館本などに、「とふはたそ」とある。
三〇 彰考館本に、「見するな」、万法寺本・流布本に、「みするな」、大山寺本に、「見すな」とある。
三一 立派な。

なる敵にあわ《(は)》ず。ゆひかひなき[一]人の、郎等《らうどう》の手《て》にかゝらんずらんと、心にかかりつるに、御邊《へん》にあふこそうれしけれ」「一家《か》の驗《しるし》に、おなじくは、忠綱《たゞつな》が手《て》にかけて、後日に勸賞《くはむじやう》[二]におこなはれ給はゞ、御邊《へん》の奉公《ほうこう》と思ひ給へ」といひて、うちあひける。十郎が太刀は、すこし寸《すん》[三]のびければ、一の太刀は、新田が小臂《こひぢ》にあたり、つぎの太刀《たち》に、小鬢《こびん》をきられけり。されども、忠綱《たゞつな》、究竟《くつきやう》[四]のつわ《(は)》者なれば、面《おもて》[五]もふらず、大音聲《おんじやう》にてのゝしりけるは、「伊豆《いづ》國の住人、新田《にったの》四郎忠綱《たゞつな》、生年《しやうねん》廿七歳《さい》、國をいでしより、命《いのち》をば君にたてまつり、名《な》をば後代《こうたひ》にとゞめ、屍《かばね》をば富士の裾《すそ》野にさらす。さりとも、後《うしろ》を見すまじきぞ。御分《ごぶん》も引《(ひく)》な」といふまゝに、たがひに鎬《しのぎ》[六]をけづりあひ、時《とき》をうつしてたゝかひけるに、新田《の》四郎は新手《あらて》也。十郎は、宵《よひ》[七]のつかれ武者《むしや》、おゝ《(ほ)》くの敵に打あひて、腕《かひな》さがり、力《ちから》もよはる《(わ)》。太刀《たち》[八]よりつたふ汗《あせ》に血《ち》と、手《て》のうちしげくまはりければ、太刀[九]をひらめてうくる所《ところ》に、十郎が太刀《たち》、鍔《つば》本よりをれにけり。忠綱《たゞつな》、かつのつて[一〇]打《(うつ)》程に、左《ひだり》の膝《ひざ》をきられて、犬居《いぬい》[一一]になりて、腰《こし》の刀《かたな》をぬき、自害《じがひ》におよばんとする所に、太刀《たち》とりなお《(ほ)》し、右の臂《ひぢ》のはづれをさしてとを《(ほ)》す。忠綱《たゞつな》、今《いま》[一二]はかうと思ひ、屋《や》形をさしてかへりけるを、十郎ふしながら、かけたることばぞ、無慙《むざん》なる。「新田殿、かへるか、まさなし[一三]。同《(おなじ)》くは首《くび》[一四]を取《(とり)》て、上《かみ》の見参《げんざん》に入《(いれ)》よ。したしき物の手《て》にかゝらんは、本意《ほんゐ》ぞかし。かへせ、や、殿《との》、忠綱《たゞつな》」とよばわ《(は)》られて、げにもとや思ひけん、す

一 万法寺本に、「いゝかひなき」、流布本に、「いひがひなき」とある。日葡辞書に、「Yuicainai」とある。

二 論功行賞。万法寺本に、「けんじやう」、流布本に、「けんしやう」とある。易林本節用集に、「勧賞〈クワンシヤウ〉(忠被レ感義)」、日葡辞書に、「Quanjǒ Qenjǒ」とある。

三 長さがまさっていたので。

四 きわめてすぐれた武士。

五 顔を横にもむけないで。

六 はげしく斬りあい。鎬は、刀の刃と背との間に高く立っている稜(かど)。

七 彰考館本に、「よいよりの」、万法寺本・流布本に、「よひよりの」とある。

八 真字本に、「赤銅作太刀柄血付痛跡〈ヌメリケル〉間」とある。「汗に血と」は、彰考館本に、「血〈ち〉と汗〈あせ〉に」、万法寺本に、「ちとあせこ」、大山寺本に、「ちのしるに」、南葵文庫本に、「ちとあせに」、流布本に、「ちののりに」とある。底本では、「ちとあせに」の誤刻。血と汗のために、手の中のぬめるさま。

九 真字本に、「平二太刀一退」とある。

一〇 真字本に、「乗レ勝」、万法寺本・南葵文庫本に、「かつにのりて」、流布本に、「かつにのつて」とある。

一一 犬が四つ這いになるようになって。

一二 もうやむをえない。

一三 見ぐるしい。

一四 諸本によって、底本の「首取をて」

なはちたちかへり、乳《ち》の間《あひだ》きりてぞふせたる。祐成《すけなり》が最後のことばぞ、あはれなる。「五郎は、いづくにあるぞや。祐成《すけなり》、すでに新田が手《て》にかゝり、むなしくなるぞ。時《とき》致《むね》は、いまだ手《て》おひたる共《(とも)》聞《(え)》ゑず、いかにもして、君の御前に参《(まゐり)》、幼少《ようせう》よりの事ども、一〱に申《(まうし)》ひらきて死《(しに)》候へ。[一五]死出《しで》の山にてまち申《(まうす)》べきぞ。おひつき給へ。南無阿彌陀《なむあみだ》佛《ぶつ》」といひもはてず、生年廿二歳《さい》にして、建久《けんきう》四年五月二十八日の夜半計《(ばかり)》に、駿河《するがの》國富士《ふじ》の裾野《すそのゝ》露ときえにけり。弓矢取《(とる)》身のならひ、今《いま》にはじめぬ事なれども、親《おや》のために命《いのち》をかろくし、屍《かばね》は[一六]路逕《ろけい》の岐《ちまた》にすつれども、名《な》をば[一七]龍門《りやうもん》の雲井にあぐる、あわ《(は)》れといふもおろか也。五郎は、兄《あに》が最後のことばをきゝて、死骸《しがひ》なりとも、今《いま》一目《め》みんと思ひ、又、忠綱《たゞつな》をうつとやおもひけん、太刀ふりまはし、大勢《ぜい》の中をきりわけて、はしりより、兄が死骸《しがひ》にまろびかかり、「うらめしや、[一八]時宗をば、誰にあづけを《(お)》き、いつ〱までいきよとて、すてゝはおはするぞや。ながらへはつべきうき身にもあらず。つれてましませや」と打くどき、涙《なみだ》にむせびて、ふしたりけり。げにや、おなじ兄弟《きやうだひ》といひながら、たがひの心《こゝろ》ざしふかければ、わかれの涙《なみだ》さぞあるらんと、おしはかられてあはれ也。爰《(ここ)》にまた、[一九]堀藤次《ほりのとうじ》となのりて、武者《むしや》一人いでゝ、「五郎は、いづくへゆきたるぞや。兄《あに》のうたるゝを見すてゝ、おちけるぞや、未練《みれん》なり」とぞたづねける。五郎、此ことばを聞《(きき)》て、を《(お)》きあがり、太刀取なお《(ほ)》し、「や、殿、藤次《とうじ》殿、

を改む。

一五 前出。→二九九頁注三三。

一六 小道の辻にすておいても。彰考館本に、「ろけひのちまたにうつむといへとも」、大山寺本に、「ろけいのこけにうつむとも」とある。

一七 高い名誉をさす。竜門は、黄河上流の険所。山西省と陝西省との境にあたる。魚類もここを登れば竜となるという。

一八 「時致」にあたる。

一九 吾妻鏡に、「堀藤太」とある。

兄《あに》のうたるゝを見すてゝ、いづくへおつべき。祐成《すけなり》は、新田が手《て》にかかりぬ。時致《むね》をば、わ殿が手《て》にかけて、首《くび》をとれ。をしまぬ身ぞ」といひければ、藤次《とうじ》は、五郎が太刀影《かげ》を見て、[一]かひふしてにげにけり。五郎おひかけ、「おのれは、いづくまでにぐるぞ」とて、おつかけければ、よそゑ《へ》にげては、かなはじとや思ひけん、御前さしてにげにけり。五郎も、つゞきていりければ、[二]親家《ちかいゑ》、幕《まく》つかんでなげ上《あげ》、[三]御侍所へはしり入《いり》、五郎も、幕《まく》をなげあげて、親家《ちかいゑ》をつかまん〳〵とおもひけるよそおひ《ほ》は、[四]たゞ、てんまの雷《いかづち》のおちかかるかとぞおぼえける。

## (五郎めしとらるゝ事)[五]

ここに、[六]五郎丸《まる》とて、[七]御寮《れう》のめしつかふ童《わらは》あり。もとは、京《きやう》の物なりしが、叡《ゑい》山に住《ぢう》して、十六の年、[八]師匠《しせう》の敵《かたき》を打《うち》、在《ざい》京かなはで、東《とう》國に下《くだり》、[九]一條《でうの》二郎忠頼《たゞより》をたのみたりしに、忠頼《たゞより》、御敵とてうたれたまひて後《のち》、この君にまいり《ゐ》たりしが、[一〇]究竟《くつきやう》の荒《あら》馬のりの物、[一一]七十五人が力《ちから》もちけり。宵《よひ》の程《ほど》は、夜討《うち》といへども、音《おと》もせず、御前《ぜん》ちかく[一二]祗候《しこう》せしに、五郎が親家《ちかいゑ》をあふ《お》て《う》入《いる》を見て、薄衣《うすぎぬ》引かづき、幕《まく》の際《きわ》にたちけり。五郎は、一目《め》見たりけれども、屋形をいでし時《とき》、「女房《ねうばう》に手《て》ばしかくるな」と、兄《あに》が

一　身体を低くして。
二　堀藤次の名。
三　将軍家の事務にあたる武士の詰所。
四　彰考館本に、「百千のいかつちをちかゝるかとおもひける」、万法寺本に、「たゝせんまんのいかづちのおちかゝるかとぞおほえける」、南葵文庫本に、「たゝ千万のいかつちのをちかゝるかとそおほえける」、流布本に、「てんまのごとくいかづちのおちかゝるとぞおぼえける」とある。「てんま」は、「千万《せんまん》」の誤か。
五　吾妻鏡建久四年五月二十八日の条に、「五郎者、差二御前一奔参、将車取二御剣一、欲レ令レ向レ之給一。而左近将監能直奉レ抑二留之一。此間小舎人童五郎丸搦二得曾我五郎一、仍被レ召二預大見小平次一」とある。
六　吾妻鏡に、「小舎人童五郎丸」とある。
七　将軍頼朝。
八　真字本に、「討二主敵一」とある。
九　前出。→一二九頁注二三。
一〇　すぐれた。
一一　諸本に、「剛〈かう〉の者」とあり、「剛の」の脱落か。
一二　諸本によって、底本の「しこ」を改む。お側に奉仕すること。
一三　真字本に、「加二小肘一」とある。腕でしめつけるのか。
一四　うまく抱きとめたぞ。
一五　敵をこのように抱きとめたぞ。
一六　真字本に、「相模国催使加胡太郎」とある。

いひしことば在《(あり)》ければ、太刀の背《むね》にて、とお《(ほ)》り様《(さま)》に、一太刀あてゝぞすぎける。五郎丸《まる》としるならば、たゞ一太刀にうしなはんと、あやう《(ふ)》くこそおぼえけれ。時致《ときむね》は、なを《(ほ)》も親家《ちかいゑ》を手《て》どりにせんとおふ所を、五郎丸《まる》、我前をやりすごし、つゞきてかゝる、[一三]腕《かひな》をくわ《(は)》へて取《(とり)》、「[一四]ゑ《(え)》たりや、あふ《(お)(う)》」とぞいだきける。五郎は、大力《ちから》にいだかれながら、物ともせず、「こはいかに、女《をんな》にてはなかりけり、物〳〵しや」といひつゝ、ひきて中《なか》へぞいりにける。五郎丸《まる》、かなはじとやおもひけん、「[一五]敵《てき》をば、かうこそいだけ、かやうにこそいだけ」と、高聲也《かうしやう(なり)》ければ、かれらが傍輩《はうばい》、[一六]相模國《さがみのくに》のせんし太郎丸《まる》はしりより、「にがすな」とて取つく。其後、[一七]馬《むま》屋の小平次をはじめとして、[一八]手がらの者どもはしり出《(いで)》て、[一九]五四人とりつきけれども、五郎は、物ともせず、二三人をばけころばかし、大庭《おふには》にお《(を)》どりいでんと心ざしけるが、板敷《いたじき》[二〇]こらへずして、五郎は、足《あし》をふみおとし、たたん〳〵とする所に、小平次・[二一]彌平次をき《(お)》あがり、左右《さう》の足《あし》にとりつきければ、そのほかの[二二]雑色《ざつしき》ども、「[二三]あますな、もらすな」とて、[二四]かなぐりつく。これや、文《もん》選《せん》のことばに、「[二五]百足《むかで》は、死《し》にいたれども、たはふれすな」と也。心はたけくおもへども、多勢にかなはずして、むなしくからめとられけり。無慙《むざん》なりし有様《ありさま》也。君も、此よしきこしめして、[二六]絲毛《いとげ》の御腹巻《はらまき》に、[二七]御住代の鬚切《ひげきり》ぬき、出《(いで)》させ給ひける。相模國《さがみの》の住人《ぢうにん》、[二八]大友左近将監《とものさこんのしやうげん》が嫡子《ちやくし》、一法師丸《ぼうしまる》とて、生年十三になりけるが、御前《まへ》さらぬ物

一七 吾妻鏡に、「大見小平次」とある。
一八 めざましい働きのできる者。
一九 彰考館本に、「三四人こそ」、万法寺本に、「三四人まて」、大山寺本・流布本に、「四五人」、南葵文庫本に、「三人四人」とある。
二〇 力足で踏むのにたえきれないで。
二一 彰考館本・南葵文庫本・流布本に、「弥平次」はなく、大山寺本に、「へいざふ」とある。
二二 「雑色(ざふしき)」と同じで、雑役にあたる者。↓補一三六。
二三 逃がすな。
二四 乱暴に取りつく。
二五 文選五十二、曹元首「六代論」に、「百足之虫、至レ死不レ僵、扶之者衆也」とあり、明文抄三に引かれる。彰考館本に、「ひやくそくのむしは、しにいたりてもおほれすとなり」、万法寺本に、「むかては、しにいたれともたふれすとや」、大山寺本に、「むかては、ししたれともたふれす、これをたすくるものはしゆなり」、流布本に、「むかでは、しにいたれども、たはぶれず」とある。むかでは、多くの足をもつので、死んでも倒れることはない。多くの力を集めると、強くなることのたとえ。
二六 糸縅(いとおどし)。組糸でおどした腹巻。
二七 住代は、「重代」にあたる。源氏重代の名剣。平家物語剣の巻には、「髭切・膝丸と申す二剣」とある。平治物語一にも、鬚切の由来が語られている。
二八 真字本に、「大伴左近将監義直」とある。大友は、神奈川県小田原市内。

なるが、[一]こざか敷《(しく)》、御寮《れう》の御袖をひかへ奉《(たてまつり)》、「日本國《こく》をだにも、君はい《(ゐ)》ながらしたがへ給ふべきに、是は、わず《(づ)》かなる事ぞかし。いか様、わかき殿ばらの[二]醉狂《すひきやう》か、[三]女《おんな》又は盃論《ろん》か、宿論《ろん》か。いづれにて候はんに、御座ながら、たづねきこしめされ候へ」ととゞめ申《(まうし)》ければ、げにもとやおぼしめし候《(さうらひ)》けん、とゞまりたまひけり。さしもいでさせたまひて、五郎に見えたまふ物ならば、あやうく《(ふ)》ぞおぼえけり。後に、御恩賞《おんしやう》にぞあづかりける。ふるきことばを見るに、[四]大象兎徑《ぞうとうけい》にあそばず、君子文旨《くんしぶんし》にかゝはらずといふ事こそ思ひしられたり。その後、小平次、御前にまい《(ゐ)》り、かしこまつて申《(まうし)》あげけるは、「曾我五郎《の》をばからめとりて候。十郎はうたれて候」と申《(まうし)》たりければ、「神《しん》妙《びやう》に申《(まうし)》たり。五郎をば、なんぢにあづくるぞ」とおほせ下されけり。あわ《(は)》れなりし次第《しだひ》なりけり。

一　利口ぶって。

二　酒に酔って狂うこと。

三　彰考館本に、「さかつきろんか、てうろんか」、大山寺本に、「てうろんか、さかつきろんにてそ候らん」、南葵文庫本に、「おんなろんか、さかつきろんか、又やとろんかのふせいの事にてそ候らん」とある。「てうろん」は、「女論」か。女についての争いか、酒の席での争いかというのであろう。

四　句双紙抄に、「大象不レ遊二兎径一」とある。すぐれた人物は、つまらないことにかかわらないことのたとえ。彰考館本に、「大さうはとけいにあそはす、大ごはせうせつにかゝわらす」、万法寺本に、「大さうとけにあそはす、くんしふんしにかゝはらす」、南葵文庫本に、「大さうとけいにあそはす、君子文旨にかゝはらす」とある。

# 曾我物語 巻第十

[五]扨《さて》も、仰《おほせ》をうけたまはりて、小平次まかり出《いで》、[六]御馬屋《むまや》の下部《しもべ》、總追《そうつゐ》國光《みつ》、五郎をあづかり、すでに御馬屋の柱《はしら》にしばり付《つけ》て、その夜、まもり明《あか》しければ、「大将殿よりたづねきこしめさるべき事有《あり》。曾我之《の》五郎つれて參れ」との御つかひ有《あり》ければ、小平次、[七]縄《なわ》取にてまい《ゐ》りけるを、母方の伯父《はくぶ》、伊豆《づの》國の住人、[八]小川《の》三郎祐定《すけさだ》申《まうし》けるは、「いかに小平次、侍《さぶらひ》程の者に、縄付《なわつけ》ず共《とも》、具《ぐ》してまい《ゐ》れかし。山賊《ぞく》海賊《ぞく》の族《やから》にもあらざれば、にげうすべきにもあらず。事により、人にこそよれ。[九]むげに情《なさけ》なし」といひければ、五郎笑《わらひ》て、「誰一言《げん》の情《なさけ》をものこす者《ものゝ》のなきに、[一〇]御分《ぶん》の芳志《はうし》嬉しさよ。さりながら、御分《ぶん》、[一一]時宗にしたしき事は、皆《みな》人しれり。か様の身になりて、親類[一二]入《いる》べからず。[一三]詮《せん》なき沙汰《さた》して人に聞《きか》れ、[一四]方人《かたうど》したといはれたまふな。人の上をよくいふ者はなきぞとよ。時致《ときむね》、ぬすみ强盗《がうだう》せざれば、千筋《すじ》の縄《なわ》は付《つく》とも恥《はぢ》ならず、これは、[一五]父のためによみ奉りし法花經の紐《ひも》よ」とて、事とも思はざる氣色《きしょく》して、[一六]御坪《つぼ》の内へぞ引入《ひきいれ》られける。「其上、敵《かたき》のためにとらはるゝ者《もの》、時致《むね》一人にもかぎらず、[一七]殷湯《いんたう》は、夏臺《かたい》にとら

五 流布本では、ここから「五郎御前〈ま〉へめし出され、聞めしとはるゝ事」とあるが、底本には、それにあたる題目がない。吾妻鏡建久四年五月二十九日の条に、それに関する記事が見られる。↓補二六〇。

六 真字本に、「馬屋下部惣追補使預㆓国光㆒」とある。総追捕使ならば、国衙や荘園の治安警備にあたった役。後には、将軍に任ぜられた守護をさす。ここでは、下部の長か。

七 罪人を縛った縄の端をもつ人。

八 真字本に、「尾河小次郎」とある。小川は、静岡県三島市内。

九 容赦なく。ひどく。

一〇 あなたの親切なお気持。

一一 「時致」にあたる。

一二 必要ないだろう。

一三 かいのない。

一四 味方した。彰考館本に、「方人〈かたうど〉したり」、大山寺本・流布本に、「かたうどしたり」、南葵文庫本に、「かたうとしたり」とある。

一五 真字本に、「為㆑父付縄、有㆓孝養報恩謝徳鬪諍名聞㆒」とある。

一六 中庭。

一七 史記越世家に、「湯繫㆓夏台㆒、文王囚㆓羑里㆒」とあり、平家物語十「千手前」に、「殷湯はかたいにとらはれ、文王はゆうりにとらはる」と引かれる。殷湯は、殷の湯王。はじめ夏に仕えたが、桀王のために夏台に囚えられた。後に桀王を討って、みずから帝位に即いた。夏台は、牢獄の名。↓補一五八。

はれ、[一]文《ぶん》王は、羑里《ゆうり》にとらはる。これ、さらに恥辱《ちじよく》にあらず」とて、打笑《(わらひ)》てぞい《(ゐ)》たりける。あわ《(は)》れといはぬ者《もの》ぞなき。五郎、御前《まへ》にまい《(ゐ)》りければ、君御覧ぜられて、「是が曾我五郎といふ者か」「それがしが事候よ」とて、たちあがり、縄《なは》とりを[二]宙《ちう》にひきたてければ、警固《けいご》の者《もの》共、狼藉《らうぜき》也とて、ひきすへ《(ゑ)》たり。その時《とき》、相模《さがみの》國の住人[三]あらうみ四郎眞光《さねみつ》、伊豆《いづの》國の住人[四]狩野介宗茂《かのゝすけむねもち》、座敷を立《(たち)》て、「申上事《(まうしあぐる)》あらば、急申《(いそぎまうし)》候へ」といふ。時致《ときむね》聞《(きき)》て、大の眼《まなこ》を見いだして、かれをはたとにらみて、「みぐるしし、人々、御前とを《(ほ)》くは、[五]さもありなん、ちかければ、[六]直《ぢき》に申《(まうす)》べし。[七]さ様《(やう)》なれば、とはれて申《(まうす)》白狀《はくじやう》ににたり。とはるゝによりて、申《(まうす)》まじき事を申《(まうす)》べきにあらず。面々《めん〱》、[八]骨折《ほね(をり)》にのき候へ」とて、[九]あざわらつてぞい《(ゐ)》たりける。君、きこしめされ、「[一〇]神妙《しんびやう》に申《(まうし)》たり。を《(お)》の〱のき候へ。頼朝《よりとも》、直《ぢき》に聞《(きく)》べし」とおほせくだされけり。扨《(さて)》、五郎い《(ゐ)》なお《(ほ)》り、顔《かほ》ふりあげて、たからかに申《(まうし)》けるは、「兄《あに》にて候十郎が、最《さい》後に申《(まうし)》を《(お)》きて候。我らが父を祐經《すけつね》にうたせ候ひしよりこのかた、年月ねらひ候《(さうらひ)》し心のうち、いかばかりとかおぼしめされ候。それに付《(つき)》ては、一年君《きみ》御上洛《(しやうらく)》の時、[一一]酒匂《さかは》の宿《しゆく》よりつきたてまつりて、祐經《すけつね》が御供《とも》して候《(さうらひ)》しを、泊々《とまり〱》[一二]にやすらい《(ひ)》、便宜《びんぎ》をうかがひ候《(さうらひ)》しかども、かなはで京《きやう》にのぼり、[一三]四條《でう》の町《まち》にて、鐵《かね》よき太刀をかひ取《(とり)》、昨夜《ゆふべ》の夜半《はん》に、御前《まへ》にて本意《ほんゐ》をとげ候《(さうらひ)》ぬ。今は、何を思ひ殘して、命もお《(を)》しく候べき。[一四]御恩《おん》には、今一時も、とく首《かうべ》をはねられ

一 周の文王。はじめ殷に仕えて、西伯となったが、紂王のために羑里に囚えられた。後に許されて、豊に都を遷した。羑里は、河南省湯陰県の北。
二 足の地に着かないさま。
三 吾妻鏡に、「新開荒次郎」とある。千葉上総系図には、土肥次郎実平の子として、「実重(新開荒次郎)」とある。真字本に、「新貝荒次郎」、彰考館本に、「新海《〈しんがい〉》の荒《〈あら〉》四郎真光《〈さねみつ〉》」、万法寺本・南葵文庫本・流布本などに、「しんかいのあら四郎さねみつ」とある。新開は、埼玉県大里郡豊里村。
四 吾妻鏡に、「狩野介」とある。真字本に、「鹿野介」、彰考館本に、「狩野佐宗《〈かのゝすけむね〉》」とある。狩野は、前出。↓六八頁注八。
五 取次もしてもらおう。
六 将軍に直接に申しあげよう。
七 そのように控えていると、訊問されて白状するようだ。真字本に、「和殿候二其様一、被レ問二和殿一似二物申一」とある。
八 無益な苦労になるから。
九 からからと笑って。
一〇 殊勝に。
一一 真字本に、「佐河宿」とある。酒匂は、神奈川県小田原市内。
一二 うろつき。徘徊し。
一三 真字本に、「四辻町」とある。
一四 お慈悲としては。

一五 神社の物品。
一六 「八満」は、「八幡」にあたる。源氏の守護神として知られる。
一七 持主。

一八 彰考館本・万法寺本・南葵文庫本・流布本によって、「世にか」を補う。
一九 兄弟は、曾我祐信の継子にあたる。
二〇 まちがったこと。
二一 居所の定まらない者。浮浪人。
二二 魚類。
二三 「景迹」は、「還迹」とも書き、事情について推察すること。彰考館本・万法寺本・南葵文庫本に、「御きやうしやく」とある。また、易林本節用集に、「還迹〈キヤウシヤク〉」、大塔物語に、「還迹〈ケイシヤク〉」とある。

候へ」とぞ申《まうし》ける。京へはのぼらざりしかども、箱根の別當《べつたう》に契約《けいやく》せし故《ゆへ》に、太刀の由來《ゆらい》をもかくし、又は別當《べつたう》の罪科《ざいくわ》もやと思ひ、か様《やう》にぞ申《まうし》たりける。君きこしめされ、「此太刀の出所、かくさんためにこそ申覽《まうすらん》。さらに別當《べつたう》の科《とが》にあらず。先祖《せんぞ》重《ちう》代の太《た》刀《ち》、箱根《はこね》の御山にこめしよし、かねてよりつたへ聞《きき》、いかにもして取《とり》いださばやと思ひしを、一五神物《じんもつ》になる間《あひだ》、力《ちから》およばざりつるに、たゞ今、頼朝《よりとも》が手《て》に渡《わたる》事、ひとへに正《しやう》一六八滿大菩薩《ぼさつ》の御はからい《ひ》とおぼえたり。かやうの事なくは、いかにして二度主一七になるべき」とて、みづから御頂戴《ちやうだい》ありて、錦《にしき》の袋《ふくろ》にいれ、ふかくお《を》さめたまふ、御重寶《ちやうほう》のその一なり。代〲つたはりけるとかや。やゝありて、君仰《おほせ》られけるは、「此事、曾我の父母にしらせけるか」。五郎承《うけたまはり》て、「日本の大將軍のおほせとも存《ぞん》じ候はぬものかな。當代《とうだい》ならず、いづれの世にか一八、繼子《けいし》一九が惡事くわたてんとて、暇《いとま》こひ候はんに、「神妙《しんべう》也、いそぎ僻《ひが》二〇事して、我まどひ物二一になせ」とて、出《いだ》したつる父《ちゝ》や候べき。又、母の慈悲《じひ》は、山野の獸《けだもの》、江河《がう》の鱗《うろくづ》二二までも、子を思ふ心ざしのふかき事は、父《ちゝ》には母はすぐれたりとこそ申《まうし》候へ。いはんや、人界《がひ》に生をうけて、廿餘《はたちあまり》の子どもが、命死なんとて、母にしらせ候はんに、急《いそぎ》しにて物《もの》おもはせよと、よろこぶ母《はゝ》や候べき。御景迹《けいしやく》二三」とぞ申《まうし》ける。「さて、したしき者《もの》どもには、いかに」「身貧《ひん》にして、世にある人々に、かくと申《まうし》候はんは、たゞ手《て》をさゝげて、是お《を》しばらせ、首《くび》をのべて、これをきれとこそ申《(まうし)》候はんずれ。誰《たれ》かはたのまれ候べき。一おろかなる御諚《ちやう》候かな」とぞ申《(まうし)》ける。君、げにもとや思召《(おぼしめし)》けん、「父母類親に二いたるまでも、子細《しさい》なし。又、祐經は、伊豆《つ》より鎌倉《かまくら》へ、しげくかよひしに、道《みち》にては、ねらはざりつるか」「さん候、此四五ケ年の間、三足柄《あしがら》・箱根・湯本《ゆもと》・國府津《かうづ》・酒匂《さかは》・大磯《いそ》・小磯《いそ》・砥上原《とがみが》・もろこし・相模河《さがみ》・懷嶋《ふところ》・八的原《やまとがはら》・腰越《こしごえ》・稻村《いな》・由比濱《ゆゐのはま》・深澤邊《ふかさはへん》にやすらい《(ひ)》、野路・山路・宿〲・泊《とまり》〲にてねらひしかども、敵のつるゝ時は、四五十騎、つれざる時《とき》も、二三十騎、我〲は、つるゝ時《とき》は、兄弟《きやうだい》二人、つれざる時《とき》は、たゞ一人、思ひながらも、むなしく四今までのび候《(さうらひ)》ぬ」。又、「祐經《すけつね》は、敵《かたき》なれば、五かぎり有《(あり)》。何《なに》とて、頼朝《よりとも》が六そゞろなる侍《さぶらひ》どもをば、おほくきりけるぞ」「それこそ、理《ことはり》にて候へ。御所中《しよちう》に參《(まゐり)》て、かゝる狼《らう》藉《ぜき》を仕《(つかまつる)》程《ほど》にては、千萬騎《ぎ》にて候とも、七あまさじと存《(ぞんずる)》所に、こざかしく、「敵《かたき》はいづくに在《(ある)》ぞ」とたづね候間、八公《かう》には忠《ちう》をつくし、忠《ちう》には命《いのち》をすつるならひ、神妙《しんびやう》に存《ぞん》じて、「これにあり」と申聲《(まうす)こゑ》におどろきて、足《あし》のたて所もしらず、にげ候ひし間《あひだ》、罪作《つみ(つくり)》と存《ぞん》じて、おひてきりころすにおよばず、たゞ九かうばかりの側太刀《そばだち》、形《かた》のごとくあてたるまでにて候。一〇面傷《をもてきず》はよも候はじ。たゞ今めし出《(いだ)》して御覽《らん》候へ」と申《(まうし)》ければ、やがて、御つかひして、聞《(き)》こしめされけるに、申《(まうす)》ごとく、面《をもて》の傷《きず》はまれなり。面目《めんぼく》なくぞ聞《(え)》へける。又、「王藤内《わうとうない》を何とて打《(うち)》ける」「おそれ入《(いり)》て候へ共《(ども)》、一一年《とし》ごろの傍輩《はうばい》のう

一 あさはかな仰せ。
二 親類と同じ意。
三 真字本に、「立二住足柄筥根佐河古宇津大磯小磯平塚宿由井小坏辺一」とある。湯本は、神奈川県足柄下郡箱根町。国府津・酒匂は、小田原市内。大磯・小磯・もろこしは、中郡大磯町。砥上原は、藤沢市内。懐島は、茅ケ崎市内。八的原は、彰考館本に、「八的か原」、南葵文庫本・流布本に、「やつまとがはら」とある。「八松〈やつまつ〉原」にあたり、藤沢市内。腰越・稲村・由比浜・深沢は、鎌倉市内。
四 諸本によって、底本の「命」を改む。
五 命に限りがある。死ぬのもやむをえない。
六 何の関係もない。
七 討ちもらすまい。
八 彰考館本・大山寺本に、「孝〈かう〉」とある。「孝」で、主君に仕えることか。
九 彰考館本に、「法〈はう〉はかりの傍太刀〈かたはらたち〉」、万法寺本に、「はうはかりのそはたち」、流布本に、「ほうばかりのそばだち」とある。側太刀は、傍について、太刀にふれること。
一〇 顔の傷。
一一 長年の仲間。祐経をさす。

たれ候を、見すてゝにぐる[一二]不覺《ふかく》人や候べき。[一三]まことにけなげにふるまい《(ひ)》候《(さうらひ)》つるものをや。「[一四]人とみて、古郷《きやう》に帰らざるは、錦《にしき》をきて、夜行《(ゆく)》がごとし」といふふるきことばお《(を)》やしりけん、[一五]所領安堵《りやうあんど》のしるしに、本《ほん》國へ下《(くだり)》しが、祐經に暇《いとま》こはんとて、道よりかへりての討死《うち(じに)》、不便《ふびん》なり」とぞ申《(まうし)》ける。此ことばにより、「神妙《しんべう》也。是も、頼朝《よりとも》が[一六]先途《せんど》に立《(たち)》けるよ」とて、「[一七]本領《りやう》、子孫《しそん》にを《(お)》ゐ《(い)》て子細《しさい》なし」と、御判《はん》かさねて下されける。是も、兄《あに》の十郎が屋形を出《(いで)》し時、「王藤内《わうとうなひ》が妻子《さいし》、さこそなげかんずら覽《(らん)》、無慙《むざん》なり」と、いひしことばの末《すへ》にぞ申《(まうし)》ける。ひとへに、[一八]時宗が情《なさけ》によつて、所領安堵《しよりやうあんど》す、有《(あり)》がたしとぞ感《かん》じける。やゝありて、「頼朝《よりとも》を敵《かたき》と思ひけるか」と御たづねありければ、五郎うけ給《(たまはり)》て、「さん候、身におもひの候ひし時は、木《き》も草《かや》もおそろしく、命もお《(を)》しく存《ぞん》じ候ひしが、敵《かたき》うつての後《のち》は、いかなる[一九]天魔疫神《てんまやくじん》なり共《(とも)》と存《(ぞんじ)》候。ましてそのほかは、いきたる者とも思ひ候はず。されば、千萬人の侍よりも、君一人をこそ思ひかけたてまつりしかども、御果報《くわほう》めでたき御事にてわたらせ給へば、御運《うん》におされて、かやうにまかりなりて候」と申《(まうし)》たりければ、君聞《(きこ)》しめされ、「敵《かたき》うつての後《ゝち》、身をかろく思ふは理《ことはり》也。頼朝《よりとも》をば、何とて敵《かたき》と思ひけるぞ」「[二〇]自業自得果《じごうじとつくわ》とは存《ぞん》じ候へ共《(ども)》、[二一]伊藤入道が謀叛《むほん》により、我らながく奉公《ほうかう》をたやすのみならず、子孫《しそん》の敵《かたき》にてはわたらせ給はずや。又は、閻魔王《ゑんまわう》の前にて、「日本の將軍鎌倉《かまくら》殿を手《て》にかけ奉りぬ」と申さば、

一二 卑怯な人。
一三 わざと王藤内のために取りなしたことば。
一四 史記項羽本紀に、「富貴不レ帰二故郷一、如二衣レ繡夜行一」とあり、漢書朱買臣伝などにも出ている。故郷に錦を着て帰る、はれがましさをいう。
一五 領地をもとのままに賜わること。
一六 大事のせとぎわ。下学集に、「先途〈センド〉難義意也」とある。
一七 もとからの領地は、そのまま子孫にひきつがれてもよい。
一八 「時致」にあたる。
一九 彰考館本に、「天魔〈てんま〉疫神〈えきしん〉」とある。天魔は、欲界の第六天の主、正法をそこなう魔王。疫神は、疫病をもたらす悪神。易林本節用集に、「厄神〈ヤクジン〉」とある。
二〇 みずからつくった業のために、自分の身にうける果報。
二一 「伊東」にあたる。

[一]一の罪《つみ》やゆるさるべきと、随分《ずひぶん》うかゞひ申《(まうし)》て候《(さうらひ)》つれ共《(ども)》」と申《(まうす)》。「扨《(さて)》、五郎丸《まる》には、いかにしていだかれけるぞ」「それは、かの童《わらは》を女《をんな》と見なし、何事候はんと存《(ぞんじ)》て、不慮《ふりよ》にとられて候。かやうなるべしと存《(ぞんずる)》ものならば、たゞ一太刀の勝負《しやうぶ》にて候はんずるものをと、後悔益《かうくわひあき》なし。是、ひとへに[二]宿運《しゆくうん》のつきぬる故《ゆへ》也。げにや、「[三]羅網《らまう》の鳥は、たかくとばざるをうらみ、呑鉤《どんこう》の魚は、海を忍ばざるをなげく」とは、[四]要覧《ようらん》のことばなるをや、今《いま》こそおもひしられたる。君の[五]御佩刀《はかせ》の鐵《かね》の程をも見奉り、[六]時宗が[七]くたり太《た》刀《ち》の刃《やいば》の程《ほど》をもためし候はんずる物お《(を)》」と、[八]ことばをはなちてぞ申《(まうし)》ける。君きこしめされて、「猛将勇士《まふしやうゆうし》も、運《うん》のつきぬるは」と仰《(おほせ)》られ、雙眼《さうがん》より御涙をながさせ給《(たまひ)》て、「これ聞《(きき)》候へ。日來《(ひごろ)》は、さらに思はぬ事なれ共《(ども)》、今、頼朝《よりとも》にとわ《(は)》れて、[九]當座《たうざ》のかまへのことばなり。かなはぬまでも、のがれんとこそいふべきに、露ほども命をお《(を)》しまぬ者かな。[一〇]世にありなば、思ひとゞまる事も有《(あり)》ぬべし。餘《よ》の侍《さぶらひ》、千萬人よりも、かやうの者をこそ、一人なりともめしつかひたけれ。無慙《むざん》の者《もの》の心《こゝろ》やな。お《(を)》しき武士《ぶし》かな」とて、御袖を御顔《かを》におしあてさせたまひければ、御前祗候《しかう》の侍ども、心あるもなきも、涙《なみだ》をながさぬはなかりける。やゝ有《(あり)》て、君御涙をおさへさせ給《(たまひ)》て、十郎がふるまひをきこしめすに、「[一一]何《(いづ)》れをわけていひがたし。まことにうたれたるや覽《(らん)》」とおほせられければ、「[一二]新田に御尋《(たづね)》候へ。[一三]黒鞘巻《くろざやまき》に赤銅作《しやくどう(づくり)》の太刀、[一四]村千鳥《むらちどり》の直垂《ひたたれ》ならば、まことに

一　罪の一等。
二　前世から定まった運命。
三　君子集に、「論語曰、羅網之鳥恨ㇾ不二高飛一、呑鉤之魚嘆ㇾ不ㇾ忍ㇾ飢」とある。海は、流布本に、「うへ」とある。網にかかった鳥は、高く飛ばなかったのを恨み、釣針をのんだ魚は、空腹を我慢しなかったのを嘆く。失敗を後悔しても及ばないたとえ。
四　晋の陸機の「要覧」か。日本国見在書目録「儒家」には、「瓊林要覧七、要覧一」とある。
五　貴人の佩用の刀の敬称。
六　「時致」にあたる。
七　彰考館本に、「朽太刀〈くちたち〉」、万法寺本に、「くさりたち」、大山寺本・流布本に、「くさりだち」、南葵文庫本に、「くさり太刀」とある。
八　思いのままに放言して。
九　その場でのこしらえごと。
一〇　仕官して時めいているならば、死を思いとどまることもあるかもしれない。
一一　兄弟のどちらを特にすぐれているとはいいにくい。
一二　祐成を討った新田忠綱。
一三　黒の鞘巻。→三〇五頁注二五。
一四　千鳥のむらがった模様。

候」と申《(まうす)》。「さらば實檢《じつけん》あるべし」とて、新田《の》四郎をめされければ、黒鞘卷《くろさやまき》に赤銅《しやくどう》づくりの太刀、村千鳥《どり》の直垂《ひたたれ》に、首《くび》をつゝみて、童《わらは》にもたせ、五郎が左手《ゆんで》の方《かた》を間《(あひ)》ちかく、首《くび》を見せてぞとを《(ほ)》りける。五郎、今までは、おもふ事なく、[一五]廣言《かうげん》して見えけるが、兄《あに》が首《くび》を一目《め》見て、[一六]膽魂《きもたましゐ》をうしなひ、涙にむせぶ有様《ありさま》は、さかりなる朝顔《あさがほ》の、日影《かげ》にしほ《(を)》るゝごとくにて、無慚《むざん》といふもあまり有《(あり)》。やゝありて申《(まうし)》ける、「うらやましくも、先《さき》だちたまふ物かな。おなじ兄弟《きやうだい》と申《(まうし)》ながら、幼少《やうせう》より、親《おや》の敵に心ざしふかくして、一所とこそ契りしに、いかなれば、祐成《すけなり》は、昨夜《ゆふべ》夜半にうたれたまふに、時宗が心ならず、今までながらふる事の無念《むねん》さよ。誰かこの世にながらへはて候べき。[一七]死出《しで》の山にてまち給へ。おつ付《(つき)》たてまつり、[一八]三途《さんず》の河を、手《て》と手《て》を取《(とり)》くみて渡り、閻《えん》魔《ま》王宮《くう》へはもろともに」と、いひもはてず、涙にむせびけり。袖《そで》にて顔《かほ》をもおさへたけれ共《(ども)》、[一九]高手小手《たかてこて》にいましめられければ、左手《ゆんで》の方《かた》へかたぶき、右手《めて》の方《かた》へうつぶき、こぼるゝ涙をば、膝《ひざ》に顔《かほ》をもたせ、たゞ[二〇]おめ〳〵とこそなきい《(ゐ)》たり。和田・畠山《はたけ》をはじめとして、皆《みな》袖をぞぬらされける。かゝる所に、十郎がおり《(を)》太刀を御侍《さぶらひ》に取渡《(とりわたし)》、「よきぞ、悪《(あし)》きぞ」と申《(まうし)》あひけり。中にも、昨夜《ゆふべ》おつたてられて、柴垣《しばがき》やぶりてにげたりし[二一]新海荒《のあら》四郎眞光《さねみつ》、すゝみいでて申《(まうし)》けるは、「曾我の者《もの》どもは、敵をば打《(うち)》て、高《かう》名はしたれ共《(ども)》、太刀こそわるき太刀《たち》をもちたれ。是ほどの太刀《たち》をもちて、わが君の御

一五 口にまかせて憚らず言って。

一六 がっくりと心の張りをなくして。

一七 前出。→二九九頁注三三。

一八 前出。→二九九頁注三一。

一九 後手(うしろで)に首から肱にかけて厳重に縛られたので。

二〇 恥も外聞もなく。

二一 「新海」は、「新開」にあたる。→三六六頁注三。

前にて、かかる大軍しける不思議《ふしぎ》さよ」といひければ、時宗[一]聞《(きき)》て、眼《まなこ》を見いだして、御前《ぜん》荒《あら》四郎をはたとにらみて、「いづくを見て、それをゐ《(え)》せ[二]太刀《だち》とは申《(まうす)》ぞ。たゞ今、御前《ぜん》にて申《(まうし)》て、無用《むやう》の事なれども、男《おとこ》のわろき太刀《たち》もちたるは、恥辱《ちじよく》にて候間、申《(まうす)》なり。それこそ、や[三]、殿《との》、よく聞け、平家にきこえし新中納言《しんぢうなごん》[四]の太刀《たち》よ。八嶋《(やしま)》[五]の合戰《かつせん》に、いかゞしけん、船《せん》中に取《(とり)》わすれ給い《(ひ)》しを、曾我太郎《の》取《(とり)》て、九郎判官《はんぐはん》へ參《(まゐら)》せしを、義經《よしつね》、「神妙《しんびやう》なり、さりながら、御分《ぶん》、高名《こうみやう》して、とりたる太刀《たち》なれば、なんぢにとらする」とて、給《(たまはり)》たる太刀《たち》也。奥州丸《おうしうまる》といふ太刀よ。祐成《すけなり》が元服《げんぶく》せし時、曾我殿《どの》ゝ[六]のたびたるぞとよ。それに付《(つきて)》は、おもひのまゝに、敵をうち取《(とり)》ぬ。兄弟してきりとゞむる者、一二百人もこそある覽《(らん)》。これほどこら[七]へたる太刀を、いかでかゐ《(え)》せ太刀《だち》なるべき」。眞《さね》光《みつ》、なを《(ほ)》もとゞまらで、「すでに太刀《たち》お《(を)》れぬる上《うへ》は」といひければ、五郎、から〳〵と打笑《(わらひ)》、「人の太刀《たち》をわろしといふ人、さだめてよき太刀はもちぬらん。あのゐ《(え)》せ太刀にお《(は)》われて、小柴垣《しばがき》をやぶりてにげしはいかに。御分《ぶん》のよき太刀《たち》も、心にくからず」といひければ、聞《(きく)》人、みな汗《あせ》[八]をながさぬはなかりけり。眞光《さねみつ》は、なましい《(ひ)》なることをいひ出し、赤面《せきめん》してぞ立《(たち)》にける。これや、三思《さんし》[九]一言《げん》、思慮《しりよ》有《(ある)》べきにや。

一 「時致」にあたる。
二 よさそうにみえて、実はそうでもない太刀。まやかし物の太刀。
三 おい。呼びかけのことば。
四 平知盛。清盛の子。壇の浦の戦に、船中で自刃した。
五 寿永四年(一一八五)、屋島における源平の合戦。屋島は、香川県高松市内。
六 くださったのであるよ。
七 もちこたえた。
八 ひやひやして気をもまない者はなかった。
九 論語公治長に、「三思而後行」とある。くり返しよく考えてから、ことばに出せの意。

## （犬房《いぬばう》が事）

爰《（ここ）》に、祐経《すけつね》[一〇]が嫡子犬房《ちやくしいぬばう》とて、九つになりける童《わらは》あり。御前さらぬきり者《もの》[一一]にてぞありける。傍《かたはら》にて、父が事をよく〳〵きゝ、さめ〳〵となきゐたりしが、思ひやかねけん[一二]、はしりかゝり、五郎が顔《かほ》を二三扇《（ふたつみつ）あふぎ》にてぞうちたりける。時宗打笑《（わらひ）》、「を《（お）》のれは、祐經が嫡子犬房《ちやくしいぬばう》な。その年《とし》の程にて、よくこそ思ひよりたれ。うてや〳〵、打《（うつ）》べし〳〵、犬房《いぬばう》よ。われ〳〵も、幼少《ようせう》にして、なんぢが親に、父をうたせぬ[一三]。年來《（としごろ）》の思ひ、いかばかりぞや。今さらおもひしられたり。古《（いにしへ）》を思へば、打杖《（うつ）つへ》[一四]をいたまずして、よは《（わ）》る親《をや》の力《ちから》をなげきし心ざし、五郎が今にしられたり」。うたるゝ杖《つへ》をばいたまずして、主《ぬし》[一五]が心《こゝろ》をおもひやる五郎が心ぞあは《（わ）》れなる。「めづらしからぬことなれども、果報《くわほう》ほど勝劣《せうれつ》[一六]有《（ある）》物はなし。は《（わ）》れ〳〵、祐經《すけつね》をおもひかけて、この廿餘年《よねん》の春秋を送《（おくり）》しに、なんぢ《（ぢ）》は、いみじきむまれ[一七]性《じやう》にて、昨夜《ゆふべ》うちたる親《おや》の敵《かたき》を、たゞ今心《いまこゝろ》のまゝにすることのうらやましさよ。それに付《（つき）》ても、前生《ぜんじやう》[一八]の宿業《しゆくがう》こそつたなけれ。現在《げんざい》[一九]の果《くわ》をもつて、未來《みらい》をしることなれば、來世又いかならん、阿彌陀佛」とぞ申《（まうし）》ける。犬房《いぬばう》は、なを《（ほ）》もうたんとよりけるを、「まさなしや[二〇]、のき給へ」と、縄《なわ》取の者《もの》どもいひけれども、きかざりけり。御寮《れう》御覧《らん》ぜられて、「犬房《いぬばう》のき候へ。なを《（ほ）》物とはん」とおほせられけれ

一〇 吾妻鏡建久四年五月二十九日の条に、「祐親息童（字犬房丸）」、真字本に、「左衛門尉嫡子犬房是候、其弟金法師候二伊豆国伊藤庄一」とある。
一一 主君の寵愛をうけ、権勢のさかんな者。
一二 たえがたく思ったのであろうか。
一三 「うたれぬ」を意味する武士ことば。
一四 韓の伯瑜が、母に杖でうたれて、その衰えを泣き悲しんだという話。船橋本孝子伝上などにみえ、今昔物語集九の十一にもとられている。
一五 杖でうつ者。
一六 まさりおとり。
一七 すぐれた生まれつき。
一八 前世における善悪の業因。
一九 平家物語灌頂巻「大原御幸」に、「因果経には、欲レ知二過去因一見二其現在果一、欲レ知二未来果一見二其現在因一とかれたり」とある。謡曲「安宅」にも、「現在の果を見て過去未来を知る」とある。
二〇 いけませんよ。

ば、其時のきにけり。これや、[一]禽鳥百《きんてうもゝ》をかぞふるといへ共《(ども)》、一鶴《くわく》にしかず、[二]數《す》星《せひ》あひつらなるといへ共《(ども)》、一月《(げつ)》にしかず、君の御ことば一《(ひとつ)》にてぞのきにける。

（五郎がきらるゝ事）

君仰《(おほせ)》られけるは、「なんぢが申《(まうす)》所、一〳〵に[三]聞《(きき)》ひらきぬ。されば、死罪《しざい》を[四]なだめて、めしつかふべけれ共《(ども)》、傍輩《はうばい》是をそねみ、自今《じこん》以後、狼藉《らうぜき》たゆべからず。その上《うへ》、祐經が[五]類親《しん》おほければ、その意趣《いしゆ》のがれがたし。しかれば、[六]向後《きやうかう》のために、なんぢを誅《ちう》すべし。うらみをのこすべからず。[七]母が事をぞ思ひおく覽《(らん)》、いかにも不便《ふびん》にあたるべし。心《こゝろ》やすくおもへ」とて、御硯《すゞり》をめしよせ、[八]「曾我の別所《べつしよ》二百餘町を、かれら兄弟が追《つゐ》善《ぜん》のために、[九]頼朝一期《よりともいちご》、母一期《ご》」と、自筆《じひつ》に御判《はん》を下され、五郎にいただかせ、母が方《かた》へぞ送《(おくら)》れける。げにや、心の[一〇]たけさ、情《なさけ》のふかき事、人にすぐるゝにより、屍《かばね》の上《うへ》の御恩《おん》在難《(ありがたし)》と感《かん》じける。是や、文選《もんぜん》のことばに、「[一一]晉《しん》の文《ぶん》王は、其仇《あた》をしたしみて、諸侯《しよこう》をさとり、齊《せひ》の桓公《くはんこう》は、其仇《あた》をもちい《(ひ)》て、天下をたゞす」とは、今の御世にしられたり。五郎、くわ《(は)》しくうけ給《(たまはり)》て、「[一二]首《くび》をめされんにをゐ《(お)(い)》ては、のがるゝ所あるべからず。しばらくも[一三]なだめられ申さん事、ふかきうれゑ《(へ)》と存《ぞん》ずべし。母が事は、かたじ

一 毛吹草などに、「雀の千声、鶴の一声」とある。つまらない者が、がやがや言うよりも、すぐれた人が、ちょっと言うだけで、ぴたりとおさまるというたとえ。

二 諸本によって、底本の「せひ」を改め、「数星(すせひ)」とする。明文抄四に、「百星之明、不レ若二一月之光一。十牖畢開、不レ若二一戸之明一(──子)」とある。前のことわざと同じ意。

三 聞いてわかった。

四 許して。類聚名義抄などに、「宥」を「ナダム」とよむ。

五 親類と同じ意。

六 今後。

七 母のことに心を残すであろうが、それは何とかあわれみをかけてやろう。真字本に、「於二汝母一可レ当二不便一」とある。

八 吾妻鏡建久四年六月七日の条に、「自二駿河国一還二向鎌倉一給。而曾我太郎祐信候二御共一之処、於二路次一給レ暇、剰免二除曾我庄乃貢一。可レ訪二祐成兄弟夢後一之由、被二仰下一。是偏依下令レ感二彼等勇敢之無レ怠給上也」とあり、曾我別所は、神奈川県小田原市内の地名として残る。別所は、本寺から離れて、修行者の集まる地域。

九 頼朝の生きているかぎり、また母の生きているかぎり与える。

一〇 彰考館本に、「たけき」、流布本に、「たけく」とある。

一一 文選三十九、鄒陽「獄中上書自明」に、「夫晋文公親二其讎一而彊二覇諸侯一、

けなく仰《(おほせ)》下され候へ共《(ども)》、故郷《こきやう》を出《(いで)》し日よりも、一筋《すぢ》に思ひきり候《(さうらひ)》ぬ。御恩《おん》に、今一時もとく、首《くび》をめされ候へ。兄《あに》がおそしと待《(まち)》候べし。いそぎおひ付《(つき)》候はん」とすすみければ、力《ちから》なく、御馬屋の小平次におほせ付《(つけ)》られ、きらるべかりしを、犬房《いぬばう》が、「親の敵《かたき》にて候」とて、[一四]ひらに申《(まうし)》うけければ、わたされにけり。くちおし《(を)》かりし次第也。祐經《すけつね》が弟《おとと》に、[一五]伊豆《いづ》の二郎祐兼《すけかね》といふ者《もの》あり。五郎をうけとりて、いでにけり。時致《むね》、東《とう》西《ざい》をみわたし、「それがしが姿《すがた》をみん人々は、いかにおこ《(を)》[一六]がましく思ふらん。さりながら、親《おや》のためにすつる命、[一七]天衆地類《てんじゆちるい》も納受《なふじゆ》[一八]し給ふべし。つけたる繩《なは》は、孝行《かう〳〵》の善《ぜん》[一九]の綱《つな》ぞ。おの〳〵[二〇]結緣《けちえん》にてかけ候へ」と申《(まうし)》ければ、げにもといはぬ人ぞなき。其後、五郎を濱《はま》[二一]すかにつれて、[二二]松崎《まつさき》といふ所《ところ》の岩間《いはま》にひきすへ《(ゑ)》、きらんとす。[二三]時宗見かへり申《(まうし)》けるは、「かまへてよくきり候へ。人《ひと》もこそ見るに、あしくきり給ひ候はば、惡《あく》靈《りやう》となりて、七代まで[二四]とるべし」といひければ、祐兼《すけかね》聞《(きき)》て、まことにきり損《そん》じなば、いかなる惡靈《りやう》にも成《(なる)》べしと思ひしより、膝《ひざ》ふるい《(ひ)》、[二五]太刀のうちどもおぼえざりける所に、[二六]筑紫《つくし》の仲太《なかた》と申《(まうし)》けるは、[二七]御家人訴訟《そせう》の事ありて、左衞門尉《のぜう》につきけるが、訴訟《そせう》かなふべき比《(ころ)》、祐經《すけつね》うたれければ、[二八]これらが所爲《しよい》とや思ひけん、わざと太刀にてはきらで、苦痛《くつう》をさせんために、にぶき刀《かたな》にて、[二九]かき首《くび》にこそしたりけれ。さしたる親類・知音《ちいん》にあらざる者も、わかれをおしみ《(を)》、名殘《なごり》をかなしまずといふことなし。しかるに、

斉桓公用㆓其仇㆒而一㆓匡天下㆒」とある。晋の文公は、献公の子。驪姫の讒のために、母の国翟に走ったが、後に晋に帰って即位した。斉の桓公は、僖公の子。管仲を用いて、国政を改革した。

一二 首を斬られるのはやむをえません。

一三 命を許してもらっている。

一四 ひたすらに。

一五 諸本によって、底本の「三郎」を改め、「二郎」とする。真字本に、「犬房郎等是請取出」とある。

一六 ばからしく。

一七 天地にある諸神・眷属。

一八 うけいれなさるであろう。

一九 仏の手などにかけてひく五色の綱。仏にすがる意をあらわす。

二〇 仏道の縁を結ぶこと。

二一 海岸の砂地。「すか」とは、砂の積もった所。ここは、地名ではあるまい。

二二 静岡県賀茂郡松崎町か。

二三 「時致」にあたる。

二四 とり殺すぞ。

二五 太刀をうちおろす所。

二六 吾妻鏡建久四年五月二十九日の条に、「以㆘号㆓鎮西中太㆒之男㆖、則令㆓梟首㆒」とある。真字本に、「筑紫仲太有㆓御家人㆒、付㆓左衛門尉㆒訴㆓訟本領㆒、申乞切、…」とある。

二七 彰考館本・万法寺本・南葵文庫本に、「は」はない。「申ける御家人」と続けるべきか。

二八 この人々(曾我兄弟)のしわざ・せい。

二九 首をかき切ること。

勇士《ゆうし》のいたつてたけきは、[一]やぶり館《たち》おとし、軍《いくさ》の先《さき》をかくる故《ゆへ》に、敵《てき》のためにとらるゝといへども、藝《げい》を感《かん》じ、身をたすけ、情《なさけ》をかくるは、先規《せんぎ》[二]なり。つたえ《(へ)》聞《(きく)》、紀信《きしん》[三]が軍車《ぐんしや》にのりしも、武意《ぶい》[四]を感《かん》じ、楚王《そわう》[五]、将《しやう》になさんといひしかども、みづから死《し》をのぞみ、沛公《はいこう》[六]、軍《いくさ》をやぶり、片《かた》時もいきん事をかなしみて、戦場《せんぢやう》の石《いし》に、脳《なづき》[七]をくだきてうせにき。よつて、勇士《ゆふし》、敵《てき》のために、命《いのち》をしばらくもまたうせざる[八]は、古今《こきん》の例《れい》なり。然《(しかれ)》ば、五郎も、宵《よひ》にやうせんとおもひけん[九]、おぼつかなし。

(伊豆《づの》二郎が流《なが》されし事)

扨《(さて)》[一〇]も、悪事千里[一一]をはしるならひにて、伊豆《づの》二郎未練《みれん》なりと、鎌倉《かまくら》中に披露《ひろう》有《(あり)》[一二]ければ、秩父《ちゝぶ》の重忠《しげたゞ》、御前《ぜん》にて此ことをきゝ、「曾我《の》五郎をば、重忠《しげたゞ》給《(たまはり)》て、重代《ぢう》のかうひら[一三]にて、誅《ちう》し候べきを、不覺《ふかく》[一四]第一の伊豆《いづの》二郎にくだし給《(たまはり)》[一五]て、かはゆき[一六]次第《しだひ》とうけたまはり、くちおし《(を)》さよ」と申されければ、君きこしめし、「かやうの不覺人《ふかくじん》にてあるべくは、誰にてもおほせ付《(つけ)》らるべきものを」とて、伊豆《いづの》二郎は、御不審《ふしん》[一七]をかうふり、奥《あふ》州外濱《しうそとのはま》[一八]へながされしが、幾程《いくほど》なくて、悪《(あし)》き病《やまひ》をうけて、當《たう》年の九月に廿七歳《さい》にしてうせにけり。これひとへに、五郎[一九]がいきどお《(ほ)》りむくふ所にやと、口びる[二〇]をかへさぬはな

一 彰考館本に、「陣〈ぢん〉をやぶり、館〈くわん〉を落〈おと〉し」、万法寺本に、「ぢんをたちをおとし」、南葵文庫本に、「いくさをやぶり太刀をおとし」、流布本に、「てきをやぶり、ときをくだき」とある。

二 もとからのおきて。

三 彰考館本に、「記信〈きしん〉之軍〈いくさ〉に乗〈じぜう〉しも」、万法寺本に、「きしんかくんにのりしも」とある。紀信は、漢の将軍。高祖の身がわりとなって、楚軍に捕えられた。ここでは周苛のことを混同したものか。↓補二六一。

四 諸本によって、底本の「ふいをを」を改む。万法寺本に、「たけきこゝろを」とある。

五 項羽。漢の高祖と争って敗れた。

六 漢の高祖劉邦。沛はその封ぜられた国の名。

七 頭脳。

八 完全に保たない。

九 流布本に、「おもひしが、夜あけてしぬる事、やたてのすぎの一二のえだのいはれなり」とある。

一〇 諸本によって、底本の「扨は」を改む。

一一 北夢瑣言六・景徳伝燈録十二に、「好事不レ出レ門、悪事行二千里一」とある。悪い評判は、たちまち遠方まで知れわたるの意。

一二 ひろく言いひろめられたので。

一三 彰考館本に、「香衡」とある。太刀の名。

一四 もっとも卑怯未練な。

かりけり。時致《むね》は、五月にきられければ、祐兼《すけかね》は、九月にうせにけり。不思議成《ふしぎなる》例《ためし》、[二一]因果歴然《いんぐわれきぜん》とぞ見えける。

## (鬼王・道《だう》三郎が曾我へ歸《かへ》りし事)

こゝに、この人々の二人の郎等《らうどう》、鬼王・道《だう》三郎は、富士の裾野井出《すそのいで》の屋形より、[二二]次第《しだい》の形見《かた》を取《とり》、曾我の里へぞいそぎける。されども、おしみし《を》名殘《なごり》なれば、心《こゝろ》は後《あと》にぞとゞまりける。げにや、幼少《やうせう》よりとりそだて奉り、世にも出給《いで》はば、[二三]我〱ならでは、誰か有《ある》べきと、人もおもひ、われも又たのもしかりつるに、かやうになりゆきたまひしかば、[二四]したい《ひ》あくがれしもかなはで、なく〱曾我へぞかへりける。思ひのあまりに、道《みち》のほとりにしばしやすらひ、富士《ふじ》野の空《そら》をかへりみしかば、松明《たひまつ》おほくはしり、たゞ[二五]萬燈會《まんどうゑ》のごとし。今《いま》こそ事いできぬると見えければ、我君の御命《いのち》、いかゞわたらせたまふ覽《らん》と、心もとなさかぎりなし。[二六]たゞ二人ましませば、大勢にとりこめられ、いかに隙なくましますらん、今は御身もつかれたまふ覽《らん》と思へば、はしりかへりて、御最後《さいご》見たてまつらまほしきも、へだたりぬれば、かなはず、たゞなくよりほかの事ぞなき。しばらくありて、たひ《い》松の數も、次第にすくなくなり、火《ひ》の光《ひかり》も、うすくな

一五「たまはって」「たまひて」ともよめる。流布本に、「給はつて」とある。
一六 かわいそうな。
一七「かうふり」は、諸本によって、底本の「かふり」を改む。お疑いをうけ。
一八 前出。↓一一八頁注一。
一九 五郎の憤りのために報いをうけたのであろうか。
二〇 悪口を言わない者はなかった。
二一 因果の関係が明白にあらわれた。
二二 前出。↓三三九頁注二一。
二三 われわれほどの者がほかにあるはずはない。
二四 心も身にそわず跡を慕ったのも許されないで。
二五 万燈を点じて供養する法会。
二六 味方はただ二人でいらっしゃるから。

りゆけば、君の御命もかく[一]やと、火《ひ》の光《ひかり》も、名殘お《(を)》しくおもひければ、道の邊《べ》にたふれふし、聲もお《(を)》しまずなきい《(ゐ)》たり。馬も、生《しやう》[二]ある者なれば、人々のわかれをやお《(を)》しみけん、富士《ふじ》野の空《そら》をかへりみて、二三度までぞいば[三]へける。扨《(さて)》あるべきにあらざれば、[四]お《(を)》ちこちのたづきもしらぬ山中に、おぼつかなきは、富士《ふじ》野なり。なく〳〵む[五]なしき駒《こま》の口をひき、故里《ふる》へとはいそげども、ゆき[六]もやられぬ山道の、末《すへ》もさだかに見えわかず。爰《(ここ)》に、人の使とおぼしくて、文《ふみ》もちたる者《もの》、後《あと》よりいそぎ來《(きたる)》。道《だう》三郎、袖をひかへて、「[七]出《(いで)》の御屋形には、今宵《こよひ》、何《なに》事の有《(あり)》ければ、松明《たひまつ》の數《かず》の見え候《(さうらひ)》つる」ととひければ、「[八]さればこそとよ。しりたまはずや。曾我十郎《の》・五郎殿といふ人、兄弟して、一族《ぞく》の工藤《くどう》左衞門尉殿《のぜうどの》を、親の敵《かたき》とてうちたまひぬ。あまつさへ、御所《しよ》[九]の內まできりいりて、日本國の侍《さぶらひ》どもの、きられぬ物は候はず、手負《ておひ》・死人二三百人も候覧《(らん)》。されども、兄《あに》の十郎は、夜半に討死《うちじに》し給ひぬ。弟《おとゝ》の五郎殿《どの》は、曉《あかつき》におよび、いけどられたまひき。此人〳〵のふるまい《(ひ)》は、[一〇]天魔《てんま》・鬼神《きじん》のあれたるにや、かゝるおび[一一]たゝしきことこそ候はざりつれ。かやうのことを、大磯《おほいそ》の虎御前《とらごぜん》の妹《いもふと》、黃瀨《きせ》[一二]川の龜鶴《かめづる》御前《ぜん》より、大磯《おほいそ》へつげさせたまふ御つかひなり」とて、はしりとお《(ほ)》りけり。二人の物どもきゝて、しばし損《そん》じたまふべしとはおもはねども、[一三]一期《ご》の大事なれば、心もとなく思ひたてまつりしに、何事なく本意《ほんゐ》をとげたまひぬるよと、なげきの中《なか》のよろこびにて、次第《しだひ》の形見《かた》

一 この火の光のように消えてゆくのか。
二 生命。
三 いなないた。
四 古今集春上に、「をちこちのたづきもしらぬ山中におぼつかなくも喚子鳥かな」とあるのによる。どこがどこやら勝手もわからない山の中で、気にかかるのは、富士野である。
五 誰も乗らない馬。
六 先へ進むこともできない。
七 「井出」にあたる。
八 そのことですよ。
九 将軍の屋形。
一〇 欲界の第六天の魔王。
一一 ものすごい。大変な。
一二 前出。↓二四三頁注二五。
一三 一生。

を面々《めん〳〵》にたてまつり、

（おなじくかの者《もの》ども遁世《とんせい》の事）

わが家《いゑ》にもかへらず、[一四]高野山《かうやさん》にたづねのぼり、ともに髻《もとどり》きり、[一五]墨染《すみぞめ》の衣《ころも》の色《いろ》に心をなし、一筋《すぢ》にこの人々の[一六]後生菩提《ごしやうぼだひ》をとぶらひけるぞ有《（あり）》がたき。

（曾我にて追善《ついぜん》の事）

さても、母《はゝ》、子共のかへしたる小袖をとり、おの〳〵顔《かほ》におしあてゝ、其まゝたふれふし、[一七]きえ入《（いり）》にけり。女房《ねうばう》たち、やう〳〵[一八]介錯《かいしやく》し、薬《くすり》など口にそゝき、[一九]養生《やうじやう》しければ、わづかに目《め》計《（ばかり）》もちあげ給《（たまひ）》けり。[二〇]せめての事に、文をひらきてよまんとすれ共《（ども）》、[二一]目《め》もくれ、心も心《こゝろ》ならねば、文字《もじ》もさらに見えわかず。「うらめしや、わらはお《（を）》」とばかりいひて、胸《むね》にひきあて、またうちふしぬ。やゝありて、息《いき》の下《した》にてくどきけるは、「誠に[二二]凡夫《ぼんぶ》の身ほどはかなき事はなし。此小袖をこひ、ながき世までの形見とおもひて、[二三]時折節こそあるに、二人つれてきたりこひける物をしらずして、返せといひ

一四 和歌山県伊都郡東部にある山。真言宗の本山金剛峰寺の所在地。いわゆる高野聖の根拠地としても知られる。
一五 仏の道に心をむけ。
一六 死後に仏果をえること。
一七 深く悲しんで気を失った。
一八 世話して。介抱して。
一九 生きかえるように手あてしたので。
二〇 やっとのことで。
二一 目もくらみ、心も落ちつかないので。
二二 煩悩に束縛されて迷っている人。
二三 ほかにしかるべき時もあるのに、わざわざ。

けむくやしさよ。五郎も、かぎり[一]と思ひてや、此度、つよくいひけるぞや。[二]幾程《いくほど》なき物故《ゆへ》に、不孝《ふけう》して、年比《(としごろ)》そはざりける、かなしさよ。なを《(ほ)》も、心づよくゆるさざりせば、一目《ひとめ》もみざらまし。久敷《(ひさしく)》そはざりしに、めづらしくも、たのもしくもおぼえしものを、せめて三日とも打そはで、名殘お《(を)》しさよ。なつかしかりつる面影《かげ》を、何《(いつ)》の世にかはあひみん」とて、聲《こゑ》をお《(を)》しまずなきい《(ゐ)》たり。いかなる賤《しづ》の男《を》、賤《しづ》の女《め》にいたるまで、涙《なみだ》をながさぬはなかりけり。二宮《のみや》の女房《ねうばう》をはじめとして、したしき人々はせあつまりて、なきかなしむ事、なのめならず。おもひのあまりに、母《はゝ》は、十郎がい《(ゐ)》たりける所《ところ》にたふれ入《(いり)》、「こゝにすみしものを」と計《(ばかり)》にて、[三]うかりふしぬ。傍《かたはら》にかきたる筆《ふで》[四]のすさみを見れば、「[五]一切《さい》有《う》爲《い》法《ほう》、如夢幻泡影《によむげんはうやう》、如露亦如電《によろやくによでん》、應作如是觀《おうさによぜくはん》」とぞかきたりける。我身をありともおもはぬ口《くち》[六]ずさみ、見るに涙もとゞまらず。この押板《おしいた》[七]には、古今《こきん》・萬葉《まんよう》をはじめとして、源氏《げんじ》・伊勢《いせ》物語にいたるまで、數《かず》の草子《さうし》をつみたれども、今《いま》より後のなぐさみには、誰かはこれを見るべきと、見るに思ひぞまさりける。文《ふみ》をば、二宮《のみや》の女房《ねうばう》ぞ、なく〳〵[八]よみつらねける。きくにつけても、心《こゝろ》は心ともおぼえず。「人のならひ、神や佛《ほとけ》[九]にまい《(ゐ)》りては、命《いのち》をながく福幸《ふくさいわひ》をこそいのるに、此者どもは、たゞあけくれしにうせんとのみ申《(まうし)》ければ、此度のがれたりとも、[一〇]つい《(ひ)》にそひはつまじきぞや。それにつけても、箱王を年《とし》ごろ不孝《ふけう》して、そはざりしことのくやしさよ。そ

一 最後の機会。
二 短い親子の縁であるのに、勘当して、ずっといっしょにくらさなかった。
三 彰考館本・南葵文庫本に、「うちふしぬ」、万法寺本に、「うしふしぬ」、大山寺本に、「又消え入り給ひけり、やゝありて顔持ち上げ」、流布本に、「うかりしねやの」とある。
四 心のおもむくままに筆をとること。
五 諸本によって、底本三句目の「けん」を改め、「電(でん)」とする。金剛般若経に、「一切有為法、如夢幻泡影、如露亦如電、応作如是観」とある。一切の因縁によって生ずる事象は、夢や幻や泡や影のように、露のように、また電のように、はかないものである。まさにこのように見てさとらねばならない。
六 何となくことばに出すこと。
七 室中に置いて、書物などを飾る台。
八 読みつづけた。
九 諸本によって、「に」を補う。
一〇 最後までいっしょにくらすことはできないだろうよ。

れは、草の蔭《かげ》にてもきけ、まことには不孝《ふけう》せず。一一たとへば、法師《ほうし》になさんとせしことのかなはぬに、不孝《ふけう》といひしを、一二ついでなくして、何となく、月日をかさねしばかりなり。一三小袖《そで》直垂《ひたゝれ》をきせし事も、日《ひ》ごろにかはらざりしを、二宮《の》の女房《ねうばう》のきするやうにてとらせしを、誠とおもひ、わらはをば、一四つらき者《もの》にやおもひけん。一五よし、中〳〵に今はなげきのたより也。うちそひなるゝ身なりせば、いよ〳〵名殘《なごり》もお《(を)》しかるべし。かくても、我身、一六何にかはながらへはてん、うき命、一七あるもあられぬ例《ためし》かな」と、もだえこがれける。曾我《の》太郎も、お《(を)》さなき時よりとりそだてて、一八わりなき事なれば、實《じつ》子《し》にもおとらず、心《こゝろ》ざま、又一九さかしかりしかば、二〇梅兄竹弟《ばいきやうちくてい》のおもひをなし、朝《あさ》夕二一おろかならざりしかども、所領《しよりやう》ひろからざれば、一所《しよ》をわくる事もなし。その上《うへ》、御勘當《かんだう》の人々の末《すへ》なれば、二二きよげならんもおそれあり。二三きよくほくさいわ《(は)》ひに、を《(お)》の〳〵かるゝ事もこそと、思ひし事も夢ぞかし。今《いま》さら後悔《こうくはひ》、益《あき》なしとぞなげきける。母《はゝ》は、日《ひ》の暮《(くれ)》、夜のあくるにしたがひて、いよ〳〵思ひぞまさりける。「お《(を)》しからざりしうき身なれども、二四かれらがゆくゑ《(へ)》、もしやと思ふ故《ゆへ》にこそ、つらき命《いのち》もお《(を)》しかりつれ。今は、浄土《じやうど》にてむまれあひ、今《いま》一度《たび》みん」とて、二五湯水《ゆみづ》をたち、ふししづみければ、二六露命もあやうく《(ふ)》ぞ見えし。したしき人々あつまりて、「うき世のならひ、御身一つのなげきにあらず。さしも繁昌《はんじやう》したまひし平家の公達《きんだち》も、一度《ど》に十廿人、目《め》の前《まへ》にて海中

一一 それについて細かに言うと。
一二 許す機会がなくて。
一三 真字本に、「着二直垂小袖一、不レ替二先々一、有二上許一、預二二宮姉一、為レ取二十郎一、各々訪様着預置」とある。
一四 薄情者。
一五 ままよ、かえって。
一六 どうしていつまでも生きながらえていられようか。
一七 諸本によって、底本の「あるもあらぬ」を改む。やっと生きているさまをさす。
一八 かわいくてしかたがない。
一九 すぐれていたので。
二〇 梅と竹とを兄と弟とに見たてていう。漢詩では、山礬(じんちようげ)や水仙に対して、梅を「梅兄」とよんでいる。
二一 おろそかではなかったが。
二二 立派な姿でいるのも憚られる。
二三 「きよくほく」は、「曲木」か、「棘木」か。その枯れるというのは、とがめをうけないことをさすか。
二四 兄弟の将来が、もしやよくなるかもしれない。
二五 湯水を飲まないで、嘆き悲しんだので。
二六 露のようにはかない命。

にしづみ、[一]九泉《きうせん》にたづさはりたまひしうきわかれども、日數《ひかず》つもり、年月《とし》へだたり《ゝ》ぬれば、[二]さてのみこそすぎ候《(ひ)》いしか。今の世にも、あるひ《(い)》は父母におくれ、あるひ《(い)》は夫《ふ》妻《さい》にわかれ、又は親《おや》子兄弟《きやうだい》にはなれ、なげく者《ものゝ》のみこそおほく候へ共《(ども)》、たちまち命をすつる者なし。誠に御子《こ》のため、御身をすて給はんこと、[三]さか様《(さま)》なる罪《つみ》のふかさ、いか計《(ばかり)》と思召《(おぼしめす)》。[四]なく涙も、猛火《みやうくわ》となりて、子にかかるとこそきゝけれ、まして、子のために、[五]正命《せう》をうしなひ給はん事、[六]罪業《ざいごう》の程をしらず。いかにも身を[七]またくして、[八]後生菩提《ぼだひ》をとひ給へ」と、さま〴〵に申《(まうし)》ければ、わづかに湯水《ゆみづ》ばかりぞきゝ入《(いれ)》たまひける。さてあるべきならねば、[九]僧《そう》たちをやりたてまつり、[一〇]成等正覺《じやうとうしやうがく》、[一一]頓證菩提《とんしやうぼだい》とぞとりお《(を)》さめける。母、なを《(ほ)》とぶらはるべき身の、[一二]さかさまなることになげきかなしみける。げにや、世の中のさだめなき、涙《なみだ》の種《たね》とぞなりにける。[一三]箱根《はこね》の別當《べつたう》も、此事を聞《(きき)》、いそぎ曾我にくだり、もろともになげきたまふ。「箱王が出《(いで)》し時《とき》の面影《をもかげ》、[一四]愚老《ぐらう》が涙の袖にとゞまり、師弟《してい》親子《こ》のわかれ、かはるべきにあらず」とて、さめ〴〵となきたまふ。

其後、持佛堂《ぢぶつだう》にまい《(ゐ)》り、かの菩提《ぼだい》をとぶらひ給ひけり。[一五]七日〳〵、四十九日まで、おこたらぬ[一六]追善《ついぜん》有《(あり)》。誠に[一七]彌陀の誓願《せいぐはん》は、[一八]十惡《あく》五逆《ぎやく》の大罪《ざい》をも、[一九]一念《ねん》十念《ねん》の力《ちから》をもつて、[二〇]來迎引接《らいかういんぜう》したまふべき[二一]他力《たりき》の本願《ほんぐわん》、たのもしかりけり。此人々は、父《ちゝ》のために身をすてける心《こゝろ》ざしなれば、罪《つみ》にして、しかも罪《つみ》にあらず、その上《うへ》、在世《ざいせ》の時も、仁義《じんぎ》をみ

一 冥途におもむく、すなわち死んでゆくことをいうか。「きうせん」は、彰考館本に、「弓箭〈きうせん〉」とある。
二 そのまま何事もなく過ぎました。
三 道理に反する罪。子のために親の死ぬことをさす。
四 嘆き悲しむ母の涙も、燃えたつ火となって、子にふりかかる。
五 正しい生命。天寿。
六 罪となるべき業の程度もはかりしられない。
七 完全に保って。
八 兄弟が死後に仏果をえられるようにお祈りなさい。
九 真字本に、「爰宇佐美禅師、在㆓駿河国平沢山寺㆒、本久能法師、為㆓此人共㆒従父、急尋㆓入富士野㆒、葬㆓送二人死屍㆒、骨懸㆑頸、六月三日、入㆓曾我里㆒」とある。
一〇 等正覚を成就して、すみやかに菩提を証得すること。迷いを去って、そのまま悟りを開くこと。等正覚は、平等の正理を覚知する意で、仏十号の一。
一一 遺骸を葬った。
一二 母が子の跡を弔うのは、逆縁にあたる。
一三 前出。↓五六頁注二。
一四 老人がへりくだって自分をさすことば。
一五 死後七日目ごとに、四十九日まで、仏事をいとなむ。
一六 死者の冥福を祈るために仏事をいとなむこと。
一七 阿弥陀仏が、法蔵比丘と称した時、

一切衆生を救うために、四十八の誓願を発したという。
一八 十悪は、殺生・偸盗(ちゆうとう)・邪婬・妄語・綺語(きぎよ)・悪口・両舌・貪欲・瞋恚(しんに)・邪見または愚癡の十種の罪悪。五逆は、殺父・殺母・出仏身血・殺阿羅漢・破和合僧の五種の罪悪。↓補二六二。
一九 一度または十度、阿弥陀仏の名号を唱えること。
二〇 臨終の際に、阿弥陀仏や諸菩薩があらわれて、衆生をひきとり、極楽浄土へ導くこと。
二一 阿弥陀仏の本願。念仏の功徳で、衆生が極楽浄土に往生することを願う。
二二 地獄道・餓鬼道・畜生道などの苦悩の世界。
二三 罪におとされないだろう。
二四 伊東禅師。祐成・時致の末弟。吾妻鏡建久四年六月一日・七月二日の条に、それに関する記事がみられる。↓補二六三。
二五 喪中。
二六 「伊藤」は、「伊東」にあたる。伊東九郎祐清。↓九六頁。
二七 新潟県西蒲原郡分水町の国上寺。
二八 吾妻鏡に、「武蔵守義信」、真字本に、「武蔵守源茂信朝臣」とある。
二九 「家の子」は、主人と血縁関係のある家臣。郎等は、そうでない家臣。
三〇 天下全体。
三一 国上の本寺。
三二 その血統をさかのぼって詮議されるのだ。

ださざりしかば、後の世までも、[二二]悪道には[二三]堕罪《だざい》せられじと、たのもしくおぼえける。

## （[二四]禪師《ぜんじ》法師《はうし》が自害《じがひ》の事）

また、此人々の弟《おとゝ》に、御房《をんばう》とて、十八になる法師《ほうし》あり。故河津《こかわづ》三郎が[二五]忌《いみ》のうちにむまれたる子也。母、思ひのあまりに、すてんとせしを、叔父《おぢ》[二六]伊藤九郎養《やう》じて、越後《の》國[二七]國上《くがみ》といふ山寺にのぼせ、伊東禪師《いとうのぜんじ》とぞいひける。九郎、平家へまいり《(ゐ)》て後《のち》、したしきにより、[二八]源《みなもとの》義信《よしのぶ》が子《こ》と號《かう》して、折節、武藏國《むさしの》に在《(あり)》けるを、頼朝《よりとも》、きこしめし、義《よし》信《のぶ》に仰付《(おほせつけ)》て、めされければ、力《ちから》なく、[二九]家《いゑ》の子郎等《らうどう》數十人下されし事、不便《ふびん》なりし次第也。大方、兄弟《きやうだい》とは申《(まうし)》ながら、乳《ち》のうちより他《た》人に養《よう》ぜられ、しかも、出家の身なり。是も、たゞ普通《ふつう》の儀《ぎ》なりせば、かれらまで御尋《(たづね)》有《(ある)》まじきを、兄《あに》どもの世にこえ、名《な》を[三〇]萬天《ばんてん》にあげし故《ゆへ》ぞかし。義信《よしのぶ》の使は、[三一]かの本坊《ほんばう》にきたりて、か様の次第《しだひ》をいふ。禪《ぜん》師《じ》聞《(きき)》て、「心うや、弓矢取の子が、我家《いゑ》をすてゝ、他《た》の親《おや》につく事は、夢〳〵有《(ある)》まじき事也。かやうの罪過《ざいくわ》は、[三二]其源《みなもと》をたゞされけるをや。おなじ死する命、兄弟《きやうだひ》三人、一《(ひとつ)》枕に討死《うちじに》せば、いかゞ人目《め》もうれからまし」。今さら後悔《こうくはひ》すれどもかなはず、佛前にまいり《(ゐ)》、御經ひらきよまんとすれども、文字《もじ》も見えざりければ、まきお《(を)》さめ、数珠《じゆず》をさら〳〵とおしもみ、「南《な》無《む》[一]平等《びやうどう》大慧《ゑ》、[二]一乗妙典《ぜうめうでん》、ねがはくは、法華《ほつけ》讀誦《どくじゆ》の功《く》力《りき》により、刹那《せつな》の[三]妄執《まうしう》を消滅《せうめつ》し、[四]安樂世界《あんらくせかひ》にむかへとりたまへ」と[五]祈誓《きせい》して、劒《けん》をぬき、左手《ゆんで》の脇《わき》につきたて、右手《めて》へひきまはさんとする所《ところ》を、[六]同宿《どうじゆく》はやく見つけて、「これはいかに」と、取《(とり)》つきおさへければ、「のき候へ。[七]まさなしや。人手《ひとで》にかゝらんより、[八]きよき自害《じがひ》してみせ申さん。一は、[九]同朋《どうぼう》たちのおぼしめさるゝ所。むなしく鎌倉《かまくら》へとられん事は、寺中坊中《ばうちう》の[一〇]名《な》お《(を)》り、[一一]はなしたまへ」といかりけれ共《(ども)》、[一二]大勢《ぜい》なれば、いよ〳〵よは《(わ)》りはてにけり。人々は、あまたあり、[一三]はたらかさず、自害《じがい》を半《はん》にぞしたりける、無念《むねん》といふもおろかなり。御つかひは、[一四]庭上《ていしやう》に充満《ぢうまん》してせめければ、力《ちから》およばず、[一五]上意《い》もだしがたくして、わたされにけり。口お《(を)》しかりし次第《しだひ》なり。御つかひうけ取《(とり)》、輿《こし》にのせて、鎌倉《かまくら》へこそ上りけれ。君きこしめされて、御前へめされければ、[一六]かゝれて参《(まゐり)》けり。君御覽ぜられて、「[一七]わ僧《そう》は、河津《かわづ》が子か」と、御たづねありければ、禪師《ぜんじ》は、前後《ぜんご》もしらざりけるが、君のおほせを聞《(きき)》、兩《りやう》の手《て》をおして、おきあがらんと心《こゝろ》ざしけれ共《(ども)》、かなはで、頭《かしら》をもちあげ、「さん候、伊東《いとう》がためには、孫《まご》候」と申《(まうす)》。さて、「兄《あに》どもが、敵《(かたき)》うちけるをばしらざりけるか」「[一八]おほそれながら、將軍《しやうぐん》の仰《(おほせ)》とも存《(ぞんじ)》候はず。[一九]一腹《ぷく》一生《しやう》の兄《あに》どもが、親の敵《(かたき)》打《(うつ)》とてしらせ候はんに、[二〇]黑衣《こくゑ》にて候とも、同意《どうい》せぬ畜生《ちくしやう》や候べき。御推量《すひりやう》も候へ」とぞ申上げたりける。「なんぢが眼《まな》

一　法華経見宝塔品に出る語。平等の真理を得て、それを平等に衆生に及ぼす仏の智慧をいう。
二　唯一最上のすぐれた経典。妙法蓮華経をさす。
三　みだりに執着すること。
四　極楽浄土。
五　祈って誓いをたてて。
六　寺院における同輩。同じ師匠をもち、同じ僧坊にいる者をいう。
七　見ぐるしいぞ。
八　いさぎよい。
九　同じ師匠について仏法を修行する者。
一〇　不名誉。
一一　彰考館本・万法寺本・南葵文庫本・流布本によって、底本の「をなしたまふ」を改む。
一二　彰考館本に、「大事〈だい〉の手〈て〉なりければ」、万法寺本に、「大じのてなりければ」、南葵文庫本に、「大事のてなりけれは」とある。
一三　動かさないで、自害を半分でやめさせた。
一四　庭の上にいっぱいになって責めたてたので。
一五　将軍の命令を無視することができないで。
一六　かつがれて。
一七　坊主め。「わ」は、さまざまな名詞につけて、それを親しみ、また軽んじていう語をつくる。「わ男」「わ法師」など。
一八　「恐れながら」と同じ。恐れの気持

ざしを見るに、頼朝に意趣《いしゆ》ありと見えたり。事をたづねんためにめしつるに、[二一]楚忽《そこつ》の自害《じがひ》、所存のほか也」「楚忽《そこつ》とは、いかでか承《(うけたまはり)》候。すでに御使たまはりて、めしとれとの御諚《ぢやう》をうけたまはりて、其用心《ようじん》仕《(つかまつら)》ぬことや候べき。あはれ、兄どもがしらせて候はゞ、二人の者《もの》をば、祐經《すけつね》におしむけ、愚僧《ぐそう》は、一人にて候とも、君を一太刀うかゞひ奉《(たてまつり)》て、[二二]後生のうつたえ《(へ)》に仕《(つかまつる)》べきか」とて、御前をにらみ、[二三]ことばをはなちてぞ申《(まうし)》ける。君きこしめして、「頼朝《よりとも》には、何の[二四]宿意有《(あり)》けるぞ」「我ら先祖《せんぞ》の敵、又は兄弟の敵にては候はぬか。果報《くわほう》の[二五]勝劣《せうれつ》程、うき物は候はず。たゞ御威勢《いせい》におされて、か様にまかり成《(なり)》て候。おほそれながら、身が身にて候はゞ、源平《げんぺい》両氏《じ》、何《(いづ)》れ甲乙《かうおつ》候べき」と申《(まうし)》ければ、君、しばらく物をも仰《(おほせ)》られず、やゝ有《(あり)》て、なを《(ほ)》も心をみんと思召《(おぼしめし)》けん、「[二六]其手にても、いきてんや。さも思はゞ、たすくべき」よしおほせくだされければ、禪師《ぜんじ》承《(うけたまはり)》て、から〳〵と打笑《(わらひ)》、「よく〳〵人共《(とも)》おぼしめされ候はざりける。御たすけ有《(ある)》程ならば、いかで是までめさるべき。[二七]もしさもとや申《(まうす)》、きこしめされんためか。まさなや、人によりてこそ、さやうの御ことばは候べけれ。くちお《(を)》しき仰《(おほせ)》かな」とぞ申《(まうし)》ける。御寮《れう》きこしめし、此法師《ほうし》も、兄《あに》にはおとらざりけり。たすけを《(お)》きなば、又大事をおこすべき物也。よくぞめしよせたりけるとおぼしける。禪師《ぜんじ》、かさねて申《(まうし)》けるは、「とてもたすかるまじき身、刹那《せつな》のながらへもくるしく候。いそぎ首《くび》をめ

を強めるために、一般に「オオソレナガラ」と発音されたようである。
一九 同じ父母から生まれた者。
二〇 墨染の衣。
二一 かるはずみなこと。
二二 あの世で訴えて、自分の功名にしようか。
二三 憚ることなく言いきって。
二四 かねてのうらみ。
二五 まさりおとり。
二六 その傷でも、生きることができようか。
二七 ひょっとして助かりたいというかもしれない。

され候へ」と、しきりに申《(まうし)》ければ、生年《しやうねん》十八にして、つひにきられにけり。無慙《むざん》なりし次第なり。君、この者《もの》の氣色《けしき》を御覽《らん》じて、「剛《かう》なる者《もの》の孫《そん》は、剛《かう》なり。あはれ、かれらに世《よ》の常《つね》の恩《おん》[一]をあたえ《(へ)》、めしつかはゞ、思ひとゞまる事もありなまし。弓矢《ゆみや》[二]とる者は、誰《たれ》おとるべきにはあらねども、かほどの勇士《ゆふし》、天下にあらじ」とおほせ[三]もあへず、御涙《なみだ》をこぼさせたまひしかば、御前《まへ》祗候《しかう》の侍《さぶらい》ども、袖《そで》をぬらさぬなかりけり。

（京の小二郎が死《(しする)》事）[四]

又、この人々にかたらはれ[五]、同意《だうい》せざりし一腹《ぷく》の兄《あに》、京《きやう》の小二郎も、おなじ[六]八月に、鎌倉殿《かまくらどの》の御一門、相模守《さがみのかみ》[七]の侍《さぶらひ》に、ゆら[八]の三郎が謀叛《むほん》おこしていでけるを、とゞめんとて、由比濱《ゆひのはま》[九]にて、大事の傷《きず》をかうぶり、曾我に歸《(かへり)》、五日をへて、死にけり。おなじくわ《(は)》、さんぬる五月に、兄弟《きやうだひ》どもと一所にしにたらんは、いかゞよかるべきとぞ申《(まうし)》あひける。

（三浦《みうらの》[一〇]與一が出家の事）

一 所領。
二 武士の中で、誰がかれらに劣るというのではないが。
三 仰せられおわらぬうちに。
四 前出。→一八〇頁注五。
五 味方にひきいれられ。
六 吾妻鏡建久四年八月二十日の条に、「故曾我十郎祐成一腹兄弟原小次郎被レ誅。参州縁座云々」とある。
七 真字本に、「参河守範頼侍」とある。
八 真字本に、「条義三郎」、彰考館本に、「由木（ゆい）の三郎」、万法寺本に、「ゆうき三郎」、大山寺本に、「ゆふき三郎」、南葵文庫本に、「ゆうきの三郎」とある。
九 神奈川県鎌倉市の海岸。
一〇 前出。→二一一頁注二一。

三浦《みうらの》與一も、くみせざりしが、幾程《いくほど》なくして、御勘當《かんだう》をかうぶり、出家《しゆつけ》二してげり。人はたゞ不孝《ふかう》三の道《みち》をば、たゞしくすべきことをや。

二 真字本に、「有二兼三浦一出二高野方一承」とある。

三 南葵文庫本に、「ふようのみち」、流布本に、「ぎと、しんとの道〈みち〉」とある。

一 底本の「曾物語我」を改む。
二 つなぎとめられない。
三 彰考館本に、「闌〈たけ〉ぬれは」、万法寺本に、「たけぬれは」とある。
四 新撰朗詠集上「擣衣」に、「賓鴈繫ㇾ書飛㆓上林之霜㆒、忠臣何在、寡妾擣ㇾ衣泣㆓南楼之月㆒、良人未ㇾ帰」とある。「賓鴈」以下は、前漢の蘇武が、匈奴の地から故国まで、雁の足につけて書状を届けたという故事。賓鴈は、異国からおとずれる雁。上林は、武帝の築いた園。貞女は、忠臣にかえたもの。「いづくにか有」は、諸本に、「いづくにかある」とある。「くはんしよ」は、彰考館本に、「寡妾」、万法寺本に、「くはんしやう」とある。「寡妾」で、夫を失った女。良人は、夫。ここでは、子を失った母についていう。
五 彰考館本・万法寺本に、「わかき」、流布本に、「ぜんき」とある。
六 白毛に黒などのさし毛のある馬。
七 青貝などで模様をすった鞍。
八 死後の仏事供養。
九 自分自身のいとなむ仏事。
一〇 彰考館本に、「次〈つぎ〉」、万法寺本に、「つゐて」、流布本に、「つゐで」とある。
一一 「一首」か。彰考館本に、「一詩〈いっ〉」、万法寺本に、「一し」、流布本に、「一つ」とある。
一二 追善のために志を述べる文。
一三 お目にかかりましょう。
一四 「よびいれにけり」か。流布本に、「よび入にけり」とある。

# 曾[一]我物語　巻第十一

## (虎《とら》が曾我へきたる事)

抑《(そもそも)》、建久《けんきう》四年長月《ながつき》上旬《じゆん》の頃《ころ》、[二]つながぬ月日もうつりきて、昨日今日《きのふけふ》とは思へ共《(ども)》、うき夏もすぎ、秋も漸〱《(やうやう)》[三]たちぬれば、[四]賓鴈書《ひんがんしよ》をかけて、上林《しやうりん》の霜《しも》にとぶ、貞女《ていぢよ》いづくにか有《(ある)》、くはんしよ衣をうちて、良人《りやうじん》いまだかへらざる所《ところ》に、[五]せんき尼《あま》一人、こき墨染《すみぞめ》の衣《ころも》に、おなじ色《いろ》の袈裟《けさ》をかけて、[六]葦毛《あしげ》なる馬に、[七]貝鞍《かひくら(お)》をき、ひかせて來けり。何者《なにもの》ぞと見れば、十郎がかよひし大磯《をゝいそ》の虎《とら》也。かれらが母のもとにゆき、まぢかき所にたちいり、つかひしていひけるは、「この人々の百ケ日の[八]孝養《けうやう》、大磯《をゝいそ》にても、形《かた》のごとくいとなむべけれ共《(ども)》、箱根の御山にてあるべしとうけたまはり候へば、此佛事をも聴聞《ちやうもん》申《(まうし)》、[九]我身のいとなみをも、その[一〇]つぎにして、[一一]一しゆの[一二]諷誦《ふじゆ》をもさゝげばやとおもひ、まいり《(ゐ)》候」といひければ、母きゝて、「嬉敷《(うれしく)》もおもひよりおはします物かな。十郎ありし方《かた》へいらせ給へ。やがて[一三]見参《げんざん》に入《(いる)》べし」と、あれたる住家《すみか》の扉《とぼそ》をあけて、

[一四]よびいりにけり。虎《とら》は、十郎がすみ所《どころ》へたちいりみれば、いつしか庭《には》のかよひ路《ち》に草しげり、跡《あと》ふみつくる人もなし。塵《ちり》のみつもる床《ゆか》の上《うへ》、うちはらひたる氣色《けしき》も見えず。思ひ[一五]今はのわかれの曉《あかつき》まで、みなれし所《ところ》なれば、かはる事はなけれども、[一六]主《ぬし》はなし。思ひしより、[一七]すぎ方《かた》のゆかしく、[一八]我身はもとの身なれども、心《こゝろ》は有《あり》し心ならず。月やあらぬ、春や昔のかこち草、[一九]ふるき名殘《なごり》の[二〇]つきせねば、なくよりほかの事ぞなき。[二一]まろびいりたるそのまゝにて、しばしはを《(お)》きもゐ[二二]ざりけり。[二三]枕《まくら》も袖《そで》もうくばかり、[二四]たちそふ物は面影《をもかげ》の、それとばかりの情《なさけ》にて、涙《なみだ》もさらにとゞまらず。やゝしばらくありて、さめ母《はゝ》いであひけり。虎《とら》を一目《め》見しより、何と物をばいはで、袖《そで》を顔《かほ》におしあてて、さめ〴〵となきけり。虎《とら》も、母を見つけて、[二五]ありし顔《かほ》ばせののこりとゞまる心《こゝ》ちして、うちかたぶき、聲《こえ》もお《(を)》しまずなきい《(ゐ)》たり。[二六]夫《おつと》のなげき、子《こ》のわかれ、さこそはかなしかりけめ、おしはかられて、あはれ也。母《はゝ》、涙《なみだ》をおさへていひけるは、「かくあるべしとおもひなば、十郎が有《あり》し時、はづかしながら、見たてまつるべかりし物を、身の貧《ひん》なるにより、[二七]したしむべきにもうとし、かたらふべきにも、さもあらで、よろづ思ふ様《やう》にも候はで、打すぎし事のくやしさよ。十郎、あさからず思ひたてまつりし事なれば、たゞ十郎にむかふ心ちして、なつかしく思ふ」と、なく〳〵かたりければ、虎《とら》も又、「[二八]身の數《かず》ならぬによりて、御見參《げんざん》申さず」とて、是も涙をながしけり。「形見《かたみ》とて

一五 もうこれまでという別れ。
一六 彰考館本・万法寺本に、「あるしはなしと」とある。
一七 彰考館本に、「過〈すぎ〉こし方〈かた〉をなつかしく」、万法寺本に、「すきにしかたのなつかしく」、南葵文庫本に、「過にしかたもおほえす」とある。
一八 古今集恋五に、「月やあらぬ春やむかしの春ならぬ我身ひとつはもとの身にして」とある。わが身はもとのままの身であるが、心はもとの楽しい心ではない。月も昔のままに照らし、春も昔のままで、嘆きの種となるの意。
一九 彰考館本に、「夢〈ゆめ〉の」、万法寺本・大山寺本・南葵文庫本に、「ゆめの」、流布本に、「ふかき」とある。
二〇 諸本によって、底本の「つきせは」を改む。
二一 ころげこんだ。
二二 彰考館本に、「為〈せ〉さりけり」、万法寺本に、「あからざりし」、大山寺本に、「なほらさりけり」、流布本に、「あがらざりけり」とある。
二三 涙の多くこぼれるさま。
二四 十郎とわかるほどの面影がよりそい、その深い情も思われて。
二五 かつての十郎の顔つき。
二六 虎の夫と別れた嘆き、母の子と別れた嘆き。
二七 親しくしなければならない方にもよそよそしく、相談しなければならない方にもそうしないで。「うとし」は、諸本に、「うとく」とある。
二八 人数にも入らぬ遊女の身なので。

のこしおかれし馬・鞍《くら》、見る度《たび》ごとに、目《め》もくれ[一]、佛《ほとけ》の御名をとなふるさはりとなり候へば、なき人の御ためもしかるべからず。此度《たび》の御佛事[二]の御布施《ふせ》に思ひさだめて候」と、いひもはてず、うちかたぶきけり。「おほせのごとく、形見《かたみ》[三]はよしなき物にて、[四]これらが狩場《かりば》より返したる小袖を見る度《たび》に、ことに心《こゝろ》みだれ候ぞや。これも、此度の御布施《ふせ》におもひむけて候。御身は、十郎が事ばかりこそなげき給へ。わらはほど罪《つみ》ふかき物は候はじ。河津《かわづ》殿におくれ[五]たりし時《とき》、一日片時《へんし》の命《いのち》もながらへがたかりしに、[六]つれなき身のながらへ、百日の内に、あまた[七]の子におくれたり。いかばかりとかおぼしめす。ことにかれら二人は、身をはなさで、左右の膝《ひざ》にすへ《(ゑ)》そだて、父の形見《かたみ》と思へば、うき時《とき》も、かれらにこそはなぐさみしか。今より後《のち》は、誰《たれ》を見、何に心のなぐさむべき。箱王は、法師《ほうし》にならざりしを、かり[八]そめに「不孝《ふけう》」といひしそのまゝ、「ゆるせ」といふ人もなし。身の貧《ひん》なるに、何となくうちすぎ、月日をおくり、年《とし》ごろそわ《(は)》ざりし、今《いま》さらくやしく候ぞとよ。[九]打出《(いで)》し時《とき》、兄がつれて來《(きたり)》、かぎりとおもひてや、「ゆるせ」と申せしに、「さらば」[一〇]といひしことのはを、うれしげなりし顔《かほ》[一一]わ《(ほ)》せの、あらはれたりし無慙《むざん》さよ。親《おや》ならず、子ならずは、おひ《(い)》たるわら《(は)》がことばの末《すへ》、誰かおもくおもふべきと、たのもしくおもひて、つく〲とまかり[一二]しに、盃《さかづき》とりあげ、かたぶく程《ほど》、涙うかみて候《(さうらひ)》しを、不孝《ふけう》をゆるすうれしさの涙とおもひて候へば、

一 くらみ。
二 仏事の料として、僧にさし出す品物。
三 用のない。
四 十郎・五郎兄弟。
五 死にわかれた。
六 あいにく何事もない。
七 十郎・五郎のほかに、禅師法師・京の小次郎をさす。
八 その時かぎりのことで勘当すると言ったそのままになって、許してやるように取りなす人もない。
九 富士野へ出でたつ時。
一〇 それならば許す。
一一 顔つき。
一二 彰考館本・南葵文庫本に、「まもりしに」、万法寺本・流布本に、「まほりしに」とあり、見まもったがの意。

一三かやうになるべきとて、かぎりの涙にて候《(さうらひ)》けるを、凡夫《ぼんぶ》の身のかなしさは、夢にもしらで、なつかしかりける顔《かほ》ばせ、何《なに》しに年月不孝《ふけう》しけんと、すぎにし方《かた》までくやしきに、せめて三日うちそはで、一四かへれとばかりのあらましを、いかにあはれに思ひけん。いつの世にかあひ見て、一五うきをかたりてまし」とて、又うちふしてなきけり。虎《とら》も、涙《なみだ》にむせびつゝ、しばしは物をもいはざりけり。たがひの心の内、さこそとおもひやられたり。「これなる御經《きやう》は、かれらが最後《さいご》に富士野より送《(おくり)》たる文《ふみ》の裏《うら》にかきたてまつりて候。此文をよまんとすれば、文字《もじ》も見えず。ちかくい《(ゐ)》よりてよみ給へ。きゝ候はん」とてさし出《(いだす)》。十郎が文《ふみ》ときけば、なつかしくて、よまんとすれば、目《め》もくれ、一六いつをそことも見えわかず、たゞ胸《むね》にあてゝ、なくばかりにてぞありし。一七ながれをたつるならい《(ひ)》、かほどの心《こゝろ》ざしあるべしとはおもはざりしを、一八やさしくも見ゆる也《(なり)》けりと思ふに、涙ぞまさりける。「今宵《こよひ》は、これにとゞまりて、心しづかに物語《がたり》申《(まうす)》べきを、箱根《はこね》への用意《ようい》させ候べし。暁《あかつき》にいで候べし。きゝ給ひぬるや、是らが一九孝養《けうやう》せよとて、君よりは所領《しよりやう》たまはり候。世《よ》には、敵《かたき》うつ物こそおほく候なれども、心ざま人にすぐるゝにより、かやうの御恩《おん》にあづかり候。二〇いかにいふかひなしとも、かれらが安穏《あんおん》ならんこそ、うれしくも」とて、「是や昔《むかし》、二一上東門院《しやうとうもんいん》の御時、二二和泉式部《いづみしきぶ》が、二三女《むすめ》小式部内侍《しきぶのないし》におくれて、かなしみけるに、君、あはれに思召《(おぼしめし)》て、母が心をなぐさめんと

一三 このように死ぬにちがいない。
一四 帰ってほしいというだけの心頼み。
一五 つらい思いを語ることであろうか。
一六 彰考館本・万法寺本に、「いつくを」、大山寺本・流布本に、「いづれを」とある。
一七 遊女の身の常として。↓二二〇頁注三。
一八 殊勝にも。
一九 供養せよ。
二〇 どんなに取るに足らない者であっても、かれらが無事であったならば、うれしいのであるが。
二一 藤原道長の女彰子。一条天皇の中宮。彰考館本に、「建秋門院〈けんしうもんゐん〉」、万法寺本に、「けんしうもんゐん」、大山寺本に、「けんしゅうもんゐん」、南葵文庫本に、「けんしゅんもんゐん」とある。ただし、後の御衣の主としては、彰考館本に、「上東門院〈しやうとうもんゐん〉」、万法寺本に、「しやうとうもんゐん」、大山寺本・南葵文庫本に、「しやうせいもんゐん」とある。
二二 大江雅致の女。橘道貞の妻となり、小式部内侍を生む。上東門院に仕え、後に藤原保昌の妻となった。平安中期の女流歌人として知られる。
二三 母とともに上東門院に仕え、やはり歌人として知られた。

おぼしめし、衣を下されしに、和泉《いづみ》式部、

[一]もろともに苔《こけ》の下《した》にもくちずしてうづもれぬ名《な》をきくぞかなしき

かやうによみたりし事まで思ひしられて、かたじけなくおぼえ候ぞや。それにつき候《(さうらひ)》ては、この度《たび》佛事、心の[二]および、いとなむべきにて候。このほとりには、さりぬべき[三]導師《だうし》も候はねば、[四]別當《べつたう》を導師《だうし》にさだめ參《(まゐり)》て候。五郎が事わすれず、御なげき候へば、[五]一《(ひと)》しを《(ほ)》ねんごろなるべし。[六]あか月は、ともなひたてまつるべし」とて、かへりにけり。虎《とら》は、母が後姿《うしろすがた》を見送《(おくり)》、十郎がよそお《(ほ)》ひ思ひ出《(いで)》られて、是も名殘《なごり》はお《(を)》しかりけり。さらぬだに、秋の夕はさびしきに、[七]ひとりふせ屋の軒《のき》の月、涙《なみだ》にくもる折《おり》からや、[八]折《おり》しり顔《がほ》の鹿の聲、枕によは《(わ)》る蟋蟀《きり／＼す》、[九]軒端《のきば》の荻《おぎ》をふく風に、古里おもひしられつゝ、時《とき》しもながきよもすがら、あかしかねたる[一〇]思ひねの、あふ夢だにもなければや、[一一]形《(かた)》しく閨《ねや》の枕《まくら》にを《(お)》きそふ露のかさなれば、[一二]うつゝの床《ゆか》もうくばかり、あけ方《がた》の雁《かり》がねの友《とも》をかたらひなく聲《こゑ》も、うら山敷《(やましく)》ぞおもひやる。よその[一三]砧《きぬた》を聞《(きく)》からに、身にしむ風の[一四]いとゞしく、鐘《かね》聞《(きく)》空《そら》に[一五]あけにけり。

（母と虎《とら》、箱根《はこね》へのぼりし事）

一 諸本によって、底本第四句の「うつもれ」を改め、「うづもれぬ」とする。金葉集雑下に出る。→補二六四。
二 大山寺本に、「およひらん程は」、南葵文庫本に、「およはんほとは」、流布本に、「をよぶ程」とある。
三 法会の時に、衆僧の首班となる僧。
四 箱根の別当。→五六頁注二。
五 いっそう心がこもるであろう。
六 「暁《(あかつき)》」にあたる。
七 諸本によって、「ふせ屋」の後に、「の」を補う。ひとり臥《ふ》す粗末な家の軒にかかる月。
八 悲しい時節を知っているような。
九 新続古今集秋上に、「ふるさとの軒ばの荻をふく風に見しよのつゆぞ袖にこぼるる」とある。
一〇 恋しい人を思いながら寝ること。
一一 「形しく」は、「片敷く」で、衣の片方を敷いてひとり寝る意。→補二六五。
一二 彰考館本に、「鶉《(うづら)》の床《(とこ)》」とあり、むさくるしい臥床の意か。
一三 槌で布を打ちやわらげること。
一四 いよいよはげしく。
一五 諸本によって、底本の「上にけり」を改む。「明けにけり」の意。
一六 男女のかたらい。
一七 彰考館本に、「思《(おも)》ひ出《(いで)》ぬる」、万法寺本に、「おもひいつる」とある。
一八 古今集恋三に、「おきもせずねもせで夜をあかしては春の物とてながめくらしつ」とある。
一九 京都市伏見区の山。「君をおもへば」を引きだす。拾遺集雑恋に、「山科の木幡の里に馬はあれどかちよりぞくる君を思へば」とあり、さまざまな形で引かれる。
三〇「こもるらん」は、彰考館本・万法寺本・南葵文庫本に、「こかるらん」とある。うきうきと落ちつかないで、恋い慕うのであろう。
二一 諸本によって、底本の「おのつからなく」を改む。たまたま通るの意。
二二 故郷の曾我。
二三 前出。↓二九九頁注二六。
二四「蹴上ぐ」は、鞠の縁語。
二五 前出。↓二九九頁注三二。
二六 曾我兄弟をさす。
二七 梓の木で作る弓。「矢」を引きだす。
二八 前出。↓三〇二頁注一〇。
二九「此人々も」か。母と虎が、別当にむかって、仏事を聴聞したいと述べた。
三〇 流布本によって、底本の「さききにたつる」を改む。彰考館本などに、「さきたつる」とある。
三一 先例。
三二 中国(シナ)。
三三 真字本に、「顔廻、為二仲尼一為二貫首弟子一、道徳超人、為二弐拾五一奉レ先二立仲尼一」とある。↓補二六六。
三四 諸本によって、底本の「五さい」を改む。
三五 真字本に、「慈覚大師御弟子維堯、奉三先二立大師一、々々泣々営二一百ケ日追善一」とある。↓補二六七。
三六 真字本に、「西方院座主印賢僧正、御弟子後二良賢大徳一、嘆レ無レ類」とある。↓補二六八。

あれぬる宿《やど》とはおもへ共《(ども)》、枕《まくら》ならべし睦言《むつごと》[一六]の、いでぬるわかれ[一七]路《ち》は、今もうちそふ心《こゝ》ちして、をきもせず[一八]《(お)》、ねもせで、ものをおもひいたる《(ゐ)》所に、馬に鞍《くら(お)》をきひつたつる、つかひは來木《(きたり)こ》[一九]幡山《わたやま》、君をおもへば心から、上《うは》[二〇]の空《そら》にやこもるらん。母《はゝ》もたち出《(いで)》て、いそぐといへば、うち出《(いで)》ぬ。おのづからなる[二一]道《みち》のほとり、わが方《かた》[二二]とおく《(ほ)》なりゆけば、そこともしらぬ鞠子《まりこ》[二三]河、けあげて[二四]波やわたるらん。湯坂峠《ゆざかのたうげ》[二五]をのぼるにも、わかれし人[二六]、此道を、かくこそかよひなれしと、思ひやらるゝ梓弓《あづさゆみ》[二七]、矢立《やたて》[二八]の杉《すぎ》を見あげつゝ、其人々のいける矢《や》も、此木の枝にあるらんと、梢《こずへ》の風《かぜ》もなつかしく、山路はるばるゆく程に、箱根《はこね》の坊《ばう》につきけり。やがて、別當《べつたう》いであひたまひて、「さても、御なげきの日数の、あはれにて」と仰《(おほせ)》られければ、此人々[二九]にも、佛事《ぶつじ》の本意《ほんい》を申《(まうし)》けり。別當《べつとう》、虎《とら》を見給ひて、「いづくよりの客人《きやくじん》にや」ととひければ、母、ありのまゝにかたりたてまつる。別當《べつたう》も、ありがたき心ざしとて、墨染《すみぞめ》の袖をぬらしたまふ。やゝありて、別當《べつたう》、涙をとゞめて、おほせられけるは、「法師《ほうし》が思ひとて、方々《かたぐ》におとり奉らず。さかりなる子を先《さき》[三〇]にたつる親《おや》、わかうして夫《おつと》におくるゝ妻《つま》、世《よ》の常《つね》おほしと申《(まうし)》候へ共《(ども)》、師《し》に先《さき》だつ弟子《でし》は、まれなり。それも先規《せんぎ》[三一]なきにあらず。とをく《(ほ)》震旦《しんだん》[三二]を思へば、顔回《がんくはひ》[三三]は、貫首《くはんじゆ》の弟子《でし》にて、才智《さいち》ならぶ人なかりしかども、二十五[三四]歳《さい》にて、先《さき》だちたまふ。わが[三五]朝《てう》の慈覺《じかく》大師《し》の御弟子、大師《し》に先《さき》だちたてまつる。西方院《さいはういん》[三六]の座主《ざす》院源僧正《いんげんそうぜう》は、りやうゐん大徳《とく》におくれたまふ。かやうの事をおもひいだせば、愚僧《ぐそう》一人が一なげき也。げに〱二曠劫《くはうごう》をへても、あひみん事あるまじきわかれの道《みち》、なげき給ふも、理《ことはり》なり。なげくべし〱」とて、御涙《なみだ》をはら〱とながしたまふ。「思へば、誰もおとるべきにはあらね共《（ども）》、大磯《おほいそ》の客《きやく》人の御心《こゝろ》ざしこそ、まことありがたくこそ候へ。あひかまへて、ふかくなげきたまふべからず。是を誠の三善知識《ぜんじしき》として、他念《たねん》なく四菩提心《ぼだいしん》をおこしたまへ。五一念《ねん》の隨喜《ずいき》だにも、莫大《ばくたひ》にて候ぞかし。か様におもひきり、誠《まこと》の道《みち》にいり給《（たまひ）》候はば、餘念《よねん》なく行《ぎやう》じたまひ候へよ。六佛も六年、仙人《せんにん》に給仕《きうじ》きやうしてこそ、法花をばさづかり給ひし。かまへて、悪念《あくねん》をすてたまふべし。人々を打《（うち）》ける人をうらめしとおもひたまはば、七瞋恚《しんい》の妄執《まうしう》となりて、八輪廻《りんゑ》の業《ごう》つくべからず。あながち、手《て》をおろしてころし、ゆきてぬすまざれども、おもへば、その科《とが》を《（を）》おかすにて候ぞ。かまへて〱、殺生《せつしやう》を心にのぞきたまふべし。されば、九第一の戒《かい》にて候ぞ。女は、ことに一〇執情《しうじやう》ふかきによりて、一一三途《づ》の業《ごう》つきず候ぞや。きゝたまへ。

（鬼の子とらるゝ事）

昔《むかし》、天竺《てんぢく》に、一二鬼子母《きしも》といふ鬼有《（あり）》。一三大阿修羅王《あしゆわう》が妻《つま》なり。五百人の子をもち、これを

一 彰考館本に、「嘆〈なけき〉にもあらす」、南葵文庫本に、「なけきにあらす」、大山寺本・流布本に、「なげきにあらず」とある。
二 きわめて長い年月。
三 仏道に入る機縁となるもの。
四 深く仏道を求める心。
五 わずかの間だけ心からありがたく感ずるのでも、大変なことでございますよ。
六 彰考館本に、「仏〈ほとけ〉も六年〈ねん〉、阿私仙人〈あしせんにん〉に給仕供敬〈きうじくぎやう〉してこそ、法花〈ほつけ〉をさつかり給ひしかは」、万法寺本に、「ほとけも六ねん、あしせんにんにきうしてきやうしてこそ、ほつけをはさつかり給ひし」とある。法華経提婆達多品によると、釈尊の前世に、阿私仙人に従って、修行を積み、妙法をえたという。「きやう」は、「恭敬〈くぎやう〉」にあたり、つつしみうやまう意か。
七 いかりうらむというみだらな執念。
八 車輪のめぐるように転々と生まれかわる因果の報い。
九 殺生戒は、五戒の第一にあたる。
一〇 深く思いこむ心。
一一 地獄・餓鬼・畜生の三悪道におちる因果の報い。
一二 鬼子母神。夜叉女神の一。
一三 阿修羅道の長で、帝釈天の敵。

やしなはんとて、物の命をたつこと、[一四]恆河沙《がうがしや》のごとし。ことに親《おや》の愛《あひ》する子をこのみ、とりくう罪《(ふ)つみ》つくしがたし。佛《ほとけ》、是をかなしみおぼしめし、いかゞして此殺生《せつしやう》をとゞめんとて、智慧《ちゑ》第一の[一五]迦葉尊者《かせうそんじや》につげたまふ。迦葉《かせう》、佛《ほとけ》に申させたまひけるは、「かれが五百人もちて候子の中に、ことに[一六]自愛《じあひ》を御かくし候《(さうらひ)》て、御覧ぜられ候へ」と、御申《(まうし)》ありければ、「しかるべし」とて、五百人の[一七]乙《おと》子とり、御鉢《はち》の下《した》にかくし給ふ。父母の鬼《おに》、これをたづねけり。[一八]神通自在《じんづうじざい》の物なりければ、上《かみ》は[一九]非想非非想天《ひさうひゝさうてん》、[二〇]六欲天《よくてん》の雲《くも》の上、下《した》は[二一]九山《せん》、[二二]八海《かひ》、[二三]龍宮《りうぐう》、[二四]奈落《ならく》の底《そこ》までも、くもりなくたづねけれども、なかりけり。鬼ども、力《ちから》をうしなひ、大地にふしまろび、なきかなしみけるぞ、おろかなる。おもひのあまりに、佛《ほとけ》にまい《(ゐ)》り申《(まうし)》けるは、「我、五百人の子をもちて候、その中《なか》にも、乙《おと》子こそ、ことに[二五]不便《ふびん》に候《(さうらひ)》しを、物《もの》にとられうしなひて候。餘《(あまり)》にかなしみ候《(さうらひ)》て、いたらぬ隈《くま》もなく、尋《(たづね)》て候へども、われらが神通《じんづう》にては、たづねいだすべしともおぼえず。[二六]しかるべくは、御慈悲《じひ》をもつて、おし《(を)》へさせたまひ候へ」とて、[二七]黄《き》なる涙《なみだ》をながしけり。その時《とき》、佛のたまはく、「さて、子《こ》をうしなひてたづぬるは、かなしきものか」「[二八]申《(まうす)》にやおよび候はず。是だにも出《(いで)》き候はゞ、我ら二人は、いかになり候とも、あまりに[二九]か《(は)》わゆく候」と申《(まうし)》ければ、「さやうに、子はかなしく、[三〇]無慙《むざん》なる物ぞとよ。なんぢ、五百人の子をやしなはんがために、物の命《いのち》をころす事、いか程とか思ふ。其こ

一四 ガンジス河の砂。無量数のたとえ。
一五 釈迦の十大弟子の一。
一六 秘蔵する者。流布本に、「てうあひの子」とある。
一七 末子。
一八 不思議な力をもって、何事でも思いのままになること。
一九 三界の諸天の中で最高に位置する天。有頂天《うちようてん》。
二〇 三界の中の欲界に属する六重の天。すなわち、四天王・忉利天《とうりてん》・夜摩天・兜率天《とそつてん》・化楽天・他化自在天をいう。
二一 仏説では、須弥山が中心にあり、鉄囲山《てっちせん》が外囲にあり、七金山・八海水がその中間にあるという。須弥山・鉄囲山・七金山をあわせて、九山と呼ぶ。
二二 九山のそれぞれの中間にあるという海。
二三 竜王の住む宮殿で、深海の底にあるという。
二四 梵語「Naraka」にあたり、地獄をいう。
二五 かわゆうございました。
二六 できますことなら。
二七 血の涙というのに近い。多く動物についていう。
二八 申すまでもございません。
二九 かわいそうでございます。
三〇 かわいく、不便なものであるよ。

ろさるゝ者《ものゝ》の中に、親《おや》も有《(あり)》、子もあり、兄弟親類《きやうだひしんるい》、いかほどのなげきとか思ふ。おもひしれりや、なんぢ今、たゞ一人うしなひてだにも、かやうにかなしむにや。まして、他人《たにん》いかゞ」と、[一]しめしたまひければ、鬼ども、首《かふべ》をうなだれ、[二]涕泣《ていきう》して、先非《せんび》をくひ《(い)》けり。「いかになんぢら、[三]なを《(ほ)》しも物の命《いのち》をやたつべき。とゞまるならば、あり所《どころ》しらせん」とおほせられければ、鬼《おに》、大きによろこび、「今より後《のち》は、さらに殺生《せつしやう》すまじくて候。[四]うしなひし子のあり所お《(を)》しへたまへ」と、[五]たひはう申《(まうし)》けり。「さらば、かたく約束《やくそく》ありて、殺生《せつしやう》とゞめよ」と仰《(おほせ)》られければ、鬼《おに》、かさねて申《(まうす)》やう、「肉食《にくじき》をたやしては、我ら身命《しんみやう》たすかりがたし。御慈悲《じひ》の[六]方便《はうべん》にあづからん」と申《(まうす)》。佛《ほとけ》、御思案《しあん》ありて、「さらば、[七]一切衆生《さいしゆじやう》のもちい《(ひ)》る飯《はん》の上《うへ》を、すこし[八]生飯《さば》取《(とり)》、なんぢらにあたふべし。それにて命をつぎ候へ」と、[九]佛勅《ぶつちよく》ありければ、鬼《おに》承《(うけたまはり)》、「我らは、[一〇]悪業煩悩《こうぼんなう》にて、身を[一一]まろめたり。たとい《(ひ)》佛説《ぶつせつ》のごとく、頂戴《ちやうだひ》申《(まうす)》といふとも、肉食《にくじき》をとゞめては、命《いのち》あらじ」と申《(まうし)》ければ、「さらば、一口《ひとくち》の飯《はん》に、人《ひと》の肉《にく》をすりぬりてあたふべし」と、御約束《やくそく》ありけり。今《いま》にいたりて、生飯《さば》とて、飯《いひ》の上《うへ》をすこしとり、掌《たなごゝろ》にあてゝおく事は、此いはれにてぞ有《(あり)》ける。かやうに、かたく御誓約《せいやく》有《(あり)》て、御鉢《はち》の下より、子鬼を取いだし給ひけり。其時、鬼《おに》申《(まうし)》けるは、「われら、神通《じんづう》をこえたりとおもへ共《(ども)》、佛《ほとけ》の方便《はうべん》におよびがたし。まして、[一二]後世こそおそろしけれ」とて、すなはち、御弟子とな

一 おさとしなさったので。
二 涙を流してないて。
三 それでもやはり生物の命を断つつもりか。
四 彰考館本に、「愛子〈あいし〉」、万法寺本に、「あひしの子」とある。
五 彰考館本に、「大望〈たいまう〉」とある。あるいは、「待望（たいぼう）」か。
六 仏が縁に従って、衆生を救う手段。
七 この世に生きているすべてのもの。
八 彰考館本に、「一口〈ひとくち〉つゝとり」、万法寺本に、「一くちつゝとりて」とある。生飯は、衆生飯の義。飯の一部をとりわけ、鬼界の衆生に施すこと。
↓補二六九。
九 仏の仰せごと。
一〇 悪果を招くような一切の所行。心身を悩ますような一切の妄念。
一一 つくりかためてある。
一二 後の世。来世。
一三 修行の因によってえる成仏の果。
一四 仏菩薩の力でまもること。
一五 壒嚢鈔九に、安然和尚真言密記を引いて、帝釈天と羅睺阿修羅王とが、舎脂という美女を争ったとある。
一六 容貌の美しさをいう。
一七 前出。↓二一〇頁注一一。
一八 いかりうらむさまを、烈しい火にたとえる。
一九 前出。↓二一〇頁注一四。
二〇 ガンジス河の砂。無量数のたとえ。
二一 諸本によると、「の」はない。
二二 須弥山頂の喜見城外にある堂。

り、[一三]佛果《くわ》をゑ《(え)》るとかや。あまつさへ、法華守護神《ほっけしゅご》と也《(なり)》、法花經を[一四]擁護《おうご》せんとちかひたまふ。抑《(そもそも)》、[一五]此鬼子母《きしも》は、[一六]形世《かたち》にこへ《(え)》ければ、[一七]帝釋《たいしゃく》、是をうばひ取《(とり)》たまひぬ。阿修羅《しゅら》王、大《(おほき)》にいかり、[一八]瞋恚《しんゐ》の猛火《みやうくは》をはなち、すでに[一九]須彌《しゅみ》の半腹《はんぷく》までせめのぼり、たゝかふ事、[二〇]恆河沙《ごうがしゃ》[二一]のをふるとも、つくる事なし。その時《とき》、帝釋《たひしゃく》は、[二二]善法堂《ぜんぼうだう》にたてこもり、[二三]仁《にん》王經を講《かう》じたまひつゝ、[二四]四しゆ五わうの印《ゐん》をむすびたまふ。時に、虚空《こくう》より、[二五]磐石《ばんじやく》雨のごとくにふりくだり、[二六]修羅《しゅら》の大敵を[二七]粉灰《こはひ》にうちくだき、されども、[二八]業因《ごういん》つきざれば、又よみかへり、大苦《く》をうけたりとつたへ《(へ)》たり。然《(しかれ)》ども、鬼子母《きしも》は、佛弟子となりしかば、苦惱《くなふ》をはなるゝのみならず、法花の守護《しゅご》神となりたまふ。かやうに鬼神だにも、[二九]隨喜《ずひき》すれば、かくのごとし。

## [三〇](箱根にて佛事《ぶつ》の事)

ましてや、人の身としてねがはんに、何《なに》のうたがひ候べき。すでにかやうの[三一]法者《ほうしゃ》と也《(なり)》給へば、身のため、他《た》のため、[三二]未來永々《みらひやう〳〵》有《(あり)》がたき御事なり。法師《ほうし》とて、[三三]御導師《だうし》になるべき身にあらねども、[三四]ありあひ、いかでかむなしかるらん。その上《うへ》、五郎は、[三五]寵《ちやう》愛《あひ》なじみにて、御おもひ、[三六]ともにおとらねば、一しほとぶらひたてまつるべし。誰か、

二三 仁王般若経。↓補八二。
二四 彰考館本に、「四竪五横〈ししゅごわう〉の印〈ゐん〉」とある。
二五 大きな岩。
二六 諸本によって、底本の「しゅう」を改む。
二七 「こっぱい」ともいう。粉微塵(こなみじん)。
二八 十一行古活字本・流布本によって、「ざれば」から「うけたりと」までを補う。彰考館本に、「業因〈ごういん〉尽〈つき〉されは、又よみかへり、大苦〈だいく〉をうくると申伝〈へつた〉たり」とあり、万法寺本に、「こうゐんつきざれは、又よみかへり、大くをうくるとうけたまはる」とある。業因は、苦楽の果を生ずる因となる善悪の行為。
二九 心からありがたく感ずること。
三〇 吾妻鏡建久四年六月十八日の条に、「故曾我十郎妾(大磯虎。雖レ不二除髪一着二黒衣袈裟一)、迎二亡夫三七日忌辰一於二筥根山別当行実坊一修二仏事一。捧二和字諷誦文一、引二葦毛馬一疋一。為二唱導施物等一。件馬者、祐成最後所レ与レ虎也。則今日遂二出家一。赴二信濃国善光寺一。時年十九歳也。見聞緇素莫レ不レ拭二悲涙一云々」とある。
三一 出家の身。
三二 永久に。
三三 法会の時に、衆僧の首班となる僧。
三四 いっしょにいることが、意味のないはずはない。
三五 彰考館本・万法寺本に、「おさななしみにて」とある。
三六 彰考館本に、「とらに」とある。

僧《そう》たちを請《しやう》じ申せ。[一]持佛堂《じぶつだう》の莊嚴《しやうごん》せよ。客殿《きやくでん》の塵《ちり》とれ」と、さま〴〵[二]下知《ぢ》したまひけり。虎《とら》は、別當《べつたう》の教化《けうけ》をきゝ、身ながらもうれ敷《(しく)》ぞ思ひける。その後、數《かず》の僧《そう》たちあつまりたまふ。御經《きやう》おほしといへども、ことにすぐれたる[三]一乘妙典《ぜうみやうでん》八巻《くはん》、同音《どうおん》に讀《どく》誦《じゆ》したまふ。[四]五十展轉《てん〴〵》の功力《くりき》だにもありがたし。[五]受持讀誦《じゆじどくじゆ》の結縁《けちえん》たのもしかりけり。御經《きやう》やう〴〵はてしかば、別當高座《べつたうかう》にのぼり、かれらが追善《つひぜん》の鐘《かね》うちならし、[六]施主《せしゆ》の心ざしを[七]はかりたまへば、まづ、御涙にむせびつゝ、説法《せつぼう》の[八]御聲《こへ》もいだしたまはず。やゝありて、別當《べつたう》涙をおさへ、花房《はなぶさ》をさゝげ、「[九]それ、生死の道はことにして、[一〇]をつれをいづれの方《はう》にか通《つう》ぜん。[一一]分段境《ぶんだんさかい》をへだつ、[一二]はいきをいつの時《とき》にか期《ご》せん。[一三]二十三年《ねん》の夢、曉《あかつき》の月と空《そら》にかくれぬ。千萬端《たん》のうれへ、夕《ゆふべ》の嵐《あらし》、ひとり吟《ぎん》じて、雲となり、雨と也《(なり)》、哀憐《あひれん》の涙《なみだ》、かは《(わ)》く事なし。朝《あした》をむかへ、夕《ゆふべ》を送《(おくり)》て、懷舊《くはひきう》の腸《はらわた》たへ《(え)》なんとす。[一四]所作《しよさく》いまだやまざるに、百日の[一五]忌景《きけい》、すでにみてり。[一六]かなしみいたりてかなしきは、おひ《(い)》て子におくれ、うらみのことにうらめしきは、さかんにして夫《おつと》におくるゝ程のうれへなし。[一七]老少不定《らふしやうふぢやう》をしるといへ共《(ども)》、なを《(ほ)》、前後《ぜんご》の相違《さうい》にまよふ事、なげけどもかなはず、お《(を)》しめ共《(ども)》驗《しるし》なし。されば、佛も[一八]愛別離苦《あひべつりく》ときたまふ。[一九]一生《しやう》は夢《ゆめ》のごとし、誰か百年の齡《よはい》をたもたん。萬事《ばんじ》はみなむなし、いづれか[二〇]常住《じやうぢう》の思ひをなさん。命《いのち》は、水《みづ》の上《うへ》の泡《あは》のごとし。魂《たましゐ》は、籠《こ》の内の鳥、ひらくをまちて、さるにおなじ。きゆるもの

一　護持仏を安置する堂。
二　おいいつけなさった。
三　法華経をさす。↓三八四頁注二。
四　法華経随喜功徳品による。↓補二七〇。
五　経文をうけておぼえ、それをよむことによって、仏法と縁を結ぶこと。
六　供養をする人。
七　「をしはかり…」か。↓補二七一。
八　諸本によって、底本の「御すへ」を改む。
九　真字本にも、これに近い説法のことばがみられる。
一〇　「音信《(をとづれ)》」の誤。↓補二七二。
一一　六道に輪廻する凡夫の身。↓補二七三。
一二　「拝覲《(はいきん)》」か。↓補二七四。
一三　諸本によると、「二十余年…」となる。↓補二七五。
一四　読経拝礼のわざか。↓補二七六。
一五　忌日。死者の回向をする日。
一六　本朝文粋十四による。↓補二七七。
一七　老少と関係なく命数の定まらぬこと。
一八　妻子など愛する者と別れる苦しみ。
一九　以下、「業にかなしみをそふべし」まで、謡曲「歌占」の一節と近い。
二〇　生滅変化なく常に存在すること。
二一　釈迦仏。大士は、仏菩薩の尊称。
二二　ねんごろな教え。
二三　閻魔大王。↓二九九頁注三五。
二四　せめさいなむこと。↓補二七八。
二五　彰考館本・万法寺本・流布本によって、底本の「いま」を改む。

は、二度見《たび》えず、さるものは、かさねてきたらず。うらめしきかなや、[二一]釋迦《しやか》大士《し》の[二二]慇《おん》懃《ごん》の教化《けうけ》わすれ、かなしきかなや、[二三]閻魔法王《あんまほうわう》の[二四]呵責《かせき》のことばを聞《(きく)》。名利《みやうり》は、身をたすくといへども、[二五]いまだ[二六]北邙《ほくばう》の屍《かばね》をやしなはず。恩愛《おんあひ》の心《こゝろ》なやませども、誰[二七]黄泉《くはうせん》のせめをまぬかれん。[二八]是によつて馳走《ちそう》す、所得《しよどく》いくばくの利《り》ぞや。これがために追求《ついぐ》す、所《しよ》作《さ》多《た》罪《ざい》也。しばらく目《め》をふさぎて、[二九]往事《わうし》を思ふに、きゆふみなむなし。指《ゆび》をお《(を)》りて、[三〇]蒿人《かうじん》をかぞふれば、親疎《しんそ》おほくかくれぬ。時うつり、事さりて、今何《いまなん》ぞ[三一]渺茫《べうばう》たらんや。人《ひと》とゞめて、我ゆき、誰《たれ》か又[三二]しやうしやせん、[三三]三界《がひ》無《む》安《あん》、猶如火宅《ゆにょくわたく》と見れば、王宮《くう》も、これ夢なり。天《てん》子といふも、[三四]四苦《しく》の身なり。いはんや、下劣貧賤《れつひんせん》の輩《ともがら》、などか其罪《つみ》かろかるべき。[三五]死《し》にくるしみをまし、業《ごう》にかなしみをそふべし。[三六]思ひとらぬぞ、おろかなる。「[三七]まさに今《いま》こんかく塵《ちり》ふかくして、竹簡《ちくかん》いくばくの千巻《せんくはん》ぞ。苔壠《たいれう》雲しづかにして、松風《せうふう》たゞ一聲、てんちうくわせつ、あひつたふるに、主《あるじ》をうしなふ。七月なかばの盂《う》蘭《ら》盆、のぞむ所、誰《たれ》にかあらん」[三八]と、なく〳〵當座《たうざ》にぞかきける。誠《(まこと)》理《ことはり》きはまりけり。されば、親《おや》の子をおもふ心ざしのふかき事、[三九]父《ちゝ》の恩《おん》を須彌《しゆみ》にたとへ、母の恩《おん》を大海《かひ》におなじといへり。もしわれ一劫《こう》の間《あひだ》とく共《(とも)》、父母《ふぼ》の恩《おん》、つくる事なしと見えたり。胎内《たひなひ》にやどり、身をくるしめ、心をつくし、月をかさね、日をを《(お)》くり、むまるゝ時《とき》は、[四〇]桑《くわ》の弓《ゆみ》・蓬《よもぎ》の矢《や》をもて、天地四方をい、[四一]身體髪膚《しんていはつぷ》を父母《ぶも》にうけ、あへてそこなひやぶ

二六 洛陽北郊の山名で、墓地をさす。
二七 諸本によって、底本の「くはうせつ」を改む。冥途の意。
二八 名利にとらわれて走りまわっても、どれだけの利をえることができようか。恩愛にひかれて追いもとめても、かえって多くの罪を作るだけである。
二九 和漢朗詠集下「懐旧」による。↓補二七九。
三〇 または、「故人」の訛か。
三一 ひろく限りないさま。
三二 「傷嗟(しやうさ)」か。↓補二八〇。
三三 法華経譬喩品による。↓補二八一。
三四 生・老・病・死の四種の苦痛。
三五 死の苦しみに苦しみを重ね、罪業の悲しみに悲しみを加えるであろう。
三六 それとさとり知らないのは。
三七 本朝文粋十四、後江相公「為二亡息澄明四十九日一願文」に、「方今芸閣塵深、竹簡幾千巻、苔壠雲静、松風只一声、一薗中之花月、相伝失レ主、七月半之盂蘭、所レ望在レ誰」とある。↓補二八二。
三八 諸本によって、「と」を補う。
三九 心地観経報恩品に、「慈父恩高如二山王一、慈母恩深如二大海一、若我住レ世於二一劫一、説二悲母恩一不レ能レ尽」とある。
四〇 礼記内則に、「国君世子生、…以二桑弧蓬矢六一射二天地四方一、…」とある。↓補二八三。
四一 諸本によって、底本の「そうなひ」「とも」を、「そこなひ」「とす」と改む。孝経に、「身体髪膚受二之父母一、不二敢毀傷一孝之始也」とある。

らざるを、孝《かう》のはじめとす、[一]襁褓《きやうほう》の囊《ふくろ》につゝまれしより、今《いま》にいたるまで、晝夜《ちうや》にやすき事なし。人の親のならい《(ひ)》、我身のおとろへをばしらずして、子の成人《せいじん》をねがひしぞかし。この恩《おん》をすて、いまださかりにもみちずして、母《はゝ》に先だちぬ。されば、[二]孝經《けふぎやう》にいはく、[三]「君はたつとくしてしたしからず、母はしたしくしてたつとからず、尊親《そんしん》ともに是をかねたるは、父一人《ひとり》なり」といへども、[四]四の恩《をん》の中《なか》には、二親《しん》なれば、母《はゝ》のなげきも切《せつ》なれども、あたる所をはぢ、父の敵に身をすて、おの〳〵命をうしなふ。[五]人の親《おや》の子を思ふ闇《やみ》にまよう《(ふ)》道《みち》、おろかなる子もいとをしく《(ほ)》、かたわ《(は)》なるもかなしきに、この人々は、弓馬の家《いゑ》に生《(うまれ)》、[六]武略《ぶりやく》共にかしこし。後代にとゞむ事、とをき《(ほ)》もちかきも、しらぬ人なし。おなじ兄弟《きやうだひ》といへども、中のあしきもあるぞかし。此殿ばらは、[七]幼少竹馬《ようせうちくば》の昔《むかし》より、なれむつぶる事、類《たぐひ》なし。[八]淨藏《じやうざう》・淨眼《じやうげん》の古《いにしへ》にもはぢず、[九]早離《さうり》・速離《そくり》の昔《むかし》にもにたり。つい《(ひ)》に富士の裾野《すその》にして、おなじ草葉《くさば》の露ときえたまへり。かの[一〇]一條《でう》攝政《せつしやう》謙德公《けんとくこう》の二人の御子、前少《ぜんしやう》、後少將《ごせうしやう》とておはしける、朝夕《あしたゆふべ》にうせたまへり。かゝる例《ためし》もあれば、生死無常《しやうじむじやう》の理《ことはり》、はじめておどろくべきにあらず。今、開眼供《かひげんく》養《やう》の御經《きやう》、人々の手跡《しゆせき》の裏《うら》也。かやうにかきおきしを、よそにて見るだにもかなしきに、まして御身にあて、御心中《ちう》、さぞおぼしめすらめ。これは、親子のわかれの事、兄弟のちぎりのはり《(わ)》なきを、一言《こん》のべて候。又、夫《おつと》にわかるゝなげき、今《いま》一しほ色《いろ》ふ

一 むつき。
二 孔子が曾子に孝道を説いたもの。↓補二八四。
三 孝経孔安国伝による。↓補二八四。
四 天地・国王・父母・衆生の恩。
五 後撰集雑一に、「人の親の心は闇にあらねども子を思ふ道にまどひぬるかな」とある。
六 彰考館本に、「武略〈ぶりやく〉ともにかしこく、名〈な〉を後代〈こうたい〉にとゞむる事」とあり、万法寺本でも、ほぼ同じ。大山寺本に、「ぶげいのみちにかしこくして、なをこうだいにとゞむれば」とあり、南葵文庫本でも、ほぼ同じ。武略は、武勇と策略。
七 竹馬に乗った幼時。↓補二八五。
八 法華経妙荘厳王本事品にみえる。妙荘厳王の子で、ともに仏弟子となり、神通力で父王を仏法に導いたという。
九 浄土本縁経にみえ、宝物集、中などに引かれる。南天竺の梵士の子で、共に継母のために孤島に流されたという。
一〇 藤原伊尹のこと。大鏡五「伊尹伝」・法華験記・今昔物語集十五の四十二によると、その子挙賢〈たかかた〉・義孝は、同じ日に疱瘡で死んだという。
一一 役にたたない弓が残って、閨によせて立っている。↓補二八六。
一二 彰考館本に、「残〈のこ〉りて」、万法寺本に、「のこつて」とある。
一三 諸本によって、底本の「こし」を改む。項羽に愛された美女。↓補二八七。
一四 真字本に、「黄菊芝蘭苟」、彰考館本に、「蘭麝紫蘭〈らんじやしらん〉の匂〈にほひ〉」、万法寺本に、「らんじやしらんのにほひ

かき事なり。一一虚弓《こきう》とゞまりて、閨《ねや》によせたつ、上弦《しやうげん》の月、空《そら》にくれぬ。三年のなじみ、たちまちつき、孤枕床《こしんゆか》に一二のぼりて、一三虞氏《ぐし》が古《いにしへ》にあらねども、數行《すかう》が涙、袂《たもと》をうるお《(ほ)》す《らん》。一四しやう蘭《らん》のにほひ、そらだき物とぞなりにける。宵曉《よひあかつき》の鐘《かね》の聲、一五枕《まくら》をならべし音《おと》にはにず、一六を《(お)》きゐるに見れば、一七なれこし人はよもそはじ。山の端《は》出《(いづ)》る月影《かげ》を、心ぐるしく待《(まち)》ゐ《(え)》ても、見し面影《をもかげ》にはことなれば、一八是ぞ、なぐさみたまふ事あらじ。まこと、夫婦《ふうふ》のわかれ、しのびがたけれども、昔今《むかし》も、力《ちから》におよばざる道なれば、おもひなぐさみたまふべし。一九かの唐《たう》の玄宗《げんそう》の楊貴妃《やうきひ》も、はつかにことを蓬萊宮《ほうらいきう》の波につたふらん、二〇穆公《ぼつこう》の弄玉《ろうぎよく》をおもんぜしも、いたづらに鳳凰臺《ほうわうだい》の月によす。かれを思ひ、是を思ふにつけても、昔を今《いま》になずらへて、二一一佛淨土《ぶつじやうど》の縁《ゑん》を二二むすび、ねがはくは、二三九品往生《ほんわうじやう》ののぞみをとげ、二四七世の父母《ぶも》、六親眷屬成佛《しんけんぞく》」と、二五回向《ゑかう》の鐘《かね》をならし、別當高座《べつたうかうざ》をおり給ふとて、

二六さだめなきうき世《よ》といとゞおもひしにとはるべき身のとふにつけても

と詠《ゑい》じ給ひければ、聽聞《ちやうもん》の貴賤《きせん》、あはれをもよお《(ほ)》し、袖お《(を)》しぼらぬはなかりけり。供《く》養《やう》もやう〳〵すぎしかば、僧《そう》たちも、みな〳〵かへりたまひぬ。やゝしばらくありて、「いそぎくだり度《(たく)》候へ共《(ども)》、たま〳〵上りて候へば、五郎がお《(を)》さなくてすみ候《(さうらひ)》し方《かた》を見候はん」と申されければ、別當《べつたう》のたまひけるは、「男《おとこ》になりて後、其形見《かた》とおもへば、

は」とある。黄菊と紫蘭（ふじばかま）とで、いろいろの秋草の花をあらわすか。
一五 枕を並べてともに聞いた音。
一六 彰考館本・万法寺本に、「たちゐるにそはをみれとも」とある。
一七 馴れ親しんできた人は、まさかそばにいないだろう。
一八 彰考館本・万法寺本に、「これにも」とある。
一九 真字本に、「唐玄宗厳二楊貴妃一、僅詞伝二蓬萊宮浪一」とある。玄宗とその愛人楊貴妃との故事は、長恨歌によって知られる。↓補二八八。
二〇 真字本に、「晋穆公重二弄玉一、政残二鳳鳴台月一」とある。秦の穆公の女弄玉とその夫蕭史との故事は、列仙伝などに記されている。↓補二八九。
二一 極楽浄土に生まれあうという縁。
二二 諸本によって、底本の「すひ」を改む。
二三 九品の浄土に生まれかわるという望み。極楽往生にも、上品上生から下品下生まで九段階の差別があるという。
二四 彰考館本に、「七世〈せ〉の父母〈ふも〉六親〈しん〉眷属〈けんぞく〉にいたるまて、かならすむかへとり給へ、皆共成仏道〈かいぐじやうぶつだう〉」とあり、万法寺本でも、ほぼ同じ。「七世の父母」は、七代までの先祖。六親は、父母・兄弟・妻子。眷属は、親族。
二五 死者の冥福を祈るための鐘。
二六 無常のうき世ともとより思ったが、弔われるはずの身が人を弔うにつけても、今さらながら悲しく思われる。

人をもおかず、わざとやぶれをも修理《しゆり》せず、昔《むかし》にすこしもたがはず候。いざさゝせ給へ。墓所《はか》をもつきて候へば、御覧ぜよ」とて、つれてゆき、立《(たち)》より見給へば、墓《はか》の上に草おひけるを、別當《べつたう》見給《(みたまひ)》て、「[一]君見ずや、北邙《ほくばう》の暮《ゆふべ》の雨、でう〳〵たる青塚《せいちよ》の色《いろ》を。また見ずや、とうはうの秋の風《かぜ》、歴々《れき〳〵》たる白楊《はくやう》の聲《こゑ》を」と、ふるき詩《し》をおもひ出給《(いでたまふ)》。是は、もとのすみかとの給へば、軒《のき》の[二]荵《しのぶ》は紅葉《もみぢ》して、おもひの色をあらわ《(は)》せり。なげきは、いつもつきせねば、しげるかひなき[三]わすれ草、[四]其名《な》計《(ばかり)》は、よしぞなき。長《なが》月上旬《じゆん》の事なれば、よもの紅葉《もみぢ》の色は、袖の涙をそむるかと見え、[五]世に古里は苦《(くるしき)》に、やすくもすぐる初《はつ》時雨、うらやましくぞおぼえけり。壁《かべ》にかきたる筆のすさみを見れば、

　[六]出《(いで)》ていなばこゝろかろしといひやせん身の有様《ありさま》を人《ひと》のしらねば

といふ古《ふる》歌の端《はし》を、「箱王丸《まる》」とぞかきたりける。師匠《ししやう》に暇《いとま》をもこはず、人にも行方《(ゆき)がた》をしらせず、たゞ一人出《(いづる)》事、思ひよりて[七]かたり、おさ《(を)》なかりし面影《おもかげ》、たゞ今の心《こゝろ》して、よしなき所《ところ》へ來《(きたり)》けると、[八]たえこがれければ、胸《むね》をこがす焔《ほのほ》は、[九]咸陽宮《かんやうきう》の夕《ゆふべ》の煙《けぶり》にことならず。袂《たもと》におつる涙《なみだ》の、[一〇]龍門原上《れうもんげんしやう》の草葉《ば》をそむる、[一一]おもての涙ともいひつべし。名殘《なごり》はつきすまじ。さてしもあるべきにあらざれば、なく〳〵母《はゝ》は、曾我にくだり、虎《とら》は、大磯《いそ》にかへらんとす。別當《べつたう》も、五郎にわかるゝ心《こゝろ》して、「扨《(さて)》も、此度《たび》の御佛《ぶつ》事、ありがたくこそ候へ。[一二]過去幽靈《くわこゆうれい》、さだめて[一三]正覺《しやうがく》なりたまふべし。又、大磯《おほいそ》の客《きやく》人の御

一 新撰朗詠集下「無常」に、「君不ㇾ見北邙暮雨、塁塁青塚色、又不ㇾ見東郊秋風、歴歴白楊声」とある。北邙は、前出。↓三九九頁注二六。「でう〳〵(畳々)」は、「塁塁《(るいるい)》」の誤で、塚などのつらなるさま。「とうはう」は、「東郊《(とうかう)》」の誤で、東方の郊外。歴々は、整然と並ぶさま。白楊は、はこやなぎ。
二 しのぶ草。羊歯《(しだ)》植物の一種。
三 やぶかんぞう。ユリ科の草。
四 「わすれ草」の名だけは、無関係である。なき人を忘れることはない。
五 新古今集冬に、「世にふるは苦しきものを槙の屋にやすくも過ぐる初時雨かな」とある。「世に経る」に「故郷」をかける。
六 伊勢物語二十一に、「出でていなば心かるしといひやせん世の有様を人は知らねば」とある。「世の有様」すなわち男女間の情事を、「身の有様」と言いかえて、身に望みのあることを他人は知らないから、山を離れると、心ないわざと言うかもしれないの意。
七 彰考館本に、「かきたり」とある。
八 彰考館本に、「もたへこかれけれは」、南葵文庫本に、「もたへこかれける」とある。
九 真字本に、「漢陽三月煙」とある。咸陽宮は、秦の始皇帝の宮殿。項羽に焼かれて、三月間燃えつづけたという。
一〇 真字本に、「滝門千尺波」とある。竜門原上は、前出。↓一四八頁注八。
一一 しるしの涙の意か。流布本に、「お

心ざしこそ、世にすぐれては候へ。かまへて〳〵、おこたらずとぶらい給《(ひ)》へ」とおほせられければ、虎《とら》も、涙をおさへて、「佛《ぶつ》事とうけ給はり候へば、まことにはぢ入《(いる)》心し、あかぬわかれの道《みち》、[一四]いつかはおこたり候はん」と申《(まうし)》ければ、「あまたの寶《たから》をつまんより、誠《まこと》の心《こゝろ》ざしにはしかずとうけ給《(たまは)》る。

## ([一五]貧《ひん》女が一燈《とう》の事)

其古《いにしへ》を思ふに、天竺《ぢく》の[一六]阿闍世王《あじやせわう》は、常々《つねぐ》佛《ほとけ》を請《しやう》じ奉《(たてまつり)》、數《かず》の寶《たから》をさゝげたまふ。ある時《とき》、佛の御かへり、夜に入《(いり)》ければ、王宮《わうくう》より[一七]祇園精舎《ぎおんしやうじや》まで、[一八]十方國土《ぱうこくど》の油《あぶら》をあつめて、[一九]萬燈《まんどう》をともし給ひけり。こゝに、貧《ひん》なる女《をんな》あり、いかにもして、この燈《とう》明の數《かず》にいらばやと思ひけれども、朝夕《あさゆふ》の[二〇]いとなみだにもなき貧女《ひんぢよ》なれば、一燈《とう》の力《ちから》もなし。涙をながし、[二一]いかにもと方便《はうべん》すれども、かなはで、東西に[二二]馳走《ちそう》し、みづから髪《かみ》をきり、錢《ぜに》二文《もん》にぞうりたりけり。是にてもやと思ひければ、油《あぶら》をかの錢《ぜに》にてかひ、[二三]わぶ〳〵一燈《とう》ともして、くどきけるは、「我、[二四]前業《ぜんごう》いかなりければ、百千燈《とう》をだにともす人の有《(ある)》に、一燈《とう》をだにともしかねたる、うき身の程のうらめしさよ」とて、かの燈《とう》明の下になきふしけり。此心ざしをあらはさんためにや、折節《おりふし》、山風《かぜ》あらくふきて、數の燈《とう》

もてにおつるちりのうみ、かこちよれいともいひつべし」とある。
三 死んだ人の魂。
一三 正しいさとりを開かれたであろう。
一四 いつまでも怠りません。
一五 この物語は、阿闍世王受決経から出て、宝物集下・広疑瑞決集二にも引かれるが、壒嚢鈔十一に、「世流布ノ詞ニモ、長者ノ万燈ヨリ、貧者ガ一燈トモ申メリ譬ハ、阿闍世王、仏ヲ迎奉テ説法アリシニ、夜ニ入テ皈リ給ヒケレバ、王宮ヨリ祇園精舎ニテ、十方国土ノ油ヲ集テ、数万ノ火ヲ燃シ給ヒケルニ、貧女是ヲ随喜為、兎角営銭ヲ二文尋得テ、油ニ替へ、火燃タリケル功徳ノ故ニ、卅一劫ヲ経テ、仏ニ成テ、須弥燈光如来ト云ヘシト、世尊告給ヘリ、是ヲ云ナルヘシ」とある。
一六 摩竭陀(まかだ)国の頻婆娑羅(びんばしやら)王の子。父を殺して王となったが、後に仏法に帰依した。
一七 舎衛(しやえい)国の須達(しゅだつ)長者が釈尊のために作ったという寺院。
一八 全世界。十方は、四方・四隅・上下をいう。
一九 多くのともしび。
二〇 食事の支度。万法寺本に、「いとなみをもせさる」、流布本に、「いとなみだにもたえがたき」とある。
二一 何とかしてと手段をつくすけれども、思うようにならないで。
二二 奔走し。走りまわり。
二三 悲しみながら。
二四 前世における善悪の所行。

明《みやう》を一度《ど》にふきけしけり。されば、貧《ひん》女が一燈《とう》ばかりはきえず。目連《もくれん》[一]、不思議《ふしぎ》に思召《(おぼしめし)》、袈裟《けさ》にてあふがせ給ひけれども、きへ《(え)》ざりけり。其時、目連《もくれん》、佛にとひ給《(たまふ)》、「おほくの燈《とう》明のきゆる中《なか》に、いかなれば、一燈《とう》きへ《(え)》ざる」と申させ給へば、佛《ほとけ》のたまはく、「阿闍世王《あじやせわう》が萬燈《まんどう》の光《ひかり》、おろかには[二]あらね共《(ども)》、貧《ひん》女が心《こゝろ》ざしのふかき事をあらはさむがために、萬燈はきへ《(え)》て、一燈《とう》は残り[三]」としめしたまふ。さればにや、此貧《ひん》女成佛して、須彌燈光如來《しゆみとうくはう》[四]と申《(まうす)》は、此貧《ひん》女の事なり。「長者《ちやうじや》[五]の萬燈《まんどう》より、貧女《ひんぢよ》が一燈《とう》」と申《(まうし)》つたへ《(へ)》たるは、此事也。御心ざしをはげまし候へ。返々《(かへすがへす)》」と仰《(おほせ)》られければ、虎《とら》も、母もろ共に、ふかき追善《ついぜん》し、諸佛あわれ《(は)》み給ふ覽《(らん)》と嬉《(うれしく)》て、各《(おのおの)》暇《(いとま)》申《(まうし)》て、歸《(かへり)》にけり。母申《(まうし)》けるは、「今より後は、常々《つね〴〵》來《(きたり)》、我《(わら)》はを御覽候へ。身づからも又、十郎が名殘に見奉《(たてまつり)》なん。しばらく曾我にまし〳〵て、なぐさみ給へ」などゝかたりてゆきけるが、虎《とら》申《(まうし)》けるは、「嬉敷《(うれしく)》はうけたまはり候へ共《(ども)》、この人々の御ために、毎日《まひ》法花經六[六]部《ぶ》あて六人して、第三年まで六部《ぶ》[七]の心ざし候。我《(わら)》はなくては、無沙汰《ぶさた》[八]あるべし。くわ《(は)》しく申付《(まうしつけ)》て参《(まゐる)》べし」と申《(まうし)》ければ、母は、「誠の御心《こゝろ》ざし、ありがたくこそ候へ。かまへて〳〵、たゐ《(え)》ずとい《(ひ)》とはれまい《(ゐ)》らすべし」とて、なく〳〵打わかれにけり。げにや、有爲轉變《うひてんぺん》[九]の世《よ》のならひ、花は根《ね》[一〇]にかへり、鳥は古巣《ふるす》に入《(いり)》、日月天《てん》にかたぶき、松柏《せうはく》[一一]の例、あをき色《いろ》も、つゐ《(ひ)》には五衰《すひ》[一二]の時《とき》あり、蜉蝣《ふゆう》[一三]のあだなるかたち、芭蕉《ばせう》風にやぶるゝ例《ためし》、

一 目犍連(もくけんれん)。釈迦十大弟子の一人。
二 おろそか。なおざり。
三 彰考館本に、「一燈〈とう〉のこれり」、万法寺本・流布本に、「一とうはのこる」とある。
四 定光如来を燈光如来ともいう。
五 前出。↓四〇三頁注一五。
六 彰考館本に、「一部〈ぶ〉あて」、万法寺本に、「いちぶつゝ」とある。
七 彰考館本に、「六千部〈ぶ〉」、万法寺本に、「六せんぶ」とある。
八 怠ること。
九 因縁によってできる変りやすい世。
一〇 千載集春下に、「花は根に鳥は古巣に帰るなり春のとまりを知る人ぞなき」とある。物はみなもとに帰ること。
一一 松と柏(かしわ)とで、常緑樹をさす。
一二 天人の臨終にあらわれるという五種の衰相。ここは、松柏についていう。
一三 新撰朗詠集下「無常」に、「未レ及二暮景一、蜉蝣之世無レ常、不レ待二秋風一、芭蕉之命易レ破」とある。蜉蝣は、かげろうという虫で、淮南子説林訓に、「蜉蝣朝生而暮死」とある。
一四 万法甚深最頂仏心法要上に、「中陰経云、一仏成道観見法界、草木国土悉皆成仏」とあり、謡曲などにも引かれる。草木や国土のような非情のものも、すべて仏となることができるの意。
一五 真字本では、これ以下の記事がなく、ただちに虎の出家・遍歴に続く。
一六 「大将」にあたる。
一七 彰考館本・万法寺本に、「いらか軒〈のき〉をきしりて」とある。「きしりて」

なげきてもあまりあり、かなしみてもたへず。たゞ一筋《すぢ》に佛道をねがふ時《とき》は、[一四]草木國土悉皆成佛《しつかいじやうぶつ》とぞ見えける。[一五]さても、[一六]太將《しやう》殿御出により、富士の裾《すそ》野の御屋形、[一七]甍《いらか》をならべ、軒《のき》をしりて、數有《かず(あり)》しかども、御狩《かり》すぎしかば、[一八]一宇《う》ものこらず、元《もと》の野原になりにけり。されども、[一九]のこる物とては、兄弟の[二〇]瞋恚執心《しんゐしうしん》、ある時は、「十郎祐成」となのり、有時《(ある)》は、「五郎時致《ときむね》」とよばはり、晝夜《ちうや》たゝかふ音《おと》たえず。を《(お)》もはずとお《(ほ)》りあはする者、[二一]このよそお《(ほ)》ひを聞《(きき)》、たちまちに死する者もあり、やう〳〵いきたる者は、狂人《きやうじん》となりて、[二二]兄弟《きやうだひ》のことばをうつし、「苦惱《くなう》はなれがたし」となげくのみなり。[二三]君きこしめされて、不便《ふびん》なりとて、[二四]ようぎやう上人とて、めでたき[二五]法者《ほうしや》を請《しやう》じ、「いかゞせん」と仰《(おほせ)》られければ、

([二六]菅丞相《かんせうじやう》の事)

上人きこしめし、「昔も、さる例《ためし》こそおほく候へ。かたじけなくも、菅丞相《かんせうじやう》の昔《むかし》、讒言《ざんげむ》の瞋恚《しんい》、[二七]くはういとなりたまひて、都《みやこ》をかたぶけ給ひけるを、[二八]天台《てんだい》の座主《ざす》、[二九]一字《じ》千金《きん》の力《ちから》をもつて、やう〳〵なだめたてまつり、神《かみ》といはひたてまつる、威光《いくわう》あらたにまします、[三〇]天滿大自在天神、此御事なり。其ほか、[三一]いかりをなして、神とあがめら

は、すりあわせての意。
一八 字は、のきの意味で、建物を数えるのに用いられる。
一九 曾我兄弟の亡霊の物語は、別の系統の伝承としてもおこなわれていた。実睿の地蔵菩薩霊験記二の十四によると、三河国大浜の法師が、富士の山麓で、兄弟の亡霊にあったという。
二〇 彰考館本に、「瞋恚執情〈しんいしうせい〉、修羅〈しゅら〉の闘諍〈とうじやう〉ニのこりて」とあり、万法寺本でも、ほぼ同じ。瞋恚執心は、いかりうらみ、深く思いこむ心。
二一 様子。
二二 兄弟の霊が憑いて訴えるのである。
二三 将軍頼朝。
二四 「遊行上人」にあたり、一遍上人の法系を継いだ時宗の上人で、遊行寺の住職をさすか。↓補二九〇。
二五 法師。
二六 右大臣菅原道真。藤原時平の讒によって、大宰権帥におとされ、配所で没した。そのために怨霊となったことが、大鏡をはじめ、多くの説話集や縁起物に語られている。↓補一三。
二七 彰考館本に、「火雷〈くわらい〉」、万法寺本に、「くわらい」、流布本に、「いかづち」とある。
二八 ここでは、第十三世天台座主尊意。
二九 師恩のあついことか。↓補二九一。
三〇 京都市上京区の北野神社にあたる。菅原道真をまつる。
三一 非業の死を遂げた人の霊が、祟りをあらわして、神にまつられることで、御霊(ごりやう)信仰と呼ばれている。

れ給ふ御事、承平《せうへい》[一]の将門《まさかど》、弘仁《こうにん》[二]の仲成《なかなり》このかた、其数《かず》おほし。この人々《ひとぐ》をも、神にいはゝれ候へ」とおほせられければ、

(兄弟《きやうだひ》、神《かみ》にいはゝるゝ事)

「しかるべし」とて、すなはち勝名荒人宮《せうめひくわうじんぐう》[三]とあがめたてまつり、やがて富士《ふじ》の裾《すそ》野に、まつかぜ[四]といふ所《ところ》を、ながく御寄進《きしん》在《(あり)》けり。よつて、かの上人を開山《かひさん》[五]として、寺僧《じそう》[六]をさだめ、禰宜《ねぎ》・神主《かんぬし》をすへ《(ゑ)》、五月廿八日[七]には、ことに讀經《どつきやう》、神樂《かぐら》、色〳〵の奉幣《ほうへゐ》[八]をさゝぐる事、今にたへ《(え)》ず。それよりして、かの所のたゝかひたえて、佛果《ぶつくわ》[九]を證《せう》する よし、神人《(じんにん)》[一〇]の夢に見えけり。あらたにたつとし共《(とも)》、いふはかりなし。されば、今《いま》にいたるまでも、敵《かたき》うたんと思ふ者《もの》は、此神《かみ》にまいり《(ゐ)》、祈誓《きせい》すれば、思ひのまゝなりとて、遠國《おん》・近國《きん》の輩《ともがら》、あゆみをはこびけり。上下《(じやうげ)》萬民《ばんみん》、あふがぬはなかりけり。

一 平将門。東国で叛乱をおこしたが、天慶三年(九四〇)に討たれた。その霊は、茨城県猿島郡岩井町の国王大明神、千葉県佐倉市の将門大明神、東京都千代田区の神田明神など、多くの神社にまつられている。

二 藤原仲成。薬子の兄。平城天皇の重祚を企てたが、弘仁元年(八一〇)に殺された。

三 真字本によると、虎が駿河国小林郷に入り、新しい社に参ったという。そこに、「是曾我十郎殿五郎殿、富士郡六十六郷内、成二御霊神一候間、奉レ崇二富士浅間大菩薩客人宮一申二御神一」とある。彰考館本に、「勝名荒人宮〈せうみやうくわうにんぐう〉」、万法寺本に、「せうみやうくわうにんぐう」とある。富士山麓で曾我兄弟をまつった神社として、静岡県吉原市今泉の曾我神社、富士郡鷹岡町厚原・富士宮市上井出・北山・狩宿の曾我八幡宮などがあり、そのどれかにあたるものとみられる。曾我両社八幡宮幷虎御前観音縁起には、「建久八年四月、将軍ノタマヒケルハ、富士ニテ死ケル曾我兄弟、我ニ恨ヲフクム由夢ニ度々見ユルナリ。殊更無双ノ勇士孝行ノモノナレバ、兄弟ヲ神ニ祝ヒ、富士ニ社ヲカマヘ、曾我両社八幡宮ト崇ベキ由、駿河人岡部権守泰綱ヲ奉行トシ、両社御造営有之」とある。

四 彰考館本に、「松陰」、万法寺本に、「せういん」。荘園志料駿河国富士郡に、「松風荘、郡中厚原・入山瀬・東久沢・西久沢四村の大名なり」とある。

# 曾我物語　巻第十二

## （虎《とら》、箱根にて暇乞《いとまごひ》して、ゆきわかれし事）

さる程に、大磯《おほいそ》の虎《とら》は、十郎祐成《すけなり》打死にのよしを聞《(きき)》て、いかなる淵《ふち》河にもいらばやと思ひけれども、[11]なき人の菩提《ぼだい》のつとにもなるまじければ、ひとへにうき世をそむきはてて、かの人《ひと》の後世とぶらはんと思ひたち、袈裟《けさ》、衣などとゝのへて、箱根山に上り、百ケ日の佛事のつゐ《(い)》でに、なく〳〵[12]翡翠《ひすひ》のかんざしをそりおとし、[13]五戒《かひ》をたもちけり。さしも、うつくしかりつる花の袂《たもと》をひきかへて、[14]墨《すみ》の衣《ころも》にやつしはてける、心ざしの程《ほど》こそ、類《たぐひ》すくなき情《なさけ》なれ。母《はゝ》、是を見て、「われも、おなじ墨《すみ》の袂《たもと》になりて、かれらが菩提《ぼだひ》をもとぶらふべし、今《いま》、[15]此つくも髪《がみ》をつけても、何にかはせん」とぞなげきかなしまれける。別當《べつたう》、さま〴〵に教訓《けうくん》して、申《(まうし)》とゞめられける。母御前《ごぜん》力《ちから》なく、[16]五郎が遺跡《ゆひせき》なれば、名殘《なごり(を)》おしくはおもへども、こゝにて、日を送《(おくる)》べきことならねば、別當《べつたう》に暇《いとま》をこひ、歸《(かへる)》とて、虎《とら》御前《ぜん》に申されけるは、「曾我へ[17]いざさせ給へ、十郎が形《かた》

五 はじめて寺を建てた人。開基。

六 神仏混淆であるから、僧侶と神官との両者をおいた。禰宜は、神主の下で、祝(はふり)の上に位したもの。

七 兄弟の敵討の日にあたる。民間では、この日に「曾我の雨」「虎が雨」などといって、かならず雨が降ると伝えられる。大藤時彦氏「虎が雨」(『民俗学研究』二)参照。

八 神に奉る物。

九 修行によって成仏の果を得る。

一〇 神社に仕える下級の神官。

一一 彰考館本に、「それも中〳〵なき人のぼだいのつみにも成へければ」、南葵文庫本に、「なか〳〵なき人のほたひのつとめともなるましけれは」とある。虎が自殺することは、兄弟が極楽に往生するのを妨げることになるであろうというのである。

一二 かわせみの羽のようにつややかな髪。

一三 在家の人の守るべき五つの戒め。すなわち、殺生(せっしょう)・偸盗(ちゅうとう)・邪淫(じゃいん)・妄語(もうご)・飲酒(おんじゅ)をさす。

一四 すっかりめだたぬように墨染の衣にかえた。

一五 伊勢物語六十三に、「百年に一年たらぬつくも髪われを恋ふらし面影に見ゆ」とある。「つくも髪」は、白髪の意であろう。「つくも」は、「九十九」の意で、「百」の字に一画だけ足らぬ「白」の字にあたると考えられる。

一六 なき五郎にゆかりある場所。

一七 いっしょにおいでなさい。

一 いかにも。
二 彰考館本に、「み見えまいらせたく候へ共」、南葵文庫本に、「見ヽへまいらせたく候へとも」とある。
三 長野市にある有名な寺。念仏信仰の重要な拠点であった。
四 参詣の帰り。
五 前出。→三二三頁注一五。
六 三島大明神。→三〇八頁注一八。
七 古い駅の名。静岡県沼津市内。
八 静岡県沼津市内の海岸。
九 前出。→三〇九頁注三〇。
一〇 平家物語十「海道下」に、「北には青山峨々として、松吹風索々たり。南には蒼海漫々として、岸うつ浪も茫々たり」とある。
一一 あおい海がはてしなくひろがって。
一二 静岡県吉原市内の海岸。古くは、さらに西方にあたるようである。
一三 さかんによせ返すさま。
一四 さかんに吹くさま。
一五 御縁故の方。

見に見まい《(ゐ)》らせ候はん」といわ《(は)》れければ、虎《とら》、「一もつとも御供《とも》申候《(まうしさうらひ)》て、形《かた》見にも見二えまい《(ゐ)》らせたくは候へ共《(ども)》、これより三善光寺《ぜんくはうじ》への心ざし候。四下向《げかう》にこそ参《(まゐり)》候はめ」とて、ゆきわかれぬ。

## (五井《い》出《で》の屋形の跡《あと》見し事)

虎《とら》は、たゞ一人、十郎のむなしくなりし富士《ふじ》の裾《すそ》、井出《いで》の屋形の跡《あと》を心ざして、箱《はこ》根《ね》を後《うしろ》になして行程《(ゆく)》に、其日も、やう〳〵くれぬれば、六三嶋の拝殿《はいでん》に通夜《つや》申《(まうし)》、あくれば、三嶋を出《(いで)》て、七車《くるま》返しに立やすらい《(ひ)》、八千本の松原、心ぼそくあゆみすぎ、九浮島原《うきしまがはら》にもいでぬ。一〇南は、一一蒼海漫々《さうかいまん〳〵》として、一二田子《たご》の浦波《うらなみ》一三滔々《たう〳〵》たり。北は、松《まつ》山高々《かう〳〵》として、裾野《すその》の嵐《あらし》一四颯々《さつ〳〵》たり。いまだ旅《たび》なれぬ事なれば、かしこをいづくともしらねども、心《こゝろ》ざしをしるべにて、やう〳〵あゆみゆく程《ほど》に、井出《いで》の里にちかづきぬ。虎《とら》は、里《さと》の翁《おきな》にあひて、とひけるは、「すぎにし夏の比《(ころ)》、鎌倉《かまくら》殿の御狩《かり》の時、親《おや》の敵《(かたき)》打《(うち)》て、おなじくうたれし曾我の人々の跡《あと》やしらせたまひて候。おしへ《(を)》させ給へ」といひければ、この翁《おきな》、心有《(ある)》物にて、虎《とら》が顔《かほ》を、つく〴〵と見て、「もし一五御縁《ゆかり》にてわたらせたまひ候か。いたはしき御有様《ありさま》かな、人をもつれさせ給ひ候はず、たゞ一人、これまで御たづね候事、[一六]なを《(ほ)》ざりの御心《こゝろ》ざしともおぼえず。もし十郎殿、御心ざしふかくわたらせ給ひし、大磯《おほいそ》の虎御前《とらごぜん》にておはしまし候か。ありのまゝにうけたまはり候はば《ゝ》、おし《(を)》へまいら《(る)》せん」といひければ、虎《とら》は、是を聞《(きき)》、わかれの涙《なみだ》、いまだかは《(わ)》かぬに、又うちそへて、[一七]賤《しづ》の男《お》が情《なさけ》のことばに、うれへの色《いろ》あらわ《(は)》れて、[一八]とふにつらさの涙、[一九]しのびもあへぬ氣色《けしき》を見て、翁《おきな》、さればこそと思ひて、ともに袖《そで》お《(を)》ぞしぼりける。「さらば、いざさせ給へ」とて、北へ六七町《ちやう》、はるかに野をわけゆけば、なき人のはてにける草葉《ば》の露《つゆ》かとなつかしく、[二〇]「洲蘆《しうろ》の夜の雨、他郷《たきやう》の涙、岸柳《がんりう》の秋の風の、遠塞《ゑんさい》の情《こゝろ》」とかやも思ひいでられて、いづくともなくゆく程《ほど》に、[二一]日も夕暮の峰《みね》の嵐《あらし》、心《こころ》ぼそくぞきこえける。翁《をきな》、[二二]ある方《かた》を爪《つま》ざして、「あれこそ、[二三]出《(いで)》の屋形の跡《あと》にて候へ。あの邊《へん》こそ、工藤《くどう》左衛門殿《さへもんどの》うたれさせ給ひ候所《ところ》にて候へ。また、かしこは、十郎殿のうたれさせ給ひ候所、こゝは、五郎殿《どの》の[二四]御生害《しやうがひ》の所、扨《(さて)》また、あれに見え候松《まつ》の下《もと》こそ、二人の死骸《しがひ》をかくしまいら《(る)》せたる所候よ」と、ねんごろにおし《(を)》へければ、虎《とら》、涙をおさへ、[二五]かつうは嬉敷《(うれしく)》、かつうはかなしくて、たゞなくよりほかの事ぞなき。かの一むら松《まつ》の下《もと》にたちより見れば、げにも、うづもれておぼえ候土《つち》の、すこしたかく見えければ、すぎにし五月の末《すゑ》の事なれば、花薄《すすき》、蓬《よもぎ》、[二六]葎《むぐら》おひしげり、其跡《あと》だにも見えざりけれども、なき人の縁《ゆかり》と聞《(きく)》からに、なつかしくおぼえて、塚《つか》のほとりにふしまろび、われもおなじ

一六 かりそめの。
一七 身分の賤しい男。
一八 新拾遺集哀傷に、「日数ふる後も今さらせきかねつとふにつらさの袖の涙は」、平家物語七「一門都落」に、「とふにつらさの涙をながされけるこそかなしけれ」、義経記七「判官北国落の事」に、「問ふにつらさの御涙、いとど堰き敢へ給はず」とある。
一九 こらえきれない。
二〇 和漢朗詠集下「行旅」に、「洲蘆夜雨他郷涙、岸柳秋風遠塞情」とある。洲崎の芦が夜の雨にぬれて、旅の空にあるという悲しみの涙をしぼらせる、川岸の柳が秋の風に吹かれて、辺地のとりでにあるというさびしい気持をしのばせるの意。
二一 新古今集羇旅に、「いづくにか今夜は宿をかり衣日も夕暮の嶺の嵐に」とある。
二二 彰考館本に、「ある片岡《かたをか》のほりて、ゆびをさして」、南葵文庫本に、「あるかたをかにのほりて、ゆひをさして」とある。
二三 「井出」にあたる。
二四 御自害。
二五 一方ではうれしく、他方ではかなしくて。「かつう」は、「かつ」の延で、二つの作用の並行しておこなわれることをあらわす。
二六 八重むぐらなどの総称で、つる草の雑草をいう。

苔《こけ》の下《した》にうづもれなば、今さらかゝる思ひはせざらまし、[一]黄泉《くわうせん》、いかなるすみかなれば、行《(ゆき)》て二度《(ふたたび)》かへらざると、ふししづみける有様、たとゑ《(へ)》ん方《かた》こそなかりけれ。翁《をきな》も、心在《(ある)》物なれば、ともに涙をぞながしける。もろともにかくてはかなはじとや思ひけん、「御なげき候とも、其かひ有《(ある)》まじく候。夜になれば、此所には、[二]狼《おほかめ》と申《(まうす)》物、道《みち》ゆく人をなやまし候。御とゞまり候《(さうらひ)》て、かなふまじく候。これより御かへり候《(さうらひ)》て、今宵《こよひ》は、賤《しづ》が伏屋《ふせや》なりとも、御とゞまり候《(さうらひ)》て、一夜をあかさせたまひ候へ。旅《たび》は、何かくるしく候べき」と申《(まうし)》ければ、「嬉しくもの給ふ物かな。この邊《あたり》、ねんごろにお《(を)》しへたまふに、宿までおもひより給ふ事のうれしさよ。さやうにおそろしき物の候《(さうらひ)》て、身をすてても、何にかはすべき」とて塚《つか》のほとりにて念《ねん》佛申《(まうし)》、「[三]過去幽靈《くわこゆふれい》、成佛得脱《じやうぶつとくだつ》」と[四]回向《ゑかう》すれば、十郎の[五]魂靈《こんれい》も、いか計《(ばかり)》うれしとおぼす覽《(らん)》と、思ひやられて、あはれ也。

虎《とら》、涙《なみだ》の隙より、かくぞつらねける。

[六]露《つゆ》とのみきえにし跡《あと》をきて見れば尾花《おばな》が末《すへ》に秋風ぞふく

[七]うき世ぞとおもひそめにし墨衣今《すみごろもいま》また露の何《なに》とおくらん

かくて、井出《いで》のほとりをゆきわかれ、其夜は、翁《おきな》の所にとゞまり、あけぬれば、野原の露《つゆ》に[八]しほ《(を)》れつゝ、足《あし》にまかせてゆく程に、[九]富士の煙《けぶり》を見ても、つらき思ひに[一〇]たぐへつゝ、そこともしらぬ道《みち》の邊《べ》の、草むらごとの蟲《むし》までも、なく音《ね》おそ《(を)》へて、あわ《(は)》れな

一 死者の行く所。冥土。

二 前出。→補六七。

三 なくなった人の魂が、仏となって苦しみをのがれること。

四 死者の冥福を祈ること。

五 たましい。

六 恋しい人のひたすら露と消えてしまった跡を来てみると、尾花の末に秋風がわびしく吹いている。

七 つらい世の中だと思って、墨の衣にそめかえてしまったが、その上に今また、露がどうしておくのであろう。彰考館本に、第五句が、「何とせくらん」とある。

八 くたくたとなりながら。

九 新古今集恋二に、「ふじのねの煙も猶ぞ立ちのぼるうへなき物は思ひなりけり」とある。

一〇 ひきくらべながら。

一一 すっかりめだたぬように姿をかえた。出家の姿をさす。

り。げに、たゞだにも、秋《あき》のおもひはかなしきに、[一二]やつしはてぬる旅衣《たびころも》、いとゞつらさをかさねつゝ、たどりゆく程に、[一三]手越《てごし》の宿《しゆく》にぞつきにける。

([一三]手越《てごし》の少将《せうしやう》にあひし事)

さて、有《(ある)》小家《こいへ》にたちよりて、主《あるじ》の[一四]お《(を)》うなを[一五]やとい《(ひ)》て、[一六]少将《せうしやう》御前《ぜん》をよびいだして、「旅《たび》人の、是にて、申《(まうす)》べき事の候と申《(まうし)》給へ」といひければ、「やすき御事」とて、よびいだしてきたる。少将《せうしやう》は、虎《とら》がかはれる姿《すがた》を見て、いひ出《(いづ)》べきことのはもなくて、たゞ涙《なみだ》お《(を)》ぞながしける。やゝありて、虎《とら》、なく〳〵申《(まうし)》けるは、「かの祐成《すけなり》にあひなれて、すでに三年《みとせ》になり候。[一七]宿縁《しゆくゑん》ふかき故《ゆへ》にや、又[一八]餘《よ》の人をみんともおもはざりつるなり。此人うせたまひぬると聞《(きき)》し時は、おなじ苔《こけ》の下《した》に、うづもればやとおもひしかども、[一九]つれなき命、ながらへて候ぞや。[二〇]されば、世を渡《(わたる)》[二一]あそび者《ものゝ》のならひは、[二二]心《こゝろ》にまかせぬ事もはんべるべしとおもひて、百ケ日の佛事《ぶつじ》のついでに、箱根にて、[二三]髪《かみ》をおろして、たゞ一人《ひとり》まよひ出《(いで)》、富士《ふじ》野裾《すそ》野の[二四]井手のほとりにて、其跡《あと》ばかりなりとも見え、うかりし心をもなぐさみて、つひ《(い)》でに、この邊《あたり》ちかく[二五]おはしければ、[二六]見參《げんざむ》にいり、物語をも申《(まうし)》、此姿《すがた》をも見えまい《(ゐ)》らせむとおもひて、[二七]これまできたりて候」とかたりければ、

一二 前出。↓一八七頁注一五。
一三 この物語は、真字本にない。平家物語一「祇王」で、仏御前が祇王・祇女を訪れるさまにならったか。「手越の少将」は、前出。↓二四三頁注二七。
一四 彰考館本に、「女」、流布本に、「をんな」とある。
一五 頼んで手を借りて。
一六 御前は、女に対する呼称。
一七 前世の因縁。
一八 ほかの人にあおう。「みる」は、男女の関係についていう。
一九 何の変りもない。「つれなき命」とは、死にたいと思っても、死ぬことのできない命をいう。
二〇 諸本によって、底本の「されはは」を改む。
二一 遊女。
二二 思うようにならない。ほかの男とあわなければならないことをいう。
二三 髪を剃って。出家して。
二四 「井出」にあたる。
二五 彰考館本に、「おはしますなれは」、南葵文庫本に、「をはしますなれは」とあり、おいでになるというからの意。
二六 お目にかかり。
二七 彰考館本では、「これまできたりて候なり」の後に、「よく〳〵おもへは、此人は善知識《〈ぜんぢしき〉》にて候けり、此わかれにあわすは、いかてか世をそむくへきと、かつうはよろこひ、かつうはかなしみ候也《〈なり〉》と、こしかたゆくすゑの事共、くときかたりけれは」とあり、南葵文庫本でも、ほぼ同じ。

少将《せうしやう》も、涙をおさへて、「げにく\、[一]いかばかり御なげき」とおもひやられて、なくよりほかの事ぞなき。少将《せうしやう》いひけるは、「すぎにし夏の比《(ころ)》、工藤左衛門《くどうさへもん》によばれて、酒《さけ》のみし時《とき》、十郎殿をもよび入《(いれ)》まい《(ゐ)》らせしかば、はじめて見参《げんざん》に入《(いり)》しなり。工藤《くどう》左衛門の悪口《あつこう》に、この殿《との》の[二]おもひきりたまへる色《いろ》[三]あらはれ見えて、たゞ今事出《(いで)》きぬべしと、座敷も[四]すさまじく候《(さうらひ)》しに、何とおもはれけん、酒《さけ》のみ、[五]おししづめてたゝれし事、たゞ今の心《こゝ》ちして、あはれに候ぞや。たち出《(いで)》、かくと申《(まうし)》たく候《(さうらひ)》しかども、御身としたしき事、人にしられんも、はゞかりありしかば、さてのみすぎしなり。其夜、祐経《すけつね》の宿直《とのゐ》の事、[六]めのとの童《わらは》にて、しらせまい《(ゐ)》らせ候《(さうらひ)》し事、不思議《ふしぎ》におぼえ候。たとへ[七]一夜の妻《つま》なりとも、たがひに情《なさけ》を思ふべきに、いかなる事《こと》にや、いかにもして、うたせまい《(ゐ)》らせんと思ひし事、たゞひとへに御身故《ゆへ》ぞかし」と語《(かたり)》ければ、虎《とら》は、この事をはじめてきゝ、十郎殿[八]最後の時《とき》、かゝるおし《(を)》へをいかばかりうれしくおもひ給ひけん、[九]このつげなかりせば、いかでか本意《ほんゐ》をとげさせたまふべきと、いよく\涙にむせびける。

## (少将《せうしやう》出家《しゆつけ》の事)

又、少将《せうしやう》申《(まうし)》けるは、「[一〇]生死無常《むじやう》のはかなき事、人のいはねども、あらはれ候ぞや。

一　彰考館本に、「いかはかりの御なけきにて御わたり候と思ひやり侍れは、ともに袖もくちはてぬへしとて、涙をそなかしける」、南葵文庫本に、「いかはかりの御なけきにてわたらせ候はんとおもひやり侍れは、ともに袖もくちはてぬへしとて、なみたをそなかしける」とある。
二　決心していらっしゃる。
三　彰考館本・南葵文庫本に、「あらはに見えて」とある。
四　興ざめでありましたが。
五　じっとこらえて。
六　彰考館本に、「めのわらは」、南葵文庫本に、「女のわらは」とある。
七　一夜だけ契った女。遊女の身の上をいう。
八　彰考館本に、「さいこのつけをいかはかりうれしく思ひまいらせられけん」とあり、南葵文庫本でも、ほぼ同じ。
九　彰考館本に、「此御つけなりせすは」、南葵文庫本に、「此御つけなかりせは」とある。
一〇　人の生死の定まりないこと。

さらぬだに、人は、[一一]五障[一二]三従《しやう》の罪《つみ》ふかしと申《(まうす)》に、おなじ女人といひながら、我ら[一三]は、罪《つみ》ふかき身なり。その故《ゆへ》は、たゞ一生《しやう》、人をたぶらかさんとおもふ計《(ばかり)》なれば、心《こゝろ》[一四]をゆききの人にかけ、身を上下《じやうげ》の輩《ともがら》にまかす、日も西山《せいざん》にかたぶけば、夢《ゆめ》[一五]のうちのかりなる姿《すがた》をかざり、月東嶺《とうれい》に出《(いで)》ぬれば、誰《たれ》ともしらぬ人をまつ。夜《よ》ごとにかはるうつり香《が》[一六]、身にとゞめて、心《こゝろ》をなやまし、朝《あさ》な〳〵の手枕《たまくら》[一七]の露《つゆ》に、名殘《なごり》を(を)しみつゝ、胸《むね》をのみこがす事、返〳〵《(かへすがへす)》[一八]も、口《くち》(を)しきうき身なり。此世は、つゐ(ひ)のすみかにあらず、草葉《ば》にむすぶ露よりもあやうく(ふ)、水《みづ》にやどれる月よりもはかなし。折節《ふし》、此人々の事をうけたまはり、御身《み》の姿《すがた》を見て、いよ〳〵うき世に心もとゞまらず。昨日《きのふ》は、曾我の里に花やかなりし姿《すがた》、今日《けふ》は、富士野の露《つゆ》ときゆ。「朝《あした》[一九]に紅顔《こうがん》あつて、世路《せいろ》にほこれ共《(ども)》、暮《ゆふべ》には白骨《はつこつ》となりて、郊原《かうげん》にくちぬ」とは、いふも理《ことはり》也。されば、萬事無益《ばんじむやく》[二〇]なり。御身は、十[二一]郎善知識《ぜんちしき》[二二]として、うき世をそむく。われは又、御身《み》の姿《すがた》を善知識《ぜんちしき》として、衣を墨《すみ》にそめんとおもひ候」とて、やがて、翡翠《ひすひ》[二三]のかんざしをきり、花の袂《たもと》をぬぎかへて、こき墨染《すみぞめ》にあらためつゝ、年廿七と申《(まうす)》に、駿河《するが》國手越《てごし》の宿《しゆく》をたちいでにける。世《よ》をすつる身といひながら、心《こゝろ》づよく、すみなれし故郷《ふるさと》をたちはなれけん心のうち、まことにやさしく[二四]あわ(は)れなり。

一一 彰考館本・南葵文庫本に、「女人は」、流布本に、「女は」とある。
一二 ともに女性の宿命に属する。→二五一頁注一六。
一三 ともに遊女の身であることをいう。
一四 街道を往来する人に思いをかけ、街道を上下する者に身をまかせる。
一五 はかない人生のかりの姿。
一六 彰考館本に、「うつり香を我身にとめて」、南葵文庫本に、「うつりかを我か身にとめて」とある。「うつり香」は、移り残った体臭。
一七 手枕をぬらす涙の露。
一八 諸本によって、底本の「返も〳〵」を改む。
一九 和漢朗詠集下「無常」に、「朝有㆓紅顔㆒誇㆓世路㆒、暮為㆓白骨㆒朽㆓郊原㆒」とある。朝にはわかわかしい顔色で、うき世を誇らしげにわたっても、夕にはむなしい白骨となって、野べに朽ちはてるかもしれないの意。
二〇 うき世のことは、何事もためにならない。しない方がよい。
二一 彰考館本・南葵文庫本に、「十郎殿を」、流布本に、「十郎殿」とある。
二二 仏道に縁を結ばせるもの。
二三 かわせみの羽のようなつややかな髪。
二四 殊勝に。

[一](虎《とら》と少將《せうしやう》、法然《ほうねん》にあひし事)

さる程に、二人打つれ、麻衣《あさごろも》、紙《かみ》[二]の衾《ふすま》を肩《かた》にかけて、諸《しよ》國を修行《しゆぎやう》し、信濃《しなの》國の善光《ぜんくはう》[三]寺《じ》に、[四]一兩《りやう》年の程、他念《たねん》をまじへず、念《ねん》佛申《(まうし)》、[五]過去聖靈《くわこしやうりやう》、頓證菩提《とんせうぼだひ》といのり、また都《みやこ》にのぼり、法然上人《ほうねんしやうにん》にあひ、奉《(たてまつり)》、[六]念《ねん》佛の法門《ほうもん》をうけたまはり、

(虎《とら》、大磯《おほいそ》にとりこもりし事)

それより又、[七]山〳〵寺〳〵お《(を)》がみめぐりけるが、虎《とら》、さすがに古里やこい《(ひ)》しかりけん、又、十郎のありしほとりやなつかしく思ひけん、大磯《おほいそ》にかへり、[八]高麗寺《かうらひじ》の山の奥《おく》に入《(いり)》、柴《しば》の庵《いほり》にとぢこもり、[九]一向專修《かうせんじゆ》の行《ぎやう》をいたして、[一〇]九品往生《ほんわうじやう》ののぞみおこたらず、二人の尼《あま》、[一一]一庵《(ひとつ)いほり》に床《ゆか》をならべ、おこない《(ひ)》すましてぞ候《(さうらひ)》ける。

[一二](二宮の姉《あね》、大磯《いそ》へ尋《(たづね)》ゆきし事)

さて、曾我の母《はゝ》御前《ぜん》は、[一三]一日片時《へんし》も、世に[一四]ながらへべき心《こゝ》ちはなけれ共《(ども)》、力《ちから》およば

一 この物語は、真字本にない。法然は、鎌倉初期の高僧。浄土宗の開祖。諱(いみな)は源空。建暦二年(一二一二)に八十歳で寂。
二 紙でつくった夜具。
三 長野市にある有名な寺。虎が善光寺に参ったことだけは、吾妻鏡建久四年六月十八日の条に記され、真字本などに語られている。→三九七頁注三〇。
四 一、二年の間。
五 なくなった人の霊が、すみやかにさとりを開くこと。追善供養によって、死者の成仏を祈るためのことば。
六 浄土宗の教え。法門は、仏法に入る門。
七 多くの霊山霊地。
八 高麗権現の別当寺として、神奈川県中郡大磯町の高麗寺山にあった。箱根権現と関係深く、修験・比丘尼の根拠地の一つと考えられる。松本隆信氏「箱根本地譚伝承考」(『慶応義塾創立百年記念論文集(文学)』所収)参照。
九 ひたすら念仏に専心すること。
一〇 死後に九品の浄土に生まれかわること。極楽往生も、上品上生から下品下生まで、九段階にわかれるという。
一一 同じ庵。
一二 この物語は、真字本にない。平家物語灌頂巻「大原御幸」の趣向にならったものか。
一三 ちょっとの間も。
一四 彰考館本に、「なからふへき」、流布本に、「ながらふべき」とある。→七五頁注二四。

ぬうき世のならひ[一五]なれ、おもはずに年月をぞ送《（おくり）》ける。人の子の、おなじ齢《よはひ》なるを見ても、二人が面影《おもかげ》身にそひてかなしく、人の病《やまひ》にて死《し》するをも、かれらがせめてかくあらば、取《（とり）》[一六]あつかい《（ひ）》し物をともいふべきに、かりそめにたち出《（いで）》て、二度《たび》かへらぬわかれこそ、神《かみ》ならぬ身のつらさなれ。あまりのこひしさの折々《をりをり》は、常《つね》に二宮《のみや》の姉《あね》をよび、うき事共《（ども）》を語《（かたり）》あわ《（は）》せて、なくよりほかの事ぞなし。[一七]つながぬ月日なれば、第三年もおくり、七年《ねん》にあたる程に、[一八]五月二十八日、二宮《の》の姉《あね》をよび、いひけるは、「今日《けふ》は、此者《もの》が七年忌《ねんき》にあたり候へば、追善《つゐぜん》をいとなみ、とぶらひ侍《（はべる）》なり。さても、[一九]十郎が契《（ちぎり）》ふかかりし大磯《おほいそ》の虎《とら》、百ケ日の佛事《ぶつ》のついでに、箱根にて尼《あま》になり、御山よりゆきわかれしが、善光寺《ぜんくわうじ》に、一兩年こもり、其後、諸國《しよ》を修行《しゆぎやう》して、[二〇]當時《たうじ》は、大磯《おほいそ》にかへり、高麗寺《かうらひじ》の山の奥《おく》に、[二一]おこなひすまして候成《（なり）》。いざさせ給へ、虎《とら》がすみ所みん」といひければ、「わらはも、さこそ思ひ候に、御供《とも》申さん」とて、二人、曾我の里を立出《（たちいで）》て、[二二]中村をとを《（ほ）》り、[二三]山彦山《ひこやま》を打こえて、高麗寺《かうらひじ》の奥《おく》にたづねいり、[二四]夏草のしげみが末《すゑ》をわけゆく程に、袖は涙、裾《すそ》は露《つゆ》にしほ《（を）》れつゝ、かの邊《あたり》なる里の翁《おきな》にとい《（ひ）》けるは、「虎御前《とらぜん》と申せし人の、尼《あま》になりてすみ給ふ所は、いづくにて候やらん」ととひければ、「あれに見え候山の奥《おく》に、森《もり》の候所《ところ》こそ、かの人の草庵《さうあん》にて候へ」とお《（を）》しへければ、[二五]うれしくわけいり見れば、誠にかすかなるすまひにて、[二六]垣《かき》には蔦《つた》・朝顔《あさがほ》はひかゝり、軒《のき》に

一五 彰考館本に、「習〈ならひ〉なれは」、南葵文庫本に、「ならひなれは」、流布本に、「ならひとて」とある。
一六 世話した。
一七 つなぎとめられない。
一八 曾我兄弟の敵討の日。↓四〇六頁注七。
一九 彰考館本に、「十郎殿」、南葵文庫本に、「十郎殿の」とある。
二〇 彰考館本に、「とらは又」、南葵文庫本に、「いまは又」とある。当時は、ただ今の意。
二一 修行を重ねて心を清らかにしているそうです。
二二 前出。↓二六五頁注二二。
二三 前出。↓二六五頁注二一。
二四 平家物語灌頂巻「大原御幸」に、「夏草のしげみが末を分いらせ給ふに」とある。
二五 彰考館本・南葵文庫本に、「うれしくて」、流布本に、「うれしくも」とある。
二六 平家物語灌頂巻「大原御幸」に、「女院の御庵室を御覧ずれば、軒には蔦槿〈あさがほ〉はひかゝり、信夫〈しのぶ〉まじりの忘草、瓢簞しば／＼むなし、草顔淵が巷にしげし。藜でうふかくさせり、雨原憲が枢をうるほすともいひつべし」とある。長門本平家物語では、右の部分が、「…垣にはつた朝顔はひ懸り、軒には朽葉深くして忍交りの忘れ草、宿は葎のしげりつゝ、とりのふしどにことならず…」となる。

は忍《しのぶ》[一]まじりのわすれ草、露《つゆ》ふかく、物思ふ袖《そで》にことならず。庭《には》には蓬《よもぎ》おひしげり、鹿のふしどかとぞ見えし。瓢箪《へうたん》[二]しば〳〵むなし、草顔淵《がんゑん》が巷《ちまた》にしげし、藜藋《れいでう》ふかくとざせり、雨原憲《げんけん》が樞《とぼそ》をうるほすとも見えたり。まことに心《こゝろ》ぼそく、人のすみかとも見えず。

## (虎《とら》いであひ、呼《よ》び入《(いれ)》し事)

やゝひさしくたちめぐり、こなたかなたを見ければ、内《うち》にかすかなる聲《こゑ》にて、日中[三]の禮讃《らいさん》もはてぬとおぼしくて、念佛《ねんぶつ》しのび〳〵に、心《こゝろ》ぼそく申《(まうし)》けるをきゝ、たつとくおぼえ、戸《と》をたゝき、「物申さん[四]」といへば、虎《とら》たち出《(いで)》て、「誰《た》そ」とこたふるを見れば、いまだ[五]三十にもならざるが、ことのほかにやせおとろへ、いつしかおひ《(い)》の姿《すがた》にうち見えて、こき墨染《すみぞめ》の衣に、おなじ色の袈裟《けさ》[六]をかけ、青《さを》なる數珠《じゆず》に、紫《むらさき》[七]の蓮華《れんげ》とり具《ぐ》して、香《かう》の煙《けぶり》[八]にしみかへり、かしこくも思ひ入《(いり)》たる其姿《すがた》、竹林《ちくりん》[九]の七賢《けん》、商山《しやうざん》[一〇]に入《(いり)》し四皓《かう》も、是にはいかでまさるべきと、うらやましくぞおぼえける。この人々をたゞ一目《め》見て、夢の心《こゝ》ちして、「あらめづらし[一一]と、御わたり候や。さらに現《うつゝ》共《(とも)》おぼえず候。先《(まづ)》内《うち》へいらせ給へ」とて、二間《ま》なる道場《だうぢやう》をうちはらひ、「これへ」と請《しやう》じ入《(いれ)》つゝ、なき人[一二]

一　忍は、しだの一種。「わすれ草」は、やぶかんぞう。前者に、昔をしのび、後者に、昔を忘れるという意をこめる。
二　諸本によって、底本の「ちたま」を改め、「巷(ちまた)」とする。和漢朗詠集下「草」に、「瓢箪屢空、草滋㆓顔淵之巷㆒、藜藋深鎖、雨湿㆓原憲之枢㆒」とある。瓢箪は、飲食物を入れる器。顔淵は、孔子の高弟で、論語雍也に、「賢哉回也、一箪食、一瓢飲、在㆓陋巷㆒」とたたえられた。藜藋は、あかざという草。原憲も、やはり孔子の門弟。顔淵は貧しくて、瓢箪がしばしばからになり、草が一面にしげっていた。原憲も貧しくて、あかざが深く家をとざし、雨が戸をぬらしていたの意。ここでは、庵室のあれはてたさまをいう。
三　昼夜六時の礼讃の中で、日中(正午)におこなわれるもの。一昼夜を昼三時〈晨朝(じんぢよう)・日中・日没〉と夜三時〈初夜・中夜・後夜〉とに分けて、それぞれ阿弥陀仏を礼拝・讃歎する。
四　もしもし。人に話しかけることば。
五　平家物語十「横笛」によるか。→補二九二。
六　彰考館本に、「けさなるしゆす」、南葵文庫本に、「けさをなりけるしゆすに」、流布本に、「けさをかけ、ぼだいじゆのじゆず」とある。
七　流布本に、「花のぼうし」とある。
八　よく染みついて。
九　晋代に俗塵をさけて、竹林に集まった七人の隠者。すなわち、嵆康・阮籍・阮咸・向秀・劉伶・王戎・山濤。

の母《はゝ》や姉《あね》ぞと見るよりも、ながるゝ涙《なみだ》おさへがたし。母も姉《あね》も、なく〳〵[一三]庵室《あんじつ》の體《てい》を見まわ《(ほ)》せば、[一四]三間《げん》に作《(つくり)》たるを、二間《けむ》をば道場《だうじやう》にこしらへ、[一五]阿彌陀の三尊《ぞん》を東むきにかけたてまつり、[一六]淨土《じやうど》の三部經《ぶきやう》、[一七]往生要集《わうじやうようしう》、[一八]八軸《ぢく》の一乘妙典《ぜうめうでん》も、机《つくゑ》の上《うへ》におかれたり。また、傍《かたはら》に、古今《こきん》、萬葉《まんよう》、伊勢物語、[一九]狂言綺語《きやうげんきぎよ》の草子《さうし》共、とりちらされたり。佛の御前《まへ》に、[二〇]六時《じ》に花香《かう》あざやかにそなへ、[二一]二人の位牌《いはゐ》の前《まへ》にも、花香《かう》おなじくそなへたり。二宮《のみや》の姉《あね》いひけるは、「あらありがたの御心《こゝろ》ざしの程や。是をわするまじき事とおもひ給ひて、二人の位牌《いはひ》を安置《あんち》し、とぶらひたまふ事よ。[二二]偕老《かいらう》の契《(ちぎり)》あさからずと申《(まうす)》も、今こそ思ひしられて候へ。たゞし、これに十郎殿ばかりをこそとぶらい《(ひ)》たまふべきに、五郎殿《どの》までとぶらひたまふ事のありがたさよ。わらはは、[二三]現在《げんざい》の兄弟《きやうだひ》にて候へども、これほどまでは思ひよらず、いづれも[二四]前世《ぜんぜ》の宿執《しゆくじう》にて、[二五]善知識《ぜんちしき》となり給ひぬ」といひもはてず、涙をながしければ、母も少將《せうしやう》も、聲《こゑ》たつる計《(ばかり)》にぞかなしみける。やゝ有《(あり)》て、母いひけるは、「十郎がこと、[二六]わすれる事も候はねば、常《つね》にもまい《(ゐ)》り見奉《(たてまつり)》たく候《(さうらひ)》しかども、心《こゝろ》にもまかせぬ女《をんな》の身なれば、人の心をもはゞかるなどとせし程に、今までかゝる御すまひをも見まい《(ゐ)》らせず候。かの者《もの》どもが七年《ねん》の追善《ついぜん》、曾我にてとりいとなみ、また、[二七]御有様をも見まい《(ゐ)》らせたく候《(さうらひ)》て、是なる女房《ばう》をさそひ、これまできたりて候ぞや。又、親子恩愛《しんしおんあひ》のいたつて切《せつ》なる事、人の申《(まうし)》ならはすをも、我

一〇 漢の高祖に仕えないで、山東省の商山にかくれた四人の老人。すなわち、東園公・綺里季・夏黄公・甪里先生。
一一 彰考館本に、「うらめしの」、南葵文庫本に、「めつらしの」とある。
一二 彰考館本では、「なき人のはゝやあねそと見る」から、「なこり思ひ出て、わすられまいらする事も候はす」と続き、南葵文庫本でも、ほぼ同じ。
一三 延慶本平家物語六末の一節に近い。↓補二九三。
一四 柱と柱との間を一間という。
一五 阿弥陀如来と観音・勢至の二菩薩。
一六 無量寿経・観無量寿経・阿弥陀経。
一七 恵心僧都源信の著。極楽往生について、経論の要文を集め、念仏の功徳を示したもの。
一八 法華経八巻。↓三八四頁注二一。
一九 たわむれごと・あやことばで、文芸・芸能をさす。和漢朗詠集下「仏事」に、「願以二今生世俗文字之業、狂言綺語之誤一、飜為二当来世々讃仏乗之因、転法輪之縁一」とある。それによって、文芸は狂言綺語であるが、仏法を讃える因縁となると考えられた。
二〇 昼三時と夜三時。↓注三。
二一 曾我兄弟の位牌。
二二 夫婦の堅い約束。↓一一六頁注九。
二三 真実の。
二四 前世からの因縁。
二五 衆生を導いて仏道に入らせる高僧。
二六 流布本に、「わするゝまも」とある。
二七 諸本によって、底本の「御有」を改む。

身の上《うへ》かと思はれ候。年月やう〳〵すぐれども、わするゝ事も候はず。されば、様《さま》を
かゑ《(へ)》んとおもふも、[一]おさなひ《(い)》者《もの》どもすてがたくて、思ひもきらず候。これと申《(まうす)》も、心
ざしのいたつて切《せつ》ならざるかと、我身ながらも、[二]うたてくおぼえ候。御身も、さして
ひさしきちぎりにてもましまさず。其上《うへ》、[三]所領《しよりやう》もちて、たより有《(ある)》事ならねば、おもひ
出《(で)》がましき事もなし。たゞひとへに前世《ぜんぜ》の宿執《しゆくじう》にひかれて、たがひに善知識《ぜんちしき》になりた
まひぬと、あまりにたつとく、あわ《(は)》れにおぼえて、われらまでも、[四]一《(ひとつ)》蓮《はちす》の縁《えん》をむすば
ゞやと思ひ候也。およそ、[五]人間の八苦《く》、[六]天上《じやう》の五衰《すい》、今にはじめぬ事にて候へ共《(ども)》、[七]前《ぜん》
業《ごう》のつたなき身なれば、無常《むじやう》の理《ことはり》にもおどろかず、つれなくうき世にながらへ候。我
身ながらも、あさましく候。しかるに、[八]五障《ごしやう》三従《じう》の身ながらも、さひ《(い)》わ《(は)》ひに佛法《ぶつぼう》流布《るふ》
の世にむまれて、[九]出離生死《しゆつりしやうじ》の道《みち》をもとむべく候へども、女人のおろかさは、それもか
なはず候。面々《めん〳〵》は、この程《ほど》[一〇]おもひとりたまふ事なれば、後生《ごしやう》のたすかるべき事[一一]お《(を)》もし
らせ給ひて候らん。あはれ、かたらせ給へかし。かなはぬまでも、心にかけて見候は
ん」といひければ、虎《とら》、涙をとゞめて申《(まうし)》けるは、「誠に[一二]これまで御いり、夢《ゆめ》の心《こゝ》ちして、
御心ざし、在難《(ありがたく)》おもひまい《(ゐ)》らせ候。かゝる身となりはてぬるも、しかしながら、十郎
殿故《ゆへ》とおもひたてまつれば、時《とき》の間《ま》も、わするゝ事もはんべらず。此世は[一三]不定《ふぢやう》の境《さかひ》、
それは[一四]愛別離苦《あひべつりく》のかなしみをひるがへして、[一五]菩提《ぼだひ》の彼岸《ひがん》にいたる事もやと、[一六]聖教《しやうげう》の要《よう》

一 幼少の子。曾我祐信との間の子。
二 情なく。
三 曾我十郎の身の上をいう。
四 極楽で同じ蓮華に生まれること。
五 仏説にいう人間の八つの苦しみ。↓補一六七。
六 天人の臨終にあたってあらわれるという五つの衰相。↓補二九四。
七 前世における善悪の業。
八 前出。↓二五一頁注一六。
九 生死の苦のある人間世界を離脱すること。
一〇 それとさとり知りなさる。
一一 彰考館本・南葵文庫本に、「ほうもんは」とある。
一二 彰考館本に、「是迄《これまで》の」、南葵文庫本に、「これまでの」とある。
一三 定めない世界。
一四 妻子など愛する者と別れる苦しみ。
一五 煩悩を断ち、仏果を得て、涅槃《ねはん》に達した境地。彼岸は、此岸すなわち生死の境地に対する。
一六 仏の教えの大切な文句。
一七 衆生を導いて仏道に入らせる高僧。
一八 前出。↓四一四頁注一。
一九 念仏の一くだり。
二〇 手越の少将をさす。
二一 彰考館本・南葵文庫本に、「おなしく」、流布本に、「おなじくともに」とある。
二二 曾我十郎をさす。
二三 平家物語灌頂巻「六道之沙汰」によるか。↓補二九五。
二四 出家して具足戒を受けた女子。

文《もん》共、少々《せう〳〵》たづねもとめ、しかるべき[一七]善知識《ぜんぢしき》にもあひたてまつるかと、諸國を修行《しゆぎやう》し、都にのぼり、[一八]法然《ほうねん》上人にあひたてまつり、[一九]念《ねん》佛一行《かう》をうけ、一筋《ひとすぢ》に淨土《じやうど》をねがひ候なり。[二〇]あの尼《あま》御前《ぜん》は、我姉《あね》にてまし〳〵候。みづからをうらやみて、[二一]おなじともに様をかへ、一庵《ひとついほり》にとぢこもり、おこなひ候なり。今おもひ候へば、[二二]此人は、發心《はつしん》のたよりなりけりと、嬉敷《(うれしく)》おぼえ候。其上《うへ》、われら、不思議《ふしぎ》に[二三]釋尊《しやくそん》の遺弟《ゆひてい》につらなりて、[二四]比《び》丘尼《くに》の名《な》をけがす、かたじけなくも、[二五]本願《ほんぐはむ》の勝妙《せうみやう》をたのみ、[二六]三時《じ》に[二七]六根《こん》をきよめ、一心《しん》に生死《しやうじ》をはなれん事をねがひ候。本願《ほんぐはん》いかでかあやまりたまふべきと、うたがひの心も候はず。五郎殿も、おなじ煙《けぶり》ときえたまひしかば、二人共に、[二八]成佛得脱《じやうぶつとくだつ》ととぶらひたてまつらんために、二人の位牌《いはひ》を安置《あんち》して候なり。[二九]諸法從縁起《しよほうじうゑんぎ》とて、何事も縁《ゑん》にひかれ候なれば、二人共に、[三〇]順縁逆縁《じゆむゑんぎやくゑん》に、[三一]得道《とくだう》の縁《ゑん》とならん事、うたがひあるべからず。を《(お)》よそ、[三二]分段輪廻《ぶんだんりんゑ》の郷《さと》にむまれて、かならず死滅《しめつ》のうらみをゐ《(え)》、妄想如幻《まうさうによげん》の家《いゑ》にきては、つい《(ひ)》に別離《べつり》のかなしみあり。[三三]いづる息《いき》の、いる息《いき》をまたぬ世の中に[三四]むまれ、あまつさへ、[三五]あひがたき佛教《ぶつきやう》にあひながら、此度《たび》、むなしくすぐる事、[三六]寶《たから》の山に入《(いり)》て、手をむなしくするなるべし。急《(いそぐ)》べし〳〵、[三七]頭燃《づねん》はらふごとくと見えて候へば、[三八]あひかまへ〳〵、佛道に御心《こゝろ》をかけ、淨土《じやうど》へまい《(ゐ)》らんとおぼしめすべきなり」と[三九]申《(まうし)》ければ、母《はゝ》も、二宮《のみや》の姉《あね》も、[四〇]渇仰肝《かつがうきも》に銘《めい》じて、[四一]隨喜《ずひき》の涙をながして、申《(まうし)》けるは、「[四二]世路《せいろ》にまじは

二五 弥陀の本願のすぐれたさま。
二六 昼三時、夜三時の勤行をさす。→四一六頁注三。
二七 眼・耳・鼻・舌・身・意。
二八 仏となって苦しみをのがれること。
二九 宇宙間のあらゆる事物は、因縁によっておこるということ。
三〇 善事・悪事がそれぞれ仏道に入る縁となること。→補二九六。
三一 仏道に入ってさとりを開く縁。
三二 延慶本平家物語五末に出る。「分段輪廻の郷」「妄想如幻の家」は、ともに娑婆世界。→補二九七。
三三 往生要集上義記三に、「出息農入息麻多奴世中遠農土加仁君波思希留哉」とある。→補二九八。
三四 彰考館本に、「たのしみありとも、何にせん、まれに人男〈おとこ〉にむまれて」、南葵文庫本に、「たのしみありとも、何かせん、まれににんかいにむまれ」とある。
三五 二十五三昧式に、「人身難レ受、仏法難レ値」とある。→補二九九。
三六 前出。→三三二頁注一四。
三七 頭上にもえる火。はげしい俗念のたとえ。
三八 彰考館本に、「あひかまへて〳〵」、南葵文庫本に、「かまへて〳〵」、流布本に、「あひかまへて」とある。
三九 諸本によって、底本の「とと」を改む。
四〇 仏法を深く信じてしたうこと。
四一 心からありがたく感じて流す涙。
四二 世の中。

るならひ、世の中のいとなみに心をかけ、二度《たび》[一]三途《づ》の故郷《こきやう》にかへり、いかなる苦患《くげん》をかうけ候はんず覧《(らん)》と、かねてかなしく候。されば、[二]たつときにもあひたてまつり、女人の得道《とくだう》すべき法[三]門《もん》、きかまほしく候へ共《(ども)》、しかるべき縁《えん》なければ、とかくすぎゆき候所《ところ》に、今《いま》の法門《ほうもん》をうけたまはり候へば、たつとくおもひたてまつり候。念佛《ねんぶつ》申すとて、人なみ〳〵にとなへ申せども、何《なに》と心《こゝろ》をもち、[四]いかやうなる趣《おもむき》にて、往生《わうじやう》すべく候や、かつておもひわけたる事も候はず。おなじくは、ついでに、くわ《(は)》しく承《(うけたまはり)》候はゞ、いかばかり嬉敷《(うれしく)》候ひなん」と[五]いひけれ。

(少将法門《せうしやうほうもん》の事)

虎《とら》、少将《せうしやう》の方《かた》を見やり、すこしうちわらひ、「[六]あにこそ、念佛《ねんぶつ》の法門《ほうもん》どもしらせ給ひて候へ。申《(まうし)》てきかせまい《(ゐ)》らせ給へ」と申《(まうし)》ければ、「わらはも、くわ《(は)》しき事はしり参《(まゐら)》せず候。一年《ひとゝせ》、都にて、法然上人《ほうねんしやう》[七]おほせしは、「抑《(そもそも)》、生死《しやうじ》の根源《こんげん》を尋《(たづね)》候へば、たゞ[八]一念《ねん》の妄執《まうしう》にかどはされて、よしなく[九]法性《ほつしやう》の都《みやこ》をまよひ出《(いで)》て、三[一〇]界《がひ》六道に生《(うまれ)》、衆生《しゆじやう》とはなれり。されば、地獄《ちこく》の八[一一]寒《かん》八熱《ねつ》のくるしみ、餓鬼《がき》の饑饉《ききん》のうれへ、[一二]畜生殘害《ちくしやうざんがひ》のおもひ、そのほか、[一三]天上《てんじやう》の五衰《すひ》、[一四]人間《にんげん》の八苦《く》、ひとつとしてうけずといふ事なく、上は有《う》[一五]

一 地獄・餓鬼・畜生の三悪道。
二 彰考館本に、「そうにも」、南葵文庫本に、「たつときそうにも」、流布本に、「たつとき人にも」とある。
三 仏法に入る門で、仏の教えをいう。
四 諸本によって、底本の「も」を改む。
五 彰考館本・南葵文庫本に、「いひければ」とある。
六 彰考館本・南葵文庫本に、「あれにこそ」、流布本に、「あねごは」とある。
七 彰考館本に、「仰〈おほせ〉候しは」、南葵文庫本に、「おほせ候ひしかは」、流布本に、「おほせられしは」とある。
八 一瞬のみだりな執念。
九 一切の現象の本来の性質。
一〇 前出。↓二四七頁注三〇・三二。
一一 八寒地獄と八熱地獄。↓補三〇〇。
一二 六道講式に、「畜生道衆生、強弱残害苦」とある。
一三 前出。↓補二九四。
一四 前出。↓補一六七。
一五 三界諸天の中の最高の天。
一六 無間地獄。八大地獄の一。
一七 前世に積んだ善根。
一八 諸本によって、底本の「よもほしけん」を改む。
一九 本来もっている仏となるべき性質。
二〇 諸仏の大慈悲から発する誓願。
二一 白氏文集四「李夫人」に、「人非二木石一皆有レ情」とある。
二二 仏となって苦しみをのがれること。
二三 諸本によって、底本の「しゆくしやう」を改む。
二四 一切経の巻数は、七千余巻である。

頂天《ちやうてん》をかぎり、下《しも》は一六阿鼻《あび》を際《きわ》として、いづる期《ご》はなきが故《ゆへ》に、流轉《るてん》の衆生《しゆじやう》とは申《まうす》なり。しかりといへども、一七宿善《しゆくぜん》やもよほしけん、一八今人間《いま》にむまれぬ。内に、一九本有《ほんう》の佛性《しやう》あり、外《ほか》に、二〇諸佛《しよぶつ》の悲願《ひぐはん》有《あり》。二一人木石《ぼくせき》にあらず、發心《ほつしん》せば、などか二二成佛得脱《じやうぶつとくだつ》なからん。それにつゐ《い》て、修行《しゆぎやう》まち〳〵なりといへども、我らがごときの二三衆生《しゆじやう》は、諸教《しよけう》の徳《とく》にかなひがたし。まづ、法然房《ほうねんばう》がごとくは、二四七千餘巻《せんくはん》の經藏《きやうざう》にいりて、つら〳〵二五出離《しゆつり》の二六要義《ようぎ》を案《あん》ずるに、二七顯《けん》につけ密《みつ》につけ、二八開悟《かいご》やすからず、事といひ二九理《り》といひ、修行成就《しゆぎやうじやうじゆ》しがたし。三〇一實圓融《じつゑんゆう》の窓《まど》の前《まへ》には、三一即是《そくぜ》の妙觀《めうくわむ》につかれ、三二三密同體《さんみつどうたい》の床《ゆか》の上《うへ》には、また三三現世《げむぜ》の證入《せうにう》あらはしがたし。しかる間《あひだ》、三四涯分《がいぶん》をはかりて、淨土《じやうど》をねがひ、他力《たりき》をたのみ、三五名號《みやうがう》をとなふ。誠に、淨土《じやうど》の經文《けうもん》は、三六直至道場《ぢきしだうぢやう》の目足《もくぞく》なり。有智無智《うちむち》、誰《たれ》の人《ひと》か帰《き》せざらんや。すでに三七正像《しやうざう》はやくくれて、三八戒定慧《かいぢやうゑ》の三學《がく》は名《な》のみのこりて、有教無人《うけうむにん》、有《う》名無實《みやうむしつ》なり。ことに女人は、三九五障《ごしやう》三從《じう》とて、さはりある身なれば、四〇即身成佛《そくしんじやうぶつ》は、まづおきぬ、四一聞法結縁《もんぼうけちゑん》のために、靈佛靈社《れいぶつれいしや》にまうづるさへ、ふまざる靈地《れいち》あり、拝《はひ》せざる佛像《ぶつざう》あり。四二四三天台山《てんだいさん》は、桓武《くはむむ》の起願《きぐはん》、傳教《でんげう》の建立《こんりう》なり。四四一乘《ぜう》の峰《みね》たかうして、四五眞如《しんによ》の月ほがらかなりといへども、五障《ごしやう》の闇《やみ》をてらす事なし。高野山《かうやさん》は、四六嵯峨《さが》の天王の御宇《ぎよう》、弘法《こうぼう》大師の地《ち》をしめし、四七八葉《よう》の峰《みね》、八の谷《たに》、冷々《れいく》として、水《みづ》いさぎよしといへども、三從《さんじう》の垢《あか》をばすゝがず。そのほか、四八金峰《きんぶ》の雲の上《うへ》、四九醍醐霞《だひごかすみ》の底《そこ》、五〇ふかし、五一白山《しら》、五二書寫《しよしや》の

二五 愚要鈔下に出る。→補三〇一。
二六 俗世を離れることの大切なわけ。
二七 顕は、顕教。密は、密教。
二八 さとること。
二九 事は、相対差別の現象。理は、絶対平等の真理。
三〇 天台宗の教えで、法華経という真実の教義が、あまねく融通すること。
三一 一心に円融の三諦を観ずること。
三二 真言宗の教えで、身・口・意の三密の行法が、仏のそれと相応すること。
三三 現世に如実の真理を証得すること。
三四 自分の身の程。
三五 阿弥陀仏の名。
三六 ただちにさとりの場におもむく智と行。→補三〇二。
三七 正法と像法。→補三〇三。
三八 禁戒・禅定・智慧の三学。
三九 前出。→二五一頁注一六。
四〇 現身のままで仏となれること。
四一 仏法を聞いてそれと縁を結ぶこと。
四二 諸本によって、「あり」を補う。
四三 漢語燈録一による。→補三〇四。
四四 一乗法に擬する。
四五 諸本によって、底本の「しよによ」を改む。
四六 「天皇」にあたる。
四七 八葉の蓮華に擬する。
四八 奈良県吉野郡の山。
四九 京都市伏見区の寺。
五〇 彰考館本・南葵文庫本に、「ふじ」とあり、富士山の意。
五一 石川・岐阜両県にまたがる山。
五二 兵庫県姫路市内の円教寺。

寺、かやうの所々《ところどころ》には、女人《によにん》ちかづく事もなし。されば、有《(ある)》經《きやう》の文《もん》には、『[一]三世の諸《しよ》佛眼《ぶつまなこ》は、大地におちてくつとも、女人成《じやう》佛する事なし』といへり。また、ある經《きやう》の文《もん》には、『[二]女人は、地獄《ぢごく》のつかひなり、よく佛《ほとけ》の種《たね》をたつ。外《ほか》の面《かほ》は、菩薩《ぼさつ》ににたれども、内の心《こゝろ》は、夜叉《やしや》のごとし』といへり。されば、[三]内典《ないでん》・外典《げでん》にきらわ《(は)》れたる所に、彌陀如來《によらい》、『[四]極重悪人《ごくぢうあくにん》、無他方便《むたはうべん》』とちかひたまひて、別《べつ》にまた、女人成佛《じやうぶつ》の願《ぐはむ》有《(あり)》。かほどに、ねんごろにあはれみたまふ事を、信《しん》ぜず行《ぎやう》ぜずして、又[五]三途《づ》にかへらん事、たとへば、[六]耆婆《ぎば》が萬病《まんびやう》をばいやす藥《くすり》、もろ〳〵の藥《くすり》、何兩《なんりやう》あわ《(は)》せたりとしらざれども、服《ぶく》すれば、すなはちいゆ。病《やまひ》きはめておもき者《もの》の、藥《くすり》ばかりにてはとうたがひて、服《ぶく》せずは、[七]耆婆《ぎば》が醫術《いじゆつ》も、[八]扁鵲《へんじやく》が[九]醫方《いほう》も、益《あき》あるべからず。そのごとく、煩惱《ぼんなう》悪業《ごう》は、きはめておもし。此名號《みやうがう》にてはいかゞとうたがひて、信《しん》ぜず行《ぎやう》ぜざらんは、彌陀本願《みだほんぐはん》も、釋迦《しやか》の説教《せつきやう》も、むなしかるべし。そも〳〵、藥《くすり》をゑ《(え)》て、服《ぶく》せずして死せん[一〇]の事、[一一]崑崙山《こんろんさむ》に行《(ゆき)》て、玉《たま》をとらずしてかへり、[一二]栴檀《せんだん》の林《はやし》に入《(いり)》て、梢《こずへ》[一三]をまたずしてはてなば、後悔《こうくはひ》するとも、よしなし。其上《うへ》、[一四]五劫思惟《こうしゆい》、兆載永劫《てうさいやうがう》の萬善《まんぜん》萬行《ぎやう》、諸波羅蜜《しよはらみつ》の功徳《くどく》を三字《じ》にお《(を)》さめ給へり。されば、『[一五]阿字《あじ》十方三世佛、彌字《みじ》一切諸菩薩《さいしよぼさつ》、陀字《だじ》八萬諸聖教《しよしやうげう》』といふ時《とき》は、八萬教法《けうぼう》、諸佛菩薩《しよぶつぼさつ》も、名號《みやうがう》[一六]たひないの功徳《くどく》となれり。されば、天台《てんだひ》には、[一七]法報《ほつほう》王の三身《じん》、[一八]空假中《くうげちう》の三諦《だひ》なりと釋《しやく》しまし〳〵候。[一九]森羅萬象《しんらまんざう》、山河《せんが》大地《ち》、彌陀《みだ》

一　録外御書などに出る。↓補三〇五。
二　出典未詳。↓補三〇六。
三　仏典とその他の典籍。
四　往生要集下による。↓補三〇七。
五　地獄・餓鬼・畜生の三悪道。
六　和語燈録一による。耆婆は、仏典にみえる名医。↓補三〇八。
七　諸本によって、「が」を補う。
八　春秋戦国時代の名医。
九　「秘方(ひはう)」の誤か。↓補三〇九。
一〇　諸本によると、「の」は衍字か。
一一　中国の想像上の高山。
一二　インドの香木の名。
一三　彰考館本に、「ゐずして」、南葵文庫本に、「うかたすして」とある。
一四　諸本によって、底本の「まんせんきやう」「三し」を改め、「万善万行」「三字に」とする。きわめて長い間、思惟を続け、多くの善行を重ね、彼岸に到る修行を積んだ功徳を、「阿弥陀」の三字に納めておられる。
一五　万法甚深最頂仏心法要下による。↓補三一〇。
一六　「胎内」か、「莫大」の誤か。
一七　法報応の三種の仏身。↓補三一一。
一八　天台教説による妙理。↓補三一二。
一九　宇宙間にある一切のもの。
二〇　諸本によって、底本の「もつはう」を改む。摩訶止観二上による。↓補三一三。
二一　仏の教え。
二二　正式に依拠する経典。
二三　無量寿経に、「当レ知、此人為レ得二大利一、則是具二足無上功徳一」とある。

にもれたる事なし。これによりて、たゞ[二〇]もつぱら彌陀《みだ》をもつて、[二一]法門《ほうもん》の主《あるじ》とすと釋《しやく》し給へり。[二二]正依《じやうゑ》の經《きやう》には、『[二三]いとくたり大りそくせんしやうくとく』とき、[二四]傍依《はうゑ》の經《きやう》には、『[二五]一萬三千佛《ぶつ》をたかさ十丈《ぢやう》に金《こがね》をもつて十度作《(つくり)》、供養《くやう》せんより、一返《べん》の名號《みやうがう》はすぐれたり』といへり。[二六]善知識《ぜんぢしき》のお《(を)》しへをふかく信《しん》じて、『南無阿彌陀佛〱』ととなふれば、[二七]三祇《ぎ》百大劫《ごう》の修行《しゆぎやう》をもこえ、[二八]塵沙無明《ぢんじやむみやう》の惑《わく》をも斷《だん》ぜず、[二九]致使凡夫念即生《ちしぼんぶねんそくしやう》、不斷煩惱得涅槃《ふだんぼんなうとくねはん》とて、終焉《しゆゑん》の時《とき》は、[三〇]一さんいの心を變化《へんげ》して、觀音《くわんおん》・勢至《せいし》、無數《むしゆ》の[三一]聖衆《しやうじゆ》、[三二]化《け》佛菩薩《ぶつぼさつ》、[三三]踊躍歡喜《ゆやくくはんぎ》して、[三四]須臾《しゆゆ》の間《あひだ》に、[三五]無爲《むゐ》の報土《ほうど》へまい《(ゐ)》りなば、[三六]無邊《むへん》の菩薩《ぼさつ》を同學《どうがく》とし、[三七]上界《じやうかひ》の如來を師《し》として、[三八]寶池《はうち》にあそび、樹下《じゆげ》にゆきて、鸚鵡《あふむ》・[三九]舍利《しやり》・[四〇]迦陵頻伽《かれうびんが》の聲を聞《(きき)》、[四一]苦《く》・空《くう》・無常《むじやう》・無我《むが》の四德《とく》、[四二]波羅蜜《はらみつ》のさとりをひらき給ひなば、過去《くわこ》の恩《おん》、[四三]所生所生《しよしやう〱》の父母《ぶも》、妻子眷屬《さいしけんぞく》、[四四]有緣《うゑん》の衆生《しゆじやう》をみちびかんために、[四五]洞然猛火《とうねんめうくわ》の焔《ほのほ》にまじはり、[四六]紅蓮《ぐれん》大紅蓮《ぐれん》の氷《こほり》にいりたまふ共《(とも)》、[四七]解脫《げだつ》の袂《たもと》は安樂《あんらく》として、[四八]濟度利生《さいどりしやう》したまふべし。たゞし、往生《わうじやう》の定不定《ちやうふぢやう》は、信心《しんぐ》の有無《うむ》によるべし。ゆめ〱うたがふ事なかれ」との給ふを、我〱は聽聞《ちやうもん》申《(まうし)》て候」と申《(まうし)》ければ、母《はゝ》、感淚《かんるい》をおさへて、いひけるは、「今の法門《ほうもん》、聽聞《ちやうもん》申《(まうし)》候へば、信心肝《しんぐきも》に銘《めい》じて、ありがたく候。今より後は、方々《かたぐ》の御弟子《でし》にて候べし」とて、三度《ど》ふしお《(を)》がみ、

↓補三一四。
二四 付属物として依拠する経典。
二五 壒嚢鈔十二に出る。↓補三一五。
二六 衆生を導いて仏道に入らせる高僧。
二七 三祇は、「阿僧祇」で、百大劫とともに、きわめて長い時間の意。
二八 けがれ・まよいという正道の妨げ。
二九 法事讃下・往生論注下による。↓補三一六。
三〇 未詳。↓補三一七。
三一 極楽浄土の諸菩薩。
三二 この世にかりに現われた仏菩薩。
三三 おどりあがってよろこんで。
三四 しばらく。
三五 常住不変の真理にかなった報身仏の国土、すなわち極楽浄土をいう。
三六 かぎりのない。
三七 十界中の最上の仏界。
三八 極楽浄土の池。
三九 諸本によって、底本の「しやうり」を改む。百舌鳥という鳥。
四〇 妙音鳥という想像上の鳥。
四一 仏教で、一切諸法は、苦・空・無常・無我の四種の相をあらわすという。
四二 涅槃(ねはん)の彼岸に到達すること。
四三 代々の先祖。
四四 因縁のある一切の生物。
四五 八熱地獄の烈しい火。↓補三一八。
四六 八寒地獄第七・第八。寒苦のために、紅蓮のように皮肉が裂けるという。
四七 彰考館本に、「けたのために」とあり、化他衆生のためにか。
四八 衆生をすくって、彼岸にわたらせ、利益を与えなさるでしょう。

## (母、二《(にの)》宮《みや》ゆきわかれし事)

さる程に、日もやう〳〵かたぶきて、高麗寺《かうらいじ》の[一]入相《あひ》もきこゆれば、名殘《なごり》つきせず思へども、を《(お)》の〳〵たち出《(いで)》て、二《の》宮の里《さと》へとてこそかへりけれ。虎《とら》、少將《せうしやう》は門《かど》送《(おくり)》して、後《うしろ》のかくるゝ程見を《(お)》くり、涙《なみだ》とともに、庵室《あんじつ》に歸《(かへり)》、[二]初夜《しよや》の禮讃《らひさん》はじめて、念佛心《ねんぶつこゝろ》ぼそくぞ申《(まうし)》ける。其後、人々のゆくゑ《(へ)》をきけば、おの〳〵宿所《しゆくしよ》にかへり、きゝつる法門《ほうもん》のごとく、[三]造次顚沛《さうしてんばい》、一心不亂《いつしんふらん》に念佛《ねんぶつ》す。昔《むかし》は、[四]夫婦偕老《ふうかひらう》のわかれをしたひ、今《いま》は、兄《きやう》弟《だひ》のかくなり行《(ゆく)》事のおもひやつもりけん、老病《らうびやう》といひ、なげきといひ、[五]六十の暮方《くれがた》に、念佛《ねんぶつ》申《(まうし)》て、つゐ《(ひ)》に往生《わうじやう》しけるとぞきこえける。扨《(さて)》、二人の尼御前《あまぜん》、ある夜の夢《ゆめ》に、十郎、五郎うちつれきたり、[六]頭《かうべ》には、玉《たま》の冠《かぶり》をき、身には、[七]瓔珞《やうらく》をかざり、光明《くはうみやう》[八]赫《かく》奕《やく》として、おの〳〵をふしおが《(を)》み、申《(まうし)》けるは、「この間《あひだ》、念佛《ねんぶつ》申《(まうし)》、經《きやう》よみ、ねんごろにとぶらひたまふ故《ゆへ》に、[九]兜率《とそつ》の內院《ないいん》にまふ《(う)》づ。これ、しかしながら、夫婦偕老《ふうふかひらう》の契《(ちぎり)》ふかきによりて、[一〇]無爲《むい》心じつの解脱《げだつ》の因《いん》となる。其恩德《おんどく》、[一一]億々《おく〳〵》萬劫《ごう》にも報《ほう》じがたし」とて、虚空《こくう》へとびさりぬ。虎《とら》、夢さめて、たゞ現《うつゝ》の心《こゝ》ちして、思ひけるは、「[一二]五重《ちう》の闇《やみ》はれ、[一三]三明《みやう》の月ほがらかにまします大聖釋尊《だひしやうしやくそん》さへ、[一四]耶輸陀羅女《やしゆだらによ》のわかれを思召《(おぼしめす)》。いはんやわれら、この年月こひしと思ふ所に、まのあたり兄弟を夢《ゆめ》に見て、昔こひしくな

一 日の暮れる頃につく鐘。
二 六時礼讃の一。↓四一六頁注三。初夜は、戌(いぬ)の刻で、今の午後八時。
三 わずかな間も。
四 堅く約した夫婦。↓一一六頁注九。
五 真字本に、「正治元年己未年五月廿八日申剋、曾我女房被レ遂二大往生一」とある。
六 彰考館本では、五郎が兜率天に生まれ、十郎は悪道におちて、蛭に苦しめられるという。
七 頸・胸などにかける装身具。
八 光りかがやくさま。
九 弥勒菩薩が住して、説法する所。
一〇 「心じつ」は、「真実」にあたる。常住不変で真実の。
一一 きわめて長い時間。
一二 五重唯識で、万法唯識を知るための五段階をいう。
一三 過去・現在・未来を知る智慧。
一四 釈迦の出家以前に、その妃となって、羅睺羅(らごら)を生んだ女。
一五 和漢朗詠集下「猿」に、「巴峡秋深、五夜之哀猿叫レ月」とある。
一六 妻子など愛する者と別れる苦しみ。
一七 地獄道・餓鬼道・畜生道などに転転と生まれかわること。
一八 仏果を成ずる、さとりを開く因縁。
一九 夫婦の堅い約束。↓一一六頁注九。
二〇 極楽浄土の蓮の台。
二一 煩悩から脱したしるしの衣、法衣。
二二 諸本によって、底本の「花な」を改む。
二三 極楽浄土に生まれあうという縁。

りぬ。されば、[一五]夜《よる》の猿《さる》は、かたぶく月にさけび、秋の蟲《むし》は、かれゆく草にかなしむとかや。鳥けだ物までも、[一六]愛別離苦《あひべつりく》をかなしむと見えたり。然《(しかれ)》ば、この道は、まよはゞ、ともに[一七]惡道《だう》の輪廻《りんゑ》たちがたし、さとらば、みな[一八]成等菩提因緣《じやうどうぼだいゐんゑん》なりぬべし。[一九]偕老同穴《かひらうとうけつ》のちぎり、誠あらば、もとのちぎりをうしなはず、一蓮《ひとつはちす》に座《ざ》をならべ、[二一]解脱《げだつ》の袂《たもと》をしぼるべし」とて、少將《せうしやう》もともに、[二〇]九品蓮臺《ほんれんだひ》の上《うへ》にては、…

二人の尼《あま》、心ざしあさからず、虎《とら》、峰《みね》に上りて、花をつめば、少將《せうしやう》、谷《たに》にくだりて、水をむすび、一人、[二二]花をそなふれば、一人は、香《かう》をたき、ともに[二三]一佛淨土《ぶつじやうど》の緣《ゑん》をむすぶ。谷《たに》の水《みづ》、峰《みね》の嵐《あらし》、[二四]發心《ほつしん》の媒《なかだち》となり、花の色、鳥《とり》の聲《こゑ》、を《(お)》のづから[二五]觀念《くはんねん》のたよりとなる。つく〴〵思へば、[二六]はつふつ轉變《てんぺん》の理《ことはり》、[二七]四相遷流《さうせんる》のならひ、[二八]三界《がひ》より下界《げかひ》にいたるまで、一《(ひとつ)》としてのがるべきやうなし。日月天にめぐりて、[二九]有爲《うひ》を旦暮《たんぼ》にあらはし、寒暑時《かんしよとき》をたがへずして、[三〇]無常《むじやう》を晝夜《ちうや》につくす。されば、[三一]漢《かん》の高祖《かうそ》の三尺《じやく》の劒《つるぎ》も、つゐ《(ひ)》に他《た》の寶《たから》と也《(なり)》、[三二]秦《しん》の始皇《しくはう》のはりの都も、おのづから[三三]荊棘《けいきよく》の野邊《のべ》となる。かれを思ひ、是を見るにも、たゞひとへにうき世をのがれ、誠の道に入《(いる)》べき物をや。かかりし程に、[三四]二人の尼、[三五]行業《ぎやうごう》つもり、七《(しつ)》旬《しゆん》の齡《よはひ》たけ、五月の末《すへ》つ方《かた》、少病少惱《せうびやうせうなう》にして、西《にし》にむかひ、肩《かた》をならべ、膝《ひざ》をくみ、[三六]端座合掌《たんざがつしやう》して、念佛《ねんぶつ》百返《べん》となへて、一心《しん》[三七]ふ覽にして、音樂《おんがく》雲にきこゑ《(え)》、異香薫《いきやうくん》じて、[三八]聖衆來迎《しやうじゆらひかう》し給ひて、ねむるがごとく、[三九]往生《わうじやう》の素懷《そくはひ》をとげにけ

二四 菩提心をおこす媒介。
二五 諸法の道理を思いうかべる便宜。
二六 「はつふつ」は、彰考館本に、「万物〈ばんぶつ〉」、南葵文庫本に、「万物」とある。すべての物が生滅・変化すること。
二七 生相・住相・異相・滅相の四種の相がうつりかわること。この四相によって、生滅・変化のさまをあらわす。
二八 彰考館本に、「上〈じゃう〉かい」、南葵文庫本に、「上かい」とあり、十界中の最高の仏界。
二九 朝夕に因果によって生ずる現象をあらわし。
三〇 昼夜に生滅・変化する様相をあらわしつくす。
三一 前出。↓四九頁注一六。
三二 「はり」は、彰考館本に、「万里〈ばんり〉」、南葵文庫本に、「はんり」とある。秦の始皇帝の築いた万里の長城と咸陽の宮殿とを混同したもの。
三三 いばらなどの生えて荒れた野辺。
三四 真字本に、「虎放馮㆓旀陀本願㆒送㆓年月㆒程、或晩傾、立㆓出御堂大門㆒、思㆓連昔事共㆒流ㇾ涙折節、庭桜本立斜小枝下、見㆓成十郎体㆒走寄欲㆓取付㆒、只徒木枝、倒㆓侶様㆒、自㆓其時㆒病付、為㆓少病少悩㆒、生年申㆓六十四歳㆒、遂㆓大往生㆒」とある。
三五 仏道の修行。
三六 ただしくすわって掌をあわせて。
三七 「不乱」にあたる。
三八 阿弥陀仏や諸菩薩があらわれて、極楽浄土に迎えとりなさって。
三九 極楽往生しようとする平素の願い。

り。たかきもいやしきも、[一]老少不定《らうせうふぢやう》の世のならひ、誰か無常《じやう》をのがるべき。富寶《とみたから》も、つゐ《(ひ)》に夢《ゆめ》のうちのたのしみなり。ことに女人は、罪《つみ》ふかき事なれば、念《ねん》佛にすぎたる事あるべからず。かやうの物語を見きかん人々は、狂言[二]綺語《きやうげんきぎよ》の縁《えん》により、[三]あらき心《こゝろ》をひるがへし、まことの道《みち》にをも《(お)》むき、[四]菩提《ぼだひ》をもとむるたよりとなすべし。其心もなか覧《(らん)》人は、かゝる事を聞《(きき)》ても、何にかはせん。よく〳〵耳《みゝ》にとゞめ、心にそめて、なき世の苦《(くるし)》みをのがれ、[五]西方浄土《じやうど》に生《(うまる)》べし。

一 老少と関係なく命数の定まらぬこと。

二 諸本によって、底本の「きよ」を改め、「綺語《(きぎよ)》」とする。たわむれごと・あやことば、すなわち文学・芸能が、仏法を讃える因縁となると考えられた。↓四一七頁注一九。

三 彰考館本・南葵文庫本に、「あしき」とある。

四 極楽に往生して仏果をえること。

五 彰考館本に、「あんらくじやうど」、南葵文庫本に、「ふたひのしやうと」とある。

# 補　注

一　**地神五代**（四九頁）　真字本では、「地神五代末御神、申二早日旦居尊一、出二御代一御在、治二本朝一七千五百三十七年、其次出二御代一御神、申二大和日高見尊一、治二本朝一十二万八千七百八十五年、其次出二御代一御神、申二早富大足尊一、治二本朝一七千五百十二年、其次出二御代一御神、申二鵜羽葺不合尊一、治二本朝一十二万三千七百四十二年。其後神代絶七千年間、云二安日一鬼王出レ世、治二本朝一七千年。其後鵜羽葺不合尊第四代御孫子神武天王出レ世、安日諍レ代時、自レ天霊剣三腰雨下、鎮二安日悪逆一、天王成レ勲、安日部類被三追二下東国外浜一、今申二醜蛮一是。此神武天王為二人代百王始帝一、治二本朝一九十七年、此帝御時、鬼王寃二安日一後、己未年東征、留二豊葦原長津国一、於二日向国宮崎郡一継二王子宝祚一、平二畝科山一立二帝都一、刎二払柏原地一自レ造二宮室一以来」とある。蝦夷の先祖の安日については、『出羽国風土略記』所引の『安倍伝記』に語られ、東北地方の狩猟民の伝書「山達由来之事」（高橋文太郎氏『秋田マタギ資料』など）にも出ている。

二　**勇敢の輩**…（四九頁）　平治物語（松井博士旧蔵本など）上に、「もつともちうしやうせらるへきものは、ようかんのともからなり」とある。その前後の行文も、ある程度まで曾我物語と一致する。なお、彰考館本には、「勇感〈ようかん〉の輩〈ともがら〉を忠賞〈ちうしやう〉せられすは、いかでか四夷〈ゐし〉の乱〈らん〉をしつめん」とあり、大山寺本には、「いさみあへてのともがらをてうしやうせられずば、いかでかしかいのみだれをしづめん」とある。「ちうしやう」には、「抽賞」をあてたが、「忠賞」かもしれない。

三　**唐の大宗**（四九頁）　「大宗」は、「太宗」にあたる。貞観政要論仁惻に、「太宗征二遼東一攻二白巌城一、右衛大将軍李思摩為二流矢一所レ中、帝親為吮レ血、将士莫レ不二感励一」とある。白氏文集三「七徳舞」に、その徳をたたえて、「含レ血吮レ瘡撫二戦士一、思摩奮呼乞レ効レ死」という。

四　**漢の高祖**…（四九頁）　史記高祖本紀に、「高祖撃レ布時、為二流矢一所レ中行レ道病、病甚。呂后迎二良医一、医入見。高祖問レ医、医曰、病可レ治。於レ是高祖嫚罵之曰、吾以二布衣一持二三尺剣一取二天下一、此非二天命一乎、命乃在レ天、雖二扁鵲一何益、遂不レ使レ治レ病、賜二金五十斤一罷之」とあり、明文抄一に引かれる。江談抄六「長句事」、和漢朗詠集下「帝王」には、「漢高三尺之剣、坐制二諸侯一」とある。

五　**惟喬・惟仁の位あらそひ**（五〇頁）　文徳実録や三代実録をみても、惟喬親王と惟仁親王との関係が、それほど深刻なものであったとはきめられない。しかし、後代の文芸では、二人の皇子の位争いが、きわめて陰惨な物語となっている。弟の惟仁親王が、皇位の継承者となったのに対して、兄の惟喬親王は、失意の生涯を送らなければならなかった。しかも、惟仁親王すなわち清和天皇の系統は、次代の陽成天皇で絶えてしまったのである。あきらかに惟喬親王の御霊とはいわないが、その祟りの恐れられる状態であったと言えよう。江談抄二には、「天安皇帝、有下譲二宝位于惟喬親王一之志上。太政大臣忠仁公、惣摂二天下政一為二第一臣一。憚思不レ出レ自レ口之間、漸経二数月一云々。或祈二請于神祇一、又修二秘法一祈二于仏力一。真済僧正者、為二小野親王祈師一。真雅僧都者、為二東宮護持僧一云云。各専祈念。互令二相摧一云々」とある。平家物語八「名虎」でも、右のような次第を語りながら、特に真雅僧都のかわりに、比叡山の恵亮和尚を出して、その祈禱の功徳を強調している。曾我物語の場合には、平家物語の記事とほぼ一致しているが、さらに真済僧正の憤死の趣向などを加えている。曾我兄弟の御霊の物語に先だって、わざとそのような陰惨な事件を語ったものであろう。なお、後代の木地職の由緒の中でも、惟喬親王の不遇な生涯について伝えている(柳田国男『史料としての伝説』など)。

六 **継体あひふんの器量**(五〇頁)　史記外戚世家に、「自レ古受命帝王及継体守文之君、非三独内徳茂一也、蓋亦有二外戚之助一焉」とあり、明文抄二に引かれる。史記の注には、「索隠曰、継体、謂下非二創業之主一、而是嫡子継二先帝之正体一而立者上也。守文者、猶レ法也。謂下非三受レ命創レ制之君一、但守二先帝法度一為中之主上爾」とある。創業者の君主は、武をもって国を興すが、継承者の君主は、文をもって国を治めるので、「継体守文の君」と呼ばれる。

七 **万機ふいの臣相**(五〇頁)　平家物語でも、流布本には、「心操」のかわりに、「臣相」とある。「心操」のままならば、心ばせの意味となる。しかし、天下の政務をたすける心ばせと解するのは、皇位を継ぐものにふさわしくないであろう。

八 **我山**(五一頁)　真字本では、「わが山」のかわりに、「山門」となっている。伊勢貞丈の安斎随筆十一に、「曾我物語第一惟喬惟仁位争の章に、これひとしんわうの御いのりのしにはわが山の住僧に慧良和尚とて云々、わが山と云ふ詞を以て考ふれば、此の物語は比叡山の僧の作としられたり」とあり、山崎美成の曾我物語考などにも、その説を引いている。さらに、荒木良雄氏の「曾我物語三遷論」(『中世文学の形成と発展』所収)では、原作者の箱根山の僧が、「山門」という語を使ったのに、改訂者の比叡山の僧が、それを「わが山」と改めたのであろうと説いている。それに対して、御橋悳言氏の「曾我物語考」(『国漢』三十二号)には、本書一七四頁一六行の例を引いて、「わが山はもと比叡の住侶の其山にありてしか云ひける称なるを、其称の弘まりて、後には其山ならぬ人にもかく云ふ習のありしなるべく、此類の例は他にもあり」といい、岡見正雄氏の『太平記三』の補注にも、その考証を記している。「わが山」というのは、「わが立つ杣」と同じように、自分のいる山の意味を離れて、比叡山のことをさしたと考えられる。その用例としては、「阿耨多羅三藐三菩提の仏たちわが立つ杣に冥加あらせ給へ」(新古今集釈教)、「わが山のさかゆく道をたづねつついかで昔の跡をふまま し」(続拾遺集雑上)、「わが山に千世を重ねしかひもなく薄きは三の衣なりけり」(続千載集釈教)、「吾山者為二七社応化之霊地一、作二百王鎮護之藩籬一」(太平記八「山徒寄二京都一事」)、「吾山ノ興隆ヲノミ御心ニ懸ラレタリケレバ」(太平記三十二「茨宮御位事」)、「石山ヱハ参ラデ、是ヨリ又我山ヱゾ帰ケル」(秋夜長物語)、「それ我が山は、王城の鬼門を守り、悪魔を払ふのみならず」(謡曲「兼平」)などがあげられる。「わが山」という語は、かならずしも曾我物語三遷の証拠にはならない。

九 **恵亮和尚**(五一頁)　元亨釈書十二に、「釈慧亮、睿山円澄之徒也。兼稟二慈覚一。初仁寿帝二皇子争二儲位一。帝令三二皇子闘二芸。勝者得レ立。兄惟喬、弟惟仁、芸敵不レ決。乃賭二力士相撲一。於レ是乎惟仁有二羽林郎将善雄一。惟喬武衛将軍那都羅。羅膂力過二善雄一。惟仁付レ亮乞二法救一。亮乃修二大威徳護摩法一。惟喬又請二真済闍梨一修二密供一。都下皆知三二沙門加二二皇子一也。期日二人角力、那都羅身体壮大、善雄不レ及。群臣以二為惟仁失一也。于時惟仁馳レ使告レ亮。亮即執二独鈷杵一、盤二破頭脳一投二炉火一而供。持念須臾、忽大威徳尊所レ騎青牛大吼一声。此時宮中善雄得レ勝。惟仁立為二太子一。貞観帝是也」とある。

一〇 **土牛**(五一頁)　ここでは、大威徳明王の乗物と見てよかろう。ただし、土製の牛の像は、ひろく呪物としておこなわれたようである。礼記月令に、「季冬之月、…命二有司一大難、旁磔、出二土牛一、以送二寒気一」とあり、明文抄二に引かれる。わが国でも、疫病などを除くために、土牛を用いていたことは、続日本紀慶雲三年の条・延喜式十六「陰陽寮」などによって知られる。

一一 **ありがたし**(五一頁)　彰考館本・南葵文庫本に、「ありかたかりし」、万法寺本に、「ありかたかりける」、流布本に、「ありがたき」とある。

一二　**恵亮脳をくだきしかば**（五二頁）　保元物語（古活字本）上「新院御謀叛露顕幷びに調伏の事」に、「恵亮砕二頭脳一、備二清和帝祚一、尊意振二智剣一、加二刑罰将門一」とあり、平家物語八「名虎」に、「恵亮脳をくだきしかば、二帝位につき給ひ、尊意智剣を振しかば、菅丞納受し給ふ」とある。

一三　**菅丞**…（五二頁）　菅丞の「丞」は、「丞相」で、大臣をいう。菅原道真は、宇多・醍醐両朝に仕えて、右大臣にまでのぼった。しかし、藤原時平のために、大宰権帥におとされ、配所でなくなった。その後に、さまざまな変事がおこり、道真の霊の祟りと信ぜられた。しかし、その烈しい祟りも、尊意の法力によって鎮められたという。元亨釈書十に、「（延長）八年六月、戸部尚書藤清貫、尚書右中丞平希世二人、於二清涼殿一逢レ雷震死。皇帝惶怖、玉体不予、乃移二常寧殿一。召レ意宿二禁中一持念。初意在二睿山一、一日菅丞相化来語曰、我已得二梵釈許与一、欲レ償二夙懟一、願師道力、勿レ拒レ我也。意曰然、然率土者皆王民也、我若承二皇詔一、何所レ辟乎。菅作レ色。適薦二柘榴一。菅吐レ哺而起、化作レ焔、坊戸煙騰。意結二瀉水印一擬レ之、其火即滅、焼痕尚在焉。已而雷雨浹レ旬、鴨河大漲、人馬不レ通。於レ是乎詔レ意赴レ宮。意車到二河浜一、激浪止レ流、水不レ湿レ輪。意入レ宮持誦。帝夢、不動明王炎焰熾然、厲レ声誦レ咒、加二持聖躬一。夢覚、余音在レ耳、即意之誦声也。帝謂二左右一曰、意者聖者也」とある。

一四　**在五中将**…（五二頁）　惟喬親王との関係は、はやくから文芸化されている。古今集十八に、「これたかのみこのもとにまかりかよひけるを、かしらおろして、をのといふ所に侍りけるに、正月にとぶらはむとてまかりたりけるに、ひえの山のふもとなりければ、ゆきいとふかゝりけり。しひてかのむろにまかりいたりて、おがみけるに、つれづれとして、いとものがなしくて、かへりまうできてよみてをくりける、「わすれてはゆめかとぞ思ふおもひきやゆきふみわけて君をみんとは」」とあり、伊勢物語八十三に、「むかし、水無瀬にかよひ給し惟喬の親王、例の狩しにおはします供に、うまの頭なる翁つかうまつれり。…かくしつゝまうでつかうまつりけるを、思ひのほかに、御髪おろし給うてけり。む月におがみたてまつらむとて、小野にまうでたるに、比叡の山の麓なれば、雪いと高し。しゐて御室にまうでておがみたてまつるに、つれぐ〵といと物がなしくておはしましければ、やゝ久しくさぶらひて、いにしへのことなど思ひ出で聞えけり。さても侍ひてしがなと思へど、公事どもありければ、え侍はで、夕暮にかへるとて、「忘れては夢かとぞ思思ひきや雪ふみわけて君を見むとは」とてなむ泣く〳〵来にける」とある。

一五　**りういんけんか**…（五二頁）　彰考館本に、「りういんけんかきうとうしやく〳〵たる」、万法寺本に、「りうゐんけんかきうとうしやく〳〵こたり」、大山寺本に、「とうゐんけんかきうとうしやくしやくたり」、東大本に、「わうゐんけんがとうじやく〳〵たり」、王堂本に、「わうゐんけんがどうじやく〳〵たり」とある。しいてその文意を解するならば、「柳陰軒下九冬寂々たり」にあたるか。

一六　**春はあをく**…（五二頁）　しいて類似の語句をあげれば、文選十三、潘安仁「秋興賦」に、「感冬索而春敷兮、嗟夏茂而秋落」とあり、同三十五、張景陽「七命八首」に、「陽葉春青、陰条秋緑」とある。

一七　**昭明太子の**（五二頁）　彰考館本・南葵文庫本に、「せうめいたいしのせん」、万法寺本に、「せうみやうたいしのせん」、大山寺本に、「せうめいたひしのせん」とある。「せん」は、「選」にあたり、「文選」をさすか。

一八　**香炉峰の雪をば**…（五二頁）　白氏文集十六「香炉峰下新卜二山居一草堂初成偶題二東壁一詩」に、「遺愛寺鐘欹レ枕聴、香炉峰雪撥レ簾看」とあり、和漢朗詠集下「山家」に引かれる。香炉峰は、中国江西省の廬山の一峰。

一九　**鳥飼の院**（五二頁）　大和物語百四十六に、「亭子の帝鳥飼の院におはしましにけり。例の如御遊あり…」とあり、それによるものか。

二〇　**交野の雪**（五二頁）　伊勢物語八十二に、「むかし、惟喬の親王と申す親王おはしましけり。山崎のあなたに、水無瀬といふ所に宮ありけり。年ごとのさくらの花ざかりには、その宮へなむおはしましける。その時、右のむまの頭なりける人を、常に率ておはしましけり。時世へて久しくなりにければ、その人の名忘れにけり。狩はねむごろにもせで、酒をのみ飲みつゝ、やまと歌にかゝれりけり。いま狩する交野の渚の家、その院の桜ことにおもしろし。その木のもとにおりゐて、枝を折りてかざしにさして、上中下みな歌よみけり…」とあり、新古今集春下にも、「又やみんかたののみのの桜狩花の雪散る春の明ぼの」(俊成)とよまれている。

二一 **貞保親王**(五三頁)　古今著聞集六「管絃歌舞」に、「貞保親王桂河の山庄にて放遊し給ひけるに、平調にしらべて五常楽をなす間、ともし火のうしろに天冠の影顕現しけり。人〱おぢ恐れければ所現の影みづからいはく、我は唐家の廉承武の霊也。五常楽急百反に及ぶ所には必ず来り侍る也とてうせにけり」とあり、同書同巻に、「同(天暦)三年四月十二日、飛香舎にて藤花の宴有けり。右大臣、左衛門督、左兵衛督候給ふ。和歌糸竹の興などはてゝ、女御御おくりものありけり。先皇の勤子内親王に給ひける箏譜三巻、貞保親王のもちゐたりける笛、螺鈿箏などをぞ奉り給ひける。件箏奇香あるよし李部王記し給たるとかや。いかなるにほひにてか侍りけん、ゆかしき事也」とある。

二二 **螢を袂につつむ**…(五三頁)　後撰集夏に、「かつらのみこの、ほたるをとらへてといひ侍ければ、わらはのかざみの袖につゝみて、「つゝめどもかくれぬ物はなつむしの身よりあまれるおもひなりけり」」とあり、大和物語四十に、「桂のみこに式部卿宮すみ給ける時、その宮にさぶらひけるうなひなん、このおとこみやをいとめでたしと思ひかけたてまつりたりけるをも、えしりたまはざりけり、螢のとびありきけるを、「かれとらへて」とこのわらはにのたまはせければ、汗衫の袖に螢をとらへて、つゝみて御覧ぜさすとてきこえさせける、「つゝめどもかくれぬものは夏虫の身よりあまれるおもひなりけり」」とある。真字本には、「第四貞保親王、復申㆓葛原親王㆒…天下渡㆓好色勇士㆒、奉㆑懸㆑心女人、無㆓為方㆒螢褁㆑袖、詠㆓色垂衣㆒書㆑歌、投㆓入御車内㆒、自㆓此御時㆒始、サハベナルホタルヲ袖ニヤドシツヽ色タレキヌト藻塩タクラント詠古歌有様、成㆓弥重為師㆒」とある。貞保親王も、桂の御子と呼ばれたことから、宇多天皇の皇女とまぎれたものであろう。

二三 **しけのこの**…(五三頁)　彰考館本に、「四家〈け〉の此せんそなり」、南葵文庫本に、「しけの此せんそなり」とある。「滋野氏」の「氏」が、「此」と誤られたものであろう。この滋野氏というのは、長野県小県郡東部町あたりに拠点をおき、海野・禰津・望月の三家などにわかれて勢力をのばした豪族である。続群書類従所収の「滋野氏系図」には、

　清和天皇――貞保親王――目宮王――善淵王(延喜五年始賜㆓滋野姓㆒)

とあり、「信州滋野氏三家系図」「増田望月系図」にも、ほぼ同じように伝えている。なお、滋野氏の一統は、曾我物語の成立にも参与したと考えられる(福田晃氏「曾我物語とその周辺」『日本文学論究』二十三)。

二四 **正体**…(五四頁)　真字本に、「正体永去、従㆑列㆓人臣㆒後」、彰考館本に、「上代〈しやうだい〉をさりて、なかく人臣〈じんしん〉につらなり給ひて」、万法寺本に、「上代をさりて、なかくしん〱につらなり給ひてのち」、大山寺本に、「しやうたいはながくじんしんにつらなり給ひて」とある。とりあえず真字本によって、「正体」をあてるならば、本来の姿とも、正しい血統の者とも解されよう。穴山孝道氏の説のように、「上台」にあたるかもしれない(岩波文庫『曾我物語』)。

二五 **白波**(五四頁)　山西省汾城県の東南の地名。ここに黄巾の賊が拠ったことから、転じて盗賊をいう。後漢書霊帝紀に、「黄巾余賊郭大等、起㆓於西河白波谷㆒冠㆓太原河東㆒」とある。壒嚢鈔一に、「凡ソ白波ヲハ海賊ニ用ヒ緑林ヲハ山賊ニ仕ト云共、山立ヲシラナミト云侍ヘリ」とある。

二六 **はうきよ**(五四頁)　彰考館本に、「はうきをしつめしより」、万法寺本に、「ほうきよをしつめしより」とある。「はうき」で、「蜂起」と解しておくが、「はうきよ」で、「暴挙」または「妄挙」とも考えられる。

二七 **りらくりん**…(五四頁)　彰考館本に、「りよくりんゐたゝかいて」、万法寺本に、「りよくりんゐたかはひて」、大山寺本に、「りよくりんえだしづかに」、南葵文庫本に、「りよくりんえたかいて」、流布本に、「りらくりんゐたがひて」とある。緑林は、湖北省当陽県の東南の地名。ここに無頼の徒が籠ったことから、転じて盗賊をいう。後漢書劉玄伝に、

「新市人王匡王鳳為㆑平㆓理諍訟㆒、遂推為㆓渠帥㆒。衆数百人、於㆑是諸亡命、馬武王常成丹等往従㆑之、共攻㆓離郷㆒、聚㆓蔵於緑林中㆒。数月間至㆓七八千人㆒」とある。

二八 **せいらう**（五四頁） 彰考館本に、「せひよう」、万法寺本・大山寺本・南葵文庫本に、「せいよう」とある。「せいよう」で、「青蠅」にあたり、憎むべき小人をさしたものか。詩経小雅に、「営営青蠅、止㆓於樊㆒、豈弟君子、無㆑信㆓讒言㆒…」とある。

二九 **てこそをみたすはしは**（五四頁） 彰考館本・万法寺本・南葵文庫本に、「てうそをみたすはくは」、大山寺本に、「てうせうをみだすはくは」、流布本に、「てこそをみたすはくば」とある。

三〇 **莆美庄**（五五頁） 吉田東伍氏の大日本地名辞書に、「久須美庄とは専今の伊東村伊東埼の辺を云ひ、伊東庄に同じかるべきも、或は広く河津大見までをも葛見庄と称せる例ありて、其境域一定せず、文字も或は莆見に作る、東鑑に見えたり」とある。

三一 **号するの本主は**（五五頁） 万法寺本に、「がうす。かのほんぬしは」、大山寺本に、「がうす。くだんのほんじゆは」、南葵文庫本に、「かうす。かのほんしゆは」、流布本に、「かうする。かのほんじゆは」とある。

三二 **工藤大夫祐隆**（五五頁） 工藤の家系について、尊卑分脈には、

維職（伊豆国押領使）―維次（狩野九郎）―家次（狩野四郎大夫）―┬祐次（武者所）―祐経（工藤左衛門尉）
└祐家（六郎大夫）―祐近（河津二郎）―┬祐道（河津三郎）―┬祐成（曾我十郎）
　└時宗（同五郎）
└祐忠（伊豆九郎）

とあり、工藤二階堂系図には、

維職（伊豆国押領使）―定経（工藤）―┬祐家―祐親（伊東入道）―┬祐泰（号河津三郎）―祐成（曾我十郎）
　└祐清（伊東九郎）
└祐継―祐経（工藤一臈左衛門）

とあり、また河津系図には、

祐隆（工藤大夫寂心）―┬祐継―祐経（小名金石工藤左衛門）―犬房
└祐親（伊東久次郎河津二郎）―┬祐重（河津三郎）―祐成（十郎）
　└祐清（伊東九郎）

とある。日向記には、「維職の嫡子工藤大夫祐隆、豆州宇佐美・伊藤・河津、此の三郷を合て葛美庄と号せし領主也。後祐隆を改め家継と称す。然るに嫡男狩野四郎大夫祐家、不幸にして父家継に先立ち早世しければ、悲の余り剃髪染衣の姿と成て葛美入道寂蓮とぞ号しける。祐家の遺子ありけれども未だ幼少なりければ二男祐継を嫡子に立、本領を譲り工藤武者所と名乗せけり」とある。

三三 **箱根**（五六頁） 箱根権現の信仰は、曾我物語の形成と深い関係をもっていた。箱根山における民間文芸については、中島馨氏「箱根山の信仰と文芸」（『国語と国文学』二十四の十二）、松本隆信氏「箱根本地譚伝承考」（『慶応義塾創立百年記念論文集（文学）』）、春田宣氏「本地物語の考察―二所権現を中心にして―」（『国学院大学日本文化研究所紀要』七―八）などに説かれている。それらの研究によると、箱根を拠点とした比丘尼が、地獄の苦患について説いたと考えられる。それとともに、曾我兄弟の御霊についても語ったものであろう。

三四 **神明は、正直の頭に**…（五六頁） 十訓抄六に、「八幡大菩薩忝「正直のものの首にやどらむ」とちかはせたまふ」、神皇正統記応神天皇の条に、「日月ハ四州ヲメグリ、六合ヲ照スト云ドモ、正直ノ頂ヲ照スベシ」、源平盛衰記十八「松名宇佐勅使」に、「神は不㆑禀㆓非礼㆒、必守㆓正直者㆒」、太平記二十三「就㆓直義病悩㆒上皇御願書事」に、「神不㆑享㆓非礼㆒、欲㆑宿㆓正直頭㆒」、義経記五「静吉野山に棄てらるゝ事」・謡曲「吉野静」に、「神は正直の頭に宿り給ふなれば」、謡曲「清経」に、「まこと正直の頭に宿り給ふか」、狂言「禰宜山伏」に、「正直の頭に神宿ると申すことが

ござる」などとある。

三五　**円頓止観**（五六頁）　円頓は、円満であって、すみやかに成仏すること。止観は、妄念をとどめて、あきらかに諸法を観ずること。円頓止観は、三種止観の一で、最初からただちに実相を観ずる法。摩訶止観にあたり、天台の教説をあらわすものである。

三六　**一ねんまいに…**（五六頁）　彰考館本に、「一食〈しょく〉ことに、かうしよくのかんなんをおもい、一衣〈いちゑ〉ことに、はうせきのしんくをしのふ」、万法寺本に、「一しきことに、しょくのかんをおもひ、一ゑことに、はうせきのしんくをしのふ」とある。流布本に、「一ねん三まいに」とあるのは、「一ねんまいに」からさらに誤ったものであろう。

三七　**三身仏性**（五六頁）　仏のあり方すなわち仏身が、三身に分けられる。法身とは、仏の実身としての真如の理であり、報身とは、誓願修行の報いをうけた仏身であり、応身とは、衆生教化にふさわしくあらわれた仏身である。三身仏性というのも、それらの三身によって分けられる。正因仏性とは、法身仏の因であり、了因仏性とは、報身仏の因であり、縁因仏性とは、応身仏の因であるという。

三八　**烏蒭沙摩**（五七頁）　烏蒭沙摩は、忿怒の相をあらわし、頭髪などに火焔を負う明王。金剛童子も、忿怒の相をあらわす童子で、烏蒭沙摩明王と同体と考えられる。怨敵降伏などのために、修法の本尊とされている。

三九　**威験**（五七頁）　流布本に、「りけん」とあるが、そのままで「威験」と解される。今昔物語集四の十六にも、「仏ノ威験ノ新ナル」とある。

四〇　**風**（五八頁）　目に見えない神霊が、風をともなうと信じたことから、そのような風を恐れたのである。綜合日本民俗語彙「カゼ」の項に、「この語は全国を通じて自然現象や病気の名前以外に、妖怪の一種として考えられていた。カゼに逢うと病気になるという。九州地方ではその例が多く、宮崎県ではカゼの出る所がきまっていて、そこを通ってきたものが気持が悪くなる（民族二ノ三）。児湯郡西米良村では現在生きている人が他人を詛い、その祈りが効いて呪われた人が病死し、さらに他人にも感染する場合に、人名を上に附してウネメカゼ・ゴロゼカゼなどといい、また誰それのインガメがはやるともいう（山村生活の研究）」とある。

四一　**万刧御前**（五九頁）　曾我物語では、真字本から流布本まで、どれをとっても、伊東入道祐親の娘が、万刧という名で呼ばれている。この万刧は、はじめ工藤祐経の妻となったが、後に父祐親の手で取りかえされ、改めて土肥遠平の妻となったという。東奥軍記や和賀一揆次第によると、蛭が小島に流された頼朝公は、伊藤入道の娘まんこ（万公・万功）御前と契って、春若君という男子をもうけた。入道はひどく怒って、斎藤五・斎藤六の兄弟に言いつけ、春若君を伊藤の淵に沈めようとした。兄弟は曾我祐信とはかって、ひそかに若君を助けた。それが成長して、和賀の領主の先祖となったという。曾我物語の方でも、頼朝が伊東の娘と契って、男子をもうけたと語っている。しかし、そちらでは、伊東の命じたとおり、若君を淵に沈めたことになっている。その若君の母も、祐親の娘とはいうものの、祐経の妻となった女とは別であった。さらに、江戸の歌舞伎などでは、曾我兄弟の母親までも、やはり満江と呼ばれるようになる。享保九年春に、市村座の「嫁入伊豆日記」で、はじめて曾我の母が、万江と呼ばれたようである。そのようなわけで、「まんこう」という三人の女性が、曾我兄弟の周辺にあらわれると言えよう。しかも、それらの三者について、ある程度の共通点を認めることができる。第一の「まんこう」は、父と夫との仲たがいのはてに、よそに嫁がなければならなかった。第二の「まんこう」も、父の命で夫とひきさかれ、いとし子までも失われようとする。というよりも、曾我物語によると、たしかにその子が、むごたらしく一命を絶たれるのである。曾我兄弟の母「まんこう」も、一生の間に三人の夫をもち、数人の子を生んでいる。しかも、その子たちが、つぎつぎに非業の死を遂げている。七人比丘尼・為人比丘尼などの草子をみても、陰惨な事件を自己の体験として語ろうとするのが、女人の懺悔のたどる方向と考えられる。そのような態度で、曾我兄弟の悲惨な事件を語りひろめたのが、「まんこう」と呼ばれる女性たちではなかったか。柳田国男氏『伝説』、小島瓔礼氏「まん女系譜」(『山陰民俗』七)などには、「まんこう」という女性の性格について説かれている。そういう名をもつ女は、曾我物語を離れても、口承文芸に多くあらわれる。聴耳草紙における長須田のまんこの例は、特に童子の霊との関係で注目されるであろう。また、同じ「満行」というような名が、諸国の霊山の開基にともなって伝えられている。たとえば、新編武蔵風土記稿などにも引かれたように、調布市の深大寺の開山は満功上人であり、その祖母が虎女と呼ばれたという。それによると、「まんこう」と「とら」という二系統の伝承者は、曾我物語の伝承とかかわりなく、たがいに交渉しあっていたと考えられる。右のような遊行巫女の活動の一端として、曾我物語の成立をとらえることができる。

四二　**ほんけん**(五九頁)　真字本に、「領家」、彰考館本に、「ほんけに」、万法寺本・大山寺本に、「ほんけ」とある。本家・領家は、在地の領主から荘園の寄進を受けて、その名義上の所有者となった中央の権力者をいう。在地の領主は、本家・領家の保護下に、荘園の実質上の支配権をもったものである。本家・領家と並ぶ場合には、本家の方が、領家の上位にあったと言えよう。真字本によると、蒲美庄の本家が大宮(藤原多子)であり、その領家が小松殿(平重盛)であったと見られる。彰考館本以下では、そのような区別なく、本家小松殿となっている。

四三　**一旦猛悪は**…(六〇頁)　彰考館本に、「一たんまうあくはおごりありといへとも、ついにはしそんにむくうならいにて」、万法寺本に、「まうあくは一たんのしやうりありといへとも、つゐにはしそんにむくふならひにて」、大山寺本に、「一たんのまうわくはしようりありといへども、しじふのしそんの為」、流布本に、「一たんのまうあくはせうりありといへども、つゐにはしそんにむくうならひにて」とある。

四四　**徳をつみ**…(六一頁)　明文抄四に、「身危由二於勢過一。而不レ知二去レ勢以求一レ安。禍積起二於寵盛一。而不レ知二辞寵以招一レ福(文―)」とある。彰考館本に、「徳〈とく〉をつみ、かうをかさぬる事、そのぜんをしらされとも、ときにもちいる事あり、義〈ぎ〉をすて、理〈り〉をそむく事、その悪〈あく〉をしらされ共、時〈とき〉ニほろふる事あり。身のあやうきは、いきをひのすくるによつてなり、わさひのつもるは、てうのさかりなをこえて」、万法寺本に、「とくをつみ、かうをかさぬる事、そのせんをしらされ共、ときにゆることあり、義〈き〉をすて、りをそむく事、そのあをしらされは、ときにほろける事あり。身のあやうきは、いきおひのすくるによつてなり、わさはひのつもりは、てうのさかりなるをこえてなり」、大山寺本に、「徳をふみ、こうをかさぬること、そのぜんを知らざれども、時にもちゐる事あり、ぎをすて、りをそむく事、そのあくを知らざれども、時にほろぶる事あり。身のあやふきは、いきおひのすぐるによつてなり、わざはひのつもる事は、てうのさかりなるをこえてなりと見えたり」、流布本に、「とくをつみ、かうをかさぬること、そのぜんをなさゞれども、ときにもちひることあり、ぜんをすて、りをそむく事、そのあくをなさゞれども、時にほろぶる事あり。身のあやうきは、いきほひのすぐるところなり、わざはひのつもるは、てうのさかんなるをこえてなり」とある。諸本それぞれに誤っているが、文選の本文によって解することができる。すなわち、徳行をつみかさねると、その善を知らなくても、いつかは用いられる。義理をかえりみないと、その悪を知らなくても、いつかは亡びてしまう。身のあやうくなることは、勢いの過ぎることからおこる。禍のつみかさなることは、寵のさかんなことからおこるの意。祐親の繁栄が、そのまま滅亡につながることをいう。

四五　**心をはたし**(六一頁)　諸本には、「はたし」が、「わたし」とある。底本では、語頭の「わ」を「は」と書いた例が、かなり多く見られる。それぞれの個所に注記しないで、ここにまとめてかかげる。「は(わ)かれ」(六六頁五行)、「は(わ)れ」(七三頁一〇行)、「は(わ)れ」(七五頁一六行)、「は(わ)かくわ」(八四頁四行)、「は(わ)れ」(八八頁一行)、「は(わ)りて」(一〇二頁三行)、「は(わ)れ」(一〇二頁八行)、「は(わ)たくし」(一〇二頁八行)、「大は(わ)らは」(一二四頁三行)、「は(わ)たりたまふ」(一二四頁四行)、「は(わ)らは」(一二五頁八行)、「は(わ)らは」(一四〇頁一六行)、「あざは(わ)らひ」(一四八頁七行)、「は(わ)た」(一六三頁一四行、本文訂正)、「は(わ)れ」(一六六頁一三行)、「は(わ)らはれじ」(一六八頁一四行)、「は(わ)れら」(一八〇頁二行)、「は(わ)らは」(一八三頁一〇行)、「は(わ)らは」(一八五頁二行)、「は(わ)らは」(一八五頁九行)、「は(わ)れら」(一八六頁一四行)、「は(わ)れら」(一八七頁四行)、「あざは(わ)らひ」(一八九頁一六行)、「は(わ)らくつ」(一九八頁四行)、「は(わ)れら」(二〇二頁八行)、「は(わ)れ」(二〇七頁八行)、「は(わ)れ」(二一四頁一一行)、「は(わ)れ」(二二一頁一四行)、「は(わ)れ」(二二六頁一〇行)、「は(わ)れ」(二二八頁六行)、「は(わ)りなく」(二三四頁七行)、「は(わ)れ」(二三六頁三行)、「は(わ)らわん」(二三七頁四行)、「こゝろは(わ)づらはしくて」(二四四頁五行)、「は(わ)れ」(二五五頁一行)、「は(わ)らは」(二六一頁九行)、「は(わ)れ」(二六七頁一二行)、「は(わ)れ」(二六八頁一五行)、「は(わ)れ」(二六八頁一六行)、「は(わ)れら」(二七三頁四行)、「は(わ)らわ」(二七六頁一一行)、「さけは(わ)れて」(二七七頁一三行)、「は(わ)れて」(二八〇頁一四行)、「は(わ)れ」(二九四頁一一行)、「は(わ)れら」(二九四頁一一行)、「は(わ)れ」(二九八頁一〇行)、「は(わ)れて」(三一四頁一二行)、「大は(わ)らわ」(三一六頁一〇行)、「は(わ)ざん」(三一八頁七行)、「は(わ)れ〳〵」(三七三頁一〇行)、「は(わ)りなき」(四〇〇頁一六行)。反対に、「は」を「わ」と書いた例として、「わ(は)たけ山」(一六三頁一四行、本文訂正)、「わ(は)たけ山」(三一〇頁七行、本文訂正)、「わ(は)たらかず」(三一二頁一五行)、「わ(は)だ」(三三九頁一行)があげられる。なお、「を」を「ほ」と書いた例として、「ほ(を)かさん」(二一一頁二行)があげられる。

四六　**地頭**(六二頁)　在地の開発地主などが、中央の権力者に荘園を寄進しながら、その実質上の支配権を留保したもの。平氏の政権下では、それらの地頭が、多く平氏の家人となって、その権限の保証を受けた。文治元年(一一八五)、源頼朝は、治安維持の名目で、全国の荘園・公領に、地頭としての家人をおいた。そのような地頭の制度によって、鎌倉幕府の支配力をかためることができた。

四七　**さしつめ〳〵**(六二頁)　彰考館本に、「さしつめ〳〵、おりかみをもって、ふきやう所〈ミ〉へうつたへ、すなはち」、万法寺本に、「さしつめ〳〵、おりかみをもて、ふぎやうしよへうつたへ、すなはち」、大山寺本に、「さしつめ〳〵、をりがみを以て、ぶぎやうへうつたへ」と続く。このことばは、「差ツメ〳〵射ケル間」(太平記七「千劒破城軍事」)、「差詰め〳〵散々に射る」(義経記六「忠信最期の事」)などのように、つぎつぎと手早く矢を射るさまをいうのに用いられる。

四八　**事のちきやうなる**(六二頁)　彰考館本に、「事のじちやうなる」、万法寺本に、「事のぢぢやうなる」、大山寺本に、「事をなげく」、流布本に、「まことのちぎやうなる」とある。「ちきやう」は、「治定(ぢぢやう)」の誤で、必定・決定の意であろう。

四九　**横紙をもやぶり**(六二頁)　平家物語三「医師問答」に、「入道相国のさしも横紙をやられつるも」、義経記六「判官南都へ忍び御出ある事」に、「人の横紙を破るになれば」とある。紙は縦に裂けやすく、横に裂けにくい物であるが、無理に横に裂こうとするのが、「横紙を破る」ということになる。

五〇　**からく**(六三頁)　万法寺本・流布本に、「かたく」とある。大山寺本では、その前後が、「ゐんぜんにて召されければ」となっている。

五一　**拝領にせん**(六三頁)　万法寺本に、「はいりやりせん」、大山寺本に、「はいりやうせん」とあるが、「に」のない方がわかりやすい。

五二　**青蠅も、すひしやうを…**(六三頁)　文選の本文のままに、明文抄二に引かれる。彰考館本に、「せいようも、せいしやうをけかさす、しゃろんも、くのひしりをまとはさす」、万法寺本に、「せいようも、すひしやうをけかす、しやうろんも、のひしりをまはさす」、大山寺本に、「せいようも、さいしやをけがすこと能はず、じやろんも、こうのひじりをまどはす事能はず」とある。青蠅は、多くの小人のたとえ。「すひしやう」は、「垂棘」の誤で、美玉の名。「くの聖」は、「孔墨」の誤で、孔子と墨子とをさす。青蠅はいろいろな物を汚すが、すぐれた美玉を汚すことはできない。邪論は世の人々を惑わすが、孔子・墨子のような聖賢を惑わすことはできない。

五三　**水いたつてきよければ**…(六三頁)　彰考館本に、「水〈みづ〉至〈いたつ〉て清〈きよ〉けれは、底〈そこ〉にうほすます、仁〈ひと〉いたつて賢〈けん〉なれは、内〈うち〉ニ友〈とも〉なし」、万法寺本に、「みついたつてきよけれは、そこにうをすます、人いたつてけむなれは、うちにともなし」、大山寺本に、「みづいたつてきよければ、うをすまず、ひといたつてけんなれば、友なし」とある。水があまりに澄みきっていると、魚が住みつかない、人もあまりにすぐれていると、友も寄りつかないの意。

五四　**月はあきらかならんとすれども**…(六三頁)　淮南子の本文のままに、明文抄四に引かれる。日月や河水のたとえを引いて、人の本性が平かであろうとしても、嗜欲のためにそこなわれると説く。ここでは、同じたとえを引きながら、君主が賢であっても、家臣のためにそこなわれることをいう。

五五　**しこうのしん**…(六四頁)　万法寺本に、「しきよくの人と申べき」、大山寺本に、「しこうのしんども候べきか」とある。

五六　**さう〳〵。ししよに**(六四頁)　彰考館本に、「さゝぐ。公所ニ」、万法寺本に、「さゝく。くしよに」、大山寺本に、「さゝぐ。くしよに」、南葵文庫本に、「さう〳〵。くしよに」、十一行古活字本に、「さゝく。くししよに」、流布本に、「さゝぐ。公事〈くじ〉しよに」とある。

五七　**大宮**(六四頁)　大宮とは、皇太后または太皇太后をいう。この大宮藤原多子は、右大臣公能の女で、左大臣頼長の養女。近衛・二条の二代の后となったことは、平家物語一「二代后」にも語られている。

五八　**源にごれる時は**…(六四頁)　彰考館本に、「源〈みなもと〉にこる時は、なかれきよからんをのそみ、形〈かたち〉ゆがめる時〈とき〉、かげの直〈なを〉からんを思ふ」、万法寺本に、「みなもとにこるときは、なかれのきよからんをのそみ、かたちゆかめるときは、かけのなをからんをおもふ」、大山寺本に、「そのみなもとにごる時は、ながれのきよからん事をのぞみ、そのかたちゆがめる時は、かげのなほからん事を思ふ」、流布本に、「みなかみにごれるときは、きよからん事を思ひ、かたちのゆがめるときは、かげのすなをならん事を思ふ」とある。根本が正しくないのに、行為の正しいのを望むの意。

五九　**かた**(六五頁)　彰考館本に、「外語〈げご〉」、大山寺本に、「けごん」、南葵文庫本に、「かご」とあるが、いずれも、「家語〈けご〉」の誤とみられる。孔子家語は、孔子の言行や門人との問答・論議を録した書。

六〇　**きつかひ・船越**(六五頁)　真字本に、「語ニ船超〈フナコヘ〉・木津輪〈キツカワ〉人共ニ」とある。「きつかひ」・木津輪は、ともに清水市内の吉川(きつかわ)にあたる。

六一　**地領**(六五頁)　彰考館本に、「他領〈たりやう〉」、万法寺本に、「たりやう」、南葵文庫本に、「ちりやう」、王堂本に、「ちぎやう」、十一行古活字本に、「地きやう」、流布本に、「りやうち」とある。

六二　**伊東に、祐経は**…(六六頁)　真字本に、「助親腹立、助経為レ我後暗者、娘押執返」、万法寺本に、「すけつねは、いとうになやまされて、ほんいをわすれ、すけつねかさいちよとりかへし」、大山寺本に、「伊東は、助経になやまされ、ほんいを忘れ、助経が妻女とり返し」、王堂本に、「とにもかくにも、すけつねは、伊東になやまされて、ほんいをうしなふのみならず、あまつさへさいぢよをもとりかへされ」とある。底本のままであると、祐経が、伊東になやまされ、伊東が、本意をわすれ、祐経の妻女をとりかえしたことになる。

六三　**人別筒一あてぞ**…(六七頁)　大山寺本に、「おの〳〵一しゆ一べいをぞもたたせける」、流布本に、「にんべつさゝひ一つあてにぞ持〈たも〉せける」とある。ここでは、大山寺本の記事のとおり、野外の宴遊のために、一種一瓶の方法をとったものである。この一種一瓶による酒宴は、中世の武家社会で、しばしばおこなわれたと見られる。たとえば、吾妻鏡建久二年九月二十一日の条に、「為三歴二覧海浜一、出二稲村崎辺一給、有二小笠懸一。…各相二具一種一瓶一、於レ浜献レ之。上下催レ興」とある。それと通ずるしきたりが、やはり「一重一瓶」という名で、鹿児島県の奄美諸島に伝えられている(蒲生正男氏「奄美の民俗—社会—」『日本民俗学大系』十二)。

六四　**無念の**(七〇頁)　中世の語り物では、語尾のn音に次の母音をつけて発音をすることから、しばしばそのままの表記をとるのである。底本でも、そのような例が、いくつか見られる。それぞれの個所に注記しないで、ここにまとめてかかげる。「石淋の(を)」(二三三頁四行)、「姪の(を)」(二三四頁一〇行)、「姪の(を)」(二三五頁二行)、「此乱の(を)」(二三八頁六行)、「運の(を)」(二四〇頁一行)、「善言の(を)」(二八二頁一行)。

六五　**いざあひ**(七一頁)　語中のn音を発音しないものである。同じような音訛として、「をさない」から「をさあい」となる例があげられる。

六六　**野干**(七六頁)　下学集に、「野干〈コギツネ〉」、天正十八年本節用集に、「野干(狐)」とある。「虎狼野干」と続けられるが、「野干」だけでも、ひろく野獣をさすか。

六七　**大かめ**(七六頁)　「狼」のよみは、現在では、一般に「オホカミ」となっている。しかし、キリシタン物などでは、たいがい「オホカメ」とよまれている。

六八　**山陣とりて**(七六頁)　彰考館本に、「山にぢんを取て」、万法寺本に、「山にちんとり」、南葵文庫本に、「山にちんとりて」、王堂本に、「此山にぢんをとりて」、流布本に、「山ぢんをとりて」とある。

六九　**芝居**(七七頁)　太平記九「足利殿打㆓越大江山㆒事」に、「搦手ハ芝居ノ長酒盛ニテサテ休ヌ」とある。やはり、芝生にすわって、酒宴をおこなったことをいう。

七〇　**たづな**(八一頁)　綜合日本民俗語彙「タズナ」の項に、「手綱。新潟県で、帯またはヘコ帯。岩船郡粟島では、子負帯のことである。「源平盛衰記」などに「烏帽子に手綱打たせて」などとあり、また江戸時代の文献にも手綱もしくはタンナが下帯の意で用いられている。手綱といえば馬にかける布のことをいうのだが、もとは必ず馬の手綱といい、ただ手綱といえばもっと広い内容を示していたものと見える。手綱が馬具の一として限定されてからは、他の用途の物をタンナまたはタナと呼びかえて区別するようになったものらしい」とある。詳しくは、柳田国男氏「手拭沿革」(『定本柳田国男集』十四所収)参照。

七一　**のゝめきて**(八二頁)　「ののめく」は、「ののしる」とも通ずる。擬声語・擬態語に、「めく」をつけて、その状態をあらわした形の一つ。

七二　**のさ〳〵と**(八六頁)　彰考館本に、「心のきゝとよりところを」とある。「のさ〳〵と」の用例をみると、「ノサ〳〵ト通シケレバ」(太平記三十二「直冬上洛事」)、「最閑ニ馬ヲ飼テノサ〳〵トシテゾ居タリケル」(太平記三十六「秀詮兄弟討死事」)、「のさ〳〵と捕られける」(義経記四「土佐坊義経の討手に上る事」)、「のさ〳〵と転びてぞ来りける」(義経記五「忠信吉野山の合戦の事」)などとあって、いずれも平然としたさまをあらわす。

七三　**うちがらみに**(八六頁)　新猿楽記に、「六君夫高名相撲人也。…内搦・外搦・亘繋・小頭(頸)・小脇・逆手等上手也」とあり、源平盛衰記三十二「維高維仁位論」に、「能雄は藤の纏が如くして、身に縷付つゝ、小頸小脇を搔詰て、内搦外搦、大渡懸小渡懸、弓手に廻妻手に廻して、逆手に入、様々にこそ揉たりけれ」とある。

七四　**をしへのごとく**…(八七頁)　河津と股野との相撲について、真字本では、「不㆓寄了㆒、河津、俣野上頸以㆓左右手㆒打㆓重打㆒々籠。俣野見㆑之、相袪欲㆑袪取㆓外足㆒樋㆑掽、成㆓腹白㆒処、河津、俣野不㆑有㆑薄叩上入㆑樋、以㆓右手㆒々繩後三辻取㆓手刎㆒任、差挙真中且堪、遶㆓捯々㆒廻㆒真中落㆑動」とある。河津が俣野を倒すのに、後代の俗説では、「河津掛け」の手を使ったというが、右の記事によると、「よびもどし」のようなわざであったと見られる(和歌森太郎氏『相撲今むかし』)。

七五　**四方に四季の色をあらはし**(八九頁)　曾我物語では、右のように言うだけであるが、こまかにその情景をのべた例として、お伽草子「浦島太郎」に、「女房申けるは、「これは竜宮城と申所なり、此所に四方に四季の草木をあらはせり。入らせ給へ、見せ申さん」とて、引具して出にけり。まづ東の戸をあけて見ければ、春の景色と覚て、梅や桜の咲き乱れ、柳の糸も春風に、なびく霞のうちよりも、鶯の音も軒近く、いづれの木末も花なれや。南面を見てあれば、夏の景色とうち見えて、春をへだつる垣穂には、卯花や、まづ咲きぬらん、池の蓮は露かけて、汀涼しきさゞなみに、水鳥あまた遊びけり。木々の梢も茂りつゝ、空に鳴きぬる蟬の声、夕立過る雲間より、声たて通るほとゝぎす、鳴きて夏とや知らせけり。西は秋とうち見えて、四方の梢も紅葉して、ませの内なる白菊や、霧たちこむる野辺の末、まはぎが露を分け〱て、声ものすごき鹿の音に、秋とのみこそ知られけれ。さて又北をながむれば、冬の景色とうち見えて、四方の木末も冬がれて、枯葉に置ける初霜や、山〱やたゞ白妙の、雪に埋るゝ谷の戸に、心細くも炭竃の煙にしるき賤がわざ、冬と知らする気色哉」とある。同じような調子の美文が、すゑひろ物語・不老不死・貴船の本地・田村の草子・伊吹山絵詞・釈迦の本地など、多くの物語草子に見られる。それは、往来物などの文章につながるとともに、四門観などの影響をうけたものと言えよう。市古貞次『中世小説の研究』参照。

七六　**射翳**(九〇頁)　安斎随筆十一には、曾我物語のこの部分を引いて、「まぶしは伏兵なり。まちぶしを略してまぶしと云ふ、待伏なり。草木などの茂りたる陰にかくれふしゐて、敵の通るを待ちてうち出づるなり」とある。倭名類聚抄に、「射翳(末布之)、所三以隠二射者一也」とあり、綜合日本民俗語彙「マブシ」の項にも、「『和名抄』などにも採られた古い日本語である。鹿児島県の猟夫たちは今もまだこれを使用する。すなわち鹿猪が逃げてくるのを待ち受ける一定の場所である。他地方でタツマ・ウチバなどという語に相当する」とある。

七七　**秋野のすりつくしたる**(九〇頁)　吾妻鏡養和元年七月二十日の条に、「曳抒直垂」、同書寛喜二年三月十九日の条に、「曳柹直垂」などとある。義経記一「遮那王殿鞍馬出の事」には、「あひ〱引柹したる摺尽しの直垂」とある。

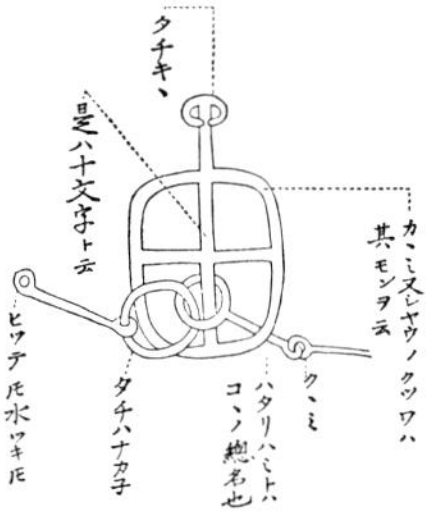


七八　**銜轡**(九〇頁)　一般に轡の構造は、上図のとおりである(古今要覧稿による)。

七九　**天のあたへを…**(九一頁)　史記淮陰侯伝に、「蓋聞、天与弗レ取、反受二其咎一。時至不レ行、反受二其殃一」、同書越世家に、「且夫天与弗レ取、反受二其咎一、伐レ柯者、其則不レ遠」などとある。本文の「うる」は、彰考館本・南葵文庫本に、「う」、万法寺本に、「うく」、大山寺本に、「おふ」とある。

八〇　**すはい損ずべき**(九一頁)　彰考館本に、「何かはいそんずべき」、万法寺本・南葵文庫本に、「なにかはいそんすへき」とある。

八一　**高床**(一〇二頁)　この前後の部分は、彰考館本に、「おんしきを留〈とゞめ〉たり、床〈ゆか〉にのほり」、南葵文庫本に、「たんしきとゝめたりき、とこにのほり」、王堂本に、「をんじきをとゞめ、たかきゆかのうへにのぼりて」とある。「高床」は、誤かもしれない。

八二　**仁王経**(一〇二頁)　仁王経を誦むのは、多く災害をはらい、福を祈るためである。泰山府君の廟で、仁王経を誦したという話が、三宝感応要略録中から出て、今昔物語集七の十二・三国伝記七の二にとられている。

八三　**眼前とあまくだり…**(一〇二頁)　彰考館本に、「眼前〈がんぜん〉にあまくたりてみへ給」、万法寺本に、「げんせんにあまくたり見え給ふ」、南葵文庫本に、「かんせんにあまくたりて見え給ふ」、王堂本に、「がんぜんにあまくだりげんじ給ふ」、十一行古活字本に、「けんせんとあまくたりみえたまふ」、流布本に、「げんぜんとあまくだり見え給ふ」とある。

八四　**まつる事**(一〇二頁)　彰考館本・南葵文庫本に、「まつりこと」、万法寺本に、「まほりこと」、十一行古活字本に、「まつり事」とある。「まつりごと」で、政治をさす。

八五　**所詮に**(一〇二頁)　彰考館本・万法寺本・南葵文庫本・王堂本に、「しよせん」、十一行古活字本・流布本に、「しよせんに」とある。所詮は、つまるところの意。

八六　**鼬なきさわげば…**(一〇三頁)　綜合日本民俗語彙「イタチノオソナエ」の項に、「青森県三戸郡館村では鼬を福の神といって小屋のそばなどで見かけると水を供えたりするが、正月十五日には鼬のお供えと称し小判形の餅を一つとって神明様の前に供え、二十日にはおろしてオヤシナイすなわち直会〈なおらい〉をする。出羽の三山をかけた人だけには、ウマノモチ・ウシモチもこの鼬の御供えをも食べさせぬことにしている（館村誌）」とある。

八七　**明文**（一〇三頁）　仁王経受持品に、「大王、吾今所レ化百億須弥百億日月、一一須弥有二四天下一、其南閻浮提有二十六大国五百中国十千小国一、其国土中有二七可難一、一切国王為二是難一故講二読般若波羅密一、七難即滅七福即生、万姓安楽帝王歓喜」とある。

八八　**泰山府君**（一〇三頁）　謡曲でも、「泰山府君〈ぶくん〉」という。彰考館本・南葵文庫本に、「たいさんふくん」、流布本に、「たいさんぶくん」とある。

八九　**讒臣は国をみだし**…（一〇五頁）　源平盛衰記五「山門落書」にも、「讒臣乱レ国、妬婦破レ家」とある。その出典はあきらかではないが、詩経小雅の「讒人罔レ極、交乱二四国一」などによるものか。

九〇　**毒の虫をば**…（一〇五頁）　壒嚢鈔一に、「毒蠚〈ムシ〉ヲハ脳ヲ砕ク」とある。当時のことわざのようであり、その出典はあきらかではない。

九一　**松川の奥**（一〇五頁）　延慶本平家物語に、「伊豆ノ松河ノ奥シラ滝ノ底ニフシツケニセヨ」、源平闘諍録に、「将二行伊豆国松河白滝一奉」とあり、真字本には、「伊藤庄尋二松河奥一、付二沈石一沈二岩倉滝山蛛淵一」とある。真字本では、大見・八幡を討った後にも、「松河源上云二松淵一沈レ処」とある。この松川について、豆州志稿六に、「松原川、鎌田村ニ至リテとゞろきガ淵ト為ル、…源武衛ノ子千鶴ヲ沈メシ処也、…松原村ニテ松原川ト称ス、往昔ハ総テ松川ト云」とある。

九二　**とゝきの淵**（一〇五頁）　真字本に、「山蜘淵」、万法寺本に、「とうきのふち」、王堂本に、「とくさのふち」とある。とどろきが淵か。→補九一。

九三　**しやうにみちては**…（一〇五頁）　彰考館本に、「あかりては、くわをゐんとくにあらはす」、万法寺本に、「しやくにみちては、すいをほうねんにあらはし、ちやうにあがりては、あやまちをいんとくにあらはす」、大山寺本に、「しゆくにみちては、すなはちずゐをほうゐんにあらはし、ぢやうにあまりては、すなはちわざはひをいんとくにあらはす」、南葵文庫本に、「しやくにみちては、すひをほうねんにあらはし、ちやうにあかりては、くわをいんとくにあらはす」、流布本に、「しやうにみちては、すいをほうねんにあらはし、てうにありては、くわをゐんとくにあらはす」とある。

九四　**江間小四郎**（一〇六頁）　延慶本平家物語に、「エマノ小次郎」、源平闘諍録に、「江葉〈エ〉小次郎近末」とあり、真字本には、「江馬次郎」とある。北条義時と別人。

九五　**わうきう・董賢ふん**…（一〇六頁）　文選の本文のままで、明文抄四に引かれる。彰考館本に、「王莽、童賢の三公〈こう〉たるも、楊雄、仲舒之其〈その〉門を詳〈つまびらか〉にせんにはしかす」、万法寺本に、「王莽・童賢文三公たるにも、楊雄〈やうゆう〉、仲舒文〈ちうじよぶん〉がそのかとにつまひらかにせんにはしかす」、大山寺本に、「わうまう、とうけんがさんこうたるも、やうゆう、ちうじよがそのかどをつまびらかにせんにはしかず、せいけひがせんしは、がんくわい、げんけんが身をせば〳〵しくせんには如かず」、流布本に、「わうきう、とうけんふん三こうたるにも、やうゆう、ちうしよふんかそのかどにつまびらかにせんにはしかず」とある。

九六　**王昭君**（一〇六頁）　王昭君の胡国へ遣わされた物語は、西京雑記二などから出て、今昔物語集十の五・俊頼無名抄上・唐物語などに語られ、多くの詩にも取りあげられている。真字本にも、「遠訪二唐国一、漢王御時、申二王昭君一、胡国狄被レ渡二閑夜将手一、趣二胡国一旅悲、覚二是耶一哀、而詩、胡角一声霜後夢、漢宮万里月前腸、身化早為二胡旧骨一、家留空作二漢荒門一、…嘆二古京漢宮一有様、今思合哀」とある。易林本節用集に、「王昭君〈シヨウクン〉（漢元帝宮女又云明妃為画工毛延寿所悪）」、枳園本節用集に、「王昭君〈ワウゼウクン〉（漢元帝宮女也為画工毛延寿所悪出塞時馬上弾琵琶者也又云明妃）」とある。元和版平家物語十一「内侍所都入」にも、「王昭君〈ゼウクン〉」とあり、流布本曾我物語には、「わうせうぐん」とある。

九七　**はきがたくして**（一〇六頁）　彰考館本に、「わきかたくして」、万法寺本に、「ひきがたくして」、大山寺本に、「はつき難くして」、王堂本に、「かはきがたく」、流布本に、「はつきがたくして」とある。

九八　**なげきあまりに**（一〇六頁）　彰考館本に、「おもひのあまりに」、万法寺本に、「なけきのあまりに」、大山寺本に、「嘆きの余りに」、南葵文庫本に、「思いのあまりに」、流布本に、「なげきのあまりに」とある。

九九　**四方の山共**（一〇六頁）　彰考館本に、「四方の山野《さんや》とも」、万法寺本に、「よものやま、のとも」、大山寺本に、「よもの山、野とも」とある。

一〇〇　**蒼波路とをくして…**（一〇六頁）　江談抄四に、「蒼波路遠雲千里、白霧山深鳥一声（橘直幹、石山作）」をあげて、「脅然入唐、以二件句一称二己作一。以レ雲為レ霞、以レ鳥為レ虫。唐人称云、可レ謂二佳句一。恐可レ作二雲鳥一」とあり、王昭君の作ではない。流布本曾我物語八「浮島が原の事」にも引かれている。あおい波のうちよせる路は遠く、雲が千里のはてまで続く。白い霧のたちこめる山は深く、時鳥が一声だけ鳴くの意。

一〇一　**漢宮万里**（一〇六頁）　江談抄四に、「胡角一声霜後夢、漢宮万里月前腸（王昭君、朝綱）」をあげる。王昭君の心を詠じたもので、胡人の角笛の音が一声だけきこえて、霜夜の夢がさめる。故郷の漢の都から万里もへだたって、月光に腸を断つの意。

一〇二　**くわらく**（一〇七頁）　彰考館本に、「回祛」、万法寺本に、「回程」とある。

一〇三　**かぎり**（一〇七頁）　彰考館本に、「恨《うらみ》」、大山寺本に、「うとみ」とある。「恨」を「限」と誤ったものか。

一〇四　**玄宗皇帝**（一〇七頁）　玄宗皇帝が方士を遣わして、楊貴妃の魂をたずねる物語は、主として白氏文集十二「長恨歌」、陳鴻の長恨歌伝などから出て、今昔物語集十の七・俊頼無名抄下・唐物語・太平記三十七「楊国忠事」などに採られている。真字本にも、「剋北方不レ飽別悲、唐玄宗皇帝申二楊貴妃一后、為二安禄山一被レ失二馬嵬堤辺一悲、是争可レ倍、佐悲被二思食一」とあり、蜀方士のことについても語られる。

一〇五　**夷に下たまふ**（一〇七頁）　真字本に、「被レ失二馬嵬堤辺一」、大山寺本に、「ばくわいのはらにてうしなひ奉りし」、王堂本に、「ばくわいがはらにてうしなはれたまひけり」、流布本に、「うばゝれ、つゐにばぐはいがはらにして、うしなひたてまつる」とある。

一〇六　**太真ゐん**（一〇七頁）　長恨歌伝に、「東極二大海一跨二蓬壺一、見二最高仙山一、上多二楼闕一、西廂下有二洞戸一、東向闔二其門一、署曰二玉妃大真院一」とある。真字本にも、「蒼海中在レ山、々上有二宮殿楼閣一、々々前云二玉妃大真門一打レ額有二宮門一」とある。「太真ゐん」は、彰考館本に、「太真院《たいしんゐん》」、万法寺本に、「たいしんゐん」などとあり、「太真院」の誤か。太真は、楊貴妃の名。

一〇七　**頼朝、伊東をいでたまふ事**（一〇八頁）　吾妻鏡治承四年十月十九日の条に、「伊東次郎祐親法師、為レ属二小松羽林一、浮二船於伊豆国鯉名泊一、擬レ廻二海上一之間、天野藤内遠景窺二得之一、令二生虜一、今日相具参二黄瀬河御旅亭一。而祐親法師聟三浦次郎義澄参二上御前一、申二預之一。罪名落居之程、被レ仰下召二預于義澄一之由上。先年之比、祐親法師欲レ奉レ度二武衛一之時、祐親二男九郎祐泰依三告二申之一、令レ遁二其難一給訖、優二其功一可レ有二勧賞一之由、召行之処、祐泰申云、父已為二御怨敵一為二囚人一、其子争蒙レ賞乎、早可レ申二身暇一者、為レ加二平氏一上洛云々。世以美談之」とある。また、同書寿永元年二月十四日の条に、「伊東次郎祐親法師者、去々年已後、所レ被レ召二預三浦介義澄一也。而御台所御懐孕之由風聞之間、義澄得レ便、頻窺二御気色一之処、召二御前一、直可レ有二恩赦一之旨被二仰出一。義澄伝二此趣於伊東一。伊東申下可二参上一之由上。義澄於二営中一相待之際、郎従奔来云、禅門承二今恩言一、更称レ耻二前勘一、忽以企二自殺一、只今僅一瞬之程也云々。義澄雖二奔至一、已取捨云々」とあり、それにつづけて、同書寿永元年二月十五日の条には、「義澄参二門前一、以二堀藤次親家一、申二祐親法師自殺之由一。武衛且嘆且感給。仍召二伊東九郎（祐親子）一。父入道其過雖二惟重一、猶欲レ有二宥沙汰一之処、令二自殺一畢、後悔無レ益レ食レ臍、況於二汝有労一哉、尤可レ被二抽賞一之旨被レ仰。九郎申云、父已亡、後栄似レ無二其詮一、早可レ給二身暇一云々。仍被レ加二不意誅殺一。世以莫レ不二美談一之。武衛御二豆州一之時、去安元々年九月之比、祐親法師欲レ奉レ誅二武衛一。九郎聞二此事一、潜告申之間、武衛逃二走湯山一給。不下忘二其功一給上之処、有二孝行之志一如レ此云々」とある。同書建久四年六月一日の条によると、右の記事の「祐泰」

は、「祐清」の誤と思われる。

一〇八　ゐみのうちに刀をぬく（一〇八頁）　新撰六帖五に、「何事を思ひけりともしられじなゐみのうちにも刀やはなき」、和漢朗詠集下「述懐」に、「咲中偸鋭二刺レ人刀一」、吾妻鏡建久四年十二月十三日の条に、「常咲中鋭レ刀」、夫木抄三十二に、「手にとれば人をさすてふいが栗のゐみのうちなる刀恐ろし」、十訓抄四に、「笑中の剣は、さらでだにもをそるべきものぞかし」とある。

一〇九　そも〳〵、出雲路の神と…（一一六頁）　鴉鷺合戦物語二によると、男が遊子で、女が伯養であり、まず伯養が九十九で死に、後に遊子が百三で死んだという。それについて、謡曲「鵜飼」にも、簡単に語られている。

一一〇　道祖神（一一六頁）　倭名類聚抄に、「道祖、風俗通云、共工氏之子好二遠遊一、故其死後祀以為二祖神一。漢語抄云、道祖、佐部乃加美…」とある。また、江談抄六に、「遊子為二黄帝子一事。遊子有二二説一。一者黄帝子也。黄帝子有二四十人一。其最末子好二旅行之遊一。敢以不レ留二宮中一。於二旅遊之路一死去云々。其欲レ死之時、誓云、我常好二旅行之遊一。若如レ我有下好二旅行一之者上、必成二守護神一擁二護其身一ト誓、成二道祖神一令レ護二旅行之人一。此事見二集注文選祖席之所一也。餞送之起、此之縁也」とある。ここでも、遊子の名によって、「さいの神」と記したのであろう。

一一一　しるべしとて（一一七頁）　彰考館本・南葵文庫本に、「しるへとして」、大山寺本・流布本に、「しるべとして」とある。

一一二　懐島平権守景信（一一七頁）　同じ夢あわせのことで、延慶本平家物語に、「懐島ノ平権守景能」、源平盛衰記に、「懐島の平権守景義」、源平闘諍録に、「懐島平権守景能（大庭権守景宗男）」、舞の本「夢あはせ」に、「大場の平太かげよし」とある。また、真字本に、「懐島平権守景義」、彰考館本に、「懐島の平権守〈たいらのごんのかみ〉景能〈かげよし〉」、大山寺本に、「ゐじまたひらのごんのかみかげよし」とある。

一一三　馬の寸（一二〇頁）　壒嚢鈔一に、「凡ソ馬尺ト云ハ、四尺ヲ定テ、其上ヲ一寸〈ヒトキ〉二寸三寸四寸〈ヨキ〉五〈イツ〉寸六寸七寸八寸ト云、八寸ニ余ルヲバ長〈タケ〉ニ余ルト云、…四尺ニ足ヌヲハ駒〈コマ〉ト云」とある。「す」「き」は、ともに「寸」にあたる。

一一四　風のさまたるく…（一二〇頁）　彰考館本に、「風をさまたくる儀〈ギ〉也」、万法寺本に、「かせをふせくきなり」、南葵文庫本に、「かせをさまたくるゆへなり」、王堂本に、「風のさまたげさるぎなり」、流布本に、「かぜのさまたぐる木なり」とある。

一一五　彭祖（一二〇頁）　慈童と彭祖との関係について、万法甚深最頂仏心法要下に、「秦始皇帝時、有下云二慈童一童子上。王超二御枕一、依二罪科一処二配流酈県山奥一。其時始皇帝、以二大悲一故此文授二慈童一。此山為体、峰覆二黒雲一、震動雷電無レ間、如二黒闇一鬼神声不レ絶。如レ此依レ悲二配処一、鎮誦二此文一。依二此功徳一成下云二方祖一仙人上。前有レ菊、泥レ露落二南陽県一。汲レ流呑者三十余家、持二五百箇歳寿算一」とある。「此文」とは、法華経普門品の「慈眼視衆生、福聚皆無量」をさす。壒嚢鈔一にも、同じような記事がみられる。また、太平記十三「竜馬進奏事」に、「其後時代推移テ八百余年マデ、慈童猶少年ノ貌有テ、更ニ衰老ノ姿ナシ。魏ノ文帝ノ時、彭祖ト名ヲ替テ、此術ヲ文帝ニ授奉ル」とある。謡曲「養老」にも、「彭祖が菊の水」などとある。

一一六　したがへさせたまひし（一二〇頁）　彰考館本に、「したかへさせ給へし」、万法寺本に、「したがへさせ給ひ」、大山寺本に、「従へさせ給ふべし」、南葵文庫本に、「したかへたまふへし」、流布本に、「したがへさせ給ふべし」とある。

一一七　御在位の（一二一頁）　彰考館本に、「御在位〈ございゐ〉の時」、南葵文庫本に、「御さいゐのとき」、流布本に、「御ざいゐのとき」とある。

一一八　へんとう（一二一頁）　彰考館本に、「纏頭」、万法寺本に、「てんたう」、南葵文庫本に、「てんとう（纏頭）」とあり、「返答」ではない。

一一九　一人師範（一二一頁）　平家物語一「鱸」に、職員令のことばを引いて、「太政大臣は、一人に師範として、四海に儀刑せり」とある。

一二〇　近衛太将、左右に…（一二一頁）　この場合には、長男重盛が左大将、次男宗盛が右大将となった。そのことについて、平家物語一「吾身栄花」には、「昔奈良御門の御時、神亀五年、朝家に中衛の大将をはじめをかれ、大同四年に中衛を近衛と改られしより以降、兄弟左右に相並事纔に三四箇度なり。…是皆摂禄の臣の御子息、凡人にとりては其例なし。殿上の交をだにきらはれし人の子孫にて、禁色雑袍をゆり、綾羅錦繍を身にまとひ、大臣の大将にな(ツ)て兄弟左右に相並事、末代とはいひながら不思議なりし事どもなり」とある。

一二一　**三公九卿**(一二二頁)　中国でも、時代によって、かなり異なっている。たとえば、周代には、三公が、太師・太傅・太保をさし、九卿が、少師・少傅・少保・冢宰(ちょうさい)・司徒・宗伯・司馬・司寇・司空をさしていた。わが国では、三公が、太政大臣・左大臣・右大臣をさし、九卿が、ひろく公卿をいったようである。

一二二　**斎藤別当一所に…**(一二八頁)　源平盛衰記三十では、実盛の戦死の記事に続けて、「伊藤九郎も、此にして亡ぬ」とある。

一二三　**上総介**(一二八頁)　吾妻鏡治承四年九月十九日の条に、「上総権介広常」とある。尊卑分脈に、「広常(号㆓介八郎㆒、上総介、為㆓右大将頼朝卿㆒被㆑誅了)」とある。

一二四　**漢の文王は…**(一二九頁)　漢書賈損之伝に、「時有㆘献㆓千里馬㆒者㆖。詔曰、鸞旗在㆑前、属車在㆑後、吉行日五十里、師行三十里、朕乗㆓千里之馬㆒独先安㆑之。於㆑是、還㆑馬与㆓道里費㆒」とある。千里馬は、一日に千里を走る馬をいう。また、晋書武帝紀に、「太医司馬程拠、献㆓雉頭裘㆒。帝以㆓奇技異服典礼所㆒㆑禁、焚㆓之於殿前㆒」とある。雉頭裘は、雉の頭の毛で飾った皮衣をいう。

一二五　**民の竈は…**(一二九頁)　和漢朗詠集下「刺史」に、「たかきやにのぼりてみれば煙たつ民のかまどはにぎはひにけり」とある。

一二六　**若宮**(一二九頁)　はげしくたたる神霊の活動をおさえるために、いっそう強力な神格の配下におこうとする。その場合に、御子神の観念と結びつけ、大神の若宮として、その霊をまつる方式をとる。そのような若宮で、八幡宮に属するものが、早くからあらわれ、もっともよく知られている。すなわち、貞観五年(八六三)には、宇佐八幡宮の若宮が、神託によってまつられたという。その後に、鶴岡八幡宮の方でも、同じ名をひきついだのである。八幡若宮の祭神については、八幡が応神天皇と信ぜられたので、その若宮も仁徳天皇と考えられている。しかし、多くの縁起などによると、何か非業の死を遂げた人の霊が、しばしばその若宮にいわいこめられたという。柳田国男氏「玉依姫考」(『妹の力』所収)・「人を神に祀る風習」(『民族』二巻一号)、堀一郎氏『我が国民間信仰史の研究』参照。

一二七　**蘋蘩の礼**…(一二九頁)　彰考館本に、「蘋蘩所の礼社檀にしけく、奉幣仁王の石社也」、万法寺本に、「ひんはんれいしやたんにしけく、ほうへいにんわうせきしやなり」、大山寺本に、「ひんばんのれいしやだんにはなはだしく、ほうへいのしんはきよくせいにさかんなり」、流布本に、「ひんはんのれいしやだんにしげく、ほうへいにんわうのせきしやなり」とある。吾妻鏡治承四年十月十二日の条にも、小林郷の北山に鶴岡八幡宮を遷しまつったことについて、「致㆓蘋蘩礼奠㆒」とある。

一二八　**を犬**(一三三頁)　伊勢貞丈の武器考証七に、「頼朝卿ノ時代ハイマダ犬オフ物ハ無也。騎射秘抄ノ序文、犬追物目安ナドニハ、犬追物ハ実朝公ノ時始ルヨシ見エ、又東鑑ニハ頼経公ノ代ノ記ニ、始テ犬追物ノ事ヲ記シタリ。然レバ曾我兄弟ノ幼少ノ時犬オフ物ハナカリシ也。曾我物語ヲ作リシ比ハ、常ニ犬追物ハヤリシユヱ、常ニ見ルマヽニ、ソノ始マリシ時代ノ事ニ心ヅカズシテ、犬追物ノ事ヲ書シナルベシ」とあり、山崎美成の曾我物語考にも、その説を引いている。吾妻鏡貞応元年二月六日の条に、「於㆓南庭㆒有㆓犬追物㆒」とあるが、それが頼朝の時になかったとはきめられない。

一二九　**竜の鬚をなで、虎の尾をふむ**(一五一頁)　平家物語三「法印問答」に、「竜の鬚をなで、虎の尾をふむ心地はせられけれ共」、太平記十二「兵部卿親王流刑事」に、「撫㆓竜鬚㆒消㆑魂、践㆓虎尾㆒冷㆑胸幾千万矣」とある。「虎の尾をふむ」だけならば、書経君牙に、「心之憂危、若㆘蹈㆓虎尾㆒渉㆗于春冰㆖」、易経履卦に、「履㆓虎之尾㆒不㆑咥㆑人」とある。

一三〇　**君君たる時は…**(一五八頁)　出典未詳であるが、論語八佾に、「君使レ臣以レ礼、臣事レ君以レ忠」とあり、それを誤ったものか。

一三一　**者どもの末まで**…(一六二頁)　彰考館本に、「さいまつとて、をや、しんるいのかたより、めん／＼におとつれともありけるに」、万法寺本に、「さいまつとて、おやしらししたしきかたより、めん／＼にをとつれともありけるに」、大山寺本に、「さいまつとて、おや、しんるいの方よりとて、めん／＼におとづれどもあり」、南葵文庫本に、「としのすへとて、おや、しんるいのかたより、めむ／＼におとつれともありけるに」とある。

一三二　**北洲の命**(一六三頁)　倶舎論分別世品に、「頌曰、北洲定二千年一、西東半半減、此洲寿不レ定、…論曰、北倶盧人定二寿千歳一、西牛貨人寿五百歳、東勝身人寿二百五十歳、南贍部人寿無二定限一」とある。

一三三　**花をおり**(一六四頁)　「花を折る」は、容姿を美しくすることをいうようである。貞丈雑記十五に、「花を折と云詞は、人の衣裳なとの体其外出立のありさまをはなやかににぎ／＼敷する事をいふ也」とある。源平盛衰記四十四「虜平家都入」に、「公卿も殿上人も今日を晴と花を折て、鉛き遣列てこそ有しか」、太平記三「主上御没落笠置事」に、「供奉ノ諸卿、花ヲ折テ行粧ヲ引刷ヒ」、同書三十一「武蔵野合戦事」に、「三番ニ饗庭ノ命鶴生年十八歳、容貌当代無雙ノ児ナルガ、今日花一揆ノ大将ナレバ、殊更花ヲ折テ出立」、義経記七「平泉寺御見物の事」に、「長吏の許に念一、弥陀王とて名誉の児あり、花折りて出(で)たゝせ」などとある。そのほか、中古の物語などの用例が、池田亀鑑氏『花を折る』に挙げられている。

一三四　**装束ども、綺羅天をかかやかし**(一六四頁)　庭訓往来八月十三日の条に、「去比預二御礼一候之処、他行之際、即不レ申二御返事一候之条、失二本意一候畢。抑将軍家若宮御参詣事、供奉日記、被三借二用有方一候。後日態可レ進候也。其躰殆令三超二過関東鶴岡八幡宮参詣一候。路次者、八葉御車、後車公卿一人、騎馬殿上人、前駈北面等、美々敷、綺羅耀レ天、陣頭散レ花。狩衣、水干、供奉人浄衣、白直垂、布衣景勢、衣文搔レ当、行粧驚レ目。家文当色等、色々狂文、尽二色節一、鏤二金銀一。凡迄二于中間、雑色、舎人、牛飼等一、折レ花交レ色。就レ中後陣武士、警固勇士、色々甲冑、思々鎧、直垂、馬鞍、弓箭、着二重代之重宝一、用二新調之美麗一。自二門外一者、相二並弓手妻手一扈従之。御帯刀役人、御調度懸人、御前雑人、打二鞨鞻一、峙二舞行之蹕於庭上一。禰宜神主者、捧二幣帛於大床一。別当社僧者、解二経紐於玉甍一。巫八乙女者、曳二裙帯一舞二遊透廊一。職掌神楽男者、合二調拍子一、祗二候拝殿一。加レ之臨時之陪従、当座神楽、朝倉返詠物、調二拍子本末一、賽二礼奠一致二如在之儀一。神感之興、厳重之態、誠以掲焉也。耳目所レ及、不レ遑二禿筆一。只仰二高察一而已。謹言」とある。

一三五　**権勢あたりをはらひ**(一六四頁)　「あたり」は、周囲の者、「はらふ」は、退けるの意。日葡辞書に、「Atariuo farŏ」に注して、「戦闘中に敵を自分に近づけない」とある。

一三六　**中間・雑色**(一六四頁)　中間は、若党と小者との間に位する下部。雑色は、雑役を勤める下部。伊京集に、「雑職〈ザウシキ〉(小舎人職或作レ色)」とある。

一三七　**けしきに色をつくす**(一六四頁)　庭訓往来の「折レ花交レ色」にあたる。彰考館本に、「きしよくにいろをましなを」、万法寺本に、「けしきにいろをさりし」、大山寺本に、「きしよくいろをまじへ」、南葵文庫本に、「きしよくに色をましふ」とある。

一三八　**御調度懸の人**(一六四頁)　庭訓往来に、「御調度懸人」、彰考館本に、「御てうどかけの人数〈にんじゆ〉」、万法寺本に、「御ちやうどかけの人じゆ」、大山寺本に、「おんてうどかけのひとかず」、南葵文庫本に、「御てうとかけのにんしゆ」、流布本に、「をんてうどかけの人」とある。「でうづがけ」も、「調度懸(でうどがけ)」と同じ。

一三九　**伎楽**(一六四頁)　庭訓往来に、「楽妓」、大山寺本に、「がくき」とある。伎楽は、呉楽(くれがく)の意味にもなるが、ひろく音楽を奏し、舞を舞うことをいう。

一四〇　**銅拍子**(一六四頁)　鐃鉢(にようはち)に似て小さい真鍮(しんちゆう)製の楽器。外側に通した紐を指ではさみ、二つをうちあわせて鳴らす物。庭訓往来の

「調拍子」も、「銅拍子」に同じ。易林本節用集に、「土拍子〈トビヤウシ〉」「調拍子〈同〉」とある。

一四一　**陪従**（一六四頁）　庭訓往来に、「陪従」、彰考館本に、「はいたう」、万法寺本に、「ばいじう」、南葵文庫本に、「はいせう（かやく）」、流布本に、「かやく」とある。「ばいじやう」も、「唄唱」などではなくて、「陪従（べいじゆう）」にあたると見られる。

一四二　**朝倉がへし**（一六四頁）　神楽歌「朝倉」に、「（本）朝倉や木の丸殿に我が居れば」「（末）我が居れば名宣りをしつつ行くは誰」とある。「朝倉がへし」とは、「我が居れば」を返してうたうことをいうか。

一四三　**れいはんしよさい**（一六四頁）　彰考館本・万法寺本に、「れいてんしよさい」、大山寺本に、「れいてんじよざい」、南葵文庫本に、「れいてん如在」とある。「れいはんしよさい」は、「礼奠如在（れいてんじよざい）」の誤。論語八佾に、「祭如レ在、祭レ神如二神在一」とあり、それによるか。礼をつくして神霊を祭るには、その場に神霊がいらっしゃるようにするの意。

一四四　**神感のおこるを…**（一六四頁）　彰考館本に、「しんかんのけうはけんでうにして」、万法寺本に、「しんかんのをこりはけむてうにして」、大山寺本に、「しんかんけんてうのわざ」とある。庭訓往来によって、神の感応のさかんで、おごそかなさまと解される。

一四五　**こくちんにいとまあらず**（一六四頁）　彰考館本・万法寺本に、「とくひつにいとまあらす」、大山寺本に、「（もうき）にいとまあらす」、流布本に、「まうひつにいとまあらず」、南葵文庫本に、「とくひつ（禿筆）にいとまあらず」とある。「禿筆にいとまあらず」は、つぎの「高察あふぐのみ」とともに、書簡の文句をそのまま とりいれたもの。

一四六　**のこさいしりたれば**（一六五頁）　彰考館本・南葵文庫本に、「のこさす見しりたりけれは」、万法寺本に、「のこさすしりたりけれは」、大山寺本に、「残る所もなくみしりたれば」、流布本に、「の名〈な〉よくしりたれば」とある。

一四七　**おとりければ**（一七〇頁）　彰考館本に、「ほとをりけれは」、万法寺本に、「ほとをりありけれは」、南葵文庫本に、「ほとおりけれは」、流布本に、「ほとをりければ」とある。

一四八　**雄劒**（一七〇頁）　彰考館本に、「おけん」、万法寺本に、「おうけん」、流布本に、「ゆうけん」とある。

一四九　**いひつること…**（一八二頁）　彰考館本に、「いひつるとおほゆる」、万法寺本に、「いひつるとおほえたり」、大山寺本に、「きかせんとおぼゆる」、南葵文庫本に、「いゝつるとおほゆる」、流布本に、「いひつる事とおぼえたり」とある。

一五〇　**心にかゝらん事をば…**（一八六頁）　彰考館本に、「弓矢とる物は、大小ことこゝろにかゝらん事をはこらへす、一さうにすべきにや」、万法寺本に、「心にためらはんことをはためらはす、いつさうにきつてすつへきものを」、大山寺本に、「ゆみやとるみは、だいじせうじ心にかゝらん事をばこらへず、一さうにすべき事なるをや」、南葵文庫本に、「ゆみやとるものは、大小事心にかゝらんことをばこらへず、一さうにすへきにや」とある。

一五一　**あはれみ胸をやく**（一八六頁）　源平盛衰記二十二「入道申二官符一」に、「哀は胸をやくと申たとへ」とある。

一五二　**執心**（一八七頁）　彰考館本に、「今生〈こんじやう〉のしうしん」、万法寺本に、「こんじやうのしうしん」、大山寺本に、「こんじやうのしふしん」、南葵文庫本に、「こんしやうのしうしん」とある。この世に思いをかけることをいう。

一五三　**大磯の長者の女虎**（一八七頁）　真字本から引くと、「中二彼虎一遊君、母自レ本平塚宿者。尋二其父一、平治乱時被レ誅悪右衛門督信頼卿舎兄民部権少輔基成、被レ流二奥州平泉一人御乳母子、云二宮内判官家長一人娘、其故、此人依二平治逆乱謀叛一有二兼都内一、落二下東国鎌倉方一。相模国住人云二海老名源八権守季貞一人、都在二芳心事一間、憑二其宿所一居程、成二年来一、平塚宿云二夜叉王一通二傾城許一程、儲二女子一人二刁年刁日刁時生、其名呼二三席御前一。是賞遵程、此子申二五歳一年、宮内判官家長空成。父死後、副レ母宿中遊、付二形吉一、大磯宿長者云二菊鶴一傾城、乞取遵二我娘一、席十七歳自二十郎弐拾年一通初、年三年間、断金契不レ浅」とある。民部権

少輔基成については、尊卑分脈に、「基成(陸奥守、従五上、民部少輔)」とある。海老名源八権守季貞については、前出。↓八〇頁注五。

一五四　**うつしゐたりや**…(一八七頁)　彰考館本・南葵文庫本に、「うつしゐたるやうひかたうようもをなせり」、万法寺本に、「うつしえたりやうたうのゐくほをなし、あらはせりにんみんあきれたるくちひるを」、大山寺本に、「うつし得たるやうひゐくぼ成模」とある。

一五五　**道心に**(二二四頁)　彰考館本に、「同〈おなし〉心に」、万法寺本・南葵文庫本に、「おなし心に」、流布本に、「ともに」とある。大磯の虎と心をあわせての意。

一五六　**男がましくも**…(二二四頁)　彰考館本に、「おこかましくそ見えたりしそかし」、万法寺本に、「おこかましくそ見えたりける」、大山寺本に、「をこがましくぞ見えし」、南葵文庫本に、「おこかましくそ見へし」とある。ばかのように見えたの意。

一五七　**呉上将軍の**…(二二九頁)　彰考館本に、「呉将軍〈ごしやうぐん〉の下執事に属〈しよく〉す」、万法寺本に、「此うへしやうぐんけしゆじにすくす」、流布本に、「此うへはしやうぐんのけしつしにそくす」、太平記四に、「呉ノ上将軍ノ下執事ニ属ス」とある。

一五八　**西伯とらはれ羑里**…(二三二頁)　史記越世家に、「湯繋二夏台一、文王囚二羑里一、晋重耳犇レ翟、斉小白犇レ莒、其卒王覇」とある。彰考館本に、「西伯囚偏里、重耳奔翟、皆為王覇、莫死許敵」、万法寺本に、「西伯囚偏里、重耳奔羽隹、皆為王西朔、莫許死敵」、流布本に、「せいばくゆうりにとらはれ、てうじてきにはしる、皆もつてわうはたり、死をてきにゆるす事なかれ」、太平記四に、「西伯囚二羑里一。重耳走レ翟。皆以為二王覇一。莫二死許レ敵」とある。西伯については、史記周本紀に記され、太平記三十「殷紂王事」に引かれる。重耳については、史記晋世家に記され、太平記十二「驪姫事」に引かれる。

一五九　**展したる思ひ**(二三四頁)　彰考館本に、「展転〈てんぐ〉の思ひ」、万法寺本に、「てん〳〵のおもひ」、王堂本に、「てん〴〵の御思ひ」、太平記四に、「展転〈テンテン〉の思〈オモヒ〉」とある。白氏文集十二「長恨歌」に、「為レ感二君王展転思一」とある。

一六〇　**はるゝに**(二三四頁)　彰考館本に、「はかりに」、万法寺本に、「はるかに」、王堂本に、「はかるに」、太平記四に、「計〈か〉ルニ」とある。

一六一　**臣か心なしまさる**…(二三四頁)　彰考館本に、「臣心かなしまさるにはあらね共」、万法寺本に、「しんこゝろかなしまさるにはあらねとも」、王堂本に、「しんが心かなしまざるにはあらねども」、太平記四に、「臣非レ不レ悲云へ共」とある。

一六二　**婬楽をこのみて**…(二三五頁)　彰考館本に、「婬楽〈いんらく〉を好〈このみ〉たしなみて、夜はよもすから、愛契〈あひしちきり〉を専〈もつはら〉にし、昼〈ひる〉は終日〈ひめもす〉ニ、遊覧〈ゆうらん〉をむねとして、国のあやしみをもかへりみす」、万法寺本に、「いんらくらくをこのみたしなみて、よるはよもすから、あひけうをもつはらとし、ひるはひめもすに、ゆうゐんをむねとし、くにのあやうきをもかへりみす」とある。白氏文集十二「長恨歌」には、「承レ歓侍レ宴無二閑暇一、春従二春遊一夜専レ夜」とある。

一六三　**耳のたのしみ所に**…(二四二頁)　孔子のことばというのは、未詳であるが、孔子家語子路初見に、「楽之方至、楽而勿レ驕」などとある。明文抄四に、「目之所レ好不レ可レ従也。□楽不レ可レ不レ慎也。口之所レ嗜不レ可レ随也。心之所レ欲不レ可レ恣也(抱朴子)」とある。彰考館本に、「耳〈みゝ〉の楽処〈たのしみところ〉に慎〈つゝしむ〉へからす、こゝろの媚〈こびたる〉処に恣〈ほしいまゝ〉にならはされ」、万法寺本に、「みゝのたのしむところにつゝしむへからす、心のおこるところにほしきまゝにならはされ」、大山寺本に、「眼のこもる所にふべからず、身のたのしむ所にぢうすべからず、口のたのしむ所にしたがふべからず、心のほつす所にほしきまゝにすべからず」、南葵文庫本に、「みゝのたのしむところにつゝしむへからす、心のおこるところほしきまゝならざれ」、流布本に、「みゝのたのしむときにはつゝしむべし、こゝろのおごるときにはほしいまゝにすべからざれ」とある。

一六四　**あかぬ世の中の**…(二四三頁)　彰考館本に、「あかぬも世の中の夢〈ゆめ〉か現〈うつゝ〉か」、万法寺本に、「あかぬいもせの中のゆめかうつゝか」、大山寺本に、「あかぬちぎりもよのゆめにこそ」、南葵文庫本に、「あかぬちきりも世の中のゆめにこそ」とある。

一六五　**そかぎりあり**（二四三頁）　彰考館本に、「その限〈かぎり〉あり」、万法寺本・南葵文庫本に、「そのかきりあり」、大山寺本に、「かぎりなし」、流布本に、「かぎりあり」とある。

一六六　**四顚倒**（二四七頁）　凡夫の四顚倒とは、⑴世間の無常において常見をおこす常顚倒、⑵世間の無楽において楽見をおこす楽顚倒、⑶世間の無我において我見をおこす我顚倒、⑷世間の無浄において浄見をおこす浄顚倒である。それに対して、⑴涅槃の常において無常を計する無常顚倒、⑵涅槃の楽において無楽を計する無楽顚倒、⑶涅槃の我において無我を計する無我顚倒、⑷涅槃の浄において無浄を計する無浄顚倒があげられる。

一六七　**四苦八苦**（二四七頁）　四苦とは、生苦・老苦・病苦・死苦。八苦は、それらの四苦に、愛別離苦・怨憎会苦〈おんぞうえく〉・求不得苦〈ぐふとくく〉・五陰盛苦〈ごおんじようく〉を加える。

一六八　**四天・十二天**（二四七頁）　四天は、四天王にあたる。須弥山の四方にあって、仏法を守護する四神で、東方の持国天、南方の増長天、西方の広目天、北方の多聞天をいう。十二天は、梵天・地天・日天・月天・帝釈天・閻摩天・水天・毘沙門天・火天・羅刹天・風天・伊舎那天（または大自在天）をいう。

一六九　**はたかに**（二四八頁）　彰考館本に、「羽高〈はだか〉に」、万法寺本に、「はすたかに」、南葵文庫本に、「はづたかに」、流布本に、「はづだかに」とある。「筈高〈はずだか〉」は、矢筈が肩ごしにみえるように高く負うさま。

一七〇　**恩愛の道**（二七一頁）　この前後は、彰考館本に、「さしあたりたる恩愛〈をんあひ〉のみちは、踏迷〈ふみまよひ〉ぬるそ哀〈あはれ〉なる」、万法寺本に、「さしあたりたるおんあひのみちには、ふみまよひぬるそあはれなり」、南葵文庫本に、「さしあたるおんないのみちには、ふみまよひぬるそあはれなる」とある。

一七一　**夏の虫、とんで火に入**（二七一頁）　源平盛衰記八「法皇三井灌頂」に、「常の御詠吟に、智者は秋の鹿鳴て入レ山、愚人は夏の虫飛で火に焼とぞながめさせ給ける。此は止観行者、四種三昧の大意を釈しける絶句とかや」とある。

一七二　**利益方便…**（二七一頁）　彰考館本に、「衆生〈しゆしやう〉利益〈りやく〉方便〈はうべん〉の慈〈いつくしび〉なり」、万法寺本に、「しゆしやうりやくのはうへんのこひなり」、南葵文庫本に、「しゆしやうりやくのこいなり」とある。

一七三　**薄地凡夫**（二七一頁）　彰考館本に、「白地〈あからさま〉凡夫〈ぼんぷ〉は」、万法寺本に、「われらはくちのほんぶは」、南葵文庫本に、「ぐちのほんふは」とある。

一七四　**輪廻**（二七一頁）　彰考館本に、「三途〈づさん〉輪廻〈りんゑ〉」、万法寺本・南葵文庫本に、「三つりんゑ」とある。

一七五　**涅槃**（二七二頁）　涅槃経後分上に、「爾時世尊、三反入二諸禅定一、三反示二誨衆一已。於二七宝床一右脇而臥、頭枕二北方一足指二南方一、面向二西方一後背二東方一。其七宝床微妙瓔珞以為二荘厳一。娑羅樹林四雙八隻、西方一雙在二如来前一、東方一雙在二如来後一、北方一雙在二仏之首一、南方一雙在二仏之足一。爾時世尊、娑羅林下寝二臥宝床一、於二其中夜一入二第四禅一、寂然無レ声。於二是時頃一便般涅槃、大覚世尊入二涅槃一已。其娑羅林東西二雙合為二一樹一、南北二雙合為二一樹一、垂二覆宝床一蓋二於如来一、其樹即時惨然変レ白猶如二白鶴一、枝葉花果皮幹悉皆爆裂堕落、漸漸枯悴摧折無レ余」とある。

一七六　**もみぢては…**（二七三頁）　蔵玉和歌集「忘草（萱）」に、「紅葉には花さく色を忘草ひとつ秋なる二まちのころ（わすれ草の事、軒端に生る忘草、住吉のきしに生るといひ、又くはんさうをも忘草といふにや、俊頼は、桜をもよめり）」とある。

一七七　**花ひらきおちて…**（二七三頁）　南葵文庫本に、「花ひらきをちて千日（同しく）、一しやうの人（たふらかすかことし）」、王堂本に、「花ひらき花おつること廿日、一城〈じやう〉の人みな苦狂〈くきやう〉す」、流布本に、「はなひらきおちてせんにちおなじく、一しやうの人たぶらかすがごとし」とある。

一七八　**名ばかりは…**（二七三頁）　蔵玉和歌集「不加見草（牡丹、此花さく日数廿日也依廿日草とも号す)」に、「名はかりは咲ても草のふかみ草花の比とはいかてみてまし」とある。

一七九　**物おもひはててぞ**…(二七六頁)　万法寺本に、「ものをもいはす」、南葵文庫本に、「物をもいはてそゐたりける」、王堂本に、「物をもいはでぞゐたりける」、流布本に、「おもひにばうじはてゝぞゐたりける」とある。

一八〇　**ぬすみする子は**…(二七六頁)　「冥途の飛脚」に、「盗する子は憎からで、縄かくる人が恨しい」とある。

一八一　**一念の瞋恚に**…(二七六頁)　五常内義抄に、「一念ノ瞋恚ハ九胝劫ノ善根ヲヤキ、刹那ノ怨害ハ無量生ノ苦報ヲ得ト云本文アリ」とある。彰考館本に、「一ねんのしんゐには、九ていこうの善〈せん〉をやく、せつなのおんかいに、むりやうしやうのくをうくときけは」、万法寺本に、「一ねんのしんいには、くていこうのせんをやき、せつなのおんかいには、むりやうこうをとく、きけは」、大山寺本に、「一念のしんい、ぐていこふのぜんをやく、せつなのをんがいには、むりやうしやうのくをうくと聞けば」、南葵文庫本に、「一念のしんいには、九ていこうのせんこんお(ヲ)やき、せつなのをんかいに、むりやうのくほうをまねく、きけは」、流布本に、「一念〈ねん〉のしんいには、くていこうのぜんごんをたき、せつなのをんかいには、むりやうおつこうのくほうをまねく、きけば」とある。

一八二　**九百九十日に**…(二七七頁)　彰考館本に、「九百九十九日に、九百九十九のいのちをほろほし」、万法寺本に、「九百九十のいのちをたつ」、大山寺本に、「九百九十日に九百九十のいのちを殺す」、南葵文庫本に、「九百九十日に九百九十のいき物をころし」、流布本に、「九百九十九日に、九百九十九のいきものをころし」とある。

一八三　**玉江に**(二七七頁)　彰考館本に、「きよくうん」、万法寺本に、「たまへに」、大山寺本に、「きよくうんに」、南葵文庫本に、「はまへ」とある。

一八四　**我八十年後**…(二七七頁)　彰考館本に、「八十二こう、ふだちこく、大ひしゆしやうあんらくこく」、万法寺本に、「われは八十ねんの後、我不堕地獄〈がふだちごく〉、大慈悲放必生安楽国〈だいじひはうひつしやうあんらくこく〉」、大山寺本に、「八十二こふ、ふだぢごく、だいひしゆしやうあんらくこく」、南葵文庫本に、「我八十三年、かめ八まんこう、ひつしやうあんらくこく」、舞の本「小袖乞」に、「我八十三年、亀八万こう、ひつしやうあむらんこく亀成仏」とある。

一八五　**仏果をゑ**(二七七頁)　彰考館本に、「つゐにはしやう仏〈ぶつ〉すと見えたり」、大山寺本に、「つひにじやうぶつすと見えたり」、南葵文庫本に、「ふつくわをゑたり」、王堂本に、「ぶつくはをえたりき」とある。

一八六　**普門品を**(二七七頁)　万法寺本・南葵文庫本に、「ふもんぼんに」、王堂本・流布本に、「ふもんほんに」とある。

一八七　**意にあふ時は**…(二八一頁)　彰考館本に、「心にあふ時は、こゑつも則〈すなはち〉しゆてきたり」、万法寺本に、「心あふときは、ごゑつもきやうたいたり。あひさるときは、こつにくもてきしうたり」、大山寺本に、「心にある時は、こゑつも即ちしゆてきたり」、南葵文庫本に、「心にあふ時は、ごゑつもこんていたり、あはさるときは、いをん(こつにく)もてきた(さ)うたり」、王堂本に、「心ざしあふときは、ごゑつも昆弟〈こんてい〉たり、あはざるときは、こつにくもじうてきたり」、流布本に、「心にあふときは、ごゑつもらんていたり、あはざるときは、こつにくもてきたうたり」とある。

一八八　**くわけんは**…(二八一頁)　五常内義抄に、「孟宗竹鳴雪中笋抜、王祥池望氷上鯉踊。…花明マナコヲヌキテ奉、怨勝耳カキテ孝、知足カシウヲキリ、利益股サキ、善面舌ヌキ、花得歯ホドコシ、元明身サヅケ、妙色子アタヘ、修楼妻授云ヘリ」、孟宗・王祥以外の孝子について、彰考館本に、「王しやうは、まなこをぬき、おんしやうは、耳〈みゝ〉をやき、ちそくは、足〈しあ〉をきり、せんめむは、舌〈した〉をあたへ、めうしきは、子をころす」、万法寺本に、「くはけんは、まなこをきる、くわみやうは、身をほとこし、みやうしきは、こをころす、くわとくは、ゝをあたへたり」、大山寺本に、「わうやうは、こほりまなこをぬき、をんしやうは、耳を焼き、ちそくは、あしをきり、せんめんは、したをあたへ、めうしきは、こをころす」、南葵文庫本に、「くわけんは、まなこをぬき、おんせうは、みゝをやき、ちそくは、あしをきる、せんめんは、したをぬき、くわとくは、はをほとこし、くわうみやうは、身をあたへ、めうせきは、子をころす」、流布本に、「くはげんは、まなこをぬき、をんせうは、みゝをやき、ちそくは、あしをきる、せんめんは、したをぬき、くはそくは、はをほどこし、くはふめいは、身をあたゝ、めうしき、子をころす」とある。「くはふめい」は、董永にあたり、「めうしき」は、郭巨にあたるか。

一八九　**聞。されども**(二八四頁)　「梶原源太横笛」の後に、彰考館本に、「ときこえたれとも」、万法寺本に、「いつれもきこゆることなれとも」、大山寺本に、「そのきこえありけれども」とある。

一九〇　**わかれのことさらかなしきは**…(二八五頁)　彰考館本に、「わかれのことさらかなしきは、おやのなこりとこのわかれ、ふさいの思ひにあにおとゝい、何をわきてか思ふへき、袖にあまれるしのひねを、うつしてとむるせきもかな」、万法寺本に、「わかれのことにかなしきは、おやのわかれとこのわかれ、ふさいのおもひとあにおとゝ、いつれをわきて思ふへき、そでにあまれるしのひねを、かへしてとゝむるせきもかな」、大山寺本に、「わかれのことさらかなしきは、おやのなごりとこのわかれ、ふさいのおもひにあにおとゝ、いづれもわきてか思ふべき、そでにあまれるしのびねを、かくしてとむるせきもがな」、南葵文庫本に、「わかれのことさらかなしきは、おやのわかれと子のなけき、ふうふのおもひときやうたい(と)、いつれをわきておもふへき、袖にあまれるしのひねを、かへしてとゝむるせきもかな」、流布本に、「わかれのことさらかなしきは、おやのわかれと子のなげき、ふうふのおもひときやうだいと、いづれをわきてかおもふべき、そでにあまれるしのびねを、かへしてとゞむるせきもがな」とある。

一九一　**多生をふる共**…(二八七頁)　彰考館本に、「たしやうくわうこうをふるとも、たれかゆるす事をゑて」、万法寺本に、「くわうかうをふるとも、たれにかはゆるさるへき」、大山寺本に、「たしやうくわうごうをふるとも、誰かゆるすことを得て」、南葵文庫本に、「たしやうこうをふるともかなふまし」、流布本に、「たしやうこうをふるともかなふまじ」とある。

一九二　**後の世までつきせぬ**…(二八七頁)　彰考館本に、「のちの世までつきせぬかたみには、手跡〈しゅせき〉にすきたる事はなし」、万法寺本に、「のちまて人のかたみには、しゆせきにすきたる事なし」、大山寺本に、「ごせまでつきせぬかたみには、しゆせきにすぎたる事あらじ」、南葵文庫本に、「のちの世まてつきせぬかたみには、しゆせきにすきたる事あらし」、流布本に、「のちの世までつきせぬものは、たゞしゆせきにすぎたるかたみはなし」とある。

一九三　**むなしき人をば**…(二八八頁)　死者を家の外へ運び出すのに、通常の出入り口を使うのを忌むために、壁を破って出すとか、茶の間や縁側から出すなど、さまざまな方法が、各地でとられている。特に竹やカヤで仮門(かりもん)をつくり、それをくぐらせて出す方法が、よく知られている。そのような仮門については、さまざまな意義を認めることができる(井之口章次氏『日本の葬式』参照)。宇治拾遺物語の「原行死人を家より出す事」も、この観念と関係ふかい説話といえよう。

一九四　**我かぎりの道を**…(二八九頁)　彰考館本に、「我かきりのみちをなけくとも、たれこそしりて、一こと葉とゝむる物もなきに」、万法寺本に、「けにやわれらかきりのみちをおもひにしる人なけは、一ごんとゝむるなさけはなきもの」、大山寺本に、「わがかぎりのみちをなげくとも、たれこそ知りて、ひとことばとゞむる者もなきに」、南葵文庫本に、「我らかきりのみちをなけけとも、たれ一こゑとゝむるものもなきに」、流布本に、「われらかぎりのみちをなげゝども、たれありてとゞむるものもなきに」とある。

一九五　**里にすみしかとども**(二九〇頁)　彰考館本に、「さとそたちなれとも」、万法寺本に、「さとにすみたれども」、大山寺本に、「さとそだちなれども」、南葵文庫本に、「里にすみしかとも」、流布本に、「さとにすみしかども」とある。

一九六　**李将軍が事**（二九〇頁）　漢書李広伝に、「広出レ猟、見二草中石一以二為虎一而射レ之、中レ石没レ矢、視レ之石也。他日射レ之、終不レ能レ入矣」とある。蒙求和歌一によると、李広は、虎に親を殺され、その虎と見て、石を射たという。今昔物語集十の十七では、虎に母を殺されたといい、塵袋六所引の兼名苑では、虎に父を殺されたという。

一九七　**石竹といふ草**（二九三頁）　蔵玉和歌集「石竹（撫子）」に、「唐国にありけることはいざしらず東国のおくに生る石竹（昔東国に、島田の時主と云勇士あり。吾家の後山に一の石あり。彼石に霊あり。人をなやますによつて時主件の石を射、則箭たち畢。其箭ぬけずして花咲けり。此花撫子なり。これは花かさなりて咲云々）」とある。

一九八　**たうとき**（二九八頁）　万法寺本に、「たつとさ」、南葵文庫本・流布本に、「たうとさ」とある。

一九九　**かたいしゆく**…（二九八頁）　万法寺本に、「われたいくはんかはり」、南葵文庫本に、「我たいしゆくのちかいは」、十一行古活字本に、「たいしやくのちかひは」、流布本に、「だいしやうみやうわうのちかひ」とある。

二〇〇　**猛火ふすぼりいで**…（二九九頁）　万法寺本に、「五たいよりくろけふりたち、ふるいわなゝき給ふ」、流布本に、「みやうくはふすぼりいで、五たいよりあせをながし給ふ」とある。

二〇一　**冥途にをもむく**（二九九頁）　塚崎進氏の「曾我物語伝承論」（『芸文研究』四）などによると、この五郎のことばには、地獄の絵解の痕跡が認められるという。松本隆信氏の「箱根本地譚伝承考」（『慶応義塾創立百年記念論文集（文学）』）によると、慶応義塾図書館蔵『箱根本地由来』の中で、姉妹の主人公が、極楽・地獄のさまを見せられたというのも、やはり絵解の趣向に近かったようである。そのような絵解のわざが、曾我物語の形成にもあずかったと見られる。岡見正雄氏の「絵解と絵巻・絵冊子」（『国語国文』二十三の八）では、一休禅師の『自戒集』から、「エトキカ琵琶ヲヒキサシテ鳥帚ニテアレハ畠山ノ六郎コレハ曾我ノ十郎五郎ナント云」という資料を引かれている。

二〇二　**馬は山をばひかせ候べし**（三〇二頁）　真字本に、「馬弱、追懸越レ山候」、彰考館本に、「馬〈むま〉よはく候はゝ、山をはかちにてこえ候共〈とも〉、老〈おひ〉の後〈のち〉思ひ出〈で〉ニつかまつるへし」、万法寺本に、「馬よはく候は、山をかちにてこえ候へし」、大山寺本に、「うまよわく候はば、山をばかちにてこえ候とも、おいののちのおもひでに仕候べし」、南葵文庫本に、「むまよはく候はゝ、此山をはひかせ候へし」、流布本に、「むまよはくは、山をばひかせ候べし」とある。

二〇三　**矢立の杉**（三〇二頁）　新編相模国風土記稿二十七「足柄下郡六」に、「矢立杉蹟、東海道往還の傍、小名山崎にあり。其木は枯て今蹟のみ残れり。古へ軍陣に赴者、此樹下を過れば、表矢を射立、軍の勝敗をトせしより、此名ありと云。按ずるに矢立杉と称するもの、当所の外、箱根中に二ケ所あり。一は箱根湖水の西漕入山にあり〈今箱根、宿の属〉。〈箱根縁起〉に、坂上田村麻呂及源頼義同頼朝等、表矢を献じたる由載す〈曰、往日田村凡奉東夷遠征之天旨、先詣当社、向山腹秀杉、奉献表矢、次復源頼義奉追罰貞任宗任之宣旨、先詣旧嘉例、而向杉献矢矣、復頼朝欲起義兵、将軍拝神壇、而献表矢于杉、如古例〉。一は豆州山中新田にあり〈其旧蹟大枯木小枯木の名あり〉。〈宗祇名所方角抄〉に、矢立杉の所在を伊豆国なりと記せしは、山中新田の樹をさすと見えたり〈曰、箱根山、三島より廿一里なり。山中に矢立杉とてあり。矢立の杉まで伊豆なりと云々〉」とあり、その後に曾我物語の一節を引く。

二〇四　**矢立の杉にぞつきにける**…（三〇三頁）　彰考館本に、「やたてのすきにそつきにけり。この木をもとはゆもとの杉〈すぎ〉といひけるを」、万法寺本に、「矢〈み〉たてのすぎにそつきにける。もとはゆもとのすぎと申けるを」、大山寺本に、「やたてのすぎにぞつきにける。この木、もとはゆもとのすぎといひけるを」、南葵文庫本に、「矢たてのすぎにつきける、此すきと申は、もとはゆもとの杉と申けるを」とある。

二〇五　**虎狼臣**（三〇三頁）　彰考館本に、「古老〈こらう〉の人」、万法寺本に、「こらうのもの」、大山寺本に、「こらうのじんしん」、南葵文庫本に、「こらうのじん」、流布本に、「こらうのげきしん」とある。

三〇六　**何をもつてか…**(三〇五頁)　平家物語剣の巻に、「建久四年五月廿八日ノ夜、相模国ノ住人曾我十郎助成、同五郎時宗、親ノ敵公藤左衛門尉助経ヲ討レケル時、五郎、箱根ノ別当行実カ手ヨリ兵庫鏁ノ太刀ヲ得テケレハ、思フサマニ親ノ敵討テムケリ。此太刀ハ九郎判官ノ権現ニ進セタリシ薄緑ト云剣ナリ。昔ノ膝丸是也」とある。筥根山縁起には、曾我のことはないが、「源義経西征之日、奉レ納二利剣于王扉一、名二薄緑一」とある。真字本に、「殿原進二引出物一、太刀小刀自二法蔵内一取出、五郎取二兵庫鏁太刀一、十郎取二黒鞘巻小刀一、…此太刀、一年九郎太夫判官殿、為二木曾追罰一上洛時、為二祈禱一進二権現一通太刀」とある。

三〇七　**清水御曹司**(三〇五頁)　彰考館本に、「和泉〈みいつ〉の御さうし」、万法寺本・南葵文庫本に、「しみつの御さうし」、大山寺本に、「しみづのおんさうし」、流布本に、「しみづの御ざうし」とある。清水冠者については、尊卑分脈に、「義基(号二清水冠者一、越前守従五下、母今井四郎兼平女)」、吾妻鏡寿永三年五月一日の条に、「故志水冠者義高」とある。

三〇八　**その夜も**(三〇九頁)　万法寺本に、「つぎの日はいのこまはやしのみかり、その日」、大山寺本に、「次の日はいのこま林の御狩なり、その日も」、南葵文庫本に、「つきの日はいこまはやしの御かりなり、その日」とある。

三〇九　**御所太郎**(三一〇頁)　彰考館本・万法寺本・南葵文庫本では、「御所太郎」のかわりに、「ゆいの六郎、よこ山の太郎」とある。由井は、東京都八王子市内。横山は、前出。→二四二頁注一一。

三一〇　**羅綺の重衣の富士松**(三一〇頁)　和漢朗詠集下「管絃」に、「羅綺之為二重衣一、妬二無情於機婦一」とあり、平家物語十「千手前」にも引かれる。「羅綺の重衣」とは、羅綺の衣でさえも、重く感ぜられることをいう。曾我物語の場合には、その本来の意味とかかわりなく用いられたのであろう。「富士松」は、彰考館本に、「から松」とある。富士松は、落葉松(からまつ)と同じ。和漢三才図会八十二に、「落葉松(布之末豆)、衡嶽志云、繁葉如二刺栢一、霜後尽脱、故名二落葉松一。按…信州木曾富士山有レ之、故俗名二富士松一」とある。

三一一　**二つ一のすて手綱はちて**(三一二頁)　彰考館本に、「三のすてたつなはなせは」、万法寺本に、「二つ一つのすてたつなをはなせは」、大山寺本に、「二つ一つのすてたづなをすてられて」、南葵文庫本に、「二つ一のすてたつなむく(し)んりうにおつかゝりはなせは」、流布本に、「二つ一つのすてたづなむくんりうにおちかゝりはなせば」とある。底本の「はちて」は、「はなちて」の誤か。

三一二　**思ひの色の数…**(三一三頁)　彰考館本に、「思ひのいろの文〈みふ〉のかす、よまてそのまゝかへせとも、かへしゐたるそぬしとなる」、万法寺本に、「おもひのいろの文のかす、よまてそのまゝかへせとも、かくしえたるそぬしとなる」、大山寺本に、「おもひのいろのふみのかず、よまでむなしくかへすには、返しへたるぞぬしとなる」、南葵文庫本に、「思ひの色の文のかす、よまてそのまゝかへせとも、返しゐたるそぬしとなる」とある。

三一三　**立田の川波に…**(三一三頁)　彰考館本に、「此川なみにちりうく雲は花の雪〈ゆき〉、紅葉〈もみぢ〉のにしきわたりなは、中やたえなん、さりなから」、万法寺本に、「此かはなみに、ちりうくもはなき、もみちにしきのわたりなは、なかやたえなん、さりなから」、大山寺本に、「こずゐうつろふしたみづに、ちりうかびぬるはなもみぢ」、流布本に、「たつたの河のかはなみに、ちりてながるゝ花のゆき、もみぢのにしきわたりなば、中やたえなん、さりながら」とある。

三一四　**御分一人に帰すかと**(三一四頁)　彰考館本に、「こなたはかりにきすへき」、万法寺本に、「こなたはかりにさす月か」、大山寺本に、「ごぶんひとりにきすべきか」、南葵文庫本に、「此かたはかりにきすへきか」、流布本に、「御ぶんひとりにきすかとよ」とある。

三一五　**いけ**(三一四頁)　万法寺本に、「いけのへ」、大山寺本に、「いけのべ」、南葵文庫本に、「いけのうへ」とある。

三一六　**夏草の…**(三一八頁)　すぐ前に、彰考館本では、「手〈て〉おひたるしゝ、ゆんてのしけみよりとひくたる」、南葵文庫本では、「てをおいたるしか一つ、ゆんてのしけみよりめてのかたへとひくたるを」とある。その「ゆんて」に対して、「めて」といったものか。

二七　**狐の子は、子狐より**(三一八頁)　源平盛衰記三十七に、「狐の子は頬白と、親に似たる不敵者哉」、狂言「子盗人」に、「狐の子は頬白というが、そなたは誰殿にようお似やってよい子じゃ」とある。ここでは、景季が父景時に似て腹黒いことをいう。

二八　**鞍をきて**(三一九頁)　この前後は、彰考館本に、「いゐのもんところ〳〵にまきかへしたるしろふくりんのくらおかせ、かる気にのりけり」、万法寺本に、「いゐのもんところ〳〵にまきゐしたるふくりんのくらおき、わかみかるけにのりたりけり」、大山寺本に、「まきゐのくら置きてぞ乗りたりける」、南葵文庫本に、「いゐのもん所々にまきゐしたるしろふくりんのくらをかせ、わかみかろけにのりたりける」、流布本に、「まきゐのくらをきてのつたり」とある。

二九　**三ある鹿に…**(三二〇頁)　彰考館本に、「三あるしゝを目にかけて、くたりさまにそおとしけり。人もはるかにへたゝりぬ」、万法寺本に、「三あるしゝにめをかけて、くたりさまにそおとしける。人もはるかにへたゝり」、大山寺本に、「三つあるしゝにめをかけ、下りざまにぞおとしける。人もはるかにへだゝりぬ」、南葵文庫本に、「三つあるしかにめをかけ、くたりさまにそおとしける、人もはるかにへたゝりぬ」、流布本に、「三つあるしかにめをかけてこそ、おつすこふたれ。三つあるしかにはへたゝりぬ」とある。

三〇　**いかなる金山鉄壁とも**(三二〇頁)　彰考館本に、「いかなるきん山てつへき成〈な〉共」、万法寺本に、「いかなるきん〳〵てつへきをかさねたりとも」、大山寺本に、「如何なるきんざんてつぺきなりとも」、南葵文庫本に、「いかなるきん山てつつきなりとも」、流布本に、「いかなるきんざんてつへきなりとも」とある。

三一　**泰山の霤は…**(三二一頁)　彰考館本に、「たいさんいかつちはいわほをうかつ。たんこくのつるへなわはゐけたをきる。名はいしのみあらす。なわは木ののこきりにあらす。せんひのしこうしむるところなり」、万法寺本に、「たいさんのなるかみはいはほうかつ。たんこくのつるへなはは井けたをきる。みつはいしのみにあらす。なわゝきののきりにあらす。さんひのしかうしむるところなり」、大山寺本に、「たいさんらいは石をうがつ。たんごくのつるべなはゐげたをたつ。水はいしのみにあらず。なははきのこぎりにあらず。ぜんびのしからしむる所なり」、南葵文庫本に、「たいさんのかめはいはをうかち、せんこくのつるへなわ井けたをきる。水はいしの(の)みにあらす。なはゝ木の(の)こきりにあらす。おゝ(せ)んひのしからしむる所なり」、流布本に、「たいさんのかめはいはほをうがち、らいはいしをうがつ。たんこくのつるべのなはゝ井げたをきる。みづはいしののみにあらず。なはゝ木ののこぎりにあらず。せんひのしからしむるところなり」とある。

三二　**つゝみけりは**(三二一頁)　この前後、彰考館本に、「人めをこそはつゝみけれ」、万法寺本に、「よろづよそめをそつゝみける」、大山寺本に、「よそめをこそはつゝみけれ」、南葵文庫本に、「よそ目をこそつゝみけれ」、流布本に、「よそめをもつゝみければ」とある。

三三　**めづらしさ**(三二六頁)　彰考館本・万法寺本に、「めつらしく」、大山寺本に、「めつらしく候」、流布本に、「めづらしき」とある。

三四　**蓬莱山には千年ふる…**(三二七頁)　彰考館本に、「ほうらいさんには千とせふる、千秋万歳〈せんしうばんぜい〉かさなれる、松のゐたには鶴〈つる〉すくい、岩〈はい〉の上には亀〈かめ〉そあそふ」、万法寺本に、「はうらいさんにはちとせふる、せんしうはんせいかさなれる、まつのゐたにはつるすくい、いはほのうへにはかめそあそふ」、大山寺本に、「ほうらいさんにはちとせふる、せんしうまんぜいかさなれり、まつのえだにはつるすくひ、いはほの上にはかめあそぶ」、流布本に、「ほうらいさんにはちとせふる、せんしうばんせいかさなれり、まつのえだにはつるすくひ、いはほのうへにはかめあそぶ」とある。

三五　**君がすむ亀のふか山の…**(三二八頁)　彰考館本に、「きみかすむかめのを山のたきつせは」、万法寺本に、「きみかすむかめのおやまのたきつせは」、大山寺本に、「きみのすむかめのを山のたきつせは」、南葵文庫本に、「君かすむかめの御山のたきつせは」とある。

**三二六　つがひはづさん**（三二八頁）　彰考館本に、「つかいのかけかねはつさん」、万法寺本に、「つかひのかけかねはつさん」、大山寺本に、「づたひかけがねはづさん」、南葵文庫本に、「つたひかね〳〵はつさん」、流布本に、「づたひつがひはづさん」とある。

**三二七　世に在人は…**（三二九頁）　万法寺本に、「よにある人は、しよりやうといひ、ざいほうといひ、よろつに心かとゝまりて、思ふ事はとけねとも、ひんくのものは、おもひおくことかなくして、なか〳〵ことをとけ候はや」、大山寺本に、「世にある人は、しよりやうざいほうに心がとまりて、思ふ事はとげねども、びらうの者は、思ひおくことなくて、思ふ事をとぐるなり」、南葵文庫本に、「世にある人は、しよりやうさいほうに心かとゝまりて、思ふ事をはとけされ共、ひんなるものは、思ひをく事のなくして、中〳〵おもふ事をはとくるなり」とある。

**三二八　一条・板垣・逸見…**（三三一頁）　一条・板垣は、甲府市内。逸見は、北巨摩郡須玉町。武田は、韮崎市内。小笠原は、中巨摩郡櫛形町。南部は、南巨摩郡南部町。下山は、南巨摩郡身延町。

**三二九　はんさう**（三三一頁）　「はんさう」は、未詳。「かさい」は、「葛西」で、前出。↓一二三頁注三二一。「玉の井」は、埼玉県熊谷市内。「にしたう」は、未詳であるが、「西党」かもしれない。

**三三〇　むらおり・なかさや・おかはら**（三三一頁）　小川は、東京都西多摩郡秋多町。「むらおり」は、「村岡（むらをか）」の誤で、埼玉県熊谷市内。「なかさや」は、未詳。「おかはら」は、「折原（おりはら）」の誤で、埼玉県大里郡寄居町。

**三三一　佐竹・山内・志太・同地・鹿島…**（三三一頁）　佐竹は、常陸太田市内。山内は、笠間市内。志太は、稲敷郡江戸崎町附近。同地は、北相馬郡取手町。鹿島は、鹿島郡鹿島町。行方は、行方郡麻生町。「こくは」は、未詳。宍戸は、西茨城郡友部町。森山は、日立市内。「ちゝわ」は、未詳。

**三三二　千葉介常胤・相馬二郎師胤…**（三三一頁）　千葉系図によると、

常胤（千葉介）
- 胤正（千葉新介）
- 胤常（相馬小次郎）
- 胤盛（武石三郎）
- 胤信（大須賀四郎）
- 胤通（国分五郎）
- 胤頼（東六郎大夫）

とある。千葉支流系図では、「胤常」のかわりに、「師常（相馬次郎、常胤次男）」とあり、その六代目の子孫に、「師胤（下総相馬祖）」とある。千葉は、千葉市。相馬は、茨城県北相馬郡。武石は、千葉市内。国分は、市川市内。東は、香取郡小見川町。笠井系図には、「清重（三郎諱清重…妻千葉介常胤娘也…）」とある。葛西は、前出。↓一二三頁注三二一。「あふ」は、多氏の一族の住みついたものか。倭名類聚抄の「意部」は、千葉県東葛飾郡我孫子町にあたる。猿島は、茨城県猿島郡で、やはり下総国に属した。大原は、千葉県香取郡多古町。小原は、山武郡芝山町か。

**三三三　伊北・伊南・庁北・庁南…**（三三一頁）　伊北は、千葉県夷隅郡大多喜町近辺。伊南は、夷隅郡内か。庁北は、長生郡内か。庁南は、長生郡長南町近辺。印東は、印旛郡内か。金岡・小寺は、翁草四十七「武家時代分限帳（鎌倉右大将家の時）」に、「七千町、同（上野の内）金岡小次郎重高。七千町、同（上野の内）小寺左源太高光」とあるが、ともに未詳。深栖は、群馬県勢多郡粕川村。山上は、勢多郡新里村。「大こし」は、「大胡（おほご）」の誤で、勢多郡大胡町。大室は、勢多郡城南村。

**三三四　桐生・黒川・多胡・片山…**（三三一頁）　桐生は、群馬県桐生市。黒川は富岡市内。多胡（たんご）は、多胡（たご）で、多野郡吉井町か。片山は、多野郡吉井町。新田は、新田郡。園田は、桐生市内。玉村は、佐波郡玉村町。

**三三五　内藤・片桐・くろた…**（三三一頁）　内藤は、諸国に多いが、信濃の内藤は、未詳。片桐は、上伊那郡中川村。「くろた」は、彰考館本・大山寺本に、「すだ」、万法寺本に、「すた」とあり、「須田（すだ）」の誤か。須田は、須坂市。「すわう」は、彰考館本に、「すはたか」、万法寺本に、

「すはたう」、大山寺本に、「すはうたう」とあり、「諏訪党(すはたう)」の誤か。諏訪は、諏訪市近辺。「さいたう」は、彰考館本に、「さくたう」、万法寺本に、「さへたう」、大山寺本に、「ささたう」とあり、「佐久党(さくたう)」の誤か。佐久は、佐久市近辺。村上は、埴科郡坂城村。井上は、須坂市。高梨は、須坂市。海野は、上田市近辺。望月は、北佐久郡望月町。

二三六　**小山・宇都宮・結城・長沼**…(三三一頁)　小山は、小山市。宇都宮は、宇都宮市。結城は、結城市。長沼は、芳賀郡二宮町。氏家は、塩谷郡氏家町。塩谷は、矢板市内。木村は、下都賀郡都賀町。皆河は、栃木市内。「あしから」は、彰考館本に、「あしかゝ」、大山寺本に、「あしかゞ」とあり、「足利(あしかゞ)」の誤。足利は、足利市。「まのた」は、彰考館本に、「わた」、万法寺本に、「まつた」とあり、「間間田(まゝだ)」の誤か。間間田は、小山市内。

二三七　**座間・本間・土屋・愛甲**…(三三一頁)　座間は、高座郡座間町。本間・土屋は、前出。↓六七頁注四四。愛甲は、前出。↓二〇五頁注二一。土肥は、前出。↓六六頁注二。糟屋・渋谷は、前出。↓六七頁注四四。「さとう」は、未詳。波多野は、前出。↓九〇頁注八。岡崎・三浦は、前出。↓六七頁注四四。

二三八　**伊豆の国には、入江・藁科**…(三三一頁)　「くすみ」は、「甯美」で、前出。↓補三〇。「かさみ」は、未詳。「なんてう」は、「南条(なんでう)」で、田方郡韮山町。「ほうてう」は、「北条(ほうでう)」で、前出。↓六八頁注七。入江は、前出。↓六五頁注三〇。藁科は、静岡市近辺。吉川・船越は、前出。↓六五頁注三〇。大森は、駿東郡裾野町。葛山は、前出。↓八三頁注三四。「いしあま」は、彰考館本に、「いししま」、万法寺本に、「いくしま」、大山寺本に、「いひしま」とあり、未詳。「しとつ」は、彰考館本などに、「しとろ」とあり、「志戸呂(しとろ)」の誤。志戸呂は、榛原郡金谷町。

二三九　**大宮司・宮四郎**…(三三一頁)　この大宮司は、熱田の大宮司で、熱田神宮の神職の長。宮は、名古屋市熱田区。関は、未詳。「たかい」は、「高井」で、一宮市内。

二四〇　**美濃国には、高嶋・まつ井**…(三三一頁)　「とき」は、「土岐」で、岐阜県瑞浪市。遠山は、恵那郡山岡町。「やまた」は、「山田」で、郡上郡大和村。川辺は、加茂郡川辺町。高嶋は、滋賀県高島郡。「まつ井」は、彰考館本に、「いま津」、万法寺本に、「いまつ」、大山寺本に、「今津」とあり、「今津(いまつ)」の誤。今津は、高島郡今津町。山本は、東浅井郡湖北町。柏木は、甲賀郡水口町。「たつい」は、未詳。錦織は、大津市。佐々木は、蒲生郡安土町近辺。

二四一　**当番の人々には**…(三三二頁)　結城は、茨城県結城市。河越は、埼玉県川越市。高坂は、埼玉県東松山市内。大胡は、群馬県勢多郡大胡町。「おしむろ」は、大山寺本に、「だうむろ」とあるが、「大室(おほむろ)」の誤で、群馬県勢多郡城南村か。難波は、「難波田」の誤で、埼玉県入間郡富士見村か。上総介は、前出。↓補一一三。

二四二　**海道七か国**(三三二頁)　延喜式民部上には、東海道に属する国名として、伊賀・伊勢・志摩・尾張・参河・遠江・駿河・伊豆・甲斐・相模・武蔵・安房・上総・下総・常陸の十五を挙げている。ここでは、それとかかわりなく、東海道に沿った国々をいう。

二四三　**宝の山に入て、手をむなしくする**(三三二頁)　摩訶止観四下に、「徒生徒死無二一可レ獲、如下入二宝山一空レ手而帰上、深可二傷嘆一」とある。今昔物語集二十の十・同二十八の三十八・平家物語十一「大臣殿被斬」・義経記四「住吉大物二ケ所合戦の事」などに引かれる。

二四四　**高天にせくぐまれ**…(三三五頁)　詩経小雅に、「謂天蓋高、不二敢不一レ局、謂地蓋厚、不二敢不一レ蹐、維号斯言、有レ倫有レ脊」とあるのによる。世俗諺文に、「踞二高天一蹐二厚地一」、下学集下に、「踞〈キヨク セクヽマル〉蹐〈セキ ヌキアシ〉(踞二于高天一蹐二于厚地一、言恐惶之至極也)」とあり、日葡辞書にも、「Tenni xecugumari, chini nuqiaxisu」とある。太平記十九「相模次郎時行勅免事」などに引かれる。

二四五　**九夏三伏のあつき日は**…(三三九頁)　和漢朗詠集下「松」に、「九夏三伏之暑月、竹含二錯午之風一、玄冬素雪之寒朝、松彰二君子之徳一」、平家物語灌頂巻「六道之沙汰」に、「九夏三伏のあつき日は、泉をむすびて心をなぐさめ、…玄冬素雪のさむき夜は、妻を重てあたゝかにす」とある。

二四六　**無二亦無三**（三四七頁）　法華経方便品に、「十方仏土中、唯有二一乗法一、無レ二亦無レ三」とある。一乗法は、法華経をさす。

二四七　**阿字本不生**（三四七頁）　大日経入漫荼羅具縁真言品に、「何真言教法、謂阿字門一切諸法本不生故」とある。その考え方によると、あらゆる存在は、根元のそのままあらわれたものである。その根元が、他の因によって生ずることはなく、あらゆる存在も、他の因によって生ずることはないという。

二四八　**にやくいしきたんが**…（三四七頁）　万法寺本に、「にやくいしきけんか、いをんしやうくか、かやうの人はまさにしやたうをきやうして、によらいをみん事かなふへからす」、南葵文庫本に、「もしいろをもつて我を見、我かおんしやうをもつて我をもとめは、かやうの人々はまさにしやたうをきやうして、如来を見る事かなふへからす」とある。

二四九　**無縄自縛かん〳〵**（三四七頁）　万法寺本に、「むせうじばくのかん」、南葵文庫本に、「無縄目(自)傳昝」、流布本に、「むじやうしはくかん〳〵」とある。運歩色葉集に、「無縄〈ゼウ〉自〈ジ〉縛〈バク〉」とある。

二五〇　**うけ給はて**（三四七頁）　万法寺本・南葵文庫本に、「うけこはて」、流布本に、「うけたまはつて」とある。

二五一　**三千年に花さき実なる**…（三五〇頁）　西王母の桃について、漢武帝内伝に、「又命二侍女一更索二桃果一。須臾以二玉盤一盛二僊桃七顆一、大如二鴨卵一形円青色、以呈二王母一。母以二四顆一与レ帝、三顆自食。桃味甘美、口有二盈味一。帝食輙収二其核一。王母問レ帝。帝曰、欲レ種レ之。母曰、此桃三千年一生レ実、中夏地薄、種レ之不レ生」とある。優曇華については、法華経方便品に、「仏告二舎利弗一、如レ是妙法、諸仏如来時乃説レ之、如二優曇鉢華時一現一耳」とあり、法華経文句四上に、「優曇花者、此言二霊瑞一、三千年一現、現則金輪王出」とある。

二五二　**大楽平右馬助**（三五六頁）　吾妻鏡に、「平子野平右馬允」、真字本に、「大楽弥平馬允」、彰考館本に、「たいらの弥平馬〈やへいま〉のせう」、万法寺本に、「たいらこのやへいじうまのぜう」、大山寺本に、「たひらのやへいじうまのぜう」とあり、「右馬助」は、「右馬允〈うまのぜう〉」の誤とみられる。武蔵七党系図に、「平子野平馬允、横山権頭時広之孫」とある。この平子野も、「大楽」で、八王子市大楽寺か。

二五三　**かひふつて**（三五六頁）　真字本に、「昇伏」、彰考館本に、「取〈とり〉て返して」、万法寺本に、「かひふして」、大山寺本に、「取つてかへして」、南葵文庫本に、「かひふし(つ)て」とある。「かひふつて」も、「かひふして」の誤で、うつぶせになっての意か。また、「かいふりて」の音便で、身体をゆりうごかしての意か。源平盛衰記二十二「衣笠合戦の事」に、「三浦与一受太刀に成ければ、不レ叶と思て、かいふつて逃けるを」とある。

二五四　**胛**（三五六頁）　倭名類聚抄三に、「胛(加伊加禰、肩之下也)」、易林本節用集に、「胛〈カイガネ〉肶〈同〉」とある。

二五五　**御所の御番の内**（三五六頁）　真字本に、「御所御坏内」、万法寺本に、「ごしよの御つほのうち」、南葵文庫本に、「御まへのつほのうち」、流布本に、「御所の御ばんの内」とある。

二五六　**おりてふかで**（三五七頁）　この前後は、彰考館本に、「宇多兄弟〈うたきやうだい〉かおもてもふらて」、万法寺本に、「たゝいまの人々はやさしくもおもてもふらて」、南葵文庫本に、「たゝ人(々)かやさしくおもてもふらす」、流布本に、「人々はやさしくもおもてもふらで」とある。

二五七　**二人の物ども**（三五七頁）　真字本に、「而程、何者云出耶、余暗不三見二分敵御方一、続松付レ火投出耶匍匐」、彰考館本に、「御所〈ごしよ〉かたの人々、是をみて、かたきはこせいなるに、たゝかう所のあまたあるは、いかさま身かたうちするとおほえたり、火〈ひ〉をいたせや、たいまついたせとのゝしれとも、にわかの事成けれは、具〈ぐ〉そくのみとりあふとするほとに、たいまつ一つもいてさりけり」とあって、「こゝに、大御所〈ごしよ〉の御まやの者〈もの〉にとくたけといふものか」に続く。大山寺本でも、それと同じように記して、「二人の者ども」に続く。

二五八　**大匠にかはりて**…（三五八頁）　老子下に、「夫代二大匠一斲者、希有レ不レ傷二其手一矣」とあり、明文抄二に引かれる。彰考館本に、「たいしやうにかはりて出つるものは、かならすそのてをやふる」、万法寺本に、「大のにかはりてつかへるものは、かならすそのてをやふる」、大山寺本に、「たいしやうにかはりてたゝかふ者は、そのてをやぶる」、南葵文庫本に、「大しやうにかはりてつかへるものは、かならすそのてをやふる」、流布本に、「大しやうにかはりてつかへるものは、かならすそのぢんをやぶる」とある。底本の「つかゑる」は、原典の「齘〈けず〉る」にあたる。

二五九　**御坂・かた山・都留・坂東**（三五九頁）　彰考館本に、「北〈きた〉むらといふかた山里〈さと〉」、万法寺本に、「かいのみさかたねかたやまつるばんどう」、大山寺本に、「ばんどうのかたやまざと」、南葵文庫本に、「かいの御さかせかた山つるさかひかし（坂東）」とある。

二六〇　**扨も、仰をうけたまはりて…**（三六五頁）　吾妻鏡建久四年五月二十九日の条に、「辰剋、被三召二出曾我五郎於御前庭上一。将軍家出御。揚二幕二ケ間一。可レ然人々十余輩候二其砌一。所謂一方、北条殿、伊豆守、上総介、江間殿、豊後前司、里見冠者、三浦介、畠山二郎、佐原十郎左衛門尉、伊沢五郎、小笠原二郎、一方、小山左衛門尉、下河辺庄司、稲毛三郎、長沼五郎、榛谷四郎、千葉太郎、宇都宮旀三郎等也。結城七郎、大友左近将監、在二御前左右一。和田左衛門尉、梶原平三、狩野介、新開荒次郎等、候二于両座中央一矣。此外御家人等群参不レ可二勝計一。爰以二狩野新開等一、被三召二尋夜討宿意一。五郎忿怒云、祖父祐親法師被レ誅之後、子孫沈淪之間、雖レ不レ被レ聴二昵近一、申二最後所存一之条、必以二汝等一不レ可レ伝者、尤直欲二言上一、早可レ退云々。将軍家依レ有レ所二思食一、条々直聞二食之一。五郎申云、討二祐経一事、為レ雪二父尸骸之恥一、遂露二身鬱憤之志一畢、自二祐成九歳、時致七歳之年一以降、頻挿二会稽之存念一、片時無レ忘、而遂果レ之、次参二御前一之条者、又祐経匪レ為二御寵物一、祖父入道蒙二御気色一畢、云レ彼云レ此、非レ無二其恨一之間、遂二拝謁一、為二自殺一也者、聞者莫レ不二鳴舌一。次新田四郎持二参祐成頭一、被レ見レ弟之処、敢無二疑貽一之由申之。五郎為二殊勇士一之間、可レ被レ宥歟之旨、内々雖レ有二御猶予一、祐経息童（字犬房丸）、依二泣愁申一、被レ亘二五郎一（年廿）。以下号二鎮西中太一之男上、則令二梟首一云々。此兄弟者、河津三郎祐泰（祐親法師嫡子）男也。祐泰去安元二年十月之比、於二伊豆奥狩場一、不レ図中レ矢墜レ命、是祐経所為也。于レ時祐成五歳、時致三歳也。成人之後、祐経所為之由聞レ之、遂二宿意一。凡此間毎二狩倉一、相二交于御供之輩一、伺二祐経之隙一、如二影之随一レ形云々。又被三召二出手越少将等一、被三尋二問其夜子細一。祐成兄弟之所為也。所二見聞一悉申レ之云々」とある。

二六一　**紀信が軍車にのりしも…**（三七六頁）　史記項羽本紀に、「項王乃与二范増一急囲二滎陽一、漢王患レ之。…漢将紀信説二漢王一曰、事已急矣、請為レ王誑レ楚為レ王、王可二以間出一。於レ是漢王夜出二女子滎陽東門一、被レ甲二千人。楚兵四面撃レ之。紀信乗二黄屋車一、傅二左纛一曰、城中食尽漢王降。楚軍皆呼二万歳一。漢王亦与二数十騎一、従二城西門一出、走二成皐一。項王見二紀信一問、漢王安在。信曰、漢王已出矣。項王焼二殺紀信一。漢王使三御史大夫周苛、樅公、魏豹守二滎陽一。周苛、樅公謀曰、反国之王難二与守レ城、乃共殺二魏豹一。楚下二滎陽城一生得二周苛一。項王謂二周苛一曰、為レ我将、我以レ公為二上将軍一、封二三万戸一。周苛罵曰、若不二趣降レ漢、漢今虜レ若、若非二漢敵一也。項王怒烹二周苛一、并殺二樅公一」とある。

二六二　**十悪五逆の…**（三八二頁）　和語燈録一に、「観経の下品下生を見るに、十悪五逆の罪人も、一念十念に往生すととかれたり」、拾遺語燈録中に、「五逆十悪の衆生の、一念十念によりて、かのくにゝ往生すといふは、これ観経のあきらかなる文也」などとある。

二六三　**禅師法師が自害**（三八三頁）　吾妻鏡建久四年六月一日の条に、「有二五郎弟僧一。父河津三郎夭亡之後、当二于五ケ日一所レ生也。而伊東九郎祐清妻収二養之一。祐清加二平氏一、北陸道合戦之時、被二討取一之後、其妻嫁二武蔵守義信一。件僧同相従、在二武蔵国府一。可レ被レ行二兄等同意一之由、祐経妻子訴申之間、為レ被レ尋二子細一、被レ遣二御使於義信朝臣之許一云々」、同年七月二日の条に、「武蔵守義信召二進養子僧一（号二律師一）。去夜参看。是曾我十郎祐成弟也。日来在二越後国久我窮山一之間。参上于レ今延引云々。而今日聞下可レ被二梟首一之由上。於二甘縄辺一、念仏読経之後、自殺云々。

景時啓二此旨一。将軍家太令二悔嘆一給。本自非三可レ誅之志一。只令三同二意見一乎否、為レ被二召問一許也云々」とある。真字本に、「此人々弟、有二御房殿一、今年成二十八一、河津三郎死後云三三十五日一生子。叔父伊藤九郎、取レ之養、我身亡、女房有レ縁間、武蔵守源茂信朝臣方奉レ之、取養程、付二所領一、云二越後国九上一山寺成二法師一後、云二伊藤禅師一折節、在二武蔵国府一間、仰二彼茂信朝臣一被レ召…」とある。

二六四　**もろともに苔の下にも**…(三九二頁)　金葉集雑下に、「小式部内侍うせて後、上東門院より年ごろたまはりけるきぬを、なきあとにもつかはしたりけるに、小式部内侍と書きつけられたるを見てよめる　和泉式部」という詞書で、「もろともに苔の下には朽ちずして埋もれぬ名を見るぞかなしき」とある。娘とともに死んでしまわないで、朽ちないその名を聞くのは悲しいことだの意。

二六五　**形しく閨の枕に**(三九二頁)　彰考館本に、「かたしくねやの手枕〈たまくら〉に」、万法寺本に、「かたしくねやのたまくらに」、南葵文庫本に、「かたしく袖のてまくらに」とある。

二六六　**顔回は、貫首の弟子にて**…(三九三頁)　彰考館本に、「顔回〈がんくわい〉は、貫首〈くわんしゆ〉の弟子〈でし〉とて、才智〈さいち〉ならふ人なかりしか、廿五歳〈さい〉にて、仲尼〈ぢう〉にさき立〈だち〉給ふ」、万法寺本に、「がんくわいは、くはんしゆのてしにて、さいちならぶ人なし。廿五さいにして、ちうしにさきたち給ふ」、大山寺本に、「(だいとうの)くわんじゆは、さいちをならぶ人無かりしがんくわいを先立て給ふ」、南葵文庫本に、「しんたんのくわんかひは、くわんしゆのでしにて、たうとさ人にこえたりしかとも、わつかに二十五さいにして、師にさきたつてうせ給ひぬ」、流布本に、「がんくはいは、くはんしゆのでしにて、さいちならぶ人なかりしかども、廿五さいにて、師〈し〉にさきだち給ふ」とある。顔回は、孔子の高弟で、徳行をもって聞えた人。貫首は、頭にたつ者。

二六七　**わが朝の慈覚大師の御弟子**…(三九三頁)　彰考館本に、「朝〈てう〉の慈覚大師〈じかくだいし〉の御弟子〈でし〉惟繞〈ねう〉、大師〈だいし〉ニさきたち奉〈たてまつ〉る」、万法寺本に、「わがてうのじかくたいしの御てしゆいきやうは、だいしにさきたちたてまつる」、大山寺本に、「わがてうのゆひげふは、じかくだいし師を先立て」、南葵文庫本に、「わかてうのぢかく大師〈し〉の御てしゆひけうは、大師にさきたち給ふ。大師なく〳〵百ケ日のついせん、いとなみたまふ」、流布本に、「わがてうのじかくは、大しの御でしなりしが、師〈し〉の天台〈だい〉大しにさきたちたてまつる」とある。慈覚大師円仁は、第三世の天台座主。

二六八　**西方院の座主院源僧正**…(三九三頁)　彰考館本に、「西方院〈さいはうゐん〉の座主〈ざす〉院源僧正〈ゐんげんそうじやう〉は、りやういん大徳〈だいとく〉ニおくれ給ふ」、万法寺本に、「さいはうゐんのざすゐんけんそうじやうは、りやうゐん大とくにをくれ給ふ」、大山寺本に、「さいはうゐんのざすゐんげんは、りやうえんそうじやうにおくれ給ふ」、南葵文庫本に、「さいたうのざすゐんけうそうしやうは、りやうゐんにおくれてかなしみ給ふ」、流布本に、「さいはうゐんのざすゐんげんそうじやうは、りやうゐん大とくにをくれ給ふ」とある。院源は、第二十六世の天台座主。

二六九　**生飯**(三九六頁)　壒嚢鈔八に、「サバヲ取ハ、何事ソ。又其ノ文字色々也。何ヲ可レ為レ本哉。誠ニ昔ヨリ思々ニ書習シテ不二一准一。或ハ散飯或ハ生飯又ハ三飯三把ナト書ケリ。先ツ散飯ト書ハ、日食ノ上分ヲ取テ、或ハ曠野鬼神ノ分トシ、或ハ訶利底母ノ食トシ、或ハ魂霊神ノ料ニ充、皆因縁有リ。普ク諸鬼ニ及スカ故ニ、散飯ト名クト云。宋朝ニハ生飯ト書テ、サンハトヨム。是ヲ出生飯ト云故ニ、宋朝ニハ生ノ字ヲ、サント読也。人ヲ罵詞ニ、シユクサント云ハ、畜生ト書テ読也。出生食トハ、釈尊鬼子母(訶利帝母)曠野鬼等ニ、僧ノ食ヲ分テ与ヨト、被二仰置一タリシカバ、是ヲ其分アツル也。然ニ鬼此ノ小飯ヲ得テ、多成テ、食スレバ、出生ト名ル也。サバヲ取事、律ノ法ニハ、七粒ニ不レ過。其故ハ一粒ニ、百億ノ功アリ。種ヨリ納取テ、飯ニスルマテノ其功如レ此。是ヲ顧テ、労リ重クスル心也。仏約ノ、鬼神ノ食猶如レ此。況ヤ破戒ノ比丘ノ、多食ヲヤ。尤モ可二心得一事也。三把ト書事、必ス三度可レ把也。初ハ三宝ニ供シ、次ニ残食ヲ湌シテ、誓ヒ給故ニ、不動明王ニ供シ、次ニ訶利底母ニ供スヘシト云云。三飯又同義也。サハト云ハ、和ケテ云詞ナルヘシ」とある。

二七〇 **五十展転の功力**(三九八頁) 法華経随喜功徳品によると、法華経を聞いた人が、つぎつぎに語り伝え、五十人目になっても、その功徳は変りないという。

二七一 **をはかりたまへば**(三九八頁) この前後、彰考館本に、「施主〈せしゆ〉の心〈こゝろ〉さしをしはかり給へは」、万法寺本に、「しゆの心さしをしはかり給へは」、大山寺本に、「せしゆの心、まうじやの事をしはかり給ふ程に」、南葵文庫本に、「へつたうも、五郎かようせうよりなしみたりおもかけわすれかたく、此人々の心のうちおしはかるに、心もこゝろならす」とある。

二七二 **をつれ**(三九八頁) 真字本に、「音信」、彰考館本に、「音信〈おとづれ〉」、万法寺本・流布本に、「ゐんしん」、大山寺本に、「むじやう」、南葵文庫本に、「むしやう」とある。

二七三 **分段**(三九八頁) 分段とは、分段生死のことで、六道に輪廻する凡夫の生死をいう。その業因によって、寿命に分限があり、形体に段別があるために、分段と名づける。

二七四 **はいき**(三九八頁) 真字本に、「勤」、彰考館本に、「沛規〈き〉」、万法寺本・大山寺本・流布本に、「はいきん」とある。「拝観」で、仏前に拝礼することとか。

二七五 **二十三年の夢**…(三九八頁) 真字本に、「弐拾余年春夢、暁月空暮、千万端秋心、暮嵐独冷、成レ雲昇レ煙後、恋暮涙無二乾時一」、彰考館本に、「二十余〈よ〉年の夢〈ゆめ〉、暁〈あかつき〉の月と空にかくれぬ。千万談〈せんまんだん〉の愁〈うれへ〉、夕部〈ゆふべ〉の嵐〈あらし〉ひとりすさましく、雲となり雨となり、哀恋〈あいれん〉の涙〈なみだ〉かわく事なし」、万法寺本に、「廿よねんのゆめ、あかつきの月とそらにかくれぬ、はくせんばんたんのうれへ、ゆふべのあらしひとりすさましくして、くもとなり、れいみんのなみたかはくまもなし」、大山寺本に、「くもとなりあめとなる、あいしやうの涙をとゞむる事なし」、南葵文庫本に、「二十よ年のゆめ、あかつきむなしくさめ、しうしんの夕へのあらしひとりすさましく、雲きたり雨くたり、れんほのなみたかはく事なし」、流布本に、「二十よねんのゆめ、あかつきの月とそらにかくれぬ、千万だんのうれへ、夕へのあらしひとりぎんじて、くもとなり雨となり、あいれんのなみだかはく事なし」とある。

二七六 **所作いまだやまざるに**(三九八頁) 真字本に、「旬月愁未レ息」、彰考館本に、「所作〈しよさ〉いまたやまさる二」、大山寺本に、「千万のらくるい未だかわかざるに」、南葵文庫本に、「千万のかなしみいまたかわさるに」とある。

二七七 **かなしみいたりてかなしきは**…(三九八頁) 本朝文粋十四、後江相公「為二亡息澄明四十九日一願文」に、「悲之又悲、莫レ悲二於老後レ子。恨而更恨、莫レ恨二於少先レ親。雖レ知二老少之不定一、猶迷二先後之相違一」とあり、平家物語六「小督」に、「悲の至て悲しきは、老て後子にをくれたるよりも悲しきはなし。恨の至て恨しきは、若して親に先立よりもうらめしきはなし」と引かれる。真字本に、「彼後江相公朝綱、後二澄明一書願文、銘レ肝覚候、悲過悲、老後レ子悲、恨更恨、若先二立親一恨、雖レ知二老少不定一、猶迷二前後相違一…」とある。

二七八 **呵責**(三九九頁) 彰考館本・万法寺本・流布本に、「かしやく」とあり、その方がよい。

二七九 **往事を思ふに**…(三九九頁) 和漢朗詠集下「懐旧」に、「往事眇茫都似レ夢、旧遊零落半帰レ泉」とある。「きゆふ」は、彰考館本に、「喜憂〈きう〉」、万法寺本に、「きゆう」、流布本に、「きうゆう」とあり、「旧遊」にあたるか。

二八〇 **しやうしやせん**(三九九頁) 彰考館本に、「傷差〈しやうさ〉せん」、万法寺本に、「しやうじやせん」、流布本に、「のこりやせん」とある。「傷嗟〈しやうさ〉」で、いたみ悲しむことか。

二八一 **三界無安、猶如火宅**(三九九頁) 法華経譬喩品に、「三界無レ安、猶如二火宅一、衆苦充満、甚可二怖畏一、常有二生老、病死憂患一、如レ是等火、熾然不レ息」とある。衆生の輪廻する三界(欲界・色界・無色界)は、苦しみが多くて、火にかかった家にいるようなものだの意。

二八二 **まさに今こんかく塵ふかくして**…(三九九頁) 真字本に、「澗水遺風、待二七年一在二余慶一、九泉別涙、送二千秋一無レ極。雲客塵深、竹間幾千巻。苔滝雲静、松風只一声。一苑中華月、相伝失レ主。七月半盂蘭会、所レ望無レ誰」、彰考館本に、「方〈かた〉にいま雲客〈うんかく〉ちりふかうして、竹干いくはくの千巻そ。台竜雲しつかにして、松風たゝ一声。一薗中の花月、あひつたふるに主をうしなふ。七月半〈なかば〉の盂蘭盆、のそむところ誰〈たれ〉かあらん」、万法寺本に、「まさにいまうんかくちりふかうして、ちくかんいくばくのせんけんそ。たびりよくもしつかにして、せうふうたゝ一せい。一おんちうのくわけつ、あいつたふるにあるしをうしなふ。七月なかはうらぼん、のそむところたれにかあらん」、大山寺本に、「いまらんかんちりふかし、ちくかんせんくわいの色。たいれいくもしづかなり、夕べのかぜたゞいつせひ」、流布本に、「まさにいまこんかくちりふかくして、ちくかんいくばくのぜんくはんぞ。たいれうくもしづかにして、せうふうたゝ一声〈せい〉。ゑんちう花月、あひつたふるにあるじをうしなふ。七月なかばのうらぼんのそんれう、たれにかあらん」とある。「こんかく」は、「芸閣〈うんかく〉」の誤で、蔵書の所の意。竹箇は、竹の札で、古く字を写したもの。苔壠は、苔むしたつか。「てんちうくわせつ」は、「薗中花月〈ゑんちうくわげつ〉」の誤。「七月なかばの盂蘭盆」は、七月十五日の魂祭。

二八三　**桑の弓・蓬の矢をもて**（三九九頁）　明文抄三に、「男子生、以二桑弧蓬矢六一射レ天射レ地射二四方一。天地四方(者)男子之所有事也(礼記)」とある。

二八四　**君はたつとくしてしたしからず…**（四〇〇頁）　孝経に、「資二於事レ父以事レ母、而愛同。資二於事レ父以事レ君、而敬同。故母取二其愛一、而君取二其敬一。兼レ之者父也」とあり、孔安国伝に、「母至親而不レ尊、君至尊而不レ親、唯父兼二尊親之誼一焉」とある。壒嚢鈔一に、「君至尊共至不レ親、母至親至不レ尊、父尊親義兼」とある。真字本に、「君至貴不レ親、母至親不レ貴、尊親兼レ是見二父恩徳一」とある。

二八五　**竹馬の昔**（四〇〇頁）　後漢書郭伋伝に、「有二童児数百一、各騎二竹馬一、於二道次一迎拝」とある。和漢朗詠集下「慶賀」に、「省躬還耻相知久、君是当初竹馬童」とある。

二八六　**虚弓とゞまりて、閨によせたつ**（四〇一頁）　本朝文粋十四、江匡衡「為二右近中将源宣方四十九日一願文」に、「虚弓倚レ壁、向二暁月一而断レ腸」とある。

二八七　**虞氏が古**（四〇一頁）　和漢朗詠集下「詠史」に、「燈暗数行虞氏涙」とある。

二八八　**かの唐の玄宗の楊貴妃も…**（四〇一頁）　真字本に、「唐玄宗厳二楊貴妃一、僅詞伝二蓬莱宮浪一」、彰考館本に、「彼〈かの〉唐〈もろこし〉の玄宗〈げんそう〉か厳〈いつくし〉くせし楊貴妃〈やうきひ〉も、わつかに事を蓬萊宮〈ほうらいきう〉のなみにつたふ」、万法寺本に、「かのたうのけんそうかいつくしくせしやうきひも、わつかに事をほうらいきうのなみにつたふ」とある。底本では、「いつくしくせし」の脱落。

二八九　**穆公の弄玉をおもんぜしも…**（四〇一頁）　真字本に、「晋穆公重二弄玉一、政残二風鳴台月一」、彰考館本に、「秦〈しんの〉穆公〈ぼくこう〉のろうきよくをおもんせしも、それいたつらに鳳風台の月によす」、万法寺本に、「しんのほつこうかろうきよくをおもくせしも、それいたつらにほうわうたいの月によす」、大山寺本に、「きうほうこうのまつりごとをほうせうだいのつきにのこせり」とある。蒙求下「簫史鳳台」に、「列仙伝、簫史者、秦穆公時人。善吹レ簫能致二孔雀白鶴一、居数年吹似二鳳声一。鳳凰来止二其屋上一、作二鳳台一。夫婦止二其上一、不レ下数年。一日妻字弄玉。一日皆随二鳳凰一飛去、故秦人作二鳳女祠雝宮中一。時有二簫声一」とあり、和漢朗詠集下「雲」に、「鳳去二秦台一、月老二吹簫之地一」とある。

二九〇　**ようぎやう上人**（四〇五頁）　箱根神社大系所収の曾我兄弟縁起では、「庸教上人」と記されているが、あて字にすぎないと思われる。角川源義氏の「語り物と管理者」(『国語国文』十三の十二)などに説かれたとおり、正しくは「遊行上人」で、時衆の念仏聖をさすのであろう。時衆教団の開祖一遍上人の生まれた延応元年(一二三九)は、曾我兄弟の敵討から四十六年後、源頼朝の死去から四十年後にあたる。したがって、頼朝が遊行上人を招いて、曾我の怨霊の供養をさせたはずはない。おそらく頼朝とかかわりなく、時衆の念仏聖が、曾我の怨霊の供養に加わり、曾我物語の成立にもあずかっていたとみられる。

二九一　**一字千金**（四〇五頁）　一字千金は、一字金輪法で、密教の修法とも解されるが、天神縁起などによると、やはり一字千金の恩で、師匠の厚恩をさすのであろう。彰考館蔵絵巻「天神記」には、「くわうていは、おの〻みやの〔しん〕大なこんと申人、ひさにかきのせ申て、いまや〱とせきめんしける、てんにむかつてのたまふやう、さてもお〻いてんもんの、わきの御とき、くつといふしを、さつけたてまつりし事あり、一しせんきんのをんは、いかにとのたまへは、や〻あつて、てんよりこかねせんりやうおとし給ふ。いなひかりしきりになり、また大なこん、一てんたしやうを、たすくるのおんは、いかにとのたまへは、くてときうつり、ほんしやうはう〔を〕まちうけたまふ」、奈良絵本「てんしん」には、「さてもをの〻くないと申けるは、一とせきたのせんてんもんのわきによりて、御あそひのときに、くつといふ字をあたへけり、しのおんは、いか〻せさせたまふへきそや、まさしくいかつちききたまへ、されは一し千金にあたる、一てんたしやうをたすくと申もんあり、さるほとに、そらよりいかつちきき給ひ、こかね千りやうおとされて、又なりあかりたまひけり」とある。

二九二　**いまだ三十にもならざるが**…（四一六頁）　平家物語十「横笛」に、「いまだ卅にもならぬが、老僧姿にやせ衰へ、こき墨染におなじ袈裟、おもひいれたる道心者、浦山しくやおもはれけん。晋の七賢、漢の四皓がすみけん商山・竹林のありさまも、これにはすぎじとぞ見えし」とある。

二九三　**庵室の体を見まわせば**…（四一七頁）　延慶本平家物語六末「法皇小原へ御幸成事」に、「内ノ有様ヲ御覧スレハ、一間ヲハ仏所ニシツラヒテ、三尺ノ立像ノ御身ハ諸仏来迎之三尊東向ニ奉二安置一、奉レ備二花香一、仏前ニハ浄土ノ三部経ヲ置セ給ヘリ。観无量寿経ヲハ半巻斗ハアソハシ残タリト見ユ。仏ノ左方ニハ普賢ノ絵像ヲ奉レ懸、御前ナル紫檀ノ机ニハ八軸ノ妙文並ニ廿八品ノ惣尺ヲ置セ給ヘリ。右ノ方ニハ善導ノ御影ヲ懸テ、九帖ノ御書並ニ往生要集已下ノ諸経ノ要文被レ置タリ。…又御勤ノ隙ノ御心ナクサメトオホシクテ、古今万葉其外狂言綺語ノ類被二取散一タリ」とある。

二九四　**天上の五衰**（四一八頁）　経論の所説は、かならずしも一致しないが、倶舎論分別世品には、大小二種の五衰について、「諸天子将二命終一時、先有二五種小衰相一現。一者衣服厳具出二非愛声一、二者自身光明忽然昧劣、三者於二沐浴位一水滞若レ身、四者本性囂馳今滞二一境一、五者眼本凝寂今数瞬動、此五相現非二定当一レ死。復有二五種大衰相一現、一者衣染二埃塵一、二者花鬘萎悴、三者両腋汗出、四者臭気入レ身、五者不レ楽二本座一、此五相現必定当レ死」とある。

二九五　**釈尊の遺弟につらなりて**…（四一九頁）　平家物語灌頂巻「六道之沙汰」に、「忽に釈迦の遺弟につらなり、悉く弥陀の本願に乗じて、五障三従のくるしみをのがれ、三時に六根をきよめ、一すぢに九品の浄刹をねがふ」とある。

二九六　**順縁逆縁に**（四一九頁）　彰考館本に、「しゆんゑんきやくゑんにこたえて、よろこひもなけきも」、南葵文庫本に、「じゆんゑむきやくゑんにこたへは、よろこひもなけきも」とある。

二九七　**分段輪廻の郷にむまれて**…（四一九頁）　延慶本平家物語五末「惟盛卿高野詣事」に、「出二分段輪廻郷一物、必得二生衰之恨一、会二妄想女幻之家一族、定有二別離之悲一」とある。分段輪廻は、前出。→補二七三。妄想如幻は、みだりな想念の、実ではなくて幻のようなさま。

二九八　**いづる息の、いる息をまたぬ**（四一九頁）　往生要集上末に、「経言、出息不レ待二入息一、入息不レ待二出息一」とある。宝物集上に、「いづるいきは入いきをまたず」、平家物語一「祇王」に、「出るいきのいるをもまつべからず」とある。

二九九　**あひがたき仏教にあひながら**（四一九頁）　六道講式に、「人身難レ受、仏法難レ遇」、真如観に、「哀レ此受ガタキ人身ヲ受、遇ガタキ仏教ニアヘリ」、宝物集中に、「哀ナル哉ヤ、難受人身ヲ受ケ、難値仏法ヲ修行スル事ハ」、平家物語一「祇王」に、「人身は請がたく、仏教にはあひがたし」とあり、その他の諸書に引かれる。

三〇〇 **八寒八熱のくるしみ**（四二〇頁） 八寒地獄は、寒氷に苦しめられる八種の地獄で、頞部陀（あぶだ）・尼剌部陀（にらぶだ）・頞哳吒（あせちだ）・臛々婆（かかば）・虎々婆（ここば）・嗢鉢羅（うはら）・鉢特摩（はどま）・摩訶鉢特摩（まかはどま）をいう。八熱地獄は、八大地獄といい、焔熱に苦しめられる八種の地獄で、等活・黒縄・衆合・叫喚・大叫喚・焦熱・大焦熱・無間をいう。

三〇一 **つら〳〵出離の要義を**（四二一頁） 愚要鈔下に、「倩出離の要義を案ずるに、顕に付き、密に付き、開悟容易からず、事と云ひ理と云ひ、修業成就し難し。一実円融の密の内には即身是仏の妙観に疲れ、三密同体の床の上には現世速証の覚位を失す。然る間某し涯分を量りて浄土を願ひ、他力を憑て名号を称す。誠に往生極楽の教行は直至道場の目足也。有智無智誰か帰せざらん」とある。

三〇二 **直至道場の目足**（四二一頁） 法華経譬喩品に、「直至道場」とある。目足とは、智目行足で、智を目に、行を足にたとえたもの。

三〇三 **正像はやくくれて**（四二一頁） 漢語燈録一「大経釈」に、「正像既過、至二末法一、但有レ教無二行証一」とある。正像は、正法と像法。仏の入滅後に教法のおこなわれる時期が、正法・像法・末法にわけられる。

三〇四 **天台山は、桓武の起願…**（四二一頁） この天台山は、比叡山をさす。漢語燈録一「大経釈」に、「比叡山是伝教大師建立、桓武天皇之御願也。大師自結界堺レ谷局レ峰不レ入二女人形一。一乗峰高立五障之雲無レ聳、一味之谷深三従之水無レ流。薬師医王霊像聞レ耳不レ視レ眼、大師結界霊地、遠見近不レ臨。高野山者弘法大師結界峰、真言上乗繁昌之地。三密之月輪雖二普照一、不レ照二女人非器之闇一、五瓶之智水雖二等流一、不レ灑二女身垢穢之質一。於二此等所一尚有二其障一、何況於二出過三界道之浄土一之哉。加之又聖武天王御願、十六丈金銅舎那前、遙雖三拝二見之一、尚不レ入二扉内一。天智天王之建立、五丈石像弥勒前、高仰雖三礼二拝之一、尚壇上有レ障、乃至金峰雲上、醍醐霞中、女人不レ影」とある。法然上人行状絵図には、「比叡山は伝教大師の建立、大師みづから結界して、谷をさかひ峰をかぎりて、女人の形をいれず。されば一乗峰たかくして五障の雲たなびく事なく、一味谷深くして三従の水ながるゝ事なし。高野山は弘法大師結界の峰、真言上乗繁昌の地也。三密の月輪あまねくてらすといへども、女人非器のやみをばてらさず。五瓶の智水ひとしくながるといへども、女人垢穢のあかをばすゝがず。…乃至金峰の雲のうへ、醍醐の霞のそこ、女人更にかげをさゝず。悲哉両足ありといへどものぼらざる法の峰あり。ふまざる仏の庭あり」とある。平家物語十「高野巻」には、「八葉の嶺、八の谷、まことに心もすみぬべし」とある。

三〇五 **三世の諸仏眼は…**（四二二頁） 録外御書二十一「一代五時継図」・同書二十五「女人成仏御書」に、「銀色女経云、三世諸仏眼堕二落於大地一、法界諸女人永無二成仏期一」とあり、同書十三「主師親御書」に、「或経云」として、この文句を引いている。女人往生聞書に、「心地観経にいはく、三世諸仏眼堕二落於大地一、法界諸女人永無二成仏願一。この文のこゝろは、三世の諸仏のまなこは、大地におちおつとも、法界のもろ〳〵の女人はながく成仏の願なしといへり」とある。

三〇六 **女人は、地獄のつかひなり…**（四二二頁） 織田得能氏「仏教大辞典」に、録内啓蒙二十三を引いて、「円智註に紕せる如く、華厳其外の経論にも本拠を見ずと雖も、本朝古来経文に用ゐ来れる例あれば誤を以て誤を伝へ給ふ意なるべし」とある。その例として、宝物集（片仮名三巻本）下に、「所有三千界、男子諸煩悩、合集為一人、女人之業障、女人地獄使、能断仏種子、外面似菩薩、内心如夜叉、是ハ華厳経ノ文也」、宝物集（平仮名三巻本）下に、「ねはんぎやうに、女人地獄し、のふだんぶつしゆし、げめんいぼさつ、ないしんによやしやとのべ給へり。此こゝろは、女はぢごくのつかひにて、よく仏のたねをたつ、かたちはぼさつに似たりといへ共、心のうちは鬼のごとしとゝき給ふ也」とある。録内御書十一「法華題目抄」・録外御書十三「主師親御書」・二十一「一代五時継図」・二十五「女人成仏御書」などに、「華厳経云」として、女人往生聞書に、「唯識論にいはく」として、河海抄十三に、「涅槃経」として、この文句を引いている。

三〇七 **極重悪人、無他方便**（四二二頁） 往生要集下本「念仏証拠」に、「観経（意）云、極重悪人、无二他方便一、唯称二念仏一、得レ生二極楽一」、二十五三

味式に、「極重悪人、無㆓他方便㆒唯称㆓弥陀、得㆑生極楽㆒」とあり、六道講式・宝物集下・壒嚢鈔十五にも引かれる。

三〇八　**耆婆が万病をばいやす薬**…（四二二頁）　和語燈録一「三経釈」に、「耆婆・扁鵲が万病をいやすくすりは、もろ〳〵の草、よろづのくすりをもて合薬せりといえども、病者これをさとりて、その薬種何分、その薬草何両和合せりとしらず。しかれどもこれを服するに万病こと〴〵くいゆるがごとし。たゞしうらむらくは、このくすりを信せずして、わがやまひはきはめておもし、いかゞこのくすりにてはいゆる事あらんとうたがひて服せずんば、耆婆が医術も、扁鵲が秘方も、むなしくしてその益あるべからざるがごとく、弥陀の名号もかくのごとし。それ煩悩悪業のやまひきはめておもし、いかゞこの名号をとなえてむまるゝ事あらんと、うたがひてこれを信ぜずば、弥陀の誓願、釈尊の所説、むなしくしてそのしるしあるべからず。たゞあふいで信ずべし、良薬をえて服さずして死することなかれ、崑崙の山にゆきてたまをとらずしてかえり、栴檀のはやしにいりて枝をよぢずしていでなば、後悔いかゞせん。身づからよく思量すべし」とある。

三〇九　**医方**（四二二頁）　和語燈録に、「秘方」、彰考館本に、「秘方《ひはう》」、南葵文庫本に、「ひほう」とある。

三一〇　**阿字十方三世仏**…（四二二頁）　万法甚深最頂仏心法要下に、「一心三智阿弥陀三尊、是戒定慧三学。経云、阿字十方三世仏、弥字一切諸菩薩、陀字八万諸聖教、三学之中皆具足」とある。

三一一　**法報王の三身**（四二二頁）　和語燈録一「三経釈」に、「天台宗には空・仮・中の三諦、正・了・縁の三義、法・報・応の三身、如来所有の功徳、これをいでざるがゆえに功徳莫大なりといへり」とある。三身については、前出。↓補三七。

三一二　**空仮中の三諦**（四二二頁）　天台宗で、諸法の実相をあらわすために、空仮中の三諦をたてる。空諦は、諸法すべて空であるという道理、仮諦は、諸法すべて仮有《うけ》であるという道理、中諦は、諸法が有でも空でもないという道理。

三一三　**もつぱら弥陀を**…（四二三頁）　摩訶止観二上に、「但専以㆓弥陀㆒為㆓法門主㆒」とある。

三一四　**いとくたり大りそくせんしやうくとく**（四二三頁）　彰考館本に、「ゐとくたいりそくせむしやうくとく」、南葵文庫本に、「いとくだいりそくぜ無上くどく」とある。

三一五　**一万三千仏をたかさ十丈に**…（四二三頁）　壒嚢鈔十二に、「花厳経云、…文云、一万三千仏、金銅十六丈、百度造㆓供養㆒、不㆑如㆑称㆓弥陀㆒」とある。

三一六　**致使凡夫念即生、不断煩悩得涅槃**（四二三頁）　法事讃下に、「如来出㆓現於五濁㆒随㆑宜方便化㆓群萠㆒、或説㆓多聞而得度㆒、或説㆓少解証㆓三明㆒、或教㆓福慧雙除㆑障、或教㆓禅念坐思量㆒、種々法門皆解脱、無㆑過㆓念仏㆒往㆓西方㆒、上尽㆓一形㆒至㆓十念三念五念㆒仏来迎、直為㆓弥陀弘誓重㆒、致㆑使㆓凡夫念即生㆒」とあり、和語燈録一に引かれる。また、往生論注下に、「有㆓凡夫人煩悩成就㆒亦得㆑生㆓彼浄土㆒、三界繋業畢竟不㆑牽、則是不㆑断㆓煩悩㆒得㆓涅槃分㆒、焉可㆓思議㆒」とある。

三一七　**一さんいの心**（四二三頁）　彰考館本に、「一さむゐの御身」、南葵文庫本に、「一さむいの御身」とある。

三一八　**洞然猛火**（四二三頁）　倶舎論分別世品に、「此八㮇落迦、我説甚難㆑越、…周偏焔交徹、猛火恆洞然」とある。二十五三昧式に、「猛火洞然四面交徹」、六道講式に、「猛火洞然四面充塞」とある。

# 曾我物語地図

一、この地図は、主として本書にあらわれる地名を示したものである。したがって、『曾我物語』真字本などにあらわれる地名が、すべて取りあげられているとは限らない。

一、『曾我物語』に語られた時代を考えながら、それらの地点を定めた。本図における地名が、すべて現在の市区町村名と一致するわけではない。たとえば、本図における豊島・都留・土岐・交野などは、それぞれ現在の豊島区・都留市・土岐市・交野町などと異なっている。

一、ひろい範囲にわたる郷・庄については、中心と認められる地点をあげ、「狩野〈松が瀬〉」「三浦〈衣笠〉」などのように、〈　〉にその地名を記した。

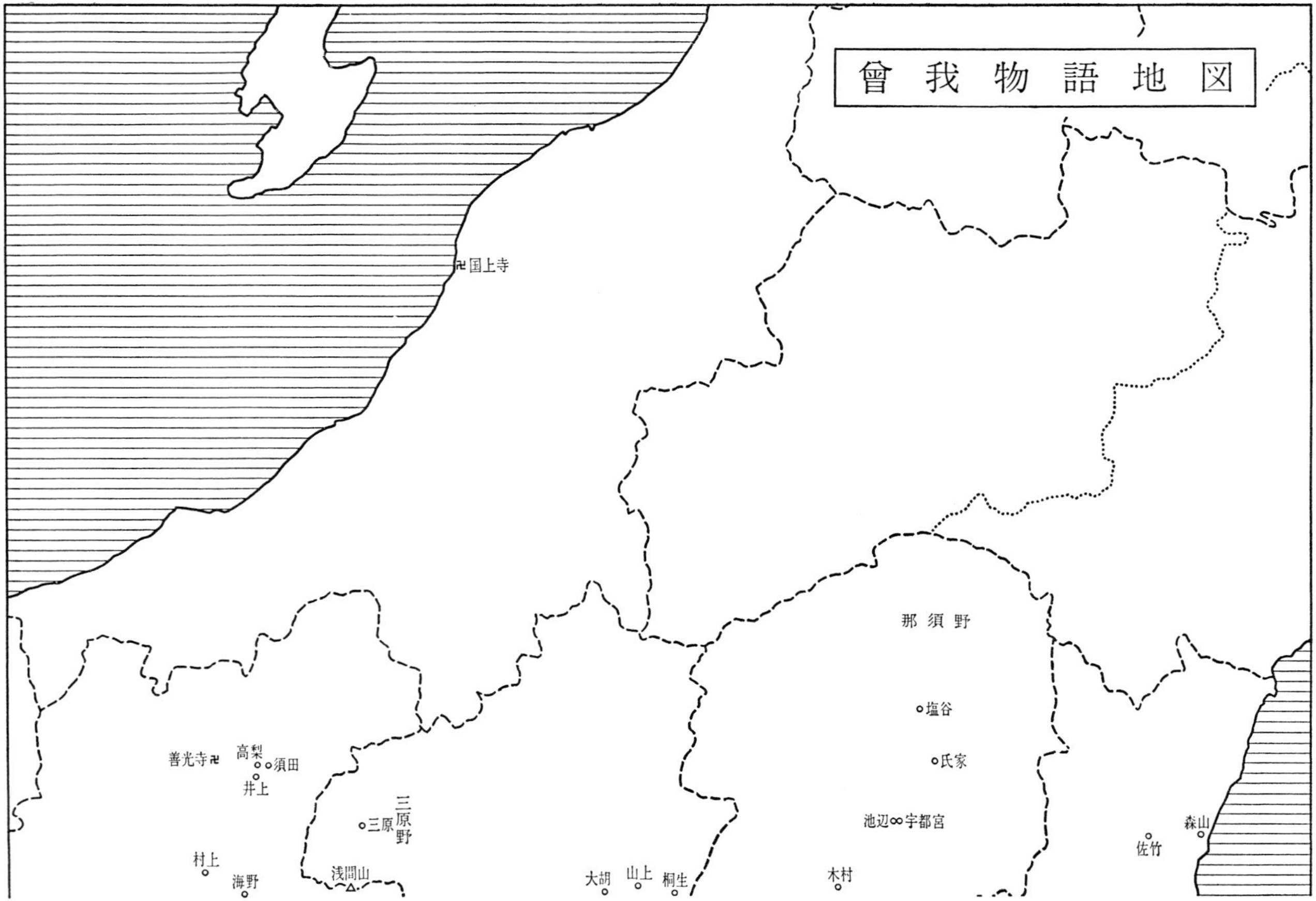
曾我物語地図
国上寺
善光寺
高梨
須田
井上
三原
三原野
村上
海野
浅間山
大胡
山上
桐生
那須野
塩谷
氏家
池辺
宇都宮
木村
佐竹
森山

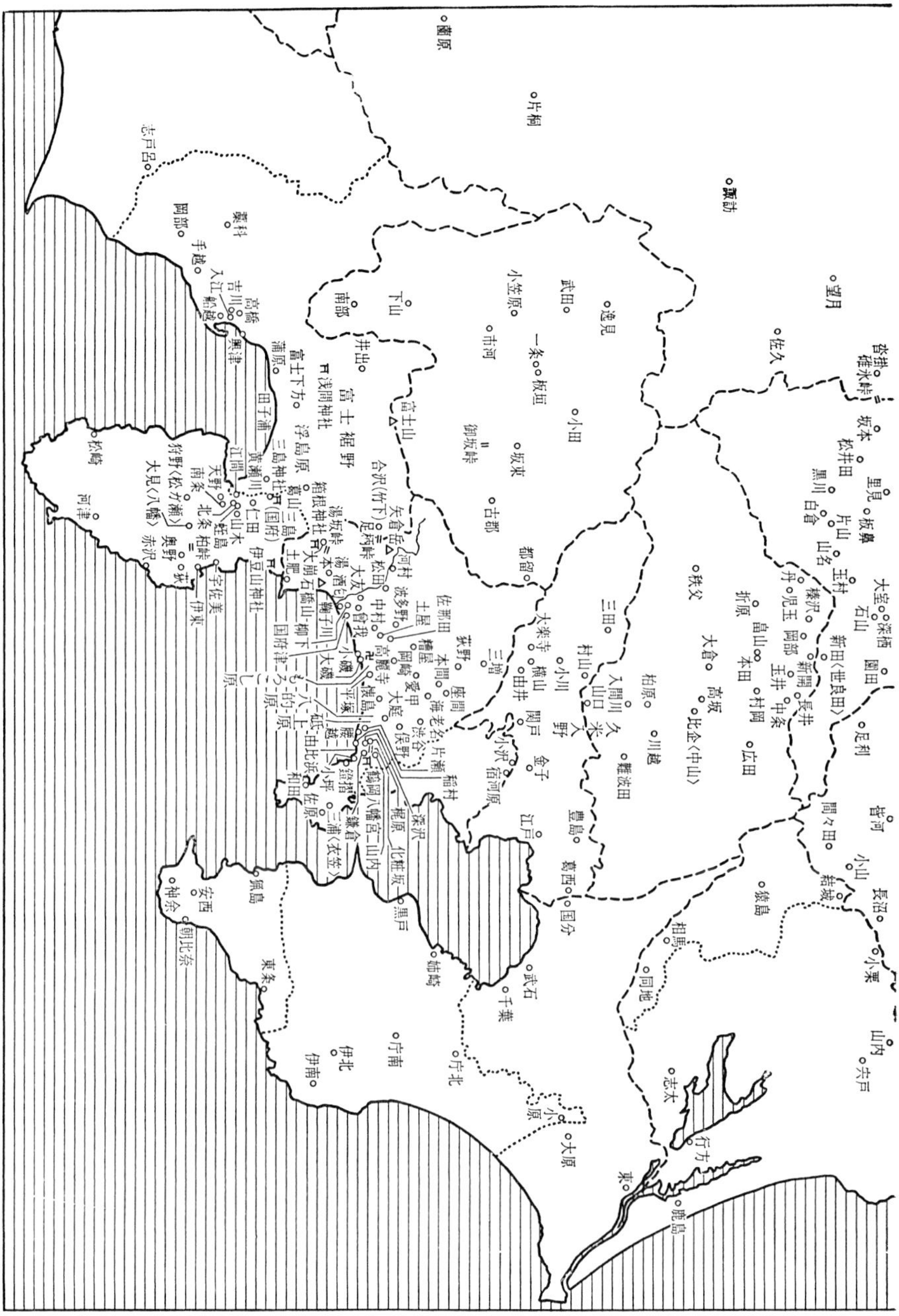
園原
片桐
諏訪
望月
佐久
沓掛
碓氷峠
志戸呂
岡部
藁科
手越
入江
吉川
高橋
船越
興津
蒲原
田子浦
富士下方
南部
下山
井出
浅間神社
富士山
富士裾野
浮島原
三島神社
小笠原
武田
逸見
市河
一条
板垣
小田
御坂峠
坂東
古郡
都留
合沢(竹下)
矢倉岳
足柄峠
箱根神社
湯坂峠
葛山
三島(国府)
黄瀬川
江間
松崎
河津
狩野〈松ヶ瀬〉
大見〈八幡〉
天野
南条
北条
仁田
山木
蛭島
柏峠
奥野
赤沢
荻
宇佐美
伊東
伊豆山神社
土肥
大崩
石橋山
湯本
早河
酒匂
河村
松田
大友
波多野
中村
曽我
鞠子川
柳下
国府津
小磯
大磯
佐那田
土屋
糟屋
岡崎
高麗寺
本間
愛甲
大庭
懐島
平塚
砥上
腰越
由比浜
和田
小坪
佐原
稲村
鎌倉
鶴岡八幡宮
山内
三浦〈衣笠〉
化粧坂
深沢
梶原
片瀬
渋谷
海老名
座間
荻野
三増
大楽寺
横山
由井
小川
関戸
小沢
稲河原
金子
江戸
豊島
葛西
国分
黒戸
栗原
柿崎
武石
千葉
三田
村山
入間川
山口
久米
入野
柏原
川越
難波田
秩父
大倉
高坂
比企〈中山〉
鹿島
本田
畠山
折原
児玉
岡部
村岡
広田
中条
長井
新開
玉井
榛沢
丹
玉村
山名
片山
板鼻
白倉
黒川
松井田
坂本
里見
大室
石山
深栖
新田〈世良田〉
園田
足利
簡々田
古河
小山
結城
長沼
猿島
相馬
同地
小栗
山内
宍戸
志太
行方
東
鹿島
大原
小原
庁北
庁南
伊北
伊南
東条
安西
神余
朝比奈
猟島

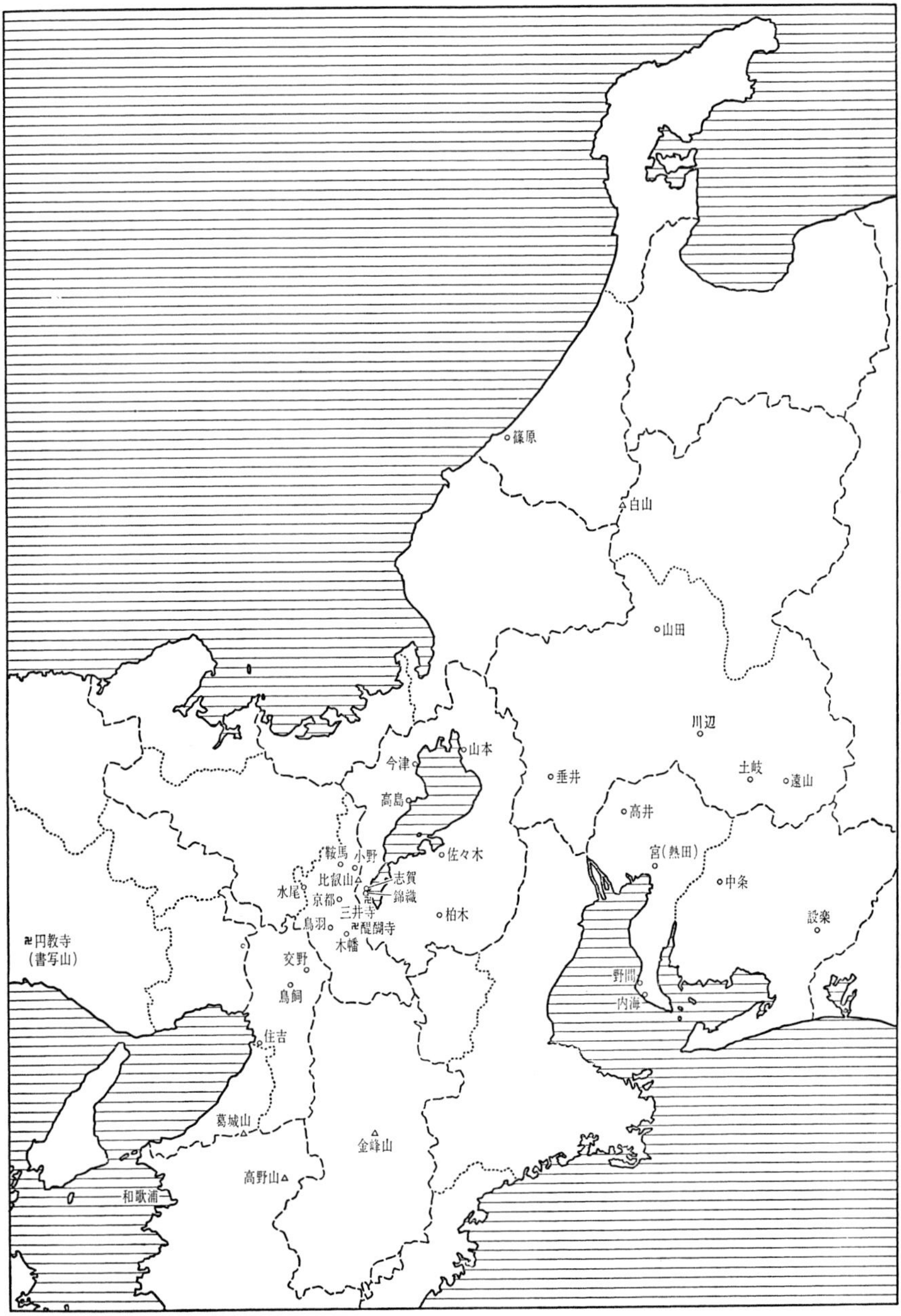
篠原
白山
山田
川辺
土岐
遠山
垂井
高井
宮(熱田)
中条
設楽
野間
内海
山本
今津
高島
佐々木
鞍馬
小野
比叡山
志賀
錦織
水尾
京都
三井寺
柏木
鳥羽
醍醐寺
木幡
円教寺
(書写山)
交野
鳥飼
住吉
葛城山
金峰山
高野山
和歌浦

日本古典文学大系 88
曾我物語

1966年 1月11日　第1刷発行
1988年 6月15日　第17刷発行
1992年12月7日　新装版第1刷発行
2016年 9月13日　オンデマンド版発行

校注者　市古貞次《いちこていじ》　大島建彦《おおしまたてひこ》

発行者　岡本　厚

発行所　株式会社　岩波書店
〒101-8002　東京都千代田区一ツ橋 2-5-5
電話案内　03-5210-4000
http://www.iwanami.co.jp/

印刷／製本・法令印刷


ISBN 978-4-00-730498-9　Printed in Japan